SV

Barrington Moore
Ungerechtigkeit

Die sozialen Ursachen von Unterordnung und Widerstand

Übersetzt von Detlev Puls

Suhrkamp Verlag

Titel der Originalausgabe:
Injustice. The Social Bases of Obedience and Revolt.
White Plains, N. Y. (M. E. Sharpe), 1978.

Zweite Auflage 1984

Druck: Buchdruckerei Georg Wagner, Nördlingen
Printed in Germany

Inhalt

Teil II
Eine historische Perspektive: Deutsche Arbeiter 1848-1920

Teil III
Allgemeine Perspektiven

Vorwort

Dieses Buch geht der Frage nach, warum Menschen sich so oft damit abfinden, Opfer ihrer gesellschaftlichen Verhältnisse zu sein, und warum sie zu anderen Zeiten überaus zornig werden und mit Leidenschaft und Gewalt ihre Situation zu verändern suchen. Hauptsächlich konzentriert sich das Buch auf Menschen am unteren Rande der Gesellschaftsordnung: auf jene, die wenig Eigentum, Einkommen, Bildung, Macht, Autorität oder Prestige besitzen. Es versucht herauszufinden, wie solche Menschen ihre Lebensumstände wahrnehmen und erklären. Zugleich sucht es nach weiterreichenden Gründen für ihr Verhalten. Was sind ihre Vorstellungen von Ungerechtigkeit und somit auch von Gerechtigkeit, und woher stammen diese Vorstellungen? Gibt es einen Kern gemeinsamer oder doch weithin geteilter charakteristischer Merkmale in solchen Vorstellungen, und wenn ja, warum? Wie und warum unterscheiden sich diese Vorstellungen bei verschiedenen Gruppen von Arbeitern, und was waren einige der wichtigsten historischen Trends, die sie beeinflußten und die für diese Unterschiede verantwortlich gemacht werden können?

Eine Zeitlang dachte ich daran, dieses Buch als Untersuchung über moralische Empörung zu bezeichnen und es zu einer Analyse der gesellschaftlichen und historischen Bedingungen zu machen, unter denen die moralische Entrüstung in Erscheinung tritt oder ausbleibt. Viele Elemente dieser ursprünglichen Absicht sind erhalten geblieben. Aber die Durcharbeitung der Unterlagen über das, was Menschen ohne viel Besitz oder sonstige gesellschaftliche Vorteile tatsächlich empfanden und wie sie sich verhielten, führte zu dem Ergebnis, daß der Ausdruck »moralische Empörung« das, was ich oft entdeckte, nicht adäquat wiedergab. »Moralisch« suggeriert zu sehr die Leiden von Intellektuellen, die versuchen, die Welt zu erklären, zu beurteilen und zu verändern. Es klingt zu sehr nach Prediger. Menschen mit wenig Bildung sind sicherlich in der Lage, Zorn zu empfinden. Aber das Wort »moralisch« vermittelt Untertöne von Herablassung und Selbstbeobachtung, die den Tonfall und die Direktheit, die der Volkszorn vielfach annimmt, nicht treffen. Zugleich wird eine moralische Komponente in diesem Zorn deutlich. Deshalb trifft »Ungerechtigkeit« oder das Gefühl, daß Unrecht geschieht, Ton und Inhalt dieses Ausdrucks genauer.

Teil I ist ein vorläufiger Versuch herauszufinden, welche zentralen und wiederkehrenden Elemente in den Vorstellungen von Unrecht enthalten sein könnten, und die extremsten Variationen zwischen solchen Vorstellungen aufzuführen. Das erste Kapitel untersucht einen möglichst großen Bereich von menschlichen Gesellschaften und hält dabei Ausschau nach wiederkehrenden Situationen, welche die Menschen im allgemeinen als unfair und ungerecht betrachten. Die nächsten zwei Kapitel suchen in zwei entgegengesetzten Richtungen nach den größtmöglichen Abweichungen von einem solchen potentiell universalen Empfinden für Recht und Unrecht. Durch eine Untersuchung extremer Beispiele, in denen entwürdigende und ungerechte Situationen akzeptiert werden, versucht das zweite Kapitel, die psychologischen und soziologischen Mechanismen aufzudecken, die das Unrechtsempfinden ersticken. Das dritte und letzte Kapitel von Teil I schließlich kehrt das Problem sozusagen um: Es ist ein Versuch, die psychologischen und soziologischen Mechanismen zu identifizieren, welche die Menschen dazu veranlassen, dem Unrecht zu widerstehen oder ihre Situation als ungerecht zu definieren und etwas dagegen zu unternehmen. Teil I enthält zwar eine Reihe historischer Fakten; er ist jedoch nicht absichtslos, sondern ganz bewußt ahistorisch.

Teil II führt historische Dimensionen und Überlegungen ein. Die Zeit mag bald kommen, da eine vergleichende Geschichte der Industriearbeiter des Westens – und nicht nur die einer kleinen Minderheit dieser Arbeiter in den Arbeiterbewegungen – möglich und nützlich sein wird; sie schien mir zu der Zeit, als ich ernsthaft an diesem Buch zu arbeiten begann, vor mehr als zehn Jahren, nicht möglich.* Der überwiegende Teil der Sekundärliteratur bestand aus den *Vorstellungen* von Theoretikern, was die Massen gewöhnlicher Arbeiter empfänden; ein anderer Teil bot sehr detaillierte Fallstudien aus der Geschichte der nationalen Arbeiterbewegungen. Es fanden sich einige brillante Ausnahmen, etwa E. P. Thompsons *The Making of the English Working Class* oder Carl

* Ein Wissenschaftler hat eine solche Untersuchung veröffentlicht, als ich das Buch fast vollendet hatte: Peter N. Stearns, *Lives of Labor* (New York 1975). Wegen des Zeitpunktes seiner Veröffentlichung konnte ich dieses Buch nicht mehr vollständig auswerten.

Schorskes *German Social Democracy 1905-1917*, die für bestimmte Aspekte dieser Fragestellungen wertvolle Beiträge lieferten. Doch gab es nicht genügend solcher Untersuchungen. Ziemlich bald wurde deutlich, daß in diesem Stadium die Aussicht bestand, die Lebenssituationen verschiedener Gruppen von einfachen Arbeitern und ihre Reaktionen darauf durch die gründliche Untersuchung des verfügbaren Quellenmaterials *eines* Landes zu erhellen und eine Menge daraus zu lernen. Außerdem eröffnete dies die Möglichkeit, verschiedene Gruppen von Arbeitern innerhalb desselben Landes zu vergleichen.

Nachdem der Entschluß, bei der Literatur über ein einzelnes Land zu bleiben, einmal gefaßt war, fiel es angesichts des Zusammenspiels zwingender Gründe leicht, Deutschland auszuwählen. Ohne zu behaupten, die Geschichte der deutschen Arbeiterklasse sei prototypisch, kann man einige der wichtigsten Geschehnisse, die sich auch bei Arbeitern anderer Länder ereigneten, in Deutschland in einer intensiveren Form erkennen. Zünfte waren in Deutschland von weit größerer Bedeutung als in anderen Ländern Westeuropas: Ihr Niedergang und die Bildung neuer industrieller Organisationsformen offenbarten besonders schwierige und aufschlußreiche Probleme. Deutschland hatte vor 1914 außerdem eine für seine Zeit machtvolle Industrie aufgebaut und es dabei erreicht, seine Arbeiter in einem für radikale Marxisten erstaunlichem Maße in die kapitalistische Ordnung zu integrieren. Aber offensichtlich waren auch Kräfte gegen eine Integration in den Kapitalismus am Werk. Außerdem hatte Deutschland zweimal revolutionäre Erfahrungen durchgemacht: die von 1848 und die von 1918 bis 1920. Vielleicht, weil beide Revolutionen ohne Erfolg geblieben waren, schien mir die Aussicht, etwas Neues herauszufinden, hier besonders reizvoll.

Darüber hinaus sind die Primärquellen über Deutschland zwar längst nicht zufriedenstellend, aber doch, an den für die vorliegenden Probleme notwendigen Daten gemessen, ungewöhnlich reichhaltig. Offensichtlich gab es mehr Autobiographien von Arbeitern als in England, den USA, Frankreich und Rußland, den anderen Ländern, deren Sprachen mir zugänglich waren. Es fanden sich mehrere soziologische Untersuchungen über das Leben in der Fabrik vor 1914 und sogar eine primitive, aber in vieler Hinsicht höchst aufschlußreiche Untersuchung über die Einstellungen der

Arbeiter. Bei kritischem Abstand können uns diese Quellen sehr viel darüber erzählen, wie eine Vielzahl von Arbeitern die zeitgenössischen Probleme wirklich empfand und beurteilte, desgleichen über die Kategorien und Vorstellungen, mit denen sie ihre Situation beurteilten, die Formen von Zusammenarbeit und Streitigkeiten während und außerhalb der Arbeit und ähnliche Dinge mehr. Bei dem Versuch, solche Informationen in ihren allgemeinen Kontext zu stellen und zugleich ihren repräsentativen Charakter zu überprüfen, fand ich die deutschen Volkszählungsstatistiken, ergänzt durch die Berichte der Gewerbeaufsicht, von unschätzbarem Wert; soweit ich weiß, sind sie bisher nicht zum Gegenstand kritischer Untersuchung und Interpretation gemacht worden.

Die Erklärung der Kernpunkte in den Unrechtsvorstellungen in Teil I, ihr Verhältnis zu wiederkehrenden Aspekten in der Arbeitsteilung und die Variationsbreite in der menschlichen Bereitschaft, unterdrückende gesellschaftliche Verhältnisse zu ertragen – dies alles warf viele Fragen auf, die an das deutsche Tatsachenmaterial und an einige der möglichen Antworten herangetragen werden sollten. Ich hatte allerdings nicht die Absicht, die Fakten der deutschen Geschichte durch Vorstellungsraster zu pressen, um Hypothesen zu »testen«. Zwischen historischen Fakten bestehen bestimmte Beziehungsmuster, die durch eine solche Prozedur aufgelöst und zerstört würden. Es ist die Aufgabe des Forschers, dieses Beziehungsmuster durch gründliche und kritische Beobachtung herauszufinden. Es bedarf des behutsamen, geduldigen Vorgehens, der Aufmerksamkeit gegenüber widersprüchlichen Anhaltspunkten und Anzeichen, etwa in der Art, wie ein erfahrener Arzt den Zustand der Organe und Gewebe beim Patienten zu begreifen sucht, um die Merkmale des Gesundheitszustandes oder einer bestimmten Krankheit herauszufinden. Gründliche Untersuchung und die Aufstellung von Hypothesen sind an bestimmten Punkten in beiden Formen der Forschung notwendig. Aber sie gelangen nirgendwo weit genug.

Es ist außerdem eine provinzielle und spießbürgerliche Auffassung von »Relevanz«, wenn man nur solchem Wissen Wert beimißt, das Relevanz für das politische Handeln oder die wissenschaftliche Theorie oder für beide beanspruchen kann. Eine historische Untersuchung kann andere Ziele verfolgen, ohne in Altertümelei zu verfallen oder bewundernswerte Vorfahren für eine bessere Nutzung der Vergangenheit zu produzieren. Eines dieser Ziele ist es, die Hauptkausalketten in einer mehr oder weniger einzigartigen Folge von Ereignissen, die auf der ganzen Welt mächtige Wirkungen hatten, aufzudecken und zu beurteilen. Was deutsche Arbeiter während des 19. und 20. Jahrhunderts zu tun versuchten, welche Versuche ihnen mißlangen oder was zu versuchen sie nicht einmal interessiert waren, ist ein Gefüge miteinander zusammenhängender Ereignisse, das Folgen in einer derartigen Größenordnung hatte. Schon für sich genommen sind dies wichtige Fakten, mit eigenen Beziehungsmustern von Kausalzusammenhängen und mit wesentlichen Implikationen für die in diesem Buch diskutierten Probleme. Schließlich erlaubt es die historische Forschung, ja, sie zwingt fast dazu, Fragen aufzuwerfen, die eine statische Untersuchung nicht wahrnimmt.

Während des Beobachtungszeitraums von der Revolution im Jahre 1848 bis zur Machtübernahme Adolf Hitlers im Jahre 1933 war die deutsche Geschichte ein Kampf zwischen den konservativen Kräften – letztlich einschließlich der Reaktion in Massenformen wie beim Nationalsozialismus –, dem Liberalismus und dem revolutionären Radikalismus. So gut ich konnte, habe ich versucht, die sich verändernden Lebensumstände gewöhnlicher Arbeiter, die während dieses Kampfes lebten, zu verstehen und zu beschreiben, ferner das Maß, in dem sie sich dessen bewußt oder nicht bewußt waren, sowie die Form ihrer Beiträge dazu.

Teil III kehrt zu den in Teil I aufgeworfenen allgemeinen Problemen zurück und versucht zugleich, sowohl die methodologischen als auch die sachlichen Fragestellungen, die durch die Einführung einer historischen Perspektive ans Licht kamen, anzugehen. Die Anhebung auf eine höhere Ebene der Allgemeingültigkeit geschieht bewußt allmählich. Das zehnte Kapitel untersucht ausgewählte Fragen der Russischen Revolution im Jahre 1917, um wesentliche Unterschiede und Ähnlichkeiten im Verhalten der deutschen und der russischen Arbeiter in den Krisen am Ende des Ersten Weltkrieges zu erklären. An diesem Punkt stellt die Analyse die allgemeine Frage nach unterdrückten historischen Alternativen, indem sie versucht herauszufinden, welche anderen Möglichkeiten in der deutschen Situation von Niederlage und revolutionären Wirren zwischen 1918 und 1920 bestanden. Das zwölfte Kapitel nimmt den Nationalsozialismus als ein extremes Beispiel repressiver und aggressiver Tendenzen in populären oder Massenvorstellungen von Unrecht; es ist darum bemüht, die allgemeineren Ursachen dieser Trends zu analysieren und zu verstehen. Schließlich versuchen die letzten drei Kapitel – einschließlich des Schlußworts –, dem Doppelproblem des moralischen Relativismus oder der Ableugnung irgendeiner allgemeingültigen Vorstellung von Unrecht und der Entstehung von Unrechtsempfinden bei den Menschen und ihre Auflehnung gegen Unrecht zu ergründen. Dieser Teil der Diskussion beruht auf Materialien und theoretischen Überlegungen, die bis dahin in diesem Buch erschienen sind, sowie auf allen zusätzlichen intellektuellen Hilfsquellen, die ich heranziehen konnte.

Ich habe, ohne meine eigenen moralischen Präferenzen oder deren Ursachen zu verleugnen, versucht, durchgehend Argumente zu formulieren, die durch einen Appell an Evidenz und Logik auch zurückgewiesen werden könnten. Zu der intellektuellen Position, die die Arbeit insgesamt prägt, reicht der Hinweis, daß ich hinsichtlich der Katastrophe als eines unausweichlichen menschlichen Schicksals ebenso skeptisch bin wie gegenüber der Utopie; und daß ich sogar noch skeptischer bin, wenn es um die Katastrophe als notwendiges Vorspiel zur Utopie geht.

Während der Arbeit an diesem Buch enthielt ich mich der gängigen Praxis, Wissenschaftlerkollegen zu bitten, das Manuskript zu lesen und zu kritisieren; dies vermutlich ebensosehr zu meinen Lasten wie zu denen meiner Leser. Aber ich hatte das Gefühl, daß diese Praxis anfängt, beschwerlich zu werden. Das bedeutet nicht, daß ich mich etwaiger Vorzüge dieses Buches berühmen möchte, bin ich doch auch für seine Schwächen verantwortlich. Von einigen Gelehrten habe ich bewußt bestimmte Gedankengänge entliehen, und ich spürte, wie sie mir bei meinen Bemühungen, den Sinn hinter den Materialien zu finden, über die Schulter sahen. (Mein Kollege John Rawls hat, geistvoll und gutmütig wie immer, meine Weigerung akzeptiert, seine *Theorie der Gerechtigkeit* vor der Beendigung meiner Arbeit über die Ungerechtigkeit zu lesen; seine rigorosen philosophischen Kategorien hätten meine Versuche unbeabsichtigt beeinflussen können, die Formen ungeschulter Volksreaktionen auf Lebenserfahrungen genau zu erfassen.) Da die Dankesschuld aus den Zitaten nicht immer ersichtlich wird, möchte ich sie hier anerkennen, ohne diese Autoren mit meinen

Fehlern zu belasten, oder, wie es für jene, die ihr Werk kennen, offensichtlich wäre, ihre Zustimmung für die in diesem Buch geäußerten Ansichten zu unterstellen: Herbert Marcuse, E. P. Thompson, George C. Homans, Robert Paul Wolff, Gabriel and Joyce Kolko. Ohne ihre Anregung und Unterstützung hätte ich niemals versucht, dieses Buch zu schreiben. Ohne die von Elizabeth Carol Moore hätte ich es niemals vollenden können. Das ist nur ein Teil dessen, was sie im Leben des Autors bedeutet hat. Das übrige, könnte ich es angemessen ausdrücken, wäre nicht zu publizieren.

Mein guter Freund Adam Ulam, der frühere Direktor des Russian Research Center in Harvard, hat mir bei der Arbeit an diesem Buch großzügig wertvolle moralische Unterstützung gegeben – wie schon bei anderen, die wenig oder nichts mit Rußland zu tun hatten. Mehr als zwei Jahrzehnte lang hat Rose di Benedetto meine Manuskripte sorgfältig geschrieben und wieder geschrieben. Trotz vieler anderer Anforderungen an ihre Zeit war sie eine Quelle ständiger Fröhlichkeit und vielfältiger Hilfe für meine Frau, für mich und für meine Studenten.

Als Autor habe ich mich sehr bemüht, nicht Heraklit nachzueifern, dem berühmten griechischen Philosophen, der für Marx eine frühe Anregung bedeutet hat. Einer bedeutenden modernen Autorität zufolge war Heraklit ein Aristokrat in der Politik, der in einem schwierigen und nur wenigen zugänglichen Stil schrieb. Im Alter zog er sich in die Wälder zurück, nachdem er sein Buch über Philosophie im Tempel der Artemis niedergelegt hatte. Zumindest mir erscheint es so, daß einige der wichtigsten Unterschiede zwischen meiner und seiner Art den Bemühungen von Elizabeth Moore und Arnold C. Tovell, dem Editorial Director im Verlag M. E. Sharpe, zu verdanken sind. Ich möchte Joyce P. Tovell meinen Dank für ihre besondere Sorgfalt bei der Herstellung dieses Buches aussprechen und meinem Verleger für seine Bereitwilligkeit, es ohne den garantierten Markt, den ein Lehrbuch erwarten darf, zu veröffentlichen, und dies in einem Format, das ebenso für den allgemeinen Leser attraktiv wie für den Wissenschaftler brauchbar ist.

Teil I
Das Gefühl von Ungerechtigkeit
Einige Konstanten und Variablen

Erstes Kapitel
Wiederkehrende Elemente in moralischen Normensystemen

1. Ausgangspunkte

Damals, in jenen glücklichen Tagen, als sich die Sozialwissenschaftler ihres Gegenstandes sicher wähnten, war es möglich, zwischen einem auf Zwang und Betrug gegründeten und einem auf rationaler Autorität und Gerechtigkeit beruhenden politischen und sozialen System scharf zu unterscheiden. Auch wenn es schwerfallen mochte, ein überzeugendes empirisches Beispiel für eine gerechte Gesellschaft zu finden, so schien diese Unterscheidung doch elementar und einleuchtend zu sein und die Grundlage intelligenter politischer Diskussion abzugeben. Diese wohltuende Gewißheit ist gegen Ende des 19. Jahrhunderts unter dem Ansturm von Ideen zerstört worden, die inzwischen Teil der an vielen unserer Universitäten in 50-Minuten-Portionen verabreichten geistigen Kost geworden sind. Anthropologen haben unsere Selbstsicherheit erschüttert, indem sie eine derartige Variationsbreite menschlicher Gewohnheiten und Glaubensvorstellungen nachwiesen, daß die Vorstellung einer – wie auch immer beschaffenen – einzigen Norm für das moralische und politische Urteil nur noch als provinzielle Rationalisierung während einer kurzen Phase der europäischen Geschichte erscheinen konnte. Ausgerechnet der Philosoph Herbert Spencer, der in mancher Hinsicht ein Muster des philiströsen viktorianischen Provinzialismus war, stellte die Schriften von Anthropologen und Historikern zusammen, um auf den ersten Seiten der *Social Statics* (1850) einen der geistvollsten Angriffe im Namen des moralischen Relativismus vorzutragen. Auch wenn Spencer heute so etwas wie eine intellektuelle Kuriosität darstellt, kann der heutige Leser seiner akzeptableren Werke doch lernen, daß Konflikte um Werte oder um grundlegende Vorstellungen von Gut und Böse bei der Ordnung der menschlichen Dinge Probleme darstellen, welche die Wissenschaft nicht lösen kann, denn sie interessiert sich nur dafür, wie die Dinge sind, und nicht, wie sie sein sollten. Damit von einem solchen Gesichtspunkt keine allzu verheerende

Wirkung auf traditionelle moralische Glaubensvorstellungen ausgeht, könnte man irgendeine salvatorische Klausel einfügen, wonach der Bürger in einer Demokratie die Pflicht hat, zu politischen und ethischen Fragen Stellung zu nehmen, derlei aber nicht als Gelehrter oder Wissenschaftler tun sollte.

Alte Gewißheiten wieder aufzunehmen kommt somit nicht in Frage, jedenfalls geht das nicht in der Form, in der sie einmal existierten. Dennoch gibt es Gründe für die Annahme, daß das Durcheinander moralischer Normen eine ursprüngliche Einheit verbergen könnte, ebenso eine erkennbare historische Tendenz in einer einzigen Richtung, und daß Abweichungen von diesem Modell einer einzigen Grundform, die anhaltende historische Modifikationen erfährt, in allgemeinen Begriffen erklärbar sind. Zumindest mag es gerade noch möglich erscheinen, daß in den Angelegenheiten der Menschen trotz allem ein Sinn steckt.

Wir können mit der Suche nach einem Sinn beginnen, indem wir ein Beispiel für die Situationen herausgreifen, die im ganzen weiteren Verlauf dieses Buches analysiert werden sollen; dabei muß es sich um ein ebenso stark simplifiziertes wie hypothetisches Beispiel handeln. Nehmen wir an, ein Mensch schlägt einen anderen so stark, daß es wehtut. Wie wird das Opfer empfinden? Es wird einen physischen Schmerz fühlen. Andererseits wissen wir, daß die Fähigkeit, Schmerz zu ertragen, aus einer Vielzahl von Gründen, die zu untersuchen lohnen würde, stark variiert.[1] Das wird zwar in diesem Buch keineswegs detailliert geschehen, doch bleibt dies ein wichtiger Aspekt, den es im Auge zu behalten gilt. Wenn das Opfer Gründe hat zu glauben, daß es den Schlag für etwas, das zu tun sehr böse war, erhielt, wird es wahrscheinlich irgendein Gefühl der Erleichterung darüber empfinden, so leicht davongekommen zu sein. Ein Rest von Zorn als Teil der Reaktion auf die als absolut verdient empfundene Bestrafung mag bleiben oder auch nicht. Verändern wir nun das Beispiel ein wenig und machen es konkreter, um eine andere Art des Empfindens zu sehen.

Der Mann, der den Schlag austeilt, ist ein weißer Polizist in einer amerikanischen Stadt. Das Opfer ein gebildeter Schwarzer, der nicht mehr getan hat, als vollkommen friedlich seinen Angelegenheiten nachzugehen. In dieser Situation ist es so gut wie sicher, daß

1 Vgl. Ronald Melzack, *The Puzzle of Pain*, New York 1973.

der Farbige moralische Empörung empfindet, denn der Schlag und der Schmerz waren, soweit er es beurteilen kann, ungerechtfertigt und unverdient. In welchem Sinn aber war der Schlag ungerecht? Was meint dieses Wort wirklich? Zunächst bedeutet es, daß der weiße Polizist dazu kein Recht hatte. Würde sich diese Episode in einer idealen, rassisch integrierten Gemeinde ereignen, so würde wohl jedermann mit dem Schwarzen übereinstimmen. Nun spricht aber allzuviel dafür, daß es eine solche Gemeinde nicht gibt, auch wenn einige ihrem Bild nahekommen mögen. In den meisten amerikanischen Städten wäre der Schwarze zornig, weil der Polizist eine Regel verletzte, von der er mit ganzem Herzen annahm, daß sie annehmbare soziale Beziehungen durchdringen *sollte*.

Augenscheinlich sind soziale Regeln und ihre Verletzung entscheidende Komponenten bei moralischer Empörung und der Entstehung des Gefühls, daß Unrecht geschieht. Im Grunde genommen ist es die Wut, die jemand verspürt, wenn eine andere Person eine soziale Regel verletzt. Es gibt hier allerdings zwei scharf zu unterscheidende Möglichkeiten: Man kann wütend oder zornig sein, weil man meint, daß die herrschende Regel falsch ist und eine andere gelten sollte; in der Realität nehmen solche Situationen oft die Form von Meinungsverschiedenheiten über den wirklichen Inhalt der Regel an. Aber der Einfachheit halber können wir diese Situation für den Augenblick auf sich beruhen lassen. Ohne Regeln für das Sozialverhalten könnte es so etwas wie moralische Entrüstung oder ein Gefühl von Ungerechtigkeit nicht geben. Ebenso unmöglich wäre ein Bewußtsein sozialen Unrechts, wenn man die Menschen dazu bringen könnte, jede Regel zu akzeptieren. Offensichtlich gibt es *gewisse* Zwänge bei der Entstehung moralischer Regeln, daher auch bei den möglichen Formen moralischer Empörung. Dennoch läßt sich in diesem Punkt eine große Variationsbreite erkennen. Wie läßt sich beides erklären?

Soweit es irgendwelche wiederkehrenden oder konstanten Merkmale der moralischen Empörung gibt, müßten sie sich aus dem Zusammenspiel zwischen mehr oder weniger konstanten Seiten der menschlichen Natur und – gleichermaßen – aus wiederkehrenden Notwendigkeiten ergeben, die ihrerseits aus dem Faktum resultieren, daß die Menschen miteinander, also in menschlicher Gesellschaft, leben müssen. Die Schwierigkeiten, irgendwelche allgemeine Charakteristika der menschlichen Natur und der Gesellschaft so zu formulieren, daß sie wissenschaftlich haltbar und doch nicht trivial sind, erscheinen gewaltig. Das Risiko ist groß, sich zu irren oder banal zu sein, oder gar beides in einem. Dennoch ist es sinnvoll, das Risiko auf sich zu nehmen, denn die Position, die man bei diesen Fragen bewußt oder unbewußt einnimmt, ist wahrscheinlich von größter Bedeutung für die Art und Weise, in der man andere Fragen stellt, damit aber auch für die Ergebnisse, zu denen diese Fragen führen.

Die erste Schwierigkeit ergibt sich daraus, daß es unmöglich ist, etwas zu beobachten, was sich als die reine, angeborene oder biologisch determinierte menschliche Natur bezeichnen ließe – nämlich absolut frei von gesellschaftlichen Einflüssen oder wenigstens jedweder Verhaltensweise, die für das Verständnis moralischer Entrüstung und des Gefühls sozialen Unrechts wesentlich sein könnte.[2] Dennoch ist es offensichtlich, daß die Menschen so etwas wie angeborene Bedürfnisse haben. Sie sind nicht einfach glatte Folien, auf denen sich eine beliebige Art von Persönlichkeit eindrücken ließe – was viele Eltern selbst von sehr kleinen Kindern mit einigem Nachdruck bezeugen werden.

Jede mögliche Kenntnis von dem, was so offensichtlich erscheint – der Existenz einer angeborenen menschlichen Natur –, abstreiten zu wollen wirkt letzten Endes wie der kuriose Ratschlag eines wissenschaftlichen Perfektionismus. Eine Möglichkeit, Anhaltspunkte zu erlangen, besteht darin, menschliche Wünsche oder Bedürfnisse festzustellen, die in den meisten uns bekannten Gesellschaften vorkommen, und dann daraus zu schließen, daß ihr Ursprung in der angeborenen menschlichen Natur liege. Stellen wir uns daher zunächst eine sehr einfache Frage: Was ist den Menschen im allgemeinen schädlich? Da es unser zentrales Problem ist, Situationen zu klären, in denen Zorn oder Wut vorkommen *oder ausbleiben* (oder nur in sehr geringem Maß auftreten) – und zwar als Antwort

2 Das Verhalten von Kleinkindern, die noch kaum sozialen Einflüssen ausgesetzt sind, wäre ein nicht sehr nützlicher Anhaltspunkt, selbst dann nicht, könnten wir sicher sein, daß sich soziale Einflüsse etwa durch die Art der Nahrung, die der Mutter während der Schwangerschaft zur Verfügung stand, noch nicht geltend gemacht haben. Auch die wenigen Beispiele von Menschen, die auf irgendeine Weise ohne menschliche Obhut überleben konnten, liefern keine brauchbaren Informationen, da diese offenkundig keine Gelegenheit hatten, sich jene Eigenschaften, die zum Leben in der Gesellschaft notwendig sind, anzueignen.

auf Verletzungen oder Kränkungen –, wird es helfen, zu Beginn einen brauchbaren Begriff davon zu entwickeln, was Menschen tatsächlich verletzt.

Werden physische Bedürfnisse nicht befriedigt, so ist das offensichtlich schädlich. Grob nach der Reihe ihrer Wichtigkeit aufgezählt, betreffen diese Bedürfnisse: Luft, Wasser, Nahrung, Schlaf, Obdach im Sinne von Schutz gegen extreme Hitze und Kälte, sexuelle Befriedigung. Werden diese Bedürfnisse nicht gestillt, bedeutet das für jeden Menschen Leiden. Außer im Fall der sexuellen Befriedigung führt jede extreme Entbehrung zum Tod. Und ohne heterosexuelle Reproduktion wird – solange es keinen befriedigenden Ersatz gibt – die menschliche Gesellschaft aussterben. Krankheit und physische Mißhandlung, Folter zum Beispiel, sind offensichtlich schädlich; allerdings werden wir gleich sehen, daß Menschen sich unter bestimmten Bedingungen Foltern selbst auferlegen.

Abgesehen von diesen physischen Bedürfnissen, die immer auf kulturell erarbeitete Weisen befriedigt werden, würden Psychologen und Anthropologen vermutlich darin übereinstimmen, daß auch ein Mangel an Liebe und Anerkennung seitens anderer Menschen das Individuum schädigt. Gewiß, es gibt eine Reihe von Verhaltensweisen, deren Fehlen auf diese oder jene Weise schädlich sein kann. Hier will ich nur eine erwähnen: das Streben nach Besonderheit. Ich vermute, daß das Verlangen nach Besonderheit universal ist, weil so viele Kulturen Möglichkeiten des Neides auf andere Menschen erfinden, während andere Kulturen den Neid verurteilen oder zu unterdrücken suchen. Eine andere schädliche Situation, die noch nicht die verdiente Aufmerksamkeit erlangt hat, ist die schiere Langeweile.

Schließlich ist die Aggressionshemmung gegenüber gefährlichen (natürlichen oder menschlichen) Zielen sicherlich schädlich, da die gehemmte Person dadurch verwundbar und zu einem leichten Opfer wird. Die Überlegung, ob Aggression selbst eine Form angeborenen menschlichen Instinktes ist oder nicht, hat wenig Sinn. Alles, was wir für den Augenblick festzuhalten brauchen, ist Folgendes: 1. wir kennen keine menschliche Gesellschaft, in der nicht in irgendeiner Form Aggression erscheint; andererseits ist 2. der Spielraum ihres Ausdrucks und der von ihr ausgehenden Schädigung anderer Menschen außerordentlich groß, er reicht vom feindlichen Blick bis zur Vernichtung ganzer Völker. Angesichts einer derartigen Variationsbreite möglicher Auswirkungen erscheint es mir nicht sehr sinnvoll, die Aggression als einen Instinkt zu behandeln. Natürlicher scheint es, sie als eine menschliche Fähigkeit aufzufassen, die auf vielerlei Weise aktiviert werden kann, was auf ebenso zahlreiche unterschiedliche, von den spezifischen Umständen abhängende Konsequenzen hinausläuft. Daher lassen sich aus gesellschaftlichen Gründen weit überzeugendere Erklärungen herleiten als aus den elastischen biologischen Eigenschaften. Nochmals, um dieses Problem geht es hier nicht.

Als Arbeitshypothese schlag ich vor, eine angeborene menschliche Natur anzunehmen – angeboren in dem Sinn, daß sie *vor* jedem gesellschaftlichen Einfluß vorhanden, aber nicht notwendigerweise immun gegen ihn ist –, für die nicht nur physische, sondern auch psychische Entbehrungen schädlich sind: insbesondere das Fehlen eines freundlichen menschlichen Echos, Langeweile und die Verhinderung von Aggressionen. Soweit eine solche Auffassung Gültigkeit beanspruchen kann, impliziert sie die Existenz einer »natürlichen Moral« in dem Sinne, daß *einige* moralische Präferenzen, besonders negative, nicht lediglich Folge sozialer Einübung oder Konditionierung sind. Im allgemeinen werden die Menschen ohnehin versuchen, diese Situation zu vermeiden. Und bei näherer Betrachtung kann man sehen, daß es keinen großen Unterschied macht, ob man das Verhalten als negatives Vermeiden oder als Suche nach positiven Zielen beschreibt. Wir könnten sagen, daß die Menschen zusätzlich zur Befriedigung ihrer physischen Bedürfnisse einen gewissen Grad an Abwechslung und Herausforderung in ihrem Leben suchen, freundliches Echo (einschließlich der Zubilligung von Besonderheit) seitens anderer Menschen und die Möglichkeit, Aggressionen abzureagieren, eine menschliche Eigenschaft, die, wenn sie auch nicht instinktiver Natur sein mag, doch von einer derartigen Vielfalt von Frustrationen hervorgerufen wird, daß sie irgendeinen Ausdruck finden muß. Bis zu diesem Punkt ist es möglich gewesen, den heiklen und überladenen Begriff »gesund« zu vermeiden. Aber es ist klar, daß erfolgreiche Aggression gegen wirkliche Gefahr gesund genannt werden muß und die Unterdrückung oder Hemmung solcher Aggression eine Form von Pathologie ist. Schließlich besitzt das menschliche Tier bemerkenswerte Kräfte logischen Denkens und kann diese bei der Verfolgung jedweder Ziele einsetzen.

Der wesentliche Wert einer jeden Vorstellung von natürlicher Moral liegt in der Implikation, daß moralische Normen, moralische Entrüstung und, daraus resultierend, ein Sinn für gesellschaftliche Ungerechtigkeit einige sehr wichtige Wurzeln in der Biologie des Menschen hat. Die menschliche Biologie setzt nicht nur den möglichen Ausformungen moralischer Normen Grenzen, sie gibt ihnen auch eine gewisse Richtung, einen gewissen Impuls. Der politische Optimist glaubt, daß es möglich ist, eine fast gänzlich auf natürlicher Moral beruhende soziale Ordnung zu schaffen. Ein Pessimist – Freud ist das bekannteste, wenn auch nicht unbedingt das überzeugendste Beispiel – hält diese Hoffnung für illusorisch. Das ist kaum der Punkt, an dem eine solche Frage entschieden werden kann; ich hoffe, daß das Buch im ganzen einige der relevanten Überlegungen klären wird. Es lohnt sich in jedem Fall, die Aufmerksamkeit auf diese Frage zu lenken, schon um uns vor Augen zu halten, daß es vielleicht gar nicht möglich ist, völlig gesunde Menschen und Gesellschaften zu haben. Es könnte sich erweisen, daß bestimmte Aspekte der menschlichen Gesellschaft für bestimmte Menschen notwendig schädlich sind.

Wenn die menschliche Gesellschaft für irgend jemanden schädlich ist, warum existiert sie dann überhaupt? Die einleuchtende und banale Antwort lautet, daß Menschen durch Arbeitsteilung, die nur in und durch die Gesellschaft möglich ist, ihre Fähigkeit, sich der Umgebung anzupassen und sie zu kontrollieren, enorm steigern. Selbst wenn dies augenscheinlich und banal ist, so ist es doch wahr. Ohne die Erfindung der menschlichen Gesellschaft wäre der *homo sapiens* vielleicht schon vor langer, langer Zeit ausgestorben. Die biologischen Spezifika, dank derer das menschliche Individuum mit seiner Umgebung fertig wird, sind nicht sehr eindrucksvoll, während die kollektiven Fähigkeiten der menschlichen Gesellschaft heute ein Stadium erreicht haben, von dem aus sie in der Lage sind, alle Formen von Leben zu zerstören. Was man davon auch halten mag, dies ist eine höchst bemerkenswerte Leistung. Sie hatte jedoch stets ihren Preis, und dieser war immer weit davon entfernt, gleich verteilt zu sein. Das Zusammenleben und -arbeiten mit anderen Menschen stellt seine eigenen Anforderungen an das menschliche Verhalten und Empfinden. Es ist eine Sache, ein einsamer Jäger zu sein, dessen Überleben völlig davon abhängt, was er mit seinen eigenen Händen und ein paar einfachen Werkzeugen töten kann. Es ist etwas anderes, zu einem primitiven Jägerstamm zu gehören, in dem ein System von Regeln bestimmt, wer das Gebüsch abklopft, um das Wild zu treiben, wer das Risiko auf sich nimmt, die wütenden wilden Tiere zu töten, wie die Beute aufzuteilen ist, usw. Die Notwendigkeit, mit anderen Menschen zusammenzuarbeiten, bringt ein neues und eindeutig festgelegtes System von Bestimmungsgründen für das menschliche Verhalten hervor. Soziale Bestimmungsgründe werden ohne einige der Eigenschaften und Fähigkeiten, welche die angeborene menschliche Natur bereithält, nicht funktionieren. Aber dies muß aus sich selbst heraus verstanden werden. Zusammen mit biologischen oder angeborenen Faktoren bringen die sozialen Bestimmungsgründe – ein sehr abgekürzter und inadäquater Ausdruck für die Tatsache, daß es viele andere Menschen auf der Welt gibt, mit denen zurechtzukommen notwendig ist – die heutige menschliche Natur hervor, die wir sehen und studieren können. In diesem Sinn ist es zu verstehen, daß die Tatsache des Lebens in Gesellschaft moralische Normen erzeugt. Es kann irreführend sein zu sagen, daß die »Gesellschaft« moralische Normen hervorbringt, denn es sind tatsächlich konkrete Individuen, die die moralischen Normen schaffen. Über weite Strecken schaffen bestimmte Individuen moralische Normen zu ihrem eigenen partikularen Vorteil und zum Nachteil anderer in der Gesellschaft. Dennoch muß in einem gewissen Sinn in jeder Gesellschaft jeder mit allen anderen zusammenhängen – oder er geht als einzelner unter.

Um dies noch ein wenig auszuführen: Wo und wie auch immer eine Anzahl von Menschen versucht zusammenzuleben und sich zu reproduzieren, tauchen bestimmte Probleme auf. Diese können unter dem allgemeinen Begriff des Problems der sozialen Koordination grob zusammengefaßt werden. Dieses Problem wiederum läßt sich auf verschiedene Weise unterteilen. Da gibt es das Problem der Autorität. In sehr kleinen und einfachen Gesellschaften läuft es auf kaum mehr hinaus als auf die Frage, wer Vorschläge macht und wer sie befolgt. Weiterhin das Problem der Arbeitsteilung: wer welche Arbeit wann und wie tut. Dann gibt es das Problem der Zuweisung der der Gesellschaft zur Verfügung stehenden Ressourcen und der Verteilung der kollektiv produzierten Güter und Dienstleistungen unter ihre Mitglieder. Ohne Marx oder zumindest einigen seiner Schriften zu nahe treten zu wollen:

die gesellschaftlichen Beziehungen von Produktion und Tausch bestimmen nicht immer das vorherrschende Machtsystem. Die Kausalitätslinien können in beiden Richtungen verlaufen.

In gewissem Sinn hat diese Dreiteilung des Problems der sozialen Koordination (Autorität, Arbeitsteilung und Verteilung von Gütern und Dienstleistungen) einen Zug von Cartesianischer Willkür. Oft fließen in einer schriftlosen Gesellschaft die drei Aspekte so zusammen, daß das Funktionieren der Gesellschaft durch allzu präzise Unterscheidungen leicht mißzuverstehen ist. Dennoch möchte ich behaupten, daß dieses Problem in jeder gegebenen Gesellschaft existiert und ihre Mitglieder gezwungen sind, *irgendeine* Lösung zu finden. Anderenfalls würde die Gesellschaft aufhören zu existieren. In diesem Sinn ist es legitim, von gesellschaftlichen Imperativen zu sprechen, die zu moralischen Imperativen und durch diese wiederum zu moralischer Empörung und Ungerechtigkeitsgefühl führen. Man verbirgt nicht unbedingt ein eigennütziges Klassen- oder Gruppeninteresse unter dem Mantel einer pseudoobjektiven Sprache, wenn man die Worte »soziale Bedürfnisse« oder »gesellschaftliche Imperative« gebraucht. Versagen gegenüber einem echten gesellschaftlichen Bedürfnis oder Imperativ führt dazu, daß *alle* Mitglieder der Gesellschaft schwer leiden, auch wenn dieses Leiden nicht gleich verteilt ist.

Der Begriff »gesellschaftliches Bedürfnis« und die stärkere Version »gesellschaftlicher Imperativ« sind allerdings in einer wohldurchdachten Abhandlung über menschliche Dinge so heikel und gleichzeitig so wesentlich – auch wenn andere Worte verwendet werden, um die gleichen Grundgedanken auszudrücken –, daß es notwendig ist, kurz innezuhalten, um ihre Implikationen zu erörtern. Soweit ich zu erkennen vermag, enthält der Terminus »gesellschaftliches Bedürfnis« drei wesentliche Elemente. Im ersten liegt ein Begriff von Ursächlichkeit unter Umkehrung der üblichen Zeitabfolge: etwas sehr Unangenehmes wird mit Sicherheit in der Zukunft geschehen, wenn das Bedürfnis nicht befriedigt wird. Ebenso, und zweitens, gibt es ein Element der unvermeidbaren Wahl. Die Gesellschaft kann das Bedürfnis befriedigen oder auch nicht. Befriedigt sie es, so mag es dafür mehr als einen möglichen Weg geben. Die eine Art der Bedürfnisbefriedigung mag einen bestimmten Teil der Gesellschaft zufriedenstellen, eine andere Art wird eine andere Gruppe befriedigen. Wahrscheinlich werden beide Gruppen für sich beanspruchen, daß man auf ihre jeweilige Art die »realen« Bedürfnisse der Gesellschaft insgesamt befriedigt. Etwas vereinfacht gesehen, ist dies die allgemeinste Ursache ideologischer Entstellung. Wenn schließlich ein Forscher auf der Frage beharrt: »Warum existiert dieses Einzelbedürfnis oder dieser Einzelimperativ für diese besondere Gruppe oder Gesellschaft?«, dann wird die Antwort an einem bestimmten Punkt ein ethisches Urteil beinhalten.

Nehmen wir z. B. an, daß es für alle industriellen Gesellschaften – einschließlich der sozialistischen – wichtig ist, einen hohen Anteil der von der Gesellschaft produzierten Güter und Dienstleistungen dem Entgelt für die Funktionen des Managements vorzubehalten. Um die Struktur des Arguments zu verdeutlichen, wollen wir unterstellen, daß die Annahme wahr ist und daß es möglich ist, empirisch zu zeigen, was das Wort »hoch« bedeutet – was natürlich recht zweifelhaft ist. *Wäre* der Gegner hoher Entlohnung für das Management bis hierhin zurückgedrängt, so wäre es immer noch möglich, auf der Bevorzugung einer Gesellschaft ohne Industrie zu bestehen. Dies stellt ein ethisches Urteil dar. Dieses Urteil läßt sich auch rational erörtern, da man sich fragen kann, ob nicht, gemessen an irgendeinem ethischen Kriterium, die Kosten für die Schaffung einer solchen Gesellschaft zu groß sind, im Sinne menschlichen Leidens nämlich.

Es wäre vermessen, behaupten zu wollen, daß jeder, der den Begriff »gesellschaftliches Bedürfnis« oder einen ähnlichen Ausdruck gebraucht, diese Überlegungen ständig im Auge behält. Aber es lohnt sich, an sie zu erinnern sowie daran, daß alle möglichen empirischen und philosophischen Voraussetzungen hinter jedem möglichen Verwendungszweck versteckt sind. Der beste Weg, dies im Gedächtnis zu behalten, besteht darin, so genau wie nur irgend möglich zu wissen, welche Gruppe von Menschen man gerade betrachtet.

Mit dieser Warnung im Gedächtnis können wir auf die Behauptung zurückgehen und sie geringfügig dahingehend erweitern, daß Menschen, die in einer Gesellschaft leben, die Probleme der Macht, der Arbeitsteilung und der Verteilung der Güter und Dienstleistungen lösen müssen. Zum Teil tun sie dies, indem sie grobe Prinzipien der sozialen Ungleichheit schaffen und einander – mit sehr unterschiedlichem Erfolg – beibringen, diese Prinzipien zu akzeptieren und ihnen zu gehorchen. Im Verlauf der Entwicklung schaffen sie einen impliziten und manchmal expliziten Gesellschaftsvertrag, wofür es viele Möglichkeiten gibt. Angst, Zwang und Betrug sind nicht die einzige Grundlage jeder menschlichen Gesellschaft, auch wenn ihre Rolle während der gesamten, uns bekannten Geschichte der Gattung entscheidend gewesen ist. Auch sind menschliche Gesellschaften nicht einfach mehr oder weniger ausgefeilte Tauschsysteme. Sie stellen Mischungen aus Zwang und Austausch dar. Die Anteile beider Bestandteile variieren von Fall zu Fall gewaltig. Auf den Trobriand-Inseln sind sie anders als in einer modernen Industriegesellschaft. Die Art, einen Überschuß aus der zugrunde liegenden Bevölkerung herauszuziehen und diesen mit Zustimmung, wenn auch nicht unbedingt mit aktiver Beteiligung, der unteren Ränge in Kultur zu verwandeln, ist in diesen beiden Fällen sehr unterschiedlich.[3] Um die Dinge noch komplizierter zu machen: Die Menschen haben eine Art, den Wert, den sie ihren konkreten Beiträgen zum Tauschsystem beimessen, zu ändern. Sie können einander beibringen, daß der Wert des Beitrags eines Menschen etwas mit seiner Hautfarbe zu tun hat. Dann können sie einander lehren, dies sei nicht der Fall. Beide Fälle weisen eine gehörige Portion Zwang auf. Zwar gibt es Grenzen, bis zu denen dieser Prozeß gegenseitiger Erziehung gehen kann, doch ist nicht leicht festzustellen, wo diese Grenzen liegen.

Selbst die einfachsten Gesellschaften, die wir kennen, zeigen in zumindest rudimentärer Form einige Prinzipien sozialer Ungleichheit. Sie treten beispielsweise in der geschlechtsspezifischen Arbeitsteilung auf. Eine winzige Möglichkeit, diese Behauptung zu widerlegen, wäre gegeben, fände man eine Gesellschaft, in der die Arbeit von Männern und Frauen, auch wenn sie unterschiedlich ist, in jeder ihrer möglichen Formen gleich eingestuft wird; vom Sammeln des Heizmaterials über die Nahrungssuche bis zur Essenszubereitung. Doch ist es sehr unwahrscheinlich, eine solche Gesellschaft zu finden.[4]

3 Zum Problem des Herausziehens von Überschuß in schriftlosen Gesellschaften, selbst denen ohne vererbte Systeme gesellschaftlicher Schichtung, vgl. Paul Radin, *Primitive Religion: Its Nature and Origin.* New York 1957, Kap. 3. Siehe auch die kritischen Beobachtungen von Raymond Firth, *Primitive Polynesian Economy*, 2. Aufl., London 1965, S. 171 f.

4 Eine aufschlußreiche, wenngleich schon ältere Übersicht der anthropologi-

Dies ist nicht der geeignete Ort, um in eine allgemeine Diskussion darüber einzutreten, was diese Prinzipien oder ihre möglichen zeitlichen und örtlichen Varianten sein können. Verschiedene Prinzipien könnten sehr wohl in den Arbeitsweisen einer jeden gegebenen Gesellschaft erkennbar sein, selbst einer sehr einfachen mit rudimentärer Technologie. In einer größeren und komplexeren Gesellschaft würde man selbstverständlich erwarten, daß verschiedene Teile der Bevölkerung unterschiedlichen Prinzipien anhängen und daß es enorme Unterschiede in dem Ausmaß gibt, in dem die jeweiligen Menschen sich dieser Prinzipien bewußt sind oder sie in Worte kleiden können. In diesem Kapitel wird sich die Erörterung auf das Problem konzentrieren, ob es irgendwelche erkennbaren wiederkehrenden Themen bei *Klagen* über die Existenz dieser Prinzipien oder ihre praktischen Auswirkungen gibt. Es ist nicht möglich, im voraus anzunehmen, daß es wiederkehrende Klagen gibt oder daß sie in irgendeinem Sinn gerechtfertigt sind. Den menschlichen Gesellschaften mögen gemeinsame Merkmale zukommen (oder auch nicht), die ebenso unerträglich, oder fast unerträglich, wie unvermeidlich sind.

Das Wort »Gesellschaft« ist schon einige Male aufgetaucht, und es wird hilfreich sein, etwas über die analytischen Fallen zu sagen, die sein Gebrauch bergen kann. Es ist nicht schwierig, darin übereinzustimmen, daß das antike Athen ebenso wie das antike Sparta eine Gesellschaft war. Die Bewohner jedes dieser Stadtstaaten lebten in einem leicht erkennbaren Gefüge von Institutionen, das sich von anderen jeweils stark unterschied. Nicht alle Einwohner kannten einander etwa persönlich. Aber sie hatten Umgang miteinander auf einer kontinuierlichen Basis, auf der, wenn sie auch häufig mit Konflikten belastet wurde, offene Gewalt doch nur gelegentlich ausbrach. In diesem Sinne ist das Wort »Gesellschaft« bisher gebraucht worden, und auf diese Weise soll es in der folgenden Diskussion so weit wie möglich weiter verwandt werden. Somit bedeutet Gesellschaft, daß der größte Teil der Bewohner eines bestimmten Gebietes, der ein Gefühl gemeinsamer Identität hat, im Rahmen eines Gefüges klar erkennbarer sozialer Regelungen lebt, und dies meist auf einer Konfliktebene, die nicht gleich Bürgerkrieg befürchten läßt.

schen Daten befindet sich in den Kap. 1-3 bei Gunnar Landtmann, *The Origin of Inequality of the Social Classes*, London 1938.

Läßt man diese Bedeutung gelten, so war das klassische Griechenland *keine* Gesellschaft, wenn es auch nützlich ist, es sich als ein soziales System vorzustellen – was sich von einer Gesellschaft sehr unterscheidet –, als ein System aus konkurrierenden Stadtstaaten mit ihrer jeweils eigenen internen Dynamik. Selbst wenn man dies anerkennt, muß man vorsichtshalber an die »Bedürfnisse« sehr konkreter Gruppen innerhalb der politisch aktiven Gruppen in Athen, Sparta und anderen Städten denken. Wie dem auch sei, es gibt gute Gründe, daran festzuhalten, daß das System der griechischen Stadtstaaten den politischen Akteuren in diesen Städten politische, und hier sollten wir sagen: *amoralische* Zwänge auferlegte.

Was allmählich deutlich wird, ist, daß in jeder Gesellschaft, außer vielleicht in der einen oder anderen völlig isolierten, die wirksamen Moralregeln nicht von der betreffenden Gesellschaft allein herrühren, sondern aus einem größeren Kontext stammen, der andere Gesellschaften mit einschließt. Dieser Umstand kann hin und wieder zu konkurrierenden Zwängen und Ambiguitäten führen, deren Bedeutung bedacht werden muß. William Graham Sumner wird mit Recht wegen seiner Unterscheidung zwischen der »in-group« und der »out-group«, der »Innen-« und der »Außengruppe«, gefeiert. Diese Unterscheidung ist nützlich, aber doch recht grobmaschig. In zahlreichen Situationen können verschiedene Individuen innerhalb derselben Gesellschaft die Grenze auf verschiedene Weise ziehen. Wie zieht ein amerikanischer Bürger, der ein mächtiger leitender Angestellter in einem multinationalen Konzern ist, die Grenze, und in Verbindung mit welchen Entscheidungen tut er das? Ich gestehe, ich weiß die Antwort nicht. In einigen schriftlosen Gruppierungen mit zahlreichen internen Fehden kann es sogar noch schwerer sein zu entscheiden, wie und wo und aus welchen Gründen diese Leute die Unterscheidung zwischen »denen« und »uns« treffen.[5]

Um zum Hauptthema zurückzukommen, diese Beobachtungen genügen hoffentlich, um zu zeigen, daß sowohl soziale Regeln als auch der Zorn über solche Regeln einen doppelten Ursprung haben. Es ist unmöglich, beides entweder aus angeborener menschli-

5 Eine anregende theoretische Erörterung dieses Problems enthält Kap. 5 bei Marshall Sahlins, *Stone Age Economies*, Chicago 1974.

cher Natur oder aus sozialer Dynamik allein zu verstehen. Idealerweise brauchten wir eine vollkommene Kenntnis beider Erscheinungen, also etwas, das wir nie haben werden. Gleichzeitig gibt es sicherlich Platz für die Verbesserung unseres Verständnisses der einzigen menschlichen Natur, die wir beobachten können: derjenigen, die durch die Lebensanforderungen in verschiedenen Arten menschlicher Gesellschaften modifiziert und gestaltet ist. In dieser Form ist die menschliche Natur tatsächlich in einem sehr hohen Grade plastisch. Die menschliche Fähigkeit, Leiden und Kränkung zu widerstehen, ist eindrucksvoll, tragischerweise ist es so. Diese Tatsache stellt in der Tat das Kernproblem dar, dem in diesem Buch nachgegangen werden soll. Für eine nur geringfügig anders gefaßte Fragestellung ist es gerade diese Fähigkeit, die die Probleme *schafft*, weil die Reaktion auf Kränkungen unendlich mehr ist als ein bloßer Reflex. Wenn die Fähigkeit, Mißhandlungen zu ertragen, so groß ist, warum und unter welchen Bedingungen hören Menschen auf, sich mit ihnen abzufinden? Dieses Problem wird uns im Verlauf der Untersuchung beschäftigen.

Der Hauptteil dieses Kapitels berichtet über die Suche nach Situationen, die Menschen in einer Vielzahl unterschiedlicher Gesellschaften als unfair und ungerecht betrachten. Die Untersuchung wird zum größten Teil in Form einer Reihe von Auslotungen »exotischer« Gesellschaften mit und ohne Schriftkultur vorgetragen, die ausgewählt wurden, um eine möglichst große Variationsbreite moralischer Situationen und Reaktionen bewußt zu machen. Wenn trotz eines derart weitgespannten Netzes Ähnlichkeiten auftauchen, erscheint die Annahme erlaubt, daß sie weitverbreitete und möglicherweise universale soziale Prozesse repräsentieren. Gleichzeitig habe ich versucht anzudeuten, was diese sozialen Prozesse sein könnten, und sie in einer methodischen Weise vorzustellen, ohne dabei eine unangemessene theoretische Perfektion anzustreben. Kurz, dies ist eine Suche nach unpopulären Lösungen für universale gesellschaftliche Probleme.

Die Suche deckt nicht alle menschlichen Lebensbereiche ab. Sie schließt fast völlig aus, was die Moderne, zumindest bis in jüngste Zeit, dem Privatleben zurechnete: sexuelle Dinge, Verwandtschaftssysteme, Freundschaftsgewohnheiten und -bräuche. Diese Nichtberücksichtigung beruht nicht auf der Unwichtigkeit dieser Dinge. Das wäre offensichtlich absurd. Eher handelt es sich um einen Versuch, die Materialfülle auf einen handhabbaren Umfang zu reduzieren. Ihm liegt daneben auch mein eigenes Interesse an den ökonomischen und politischen Institutionen der angeblich zivilisierten Gesellschaften und an dem Beziehungsgeflecht zwischen diesen Aspekten zugrunde. In vielen schriftlosen Gesellschaften sind diese Institutionen von den anderen nicht zu unterscheiden. Die Anthropologen sind davon überzeugt, daß ökonomische Austauschverhältnisse mit Verwandschaftsverhältnissen und Religion verflochten sind. Das gilt auch für die Politik. Gleichwohl bestehen die Grundprobleme von Autorität oder gesellschaftlicher Koordination, Arbeitsteilung und Verteilung der Güter und Dienstleistungen für eine Steinzeitgesellschaft geradeso wie für eine moderne Industriegesellschaft. Daher können diese groben Kategorien eine Grundlage für Vergleichsmöglichkeiten über die jeweiligen zeitlichen und räumlichen Verhältnisse hinaus bieten und dadurch wiederum der Suche planmäßigen Charakter verleihen.[6]

Auch wenn man mechanischen Verfahren zur Erzielung von Objektivität nicht über Gebühr vertrauen möchte, lohnt es doch, ausdrücklich einige der Kriterien zu nennen, kraft welcher sich jene menschlichen Situationen, die sich wenigstens als potentiell universal bezeichnen lassen, von jenen unterscheiden, die für eine gegebene Kultur oder historische Epoche spezifisch sind. Ich schlage vor, die folgende Liste von Kriterien als Möglichkeit zur Identifizierung potentiell universeller Situationen anzunehmen, aus welchen sich die Reaktion moralischer Empörung und die eines Gefühls sozialer Ungerechtigkeit ergeben. Um auch nur poten-

6 Wie bei jeder historischen und soziologischen Forschung besteht die Hauptgefahr darin, daß es viel zu leicht ist, das aufzuspüren, wonach man sucht, und dann plausible Erklärungen zu konstruieren. Ich glaube nicht, daß mechanistische methodologische Richtlinien eine adäquate Vorsichtsmaßnahme gegen diese geläufige Tendenz zur Engstirnigkeit sind. Das Vertrauen auf mechanische Regeln neigt vielmehr dazu, diese Tendenz zu verstärken, da der Forscher den Richtlinien soviel Aufmerksamkeit widmet, daß substantielle Problemstellungen und Erklärungen, die auf anderen Denkweisen beruhen, ausgeschlossen werden. Da hilft nur, möglichst skeptisch zu sein und die Augen für denkbare alternative Interpretationen offen zu haben, besonders für diejenigen, die quer zu den natürlichen, oder sollte man lieber sagen, politischen Neigungen liegen. Hierzu ist es angezeigt, seine allgemeine oder Fachlektüre so breit wie möglich zu streuen. Für mich jedenfalls war dies die entscheidende Vorsichtsmaßregel. Das letzte Wort haben nun die Kritiker.

tiell universell zu sein, sollte die Situation alle folgenden Charakteristika aufweisen:

1. Sie muß in der modernen westlichen Kultur generell als Grund für Empörung empfunden werden. Dies muß nicht näher erläutert werden, da die Reaktion westlichen Lesern vertraut sein wird. Wäre die Situation für uns bizarr oder unbegreiflich, so käme sie offensichtlich für einen Universalitätsanspruch nicht in Frage.

2. Die Situation muß auch in einigen nicht-westlichen Gesellschaften eine Reaktion moralischer Empörung auslösen, und zwar in den von Anthropologen beschriebenen schriftlosen Gesellschaften ebenso wie in hochzivilisierten wie China und Indien. Genauer: Es erscheint einleuchtend, daß, wenn in den sehr differenten Zivilisationen Europas, Asiens und einer Vielzahl schriftloser Gesellschaften ein gegebener Typ gesellschaftlicher Beziehungen oder menschlichen Verhaltens moralische Empörung auslöst, wir wahrscheinlich einer panhumanen oder universellen Eigenschaft auf der Spur sind.

3. In Situationen, in denen wir aus anderen Gründen die Reaktion moralischer Empörung erwarten, diese aber nicht vorfinden (ein denkbares Beispiel wäre eine besonders grausame Sklavenhaltergesellschaft), treffen wir wahrscheinlich auch soziale und psychologische Mechanismen an, die zur Verhinderung von Zorn und Empörung aus der Plastizität der menschlichen Natur Nutzen ziehen.

Jede Untersuchung mit wissenschaftlichem Anspruch hat darzulegen, welches Beweismaterial die Annahmen des Autors widerlegen könnte. Die Widerlegung der hier vorzutragenden Vorstellungen würde sich also in spezifischen Beispielen menschlichen Verhaltens zeigen, denen gegenüber 1. wir als gebildete Westler »natürlich« eine Reaktion moralischer Empörung und einer Verurteilung sozialer Ungerechtigkeit erwarten; 2. dort jedoch, wo die Unterlagen keine derartigen Reaktionen belegen – die betroffene Bevölkerung solche Situationen offenbar für natürlich hält; und sich 3. keinerlei Anzeichen gesellschaftlicher oder psychologischer Mechanismen fanden, die derlei Empörung verhindern oder dämpfen könnten.

Hier und in den beiden folgenden Kapiteln wird die Untersuchung bewußt ahistorisch und gar transhistorisch sein. Zuvor jedoch, teilweise auch um eine weitere Methode der Widerlegung der hier vorgeschlagenen Möglichkeiten darzulegen, möchte ich sehr kurz einen anderen und mehr historischen Weg der Annäherung an das Problem skizzieren. Die beiden anderen Teile des Buches sind dem Versuch gewidmet, diese beiden Gesichtspunkte miteinander zu vereinbaren.

Zumindest sollte das Argument plausibel sein, daß moralischer Zorn und ein Gefühl sozialer Ungerechtigkeit entdeckt werden müssen und daß der Prozeß der Entdeckung seinem Wesen nach ein historischer ist. So gesehen ließe sich zum Beispiel als Tatsache behaupten, daß es einem Griechen des 5. Jahrhunderts v. Chr. nicht in den Sinn kommen konnte, über Sklaverei empört zu sein und sie als ungerecht zu bezeichnen. Der historische Wandlungsprozeß hatte diesen Punkt noch nicht erreicht. Da ich sehr bezweifle, daß die griechischen Sklaven ihre Lage ebenso empfanden – schließlich zeigt selbst Aristoteles Spuren moralischen Abscheus –, bin ich nicht von dieser Annahme ausgegangen. Aber ich glaube in der Tat, daß der Vorstellung eines gewissen historischen Prozesses moralischer Entdeckungen viel zu verdanken ist.

2. Autorität und die Ablehnung von Autorität

Menschen verwenden Autorität, um die Aktivitäten einer Vielzahl von Leuten zu koordinieren. Sie reicht in alle Sphären des gesellschaftlichen Lebens und besteht in gewissem Grad in allen bekannten Gesellschaften, auch in jenen primitiven, denen reguläre Oberhäupter fehlen. Gleichwohl stellt die Autorität nicht das einzige Mittel dar, mit dem es der Menschheit gelingt, die täglichen Aktivitäten großer Menschenmassen so miteinander zu verbinden, daß Gesellschaft entsteht. Da hier das Grundproblem das der Koordination ist, ist es geboten, mit einem kurzen Blick auf jene Formen zu beginnen, die keine Autorität involvieren. Sie können uns einiges über Autorität und die moralischen Reaktionen darauf sagen.

Es gibt natürlich reinen Zwang, der sich von Autorität durch das Fehlen jeder moralischen Verpflichtung zum Gehorsam unterscheidet. Zwang in dieser reinen Form ist selten, ebenso wie eine Autorität, die einzig von einem Gefühl der Verpflichtung abhängt, kaum vorkommt. Vielleicht existiert beides in absolut reiner Form nicht. Weiter gibt es die Institution des Marktes. Besonders unter modernen Verhältnissen hat er den ungeheuren Vorteil, Produktion und Distribution von Gütern und Dienstleistungen unter einer unbeschränkt großen Anzahl Menschen, die einander nicht einmal kennen, koordinieren zu können. Aber die Ergebnisse dieser Koordination sind oft moralisch anstößig, besonders für Gruppen, die neu in die Marktbeziehungen hineingezwungen worden sind, wenn auch Menschen aus unterschiedlichen Kulturen sich mit sehr unterschiedlichen ethischen Voraussetzungen in diese Situation begeben. Schließlich gibt es noch Bräuche. Hierbei erarbeitet eine relativ kleine Gruppe Regeln für sich selbst, denen sie dann mehr oder weniger genau folgt. Soweit Regelmäßigkeit und Ordnung ein solches Verhalten auszeichnen, resultieren sie aus der gegenseitigen Überwachung und Strafandrohung, ohne daß ein einzelner oder eine Gruppe genügend Dauervorteile gewinnen, um die anderen beherrschen oder der eigenen Kontrolle unterwerfen zu können.

Auch in Autoritätsbeziehungen gibt es Elemente gegenseitiger Überwachung und Übereinkunft; dies wird im Folgenden in einem Zusammenhang mit dem erscheinen, was ich den »impliziten Gesellschaftsvertrag« nennen will. Dabei handelt es sich um ein entscheidendes Merkmal bei jedem Versuch, wiederkehrende Gedanken und Verhaltensweisen im Zusammenhang mit dem Mißbrauch von Autorität zu entdecken und zu erklären. Autoritätsmißbrauch und jedwedes ihnen etwa gemeinsames Merkmal sind die Fundgrube, die in diesem Abschnitt untersucht werden soll. Ehe wir damit beginnen, wird es jedoch ratsam sein, einen kurzen Blick auf einige Formen gesellschaftlicher Ordnung zu werfen, in denen Autorität so gut wie gar nicht existiert[7], nicht nur um zu sehen, wie sie funktionieren, sondern auch, und das ist für unsere Zwecke im Augenblick wichtiger, um herauszufinden, wie ihr Versagen moralische Empörung erzeugen kann. Die Arten von Empörung oder

7 Eine anregende, wenngleich etwas abstrakte Analyse gibt Michael Barkun, *Law Without Sanctions: Order in Primitive Societies and the World Community;* Robert Knox Dentan, *The Semai: A Nonviolent People of Malaya*, New York 1968, liefert besonders in Kap. 6-7 eine aufschlußreiche Beschreibung einer isolierten Gesellschaft mit minimalen Sanktionen. In der einschlägigen Literatur findet sich noch eine Vielzahl weiterer Beispiele, die an dieser Stelle nicht besonders aufgeführt werden sollen.

Zorn, die ohne Autorität oder vor ihr entstehen, durchdringen Gesellschaften mit entwickelteren Autoritätssystemen.
Menschen vermögen in Gesellschaften zu leben, denen alles fehlt, was wir als politische Autorität ansehen. Selbst in Gesellschaften mit politischer Autorität kann man nur bei einem Bruchteil der Spannungen und Streitigkeiten, die Teile des täglichen Lebens sind, wo immer Menschen zusammen leben, auf sie zurückgreifen. Obgleich ökonomische Regelungen sicherlich zu den Hauptfaktoren der Beeinflussung von Intensität und Häufigkeit der Streitigkeiten zu rechnen sind, ist doch keine bekannte Gesellschaft frei davon. Auch Gesellschaften ohne Mangel weisen Streitigkeiten und bittere Dispute in großer Zahl auf. Bis zu einem bestimmten Punkt lassen sie sich durch eine Vielfalt gesellschaftlicher Hilfsmittel wie der Schelte, der Beschämung oder der vorübergehenden Isolierung jeder Person, die ernsthaft zu stören droht, in Grenzen halten. Auf der anderen Seite ist das, was in vielen solchen Gesellschaften an Friede und Ordnung existiert, höchst unsicher. Eine Gruppe oder ein Individuum kann so zornig werden, daß sie bzw. es eine oder mehrere andere Personen tötet. Das Ergebnis ist höchstwahrscheinlich das machtvolle Verlangen nach Rache; deren institutionalisierte Form ist die Blutfehde, die sich in vielen Teilen der Welt findet.
Der Schrei nach Rache – hier unterdrückt, dort ermutigt und aufwendig formuliert – hallt durch einen ungeheuren Teil der menschlichen Erfahrung. Rache bedeutet Vergeltung. Ferner bedeutet sie eine Wiederherstellung menschlicher Würde oder menschlicher Werte, nachdem diese verletzt oder geschädigt wurden. Beides sind grundlegende Gefühle, die hinter moralischer Empörung und dem Gefühl der Ungerechtigkeit stehen. Rache ist ein Weg, die Dinge wieder ins Lot zu bringen, und selbstverständlich ist dieser Weg nie völlig erfolgreich, denn eine völlige Wiedergutmachung für einmal erfolgte Verletzungen gibt es nicht. Rache mag die primitivste Form moralischer Empörung sein. Aber wenn auch primitiv, so ist sie doch auch eine höchst zeitgenössische Erscheinung. Sie läßt sich in den verschiedensten gesellschaftlichen Ordnungen finden: in solchen mit politischer Autorität, in denen sie beeinflußt, was die Autorität tut (oder was trotz der Autorität geschieht), wie auch in Kulturen, die praktisch ohne Autorität sind.
Bisher habe ich noch nicht den Versuch unternommen, Autorität

zu definieren, da wir nur von Situationen sprachen, in denen sie nicht existierte. Im allgemeinen ist Autorität etwas, das wir am leichtesten erkennen, nachdem wir Situationen gesehen haben, in denen sie nicht oder, genauer, kaum besteht. Die Blutfehde mit ihrem endlosen Rachekreislauf ist ein gutes Beispiel. Blutfehden dauern an, weil es keine Autorität gibt, die sie beenden könnte und andere Lösungen für das Problem der gesellschaftlichen Ordnung bereitstellte.

Autorität reflektiert die bereits erwähnte Tatsache, daß die menschliche Gesellschaft zum Teil ein Gefüge von Arrangements darstellt, durch die es einigen Menschen gelingt, aus anderen Menschen einen ökonomischen Überschuß zu ziehen und diesen in Kultur umzuwandeln. Ebenso reflektiert Autorität die Tatsache, daß die Extraktion eines Überschusses nicht alles ist, was menschliche Gesellschaften ausmacht, und daß sie nicht die einzige Quelle von Kultur ist. Autorität impliziert Gehorsam auf der Basis von mehr als Furcht oder Zwang, und es ist notwendig, zu erkennen, worauf dieses »mehr« in der Praxis hinausläuft.

Traditionelle Theorien über den Gesellschaftsvertrag scheinen heutzutage bei nüchternen Sozialwissenschaftlern ziemlich verrufen zu sein, aber trotzdem enthalten sie eine bedeutende, durch eine Fülle von Material gestützte Einsicht, welche in zunehmendem Maße Aufmerksamkeit auf sich zieht.[8] In jeder geschichteten Gesellschaft – diese Art wird uns von jetzt an hauptsächlich beschäftigen – gibt es eine Reihe von Grenzen für das, was beide, Herrscher und Beherrschte, dominierende und untergeordnete Gruppen, tun können. Dazu gibt es eine Reihe von gegenseitigen Verpflichtungen, die beide aneinander bindet. Solche Grenzen und Verpflichtungen sind nicht in formalen, geschriebenen Verfassungen oder Verträgen festgesetzt, wenn auch in Gesellschaften mit solchem Instrumentarium einige der Bestimmungen – nicht unbedingt die wichtigsten – in dieser Form festgehalten sein mögen.

Festzustellen, daß es eher einen impliziten als einen expliziten Gesellschaftsvertrag gibt, einen nicht-verbalisierten Rahmen ge-

8 Ein Beispiel hierfür ist E. P. Thompson, *Die ›sittliche Ökonomie‹ der englischen Unterschichten im 18. Jahrhundert*, in: Detlev Puls (Hg.), *Wahrnehmungsformen und Protestverhalten. Studien zur Lage der Unterschichten im 18. und 19. Jahrhundert*, Frankfurt/M. 1979, S. 13-80.

genseitigen Verstehens, beschreibt die Situation nicht ganz zutreffend. Denn dies klingt so, als gäbe es irgendwo eine Art von platonischer Charta, auf die außer den sozial Stumpfsinnigen und den politisch Tauben alle Mitglieder der Gesellschaft sich einigen könnten.

Jeder gute Anthropologe oder Soziologe wäre dann fähig, einer Vielzahl von Informanten gute Kopien der Charta zu entlocken. Was jedoch stattfindet, ist ein ständiges Sondieren der Herrscher wie der Untertanen, um herauszufinden, was sie sich leisten können, also die Grenzen von Gehorsam und Ungehorsam zu testen und zu *entdecken*. Niemand weiß solange genau, wo die Grenzen liegen, bis er sie durch eigene Erfahrung herausfindet, auch wenn beide Parteien zuvor hinreichend genaue Erwartungen haben mögen. Je stabiler die Gesellschaft, desto enger ist der Spielraum, in dem dieses Testen und Entdecken stattfindet. Je weniger stabil die Gesellschaft, desto weiter und diffuser die Grenzen; indes sind Grenzen immer da, sonst gäbe es keine Gesellschaft.

In diesem Sinne wird über die Bedingungen des Gesellschaftsvertrages ständig neu verhandelt. Herrscher wissen, daß es natürliche Grenzen ihrer Macht gibt, über die hinaus sie keine Billigung erwarten können. (Dies zeigt sich selbst in den Konzentrationslagern der Nazis.) Und um Herrscher zu bleiben, brauchen sie Untertanen. Gleichzeitig bestehen unter den Untertanen Normen der Billigung und Verurteilung und bilden den Ursprung dieser Grenzen. Zu gegebener Zeit werden wir uns mit der Frage befassen, wie und warum populäre Normen der Verurteilung entstehen und wechseln. Im Moment genügt die Bemerkung, daß diese gegenseitigen Verpflichtungen und Grenzen vorhanden sind und daß ihre Existenz sich im – zeitweilig aussetzenden – Testen der Reaktionen der jeweiligen Gegenseite offenbart, wobei sie zugleich festgelegt werden.[9]

9 Explizite Vorstellungen vom Gesellschaftsvertrag treten in Mythen und Traditionen an zeitlich und örtlich sehr verschiedenen Punkten auf. Um ein afrikanisches Beispiel herauszugreifen: Max Gluckman, *The Ideas in Barotse Jurisprudence*, New Haven 1965, S. 29 f., berichtet, daß nach dem Schöpfungsmythos der Barotse das Königtum vom Volk geschaffen wurde und es von selbst die Verpflichtung zur Tributzahlung übernahm. Nach Gluckman tritt in diesem Mythos die »Idee eines Vertrages zwischen König und Volk« auf Charles Drekmeier, *Kinship and Community in Early India*, Stanford 1962, S. 245, stellt die Behauptung auf, daß »der Hindu-Staatsvertrag, wie auch buddhisti-

Herrscher und Untertan sind hier ganz generelle, einfache und überaus abstrakte Termini für Individuen und, öfter, für Gruppen von Individuen. Am einen Ende des Spektrums – in einem modernen Industriestaat etwa – sind sie weit differenzierter und komplexer als die Begriffe gewöhnlich andeuten. Für das andere Ende des Spektrums – z. B. für eine schriftlose Gesellschaft ohne die Institution von Häuptlingen – scheinen die Termini zu komplex zu sein, um eine Unterscheidung zwischen jenen, die bestimmen, und jenen, die gehorchen, zu kennzeichnen, eine Differenzierung, die in keiner Weise in dauerhafter Form existiert. Ich habe nicht die Absicht, die Sprache über Gebühr zu strapazieren und pseudosoziale Uniformitäten zu schaffen. Diese Unterschiede existieren in der Tat, und gewisse schriftlose Gesellschaften gleiten deshalb über den Rand des hier zu behandelnden Phänomenbereiches hinaus. Wie anfangs bemerkt, kann ihre Art von Gesellschaftsvertrag fast ohne Autorität funktionieren. Gleichwohl ist es klar, daß ein Gesellschaftsvertrag in der eben beschriebenen Form auf zahlreichen Autoritätsebenen innerhalb des modernen Staates besteht. Er liegt offensichtlich den Beziehungen zwischen Arbeitgebern und Arbeitnehmern ebenso zugrunde wie vielen anderen Beziehungen. Er besteht überdies in vielen Gesellschaften ohne formalen Staat, in denen einige Tätigkeiten gute Dauerorganisation und Kooperation erfordern, wie in einigen Formen von Jagdgesellschaften, noch klarer in der Praxis zeitweiliger Kriegsanführer.

Bei dieser Form des Gesellschaftsvertrages hält eine Vielzahl von Gesellschaften und Subgesellschaften wie den eben erwähnten vergleichbare Vorschriften bereit. Autoritätssysteme geben im allge-

sche, im Grunde genommen ein Tauschhandel war: Steuern für Schutz; und die Macht des Königs war durch das heilige Gesetz beschränkt«. Eine andere Darstellung geht gar so weit, den König als bezahlten Diener des Volkes hinzustellen. In anderen Texten ist gelegentlich von dem Recht der Untertanen die Rede, einen ungerechten oder unverantwortlichen König zu entthronen. Derartig explizite und konkretisierte Vorstellungen sind natürlich nicht universal. Für die Griechen jedenfalls läßt sich dergleichen kaum behaupten. Bei Homer, besonders in der *Odyssee*, finden wir eine Reihe von harten Handlungsweisen zwischen spezifischen Menschen und Göttern, die oft nur sehr begrenzten und spezifischen Zielen dienen. Es kann auch einen impliziten Gesellschaftsvertrag im Sinne eines Regelkatalogs geben, nach dem die meisten Menschen leben, ohne daß diese Regeln in dem überlieferten Mythos einen Niederschlag finden.

meinen an: 1. warum Personen, die Autorität ausüben, diesen Status innehaben und 2. wie sie ihn erlangen oder in ihn eintreten. Sehr oft bezeichnet eine Zeremonie, im Falle politischer Herrscher meist eine umfangreiche und komplizierte, den Eintritt einer Person in diesen Status. Die Auswahlmodi variieren natürlich enorm, vom erblichen Königtum bis zur Wahl durch das Los. In diesem Sinne ähnelt der Gesellschaftsvertrag einem unausgefüllten Formular, in das wie bei einer Bewerbung oder einer Einkommenssteuererklärung in begrenztem Ausmaß Werte oder Daten eingetragen werden können.

In jeder Gesellschaft ist die Verletzung der vorherrschenden Prozeduren bei der Auswahl von Autoritäten dazu geeignet, Zorn zu erregen. Versuche, an die Stelle der existierenden Prinzipien neue zu setzen, erzeugen tiefe moralische Entrüstung und politischen Aufruhr. Neue Prinzipien werden aber auch eingeführt, um die Korrektur von Verletzungen oder angeblichen Verletzungen der vorhandenen Praxis zu versuchen.

Es gibt gewisse gegenseitige Verpflichtungen, die im allgemeinen Herrscher und Beherrschte, die Inhaber von Autorität und die ihr Unterworfenen, verbinden. Es sind Verpflichtungen in dem Sinne, daß 1. jede der Parteien einer moralischen Verpflichtung unterliegt, gewisse Aufgaben als ihren Teil des impliziten Gesellschaftsvertrages zu übernehmen, und daß 2. das Versagen einer der Parteien, ihre Verpflichtung zu erfüllen, für die andere die Rechtfertigung dafür bildet, die Ausführung ihrer Aufgabe zu verweigern. Jede Partei findet die moralische Rechtfertigung und Unterstützung für ihr eigenes Gefühl von Empörung und Zorn im angeblichen Versagen der anderen, ihrer Aufgabe gerecht zu werden. Karl I. von England beschuldigte seine parlamentarischen Gegner, die Gesetze Englands zu verletzen, und versuchte, sich selbst als Schirmherr der Freiheiten der Untertanen darzustellen; die parlamentarischen Führer beschuldigten ihn, bei der Erfüllung der Verpflichtungen, die sich aus dem Königtum ergäben, versagt und mit seinen Untertanen Mißbrauch getrieben zu haben. Unterdessen warfen einige die Frage auf, ob England überhaupt einen König brauche. Während der Kaiserzeit beschuldigten chinesische Rebellen den Kaiser, er habe bei der Erfüllung seiner Aufgabe versagt und dadurch das Mandat des Himmels verloren. Würden sie obsiegen, fiele der göttliche Auftrag an sie; im Falle einer Niederlage gingen sie in die

Geschichtsbücher als Briganten ein, die versucht hatten, das Volk dazu zu verführen, seine Verpflichtungen gegenüber dem Kaiser nicht mehr zu erfüllen. Zumindest ein Rebellenführer ging so weit, das Mandat des Himmels mit dem überraschenden Zynismus eines Gauners zu behandeln, der es lediglich dazu benutzen will, der breiten Masse Sand in die Augen zu streuen[10]; aber vor dem Eindringen westlicher Ideen tat kein chinesischer Rebell den radikalen Schritt zu fragen, ob man überhaupt einen Kaiser bräuchte. Wenn auch die Chinesen der vorindustriellen Zeit ihre Herausforderung nicht so weit trieben wie die Engländer jener Zeit, so finden wir doch in beiden Gesellschaften, wie auch in vielen anderen, ein ziemlich ausgeprägtes Gefühl für bestehende gegenseitige Verpflichtungen, ein Gefühl, das am lebhaftesten in Zeiten der Anfechtung auftritt, die die moralische Leidenschaft auf beiden Seiten aufwühlt.[11]

Bei einem ersten Überblick zerfallen diese Verpflichtungen in drei unterscheidbare, aber verwandte Bereiche. Die erste, vielleicht wichtigste Verpflichtung des Herrschers ist Schutz, besonders der Schutz vor auswärtigen Feinden. Diese Verpflichtung gilt nicht nur für das Oberhaupt eines Staates, sondern auch für viel niedrigere Ebenen der Macht. In diesem Zusammenhang lohnt es, die Aufmerksamkeit auf das weitverbreitete Gefühl zu lenken, daß der Herrscher irgendwie Mitglied derselben Gruppe sein sollte: Eine solche Person sollte mit den Untertanen hinreichend viele Kultur-

10 Vincent Y. C. Shih, *Some Chinese Rebel Ideologies*, in: *T'oung Pao*, Bd. 44 (1956), S. 214 f.

11 Die Verpflichtung für die mit Autorität ausgestatteten Personen sind in schriftlosen Gesellschaften oft sehr stark. Max Gluckman trifft die Feststellung, daß in Stammesgesellschaften vom Oberhaupt immer erwartet wird, den in Not Befindlichen konkret beizustehen, und zwar in einer Weise, die sich sehr von der durch moderne Wohlfahrtseinrichtungen gewährten Hilfe unterscheidet. Bei den von ihm beobachteten Barotse in Afrika besteht die wichtigste Verpflichtung des Königs darin, jedem seiner Untertanen mit Wohnraum und einem Stück fruchtbarem Land zu versorgen. Vgl. Max Gluckman, *The Ideas . . .*, a. a. O., S. 6, 80. Darüber, was mit der Autorität geschieht, die den Verpflichtungen oder Erwartungen nicht nachkommt, konnte ich in den anthropologischen Abhandlungen nicht viel finden. Leopold Pospisil, *Kapauku Papuans and Their Law*, New Haven 1958, S. 244 f., berichtet von einem eindrucksvollen Fall, auf den wir später noch näher zu sprechen kommen werden, in dem es augenscheinlich eine Verpflichtung gibt, eine führende Person zu töten, wenn sie den gesellschaftlichen Erwartungen nicht nachkommt.

eigentümlichkeiten gemeinsam haben, um diesen die Identifizierung mit dem Herrscher zu ermöglichen. Es gibt keinen Grund, dieses Gefühlsbedürfnis einer Art Herdeninstinkt oder angeborener Aversion gegen das Fremde zuzuschreiben. Gewöhnlich sind Ausländer Eroberer, die »uns« unterdrückt haben, oder Menschen, die zu unterdrücken und auszubeuten »uns« einmal gelang – Sklaven, Einwanderer oder Opfer »unserer« Eroberungen. Wenn der Fremde eher ein gleicher ist, wie im Fall von Flüchtlingen mit gesellschaftlich nützlichen Fertigkeiten, ist ein solches Individuum ein potentieller Konkurrent. Auch wenn es Fälle gibt, in denen man einen machtvollen fremden Schirmherrn suchte, so ist dies für Untertanen ein Zeichen von Schwäche und eine an sich schon unangenehme Situation.

Vom Standpunkt der vorliegenden Untersuchung aus gesehen, ist die interessanteste Herrscherverpflichtung diejenige zur Erhaltung von Friede und Ordnung. Der Kern dieser Funktion ist es, Streitigkeiten, die zwischen den Untertanen und zwischen Untertan und Herrscher auftreten, auf eine Art beizulegen, die alle Parteien als im Grunde gerecht ansehen können.[12] Das Problem, das uns dabei am meisten interessiert, ist die Frage, ob es kulturüberschreitende und transhistorische Vorstellungen von Gerechtigkeit gibt oder ob solche Vorstellungen derart historisch spezifisch und kulturell limitiert sind, daß jede Verallgemeinerung unmöglich oder fruchtlos wäre. Ich will alsbald einige Gründe dafür anführen, daß es allgemeine Begriffe von Ungerechtigkeit und ungerechtem Verhalten gibt, konsequenterweise daher auch vom angemessenen Verhalten der Herrscher. Sie werden uns besser einleuchten, wenn wir uns die wichtigen Situationen im Zusammenhang mit dem gesamten Bereich der gegenseitigen Verpflichtungen zwischen Herrschern und Beherrschten und den Formen und Konsequenzen der möglichen Verletzung dieser Verpflichtungen ansehen.

12 Als Reaktion auf die Zentralisierungsbemühungen von Shih-huang-ti (Ch'in Dynastie), dem Erbauer der Großen Chinesischen Mauer, formulierte ein Rebell im Jahr 206 v. Chr. als Teil seines Programms einen Satz, der als Minimaldefinition von Legalität und Fairneß gelten könnte: »Es wird nur drei Punkte im Gesetz geben: derjenige, der tötet, wird sterben, und derjenige, welcher andere Leute verletzt oder bestiehlt, unterliegt der Strafe. Alles andere in Ch'ins Gesetz wird aufgehoben.« Vgl. Shih, *Some Chinese* . . ., a. a. O., S. 159.

Die dritte Verpflichtung des Herrschers ist, sich so zu verhalten, daß er zur materiellen Sicherheit der Untertanen beiträgt – materielle Wohlfahrt zu sagen, würde zu sehr die Betonung auf Akkumulation von Wohlstand legen. Die Formen dieser Verpflichtungen können von der Magie der Regenkönigin der Lovedu, einer geheimen und mysteriösen Herrscherin über einen der Bantu-Stämme, bis zu den Bemühungen amerikanischer Präsidenten zur Abwehr einer Depression reichen. Die Vorstellung des 19. Jahrhunderts, daß die Gesellschaft keine Verantwortung für den Wohlstand der Bevölkerung trage, daß es besonders unnütz und ganz unmoralisch sei, vom Staatsoberhaupt effektive Schritte gegen Bedrohungen des Volkswohlstandes zu erwarten, wirkt heute wie eine eher geringfügige historische Abirrung. In England, wo dieser Gedanke seinen klaren Ausdruck fand, wurde er in der Praxis nicht sehr ernst genommen.

Folglich erweist sich die Sicherheit als das Kernstück des vom Herrscher erwarteten Beitrags: Sicherheit vor Verheerungen von außen wie im Inneren, vor übernatürlicher, natürlicher und menschlicher Bedrohung der Lebensmittelversorgung und anderer materieller Grundlagen des Alltagslebens. Dafür ist der Untertan verpflichtet, den Anordnungen zu gehorchen, die diesen Zwecken dienen, bei der gemeinsamen Verteidigung mitzuwirken (was in jenen wenigen Gesellschaften entfällt, die keinen Krieg kennen), materiell zum Unterhalt der Herrscher beizutragen, die in der Regel nicht direkt an der ökonomischen Produktion teilnehmen. Schließlich wird von den Untertanen generell erwartet, daß sie durch ihre eigenen gesellschaftlichen Übereinkünfte mit zur Aufrechterhaltung des Friedens beitragen.

Es versteht sich von selbst, daß es zahlreiche Variationen dieser Themen und der Grade ihrer Durcharbeitung gibt. Es gibt aber auch berechtigte Gründe zur Skepsis gegenüber jedweder Interpretation, wonach diese gegenseitigen Verpflichtungen gewöhnlich auf ein allgemeines System mit gleicher Lastenverteilung für die Inhaber von Macht und die ihr Unterworfenen sowie auf eine harmonische Beziehung zwischen den Teilen und Funktionen der gesellschaftlichen Ordnung hinauslaufen. Gleichwohl ist es wichtig festzuhalten, daß für sehr viele Menschen, besonders für die Massen am unteren Ende der Pyramide in stratifizierten Gesellschaften, die gesellschaftliche Ordnung aus eigenem Recht eine gute Sache ist, eine Sache, für die sie oft bereitwillig andere Werte opfern. Sie verabscheuen gewalttätige oder unberechenbare Einmischung in ihr tägliches Leben, gleichgültig ob dieses von Briganten, religiösen oder politischen Fanatikern oder Agenten der Macht ausgeht. Die Menschen werden im allgemeinen selbst dann, wenn sie zum Teil durch Einschüchterung dazu gebracht werden, einen politischen Führer unterstützen, der Friede und Ordnung verspricht, besonders dann, wenn er dies unter einem Schleier von Legitimität – nach den jeweils gültigen Begriffen – tun kann.[13] Obgleich der Machtbeziehungen unterliegende Gesellschaftsvertrag immer wieder getestet und neu verhandelt wird und in Revolutionen auch fast völlig zusammenbrechen kann[14], will ich hier die Hypothese vortragen, daß bestimmte Arten des Vertragsbruches ganz generell moralische Empörung und ein Gefühl, daß Unrecht geschieht, unter den der Macht Unterworfenen erregt. Wo wir diesen Zorn nicht finden, werden wir in der Regel bestimmte repressive Mechanismen finden, einen Situationstypus, der im nächsten Kapitel behandelt wird. In Autoritätsbeziehungen sind die archetypischen Situationen jene, in denen die Herrscherfigur ihr Amt nicht angemessen versieht, d. h. keine Sicherheit gewährleistet, oder persönliche Vorteile auf Kosten der gesellschaftlichen Ordnung zu erlangen sucht.

13 Eine berühmte Beschreibung einer alten chinesischen Utopie aus dem Buch der Riten und zitiert bei Jean Chesneaus, *Les Traditions égalitaires et utopiques en Orient*, in: *Diogène* Nr. 62 (April/Juni 1968), S. 90, erklärt, daß dies ein Zeitalter war, wo es keine Diebe und Briganten gab und die Haustüren offen gelassen wurden. Europäische Historiker betonen die Leiden der französischen, deutschen, spanischen und anderer Bevölkerungen während der Perioden von Anarchie und Religionskriegen und ihre Bereitschaft zur Unterstützung einer starken Macht, die ihrem Leiden ein Ende bereitet. Wie Eric Hobsbawm in seinen *Sozialrebellen* zeigt, erhält ein Brigant, der einige lokal begrenzte Unterstützung erfährt, diese *gegen* eine unberechenbare und schwache zentrale Gewalt. Falls sich ein politischer Führer in einer chaotischen Situation seine eigenen bewaffneten Banden organisiert, so schüchtert er natürlich teilweise die Bevölkerung ein, um Unterstützung zu erlangen. Ein Großteil der revolutionären Unterstützung durch »das Volk« ist offenkundig künstlich und das Resultat purer Einschüchterung. Doch kann das Programm der Revolutionäre weit mehr Unterstützung im Volk gewinnen, wenn die Gegenseite aus noch schlimmeren Tyrannen besteht.

14 Die lokalen Vertretungen der Autorität des *ancien régime* oder der Revolution können sich natürlich nur so lange unsicher halten, bis die neue Ordnung errichtet ist.

Bevor wir zu einer detaillierten Analyse kommen, erscheinen einige zusätzliche qualifizierende und klärende Erläuterungen tunlich. Das Volksempfinden neigt nicht dazu, die Herrschenden ausschließlich nach ihrer Verantwortlichkeit zu beurteilen. Wenn etwas deutlich ist, dann die Tendenz, einer Autorität, die allzu sehr nach dem Buchstaben des Gesetzes herrscht, negative Gefühle entgegenzubringen und ihr zu mißtrauen.[15] Dem positiven Bild der Autorität entspricht eher die barsche, harte Vaterfigur, deren seltene Wutausbrüche ihre Fähigkeit zeigen, zu schützen und »unsere« Feinde einzuschüchtern, deren menschliche Schwächen aber auch einige Hoffnung auf die Vergebung »unserer« Übertretungen wecken.

Die Wurzel dieser paternalistischen Vorstellung von Autorität und der Grund für ihr häufiges Auftreten liegen wahrscheinlich in den Kindheitserfahrungen. Da das Kind sein Leben in völliger Abhängigkeit von den Eltern beginnt, dürfte die Autorität der Eltern, die anfangs der Ursprung aller Freuden sind, ein sehr positives Element bilden. Auch betrifft die elterliche Autorität wahrscheinlich die Gesamtheit der täglichen Aktivitäten eines Kindes: Art und Zeitpunkt von Essen, Ausscheidung, Spiel und Schlaf. Funktionalspezifische Autorität, d. h. eine solche, die auf bestimmte Sphären des Lebens beschränkt ist, begegnet dem Kind, wenn überhaupt, erst später. Tatsächlich hat sich diese Form der Autorität auch nur in einigen Teilen des modernen Lebens im Industriezeitalter hoch entwickelt.[16] Heutzutage wird die Autorität des Arbeitgebers gegenüber dem Arbeitnehmer immer strikter auf die Arbeitszeit und

15 Es gibt einige Gründe für die These, daß der *homo sapiens* im Grunde genommen ein Anarchist oder zumindest ein altmodischer Liberaler ist. Selbst dort, wo die Autorität völlig legitim und akzeptiert zu sein scheint, gibt es Anzeichen von Argwohn und Feindseligkeit. Gluckman, *The Ideas* ..., a. a. O., S. 38, zufolge sagen die Barotse, daß »jeder den Prinzen so lange liebt, bis er König geworden ist; danach haßt ihn jeder«. Autorität impliziert immer zu einem gewissen Grad Beschränkung und damit Frustration. Auf der anderen Seite aber bietet sie auch, wie wir bereits vorher festgestellt haben, die Voraussetzung für Sicherheit. Daraus folgt, daß Menschen immer nach einer Autorität verlangen und sie doch gleichzeitig ablehnen.

16 Diffuse paternalistische Autorität wird an einem Beispiel gut beschrieben von J. J. Maquet, *The Premise of Inequality in Ruanda: A Study of Political Relations in a Central African Kingdom*, London 1961, S. 161 f., 168 f. Das Akzeptieren von Ungleichheit festigte für lange Jahre den inneren Frieden. In jüngster Zeit allerdings brach das System durch ein von der herrschenden

auf das Verhalten während der Arbeit begrenzt. In vielen Fällen ruft eine solche Autorität moralische Entrüstung hervor, wenn sie sich auf Haartracht, Kleidung (die ein Eindringen von Sexualität in die formell desexualisierte Sphäre der Arbeitsbeziehungen widerspiegeln könnte) und, natürlich, auf Hautfarbe und Religionszugehörigkeit erstreckt. Aber dieser nationalistische und individualistische Trend zur persönlichen Autonomie stößt auf mächtige Impulse, die sich aus der Kindheitserfahrung herleiten, auf das Verlangen nach einer alles einhüllenden Autorität und nach der Sicherheit, welche diese Autorität geben soll. Wenn dieses Bedürfnis nach einer diffusen väterlichen Autorität von den Kindheitserfahrungen herrührt, so würde das zu erklären helfen, warum es für Menschen oft so schrecklich schwierig ist zu glauben, daß die vorherrschende Autorität inhärent grausam und böse ist; der Fall Hiobs oder das Verhalten so mancher Opfer des stalinistischen Terrors sind Beispiele dafür. Es gibt hier natürlich beträchtliche Variationen, die sich nicht alle aus den unterschiedlichen Kindheitserfahrungen erklären lassen. Im Augenblick brauchen wir nicht mehr zu tun, als eine weitverbreitete Tendenz, die Bestimmungen des impliziten Gesellschaftsvertrages zum Vorteil der Herrschenden und einige der Gründe für diese Neigung zur Kenntnis zu nehmen.

Wenn diese sehr allgemein gehaltenen Beobachtungen uns ein wenig helfen, die populären und plebejischen konservativen Tendenzen etwas besser zu verstehen, was ist dann mit der entgegengesetzten Reaktion – derjenigen, die das Verhalten der Vorgesetzten als ungerecht, als etwas, gegen das man opponieren muß, ansieht? Gehorsam impliziert die Kontrolle von Trieben, und es ist eine vernünftige Arbeitshypothese, daß die Kontrolle von Trieben immer mit einem gewissen Grad an Unannehmlichkeit und, in schweren Fällen, wirklichem Schmerz verbunden ist. Es ist eine zuverlässige Voraussage, daß geringe Formen der Subversion noch in den sanftesten Formen der menschlichen Autorität gefunden werden können. Die allgemeine Situation offenbart Grenzen des Gehorsams, jenseits welcher die Handlungen der Macht launisch,

Schicht veranstaltetes schweres Blutbad zusammen, wofür wahrscheinlich das Eindringen von Europäern und der verschärfte Kampf um Ressourcen verantwortlich ist. Berichte hierüber erschienen in der *New York Times* vom 31. Mai 1972 und vom 6. Juni 1973.

gewaltsam und ungerecht erscheinen. Die Einstellungen des Volkes zur Autorität sind verständlicherweise von Ambivalenzen durchsetzt, und in vielen Kulturen – nicht in allen – gibt es Beweise für eine mächtige egalitäre Unterströmung, für Widerstand und Argwohn gegen alle Formen der Unterordnung eines Menschen unter einen anderen.[17]

Nun können wir uns speziellen Verletzungen des Gesellschaftsvertrages zuwenden. Wenn Autoritäten ihre Schutzpflicht vernachlässigen, so ist das ziemlich augenfällig und braucht uns nicht lange aufzuhalten. Auch der Verrat von seiten der Untertanen ist eine Verletzung; er kann in den verschiedensten Kampfformen seinen Ausdruck finden, von offen militärischen Handlungen bis zum wirklichen oder angeblichen »Ausverkauf« des Gewerkschaftsführers in modernen ökonomischen Konflikten. In schweren Fällen – und es gibt natürlich alle Arten von Abstufungen – besteht die Strafe für den Herrscher in der Verwirkung des Rechtes zu regieren, für den Untertan im Verlust der Mitgliedsrechte in der Gesellschaft – wenn nicht in Schlimmerem.

Es ist nicht nötig, auf dem provozierten Gefühl der Ungerechtigkeit herumzureiten. Chinesische Rebellen unter der Sung-Dynastie benutzten bei dem Versuch, die Dynastie zu diskreditieren, Tributzahlungen an die Barbaren in einer Weise, die auch in der westlichen Gesellschaft völlig verständlich wäre. Allgemeiner gesprochen, Herrscher, die ihre eigene Gesellschaft nicht schützen können, deren Mißerfolg im Krieg sie diskreditiert, verwirken in der Regel das Recht zu herrschen. Verschiedentlich sind militärische Schlappen oder augenfällige Inkompetenz das Vorspiel zu revolutionären Erhebungen gewesen.

Wenn die Herrschenden es verabsäumen, ihre eigenen Machtinstrumente zu kontrollieren, oder wenn sie dazu nicht fähig sind oder diese vorsätzlich mißbrauchen, sind die Konsequenzen vielfältiger und verwirrender. Natürlich fehlt es bei Plünderungen

17 Der Propagandaaufruf eines anderen chinesischen Rebellen faßt sehr treffend die Forderungen eines Großteils der Bevölkerung zusammen: »Li Tzucheng tötet nicht, er liebt keinen Reichtum; er verletzt keine Frauen, er plündert nicht; er wird auf anständige Weise kaufen und verkaufen und dem Volke alle Steuern erlassen; er wird das Geld der Reichen unter dem Volk verteilen.« Wie Shih, der diese Passage in den *Rebel Ideologies* . . ., a. a. O., S. 208 zitiert, bemerkt, erstaunt es nicht, daß sich die Ming-Regierung mit ihm schwertat.

durch die eigenen Truppen keiner Bevölkerung an Groll und Wut: ein anderes wiederkehrendes Thema in chinesischen Rebellionen. Aber es kommt keineswegs immer vor, daß solches Rauben und Plündern eine heftige Reaktion hervorruft. Auf all die Schändlichkeiten und Brutalitäten im Dreißigjährigen Krieg in Europa erfolgte überraschend wenig. Ebenso scheint die Ansicht sehr weit verbreitet zu sein, daß die Inhaber der Macht jene, die ihnen unterstehen, nicht zu hart bestrafen sollten, es sei denn für festumrissene Verbrechen. Auch dies finden wir in China wie im Westen. Auf der einen Seite weiß jeder, daß willkürliche Strafen immer sehr weit verbreitet gewesen sind, nicht nur in modernen Diktaturen und in Konzentrationslagern. Obschon Furcht und Hilflosigkeit wohl das Fehlen von offenem Widerstand erklären können, müssen wir genauer zu verstehen suchen, welche Faktoren dieses Gefühl hilfloser Furcht erzeugen. Offener und erdrückender Terror in den Händen der Macht erscheint nicht als ausreichende Erklärung, denn Menschen in derartigen Situationen unternehmen von Zeit zu Zeit objektiv hoffnungslose Widerstandshandlungen. Im Moment jedoch interessieren uns diese Fragen nicht. Der entscheidende Punkt ist, daß trotz vieler Abstufungen der Sensitivität jede Kultur doch irgendeine *bestimmte* Definition für willkürliche Grausamkeit von seiten dessen, der die Macht besitzt, aufzuweisen scheint.

Mißbrauch der Gewaltmittel durch die Herrschenden gegen die eigenen Untertanen ist eine extreme Verletzung der Verpflichtung, Frieden zu halten. Wir haben gesehen, daß ein Hauptbestandteil dieser Verpflichtung darin besteht, Streitigkeiten unter den Untertanen beizulegen. Diese Verpflichtung, die die Rechtspflege mit einschließt, aber über die gewöhnlich mit diesem Ausdruck verbundenen formalen Regelungen weit hinausgeht, ist Teil legitimer Autorität, wo immer sie besteht. Für einen Vorarbeiter in der Industrie, einen Unteroffizier im Militärdienst oder einen Administrator in irgendeiner bürokratischen Hierarchie ist es eine seiner normalen Aufgaben, Meinungsverschiedenheiten und Zank zwischen Untergebenen zu schlichten. Allgemeiner formuliert: das Recht, sich in Konflikte einzumischen, ist eines der am heftigsten begehrten und eifersüchtig bewahrten Vorrechte der Autorität, gleichgültig ob sie bürokratisch oder anders strukturiert ist. Für die Machthaber besteht eine ständige Neigung, diesen Prozeß mit ihrem eigenen Vorteil zu verflechten, und auf seiten der Untertanen eine entsprechende Tendenz zu widerstehen, auszuweichen oder der Autorität zu opponieren.[18] An diesem Punkt unserer Untersuchung ist die Hauptfrage, ob dieser Opposition irgendwelche erkennbare gemeinsame Standards zugrunde liegen. Auf den ersten Blick erscheint es als unwesentlich, ob man in der griechisch-jüdischen Tradition herangewachsen oder dem Einfluß des römischen Rechts ausgesetzt gewesen sein muß, um zu fühlen, daß einem eine unfaire Behandlung zuteil geworden ist. Das Gemeinsame in den Vorstellungen von dem, was als unfaire Behandlung gilt, ist, so möchte ich vorschlagen, eine Verletzung der Reziprozität. Die Macht erreicht einen Vorteil und schädigt das beeinträchtigte Individuum ohne jede wirkliche Rechtfertigung im Sinn eines Gewinns für die Gesellschaft insgesamt. Als David, um Bathsheba zur Frau zu nehmen, deren Mann in den sicheren Tod schickte, trieb er das Paradigmatische dieser Situation auf die Spitze; möglicherweise ein Grund dafür, warum sie so berühmt ist. Auch wenn die Form viel abstrakter und weniger dramatisch ist, lassen sich doch in den Klagen der chinesischen Rebellen darüber, daß die hohen Minister ihr Amt dazu gebrauchten, um ihre Feinde anzuklagen und ihre Verwandten zu schützen, während dank persönlicher Verbindungen Verbrechen ungesühnt blieben, dieselben wesentlichen Elemente leicht wiedererkennen.[19]

18 Eine Ursache dieser Opposition liegt, besonders in stratifizierten Gesellschaften, in der Tendenz von Gruppen, die einer über ihnen stehenden Autorität unterworfen sind, ihre internen Streitigkeiten auf traditionelle Weisen beizulegen oder aber neue zu entwickeln. Gluckman, *The Ideas* . . ., a. a. O., S. 212, liefert ein anschauliches Beispiel dafür, wie eine derartige Einmischung Empörung hervorrufen kann. Im Falle eines Totschlags intervenierte der Barotse-König und befahl den Angehörigen des Toten die Akzeptierung einer Entschädigung, da die Tötung unabsichtlich erfolgt war. Der Vater des getöteten Mannes wies die Entschädigung zurück und versuchte den Täter umzubringen. Daraufhin ordnete der König die Hinrichtung des Vaters an, dem dann aber die Flucht gelang. Ohne Durkheim zu nahe treten zu wollen: die Reaktion moralischer Empörung dient keineswegs immer der Wiederherstellung der sozialen Ordnung, denn es kommt darauf an, wessen Ordnung auf dem Spiel steht. Im großen und ganzen scheint es so, daß die Versuche untergeordneter Gruppen, eigene Regeln der Schlichtung interner Konflikte zu entwickeln, mit dem Ziel erfolgen, ein gewisses Maß an Unabhängigkeit gegenüber der höheren Autorität aufrechtzuerhalten.

19 Shih, *Rebel Ideologies* . . ., a. a. O., S. 197.

Zu einer ähnlichen Verletzung kommt es, wenn Herrschende der Bevölkerung für Zwecke, die diese nicht akzeptiert, meist weil solche Ziele ihren eigenen Lebensbedürfnissen und ihren Interessen fernliegen, harte materielle Entbehrungen aufbürden. Ein in einem anderen Zusammenhang bereits erwähnter chinesischer Aufstand unter den Sung fand seine Rechtfertigung in der Berufung auf das unerträgliche Elend, das durch die Gier des Herrschers, um jeden Preis, bestimmte seltene Pflanzen und Steine zu erlangen, hervorgerufen worden sei.[20]

Ein der Rebellion feindlich gesonnener Chinese führt in seinem Bericht über den Aufstand eine Episode an, die etwas Allgemeingültiges hat:

> ... dann nutzte [Fang-La, der Führer der Rebellion] die Gefühle der Menschen aus, die das Unerträgliche erlitten, sammelte insgeheim die Armen und Ärmsten und Müßiggänger und gab ihnen Almosen, um sie für sich zu gewinnen. Als er sich ihrer Unterstützung sicher war, ließ er Stiere schlachten und Wein austeilen und rief mehr als hundert besonders Verruchte zu einem Fest zusammen. Nach einigen Lagen Wein erhob sich La und sagte: ›Grundsätzlich gibt es ein einziges Prinzip, das Staat und Familie zugrunde liegt. Angenommen, die Jungen sollten pflügen und weben und schufteten das ganze Jahr hindurch, und wenn sie etwas Getreide und Tuch zusammengebracht hätten, nähmen die Älteren ihnen alles weg, verschwendeten es und peitschten sie für das kleinste Vergehen, wobei sie keinerlei Gnade zeigen würden, selbst wenn sie sie zu Tode folterten. Würde euch das gefallen?‹ ›Natürlich nicht‹, antworteten alle.[21]

Die Annahme der Universalität ergibt sich aus der Wahrscheinlichkeit, daß eine Reihe von Untertanen bestimmte Vorstellungen von den eigentlichen Aufgaben und Verpflichtungen des Herrschers, von den eigentlichen Zwecken der Macht haben wird und daß deren offenkundige Verletzung ein Gefühl moralischer Empörung und ein Gefühl der Ungerechtigkeit hervorbringt.

Ein weiteres Beispiel für Einstellungen des Volkes gegenüber einer besonderen Form des Mißbrauchs und der widerrechtlichen Aneignung von Ressourcen bietet die Bestechung. Das Lexikon definiert Bestechung als ein Geschenk oder als das Versprechen einer Belohnung, um Urteilsvermögen oder Verhalten zu korrumpieren. In diesem Sinne gibt es sie wahrscheinlich in allen menschlichen Gesellschaften (einschließlich der schriftlosen, ohne formale politi-

20 *Ebenda*, S. 179.
21 *Ebenda*, S. 183.

sche Institutionen), da alle menschlichen Gesellschaften moralische Regeln haben, deren Bestehen in gewisser Hinsicht ein Urteil entgegen den Wünschen der Mitglieder der gegebenen Gesellschaft reflektiert. Auch hier bringen Nachforschung und nähere Betrachtung aufschlußreiche Ambivalenzen zutage. Bestechung besteht darin, in moralisch zu verurteilender Art und Weise die unwiderstehliche Macht des Willens eines X mit dem unerschütterlichen Inhalt des Einspruchs eines Y gegenüber dem, was gewollt wird, zu versöhnen. Im Klartext, X und Y können sowohl für die Herrscher wie für die Beherrschten stehen. Im China vor der Wende zum 20. Jahrhundert stellten angebliche Korruption und Bestechung wiederkehrende Themen bei Rebellionen dar. In den amerikanischen Städten des 19. Jahrhunderts war unter der Herrschaft von Bossen Bestechung ein Weg, durch den die unteren Klassen und die Einwanderer die Härten des Gesetzes milderten. Sie war in ihren Händen eher eine Waffe als etwas, worüber man Empörung von ihnen erwartete. Bestechung ist der amerikanische Ersatz für den Klassenkampf genannt worden.[22]

Überall in der Welt ist eine einigermaßen ehrenhafte Regierung eine relativ junge historische Neuerung. Obwohl die moralischen Einstellungen gegenüber der Bestechung und den an ihr Beteiligten zeitlich und örtlich sehr unterschiedlich sind (und zwar gesellschaftlich wie geographisch), tritt doch ein gemeinsamer Kern negativer Einstellungen ihr gegenüber zutage.

Um diesen Teil der Diskussion abzuschließen, will ich ein generelleres Problem aufwerfen: Haben Menschen ganz allgemein ein Gefühl dafür, daß bestimmte Formen der Bestrafung ungerecht sind? Wir können eine ungerechte Bestrafung definieren als eine solche, die Abscheu hervorruft, weil sie entweder unverdient oder übermäßig hart und grausam ist oder beides auf irgendeine Weise kombiniert. Angesichts der Vielfalt der Erfindungsgabe und Grausamkeit, deren Menschen sich bei ihrer gegenseitigen Bestrafung

22 Vielleicht ist dieser Gesichtspunkt romantisiert worden. Es liegt in der Natur der Sache, daß die Bestechung eine Form angenommen haben muß, in der geringe Summen von den Armen für kleine Vorteile wie etwa die Gewährung einer Lizenz für Schubkarren oder die Nachsicht bei kleinen Gesetzesübertretungen genommen werden. Diese Art der Bestechung hat den Anstrich von Erpressung der ganz Armen durch die etwas weniger Mittellosen, ein ›Arrangement‹, das der Plutokratie die Last des Regierens erspart hat.

und Folterung fähig gezeigt haben, scheint auf den ersten Blick die Behauptung fast bizarr zu sein, es könne etwas geben, das auch nur entfernt einer universalen Vorstellung von gerechter Strafe ähnelte. Es gibt jedoch Gründe, daran festzuhalten, daß diese Vielfalt auf ein paar einfache, miteinander verbundene Prinzipien reduziert werden kann.

Hier ist es vielleicht am besten, mit einem konkreten Beispiel zu beginnen und auf Generalisierungen hinzuarbeiten. Das Schlimmste, was jemandem bei den Kapauku-Papua passieren kann, ist nach ihrer Meinung die Einsperrung in ein Gefängnis des weißen Mannes. Von einem scharfsinnigen Anthropologen befragt, was am Gefängnis so schlimm sei, antwortete ein Eingeborener, daß die Lebenssubstanz eines Mannes im Gefängnis entarte und er sterbe.

> Wir töteten gewöhnlich nur sehr schlechte Menschen, aber nun kann man ins Gefängnis kommen einfach wegen Diebstahls oder sogar wegen der Teilnahme am Kampf im Krieg. Jemand stirbt, wenn er von einem Pfeil getroffen wird, aber im Gefängnis hat man vor dem Tod zu leiden. Man muß an einem einzigen Platz bleiben, und man muß arbeiten, wenn man es nicht will. Das Gefängnis ist wirklich die schlimmste Sache. Menschen sollten so nicht handeln. Das ist höchst unmoralisch.[23]

Aus der weiteren Fülle von Material, das dieser Anthropologe – der ihre Sprache lernte und ein akzeptiertes Mitglied ihrer Gemeinschaft wurde – vorlegt, wird klar, daß für die Kapauku-Papua das Wesen des Menschseins in Autonomie, Unabhängigkeit, Freiheit und in der Möglichkeit zum Erwerb von Reichtum und Einfluß besteht. Jede schwere Einschränkung dieser Unabhängigkeit, z. B. das Gefängnis des weißen Mannes, erscheint ihnen als eine Verletzung dieses Menschseins.

Im Spektrum der überlieferten Begriffe von Menschsein sind die Kapauku-Papua, wie die amerikanischen Kapitalisten des 19. Jahrhunderts, in ihrer Betonung der individuellen Eigenschaften zuungunsten von Kooperativen vielleicht etwas extrem. Doch das ist für das vorliegende Problem unwichtig. Der lehrreiche und aufschlußreiche Gesichtspunkt dieses Beispiels ist die enge Verbindung zwischen einer spezifischen Vorstellung von Menschlichkeit und den Überzeugungen von der Ungerechtigkeit bestimmter Strafformen,

23 Leopold Pospisil, *Kapauku Papuans* . . ., a. a. O., S. 77.

Überzeugungen, deren offensichtliche Verletzung moralische Empörung auslöst. In dieser Gesellschaft gibt es bestimmte Bestrafungen, die man anderen Menschen nicht zufügen sollte, da sie zu qualvoll und zu erniedrigend sind.

Solche Gefühle sind sehr weit verbreitet. Die Bestrafungen, die abgelehnt werden, wechseln in Übereinstimmung mit den variierenden Vorstellungen vom menschlichen Sein. In vielen Gesellschaften mit Klassen- oder Kastensystemen existieren kodifizierte Strafsysteme, die jeder einzelnen Kaste oder Klasse entsprechen, weil von jeder angenommen wird, daß sie unterschiedliche Grade oder Formen von Menschsein repräsentiert. Je weniger »menschlich« das Opfer, desto grausamer und qualvoller ist im allgemeinen die als gerechtfertigt geltende Strafe. Die oberen Klassen repräsentieren »wahres« Menschsein, während die auf der untersten Stufe der gesellschaftlichen Hierarchie, Sklaven z. B., am weitesten davon entfernt sind. Solche Normen regeln und bestrafen auch aggressives Verhalten zwischen Individuen unterschiedlicher Schichten, indem sie den Mitgliedern der niedrigeren Schichten, die Höherstehende angreifen, schwere Strafen auferlegen, es im umgekehrten Fall aber mit leichteren bewenden lassen. Grausamkeit gegenüber der unteren Schicht findet ihre Rechtfertigung darin, daß diese in gewissem Sinn nicht wirklich Menschen seien. Ähnliche Prinzipien gelten im Krieg. Wo der Feind als unmenschlich oder minderwertig definiert wird, können die härtesten Grausamkeiten moralisch gerechtfertigt erscheinen und lösen keine Abscheu aus. Auf der anderen Seite können aristokratische Normen zumindest die Führer des Feindes als Aristokratenkollegen definieren, die soweit wie möglich geschont werden sollten. Homer stellt das Verhalten des Achilles, der Hektors Körper vor den Toren Trojas durch den Staub schleift, als einen abstoßenden Akt dar, der aus seinem Zorn über den Tod des Patroklos, seines engsten Freundes, resultiert. In unserer Zeit empfinden moralisch sensible Individuen Empörung und Abscheu über die Grausamkeiten amerikanischer Truppen oder über die amerikanischer Gerichte und Gefängnisse gegenüber Schwarzen und armen Leuten, denn die Auffassung ist heute weit verbreitet, daß alle Menschen einige essentielle Eigenschaften teilen.

Die Gründe für den Wandel der gesellschaftlichen Definition dessen, was menschlich ist und was nicht und was die verschiedenen

Abstufungen dazwischen sein sollen, sind zu komplex und zu wenig bekannt, als daß hier ein Versuch zu ihrer Entschlüsselung unternommen werden könnte. Es genügt, sich daran zu erinnern, daß die meisten oder vielleicht alle menschlichen Gesellschaften über irgendeine Definition verfügen, welche ihre eigene soziale Ordnung reflektiert, und daß der Charakter dieser Definition den Formen und besonders der Härte der Strafen, die die Mitglieder dieser Gesellschaft für moralisch angemessen halten, Grenzen setzt. Noch einmal, es ist notwendig zu betonen, daß die Grenzen gerade dazu da sind, überschritten zu werden, und daß höchstwahrscheinlich in jeder großen Gesellschaft mehr als eine Definition in Umlauf ist. Die Überschreitung dieser Grenzen wird wahrscheinlich dennoch eine Reaktion moralischer Empörung und das Gefühl, daß Unrecht geschieht, hervorrufen.
Ob eine bestimmte Strafe verdient oder unverdient ist, stellt nicht dieselbe Frage dar wie die, ob sie grausam, unmenschlich oder exzessiv ist oder nicht; die Bewohner der modernen westlichen Welt würden den Begriff »ungerecht« vermutlich in beiden Fällen anwenden. Wer einer Macht unterworfen ist, kann eine bestehende Vorschrift akzeptieren und glauben, daß die Strafe für deren Verletzung verdient ist, während er zur gleichen Zeit eine besondere Form der Bestrafung als etwas betrachtet, das kein Mensch einem anderen zufügen sollte. Oder aber er kann die Vorschrift selbst ablehnen. Man kann bei dieser Situation zwei grundlegende Formen unterscheiden. Entweder verhängt die Macht die Bestrafung unter Verletzung einer Regel oder Norm, die von den ihr Unterworfenen akzeptiert werden, oder sie verhängt die Strafe in Übereinstimmung mit einer Regel, die von den ihr Unterworfenen nicht mehr voll und ganz akzeptiert wird. Im Grunde gehören beide Situationen zu dem Vorgang ständigen Testens des impliziten oder des expliziten Gesellschaftsvertrages, der überall stattfindet, wo Macht existiert. Da dieser Prozeß ständig weitergeht und selbst dem zufälligsten Beobachter oder Teilnehmer menschlicher Beziehungen vertraut ist, bedarf es hier keiner ausführlichen Erörterung. Da die Inhaber von Macht selten jede Einzelheit der Ausführung einer Aufgabe kontrollieren können, entwickeln die Untergebenen ihre eigenen Praktiken, die im Laufe der Zeit die moralische Autorität eines Präzedenzfalles gewinnen. Der Angriff auf die moralische Autorität des Präzedenzfalles und auf die eingespielten

Verhaltensmuster, welche die Untergeordneten sowohl zum Schutz ihrer eigenen Interessen gegenüber den Höherstehenden als auch um der Integrität ihrer eigenen sozialen Gruppe willen geschaffen haben, wird im allgemeinen eine Reaktion moralischer Entrüstung hervorrufen. (Das trifft auch dann zu, wenn der Angriff von einem Mitglied der untergeordneten Gruppe selbst kommt, wie im Fall des Arbeiters, der als »Akkordbrecher« die informell gesetzten Produktionsnormen überschreitet.)

Oft wurden Bauern im England des 16. Jahrhunderts zornig, weil ihr Lord die Gewohnheit seiner Gutsherrschaft verletzte und althergebrachte Rechte bestritt. Unter den Stadtbewohnern des 18. und 19. Jahrhunderts gab es oft wütenden Aufruhr, wenn die Handwerker im Voranschreiten der kapitalistischen Industrie einen Angriff gegen traditionelle Rechte und Privilegien erkannten. Da jede nicht absolut statische Gesellschaft *per definitionem* sich ändernde Vorschriften hervorbringt, ist hier wenig damit gewonnen, wenn wir weitere tiefgründige Illustrationen aus anderen Zeiten und Kulturen beibringen. Im Augenblick genügt es, daran zu erinnern, daß beim Fehlen stark gegenläufiger Mechanismen eine Reaktion eintritt, die wir als Verurteilung sozialer Ungerechtigkeit betrachten können, wann immer eine Bestrafung (1) die vorherrschende Auffassung dessen, was ein Mensch ist oder sein sollte, verletzt; (2) eine Vorschrift oder Norm, die von den der strafverhängenden Autorität Unterworfenen akzeptiert ist, verletzt wird; oder wenn umgekehrt (3) die Bestrafung in Übereinstimmung mit einer Vorschrift oder Norm stattfindet, die die der Macht Unterworfenen als nicht länger berechtigt oder in Kraft befindlich betrachten.

Wenn die gerade skizzierte Argumentation richtig ist, können wir schließen, daß in der Tat jede menschliche Gesellschaft eine Vorstellung von ungerechter Bestrafung hat und über eine spezifische Art verfügt festzulegen, warum die Strafe ungerecht ist.

3. Die Arbeitsteilung

Jede bekannte menschliche Gesellschaft weist Arbeitsteilung auf. In manchen schriftlosen Gesellschaften verläuft die Trennungslinie hauptsächlich zwischen den Geschlechtern, bei nur geringer Spezialisierung in den Betätigungsfeldern. Soviel kann man aus so manchem Lehrbuch der Anthropologie und der Soziologie lernen. Obwohl diese Lehrbücher kaum jemals hinzufügen, daß in keiner menschlichen Gesellschaft die Arbeitsteilung alle ihre Mitglieder völlig befriedigt, halte ich es doch für möglich, auch diese Voraussetzung als einen Ausgangspunkt der Analyse zu akzeptieren. Selbst in einer schriftlosen Gesellschaft mit sehr einfacher Ökonomie und einer Fülle von Ressourcen sind nicht alle Aufgaben stets gleichermaßen attraktiv. Unter komplexeren ökonomischen Verhältnissen werden diese Unterschiede natürlich sehr klar. Bei der Arbeitsteilung stoßen wir also wieder, wie bei den Autoritätssystemen, auf einen impliziten Gesellschaftsvertrag, der ständigem Testen und Neuverhandlungsprozessen unterworfen ist.

Dieser Gesellschaftsvertrag dient dazu, einen inhärenten und unvermeidlichen Konflikt zu regulieren, dessen Intensität freilich zeitlich und örtlich sehr variiert. Es handelt sich um einen Konflikt zwischen (1.) den Forderungen und Bedürfnissen des einzelnen Arbeiters oder Haushalts nach Nahrung, Kleidung, Behausung und einem Anteil an den Annehmlichkeiten und Freuden des Lebens; (2.) den Forderungen der Gesellschaft insgesamt[24]; (3.) den Forderungen und Bedürfnissen dominanter Individuen oder Gruppen. Es handelt sich nicht nur um einen Interessenkonflikt zwischen dem einzelnen und den Bedürfnissen der Gesellschaftsordnung wie auch der herrschenden Klasse. Es existiert auch ein gewisses Maß an Harmonie, ohne das der Gesellschaftsvertrag vermutlich nicht funktionieren könnte. Tatsächlich dienen einige der bedeutendsten gesellschaftlichen Techniken der größeren Gesellschaft dazu, die Individuen zu formen und sie zu veranlassen, ihre eigenen Interessen im Sinne der Anpassung an die gesellschaftliche Ordnung zu definieren und damit freudig ihren Teil des Gesellschaftsvertrags zu erfüllen, auch wenn die materiellen Gegenleistungen sehr gering sind.

Es ist möglich, die wichtigsten bekannten Formen des Gesellschaftsvertrages, die die Arbeitsteilung regulieren, grob nach dem Grad von Zwang und Überredung zu ordnen, die in dem Arrangement enthalten sind. Es steht zu vermuten, daß, je größer der Zwang, desto weniger erfolgreich das Arrangement sein wird; um

24 Über die Schwierigkeiten beim Gebrauch dieses Begriffs vgl. S. 27-33.

so weniger handelt es sich auch um einen echten Vertrag, der sich dadurch auszeichnet, daß freie und rational handelnde Menschen gegenseitige Verpflichtungen akzeptieren. Demzufolge würden bestimmte extreme Formen von Sklaverei in Bergbau und Landwirtschaft auf dieser Skala ganz nach unten gehören. Reiner Zwang liegt vor, wenn jemand zwischen dem Verhungern und der Annahme einer Arbeit mit sehr geringem Lohn und erschöpfend langer Arbeitszeit zu wählen hat: die klassische Situation in zumindest einigen Fabriken des frühen 19. Jahrhunderts in England oder auf den amerikanischen Baumwollfarmen nach der Sklavenbefreiung. Heute sind die Verhältnisse in vielen ökonomisch zurückgebliebenen Teilen der Welt ähnlich, aber es gibt doch einen wesentlichen Unterschied: Es besteht eine gewisse Ausweichmöglichkeit über den Arbeitsmarkt und die Migration. Wenn wir auf das antike Griechenland zurückblicken, so könnten wir vielleicht fast an die oberste Stelle unserer Skala die Situation eines Menschen wie Eumaios setzen, jenes Schweinehirten, der Odysseus begrüßte, als dieser in der Verkleidung eines Bettlers nach Ithaka zurückkehrte. Homer stellt Eumaios als einen Mann dar, der eine verantwortungsvolle Aufgabe erfüllt, stolz auf seinen Herrn ist und sich völlig mit dessen Interessen identifiziert. In der heutigen Welt ist die Situation des hochspezialisierten Facharbeiters eine ähnliche, nur daß die Identifikation und der Stolz hauptsächlich aus der Aufgabe selbst herrühren.

Hinter diesen Variationen und Umwandlungen lassen sich einige immer wiederkehrende Merkmale feststellen. Es gibt ein Grundmuster in der Art und Weise, in der zeitlich und örtlich weit voneinander getrennte Gesellschaften bestimmte Arten von Arbeit bewerten.

Hohe politische, religiöse und militärische Amtspersonen nehmen in allen geschichteten Gesellschaften Europas und Asiens eine Stelle nahe der Spitze unserer Skala ein; dasselbe gilt für verschiedene schriftlose Schichten-Gesellschaften der Neuen Welt und Afrikas, z. B. für die Inkas und für Dahomey. Auch ökonomische Macht führt im allgemeinen zu einem hohen Status, wenn dieser auch in manchen Fällen, etwa im kaiserlichen China, nur recht widerwillig zugestanden wird. In vorindustriellen Gesellschaften ist Reichtum im allgemeinen das Nebenprodukt einer hohen Position, die aus anderen Aktivitäten – politischen, religiösen, manchmal militärischen – resultiert. Die wirtschaftlichen und industriellen Revolutionen haben sehr viel zur Umkehrung des Verhältnisses beigetragen, doch entstand im Lauf des 20. Jahrhunderts eine starke Tendenz zur Wiederherstellung des Alten. Alle diese hochbewerteten Aufgaben haben zweierlei gemeinsam: einmal, und vor allem, Kontrolle – hauptsächlich, wenn auch nicht ausschließlich, über die Tätigkeit anderer Menschen –, zum anderen, und in geringerem Maße, Fertigkeiten, besonders geistige.

Im Kontrast dazu stehen negativ bewertete Aufgaben und gesellschaftliche Funktionen, die durch folgende Merkmale gekennzeichnet sind: (1) mangelnde Kontrolle über andere Menschen und, statt dessen, Unterordnung; (2) Mangel an allen, außer den einfachsten und schnell erlernten manuellen Fertigkeiten; (3) mühsame Arbeit, d. h. Arbeit, die repetitiv und deshalb uninteressant und gleichzeitig körperlich anstrengend ist; (4) Arbeit, die in vielen Fällen Kontakt mit Exkrementen, Zerfall, Schmutz oder Tod erfordert. Für denjenigen mit hohem sozialen Status bedeutet die Erfüllung einer solchen Aufgabe im allgemeinen eine Degradierung oder eine schwere Beleidigung. Nur wenn angenommen wird, daß die Strafe gerecht ist – mit anderen Worten, nur wenn die betreffende Person einer Degradierung bereits unterworfen gewesen ist und die Verantwortung für die Handlung, welche diese veranlaßte, akzeptiert, wird sie keine ausgeprägte Neigung zu dieser oder jener extremen Form moralischer Empörung, zum Ausdruck verletzter Aretē, der Verletzung des angeborenen Selbstwertgefühls, zeigen. Dieser Situationstyp erscheint relativ unproblematisch. Wie steht es mit Menschen in den untersten Positionen, dem Hauptgegenstand unserer Untersuchung? Haben sie ihre eigene Art von Aretē?

Ich glaube, daß der Zorn oder wenigstens die Unzufriedenheit hier latent sind, auch wenn sie nicht offen ausgedrückt werden, und ich werde von dieser Hypothese ausgehen. In der negativen (und positiven) Bewertung verschiedenartiger Aufgaben lassen gewisse Gründe die Vermutung zu, daß jeweils die angeborene menschliche Natur reflektiert wird: daß nämlich niemand diese Aufgaben wirklich übernehmen will, weil sie eine angeborene Vorstellung des menschlichen Tiers von dem, was es sein will, verletzen. Der Hauptgrund für diese Vermutung liegt darin, daß die Menschen solche Aufgaben normalerweise soweit wie möglich vermeiden und sie nur unter einem gewissen Zwang erledigen. Gleichzeitig jedoch sind diese Aufgaben immer in einer Vielzahl von Gesellschaften »gesellschaftlich notwendig« gewesen, und es gab keinen Mangel an »freiwilliger« Bereitschaft. Im nächsten Abschnitt werden wir eine extreme Form dieser »freiwilligen« Bereitschaft analysieren, die der sogenannten Unberührbaren im hinduistischen Kastensystem, damit wir genauer verstehen, welche Faktoren »freiwillige« Bereitschaft hervorrufen. Wie bereits gesagt, würde die Entdeckung auch nur eines Falles tatsächlich freiwilliger Bereitschaft unsere Hypothese widerlegen. Echte freiwillige Bereitschaft könnte nur dann angenommen werden, wenn es keinen Anhaltspunkt für Widerstand gegen solche Aufgaben gäbe und auch Indizien dafür fehlten, daß die Überredung zur Übernahme solcher Aufgaben mit Schmerz für die betreffenden Personen verbunden ist.

Zwei weitere Aspekte der Arbeitsteilung können moralische Empörung und ein Gefühl der gesellschaftlichen Ungerechtigkeit erwecken. Sie scheinen ziemlich universal oder fast universal zu sein: die Vorstellungen von Eigentum und die Sanktionen gegen Müßiggänger. In jeder Gesellschaft müssen *einige* Beziehungen zwischen den Menschen den Zugang zu und den Gebrauch von Produktionsmitteln regeln; dazu gehören Land und andere natürliche Ressourcen sowie die Werkzeuge oder sonstigen Mittel zu ihrer Bearbeitung.[25] Wir können mit Sicherheit behaupten, daß keine der hierfür bisher entwickelten Beziehungen für alle Betroffenen völlig zufriedenstellend gewesen sind und daß es in ihnen allen stets in

25 Moderne Anthropologen neigen dazu, die Bedeutung der Eigentumsrechte bei schriftlosen Völkern herunterzuspielen, und zwar mit der Begründung, daß in einfachen Gesellschaften Land, Nahrungsmittel, Wasser, Werkzeuge, Waffen, Schmuck, eigentlich fast alles, wie Morton Fried bemerkt, »entweder allen unmittelbar offen [steht] oder so beweglich ist, daß sich die Probleme des Besitzes erübrigen. Gleichermaßen liegt das Verschwinden von Diebstahl auf der Hand ... In einer einfachen egalitären Gesellschaft ist die Entnahme von etwas, bevor es angeboten wird, mehr eine Grobheit als Diebstahl.« Vgl. Morton Fried, *The Evolution of Political Society: An Essay in Political Anthropology*, New York 1967, S. 74 f. Diese Behauptung scheint aber, auch wenn einige Tatsachen sie stützen, eine Übertreibung zu sein. In einer großen Fallsammlung von Edward Westmark, einem der letzten Anthropologen aus der Schule der Evolutionstheorie, gibt es mehrere Beispiele aus sehr einfachen Gesellschaften, wo im Falle von Diebstahl durch Stammesangehörige offensichtlich sehr harte Strafen bis hin zum Tod verhängt werden.

einem gewissen Ausmaß zu Konflikten gekommen ist. Umgekehrt erscheint normalerweise die Verletzung einer solchen Beziehung als ungerecht und ruft Zorn und Empörung auf der Seite der verletzten Partei hervor. Ein Angriff auf diese Verbindung zwischen den Menschen und den Produktionsmitteln stellt einen Angriff auf die Person dar, gleichgültig, ob diese Person ein Individuum oder eine kollektive Körperschaft ist, etwa ein kapitalistisches Unternehmen oder der sozialistische Staat. Der sozialistische Staat ist sogar ein energischer Verteidiger des Eigentums – d. h. des sozialistischen Eigentums.

Wenn wir uns auf die unteren Klassen konzentrieren, die natürlich weniger günstige Eigentumsrechte haben als die Eliten (was sogar in sozialistischen Gesellschaften die Regel ist), so treffen wir sehr oft auf die Vorstellung, jedes Individuum solle »genügend« Eigentumsrechte haben, um eine »anständige« Rolle in der Gesellschaft spielen zu können. »Genügend« sowie »anständig« werden in traditionellen Begriffen definiert. Ein Bauer sollte genug Land haben, um einen Haushalt ernähren und eine angesehene Rolle in der Dorfgemeinschaft spielen zu können; ein Handwerker sollte Eigentumsrecht an den Werkzeugen seines Gewerbes haben und dazu genug Kundschaft, um die ihm zugeordnete Rolle im städtischen Gemeinwesen zu spielen. Wo eine Ausdehnung der Handelsbeziehungen diese Art von Unabhängigkeit bedroht, entsteht ein zorniges Gefühl, daß Unrecht geschieht; gewöhnlich richtet es sich gegen die Gläubiger. Hesiods Klagen über »falsche Urteile« finden ihr Echo in jedem Zeitalter. Vergleichbare Klagen kann man bei den kleinen Geschäftsleuten und Bauern finden, die von der kapitalistischen Expansion an die Wand gedrückt werden, Klagen, die je nach den unmittelbaren Umständen eine »rechte« oder »linke« Färbung annehmen können. Es ist wichtig, sich klarzumachen, daß dieser Zorn sehr viel mehr als direktes materielles Interesse ausdrückt. Solche Menschen sind moralisch empört, weil sie das Gefühl haben, daß ihre ganze Art zu leben auf unfaire Weise angegriffen wird. Es ist kaum nötig hinzuzufügen, daß diese Form moralischer Empörung kaum jemals politisch wirkungsvoll ist. Oft läuft sie auf vergebliche Verzweiflung hinaus, sei es mit, sei es ohne Elemente offener Wut. Wahrscheinlich stellt in allen Kulturen der überzeugte Faulenzer und Schmarotzer, d. h. derjenige, der sich weigert, seinen Anteil an den gemeinsamen Aufgaben zu übernehmen und statt dessen von der Arbeit anderer lebt, ein negatives gesellschaftliches Beispiel dar, *sofern er arm ist.* Dies gilt sogar für eine Gesellschaft wie die der Lovedu in Afrika, die zur Arbeit die wohl am wenigsten Zwang begünstigende Einstellung haben, die sich überhaupt vorstellen läßt.[26] Der Mensch, der durch unpersönliche gesellschaftliche Gewalten seines Eigentums beraubt wird, ist oft der erste, der sich für schwere gesellschaftliche Sanktionen gegen den Müßiggänger ereifert, auch wenn sie beide unter denselben unpersönlichen gesellschaftlichen Gewalten leiden.[27] Das ist leicht zu verstehen: der kleine Eigentümer oder sogar der Angestellte, der hart arbeitet, um seine Arbeit zu behalten (und der Besitz eines Arbeitsplatzes wird in aller Regel als ein Eigentumsrecht verstanden), sie beide verwünschen und fürchten die Aussicht, in die Masse der Arbeitslosen zu geraten, vielleicht sogar einmal zu denen zu gehören, die nicht mehr zu vermitteln sind. Bei gleichzeitig vorhandenem Reichtum dagegen kann der Müßiggang zum Gegenstand von Neid oder Spott werden, wenn er nicht einfach ignoriert wird.

Bei den Kapauku-Papua ist der negative Charakter seinem Gegenstück in einer kleinen amerikanischen Gemeinde des 19. Jahrhunderts sehr ähnlich. Da ist der Müßiggänger derjenige, der nicht arbeitet, seine wirtschaftlichen Verpflichtungen mißachtet und obendrein die Sexualnormen verletzt. Bei den Kapauku-Papua kann ein solcher Taugenichts die gewaltige moralische Empörung der Gemeinschaft in einem solchen Maße hervorrufen, daß man nach der Todesstrafe ruft, wenn er diese oder jene Norm wiederholt verletzt.[28] Auf den ersten Blick scheinen sich die Eskimos von Nord-Alaska davon sehr zu unterscheiden. In Zeiten der Nahrungsmittelknappheit kann es geschehen, daß der erfolgreiche Jäger mit seiner Familie hungert, weil er in seiner Großzügigkeit alles weggab, was er besaß. Inzwischen können sich die Faulen und

26 Eileen J. Krige u. J. O. Krige, *The Realm of the Rainqueen: A Study of the Pattern of Lovedu Society*, London 1943, S. 53 f., 284.

27 Zu diesen Situationen und ihrem wiederholten Auftauchen in unterschiedlichen Formen an verschiedenen Stationen der europäischen Geschichte vgl. Svend Ranulf, *Moral Indignation and Middle Class Psychology*, New York 1964.

28 Vgl. die eingehende Schilderung bei Pospisil, *Kapauku Papuans* ..., a. a. O., S. 223 f.

erien
nce
t
dorf
nster-
on
nd
,–

Platonismus, wie etwa die Emanationslehre, die Liebesmetaphysik oder die Todesphilosophie. Zum anderen aber und vor allem interpretieren sie im Lichte dieses Wissens Meisterwerke der italienischen Renaissance: zum Beispiel *Die drei Grazien* in Ausführungen verschiedener Künstler, Botticellis *Primavera* und *Die Geburt der Venus*, Tizians *Himmlische und irdische Liebe*, Raffaels *Apoll und Marsyas* sowie die *Leda*, die *Nacht* und den *Bacchus* von Michelangelo.

Edgar Wind behandelt in den *Heidnischen Mysterien* Traditionen, die für die gesamte europäische Kultur bis ins 18. Jahrhundert prägend waren. Sein Buch gibt darüber hinaus eine exemplarische Antwort auf die geistesgeschichtliche Grundfrage nach der Wechselwirkung zwischen Kunst und Kultur. Daher wenden sich die *Heidnischen Mysterien* über den engeren Kreis der Kunsthistoriker, Literaturwissenschaftler und Philosophen hinaus an ein größeres Publikum, zumal Winds geistvoller Stil seiner stupenden Gelehrsamkeit alle Trockenheit und Schwere nimmt.

»Es gibt kaum ein anderes Buch, das ikonographische Entzifferung mit solcher Brillanz vorantreibt und zu solch überraschenden Resultaten führt, wie Edgar Winds *Pagan Mysteries in the Renaissance.*« *(Heinz Schlaffer)*

en
en
uf
e-
e-

uchhändler:

den Almanach
haft Weißes Programm«
- bei Ihrem Buchhändler.
np Haus · 6000 Frankfurt/M. 1 · 1/84 (99 878)

Frühjahr 1984

Suhrkamp Wissenschaft Weißes Programm

»Wir haben vom Baum der Erkenntnis gegessen und können uns nicht rückwärts ins Paradies zurückstehlen: das Tor ist verriegelt, und der Engel wacht davor. Aber der Garten ist vielleicht am anderen Ende offen. Edgar Wind«

Mit diesem Sonderprogramm – einer Auswahl von 22 repräsentativen Titeln aus seiner wissenschaftlichen Produktion – möchte der Suhrkamp Verlag über den akademischen Interessentenkreis hinaus neue Leserschichten erreichen.
Die hier vorgestellten Bücher mit einem besonders niedrigen Ladenpreis sind einmalig nur für die Dauer eines Jahres erhältlich.

her am Objekt liegt. Nicht Nachwirkung und Bedeutung der Renaissance werden nun abwägend betrachtet, vielmehr wird rekonstruiert, wie es im Italien des 14. Jahrhunderts zur Schaffung vor allem einer neuen Malerei kam, wie deren Impulse dann weitergeleitet wurden in französische und böhmische Kanäle, bis sie schließlich der ganzen europäischen Kunst ein neues Gesicht verliehen. Daß man auch diese eher philologischen Passagen mit solchem Interesse liest, hängt mit der geschichtsphilosophischen Einleitung zusammen. In ihr wird großzügig das Thema skizziert, dessen Konturen dann die nachfolgenden Kapitel mit Farbe ausfüllen.«
(Wilfried Wiegand)

Richard Rorty
Der Spiegel der Natur: Eine Kritik der Philosophie

Übersetzt von Michael Gebauer
438 Seiten. Kart. DM 28,–

Seit dem 17. Jahrhundert wird die Diskussion in der Philosophie, insbesondere in der Erkenntnistheorie, durch den Begriff der Repräsentation (Darstellung bzw. Vorstellung) bestimmt. Man vergleicht das Bewußtsein mit einem Spiegel, der die Realität reflektiert. Das Erkennen bemüht sich um die Genauigkeit dieser Reflexion, und die Arbeit des Erkennens besteht im Prüfen, Instandsetzen und Polieren des Spiegels der Natur.
In einer eindringlichen und weitausgreifenden Kritik dieser Metaphorik gibt Richard Rorty eine Übersicht ihres Einflusses auf die Philosophie des 20. Jahrhunderts: eine kritische Selbstreflexion der analytischen Philosophie, die zur Dekonstruktion der bezeichneten Metaphorik führt.

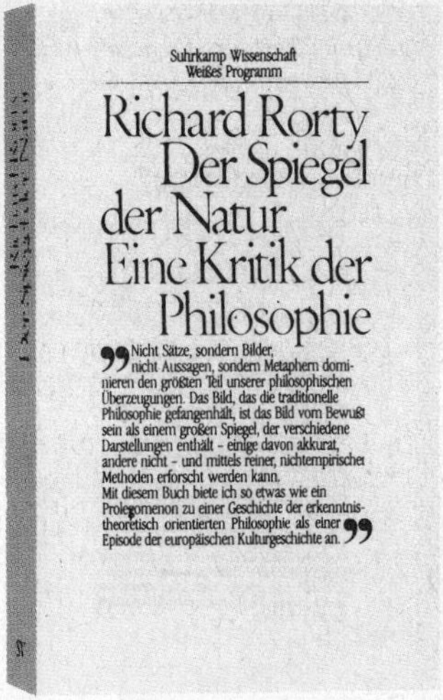

Michel Serres
Der Parasit

Übersetzt von Michael Bischoff
391 Seiten. Kart. DM 24,–

»Michel Serres' Werk ist neuartig, weil es eine neue Methode erfindet. Kein einliniger Diskurs, der beständig dieselben Resultate erbringt, ganz gleich, mit welchem Gegenstand er sich befaßt, sondern ein vielfältiger Diskurs, welcher der Vielfalt dessen gerecht wird, wovon er spricht.
Anders als in seinen vorausgegangenen Büchern benennt Serres in *Der Parasit* nicht mehr lokal die Bedingungen und Grenzen von Kommunikation; er versucht, globaler und vollständiger die Bedingungen und Grenzen aller Kommunikation aufzuzeigen. Daher der Titel und der Gegenstand des Buches: der Parasit ist zugleich ei
Störgeräusch, ein m
kleines Tier und ein
Nassauer. Er ist ein
Maße allgemeiner O
sammenhangs von N
tur, der jede Art v
gleich ob physikal
scher oder soziale
(Libération)

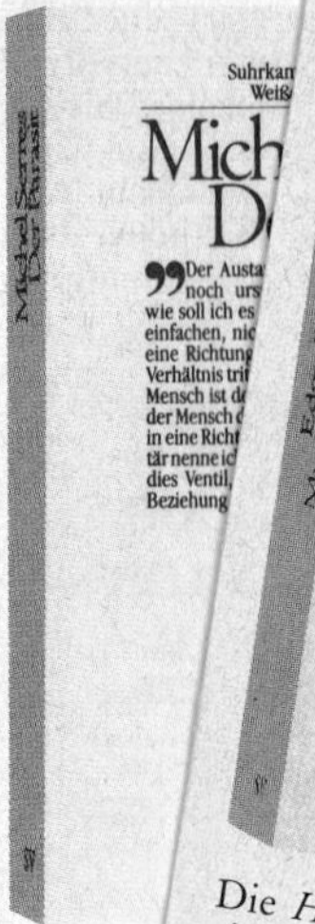

Alfred
Pro
En
Übers
6
»Die
ren d
sens
Eige
den
und
ent
wi
sch

Edgar Wind
Heidnische Myst
in der Renaissa
Mit einem Nachwo
von Bernhard Buschen
Übersetzt von Christa M
mann unter Mitarbeit
Bernhard Buschendorf
Gisela Heinrichs
483 Seiten. Kart. DM 3

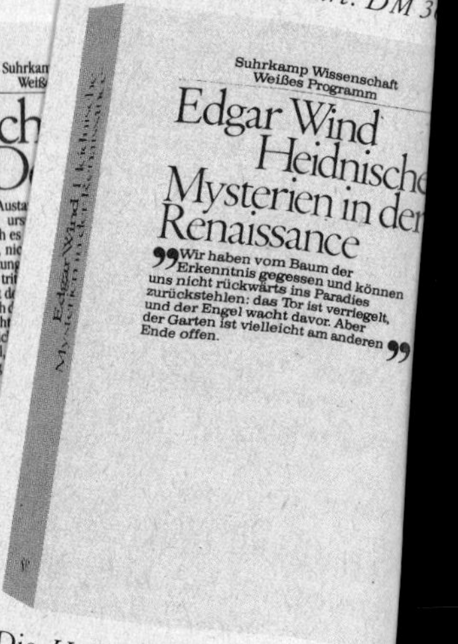

Die *Heidnischen Mysterien* leis
ein Doppeltes. Zum einen entfalt
sie unter beständigem Rekurs a
Werke der bildenden Kunst w
sentliche Aspekte des Renaissanc

Ihr B

Sie erhalten
»Suhrkamp Wissens
(160 Seiten) für DM 2,
Suhrkamp Verlag · Lindenstraße · Suhrka

Hilflosen durchs Leben betteln. Aber wenn sie dies tun, verhalten sie sich wider die öffentliche Meinung. Auch hier »galt als größte Sünde der Müßiggang«, und ständige Abhängigkeit von anderen war schmerzvoll und degradierend.[29] Während die Vielfalt der Sanktionen gegen den Faulenzer sehr beachtlich ist, sind solche Individuen nach meiner begrenzten Kenntnis niemals als solche ein positives gesellschaftliches Beispiel gewesen. In Indien hingegen stellten die Bettler gesellschaftlich anerkannte Beispiele dar, von denen die Übernahme bestimmter religiöser Funktionen erwartet wurde. Selbst egalitäre Theorien und Praktiken schließen die Vorstellung ein, daß jedes Individuum sich an den gesellschaftlichen Aufgaben beteiligen oder die Anstrengung dazu wenigstens imitieren muß.

Diese weitverbreitete Feindschaft gegenüber dem Müßiggänger widerspricht nicht der These, daß die Menschen im allgemeinen die Arbeit nicht schätzen. Statt dessen spiegelt sie die universelle Notwendigkeit der Arbeit wider, die die menschliche Gesellschaft bis heute charakterisiert, und zeigt, auf welche Weise diese Notwendigkeit verinnerlicht worden ist, bis sie zu einem Teil der moralischen Persönlichkeit der meisten Individuen wurde. Die Beobachtung, daß jemand ungestraft eine moralische Regel verletzt, die man sich unter großen Mühen zu eigen gemacht hat, bis sie zu einem Teil des eigenen Charakters wurde, ist eine der mächtigsten Quellen moralischer Entrüstung.

4. Die Verteilung von Gütern und Dienstleistungen: Permutationen der Gleichheit

In jeder Gesellschaft werden für die Verteilung der Ressourcen, Güter und Dienstleistungen unter ihre Mitglieder Methoden angewandt, die eng mit der herrschenden Arbeitsteilung und den Produktionsweisen zusammenhängen. Es ist keineswegs klar, daß letztere immer die erstere bestimmen, obwohl die vorhandenen Produktionsmethoden den möglichen Formen der Verteilung

29 Robert F. Spencer, *The Horth Alaskan Eskimo: A Study in Ecology and Society, Smithonian Institution, Bureau of American Ethnology, Bulletin 171*, Washington D. C. 1959, S. 164 f., vgl. aber auch S. 130 f., 142, 155.

Grenzen setzen können. Im westlichen Feudalismus zum Beispiel war die Produktion so organisiert, daß der Nachschub an Gütern und Dienstleistungen für die Krieger gesichert war. Dieser Gesichtspunkt bestimmte Besitz und Nutzung des Landes und dadurch wiederum viele andere Bereiche der gesellschaftlichen Ordnung.

In den Verteilungssystemen stößt man gewöhnlich auf Anhaltspunkte für die Existenz der zwei einander widersprechenden Prinzipien, die wir im Zusammenhang mit der Arbeitsteilung gesehen haben. Das eine ist eine allgemeine Vorstellung von Gleichheit, die auf den Bedürfnissen der Konsumeinheiten beruht: ein Gefühl, daß jede Person, jeder Haushalt, »genug« erhalten sollte. Das andere ist ein Prinzip der Ungleichheit, das auf der unterschiedlichen Bewertung der verschiedenen Aufgaben und gesellschaftlichen Funktionen beruht. Versuche, diese beiden Prinzipien miteinander zu versöhnen, führen zu Vorstellungen von distributiver Gerechtigkeit, in welcher die besondere Belohnung aus der besonderen Investition von Mühe, Fertigkeiten oder sonstigen Qualitäten resultiert, die zur Bewältigung einer Aufgabe erforderlich sind. Letzten Endes scheint also eine Vorstellung von Gleichheit, von Interessenausgleich vorzuherrschen. Aber bevor wir zu diesem Schluß kommen, ist es angebracht, Formen von Gleichheit und Ungleichheit und deren Rechtfertigungen sowie das Maß ihrer öffentlichen Anerkennung näher zu betrachten. Jede Verletzung einer dieser Formen kann als Bruch des Gesellschaftsvertrags der Grund für moralische Entrüstung sein.

Egalitäre Vorstellungen und Praktiken gedeihen wohl am besten in Situationen, in denen die Versorgung unsicher ist und jeder einzelne Gefahr läuft, unvorhersehbarem Mangel ausgesetzt zu werden. Die Rationierungssysteme in modernen Gesellschaften sind ein Beispiel dafür. Am anderen Ende der technologischen Skala haben von der Jagd lebende Stämme oft die Regel, die Beute innerhalb einer genau bestimmten Gruppe gleich zu verteilen. Bei den Semai zum Beispiel, einem Ureinwohnerstamm auf der malaiischen Halbinsel, erhält der erfolgreiche Jäger keinen Extraanteil an der Beute, noch nicht einmal einen Dank. Das erlegte Wild wird so gleich wie nur eben möglich aufgeteilt.[30] Hier und in anderen

30 R. K. Dentan, *The Semai* . . ., a. a. O., S. 48 f.

Gesellschaften scheint dieses Gleichheitsprinzip ziemlich reibungslos zu funktionieren, doch ist dies keineswegs immer der Fall. Bei den Siriono, einem Stamm in Ost-Bolivien mit wenig ausgebildeter Jagdtechnik, bleibt die Verteilung des Fleisches gewöhnlich auf die Familie im weiteren Sinne beschränkt, weil der Vorrat nur selten reichlich ist. Gewöhnlich fühlt sich irgend jemand betrogen. Besonders beklagen sich die Männer über die Frauen: sie horteten das Fleisch, äßen es, wenn die Männer nicht da seien oder verbrauchten mehr als ihren Anteil. Oft gibt es Streit, und je größer die Beute, desto mürrischer kehrt der Jäger heim.[31]

Gleichheit kann als eine Form von Gruppenversicherung sehr sinnvoll sein. Jeder Jäger weiß, daß der Jagdertrag vom Zufall abhängt und daß es nur allzu gut möglich ist, daß man mit leeren Händen heimkehrt; in diesem Fall ist es gut zu wissen, daß man von den Vorräten der anderen etwas abbekommt. Wie wir gesehen haben, schaffen diese Arrangements aber oft auch Spannungen. Bei den Maori, wo es Brauch war, den Fang aufzuteilen, nachdem die Fischer ihre Netze an Land gebracht hatten, neigten arme Stammesmitglieder dazu, während der allgemeinen Aufregung Fische in den Falten ihrer Gewänder verschwinden zu lassen. Bessergestellte Mitglieder der Gemeinschaft betrachteten ein solches Verhalten als vulgär und unmoralisch. Man kann sich schwerlich eine noch deutlichere Illustration der ständigen Neuverhandlung des Gesellschaftsvertrages vorstellen.[32]

Gleichheit als eine Form gesellschaftlicher Versicherung zeigt bestimmte Ähnlichkeiten mit einem sehr weitverbreiteten Gefüge von Glaubensvorstellungen und Praktiken, die wir ziemlich leicht zusammenfassen und als Tabuierung des Neidhammelverhaltens bezeichnen können. Wesentlich an diesem Tabu ist der Glaube, daß persönliche und private Zurückhaltung von knappen und anderen benötigten Ressourcen, *ohne sie zu verwenden*, irgendwie unmoralisch ist und eine Verletzung der höheren Rechte der Gemeinschaft darstellt. Unter anderem ist es dieser Glaube – oder diese Empfindung –, die hinter der weitverbreiteten Feindschaft

31 Allan R. Holmberg, *Nomads of Long Bow: The Siriono of Eastern Bolivia*, 2. Aufl., New York 1969, S. 154 f.

32 Vgl. R. Firth, *Primitive Polynesian* . . ., a. a. O., S. 285.

gegen Hamsterer und Spekulanten steht. In dieser oder jener Form existiert er in zahlreichen schriftlosen Gesellschaften.[33] Wahrscheinlich wird jeder, der einmal auf der Suche nach einer Wohnung verzweifelt durch die Straßen irrte und auf eine freie Wohnung oder ein nicht angebotenes leeres Haus stieß, derartige Empfindungen nachvollziehen können.

Sowohl die Tabuierung des Neidhammelverhaltens als auch der weniger verbreitete Grundsatz von Gleichheit als einer Form allgemeiner gesellschaftlicher Versicherung gegen Unglück hängen in ihrer Effektivität von der Möglichkeit der Identifikation mit der notleidenden Person ab. Wo die gesellschaftlichen Verhältnisse eine derartige Identifikation erschweren oder unwahrscheinlich machen, wie beispielsweise in einigen Bereichen der Beziehung zwischen Herrn und Sklaven, wird dieses Gefühl wahrscheinlich schwach ausgebildet oder gar nicht vorhanden sein. Hier scheint Edmond Cahn recht zu haben, wenn er die Bedeutung des Einfühlungsvermögens für das Gefühl empörender Ungerechtigkeit betont.[34] Der Grund für die weite Verbreitung der Neidhammeltabuierung liegt darin, daß in nahezu jeder Gesellschaft von Zeit zu Zeit irgendeine Form von Mangel denkbar ist. Selbst sehr behütete Individuen aus den herrschenden Klassen werden zu irgendeinem Zeitpunkt ihres Lebens um diese Erfahrung kaum herum kommen.[35] Es wäre offensichtlich falsch zu behaupten, daß alle Formen

33 Zu einigen Beispielen vgl. R. Firth, *Primitive Economics of the New Zealand Maori*, London 1929, S. 148; ders., *Primitive Polynesian* . . ., a. a. O., S. 149; Krige u. Krige, *The Realm* . . . a. a. O., S. 68; Pospisil, *Kapauku Papuans* . . ., a. a. O., S. 181 f., beschreibt einen besonders interessanten konkreten Fall, in dem die Königsrechte dem Inhaber das Recht verliehen, die Erlaubnis zum Fällen eines Baumes für den Kanubau zu verweigern. Die wirkliche Ausübung dieses Rechts wurde allerdings als unmoralisch bezeichnet.

34 Vgl. seinen Artikel »Justice« in der *International Encyclopedia of Social Sciences* (1968), Bd. 8, S. 346 f.

35 Der Verfasser begann mit seinen Überlegungen, die zu diesem Buch führten, nachdem er in einem Seehafen in Maine eine bittere Auseinandersetzung zwischen den Besitzern zweier Segelyachten miterlebt hatte. Der eine Kapitän kam in den Hafen, um seinen Liegeplatz in Anspruch zu nehmen – solche Plätze waren in diesem Hafen knapp –, und zwar, nachdem er ihn lange Zeit nicht benutzt hatte. Während dieser Zeit hatte ein anderer Segler die Anlegestelle in Beschlag genommen. Erst nachdem er seinem Gefühl, daß hier Unrecht geschehe, lebhaften Ausdruck verliehen hatte, verließ der »Besetzer« die Anlegestelle. Soweit ich es beurteilen konnte, lagen die Sympathien der Anwesenden

gesellschaftlicher Verschwendung moralische Empörung auslösten. Veblen hat in seinem berühmtesten Buch *The Theory of Leisure Class* auf vielfältige Formen gesellschaftlicher Verschwendung durch die oberen Klassen, die offenkundig allgemein akzeptiert werden, aufmerksam gemacht. In der bekannten Institution des »potlatch« gibt es die bewußte Zerstörung von wertvollem Eigentum mit dem Ziel, einen hohen sozialen Status nachzuweisen. Natürlich waren Veblens Paradebeispiel die Vereinigten Staaten, die eine Fülle von Ressourcen zu verschwenden hatten. Auch der »potlatch« findet sich in einer Gegend des Überflusses. Die Tabuierung des Neidhammelverhaltens beruht auf der Knappheit von Ressourcen. Überflüssig zu bemerken, daß Mangel teils eine Sache gesellschaftlicher Definition, teils eine von gesellschaftlichen Einschätzungen unabhängige objektive Tatsache ist.

Im allgemeinen wird Ungleichheit mit irgendeiner besonderen, vermutlich ebenso raren wie für die Gesamtgesellschaft wertvollen, Fähigkeit oder Funktion der privilegierten Gruppen gerechtfertigt. Zu deren Fähigkeiten und Funktionen können das Regenmachen, die Beschäftigung mit den Göttern und dem Unvorhersehbaren, mit angsteinflößenden Aspekten der Umgebung gehören – oder aber auch diffusere Formen der moralischen und geistigen Überlegenheit, wie sie, so wird dann unterstellt, einer herrschenden Klasse zukommen. Aus diesen Gründen beansprucht die herrschende Schicht das Recht auf einen größeren Anteil – und sehr oft auf den Löwenanteil – an dem, was die Gesellschaft produziert.[36] Bisher zeigt die menschliche Erfahrung, daß dieses Ansichreißen des Überschusses meist ohne offenen Widerstand vor sich ging; es wurde für selbstverständlich gehalten. Doch bedeutet das Fehlen

nicht auf der Seite des Eigentums, was eigentlich sonst bei ihnen zu den Grundwerten ihrer Überzeugung zählt.

36 Es wäre der Mühe wert, sich genauere Daten über die Verteilung des Sozialprodukts bei einer Vielzahl vorindustrieller Gesellschaften zu verschaffen, falls dies wirklich machbar sein sollte. Nach meiner Vermutung würden die Ergebnisse zeigen, daß ein viel größerer Teil des vorindustriellen Sozialprodukts in die Hände der herrschenden Klassen floß, als wir gemeinhin annehmen, weil die meisten von uns sich moderne egalitäre Vorstellungen zu eigen gemacht haben. Beim Studium der vergleichenden Agrargeschichte merkte ich bald, daß nahezu jeder Autor, der sich auf ein bestimmtes Land spezialisiert hatte, davon ausging, daß Besitz und faktische Kontrolle über Grund und Boden in dem von ihm beschriebenen Land ungewöhnlich stark konzentriert seien.

offenen Widerstandes nicht, daß die Ungleichheit in der Verteilung enthusiastisch oder auch nur willentlich hingenommen würde. In den Einstellungen des Volkes gibt es Anzeichen für einen unterschwelligen Widerstand sogar gegenüber den Brahmanen, den Nutznießern des wahrscheinlich ältesten, am wenigsten Zwang ausübenden und am tiefsten verwurzelten System organisierter Ungleichheit, das es auf der Welt gibt. Ein indisches Sprichwort besagt, daß es auf dieser Welt drei Blutsauger gibt: den Floh, die Wanze und den Brahmanen.[37]

In schriftlosen Gesellschaften ist eine ungleiche Verteilung des Wohlstandes eher üblich, und wo sie auftritt, gehört sie zur akzeptierten Ordnung. Vom Wohlhabenden wird im allgemeinen erwartet, daß er irgendeine gesellschaftlich nützliche Funktion ausübt und dabei das ist, was wir großherzig nennen würden. Anstelle einer Vielzahl von Beispielen wird es nützlich sein zusammenzufassen, was ein besonders aufschlußreiches Beispiel an Einsichten bietet. Bei den Kapauku-Papua ist die Gewinnung von Wohlstand ein wesentlicher Bestandteil menschlicher Tätigkeit überhaupt. In dieser Hinsicht sind sie für eine schriftlose Gesellschaft mit relativ simpler Technologie recht ungewöhnlich. Wie bereits erwähnt, sind sie außerdem so individualistisch, wie man sich den *homo oeconomicus* nur vorstellen kann. Die Kooperationsbereitschaft ist minimal. »Zwei Menschen können nicht zusammen arbeiten, weil sie zwei verschiedene Köpfe haben«, lautet ihre Rechtfertigung des Privateigentums. Sobald jedoch Kapital (hauptsächlich in Form von Schweinen) akkumuliert ist, beginnen die sozialen Verpflichtungen. »Die einzige Rechtfertigung dafür, reich zu werden, ist, die Fähigkeit zu erlangen, das angehäufte Eigentum wieder unter die weniger begünstigten Mitmenschen zu verteilen ...« In dieser Kultur ist Großzügigkeit der höchste Wert. Wer diesem Ideal der Großzügigkeit nicht nachlebt, versündigt sich an der Gemeinschaft und wird geächtet und boykottiert – oder sogar getötet. In besonders krassen Fällen wird die Verpflichtung, den Missetäter zu töten, vorzugsweise dem Sohn, dem Bruder oder einem Vetter von der Vaterseite zuteil.[38]

37 L. S. S. O'Malley, *Popular Hinduism: The Religion of the Masses*, Cambridge 1935, S. 191.

38 Über den Individualismus schreibt Pospisil, *Kapauku Papuans* ..., a. a. O., S. 152; zur Großzügigkeit vgl. ders., *Kapauku Papuans* ..., a. a. O., S. 79 f.

Der Anthropologe Leopold Pospisil berichtet von einem Exekutionsfall, bei dem die Dorfbewohner mehrere Verwandte dazu überredeten, einen Mann zu töten, der es verabsäumt hatte, sein Eigentum im Verhältnis zu seinem Vermögen auszuleihen. Für die Teilnahme an diesem Akt wurde dem Sohn ein Schwein und etwas Geld versprochen, und er war der erste, der die mit Bambusspitzen versehenen Pfeile auf seinen Vater schoß. Nach der Exekution bauten die Verwandten für die Leiche ein Gerüst und beschmierten ihre Gesichter mit Asche und Ruß, um ihren Kummer über ihre notwendige Handlung auszudrücken. Damit sie der Geist des toten Mannes nicht mit seiner Rache verfolgen konnte, schliefen sie vorsichtshalber zwei Nächte im Busch. Danach töteten sie eines der Schweine des Toten und verteilten das Fleisch an alle, die kamen. Dann teilten sie das Eigentum des Toten unter sich auf.[39]
Dieser besondere Fall zeigt, wie ein hoher Grad an Ungleichheit nicht nur akzeptabel, sondern sogar als sehr wünschenswert angesehen werden kann, solange er letztlich zum Gemeinwohl, wie es die betreffende Gesellschaft versteht und definiert, beiträgt. Der gleiche Zusammenhang zeigt sich in einer Vielzahl von plebejischen und volkstümlichen Reaktionen auf Pracht und Prunk bei den herrschenden Klassen in Gesellschaften mit klarer Schichtung. Fast jeder Herrscher und praktisch jede herrschende Klasse, einschließlich gerade erst arrivierter revolutionärer Klassen, machten von Prunk und Prachtentfaltung Gebrauch. Das ist seltsam. Solche Zurschaustellung läuft meist auf eine ritualisierte Bestätigung der Ungleichheit, des Pomps, der Förmlichkeit, der Würde und häufig sogar der Schönheit hinaus: jener Dinge, die gewisse Menschen von anderen unterscheiden.

Was einen solchen Prunk nicht nur akzeptabel, sondern geradezu wünschenswert macht, zeigt sich an zwei wichtigen Faktoren: Erstens müssen die Massen glauben, daß die Eliten, deren Prunk sie genießen, einem Zweck dienen, den sie selbst akzeptieren. Wenn dieser Zweck akzeptiert wird, dann, so meine ich, wird auch der Prunk zugestanden, andernfalls nicht. Obwohl Prunk bis zu einem gewissen Ausmaß Billigung erlangen kann, ist seine Macht doch begrenzt. Als die englische Macht in Indien begann, ihre Autorität zu verlieren, wurde es notwendig oder erschien doch zumindest

39 *Ebenda*, S. 78, 80, 244 f.

ratsam, den Pomp der englischen Königsbesuche einzuschränken. Auch kann keine Regierung, nicht einmal eine moderne, die Wirkungen einer ernsthaften militärischen Niederlage mit Siegesparaden oder Triumphbögen vertuschen.[40] Die andere Bedingung scheint eine wie auch immer beschaffene Form von nachempfundener Identifikation mit der Elite zu sein; das Volk nimmt den Prunk als Manifestation der Größe und der Errungenschaften *seiner* Gesellschaft wahr.[41] In diesem Punkt muß man vorsichtig sein, da es nicht sehr viele zuverlässige Informationen (und recht viel romantisierenden Unsinn) über die Empfindungen gibt, mit denen die gewöhnlichen Menschen vor unserer Zeit auf solchen Prunk reagierten. Doch gibt es einige Belege. Seit den Tagen des Perikles – und ohne Zweifel schon vorher – haben führende Gruppen und Herrscher Kunst und Prachtentfaltung benutzt, um erklärtermaßen diese Form von stellvertretender Identifikation hervorzurufen, und es erscheint nicht allzu glaubhaft, daß sie diesem Zweck so viel Energie gewidmet hätten, ohne Anzeichen dafür zu finden, daß sich der Aufwand politisch auszahlte. Es existieren auch einige wenige Fragmente wertvoller Aussagen von »kleinen Leuten« selbst, die in der Tat auf einen kollektiven Stolz über die architektonischen Leistungen ihres Gemeinwesens hindeuten.[42]

Dort, wo die Herrschenden in ihren Aufgaben, hauptsächlich derjenigen, Sicherheit und Schutz zu gewährleisten, versagt haben und wo die Möglichkeit einer Identifikation mit der gesellschaftlichen Ordnung über die Person des Herrschers verloren geht – etwas, das aus verschiedenen Gründen einschließlich gewisser Wandlungen in den gesellschaftlichen Produktionsbeziehungen eintreten kann –, da scheint Prunk ein Maximum an Zorn zu erregen. Das beste Beispiel hierfür ist das *sans-culotte*-Bild der Aristokratie während der Französischen Revolution, als der Radikalismus seine

40 Ein zwar älterer, aber immer noch sehr wertvoller Überblick über die Rolle von Triumphzügen im Römischen Reich findet sich bei Ludwig Friedländer, *Sittengeschichte Roms*, Köln 1957, Teil II, Kap. 1.

41 An dieser Stelle gehe ich auf die Rolle des Prunks als Einschüchterungsversuch nicht näher ein, da die hier aufgeworfenen Probleme sich nicht mit der Furcht, sondern mit der moralischen Billigung auf der einen und Zorn wie negativer Beurteilung auf der anderen Seite beschäftigen.

42 Vgl. zum Beispiel Alain Lottin, *Vie et mentalité d'un Lillois sous Louis XIV*, Lille 1968.

höchste Steigerung erfuhr. Mit einiger Sicherheit läßt sich erkennen, wie im Verlauf der Revolution sowohl die Unglaubwürdigkeit der Monarchie (und deren gemäßigter revolutionärer Nachfolger) als auch die Entwicklung eines substantiellen Teils des französischen Adels den unteren Klassen als eine Degeneration zu parasitären oder ausbeuterischen Existenzen oder sogar zu beidem erschien. Man muß sich daran erinnern, das die *Sansculotten* einen großen Teil ihres Hasses gegen Spekulanten und Hamsterer richteten, die nach volkstümlicher Auffassung klassische Ausprägung der parasitären Oberschicht – ohne einen einzigen der versöhnenden Züge eines paternalistischen Systems.[43]

Es wäre in diesem Zusammenhang der Mühe wert, einmal nachzuforschen, in welchem Ausmaß sich die Volksmeinungen zu »wirklicher« Arbeit – als Gegensatz zu Vergnügen, unproduktiver Mühsal, zeremoniellem Prunk und dergleichen – inhaltlich veränderten und historischem Wandel unterlagen. Aller Wahrscheinlichkeit nach würde das konstante Element hierbei die produktive Handarbeit für andere sein. Gleichwohl ist die Einstellung gegenüber Handfertigkeiten höchst unterschiedlich, was sich etwa bei den Statusunterschieden des Schmiedes zeigt: in einigen afrikanischen Gesellschaften ist er ein verachteter Außenseiter, bei den Griechen ein, wenn auch lahmer, Gott. Wie die im europäischen Mittelalter geläufige Bezeichnung »Mysterium« für »Handwerk« zeigt – und wie auch die zwei Bedeutungen des englischen Wortes »craft« (dt. Können und Handwerk) zeigen –, gibt es eine gemeinsame Unterströmung von Furcht und Respekt (und unter den oberen Klassen als Gegenstück: Verachtung) für ungewöhnliche Handfertigkeit. Vom Standpunkt des Untertans aus scheint das Regieren solange »wirkliche« Arbeit oder, wenn nicht wirkliche Arbeit, so doch eine akzeptable Form von Tätigkeit einzuschließen, solange es Sicherheit und Schutz produziert.

Es ist wichtig, sich daran zu erinnern, daß die Oberschichten bei der Herausstellung von Ansprüchen auf die Übernahme notwendiger gesellschaftlicher Funktionen stets gewaltige Vorteile genießen.

43 Albert Soboul, *Französische Revolution und Volksbewegung, die Sansculotten: die Sektion von Paris im Jahre II*, Frankfurt/M.; über Hamsterer Albert Mathiez, *La vie chère et le mouvement social sous la terreur*, Paris 1927, S. 520-522.

Zu einem großen Teil sind es sie selbst, die definieren, was gesellschaftlich notwendig ist. Diese Ansprüche können in einer bestimmten Zeit richtig, in einer späteren jedoch falsch sein, etwa, wenn eine spezifische Form militärischen Könnens veraltet. Ganz unabhängig davon, ob solche Ansprüche richtig oder falsch sind, können sie bei den einflußreichen Teilen anderer Schichten akzeptiert werden oder auf Ablehnung stoßen. Wenn die Menschen einmal gelernt haben, bestimmte gesellschaftliche Übereinkünfte als Teil der Weltordnung für selbstverständlich zu halten, ist es für sie augenscheinlich recht schwierig, ihre Einstellung zu ändern. Die emotionale Befriedigung, die der Glaube an eine besondere gesellschaftliche Funktion gewährt, kann lange Zeit hindurch den Wert »Wahrheit«, der ohnehin oft sehr schwer zu bestimmen ist, überlagern. Wie kann man je sicher sein, daß Bürokraten, Kapitalisten, Parteifunktionäre, Militärs keine gesellschaftlich notwendige Arbeit leisten? Nur wenn sich eine herrschende Gruppe durch ihr Versagen in der Konkurrenz mit einer anderen Gesellschaft und Kultur ganz offensichtlich als veraltet erweist, läuft sie Gefahr, ihr legitimes Recht auf Verwendung des aus der zugrunde liegenden Bevölkerung herausgezogenen Überschusses zu verlieren. Das ist der zaristischen Bürokratie, dem gelehrten Adel Chinas und den bewaffneten Rittern des mittelalterlichen Europa widerfahren.

Volkstümliche Ansichten zur Verteilungsgerechtigkeit stellen einen Versuch dar, den Konflikt zwischen den Forderungen nach Gleichheit und Ungleichheit zu lösen. George Homans, der menschliche Reaktionen auf die Verteilung von Belohnungen in einer Vielzahl heutiger Situationen untersucht hat, formuliert, was seiner Ansicht nach die für den einfachen Mann gültigen Regeln gerechter Verteilung sind. Nach meinem Sprachgebrauch würden diese Regeln die Grundlagen des impliziten Gesellschaftsvertrages bilden. Nur das zentrale Element bedarf hier einer Diskussion. Es ist, wie Homans es ausdrückt, »eine seltsame Mischung von Gleichheit innerhalb der Ungleichheit«. Die Menschen, so argumentiert er, suchen nach dem angemessenen Verhältnis zwischen dem, was sie in eine Aufgabe investieren, und der Belohnung, die sie für deren Erfüllung erhalten. Die Differenz zwischen dem, was sie investieren, und dem, was sie erhalten, nennt er »profit« oder Netto-Belohnung für eine besondere Handlung. Solange die Belohnungen oder Profit*raten* innerhalb einer Gruppe einigermaßen gleich sind, haben die Menschen das Gefühl, gerecht behandelt zu werden. Wer viel investiert, sollte auch eine große Belohnung erhalten, während jemand, der wenig investiert, auch kein Recht hat, mehr als eine kleine Belohnung zu erwarten. Zorn tritt auf, wenn die Regeln der Verteilungsgerechtigkeit verletzt werden. Groll erwacht sehr leicht, wenn Menschen, die eine annähernd gleiche Arbeit verrichten, sehen, daß ihre Kollegen höhere Belohnungen dafür erhalten.[44]

Die These, daß die Menschen stark dazu neigen, eine grobe Vorstellung von dem gerechten und proportionalen Verhältnis zu entwickeln, welches zwischen ihrer Investition in eine Aufgabe und dem Profit oder Nutzen aus deren Erfüllung bestehen sollte, ist sehr plausibel. Wie bereits ausgeführt, kann eine frustrierte Anstrengung die Quelle mächtiger moralischer Empörung sein, und es wird später in diesem Buch noch viele Gelegenheiten geben, auf dieses Thema zurückzukommen. Aber in Gesellschaften, die von der Jagd auf wilde Tiere leben, ist diese Art von Zorn sinnlos. Das Verhalten des gejagten Tieres ist zu unberechenbar. In solchen Gesellschaften gibt es dafür, wie wir gesehen haben, eine Tendenz, als eine Form der Versicherung direkt egalitäre Prinzipien zu entwikkeln. In einigen anderen Gesellschaften, z. B. bei den Lovedu, käme denen, die dazugehören, schon der Gedanke, ein Verhältnis zwischen Bemühung und Belohnung zu berechnen, ziemlich schäbig vor. Für sich genommen sind solche Beweise nicht entscheidend, da langfristig auch für sie jede große Abweichung von den Regeln der Verteilungsgerechtigkeit irgendeinen Beigeschmack von Ausbeutung annehmen könnte. Aber das bezweifle ich sehr. Die in stratifizierten Gesellschaften mit oder ohne Schriftkultur weithin vorherrschende Einstellung sieht mit der jeweiligen Statusbeziehung einen recht vagen Gewohnheitsstandard von Großmut verbunden. Das harte Feilschen um solche Dinge im großen Stil ist eine moderne Entwicklung, auch wenn man gewiß derartige Fälle in früheren Formen der Gesellschaft finden kann. Die Entwicklung der Handwerksarbeiten und ein gewisses Maß von Handel könnten für das Auftreten dieser moralischen Annahme als Leitthema eine Vorbedingung sein.

44 Vgl. George Caspar Homans, *Social Behavior: Its Elementary Forms*, 2. überarb. Aufl., New York 1974, bes. S. 30 f., 247-250, 252 f.

Auch in den modernen westlichen Gesellschaften tritt die Vorstellung von der Verteilungsgerechtigkeit nicht immer spontan auf. Ich habe ein aufschlußreiches Beispiel gefunden, wo genau das Gegenteil eintrat. Es findet sich in einer Untersuchung über eine norwegische Besserungsanstalt, deren Ergebnisse uns hier zwar nicht alle im Detail interessieren, deren Tragweite jedoch über diese sehr begrenzte Situation hinausgeht. Den Insassen dieser Institution wird eine sehr milde Behandlung zuteil, die aufgeklärte therapeutische Ziele verfolgt. Dennoch haben sie verständlicherweise eine große Abneigung gegen ihre Situation. Ihren Unmut zeigen sie in ihren ständigen Klagen über ihre Behandlung durch das Aufsichtspersonal. Jeglicher kritische Beurteilungsmaßstab, den sie aus ihren vorangegangenen Erfahrungen ziehen, dient ihnen als Grundlage für Beschwerden, mit der gewöhnlich berechtigten Erwartung, daß die Beschwerden beim Personal Gehör finden und auf irgendeine Weise verletzend wirken müßten, weil das Personal mit den Insassen das gleiche Gefüge von allgemeinen Normen und Wertvorstellungen teilt.
Erhalten einige der Insassen eine bevorzugte Behandlung, weil sie Fortschritte in Richtung auf eine Rehabilitation machen, dann erhebt sich Kritik, die sich auf eine Norm absoluter mechanischer Gleichheit gründet, vor welcher die *Besserungsanstalt*, verglichen mit dem Leben in einem normalen Gefängnis, schlecht abschneidet. Das Leben in einem normalen Gefängnis sei gerechter gewesen, wird ein Insasse behaupten, weil alle absolut gleich gewesen seien. Gleichzeitig gibt es aber auch noch Klagen, die Besserungsanstalt gebe keine Belohnungen für besondere Leistung; Anzeichen von gutem Betragen würden nicht berücksichtigt.[45] In dieser Situation verhindert ein allgemeines Ressentiment die Anerkennung jedweden Kriteriums, das das Verhalten der für Belohnung und Bestrafung Zuständigen gerecht und billig erscheinen lassen könnte. Es läßt sich kaum behaupten, daß eine solche Situation auf norwegische Gefängnisse beschränkt ist.
Auch wenn, wie Homans betont, die Vorstellungen von einer gerechten Verteilung weit verbreitet sind, so schaffen sie doch nicht aus sich heraus eine Grundlage für die friedliche und rationale Lö-

45 Thomas Mathiesen, *The Defences of the Weak: A Sociological Study of a Norwegian Correctional Institution*, London 1965, S. 154-157.

sung von Streitigkeiten über die Verteilung des Sozialprodukts. Wie er meint: »Auch wenn (die Leute) zugeben, daß die Belohnung proportional zur Investition und zum Beitrag stehen sollte, können sie immer noch in ihren Ansichten darüber, was legitimerweise eine Investition, ein Beitrag und eine Belohnung sei, differieren, und ebenso auch darüber, wie Personen und Gruppen nach diesen Maßstäben eingestuft werden sollten.« Ein Schwarzer zu sein oder auch eine Frau kann z. B., wie er weiter oben betont, im Vergleich zu einem weißen Mann in manchen Gruppen den Wert der jeweiligen Investition drücken. Nur wenn Menschen in der Beurteilung des Wertes dessen übereinstimmen, was sie im Vergleich zu anderen in eine Aufgabe investieren, können sie mit der Abstufung der Belohnungen einverstanden sein.[46] Mit anderen Worten, die Grundprinzipien der gesellschaftlichen Ungleichheit werden selbst immer wieder in Frage gestellt. Die Kontroversen über diese Prinzipien sind eine Hauptquelle moralischer Empörung und des Gefühls sozialer Ungerechtigkeit.

5. Schlußbemerkung

Wenn es soviele Unstimmigkeiten über die Prinzipien der Verteilung gibt, wie steht es dann mit möglichen Vorstellungen über universale moralische Grundbegriffe? Um den menschlichen Handlungen überhaupt einen Sinn abzugewinnen, könnte es angebracht sein, diesen ganzen Gedankengang aufzugeben, weil einheitliche Vorstellungen offensichtlich selbst dann, wenn sie existierten, nicht dazu geeignet wären, schwerwiegende Probleme lösen zu helfen. Welche Übereinstimmungen auch immer auftauchen würden, sie wären, intellektuell gesehen, trivial. Dieser Schluß wäre jedoch voreilig. Was sind denn nun die Gründe für die Meinungsverschiedenheiten und Unstimmigkeiten, die Homans so nachdrücklich und überzeugend herausgearbeitet hat? Warum sind z. B. Frauen und Schwarze bereit gewesen, den Bemühungen, die sie in eine Aufgabe investierten, einen niedrigeren Wert beizumessen? Und wie groß war ihre Bereitschaft? Man braucht kein modischer Radikaler zu sein, um die Bedeutung repressiver und beson-

46 Vgl. Homans, *Social Behavior* . . ., a. a. O., S. 250 f.

ders selbstrepressiver Mechanismen der im nächsten Kapitel zu untersuchenden Art zu erkennen. Es gibt keinen Grund, am Vorhandensein von unterschiedlichen Meinungen zu zweifeln. Aber die Gründe für diese Abweichungen haben einen erheblichen Einfluß auf die Bewertung jeder Vorstellung von Universalität.

Bevor wir uns mit diesen Gründen weiter beschäftigen, wollen wir einen Blick auf die unterschiedlichen Arten von moralischer Empörung und gesellschaftlicher Beurteilung, die unsere Untersuchung für höchst unterschiedliche Zeiten und Orte ergeben hat, zurückwerfen, um herauszufinden, ob unsere Beispiele in irgendein verstehbares Erklärungsmuster hineinpassen. Gibt es irgendwelche zugrunde liegenden Voraussetzungen, von denen her man legitimerweise auf die Tendenz zu einem allgemeinmenschlichen Gefühl für Ungerechtigkeit schließen könnte? Bei jenen Aspekten des gesellschaftlichen Lebens, die wir für unsere Untersuchung ausgewählt haben, gibt es gute Gründe für die Annahme, daß bestimmte Probleme und Fragen immer wieder deshalb auftauchen, weil Menschen mit bestimmten angeborenen Neigungen irgendwie zusammenleben müssen. Auch wenn die Probleme der Autorität, der Arbeitsteilung und der Verteilung von Gütern und Dienstleistungen von einem Zeitalter zum anderen enorm differieren, gibt es genügend erkennbare Ähnlichkeiten, um von einem gemeinsamen Problemmuster sprechen zu können. Aber wie steht es mit den Lösungen? Gibt es wirklich einen Bereich von Lösungen, der die Menschen in Zorn versetzt?

Es gibt Hinweise dafür, daß das Versagen einer Autorität bei der Erfüllung ihrer ausdrücklichen oder implizierten Verpflichtungen, nämlich Sicherheit zu gewährleisten und das Gesamtwohl zu fördern, Emotionen hervorruft, die als moralische Empörung über unfaire Behandlung bezeichnet werden können. Die Rache tritt als Motiv eher auf als die organisierte Macht und dient einem ähnlichen kollektiven Ziel. Rache erscheint als Motiv auch unter organisierter politischer Macht. Sie beeinflußt die Form, die diese Macht annimmt, z. B. in der Forderung nach »angemessener« Strafe. Einige der wichtigeren Fehler der Autorität sind das Scheitern bei der Kontrolle der Machtinstrumente oder bei der Aufrechterhaltung des inneren Friedens, ferner Forderungen und Pressionen, die der vorherrschenden Definition der kollektiven Ziele zuwiderlaufen oder sie überschreiten, sowie Strafen, die die

Empfindung dafür, was Menschen sind oder sein sollten, verletzen. Hinsichtlich der Arbeitsteilung haben wir Anzeichen dafür gefunden, daß es über verschiedene Zeiten und Orte hinweg ein weites Feld der Übereinstimmung darüber gibt, was wünschenswerte und was nicht wünschenswerte Formen der Arbeit sind. Obwohl es viel zu weit ginge zu sagen, daß moralische Empörung immer etwas mit unangenehmen Formen der Arbeit zu tun habe, so scheint doch überall dort, wo eine derartige Arbeit geleistet wird, die Grundlage für eine solche Reaktionsweise gegeben zu sein. In solchen Situationen scheint eine latente Form moralischer Empörung vorhanden zu sein, die durch gesellschaftliche oder psychologische Mechanismen entweder unterdrückt oder hervorgerufen wird. Weiterhin gibt es die weitverbreitete moralische Entrüstung über den Drückeberger, obwohl auch diese Empörung in ihrer Intensität erheblich variiert. Schließlich gibt es an dem Punkt, wo sich die Arbeitsteilung mit der Verteilung des Sozialprodukts verknüpft, Anzeichen für ein weitverbreitetes Gefühl, daß die Menschen, auch die ärmsten Mitglieder der Gesellschaft, ausreichende Mittel oder Möglichkeiten haben sollten, um ihre Arbeit innerhalb der gesellschaftlichen Ordnung zu verrichten, und daß etwas moralisch nicht in Ordnung ist, wenn diese Ressourcen nicht verfügbar sind. (Für diejenigen, die nicht als wirkliche Mitglieder der Gesellschaft angesehen werden und die lediglich Arbeit für sie leisten, Sklaven etwa, gelten andere Vorstellungen, obwohl die Einschätzungen dieses Status immer unterschiedlich und nebelhaft sind.) Für die Verteilung der Ressourcen der materiellen Produkte und der Dienstleistungen einer Gesellschaft gibt es Prinzipien gleicher wie ungleicher Verteilung. Die Verletzung der einen wie der anderen Prinzipien kann Ursache von Empörung sein. Dasselbe gilt für die Verletzung dessen, was ich die Tabuierung des Neidhammelverhaltens genannt habe. Möglicherweise existiert hier mehr Übereinstimmung, als ein erster Blick freigibt, insofern als unterschiedliche Prinzipien unter unterschiedlichen Umständen angewendet werden mögen oder irgendeine regelmäßige Verbindung mit historischen Veränderungen zeigen.[47]

47 Vgl. zu diesem Gesichtspunkt die Hinweise von Ephraim Yuchtman, *Reward Distribution and Work-Role Attractiveness in the Kibbutz – Reflections on Equity Theory*, in: *American Sociological Review*, Bd. 37, Nr. 5, (Oktober 1972), S. 592-594.

Diese Zusammenfassung der verschiedenen Situationstypen, die zu moralischer Empörung und zu einem Gefühl, daß Unrecht geschieht, führen, bieten keinen großen ästhetischen Reiz. Das überrascht auch nicht. Normale Menschen sind keine Philosophen, die darin geschult sind, die Implikationen von Grundprinzipien herauszuarbeiten und daraus logische Schlüsse zu ziehen. Bei der Suche nach wiederkehrenden Formen moralischer Entrüstung und nach dem, was normale Menschen als sozial unfair ansehen, haben die Ergebnisse wiederholt das Vorhandensein widersprüchlicher Erfordernisse gezeigt, denen die moralische Norm entsprechen mußte, und dies zugleich mit Anzeichen einer fundamentalen Ambivalenz gegenüber den gesellschaftlichen Regeln und Vorschriften. Es gibt sehr gute Gründe dafür, warum die Menschen nicht zwei einander widersprechende Dinge zugleich tun können. Aber es gibt keinen Grund, warum sie nicht beides wünschen könnten. Deshalb wird wahrscheinlich jeder moralischen Norm mit einem Unterton von Murren und Opposition begegnet, mit einer Unzufriedenheit, die zumindest potentiell ein Grund für Änderungen und Wechsel ist.

Die Gründe für Ähnlichkeiten und Wiederholungen können wir vorläufig den Ähnlichkeiten der Situationstypen zuschreiben, denen die Menschen bei ihren selten befriedigenden Bemühungen, zusammen zu leben, gegenüberstehen. Unsere Untersuchungen haben eine Neigung zu Verhandlungen über den Gesellschaftsvertrag enthüllt, die um Arrangements für den Austausch etwa gleicher Werte pendeln. Zum Beispiel: Untergeordnete suchen als Gegenleistung dafür, daß sie den Bessergestellten eine legitime Autorität zugestehen, Sicherheit und Schutz. Die Hauptgründe für Veränderungen liegen in der jeweils eigenen Einschätzung dessen, was die Menschen zu den gesellschaftlichen Verhältnissen beitragen und was sie aus ihnen erhalten. Durch bestimmte gesellschaftliche und psychologische Mechanismen, die sich nicht alle aus der Tatsache der Herrschaft herleiten lassen, können die Menschen einander und, noch wichtiger, sich selbst beibringen, ihren eigenen Wert niedrig einzuschätzen, Schmerzen und Herabwürdigung als moralisch gerechtfertigt zu akzeptieren und in manchen Fällen Schmerz und Leiden sogar von sich aus zu wählen. Gelegentlich können ganze Gesellschaften sich selbst eine Ethik der Unterwerfung lehren. Die Semai haben aus der Furchtsamkeit eine Tugend gemacht. Für sie hat sich das sehr bewährt, weil sich herausstellte, daß dies eine wirksame Methode ist, mit einflußreichen und stärkeren Nachbarn zurechtzukommen. Durch die Analyse einer Vielzahl extremer Beispiele will ich im nächsten Kapitel versuchen, einige der Hauptformen und Gründe dieser Selbstabwertung, dieses Akzeptierens einer moralischen Autorität des Leidens zu spezifizieren. Mit Hilfe einer Umkehrung der Schwerpunkte will ich dann versuchen, die Prozesse zu erklären, durch die Menschen versuchen, ihre Selbstabwertung zu bewältigen und den Wert ihres tatsächlichen und potentiellen Beitrags zur gesellschaftlichen Ordnung und dessen, was sie von der Gesellschaft erhalten, aufzuwerten. Nachdem wir uns zu einem allgemeinen Konzept eines wiederkehrenden Gesellschaftsvertrages und zu den Hauptformen und Gründen für Abweichungen von diesem Vertrag durchgearbeitet haben – einschließlich der Bemühungen, ihn zu zerreißen und einen neuen zu schreiben –, werden wir im zweiten Teil nach einigen historischen Komponenten der Art und Weise suchen, wie Menschen akzeptable und inakzeptable Behandlung durch die ihnen gesellschaftlich Überlegenen definieren und neu definieren.

Zweites Kapitel
Die moralische Autorität des Leidens und der Ungerechtigkeit

1. Vorbemerkung

Im vorhergehenden Kapitel haben wir konstante Merkmale in den menschlichen Reaktionen auf Ungerechtigkeit untersucht und einige Gründe für die beobachtete Variationsbreite vorgestellt. In diesem und im nächsten Kapitel werden wir versuchen, etwas von dem zu verstehen, was an den beiden Enden des Variationsbereichs auftritt: moralische Empörung und moralische Unterwerfung. Während der Unruhen der 60er und frühen 70er Jahre erschien in den Vereinigten Staaten eine Reihe von Büchern mit Variationen des Titels: *Wy Men Revolt* (Warum Menschen revoltieren). In diesem Kapitel wird der Schwerpunkt gerade auf dem Gegenteil liegen: Warum Männer und Frauen nicht rebellieren. Brutal gestellt, wird die zentrale Frage sein: was muß mit Menschen geschehen, damit sie sich Unterdrückung und Herabwürdigung unterwerfen?

Es mag moralisch höchst unverantwortlich erscheinen, eine solche Frage zu stellen; wer will denn, außer Folterknechten und Geheimpolizisten, heute derlei noch genau wissen? Darauf gibt es, wie ich glaube, eine sehr gute Antwort. Wenn und solange wir nicht begreifen, warum sich Menschen mit einer solchen Situation abfinden, ist es unmöglich zu verstehen, wie sie Widerstand leisten können oder wie ihnen dabei geholfen werden kann. Hinter diesem unmittelbaren und praktischen Interesse liegt ein noch allgemeineres. Wenn man davon ausgeht, daß Menschen im allgemeinen den Schmerz erkennen und soweit wie möglich zu vermeiden suchen, ist das Verhalten, das wir untersuchen wollen, zumindest seltsam und verwirrend. Was diese grundsätzliche Annahme zu bestreiten scheint, darf nicht ignoriert werden. Da es sich in diesem Kapitel um ein andersartiges Problem handelt, wird auch die Untersuchungsmethode sehr verschiedenartig sein. Anstelle der Durchmusterung einer Reihe von Gesellschaften auf der Suche nach wiederkehrenden Situationen geht es hier um die Analyse einer spezifischen Art menschlichen Verhaltens. Das läßt sich am besten bewerkstelligen, wenn man verschiedene einzelne Manifestationen dieses Verhaltens detailliert unter verschiedenen Gesichtspunkten prüft, bis sich Erklärungen ergeben, die das Gesamtproblem erhellen. Jedes der drei ausgewählten Beispiele stellt auf den ersten Blick unsere Annahme in Zweifel. Asketen wählen freiwillig ein Leben von Schmerz und Leid. Viele Unberührbare bei den Hindus scheinen auf ihren servilen Status und ihre herabwürdigende Arbeit eher stolz zu sein, als daß sie ihre Situation haßten. In den Konzentrationslagern gab es Opfer, die sich mit ihren Peinigern identifizierten. Eine beträchtliche Zahl von Gefangenen in solchen und ähnlichen Situationen verabscheut und bestraft Mitgefangene, die sich der Autorität der Wächter zu widersetzen suchen. Diese Beispiele verbindet ein gemeinsamer Faden: Leiden und Unterwerfung überfällt diese Menschen mit einer derart mächtigen Aura moralischer Autorität, daß sie auf ihren Schmerz stolz sind und sich an ihrer Qual erfreuen. Diese psychologische Dynamik wird jedoch nicht als solche unser zentrales Problem sein.[1] Statt dessen werden wir versuchen, die gesellschaftlichen und kulturellen Faktoren zu verstehen, die solche Gefühle hervorbringen.

2. Askese

Bei der Analyse asketischer Praktiken ist vor allem festzuhalten, daß das Leiden primär physischer Art ist. Es handelt sich zweifellos nicht um ein psychisches Leiden in Form von Demütigung oder Verletzung des Selbstwertgefühls des Individuums, wie das bei den Unberührbaren der Hindus möglich ist. Die Praktiker der Askese erregen Ehrfurcht und Neugier, oft sind sie weithin bekannt. Auch ist, anders als beim Unberührbaren, die Rolle des Asketen selbstgewählt. Im allgemeinen werden Menschen »freiwillig« zu Asketen, auch wenn im Falle des christlichen Mönchtums in seinen früheren oder reineren Formen den einzelnen gesellschaftliche Zwänge umgaben und unterstützten.

1 Dies zum Teil deshalb, weil das, was über diese Aspekte bekannt ist oder vermutet wird, durch das zu Recht berühmte Werk von Anna Freud, *Das Ich und die Abwehrmechanismen*, London 1946, weithin bekannt geworden ist.

Natürlich erscheint die Selbstfolterung hinduistischer Asketen einem modernen westlichen Menschen außergewöhnlich. Die Askesepraxis in Indien ist offenbar sehr alt, da die Gesetze Manus eine lange, eindringliche Besprechung asketischer Praktiken enthalten, die jedoch vielleicht eher Empfehlungen als eine Beschreibung tatsächlichen Verhaltens darstellen.[2] Zu den geläufigeren und noch jüngst beobachteten Formen der Askese gehören das Liegen oder Sitzen auf Nägeln, das Tragen von mit Nägeln ausgestatteten Sandalen, das unablässige Emporhalten eines Armes, bis er atrophiert, das Geschlossenhalten einer Hand, bis die Fingernägel durch sie hindurchwachsen, die Übung, den Kopf nach unten in den Qualm eines Feuers zu halten oder auch zwischen »fünf Feuern« zu sitzen. In letzterem Fall sitzt der Asket zwischen vier Feuern, ein Feuer in jeder Himmelsrichtung mit der brennenden Sonne von oben als fünfter Flamme.[3] Eine der extremsten Formen muß die Leistung eines Phallus-Verehrers von Shiva gewesen sein, die im frühen 19. Jahrhundert von einem englischen Beobachter berichtet wurde. Dieser Verehrer hatte gelobt, »jedes Jahr einen großen eisernen Ring im zartesten Teil seines Körpers zu befestigen« und an den Ring eine viele Fuß lange, auf dem Boden nachzuziehende Kette zu hängen. Als er beobachtet wurde, hatte der Verehrer gerade den siebten Ring befestigt. Weil die Wunde noch frisch war und schmerzte, trug er die Kette über der Schulter.[4] Derselbe Autor berichtet auch von einem Asketen, den er selbst gesehen hatte und der auf einem Nagelbett lebte. Von Zeit zu Zeit wurde er kopfüber über ein Feuer gehängt und von seinem Diener leicht hin und her bewegt, wie ein Pendel; als der Autor ihn sah, währte dies genau siebenundzwanzig Minuten. Andere indische Asketen führen lediglich ein sehr hartes Leben, geben ihr Eigentum auf, wählen eine absolute Minimaldiät und gehen bettelnd durchs Land. Andere suchen sich zum Leben einen einzigen Platz. Als weise Männer sind sie der Zentralpunkt für Wallfahrten.

2 James Hastings (Hrsg.), *Encyclopedia of Religion and Ethics*, New York, Bd. II, S. 89 f.

3 L. S. S. O'Malley, *Popular Hinduism: The Religion of the Masses*, Cambridge 1935, S. 208.

4 John C. Oman, *The Mystics, Ascetics, and Saints of India: A Study of Sadhuism with an Account of the Yogis, Sanyosis, Bairagis, and Other Strange Hindu Sectarians*, London 1903, S. 99 f.

Auch weibliche Asketen kommen ziemlich häufig vor; freilich sagen die Quellen über sie viel weniger aus. Beispiele extremer Selbstfolterung scheinen sich auf die Männer zu beschränken. Wie der Leser schon angenommen haben wird, gibt es einige Anzeichen für Schwindel. So berichtet Oman aus einer feindlichen Quelle die Geschichte eines Asketen, der auf einem Nagelbett saß und unter seinem Gesäß geschickt eiserne Platten befestigt hatte. Andererseits berichtet Oman, daß er selbst die Holzschuhe eines Asketen gesehen habe, die »innen dicht mit spitzen Nägeln besetzt waren«.[5]

Obwohl die eben genannten Beispiele besonders eindrucksvoll sind, zeigen sie doch nur in intensiver Form die Themen, die in allen Formen der Askese, auch in christlichen, erscheinen. Ein Thema ist die Flucht aus den Routinebelastungen des Lebens durch die Unterdrückung von Begierden und Instinkten. Bei der christlichen Askese ist dieser Aspekt so vertraut, daß er kaum einer Erläuterung bedarf. In Indien nahm er die Form eines Versuchs an, dem endlosen Zyklus von Geburt und Wiedergeburt zu entrinnen. Die indische Askese war ein Versuch, sich von den Hoffnungen, Ängsten, Leiden und Begierden des irdischen Lebens zu befreien.[6]

Im Gegensatz zum Christentum hat andererseits die Idee der Buße für Sünden in der indischen Askese anscheinend nur eine geringe oder überhaupt keine Rolle gespielt.[7] Im Kontext des Kastensystems hatte die Idee der Flucht aus den Routineanforderungen der gesellschaftlichen Ordnung ausgleichende Konsequenzen. Deshalb gab es eine wichtige asketische Sekte, bei der alle Hindus, auch Sudras und Kastenlose, Mitglieder werden konnten. Während der Frühjahrssaturnalien traten Mitglieder niederer Kasten zeitweilig, d. h. für die Dauer des Festes, dieser Sekte bei. Während dieser Zeit unterzogen sie sich Selbstpeinigungen wie etwa der Durchbohrung ihrer Zungen mit dicken Metallspießen. Alle Mitglieder der Sekte durften zusammen essen und von jedem Hindu Speisen annehmen. Sie legten die äußeren Symbole des Hinduismus wie den heiligen Faden und das Haarbüschel ab.[8] Nach den Gesetzen

5 *Ebenda*, S. 45 f.
6 *Ebenda*, S. 170.
7 *Ebenda*, S. 21 und S. 100.
8 *Ebenda*, S. 153 f.

Manus galten andererseits die Privilegien eines Asketen nur für die zweimal Geborenen.[9] Dies zeigt, daß die Askese nicht eine von der herrschenden Klasse den niederen Klassen aufgezwungene Form der Selbstverleugnung war. Der christlichen und der hinduistischen Askese war die Vermeidung unangenehmer gesellschaftlicher Belastungen, wie der aus Ehe und Eigentum erwachsenden, gemeinsam.

Ein weiteres Thema, das besonders bei der Askese der Hindus Bedeutung besitzt, ist die Aggression gegen sich selbst, und zwar um der Rache und der Beherrschung der Außenwelt willen. Nach der Auffassung eines westlichen Forschers ist Askese für Individuen »der Weg, die Kräfte des Alls selbst, des Makrokosmos zu gewinnen, indem man sich dessen Spiegelung im Mikrokosmos, das heißt im eigenen Organismus, vollständig untertan macht. Diese Technik drückt einen extremen Machtwillen aus, das Verlangen, die unerschöpflichen, geheimen, im Unbewußten der menschlichen Natur aufgespeicherten Kräfte zu beschwören.«[10]

In Sagenwelt und Tradition der Hindus gibt es viele Hinweise, daß Asketen als gefährlich betrachtet wurden. Wenn ein Asket starb, »freute sich die ganze Natur und war sehr erleichtert«. Einer anderen Erzählung aus dem *Mahabharata* zufolge hatte ein Asket wegen des Unrechts, das seine Vorfahren erlitten hatten, ein starkes Verlangen nach Rache entwickelt. Er wollte sich der schlimmsten Peinigung unterwerfen, um allein, aus eigener Kraft, alle Kreatur in der Welt vernichten zu können. Nur die Fürsprache der Seelen seiner Vorfahren brachte ihn dazu, davon Abstand zu nehmen. In vielen Hindulegenden sind Härte, Selbstverleugnung und Leiden der wirksamste Weg, um das zu erlangen, was man ernstlich begehrt. Auf diese Weise ist es möglich, sogar den Willen des Allerhöchsten zu bezwingen. Dieser Aspekt der Askese ähnelt den primitiven magischen Praktiken, die in der ganzen Welt zu finden sind; er mag sich aus ihnen herleiten. Etwa vergleichbar der Leidensgeschichte der Kreuzigung unterwarf sich das höchste Wesen der Hindus Tausende Jahre hindurch selbstauferlegten Bußen, um

9 James Hastings (Hrsg.), *Encyclopedia of Religion and Ethics*, a. a. O., Bd. II, S. 89.

10 Heinrich Zimmer, *Philosophie und Religion Indiens*, Zürich 1961, S. 357 f. und Anm. 4.

die Herrschaft über die Schöpfung zu erlangen. Asketische Dämonen konnten, wie man glaubte, das Universum durch ihre Praxis der Selbstkasteiung terrorisieren.[11]

Wenigstens ein Aspekt dieser aggressiven Bewegung war die Angst vor der Sexualität. Sexuelle Verführung störte die Askese und war für den Asketen eine große Bedrohung. Immer wenn Indra, der neidische König der Götter, eine Bedrohung seiner kosmischen Herrschaft durch die Zunahme der geistigen Macht eines Asketen spürte, schickte er eine unglaublich schöne himmlische Jungfrau, um die Sinne des spirituellen Athleten zu betören. Wenn sie Erfolg hatte, dann verlor der Heilige in einer erhabenen Nacht oder einem Aeon der Leidenschaft die gesamte physische Macht, die anzusammeln er sich ein Leben lang bemüht hatte.[12] Auch im Christentum gibt es das Thema der Kastration um der Erlösung willen, um die Rückkehr Gottes herbeizuführen.[13]

Es gibt natürlich einige herausragende Unterschiede zwischen der christlichen und der hinduistischen Askese. Im Fall des Franz von Assisi kann man kaum von irgendwelcher offenkundigen Aggression oder von dem Versuch, die Welt zu beherrschen, sprechen. Auch spielt in der christlichen Askese die Bemühung, durch Nächstenliebe das Elend anderer zu erleichtern, eine große Rolle; dieses Element scheint in der hinduistischen Askese zu fehlen. Andererseits war Nächstenliebe in der Hauptströmung der religiösen Tradition der Hindus eine wichtige Tugend.[14] Dennoch betonen sowohl die christliche als auch die hinduistische Askese die Ablehnung der routinemäßigen Belastungen der menschlichen Gesellschaft zugunsten einer aktiven Suche nach den unangenehmsten und schmerzhaftesten Erfahrungen. Sogar der hl. Franz von Assisi

11 John C. Oman, *The Mystics, Ascetics, and Saints of India*, a. a. O., S. 21-23, 25 f. Es ist bemerkenswert, daß diese extremen Formen der aggressiven Askese innerhalb der Hauptströmung der Hindu-Tradition Kritik erregte. Siehe auch Heinrich Zimmer, *Philosophie und Religion Indiens*, a. a. O., S. 356 ff.

12 *Ebenda*, S. 475 ff. Hier weist Zimmer auch darauf hin, daß die indischen Epen und Erzählungen voll von Berichten über Heilige waren, die sich über die kleinsten Dinge unglaublich erregten.

13 Siehe hierzu die Besprechung in Peter Nagel, *Die Motivierung der Askese in der Alten Kirche und der Ursprung des Mönchtums*, Berlin (Ost) 1966, S 48-50.

14 Über den Verzicht auf Eigentum aus Nächstenliebe im Christentum siehe: *Ebenda*, S. 75 f.

zwang sich dazu, engen Kontakt mit Aussätzigen zu ertragen, gegen die er früher eine besondere Abscheu gehabt hatte.
Drei verwandte Aspekte ergeben sich aus diesem Überblick über die asketischen Praktiken. Ein Aspekt ist die Ablehnung von oder die Flucht vor routinemäßigen gesellschaftlichen Verpflichtungen. Ein zweiter ist die Aggression gegen sich selbst, einschließlich der Unterdrückung der Sexualität, um ein größeres Ziel wie z. B. das persönliche Heil oder die persönliche Herrschaft über die Mächte des Universums zu erreichen. Der dritte Aspekt, der besonders im Christentum hervortritt und von dem das Wort Askese abgeleitet ist (griechisch *askesis*: Übung, Ausübung, Training), ist die Vorbereitung auf schmerzhafte Erfahrungen, die der Mensch für später im Leben erwarten kann. Hier kommt die Askese den Initiationsriten nahe, von denen manche, besonders in primitiven Kriegergesellschaften, besonders schmerzhaft sind und Verstümmelungen einschließen.
Initiationsriten sind jedoch kaum freiwillig in Gesellschaften, in denen erwartet wird, daß sich ihnen in einem bestimmten Alter alle normalen jungen Männer unterwerfen. Das gemeinsame Element in allen drei Aspekten ist der Versuch, mit gewöhnlich unvermeidlichen oder offensichtlich unabwendbaren Leiden fertig zu werden, indem man sich freiwillig Schmerzen unterwirft.
Es ist klar, daß die Askese ein bestimmtes gesellschaftliches und intellektuelles Klima voraussetzt. In einem weltlichen Zeitalter mit mächtiger Technologie ist es unwahrscheinlich, daß Menschen sich solchen asketischen Praktiken zuwenden, solange sich nicht zeigt, daß die Technologie die menschlichen Bedürfnisse nicht befriedigen kann.[15] Die Selbstkasteiung ist eine mögliche Antwort auf das hohe Maß an Frustration, daß durch die Unsicherheit über die natürliche gesellschaftliche Umwelt und durch die Unfähigkeit, sie zu beherrschen, hervorgerufen wird. Die Askese breitet sich normalerweise auch zuerst innerhalb von Klassen aus, die sich nicht am untersten Ende der sozialen Ordnung befinden. Tiefer Zweifel an der Möglichkeit von Glück auf dieser Welt und eine allgemeine religiöse Umwelt, die diesen Zweifel unterstützt, scheinen weitere Grundvoraussetzungen zu sein. Schließlich kann zur intellektuel-

15 Dies mag ein Grund für die ungereimte Mischung von Hedonismus und Askese in manchen linken Kreisen sein, z. B. bei bestimmten Eß-Schrullen.

len Umwelt noch die Trennung zwischen Geist und Körper gehören, die jedoch in populären Glaubensvorstellungen auf allen Ebenen der Zivilisation weit verbreitet ist.
Mit ihrer Betonung der Wiederkehr zu älteren und einfacheren Formen des Lebens, mit ihrem anti-kommerziellen und anti-urbanen Geist kann die Askese in vorindustrieller Zeit als eine charakteristische, wenn auch nicht unvermeidliche Reaktion auf gesellschaftliche Veränderungen und Spannungen angesehen werden. Die Askese ist eine negative Form des utopischen Denkens, eine Flucht vor dem Leben durch Unterdrückung des Verlangens anstelle seiner Befriedigung. Sie existiert als ein Teil des utopischen Denkens auch in seinen modernen Formen, vielleicht aus dem Bewußtsein heraus, daß die Wünsche niemals ganz befriedigt werden können. Sie war ein bedeutender Faktor im Anarchismus des 19. Jahrhunderts, besonders in seiner spanischen Variante, und, wie bereits angeführt, auch in der modernen Jugendrevolte, wo sie den Aspekt des sexuellen Verzichts verloren hat. In ihrer Ablehnung der Routineverpflichtungen des gesellschaftlichen Lebens zeigt die Askese Ähnlichkeiten mit modernen revolutionären Bewegungen. Das gleiche gilt auch für die Vorstellungen von harter Schulung für zukünftige Krisen und von Selbstverleugnung als einer Quelle der Herrschaft über die Welt. Gleichzeitig ist die Askese, funktional gesehen, ein Ersatz für die Revolution, weil sie das Leiden als in diesem Leben unvermeidlich akzeptiert und die durch das Leiden hervorgerufene Feindseligkeit gegen die eigene Person statt nach außen gegen seine gesellschaftlichen Ursachen richtet.

3. Die Unberührbaren

Asketen haben sich ihre Leiden selbst zugefügt. Ihr Elend war bei der Suche nach höheren Zielen selbst gewählt. Genau das Gegenteil ist bei der indischen Kaste der Unberührbaren der Fall.[16] Es

16 Offenbar gibt es keine Bezeichnung, die von verletzenden Untertönen oder Anklängen frei ist. »Harijans« ist auf eine herablassende Weise beleidigend. »Scheduled castes« mag vielleicht am wenigsten kränken, obwohl auch diese Bezeichnung aus einer herablassenden Bürokratensprache stammt. Ich werde also den Begriff Unberührbare benutzen, weil er nun einmal eine Situation beschreibt, die leider immer noch existiert.

gibt für sie keinerlei Wahl. Ein Mensch wird in die Kaste der »Unberührbaren« hineingeboren, und die Mitgliedschaft ist erblich. Gleichwohl gibt es in dem ganzen System ein aufschlußreiches Element der Pseudowahl. Die herrschenden Kasten haben versucht, den Status des Unberührbaren als Folge individueller Handlungen erscheinen zu lassen. Aber das verantwortliche Individuum war einer der tausend Vorfahren des heutigen Unberührbaren, der einen Menschen aus einer hohen Kaste nicht mit genügend Respekt behandelt hatte und dessen Seele deshalb zur Strafe die Wiedergeburt als Unberührbarer erleidet. Damit die Ungerechtigkeit akzeptabel wird, muß sie offenbar der Gerechtigkeit gleichen.

Unsere Aufgabe wird es sein, mit geeigneten, wenn auch der Umgangssprache entnommenen Worten zu beschreiben, was die Unberührbaren ertragen müssen, und, was noch schwieriger ist, zu beschreiben, in welchem Maß sie ihre Situation tatsächlich ertragen.[17]

Im wesentlichen fallen den Unberührbaren die in der indischen Gesellschaft am meisten verachteten wie auch ein großer Teil der härtesten Arbeiten zu. Sie säubern die Toiletten und karren die Exkremente fort, eine Aufgabe, die es oft mit sich bringt, daß sie in die Löcher, in welche die Exkremente gefallen sind, hinunterklettern und diese auf dem Kopf wegschaffen müssen. Sie arbeiten auch als Straßenkehrer auf den Dörfern. Sie entfernen die Kadaver der toten Tiere. Darüber hinaus scheinen sie oft auch das Gerberhandwerk zu betreiben. Zu einem früheren Zeitpunkt in der Geschichte mögen diese Reinigungsarbeiten ihre Hauptaufgabe gewesen sein. Die Unberührbaren haben aber auch lange Zeit hindurch einen großen Teil der Landarbeiter gestellt. Obwohl es ziemlich

17 Ein Kastenloser ist auf ähnliche Weise rechtlos wie ein Unberührbarer. In neueren wie auch in älteren Berichten, wie z. B. dem von Crooke in Hastings *Encyclopedia of Religion and Ethics*, sind manchmal beide zusammengefaßt. Aber strenggenommen *wird* einer zum Kastenlosen dadurch, daß er die Tabus seiner eigenen Kaste verletzt und dann zur Strafe, die normalerweise der Rat dieser Kaste festsetzt, aus ihr ausgestoßen wird. In der hinduistischen Gesellschaftsordnung sind sowohl die Unberührbaren als auch die ausgestoßenen Kastenlosen nahezu keine Menschen. Die Unberührbaren besitzen von Geburt an diesen Status, die Kastenlosen stürzen in ihn. Außerhalb Indiens gibt es ähnliche Gruppen, wie z. B. die *Eta*, eine Schicht von Ausgestoßenen in der älteren japanischen Gesellschaft. Da aber die Literatur über die Unberührbaren etwas ausführlicher ist, werde ich meine Untersuchung auf sie beschränken.

große Unterschiede bei ihrer Behandlung gibt, die sowohl von den örtlichen Praktiken als auch von der genauen Tätigkeit, welche eine bestimmte Kaste der Unberührbaren ausübt, abhängt, ist der folgende, 1920 veröffentlichte Bericht keineswegs besonders übertrieben.

Die Chamaren, eine Gruppe von Unberührbaren, die im Norden Zentralindiens am zahlreichsten ist, aber auch in anderen Teilen des Landes lebt, haben äußerst entwürdigende Positionen im Dorfleben inne. Die höheren Kasten betrachten sie mit Ekel und Abscheu. Die Unterkünfte der Chamaren sind unbeschreiblich schmutzig. Wenn es nicht unbedingt nötig ist, wird ein in Sauberkeit lebender Hindu niemals den Teil des Dorfes aufsuchen, in dem die Chamaren leben. Schon ihr Name verbindet sie mit den Kadavern der Rinder. Die Chamaren entfernen nicht nur die Haut von den Rinderkadavern, sie essen auch deren Fleisch. Die Verunreinigung und Entwürdigung, die daraus folgen, sind unüberwindlich.[18]

In diesem Zusammenhang sollte man darauf hinweisen, daß es – obwohl bei der Definition von Sauberkeit und Schmutz kulturelle Unterschiede festzustellen sind, wie sie sich z. B. in der unterschiedlichen Behandlung der Gerber in der westlichen und der hinduistischen Gesellschaft zeigen – doch auch Übereinstimmung in wesentlichen Punkten gibt. Das ist ein Anlaß, genauer darauf einzugehen, welche Bedeutung die hinduistischen Vorstellungen von Abscheu und Verunreinigung konkret für die Menschen besitzen.

Bei dem Versuch zu erklären, warum die Unberührbaren ihre Situation ertragen, können wir militärische und polizeiliche Gewalt oder die Anwendung jedweden offenkundigen Terrors ausschließen. In den Quellen gibt es keine Andeutung solcher Sanktionen. Welche anderen gesellschaftlichen und psychologischen Mechanismen erzeugen dann dieses unglaublich unterwürfige Verhalten? Eine partielle Erklärung ergibt sich aus der Tatsache, daß offensichtlich die Unberührbaren den vorherrschenden Glauben der Hindus über das Schicksal und die Seelenwanderung (Karma) akzeptiert und verinnerlicht haben. Es gibt jedoch viele Beweise

18 Paraphrasiert und gering gekürzt von George W. Briggs, *The Chamars*, London 1920, S. 20.

dafür, daß auch sie die hinduistische Auffassung von Verunreinigung, eine wesentliche Grundlage des Kastensystems, akzeptiert haben.

Für unsere Zwecke können die grundlegenden Vorstellungen der berühmten Glaubensregeln der Hindus über das menschliche Schicksal und die Seelenwanderung als gesellschaftlicher Aufstieg zur Belohnung für gutes Verhalten beschrieben werden, wobei der Aufstieg bis zum nächsten Leben hinausgeschoben ist. Umgekehrt ist die Strafe für schlechtes Verhalten, das sehr weitläufig definiert wird, als ein Versäumnis, den angebrachten Respekt gegenüber den oberen Kasten zu erweisen, ein gesellschaftlicher Abstieg im nächsten Leben. Also sind Elend und Unglück in diesem Leben die Folge von Verstößen, insbesondere von Verstößen gegen die Brahmanen, im vorangegangenen Leben. Wenn andererseits der Mensch diesem Glauben gemäß sein Schicksal geduldig auf sich nimmt und die Pflichten seiner Kaste erfüllt, wird er zur Belohnung bei seiner nächsten Wiedergeburt in eine höhere Kaste hineingeboren. Es gibt Gründe, skeptisch zu sein, inwieweit die Unberührbaren diese Vorstellungen wirklich teilen, besonders da sie weithin von der »höheren« Hindu-Kultur ausgeschlossen sind. Auf der anderen Seite gibt es einige Beweise dafür, daß sie diese Vorstellungen akzeptieren.[19]

Überzeugendere Beweise für die Verinnerlichung der moralischen Standards der Gesellschaft, deren Opfer sie sind, geben bestimmte Praktiken der Unberührbaren in Verbindung mit der Verunreinigung. Der Glaube an die Verunreinigung ist eine der wichtigsten Stützen des gesamten Kastensystems; er verstärkt ökonomische und politische Unterschiede, obwohl er nicht genau mit ihnen übereinstimmt. Das Hindu-Kastensystem ist von der Idee her und deutlich auch in der Praxis als eine Reihe von Statusabstufungen zwischen den beiden Polen der Reinheit oder Heiligkeit auf der einen und der Erniedrigung und Unreinheit auf der anderen Seite organisiert. In der hinduistischen Gesellschaft ist, wie in anderen,

19 *Ebenda*, S. 200 f. Briggs sagt lediglich, daß die Chamaren die Dogmen der Seelenwanderung und des Karma akzeptieren. Hazari, *Untouchable: The Autobiography of an Indian Outcaste*, New York 1969, S. 4, 16, 18, 33 f., 36, 65, gibt eine Anzahl von konkreten Hinweisen für die Annahme dieser Glaubensvorstellungen. Yogis waren ein Medium in der Übermittlung solcher Dogmen an die Unberührbaren (S. 18, 36).

die Verunreinigung eine politische und eine religiöse Kategorie: Sie bezieht sich auf etwas »Abwegiges« oder etwas, was vermieden werden muß. Somit dient die Verunreinigung dazu, die unangenehmen Seiten der Gesellschaftsordnung vor den herrschenden Kasten zu verbergen und diese noch zu deren Gunsten einzusetzen.[20]
Unter den Unberührbaren selbst gibt es scharfe Unterteilungen in verschiedene Unterkasten. Diese Unterteilungen trennen verschiedene Grade der Unreinheit oder der Anfälligkeit für Verunreinigung. Die Mitglieder der verschiedenen Unberührbaren-Kasten essen nicht zusammen, sie nehmen kein Wasser voneinander und heiraten untereinander nicht. Noch 1960 hielt es die indische Regierung für notwendig, für die Unberührbaren in den Dörfern nicht nur separate Brunnen zu bauen, sondern auch separate Brunnen für die verschiedenen Kasten *innerhalb* der Unberührbaren.[21]
Ganz ähnlich versuchen einige Kasten der Unberührbaren ihren Status zu verbessern, indem sie die Sitten und Tabus der höheren Kasten nachahmen. In manchen Teilen Indiens hat diese Form der kollektiven Selbstverbesserung zu einer Situation geführt, in der über den unreinen Unberührbaren die reinen Unberührbaren stehen, die das Essen von Rindfleisch und anderer verunreinigender Nahrungsmittel aufgegeben haben. Von den reinen Unberührbaren glaubt man, daß sie nur durch ihre Berührung verunreinigen.[22]
Obwohl diese Praktiken zeigen, daß die Unberührbaren wenigstens einige der wichtigsten moralischen Standards der sie umgebenden herrschenden Gesellschaft akzeptiert haben, zeigt das Bemühen, auf der Kastenleiter höher zu steigen, daß die Übernahme moralischer Werte nicht gleichbedeutend ist mit Zufriedenheit über deren Anwendung in der Wirklichkeit.
Dieses Gefüge von Glaubensvorstellungen reicht für sich allein nicht als Erklärung dafür aus, warum die Unberührbaren ihre Lage akzeptieren. Es wäre sehr fruchtbar zu wissen, wie diese Glaubensvorstellungen ursprünglich entstanden sind, und mehr noch, wie die Unberührbaren dazu gebracht wurden, sie zu akzeptieren. Auf

20 Vgl. Mary Douglas, *Purity and Danger: An Analysis of Concepts of Pollution and Taboo*, New York 1966.
21 Harold R. Isaacs, *India's Ex-Untouchables*, New York 1965, S. 29 und S. 52.
22 G. S. Ghurye, *Caste, Class and Occupation*, Bombay 1961, S. 228.

diese Fragen werden wir wahrscheinlich keine Antwort finden, weil sie inzwischen in den Tiefen der Geschichte verloren gegangen sind.[23]

Auf der anderen Seite gibt es genügend Hinweise darauf, wie durch konkrete Sanktionen diese Glaubensvorstellungen – oder wenigstens das entsprechende Verhalten – den Unberührbaren beigebracht und aufrechterhalten werden. Ein Hauptzweck dieser Sanktionen ist es, zu verhindern, daß die einzelnen Unberührbaren ein Selbstwertgefühl erlangen, das die Autorität der herrschenden Kasten in Frage stellen könnte. Wie veraltete militärische Regeln dienen auch die Umgangsformen in den Beziehungen der Kasten untereinander dazu, eine Grenze zwischen erlaubten und verbotenen Handlungen zu ziehen, und das an einem Punkt, der weit davon entfernt ist, für die herrschende Gruppe wirklich gefährlich zu sein. Die Breite dieses Sicherheitsspielraums in den Beziehungen zu den Unberührbaren ist selbst schon ein Zeichen für den potentiell explosiven Charakter der Situation.

In früheren Zeiten konnten die Unberührbaren in vielen Gegenden Indiens die Straßen und Gassen nicht betreten, die von Hindus mit Kastenzugehörigkeit benutzt wurden. Taten sie es doch, so mußten sie einen Besen mit sich tragen, um ihre Fußspuren in dem Schmutz hinter sich wegzufegen. An anderen Orten durften die Unberührbaren die Erde nicht mit ihrem Speichel beschmutzen, sondern mußten eine Dose um den Hals tragen, um den Boden, der für den Speichel der Kastenhindus reserviert war, sauber zu halten. In wieder anderen Teilen Indiens mußte der Unberührbare Warnrufe ausstoßen, bevor er eine Straße betrat, damit die Reineren seinem verunreinigenden Schatten aus dem Weg gehen konnten. Andernorts gab es strenge Regeln für den Haustyp, in dem Unberührbare leben durften, was sie anziehen und wie weit sie sich entkleiden durften. Verbote, Hindu-Tempel oder das Haus eines

23 Wir wissen, daß das Kastensystem, die Unberührbarkeit eingeschlossen, in einer der der modernen Zeit sehr ähnlichen Form schon seit den Zeiten der Gesetze Manus existierte.

Für einige Textzitate aus den Gesetzen Manus, die diese Ansicht stark unterstützen, siehe James Hastings (Hrsg.), *Encyclopedia of Religion and Ethics*, a. a. O., Bd. II, S. 95 und Bd. III, S. 234. Die These vom hohen Alter der Unberührbarkeit ist sehr heftig, aber soweit ich sehen kann, ungenau von vielen heutigen Unberührbaren angegriffen worden.

Hindus höherer Kaste oder jedwede andere Einrichtung zu betreten und das Wasser des Dorfbrunnens zu benutzen, waren sehr weit verbreitet.[24]

Wenn wir die Bedeutung dieser Sanktionen für das tägliche Leben interpretieren wollen, müssen wir vorsichtig sein. Das einfache Aufzählen der Sanktionen, besonders der auffälligsten, aus allen Teilen Indiens könnte ein übertriebenes Bild ergeben. In seiner Autobiographie drückt Hazari, ein Unberührbarer, ohne irgendwelche Zeichen von Ressentiment seine Ergebenheit in seine Stellung im Leben, wenigstens in seiner frühen Kindheit, aus.[25] Erst in etwa der Mitte seiner Lebensgeschichte berichtet er über die erste Episode, die er selbst als erniedrigend empfindet:

> Eines Morgens, als ich durch diese sehr enge Straße ging, sah ich ein paar Kinder aus einer hohen Hindu-Kaste auf mich zukommen; sobald sie mich sahen, stellten sie sich gegen die Wand, und einer schrie den anderen zu, sie sollten sich von dem Unberührbaren fernhalten. Dies deprimierte mich sehr, vielleicht, weil ich durch eine Krankheit geschwächt war, und zum ersten Mal wurde ich mir eines echten Zorns in mir bewußt.[26]

Obwohl es nicht annähernd soviele Informationen über die Verhaltensregeln für die Unberührbaren-Kaste gibt, wie sie über die Sklaven in der westlichen Hemisphäre gesammelt wurden, wage ich die Annahme, daß diese Verhaltensregeln das Bewußtsein der Inferiorität in die Persönlichkeit der Unberührbaren nicht so schmerzhaft eingebrannt haben, wie es bei den Sklaven der Fall ist. Ihr Status war gewiß nicht beneidenswert, aber dennoch waren die Unberührbaren keine Sklaven, oder wenigstens in den meisten Teilen Indiens normalerweise nicht.

Im ländlichen Indien, also für die überwältigende Mehrheit der indischen Bevölkerung in vormoderner Zeit, waren die Unberührbaren erbliche Diener. Hazari, der als Mitglied einer Reinigerkaste die Straßen kehrte, Latrinen reinigte und tote Tiere wegschaffte, gibt einen guten, genauen Bericht seiner Beziehungen zu denjenigen, für die seine Kaste arbeitete. Die Familie seines Vaters hatte seit Generationen in einer kleineren Anzahl von Herrenhäusern

24 Harold R. Isaacs, *India's Ex-Untouchables*, a. a. O., S. 27 f.
25 Siehe Hazari, *Untouchable* . . ., S. 41, 51, 66, 69.
26 *Ebenda*, S. 91. Es ist unmöglich festzustellen, wie alt der Autor war, als sich diese Episode ereignete. Aus dem Zusammenhang kann man schließen, daß Hazari damals ein junger Mann war.

gedient, angeblich schon jahrhundertelang. Wenn seine Familie die Stadt verlassen wollte, mußte sie, einem ungeschriebenen Gesetz folgend, zuerst eine andere Familie von Unberührbaren finden, die ihren Platz einnahm. Die hohen Kasten konnten nicht wählen, wer für sie arbeiten sollte. Wenn Hazaris Familie es gewünscht hätte, hätte sie die Familienrechte, in ihrer Straße zu arbeiten, an eine andere Familie derselben Kaste verkaufen können. Aber solche Verkäufe waren selten, weil sie bedeuteten, daß man sein Geburtsrecht und die Reputation seiner Familie verlor.[27]

So war – und ist in mancher Hinsicht nach wie vor – das ökonomische System beschaffen, in das die Verhaltensregeln eingebettet waren, die zugleich zu seiner Aufrechterhaltung beitrugen. Jedes Dorf hatte ein weitgehend unabhängiges System des Austausches von Gütern und Dienstleistungen, welches durch das Kastensystem reguliert wurde. Obwohl es manche wissenschaftliche Diskussion über dieses System gegeben hat, scheint es mir doch angebracht, es als eine ausbeuterische Wechselbeziehung zu beschreiben. Ausbeuterisch deshalb, weil die Hauptlast der Verpflichtungen auf die unteren Kasten, besonders auf die Unberührbaren, entfiel und der Hauptnutzen der Rechte der herrschenden Kaste zufloß. Gleichwohl war es ein System von Rechten und Pflichten, das von seinen Opfern als legitim angesehen wurde. Es gab Ratsversammlungen der Unberührbaren-Kaste, die einzelne Unberührbare bestraften, weil sie ihre Verpflichtungen innerhalb ihres eigenen Systems nicht erfüllten.[28]

Die fragmentarischen Beweise für die Wirkung dieser Sanktionen auf die Persönlichkeit individueller Unberührbarer reichen aus, um zwei vorläufige Verallgemeinerungen daraus zu ziehen. Die Wirkung des Systems reichte sehr tief in dem Sinne, daß die Unberühr-

27 *Ebenda*, S. 5, 8 f.

28 Einen systematischen Überblick über die Literatur enthält Pauline Mahar Kolenda, *Toward a Model of the Hindu Jajmani System*, in: *Human Organizations*, Bd. XXII, Nr. 1 (Frühjahr 1963), S. 11-31.
Edward B. Harper, *Social Consequences of an ›Unsuccessful‹ Low Caste Movement*, in: James Silverberg (Hrsg.), *Social Mobility in the Caste System in India: An Interdisciplinary Symposium* (Comparative Studies in Society and History, Supplement III), S. 27-65, Den Haag 1968. Er gibt eine aufschlußreiche historische Analyse der Beziehungen zwischen einer Unberührbarenkaste und ihren Arbeitgebern im südlichen Indien für die Zeit vom frühen 19. Jahrhundert bis zur Gegenwart.

baren die Rechtmäßigkeit ihres niedrigen Status und der Verpflichtungen, die sie zu erfüllen hatten, *tatsächlich* akzeptierten. Höchst wahrscheinlich taten sie das jedoch niemals umfassend und vollständig. Viele Anzeichen für Ambivalenz und Aggression werden wir gleich besprechen. Sicher sind solche Anzeichen in gewisser Weise fragwürdig. Mit der Modernisierung sind traditionelle Normen in Verfall geraten. Ausländische Einflüsse und gestiegener ökonomischer Druck haben offensichtlich bei einer steigenden Zahl von einzelnen Unberührbaren einen fast unerträglichen psychologischen Druck erzeugt. Dennoch, wenn wir die offensichtlich modernen Faktoren außer acht lassen und das, was übrig bleibt, mit bekannten Tatsachen aus früheren Zeiten kombinieren, ist es möglich, einen gewissen Einblick darein zu nehmen, was es gesellschaftlich und persönlich bedeutet, ein Unberührbarer zu sein.

Hazaris Vater faßt in einem Rat an seinen Sohn die traditionelle Ethik eines »guten Dieners« zusammen: »Nie stehlen, nie spielen, nie Lügen verbreiten, die anderen Leuten weh tun könnten, keine Arbeit verachten, ganz gleich, wie schmutzig sie ist, nie die Frau eines anderen Mannes nehmen, nur mäßig trinken und immer Gott danken, auch wenn du nur ein Stück trockenes Brot und eine Tasse Wasser als Speise hast.«[29] Dies als bloße Tarnung oder Rhetorik abzutun wäre ein grober Fehler. Es *gibt* so etwas wie einen Stolz in der Resignation. Was sonst könnte denn die Situation erträglich machen? Wie Harold Isaacs Bericht in sehr aufschlußreichen Details zeigt, sind ähnliche Einstellungen sogar in städtischen Bereichen sehr verbreitet geblieben, wenn auch unter den neuen Bedingungen etwas modifiziert und in Frage gestellt. Er beobachtet, daß große Massen der nach dem Gesetz ehemals Unberührbaren immer noch Unberührbare bleiben, nicht nur praktisch, sondern auch in ihren eigenen Vorstellungen; sie leben, wie ein prominenter ehemaliger Unberührbarer und Politiker gesagt hat, »in psychologischen Käfigen«. Ein brahmanischer Freund erzählte Isaacs von seiner Rückkehr aus der Schule noch in seiner Jugendzeit, als er noch voller Enthusiasmus über die Emanzipation Indiens von seiner toten Vergangenheit gewesen war. Vor den Toren seines Hauses stand ein alter Unberührbarer. »Komm herein!« for-

29 Hazari, *Untouchable* . . ., a. a. O., S. 153 f.

derte der Junge den alten Unberührbaren auf. »Komm in das Haus!« Der alte Mann stand da und sah ihn streng an. »*Sie* haben vielleicht ihre Religion aufgegeben, junger Herr«, sagte er, »aber *wir* haben *unsere* nicht aufgegeben.«

Auch ist die Herkunft dieser Einstellung selbst unter der Jugend nicht schwer zu erkennen. In einem anderen Abschnitt zitiert Isaacs ein Interview mit einem 23-jährigen lebensfrohen jungen Mann, der von seinem Dorf in die Stadt umgezogen war. In seiner Jugend hatte er sich frei unter anderen Schülern bewegen können, durfte aber immer noch nicht ihre Häuser betreten. Unberührbare, so berichtete der junge Mann, durften die Treppe bis zu den Veranden der Hindus der oberen Kasten hinaufsteigen, nicht aber hineingehen oder Wasser trinken. Seine Familie hatte ihn gelehrt: »Nichts anfassen. Nicht hineingehen. – Tu dies nicht. Tu das nicht. Sie könnten ärgerlich werden. Sie könnten dich schlagen. Bleib besser still.« Auf all seinen Reisen traf Isaacs nur einen Menschen, der von den demütigenden und kränkenden Umständen, die das Leben der Unberührbaren noch immer umgeben, in einen Zustand heftigen und offen geäußerten Zorns geriet. Es ist recht interessant, daß diese Episode sich ereignete, als Isaacs ein Treffen mit einer Studentengruppe besuchte. Bei dieser Gelegenheit schrie ein junger Mann: »Die Kongreßpartei hält die Unberührbaren-Kaste zum Narren! Wir müssen gegen das ganze Kastensystem rebellieren! Die Hälfte der Kastenhindus müssen totgeschlagen werden, sofort! Ich kann es nicht mehr aushalten!«[30]

Bei einer ziemlich gründlichen Untersuchung der Literatur konnte ich keine einzige Spur einer offenen Revolte unter den Unberührbaren finden. Angesichts des Fehlens jedes harten Repressionsapparates – es gab bestimmt nichts, was der berüchtigten *krypteia*, der spartanischen Geheimpolizei zur Niederhaltung der Heloten, ähnlich war – scheint es ziemlich sicher, daß etwas stattgefunden haben muß, was die Psychologen die Verinnerlichung der Normen der hinduistischen Gesellschaft nennen. In diesem Fall wäre es jedenfalls richtiger, von einer Anerkennung der moralischen Autorität der Unterdrücker zu sprechen. Wenn es definitive Anzeichen für Zweifel in dieser Anerkennung gibt, nun, so gilt dies für Moral überhaupt.

30 Harold R. Isaacs, *India's Ex-Untouchables*, a. a. O., S. 33, 60, 161.

Es gibt mehrere Anhaltspunkte für die Existenz feindseliger Gefühle. Hinduistische Texte, die in einem maßgebenden Handbuch aufgeführt sind, spiegeln die Ängste vor dem wider, was geschehen könnte, wenn die Unberührbaren zu mächtig werden sollten.[31] Im Norden Zentralindiens wurden die Unberührbaren oft als Rindervergifter betrachtet. Sie hatten allgemein den Ruf von Verbrechern, einen Ruf, den ein Autor als übertrieben bezeichnet hat. Umgekehrt war dieser Ruf der Kriminalität einer der Hauptgründe für die Verachtung der Unberührbaren.[32] Hier sehen wir den tragischen *circulus vitiosus*, in dem die Verhältnisse in einer unterdrückten Gruppe gerade genügend Feindseligkeit erzeugen, um ihre Situation zu verschlimmern. An anderen Orten gab es bei den Unberührbaren standardisierte Reaktionen, wie nachlässige und untüchtige Arbeit oder vorgespielte Ignoranz und Unfähigkeit. Solches Verhalten wiederum verstärkt das stereotype Urteil der herrschenden Kaste über den Charakter der Angehörigen niedriger Kasten.

Ein Anzeichen für das Herannahen modernerer Zeiten lag in der Weigerung der Unberührbaren, ein einzelnes Mitglied zur Erfüllung seiner Pflichten zu zwingen. Solche Reaktionen sind natürlich mit der weiteren Hinnahme der herrschenden Ordnung vollkommen vereinbar. Sie stellen eine Form des vertrauten Anspruchs auf eine Behandlung innerhalb dieser Ordnung dar, die ein gewisses Maß an Selbstachtung gewährt.[33] Da die herrschende Ordnung die einzige ist, die sie je gekannt haben, wäre es unvernünftig, andere Empfindungen von ihnen zu erwarten. In einer aufschlußreichen Schilderung erwähnt Isaacs den Fall eines jungen Unberührbaren, der während der zwanziger Jahre als Schuljunge Prügeleien anzettelte, wenn er mit seinem Kastennamen gerufen wurde. Unter anderen vorwiegend städtischen Unberührbaren ist in neuerer Zeit eine zweifellos neuartige Reaktion aufgetreten: das Beharren auf den eigenen großen und kleinen Rechten und manchmal auch offene Empörung über Geringschätzung oder Beleidigung. Hindus

31 A. L. Basham, *The Wonder That Was India: A Survey of the Culture of the Indian Sub-continent before the Coming of the Muslims*, New York 1959, S. 145.

32 George W. Briggs, *The Chamars*, a. a. O., S. 235.

33 Edward B. Harper, *Social Consequences of an ›Unsuccesful‹ Low Caste Movement*, a. a. O., S. 48 f.

höherer Kasten bezeichnen solche Personen als »stolz auf die festgelegte Kaste«.[34]

Zeitumstände und historische Trends können offensichtlich das Gleichgewicht zwischen der Anerkennung der moralischen Autorität des Unterdrückers und verschiedenen Formen der Aggression verändern. Letztere kulminieren nicht unbedingt in einer Ablehnung dieser moralischen Autorität, auch wenn sie wahrscheinlich ein wesentlicher Bestandteil dieser Ablehnung sind.

Am Schluß dieser Skizze über die Unberührbaren ist es angezeigt, sich einige allgemeinere institutionelle Aspekte der Situation in Erinnerung zu rufen, in der sie sich befinden – Aspekte, die uns vielleicht helfen können, ihr Verhalten zu verstehen. Als Minorität, auch als eine große, über alle Teile Indiens verstreute Minorität, hatten sie kaum eine realistische Aussicht, die Gesellschaftsordnung umzustoßen und die Priester und Landbesitzer durch Latrinenreiniger zu ersetzen, selbst wenn sie auf diese Idee gekommen *wären*. In der mir bekannten Literatur gibt es keinerlei Hinweis darauf, daß eine solche Idee spontan aufgetreten wäre. *Wenn* sie überhaupt auftritt, wie z. B. im Fall des erzürnten Studenten, den Isaacs anführt, so sind diese Fälle fast ausschließlich die Folge eines Kontaktes mit dem Ausland. Die Mittel eher friedlichen politischen Verhandelns waren bei diesen niedrigen Kasten auch sehr begrenzt. Wie bei anderen in ähnlichen Positionen waren die Dienste, die sie leisteten, die einzigen Mittel, über die sie verfügten. Sie konnten diese Dienstleistungen unwillig und ineffektiv erbringen und in neuerer Zeit gelegentlich versuchen, sie in gemeinschaftlicher Anstrengung zu verweigern. Doch waren die Hindernisse für eine gemeinsame Aktion enorm und die Erfolgsaussichten unsicher.

Wir wissen nicht genau, wieviel Einsicht in diese allgemeineren institutionellen Faktoren in das Bewußtsein der einzelnen Unberührbaren drang. Aber auch wenn wir es wüßten, wäre diese Kenntnis nicht entscheidend. Das Fehlen von realistischen Erfolgsaussichten, einer realen Chance, die nie größer als sehr wahrscheinlich sein kann, hat keineswegs immer unterdrückte Gruppen von der Rebellion abgehalten. (Der Aufstand im Warschauer Ghetto gegen die Nazis ist ein sehr eindeutiges modernes Beispiel.) Des-

34 Harold R. Isaacs, *India's Ex-Untouchables*, a. a. O., S. 43, 133.

wegen bleibt uns zwangsläufig nur die Erklärung, daß sich der Geist der Revolte aus irgendeinem Grunde unter diesen spezifischen gesellschaftlichen und historischen Bedingungen *nicht* entwickeln konnte. Entweder konnten die Unberührbaren nicht aus eigenem Antrieb auf diesen Geist verfallen, oder er wurde ihnen gewaltsam ausgetrieben, oder es kam zu irgendeiner Kombination aus beidem. Bei den Opfern historischer Unglücksfälle erregt eine solche Erklärung wahrscheinlich Ärgernis, besonders bei denen, die sich heute an militanten Aktionen beteiligen, um dieses Unglück wieder rückgängig zu machen. Wenn jedoch die Erklärung zutrifft, verschwinden die Gründe für ihren Zorn, denn er impliziert das Vorhandensein moralischer Chancen, die es einfach nicht gab.

4. Konzentrationslager

In der Askese erscheint das Leiden als eine selbst auferlegte Wahl: als Resultat einer Unfähigkeit, mit einer gefährlichen und unberechenbaren Umwelt fertig zu werden. Bei den Unberührbaren ist das Leiden nicht Sache einer Wahl, sondern eine solche des Schicksals. Im Gegensatz zu diesen beiden Situationen, sowohl der des Asketen als auch der des Unberührbaren, werden den Gefangenen in Konzentrationslagern Grausamkeit und Leiden mit einem Höchstmaß an Gewalt und Zwang auferlegt. Unter solchen Umständen sollte man erwarten, daß das Leiden als höchst ungerecht empfunden wird und keinerlei moralische Autorität besitzt. Das ist aber nicht der Fall. Um Shakespeare abzuwandeln: manche Menschen suchen das Leiden; manche sind zum Leiden geboren, wieder andere leiden aus Zwang. In jedem Fall hat eine beachtlich große Zahl der Opfer das Gefühl, daß das Leiden einer moralischen Macht entstamme. Was für die Menschen unvermeidlich ist oder ihnen doch so erscheint, muß irgendwie auch gerecht sein.

Unter dem Nazi-Regime kamen *einige* Insassen von Konzentrationslagern durch sehr komplizierte Prozesse, die ich im folgenden zu erklären versuche, dazu, die moralische Autorität ihrer Unterdrücker zu akzeptieren.[35] Diese Anerkennung erreichte in be-

35 Auch wenn sich meine Erklärung und die Verwendung dieser Angaben von

stimmten Lagern einen Punkt, an dem manche Insassen versuchten, sich mit der SS zu identifizieren, indem sie (soweit dies möglich war) deren Kleidungsstil kopierten, und dies in einer Weise, die lächerlich und komisch anmuten müßte, wären die Umstände nicht so tragisch gewesen. Auch wenn die meisten Insassen nicht so weit gingen, überrascht doch das Maß der Anerkennung. Warum und wie entwickelten sich derartig verschiedene Reaktionsweisen?

Konzentriert man sich auf die sozialen Aspekte, dann ergibt sich eine zweifache, fast dialektische Antwort. In der Leitung der Lager versuchte die SS bewußt, alle sozialen Bindungen unter den Häftlingen zu zerstören und sie auf eine atomisierte, homogene und hoffnungslos degradierte Masse zu reduzieren. Sie hatte dabei in großem Maße Erfolg. Aber die SS konnte diese Politik der absoluten Vereinzelung der Lagerhäftlinge nicht bis zur letzten Konsequenz durchsetzen. Sie brauchte irgendeine minimale Kooperation seitens der Häftlinge, um die täglichen Routinemaßnahmen durchführen zu können, etwa sie in die Schlafsäle zu bringen und zum Arbeiten zu veranlassen. Außerdem gab es Aspekte des Lagerlebens, von denen die Wächter nichts wissen wollten. Auf diese Weise ergaben sich Möglichkeiten, ein informelles Netz der Kooperation unter den Häftlingen einzurichten, um so wenigstens einige der Härten eines Hobbesschen Krieges aller gegen alle zu mildern. Die Synthese dieser beiden entgegengesetzten Tendenzen zur Atomisierung und Kooperation war, wie wir sehen werden, der furchtbarste Aspekt. Die SS konnte das Netzwerk der sozialen Kooperation, das spontan entstanden war und das sonst vielleicht zu einem Kern der Opposition gegen die Lagergesellschaft oder ein Ansatzpunkt für deren Auflösung hätte werden können, für ihre eigenen grausamen Ziele pervertieren. Schließlich besaßen die durch unterschiedliche historische und soziale Erfahrungen geprägten verschiedenen Individuen ihre jeweils eigenen stark unterschiedlichen Fähigkeiten zu überleben und differierten auch in

dem bekannten Vergleich zwischen der Plantagen-Sklaverei und den Konzentrationslagern, der sich in Stanley M. Elkins, *Slavery: A Problem in American Institutional and Intellectual Life*, New York 1963, findet, unterscheiden, so hat seine Arbeit mich doch auf die potentielle theoretische Bedeutung dieser menschlichen Erfahrung aufmerksam gemacht.

ihrer Annahme oder Ablehnung der Überlebensstrategien, welche die Gesellschaft des Lagers schuf.
Bei der Einlieferung in die Lager wurden die Gefangenen mit äußerst brutalen »Willkommenszeremonien« begrüßt, und diese Erfahrungen setzten sich während ihres gesamten Aufenthaltes fort.[36] Wie wir sehen werden, ergab sich die meiste Brutalität jedoch aus dem Verhalten der anderen Gefangenen, die in derselben Situation waren. Diese traumatischen Eingangsriten hatten zwei eng miteinander verbundene Wirkungen. Die erste war die unmittelbare Degradierung, die Zerstörung der Selbstachtung des Gefangenen, die Vernichtung jeglicher Individualität, jeglichen Status, den er in der Außenwelt besessen haben mochte.[37] Zweitens unterwarf das Lagerpersonal die Gefangenen einem Prozeß, der sie so gleich wie möglich machen sollte, und zwar indem ihnen uniforme Kleidung und Nummern gegeben wurden, nachdem alle persönliche Habe eingezogen worden war.
Dies war der Anfang eines Regimes, das den Gefangenen alles außer einem Minimum an Essen und Schlaf nahm. So bald wie möglich zwangen die Lagerverwalter die Gefangenen zu erschöpfender Arbeit. Das Lagerpersonal beherrschte fast jeden Augenblick des bewußten Lebens der Gefangenen, was soweit ging, daß ihnen nur sehr begrenzte und festgelegte Zeiten für das Urinieren und die Defäkation zugebilligt wurden. Eine Konsequenz daraus war natürlich, die Gefangenen fast vollkommen vom Lagerpersonal abhängig zu machen. Aus Tierexperimenten von Psychologen können wir mit Sicherheit den Schluß ziehen, daß dieses Regime der extremen, aber nicht totalen Deprivation den Hunger und vielleicht auch andere Triebe auf eine Weise steigerte, die die Prozesse des adaptiven Lernens beschleunigte.[38]

36 Eine anschauliche Beschreibung dieser Zeremonien siehe bei Eugen Kogon, *Der SS-Staat: Das System der deutschen Konzentrationslager*, Frankfurt am Main 1965, S. 72-79. Eine mehr psychologische Interpretation findet sich bei Elie A. Cohen, *Human Behavior in the Concentration Camp*, New York 1953.
37 Für ähnliche Verfahren in anderen Zusammenhängen siehe die bekannte Beschreibung der Eintritts-Zeremonien in »totalen Institutionen« bei Erving Goffman, *Asyle: über die soziale Situation psychiatrischer Patienten und anderer Insassen*, Frankfurt/M. 1972, S. 24-42.
38 Elie A. Cohen, *Human Behavior in the Concentration Camp*, a. a. O.,

Vom Augenblick des Eintretens an war der Gefangene einem Regime der akut-schmerzvollen Deprivation und der Angst um Leib und Leben unterworfen. Abgesehen von zeitweiligen grausamen Prügeleien durch die SS, wenn man zufällig ihre Aufmerksamkeit auf sich lenkte, konnte der Gefangene wegen relativ kleiner Verstöße gegen eine willkürliche und unbestimmte Ordnung getötet werden. Reicht demnach die Angst vor den Wachmannschaften aus, um das Verhalten der Gefangenen zu erklären, und war die Anerkennung der SS-Moral – wenn es dazu kam – nichts anderes als Heuchelei?

Die Antwort ist, glaube ich, nein. Wie einige Details, die wir im Laufe dieses Berichts nennen werden, zeigen, ging das Verhalten zumindest vieler Gefangener weiter als glaubwürdige Heuchelei. Abhängigkeit *kann*, wie wir wissen, die Einstellung verändern. Außerdem sind zwei zusätzliche Überlegungen anzustellen. Erstens gewöhnten sich die Gefangenen an die Angst. Brutalität stumpfte ihre Sinne ab. Ferner erschien die SS, auch wenn ihre Macht und ihr Einfluß überall herrschten, oft wie ein Wirbelsturm und verschwand wieder. Soweit Angst ein wesentlicher Faktor war, war es meistens nicht die Angst vor der SS. Es war die Angst vor anderen Gefangenen. Nach einem geflügelten Wort in den Lagern waren die Gefangenen selbst einander die schlimmsten Feinde.[39]

Eine der milderen Formen der gegenseitigen Mißhandlung unter den Gefangenen war das Stehlen. Nur zum Teil als Folge der Konkurrenz um die kargen Ressourcen gab es einen weitverbreiteten Zusammenbruch der sozialen Bindungen. Cohen zitierte die Ansicht einer Gefangenen: »Wer wird überleben, du oder ich? Sobald dies die Frage war, wurde jeder zum Egoisten.«[40] Da das Überle-

S. 135, nennt den Fall von alliierten Offizieren, die von den Japanern gefangengenommen waren und denen es manchmal unmöglich erschien, ihre Ablehnung von Arbeit für den Feind aufrechtzuerhalten, wenn ihnen eine Zusatzration Reis versprochen wurde. Das ist Konditionierung oder Kooption in der rohesten denkbaren Form. In den Konzentrationslagern scheint dies jedoch nicht so einfach gewesen zu sein, auch wenn eine kleine zusätzliche Essensration eine wesentliche Belohnung war.

39 Eugen Kogon, *Der SS-Staat* . . ., S. 372; Bruno Bettelheim, *Aufstand gegen die Masse. Die Chance des Individuums in der modernen Gesellschaft*, München 1964, S. 188 ff.

40 Elie A. Cohen, *Human Behavior in the Concentration Camp*, a. a. O.,

ben oft ein gewisses Maß an Kooperation mit anderen Gefangenen verlangte, war die soziale Desintegration keinesfalls vollständig. Der völlige Mangel an Privatheit, die absolute Unmöglichkeit, allein zu sein, machte jedoch für viele Gefangene die Situation noch unerträglicher. Erzwungene Intimität kann ein Feind der Solidarität und der Kooperationsbereitschaft sein.[41]

Angst und Feindschaft der Gefangenen untereinander war also keinesfalls nur eine Folge direkter Eingriffe oder bewußter Einflußnahme seitens der SS. Ein anderer Faktor war die Tatsache, daß gewöhnliche Kriminelle einen erheblichen Teil der Lagerinsassen ausmachten. Bei amerikanischen Gefängnisinsassen gibt es Angst und Mißtrauen in gleicher Weise. Die Anwesenheit einer oft nur geringen Zahl von »Geächteten unter den Geächteten« – im wesentlichen brutale Kerle, die gewillt sind, andere Gefangene auszunutzen und zu bestehlen – scheint für die Schaffung dieser Atmosphäre auszureichen.[42]

Zusätzlich zu intern verursachten Zwängen machte die Heterogenität der Gefangenengemeinschaft Kooperation und Solidarität und daher auch Widerstand fast unmöglich.[43] In den Lagern saßen Gefangene beiderlei Geschlechts, jeden Alters und jeder sozialen Stellung, von Mitgliedern des Adels bis hin zu gewöhnlichen Kriminellen. Es gab auch Gefangene unterschiedlicher ethnischer Herkunft und zwischen diesen oft heftige Feindseligkeiten, sogar

S. 123 f., 136. Es gibt hier auffallende Ähnlichkeiten zu dem Verhalten der Afrikaner, die ihre traditionellen Jagdgebiete verloren hatten, wie Colin M. Turnbull, *The Mountain People*, New York 1972, S. 135-154 berichtet.

41 Dieselbe Auswirkung zeigt sich manchmal, wie mir gesagt wurde, in den Kommunen Jugendlicher. Am stärksten mag sie bei Personen aus der Mittelklasse auftreten.

42 Gresham M. Sykes, *The Society of Captives: A study of a Maximum Security Prison*, Princeton 1971, S. 76-78, 90 f. Ähnliche Atomisierung, ähnlicher Mangel an Solidarität unter den Gefangenen zeigt sich in dem viel milder geführten norwegischen Gefängnis, das von Thomas Mathiesen, *The Defences of the Weak: A Sociological Study of a Norwegian Correctional Institution*, London 1965, bes. S. 124, 132, 141, analysiert wurde. Dort scheint die Situation weit weniger auf die Konkurrenz um knappe Ressourcen, wie z. B. Essen, zurückzugehen als auf ein allgemeines Zögern der Gefangenen, sich miteinander zu identifizieren, weil sie *alle* als psychiatrischer Hilfe bedürftig gelten. Niemand will mit jemandem, der ein solches Stigma trägt, etwas zu tun haben.

43 Elie A. Cohen, *Human Behavior in the Concentration Camp*, a. a. O., S. 208 f.

zwischen Juden verschiedener Nationalität. Die tschechischen Juden in Theresienstadt haßten oft die deutschen Juden. In einer bestimmten Situation sagten die tschechischen Juden: »Nun werden die Deutschen sehen, was ›Transport‹ bedeutet.« (Transport war der beschönigende Ausdruck für die Verschickung von Gefangenen in Vernichtungslager.) Die tschechischen Juden bekämpften auch die Zionisten.[44] Weder Repression noch Elend reichten aus, um diejenigen zu vereinen, die mit sehr unterschiedlichem Hintergrund und ebensolchen Erwartungen in diese Situation geraten waren.

Die Unterschiede im gesellschaftlichen und kulturellen Hintergrund hatten wesentliche Auswirkungen auf die Reaktionen des einzelnen hinsichtlich seines Lebens im Konzentrationslager, damit auch auf seine Überlebensfähigkeit, und dies abgesehen von den offiziellen Bemühungen, die Gefangenen in eine atomisierte Masse zu verwandeln. Unpolitische Personen aus der Mittelklasse, einschließlich der assimilierten Juden, waren diejenigen, die am ehesten dem Persönlichkeitsverfall ausgesetzt waren und untergingen. Obwohl sie zu Unrecht verhaftet worden waren, wagten sie nicht, sich ihren Unterdrückern zu widersetzen, nicht einmal in Gedanken, wie Bettelheim feststellt, obwohl dies ihnen sicherlich die dringend benötigte Selbstachtung gegeben hätte.[45]

Viele von ihnen neigten zu der Annahme, alles sei nur ein schrecklicher Irrtum – eine Reaktion, die für privilegierte Menschen vielleicht charakteristisch ist.[46] Für viele Deutsche aus der Mittelklasse war das Verschwinden jeden gesellschaftlichen Korsetts, aller beruhigenden Verhaltenscodices, aller Titel, die Respekt und Status verschafften, ein traumatischer Schock, dem sie keinen Widerstand entgegensetzen konnten.[47] Bei manchen erweckte das Gefühl, unschuldig zu sein und dennoch leiden zu müssen, Selbstmitleid und nahm ihnen so die Energie, die sie zum Überleben brauchten.[48]

44 Hans Günther Adler, *Theresienstadt 1941-1945: Das Antlitz einer Zwangsgemeinschaft*, Tübingen 1960, S. 123, 303.

45 Bruno Bettelheim, *Aufstand gegen die Masse* . . ., a. a. O., S. 130 ff.

46 Alexander Weissberg, ein hervorragender sowjetischer Physiker, zeigte die gleiche Reaktion bei seiner Verhaftung in der Sowjetunion. Vgl. Alexander Weissberg, *Conspiracy of Silence*, London 1952, S. 84, 103, 217.

47 Eugen Kogon, *Der SS-Staat* . . ., a. a. O., S. 367.

48 Elie A. Cohen, *Human Behavior in the Concentration Camp*, a. a. O., S. 144.

Die deutschen Juden, die im Sommer 1942 nach Theresienstadt kamen, zeigten eine extreme Form dieser Reaktion. Sie waren alt und in einem blinden Glauben an Recht und Ordnung erzogen. Jetzt konnten sie nicht sehen, daß eben dies, Recht und Ordnung, gründlich verrottet war. Unfähig zu verstehen, warum sie im Konzentrationslager waren, schoben sie die Schuld für die Bedingungen im Lager weniger auf die SS als auf »Mißverständnisse« oder auf das Versagen der internen Verwaltung, die in diesem Fall in den Händen anderer Juden lag. Ihr Verhalten war oft steif, pedantisch und auf tragisch-komische Weise korrekt.[49]

Bei den Gefangenen aus der Mittelklasse war die Neigung, der Sicherheit der vertrauten Familienroutine nachzuhängen, ein anderer Faktor, der ihre Widerstands- und Anpassungsfähigkeit innerhalb und außerhalb der Lager auf fatale Weise schwächte. Bettelheim macht einige sehr eindringliche, kritische Bemerkungen über das sehr populäre *Tagebuch der Anne Frank*, die zeigen, wie die Bemühungen der Familie Frank, ihr übliches Privatleben weiterzuleben, zu ihrer Vernichtung führten. In Buchenwald befragte Bettelheim viele deutsche jüdische Gefangene, warum sie Deutschland nicht schon angesichts der absolut erniedrigenden Bedingungen, denen sie bereits 1938 unterworfen worden waren, verlassen hätten. Ihre Antwort lief darauf hinaus, daß sie nicht gehen konnten, weil sie sonst ihre Wohnungen und Arbeitsplätze hätten aufgeben müssen. »Ihr irdischer Besitz hatte Besitz von ihnen ergriffen, so daß sie sich nicht mehr bewegen konnten. Anstatt ihre Güter zu benutzen, ließen sie ihr Leben von ihnen bestimmen.«[50]

Dieselbe Tendenz konnte sich sogar innerhalb eines Lagers entwickeln. In Theresienstadt gab es eine kurze Periode der »Normalisierung«, die sogar die Eröffnung eines Kaffeehauses einschloß. Kurz danach folgte eine Unterbrechung der Transporte in die Vernichtungslager. Die Folge war eine Welle optimistischen Selbstbetrugs unter den Gefangenen, die Adler richtig als »die gefährliche Macht der Gewöhnung« bezeichnet.[51] Es gibt wohl keine grausigere Illustration für die fatalen Implikationen dieser so sehr notwendigen und hoch entwickelten Eigenschaft des *Homo sapiens*.

49 Hans Günther Adler, *Theresienstadt 1941-1945* . . ., a. a. O., S. 107, 304.
50 Bruno Bettelheim, *Aufstand gegen die Masse* . . ., a. a. O., S. 278.
51 Hans Günther Adler, *Theresienstadt 1941-1945* . . ., a. a. O., S. 128 f.

Es wäre vielleicht richtiger, die gerade beschriebenen Verhaltensweisen der Mittelklasse eher als eine Form der Kapitulation vor der moralischen Autorität des Unterdrückers denn als deren Anerkennung zu bezeichnen. Die extremste Form der Kapitulation war diejenige der »Muselmänner«, wandelnder Leichen, die jede Bemühung, sich gegen eine überwältigende Umgebung zu behaupten, aufgegeben hatten. Erst gaben sie jede eigene Handlung als total sinnlos auf, dann gaben sie ihr Gefühl auf, weil Gefühl zu besitzen schmerzhaft oder gefährlich oder beides war. In den späteren Stadien folgten sie immer noch den Befehlen, in dem Sinne, daß sie sich bewegten, wenn es ihnen gesagt wurde; aber von sich aus unternahmen sie nichts mehr. Als die anderen Gefangenen erkannten, was geschah, sonderten sie sich von diesen gezeichneten Menschen ab, da ein weiteres Zusammensein mit ihnen nur zu ihrer eigenen Zerstörung führen konnte. Schließlich hörten diese Menschen überhaupt auf, irgendetwas zu tun, und starben einfach. Dieser Versuch, sich völlig in sich selbst zurückzuziehen, sich von jeder äußeren Anregung abzuschließen, zeigt zusammen mit der Abnahme instinktiver Antriebe (in den letzten Stadien aßen sie nicht mehr) aufschlußreiche Ähnlichkeiten zu bestimmten Formen der Askese.[52] Im Falle der »Muselmänner« ging der Prozeß der Selbstzerstörung weiter. Askese war ein Versuch, eine unbeherrschbare Umgebung zu beherrschen. Bei den »Muselmännern« wurde dieser Versuch als unmöglich aufgegeben.
Am anderen Ende des Spektrums stimmen alle Berichte darin überein, daß diejenigen, die am ehesten überlebten, Menschen mit starken religiösen oder politischen Überzeugungen waren. Die Zeugen Jehovas, die als Kriegsdienstverweigerer aus Gewissensgründen verhaftet wurden, hatten eine ausgezeichnete Chance. Bei weitem zahlreicher und wichtiger als die Zeugen Jehovas waren die politischen Gefangenen mit stark linksgerichteten Überzeugungen. Statt ihre Überzeugung zu untergraben, wie dies bei den unpolitischen Gefangenen mit ihrem festen Glauben an Recht und Ordnung geschah, bekräftigte das Konzentrationslager den Glauben

52 Es gibt auch große Ähnlichkeiten zu dem berühmten Phänomen des »Voodoo-Todes«, bei dem ein erschrockenes Opfer der Magie einfach aufgibt und stirbt. Zu den Erklärungen der physiologischen Aspekte siehe Barbara W. Lex, *Voodoo Death: New Thoughts on an Old Explanation*, in: *American Anthropologist*, Bd. 76, Nr. 4 (Dezember 1974), S. 820 f.

und die Erwartungen der linken Gefangenen, indem es nämlich »bewies«, daß sie für die Nazis eine wirkliche Gefahr darstellten und die Nazis sie ernst nahmen. Tatsächlich waren sie auf ihre Einkerkerung stolz.[53] Kriminelle waren in einer mittleren Position. Wie die politischen Linken hatten sie die bürgerliche Gesellschaft abgelehnt und daher keinen Grund für pathetische Bemühungen, deren äußeren Symbolen anzuhängen. Für die Kriminellen war die Dschungelwelt des Konzentrationslagers dem, was sie vorher gekannt hatten, nicht völlig unähnlich. Das Konzentrationslager hatte für sie darüber hinaus eine pikante Note, weil es sie auf die gleiche Ebene mit Bankiers, Rechtsanwälten und Aristokraten stellte.

Unter den politischen Gefangenen spielten die Kommunisten bei weitem die Hauptrolle. Obwohl ihre Überzeugung für ihr Überleben wesentlich war, verdankten die Kommunisten ihr Überleben keineswegs nur ihrer Überzeugung. Sie bildeten eine Gruppe, die zusammenhielt, und konnten in einigen Lagern viele Aufgaben der Lagerverwaltung übernehmen, einschließlich zweier Schlüsselfunktionen: der Verteilung der Arbeitsdetails und der Zuweisung von Gefangenen zu den Transporten in andere Vernichtungslager.

All dies war möglich, weil, wie immer in solchen Situationen, die Verwalter weder durch Angst noch durch sonstige Mittel absolut jedes Detail des Gefangenendaseins kontrollieren konnten. Einen autonomen oder zumindest pseudoautonomen Bereich mußte man den Gefangenen lassen, damit sie wenigstens so einfache Dinge taten wie rechtzeitig zum Essen und in ihre Schlafquartiere zu gehen. Diese Gewährung einer partiellen Autonomie gab den Kommunisten eine Gelegenheit, die sie so gut wie möglich nutzten und die sie zu einem Brückenkopf ihrer eigenen Macht ausbauten. Hierbei mußten sie mit anderen informellen Gefangenengruppen konkurrieren, besonders mit den Gruppierungen unter den gewöhnlichen Kriminellen. Auf diese Weise entwickelten sich unter den Gefangenen manchmal schwere fraktionelle Kämpfe. Die Kommunisten

53 Bruno Bettelheim, *Aufstand gegen die Masse* . . ., a. a. O., S. 207 f. Unter anderen Umständen dürfte dieser Stolz sehr schwer aufrechtzuerhalten sein. Erving Goffman, *Asyle* . . ., a. a. O., S. 62, zitiert die aufschlußreiche Äußerung eines inhaftierten Kriegsdienstverweigerers aus Gewissensgründen, der berichtet, »wie eigenartig schwer es mir fällt, mich unschuldig zu fühlen«.

nutzten ihre Position, um ihre Feinde zu bestrafen und ihre Freunde und Verbündeten mit sicheren Arbeiten, besserem Essen und Ausschluß von der Liste derjenigen, die in Vernichtungslager geschickt wurden, zu belohnen. Ihre Feinde hingegen setzten sie auf solche Listen. Die Kommunisten und jene, die freiwillig mit ihnen zusammenarbeiteten, luden bereitwillig die Schuld auf sich, die Entscheidungen innewohnt, viele zum Tode zu verurteilen, in der Hoffnung, einige zu retten und die Bedingungen im Lager insgesamt zu verbessern.[54] Wie Bettelheim sagt, erzeugten sie so die typische Rechtfertigung und die soziale Blindheit einer herrschenden Klasse.[55] Dennoch bildeten sie das Zentrum des Widerstandes, soweit es solchen innerhalb der Lager gab und geben konnte; sie organisierten heimliche Propaganda, die Verbreitung von Nachrichten und taten, was sie konnten, um die Selbstsicherheit und Moral der SS zu untergraben. Wie Kogon, ein nicht-kommunistisches Mitglied dieser Gefangenen-Elite, bekennt, konnten sie nicht wirklich politisch handeln: sie konnten die Todestransporte nicht verhindern. Als informelle Lagermanager verlangte ihr Tun zumindest ein Minimum an Zusammenarbeit mit der SS. Auf diese Weise wurden sie zum Kern der Lagerelite (der *Prominenten*) in Buchenwald und anderen Lagern.

Mit der Zeit wurde ein Teil der Lagerelite – auch der politischen – total korrupt. Kisten mit Nahrungsmitteln wurden aus dem Lager herausgeschmuggelt und an die Familien der prominenten Gefangenen geschickt. In den späteren Stadien des Krieges zeigten sich einige Mitglieder der Gefangenenelite im Lager mit Maßanzügen und kleinen Hunden an der Leine; dies zu einer Zeit, als die SS keine hohen Stiefel mehr trug, sondern nur noch normale Armeestiefel. All dies kam inmitten des Chaos von Elend, Schmutz, Krankheit, Hunger und Tod vor.[56] So zwangen die Konzentrationslager die revolutionären Aktivisten in eine höchst zweideutige »Reformisten«rolle. Auch wenn solche Personen die moralische Autorität ihrer Unterdrücker niemals akzeptierten, wurden sie in ihrem Kampf gegen sie doch davon befleckt.

54 Eugen Kogon, *Der SS-Staat* . . ., a. a. O., S. 308, 310-315.
55 Bruno Bettelheim, *Aufstand gegen die Masse* . . ., a. a. O., S. 196 ff.
56 Zum Problem der Gefangenen-Elite siehe *Ebenda*, S. 200 ff.; Eugen Kogon, *Der SS-Staat* . . ., a. a. O., S. 315, 317, 322, 347, 374-376; Hans Günther Adler, *Theresienstadt 1941-1945* . . ., a. a. O., S. 309-312.

Widerstand war hauptsächlich eine Sache der Gefangenenelite. Die Masse der Gefangenen bildete andere soziale Netze oder wurde von ihnen aufgefangen. Solche Netze entstanden aus der Zugehörigkeit zum gleichen Schlafsaal oder zu derselben Arbeitskolonne. In beiden Situationen gab die SS Arbeiten auf, deren Ausführung für die meisten Menschen zu schwer war, besonders für fast verhungerte Menschen. Wenn ein Gefangener versagte, wurde die ganze Gruppe bestraft. Diese Situation erweckte eine ungeheure Feindseligkeit gegenüber einem Gefangenen, der durch sein Versagen oder durch körperliche Schwäche die Aufmerksamkeit der SS auf die Gruppe gelenkt hatte, eine Feindseligkeit, die vielleicht dadurch noch vergrößert wurde, daß es für die Gefangenen unmöglich war, ihre Feindschaft gegen diejenigen zu richten, denen sie zukam, gegen die SS selbst. Ein Symptom dieses hohen Grades an Feindschaft waren die ständigen verbalen Grobheiten und ein völliges Verschwinden solch erleichternder Redewendungen im täglichen gesellschaftlichen Umgang wie »Bitte« und »Danke«. Wenn ein Neuer diese Ausdrücke benutzte, wurde er meistens mit einem Hagel von Obszönitäten bedacht.[57]

Jeden Morgen z. B. mußten die Gefangenen ihre Betten korrekt »bauen«, d. h., sie mußten ihre Strohmatratzen so stopfen, daß sie so flach wie ein Tisch waren, und die Decken so zusammenfalten, daß die Muster der Rechtecke auf den Decken genau übereinstimmten. Manchmal benutzte die SS Zentimetermaße und Wasserwaagen, um zu überprüfen, ob die Betten richtig gebaut waren; andere schossen mit ihren Pistolen über die Betten, um zu sehen, ob sie absolut flach waren. All dies mußten die Gefangenen innerhalb einer streng begrenzten Zeit tun; dasselbe galt für Waschen und Toilettengang. Die Folge war gewöhnlich ein unsinniges Chaos, Spannung, Ängste, Kämpfe und Schlägereien unter den Gefangenen. Wie Bettelheim berichtet, »war die Zusammenarbeit zwischen einigen Freunden, die es in den meisten Einheiten gab, unwirksam gegen die blindwütige Unordnung bei der Mehrheit. Diejenigen, die in der oberen Reihe schliefen, brachten die Matratzen der unteren in Unordnung, und diejenigen, die nebeneinander lagen, taten sehr oft das gleiche.«[58]

57 Bruno Bettelheim, *Aufstand gegen die Masse* . . ., a. a. O., S. 145; Eugen Kogon, *Der SS-Staat* . . ., a. a. O., S. 372.

58 Bruno Bettelheim, *Aufstand gegen die Masse* . . ., a. a. O., S. 231 f.

Besonders stark war die Feindseligkeit Neuen gegenüber. Bei alten Gefangenen spielte in dieser Feindseligkeit der Stolz auf die eigene Härte, die zum Überleben verholfen hatte, und auch die Tatsache, inzwischen ein »Erfahrener« zu sein, eine gewisse Rolle. Aber der Hauptgrund war, daß ein Neuer die Gruppe gefährdete, weil er die Spielregeln nicht kannte. Ein Neuer könnte sich ungeschickt verhalten und dadurch den Zorn der SS auf die Gruppe lenken. Dieselbe Feindseligkeit richtete sich gegen schwache Menschen, weil man glaubte, daß sie Spitzel werden könnten.[59]

Vom Standpunkt der vorliegenden Untersuchung aus liegt der besondere Aspekt der sozialen Organisation in Konzentrationslagern darin, daß sie jede Handlung, die nach heroischem Widerstand roch, hemmte. (Seinen Einfluß auf die Kommunisten, die dazu neigten, alle heroischen Gesten außer ihren eigenen Mißerfolgen zu verachten, haben wir schon behandelt.) Die SS, bemerkt Bettelheim, war gewöhnlich erfolgreich bei ihren Bemühungen, die Entstehung von Märtyrern oder Helden zu verhindern. »Wenn ein Gefangener versuchte, andere zu beschützen, und eine Wache darauf aufmerksam wurde, so wurde dieser Gefangene normalerweise getötet. Wenn aber die Lagerverwaltung von einer solchen Handlung hörte, wurde immer die ganze Gruppe schwer bestraft. Auf diese Weise kam es dahin, daß die Gruppe eine Abneigung gegen ihren Beschützer entwickelte, weil er ihr Leiden verursachte«.

Bettelheim gibt ein konkretes Beispiel dafür. Zwei Brüder marschierten in einer Arbeitsgruppe, die außerhalb gearbeitet hatte, in das Lager zurück. Sie trafen auf einen SS-Offizier, der der gesamten Gruppe befahl, sich mehrere Male auf den schlammigen Boden zu werfen, ein, gemessen an den Gewohnheiten der SS, relativ harmloser »Sport«. Einer der Brüder verlor seine Brille in einer mit Wasser gefüllten Grube neben der Straße. Er bat um Erlaubnis, seine Brille zu suchen, erhielt sie und sprang in die Wasser-Grube. Er kam ohne die Brille zurück, sprang nochmals hinein, wollte dann aber aufgeben. Der SS-Mann zwang ihn jedoch, immer wieder in die Grube zu springen, bis er durch Ertrinken oder Herzversagen starb. Dieses Beispiel von Sadismus scheint doch einigermaßen außergewöhnlich gewesen zu sein, vielleicht weil ein

59 *Ebenda*, S. 176 ff.; Eugen Kogon, *Der SS-Staat* . . ., a. a. O., S. 375.

deutscher Zivilist die Szene beobachtete und sie voller Abscheu einem Beamten erzählte. Es gab eine Untersuchung über diesen Todesfall. Die ganze Kolonne wurde vor den Kommandanten des Lagers geholt und sollte berichten, was sie über den Vorfall wußte. Jeder sagte aus, daß er nichts gesehen habe und keine Auskunft geben könne. Nur der Bruder des Opfers fühlte sich verpflichtet, alles zu tun, was möglich war, um den Tod seines Bruders zu rächen, und erzählte die Wahrheit. Später, an demselben Abend, wurde der Bruder aufgefordert, vor einem untergeordneten SS-Offizier zu erscheinen. Zu diesem Zeitpunkt war er völlig verzweifelt. Es war klar, daß seine Aussage nicht nur ihn selbst, sondern auch alle seine Kameraden in derselben Arbeitsgruppe gefährdet hatte. Alle Mitglieder der Gruppe hatten Angst, nicht nur vor der Rache der SS, sondern auch davor, ihr relativ leichtes Arbeitskommando zu verlieren; das wäre für alle eine Katastrophe gewesen. Nachdem er an diesem Tag schon seinen Bruder verloren hatte, mußte der Mann nun um sein eigenes Leben und um sein Arbeitskommando fürchten und die Vorwürfe seiner Kameraden gewärtigen. Aber es war zu spät, seine Aussage zu widerrufen und zu ändern. Einige Tage später kam seine Leiche unter seltsamen Umständen in die Leichenhalle. Weitere Tage danach starben andere Mitglieder der Kolonne nach Injektionen. Nach etwa drei Monaten waren die gesamte Gruppe und alle potentiellen Zeugen getötet.[60]

Ein ähnlicher Druck, heroischen Widerstand abzulehnen, findet sich auch in amerikanischen Gefängnissen, und das mag tatsächlich ein Teil der »natürlichen« menschlichen Reaktion auf Unterdrükkung sein. In einem Gefängnis der höchsten Sicherheitsstufe z. B. wurde jeder, der einen hoffnungslosen Widerstand gegen das Wachpersonal versuchte und seine Würde gegen erniedrigende Behandlung behaupten wollte, »ball buster« genannt. Er wurde nur in sehr begrenztem Maße von den anderen Gefangenen als willkommenes Symbol mutiger Opposition betrachtet. Meistens behandelten sie ihn wie einen Narren, wie jemanden, der das fragile System von Kompromiß und Korruption, das die Grundlage der Gefängnisgemeinschaft war, störte. Anderen Gefangenen erschien er als einer, der nur um kindischer emotionaler Ausbrüche willen

60 Bruno Bettelheim, *Aufstand gegen die Masse* . . ., a. a. O., S. 150 ff.

das Gemeinwohl der gesamten Insassenschaft aufs Spiel setzte.[61]
Ähnlich hatten Juden sowohl innerhalb wie außerhalb der Konzentrationslager Angst, ein Benehmen, das als jüdisch identifiziert werden könnte, würde vielleicht den Antisemitismus steigern.[62] Bettelheim berichtet von einem bewegenden Fall aus dem deutschen Alltagsleben, der typisch für viele andere ist. Ein junges Mädchen aus einer nichtjüdischen Familie hatte einen Vater, der überzeugter Nazi-Gegner war. Von ihrem Vater, den sie sehr liebte, hatte sie zunächst die moralische Stärke, dem Naziregime zu widerstehen, gewonnen. Dann begann sie, von ihren Altersgenossen unter Druck gesetzt, in kleinen und anscheinend harmlosen Dingen nachzugeben. In der Schule mußte sie dem Führer Treue schwören und immer wieder den Hitlergruß anwenden. Unter diesen Zwängen begann sie, ihren Vater als Quelle eines unangenehmen moralischen Konflikts zu hassen. Später mußte sie im Rahmen einer Schularbeit eine Familienzählung in der Stadt durchführen, eine scheinbar harmlose Aufgabe. Aber dann stieß sie auf einige jüdische Familien, und entsetzt erkannte sie, was sie tat. Sie begriff, daß die Juden sie als ein Symbol des Regimes ansahen und sie haßten. Auch wurde ihr klar, daß ihre Vorbehalte gegen Juden genau das waren, was das Regime sich von ihr wünschte. Sie haßte auch sich selbst, weil sie half, Juden in den Tod zu schicken. Welche Lösung für dieses Dilemma sich schließlich gefunden haben mag, erfahren wir nicht.[63]
An diesem Punkt unserer Analyse beginnen wir zu verstehen, wie eine Identifikation mit der SS stattfand. Die, oberflächlich gesehen, bizarre und paradoxe Anerkennung der moralischen Autorität des Unterdrückers kann aus drei Ursachenkomplexen erklärt werden. Erstens teilte ein erheblicher Teil der Gefangenen als »patriotische« Deutsche bereits bestimmte Werte mit der SS. Als Bettelheim 1938 mehr als 100 alte politische Gefangene fragte, ob sie meinten, daß über die Konzentrationslager in ausländischen Zeitungen berichtet werden sollte, zögerten viele, dies für wünschenswert zu halten. Fast alle nichtjüdischen Gefangenen, versichert er,

61 Gresham M. Sykes, *The Society of Captives* ..., a. a. O., S. 100.
62 Elie A. Cohen, *Human Behavior in the Concentration Camp*, a. a. O., S. 188-190.
63 Bruno Bettelheim, *Aufstand gegen die Masse* ..., a. a. O., S. 313 ff.

glaubten an die Überlegenheit der deutschen Rasse und waren auf die sogenannten Erfolge des nationalsozialistischen Staats, besonders auf seine Politik der Expansion durch Annexion, stolz.[64] Zweitens existierten, wie wir eben sahen, für den einzelnen mächtige gesellschaftliche Zwänge im Sinne einer Gegnerschaft gegen heroischen Widerstand, weil dieser die Überlebenschancen der Gruppe, zu der er gehörte, aufs Spiel setzte. Bei der Masse der Gefangenen scheint es sicher, daß Widerstandstendenzen wirkungsvoll unterdrückt wurden. Die kommunistische Gruppe konnte solchen Zwängen nicht begegnen und tat es auch nicht. Eine Widerstands*handlung* gewann keine moralische Anerkennung durch die Gruppe, sondern wurde von ihr moralisch verurteilt. Das Denken und das Sprechen »durch die Blume« war eine andere Sache. Schließlich verlangte die gesamte Situation nach Härte als einem Verhaltensmodell, das sich nicht mehr sehr von der Brutalität der SS unterschied.
Daher überrascht es nicht, daß einige der älteren und völlig angepaßten Gefangenen die SS nachahmten. Ältere Gefangene ließen sich manchmal zu Handlungen bei der Beseitigung sogenannter ungeeigneter neuer Gefangener einsetzen, eine Reaktionsweise, die vielleicht für ihr eigenes Überleben notwendig, aber gleichwohl von der SS übernommen war. Auch wenn der Selbstschutz die Eliminierung von Verrätern verlangte, war die Art und Weise, wie sie tagelang gefoltert und langsam getötet wurden, von der SS und der Gestapo übernommen. Wenn Gefangene andere Gefangene in Arbeitskolonnen befehligten, benahmen sich die alten Gefangenen, und nicht nur ehemalige Kriminelle, oft noch grausamer als selbst die SS. Wie schon gesagt, neigten langjährige Gefangene dazu, sich mit der SS sogar in der äußeren Erscheinung zu identifizieren, obwohl das verboten war. Sie versuchten, für sich selbst alte Stücke von SS-Uniformen zu bekommen oder ihre eigene Gefangenenkleidung so zu nähen oder umzuändern, daß sie den Uniformen ähnelten. Ebenso genossen es gewisse alte Gefangene, wenn sie während der täglichen Zählung der Gefangenen besonders stramm standen oder salutierten. Es geschah oft, daß die SS aus einer momentanen Laune heraus für eine kurze Zeit irgendeine unsinnige Regelung in Kraft setzte. Normalerweise wurden solche Regeln

64 *Ebenda*, S. 187 ff.

schnell wieder vergessen. Manche alten Gefangenen beachteten sie jedoch weiter und versuchten, sie unter den anderen Gefangenen durchzusetzen, auch dann noch, wenn die SS ihr Interesse daran längst verloren hatte. Zum Beispiel befahl die SS den Gefangenen einmal, ihre Schuhe innen und außen mit Wasser und Seife zu waschen. Infolgedessen wurden die Schuhe steinhart. Obwohl diese Order nie wiederholt wurde und viele Gefangene sie schon beim ersten Mal nicht ausführten, wuschen einige alte Gefangene nicht nur weiter jeden Tag ihre Schuhe von innen, sondern beschimpften auch noch alle, die es nicht taten, sie seien nachlässig und schmutzig. Solche Gefangenen, berichtet Bettelheim, glaubten fest daran, daß alle von der SS vorgeschriebenen Regeln zumindest innerhalb des Lagers wünschenswerte Verhaltensnormen darstellten.[65]
Wie oben betont, war ein solches Verhalten nicht allgemein. Manche Gefangene hatten eine genau entgegengesetzte Einstellung und betrachteten alle SS-Vorschriften als lächerlich.[66] Obwohl die Anerkennung und Identifizierung mit der SS nur in wenigen Fällen stattgefunden zu haben scheint, ist dies für uns um so aufschlußreicher, weil sie völlig unbeabsichtigt zustande kam – anders als in den Umerziehungs- und »Gehirnwäsche«-Lagern für amerikanische Gefangene im Koreakrieg.[67]

65 *Ebenda,* S. 188 ff.

66 Elie A. Cohen, *Human Behavior in the Concentration Camp,* a. a. O., S. 137 f.

67 Die Ähnlichkeiten und Unterschiede zwischen Konzentrationslagern und Umerziehungslagern für Kriegsgefangene sind lehrreich. In den Umerziehungslagern gab es denselben Entzug von Essen, Schlaf und Privatheit, wenn auch vielleicht nicht in demselben Ausmaß. Der Zweck war der gleiche: die Gefangenen zu schnellerem Lernen anzustacheln. Brutalität trat, obschon vorhanden, sehr viel weniger auf. Das erste Stadium in dem Verfahren, einen Gefangenen zur Änderung seiner Glaubensvorstellungen zu bringen, bestand aus intensiven Verhören und Befragungen über sein vergangenes Leben, um seine alten Vorstellungen über sich selbst zu erschüttern und ihm, wenn möglich, ein Schuldgefühl wegen seines vergangenen und gegenwärtigen Verhaltens als »Volksfeind« zu vermitteln. Der Gefängnisverwaltung gelang es, die informellen Gruppen, zu denen die Gefangenen gehörten, auf ähnliche Weise wie in den Konzentrationslagern zu manipulieren; der einzelne wurde unter Druck gesetzt, damit er neue politische Vorstellungen übernahm. Der neue Gefangene war von anderen Gefangenen umgeben, die auf dem Wege zu ihren neuen politischen Überzeugungen schon erhebliche Fortschritte aufzuweisen hatten. In späteren Stadien wurde der Gefangene gezwungen, nach »echten« Antworten, die seine Verhörer hören wollten, zu suchen, ohne genau zu wissen, was sie

Ob diese Identifikation mit den Nazi-Unterdrückern so weit ging, daß sie alle Feindseligkeit gegenüber der SS ausschloß, geht aus den zur Verfügung stehenden Unterlagen nicht klar hervor, wenn es auch recht unwahrscheinlich ist. In einem anderen Zusammenhang beobachtet Bettelheim, daß im allgemeinen »Schwäche und Unterwerfung oft mit einer feindseligeren Haltung belastet [sind] als offener Gegenangriff«.[68] Es ist klar, daß die meisten Gefangenen die SS haßten, wenn auch nicht unbedingt auf die Art, die man erwarten könnte. Sie fühlten oft tieferen und heftigeren Zorn gegen die SS-Wachen, die kleinere Grausamkeiten verübten, als gegen diejenigen, deren Handlungen noch sehr viel bösartiger waren.[69] Ein anderer Bericht erwähnt ein weitverbreitetes Fehlen von tiefem Haß: Vielen Insassen erschien die SS eher lächerlich als hassenswert.[70] Verständlicherweise war der Wunsch nach Rache sehr stark. Aber zum größten Teil äußerte sich dieser Wunsch nur in der Phantasie. Viele Opfer der Lager gaben sich vagen und unrealistischen Plänen für eine Revolution hin, die nichts auf der Welt unberührt lassen würde, wenn sie erst einmal wieder draußen wären.[71] Ihre Reaktionen erinnern an jene, die es schon in den Anfangsstadien vieler revolutionärer Bewegungen gegeben hat.

Im großen und ganzen erscheint also das Konzentrationslager als eine zwar fürchterliche, aber nur zu leicht zu durchschauende Karikatur so mancher »zivilisierten« Gesellschaft. Es gibt dieselbe Klassenhierarchie, denselben Kampf ums Brot zwischen den einzelnen in den niedrigeren Schichten, dasselbe Auftreten einer reformistischen und arroganten Elite bei jenen, die im Prinzip das

wollten, eine Methode, die Experimenten zufolge bei der Etablierung neuer Verhaltensformen sehr erfolgreich ist. Auch gab es die üblichen sozialen und materiellen Belohnungen, wenn der Gefangene die neue Doktrin akzeptierte. Andererseits scheint die Behandlung im allgemeinen unwirksam gewesen zu sein, wenn der einzelne nicht in eine gesellschaftliche Umwelt zurückkehrte, die seine neue Einstellung bestätigte oder unterstützte. Siehe hierzu Edgar H. Schein, Inge Schneier und Curtis Barker, *Coercive Persuasion: A Socio-Psychological Analysis of the »Brainwashing« of American Civilian Prisoners by the Chinese Communists*, New York 1961.

68 Bruno Bettelheim, *Aufstand gegen die Masse* . . ., a. a. O., S. 269.

69 *Ebenda*, S. 142.

70 Elie A. Cohen, *Human Behavior in the Concentration Camp*, a. a. O., S. 197-199.

71 Eugen Kogon, *Der SS-Staat* . . ., a. a. O., S. 379 f., 384.

Regime bekämpfen, und eine Vielzahl von Mechanismen, die in den unteren Schichten eine Anerkennung der Werte der Herrschenden bewirken. Wie wir sehen werden, sind alle diese gesellschaftlichen Prozesse in der Geschichte der deutschen Arbeiterklasse zu finden, sind aber keineswegs auf Deutschland beschränkt.

5. Wie man das Gefühl der Ungerechtigkeit unterdrückt

Es wäre ein schwerer Fehler, im Konzentrationslager ein allgemeines Modell für Repression zu sehen. Das gilt besonders für das Problem, mit dem wir uns jetzt beschäftigen: für die Formen und Mechanismen der Selbstrepression. Weil das Konzentrationslager den meisten Zwang ausübt, kann man es mit guten Gründen als die am wenigsten effektive Form unter den drei eben betrachteten ansehen.

Der vorangegangene Abschnitt präsentierte Belege für die Ansicht, daß es *tatsächlich* so etwas wie ein immer wiederkehrendes, möglicherweise allgemein menschliches Gefühl für Ungerechtigkeit gibt, das den gemeinsamen Bedürfnissen der angeborenen menschlichen Natur und den Notwendigkeiten des gesellschaftlichen Lebens entspringt. Entsprechend der vorausgeschickten Vermutung, daß es möglich sei, das Verlangen nach Gerechtigkeit und nach dem Ende des menschlichen Leidens zu unterdrücken, versuchte die Diskussion in diesem Abschnitt aufzudecken, wie diese Unterdrückung vor sich gehen kann. Jeder der drei Extremfälle zeigt bestimmte Aspekte dieses allgemeinen Prozesses der Selbstrepression auf.[72] Wir wollen jetzt versuchen, einige der wichtigsten Aspekte zu betrachten.

Wenn man nun mit dem konkreten Einzelmenschen beginnt, wäre es, wie ich meine, ein Fehler, diesen Prozeß hauptsächlich als einen der Zerstörung der Selbstachtung zu betrachten. Selbstachtung ist etwas, das geschaffen werden muß, selbst wenn der Wunsch da-

72 Ich hoffe, es ist deutlich, daß diese Analyse sich scharf von den zeitgenössischen kritischen Interpretationen der Konsumgesellschaft unter den Verhältnissen einer fortgeschrittenen Industrialisierung unterscheidet, in der es kaum ein direktes körperliches Leiden von der Art gibt, wie sie in diesen drei Beispielen als erlaubt und akzeptiert gilt.

nach angeboren sein mag. In unserer eigenen leistungsorientierten Gesellschaft bedarf die Selbstachtung im Laufe des Lebens einer ständig wiederholten Erneuerung. Vom Standpunkt einer herrschenden Gruppe aus ist es die Hauptaufgabe, jede potentiell gefährliche Form der Selbstachtung zu verhindern und solche angeborenen Neigungen auf Gefühle wie den Stolz auf niedere Arbeit abzulenken[73], die die herrschende Ordnung erhalten helfen. An den Verhaltensregeln der Kasten, die für die Unberührbaren gelten, kann man ganz klar sehen, wie solche Gefühle erzeugt werden können. Eine diffuse und nicht-formalisierte Vielzahl von Zwängen, die in der frühen Kindheit beginnen, mag das wirksamste Mittel zu diesem Zweck sein.

Die Etikette hemmt die Menschen dadurch, daß sie sie lehrt, wohin sie gehören. Wenn die Menschen nicht bereit sind zu lernen, kann keine Lehrmethode wirksam sein. Hier spielt der materielle Entzug, ursprünglich in Form von Hunger, eine Rolle. Moderne Kriegsgefangene, die der Versuchung nicht widerstehen können, ihren Kerkermeistern zu dienen, um etwas mehr Essen zu erhalten, enthüllen das Wesen dieser Beziehung. Hunger steigert die Aufmerksamkeit für Fingerzeige in der sozialen Umwelt, wie man sich verhalten muß, um die Qualen zu verringern. Obwohl dies bei den einzelnen Menschen sehr unterschiedlich ist, zielt die Wirkung darauf ab, Menschen bereitwillig lernen zu lassen, wie sie den Verantwortlichen ihrer Umgebung gefallen können. Sind die Wünsche erst einmal geweckt, wird schon der bloße Rückzug aus dieser Situation sehr viel schwieriger. Eine kritische Zurückweisung dieser Quelle von Befriedigung scheint fast unmöglich. Das Resultat ist eine Anerkennung der Normensysteme und Standards derer, die die Situation beherrschen. Hier finden wir die elementare Form der Kooption.

Diese Überlegungen offenbaren die Notwendigkeit, kulturelle Begriffsbestimmungen in Betracht zu ziehen: die eingeübten Anzeichen von Gefahr und die Rezepte für deren Bewältigung, welche die Menschen aus ihrer gesellschaftlichen Überlieferung und der

73 Übrigens darf nicht jedes dieser Gefühle des Stolzes als ungerechte Repression bezeichnet werden, wenn man nicht ernsthaft behaupten will, daß alle hierarchischen Formen der Arbeitsteilung historisch veraltet sind. Zu diesem Punkt siehe die Diskussion über rationale Autorität im ersten und im dreizehnten Kapitel.

Praxis um sie herum entwickelt haben. Wenn jeder einzelne Mensch jede Situation von Anfang an neu begreifen müßte, wäre eine menschliche Gesellschaft undenkbar. Diese kulturellen Normen definieren die gesellschaftlich akzeptablen und die nicht akzeptablen Bedürfnisse, den Sinn und die Ursache menschlichen Leidens und das, was, wenn überhaupt möglich, der einzelne solchem Leiden gegenüber tun kann oder tun sollte. In der Askese, bei den Hindu-Kasten und in einem geringeren Grade in den Konzentrationslagern läßt sich ein allgemeines Muster der kulturellen Begründung für die Unterdrückung des Impulses, etwas gegen das Leiden zu unternehmen, erkennen. Die Begründung läßt dieses Leiden als Teil der kosmischen Ordnung, also als unvermeidlich und in gewissem Sinne gerechtfertigt, erscheinen. Noch eindeutiger verhilft diese Form der Begründung dazu, die vom Leiden und der Frustration hervorgerufenen aggressiven Impulse gegen sich selbst zu richten. Diese Wendung der Aggression gegen sich selbst ist am auffallendsten bei der Askese. Dies trifft indes auch für den Hindu-Glauben in bezug auf die Kasten allgemein zu: Wer es in diesem Leben versäumt, seinen Übergeordneten entsprechenden Respekt zu erweisen, wird im nächsten Leben dafür bestraft. In den Konzentrationslagern traten die gleichen Mechanismen bei den Insassen auf, die gewöhnt waren, Recht und Ordnung Deutschlands ohne kritische Überlegung zu akzeptieren und ihre nunmehrige schlimme Lage als Mißverständnis oder Irrtum begriffen, welche dieser Rechtsordnung unterlaufen seien.
Also begrenzen die zur Verfügung stehenden kulturellen Definitionen der gesellschaftlichen Realität den Bereich der möglichen Reaktionen auf eben diese Realität. Aufgrund dieser drei Beispiele ist es auch möglich, vier verschiedene Typen von gesellschaftlichen Prozessen zu unterscheiden, die dazu dienen, kollektive Bemühungen einzudämmen, sich mit den menschlichen Ursachen von Schmerz und Leiden zu identifizieren, sie zu vermindern oder ihnen zu widerstehen. Es ist kaum nötig hinzuzufügen, daß wirksame Aktionen gegen die gesellschaftlichen Ursachen des Leidens kollektiv erfolgen müssen. Individuelle Bemühungen sollen nicht außer acht gelassen werden und sind sicher besser als gar keine, es sei denn, sie gingen auf Kosten anderer Opfer, wie es leider häufig der Fall ist. Aber individuelle Lösungen, die nur einer Minorität helfen, ändern die Situation *per definitionem* nicht.

Für den hier schreibenden Soziologen liegen die aufschlußreichsten Fakten, die sich aus diesen Beispielen ergeben haben, in der Art und Weise, wie Solidarität sich in einer unterdrückten Gruppe schnell *gegen* einen einzelnen Protestler oder Beschützer herausbildet. Dieser soziale Mechanismus tritt nicht nur in Konzentrationslagern, sondern auch in normalen Gefängnissen auf. In der nicht so offensichtlich bedrohlichen Form des Hindu-Kasten-Systems erscheint er in der völlig institutionalisierten Form der Unterkasten-Räte, die ihre eigenen Mitglieder für die Verletzung der Kasten-Regeln bestrafen. Die Gründe für diese Solidarität sind klar genug: Jede Herausforderung durch einen einzelnen könnte eine Vergeltung auslösen, die dann die ganze Gruppe bedroht. Also können die spontanen Bemühungen der Gruppe, sich zu schützen, leicht, ja fast unvermeidlich dazu dienen, ihre Unterwerfung zu verlängern und sogar noch zu vertiefen.

Die drei anderen gesellschaftlichen Prozesse sind so bekannt, daß es kaum nötig ist, weitere Ausführungen zu machen. Einer von ihnen zeigt sich in der Zerstörung ehemaliger sozialer Bindungen und Gewohnheiten bei den Leidenden, bis zu dem Punkt, wo der einzelne ohne jede Unterstützung durch andere Menschen bleibt. Das kann als Folge einer bewußten Politik der Unterdrücker eintreten, wie z. B. in den Konzentrationslagern, oder als Konsequenz der diffuseren gesellschaftlichen Prozesse, die das Verschwinden traditioneller Formen der Gewinnung des Lebensunterhalts zur Folge haben. Da die entscheidende Rolle eines Minimums an gesellschaftlicher Unterstützung für jedwede Kritik oder Widerstandshandlung im nächsten Kapitel deutlich werden wird, brauchen wir hier nicht weiter darüber zu sprechen.[74] Auch ist es nicht notwendig, an dieser Stelle weiter über die Kooption zu sprechen, da ihre wesentlichen psychologischen Elemente soeben bereits im Zusammenhang mit dem gesellschaftlichen Lernen besprochen wurden. Der letzte gesellschaftliche Prozeß, der sich vielleicht am besten als Fragmentierung bezeichnen läßt, verdient allerdings einige kurze Bemerkungen.

Fragmentierung kennzeichnet die Situation einer unterdrückten oder untergeordneten Bevölkerung, deren frühere historische Er-

74 Es lohnt sich aber festzuhalten, daß die Askese ebenso als individuelle wie auch als kollektive Reaktion auf Streß auftreten kann.

fahrung sie in zwei oder mehr konkurrierende Gruppen mit deutlich voneinander unterschiedenen Lebensweisen aufteilte. Solch eine Aufteilung in Klassen, ethnische Gruppen, Religionen und Berufe verhinderte oft sogar die geringste Kooperation unter den Gefangenen der Konzentrationslager. Ähnliche Formen der Fragmentierung verhinderten weiterreichende Formen der Zusammenarbeit in anderen Kontexten; dies gilt etwa für die ethnischen Unterschiede bei Fabrikarbeitern in den Vereinigten Staaten oder die Probleme der Minderheiten in Österreich-Ungarn. Diese Art der Fragmentierung ist das Gegenteil des Atomisierungsprozesses, den wir oben behandelt haben. Die Fragmentierung bringt im allgemeinen statt einer Zerstörung die Intensivierung der vorhandenen gesellschaftlichen Bindungen mit sich. Ein überliefertes Netz von Verpflichtungen oder Feindschaften umgibt das einzelne Opfer von Unglück oder Unterdrückung so sehr, daß es ihm unmöglich ist, auszubrechen und Bindungen mit anderen Menschen in derselben Misere einzugehen. Zuviel soziale Unterstützung oder eine unter den gegebenen Umständen ungeeignete soziale Unterstützung kann einen Menschen ebenso unfähig machen – und vielleicht genausoviel Schmerz verursachen – wie eine unterlassene Unterstützung.

Alle psychologischen, kulturellen und gesellschaftlichen Prozesse, die wir eben besprochen haben, bewirken, gemeinsam oder je für sich, ein Gefühl, daß Schmerz und Leiden durch eine moralische Macht auferlegt werden, ja, daß diese Erfahrungen in einem gewissen Grade wünschenswert seien. Diese Erfahrungen selbst scheinen unvermeidlich oder sogar zwangsläufig zu sein. Vielleicht stellt also die Beherrschung des Unvermeidlichen das Kernproblem für unsere Überlegungen dar. Wenn dies so ist, dann muß es eine Beherrschung sowohl in der Wirklichkeit als auch in den menschlichen Gefühlen, in den Wahrnehmungen und in der Vernunft geben. Obwohl dieser Hinweis vielversprechend erscheint, wird es offensichtlich Grenzen für jede Untersuchung geben, solange wir die historische Dimension nicht untersucht haben. In der Zwischenzeit können wir das Hauptargument dieses Kapitels umkehren und die sozialen und psychologischen Mechanismen betrachten, die die Menschen benutzten oder zu benutzen versucht haben, um Hoffnungslosigkeit angesichts des Mißgeschicks zu überwinden.

Drittes Kapitel
Die Ablehnung des Leidens und der Unterdrückung

1. Das Problem

Nach der Argumentation des ersten Kapitels bedeutet die Überwindung der moralischen Macht des Leidens und der Unterdrükkung, sich selbst und andere zu überreden, es sei an der Zeit, den Gesellschaftsvertrag zu ändern. Genauer gesagt, die Menschen fangen an zu glauben, daß bei der Wahl derer, die die Macht ausüben, sowie bei der Art, wie sie diese Macht bei der Arbeitsteilung und bei der Verteilung von Gütern und Dienstleistungen ausüben, neue und andere Kriterien angewendet werden müßten. Dies ist eine recht wortreiche und komplizierte Art, den Sachverhalt zu formulieren. Glücklicherweise drücken sich die Leute, die aktiv versuchen, Änderungen herbeizuführen, meist viel einfacher aus. Sie sagen etwa: »Proletarier aller Länder, vereinigt Euch!«, »Guter Lohn für gute Arbeit«, »Das Land denen, die es bebauen!« oder »Freiheit, Gleichheit, Brüderlichkeit!« Sonst wäre wahrscheinlich niemals etwas geschehen. Aber sobald man versucht festzustellen, was nun wirklich geschehen ist, was die politischen Führer wollten und wie die Differenzen zwischen beidem beschaffen sind, wird es notwendig, kompliziertere Begriffe zu benutzen. Diese Begriffe werden uns als Ausgangspunkt für die Überlegung dienen, was es wirklich bedeutet, ein unterdrückerisches gesellschaftliches System zu überwinden und zu ändern.

Um unseren Hauptpunkt etwas technischer zu formulieren: Wir suchen in diesem Kapitel nach allgemeinen Prozessen, die auf der Ebene der Kultur, der Gesellschaftsstruktur und der individuellen Persönlichkeit ablaufen, wenn Gruppen von Menschen aufhören, ihre gesellschaftliche Umwelt als selbstverständlich anzusehen, und anfangen, ihre Umwelt abzulehnen oder sich ihr aktiv zu widersetzen. Der Hauptprozeß des kulturellen Wandels läuft auf ein Untergraben der vorherrschenden Glaubensvorstellungen hinaus, welche der existierenden Gesellschaftsordnung Legitimität oder wenigstens Natürlichkeit und ein gewisses Maß von Übereinstimmung mit gewöhnlichen Erwartungen verleiht. Auf dem Gebiet der Sozialstruktur bedeutet dies die Bildung einer effektiven politischen Präsenz irgendeiner Form von Organisation, die der organisierten Macht gegenübertritt, wie z. B. der Dritte Stand, »Black People«, usw. Als Teil der neuen politischen Identität treten neue Diagnosen des menschlichen Elends und neue Standards für ihre Verurteilung auf. In manchen Fällen kann diese Neuerung überhaupt erst zur Wahrnehmung des Unglücks führen, was etwas ganz anderes ist als dessen Ursprung. Psychologisch gesehen, geht es hier um eine »Stählung« der menschlichen Seele, die ihr die Kraft zu urteilen und zu handeln geben soll. Der Prozeß kulminiert in der Übernahme der Macht, oder, genauer gesagt, eines entscheidenden Anteils an der Macht, und schließlich in der Etablierung einer neuen Gesellschaftsform.

Der Prozeß kann sich mehr oder weniger friedlich und allmählich oder relativ gewalttätig und abrupt entwickeln, er wird niemals völlig das eine oder das andere sein. Und er wird auch nicht jederzeit und an jedem Ort stattfinden. Ich habe in den schriftlosen Gesellschaften davon kaum eine Spur gefunden.[1] Das fast völlige Fehlen kritischen Denkens und Handelns der eben beschriebenen Art fällt sogar in den anthropologischen Monographien auf, die sehr viel tiefer eindringen als nur in jene kulturellen Normen, von denen die Eingeborenen den Fremden im Hinblick auf das, was tatsächlich geschieht, berichten. Daher ist es wahrscheinlicher, daß diese Art von gesellschaftlichem Prozeß erst auftritt, wenn die Menschheit ein komplexeres Zivilisationsniveau erreicht hat. Auch muß er keineswegs überall auf dieser höheren Ebene stattfinden. Bis in das zwanzigste Jahrhundert war er hauptsächlich ein Aspekt der – ungenau so bezeichneten – westlichen Zivilisation. Ihn zeitlich und räumlich genauer zu lokalisieren hieße höhere Ansprüche stellen, als unsere Argumentation an dieser Stelle verlangt. Wir sind jetzt in einer ähnlichen Lage wie ein Naturforscher, der herauszufinden versucht, ob Giraffen existieren: Das Problem ihrer genauen Heimat kann beiseite bleiben.

Bevor wir weitergehen, ist es nötig, den Bereich der Diskussion

1 Ein Beispiel für eine sehr detaillierte und kritische Betrachtung der eigenen Gesellschaft bietet Napoleon A. Chagnon, *Yanomamö: The Fierce People*, New York 1968, S. 17, 93-96, 137.

weiter einzugrenzen. Ich werde nichts über den tatsächlichen Vorgang der Machtübernahme in revolutionären noch in nichtrevolutionären Situationen sagen, und zwar zum Teil deshalb, weil die historische Analyse im dritten Teil zwei revolutionäre Situationen in allen Details erläutern wird. Gleichwohl ist hier eine allgemeine Bemerkung angebracht. Es gibt, wie ich glaube, eine Tendenz, die langfristigen gesellschaftlichen Trends, die revolutionären Ausbrüchen und dramatischen friedlichen Veränderungen zugrunde liegen, überzubetonen und die Wichtigkeit der Herrschaft über die Machtinstrumente – Armee und Polizei – sowie die Bedeutung von Entscheidungen der politischen Führer zu unterschätzen. Die langfristigen Trends bieten den politischen Führern lediglich eine günstige Gelegenheit, sie weisen die Grenzen dessen aus, was im Denken und Handeln möglich ist. Diejenigen, die im Namen von Marx revolutionäre Geschichte gemacht haben, erkennen dies offensichtlich deutlicher als viele Marxisten, die über Geschichte schreiben.

An diesem Punkt unserer Analyse wird es am besten sein zu besprechen, wie kulturelle und gesellschaftliche Schwierigkeiten hinreichend systematisch bewältigt werden. In diesem Abschnitt wird es unser Ziel sein, die Analyse so allgemein zu halten, daß die wichtigen Überlegungen klar werden und ihren Platz finden, ohne übertrieben abstrakt zu werden. In Teil III werden wir auf viele dieser Probleme zurückkommen, und zwar nach einer Untersuchung der Frage, wie ein Teil dieser Prozesse sich während einer entscheidenden Zeit der modernen westlichen Geschichte herausgebildet hat. Daher wird die Behandlung dieser Themen bewußt vorläufig, skizzenhaft und allgemein gehalten sein. Wenn wir zu den psychologischen Aspekten kommen und dazu, was es wirklich bedeutet, die menschliche Seele zu stählen, geraten wir in ein, wenigstens für den Autor, neues und schwieriges Gebiet. Die komplizierte Frage der moralischen Autonomie wird genau zu betrachten sein. Genauso auch die Frage, welche psychologischen Prozesse hinter der Aneignung eines unabhängigen moralischen Urteils liegen.

Diejenigen, die diese Dinge empirisch untersucht haben, gingen von ganz verschiedenen Standpunkten aus und kamen nicht immer zu denselben Schlußfolgerungen. Ich habe mich dazu entschlossen, diese Tatsachen zu beobachten und neu zu interpretieren, weil sich so wahrscheinlich die besten Resultate erzielen lassen. Daher werden Darstellung und Interpretation der psychologischen Prozesse hier viel detaillierter und umfassender sein.

2. Kulturelle und gesellschaftliche Aspekte

Wie und wo genau der Prozeß der Überwindung der moralischen Autorität des Leidens und der Unterdrückung einsetzt, ist sehr schwer festzustellen, da die Anfänge kaum wahrzunehmen sind. Auch fällt es schwer, eine logische oder empirische Begründung für die beliebte monokausale Erklärung von Veränderungen anzugeben, die in einem der drei Bereiche stattfinden, welche herkömmlich und bequem (aber nicht allzu genau) als Kultur, Sozialstruktur und Persönlichkeit bezeichnet werden. Deutlich ist, daß der Grad der Veränderung in einem Bereich vom Grad der Veränderung in den anderen Bereichen abhängt. Industrielle Revolutionen ereignen sich nicht ohne Änderungen in der menschlichen Natur, und geistige Revolutionen bleiben in einer ungünstigen gesellschaftlichen Situation bloße Schrullen oder Spielereien. Daher ist es ziemlich gleichgültig, wo die Untersuchung beginnt. Da wir mit der Beobachtung begannen, daß irgendwo dicht beim Anfang des Prozesses ein konkretes Individuum die Legitimität des vorherrschenden Leidens bezweifeln mußte, wird es sich lohnen, zunächst die Natur der Legitimität zu betrachten.

Bei stratifizierten und zivilisierten Gesellschaften lassen sich bestimmte Herrschaftstypen unterscheiden, die mit den Arten der herrschenden Schichten in diesen Gesellschaften verbunden sind. Natürlich kommen die jeweiligen Spielarten der herrschenden Schicht nicht in reiner Form vor. Unterschiedliche Gewichtungen sind gleichwohl hinreichend deutlich, und die Kategorien Theokratie, Militärherrschaft, Plutokratie und Wohlfahrtsbürokratie entsprechen nicht nur der beobachtbaren Realität, sondern scheinen auch – mit dem üblichen Spielraum für Vermischungen und Überlappungen – die Skala der Variationen abzudecken, die wir bis heute haben feststellen können. Folgen wir dieser Gedankenkette[2],

2 Dieser Gedankengang leitet sich natürlich von Gaetano Mosca *(The Ruling Class)* her. In seinem Sinne vermute ich, daß jeder Typus einer politischen Formel seine spezifischen Schwächen hat.

so können wir sehen, daß jeder spezifische Typ einer herrschenden Gruppe dazu neigt, seine besondere Form von Verletzbarkeit zu entwickeln. Man darf von jedem Typ einer herrschenden Schicht eine eigene Form von Gesellschaftsvertrag erwarten, der auf deren eigenen spezifischen Prinzipien der gesellschaftlichen Ungleichheit beruht. Diese Prinzipien wiederum betonen die Wichtigkeit jedweder gesellschaftlichen Funktion, die die herrschende Schicht ausübt oder auszuüben vorgibt.

Deswegen ist es eine kulturelle Hauptaufgabe, der sich jede unterdrückte Gruppe gegenüber sieht, die Rechtfertigung dieser herrschenden Schicht entweder zu untergraben oder hinwegzufegen. Eine derartige Kritik kann etwa durch den Nachweis erfolgen, daß die herrschende Schicht die Verpflichtungen nicht erfüllt, die zu erfüllen sie behauptet, und daß sie deshalb den spezifischen Gesellschaftsvertrag verletzt. Aber sehr viel öfter äußert sich die Kritik in dem Vorwurf, daß bestimmte Individuen in der herrschenden Schicht den Gesellschaftsvertrag nicht erfüllen. Solche Kritik läßt die grundlegenden Funktionen der herrschenden Schicht unberührt. Nur die radikalsten Formen der Kritik haben die Frage gestellt, ob Könige, Kapitalisten, Priester, Generäle, Bürokraten usw. überhaupt einem nützlichen gesellschaftlichen Zweck dienen.[3]

In Gesellschaften mit stark theokratischem Einschlag war es stets ein populärer Vorwurf, daß die Priester für das, was sie zu leisten vorgaben, zuviel materielle Güter verlangten. Erst in einem sehr viel späteren Stadium treten wahrscheinlich skeptische Kommentare auf, wonach die Riten nicht bewirken können, daß das Getreide wächst, daß es Fisch und Wild in Fülle gibt, daß Krankheiten geheilt werden und die Feinde fliehen müssen. In einer kritischen Situation zögern die Menschen, etwas aufzugeben, das

3 Man sollte sich noch einmal klarmachen, daß der Marxismus die Hauptformen herrschender Schichten in einer Evolutionsfolge sieht, in der eine jede von der historischen Bühne vertrieben wird, nachdem sie ihre Aufgabe, die Menschheit durch eine spezifische Phase auf dem Weg zu größerer Freiheit zu bringen, erfüllt hat. Durch diese Konzeption historischer Überlebtheit versucht der Marxismus die Vorwürfe der Wirklichkeitsferne und eines weichherzigen Idealismus abzuwehren, die gegen statischere utopische Ideen und deren Behauptung erhoben werden, es sei möglich, die gesellschaftlichen Ungleichheiten abzuschaffen.

vielleicht funktionieren könnte. Wie Sumner und Malinowski auf verschiedene Weise gezeigt haben, befassen sich die Priester im allgemeinen mit den Aspekten der menschlichen Existenz, die außerhalb der menschlichen Kontrolle liegen. Dabei mögen diese Aspekte tatsächlich außerhalb der Kontrolle liegen oder auch nur gesellschaftlich als unkontrollierbar definiert sein. Solange eine solche Situation existiert, wird die priesterliche Funktion in der einen oder anderen Form wahrscheinlich weiterbestehen.

Eine militärische Elite oder Aristokratie ist am leichtesten zu beurteilen und zu verurteilen, wenn es ihren Mitgliedern nicht gelingt, Sieg und Schutz zu gewährleisten; die Verletzung des Gesellschaftsvertrages liegt klar vor aller Augen. Wenn das Regime es auf der anderen Seite schafft, die Kontrolle über die Machtmittel zu behalten, kann es am schwersten von allen zu beseitigen sein. Es ist fraglich, in welchem Maße die Hindernisse von der modernen Technologie abhängen. Aufgrund einer Untersuchung über den Zulu-Despoten Shaka, der ohne Gaskammern, Maschinengewehre oder Guillotine eines der wirksamsten bekannten Terror-Regime aufbaute, nimmt der Soziologe E. V. Walter an, daß nicht die Instrumente der Gewalt als solche, sondern die Techniken der sozialen Kontrolle entscheidend sind.[4]

Radikale Angriffe auf eine militaristische Gesellschaft nehmen die Form von Angriffen auf die militärische und heroische Ethik an. Von Adam Smith über Herbert Spencer bis Thorstein Veblen kann man eine Linie im Denken verfolgen, die Materialismus und Rationalismus als die Feinde der militärischen und heroischen Ethik herausstellt. Heutige Sozialkritiker kehren das Argument oft um. Sie sehen eine Verbindung zwischen Materialismus, Rationalismus und dem Drang zu Herrschaft und Ausbeutung. Mit dem Verfall der vorindustriellen Eliten und der Zunahme von Gewalt und Unterdrückung im 20. Jahrhundert sind die grundlegenden Prinzipien der modernen industriellen Gesellschaft selbst, wie jeder gebildete Mensch weiß, mehr und mehr zum Gegenstand von Angriffen geworden.

Anders als militärischen Aristokratien und aus Gründen, die nur schwer zu benennen sind, fällt es Plutokratien sehr schwer, sich

4 Eugene Victor Walter, *Terror and Resistance: A Study of Political Violence*, New York 1969, S. 110 f.

strikt anhand ihrer eigenen Terminologie zu rechtfertigen. Es ist schwierig, die Anhäufung von Reichtum zum Selbstzweck zu erheben. Vielleicht weil er fast jedem Zweck dienen kann, muß der Reichtum, anders als Heiligkeit oder Weisheit, einen instrumentellen Wert haben. Angriffe auf Reichtümer und das Verlangen, sie gesellschaftlich anerkannten Zwecken zuzuführen, sind so alt wie die menschliche Überlieferung. Das heißt aber nicht, daß Plutokratien zwangsläufig verletzbar sind: Man denke nur an Venedig, eine stabile Plutokratie, wenn es je eine solche gab. Aber dieses Beispiel legt die Annahme nahe, daß Plutokratien kaum jemals in reiner Form existieren und daß in einer sicheren Plutokratie die Abschöpfung des ökonomischen Mehrprodukts indirekt geschehen muß und nicht, wie im unruhigen Florenz, von der Zustimmung der Bevölkerung abhängig sein darf. Sonst wird die Plutokratie zu der gesellschaftlichen Ordnung, deren Legitimität am leichtesten angreifbar ist. Weil Reichtum aber gleichzeitig ein Zahlungsmittel für andere Werte ist, weil er es möglich macht, die angenehmen Dinge des Lebens zu erwerben, zeigen viele Gesellschaften, die angeblich auf anderen Prinzipien beruhen, eine deutliche Neigung, sich in Plutokratien zu verwandeln.

Wohlfahrtsbürokratien sind eine neue und ganz junge historische Erscheinung. Eigentlich sind sie Varianten der Plutokratie, weil sie dieselben materialistischen Ziele haben, aber behaupten, diese Ziele schneller und mit größerer Gerechtigkeit erreichen zu können. Und Vorstellungen von Gerechtigkeit kollidieren massiv mit einer plutokratischen Ethik, auch wenn diese unter einem Paternalismus verborgen ist. Zum gegenwärtigen historischen Zeitpunkt gibt es zwei Varianten der Wohlfahrtsbürokratie. Die eine ist eine auf Modernisierung bedachte Elite in einem ökonomisch rückständigen Land, die durch eine revolutionäre Erhebung hochgekommen ist und bis jetzt hauptsächlich aus Kommunisten oder Sozialisten mit einer starken Neigung zu nationalem Patriotismus besteht. Kritiker dieser Elite stützen sich unter Umständen auf das Argument, daß die modernisierende Führungsschicht der Bevölkerung keinen Wohlstand bringt, sondern diesen für sich behält und zu einer neuen herrschenden Schicht wird. Ebenso kann eine stärker linksgerichtete Kritik darauf verweisen, daß die Elite nicht wirksam oder schnell genug modernisiert. In beiden Fällen lautet der Vorwurf, das Regime verrate die Ideale der Revolution.

Die andere Variante der Wohlfahrtsbürokratie erscheint in fortgeschrittenen Industriestaaten. Hier richtet sich der Hauptimpuls auf eine gleiche Verteilung des Sozialprodukts. Es gibt bis jetzt keine völlig entwickelte Form, wenn Schweden ihr auch schon nahe kommt; New Deal- und Labour-Regierungen haben versucht, in dieser Richtung voranzukommen. Da Modernisierung als solche in diesen Fällen keine Rolle mehr spielt, können die Kritiker sich im wesentlichen nur darauf beziehen, daß die Verteilung noch allzu ungleich sei. In beiden Formen der Wohlfahrtsbürokratie kann rationale Kritik nur instrumentell sein: Sie muß behaupten, das System erfülle seine Aufgabe nicht richtig. Unter diesen Umständen muß eine fundamentalere Kritik die Ethik der Akkumulation und die Ethik der Arbeit ablehnen.
Es gibt Gründe für die Annahme, daß alle denkbaren Formen dieser Ablehnung ernstlich Gefahr laufen, in eine Sackgasse zu führen. Die Kritik der Linken schlägt leicht in eine unpolitische Religion der Brüderlichkeit und Liebe um. Andere Formen fundamentaler Kritik stellen sich als grundsätzlich nicht akzeptable Varianten des Konservativismus heraus. Eine davon will eine heroische und militärische Ethik wiederbeleben. Der Faschismus zeigt, wohin das führt. Eine etwas gemäßigtere Version hält die Wohlfahrtsbürokratie in einem industriell fortgeschrittenen Land für im Grunde funktionsuntüchtig, weil das Land sie sich letzten Endes nicht leisten könne: das System zerstöre die Initiative, biete der Leistungsfähigkeit unzulängliche Belohnungen, sei nicht flexibel und werde die Produktion zerstören oder schwächen, bis das Land seine Märkte (den einheimischen wie den im Ausland) und damit auch den hohen Lebensstandard verliere, der für das ganze System eine Voraussetzung sei. Diese Argumentation darf nicht als bloße Rhetorik abgetan werden. Sie besagt, daß eine Kombination von institutionellen Zwängen jede moderne Gesellschaft dazu zwingt, Reichtum anzuhäufen und die Arbeitsethik beizubehalten, und daß die Strafe für ein Versagen in diesem Bereich ein weitverbreitetes Elend wäre, das weit schlimmere Folgen hätte als den Verlust moralisch zweifelhafter Luxusgüter für einige wenige. Jeder politische und intellektuelle Führer, der diese Probleme lösen könnte, hätte die Dankbarkeit der modernen Menschheit verdient und erhielte sie vielleicht auch.
Diese Beobachtungen über die verschiedenen Typen von Legitimi-

tät und ihre gesellschaftlichen Grundlagen zeigen die Vielzahl der Möglichkeiten, die oppositionellen Gruppierungen zur Verfügung stehen, sowie die strukturellen Ursachen dieser Opposition. Für jede unterdrückte Gruppe besteht die Hauptaufgabe darin, die moralische Autorität der Ursachen ihres Leidens zu überwinden und sich eine politisch wirksame Identität zu schaffen. Für die Zwecke der Analyse ist es nützlich, drei entscheidende gesellschaftliche und kulturelle Aspekte dieses Prozesses zu unterscheiden. Ein Aspekt ist die Umkehrung jener Formen der Soldarität unter den Unterdrückten, die dem Unterdrücker dienen. Beispiele für diese Art der Solidarität sind die Feindschaft gegenüber dem »ball buster«, wie sie aus amerikanischen Gefängnissen berichtet wird, und ein ähnliches Verhalten in den Konzentrationslagern, wo die Gefangenen einander dazu erziehen, den Willen der Wachen oder der SS auszuführen. Diese Art von Solidarität umzukehren und die Feindseligkeit nach außen gegen den gemeinsamen Feind zu richten ist keine leichte Aufgabe, weil die Solidarität, die dem Unterdrücker hilft, auch dem Opfer einen gewissen Schutz verschafft. Außerdem resultieren nicht alle Hindernisse auf dem Weg zu einer kollektiven Aktion gegen die herrschenden Gruppen aus der Handlungsweise der Mächtigen. In modernen Gesellschaften ist, wie wir in Teil III sehen werden, die Fragmentierung, die sich aus einer komplexen Arbeitsteilung ergibt, von besonderer Bedeutung.

Der zweite Aspekt des Prozesses ist eher kultureller als gesellschaftlicher Art: die Schaffung von Verurteilungskriterien, um gegenwärtiges Leiden zu erklären und zu beurteilen. Wie das vorige Kapitel zeigte, können Menschen lernen, Schmerz und Leiden nicht nur zu akzeptieren, sondern auch willentlich auf sich zu nehmen. Auch wenn immer ein Rest des biologisch bedingten, unterschwelligen Widerstands gegen schmerzhafte Erfahrungen bleibt – was, wie ich stark annehme, der Fall ist –, so ist es dennoch gut möglich, solche instinktiven Neigungen durch verschiedene Formen der Konditionierung zu überwinden. Wie bereits gesagt, ist die Fähigkeit des Menschen, Leiden zu ignorieren und zu akzeptieren, für sein Überleben wesentlich. Daher muß jede politische Bewegung gegen Unterdrückung eine neue Einschätzung und ein Heilmittel für die existierenden Formen des Leidens erarbeiten, eine Einschätzung und ein Heilmittel, durch die dieses Leiden moralisch verurteilt werden kann. Diese neuen moralischen Normen der Verurteilung bilden den Kern der Identität jeder oppositionellen Bewegung.

Als Teil dieser neuen Identität, die auf einer neuen Auffassung vom Bösen beruht, entwickelt sich eine neue Definition für Freund und Feind. In jeder Gesellschaft, außer den fast völlig isolierten, wo eine weitreichende Veränderung in jedem Fall sehr unwahrscheinlich ist, muß die Neudefinition des Freund- und Feindbildes auf benachbarte, oft konkurrierende Gesellschaften angewandt werden. Dieser Prozeß des Neudefinierens des auswärtigen Feindes ist schwierig und wichtig genug, um als ein Einzelaspekt der Schaffung einer effektiven politischen Identität oppositioneller Bewegungen Aufmerksamkeit zu erregen. Die Patriotismuswelle der Jakobiner zur Zeit der Französischen Revolution und der Mangel an internationaler Solidarität der Arbeiterklasse beim Ausbruch des 1. Weltkriegs zeigen sich in diesem Zusammenhang als berühmte Beispiele für derartige Versuche einer Neudefinition des auswärtigen Feindes. Das Problem tritt keineswegs nur in der Neuzeit auf. In der Geschichte der griechischen Stadtstaaten war der innere Konflikt zwischen Reichen und Armen, Oligarchie und Demokratie unauflöslich mit dem Konflikt zwischen den verschiedenen Typen der Stadtstaaten verbunden. Zu anderen Zeiten und an anderem Ort haben die großen Weltreligionen und Sektenbewegungen in ihrem jeweiligen Bereich sehr viel zur Definition und Neudefinition des auswärtigen Feindes beigetragen.[5]

Anstatt diese drei soziokulturellen Prozesse hier weiter auszuführen, wird es besser sein, sie im Gedächtnis zu behalten, bis wir zu der historischen Untersuchung in Teil II kommen. Es sind Dinge, die wir genau bedenken sollten, wenn wir konkrete Beweise und Anhaltspunkte für die mögliche Bedeutung von Tatsachen untersuchen, die sonst unbeachtet blieben. Nach der Durcharbeitung

5 Angesichts der modernen Tendenz, ökonomisch bedingte Formen des gesellschaftlichen Protests hinter allen derartigen Bewegungen zu sehen, ist hier ein Wort der Vorsicht angebracht. Es ist fast immer möglich, in einer beliebigen gesellschaftlichen Bewegung einen ökonomischen Aspekt zu finden. Diese Entdeckung kann allerdings noch nicht die Behauptung rechtfertigen, daß ökonomisch bedingter Protest den Hauptteil der Erklärung ausmacht. Um das Wesentliche aufzudecken, müssen alle wirksam werdenden Kräfte auf ihre relative Wichtigkeit und ihre Beziehungen zueinander abgeklopft werden. Ohne Experimente fällt dies sehr schwer.

des historischen Materials könnten wir andere Prozesse entdecken, die offensichtlich wichtig sind und die die eben skizzierten besser erklären können.

Aber ein allgemeiner Aspekt des ganzen Prozesses bedarf noch der Erläuterung, bevor wir versuchen zu analysieren, was mit den einzelnen Menschen geschieht. Grob gesagt lautet die Frage: Kümmern sich die unteren Schichten überhaupt um die herrschenden Prinzipien der Legitimität in ihrer Gesellschaft? Was wissen sie wirklich davon, oder inwieweit interessieren sie sich dafür? Natürlich wird die Antwort von Fall zu Fall sehr verschieden sein. Für vorindustrielle stratifizierte Gesellschaften mit einer herrschenden Schicht, deren Lebensart sich stark von der bäuerlichen Bevölkerung unterscheidet, wird das Leben auf dem Feld, in Dorf und Weiler sich im wesentlichen nach seinem eigenen sozialen und geistigen Rhythmus richten. Es ist sehr schwierig festzustellen, was solche Leute dachten und fühlten, obwohl es viele Informationen darüber gibt, wie sie sich tatsächlich verhielten. Über die Unterschichten in den Städten aus verhältnismäßig neuer Zeit wissen wir nicht viel mehr. Aber was wir von Anthropologen über schriftlose Gesellschaften erfahren und was historischen Studien entnommen werden kann, läßt kaum Zweifel daran zu, daß das Verhalten der Bauern und Handwerker vorindustrieller Gesellschaften *einigen* Prinzipien der gesellschaftlichen Organisation entspricht, die einigermaßen befriedigend beschrieben werden können. Anders gesagt, es gibt Prinzipien der Legitimität. Es ist auch hinreichend deutlich, daß diese Prinzipien auf irgendeine Weise zu denen der herrschenden Schichten passen müssen und daß die Art dieses Ineinandergreifens bedeutende Folgen für die Formen und den Charakter gesellschaftlicher Unzufriedenheit haben wird. Überdies ist in vorindustriellen Gesellschaften eine rigide Unterscheidung zwischen den herrschenden Schichten und der Masse der Bevölkerung keineswegs überall anzutreffen. Hierin waren Rußland und Japan im 18. Jahrhundert höchst unterschiedlich. Kurz, und um diese erneuten Überlegungen zu vervollständigen: Ein Versuch, die Bedeutung der Prinzipien von Legitimität abzuschätzen, führt sogleich zu Problemen, die mit dem sozialen Netz und den Beziehungen zu tun haben, die die herrschenden und die untergeordneten Gruppen der Bevölkerung miteinander verbinden oder nicht verbinden.

In jedem Stadium dieser komplexen Prozesse müssen konkrete Einzelmenschen handeln, und dies in bestimmter Weise. Was ist es also, das ihnen den Mut gibt, ganz oder teilweise mit der Kultur- und Gesellschaftsordnung zu brechen, in die sie eingebettet sind? Diesem Problem stehen wir jetzt gegenüber.

Die Antwort, die der gesunde Menschenverstand gibt, läuft darauf hinaus, daß der Schmerz des Leidens früher oder später zu einer Verzweiflungstat führt. Diese Antwort kann kaum befriedigen. Schmerz und Leiden als solche ergeben keine adäquate Erklärung. Wie im vorigen Kapitel ausgeführt, kann der Schmerz betäubt werden, und es gibt Situationen, die die Menschen dazu bringen, sich selbst Schmerz zuzufügen. In anderen Situationen kann eigenes Handeln vergeblich sein oder erscheinen oder gar noch schlimmeres Leiden herbeizuführen drohen.

›Den Sinn stählen‹ erscheint, wie schon angedeutet, als ein notwendiger Bestandteil. Aber was heißt ›den Sinn stählen‹ genau genommen? Hier gedenke ich die Ansichten zu erörtern, die die moderne Psychologie auf diese Frage geben oder nicht geben kann. Zunächst ist es jedoch notwendig, die Frage selbst – und ihre mögliche Bedeutung – so präzise zu fassen wie nur möglich.

»Moralische Autonomie« oder »moralischer Mut« könnten als Antworten parat liegen. Beide Begriffe befriedigen nicht wirklich. »Moralischer Mut« wird jedenfalls, für sich genommen, nicht die Qualitäten umschreiben, nach denen wir suchen. Es gibt den Fall, daß Menschen den Mut ihrer Überzeugungen aufbringen können und bereit sind, überwältigendem gesellschaftlichem Druck standzuhalten, während sie sich gleichzeitig grausam und tyrannisch verhalten. Da dieses Problem in einem größeren Kontext erscheinen wird, wenn wir uns dem Verhalten der einfachen Nazis zuwenden, die unter der Weimarer Republik die Feindseligkeit der Öffentlichkeit und manchmal sogar die Schlagstöcke der Polizei zu spüren bekamen, brauchen wir jetzt nicht näher darauf einzugehen.

Auch für eine noch so kurze Überlegung bietet der Begriff der moralischen Autonomie noch kompliziertere Probleme. Kann moralische Autonomie in einem Universum existieren, das, wie man doch annimmt, von einem universalen Kausalprinzip regiert wird?

Ist die hier naheliegende Vorstellung von moralischer Autonomie mehr als eine Illusion?[6] Diese Frage wird in einem weiteren Zusammenhang wiedererscheinen, bei einem Versuch, die erfolglosen geschichtlichen Alternativen im konkreten Kontext eines kritischen Wendepunktes in der deutschen Geschichte, ja in der Geschichte der modernen westlichen Gesellschaft, zu untersuchen: das Scheitern des Versuchs, nach der Niederlage und der Revolution von 1918, ein lebensfähiges liberales System in Deutschland zu etablieren. An diesem Punkt werde ich versuchen, eine hinreichend haltbare Position zu skizzieren, die die Untersuchung rechtfertigt. Für unsere momentane Aufgabe mag es genügen, Beispiele dafür vorzuführen, was moralische Autonomie *nicht* bedeuten kann.

Um die Hauptpunkte ganz offen darzulegen: Moralische Autonomie kann weder Hemmungslosigkeit noch schmerzlose Anerkennung irgendeiner ungeheuren, alles überdeckenden Notwendigkeit bedeuten. Sich zu weigern, die Regeln der Arithmetik zu lernen, ist kein Akt moralischer Autonomie, zumindest nicht in der modernen Welt. Das Gerede von »Authentizität«, »Selbstfindung« und »Entwicklung der eigenen Persönlichkeit«, das Mitte der 60er Jahre populär wurde, hat kaum etwas mit moralischer Autonomie (oder gesellschaftlichem und politischem Wandel) zu tun, weil sich dieser Gedankengang nicht ernsthaft und konkret mit der Frage auseinandersetzt, welchen Beschränkungen sich die Menschen unterwerfen müssen, um in einer Gesellschaft – oder an ihrem Rande – zusammen zu leben. Schon das Wort »Autonomie« ist suspekt, weil es dazu tendiert, diese zugegeben variablen, aber immer noch unvermeidlichen Beschränkungen auszulöschen. Am anderen Ende dieser Skala findet sich eine bedeutende intellektuelle Tradition, die die unvermeidlichen Grenzen anerkennt, die menschliche Freiheit aber als Anerkennung der Notwendigkeit definiert. Es scheint nicht angebracht, die Unterwerfung unter irgendwelche Beschränkung, gleichgültig wie notwendig oder vorteilhaft sie ist, als Autonomie oder Freiheit zu bezeichnen. Man hat das Recht, sogar die intellektuelle und moralische Verpflichtung, noch mißtrauischer zu sein, wenn sich herausstellt, daß die Anerkennung der Notwendigkeit schwere Opfer anderer impliziert und denen,

6 Vgl. Robert Paul Wolff, *The Autonomy of Reason: A Commentary on Kant's Groundwork of the Metaphysic of Morals*, New York 1973, bes. S. 194-222.

die klug genug sind, die Notwendigkeit zu erkennen, eine privilegierte Position einräumt.
Dennoch erscheint es unmöglich, die Vorstellung von moralischer Autonomie und moralischem Mut aus unseren Gedanken und unserem Wortschatz zu eliminieren. Die tägliche Erfahrung zeigt uns, daß manche Menschen diese Eigenschaften besitzen, andere nicht. Es wird daher im Augenblick das beste sein, diese Eigenschaften ganz kurz zu beschreiben. Auch mit nur einem ungefähren Gefühl dafür, wonach wir suchen sollen, werden wir vermutlich besser vorankommen als mit einer endlosen philosophischen Diskussion darüber, wie sie aussehen sollen.
Als realistischeren Einstieg werde ich deshalb drei verschiedene, wenn auch miteinander verwandte menschliche Eigenschaften oder Fähigkeiten benennen, die zusammen das ›Stählen des Sinns‹ ausmachen könnten. Wir werden danach Ausschau halten, welche Erklärungen Psychologen mit verschiedener Einstellung dafür liefern können. Die erste Eigenschaft können wir noch immer moralischen Mut nennen, und zwar im Sinne einer Fähigkeit, machtvollen und erschreckenden gesellschaftlichen Zwängen zum Gehorsam gegenüber *unterdrückenden oder destruktiven* Regeln oder Anforderungen zu widerstehen. Die zweite Eigenschaft ist die intellektuelle Fähigkeit, zu erkennen, daß diese Zwänge und Regeln in der Tat unterdrücken. Dieses Erkennen kann die Form eines moralischen Erwachens annehmen, und zwar zugunsten existierender, aber weitgehend unterdrückter Verhaltensnormen. Die dritte Eigenschaft, moralische Erfindungsgabe, ist viel seltener, und ich werde nicht viel darüber zu sagen haben. Es handelt sich um die Fähigkeit, aus existierenden kulturellen Traditionen historisch gesehen neuartige Formen der Verurteilung dessen, was besteht, zu entwickeln. Jeweils auf ihre Art waren Jesus und Martin Luther moralische Erneuerer. In so manchen gewöhnlichen Menschen kann diese Fähigkeit vermutlich nur in einem sehr viel geringeren Maße vorhanden sein.
Wenn wir die psychologische Literatur zu Hilfe nehmen, um dieses Gefüge von Eigenschaften zu erklären, wird ein Punkt klar, der uns vielleicht schon vorher hätte auffallen müssen. Was immer moralische Autonomie bedeuten mag, sie ist etwas, was in unterschiedlichen Maßen und unter mehr oder weniger spezifischen Bedingungen existiert. Die Psychologen, die ganz verschiedene

Verfahren anwenden und von sehr unterschiedlichen Grundvoraussetzungen ausgehen, sind zu Erkenntnissen gelangt, die uns sehr viel darüber sagen, woher diese Eigenschaft kommt, welche Umstände ihre Entwicklung in der menschlichen Persönlichkeit fördern, und vielleicht sogar noch mehr über jene Umstände, die ihr Auftreten verhindern oder auch gänzlich zerstören können. Im folgenden werde ich einige dieser Erkenntnisse kritisch prüfen und interpretieren.

Ein Außenseiter, der sich von dieser Literatur Aufschluß erhofft, wird bald feststellen, daß manche Psychologen die Bedeutung der konkreten Umstände und spezifischen Situationen als Hauptdeterminanten des menschlichen Verhaltens nachdrücklich betonen. Sie erwarten, daß sich die meisten Menschen in ähnlichen Situationen gleich verhalten. Viele dieser Forscher benutzen Labortechniken, um ihre Ergebnisse zu erzielen. Andere betonen in der Unterscheidung der Formen, wie verschiedenartige Menschen ähnliche äußere Umstände wahrnehmen und auf sie reagieren, das, was der Laie Charakter und Persönlichkeit nennen würde. Für die letztgenannte Gruppe von Psychologen gehen die äußeren Umstände als Einflüsse bei der Formung von Charakter und Persönlichkeit in die Ursachenkette ein. Da die Erklärungen der ersteren Gruppe relativ einfach und recht überzeugend sind, wird es das beste sein, mit ihnen zu beginnen.

Zwei Versuchsreihen sind zu Recht außerhalb professioneller Kreise berühmt geworden, weil sie auf erschreckende Weise zeigen, wie leicht es sein kann, Gruppenzwänge dem einzelnen gegenüber zu erzeugen und ihn zu manipulieren, und zwar derart, daß nicht nur humane Neigungen unterdrückt werden, sondern sogar die unzweideutige Evidenz ihrer Wahrnehmung. Das wesentliche an beiden Experimentreihen lag darin, einen normalen amerikanischen Erwachsenen in eine künstliche Versuchssituation hineinzuversetzen, in der gesellschaftliche Zwänge diesen einzelnen dazu brachten, eine Entscheidung entgegen seinen normalen oder erwarteten rationalen und humanen Neigungen zu treffen. Das Entscheidende an den Ergebnissen ist, daß die meisten Menschen solchen Zwängen tatsächlich nachgeben. Beide Experimente lieferten jedoch auch Informationen über *einige* Individuen, die den erfundenen Zwängen der Experimentsituation *nicht* nachgaben. Die Experimente berichten auch von den Bedingungen, unter denen diese Minderheit nicht nachgab und unter denen sich die Ergebnisse des Experiments umkehrten. Dies ist der Aspekt, der für uns von spezieller Bedeutung ist, weil er wichtige Hinweise auf die Bedingungen gibt, unter denen moralische Autonomie schwere Hindernisse überwinden kann. Um diesen Aspekt verständlich zu machen, ist es jedoch notwendig, etwas über jeden Versuch als Ganzes zu sagen.

In dem Versuch von S. E. Asch, der dazu dienen sollte, einige Wirkungen des Gruppendrucks auf die Urteilskraft des einzelnen aufzudecken[7], wurden die einzelnen Versuchspersonen gebeten, die Länge einer gegebenen Linie mit einer von drei ungleichen Linien zu vergleichen. Die Versuchsperson saß in einem Zimmer zusammen mit einer Gruppe anderer Personen, die alle dieselben Linien verglichen und laut identifizierten. Die »anderen Personen« nahmen scheinbar an demselben Experiment teil, waren in Wirklichkeit aber alle Mitarbeiter des Versuchsleiters. Das Experiment wurde mehrere Male mit verschiedenen Versuchspersonen durchgeführt.[8] Während dieser ziemlich monotonen Aufgabe, die Linien zu vergleichen, fand sich die Versuchsperson plötzlich in der Situation, daß ihrem Urteil von allen anderen Mitgliedern der Gruppe, also von den Mitarbeitern des Forschers, einmütig widersprochen wurde. Im Durchschnitt wurden 32 Prozent, also fast ein Drittel der Entscheidungen der Versuchsperson infolge dieses Mehrheitszwangs unkorrekt.

In diesen Fällen verleugneten die einzelnen die deutlichen Aussagen ihrer Sinne, um sich den Ansichten ihrer Nachbarn anzupassen. Es wäre aufschlußreich zu wissen, ob die Versuchspersonen den Meinungen der anderen nachgaben, weil sie das Problem für trivial hielten, und ob sie sich in einer Situation, in der die Konsequenzen einer Entscheidung mehr bedeutete, ganz anders verhal-

7 Siehe S. E. Asch, *Effects of Group Pressure Upon the Modification and Distortion of Judgments,* in: Harold Guetzkow (Hrsg.), *Groups, Leadership and Men: Research in Jugdment,* Pittsburgh 1951, S. 177-190, bes. S. 185 f.

8 Um ein solches Experiment durchzuführen, ist es natürlich notwendig, den wahren Zweck vor der Versuchsperson zu verbergen. Es ist auch üblich, den wahren Zweck sofort danach oder sobald wie möglich zu erklären und den Versuch frei und umfassend mit der Versuchsperson oder den Versuchspersonen zu diskutieren. Manche Versuche, wie z. B. der nächste, werfen ernsthafte ethische Fragen auf. Aber dieser von Asch war, soweit ich sehen kann, völlig gutartig.

ten würden. Aber es ist unmöglich, alles auf einmal herauszufinden. Und die Ergebnisse sind aufschlußreich genug, besonders wenn der Versuchsleiter die experimentellen Bedingungen veränderte. In einem Fall, als *zwei* unbefangene Versuchspersonen in eine Gruppe gesteckt wurden, verringerten sich die Beurteilungsfehler zugunsten der Mehrheit auf 10,4 Prozent. In einem anderen Fall, in dem die echte Versuchsperson von einem Mitarbeiter des Forschers die richtige Antwort hörte, *bevor* sie selbst sprechen konnte – während die anderen Mitarbeiter falsche Antworten gaben –, verringerte sich die Quote der Fehler zugunsten der Mehrheit auf 5,5 Prozent.

Wenn das Experiment den sehr beträchtlichen Gruppendruck enthüllt, so zeigt es doch auch, was diesen Druck auflöst. Ein einziger Verbündeter kann genügend Unterstützung geben, um eine Person das richtige Urteil treffen zu lassen, wenigstens in dieser vereinfachten Situation. Wenn der Kaiser nackt ist, muß er sich auf die einmütige Einbildung seiner Untertanen verlassen können, die ihn mit einer passenden Garderobe bekleidet. Natürlich wäre es unklug, bei einer so schmalen Grundlage eine zu optimistische Folgerung zu ziehen. Obgleich ich keine experimentellen Daten kenne, gibt es guten Grund anzunehmen, daß der Zusammenhang in umgekehrter Richtung gleich gut funktioniert: Ein einzelner, der schon vorher zu falschen Urteilen neigte, und besonders zu falschen Urteilen in für ihn wichtigen Dingen, würde höchstwahrscheinlich nicht mehr als einen Verbündeten brauchen, um in seiner falschen Meinung noch bestärkt zu werden.

Der Zweck der zweiten Versuchsreihe, die von Stanley Milgram durchgeführt wurde, war es herauszufinden, an welchem Punkt und unter welchen Bedingungen Menschen aufhören, einer legitimen Autorität zu gehorchen, wenn ihre Befehle offensichtlich grausam werden. Für das grundlegende Experiment wurden freiwillige Versuchspersonen mit einer Vielzahl von Berufen und Vorbildungen durch Anzeigen in den Lokalzeitungen und durch Briefe ausgesucht. Dazu gehörten Männer, später auch Frauen.[9]

9 Ich finde die Argumente des Autors überzeugend, daß die Auslese für die Zwecke der Untersuchung hinreichend repräsentativ war und daß die Personen, die sich nicht freiwillig meldeten, sich wahrscheinlich nicht auf eine Art verhalten hätten, die die Resultate des Experiments geändert hätten. Siehe

Zuerst wurden die Versuchspersonen instruiert, daß sie als Freiwillige Elektroschocks austeilen oder erhalten sollten, um wissenschaftliche Informationen über die Zusammenhänge zwischen Bestrafung und Lernen zu erhalten. Über die Natur dieser Zusammenhänge erhielten sie eine einfache und klare Erklärung. Diese Unterrichtung war Teil der Täuschung, die für das Experiment notwendig war. Dann betrat jede Versuchsperson ein sehr realistisch eingerichtetes Laboratorium in Begleitung eines anderen »Freiwilligen«, der in Wirklichkeit ein ausgebildeter Schauspieler war. Seine Aufgabe bestand darin, die Rolle des »Studenten« zu spielen, dem die echte Versuchsperson in der Rolle des »Lehrers« immer stärkere Elektroschocks geben würde. Die Versuchsperson wurde auch einem »Versuchsleiter« vorgestellt, der passend in einen weißen Kittel gekleidet war. Der »Versuchsleiter«, ebenfalls ein Mitarbeiter des Psychologen, sollte die Rolle einer Person mit legitimer Autorität spielen. Das Hauptstück der Laborausstattung war eine sehr realistisch aussehende elektrische Schalttafel. Diese Tafel war natürlich eine Attrappe. Es gab dreißig Schalter für elektrische Spannungen von 15 bis 450 Volt. In Intervallen auf dem Schaltbrett gab es Indikatoren für die Schwere des Schocks. In acht Schritten steigerte sich diese von »kleiner Schock« bei 15 Volt bis zu »Gefahr: schwerer Schock« beim siebten Schritt mit 375 Volt; nach diesem Punkt war der Rest der Tafel bis zu 450 Volt einfach mit »XXX« markiert. Die gesamte Einrichtung vermittelte eindrucksvoll eine Aura wissenschaftlicher Seriösität.
Kurz nach dem Eintreten fand sich die Versuchsperson durch einen manipulierten Losentscheid vor diesen Apparat gesetzt. Sie hatte die Rolle des »Lehrers« gezogen, der Schauspieler die Rolle des »Studenten«. Nun instruierte der »Versuchsleiter« den »Lehrer«, d. h. die tatsächliche Versuchsperson des eigentlichen Experiments, dem »Studenten« immer schwerere Schocks zu versetzen, sobald dieser »Fehler« beim Lernen von Wortpaaren mache. Die »Fehler« des »Studenten« waren beabsichtigt und ein wichtiger Teil des echten Experiments. Gleichzeitig beauftragte der »Versuchsleiter« in neutralem Ton den »Lehrer«, das Experiment fortzusetzen und nach jedem Fehler die Stärke des Schocks zu steigern. Der »Studenten«-Schauspieler spielte seine Rolle offensichtlich au-

Stanley Milgram, *Das Milgram-Experiment: Zur Gehorsamsbereitschaft gegenüber Autorität*, Reinbeck 1974, S. 196 ff.

ßergewöhnlich gut. Als sich die Stärke des Schocks steigerte, gab er gesteigerte Anzeichen des Schmerzes von sich, bis er sich schließlich in seinem Sessel drehte und krümmte und schreiend darum bat, das »Experiment« zu beenden usw. (Es gab verschiedene Variationen des Experiments.) Der »Versuchsleiter« scheint seine Rolle ebenso gut gespielt zu haben, und beide Rollen waren standardisiert, um eine Beeinflussung der Ergebnisse zu vermeiden. Als der »Studenten«-Schauspieler begann, wachsende Zeichen von Unbehagen oder Schmerz zu zeigen und die unbefangene Versuchsperson als »Lehrer« Zeichen des Widerstrebens zeigte, die stärker werdenden Schocks fortzusetzen, sagte ihr der »Versuchsleiter«, das Experiment erfordere es, daß sie mit der Verabreichung der Schocks fortfahre, und fügte hinzu: »Die Schocks sind zwar schmerzhaft, hinterlassen aber keinen permanenten Gewebeschaden, also machen Sie bitte weiter.«

Die Versuchspersonen, die die Rolle des »Lehrers« spielten, glaubten ganz eindeutig, daß sie einer ihnen gänzlich fremden Person um eines wissenschaftlichen Experimentes willen wirklichen Schmerz zufügten. Milgrams Ziel war es, herauszufinden, an welchem Punkt die Versuchsperson das Pseudoexperiment durch die Weigerung abbrechen würde, den Befehlen des »Versuchsleiters«, immer stärkere Schocks auszuteilen, zu gehorchen. Nicht nur aufgrund von allgemeinen Informationen, sondern auch von Interviews mit einer Vielzahl von Personen – einschließlich einer Reihe von Psychiatern –, in denen danach gefragt wurde, wie weit andere Leute ihrer Erwartung nach in dieser Situation gingen und wie weit sie selbst gehen würden, glaubte Milgram fest daran, die meisten Versuchspersonen würden in einem ziemlich frühen Stadium die Austeilung der Elektroschocks abbrechen und nicht mehr gehorchen. Statt dessen setzten zu seiner berechtigten Überraschung und zu seinem offensichtlichen Entsetzen die meisten Versuchspersonen in den meisten Variationen des Experiments diese Austeilung ganz oder fast ganz bis hin zu der vollen Stärke der »XXX«-Schocks fort.[10]

10 Nachher deckte das am Versuch beteiligte Personal die Täuschung auf, und im Laufe einer umfassenden Diskussion wurden die Versuchspersonen über den wirklichen Zweck des Versuchs informiert. Diese Diskussionen und andere Formen der weiteren Erkundung der Ansichten der Versuchspersonen über ihr eigenes Verhalten lieferten einige wertvolle Daten.

Um herauszufinden, ob der Gehorsam gegenüber der Autorität des »Versuchsleiters« der wirkliche Grund für diesen Zusammenbruch der Autonomie[11] war, führte Milgram eine Reihe von Variationen der Grundform des hier zusammengefaßten Experiments ein. Seine Schlußfolgerung, daß das Vorhandensein der Autorität diesen Gehorsam hervorrief, ist sehr überzeugend. Dies ist zwar durchaus wichtig, ist aber nicht das, was wir im Augenblick suchen. Wir versuchen vielmehr etwas über Ungehorsam, besonders über den auf Prinzipien beruhenden Ungehorsam, herauszufinden. Die Veränderungen schufen Situationen, in denen die Ausführung der Anweisungen des »Versuchsleiters« beträchtlich abnahm oder gänzlich aufhörte. Dieser Aspekt des Experiments ist für unsere Zwecke am wichtigsten.

Bevor wir diese Variationen analysieren, ist es angebracht, darauf hinzuweisen, daß in zumindest einem Fall die Fortsetzung des Grundexperiments aus offensichtlich grundsätzlicher Abneigung gegen die Zufügung von Leid verweigert wurde. Zufällig handelte es sich hier um eine Frau, eine medizinisch-technische Assistentin, die in Nazideutschland aufgewachsen und kürzlich emigriert war. So interessant sie sind, so kann doch aus diesen beiden Tatsachen nicht viel gefolgert werden. Das Verhalten der weiblichen Versuchspersonen unterschied sich nicht sehr von dem der männlichen.[12] Es gibt viele Deutsche, die ungeachtet ihrer Erfahrungen unter dem Naziregime keine Aversion gegen Grausamkeit erworben haben. Selbst diese Frau brach erst in der Mitte des Versuchs bei dem Schritt zum »sehr schweren Schock« ab. Dennoch war

11 Siehe Stanley Milgram, *Das Milgram-Experiment* . . ., a. a. O., S. 156, für seinen Gebrauch des Begriffs »Autonomie«. Wenn ich es nicht übersehen habe, benutzt er nicht den Begriff »moralische Autonomie«. Statt dessen schreibt er in anderen Passagen von »moralischem Urteil«. Das ist unwichtig: das Experiment ist eine höchst ideenreiche Untersuchung der menschlichen Fähigkeit zu unabhängigem moralischem Urteilen und Handeln, welche wir hier analysieren. Ein Unterschied zu den Situationen des wirklichen Lebens verdient Beachtung. Wie Milgram selbst betont (S. 197 f.), erforschte das Experiment nicht den erzwungenen Gehorsam der Unterdrückten. Seine Versuchspersonen waren bezahlte Freiwillige. Aber der Unterschied ist nicht so groß, wie er annimmt. Für die einzelne Versuchsperson gab es in der Experimentsituation Zwangselemente, und in der Wirklichkeit akzeptieren unterdrückte Gruppen im allgemeinen bis zu einem gewissen Grad die Legitimität ihrer Unterdrücker.

12 *Ebenda*, S. 81. Zu diesem besonderen Fall vgl. S. 104 f.

ihre Weigerung, trotz des ausdrücklichen Befehls des Versuchsleiters weiterzumachen, eine ruhige und feste Ablehnung, die Verantwortung für die Zufügung von Schmerzen zu akzeptieren, ganz gleich was der »Versuchsleiter« forderte. So selten es auch eintreten mag, moralisch autonomes Verhalten ist offensichtlich möglich.

In der Standardform des Versuchs war der einzelne in der Konfrontation mit der Autorität absolut auf sich gestellt. In der amerikanischen Kultur wird diese Autorität der Wissenschaft, besonders dann, wenn sie der Medizin nahesteht, weithin als gut definiert. (Die Versuche fanden in den Jahren 1960-1963 statt. Wären sie in den frühen 70er Jahren mit Studenten durchgeführt worden, hätten die Resultate sehr anders ausfallen können.) Wahrscheinlich glaubten Milgrams Versuchspersonen, daß die Wissenschaft generell wohltätig sei, sonst hätten sie sich für das Unternehmen nicht freiwillig gemeldet. Schließlich wurde ihnen versichert, daß die Schocks »keine bleibenden Gewebeschäden verursachten«. Allein einer Autorität zu widerstehen, noch dazu einer Autorität, die als wesentlich wohltätig definiert wird, ist für jeden Menschen außerordentlich schwierig. Andererseits wird es mit gesellschaftlicher Unterstützung nachhaltig erleichtert.

Diesen Punkt hat Milgram in seiner Variante des Grundversuchs sehr eindrucksvoll demonstriert. Er stellte der ahnungslosen Versuchsperson zwei zusätzliche »Lehrer« zur Seite, die in Wirklichkeit Mitarbeiter waren. An bestimmten festgelegten Punkten weigerte sich erst der eine Mitarbeiter, dann der andere, der Anordnung des »Versuchsleiters« auf Austeilung immer stärker werdender Schocks weiter zu folgen. Durch dieses Beispiel, oder um in Milgrams Terminologie zu bleiben, mit der Unterstützung der ihnen Gleichgestellten, rebellierten die meisten Versuchspersonen bereitwillig gegen die Autorität des »Versuchsleiters«. Unter allen Variationen des Grundexperiments war diese Bereitstellung von gesellschaftlicher Unterstützung das bei weitem wirksamste Mittel, um die Autorität des »Versuchsleiters«[13] zu untergraben.

Bei Unterstützung durch Gleichgestellte kann der unbefangenen Versuchsperson der Verdacht, sie tue vielleicht etwas Unrechtes, zu Bewußtsein gelangen und die Grundlage für weiteres Handeln

13 *Ebenda*, S. 137 ff., bes. S. 140.

bilden. Wie die nachfolgenden Interviews enthüllten, kam in einigen Fällen der unbefangenen Versuchsperson der Gedanke des Ungehorsams auch schon dadurch, daß sie eine andere Person bei der Ablehnung beobachtete. Die Frage ist daher berechtigt, ob derartiges Verhalten wirklich moralische Autonomie darstellt.

Die Tatsachen, soweit sie durch den Versuch offengelegt werden, kann man folgendermaßen interpretieren: Reine moralische Autonomie in Form von vereinzeltem Widerstand gegen eine augenscheinlich gutartige Autorität ist äußerst selten. Andererseits wächst dieselbe Form von Widerstand enorm an, wenn sie von Gleichgestellten unterstützt wird. Diese Tatsachen stimmen mit dem überein, was in der Wirklichkeit beobachtet werden kann, und sie erhellen weitgehend, warum dies geschieht. Die Ergebnisse enthüllen die Bedeutung gesellschaftlicher Unterstützung für richtiges moralisches Denken.[14] Andererseits muß der einzelne auch bei gesellschaftlicher Unterstützung die richtige Art des betreffenden Denkens erkennen und danach handeln.

Weitere recht erfindungsreiche Abänderungen des Grundversuchs betrafen den Umfang, bis zu dem derjenige, der die Schocks verabreichte, die Leiden und Klagen des »Opfers« bemerkte. In einem Extremfall war das »Opfer« außer Sicht in einem angrenzenden Raum. Seine Antworten leuchteten geräuschlos auf einem Signalpult vor dem »Lehrer« auf. Aber bei 300 Volt hallte es an den Wänden des Laboratoriums wider, wenn der »Student« aus Protest gegen die Wände hämmerte. Im anderen Extremfall mußte der »Lehrer« die Hand des »Studenten« auf eine angebliche Schockplatte drücken. Es gab zwei Zwischenstufen, die zu beschreiben ich mich nicht aufhalten will. Die Gefügigkeit gegenüber den Anordnungen des »Versuchsleiters« ließ erheblich in dem Maße nach, in dem die physische Nähe des »Studenten-Opfers« zunahm. War das »Opfer« unsichtbar, so gehorchten 65% der Versuchspersonen. Wenn es notwendig war, die Hand des »Opfers« auf die Schockplatte zu drücken, waren es nur 30%. Ähnlich stark ließ die

14 Richtig, solange man die Prämissen der menschlichen Rationalität akzeptiert. Es ist natürlich absolut möglich, sie aus logischen Gründen heraus abzulehnen: also etwa zu erklären, daß die Menschen dumm seien und einander Leid zufügen wollen. Offensichtlich tun sie dies oft genug. Ob das gut für sie ist, ist keine logische, sondern eine empirische Frage.

Intensität des Schocks nach, den die Versuchspersonen auszuteilen bereit waren.[15]

Interpretiert nach Situationen im realen Leben zeigen diese Ergebnisse, daß die Bereitschaft, legitimen, aber unterdrückenden Anordnungen zu folgen, wahrscheinlich stark nachläßt, wenn die Situation es erlaubt oder erfordert, die Leiden des »Opfers« zur Kenntnis zu nehmen. Dann wird eine Identifikation mit dem »Opfer« möglich. Dies überrascht an sich keineswegs. Wer in einer feindlichen Bevölkerung mit der Aufrechterhaltung der Ordnung beauftragt ist, achtet im allgemeinen darauf, daß seine Untergeordneten mit denen, die sie überwachen sollen, ein Minimum an Kontakt haben. Der zum Nachdenken anregende Aspekt des Materials liegt vielmehr darin, daß es die große Macht aufzeigt, die solches Einfühlungsvermögen unter entsprechenden Umständen haben kann. Es ist daran zu erinnern, daß der Ungehorsam in diesen Varianten des Experiments noch ein einsames Handeln war, ein Widerstand gegen eine als gutwillig definierte Autorität, der gegenüber die Versuchsperson eine Verpflichtung übernommen hatte, indem sie freiwillig an dem »Experiment« teilnahm, und die auch versichert hatte, daß dem »Opfer« kein wirklicher Schaden zugefügt werde. Je mehr man über diese Situation mit dem sehr unfairen Vorteil des nachträglichen Besserwissens nachdenkt, desto mehr überrascht, daß es überhaupt Ungehorsam gab, und noch mehr, daß er in einem so großen Umfang auftrat. Offenbar kann das Einfühlungsvermögen unter den entsprechenden Bedingungen einige sehr mächtige Hindernisse durchbrechen. Kombinieren wir die soeben besprochenen Ergebnisse mit denen über die Konsequenzen der Rebellion Gleichgestellter für die Untergrabung der Autorität, so erlaubt dies eine Interpretation des Versuchs, die stark von Milgrams Betonung der Gefahren aus der menschlichen Neigung zum Gehorsam abweicht. Dies ist allerdings ein Problem, das über dieses begrenzte, wenn auch hervorragende Experiment weit hinausgeht. An dieser Stelle ist es nur angebracht, einige Einzelheiten zu kommentieren. In der künstlichen Situation des Laborversuchs bedurfte das Einfühlungsvermögen, um wirksam zu werden, eines engen körperlichen Kontakts und sicherlich wohl

15 Stanley Milgram, *Das Milgram-Experiment* . . ., a. a. O., S. 48 ff., besonders Tabelle 2.

noch vieler anderer Faktoren, die nur schwer genau zu spezifizieren sind. Die Alltagserfahrung genügt, um zu zeigen, daß der enge Kontakt mit anderen – ganz zu schweigen von körperlichem Kontakt – allein kaum ausreicht, um eine sympathetische Identifikation zu schaffen. Außerdem ist das Empfinden dafür, daß ein anderer Mensch unter einer Erfahrung ebenso leidet, wie wir es selbst tun würden, erschreckend leicht zu zerstören. Die weitverbreitete Praxis der Folter reicht als Beleg dafür aus. Schließlich wäre auch eine etwa vorhandene Kenntnis der Vielzahl der Bedingungen, welche eine sympathetische Identifikation mit anderen Menschen schaffen und zerstören kann, nicht sehr hilfreich. Liebe, sympathetische Identifikation, Einfühlungsvermögen oder wie immer man dieses schwer erfaßbare Gefühl – oder dieses Spektrum von Gefühlen – nennen mag, sie alle reichen allein nicht annähernd aus, um große menschliche Gemeinschaften zusammenzuhalten und funktionieren zu lassen. Unter bestimmten Bedingungen kann dies alles sehr mächtig sein. Aber damit kommen Nahrung und Wasser noch nicht in die Städte und der Müll noch nicht von den Straßen.

Die anderen Varianten von Milgrams Versuch betreffen Einschränkungen von Qualität und Grad der Autorität. Weil sie nur einen indirekten Bezug zu dem Problem haben, wie die moralische Autorität der Unterdrückung überwunden werden kann, braucht hier nur kurz darüber gesprochen zu werden. Die bedeutendste Variante verleiht der Vorstellung, daß die Menschen von Natur aus grausam und aggressiv sind, erhebliches Gewicht. Im Laufe des Experiments tauchte an einem Punkt die Vermutung auf, die Versuchspersonen könnten es geradezu genießen, dem hilflosen Opfer Schocks zuzufügen. Zwei Varianten testeten diesen Gedanken. Im einen Fall verließ der »Versuchsleiter« mit dem weißen Kittel den Raum und gab seine Anweisungen durchs Telefon. War der »Versuchsleiter« abwesend, so ließ die Bereitschaft zum Gehorsam stark nach. In der anderen Variante gab der »Versuchsleiter« Anweisungen, die es den Versuchspersonen erlaubten, selbst die Schockstärke zu wählen. In dieser Situation entschied sich die große Mehrheit der Versuchspersonen für die geringstmögliche Stärke des Schocks auf der Apparatur.[16] Es ist deutlich, daß diese Versuchspersonen – von einigen individuellen Ausnahmen abgese-

16 *Ebenda*, S. 73 ff. und S. 89 ff.

hen – nicht dazu neigten, einer hilflosen Person Schaden zuzufügen. Ein Vertreter der legitimen Autorität mußte physisch anwesend sein und ihnen ausdrückliche Befehle erteilen, um sie dazu zu bringen. Auf sich gestellt, d. h. wenn sie auf sich gestellt sein *könnten*, würden sich die Menschen vielleicht sehr wohl mehr oder weniger human und rational zueinander verhalten.[17] Die anderen Varianten deuten auf eine ähnliche Schlußfolgerung hin. Die Willfährigkeit ging in unterschiedlichem Ausmaß, manchmal sehr stark, zurück, wenn die institutionellen Abzeichen der Autorität geändert wurden, zwei Autoritätspersonen z. B. einander widersprechende Anweisungen gaben und wenn die Autorität anstelle eines »Versuchsleiters« im weißen Kittel einer »normalen Person« übertragen wurde. Bei der letztgenannten Variante zeigte sich eine Anzahl von Versuchspersonen der Situation mutig gewachsen und verteidigte das »Studenten-Opfer« mit der Drohung oder sogar der Anwendung von körperlicher Gewalt.[18] Obwohl viele dieser Details zum Nachdenken anregen, widersprechen diese Erkenntnisse keineswegs mehr den normalen Vorstellungen von erwartbarem menschlichem Verhalten, als dies bei anderen Erkenntnissen der Fall ist.

Ich habe über die Arbeit Milgrams recht ausführlich berichtet und sie auch neu interpretiert, weil sie für unsere Fragestellung höchst relevant ist. Auch in bezug auf die Möglichkeit, die Probleme zu definieren und ein Verfahren zu entwerfen, das sachdienliche Aussagen liefern kann, war diese Arbeit meiner Meinung nach hervorragend. Eine sorgfältige Prüfung dieser sozialpsychologischen Versuchsreihen – und jener von Asch – läßt darauf schließen, daß es wohl ungefähr ebenso viele Wege zur Auflösung einer unterdrückenden, die moralische Autonomie erstickenden gesellschaftlichen Atmosphäre gibt wie andererseits Möglichkeiten, eine sol-

17 Die Repräsentativität der ausgewählten Personen ist hier von Belang. Vgl. *Ebenda*, S. 197. Milgram berichtet, daß die Versuche in Princeton, München, Rom, Südafrika und Australien wiederholt wurden und im allgemeinen eine etwas höhere Gehorsamsrate ergaben. Es ist nicht klar, ob die eben beschriebenen Varianten Teile des experimentellen Verfahrens waren, die im Laufe der Wiederholung ausgeführt wurden. Aber es gibt aus anderen Quellen genügend Nachweise von humanem und rationalem Verhalten als allgemeiner Praxis in sicheren und relativ isolierten Gesellschaften, um diese Verallgemeinerung vertretbar erscheinen zu lassen.

18 *Ebenda*, S. 109, S. 80 ff. und S. 118.

che Atmosphäre zu erzeugen. Rein menschliche Fähigkeiten und ihre technische Manipulation scheinen in etwa neutral zu sein. Die Hemmnisse für eine moralische Autonomie resultieren eher aus der Tatsache, daß die Möglichkeiten, diese Atmosphäre zu beherrschen, in hierarchisch organisierten Gesellschaften ungleich verteilt sind. Aus anderen Gründen sind diese Möglichkeiten auch in den wenigen noch vorhandenen Gesellschaften ohne Hierarchie und gesellschaftliche Schichtung sehr gering.

Für so manche Kritiker der modernen Industriegesellschaft wäre die Behauptung, daß die Möglichkeiten der Kontrolle der gesellschaftlichen Atmosphäre »ungleich verteilt« seien, eine groteske Untertreibung. Nach einer bekannten Kritiktradition haben moderne Technologie und Massenmedien die Manipulation der menschlichen Einstellung in einem früher unvorstellbaren Maße ermöglicht. Dadurch, so heißt es, haben sie dazu beigetragen, selbst die Möglichkeit unabhängigen moralischen und politischen Urteils in fortgeschrittenen Industriegesellschaften zu zerstören. Wir wollen kurz betrachten, was uns die Forschungen der heutigen Sozialpsychologie dazu zu sagen haben.[19]

Der Haupteindruck, den solche Studien vermitteln, ist, daß die amerikanische Bevölkerung von den Medien weder beherrscht noch einer Gehirnwäsche unterzogen wird. Im großen und ganzen achten die meisten Menschen nicht darauf, was die Medien zu sagen haben, wenn sie nicht, wie sehr oft der Fall, von vornherein an dem betreffenden Gebiet interessiert sind. Die Forschungsergebnisse über volkstümliche Fehlinterpretationen dessen, was die Medien bieten, und der Mangel an Aufmerksamkeit solchen Angeboten gegenüber verstärken den Eindruck, daß normale Menschen ihre Vorstellungen aus ihren unmittelbaren Erfahrungen bilden, nicht, oder nur in unwesentlichem Ausmaß, aus den Massenmedien. Auch zeigen ähnliche Daten über den Mangel an »politischen« Einstellungen, daß die Menschen *keine* – oder nur sehr zufällig entstandene – Vorstellungen von Bereichen haben, die von ihren unmittelbaren täglichen Interessen weit entfernt sind. Zweifellos fesseln dramatische Ereignisse wie die Ermordung von Präsident Kennedy ihre Aufmerksamkeit. Dann jedoch interpretieren

19 Zu einer Kritik aus einer anderen Sehweise vgl. Eugene Victor Walter, *Terror and Resistance* . . ., a. a. O.

die Menschen diese Ereignisse auf ganz persönliche Weise. Immer und immer wieder betonen die Erforscher der Medienwirkung die Wichtigkeit der vorgegebenen emotionalen und intellektuellen Prädisposition des Publikums, seiner intellektuellen Ausstattung im Sinne von gespeichertem Wissen, seines Begriffsrahmens und seiner Stimmung.[20]

Mit anderen Worten, es ist unmöglich, auf die Wirkung der Medien allein aus ihrem Inhalt zu schließen. Informationen über die Aufmerksamkeit, die politischen Kampagnen in den Vereinigten Staaten entgegengebracht wird, lassen keineswegs erkennen, daß ein starkes Gefühl besteht, politischen Botschaften selektiv ausgesetzt zu sein. Wer sich überhaupt für Politik interessiert, widmet Botschaften, die seiner bisherigen Meinung entgegengesetzt sind, ganz besondere Aufmerksamkeit. Diese Erkenntnis läßt vermuten, daß radikale, nicht für achtbar gehaltene Ansichten, die durchsikkern, zu Beginn an den Rändern der Respektabilität Aufmerksamkeit erregen. Die Fähigkeit, entgegengesetzte Ideen zu akzeptieren (oder vielleicht zu ignorieren), belegt sehr anschaulich eine Studie von überwiegend katholischen Gewerkschaftsmitgliedern. Die Gewerkschaftsführer waren Kommunisten. Die Lokalpresse unterstützte die Ansicht der Kirche über die amerikanisch-sowjetischen Beziehungen, während das Wochenblatt der Gewerkschaft und die

20 Einen allgemeinen Überblick über die Literatur bietet Walter Weiss, *Effects of the Mass Media on Communication*, in: Gardner Lindzey und Elliott Aronson (Hrsg.), *Handbook of Social Psychology*, Bd. V, S. 77-195. Für Beweise gegen die Vorstellung von einer selektiven Hinnahme des Medienangebots (d. h. von einer weitverbreiteten Vermeidung konträrer oder bedrohlicher Ansichten) und gegen das Fehlen von Beweisen für jedweden Überredungseffekt der Medien vgl. William J. McGuire, *The Nature of Attitudes and Attitude Change*, in: *Ebenda*, Bd. III, S. 218 f., 227. Zum Nachweis, daß sehr viele Menschen keinerlei zusammenhängende politische Interessen oder Meinungen haben, und zu einigen Angaben über die angebliche Tendenz der Medien, vorgegebene allgemeine Neigungen zu verstärken, siehe David O. Sears, *Political Behavior*, in: *Ebenda*, Bd. V, S. 330 f., 349-351, 365.
Mir scheint, daß das dargestellte Fehlen von politischen Interessen die Interpretation des Wortes »politisch« durch den Interviewer reflektieren könnte, die nationale und internationale Interessen betont. Die Menschen werden in der Regel zumindest eine grobe Diagnose und ein Heilmittel für direkt gefühlte schmerzhafte Zwänge haben. Exzellente Angaben zu diesem Punkt finden sich bei Robert E. Lane, *Political Ideology: Why The American Common Man Believes What He Does*, New York 1962.

Gewerkschaftsführer der kommunistischen Linie folgten. Die breite Masse der Gewerkschaftsmitglieder, die an politischen Fragen nicht interessiert war, nahm diese Gegensätze nicht einmal wahr.[21] Bei einem »heißen« Lokalproblem hätte sie vermutlich ganz anders reagiert.

Somit lassen diese Erkenntnisse beträchtliche Zweifel an Orwells Vorstellung aufkommen, die moderne Industriegesellschaft werde kulturell und intellektuell von einem oder einigen wenigen zentralen Punkten aus gelenkt. Die Hindernisse für eine moralische Autonomie lassen sich aus materielleren Ursachen herleiten, z. B. aus der ungleichen Verteilung von Reichtum und Macht.

Wenn man sich von solcher Beschäftigung mit institutionellen und Gruppenzwängen, die auf den reifen Menschen einwirken, Untersuchungen der Frage zuwendet, wie das menschliche Individuum reif *wird* und einen Charakter oder eine Persönlichkeit erwirbt, so liegt die Gefahr nahe, daß für den ersten Eindruck eine hoffnungslose Unstimmigkeit zwischen den verschiedenen psychologischen Schulen herrscht. An diesem Punkt tritt die Betonung äußerer Umstände als der zu jedem gegebenen Zeitpunkt wirksamen Determinante moralischen Verhaltens am deutlichsten zutage – ebenso wie die Begrenzungen eines gleichsam außerzeitlichen Versuchs durch die Techniken eines Laboratoriums. Am einen Pol wird der wohlwollend neugierige Leser extreme Skepsis über die Möglichkeit empfinden, daß so etwas wie moralische Autonomie überhaupt existieren könne. Der Hauptgrund, der hinter dieser Skepsis steht, ist der Glaube an die ausschlaggebende Bedeutung bestimmter und konkreter Situationen mit ihren Belohnungen und Strafen als Hauptdeterminanten allen menschlichen Verhaltens, einschließlich allen Verhaltens, das als moralisch bezeichnet werden könnte.[22] Dies ist ein wichtiges Problem. Wenn es keine Kontinuität und keine erkennbaren Verhaltensmuster der meisten menschlichen Individuen gäbe, könnte in der Tat nichts existieren, was moralischer Autonomie ähnelte.

21 Walter Weiss, *Effects of the Mass Media on Communication*, in: *Handbook of Social Psychology*, a. a. O., Bd. V, S. 87-89, 114-116, 159, 161.

22 John Finley Scott, *Internalization of Norms: A Sociological Theory of Moral Commitment*, Englewood Cliffs 1971, bes. S. 35-38; vgl. aber auch S. 116, wo der Verfasser moralischen Mut als vorhanden und in Begriffen der Lerntheorie erklärbar darstellt.

Etwas an dieser starken Betonung des Gewichts einzelner Umstände ist verdächtig, so mächtig Umstände auch sicherlich sind. Die einfache Beobachtung des Lebens von Menschen, die wir lange kennen, offenbart eine charakteristische Art, wie sie auf bestimmte Umstände reagieren. Einige Menschen nehmen Herausforderungen an und versuchen, sie zu bewältigen; andere meiden sie. Manche neigen dazu, die Wahrheit zu sagen, auch wenn sie unangenehm ist. Andere versuchen, mit Lügen einen Weg des geringsten Widerstandes zu finden.

Dieses Alltagswissen ist durch die Vorstellung eines Charakters und einer Persönlichkeit des Menschen tief in die Sprache eingebettet. Gewiß, Alltagswissen kann für ernsthafte Gedanken über Menschen einer der gefährlichsten Leitfäden sein. Es ist voll von Vorurteilen, falschen Schlußfolgerungen, Stereotypen, Mystifikationen und dergleichen. Gleichwohl können Versuche, zwecks Überwindung dieser Mängel wissenschaftliche Präzision anzustreben, ihre eigenen Scheuklappen hervorbringen, also die Genauigkeit unseres Blicks einschränken. Ich vermute, daß (1) der Widerstand gegen solche Konzepte wie das der Verinnerlichung von Normen und (2) die Betonung von Umständen als *der* Determinanten menschlichen Verhaltens von einem allzu tiefen Versinken in der Atmosphäre des Laboratoriums oder einem unberechtigten Glauben an die Möglichkeit, unter Laboratoriumsbedingungen menschliches Verhalten zu klären, herrühren könnten.

Im Laboratorium ist es möglich, künstliche Situationen zu schaffen, die die Reaktionsmöglichkeiten einer Versuchsperson in der Tat sehr scharf begrenzen. Um eine Theorie zu überprüfen, ist es notwendig, genau dies zu tun. Der zu Experimenten neigende Psychologe will die Skala der möglichen Verhaltensformen einschränken, um herausfinden zu können, was die Ursache für welches Verhalten ist: ob Grausamkeit eine Folge von Gehorsam oder die eines anderen Faktors, z. B. angeborener aggressiver Neigungen ist, wie in den besprochenen Experimenten Stanley Milgrams gezeigt wurde. Aber man kann die künstlichen und notwendigen Vereinfachungen der Versuchssituation nicht mit den vielen Situationen vermischen, die im wirklichen Leben wichtig sind.[23] Ferner

23 Selbst bei der Laborforschung sind die Ergebnisse im allgemeinen statistischer Art. Es gibt fast immer Ausnahmen von den Beziehungen, die entdeckt

kann der Forscher im Laboratorium nur einen winzigen Ausschnitt aus dem Verhalten des Individuums beobachten, und dies auch nur während einer kurzen Zeitspanne. In einem Laboratorium gibt es keine Möglichkeit, Entwicklungsprozesse zu verfolgen, die sich über mehrere Jahre erstrecken. Ebenso unmöglich ist es, mit Labortechniken die Bedingungen, welche diese Prozesse beeinflussen, zu kontrollieren und zu verändern. Daher können die Anforderungen des Laboratoriums die Kontinuität und die Ähnlichkeiten, die über lange Zeitperioden hinweg bestehen, beseitigen. Menschliche und andere Realitäten sind nicht notwendig so eingerichtet, daß sie den präzisesten Formen der Verifikation leicht zugänglich sind. Eine Definition wissenschaftlicher Wahrheit, die die Verifikationsmethode überbetont, kann ebenso irreführend sein wie eine mystische Vorstellung von Wahrheit, d. h. wie etwas, das man nur erlangt, wenn man in Augenblicken unaussprechlicher Seligkeit ein Stück des Unendlichen erfaßt.

Am entgegengesetzten Pol dieser Skepsis hinsichtlich der bloßen Möglichkeit von moralischer Autonomie gibt es Psychologen, die von der Vorstellung ausgehen, eine angeborene Neigung zu moralischer Autonomie werde in unterschiedlichen Graden von allen Menschen geteilt. Zwei bedeutende Traditionen haben sich auf diese Behauptung zubewegt. Die eine leitet sich aus der Arbeit Sigmund Freuds her und wendet, wenn auch mit beträchtlichen Variationen und Modifikationen, seine Kategorien an. Die andere Tradition erscheint im Werk Jean Piagets und bei jenen, die sich bemühten, seine Theorien auszubauen und zu verfeinern. Wissenschaftler, die in der einen oder anderen Tradition arbeiten, haben inzwischen einen beträchtlichen Fundus von empirischen Erkenntnissen zusammengetragen.[24] Bevor wir diese Erkenntnisse besprechen, wird es hilfreich sein, sie in ihrem theoretischen Kontext zu

wurden. Sind die statistischen Ergebnisse mehrdeutig, so werden die Ergebnisse in der Regel nicht beachtet. Es wäre vielleicht nützlicher, mehr über die Gründe für ihre Mehrdeutigkeit herauszufinden, als sie zu verwerfen.

24 Die Verwandtschaft ist besonders auffallend bei Robert F. Peck u. a., *The Psychology of Character Development*, New York 1960, einer weitgehend Freudschen Untersuchung (mit gelegentlichen Bezugnahmen auf die Theorie Piagets) über die Charakterentwicklung Heranwachsender unter High-School-Studenten in einer amerikanischen Kleinstadt und bei Lawrence Kohlberg, *Stage and Sequence: The Cognitive-Developmental Approach to Socialization*, in: David A. Goslin (Hrsg.), *Handbook of Socialization Theory and Research*,

präsentieren; dazu zeigen wir die Hauptpunkte auf, an denen diese beiden Theorien konvergieren.

Bei beiden Theorien liegt der Interessen- und Forschungsschwerpunkt auf bestimmten Prozessen des menschlichen Wachstums und der psychologischen Reifung. Piaget und Kohlberg haben zwar wenig über das Säuglingsalter zu sagen, doch stimmt ihre allgemeine Auffassung mit der Freudschen Vorstellung vom Säugling als einem Stückchen ichbezogenen Protoplasmas überein. Es ist der Endpunkt, an dem die Ähnlichkeiten überaus stark auffallen. Beide Schulen sehen die menschliche Entwicklung auf eine moralisch autonome Charakterstruktur und Persönlichkeit hinführen, auch wenn sie keineswegs immer erreicht wird. Wenn und sobald Menschen ihr volles Entwicklungspotential erreichen, sind sie fähig, Zuneigung zu geben und zu empfangen. Sie erkennen und akzeptieren moralische Regeln auch nicht als etwas, was ihnen von einer übergeordneten Autorität, sei diese nun göttlich oder menschlich, auferlegt wird (obwohl nach der Freudschen Auffassung diese Form des Gehorsams nie völlig verschwindet), sondern als ein Gefüge von Regeln, die ebenso freiwillig und rational akzeptiert werden, wie sie um des Zusammenlebens in der menschlichen Gesellschaft willen der rationalen Kritik und der Veränderung unterliegen.[25] Beide Richtungen betonen die Fähigkeit zu rationaler und kritischer Wahl als Basis für Grundsätze zu Gehorsam und Ungehorsam, was sie als eine Endstufe der Entwicklung betrachten, und fassen die emotionaleren Formen von Ungehorsam und Gehorsam als spezifische Stufen während des Reifungsprozesses auf. Die Freudsche Richtung widmet der emotionalen Annahme und Ablehnung von Autorität mehr Aufmerksamkeit und gibt in diese mehr Einblick. Piaget und jene, die seine Begriffe anwenden, betonen die strikten kognitiven Aspekte.

Obwohl die Endstufe der moralischen Autonomie in diesen Schriften manchmal mehr als Ideal denn als Realität erscheint, bringen

Chicago 1967, S. 347-480, der die Anwendung der Theorie Piagets in einem inter-kulturellen Vergleich versucht.

25 Vgl. hierzu den Begriff der »Rational-altruistischen Moral« bei Robert F. Peck u. a., *The Psychology of Character Development*, a. a. O., bes. S. 166 und S. 171-174, und Lawrence Kohlberg, Stufe 6 der moralischen Entwicklung, jener der »Bewußtwerdung« und Prinzipienfindung, in *Stage and Sequence* . . ., a. a. O., S. 376.

die Autoren beider Richtungen gelegentlich genug Beweismaterial bei, um eine sinnvolle Annäherung an die Wirklichkeit annehmen zu lassen. Für die Zwecke unserer Untersuchung ist die Richtung auf jeden Fall wichtiger als das Endziel. Für alle Forscher besteht der Weg aus einer Reihe von Einzeletappen. Anzahl und Art dieser Zwischenstufen variieren entsprechend den Interessen der verschiedenen Forscher und entsprechend den Gesichtspunkten, die sie herauszuheben wünschen, erheblich.[26] Das gemeinsame Merkmal bei der Vorstellung von Zwischenstufen ist die These, daß jede Wachstumsphase auf den Leistungen der vorangegangenen aufbaut oder durch Mißerfolge beim Abschluß der vorangegangenen Phasen behindert wird. Keineswegs schließen alle Menschen alle Zwischenstadien ab. Begrenzte Umschwünge und Rückfälle sind möglich, und der Prozeß insgesamt kann arretiert werden. Verkümmertes oder deformiertes Wachstum ist tatsächlich weit üblicher als eine erfolgreiche Entwicklung zur Reife. Gleichwohl wenden diejenigen, die innerhalb dieser Tradition arbeiten, ein, daß die Prozesse der psycho-sexuellen und moralischen Reifung universelle Charakteristika zutage fördern. Diese gehen aus der Wechselwirkung zwischen der Entfaltung menschlicher Bedürfnisse und Fähigkeiten und den universellen Erfahrungen, dic aus dem Leben in der menschlichen Gesellschaft resultieren, hervor.

Wenn wir zu spezifischeren Themen und Untersuchungen übergehen, können wir mit einer gut begründeten These zur Kindheit beginnen, die außerdem ein besonders erhellendes negatives Beispiel liefert. Es ist offensichtlich, daß eine Kindheitsumgebung, in der Zuneigung fehlt und Bestrafungen brutal, häufig und unberechenbar sind, die menschliche Psyche bis zu einem möglicherweise irreparablen Grad schädigen kann. Für einen Menschen, der in einer solchen Umgebung aufwächst, ist die Aussicht auf moralische Autonomie denkbar gering. In *Kinder, die hassen* geben Fritz Redl und David Wineman einen anschaulichen und stellenweise bewegenden Bericht über einen Versuch, eine Gruppe solcher Kinder, die aus den Slums stammten, zu rehabilitieren. Diese Jugend-

26 Kohlberg, *ebenda,* S. 377, liefert eine aus zehn Studien hervorgegangene Tabelle dieser Zwischenstufen; diese wiederum entstanden aus einer Vielzahl von Gesichtspunkten in den Jahren zwischen 1908 und 1966.

lichen zeigten häufige und unkontrollierbare Ausbrüche von Feindseligkeit gegeneinander und gegen die Erwachsenen – offenbar sehr warmherzige und verständnisvolle Personen –, die ihr Bestes taten, um für die Kinder in einer experimentellen Umgebung zu sorgen, die so mild war, wie ihr vorheriger Hintergrund schroff.

Diese Ausbrüche von Feindseligkeit resultierten daraus, daß es diesen Jugendlichen fast gänzlich mißlang, mehr als den oberflächlichsten Anschein einer Kontrolle über ihre Impulse und Wünsche zu gewinnen. Sooft irgendein Impuls frustriert wurde, verlor das Kind die Beherrschung. Schon die geringste Frustration, wie sie im normalen Leben unvermeidlich ist, z. B. im Verkehr an einer Ampel bei Rot stehenzubleiben, löste eine Welle von Wutausbrüchen aus. Gleichzeitig war es den Kindern gelungen, sich ein Vokabular von Obszönitäten anzueignen, das umfangreich genug war, um einem Erwachsenen mit viel Welterfahrung Ehre zu machen. Auch legten sie von Zeit zu Zeit bei der Peinigung der Erwachsenen, die für sie sorgten, einen bemerkenswerten Scharfsinn an den Tag.[27] Es ist kaum nötig auszuführen, daß die entgegengesetzte Behandlung: völlige Nachsicht gegenüber allen Impulsen und Launen, weder praktikabel ist, noch viel Aussicht bietet, zu wünschenswerten Konsequenzen zu führen.

Andere Studien bekräftigen und erweitern diese Erkenntnisse, indem sie Befunde über die Art von Erziehung liefern, die moralische Autonomie begünstigt, und die Art, die dazu neigt, zu schaffen, was weithin als die autoritäre Persönlichkeit bekannt geworden ist. Der rational-altruistische Charakter, wie ihn Robert F. Peck beschrieben hat, ist das Ergebnis einer stetigen, höchst vertrauensvollen und liebevollen Erziehung. (Wir werden in Kürze einige Gründe für die Annahme kennenlernen, daß diese Studie die Stetigkeit überbetont haben könnte.) Die Eltern behielten sich fest und unmißverständlich das Recht vor, endgültige Entscheidungen

27 Fritz Redl und David Wineman, *Kinder, die hassen: Auflösung und Zusammenbruch der Selbstkontrolle*, München 1979, bes. Kap. 4. Colin M. Turnbull, *The Mountain People*, New York 1972, berichtet von einer ähnlichen Unfähigkeit bei den Iks, Selbstbeherrschung und Rücksicht auf andere, einschließlich der eigenen Kinder – die vor der Türe dem Hungertod ausgesetzt waren – zu bewirken. Die gesellschaftliche Organisation dieses afrikanischen Stammes wurde mit dem Verlust seiner Jagdgründe zerstört.

zu treffen, wenn sie glaubten, daß dies notwendig sei. Andererseits ermutigten und erwarteten die Eltern, wenn das Kind größer und in seinen Entscheidungen kompetenter wurde, von ihm eine wachsende Zahl von Entscheidungen, die es selbst verantwortete. Diese Familien waren, mit anderen Worten, nicht »kind-orientiert«. (In Familien, die »kind-orientiert« sind, mißlang es den Kindern im allgemeinen, sich nur über eine Moralität der simplen Zweckmäßigkeit hinaus zu entwickeln.) Strafen kamen vor. Aber sie waren relativ milde und stellten niemals einen direkten oder versteckten Ausdruck elterlicher Feindseligkeit dar. Wo diese Feindseligkeit häufiger und offener ausgedrückt wurde, lag die Konsequenz nahe, daß die moralische Entwicklung auf einer frühen, eng mit dem autoritären Persönlichkeitstyp verbundenen Stufe stehen blieb. Das Hauptmerkmal dieses Typs ist eine starke Abhängigkeit von äußeren Quellen konventioneller Autorität, verbunden mit einer strafbereiten Haltung gegenüber »Schwäche« und Unsittlichkeit.[28]

Daß die Strafe selbst ein mächtiger Ansporn zum Lernen sein kann, ist heute, entgegen früher angenommenen Doktrinen, Teil des akzeptierten Korpus der psychologischen Lehre, wobei den experimentell erreichten Befunden, ganz zu schweigen vom fortbestehenden gesunden Menschenverstand, eine wesentliche Bedeutung zukommt.[29] Es gibt auch Indikatoren dafür, daß direkt strafende Formen der Disziplinierung, die auf direkten physischen und verbalen Angriffen beruhen, bei jungen Kindern eine autonome Kontrolle ihres Verhaltens weniger aussichtsreich herbeifüh-

28 Robert F. Peck u. a., *The Psychology of Character Development*, a. a. O., S. 177 f.; über die angepaßte Persönlichkeit und ihre Ähnlichkeit mit der autoritären Persönlichkeit, wie sie bei Th. W. Adorno u. a., *Studien zum autoritären Charakter*, Frankfurt/M. 1973, beschrieben und interpretiert wird. Eine gute neuere Studie, die ähnliche Erkenntnisse wie diese bietet, ist die Arbeit von David Mark Mantell, *True Americanism: Green Berets and War Resisters: A Study of Commitment*, New York 1974, bes. die S. 48 f., 60, 71-73, zu Ähnlichkeiten zwischen dem familiären Klima bei Kriegsgegnern und der rational-altruistischen Persönlichkeit. Da die historischen und gesellschaftlichen Ursprünge der strafenden autoritären Haltungen im Zusammenhang mit der Volksunterstützung für die Nazis und dem Rechtsradikalismus in Kapitel 2 besprochen wurden, ist hier keine weitere Diskussion nötig.

29 Justin Aronfreed, *Conduct and Conscience. The Socialization of Internalized Control over Behavior*, New York 1968, S. 60-67, 295 f.

ren wird als eine Kombination von Liebesentzug und Erklärungen von dessen Gründen. Die Erklärung, die für diese Erkenntnis vorgebracht wird, hebt die Rolle der Angst hervor. Angst, die durch elterlichen Liebesentzug hervorgerufen wird, ist weniger von der ständigen Präsenz oder körperlichen Nähe der Eltern abhängig, und es ist daher wahrscheinlicher, daß sie Teil der Persönlichkeit wird, als dies bei einer durch direkte physische Bestrafung durch die Eltern herbeigeführten Angst der Fall ist.[30]

Es ist etwas überraschender, auf Belege dafür zu stoßen, daß strikte Konsequenz in der Anwendung von Strafe und Belohnung durchaus nicht der wirksamste Weg für das Erlernen bestimmter Verhaltensmuster sein muß. Wahrscheinlich verfestigt sich eine Reaktion zu dem, was wir Teil der Persönlichkeit nennen würden, wenn die Belohnungen für diese Art des Verhaltens bis zu einem gewissen Grad unberechenbar sind.[31] Bei näherer Überlegung ist es nicht allzu schwierig zu erkennen, wie das, was der Laie Festigkeit des Charakters nennen würde, eher durch unterbrochene als durch ständige Belohnung entsteht. Vereinfacht ausgedrückt, erzeugt der erste Prozeß, biologisch gesehen, mehr Anpassung. Ein Tier, das in einer manchmal austrocknenden Quelle Wasser sucht, bekommt für sein Verhalten mitunter unterbrochene und unberechenbare Belohnungen. Wenn es aufhörte, diese bestimmte Quelle aufzusuchen, nachdem es sie ein- oder zweimal ausgetrocknet vorgefunden hat, wäre sein Verhalten eindeutig schlecht angepaßt. Es ist jedoch auch wichtig festzuhalten, daß die Menschen es offenbar sehr bevorzugen, die Belohnungen und Strafen unter ihrer eigenen, ganz klaren Kontrolle zu haben.[32]

Die Rolle der reinen Intelligenz in der moralischen Autonomie wird in der Arbeit von Psychologen sehr unterschiedlicher Richtung stark betont. Aronfreed schreibt die moralische Fähigkeit in großem Maße den erstaunlichen kognitiven Fähigkeiten des menschlichen Kindes zu.[33] Eine Anzahl von Studien unternimmt es, die Rolle der »reinen kognitiven Kraft bei der Wirksamkeit des Gewissens« zu demonstrieren.[34]

30 *Ebenda*, S. 316 f.
31 *Ebenda*, S. 22-26.
32 Vgl. *Ebenda*, S. 36.
33 *Ebenda*, S. 66 f.
34 *Ebenda*, S. 265 f.

Lawrence Kohlberg, der Piagets Konzeption von Stadien der moralischen Entwicklung durch kulturübergreifende Untersuchungen erweitert hat, macht zu diesem Punkt einige besonders zum Nachdenken anregende Bemerkungen. Er behauptet, daß es in allen beobachteten Nationen zwischen den Gesellschaftsklassen Unterschiede gibt, die in Richtung einer höheren Ebene der moralischen Entwicklung bei der Mittelklasse wirken. In *jeder* Klasse sind die älteren und intelligenteren Kinder der allgemeinen Linie der moralischen Entwicklung weiter gefolgt. »Wenn die ›Retardierung‹ des Unterklassenkindes als Folge eines anderen sub-kulturellen Wertsystems der Erwachsenen erklärt werden sollte, müßten die älteren und aufgeweckteren Unterklassenkinder mehr ›retardiert‹ sein als die jüngeren und dümmeren, denn sie müßten das Wertsystem der Unterklassen besser gelernt haben.«[35] Das ist aber nicht das, was die Ergebnisse ausweisen.

Das ganze Verfahren, Piagets Kategorien bei inter-kulturellen Untersuchungen anzuwenden, ist neuerdings schwerer Kritik unterzogen worden.[36] Aus technischen wie allgemeinphilosophischen Gründen ziehen die Kritiker den Schluß, daß das Verfahren eine inhärente Vorliebe für die modernen westlichen Vorstellungen von Rationalität aufweist, die ungerechterweise die Rationalitätsfähigkeit nicht-westlicher Völker und der Unterschichten in unserer eigenen Gesellschaft bagatellisiert. Die technische Kritik ist meiner Meinung nach gut begründet. Im wesentlichen vertreten sie die Ansicht, daß die Test-Situationen vom Standpunkt der getesteten Person aus sehr häufig künstlich sind und ihre wahren Fähigkeiten nicht hervorlocken oder aufzeigen können. So kann ein schwarzer Jugendlicher in einer Testsituation sprachlos und zum logischen Denken unfähig erscheinen. In seiner natürlichen Umgebung beobachtet, kann derselbe junge Schwarze eine ungewöhnliche Fähigkeit im Umgang mit der Sprache und ein beunruhigend logisches Gespür für die Heucheleien der Weißen an den Tag legen.[37]

35 Lawrence Kohlberg, *Stage and Sequence* . . ., a. a. O., S. 375.

36 Patricia Teague Ashton, *Cross-Cultural Piagetian Research: An Experimental Perspective*, in: *Harvard Educational Review*, Bd. 45, Nr. 4 (November 1975), S. 475-506, enthält einen brauchbaren Literaturüberblick.

37 Über die Grenzen von Tests und zu einer überzeugenden Kritik des Begriffs vom kulturellen Defizit, der dennoch kulturelle Differenzen erkennt, vgl. Michael Cole und Jerome S. Bruner, *Cultural Differences and Inferences about*

Ich finde diesen Aspekt der Kritik nicht überzeugend. Menschliche Kulturen unterscheiden sich sehr in ihren Schwerpunkten und Leistungen. Es ist eine Sache, die Inferiorität nicht-westlicher Kulturen – in dem Sinne, daß sie nie die Kultur, die vage als westliche Rationalität gilt, erreichen oder gar übertreffen könnten – zu bestreiten. Eine ganz andere Sache ist es, zu leugnen, daß diese Unterschiede existieren, oder zu leugnen, daß sie sehr wichtig sind. Die kulturüberschreitenden Forschungen der Piaget-Schule mögen die Unterschiede zwischen modernen und traditionellen Denkweisen und Klassenunterschieden überbetont haben, und sie mögen den Arten, wie diese Unterscheidungen sich ändern können, nicht gerecht geworden sein: auf die heute bestehenden, in der Tat sehr wichtigen, Unterschiede in der Bildung moralischer Autonomie macht sie uns nachdrücklich aufmerksam. Zusammen mit anderen Theorien hilft sie zu erklären, wie diese Unterschiede entstehen und wie sie sich in der Zukunft ändern können.

4. Freudsche Interpretationen

Wenn der angebliche Beweis der empirischen Untersuchung bei kritischer Prüfung manchmal etwas schwammig erscheint, sind wir vielleicht weniger bereit, die rekonstruierte Lebensgeschichte nach Freudscher Tradition als eine Möglichkeit zum Verständnis der psychosexuellen Entwicklung und ihrer Bedeutung für das moralische und sogar politische Urteilen von der Hand zu weisen. Der psychoanalytischen Theorie nach wirken die wichtigsten Einflüsse auf die menschliche Persönlichkeit in den ersten Lebensjahren. Das ist auch der Zeitraum, über den zuverlässige Aussagen am schwierigsten zu erhalten sind. Um die Sachlage noch unsicherer zu machen: eine der wenigen vergleichenden Untersuchungen über bedeutende historische Persönlichkeiten, die gegen das herrschende Autoritätssystem rebellierten, berichtet, daß deren frühe Kindheitserfahrungen hinreichend unterschiedlich waren, um nahezulegen, daß diese Unterschiede nur sehr wenig zu erklären vermögen.[38]

Psychological Processes, in: *American Psychologist*, Bd. 26, Nr. 10 (Oktober 1971), S. 867-876.

38 E. Victor Wolfenstein, *The Revolutionary Personality: Lenin, Trotsky,*

Wäre dies eine zuverlässige Aussage, dann würde sie die zentralen Lehrsätze der Freudschen Theorie sprengen und an der gesamten Konzeption der revolutionären Persönlichkeit schwere Zweifel aufkommen lassen. Aber diese Aussage ist durchaus nicht völlig zuverlässig und kann, wie wir bald sehen werden, auf mehr als eine Art interpretiert werden. Deshalb ist es eine bessere Strategie, die Vorstellung von einer revolutionären Persönlichkeit im Sinne einer starken Neigung zum Widerstand gegen die Autorität beizubehalten. Sehr wahrscheinlich zeigt diese Neigung eine Vielzahl von Formen und hat eine Vielzahl von Ursachen. Innerhalb dieser Vielzahl gibt es andererseits wahrscheinlich auch einige bedeutende gemeinsame Merkmale. Wir wollen diese Frage deshalb an die empirische Literatur richten, die sich von Freud herleitet: Was sind die wichtigen Elemente in dem Persönlichkeitstyp, der fähig ist, einer unterdrückenden Autorität Widerstand zu leisten?[39] Eine Komponente, der aus übergreifenden Gründen eine herausragende Bedeutung zukommt, ist Selbstvertrauen, oder um einen neofreudschen Begriff zu benutzen, Grundvertrauen. Um verwegen und mutig zu sein, um bereit zu sein, gegen repressive soziale Zwänge anzugehen, muß der einzelne ein starkes Gefühl der Sicherheit oder des Vertrauens in *irgendeinen* Bereich seiner sozialen Umgebung besitzen. Freudianer erklären uns, die exemplarische Erfahrung für die Entwicklung eines solchen Vertrauens sei das Säugen und Versorgen des Kleinkindes durch die Mutter während der als orale Phase in der menschlichen Entwicklung bezeichneten Zeit. Eine liebevolle und verhältnismäßig zuverlässige Befriedigung der Bedürfnisse des hilflosen Kindes ist vermutlich von entscheidender Bedeutung für die Entwicklung dieses Grundvertrauens. Offen-

Gandhi, Princeton 1967, S. 303 f., berichtet vom Mangel an deutlichen Mustern für die orale und anale Phase bei seinen drei untersuchten Personen.

39 Eine Studie von Peter Seidmann mit dem sehr vielversprechenden Titel, *Der Mensch im Widerstand: Studien zur anthropologischen Psychologie*, Bern 1974, war im wesentlichen eine Enttäuschung. Für mich waren die historischen Essays über Sokrates, Erasmus und den Widerstand der Weißen Rose gegen Hitler wenig aufschlußreich, und die theoretischen Partien über das Konzept des Widerstands schienen nicht mehr als eine prätentiöse Wortspielerei zu sein. Andererseits ist ein Abschnitt (S. 159-171), in dem der Autor anhand seiner klinischen Erfahrung aufzeigt, wie und warum Individuen sich eher mit unerträglichen Situationen abfinden, als die Vertrautheit und die kleinen Gewinne ihrer neurotischen Anpassung zu riskieren, sehr inhalts- und aufschlußreich.

sichtlich braucht die Erfahrung nicht die Form einer völligen Befriedigung anzunehmen, und das Vorhandensein der Zuwendung scheint wichtiger zu sein als die bloße mechanische Befriedigung der biologischen Bedürfnisse.[40]

Es gibt auch Zeugnisse für beträchtliche Unterschiede auf diesem Gebiet. Lenin, dessen Schriften unstreitig revolutionär sind, war eine durchaus mißtrauische Persönlichkeit. Oft, wenn auch keineswegs immer, war dieses Mißtrauen politisch nützlich.[41] Sicherlich ist dieses Mißtrauen ein allgemein verbreiteter revolutionärer Zug, ebenso wie sehr großes Selbstvertrauen. Das die Erfahrungen der frühen Kindheit einen sehr großen Einfluß auf die Entwicklung solcher Qualitäten besitzen, erscheint als höchst wahrscheinlich. Auch wenn spezifische Freudsche Aussagen bezweifelt werden können, so richtet die Theorie dennoch unsere Aufmerksamkeit auf bedeutsame Unterschiede.

Die zweite Eigenschaft, die sich später entwickelt, können wir Ordnungsliebe und Selbstdisziplin nennen; sie schließt die Fähigkeit ein, bei der Verfolgung entfernterer Ziele Instinkte und Impulse zu unterdrücken. Wieder in Anlehnung an die Freudsche Theorie erhält das Kind einige der Grundelemente dieser Eigenschaften, während es in der analen Phase die Benutzung der Toilette lernt. Ein besonders strenges Sauberkeitstraining erzeugt vermutlich einen verkrampften, geizigen und pedantischen Charakter. Mit Eriksons Worten: »einzuhalten kann zu einem destruktiven und grausamen Festhalten oder Zurückhalten« im späteren Leben führen, während sein Gegenteil beides bewirken kann; ein ebenso feindseliges Auslösen destruktiver Kräfte oder eine entspannte Bereitschaft, es »laufen zu lassen«, »es geschehen zu lassen«.[42]

Irgendeine Form des Trainings zwischen diesen beiden Extremen

40 Erik H. Erikson, *Kindheit und Gesellschaft*, Stuttgart 1971, S. 193 ff.

41 E. Victor Wolfenstein, *The Revolutionary Personality* ..., a. a. O., S. 303. Wolfenstein, der keine russische Quelle in seiner Bibliographie erwähnt, sagt nichts über Lenins Vertrauen in Polizeispitzel. Nach Bertram D. Wolfe, *Three Who Made a Revolution: A Biographical History*, New York 1948, S. 535, einem Buch, das in Wolfensteins Bibliographie aufgeführt ist, arbeiteten wenigstens drei solcher Spitzel sehr eng mit Lenin zusammen – neben dem berühmtesten, Roman Malinowski. Vielleicht hatte Lenin nach alledem mehr als seinen Teil des Grundvertrauens.

42 Erik H. Erikson, *Kindheit und Gesellschaft*, a. a. O., S. 193 ff.

führt wahrscheinlich zu einer effektiven Form der Selbstkontrolle. Die Aneignung der Triebkontrolle setzt sich über die anale Phase hinaus fort. Dieser Prozeß kulminiert in der kindlichen Aneignung der von den Eltern oder anderen erwachsenen Vorbildern übernommenen Normen in die eigene Persönlichkeit.

Wir kommen jetzt zu dem dritten und wichtigsten Bestandteil des untersuchten Persönlichkeitstyps. Das »Gewissen« ist der allgemeine Laien-Begriff, der Freudsche Begriff hierfür ist das »Über-Ich«. Das vordergründige Problem ist jedoch nicht, das Über-Ich im allgemeinen zu erklären, sondern einen bestimmten Typ des Über-Ichs. Wir müssen die Entwicklung moralischer Standards verstehen, die wichtige Aspekte der gegenwärtig akzeptierten gesellschaftlichen Gewohnheiten verurteilen.[43] Menschen mit diesen Maßstäben lehnen nicht nur die Legitimität der herrschenden Sitte ab; sie widmen einen großen Teil ihres Lebens und ihrer Energie dem aktiven Widerstand und versuchen, die bestehenden Praktiken zu verändern.

Wie spielt sich dies alles nun genau ab? Von Kindheit an, so wird uns gesagt, bringen gesellschaftliche Begrenzungen für den Eigensinn und das Bedürfnis des Kindes, seine eigenen Wünsche zu befriedigen, unvermeidliche Zweifel an der Gerechtheit und Wohltätigkeit der Beziehungen zwischen heranwachsenden und erwachsenen Menschen hervor.[44] Obgleich dieser Konflikt besondere

43 Es lohnt sich zu bemerken, daß nach dem Freudschen Schema Widerstand gegen gesellschaftlichen Zwang aus drei Quellen der menschlichen Psyche kommen kann, die ganz unterschiedliche Konsequenzen zur Folge haben: 1) aus dem Es kommt eine elementare Rebellion gegen jede Form von Zwang, verbunden mit einem gebieterischen Verlangen nach unmittelbarer Befriedigung; 2) aus dem Ich eine kühle, realistische und rational kritische Einschätzung; 3) aus dem Über-Ich eine leidenschaftlich kompromißlose moralische Verurteilung. Es sollte möglich sein, den Typ der Familiensituation und des Sozialisationsprozesses zu formulieren, der zur Betonung jeder dieser drei führt.

44 Erik H. Erikson, *Der junge Mann Luther: eine psychoanalytische und historische Studie*, Frankfurt/M. 1975, S. 274 ff. Im folgenden habe ich versucht, aus dem o. g. Buch sowie aus E. Victor Wolfenstein, *The Revolutionary Personality . . .*, a. a. O., und aus zwei Büchern von Kenneth Keniston, *The Uncommitted: Alienated Youth in American Society*, New York 1965, und *Young Radicals: Notes on Committed Youth*, New York 1968, jene theoretischen Punkte herauszuziehen und zu synthetisieren, die mir auf Angehörige der Unterschicht anwendbar zu sein scheinen. Anhang B (S. 306-310) von *Young*

Formen annimmt und sich vermutlich besonders intensiv während der Phase des Ödipuskonflikts auswirkt, ist er doch keineswegs auf diese beschränkt. Belege aus den Biographien revolutionärer Führer und andere Daten lassen stark vermuten, daß die Beziehung zu *beiden* Elternteilen bis in das frühe Erwachsenenalter hinein die menschliche Persönlichkeit formen und beeinflussen. Die Faktoren, die vermutlich ein Kind zum Widerstand und zu manchen Formen der Sozialkritik treiben, sind folgende: Zuerst ist die Ambivalenz des Ödipuskonfliktes ungewöhnlich intensiv. Zweitens erreicht das Kind das frühe Erwachsenenalter ohne eine zufriedenstellende Lösung dieses Konfliktes. Wenn andere Bedingungen vorteilhaft sind, d. h. wenn die gesellschaftlichen und historischen Möglichkeiten bestehen, wird der einzelne wahrscheinlich versuchen, der Belastung durch Ödipus-Schuld und Ambivalenz zu entrinnen, und den Konflikt mit der Autorität auf den gesellschaftlichen und politischen Bereich übertragen.[45] An diesem Punkt gibt es mehrere Möglichkeiten. Der junge Erwachsene mag die Lebensweise seines Vaters ablehnen, weil sie ihm zu viele Kompromisse zu verlangen scheint, aber trotzdem versuchen, die Ideale des Vaters in Praxis umzusetzen.[46] Oder der Vater kann zugunsten eines anderen Erwachsenenvorbildes abgelehnt werden. Schließlich, wenn es kein starkes väterliches Vorbild gibt, gegen das man sich auflehnen kann – eine Situation, von der manche behaupten, sie sei für die moderne westliche Gesellschaft zunehmend charakteri-

Radicals ist sehr hilfreich, wenn man die Ätiologie von Entfremdung und Engagement einander gegenüberstellt. Ich habe ferner Richard H. Solomon, *Mao's Revolution and the Chinese Political Culture*, Berkeley 1971, herangezogen; er gibt eine Fülle von Informationen darüber, wie ein Sozialisationsprozeß gleichzeitig moralische Rechtfertigungen der Autorität, starke Neigungen, sich dieser Autorität zu widersetzen, und Ängste vor den möglichen Gefahren solcher Neigungen erzeugen kann. Die Studie von Robert Coles über junge Schwarze und Weiße unter dem Streß der Bürgerrechtsbewegung, *Children of Crisis: A Study of Courage and Fear*, Boston 1967, ist besonders wichtig, erfordert aber eine separate Besprechung.

45 E. Victor Wolfenstein, *The Revolutionary Personality* . . ., a. a. O., S. 306-308.

46 Der Versuch, die Ideale des Vaters in Praxis umzusetzen, kann nur dann eine Triebfeder für Änderungen sein, wenn diese Ideale in wesentlichen Hinsichten der etablierten Ordnung kritisch gegenüberstehen. Es ist zum Beispiel schwer einzusehen, wie solche Ideale im Rahmen der Ethik des guten Dieners bei den Hindu-Unberührbaren eine subversive Auswirkung haben könnten.

stisch –, wird die Konsequenz wahrscheinlich eine bloße Fehlorientierung und eine Unfähigkeit zu jedwedem Engagement sein.[47]

Den Luxus einer Identitätskrise in diesem Stadium des Lebenszyklus können sich die Armen und Unterdrückten, oder die eben einfach Armen, nicht allgemein leisten. Für sie gibt es, was ihre Identität angeht, wenig oder gar keine Wahl. Wenn ihre Eltern sie nicht von Kindheit an gelehrt haben, wo ihr Platz in der Gesellschaftsordnung ist, kann ihre Identität sie eines Tages plötzlich überfallen. Das ist eine echte Krise, nicht eine Pseudokrise des modernen überbehüteten Kindes arrivierter Intellektueller aus dem Mittelstand. Die rauhe elterliche Aufforderung, mit dem Lesen, den Träumen von Größe aufzuhören und statt dessen in der benachbarten Werkstatt oder Fabrik einen Job anzunehmen, kann die Zukunftshoffnungen eines Kindes zerschlagen. Solche Vorfälle werden häufig in den Autobiographien deutscher Arbeiter des 19. Jahrhunderts berichtet. Oder ein Kind kann sich plötzlich durch eine Beschimpfung oder eine Zurückweisung, deren Bedeutung blitzartig die gesellschaftliche Wirklichkeit erhellt, des elterlichen Status bewußt werden.

Durch die Studie Robert Coles über die Reaktionen junger schwarzer und weißer Amerikaner auf die beginnende Bürgerrechtsbewegung der frühen 1960er Jahre sind wir glücklicherweise im Besitz einer beträchtlichen Anzahl von Informationen darüber, wie junge Leute aus meist sehr armen Verhältnissen tatsächlich den Mut erlangen, sich gegen eine unterdrückende Autorität aufzulehnen. Teilweise dank seiner Ausbildung als Kinderpsychiater stellte Coles genau die Fragen, die für diesen Teil unserer Untersuchung am wichtigsten sind. Er ist auch ein begabter und behutsamer Beobachter, dessen Zögern, diese Fragen platt zu beantworten, respektvolle Aufmerksamkeit verdient.

Die Antworten nun, die er gibt, fallen oft aus dem Rahmen der Freudschen Tradition. Manchmal üben sie, wenigstens implizit, Kritik daran. Nach der Lektüre vermittelt das Buch für mich als Hauptaussage folgendes: Eine bemerkenswerte Anzahl Schwarzer

47 Vgl. Kenneth Keniston, *The Uncommitted ...*, a. a. O., und Alexander Mitscherlich, *Auf dem Weg zur vaterlosen Gesellschaft: Ideen zur Sozialpsychologie*, München 1965, S. 420 f.

wächst mit einem starken Charakter auf, der sie ohne weiteres befähigt, sich gegen unterdrückende Autorität aufzulehnen, und dies trotz theoretisch ungünstigster und wahrhaft schädigender Kindheitsbedingungen. Gegen Ende seines Buches stellt er die Frage: »Warum werden nicht *alle* männlichen Neger schizophren?« Ohne den Grund oder die Gründe für Schizophrenie zu kennen, fährt er fort, es gebe Gründe für die Annahme, daß beständig verwirrte, wenig widerstandsfähige, gespannte, ängstliche Eltern ihre Entwicklung bei ihren Kindern auf diese oder jene Weise beeinflussen. »Es erscheint daher nicht töricht zu untersuchen, warum nicht *alle* männlichen Schwarzen schizophren sind.« Die Antwort ist, daß sie es nicht sind, auch wenn viele in einem gesellschaftlichen und kulturellen Klima, das sie für gewöhnlich ablehnt, ein verarmtes Leben führen, und dies in oft instabilen und zerrissenen Familien. Irgendwie überleben Millionen von Schwarzen diese besonderen Spannungen, »wenn auch nicht gut, so doch wenigstens ohne verkrüppelnde Geisteskrankheit«. Es ist sicher, daß viele müde, apathisch und abgestumpft sind, wenngleich auch sie eine überraschende Fähigkeit zeigen, lebendig zu werden, wenn sie den Strömungen des gesellschaftlichen und politischen Wandels ausgesetzt sind.[48] Noch andere, die er früher beschrieben hat, zeigen eine bemerkenswerte Spannkraft, die in jedem Sinne als gesund bezeichnet werden kann. Woher kommen nun dieser Mut und diese Spannkraft? Welche Erfahrungen dienen dazu, diese Kräfte zu erzeugen und aufrechtzuerhalten?

Zunächst brauchten Schwarze keine komplizierten emotionalen und intellektuellen Erfahrungen zu machen, um zu lernen, daß sie unglücklich waren und warum. Der Weiße hat den Schwarzen brutal und direkt ihre Identität aufgezwungen, indem er sie aus ihrer Heimat wegschleppte und zu Sklaven machte. Sie mußten nicht lernen, zornig zu werden; sie mußten lernen, wie sie ihren Zorn beherrschen konnten.[49] Praktisch vom Kleinkindalter an lernen schwarze Kinder, daß ihr Leben in der Welt des weißen Mannes hart sein wird, daß sie bereit sein müssen, dieser Härte zu widerstehen. Dieses Training, dieser Hintergrund helfen erklären, wie

48 Robert Coles, *Children of Crisis* ..., a. a. O., S. 346 f. Hervorhebung im Original.
49 *Ebenda*, S. 322.

ein sechsjähriges schwarzes Mädchen an einem drohenden Mob von Weißen vorbeigehen kann, die Tag für Tag, wenn es eine Schule betritt, in der kürzlich die Rassenschranken aufgehoben wurden, Obszönitäten hinter ihr herschreien und drohen, es zu vergiften.[50] Wenn die Familie das Kind ganz allgemein auf harte und degradierende Erfahrungen mit Weißen vorbereitet hatte, so gaben die älteren Familienmitglieder den Kindern auch warme Unterstützung und brachten ihnen Verständnis entgegen, wenn sie solchen Situationen direkt gegenüberstanden.

Die Elemente kultureller Vorbereitung und gesellschaftlicher Unterstützung durch die Familie sind eindeutig wichtig, doch ist auch ganz offensichtlich, daß dies bei weitem nicht alles ist. Die Eltern hatten keine reale Vorstellung von dem, was geschehen würde. (Wahrscheinlich war in dieser Hinsicht niemand sicher. Die Unsicherheit aller Beteiligten ist einer der bedeutendsten und am meisten vernachlässigten Aspekte historischer Krisen, seien sie groß oder klein.) Sie hatten keinen ideologischen Eifer und zweifellos keinerlei Absicht, aus ihren Kindern Märtyrer auf dem Fernsehschirm zu machen. Sie dachten, die Aufhebung der Rassenschranken bedeute, daß »alle Farbigen« zur Schule gehen dürften, und hatten nicht die leisteste Ahnung, daß ihr Kind dem Mob allein gegenüberstehen könnte. Wenn sie es gewußt hätten, so hätten sie, wie sie Coles sagten, nachdem er ihr Vertrauen gewonnen hatte, ihr Kind niemals angemeldet. Mit anderen Worten, die Umstände katapultierten das Kind in eine heroische Rolle. Plötzlich mit dieser Verpflichtung konfrontiert, taten trotz aller Unterschiede in Persönlichkeit und Herkunft alle schwarzen Kinder das beste, was sie konnten. Die meisten offenbar erfolgreich.

Im Fall der jungen schwarzen und weißen Bürgerrechtsaktivisten gab es bei der Übernahme dieser Rolle eine viel größere Möglichkeit freier Wahl. Eine Vielzahl von Erfahrungen und Gefühlen beeinflußte den einzelnen bei der Wahl dieser Rolle. Unter schwarzen Jugendlichen konnte ein begrenzter Erfolg innerhalb des von Weißen beherrschten Systems zu einer aus Schuldgefühlen resultierenden Ablehnung der eigenen Privilegien führen, besonders dann, wenn diese mit den Kompromissen des Vaters verbunden waren.

50 *Ebenda*, Kap. 4. Die Angst vor Vergiftung veränderte vorübergehend die Eßgewohnheiten eines Kindes.

Der Ausweg war, sich der Bewegung anzuschließen.[51] Auch in anderen Fällen gab es einen Konflikt zwischen den Warnungen der Eltern, sich auf nichts einzulassen, und anderen Vorbildern, die zu positiven Handlungen antrieben, all dies vor dem Hintergrund eines umfassenden Gefühls der Ungerechtigkeit. Das zurückgewiesene Vorbild mochte ein Bruder sein, der den Spannungen nicht standhalten konnte und anfing, zu trinken und Drogen zu nehmen, wie sich dies bei einem jungen Mann bewahrheitete, der »von Chicago herunter« kam.[52] In diesem Beispiel war das positive Vorbild ein gemäßigt militanter Lehrer, den der junge Mann respektierte. In einem anderen Fall behauptet ein junger Farmer aus Alabama, er sei mit seinem Leben ganz zufrieden gewesen, bis sein Weg zufällig den eines ganz anderen Vorbilds kreuzte, den eines jungen militanten Predigers, der am Ort in dem Ruf stand, »nicht richtig im Kopf« zu sein, und der von der örtlichen Polizei brutal ermordet wurde. Dieser Mord war eine Art Katalysator für den Beitritt des Farmerjungen zur Bewegung.[53] Im Falle dieser jungen Militanten mag es sehr wohl richtig sein, von einer Identitätskrise zu sprechen, die durch politisches Engagement gelöst wird. Die Rolle, die die psycho-sexuelle Reifung spielt, ist nicht klar, mag aber anzunehmen sein. Zu diesem Aspekt gibt Coles nur sehr wenige Anhaltspunkte. Auf jeden Fall ist hinreichend klar, daß die Prozesse der psycho-sexuellen Reifung nicht allein zu einem spezifischen politischen Engagement führen konnten. Sehr wahrscheinlich können sie ein solches Ergebnis begünstigen. Aber das Ergebnis bedarf besonderer Vorbilder und einer historischen Situation, die diese Wahl begünstigt.

Das Leben dieser jungen Aktivisten war extrem anstrengend, oft sehr gefährlich, wegen der Angst und Apathie derjenigen, denen sie zu helfen versuchten, häufig frustrierend und entmutigend, gelegentlich aber auch sehr beglückend. Um dieses Engagement aufrechtzuerhalten, waren sowohl moralischer Mut als auch Einfallsreichtum in höchstem Grade erforderlich. Soweit Coles sehen konnte, war keiner dieser jungen Leute für einen Aktivisten typisch. Auch fühlte er sich nicht in der Lage, den Unterschied

51 *Ebenda*, S. 174-187, bes. S. 178.
52 *Ebenda*, S. 217.
53 *Ebenda*, S. 203-209.

zwischen denjenigen, die der Spannung gewachsen waren, und denen, die unter ihr zusammenbrachen, zu erklären. Aber er gibt uns einige Hinweise, denen nachzugehen sich lohnt. Im Gegensatz zu dem, was über die Konzentrationslager bekannt geworden ist, berichtet Coles, daß die am meisten ideologisch Orientierten bei der Bewältigung der Spannung am wenigsten Erfolg zeigten. Der Unterschied könnte möglicherweise damit zusammenhängen, daß im Vergleich zu den Konzentrationslagern in der offeneren Situation eine größere Wahlmöglichkeit bestand. Oder er kann etwas mit dem emotionalen, aber unsicheren Engagement der Jugend im Vergleich zu älteren Leuten zu tun haben. Andererseits zeigten sowohl in den Konzentrationslagern als auch bei diesem Situationstyp die stärker ideologisch Festgelegten eine Tendenz, sich selbst aus Schwierigkeiten herauszuhalten und andere zu überreden, die nötigen physischen Opfer zu bringen.[54]
Der Autor gibt uns etwas mehr Details über die psychologischen Mechanismen einer erfolgreichen Bewältigung von Gefahr. Sie laufen darauf hinaus, den Einzelheiten des gerade vorliegenden Problems eine kühle und sorgfältige Beachtung zu schenken und jede Neigung, bei den allgemeinen Aspekten der Gefahr zu verweilen, zu vermeiden. Die Tatsache, daß andere die Gefahr teilten, daß gesellschaftliche Unterstützung existierte, war offensichtlich hilfreich. Um es hilfreich zu *machen*, vermieden es die Beteiligten andererseits, darüber zu reden, außer wenn es um diesen oder jenen praktischen Rat ging. »Wir versuchen, das Gespräch an den realen Problemen orientiert zu halten und an dem, was wir tun können, um sie zu lösen. Es gibt eine Menge für uns zu tun, ohne mit ›Beobachtungen aufeinander loszuschlagen und infolgedessen auseinanderzufallen‹.«[55] Ich vermute, daß dies eine generelle und sogar allgemeine menschliche kollektive Reaktion auf Gefahr ist, eine Reaktion wie unter Seeleuten, die sich in einem Sturm abmühen, um das Schiff zu retten, wie unter Bergsteigern, die sich auf einen gefährlichen Abstieg konzentrieren, wie unter Gruppen von Soldaten, die auf dem Schlachtfeld unter Feuer liegen. Heroismus besteht darin, alles Heroische zu vergessen. Wenn Freud dies, soviel ich weiß, nie ausdrücklich gesagt hat, so stimmt es dennoch

54 *Ebenda*, S. 224, 226.
55 *Ebenda*, S. 226-229.

mit dem Ton herber Nüchternheit überein, der für seine Arbeit so typisch ist.

Wenn der Kern des vorangegangenen Kapitels über die Ursprünge menschlicher Unterwerfung deprimierend erschien, so können die Ergebnisse dieses Kapitels diesen Eindruck korrigieren. Auf beiden Seiten gibt es viele erkennbare Mechanismen. Schon ein sehr geringes Maß an gesellschaftlicher Unterstützung reicht, wie wir gesehen haben, aus, das Dunkel der Unterdrückung und Täuschung zu beseitigen und eine kritische Reaktion bis an die Oberfläche emporkommen zu lassen. Darüber hinaus hat die moderne Industriegesellschaft nach diesem Befund nicht den Effekt der Gehirnwäsche, den einige Kritiker ihr zugeschrieben haben.

Auf der Ebene der individuellen Neigungen und Reaktionen bestehen offensichtlich Gründe für die Annahme einer angeborenen menschlichen Neigung zu moralischer Autonomie, die sich durch die Prozesse der psycho-sexuellen Reifung offenbart. Die Unterschiede in der angeborenen Intelligenz zeigen offenbar die Grenzen auf, bis zu denen der Prozeß bei jedem gegebenen Individuum gelangen kann. Unterschiede in der Erziehung können eine mächtige Wirkung auf die Freisetzung und Verhinderung dieses Potentials haben. Die Erlangung von Selbstvertrauen durch liebevolle mütterliche Sorge spielt, so wird uns gesagt, eine entscheidende Rolle. Eltern und Ersatzeltern können durch Liebesentzug höchst wirkungsvoll erziehen, wobei die gelegentliche Zuflucht zu strengerer Strafe nicht gefährlich sein dürfte. Es ist wichtig, dem Kind Verantwortung zu geben, sobald es in der Lage ist, diese zu übernehmen. Das Kind seinerseits erwirbt Selbstdisziplin wie Urteilskriterien durch den Widerstand gegen die geliebten Eltern. Über all dies hinaus ist der ermutigendste Befund jener, der zeigt, wie moralischer Mut trotz theoretisch harter und ungünstiger Bedingungen Wurzeln schlagen und blühen kann.

Teil II
Eine historische Perspektive
Deutsche Arbeiter 1848-1920

Viertes Kapitel
Prolog

Bis zu diesem Punkt ist die Analyse bewußt ahistorisch gewesen. Sie hat versucht, wiederkehrende Elemente in der Mannigfaltigkeit moralischer Normen durch eine Interpretation des Wechselspiels zwischen angeborener menschlicher Natur und den universellen Problemen, die sich aus den Notwendigkeiten des Zusammenlebens in der menschlichen Gesellschaft ergeben, aufzudecken. Auf ähnliche Weise hat sie versucht, die wichtigeren gesellschaftlichen und psychologischen Mechanismen zu isolieren, die sowohl Unterwerfung unter gesellschaftlich auferlegte Härten als auch Widerstand gegen solche Leiden hervorrufen. Jetzt sind wir in der Lage zu versuchen, die historische Dimension dieses Spielraums zu verstehen.

Aber ich beabsichtige nicht, die historische Untersuchung an diese Fragen zu binden oder die Geschichte lediglich zur Überprüfung von Hypothesen zu verwenden. Die Sozialgeschichte hat ihre eigenen Bedingungsgefüge und ihre eigenen Aussagen, die erst durch die Entschlüsselung dieser Zusammenhänge erkannt werden können. Die Zusammenhänge aufzudecken und ihre Bedeutung zu interpretieren – im Hinblick auf die Frage, was sie über sich ändernde Vorstellungen von Ungerechtigkeit und über die Ursachen dieser Änderungen besagen – wird unsere zentrale Aufgabe in Teil II dieses Buches sein.

Im folgenden will ich aufzeigen, wie diese Prozesse sich bei den deutschen Arbeitern während des Übergangs von handwerklichen Lebensformen zu denen des fortschreitenden Industriekapitalismus entwickelten. Aus schon erwähnten Gründen wird sich die Behandlung dieses Themas, soweit die Daten es erlauben, auf das Leben und die Gefühle normaler Arbeiter konzentrieren und die Geschichte der organisierten politischen und ökonomischen Bewegungen außer acht lassen, es sei denn, daß sie offenbaren, was solchen Menschen widerfuhr. Es wird sich auch in keiner Weise um eine komplette historische Betrachtung handeln. Statt dessen wird sich die Interpretation auf drei wichtige Krisenabschnitte konzentrieren. Dieses Vorgehen ist gerechtfertigt, weil im Leben von Gesellschaften wie von Individuen Krisen die Grundzüge des sogenannten normalen Verhaltens erhellen, besonders wenn man sowohl die Vorstufen als auch die Folgen der Krisen betrachtet.

Die erste Krise ist die Revolution von 1848, die den Kampf zwischen vorkapitalistischen und kapitalistischen Denk- und Handlungsweisen enthüllt. Die zweite ist der Ausbruch des Ersten Weltkrieges, ein Ereignis, das die Kräfte für und gegen die Integration der Industriearbeiter in die spezifische, in Deutschland bis 1914 herangewachsene Variante des fortgeschrittenen Kapitalismus scharf hervortreten läßt. Die dritte Krise ist die revolutionäre Phase nach dem Ersten Weltkrieg. Zu diesem Zeitpunkt gewann ein Teil der deutschen Arbeiter politische Macht. Aber die Politik, die sich ihre Führer zu eigen gemacht hatten, trieb, gemeinsam mit anderen Faktoren, einen substantiellen Teil der Industriearbeiterschaft in offene Revolte, und sie stellte die stärkste Annäherung an eine proletarische Revolution dar, die bis heute in einem fortgeschrittenen Industrieland erreicht wurde. Den Krisen vor und nach dem Ersten Weltkrieg habe ich besondere Kapitel über die sozialen Trends an der Ruhr, dem industriellen Herz Deutschlands, gewidmet. Ohne einige Kenntnis der dortigen Geschehnisse ist es unmöglich, überhaupt zu einer haltbaren Einschätzung des Lebens und der Politik der deutschen Arbeiterklasse zu gelangen.

Um den Hintergrund des Wechsels im Leben der deutschen Arbeiter des 19. und frühen 20. Jahrhunderts aufzuzeigen, möchte ich, daß der Leser mit mir einen Schritt zurück in das späte 18. Jahrhundert geht und die Bekanntschaft von Ulrich Bräker macht, dem Autor einer der frühesten Autobiographien eines armen Mannes, die ich kenne. Bräker, 1735 in dem kleinen Schweizer Alpenort Wattwil geboren, begann sein Leben als Bauer und wurde dann, der Reihe nach, Zwangsrekrut in den Armeen Friedrichs des Großen, Arbeiter in einem Salpeterwerk und Weber in einem Verlagssystem. Er machte also dieselben Erfahrungen wie viele andere mitteleuropäische Landleute in der sehr frühen Phase der Industriellen Revolution. Seine Erfahrungen und Reaktionen waren keineswegs unbedingt typisch. Tatsächlich wissen wir nicht wirklich, was in diesem Zusammenhang typisch heißen könnte. Gleichwohl sind seine Reaktionen für die Zwecke dieser Untersuchung besonders wichtig, weil sie zeigen, daß empfundene Härten in diesem besonderen historischen und gesellschaftlichen Kontext *keine* feindliche oder kritische Reaktion auf die Gesellschaftsordnung hervorriefen. Aus der Art, wie Bräker auf Not und Leiden reagierte, ist es möglich, einiges von dem abzuleiten, was den Menschen der Unterschichten widerfahren mußte, bevor sie überhaupt bereit waren, auf die Welt um sie herum feindselig zu reagieren.

Es ist nicht nötig, all die natürlichen und unnatürlichen Abenteuer des »Armen Mannes im Tockenburg«, wie Bräker bei der Nachwelt hieß, zu erzählen.[1] Statt dessen will ich die Aufmerksamkeit auf einige seiner eigenen Erklärungen für seine verschiedenen Mißgeschicke und für seine Reaktionen darauf lenken. Trotz allen Unglücks und aller Ungerechtigkeiten, auf die er stieß und die er als Ungerechtigkeiten erkannte, scheint ihm der Gedanke an Revolution nicht im entferntesten in seinen ebenso klugen und fast unheilbar heiteren wie tief religiösen Schweizer Kopf gekommen zu sein.

Gleich zu Beginn seiner Lebensgeschichte erklärt Bräker mit großem Stolz, daß es unter seinen Vorfahren und Verwandten, trotz schlimmer Armut, keine Diebe, Kriminelle, Gotteslästerer, Wüstlinge, Verleumder, Flucher – oder andere Arten von Fehlverhalten, für die sein Repertoire an Beinamen in der Tat umfassend ist – gegeben hat. Bräker war kein Verfechter einer Gegenkultur oder Gegenmoral. Es gibt kaum eine Andeutung für Schelmenhaftes in seiner Lebensgeschichte, obwohl er während seines Zwangsdienstes in der Armee Friedrichs des Großen mit recht schelmenhaften Charakteren zusammengeworfen worden sein muß. Vielleicht ist dieser Kontakt ein Grund für seine vehemente Ablehnung dessen,

1 Seine Autobiographie wurde 1879 zuerst in Zürich unter dem Titel: *Lebensgeschichte und natürliche Ebentheuer des Armen Mannes im Tockenburg* veröffentlicht; spätere Ausgaben liefen unter dem gekürzten Titel: *Der Arme Mann im Tockenburg*. Ich selbst habe die Reclam-Ausgabe (Stuttgart 1965) benutzt. Zu weiterem Hintergrundmaterial vgl. Rudolf Stadelmann und Wolfram Fischer, *Die Bildungswelt des deutschen Handwerkers um 1800: Studien zur Soziologie des Kleinbürgers im Zeitalter Goethes*, Berlin 1955, bes. S. 25 f., S. 133-136. Bräkers Erfahrungen differieren von denjenigen in den dichter besiedelten Gebieten um Zürich, die von Rudolf Braun beschrieben wurden. Vgl. *Industrialisierung und Volksleben: Die Veränderungen der Lebensformen in einem ländlichen Industriegebiet vor 1800*, Erlenbach-Zürich 1960.

was er als unter ihm stehendes, unmoralisches Gesindel empfand. (Der Begriff Proletariat sollte noch für lange Zeit keine Geltung gewinnen.) Ganz eindeutig hatte er Angst, und dies mit gutem Grund, in dieses Gesindel, diese Ausgestoßenen der Gesellschaft in der Mitte des 18. Jahrhunderts, abzusinken. Er sah in dieser Aussicht eine gleichermaßen moralische wie materielle Katastrophe.[2]

Obwohl stark mit den Launen der Natur verflochten, war der Hauptfaktor, der bestimmte, ob eine solche Katastrophe eintrat, das Funktionieren des Marktes durch Schulden. Diese Situation herrschte sogar in diesem entlegenen Alpendorf. Als er noch Junge war, nahm das Leiden für Ulrich Bräker die Form von häufigem Hunger und unaufhörlicher körperlich schwerer Arbeit auf dem Ackerland seines Vaters an, das im Winter mit tiefem Schnee bedeckt war. Aber die gesellschaftliche Seite des Unglücks war ebenfalls vorhanden. Sein Vater mußte sein Eigentum wegen Schulden verkaufen und an einen anderen Ort ziehen. Für den Jungen waren die gesellschaftlichen und physischen Aspekte kaum zu unterscheiden, was ja auch in der Tat schwierig gewesen wäre. Krankheit in der Familie, was einen unproduktiven Mitesser bedeutete, oder Krankheit beim Vieh oder eine schlechte Ernte wegen schlechten Wetters konnte den Ruin bedeuten. Die einzige Antwort darauf, die Ausweg versprach, war, noch härter zu arbeiten und den Gürtel noch enger zu schnallen.

Als Junge lernte Ulrich Bräker diese Lektion sehr früh. Einmal überredete er seinen Vater dazu, ihm ein Stück Land zu geben, um zu sehen, was er von sich aus daraus machen könnte. Gutmütig, wie er war, ließ sein Vater ihn dies versuchen. Das Experiment schlug zwar fehl, aber es war doch ein Zeichen für den unabhängigen Geist des Jungen, der ihm durch schwere Prüfungen im Erwachsenenleben hindurchhelfen sollte. Seine Heirat war eine sorgfältig geplante ökonomische Maßnahme und in diesem Sinne auch erfolgreich, wenn auch nicht bezüglich der menschlichen Ge-

2 Wie im nächsten Kapitel deutlich wird, war diese Angst bei den Zunftmitgliedern im Deutschland des 19. Jahrhunderts allgemein verbreitet. Aber in Bräkers Fall ergab sie sich nicht aus Erfahrungen in einer Innung, denn in Wattwil gab es keine. Die Angst, hinabgestoßen zu werden, war in jedem Fall weit verbreitet. Sie hatte eine stark religiöse Färbung und wahrscheinlich auch einen religiösen Ursprung.

meinsamkeit; er sah eine Kosten-Nutzen-Rechnung klar voraus und akzeptierte deren Konsequenzen in aller Heiterkeit.
Als Bräker heranwuchs, traten die gesellschaftlichen Seiten und Ursachen von Glück und Unglück viel stärker hervor, wenn auch die natürlichen und physischen Ursachen keineswegs verschwanden. Es wäre nichts damit gewonnen, über alle Höhen und Tiefen seiner wirtschaftlichen Laufbahn zu berichten. Nur einige allgemeine Punkte verdienen unsere Aufmerksamkeit. Ein Punkt ist die allgemeine, in dieser Gesellschaft vorherrschende Einstellung gegenüber Schulden. Bräker gibt einige sehr lebendige Schilderungen der Art, wie sich die Nachbarn über die Schulden der jeweils anderen informierten, während sie heuchlerisch vortäuschten, deren beste Freunde zu sein. Bräker hatte in der Tat schlechte Gefühle, wenn er versuchte, ausstehende Schulden einzutreiben, und feststellte, daß seine Schuldner ihre wertvollen Besitzstücke versteckt hatten. Die Wattwiler waren offenbar durch ein Netz von Schuldverhältnissen miteinander verkettet, über das informiert zu bleiben notwendig war. Daher das ewige Tratschen über die wirtschaftlichen Verhältnisse der anderen Einwohner.
Schuldner und Gläubiger waren im Grunde genommen gleich. Das Fehlen jeder Figur von Autorität oder von Personen mit höherem oder niedrigerem Status in dieser Gemeinde fällt in der Tat ins Auge. Angesichts der Vermischung von physischen und gesellschaftlichen Ursachen des Unglücks, der rein physischen Notwendigkeit sehr harter Arbeit, um zu überleben, und schließlich der sehr indirekten Art, in der Außenseiter einen begrenzten ökonomischen Überschuß aus dieser Gemeinde zogen – eine Sache, auf die wir alsbald zurückkommen –, überrascht es kaum, daß es in Ulrich Bräkers Bericht und in seinem Philosophieren nicht einen Hauch von Revolte oder Umsturz gibt. Wenn er als Bauer in einem fruchtbaren Reisanbaugebiet der Welt geboren worden wäre, das raubgierigen Steuereintreibern oder Gutsherren unterstand, dann hätte dieses unternehmungslustige und ziemlich reizbare Individuum wahrscheinlich eine sehr andere Ansicht vom Leben entwikkelt.
Wie sich herausstellte, war das Eindringen von Marktverhältnissen für Ulrich Bräker am Ende ein Segen. Genauer gesagt, er war imstande, sie für sich in einen Segen zu verwandeln. Die Heimweberei unter dem Verlagssystem, die er anstelle der Arbeit im Salpeter-

werk übernahm, weil die Arbeit dort zu schmutzig und mühsam war, brachte ihm eine entscheidende Quelle zusätzlichen Einkommens, die es ihm erlaubte, zu heiraten und einen unabhängigen Hausstand zu gründen. Zu anderen Zeitpunkten seiner Laufbahn trieben, wie Bräker es sah, die *Kornjuden* zusammen mit schlechtem Wetter die Nahrungsmittelpreise in die Höhe, und er machte arge Schulden und hatte selbst Kreditprobleme. Bei solchen Gelegenheiten wandte sich seine Phantasie zur Flucht in eine Welt, die nichts mit Baumwolltextilien zu tun hatte. Dann, 1779, begann er für einen *Fabrikanten* in Glarus Baumwolltücher zu weben, wodurch sich seine wirtschaftliche Situation schnell besserte. Als jedoch 1785 ein französisches Edikt den Import von Baumwollfabrikaten verbot, war dies für ihn ein weiterer harter Schlag. Zu dieser Zeit, vier Jahre vor dem Ausbruch der Französischen Revolution, hatte die »Weltwirtschaft« des sich entwickelnden Kapitalismus den isolierten, schneebedeckten Weiler Wattwil erreicht und veränderte das Leben Ulrich Bräkers – ebenso wie das tausender anderer gleich ihm.

Ulrich Bräker hat nicht sein ganzes Leben in dem relativ egalitären Weiler Wattwil verbracht. Während seines, im wesentlichen unfreiwilligen Besuchs der Außenwelt lernte er die härteren wie die milderen patriarchalischen Formen der Autorität des 18. Jahrhunderts kennen. Wie er damit fertig wurde, ist soziologisch wie psychologisch aufschlußreich. Die Grundeinstellung zur Autorität, die er durch die Beziehung zu seinen Eltern – und besonders zu seinem Vater – erwarb, scheint warm und sehr vertrauensvoll gewesen zu sein, mit einem Anflug von rebellischem Wetteifer, wie die Episode mit dem Stück Land zeigt. Auch hatte er keine Erfahrung mit den Lebensweisen der großen Welt.

Sein Weggang von zu Hause als Jugendlicher fand sehr zögernd statt und war notwendig, weil seine Familie in größter wirtschaftlicher Not war. Einige Dorfbewohner überredeten Bräkers Vater, seinen fast erwachsenen Sohn mit ihnen auf eine Reise zu schicken, wo sie ihm zeigen würden, wie er sein Glück machen könne. In Wahrheit planten sie, ihn an einen Werber für das Heer Friedrichs des Großen zu verkaufen. Das war Bräkers erste Enttäuschung, seit er von zu Hause fort war. Aber der Schlag war nicht zu hart, zumindest am Anfang nicht. Dem Armeewerber, einem Edelmann – oder einem, der wie ein Edelmann lebte –, gefiel Bräker, und er nahm ihn als Diener zu sich; es war eine komplette Stelle mit Uniform, Unterkunft und Verpflegung. Bräker fand diese Situation recht erfreulich. Er wurde ziemlich gut behandelt und hatte Gelegenheit, die Vernügungen im Stadtleben der Oberschicht kennenzulernen, so wie sie sich im Leben eines Dieners widerspiegelten. Diese Vergnügungen, behauptet er, habe er im großen und ganzen abgelehnt, was teilweise sogar wahr sein könnte, auf jeden Fall aber unwichtig ist, weil diese Halbidylle bald endete. Unter dem Druck, Güter in Form von lebenden Rekruten zu liefern, brach Bräkers Herr sein Versprechen, Bräker zu behalten, und übergab ihn an Armeevertreter. Diese unterwarfen ihn bald militärischer Disziplin und begannen, ihn als Soldat auszubilden.

Für Bräker war dies eine traumatische Erfahrung: Der einfache Bauernbursche, der sein Heimweh nicht einmal während des angenehmen Dienerlebens ganz überwunden hatte, fand sich nun in einer fremden Garnison der brutalen Disziplin der preußischen Armee unterworfen wieder. Als er sich sein Schicksal vergegenwärtigte, war seine erste, sofortige Reaktion, an die Autorität zu appellieren. Er dachte, er könnte zuerst an den König von Preußen appellieren, dann an den Major, seinen Vorgesetzten. So phantastisch uns diese Idee erscheinen mag, sie ist doch einigermaßen sinnvoll. Flucht schien zu diesem Zeitpunkt unmöglich. Die Erfahrungen, die er bisher mit der Autorität gemacht hatte, waren im allgemeinen günstig. Unter diesen Umständen zeigt der Appell an einige vermutlich geteilte Maßstäbe von Gerechtigkeit und Moral eine natürliche, wenn auch irrtümliche Reaktion, die viele Male vor und nach den Tagen Ulrich Bräkers vorgekommen ist. Als er schließlich erkannte, daß sein Schicksal feststand, war seine einzige Schlußfolgerung, daß dies eben der Lauf der Welt sei. »Die großen Tiere setzen solche Suppen auf«, hat er sich selbst, wie er berichtet, gesagt, »und die kleinen Fische müssen sie essen.«

Kurz danach gelang es ihm, den »Edelmann« ausfindig zu machen und zu sprechen, der ihn an die preußische Armee verkauft hatte. Seine Reaktion in diesem Fall war die Ambivalenz in Person. Er brachte es nicht über sich, seinen Zorn gegenüber einer Autoritätsperson auszudrücken, die ihn betrogen, aber auch mit väterlicher Freundlichkeit behandelt hatte. *En miniature* enthüllte er die klassische Blockierung einer revolutionären Reaktion.

Seine Erfahrungen als Soldat sind zwar äußerst interessant, doch müssen wir schnell darüber hinweggehen. Natürlich hatte er nicht die geringste Ahnung, worum es in diesem Krieg ging, noch hatte er irgendeinen Grund, dies in Erfahrung zu bringen und sich darum zu kümmern. Die Disziplin war hart; das Lagerleben und die Schlachten beschreibt er lebendig, von einem Standpunkt aus, der nur selten seinen Weg in die Geschichtsschreibung findet. Sein einziges Ziel war es, eine Möglichkeit zur Flucht zu finden und in sein geliebtes Wattwil heimzukehren. Im Laufe der Schlacht von Lobositz am 1. Oktober 1756 gelang es ihm, die Truppe zu verlassen. Von dort aus brachte er es irgendwie fertig, zu Fuß nach Prag zu gelangen und von Prag aus, in Gesellschaft einiger anderer Schweizer, zurück in sein Heimatdorf. All dies zu Fuß, der für ihn einzigen Möglichkeit zu reisen, und in der Uniform eines preußischen Soldaten. In seinem Bericht deutet nichts darauf hin, daß das eine ziemlich bemerkenswerte Leistung gewesen sein muß. Die Erzählung bietet ein anschauliches Beispiel für das, was zu allen Zeiten eine der häufigsten und wirkungsvollsten Reaktionen des gemeinen Mannes auf Unterdrückung gewesen ist: die Flucht.

Hier können wir Ulrich Bräker mit der Frage verlassen, was wohl geschehen müßte, um aus einem Ulrich Bräker einen Revolutionär zu machen. Zunächst müßte die Idee dazu zugänglich, d. h. sie müßte Teil des ihm vertrauten kulturellen Reservoirs an möglichen Reaktionen sein. Zweitens müßten die Ursachen seines Unglücks als konkrete Menschen erscheinen, nicht als Aspekte einer mehr oder weniger unvermeidlichen Ordnung der Dinge, wie es die Mischung von Marktzwängen und der äußeren Natur war, mit der Ulrich Bräker konfrontiert wurde. Um zu handeln, hätten noch zwei weitere Bedingungen erfüllt sein müssen. Erstens: die Aussicht auf Flucht und auf das Entrinnen in eine überlieferte Form von Sicherheit müßte unmöglich erscheinen. Auch müßten Erfahrungen im Laufe der Entwicklung es ihm ermöglichen, seine liebevolle Abhängigkeit von einer paternalistischen Autorität zu überwinden oder in ihm eine sehr andere Einstellung gegenüber Autoritätspersonen schaffen.

Zweifellos gibt es andere Faktoren, die durch eine weitere Analyse seines Falles oder anderer Fälle aufgedeckt werden könnten. Aber dies reicht im Augenblick aus. Auch wenn er zufällig ein Deutsch-Schweizer war, so war Ulrich Bräker doch ein historischer Vorfahre vieler armer deutscher Städtebewohner von 1848. Bis dahin waren, im Laufe der Jahre seit der Desertion Ulrich Bräkers aus der preußischen Armee, mehrere der für eine Revolte notwendigen Bedingungen in Erscheinung getreten. Um 1848 schien den deutschen Städtern ein großer Teil des menschlichen Elends erkennbare menschliche Ursachen zu haben, so bitter die Argumente, was die eigentlichen Ursachen dafür seien und was gegen sie zu tun sei, auch werden mochten.

Fünftes Kapitel
Deutsche Arbeiter in der Revolution von 1848

1. Vorbemerkung

Die Entstehung einer modernen kapitalistischen Industriegesellschaft in Westeuropa brachte Wandlungen im impliziten Gesellschaftsvertrag hervor, die die Folge eines Konflikts zwischen den Trägern und Wortführern der alten und neuen Prinzipien gesellschaftlicher Ungleichheit waren. Dieser Konflikt fand statt zwischen den Prinzipien gesellschaftlichen Ranges, die auf Geburt und Zumessung beruhten, und Prinzipien, die sich auf gewissen Formen von Verdienst und Leistung stützten.

Das wesentliche Merkmal des *ancien régime* in West- und Mitteleuropa war die Ständeordnung. Wie bei vielen Systemen mit gesellschaftlicher Ungleichheit waren auch hier die Charakteristika am deutlichsten an der Spitze der gesellschaftlichen Pyramide zu finden, die sich aus den zwei wichtigsten Ständen, dem Klerus und dem Adel, zusammensetzte. Die Bürger als dritter Stand stellten eine Restkategorie dar, die sich auf unbestimmte Weise hinunterzog bis zu einer vagen Linie, welche respektable Mitglieder der Gesellschaft von solchen trennte, die nicht respektabel waren. Es scheint, daß in den deutschsprachigen Teilen Europas der Aufbau der Gesellschaft auf der Grundlage festgelegter Ordnungen weiter herunterreichte. Zusätzlich zu der vertrauten und konventionellen Unterscheidung zwischen den drei Ständen, demjenigen der kämpft, dem, der lehrt, und dem, der den Lebensunterhalt für die beiden anderen verschafft *(Wehrstand, Lehrstand, Nährstand)*, erwähnen deutsche Quellen häufig auch noch den *Bürgerstand* (d. h. die Vollbürger der Städte), den *Bauernstand* und in neuerer Zeit auch einen *Arbeiterstand*.

Die europäische Ständeordnung war selbst in der Theorie keine festgeschriebene Ordnung, in der jeder einzelne in eine Gruppe hineingeboren wurde, deren männliche Mitglieder eine gesellschaftliche Funktion ausübten. Man wurde nicht als Mitglied des Klerus geboren; man wurde es, auch wenn in der Praxis der Zugang zu den höheren Rängen zum größten Teil den Angehörigen adliger Familien vorbehalten war. Aber die Zumessung spielte eine

erhebliche Rolle, und zwar in dem Sinn, daß der einzelne in eine Gesellschaftsschicht hineingeboren wurde, von deren männlichen Mitgliedern erwartet wurde, daß sie diese oder jene und keine andere Funktion ausübten. Auch wenn diese Funktionen in ihrem Rang oder im allgemeinen Ansehen nicht gleich waren[1], so hielt man doch jede gesellschaftliche Funktion für das Gemeinwesen für unerläßlich, und hierdurch erhielt sie ihre eigene bestimmte Form von Ehre und Ansehen. Dies scheint besonders für die deutschen Länder zuzutreffen, wo die Quellen sehr oft von Standesehre sprechen. Mit ›Ehre‹ war hier der Stolz auf die Erfüllung der je spezifischen gesellschaftlichen Aufgabe gemeint, selbst wenn sie eine relativ niedere war. Die Ehre implizierte auch einen angemessenen Lebensstil, besonders im Hinblick auf Dinge wie Wohnung, Kleidung, Nahrung, Manieren, aber auch hinsichtlich ethischer Vorstellungen und eines allgemeinen Charakters innerhalb der Gesellschaft. Der Zweck ökonomischer Produktion, dessen mühselige Seiten den niederen Ständen zufielen, war in der Tat die Versorgung mit Gütern und Dienstleistungen, die notwendig waren, um jeden Lebensstil und die durch ihn der Gesamtgesellschaft präsentierte Form gesellschaftlicher Ehre zu gewährleisten.
Obwohl es einige Mobilität gab, wirkten doch strenge Sanktionen dem Versuch des einzelnen entgegen, gesellschaftliche Funktionen wahrzunehmen, die einem anderen Stand oblagen. Ein solcher Versuch bedeutete eine Verletzung der Standesehre. Der Druck, Auf- wie Abwärtsbewegungen zu verhindern, war gleichermaßen stark, wobei die Sanktionen ebenso von den Mitgliedern des eigenen Standes wie vom über- bzw. untergeordneten Stand ausgingen. Die Annahme einer untergeordneten Tätigkeit durch jemanden aus einem höheren Stand war gleichzeitig eine Form unlauteren Wettbewerbs und eine Verletzung der natürlichen Ordnung. Bei weiten Teilen der deutschen Bevölkerung waren diese beiden Vorstellungen bis weit in die Mitte des 19. Jahrhunderts hinein schwer zu unterscheiden. Solche Gefühle waren Teil jener Volksströmung von moralischer Empörung, die in der Revolution von 1848 explodierte.

1 Das Ausmaß, in dem die Rangordnung in der Praxis allgemeine Zustimmung unter der Bevölkerung fand, stellt ein schwieriges Problem dar, bei dem wir uns nicht aufzuhalten brauchen.

Ein aufgeblasenes Ständesystem ist nur mit einer völlig statischen Wirtschaft vereinbar. Dies trifft zu, auch wenn alle Gesellschaften, einschließlich der kapitalistischen und sozialistischen Varianten des Industrialismus, deutlich sichtbare Tendenzen zeigen, sich auf ein Ständesystem zuzubewegen. Diese Tendenzen rühren von den Bemühungen organisierter Gruppen, die das Tempo des gesellschaftlichen Wandels herabsetzen und seine Formen verändern wollen, um Bedrohungen ihrer Position innerhalb der gesellschaftlichen Ordnung abzuwehren. Auf der anderen Seite bringen dynamische Wirtschaftsgefüge ständig neue Beschäftigungen und neue Wohlstandsformen hervor, die die vorherrschende Übereinkunft in den gesellschaftlichen Rangfolgen umwerfen. Die Bürokratien des Absolutismus, die einen verlegenen Kompromiß zwischen mittelalterlichen und modernen Grundsätzen gesellschaftlicher und politischer Organisation darstellten[2], bewirkten einen bemerkenswerten Anstoß in dieser Richtung, um dann wieder revolutionären Bewegungen zu unterliegen. In Deutschland brach der Absolutismus erst in dem Debakel von 1918 zusammen. Aber auch dann war seine Niederlage unvollständig, da der bürokratische Apparat mit nur sehr geringfügigen Änderungen bis in die Weimarer Republik hinein weiterbestand. Auch wenn der Absolutismus wesentlich zum Sieg der neuen Prinzipien beitrug, so kam der wichtigste Impuls doch von den Handel und Manufaktur betreibenden Klassen, genauer gesagt, von deren intellektuellen Wortführern.[3] Die »bourgeoise« moralische Empörung im 18. und frühen 19. Jahrhundert resultierte aus (1) dem Stolz auf die Ausübung relativ neuer gesellschaftlicher Funktionen, (2) aus der Verachtung für ältere gesellschaftliche Funktionen wie Krieg, dynastische Politik und die gesamte »parasitäre« aristokratische Lebensweise (eine Einstellung, die bei Adam Smith offen zu Tage tritt), (3) aus dem

2 Eine sehr erhellende Untersuchung der preußischen Variante und ihrer Bemühungen, die widerstrebenden Prinzipien von Verdienst und angeborenem Status miteinander in Einklang zu bringen, enthält die Arbeit von Hans Rosenberg, *Bureaucracy, Aristocracy und Autocracy: The Prussian Experience, 1660-1815*, Cambridge (Mass.) 1958.

3 Da die Manufaktur betreibenden Klassen (Klassen mit produktivem Kapital) hin und wieder in voller Stärke auf die Bildfläche traten, ist es anachronistisch, diesen Impuls als bürgerlich zu bezeichnen. Auch wenn es hilfreich wäre, für ihre historischen Nachfolger einen neuen Begriff zu finden, werde ich nicht versuchen, einen solchen zu kreieren.

Zorn über Hindernisse, die sich der Ausübung der neuen Funktionen entgegenstellten, und über das angebliche Ausbleiben hinreichender Entlohnung, eine Einstellung, die mehr im Frankreich des *ancien régime* vorherrschte. Der einzelne, der mit den Menschenrechten ausgestattet und von allen von der Vergangenheit ererbten »künstlichen« Statusfesseln befreit war, sollte sich mit anderen einzelnen messen und das Glück suchen, das er verdiente. Im wesentlichen blieb die gesellschaftliche Position eine Angelegenheit für die konkurrierenden Männer; von ihr leiteten die Frauen ihren Status durch Heirat und Abstammung ab. Mit einem Wort, Verdienst, nicht Geburt sollte den Status bestimmen.
Diese neue Moral, die neue Grundlage der gesellschaftlichen Ordnung, war zwar nicht ohne Vorläufer, stellte aber doch in ihrem Ausmaß und in der Art ihrer Anwendung eine genuine historische Neuheit dar. Sie war die Folge einer neuen Fähigkeit, den Bedürfnissen und Lebensproblemen in der menschlichen Gesellschaft gerecht zu werden, und sollte bald ihrerseits neue und quälende eigene Anforderungen stellen, die uns noch heute in starkem Maße beschäftigen.

2. Der Druck auf die Zünfte

Als Antwort auf diese Wandlungen und Herausforderungen artikulierte sich 1848 ein ansehnlicher Teil der unteren Stände in den deutschen Städten zum ersten Mal politisch. Wenn wir die Art und Weise verstehen wollen, in welcher sie sich selbst und die Gesellschaft um sie herum wahrnahmen und wie sie ihr eigenes Unglück diagnostizierten, so ist es notwendig zu begreifen, was in den gesellschaftlichen Verhältnissen, unter denen sie lebten, geschehen war. In diesen waren zu dieser Zeit die Zünfte im täglichen Leben der Stadtbevölkerung bei weitem am wichtigsten.
Die Zünfte stellten einen Teil der alten Ständeordnung dar. Auch wenn sie den Angriffen fortschrittlicher königlicher Bürokraten und natürlich denen der rechtgläubigen Sprecher der Handel- und Gewerbetreibenden Klassen – damals eines winzigen, fragmentierten, aber wachsenden Teils der deutschen Gesellschaft – ausgesetzt waren, so waren die Zünfte im Jahre 1848 doch sehr lebendig. Eine in der Tat ironische Konsequenz der 1848er Revolution war die gar

nicht so temporäre und insgesamt vielleicht nicht einmal »künstliche« Verlängerung ihrer Existenz.

Die Zünfte besaßen eine Reihe lokaler Monopole. In jeder größeren oder kleinen Stadt gehörten alle Mitglieder desselben Gewerbes, wie Metzger, Bäcker, Schneider, Schuhmacher, derselben Zunft an. Jeder Meister sollte eine begrenzte, aber ausreichende Kundenzahl haben. In Wirklichkeit funktionierten diese Dinge auf diese Weise nur selten, da eine Anzahl von Kunden, die in den Augen des Meisters ausreichte, nicht immer mit der Zahl übereinstimmte, die, von ihrem Verbraucherstandpunkt aus gesehen, adäquate Güter oder Dienstleistungen erhalten konnte. Aus diesem Grund war in das Zunftsystem von Anfang an ein beträchtliches Konfliktpotential eingebaut. Andererseits war ein wesentlicher Teil der Kunden eines jeden Meisters seinerseits selbst auch Mitglied einer Zunft, eine Situation, die Regelungen des Lebens und Lebenlassens, kurz: Solidarität zum Nutzen aller forderte.

Besonders zwei Regeln wurden energisch angewandt. Kein Zunftmitglied durfte in das ökonomische Territorium, die Funktionen oder Vorrechte eines anderen Zunftmitgliedes eindringen. Niemand, der nicht Zunftmitglied war, konnte innerhalb der Stadtgrenzen irgendeine wirtschaftliche Funktion ausüben, die zu einer Zunft gehörte. Geschah derlei, so brach bei den Zunftmitgliedern die heftigste moralische Empörung aus. Die Frevler wurden mit einer Vielzahl pittoresker Beinamen belegt: *Bönhasen*, *Pfuscher*, *Störer* usw. Die logische Begründung für diese Vehemenz war, daß solche Eindringlinge die Qualität der Handwerksarbeit senkten und dadurch die Ehre anständiger Zunftmitglieder gefährdeten. Die Vehemenz hinter diesem Widerstand gegen Eindringlinge war weit mehr als nur rein ökonomisch motiviert. Die Zunftehre implizierte ein Gefühl moralischer Anständigkeit und Reinheit, der Eindringling brachte einen Hauch von Befleckung, also von Bösem, das ausgemerzt werden mußte. Es gab noch weit mehr Möglichkeiten, wie man die Ehre der Zunftgenossen verletzen konnte, so zum Beispiel den Anwurf sexuellen Fehlverhaltens durch weibliche Mitglieder seiner Familie oder durch die direkte Methode, eine tote Katze in den Arbeitseimer eines anderen zu werfen. Nicht alles davon ist einem modernen Leser verständlich.[4] Doch ist es

4 Vgl. Wolfram Fischer, *Handwerksrecht und Handwerkswirtschaft um 1800:*

offenkundig, daß der Gedanke der Befleckung im Leben der Zunftmitglieder eine wichtige Rolle spielte.
Nun war Handarbeit nicht nur und vielleicht nicht einmal in erster Linie ein Weg, den Lebensunterhalt zu verdienen. Die Arbeit war von allen möglichen ethischen Regeln und Verboten überzogen. Auf diese Weise erschienen harte Arbeit und moralisches Verhalten, die eine strenge Kontrolle über menschliche Impulse verlangten, kraft allgemeiner Zustimmung, wenn auch nicht unbedingt allgemeiner Praxis, als die wesentlichen Voraussetzungen für Erfolg und gesellschaftliches Ansehen. Wie in so mancher primitiven Gesellschaft wurde die Bedeutung dieser Qualitäten während der Übergangsriten von einem Stadium des Lebens zum nächsten mit besonderem Nachdruck hervorgehoben. Im Leben eines Zunftgenossen gab es drei Etappen. Am Anfang stand die Lehre, dann folgte die Gesellenzeit, die dritte und letzte war die des Meisters. Nur durch ausdauernde und ehrbare Arbeit konnte der aufstrebende junge Mann erwarten, diese Etappen erfolgreich zu durchlaufen und als Zunftmeister ein ehrenwerter und angesehener Bürger der Stadtgemeinde zu werden. Von dieser Norm gab es zweifellos viele Abweichungen. Aber diese Abweichungen erweckten Groll, moralische Empörung und ein Unrechtsgefühl, besonders dann, wenn jemand anderes sie betrieb.
Damit gerieten die traditionellen Moralvorstellungen der Zünfte in heftigen Konflikt mit der neuen Moral des anonymen Marktes, die nach dem Ende der Napoleonischen Kriege auf immer bedrohlichere Weise überhand zu nehmen begann. Sicherlich konnte man sich bis zu einem gewissen Grad in dem Nachdruck, den man auf harte Arbeit und Selbstkontrolle als Wege zu Erfolg und Ansehen legte, treffen. Doch hörte die Ähnlichkeit damit auch schon auf. Die Ethik der Zünfte widersprach aufs heftigste dem Wettbewerb und dem freien Eintritt in Berufe, die allein Angebot und Nachfrage unterworfen waren. Außerdem war die Zunftethik Kollektivethik. Die neue kapitalistische Ethik war individualistisch. Sie betonte vor allem die Vorzüge des Wettbewerbs, die freie Beschäftigungswahl. Das gesellschaftliche Ansehen des einzelnen sollte durch sein Verhalten auf dem Markt errungen oder verspielt wer-

Studien zur Sozial- und Wirtschaftsverfassung vor der industriellen Revolution, Berlin 1955, S. 52 f.

den. Vielen Zunftmeistern galten solche Vorstellungen als unmoralisch und höchst unheilvoll.
Wie bereits früher bemerkt, waren die Zünfte ein Teil im Gefüge gesellschaftlicher Arrangements, das nur in einer relativ statischen Wirtschaft funktionieren konnte. Praktisch bedeutete dies eine Wirtschaftsform, in der Produktion und Konsum im Bereich der Grundbedürfnisse weitgehend eine lokale Angelegenheit waren und von einer Reihe einigermaßen unabhängiger Einheiten getragen wurden. Auch war es eine Wirtschaft, in der der Austausch über weite Entfernungen hinweg auf einige wenige Waren – im wesentlichen Luxuswaren – beschränkt war. Auf einigen Gebieten, wie zum Beispiel dem Getreideanbau für den Export durch die Junker, hatten diese Verhältnisse schon im 16. Jahrhundert zu schwinden begonnen. Um 1848 waren sie weithin abgetragen.
Im Vergleich zum England dieser Zeit war Deutschland ein sehr rückständiges, verschlafenes Konglomerat von Kleinstaaten oder Fürstentümern plus Preußen und Österreich. Seine nationale Identität mußte sich erst noch herausstellen. Aber im Vergleich zu seiner eigenen Vergangenheit – und das war es, was für die meisten Menschen von Bedeutung war – machte es weitreichende und wichtige Veränderungen durch. Diese lassen sich auf drei miteinander verbundene Ursachen zurückführen: ein schnelles Bevölkerungswachstum, das Eindringen des Fabriksystems einmal in Form der Begründung deutscher Fabriken, zum anderen durch die Verbreitung von Fabrikwaren englischer Herkunft in Konkurrenz zur einheimischen Produktion, schließlich die Politik der Regierungen. Somit gab es eine kombinierte Unterstützung für einige ökonomische Aspekte der Modernisierung, gemeinsam mit dem Versuch der Repression aller Schattierungen ihrer dem 19. Jahrhundert gemäßen politischen Entsprechungen: konstitutionelle Monarchie, repräsentative Regierung, freie Meinungsäußerung. Diese politischen Fragen betrafen freilich vor allem die gebildeten und artikulationsfähigen Klassen.
Was die arbeitenden Männer und Frauen betraf, so hatte die Gesetzgebung – zusätzlich zum Zolltarif – das Ziel, die Monopolmacht der Zünfte zu brechen und für jeden einzelnen Gelegenheiten zu schaffen, sich ohne Genehmigung einer Zunft oder das Durchlaufen der Stadien von Lehrling, Geselle und anerkanntem Meister, seine eigene Beschäftigung zu wählen. In diesem Punkt

variierte die Politik von einem deutschen Staat zum anderen und schwankte auf verwirrende Weise hin und her. Schon im 17. Jahrhundert gab es Versuche, die Macht der Zünfte zu beschränken. Aber der erste wirkliche Einbruch in das alte System trat erst in der Folge der Französischen Revolution und der französischen Besetzung auf. Auch danach wurde die gesetzliche Lage nicht einheitlich, nicht einmal in den preußischen Territorien. *Gewerbefreiheit* existierte zwar in vielen Gebieten, aber nicht in allen. Im Jahre 1845 wurde die *Gewerbefreiheit* noch einmal beschränkt.[5] Es ist in diesem Zusammenhang wichtig, sich daran zu erinnern, daß es auch im Zunftsystem eine gewisse Berufswahl gab, da ein junger Mann zu jedem Zunftmeister in die Lehre gehen konnte, wenn er von diesem akzeptiert wurde und wenn seine Eltern sich mit ihm über die Abmachungen und den Lohn einigten. Alles in allem bestand die Hauptwirkung der Gesetzgebung zugunsten der *Gewerbefreiheit* wohl darin, daß sie für alles, was in der Wirtschaft unter dem Druck neuer und oft unbegreiflicher Kräfte fehlzugehen schien, eine einfache Erklärung liefern konnte und ein einfaches Ziel bot.

Wichtige Unterscheidungsmerkmale zwischen alten und neuen gesellschaftlichen Formierungen unter den Arbeitern in den Städten begannen schon vor 1848, die Aufmerksamkeit der zeitgenössischen Beobachter auf sich zu ziehen. Theoretisch hatte die Unterteilung innerhalb der Zünfte in Lehrlinge, Gesellen und Meister eher Altersstufen oder Stadien im Lebenslauf repräsentiert als irgend etwas, was wir soziale Klassen nennen könnten. In einem sehr weiten Ausmaß war dies auch noch 1848 der Fall. Aus Gründen, auf die wir gleich noch zurückkommen werden, war die Situation jedoch dabei, sich auf Klassenunterschiede hin zu entwickeln, und dies besonders für die Gesellen. Außerdem erwuchsen neue Formen von Arbeitsbeziehungen, und althergebrachte

5 Eine geraffte Darstellung dieser Vorgänge enthält Rudolf Stadelmann und Wolfram Fischer, *Die Bildungswelt des deutschen Handwerkers um 1800: Studien zur Soziologie des Kleinbürgers im Zeitalter Goethes*, Berlin 1955, S. 107 f. Einen längeren Zeitraum deckt die dennoch recht hilfreiche Arbeit von Heinrich August Winkler, *Mittelstand, Demokratie und Nationalsozialismus*, Köln 1972, ab; vgl. dort die S. 40-43. Zu den frühen Beziehungen von Zünften und Staat vgl. Kurt von Rohrscheidt, *Vom Zunftzwang zur Gewerbefreiheit*, Berlin 1898.

Formen breiteten sich aus, beides außerhalb und im Wettbewerb zu den Zünften.

Eine davon war die *Fabrik.* Dr. F. W. C. Dieterici, der Leiter des Preußischen Statistischen Bureaus, definierte 1848 Fabriken als Einrichtungen, in denen Güter in großen Anlagen fabriziert werden, *auch* diejenigen, in denen Arbeiter *nicht* in größeren Einheiten zusammengefaßt werden, sondern an verschiedenen Stellen unter der Leitung eines *Fabrikanten* oder Geschäftsführers arbeiten, von dem sie Rohmaterial erhalten und dem sie die Endprodukte aushändigen.[6] Danach konnte eine Fabrik alles sein, von dem, was man heute als eine solche bezeichnen würde, über eine kleine Werkstatt mit einem halben Dutzend Beschäftigten bis hin zum Verlagssystem. Was die Fabriken von den Zünften unterschied, war die Verwendung von angeworbener Arbeit, eine Unterscheidung, die sich andererseits um 1848 bereits zu verwischen begann, als sich die Beziehungen zwischen Meistern und Gehilfen quantitativ und qualitativ zu verändern begannen.[7]

Zusätzlich zur Ausbreitung des Kapitalismus hatte das Bevölkerungswachstum nachhaltige Folgen für die Zünfte. Die Zahl der Gesellen stieg, und das am meisten in den am höchsten entwickelten Gebieten, z. B. in Berlin. Im gesamten Königreich Preußen stieg zwischen 1816 und 1843 das Verhältnis von Meistern zu Gesellen und Lehrlingen von 100:56 auf 100:76. In Berlin erreichte dieses Verhältnis 1846 die Zahl 100:205.[8] Dieser Wandel bedeutete für die Gesellen und Lehrlinge eine Verminderung ihrer Aussichten, in Berlin oder in anderen großen Industriezentren Meister zu werden. Die oberste Spitze der »Beförderungsleiter« begann außer Sicht zu geraten, mit ihr der Sinn von so viel harter Arbeit.

Vor romantischen Vorstellungen über die Vergangenheit sollte man sich wohl hüten; dennoch gibt es Gründe auch für die Annahme, daß die alten patriarchalischen Beziehungen zwischen dem Meister und seiner Frau auf der einen und den Gesellen und Lehr-

6 F. W. C. Dieterici (Hrsg.), *Mittheilungen des statistischen Bureau's in Berlin*, Bd. I (1848), S. 150.

7 Vgl. Karl Abraham, *Der Strukturwandel im Handwerk in der ersten Hälfte des 19. Jahrhunderts und seine Bedeutung für die Berufserziehung*, Köln 1955, Kap. 1-4.

8 Zu den Angaben für 1843 siehe: *Ebenda*, S. 56; für 1846 siehe F. W. C. Dieterici (Hrsg.), *Mittheilungen . . .*, Bd. I, a. a. O., S. 70.

lingen auf der anderen Seite arg gelitten hatten. Zuvor hatten die Gesellen zum Haushalt des Meisters gehört, und der Meister und seine Frau waren für ihre moralische Erziehung ebenso verantwortlich wie für ihre Ausbildung in technischen Dingen. Die rein zahlenmäßige Zunahme derjenigen, die unter der Aufsicht des Meisters standen, der Motivationsverlust, der von den größer gewordenen Schwierigkeiten herrührte, den Rang eines Meisters zu erreichen, und schließlich auch die unsichere Position des Meisters selbst, in vielen Zünften jedenfalls, muß den Sinn für die Hingabe an die Arbeit und die Bereitwilligkeit, das Verlangen nach unmittelbaren Vergnügungen zu zügeln, geschwächt haben. Bevölkerungswachstum und Kapitalismus waren dabei, die Zünfte zu demoralisieren. Das Zunftleben als solches fing an, dem Leben in der Fabrik zu ähneln, und auch entsprechende Interessenkonflikte begannen aufzutreten.[9]

3. Das Proletariat

Als Folge des natürlichen Bevölkerungswachstums wie des Einsikkerns des Kapitalismus traten in Stadt und Land Menschenmassen auf, die nicht in herkömmlicher Weise in das traditionelle soziale Gefüge aufgenommen werden konnten. Dies war durchaus keine völlig neue historische Situation. Ähnliche Probleme hatten schon das Elisabethanische England schwer geplagt, und davor noch hatte die mittelalterliche Gesellschaft in England wie auf dem Kontinent offensichtlich einen substantiellen Bodensatz an Armut und Elend aufgewiesen. Dennoch besteht kaum ein Grund, daran zu zweifeln, daß das Problem in den Jahren vor 1848 akuter war und historisch neue Elemente von entscheidender Bedeutung an den Tag brachte. In den 40er Jahren des 19. Jahrhunderts kam der Begriff »Proletariat« als Teil eines vagen Bewußtwerdens dieser Veränderungen in den allgemeinen Sprachgebrauch. Sein Gebrauch war ungenau und dehnbar genug, um einer Vielzahl polemischer Absichten dienen zu können.

9 Karl Abraham, *Der Strukturwandel im Handwerk* . . ., a. a. O., S. 76, 90-94; F. W. C. Dieterici (Hrsg.), *Mittheilungen* . . ., Bd. II, a. a. O., S. 6-7, erläutert, wie sich Zünfte und Fabrik anglichen.

Dennoch bilden die folgenden Charakteristika wahrscheinlich das Kernstück für den um 1848 üblichen Sprachgebrauch und die darin ausgedrückten Auffassungen. Erstens konnten Proletarier ebensogut auf dem Land wie in Klein- oder Großstädten wohnen. Höchstwahrscheinlich waren die Unterschichten der ländlichen Bevölkerung viel größer als die der Städte. Zweitens waren die Proletarier entwurzelt, und es fehlte ihnen ein anerkannter oder zumindest ausreichend definierter Platz im bestehenden Statussystem. Gelegentlich beschrieb man sie als den Vierten Stand. Das ist vielleicht ein Grund, warum ein scharfsinniger zeitgenössischer Beobachter in Berlin in seiner Definition des »reinen Proletariats« diejenigen mit einschloß, die, um einige bescheidene Hoffnungen zu realisieren, sich den Wissenschaften, den Künsten oder der Pädagogik zuwandten. Andere, die er mit einbezog, waren Tagelöhner, wandernde Handwerksburschen, unabhängige Handwerker am Rande der Gesellschaft und kleine Händler.[10] Marginalität war ein anderes wichtiges Merkmal. Marginal waren die Proletarier in dem Sinne, daß sie in irgendeiner Form aus der traditionellen Rangordnung ausgestoßen zu sein schienen, ferner im Sinne von sehr großer Armut. In einem anderen Sinn des Wortes trennte sie auch ein schmaler Bereich von sehr schwerer wirtschaftlicher Not. Aber sie waren *nicht* marginal in dem Sinne, daß sie nur eine unbedeutende Rolle in der Wirtschaft gespielt hätten. Die oberen Klassen hingen von ihnen ab, da sie eine große Anzahl der für das Funktionieren der Wirtschaft notwendigen Aufgaben ausführten. Diese Aufgaben waren gleichzeitig schlecht bezahlt und erforderten wenig oder gar keine Ausbildung. Schließlich waren die Proletarier offensichtlich arm. Sie besaßen wenig oder gar kein Eigentum – in den meisten Fällen in den Städten sehr wahrscheinlich überhaupt keines. Sie mußten von schlecht bezahlter Arbeit leben. In aller Regel war ihre Beschäftigung sehr unregelmäßig und vom Auf und Ab eines unvorhersehbaren Konjunkturzyklus abhängig.

Die wichtigsten Variationen in den Definitionen und Vorstellun-

10 Friedrich Sass, *Berlin in seiner neuesten Zeit und Entwicklung*, Leipzig 1846, S. 249, vgl. auch S. 259 f. Auf S. 284 schätzt er die Proletarier auf 150 000 oder »ungefähr die Hälfte« der gesamten Stadtbevölkerung. Vgl. F. W. C. Dieterici (Hrsg.), *Mittheilungen* . . ., Bd. II, a. a. O., S. 4, wo für 1846 als Gesamtbevölkerung Berlins 408 000 angegeben werden.

gen vom Proletariat bezogen sich auf seine Rolle als potentielle Bedrohung in Form eines revolutionären städtischen Mobs und auf die Frage, ob diese Bedrohung die Folge des wachsenden Fabrikwesens war. In den Diskussionen gebildeter Kreise über die »soziale Frage« gab es viele, die das Anwachsen eines ländlichen Proletariats und das Fehlen jeder direkten Verbindung zwischen industriellem Wachstum und dem Aufkommen einer neuen gesellschaftlichen Schicht betonten.[11] Auf der anderen Seite gab es Autoren wie Dieterici, den Leiter des Preußischen Statistischen Bureaus, der in einer kurzen Abhandlung eine wirkliche proletarische Gefahr in Deutschland verneinte. Seiner Meinung nach konnte ein wirkliches Proletariat nur dort entstehen, wo es in einer Fabrik viele Arbeiter gab und diese sich an einer Arbeitsniederlegung beteiligten.[12] Dietericis Betonung einer Verbindung zwischen Fabrik und Proletariat ist bedeutsam, weil sie zeigt, daß diese Auffassung keineswegs auf Marx beschränkt war, sondern in den angesehensten Kreisen umlief.

Zeitgenössische Diskussionen über das Proletariat, die Eigentumslosigkeit und damit zusammenhängende Fragen spiegelten die Tatsache wider, daß während der ersten Hälfte des 19. Jahrhunderts in Deutschland ein Bevölkerungsüberschuß aufgetreten war. Es war ein Überschuß für diese besondere gesellschaftliche Ordnung und diesen besonderen Stand der technischen Entwicklung in diesem spezifischen Stadium der historischen Entwicklung. Im späten 19. Jahrhundert gab es ein wesentlich stärkeres Anwachsen der Bevölkerung ohne ernsthafte gesellschaftliche Schwierigkeiten. Dennoch war der größte Teil des Überschusses von 1848 eine Folge normalen biologischen Wachstums. Zu diesem Zeitpunkt gibt es

11 Carl Jantke und Dietrich Hilger (Hrsg.), *Die Eigentumslosen: Der deutsche Pauperismus und die Emanzipationskrise in Darstellungen und Deutungen der zeitgenössischen Literatur*, München 1965, enthält eine breite Auswahl der zeitgenössischen Diskussionen.

12 F. W. C. Dieterici (Hrsg.), *Mittheilungen* . . ., Bd. II, a. a. O., S. 10-11. Hohe Zölle und andere Maßnahmen künstlicher Produktionsanreize, die dem natürlichen Kapitalverkehr zuwiderlaufen, würden ein Proletariat schaffen. Geschäftstätigkeiten, die »natürlich« aufwachsen, würden dies niemals bewirken. Seine gesamte Position ist auf kuriose Weise eklektisch und läuft darauf hinaus, daß die Zünfte für den allgemeinen Frieden und zur Zufriedenheit in Deutschland ausreichten und dies auch weiter täten, würden sie durch die Regierung weder unterstützt noch behindert.

nicht viele Anhaltspunkte für institutionelle Zwänge oder Veränderungen wie die englischen Einhegungen des 18. und 19. Jahrhunderts, die Menschen aus ihrem vertrauten Platz in der gesellschaftlichen Ordnung warfen. Die zugrunde liegende deutsche Situation zu dieser Zeit war eher dadurch gekennzeichnet, daß für die angestammten Plätze am unteren Ende der sozialen Stufenleiter wegen der schnell wachsenden Bevölkerungszahl der Raum immer enger wurde. Bis zu diesem Zeitpunkt hatte sich nirgendwo neuer Platz aufgetan, um dem Mangel abzuhelfen. In dieser Hinsicht sollte dann auch nichts geschehen, bis die Industrialisierung nach der Reichsgründung von 1871 in voller Wucht um sich griff. Insofern kann man sagen, daß die Industrialisierung das Problem des Proletariats eher löste als schuf. Wie wir bei der Diskussion des politischen und sozialen Umbruchs der Jahre 1918-1920 sehen werden, gibt es zu diesem Problem noch einiges mehr zu sagen. Aber es ist richtig, daß die Industrialisierung in gewisser Hinsicht eine Lösung des Problems des frühen, vorindustriellen Proletariats darstellte.[13]

Auf dem Gebiet, das 1871 zum Deutschen Reich werden sollte, stieg die Bevölkerung von fast 25 Mio. im Jahre 1816 auf etwas mehr als 34 Mio. im Jahre 1845, also um mehr als ein Drittel. Während weiterer 29 Jahre, und zwar von 1881 bis 1910, stieg die Bevölkerung wiederum um 42 Prozent von etwa 45 Mio. auf etwa 65 Mio., diesmal ohne ernsthafte Debatten wegen einer Überbevölkerung und natürlich auch ohne eine revolutionäre Krise. Schon bis zu dieser zweiten Periode war Deutschland zu einer modernen Industrienation geworden.[14]

In der Periode davor hatte der starke zahlenmäßige Anstieg schwere Leiden hervorgerufen, deren Auswirkungen je nach geographischer Lage und sozialer Struktur differierten. In Südwestdeutschland, wo die Auswirkungen am schlimmsten waren, konnte es einem Bauern geschehen, daß sein Land nur fünf Personen zu ernähren vermochte, es in seiner Familie aber sieben gab. Dann blieb ihm kaum etwas anderes übrig, als die Ausgaben für

13 Siehe hierzu Werner Conze, *Vom ›Pöbel‹ zum ›Proletariat‹: Sozialgeschichtliche Voraussetzungen für den Sozialismus in Deutschland*, in: Hans-Ulrich Wehler (Hrsg.), *Moderne deutsche Sozialgeschichte*, bes. S. 123-128.

14 Die Angaben sind entnommen aus: *Statistisches Jahrbuch für das Deutsche Reich*, Bd. 35 (1914), Berlin 1914, S. 2.

Waren und Dienstleistungen der Handwerker in den Städten einzuschränken oder gar ganz einzustellen. Spätestens zu diesem Zeitpunkt mußte den örtlichen Schuhmachern klar werden, daß es für die Märkte, die sie erreichen und für sich beanspruchen konnten, zu viele Schuhmacher gab. Mittlerweile gerieten die Textilhersteller in Schwierigkeiten, sei es wegen der Konkurrenz englischer Waren, sei es durch Preußen, dessen landwirtschaftliche Interessen den Ausbau eines Transportnetzes und die Konsolidierung eines Niedrigzollgebiets, des Zollvereins, ermutigt hatten. Für diejenigen, die sich nicht weit vom Bodensatz der Gesellschaftsmasse befanden, war die Emigration als Ausweichmöglichkeit unerreichbar. Mack Walker hat das allgemeine Problem treffend umschrieben: In einer Beziehung gab es zu wenig Fabriken; in einer anderen zu viele.[15]

Wenn es zu wenig Fabriken gab, wie groß war dann das städtische Proletariat?[16] Diese Frage läßt sich trotz einiger recht guter Hinweise nicht leicht beantworten. Will man eine Vorstellung von den Größenordnungen gewinnen, wirft man am besten zunächst einen kurzen Blick auf die statistischen Angaben zur Arbeiterklasse insgesamt.

Zumindest für Preußen, den weitaus größten Staat in Deutschland mit einer Bevölkerungszahl von mehr als 16 Mio. im Jahre 1846 gegenüber einer Gesamtzahl von 34,4 Mio. im Jahre 1845 für die Gebiete, die das spätere Reich bilden sollten[17], ist es möglich, einen ungefähren Eindruck von der Größe der verschiedenen Bestandteile der arbeitenden Klassen und von deren Zuwachsraten während der etwa 30 Jahre vor Ausbruch der Revolution zu gewinnen. Die folgende Tabelle zeigt die zur Verfügung stehenden Zahlen.

15 Mack Walker, *Germany and the Emigration 1816-1885*, Cambridge (Mass.) 1964, S. 47-54, bes. S. 52/53.

16 Wenn die Definition des Proletariats *alle* Arbeiter meint und man zu diesen jene hinzufügt, deren Existenz marginal mit geringem Eigentum war, das eine gesicherte bürgerliche oder bäuerliche Existenz nicht zuließ, dann würde nach Werner Conze, *Vom ›Pöbel‹ zum ›Proletariat‹* . . ., a. a. O., S. 122, das Resultat mindestens 50 bis 60 Prozent der Bevölkerung umfassen. Aus noch auszuführenden Gründen glaube ich nicht, daß man alle Arbeiter mit einbeziehen kann.

17 F. W. C. Dieterici (Hrsg.), *Mittheilungen* . . ., Bd. I, a. a. O., S. 70; *Statistisches Jahrbuch* . . ., Bd. 35, a. a. O., S. 2.

Tabelle 1 Ansteigen der Arbeiterzahl (in tausend)

	1816	*1846*	*Prozentualer Anstieg*
Fabrikarbeiter aller Art	187	554	196
Zunftmeister und selbständige Personen	284 (1822)	410-449	44-58
Gesellen und Lehrlinge	179	346-379	93-112
Ungelernte (Handarbeiter)	880	1,470	67

Quellen: F. W. C. Dieterici (Hrsg.), *Mittheilungen des statistischen Bureaus in Berlin*, Bd. I (1848), S. 83; auf S. 70 gibt Dieterici für 1846 bei den »Zunftmeistern und selbständige Personen« ohne Erklärung die höhere Zahl an. Vgl. Bd. II (1849), S. 4, 13, 16.

Das auffallendste Merkmal der Tabelle ist die geringe Zuwachsrate der Zunftmeister und der schnelle Anstieg des Fabrikarbeiteranteils. Die Zahl der Gesellen und Lehrlinge, die in der Praxis oft schwer von Arbeitern – in dem, was dann Fabrik genannt wurde – zu unterscheiden waren, stieg fast doppelt so schnell wie die der Zunftmeister und Selbständigen, aber nicht so schnell wie die Gesamtzahl der Fabrikarbeiter. Diese Änderungen zeigen recht deutlich, in welcher Richtung die Tendenz des sozialen Wandels verlief.

Dennoch geben sie uns keine sehr zufriedenstellende Auskunft über den tatsächlichen Umfang des Proletariats bzw. des marginalen und verarmten Sektors. Dieterici (*Mittheilungen*, Bd. I [1848], S. 77) definiert diesen Sektor, der hier der der ungelernten Arbeiter *(Handarbeiter)* genannt wird, als Personen, die unabhängig von gewöhnlicher Arbeit leben, als Tagelöhner, Holzhacker, Straßen- und Eisenbahnarbeiter, Näherinnen, Waschfrauen und dergleichen. Sie machen in der Tabelle die größte Gruppe aus, und die meisten von ihnen könnten wahrscheinlich als Proletarier bezeichnet werden, weil sie in das traditionelle Wirtschaftssystem nicht vollkommen eingegliedert waren.

Die Arbeiter in den Fabriken stellen ein schwierigeres Problem dar. Nach Dieterichs (*Mittheilungen*, Bd. I [1848], S. 84) waren ihre Löhne zumindest in Berlin höher als die der Tagelöhner, und sie erfreuten sich einer relativen Sicherheit des Arbeitsplatzes. An anderen Orten bildeten die Arbeiter in den Maschinenbaubetrieben – die eigentlich eine Art zentralisierter Handwerkstätigkeit vollführten – hinsichtlich der Löhne und des Sozialprestiges eine Elite unter den Arbeitern. Aber unter den Fabrikarbeitern gab es scharfe Unterschiede nach Regionen wie nach Industriezweigen. In der Textilindustrie, wo die Zahl der beschäftigten Frauen und Kinder besonders hoch war, wurden die Arbeiter aus den ländlichen Gebieten angeworben, wo sie vor allem in der Heimindustrie beschäftigt waren. Auch im Bergbau und in der Stahlindustrie war der Bereich der Rekrutierung im wesentlichen das Land; in diesem Fall handelte es sich vorwiegend um frühere Leibeigene und ländliche Tagelöhner.[18] Karl Abraham zitiert für das Berlin der Jahre 1846-47, einer Phase extremer Not, Statistiken der Löhne und Arbeitsstunden, die beweisen, daß von allen männlichen Arbeitern die in den Fabriken beschäftigten die am schlechtesten bezahlte Gruppe von allen war.[19] Die akkurateste Einschätzung mag darauf hinauslaufen, daß die Fabrikarbeiter insgesamt in die neue Gesellschaftsordnung aufgenommen wurden, jedoch dicht bei deren unterster Sprosse.

Einen guten Hinweis darauf, wer die Proletarier waren, liefern die offiziellen preußischen Steuerangaben. In der Tat überrascht es zu erfahren, daß es zu jener Zeit in Preußen schon etwas gab, was einer progressiven Einkommensbesteuerung gleichkam. Die Steuer war in 12 Stufen eingeteilt. Offensichtlich zahlten diese Steuern sogar die Tagelöhner, von denen Dieterici annimmt, daß sie im Durchschnitt 100 Taler im Jahr verdienten.[20] Die unterste oder 12. Klasse setzte sich ausschließlich aus Personen ohne Eigentum zusammen. In ihrem Fall betraf die Steuer einzelne, nicht Haushalte. 1848 wurden dieser Klasse etwa 3,4 Mio. Personen zugerechnet.[21] Diese waren zweifellos Proletarier, gleichgültig, welche Definition man akzeptieren will. Bei einer Gesamtbevölkerung von ungefähr 16 Mio. ergäbe dies etwas mehr als ein Fünftel. Aber selbst die preußische Bürokratie wird kaum in der Lage gewesen sein, das *gesamte* Proletariat ausfindig zu machen und zu besteuern. Des-

18 Wolfram Fischer, *Soziale Unterschichten im Zeitalter der Frühindustrialisierung*, in: *International Review of Social History*, Bd. VIII (1963), S. 427 f.

19 Karl Abraham, *Der Strukturwandel im Handwerk* ..., a. a. O., S. 136 f. Näherinnen, Strickerinnen und Hutmacherinnen erhielten ungefähr die Hälfte des Lohns von männlichen Fabrikarbeitern.

20 F. W. C. Dieterici (Hrsg.), *Mittheilungen* ..., Bd. I, a. a. O., S. 105.

21 *Ebenda*, S. 111.

halb war dessen Anteil an der Gesamtbevölkerung wahrscheinlich wesentlich größer. Es mögen sehr wohl 5 Millionen gewesen sein, auch wenn dies nicht mehr als eine Vermutung ist. Wenn wir auf Tabelle 1 zurückblicken, so ist es nicht allzu schwierig, 1,5 oder noch eher 2 Mio. Proletarier, die vermutlich in größeren und kleineren Städten arbeiteten, anzunehmen.

Das sind allerdings sehr grobe Schätzungen. Einerseits reichen sie aus, um die Feststellung zu sichern, daß ein sehr erheblicher Teil der deutschen Bevölkerung, gemessen an den Maßstäben der Zeit, arm und sozial entwurzelt war. Werner Conze hat dargelegt, daß mehr als die Hälfte dieser Kategorie angehörte. Meine Berechnungen legen nahe, daß weniger als ein Drittel dieser Gruppe angehörte und daß der städtische Anteil zwischen ungefähr einem Achtel und einem Zehntel der Gesamtbevölkerung gelegen haben kann. Demnach war das städtische Proletariat – gleichgültig wie definiert – innerhalb der deutschen Gesamtbevölkerung eine kleine Minderheit. Andererseits litt die große Mehrheit der Handarbeiter in den Groß- und Kleinstädten nicht nur unter materieller Not; sie war auch das Opfer der verschiedenen Formen der oben beschriebenen gesellschaftlichen Umschichtung.

Es gibt einige Anhaltspunkte für die Veränderung der materiellen Situation bei den ganz Armen. Dieterici bietet eine Liste des jährlichen Pro-Kopf-Verbrauchs verschiedener wichtiger Arten von Lebensmitteln und Kleidung, in welcher er die ausgegebenen Beträge und die Preise für die Jahre 1822 und 1846 anführt. Die Gesamtausgaben für diese Artikel des normalen Verbrauchs kamen 1822 auf mehr als 18 Taler; bis 1846 waren sie um etwa 44 Prozent auf über 26 Taler gestiegen.[22] Dietericis Schlußfolgerung, daß der allgemeine Wohlstand um diesen Prozentsatz gestiegen sei, ist offenkundig absurd. Für jeden verbrauchten Artikel blieb nach seinen eigenen Angaben die Menge konstant. Nur die Preise stiegen. Der Pro-Kopf-Verbrauch von Getreideerzeugnissen war 1822 und

22 F. W. C. Dieterici (Hrsg.), *Mittheilungen* ..., Bd. II, a. a. O., S. 12; Rudolph Strauss, *Die Lage und die Bewegung der Chemnitzer Arbeiter in der ersten Hälfte des 19. Jahrhunderts*, Berlin 1960, S. 252, nennt 2 Thaler pro Woche als typischen Lohn für Erdarbeiter. Somit erscheint Dietericis Schätzung eines Jahreseinkommens von 100 Thalern als eine angemessene Schätzung, was bedeuten würde, daß etwas über ein Viertel des Einkommens für Nahrung und Kleidung verausgabt werden mußte.

1846 gleich groß, aber die Preise hatten sich ungefähr verdoppelt. Der Pro-Kopf-Verbrauch von Fleisch stieg nur wenig, von 33 auf 35 Pfund, doch die Preise stiegen von 2,5 auf 3,25 Silbergroschen pro Pfund. Seltsamerweise sank der Bierkonsum, obwohl die Preise zurückgingen. Zucker- und Kaffeeverbrauch stiegen merklich an, bei gleichzeitigem leichten Fallen der Preise. Nur, dies waren in der Haushaltsrechnung kleine Posten. Der einzige wichtige Posten, dessen Verbrauch sehr stark anstieg – bei einem leichten Nachlassen der Preise –, waren Baumwollwaren. 1822 belief sich der jährliche Verbrauch auf 7 Ellen pro Kopf bei einem Preis von 8 Silbergroschen pro Elle. 1846 lag der jährliche Verbrauch bei 14 Ellen, und der Preis war auf 6 Silbergroschen pro Elle gesunken. Andere Artikel fluktuierten innerhalb relativ enger Grenzen von Quantität und Preisentwicklung.

Angesichts der relativ groben Methoden bei der Gewinnung statistischer Daten im frühen 19. Jahrhundert wäre es töricht, diese Zahlen allzu wörtlich zu nehmen. Dennoch lassen sich einige allgemeine Schlüsse ziehen. Die Lebensmittelpreise stiegen auffallend. Wenn der jährliche Durchschnittsverbrauch konstant blieb, dann ist es höchst unwahrscheinlich, daß dies auch für den Verbrauch der ganz Armen gilt. Die reale Kaufkraft nahm ab, und die sehr Armen hatten, gemessen an dieser Abnahme, die geringste Kaufkraft.

Leider gibt es für das deutsche städtische Proletariat um 1848 kein biographisches oder ähnliches Material aus erster Hand von der Art, wie es im späten 19. Jahrhundert reichlich vorhanden ist. Deshalb fehlt uns jeder direkte Einblick in die Lebenssituation des städtischen Proletariats sowie darin, wie es seine Lage empfand. Alles, worauf wir uns stützen können, sind allgemeine Analysen der wirtschaftlichen und gesellschaftlichen Situation in der Sekundärliteratur und eine sehr begrenzte Anzahl von Beobachtungen durch Angehörige höherer Gesellschaftsklassen. In den gebildeten Kreisen wurden die »soziale Frage« und die Lage des Proletariats ausführlich diskutiert, doch erscheint das meiste davon sehr theoretisch und allgemein, ohne die Grundlage direkter Beobachtungen.[23]

23 Wolfram Fischers *Soziale Unterschichten* . . ., a. a. O., enthält eine sehr brauchbare interpretative Zusammenfassung der verfügbaren Informationen über ihre Situation und ihren Lebensstil. Vgl. Carl Jantke und Dietrich Hilger

Die einzige zeitgenössische Skizze proletarischen oder nahezu proletarischen städtischen Lebens, hinter der eine wirkliche Erfahrung steht, findet sich in den Schriften eines Repräsentanten des ostdeutschen Landadels, des Herrmann Graf zu Dohna.[24] Auch wenn sein Bericht über die Lage junger städtischer Lehrlinge von konservativen Vorurteilen durchsetzt ist, so ist er dennoch soziologisch erhellend, und zwar dadurch, daß er eine Verbindung zwischen der gesellschaftlichen Situation und Persönlichkeit oder Charakter herstellt. Trotz der Vorurteile ist es nicht schwer zu erkennen, was eigentlich geschah. Sein Bericht ist besonders deshalb wertvoll, weil er Licht auf die Art und Weise wirft, in der die Welt des Handwerkers zu der des Proletariats wurde. Es wird daher nützlich sein, seine Beobachtungen ausführlich zusammenzufassen und zu erläutern.

Graf Dohnas Beobachtungen gingen von charakteristischen konservativen Sorgen aus: vom offensichtlichen Nachlassen der Bereitschaft zu harter Arbeit und vom zunehmenden Mangel an Respekt vor der Autorität in den unteren Klassen. Aber er beklagte diese Situation nicht nur. Er versuchte, sie zu erklären. Gegenwärtig, so beobachtete er, ist es für einen Zunftmeister immer weniger gebräuchlich, den Lehrling bei sich im Haushalt zu haben. Statt dessen gibt er dem Lehrling oft Geld für Unterkunft und Verpflegung und widmet seine Aufmerksamkeit nur noch dessen Arbeit, nicht mehr dessen persönlichem Wohlergehen. Unter diesen Umständen ist es natürlich selten, daß ein Lehrling zu einem ordentlichen und tüchtigen Gesellen heranwächst. Auch kann der Meister in dieser Hinsicht nicht viel tun. Wenn er gegen die Konkurrenz anzukämpfen hat, dann muß er alle seine Kräfte seiner eigenen Arbeit widmen und kann es sich nicht leisten, sich viel um den Lehrling zu kümmern. Wie der Lehrling seine Abende und Sonntage verbringt, kann der Meister nicht wissen.

Auch wenn der Lehrling im Hause des Meisters eine gute Erziehung genossen hat, kann es geschehen, daß er in die Welt als freier Arbeiter in einem Alter hinaustritt, in dem er noch nicht weiß, welchen Gebrauch er von seiner Freiheit machen soll. Der Lehr-

(Hrsg.), *Die Eigentumslosen* . . ., bezüglich zeitgenössischer Äußerungen, die die unterschiedlichen in den gebildeten Kreisen kursierenden Wahrnehmungen verdeutlichen.

24 Vgl. seine Schrift *Über das Los der freien Arbeiter*, in: *Ebenda*, S. 244 f.

ling braucht Gesellschaft. Seine isolierte Position zwingt ihn, sich mit jemandem zusammenzutun. Er hat nicht genug Geld, um allein zu leben. Deshalb muß er seinen Platz finden, wo er mit einigen anderen Gesellen zusammen schläft. Unter den Gesellen gibt es, wenn sie auf diese Weise zusammengezwängt sind, zwangsläufig einige böse Burschen. Die labileren Charaktere werden dem Beispiel der Schlechten folgen. Die kleine Gruppe wohlerzogener Gesellen wird kleiner und kleiner, isoliert sich selbst von den anderen und verliert dadurch ihren Einfluß auf sie.[25]

Für den Gesellen ist es sehr schwer, seine Ausgaben im voraus vernünftig zu planen, da er nie genau weiß, wie hoch sein Verdienst sein wird. Das trifft auch dann zu, wenn der Lohn ausreicht, um über das Jahr zu kommen. Graf Dohna denkt hier offensichtlich sowohl an die Unsicherheit der momentanen Beschäftigung als auch an die der Zukunftsaussichten. Deshalb, so fährt er fort, hat der Geselle den starken Hang, den Augenblick zu genießen. Als Folge hiervon gehen viele unter; sie sind nicht mehr frei. Zum größten Teil wird der Wochenlohn am Sonntag ausgegeben. Während der übrigen Woche muß er mit einem Minimum an Nahrungsmitteln auskommen. Wegen der schlechten Ernährung fehlt es dem Gesellen an ausreichender Körperkraft. Von einem Ort zum anderen hin- und hergestoßen, von keinem Meister überwacht, von niemandem geliebt, fängt der Geselle oft an zu stehlen. Wenn er jetzt heiratet, werden ihm die familiären Verpflichtungen wahrscheinlich bald ebenso kostspielig wie schrecklich lästig erscheinen. Vielleicht sucht er Zuflucht im Weinbrand. Erneut liegt für ihn die Gefahr nahe, ins Verbrechen gestoßen zu werden, und seine Kinder werden in einer kriminellen Umgebung aufzuwachsen haben. Ein solcher Arbeiter ist es nicht gewohnt, sich auf eine wirkliche und dauerhafte Verbesserung seiner Lage zu freuen. Er hat nur die Aussicht, bis ins hohe Alter ein Arbeiter zu bleiben. Warum sollte er seinen Lohn dann nicht dazu verwenden, sofortige Freuden zu genießen? Daran gewöhnt, von der Hand in den Mund zu leben, überläßt er Gott die Probleme von morgen. Alle diese Beobachtungen, das sollte nicht unbeachtet bleiben, treffen

25 Diese Beobachtungen werden zu einem späteren Zeitpunkt in verschiedenen Autobiographien sozialistischer Führer, die als Handwerker begannen, bestätigt.

ebenso auf die Schwarzen des 20. Jahrhunderts in den amerikanischen Städten zu. Der konservative Graf zu Dohna muß zu den ersten gehört haben, die die Auswirkungen moderner Armut auf die menschliche Persönlichkeit erkannten.
Einige Arbeiter gehen, so beobachtet er weiter, in der Winterszeit zurück aufs Land. Auch wenn sie durch Holzfällen oder ähnliches ein wenig Geld verdienen können, so ist die Bezahlung im Vergleich zu dem, was sie während des Sommers verdienten, doch so gering, daß sie es vorziehen, überhaupt nicht zu arbeiten und sich den Ausschreitungen hinzugeben, die sie im Sommer gelernt haben. In den ersten Frühlingstagen kehren sie zurück, um bei den verschiedenen Arten von Bauarbeiten eine Beschäftigung zu finden. Aber im Frühling sind ihnen weder Stärke noch Moral geblieben. Das sind dann diejenigen, die sich aufs Trinken, Spielen oder andere Exzesse verlegen. Indem sie ihre Arbeit verlieren, vermehren sie die Zahl der Umherziehenden, der Bettler und der Kriminellen. Daher vermehren jene öffentlichen Arbeiten, die der Staat mit aller Macht fördert, um denen, die kein Brot haben, Arbeit zu verschaffen, in Wirklichkeit die Zahl der armen und kriminellen Individuen. Sie sind die Keimzellen für Armut und Verbrechen.[26]
Graf Dohnas Beobachtungen heben sehr scharf einige der Gründe heraus, weshalb ein beachtlicher Teil der Bevölkerung zögerte, sich zu diesem historischen Zeitpunkt selbst zu harter Arbeit zu disziplinieren. Als der wichtigste Grund erscheint in dieser neuen Situation das Fehlen einer Belohnung oder auch nur der Aussicht auf eine Belohnung für Selbstkontrolle. In einer solchen Situation kann sich die Erfahrung persönlichen Scheiterns bei der Anstrengung, durch eigene harte Arbeit zum Erfolg zu kommen, verheerend auswirken. Die Frustrationen einer solchen Existenz können leicht zur Flucht in Phantasievorstellungen, Alkohol, Sex und prahlendes Geschwätz führen, das mit duckmäuserischem Verhalten abwechselt. Gruppensanktionen verstärken dieses Verhalten. Diejenigen, die sich anders verhalten möchten, laufen Gefahr, von ihren einzig möglichen Gefährten abgelehnt zu werden. Diese Sanktionen erinnern an diejenigen, denen sich der trotzige Held in Konzentrationslagern und Gefängnissen ausgesetzt sieht. Ihr

26 Hermann Graf zu Dohna, *Über das Los der freien Arbeiter*, a. a. O., S. 244 bis 249.

Zweck ist grundsätzlich ähnlich: die minimalen Befriedigungsmöglichkeiten (Alkohol und dergleichen), die realistischerweise zugänglich sind, für die Gruppe zu erhalten und für gültig zu erklären. Die Rolle der Abhängigkeit ist in gleicher Weise signifikant. Es gibt keine offenkundige Notwendigkeit für Selbstdisziplin, wenn nominell jemand anderes für das, was man tut, verantwortlich ist. Selbst wenn die Verantwortlichkeit des Oberen minimal und die von ihr hervorgerufene Genugtuung für den Abhängigen entsprechend klein geworden ist, so ist die Abhängigkeit selbst doch in der Tat nach wie vor sehr real.

Solche Überlegungen helfen, ein Bündel von Fakten zu erklären, das sich auf den ersten Blick sehr paradox ausnimmt. Der weitaus größte Teil der deutschen arbeitenden Klassen in den Städten litt schwere materielle Not. Auch unterlagen sie in weitem Ausmaß einem Prozeß der gesellschaftlichen Entwurzelung. Doch blieben sie, von gelegentlichen Ausnahmen abgesehen, politisch unartikuliert. Diejenigen, die am meisten litten, hatten am wenigsten über und gegen ihr Leiden zu sagen. Die Behauptung, daß sie sich nicht artikulierten, bedeutet nicht, daß sie nichts taten. Sie müssen von Zeit zu Zeit einige der Barrikaden besetzt haben (die in der deutschen Variante der Unruhen von 1848 selten waren). Aber von einer unabhängigen Analyse ihrer eigenen Situation findet sich bei ihnen wenig, wenn überhaupt. Auch brachten sie zu diesem Zeitpunkt keine eigenen dauerhaften Organisationen zustande, mit denen sie diese Situation hätten bekämpfen oder ändern können. In diesem Punkt ist ihr Verhalten natürlich alles andere als einzigartig. In der Geschichte der arbeitenden Klassen anderer Länder sind diejenigen, denen es am schlechtesten geht, die letzten, die sich organisieren und zu Wort melden. Wer sich am unteren Ende der sozialen Stufenleiter befindet, hört in der Regel zu allerletzt davon, daß es in der Fähigkeit der menschlichen Gesellschaft, mit dem Elend der menschlichen Existenz fertigzuwerden, einen Wandel gegeben hat.

Noch einige weitere Gründe für das Fehlen jeder spontanen und klar artikulierten Wahrnehmung ihrer Lage in diesem Sektor zu dieser Zeit verdienen unsere Aufmerksamkeit. Als ungebildete Menschen hatten die Proletarier und Fast-Proletarier in der ersten Hälfte des 19. Jahrhunderts sehr wenig Erfahrung mit dem geschriebenen oder gesprochenen Wort als politischer Waffe. Von dem Wortschwall, der zu jeder Revolution gehört, fühlten sie sich wahrscheinlich bedrängt, und möglicherweise empfanden sie etwas wie Verachtung, so wie später bei verschiedenen Gelegenheiten ihre historischen Nachkommen. In ihrem eigenen täglichen Leben waren ihnen Schläge und Drohungen nur zu geläufig, nicht aber kompliziert zusammengesetzte und in langen Reden wieder auseinandergezogene Wörter, es sei denn, diese konnten, wie gelegentlich der Fall, zu gutem Theater werden. Etwas anderes sind die Lieder; sie würden eine eigene Untersuchung lohnen. Dort könnten die Vorstellungen, die ihr Bild von der Welt, eine Diagnose und ein Mittel gegen ihre Verhältnisse formten, sehr wohl in einem kohärenten Ganzen zusammenkommen und als kollektive Repräsentation im Sinne Durkheims für wenigstens eine vorübergehende Woge gesellschaftlicher Einheit dienen.

Das berühmte Lied der Weber während ihres Aufstandes in Schlesien 1844 kommt einem als bedeutsames Beispiel in Erinnerung. Es drückt einen blutdürstigen Haß gegen die neuen Kapitalisten und ihre Ausbeutung aus, die in diesem Fall die Form des *Verlagssystems* annahm. Sein Titel war *Das Blutgericht*, und es wurde zu der Melodie von *Es liegt ein Schloß in Österreich* gesungen. Die letzten Strophen greifen den *Fabrikanten* wegen seiner Übernahme aristokratischer Manieren an. Die neue Form der Ausbeutung wurde im Volksdenken offensichtlich aufgrund von Maßstäben für gesellschaftliche Beziehungen verurteilt, die aus den Erfahrungen der Vergangenheit abgeleitet waren. Dies ist kaum der erste oder der einzige Fall, in dem vergangene Erfahrungen, durch die Volkserinnerungen gefiltert, einen Maßstab für die Verurteilung der Gegenwart hergeben. Es lohnt sich, ein paar oft zitierte Strophen noch einmal wiederzugeben:

> Ich sage, wem ists wohl bekannt
> Wer sah vor 20 Jahren
> Den übermütigen Fabrikant
> Mit Staatskarossen fahren?
>
> Sah man dort wohl zu jeder Zeit
> Paläste hoch erbauen?
> Mit Türen, Fenstern, prächtig weit
> Ists festlich anzuschauen![27]

4. Artikulierte Diagnosen

Wenn das Proletariat sich also nicht politisch artikulierte, so war dies nicht bei den Arbeitern der Fall, die einen immer noch anerkannten Status in der vorindustriellen Gesellschaftsordnung hatten. Unter dem Druck des um sich greifenden Kapitalismus fanden die Zunftmitglieder, die Meister wie jetzt auch die Gesellen, ihre Stimme. Noch blieb der Anteil derjenigen sehr klein, die an der Formulierung von Beschwerden, Programmen, Bitten und Gesuchen – revolutionären Handlungen im Deutschland der damaligen Zeit – teilnahmen. Die Protokolle des deutschen Handwerkerkongresses, der vom 14. Juli bis zum 18. August 1848 in Frankfurt stattfand, enthalten wichtige Informationen über die Zahl derer, die aktiv wurden, und über das, was sie von ihrer augenblicklichen Situation wahrnahmen. Dieser Kongreß tagte in Frankfurt zur gleichen Zeit wie die Nationalversammlung. Wie sich dann gezeigt hat, war der Kongreß ein erfolgloser Versuch, zum Wohl der Zunftmeister Druck auf die Nationalversammlung auszuüben.

1846 gab es, wie sich der Leser aus Tabelle 1 erinnern wird, zwischen 410 000 und 450 000 Zunftmeister allein in Preußen. Sie hatten beim Widerstand gegen den Druck von Zentralregierungen und bei der Ausübung ihrer eigenen Formen von Gegendruck Generationen von Organisationserfahrung hinter sich. Sie stellten zu dieser Zeit den gebildetsten und sich am deutlichsten artikulierenden Teil der deutschen arbeitenden Klassen dar. Wenn breite »demokratische« Teilnahme beim Aufzeigen ihrer Beschwernisse von einer Gruppe überhaupt erwartet werden konnte, dann von ihnen. Der Handwerkerkongreß versuchte, sich selbst als repräsentativen Sprecher für zumindest alle Meister darzustellen. Den Anträgen, auf die sich der Kongreß nach langer Diskussion einigte, waren aber nur 116 Namen beigefügt.[28] Von diesen lassen sich mindestens

27 Das Lied ist am Ende von Wilhelm Wolffs Schrift, *Das Elend und der Aufruhr in Schlesien*, in: ders., *Gesammelte Schriften*, Berlin 1909, S. 38-63 abgedruckt.

28 *Entwurf einer allgemeinen Handwerker- und Gewerbe-Ordnung für Deutschland. Berathen und beschlossen von dem deutschen Handwerker- und Gewerbe-Congress zu Frankfurt am Main in den Monaten Juli und August 1848.* (Frankfurt am Main 1848), S. 23-24.

sechs ausmachen, die nicht von Meistern stammten oder keiner identifizierbaren Zunft angehörten. Das bedeutet, daß vom größten Teil einer halben Million in nur einem Teil Deutschlands an einem kritischen historischen Wendepunkt 110 Personen aktiv waren. Gewiß, dieser Kongreß war nicht der einzige, der von den Zunftmeistern organisiert wurde, aber er war der wichtigste. Auch wurden ihm zahlreiche Einzelpetitionen von Zunftmeistern zugesandt, die der Nationalversammlung pflichtgemäß unterbreitet wurden.[29] Doch selbst nach diesen Erläuterungen bleibt es offensichtlich, daß die aktiven Sprecher für die Zunftinteressen in einer verschwindenden Minderheit waren.

Die Debatten bei der Eröffnungssitzung des Kongresses zeigen ein Bewußtsein dieses Problems und werfen auf seinen Charakter weiteres Licht. Die Anwesenden waren um ihre eigene Legitimation und politische Identität sehr besorgt. Zur gleichen Zeit empfanden es wenigstens einige, daß diese Fragen in den Hintergrund geschoben werden sollten, um die Gelegenheit für entscheidende Aktionen nicht verstreichen zu lassen, ein charakteristisches revolutionäres Dilemma. Einer der ersten Sprecher ließ sich besorgt über die geringe Zahl der erschienenen Delegierten aus. Auf diese Bemerkung kam als Antwort, daß es wichtig sei, zur Sache zu kommen. Nicht die Zahl der Beteiligten, sondern der Geist der Diskussionen und Beschlüsse sei, was zähle. Weitere Einschränkungen der Repräsentativität erscheinen in dem Vorschlag, daß der Antrag von nur sechs Delegierten ausreichen solle, die Debatte über jedweden Antrag zu verhindern. Auch gab es Einwände, Süddeutschland sei unterrepräsentiert, weil die Nachricht von dem bevorstehenden Kongreß erst am 9. Juli, also wenige Tage, bevor er abgehalten werden sollte, publik wurde. Vermutlich war Norddeutschland überrepräsentiert.

Was aber noch bedeutsamer ist: Die Delegierten waren sich, zumindest zu Beginn, ihrer politischen Identität nicht sicher und wußten auch nicht genau, wen oder was sie *tatsächlich* repräsentierten. Auch wenn der Kaufmann und besonders der *Fabrikant* sich am Ende als die größten Bösewichter im deutschen Wirt-

29 Zu näheren Angaben siehe P. H. Noyes, *Organization and Revolution: Working-Class Associations in the German Revolutions of 1848-1849*, Princeton 1966, Kap. 7.

schaftsdrama erweisen sollten, gab es doch einige ernsthafte Diskussionen darüber, ob solche Personen sinnvollerweise von einem Kongreß ausgeschlossen werden könnten, der doch einberufen war, um Antworten auf die »soziale Frage« zu finden. (Wie wir gesehen haben, waren einige Zunftmeister in eine fabrikantenähnliche Position gekommen. Einige waren auch im Handel aktiv.)

Die Frage, ob Gesellen mit einbezogen werden sollten oder nicht, führte zu noch ausgiebigeren und schärferen Debatten. Wie es ein Delegierter später schroff ausdrückte: Was tun die Gesellen denn anderes, als mehr Geld und weniger Stunden zu fordern? Andere wiederum sprachen davon, daß die Lehrlinge eigentlich für die Kapitalisten arbeiteten und deshalb die Zünfte zugrunde richteten. Wieder andere hielten dafür, daß es ungerecht und unschicklich sei, Lehrlinge auszuschließen, die doch auch ein integraler Bestandteil des Zunftsystems seien. Die schließlich angenommene Lösung folgte dem Vorschlag eines Delegierten, der sagte, man solle den Abgeordneten der Gesellen mitteilen, sie könnten ruhig heimgehen und auf eine schriftliche Nachricht warten, mit der Gewißheit, daß sich die Meister ihrer Interessen annehmen werden. Von den 49 Delegierten, die zum Zeitpunkt dieser wichtigen Entscheidung anwesend waren, stimmten dann nur 13 für die Zulassung der Gesellen.[30]

Besonders in Zeiten politischer Krisen ist es für die Menschen bei der Entscheidung darüber, wer sie sind, von großer Bedeutung festzustellen, wer ihre Feinde sind. Für die Zunftmeister trifft dies sicherlich zu. Liest man die ersten 20 Seiten ihres Frankfurter Tätigkeitsberichts und stellt dann eine Liste zusammen, wen und was sie übereinstimmend als ihre Feinde ansahen, so umfaßt das Ergebnis alle Bereiche der deutschen Gesellschaft (mit den Bauern als wichtiger Ausnahme): Händler, Kapital, den *Fabrikanten*, Gesellen, Bürokraten und jenen abstrakten Popanz – die Herrschaft des Geldes. Jeder, der imstande zu sein schien, ohne harte physische Arbeit Geld zu verdienen, war automatisch suspekt – eine sehr alte

30 *Verhandlungen des ersten deutschen Handwerker- und Gewerbe-Congresses gehalten zu Frankfurt a. M., vom 14. Juli bis 18. August 1848*, Darmstadt 1848, S. 19, 22-23, 40, die Lehrlinge betreffend; zu den anderen im Text erwähnten Punkten vgl. S. 1, 5, 10, 13.

Auffassung. Wie schon im Eingangskapitel bemerkt, hat der Spekulant, als derjenige, der wertvolle Ressourcen besitzt, diese aber nicht benutzt oder verbraucht, schon in einer Vielzahl von Kulturen moralische Entrüstung hervorgerufen.

Der *Entwurf*, der als Ergebnis dieser Diskussionen formuliert und der Frankfurter Nationalversammlung vorgelegt wurde, stellte diese vielseitige Sammlung von Gegnern in einen mehr theoretischen Kontext, und zwar in Form einer Diagnose der Leiden, die, so hieß es, die deutsche Gesellschaft (in Wirklichkeit natürlich hauptsächlich die Meister) plagten, und schlug einige Gegenmittel vor.

Hier erscheinen drei Hauptübel oder Feinde. Das erste ist, was kaum überrascht, die *Concurrenz*. Die Meister räumten ein, daß es so etwas wie legitimen Wettbewerb gebe. Offensichtlich war die Strömung der modernen Meinung für sie zu stark, als daß sie einen frontalen Angriff gewagt hätten. Doch gab es auch unlauteren Wettbewerb, der mehr und mehr im Begriff sei, den ehrenwerten zu überrunden. (Es läßt sich denken, daß dies alle neuzeitlichen Geschäftsleute glauben. Genau die gleiche Idee taucht in den frühen Tagen des amerikanischen *New Deal* auf.) Jedenfalls war dies ein Punkt, bei dem die Zunftmeister besondere Bitterkeit empfanden. Der Kapitalist, der mit der Arbeitskraft der Leute wucherte, war für die Schaffung des Proletariats und für die Überbevölkerung verantwortlich. Gleichzeitig kurbelten Staatsmänner durch die Förderung der *Gewerbefreiheit* die Produktion um ihrer selbst willen an, ohne bei ihrem Engagement für eine falsche Theorie (falsche Theoretiker wurden damals noch nicht Eierköpfe genannt) zu erkennen, daß Konsum nicht eine notwendige Konsequenz der Produktion war und daß, wenn die Mehrheit der Bürger arm wird, der Verbrauch nachläßt und jeder leidet. Es ist ganz offensichtlich, daß die Zunftmeister, oder zumindest sehr viele von ihnen, fühlten, daß der *Zeitgeist* und die Regierung ihre Feinde ermutigten und ihren Ruin einschlossen und daß die Führer der Mittelklassen, die vielleicht an ihre Stelle treten würden, wahrscheinlich noch schlimmer wären.

Von ihrem Standpunkt aus gesehen, war dies eine sehr realistische Einschätzung. Was sie daher als Gegenmittel wollten, waren viel mehr Macht im Staat, Maßnahmen, die ihre soziale und moralische Rolle ebenso wie ihre ökonomische bewahren würden – ein Zurückkommen auf die vor-kapitalistische Situation mit einem gewissen idealisierten Aufputz –, sowie Maßnahmen, die die Zahl der Lehrlinge einschränken und den Zugang zu den Zünften erschweren sollten. Dieser Aspekt ihrer Heilmittel folgt ganz natürlich aus ihrer Diagnose wie aus ihrer allgemeinen Situation und bedarf kaum eines Kommentars. Daß sie hohe Zölle für alle Produkte der deutschen Industrie verlangten, kann auch kaum überraschen, auch wenn es lohnt, Aufmerksamkeit auf die Tatsache zu lenken, daß sie wenigstens in dieser Frage bedeutende kapitalistische und »theoretische« Verbündete gehabt hätten. Viel erstaunlicher ist es, daß sich in ihrer Liste von Maßnahmen zur Hebung des deutschen Handwerkerstandes verschiedene extrem »moderne« Vorschläge finden: eine progressive Einkommens- und Vermögenssteuer, eine grundlegende Verbesserung des Bildungssystems mit kostenloser Ausbildung, ein einheitliches Gewichts-, Maß- und Geldsystem für Deutschland, die Verpflichtung des Staates, dafür zu sorgen, daß alle arbeitsfähigen Personen in öffentlichen Unternehmungen wie Eisenbahn, Straßen- und Kanalbau usw. Arbeit finden könnten, und ebenso die Verpflichtung des Staates, für diejenigen Bürger zu sorgen, die wegen Krankheit oder Verstümmelung durch Unfall mittellos und dadurch arbeitsunfähig geworden sind.

Es sollte lange dauern, bis der moderne Industriestaat diese Verpflichtungen übernahm, die im Grunde heute noch nicht voll akzeptiert sind. Daher ist es ebenso unfair wie inkorrekt, das Programm der Zunftmeister als lediglich reaktionär und selbstsüchtig abzustempeln. In ihm gab es eine ganze Menge, das selbst unter Fabrikarbeitern Reaktionen der Sympathie hervorrufen konnte, wenn es auch ebenso wahr ist, daß das Programm mit einer Mischung aus Nostalgie und Eigeninteresse überzogen war. Gefangen zwischen zwei historischen Epochen, sahen die oberen Ränge der Handwerker sehnsüchtig der im Verschwinden begriffenen Zeit nach und suchten die Wucht dessen, was um sie herum Gestalt annahm, abzuschwächen.

Von den Meistern ausgeschlossen, hielten die Gesellen vom 20. Juli bis zum 20. September 1848 in Frankfurt ihren eigenen Kongreß ab. Das Schwergewicht der Delegierten lag auf Südwestdeutschland, doch traten schließlich genügend andere auf, um ihrem Anspruch, von einer »allgemeinen deutschen Arbeitergruppe« zu sprechen, eine gewisse Berechtigung zu verleihen. Die Diskussionen, die zu dieser Feststellung führten, sind uns nicht überliefert. Dennoch ist diese Behauptung, für sich genommen, deshalb besonders interessant, weil sie eine spontane Überlagerung der grundlegenden Verzweiflung durch revolutionären Optimismus bedeutet, beide noch unvermischt mit irgendwelchen Marxschen Ideen, die durch Stephan Born in Berlin eingeführt worden waren.[31]

Es überrascht nicht, daß die Diagnose dessen, was mit der Geschichte schiefgelaufen ist, einige Ähnlichkeiten mit den Auffassungen der Zunftmeister aufweist. So gibt es eine ähnliche Beschwerde über die *Willkührherrschaft des Capitals*, die gleiche Bedrängnis wegen des unveräußerlichen Rechts auf Arbeit und auf ein menschenwürdiges Leben. Diese Rechte, so beanstandeten die Gesellen, seien dem Wucher, Spielen und Betrug geopfert worden, und ehrenhafte Arbeit müsse die *Ehre* zurückgewinnen, die sie verdiene.[32] Freihandel, Konkurrenz und die gesamte individualistische Ethik des modernen Kapitalismus, in dem die Siegespalme angeblich dem Unternehmungsgeist und dem Verdienst zukommt, schmeckten den Gesellen nicht besser als den Zunftmeistern oder auch der Mehrheit des Proletariats, die nicht zu den Reihen einiger weniger relativ bevorzugter Fabrikarbeiter gehörte.

Gleichzeitig schauten die Gesellen aber offensichtlich nicht in der gleichen Weise auf ein Goldenes Zeitalter der Zünfte zurück, wie es die Meister taten. Die historische Epoche, die der Kapitalismus zerstörte, war für die Gesellen ein Zeitalter des Monopols, in der es Tausende von Hindernissen auf dem Weg eines jeden gab, der sich durch emsigen Fleiß seiner Hände ein menschenwürdiges Leben verdienen wollte. Die Zahl der Meister war an vielen Orten Gegenstand künstlicher Restriktionen, das Recht, Meister zu sein, erblich oder an die Benutzung bestimmter Gebäude gebunden. Das Recht auf einen Meisterstatus wurde nur in der Theorie durch eine Prüfung und durch die Herstellung eines *Meisterstücks* gewonnen.

31 Vgl. ausführlichere Erläuterungen bei P. H. Noyes, *Organization and Revolution* . . ., a. a. O., S. 204-207.

32 *Beschlüsse des allgemeinen deutschen Arbeiterkongresses zu Frankfurt am Main, gefasst in den Monaten Juli, August und September, 1848.* Nachgedruckt als Anhang I in: Biermann, *Karl Georg Winkelblech (Karl Marlo)*, siehe bes. S. 444.

Wegen des damit verbundenen Kostenaufwands konnten eigentlich nur die Reichen Meister werden. Es sollte nicht unerwähnt bleiben, daß alle diese Kritikpunkte seit langem Allgemeingut unter progressiven Beamten und »bürgerlichen« Theoretikern waren. Als sich die Menschen bewußt wurden, so fährt das Dokument fort, daß sie mit den gleichen Rechten geboren wurden, durch betrügerische und rohe Gewalt jedoch Monopole geschaffen würden, beschlossen sie, ihre Ketten abzuwerfen.

Die Resultate waren natürlich, anstelle von Freiheit, unbegrenzte Konkurrenz, Unfreiheit der Arbeit, eine Situation, in der der Reiche immer reicher, der Arme immer ärmer wurde. Der *Mittelstand* wurde heruntergewirtschaftet, der *Arbeiterstand* an den Bettelstab gebracht.[33] Nicht Freiheit, sondern ein *Zerrbild* von Freiheit erschien, wo die geltende Regel war, daß dem, der hat, gegeben werden wird und demjenigen, der nichts hat, sogar noch das genommen werden soll, was er hat.

Daher weigerten sich die Gesellen, sich mit einem *Liberalismus* zu identifizieren, der danach trachtete, ihnen eine noch schlimmere Leibeigenschaft als die während des Zeitalters des Zunftmonopols aufzubürden. Während sie den Liberalismus zurückwiesen, wandten sie sich mit der gleichen Vehemenz von gleichmacherischen Auffassungen ab, die sich vom französischen und deutschen Sozialismus und Kommunismus her auszubreiten begannen. Die Gründe hierfür sind aufschlußreich. Unter einem Gleichheitssystem würde der Faule ebenso belohnt werden wie der hart Arbeitende. Unbelohnte Arbeit erscheint für die Gesellen wie für andere Gruppen als eine der zentralen Sorgen.

Diese Sorge tritt noch deutlicher in ihrem Bild von einer erstrebenswerten Zukunft hervor; es ergibt sich aus ihrer Diagnose der Übel in Vergangenheit und Gegenwart. Ihr wichtigstes Merkmal sollte sein, daß nicht das *Kapital* (hier mit *K* geschrieben), sondern Fleiß und Können die Erfolge der gesamten *schaffenden* Bevölke-

33 Dies ist nur ein Hinweis darauf, wie weit der Begriff Stand immer noch die deutsche Sprache und Gedankenwelt durchdrang. In dem zitierten Arbeiterdokument kann »Stand« im gleichen Satz mit dem Begriff »Klasse« auftauchen. Diese sprachliche Vermischung spiegelt die historische Situation, in der die vererbte Ordnung noch mit ökonomisch bestimmten Gesellschaftsklassen verbunden war oder in der man von einem Prinzip der sozialen Ungleichheit zu einem anderen wechselte.

rung bestimmen sollten. Hier scheint ein Echo auf die Unterscheidung zwischen produktiver und unproduktiver Arbeit vorzuliegen, die sich in anderen Teilen Europas als polemische Waffe gegen Spekulanten wie gegen parasitäre Aristokraten weithin verbreitet hatte.[34] Am Ende wünschten sie sich das Beste beider Welten: eine Gesellschaft, in der Erfolg von Fleiß und Können abhing, jedoch auch eine, die *Freizügigkeit* und das Ende spezieller Konzessionen und Privilegien gewährleistete, zusammen mit einer, *die einem jeden Glied der bürgerlichen Gesellschaft die seiner Arbeitskraft angemessene Erwerbssphäre sichert.*[35] Es mögen diese Hoffnungen gewesen sein, die die Gesellen zu der Proklamation befähigten, daß die neue allgemeine Arbeiterorganisation, die sie zu schaffen hofften, jeder Person über 18 Jahre offen stehen werde, die gewillt sei, an der Aufgabe mitzuwirken, die Stellung der arbeitenden Klasse zu heben und den Status des *Mittelstandes* wieder herzustellen.[36] An dieser Stelle bezieht sich *Mittelstand* offensichtlich nicht auf die prosperierende kapitalistische Bourgeoisie. Eher erscheinen die *arbeitende Klasse* wie der *Mittelstand* als vage allgemeine Kategorien, die alle ehrenhafter Arbeit nachgehenden Menschen einschließen. Im Sinne einer besonderen Kategorie sollte es jedermann aus allen Ständen, der Sympathie für die Arbeit und ihre Ziele besaß, erlaubt sein – ja, er sollte sogar dazu ermutigt werden – beizutreten, z. B. Künstlern, Gelehrten, Kaufleuten, *Handwerkern* und sogar *Fabrikanten.*

Es mag auch dieser Respekt vor der Arbeit und der Wunsch nach gesellschaftlicher Aussöhnung gewesen sein, der die Gesellen dazu brachte, wie die Meister bestimmte »moderne« Formen der sozialen Wohlfahrt wie z. B. öffentliche Arbeiten, die Ausmerzung unfreiwilliger Armut, ein angemessenes Minimaleinkommen und kostenlose Ausbildung zu befürworten.[37]

Wie sollten diese doch etwas utopischen Ziele erreicht werden?

34 Vgl. *Beschlüsse . . .*, a. a. O., S. 450-452. Sie enthalten auch den geläufigen Einwand gegen Gleichheit, daß sie zu stumpfsinniger Uniformität führe und daß menschliche Bedürfnisse in jedem Fall verschieden seien. Auch die *Sansculotten* waren in ihrem Angriff gegen Spekulanten und Aristokraten besonders vehement. Doch war die Unterscheidung zwischen nützlichen und unnützen Handlungen im 18. Jahrhundert wesentlich weiter verbreitet und sie ist wohl auch zweifellos älter.

35 *Ebenda*, S. 455.

36 *Ebenda*, S. 449.

37 *Ebenda*, S. 456.

Die *Beschlüsse* gehen in fast peinliche Details zur Struktur der vorgeschlagenen allgemeinen Arbeiterorganisation, Details, die wir außer acht lassen können, weil die Organisation nur auf dem Papier blieb, auch wenn es Stephan Born gelang, eine andere ins Leben zu rufen, eine, die in der Tat zwei Jahre lang existierte. Seine Organisation hatte jedoch begrenztere und deutlichere Zielvorstellungen für die Arbeiterklasse. Die anderen Vorschläge der Gesellen liefen auf eine neo-anarchistische Form des Föderalismus sowie auf die Vertretung der Arbeiterschaft in der Organisation des Staates hinaus. Sie waren aber nicht allesamt unrealistisch. Die Gesellen betonten die Schwierigkeit der bevorstehenden Aufgabe und waren sich bewußt, daß fast jedermann gegen sie sein würde.[38]

Die unrealistischen Aspekte des Programms herauszustellen wäre jedoch nicht nur eine unberechtigte Herablassung, sondern auch selbst wieder eine Form des Irrealismus. Die Äußerungen der Zunftmeister wie die der Gesellen lassen eine weitverbreitete *prise de conscience* erkennen, eine Art Durchbruch des Gewissens gegenüber den schäbigen repressiven Zügen der neuen kapitalistischen Gesellschaft, die sich um sie herum ausbreitete. Inwieweit diese Ideen ihre eigene spontane Erfindung waren, läßt sich nur sehr schwer sagen. Die wichtigsten Bestandteile in den Vorstellungen der Zunftmeister und Gesellen waren unter den Gebildeten augenscheinlich schon länger im Umlauf, vor allem die Angriffe auf den Wettbewerb und auf die Rolle der Zünfte bei der Organisation von ökonomischer Produktion und Austausch. Dies alles war Teil der üblichen Polemik jener Zeit.[39] Es sieht sehr danach aus, daß die Gesellen und Meister sich das begriffliche Handwerkszeug ausborgten. Aber die Übernahme war selektiv, und ihre Vorstellungen gingen in erster Linie auf ihre eigenen Erfahrungen zurück.

Die Ablehnung des Wettbewerbs lief auf einen Großangriff auf

38 *Ebenda*, S. 452 f. Auf Borns Rolle wird weiter unten eingegangen.

39 Um nur zwei Beispiele anzuführen, vgl. die überzeugende Analyse der *Concurrenz* in Friedrich Sass, *Berlin in seiner neuesten Zeit und Entwicklung*, a. a. O., S. 261-263; vgl. auch die ausgedehnte Erörterung durch F. W. C. Dieterici (Hrsg.), *Mittheilungen ...*, a. a. O., Bd. II, Nr. 1, wo der Leiter des Preußischen Statistischen Bureaus eine statistische Widerlegung der Beschwerden der Meister und ihrer Erklärung der aktuellen Sorgen versucht.

den Markt als den Hauptmechanismus für die Entscheidung über die Schicksale der Menschen hinaus. Gegen den Wettbewerb hatten jene ehrgeizigen Teile der Bourgeoisie nichts einzuwenden, die die Mittel besaßen, mit denen es sich konkurrieren ließ, und die bei bestimmten Formen von Wirtschaftsunternehmen (nicht bei denjenigen, die ihnen, wie die Eisenbahnen, nützlich waren) besondere staatliche Hilfe ebenso übelnahmen wie jedes Eingreifen des Staates überhaupt. Der Wettbewerb hatte den Arbeitern wenig zu bieten, deren Hauptfurcht es war, in das Proletariat herabgedrückt zu werden: entweder in die Schicht der Fabrikarbeiter (mit der Ausnahme einiger, die sich relativ gut standen) oder in die viel größere Majorität der Tagelöhner und Ungelernten. Der von den Intellektuellen ermunterte Angriff auf den Wettbewerb sollte bei den Arbeitern und, als der Kapitalismus in Schwierigkeiten geriet, sogar bei den Kapitalisten selbst weithin Gehör finden. Aus den Erfahrungen der einfachen Gesellen abgeleitete Vorstellungen sollten einen weitverbreiteten und effektiven politischen Widerhall finden, wenn auch weder zu ihrer Zeit noch in ihrem ursprünglichen intellektuellen Gewand.

Wir wollen diesen Punkt in einen größeren historischen Zusammenhang stellen: Wir können heute erkennen, daß diese Gegenoffensive gegen den Wettbewerb und gegen die durch den neuen Kapitalismus erzeugten Leiden – auch wenn sie von durchaus eigennützigen Motiven ausging und keineswegs die Interessen der am meisten Betroffenen ausdrückte – ein sehr nachdrücklicher Angriff auf die neuen Definitionen des Leidens, die neue Moral, die neue »Unabwendbarkeit« des vom Wettbewerb geprägten Kapitalismus war. Wir haben schon früher festgestellt, daß der Zusammenbruch des Anscheins von Unabwendbarkeit wesentlich ist, um die moralische Autorität der Unterdrückung zu überwinden. Das ist genau das, was die deutschen Handwerker taten.

Ihre Vorläufer, die sie jetzt attackierten, hatten die Aufgabe in etwas leichterer Art präsentiert. Frühere Sprecher für Individualismus und Kapitalismus hatten dazu beigetragen, jedwede Möglichkeit, die vorherrschende Verteilung des menschlichen Elends als unabänderliche und göttliche Weltordnung zu verteidigen, durch eine in allen wesentlichen Punkten weltliche Erklärung weltlichen Erfolges und weltlichen Mißerfolges zu erschüttern. Davor, im Mittelalter und in der frühen Neuzeit, gründete alle Gesellschaftsdiagnose auf der Bibel und nahm die Form einer Diskussion über die göttliche Weltordnung als solche an. Für Thomas Müntzer, der so oft als einer der ersten radikalen Gesellschaftskritiker herangezogen wird, scheinen politische und gesellschaftliche Fragen peripher gewesen zu sein. Hauptsächlich sprach er von Theologie. Zu Müntzers Zeit gründete sich ein direkter Angriff auf gesellschaftliche Probleme auf die Voraussetzung, daß sie dem Willen des Volkes zugänglich seien, und eine vom Volk unterstützte öffentliche Politik war noch nicht denkbar. Das beste, was man sich erhoffen konnte, war die Flucht in die Utopie einer »echten« Gemeinschaft, die auf dem, was die Bibel »wirklich« meinte, aufbauen sollte. Dieser Gedankengang beschäftigte noch die utopischen Sozialisten, die kurz vor 1848 in Frankreich ihre Blütezeit hatten. Deutsche Handwerker versuchten auf eine sehr andere Weise mit einer fast völlig weltlichen Diagnose und einem ebenso weltlichen Heilmittel, mit der Unabwendbarkeit zu brechen. Nichts davon wäre möglich gewesen, hätten nicht ihre kapitalistischen Feinde die Werkzeuge für sie geschmiedet.

Wenn wir die Wichtigkeit einer weltlichen Analyse betonen, so dürfen wir doch auch nicht deren moralische Komponente aus den Augen verlieren. Die Handwerker empfanden moralische Empörung angesichts eines Angriffs auf ihre Rechte als Menschen schlechthin. Der Verlust vermeintlich althergebrachter Rechte machte den Kern ihrer Klagen aus. Ihrer Ansicht nach beruhten diese Rechte zugleich primär auf ihrem weltlichen Beitrag zur Gesellschaftsordnung, auf dem, was sie produzierten, und auf der Art, wie sie dies taten. Dasselbe Gefühl, daß Unrecht geschehe, stand hinter ihren Bemühungen und denen anderer Arbeiter, neue Wege zu finden, um Rechte zu erhalten und innerhalb der wie gegen die vorherrschenden gesellschaftlichen Ordnungen als Menschen Ansehen zu gewinnen.

Solcherart waren die Diagnosen und Heilmittel, die, wie sich historisch nachweisen läßt, während der Krise von 1848 unter den Handwerkern zirkulierten. Was spricht dafür, diese Ideen für mehr als die Ausgeburten einiger weniger Agitatoren zu halten? Woher stammten diese Ideen? Und soweit sie unter den Handwerkern und anderen größeren Gruppen Fuß faßten: Wie spielte sich das ab?

Zur Beantwortung dieser Fragen ist es notwendig, mit einem

Rückblick auf die Gesamtsituation zu beginnen. Die städtischen arbeitenden Klassen teilten sich in eine Reihe von Untergruppen, von denen manche genauer zu definieren sind als andere: Meister, Gesellen, Lehrlinge, Fabrikarbeiter und verschiedene Sparten von ungelernten Arbeitern. Die Individuen in diesen Gruppen fanden in ihren Lebensumständen viel Vergleichbares. Manche Situationen, etwa der Mangel an öffentlicher Anerkennung, waren vielen Menschen gemeinsam. Selbst die Zunftmeister wurden in manchen Formen der öffentlichen Rhetorik, vor allem der konservativen, höher eingeschätzt als in der tatsächlichen öffentlichen Praxis (und besonders in der geplanten Politik der Revolutionäre der Mittelklasse). Deshalb waren auch die Zunftmeister eine Außenseitergruppe, und zweifellos eine unzufriedene. Keine öffentliche Erklärung, die sich von diesen alltäglichen Erfahrungen entschieden abhob, war geeignet, effektiv zu sein. Darüber hinaus waren die Autoren der öffentlichen Erklärungen in dem Sinne repräsentativ, daß sie in irgendeiner Form ausgewählt wurden und eine effektive politische Anhängerschaft besaßen. Sie kamen entweder selbst aus dem Volk oder beobachteten sorgfältig dessen Gefühle. In dieser fluktuierenden Situation wollten oder konnten sie ihre Namen nicht mit Stellungnahmen verbinden, die ihren Anhängern nichts sagten. Hätten sie es getan, dann hätten sie ihre Führungsrolle verloren. Oder wenn ihre Ansichten nur für manche ihrer Anhänger annehmbar waren, für andere aber nicht, dann mußte, wie es denn auch sehr oft geschah, die von ihnen geführte Bewegung sich spalten.[40]

Aus diesen Gründen ist es angemessen, solche Äußerungen als *Artikulationen* der verschiedenen Strömungen im Denken und Fühlen innerhalb der Arbeiterklasse anzusehen. Sie sind Artikulationen in dem Sinne, daß sie die vage und manchmal intensiv empfundenen Gefühle und Erklärungen der Masse der gewöhnlichen Menschen in zusammenhängender Form zusammenfaßten.

40 In diesem Zusammenhang sollte nicht unerwähnt bleiben, daß selbst auf dem Höhepunkt der allgemeinen Teilnahme während der Französischen Revolution in Paris der Besuch auf den Treffen der *Sektionen* sehr gering war. Albert Soboul, *Französische Revolution und Volksbewegung, die Sansculotten: die Sektion von Paris im Jahre II*, Frankfurt 1978, S. 210, schildert, daß sie sich während der meisten Zeit auf 4-7 Prozent der Mitglieder beliefen und in den Zeiten der großen Erregung nur auf 19 Prozent stiegen.

Offensichtlich wurden sie in einer Weise zusammengefaßt, die wirkungsvoll sein und Menschen zum Handeln bringen sollte, indem man sie dazu brachte, am Ende zu sagen: »Das trifft wirklich den Nagel auf den Kopf. Dieser Bursche weiß, wovon er redet. Er sieht, wo uns der Schuh drückt, und er hört sich an wie jemand, der wirklich etwas dagegen tun wird.« Etwas anderes zu glauben bedeutet anzunehmen, daß Männer, die Volksführer zu werden versuchen, absichtlich ignorieren, was das Volk möchte. Zu Zeiten haben sie zweifellos falsch kalkuliert, und zweifellos sind Einzelheiten häufig durchaus nicht zuverlässig. Sicherlich existierten übertriebene Ansprüche. Aber es scheint durchaus gerechtfertigt, in oft geäußerten Themen verläßliche Indikatoren gängiger Diagnosen und Heilmittel für echte Beschwerden zu sehen.

Manchmal wird in diesen turbulenten Zeiten der Mechanismus in den Beziehungen zwischen Sprechern und Anhängern in aufschlußreicher Weise deutlich. Stephan Born, später der führende Kopf hinter der kurzlebigen »Verbrüderung«, einer Arbeiter-Organisation, beschreibt in seinen Memoiren, wie er in den ersten Tagen der Revolution darum gebeten wurde, den Vorsitz in Gruppen aus ganz Berlin zu übernehmen: Gewerkschaften, die gerade dabei waren, eine Satzung auszuarbeiten, Freidenker-Vereine und dergleichen. Als Kind einer jüdischen Familie der unteren Mittelklasse, die durch Unglücksfälle in die Arbeiterklasse herabgedrückt worden war, wurde Stephan Born Lehrling im Druckgewerbe und später Schriftsetzer. Jede freie Minute benutzte er dazu, sich fortzubilden, und er lernte, sich in einem höchst mahnenden Stil auszudrücken, eine Fähigkeit, die von den Arbeitern anerkannt wurde: Sie wählten ihn dazu aus, ihr Gefühl, daß Unrecht geschehe, zu formulieren und die Maschinerie der gesellschaftlichen Veränderung, die ihr Los bessern sollte, anzukurbeln. Born war mindestens ebenso sehr daran interessiert, die unmittelbare Situation der Arbeiter zu verbessern, wie daran, die langfristigen Ziele einer sozialistischen Gesellschaft zu verfolgen, die er bei Marx kennengelernt hatte.[41] In der Zeit vor dem März 1848 gab es in der Berliner Bevölkerung ein Element der Erregung und unter einer

41 Vgl. Stephan Born, *Erinnerungen eines Achtundvierziger*, Leipzig 1898 u. Berlin (DDR) 1978, S. 135 f., und P. H. Noyes, *Organization and Revolution . . .*, a. a. O., S. 51-54.

Vielzahl von Sprechern viel Konkurrenz, die sich diese Strömung zunutze machen wollte. Born scheint gegenüber seinen radikaleren Gegnern – einschließlich der glühenden demagogischen Studenten – relativ leichtes Spiel gehabt zu haben.[42]

Die verschiedenen Gruppierungen der einfachen Stadtbevölkerung nahmen sich ihre Ideen, wo sie sie bekommen konnten. Schon lange vor 1848 hatte eine bemerkenswerte Verbreitung deutscher höherer Kulturgüter bis hinunter in die Handwerkerkreise stattgefunden.[43] Ihre eigene unmittelbare Erfahrung und Situation bestimmte, was sie davon übernehmen konnten und wollten und was sie daraus zu machen vermochten. Andererseits bestimmten Außenseiter wie etwa Intellektuelle weitgehend darüber, was für die Übernahme und Verarbeitung erreichbar war. Es gibt wenig Hinweise auf unabhängige schöpferische Aktivität. Autodidakten wie Wilhelm Weitling scheinen wenig allgemeinen Einfluß besessen zu haben. Immerhin waren als eine Folge der historischen Erfahrungen Deutschlands insgesamt die hauptsächlichen »modernen« Vorstellungen des 19. Jahrhunderts, Nationalismus, Liberalismus und Sozialismus, bei den Handwerkern und sogar bei den Bauern nicht unbekannt.[44] Allerdings drangen andererseits sozialistische und kommunistische Ideen in proletarische Kreise nur sehr wenig ein. Wie schon bemerkt, war das Proletariat zu sehr in Gruppierungen mit weit auseinanderfallenden Erfahrungen zerspalten und zu sehr von traditionellen Weltbildern durchdrungen.[45]

Die wichtigste Gruppe aus dem Volke, in der marxistische und andere radikale Vorstellungen Fuß fassen konnten, waren die Gesellen. Dafür gab es mehrere Gründe. Im Verlauf ihrer obligaten Wanderschaft, einer üblichen Zeit des Herumreisens, während welcher die Männer neue Techniken erlernen und ihre Welterfahrung ausweiten sollten, besuchten sie oft Frankreich und die Schweiz, wo sie mit diesen Ideen in Kontakt kamen. Darüber hinaus zogen Ideen einer Weltveränderung oft diejenigen an, die noch

42 *Ebenda*, S. 78-80, 101-103, 136.

43 Rudolf Stadelmann und Wolfram Fischer, *Die Bildungswelt* ..., a. a. O., S. 17-19, erklären einige der Arten und Weisen, wie dies stattfand.

44 *Ebenda*, S. 202.

45 Jacques Droz und Pierre Ayçoberry, *Structures sociales et courants idéologiques dans l'Allemagne prérévolutionnaire 1835-1847*, in: *Annali* des Istituto Giancomo Feltrinelli, Bd. VI (1963), S. 223, 227-228.

keinen festen Platz in der Berufswelt gefunden hatten, deren Zukunftsaussichten unsicher und die noch nicht von den ethischen Werten ihres Berufsstandes durchdrungen waren. (Aus diesem Grunde waren Studenten für die Anziehungskraft radikaler Kreise unverhältnismäßig anfällig.) Auch wenn die Gesellen einen großen Prozentsatz derer ausmachten, die wegen revolutionärer Umtriebe mit der Polizei in Konflikt gerieten, bildeten die Radikalen doch nur einen winzigen Bruchteil der deutschen Gesellen insgesamt.[46] Schließlich – und vielleicht entscheidend – trafen die repressiven Aspekte der preußischen Bürokratie die Gesellen *und* die Angehörigen der intellektuellen Berufe am härtesten.[47] Das war einer der wichtigen Faktoren, die im März 1848 für eine kurze Zeit eine geeinte revolutionäre Opposition von Kapitalisten über Intellektuelle, Zunftmeister, Gesellen, Fabrikarbeiter und Bauern bis hin zu einigen Teilen des Proletariats ermöglichten. Natürlich rekrutierte die Revolution zu keiner Zeit alle Individuen aller dieser Gruppierungen. Nur eine sehr kleine Minderheit spielte eine aktive Rolle. Da jede Gruppe ihre eigenen Ziele zu formulieren, die Risiken einzuschätzen und ihre eigene politische Identität zu finden suchte, gerieten sie miteinander in Konflikt, und die Revolution zerstreute sich.

5. Das Verhalten der Arbeiter in der revolutionären Phase

Die unterschiedlichen Verhaltenszumutungen der einsetzenden Modernisierung, wie sie Sozialwissenschaftler so beschönigend nennen – sie sind tatsächlich Ursachen akuten menschlichen Leidens gewesen –, waren wahrscheinlich für sich genommen kaum ausreichend, einen revolutionären Ausbruch im Deutschland der 1840er Jahre zu bewirken. Auf ihrem Höhepunkt, beginnend mit dem Jahre 1845, gab es allerdings eine Reihe von Erschütterungen, durch die eine Gesellschaft in diesem Stadium der ökonomischen Entwicklung besonders verwundbar war. 1845 herrschte Kartof-

46 Rudolf Stadelmann und Wolfram Fischer, *Die Bildungswelt* ..., a. a. O., S. 52, 56, 223.

47 Jacques Droz und Pierre Ayçoberry, *Structures sociales* ..., a. a. O., S. 221.

felknappheit; 1846 und 1847 folgten ernsthafte Getreidemißernten. 1847 wirkte sich schließlich die Handelskrise Englands auf dem Kontinent aus, die Folge war steigende Unsicherheit, wenn nicht gar Arbeitslosigkeit.[48] Bereits im April 1847 kam es zu sporadischen Unruhen in Berlin und anderen Städten Preußens: Vorzeichen kommender Ereignisse.[49] Im Frühjahr 1848 war die schlimmste wirtschaftliche Not ausgestanden, und die Lebensmittelpreise begannen zu sinken. Doch zu diesem Zeitpunkt traf die Nachricht ein, Louis Philippe habe am 24. Februar wegen des Volksaufstandes in Paris fliehen müssen. Diese Kunde verbreitete sich nur langsam und ungleichmäßig, und es brauchte seine Zeit, bis aufregende Ereignisse Wirkung zeigten. Es dauerte bis zum 15. März 1848, bevor Barrikaden in Berlin errichtet wurden.

Soviel läßt sich aus guten Allgemeindarstellungen lernen. Die Abfolge der Ereignisse vermittelt den Eindruck, als hätte die immer weiter um sich greifende Not die Volksmassen schließlich zu revolutionären Handlungen getrieben. Die Chronologie des Elends mag zwar Schwierigkeiten bereiten, und Louis Philippes Abdankung bedeutete so etwas wie ein historisches Schwungrad, das die Lokomotive der Geschichte, zumindest der deutschen Geschichte, auf das richtige Gleis brachte. Doch dies scheint kaum mehr als eine geringere Schwierigkeit in der Logik der Erklärung darzustellen.

Dieser Eindruck ist indes falsch. Notlagen waren gewiß vorhanden, in neuen, beunruhigenden Formen wie in alten und gewohnten. Doch der wesentliche Punkt war schlicht der folgende: Die überwältigende Mehrheit derer, die durch die »objektive« Situation irgendwie als Opfer von Ungerechtigkeit erschienen, hatten nicht aktiv Teil an den Ereignissen jener Zeit. Soweit man dies heute sagen kann, verharrten sie angespannt in ihrer Situation, versuchten sich in ihr tägliches Leben zu ergeben und erwarteten das Ergebnis. Obgleich im 20. Jahrhundert der Grad der Volksbeteiligung unzweifelhaft gewachsen ist, nehme ich stark an, daß Passivität die eigentliche Form der Massenaktion in den bedrückendsten historischen Krisen seit dem 16. Jahrhundert blieb. Hiermit soll nicht die entscheidende Wichtigkeit gelegentlicher Volksaufstände

48 P. H. Noyes, *Organization and Revolution* . . ., a. a. O., S. 32 f.

49 Jacques Droz u. Pierre Ayçoberry, *Structures sociales* . . ., a. a. O., S. 230.

geleugnet werden, die allerdings meist nur von einem Bruchteil der Bevölkerung ausgingen. Außer einem Verhalten, das jede Form von Aktivität, die sich in den historischen Akten niederschlagen könnte, zu vermeiden trachtet, gab es während dieser Periode drei weitere Formen des kollektiven Verhaltens. Eine zeigt sich in Form der Emigration; die andere lag in einer Reihe von Versuchen, sich zu organisieren und historisch neue Organisationsformen für ökonomische und politische Ziele zu schaffen. Die dritte trat in Gestalt revolutionärer Gewalt auf. Bevor wir auf jede einzelne näher eingehen, wird die Bemerkung angezeigt sein, daß soziologische Kategorien und Deutungsmuster eine vollständige Erklärung dieser Verhaltensunterschiede nicht liefern. Besonders im Fall der revolutionären Gewalt spielten ganz unmittelbare und einmalige historische Umstände eine wichtige Rolle. Diese Warnung vor der soziologischen Allmacht braucht nicht Gegenstand tiefergehender epistemologischer Erörterungen zu sein. Wie jeder kompetente Statistiker, wenn auch nicht gerade Macaulays Schüler, weiß, ist es besser, wenn man sich bemüht, einige Abweichungen zu erklären als überhaupt nichts.

Mit diesen Bemerkungen wollen wir kurz auf die Emigration zu sprechen kommen. Nach einer durchschnittlichen jährlichen Fluktuation der Bevölkerung von 20 000 im Verlauf eines Jahrzehnts schnellte die Emigrationsrate in Deutschland Mitte der 1840er Jahre stark in die Höhe, um im Krisenjahr 1847 das vier- bis fünffache dieser Zahl zu erreichen.[50] Nach Mack Walker rekrutierten sich die Emigranten hauptsächlich aus der unteren Mittelschicht, d. h. aus kleinen Eigentümern. In den Städten wurde diese Gruppe im wesentlichen von Handwerksmeistern gestellt. In der deutschen Gesellschaft jener Zeit war dies, wie wir schon gesehen haben, ein Sektor, der in überkommenen Vorstellungen nach einer Lösung seiner Unzufriedenheit und Beschwerden sann und somit stark zum revolutionären Ausbruch beitrug. Wie die rebellischen Handwerker, die hinter ihnen standen, wollten die Emigranten im Unterschied zu den revolutionsbewußten Führern der Mittelklasse das Rad der Geschichte anhalten oder gar zurückdrehen. Die von Emigranten veröffentlichten Stellungnahmen über die Gründe ihrer Abwanderung drückten die gleiche nostalgische Feindseligkeit ge-

50 Mack Walker, *Germany and the Emigration* . . ., a. a. O., S. 79 f.

genüber dem Kapitalismus und der Macht des Geldes, die gleiche Bitterkeit über den Verlust der Anerkennung ehrbarer harter Arbeit aus, wie sie in den Stellungnahmen der Vertreter der Zünfte während der Revolution auftauchten.[51] Die Emigration schloß Lehrlinge oder ungelernte Arbeiter nicht ein. Proletarier emigrierten in der Regel nicht, da die Proletarisierung ein endgültiges Scheitern bedeutete, das selbst ein Entrinnen ausschloß. Die arbeitslosen und unterbezahlten Industriearbeiter Sachsens und Schlesiens waren selten in der Lage, genügend Geld zusammenzukratzen, um abzuwandern. Dagegen emigrierten selbständige Dorfkrämer und Handwerker. In Übereinstimmung mit dem allgemeinen Bild fand in den großen und kleinen Städten zunächst so gut wie keine Auswanderung statt. Jene, die fortzogen, waren Leute, die sich auf ihr eigenes Geschick verließen, die dies auch in Zukunft so halten wollten und über einiges Vermögen verfügten, das sich in Bargeld verwandeln ließ.[52] Von diesen Hinweisen läßt sich kaum der eigentliche politische Effekt der Auswanderung veranschlagen. Auch wenn durch die Abwanderung sehr viele grundsätzlich konservativ gesinnte Leute von der Bildfläche verschwanden und somit zur Schwächung der Bewegung beitrugen, so vermute ich doch stark, daß die wichtigste Konsequenz darin lag, den – zum größten Teil aus konservativen Gründen – Unzufriedenen eine Gruppe energischer Unterstützer und potentieller Führer zu entziehen.

Wendet man sich den Organisationsversuchen der Handarbeiter zu, so stellt man fest, daß diese auch etwas mehr hätten tun können, als in eine aktivistische Führungsschicht abzugleiten. Die erfolgreichste Organisation hinsichtlich der Mitgliederzahl war die *Verbrüderung*, ein hauptsächlich von Stephan Born initiierter Versuch, alle Arbeiter in einer nationalen Organisation zusammenzufassen. Zu diesem Zweck unternahm die *Verbrüderung* während des Herbstes und Winters 1848/49 eine lebhafte Kampagne. Im Dezember 1848 hielt sie in Sachsen einen Kongreß ab, auf dem die Delegierten annähernd 3800 Arbeiter aus den verschiedenen Teilen des Königreiches vertraten. Über die Mitgliederzahl, die die *Verbrüderung* zu irgendeinem Zeitpunkt während ihres zweijährigen

51 *Ebenda*, S. 130; vgl. auch die Zitate von Emigranten auf S. 155.
52 *Ebenda*, S. 47 u. 51.

aktiven Bestehens gewinnen konnte, verfügen wir über keine genauen Angaben. Zeitgenössische Angaben schwanken von 12 000 bis zu 800 000, wobei letztere vielleicht von einem Polizeispitzel stammt, der besorgt die Nützlichkeit seiner Aufgabe zu rechtfertigen suchte. Eine brauchbare moderne Schätzung gibt die Zahl mit 18 000 an.[53] Das ist ein sehr geringer Teil der mehr als 550 000 Fabrikarbeiter, um die sie am meisten warb, ganz zu schweigen von den fast 1,5 Millionen ungelernten Arbeitern zu dieser Zeit in Deutschland.

Auf längere Sicht gesehen, war das wichtigste Recht, das die Arbeiter erlangt hatten, das Streikrecht. Obgleich so etwas wie Präzedenzfälle in mehr oder weniger spontanen Aktionen existierten, mußte dieses Recht in der Mitte des 19. Jahrhunderts erst noch entdeckt werden. Es sollte eine lange Zeit dauern, bis es sowohl zu einem wirksamen als auch anerkannten Teil der sozialen Ordnung wurde – noch 1918 war dies nicht durchgehend erreicht. In allen Ländern hatten für die Unternehmer während der frühen Phase des Kapitalismus Arbeitervereinigungen zur Durchsetzung ökonomischer Forderungen den Beigeschmack von Aufruhr und Revolte. Hiergegen setzten sie eine Kombination aus traditionellen und liberalen Argumenten. Arbeiter sollten ihren Meistern gehorchen und ihnen die Verantwortung für ihr Wohlergehen überlassen. Dies war das traditionelle und patriarchalische Argument gegen Gewerkschaften und Streiks. Entsprechend den liberalen Vorstellungen war kollektive Aktion eine Verletzung der Vertragsfreiheit des einzelnen Arbeiters und des Rechts, sein eigenes Schicksal zu wählen und zu bestimmen. Dieses Argument allerdings gab auch Streikbrechern die moralische Sanktionierung. Im allgemeinen unterstützte der Staat diese Ansichten. Auch wenn die Verbreitung von Streiks nicht verhindert werden konnte, so galten Arbeitskämpfe doch als illegal und ihr gesetzlicher Status blieb unbestimmt.

In seinen Erinnerungen berichtet Stephan Born über eine Episode während eines Buchdruckerstreiks in Berlin kurz nach den Märzunruhen 1848, die die Situation in Deutschland zu dieser Zeit wesentlich stärker erhellt als eine mit Statistiken überladene Mono-

53 P. H. Noyes, *Organization and Revolution* . . ., a. a. O., S. 290 f., 298, 306.

graphie. Unter den Berliner Arbeitern jener Tage waren laut Born die Drucker gemeinsam mit den Maschinenbauarbeitern die Schrittmacher, vielleicht sogar die Aristokraten der Arbeiterklasse. Ihre Löhne waren dennoch weit geringer und ihre Arbeitszeit länger als die der Drucker von Paris, deren Verhältnisse Born, der selbst Drucker war, kannte. (Natürlich richteten sich die Maßstäbe für Gerechtigkeit teilweise danach, was man anderswo verdienen konnte, eine Möglichkeit, wie sich die Vorstellung der Veränderung menschlicher Fähigkeiten entwickelt.) Auf ihrer ersten Versammlung wählten die Drucker Born zu ihrem Vorsitzenden und stimmten dem Beschluß zu, Lohnforderungen, hinter denen die Streikdrohung stand, vorzubringen. In einem Polizeistaat, wie er vor 1848 bestanden hatte, wäre all dies unmöglich gewesen. Doch hatte sich die Lage verändert, zumindest ein wenig. Als Vorsitzender der Drucker hatte Born die Idee, persönlich beim Handelsminister vorstellig zu werden, um ihm darzulegen, daß eine Arbeitsniederlegung ins Haus stünde. Der Handelsminister war »ein Manchestermann reinsten Wassers, der über alle, an dem vermeintlich patriarchalischen Verhältnis zwischen Arbeitgebern und Arbeitnehmern haftenden Vorstellungen längst hinaus war«. Für ihn bedeutete der beabsichtigte Streik nichts Ungewöhnliches. Er empfing Born sehr herzlich und bat ihn, sich an das Ende des Sofas zu setzen, während er am anderen Ende Platz nahm, um über die Situation zu diskutieren. Wenig später erteilte der Handelsminister die Order, einen Beamten herbeizurufen, der als Geheimer Ober-Hofbuchdrucker bekannt war. Dieser Herr erschien sehr bald und verbeugte sich weitaus tiefer vor dem Handelsminister als dies der junge Born zu tun pflegte. Der Minister stellte Born vor und erklärte den Grund für dessen Besuch. Der Geheime Ober-Hofbuchdrucker war äußerst erstarrt, »so wie aus allen Wolken gefallen«, und konnte nur einige unverständliche Worte stammeln. Vielleicht hatte der hohe Beamte, wie Born annimmt, einen großartigen Auftrag für seine Geheime Ober-Hofbuchdruckerei erwartet. Obwohl offensichtlich wütend, hielt sich der Hofbuchdrucker doch davor zurück, auf die Forderungen der Drucker eine gänzlich negative Antwort zu geben.[54] Die Arbeiter begannen mit dem Streik. Doch aus Gründen, die uns hier nicht zu interessieren brau-

54 Stephan Born, *Erinnerungen* . . ., a. a. O., S. 122-127.

chen, gelang es ihnen weder bei diesem noch bei späteren Versuchen, ihre Ziele durchzusetzen.[55]

Da Noyes einen hervorragenden Bericht über die Bestrebungen der Arbeiter, ihre Interessen zu organisieren, während der revolutionären Jahre 1848 und 1849 vorgelegt hat, können sich die weiteren Erörterungen über diesen Punkt auf einige allgemeine Beobachtungen, die sich auf sein Werk stützen, beschränken. Eine Reihe von Arbeiterversammlungen in Berlin, die dem Märzaufstand folgten, offenbarte die Muster der Forderungen und Taktiken, denen die Arbeiter jetzt folgen sollten. Im Grunde genommen trachteten sie sowohl nach staatlicher Hilfe wie auch nach Organisierung der Arbeiterklasse. Politische Anerkennung bedeutete die staatliche Unterstützung für die Forderungen, die nach den Märzereignissen plötzlich (mehr oder weniger) legitim wurden; andererseits erstrebten diese Arbeiter gleichzeitig die Bildung von Vereinigungen, die die Macht und das Ansehen, das einst die Zünfte besaßen, haben sollten.[56]

Die Bezeichnung »Proletariat« erweckte, sobald sie auf diese Arbeiter angewandt wurde, große Erregung. Ein Journalist, der sie auf einer Versammlung benutzte, wurde niedergeschrien und gezwungen, diesen Ausdruck zurückzunehmen.[57] Diese Arbeiter fürchteten in der Tat nichts mehr, als ins Proletariat hinabgestoßen zu werden. Selbstachtung war es, was sie erstrebten – und ein Einkommen, das diese Selbstachtung ermöglichte. Ein Zeichen von Selbstachtung, das zudem die altmodischen Konservativen erzürnte, bestand darin, daß die Arbeiter nun mit *Sie* anstelle des familiären *Du* angeredet werden wollten. Während radikale Intellektuelle eine Zeit herbeisehnten, wo die gesamte Menschheit das kameradschaftliche *Du* oder eine äquivalente Formulierung benutzt, insistierten diese Arbeiter auf dem respektvollen *Sie*.[58]

Von der Fragestellung unserer Untersuchung aus gesehen, bedürfen bestimmte Charakteristika der Bewegung besonderer Auf-

55 P. H. Noyes, *Organization and Revolution* . . ., a. a. O., S. 133, 199-202.
56 *Ebenda*, S. 77 f.
57 *Ebenda*, S. 74.
58 *Ebenda*, S. 127 f. Leopold Haimson hat mich darauf aufmerksam gemacht, daß unter den russischen Fabrikarbeitern vor der Revolution von 1917 ein ähnlicher Wunsch nach humaner Behandlung und respektvollerer Anrede in der zweiten Person Plural verbreitet war.

merksamkeit. Wichtig hervorzuheben ist vor allem, daß die Zahl der Beteiligten äußerst gering blieb und gewöhnlich bei einigen Hundert lag, sieht man einmal davon ab, daß im schon früher zitierten Fall der *Verbrüderung* diese einige Tausend erreichte. Doch zu keiner Zeit beteiligte sich mehr als ein verschwindend kleiner Teil der deutschen Arbeiter aktiv an der Bewegung. Weiterhin gilt es zu betonen, daß die meisten dieser Aktiven offensichtlich Mitglieder der Arbeiteraristokratie waren, unberücksichtigt der Tatsache, daß Noyes von mindestens einem Fall berichtet, wo ungelernte Kattundrucker bei den Forderungen nach höheren Löhnen, Arbeitszeitverkürzung und Einschränkung des Maschineneinsatzes die Führung übernahmen.[59] Die Trennungslinie zwischen Zunft- und Fabrikarbeitern blieb recht verwischt; hin und wieder beteiligten sich beide an Streiks – nicht selten gegen ihre unmittelbaren und gar nicht so wohlsituierten Vorgesetzten, zünftige Meister und kleine Unternehmer. Einige Streiks trugen antisemitische Züge. Antisemitismus erschien in diesem historischen Kontext als eine Form volkstümlicher Kapitalismuskritik insofern, als sich die Arbeitskämpfe in der Regel gegen kleine Unternehmen richtete, deren Besitzer man für Juden hielt. Wie nicht anders zu erwarten, fand sich schließlich in Deutschland eine skrupulöse und fast pathetische Aufmerksamkeit gegenüber den Einzelheiten der Organisationsstruktur. Auch wenn die Organisationen nicht langlebig waren, so stellten sie doch Vorbilder bereit, auf die in den folgenden Jahrzehnten, als die Industrialisierung ein weit stärkeres Ausmaß annahm, zurückgegriffen werden konnte.

Das vielleicht bezeichnendste Merkmal all dieser Selbsthilfebewegungen unter den deutschen Arbeitern der 1840er Jahre lag in dem Fehlen jeglicher Überlegungen über die Notwendigkeit ungelernter Arbeitermassen, des anwachsenden Proletariats, und vielleicht mehr noch in dem Mangel an artikulierten oder organisierten Reaktionen durch das Proletariat selbst, sei es auf die Vernachlässigung oder auf ihre eigene allgemeine Situation.[60] Die von Marx als Speerspitze der Revolution postulierte Schicht war in der Tat – und dies wurde bereits hervorgehoben – die ruhigste von allen.

59 *Ebenda*, S. 129.

60 *Ebenda*, S. 220. Die vielleicht wichtigste dieser Versammlungen war der Berliner Kongreß im August 1848, an dem hauptsächlich in Zünften organisierte Facharbeiter teilnahmen.

Wer aber beteiligte sich dann an den revolutionären Aktionen, und was will dieses Wort in diesem historischen Zusammenhang überhaupt besagen? Der Leser, der die Argumentation in diesem Buch bis zu diesem Punkt verfolgt hat, braucht wohl kaum daran erinnert zu werden, daß in dem Reaktionsrepertoire der Menschen auf Deprivation und Ungerechtigkeit der aggressive Gegenangriff nicht als automatisch oder irgendwie »natürlich« angenommen werden darf. Gewöhnlich hatten die städtischen Unterschichten in Deutschland in der Mitte des 19. Jahrhunderts schwerwiegende Hindernisse zu überwinden, bevor sie in revolutionäre Aktionen einsteigen konnten. Zu jener Zeit gab es in Deutschland, wie auch schon früher und in den nachfolgenden Jahren, eine weitverbreitete und tiefverwurzelte Tradition der Loyalität wie der Unterwürfigkeit gegenüber der verfassungsmäßigen Macht, vor allem gegenüber einer Macht mit ausgeprägten patriarchalischen Zügen.[61] In den deutschen Städten fanden sich kaum Anzeichen für Volksunruhen, wie sie im Frankreich des 17. und 18. Jahrhunderts so weit verbreitet waren.[62] Natürlich gab es in den 1830er Jahren vor allem im preußischen Rheinland einige Fälle von Krawallen und Maschinenstürmerei. Weit charakteristischer für die Stimmung unter den Arbeitern bis 1844 ist die an den neugekrönten Friedrich Wilhelm IV. gerichtete Petition Kölner Arbeiter, die von der »Weisheit Seiner Majestät« die Abwendung drohender Armut, die aus der Freizügigkeit resultiere, verlangte.[63] Selbst als die Unruhen der Märztage 1848 nahezu ihren gewalttätigen Höhepunkt in Berlin erreicht hatten, zirkulierte unter den Arbeitern ein lithographiertes Flugblatt in Form einer Petition, das mit *»Allerdurchlauchtigster König«* begann und mit der Formel *»In tiefster Untertänigkeit*

61 Die historischen Ursachen dieser Eigenart sind – zumindest für mich – recht unklar. Der Aufstieg der Junker und der Absolutismus der Hohenzollern haben sicherlich eine wichtige Rolle gespielt. Ebenso mag das Desaster des *Bauernkrieges* im 16. Jh. seinen Teil mit dazu beigetragen haben.

62 Vgl. zu diesem Punkt v. a. die Kap. 1 u. 2 der ausgezeichneten Untersuchung von Mack Walker, *German Home Towns: Community, State, and General Estate 1648-1871*, Ithaca 1971. Für die französische Situation sind die Ausführungen bei Pierre Goubert, *Louis XIV et vingt millions de Français*, Paris 1966, S. 33 f.; George Rudé, *The Crowd in the French Revolution*, S. 20-25; Charles Tilly et al., *The Rebellious Century 1830-1930*, S. 18 f., von Interesse. Mit den Monographien zum Themenkomplex bin ich nicht vertraut.

63 P. H. Noyes, *Organization and Revolution* . . ., a. a. O., S. 35.

verharren . . .« endete. Auch der Inhalt hielt sich an die traditionellen Formen. Die Petition erklärte, der Staat könne nur blühen und gedeihen, wenn das Volk in der Lage wäre, seine Lebensbedürfnisse durch Arbeit zu befriedigen, und bat um die Bestellung eines Ministeriums, das nur von ›Arbeitgebenden‹ und Arbeitern zusammengesetzt werden sollte, um gegen die aktuelle Situation anzugehen. Dies war für jene Zeit immer noch ein gewagter Schritt und er wird in voller Länge von dem bedeutendsten DDR-Historiker der Arbeiterbewegung des Vormärz zitiert, um den damals schon erreichten Grad politischer und intellektueller Unabhängigkeit der Arbeiter zu dokumentieren.[64]

Das Verhalten der Arbeiter variierte aufgrund lokalspezifischer Gegebenheiten sehr stark. Der *Fabrikant* wurde häufig zur Zielscheibe des Hasses, weil er als *newcomer* sowohl die Ursache für den Zusammenbruch traditioneller Lebensweisen als auch diejenige Person zu sein schien, die auf Kosten der Armen unersättlichen Gewinn aus diesem Zusammenbruch zog. Doch herrschte diese Situation keineswegs überall vor. Besonders im Rheinland trug die neue Wirtschaftsweise stark patriarchalische Züge. Im Fall der Bergleute waren die patriarchalischen Beziehungen ein Erbe ihrer früheren Beziehung zum Staat.[65] In einigen Teilen des Rheinlandes scheinen sich die patriarchalischen Barrieren gegen Aufruhr und Revolte über die revolutionäre Phase hinaus bewahrt zu haben. Doch blieben sie letzten Endes nicht sehr wirksam.[66] In Berlin war der *Fabrikant* nicht die Zielscheibe des ersten gewalttätigen Ausbruchs. Als Feind galt dort der reaktionäre Bürokrat und vor allem das Militär. In bezug auf diese Haßobjekte konnten viele

64 Karl Obermann, *Die deutschen Arbeiter in der Revolution von 1848*, 2. überarb. Auflage, Berlin 1953, S. 122.

65 Einige zeitgenössische Einschätzungen finden sich bei Pierre Guillaume Frédéric Le Play, *Les Ouvriers européens*, Bd. III, Paris 1877-1879, S. 99, 101, 102-106, 111 f., 127, 129; Thomas Charles Banfield, *Industry of the Rhine: Series II, Manufactures*, London 1848, S. 41, 46, 74-78.

66 Die Bergarbeiterschaft stellt einen Sonderfall dar, auf den später noch detaillierter eingegangen werden wird. Augenscheinlich beteiligten sie sich nicht an den revolutionären Erhebungen. Droz und Ayçoberry, *Structures sociales . . .*, a. a. O., S. 191, verweisen auf Beispiele, wo die patriarchalischen Barrieren wirksam wurden. Auf der anderen Seite berichtet Carl Schurz in seinen *Lebenserinnerungen*, Bd. 1, Berlin 1906, S. 173, von gewaltsamen Konflikten in Teilen des Rheinlandes während der Maitage 1849.

fortgeschrittene *Bürger* die Empörung teilen. Letztlich aber blieb das Ausmaß von Gewalt auch in jenen Märztagen äußerst beschränkt. Nur in Berlin und Wien wurden Barrikaden errichtet und Schüsse abgegeben.[67]

Durch irgendwie zusätzliche Provokationen, durch ein wachsendes Unmutsgefühl über das, was in ihren Augen Vernachlässigung und Mißhandlung darstellte, und vor allem durch die Nachrichten über die Ereignisse in Paris stimuliert, wandte sich letzten Endes eine nicht unbeträchtliche Zahl von Arbeitern gewalttätigen Aktionen zu, an denen auch Bauern teilnahmen. Diese Anwendung von Gewalt sollte sich mit Unterbrechungen bis zum Scheitern der Revolution im Sommer 1849 hinziehen. Unter der Bevölkerung der kleineren und größeren Städte waren es zweifelsohne vor allem Handwerker und Arbeiter, die zur revolutionären Gewalt griffen. Was aber will revolutionär in diesem Zusammenhang besagen? In welchem Sinne war zumindest ein Teil der deutschen Arbeiter revolutionär? Welche Arbeiter? Welche Umstände zwangen sie dahin, und was waren ihre Ziele?

Es wird das beste sein, mit einigen negativen Antworten zu beginnen. Zwischen den unteren Rängen der Zunft- und Fabrikarbeiter scheinen Unterscheidungen nicht möglich zu sein. Im Verlauf der Auseinandersetzungen, die schließlich in Gewalt ausarteten, mochten Fabrikarbeiter Forderungen zur Abhilfe von Mißständen aufstellen, die sich nur für Leute, die im Zusammenhang mit Zunftabsprachen arbeiteten, ergaben.[68] Während der Märztage 1848 übernahmen die Maschinenbauarbeiter von Berlin die Führung bei den revolutionären Ereignissen. Später sollten sie für Gesetz und Ordnung eintreten, und wiederum einige Zeit danach waren sie bestrebt, die undankbare Rolle des Vermittlers und Friedensstifters zu spielen.[69] Natürlich lassen sich bei den städtischen Unterschichten für nahezu jede Verhaltensweise schlagende Beispiele finden, vom Ruf nach Gesetz und Ordnung[70] über offenes Marodieren und Plündern bis hin zu einem Verhalten, das man zu

67 Noyes, *Organization and Revolution* ..., a. a. O., S. 57.

68 R. Strauss, *Die Lage und die Bewegung* ..., a. a. O., S. 261 f.

69 K. Obermann, *Die deutschen Arbeiter* ..., a. a. O., S. 124; Noyes, *Organization and Revolution* ..., a. a. O., S. 155, 273, 278.

70 So wie sie vom Berliner Arbeiterkongreß ausgesprochen wurden; vgl. *ebenda*, S. 218.

Recht als revolutionäre Erhebung bezeichnen kann. Nach meinem Dafürhalten würde der Versuch ungeheuer viel Zeit beanspruchen, wollte man soziologische Kategorien und Unterscheidungsmerkmale erarbeiten, um die Unterschiede in diesem oder jenem Verhalten zu erklären. Es gibt keine erkennbare Tendenz zu speziellen Verhaltensweisen, die in irgendeiner Form besonders charakteristisch für städtische Arbeiter wären, von sehr augenfälligen (aber dennoch wichtigen) einmal abgesehen. Sie legten in vielfältiger Weise Unmut an den Tag und hatten auch viel Grund dazu. Einmal verhielten sie sich dementsprechend, dann wieder genau entgegengesetzt – immer jedoch als Reaktion in bezug auf konkrete und unmittelbare Ausbrüche.

Diese Umstände fügen sich allerdings zu einem Muster, das einen eigenen Sinn ergibt. Die Unruhen in der Anfangsphase der Revolution dauerten auf sporadische und spontane Weise bis zum Sommer und Herbst 1848 an. Von einigen Marodeuren aus der Arbeiterklasse wird berichtet, daß sie sich in den Wäldern von Mecklenburg-Schwerin verbargen, große Güter der Umgebung überfielen, Lösegelder bis zur Höhe von 13 000 Talern forderten, Häuser in Brand steckten und Weinkeller öffneten, ein Verhalten, das ihnen wohl kaum die Sympathie der besitzenden Klassen eintrug. In Baden ereigneten sich so viele Sabotageakte gegen die Eisenbahn, daß sie unter staatlichen Schutz gestellt werden mußte. Die Städte wurden weit mehr erschüttert. Krawalle ereigneten sich schon bei geringem oder unbedeutendem Anlaß. Einem Zeitungsbericht zufolge spielten sich zahlreiche Auseinandersetzungen unter den Arbeitern selbst ab.[71] Nachdem die Dinge einmal ihren Lauf nahmen, wurden alte Rechnungen zwischen herrschenden und unterworfenen Gruppen und innerhalb der arbeitenden Klassen selbst beglichen. Mit der Auflösung der ›alten Ordnung‹ wurden neue Ursachen für Wut und Rache geschaffen. Gleichzeitig hatte sich der wichtigste Vertreter der alten Ordnung, die Armee, zeitweilig von der Bildfläche zurückgezogen, um sich neu zu gruppieren. Sie sollte schließlich zurückkehren und die Revolution zerschlagen.

Einige dieser Unruhen hatten klarere und weittragende Ziele; insbesondere gab es einen besonders wichtigen Volksaufstand gegen

71 *Ebenda*, S. 256 f.

die Frankfurter Nationalversammlung, als diese in einen unpopulären Friedensabschluß einwilligte, der näherer Erörterung bedarf, sobald wir daran gehen, die Bedeutung der nationalistischen Komponente in der Bewegung der Unterschichten zu beurteilen. Im September 1848 zettelten Chemnitzer Arbeiter einen Aufruhr an, als ihre Hoffnungen auf ökonomische Erleichterungen (insbesondere auf Abhilfe gegen Arbeitslosigkeit) enttäuscht worden waren und als auf dem Höhepunkt der Unruhen zwei von ihnen ins Gefängnis geworfen und von Polizei und Justizbehörde mißhandelt wurden.[72] Diese Auseinandersetzungen scheinen den Höhepunkt der politischen Gewaltanwendung zu bilden, die von den Arbeitern zu expliziten Klassenzielen eingesetzt wurde. Am 31. Oktober 1848 ereigneten sich vereinzelte Unruhen mit ähnlichen Ursachen in Berlin. Sie markierten das endgültige Scheitern der Arbeiter bei der Unterstützung der demokratischen und linksliberalen Bewegung und bedeuteten den ersten größeren Bruch zwischen beiden.[73]
Die nachfolgenden Gewaltanwendungen traten als Abwehr gegen die Reaktion auf. General Wrangel marschierte am 10. November 1848 mit regulären Truppen in Berlin ein und proklamierte kurz darauf den Belagerungszustand. Nur sehr begrenzter und unwirksamer Protest war zu vernehmen, an dem sich zwei, aus der früheren Bürgerwehr hervorgegangene Arbeiterkorps beteiligten.[74] Im April 1849 fühlte sich Friedrich Wilhelm IV. stark genug, das gesamte Werk der Frankfurter Nationalversammlung abzulehnen, indem er die vom neuen Deutschland angebotene Reichskrone zurückwies. Die Ablehnung führte zu einem kurzen Bürgerkrieg mit geringer Verbreitung, aus dem die Preußische Armee siegreich hervorging.
Einige Arbeiter sammelten sich zur Verteidigung der bürgerlichen Verfassung, als der bewaffnete Kampf Anfang Mai 1849 einsetzte. Nach Carl Schurz gab es als Folge der Weigerung des Königs in den Fabrikbezirken von Köln einen Aufstand, ungeachtet der den Arbeitern gegenüberstehenden überwältigenden Militärkräfte. Ähnliche Unruhen ereigneten sich in Iserlohn, Düsseldorf und

72 R. Strauss, *Die Lage und die Bewegung* . . ., a. a. O., S. 290-307.
73 Noyes, *Organization and Revolution* . . ., a. a. O., S. 270 f.
74 *Ebenda*, S. 279.

Elberfeld. Die *Landwehr* erwies sich in diesen Gebieten als unzuverlässig.[75] Besonders in Chemnitz waren Teile der Arbeiterklasse bemüht, bewaffnete Verteidigungseinheiten zu formieren und den Insurgenten, deren Widerstandszentrum in Dresden lag, zu Hilfe zu eilen. Anfangs arbeiteten Teile der besitzenden Schichten mit ihnen zusammen, doch zogen sie sich bald zurück und erfanden Entschuldigungen für ihr Hinhalten.[76] Somit zeigten die Arbeiter, einschließlich der Handwerker, ein beträchtliches Maß an spontaner Unterstützung für die Revolution und stellten einige ihrer wichtigsten Truppen. Dennoch war nach Noyes die Mehrzahl der Arbeiter zu diesem Zeitpunkt von der Revolution enttäuscht und zog sich zurück. Aus allgemeiner Enttäuschung über die politische Aktion wandten sich die ehemals Aktiven dem zu, was an Organisationen geblieben war, die sie in der Hoffnung, zu retten, was aus den Ereignissen zu retten war, gegründet hatten. Die Handwerksmeister hatten bis zu diesem Zeitpunkt den geforderten gesetzlichen Schutz erreicht – allerdings durch die alten etablierten Behörden und nicht durch die Frankfurter Nationalversammlung.

Gleichzeitig hatte sich unter den unzufriedenen Gesellen und den ärmeren Arbeitern Hoffnungslosigkeit darüber breitgemacht, irgend etwas sowohl von den etablierten Regierungen wie von der Revolution zu erhalten.[77] Bei dieser begrenzten Basis zur Unterstützung und Verteidigung überrascht es kaum, daß die Sammlung zur Verteidigung der Verfassung scheiterte. Damit wurde auch der gegebenen Möglichkeit, bei der Deutschland das Zeitalter der Industriegesellschaft unter den Auspizien eines konstitutionellen Liberalismus hätte betreten können, ein Ende bereitet. Der nächste größere Impuls in dieser Richtung sollte nicht vor der Niederlage von 1918, die die Regierung des Kaisers diskreditierte, stattfinden.

Führt man sich den gesamten Vorgang vor Augen, dann bereitet es

75 Vgl. C. Schurz, *Lebenserinnerungen*, a. a. O., Bd. I, S. 173 f. Die aus Bauern, Handwerkern, Fabrikarbeitern und Kaufleuten bestehenden Mitglieder der *Landwehr* weigerten sich oft, ihre Familien und Arbeitsplätze zu verlassen, um Aufständische, mit denen sie zum Teil stark sympathisierten, niederzuschlagen.

76 Strauss, *Die Lage und die Bewegung* . . ., a. a. O., S. 309-320.

77 Noyes, *Organization and Revolution* . . ., a. a. O., S. 316, 322.

Schwierigkeiten, die Zuflucht der Arbeiter zu Gewalt als revolutionär zu betrachten. Sicherlich, es gab eine Reihe sporadischer Angriffe gegen Eigentum, der fundamentalen Grundlage sowohl der alten Ordnung wie der sich entwickelnden neuen. Ebenso klar sind die Anzeichen, daß die Situation der Handwerker wie der Fabrikarbeiter sie bis zu einem gewissen Grad in Opposition zu den kapitalistischen Unternehmern stellte. Doch ist dies kaum revolutionär in dem Sinne, daß Gewalt eingesetzt wird, um einen politischen Mechanismus durch einen ganz anderen zu ersetzen, mit dem Ziel, die Macht der neuen sozialen Klasse oder der Koalition von sozialen Klassen sicherzustellen. Die in Arbeiterversammlungen zusammengetragenen Forderungen, von denen einige in der Tat recht weitreichend waren, reflektierten selbst zu Zeiten großer politischer Spannungen das vollständige Einverständnis mit der vorherrschenden gesellschaftlichen Ordnung. Was sie erstrebten, war gerechte Behandlung als untergeordnete Mitglieder dieser Ordnung: Auf die Arbeit bezogen, hieß dies ausreichende Bezahlung, um dem traditionellen Standard entsprechend leben zu können, Schutz vor willkürlicher Macht des Unternehmers und die Behandlung mit normalem menschlichen Respekt durch Zunftmeister und *Fabrikanten.*[78] Hinweise für den Wunsch irgendeiner organisierten, hauptsächlich aus Handwerkern und Fabrikarbeitern zusammengesetzten Gruppe, die Macht im Staat zu übernehmen und Deutschland nach ihren Interessen zu regieren, fehlen.

Da sie eine verschwindende Minderheit stellten, überrascht dies kaum. Zusammen mit den Bauern hätten sie allerdings eine überwältigende Mehrheit abgegeben. Ich habe keinerlei Zeichen einer derartigen proto-leninistischen Vorstellung gefunden. Auch das überrascht angesichts der Art und Weise, wie die deutschen Städte

78 Strauss, *Die Lage und die Bewegung . . .*, a. a. O., S. 260-269. Auf S. 266 erwähnt Strauss eine Versammlung von 4000 Teilnehmern. Sämtliche Zahlenschätzungen, die neueren nicht ausgenommen, sind in hohem Maße unzuverlässig. Doch kann man davon ausgehen, daß die erwähnte Versammlung nach den Maßstäben jener Zeit zu den sehr großen gerechnet werden muß. Die Untersuchung von Strauss ist v. a. deshalb nützlich, weil sie den äußerst geringen Einfluß von Intellektuellen bei jenen Versammlungen herausstreicht. Der Vorsitzende der Versammlungen in Chemnitz wird als Nicht-Arbeiter, als kleinbürgerlicher Demokrat beschrieben.

sich selbst durch ihre Zunftstruktur von dem elementaren ökonomischen Tausch, vom Lande abkapselten, kaum.[79]
Will man das städtische Volksempfinden und die Forderungen im Deutschland dieser Zeit genau verstehen, dann ist es hilfreich, den Begriff der Revolution auf ein weniger ins Auge springendes Merkmal zu reduzieren. Das Ziel von sich artikulierenden Handwerkern wie Fabrikarbeitern war die Anerkennung innerhalb der gesellschaftlichen Ordnung. Anerkennung meint hier, ausreichende Wertschätzung durch andere und eine gesicherte, am Prinzip des Auskommens orientierte ökonomische Grundlage, um rechtschaffene Selbstachtung zuzulassen. Sie alle fürchteten, ein Teil des Proletariats zu werden. Die Vorstellungen, wie diese Ziele zu erreichen waren, variierten allerdings je nach gesellschaftlichem und ökonomischem Status recht stark. Für die Zunftmeister bildeten die Preise und die Konkurrenz das große Problem – und Staatshilfe die angemessene Lösung. Mit Staatshilfe war gemeint, daß die Gesellschaft neue Dienstleistungen bereitstellen sollte. Für einige Arbeiter waren die Löhne das Hauptproblem – ein sicheres Zeichen für den Anbruch neuer Zeiten. Dazwischen lag die große vage Welt, die die Gesellen und Lehrlinge stellten, die noch keine Fabrikarbeiter im heutigen Verständnis waren und die in ihrem eigenen Bereich kaum realistische Aussichten hatten, einmal zünftiger Meister zu werden. Ihre Interessen waren konfus, und sie zeigten sich der Widersprüche kaum bewußt.
Die mannigfaltigen Forderungen von zünftigen Meistern, Gesellen, Lehrlingen und Fabrikarbeitern könnten nur soweit als revolutionär bezeichnet werden, als sie unmöglich innerhalb des Rahmens des vorherrschenden gesellschaftlichen Konsens' erfüllt werden konnten.[80] Vor dem Ereignis war es schwierig anzugeben, welche Anstrengungen notwendig sein würden, um den Gesellschaftsvertrag neu auszuhandeln. Die städtischen Unterschichten offenbarten zu diesem Unterfangen nur geringe Neigungen zur Anwendung von Gewalt, was keineswegs heißt, daß sie zu Wut

79 Walker, *German Home Towns* . . ., a. a. O., S. 112-119. Ein Spruch der Städter lautete: »Von diesem Bauernpack kommt niemand in die Stadt.«
80 Die wichtigste Trennungslinie verlief zwischen den neuen industriellen und Wirtschaftsführern – der neuen kapitalistischen Bourgeoisie – und sämtlichen Handarbeitertypen, von den Schutz suchenden Zunftmeistern bis hin zu schlecht bezahlten Gelegenheitsarbeitern.

oder Gewalt unfähig waren. Dort, wo Gewaltanwendung im größeren Maßstab stattfand, handelte es sich um die Gewalt der Leute, deren Hoffnungen geweckt und dann enttäuscht worden waren, wie etwa bei den Aufständen von 1849. In dem Maße, wie die Krise überhaupt eine Revolution darstellt, war sie für die städtischen Unterschichten in Deutschland eine Revolution um der Respektabilität willen.

6. Die Arbeiter und der Nationalismus

Ich habe bereits die Aufmerksamkeit auf die Verbindung von einem sich ändernden Bewußtsein der menschlichen Fähigkeiten zur Beseitigung gesellschaftlich produzierter Mißstände und den korrespondierenden Wandlungen in der Definition von Freund und Feind sowohl im eigenen Lande als auch im Ausland gelenkt. Unter den städtischen Arbeitern vollzogen sich schon zur Zeit der 1848er Revolution einige Neubestimmungen im Begriff von *deutsch* und *nicht-deutsch*. In einer anregenden Studie haben zwei hervorragende Historiker angeführt, daß sich bereits 1848 eine starke nationalistische Strömung unter deutschen Arbeitern ausgebreitet hatte.[81] Doch ist es arg schwierig auszumachen, was sich unterhalb der Ebene gelegentlicher Rhetorik durch die Wortführer wirklich vollzog.

Die Unruhen im September 1848 gegen die Nationalversammlung von Frankfurt wegen ihres Scheiterns in der Wahrung deutscher Interessen bezüglich Schleswig-Holstein liefern den geeigneten Einstieg zum Verständnis der Verbindung von deutschem Nationalismus und gesellschaftlicher Anpassung während der Revolution. Die September-Unruhen waren tatsächlich nicht nur ein entscheidender Wendepunkt in der Revolution; sie stellten eine Miniaturausgabe der gesamten Revolution dar, in der die eigene Position sowie Freund und Feind in brutaler Offenheit redefiniert wurden. Während die Ereignisse ihren Lauf nahmen, hatten reaktionäre Kräfte in den deutschsprachigen Ländern bereits damit

81 Werner Conze u. Dieter Groh, *Die Arbeiterbewegung in der nationalen Bewegung: Die deutsche Sozialdemokratie vor, während und nach der Reichsgründung*, Stuttgart 1966, S. 32-40.

begonnen, sich von ihrer Verwirrung und Desorientierung zu Beginn der Revolution zu erholen. Die Organisationen von Demokraten und Arbeitern waren in Süddeutschland unter polizeiliches Verbot gefallen. In Wien wurde der Protest der Arbeiter gegen Lohnkürzungen im öffentlichen Dienst in der Schlacht am Prater (23. August 1848) niedergeschlagen, wobei es 30 Tote und 282 Verwundete gab.[82]

In dieser Phase ereignete sich eine jener größeren, im Deutschland des 19. und 20. Jahrhunderts so häufigen außenpolitischen Krisen, die sowohl Radikalen wie Konservativen die Möglichkeit eröffnete, ihre Waffen in der einheimischen politischen Arena zu erproben. Preußische Gruppen blieben unter Führung des preußischen Königs ohne Erfolg, als sie versuchten, deutschen Ansprüchen auf Schleswig-Holstein Nachdruck zu verleihen, das dann unter dänische Souveränität fiel. Unter dem Druck von England und Rußland, einem Druck, der zu dem Moment nationaler »Demütigung« hinzukam, akzeptierte der preußische König Bedingungen zugunsten der Dänen und zuungunsten der Deutschen. Die Bedingungen wurden im Waffenstillstand von Malmö festgehalten. Die Frankfurter Nationalversammlung sah sich nun vor die Wahl gestellt, den Waffenstillstand zu akzeptieren oder zurückzuweisen. Die Nationalversammlung, die ursprünglich Preußen zur Entsendung von Truppen in die Provinzen beauftragt hatte, fand sich nun ihrerseits in der Lage, den Verlust eines Gebietes akzeptieren zu müssen, das viele Deutsche zu Recht oder zu Unrecht für einen integralen Bestandteil des neuen Deutschland, das um seine Entstehung kämpfte, hielten. Der preußische König erlegte ihnen den Verlust auf und akzeptierte obendrein das Diktat des Auslands.

Die Nationalversammlung befand sich in einem Dilemma. Die Nachricht vom Frieden erhielt sie am 4. September 1848. In einer Stimmung der Ernüchterung und Bestürzung und nach der Erinnerung eines Redners an ihre frühere Verpflichtung, Deutschlands Ehre zu verteidigen, lehnte die Versammlung am Abend des 5. Septembers die Ratifizierung des Waffenstillstands ab. Doch ohne unter ihrem Befehl stehendes Militär konnte die Nationalversammlung so gut wie gar nichts ausrichten. Am 16. September

82 Noyes, *Organization and Revolution* ..., a. a. O., S. 258 f.

beriet die Nationalversammlung erneut und nahm den Waffenstillstand mit einer knappen Mehrheit von 21 Stimmen (258 zu 237) an.[83] Die Folge war ein massiver Volksaufstand mit Barrikadenkämpfen. In seinem Verlauf wurden zwei konservative Führer der Nationalversammlung als Verräter ermordet. Der konservative Senat der Stadt Frankfurt rief nach Truppen zum Schutz der Versammlung, ein Ruf, dem die Reaktionäre – der einzige gesellschaftliche Sektor, dem Truppen zur Verfügung standen – nur allzu gern folgten. Die Straßenkämpfe hielten drei Tage an, bevor preußische und österreichische Truppen die Ordnung wiederherstellen konnten.[84] Die ›respektablen‹ Elemente hatten sich also der Ordnung und des Eigentums zuliebe in die Hände von Reaktionären geworfen – dies sollte nicht das letzte Mal in der deutschen Geschichte geschehen. In Zukunft sollten Respektabilität und Nationalismus, um nicht zu sagen Chauvinismus, glücklich Hand in Hand marschieren. Andererseits war Respektabilität 1848, wenn auch widerwillig, antipatriotisch.

War die andere Seite der Medaille, die radikale Bewegung, in diesem Augenblick eine Aufwallung spontanen popularen und plebejischen Nationalismus? Einigen Darstellungen zufolge scheint dies so gewesen zu sein. In Valentins detailliertem Bericht über den Aufstand und seinen Hintergrund findet diese Interpretation keine Unterstützung. Es mag eine beträchtliche Portion Nationalismus unter den radikalen Demokraten, die zu dieser Zeit in Südwestdeutschland ausgedehnte Unterstützung fanden, gegeben haben. Für einen kurzen Augenblick brachte die Nachricht vom Waffenstillstand von Malmö den radikaldemokratischen Teil der Bourgeoisie und die Masse des ›Pöbels‹ zusammen, eine für die Nationalversammlung potentiell gefährliche Kombination. Doch abgesehen von verbalen Äußerungen zögerten die Radikaldemo-

83 Veit Valentin, *Frankfurt am Main und die Revolution 1848/49*, Stuttgart 1908, S. 310 f., 313 f.

84 Vgl. die kurze Schilderung bei Obermann, *Die deutschen Arbeiter* . . ., a. a. O., S. 302-305. Bei Valentin, Frankfurt . . ., a. a. O., Kap. 4, ist eine ausführlichere Darstellung, auf die ich mich im wesentlichen bezogen habe, nachzulesen. In seiner *Geschichte der deutschen Revolution von 1848/49*, Berlin 1931, Bd. II, Kap. 3 bezieht sich Valentin lediglich auf seine frühere Arbeit und bringt hierbei keinerlei neue Informationen über die uns hier beschäftigenden Probleme.

kraten, sich an der revolutionären Aktion zu beteiligen. Als die plebejischen Elemente – die »Massen«, wie sie in einigen Darstellungen genannt werden – zum Aufstand übergingen, löste sich diese Koalition auf.[85]

Der Aufstand selbst lag schon vor 1848 in der Luft. Frankfurt war der Sammelpunkt und das Zentrum der südwestdeutschen Politik, wo radikale Strömungen besonders stark waren. Fast jeder links von der Mitte stehende Redner kam irgendwann einmal nach Frankfurt, wo er auf eine lautstarke und sympathisierende Hörerschaft rechnen konnte. Die wesentlichen Rekrutierungsfelder für ein derartiges Publikum stellten unzufriedene Lehrlinge und Arbeiter. Dann und wann erhob sich aus ihren Reihen eine Stimme, die in der Sprache der Zukunft an das Proletariat appellierte, sich zu erheben und seine Unterdrücker niederzuwerfen. *Turnvereine* waren besondere Rekrutierungsfelder für die Subversion; aus ihnen ging im März 1848 der *Arbeiterverein* hervor. Lange vor dem Waffenstillstand von Malmö hatte die Stadt Frankfurt ein großes Publikum für antiparlamentarische radikale Redner unterschiedlichster Schattierungen und Überzeugungen gestellt.[86]

Diese antibürgerliche und antiliberale Strömung unter den städtischen Unterschichten trat zum ersten Mal – im europäischen Vergleich – in der 48er Revolution hervor. In der Puritanischen Revolution und selbst während der Französischen Revolution hatte sich die wesentliche Stoßrichtung der Forderungen des Volkes in und durch parlamentarische Versammlungen artikuliert. Auch wenn diese populare Strömung mit derjenigen der radikalen bürgerlichen Demokratie einherging und sich manchmal mit ihr vereinigte, so führten die September-Unruhen doch zur Beendigung ihrer Kooperation. Der Grund hierfür lag in der fehlenden Bereitschaft der Frankfurter Nationalversammlung, den popularen Forderungen entgegenzukommen.[87] Diese antiparlamentarische

85 Valentin, *Frankfurt* . . ., a. a. O., S. 314 f.; vgl. auch S. 292-297 bezüglich der vorher abgehaltenen demokratischen Kongresse.

86 Zu den *Turnvereinen* und ihrer sozialen Zusammensetzung vgl. *ebenda*, S. 277, zur zeitgenössischen Verwendung des Begriffs ›proletarisch‹ siehe S. 278-280, zu den Anfängen der *Arbeitervereine* S. 283 und zum anti-parlamentarischen Radikalismus S. 285-287.

87 Dieser Punkt wird bei Noyes, *Organization and Revolution* . . ., a. a. O., S. 221-261, ausführlich dokumentiert.

Strömung überschattete weitgehend jedes nationalistische Element in dem Volksaufstand und stellt seine eigentliche historische Bedeutung dar. Die Erregung über den Waffenstillstand von Malmö schürte nur den Funken, der es dem Volkszorn ermöglichte, von der Rhetorik zur Erhebung überzugehen. Obschon der Vorsitzende des *Arbeitervereins* vor seiner Zuhörerschaft versicherte, daß der rechte Flügel der Nationalversammlung für den Verrat am deutschen Volk verantwortlich sei[88], wurde doch der Waffenstillstand in den Reden, die die Massen in und um Frankfurt kurz vor dem Aufstand erregten, kaum erwähnt.[89] In Deutschland lag 1848 fanatischer popularer Nationalismus noch hinter dem historischen Horizont verborgen.

Mit dieser Beobachtung will ich nicht behaupten, die Arbeiter hätten kein Interesse am Charakter des Staates gezeigt. Natürlich taten sie dies. Schon früher haben wir auf die pathetische Zurückweisung aller existierenden Strömungen zugunsten irgendeiner Form von Föderalismus seitens der Gesellen verwiesen. Diese Haltung symbolisierte sich in der Ablehnung aller politischen Fahnen und in dem Versuch, eine eigene zu verbreiten. Hingegen finden sich im Zwölf-Punkte-Programm der Chemnitzer Arbeiter vom 22. April 1848 und in dem 15-Punkte-Programm der Leipziger Arbeiter vom 27. März 1848 verschiedene Forderungen, die sich auf den Charakter und die Politik des Staates beziehen. Doch nur der erste Punkt des Chemnitzer Programms – die Forderung nach Beendigung der Zollschranken innerhalb Deutschlands und nach ihrer Einführung an Deutschlands Grenzen – hat etwas mit den deutschen Beziehungen zu anderen Ländern zu tun. Sie ist nationalistisch in dem Sinne, daß sie die Interessen Deutschlands vor alle anderen stellt. Auf der Grundlage dieser Programme, die deshalb erwähnt wurden, weil sie im Vergleich zu anderen Äußerungen von Arbeiterinteressen, Fabrikarbeiter wie Handwerker eingeschlossen[90], eher spontan zu sein scheinen, ist es recht offensicht-

88 Obermann, *Die deutschen Arbeiter* . . ., a. a. O., S. 303 f.

89 Valentin, *Frankfurt* . . ., a. a. O., S. 345 f. Bei seiner abschließenden Einschätzung (S. 353 f.) sieht Valentin den Waffenstillstand als »externe« Ursache für die Erhebung; aus »internen« Gründen habe es aber schon lange Zeit vorher unter der Oberfläche gebrodelt.

90 Vgl. Strauss, *Die Lage und die Bewegung* . . ., a. a. O., S. 260-262, 268 f. Bezeichnenderweise erhielt das Manifest einer anderen, von Strauss erwähnten

lich, daß der sich artikulierende Teil der deutschen Arbeiterschaft in der Tat ein starkes Interesse an der Schaffung eines geeinten Deutschlands hatte – eines Staates, der allerdings ihren Vorstellungen entsprechen sollte. (Dies galt natürlich gleichermaßen für das Bürgertum.) Ihre Aufmerksamkeit war stark auf innenpolitische Belange konzentriert. Man kann indes nahezu sicher behaupten, das innenpolitische Probleme etwa achtzig bis neunzig Prozent der Aufmerksamkeit auf sich zogen, die die Arbeiter gegenüber politischen Angelegenheiten zeigen konnten und tatsächlich zeigten. Zugespitzt läßt sich sicherlich sagen, daß die artikulationsfähigen Arbeiter darin übereingestimmt haben mögen, daß diese innenpolitischen Ziele – oder »soziale Demokratie«, um einen damals in ganz Europa geläufigen Begriff zu verwenden, obwohl er zu einem formalen Terminus einer organisierten Bewegung in Deutschland werden sollte – im europäischen Kontext jener Zeit nur durch und mit einem starken Staat erreicht werden konnten. Aber niemand scheint sie gedrängt zu haben. Überdies waren die Arbeiter aus guten Gründen gegen das stehende Heer äußerst feindselig eingestellt und wollten es durch eine Volksmiliz ersetzen; ihre Führer waren daher bezüglich der Mittel, mit denen dieser Staat geschaffen werden sollte, irgendwie in Verlegenheit. Oder vielleicht haben sie versucht, das Dilemma mit der optimistischen Erklärung beiseite zu schieben, daß alle Völker und Menschen, sobald ihr soziales Programm Realität geworden sei, Brüder würden. Der entscheidende Punkt aber bleibt, daß sich die Arbeiter zum Teil wegen ihrer Machtlosigkeit mit diesen Problemen nicht konfrontiert sahen. Mit Sicherheit läßt sich nun behaupten, daß die Keime für einen Nationalismus innerhalb der Arbeiterklasse ebenso wie ihre Widersprüche und Dilemmata schon vorhanden waren. Sie sollten genügend Zeit zur Entwicklung haben. Selbst wenn man die Berichte über massenhafte Arbeiterbeteiligung an der Erregung über die Vorgänge in Schleswig-Holstein für bare Münze nimmt, so gibt es doch unter den Arbeitern keinerlei Anzeichen für einen messianischen Gedanken der Ausbreitung der Bewegung dieser

Gruppe (*ebenda*, S. 249), in der sich Handwerker und Arbeiter mit Unternehmern, Intellektuellen und Bürokraten zusammengetan hatten, einen weit nationalistischeren Anstrich. Es verlangte nach einer einheitlichen und machtvollen Vertretung der deutschen Interessen im Ausland.

Zeit. Es gab nichts, das sich mit der Entladung popularer Energie während der Französischen Revolution (und war diese wirklich popular?), die anfangs zur Verteidigung der Revolution sammelte und dann die »Befreiung« über den europäischen Kontinent trug, vergleichen ließe. Die großen Befreiungsbewegungen vom Christentum bis zum Sozialismus nahmen ihren Anfang bei panhumanen Idealen und wurden durch Integration in die Regierungsgewalt zu Agenten wiederum neuer Repression. Diese Transformation läßt sich für das Papsttum, das Napoleonische Reich, das British Empire, die USA, den russischen und chinesischen Kommunismus aufzeigen. Die deutsche Arbeiterklasse hatte sich 1848 auf diese Entwicklung gerade erst eingelassen.

Sechstes Kapitel
Soziale und kulturelle Strömungen vor 1914

1. Einführung

Wie ihre Klassengenossen in Frankreich und England bei Ausbruch des Ersten Weltkrieges, so marschierten auch deutsche Arbeiter in Reih und Glied zum großen Gemetzel. Bis zum letzten Augenblick zweifelte man, ob dies geschehen würde: In gehobenen Kreisen befürchtete man, in denen der Arbeiter hoffte man, daß dies nicht geschähe. Das Ereignis selbst löste dann einen Schock aus, dessen Erschütterungen über den Kreis der Historiker hinaus immer noch nachklingen. Für einige liefert dieses Ereignis den Beweis dafür, daß die Arbeiter ihre revolutionären Illusionen und Rhetorik aufgegeben hatten.

Unter dem Einfluß der fortschreitenden Industrialisierung lernten sie die Tugenden und Gebote des politischen Geschäfts bis zu dem Punkt, an dem sie sich dann zu guten liberalen Demokraten entwickelten. Für die gemäßigten unter ihnen liegt die Tragödie darin, daß dieser Prozeß demokratischer Integration nicht rechtzeitig durchgeführt werden konnte, um eine zweite, um so schlimmere Tragödie zu verhindern: den Aufstieg Adolf Hitlers. Für diejenigen mit revolutionären Sympathien war es andererseits gerade dieser integrative Prozeß, der den Ersten Weltkrieg in erster Linie zustande kommen ließ und dann die Möglichkeit jeglichen effektiven Widerstandes gegen Hitler verhinderte. Ungeachtet ihrer Differenzen erzählen gemäßigte und revolutionäre Intellektuelle essentiell die gleiche Geschichte. Es ist dies die Geschichte von der Zähmung des Proletariats.

Hinter beiden Versionen steht die implizite Annahme, daß ein großes Industrieproletariat existierte und daß dieses Proletariat wenigstens potentiell eine ernste revolutionäre Gefahr darstellte.

Aber sind wir uns wirklich so sicher, daß es überhaupt ein zu zähmendes Proletariat gab? Besser gesagt: Schuf die moderne Industrie irgendwann vor 1914 stetig wachsende Arbeitermassen, deren Lebensbedingungen und Klagen darüber akut genug waren, um die immanent vorhandenen revolutionären Kräfte freizusetzen? Oder anders betrachtet: War die industrielle Arbeiterklasse im Begriff, so groß zu werden, daß sie die besitzenden Klassen durch rein zahlenmäßige Übermacht zu überwältigen drohte, falls sie das Stimmrecht forderte und auch erhielt? Es wäre ganz offensichtlich ein Fehler, linke Prahlereien oder auch konservative Klagen als stichhaltiges Beweismaterial in dieser Frage zu akzeptieren. Beide Seiten stellen zu offensichtlich ihre eigenen Interessen in den Vordergrund. Trotz aller Unzulänglichkeiten dürften anhand von allgemeinen Statistiken und solchen zur Beschäftigungssituation die Grundstrukturen der Lage aufzuzeigen sein.

Was auch immer die Statistiken zeigen, an diesem Punkt der Nachforschung wird es sinnvoller sein, den Begriff und die Vorstellung vom »Proletariat«, mit seinem Unterton von potentieller Revolution, vorerst fallenzulassen oder wenigstens auszuklammern. Diese Auffassung soll geprüft, nicht bloß »vermutet« werden. Überdies kann die Beschäftigung mit ihr uns davon abhalten, interessantere Fragestellungen zu entdecken.

Wir sollten nicht all unsere Zeit mit der Suche nach der Entscheidung zubringen, ob die Arbeiter nun revolutionäre Neigungen besaßen oder nicht. Damit würde man ihre Gefühle und ihr Verhalten in vorgefertigte Kategorien zwängen, die wenig mit ihrem realen Leben und ihren Bedürfnissen zu tun hatten. Wir sollten uns statt dessen bemühen, diese Interessen zu entdecken. Sie mögen sehr wenig mit Politik und Revolution zu tun gehabt haben. Wir müssen nach Möglichkeit herausfinden, wie sie ihr eigenes Leben sahen, was sie als Glück oder Unglück erlebten, was als Recht oder Unrecht und wie sie sich diese Dinge erklärten. Auf der Suche nach einer Antwort dürfen wir nicht vergessen, daß die Geschichte der Sozialdemokratischen Partei Deutschlands nicht mit der Geschichte des deutschen Industriearbeiters identisch ist. Wir interessieren uns besonders für ihre auf die Zukunft gerichteten Hoffnungen und Ängste einschließlich der historisch geschaffenen Stereotypen und kulturellen Blickwinkel, von denen aus diese Zukunftsvorstellungen gesehen wurden. Offensichtlich wäre es ein Fehler anzunehmen, daß alle Industriearbeiter in ihren Erfahrungen identisch wären, obwohl es einleuchtet, einige Erfahrungen und Gefühle als allgemein vorauszusetzen. In welchem Sinnzusammenhang man auch immer von einer Arbeiterklasse sprechen mag, so bedarf dies doch abgesehen von einer groben statistischen Anhäufung bestimmter Berufskategorien auch des Nachweises von allgemein geteilten Erfahrungen. Die Unterschiede mögen hierbei ebenso relevant oder sogar wichtiger sein als die Ähnlichkeiten. Folglich wird eine unserer vorrangigen Aufgaben darin bestehen, die für uns wichtigsten Linien der Spaltung zu lokalisieren und eine Erklärung für sie zu finden.

2. Größe und Zusammensetzung der Industriearbeiterschaft

Das Deutsche Reich führte 1907 eine breit angelegte Erhebung zur Berufssituation durch, deren Ergebnisse während der Jahre vor dem Ersten Weltkrieg in mehreren Ländern veröffentlicht wurden. Mit ihren zahlreichen Tabellen und dem ausführlichen Kommentar stellen diese nüchternen Bände eine einzigartige, wenn auch wenig benutzte Quelle von grundlegenden Fakten über die deutsche Gesellschaftsstruktur dar. Eine andere nützliche Quelle quantitativer und qualitativer Daten zur Lage der Industriearbeiter ist die Reihe jährlicher Berichte der Gewerbeaufsicht. Diese Daten, hier und da durch andere Quellen ergänzt, ermöglichen es, die vorläufigen statistischen Umrisse des Untersuchungsgegenstandes zu zeichnen.

1907 belief sich die Gesamtbevölkerung auf 62 Millionen Menschen. Ihre Aufgliederung nach Berufen sah wie folgt aus (in Tausend):

Land- und Forstwirtschaft	9 883
Industrie und Bergbau	11 256
Handel und Transport	3 478
Übrige Lohnempfänger einschl. Hausangestellter	472
Freiberufliche	1 087
Gesamt (ausschließlich der Armee)	26 176
Diesen werden hinzugefügt:	3 405
Keine Beschäftigung angegeben	1 792
Gesamt	5 197
Zusammen	31 373[1]

1 *Statistisches Jahrbuch*, Bd. 35 (1914), S. 2, 14-15. Geringfügige Unterschiede sind hier und an anderen Stellen auf Aufrunden zurückzuführen.

Da durch die Aufgliederung nach Berufen 31 Millionen bzw. die Hälfte der Bevölkerung erfaßt wird, können wir annehmen, daß die andere Hälfte aus solchen Personen bestand, die in keinem Arbeitsverhältnis standen. (Wie beispielsweise Alte und Schwache, junge Leute, nicht berufstätige verheiratete Frauen etc.)
Die Aufgliederung der in Industrie- und Bergbau Beschäftigten sah folgendermaßen aus (in Tausend):

Unternehmer	1 977
Büroangestellte	686
Arbeiter und Hilfsarbeiter *(Mithelfende)*	8 593
Gesamt	11 256

Wir ersehen hieraus, daß die Gesamtzahl von Arbeitern und Hilfskräften sich auf 8 593 000 oder 7 Prozent der beschäftigungsmäßig erfaßten Bevölkerung beläuft.[2]
Angesichts der Tatsache, daß Industrie- und Bergarbeiter nur geringfügig mehr als ein Viertel der in der Wirtschaft Tätigen ausmachten, ist es klar, daß das industrielle Proletariat, gleichgültig wie man es definiert, 1907 immer noch eine verschwindend kleine Minderheit der deutschen Bevölkerung darstellte.
Wie klein es war, hängt von der Definition des Begriffes Proletariat ab. Zwei allgemeine Charakteristika werden wohl in jeder Diskussion hervorgehoben.[3] Die Art der Industrie könnte ein Kriterium

2 *Statistik des Deutschen Reiches* (im weiteren mit SDR zitiert), Neue Folge, Band 211, Berufsstatistik, Abt. X., S. 175, 176. Zu einer ausgesprochen anderen Reihe von Ergebnissen siehe Waldemar Zimmermann, *Die Veränderung der Einkommens- und Lebensverhältnisse der Deutschen Arbeiter durch den Krieg*, in: Rudolf Meerwarth, *Die Einwirkung des Krieges in Deutschland auf Bevölkerungsbewegung, Einkommen und Lebenshaltung* Stuttgart 1932, S. 285. Für 1913-1914 gibt Zimmermann eine Gesamtsumme der Arbeiterklasse (Lohn- und Gehaltsarbeiter) von ca. 23 000 000 an. Zusammen mit ihren Familienangehörigen waren dies 44 000 000 Personen, bzw. 66% der gesamten Bevölkerung, damals ca. 67 000 000. Zimmermanns Arbeiterklasse umfaßte jedoch zusätzlich zu Industrie- und Bergarbeitern landwirtschaftliche Arbeitskräfte und Lohnempfänger in Handel und Transportwesen. Mehr als 1/4 solcher Personen in Handel und Transportgewerbe waren Büroangestellte, mit denen sich unsere Studie momentan nicht beschäftigt.

3 Man kann sämtliche Hinweise auf den Begriff »Proletariat« aus den drei Bänden des *Kapital* heraussuchen, ohne auf irgendeine präzise Definition zu stoßen. Marx kommt einer solchen Definition im *Kapital*, 23. Kapitel, Fußnote 70, S. 642, am nächsten: »Unter ›Proletarier‹ ist ökonomisch nichts zu verste-

liefern. Auf dieser Ebene ist es möglich, grobe Unterschiede zwischen Industrietypen zu machen, die zum einen charakteristisch für eine hochentwickelte moderne Wirtschaft und zum anderen eher typisch für ein früheres Stadium der geschichtlichen Entwicklung sind. Einem anderen, sehr ähnlichen Kriterium folgend würde man solche Arbeiter als charakteristisch proletarisch bezeichnen, die in großen Städten leben und bei Großfirmen beschäftigt sind. Es gilt deshalb die Bedeutung von »groß« und »riesig« im Jahre 1914 herauszufinden und beide Kriterien weiterzuverfolgen.

Um die Zahl der Arbeiter in unterschiedlichen Industriezweigen festzustellen, wird es das beste sein, das Zahlenmaterial zu benutzen, das von der Gewerbeaufsicht für das Jahr 1915 zusammengetragen wurde. Es werden nur Betriebe mit 10 oder mehr Arbeitern erfaßt. Aus diesem Grund lassen sie von den ca. 8 Millionen Arbeitern eine Zahl von rund einer Million aus. Andererseits sind die Arbeiter dieser kleinen Handelsbetriebe ohne Bedeutung. Es wird angebracht sein, diese Berufe in drei Sparten zu unterteilen. Die erste entspricht dem, was dann später zur Kriegsindustrie wurde. Schließt man den Bergbau mit ein, was sich m. E. empfiehlt, so ist dieser Sektor ganz offensichtlich der für eine Industriegesellschaft charakteristischste. Die zweite ist eine Zwischengruppe und die

hen als der Lohnarbeiter, der ›*Kapital*‹ produziert und verwertet und aufs Pflaster geworfen wird, sobald er für die Verwertungsbedürfnisse des ›Monsieur Kapital‹, wie *Pecqueur* diese Person nennt, überflüssig ist.« In den diesbezüglichen Artikeln in der *Großen Sowjetischen Enzyklopädie* (2. Auflage) trifft der Terminus ›Proletarier‹ auf jeden Lohnarbeiter zu, der durch seine Arbeit einen Mehrwert für die Kapitalisten oder die Bourgeoisie erzeugt. Siehe die Stichwörter ›Proletariat‹, Bd. 35, S. 23, ›Rabochii Klass‹ (Arbeiterklasse), *Ebenda*, S. 436, und ›Pribavochnaja Stoimost‹ (Mehrwert), Bd. 34, S. 459. In der umfassenderen Erörterung von ›Arbeiterklasse unter dem Kapitalismus‹, Bd. 35, S. 437, in einem Hinweis auf das gewaltige Anwachsen des Proletariats in mehreren Ländern während des 19. Jahrhunderts, werden jedoch nur Industrie- und Transportarbeiter behandelt. Wenn diese Definitionen als solche schon nicht sehr hilfreich sind, kann man kaum erwarten, daß sie das beinhalten, was geschehen sollte, als der Kapitalismus langsam heranreifte. Dafür muß man die marxistische Theorie im ganzen berücksichtigen. Andererseits bestehen gerade in diesem Punkt die größten Kontroversen. Da ich keine Geistesgeschichte schreibe, sondern herausfinden will, was wirklich passiert ist, und nicht, was Marx oder seine Nachfolger und Kritiker dachten, habe ich den Gordischen Knoten durchtrennt, indem ich meine eigenen Vorstellungen von der möglichen Bedeutung des Begriffs entwickelt habe.

dritte in erster Linie eine Reihe von Zivilindustrien. Der letzte oder auch am meisten zivile Sektor diente vorrangig Verbraucherinteressen. Vor dem 1. Weltkrieg fand sich hier im großen und ganzen der technisch am wenigsten entwickelte Wirtschaftssektor.[4]
Die folgenden Tabellen veranschaulichen diese Daten:

Tabelle 2:
Anzahl der Arbeiter nach Industriegruppen in Betrieben mit 10 oder mehr Beschäftigten, laut Gewerbeaufsicht für das Jahr 1913 (in Tausend):

	Anzahl der Arbeiter	Prozent der Gesamtzahl
Kriegsindustrien		
Metall	680	09
Maschinen	1173	16
Chemie	181	02
Öl und Brennmaterialien	82	01
Bergbau	1197	16
Gesamtsumme für die Kriegsindustrien	3313	45
Zwischenindustrien		
Holz	454	06
Papier	199	03
Leder	121	02
Stein und Kohle	648	09
Bau	277	04
Sonstige	18	—
Gesamtsumme für die Zwischenindustrien	1717	23
Zivile Industrien		
Lebensmittel	714	10
Bekleidung	431	06
Textil	956	13
Druck	200	03
Reinigung	56	01
Gesamtsumme für die zivilen Industrien	2357	32
Gesamtsumme aller Industrien	7387	100

Quelle: Statistisches Jahrbuch für das Deutsche Reich, Bd. 42 (1921/22), S. 96-97. Es war mir nicht möglich, die Originalberichte der Gewerbeaufsicht für das Jahr 1913 in amerikanischen Bibliotheken ausfindig zu machen.
Bemerkung: Die Gewerbeaufsicht erfaßt nur Unternehmen mit 10 und mehr Beschäftigten. Geringfügige Diskrepanzen ergeben sich durch Auf- bzw. Abrunden.

4 Damit folge ich Gerhard Bry, *Wages in Germany 1871-1945*, Princeton 1960, in vieler Hinsicht; nur den Bergbau zähle ich zum ersten Sektor. Zu weiteren Einzelheiten und ausführlicheren Zitaten siehe meine Erörterung im achten Kapitel, Teil 1.

Tabelle 2 zeigt, daß ungefähr 44 Prozent der Industriearbeiter im zivilen Sektor beschäftigt waren, wohingegen es 55 Prozent in den zwei Sektoren sind, die ich als weniger modern eingestuft habe. Es ist auch der moderne Sektor, in dem die größten Konzentrationen von Arbeitern mit ähnlichen Beschäftigungen auftreten. In der metallverarbeitenden Industrie und im Maschinenbau waren insgesamt 25 Prozent und im Bergbau 16 Prozent beschäftigt. Zusammen ergibt das 3 050 000 Arbeiter. Weitere Konzentrationen von 10 und mehr Prozent konnte man in der Lebensmittel- und Textilindustrie finden; zusammen sind dies 1 670 000 Arbeiter. Folglich wäre es bei einer sehr großzügigen Schätzung möglich, 4 720 000 bzw. etwa 64 Prozent aller Arbeiter der Kategorie des modernen Industrieproletariats einzuordnen.

Diese Zahl beeindruckt allerdings weit mehr durch ihre Größe denn durch ihre Bedeutung. Im nächsten Kapitel über das Ruhrgebiet, dem industriellen Herzen Deutschlands, werden wir uns mit den Lebensbedingungen der Berg- und Metallarbeiter im einzelnen beschäftigen. An dieser Stelle soll ein Hinweis darauf genügen, daß das politische Verhalten von Berg- und Metallarbeitern in der Nachkriegszeit sehr unterschiedlich war. Das ist nur eines von vielen Anzeichen, daß die Gesamtzahlen, selbst wenn sie nach Berufsgruppen aufgegliedert sind, Personen in einen Topf werfen, deren Lebensumstände und Lebensstil ausgeprägte Eigenheiten besaßen und zu ganz unterschiedlichen politischen Standpunkten führten.

Viele der wichtigsten Unterschiede treten innerhalb einer Berufskategorie auf. Der Maschinenbau ist dafür ein interessantes Beispiel. Die Statistik von 1907 vermittelt Einblicke in die mannigfachen Beschäftigungen, die in dieser Kategorie zusammengeworfen wurden.

Es gab 469 000 Maschinen- und Werkzeugbauer, die damit die größte Unterkategorie stellten. Dann gab es 107 000 Stellmacher und Wagenbauer, außerdem beinahe 90 000 Arbeiter in der Elektroindustrie. Automobil- und Fahrradfabriken beschäftigten zusammen nur 21 000 Arbeiter. Diese Liste setzt sich weiter nach unten fort in insgesamt 15 Subkategorien oder Berufssparten der Maschinenindustrie, Hersteller von Uhren (41 000), Musikinstrumenten, Klavieren und Orgeln, bis hin zu den Frauen, die Glühstrümpfe für Lampen verfertigten (2000). Hier hat sich die Welt des Handwerkers erhalten, und auf jeden Fall ist der Bedarf nach speziellen Fachkenntnissen gestiegen. Sie hat kaum etwas mit der Welt der großen Fabrik und der monotonen Bedienung von Maschinen zu tun, die gerade ein Minimum von Fertigkeiten erforderte. So etwas gab es natürlich auch. Man sollte jedoch vorsichtig sein und ihren Einfluß nicht überschätzen. Diese Welt existierte am ehesten in den Textil- und einigen der neuen Automobilfabriken, wenn auch letztere in den letzten Jahren unmittelbar vor dem Krieg gerade erst im Entstehen waren.[5]

Die Größe des Proletariats verringert sich weitaus mehr, wenn man es auch in den großen Städten sucht. Deutschland hatte 1907 42 Städte, die als *Großstädte* klassifiziert wurden, womit solche mit einer Bevölkerung von 100 000 und mehr gemeint sind. Verglichen mit heutigen Maßstäben ist das eine sehr kleine Zahl. Setzen wir 500 000 als eine angemessene Zahl für eine Megalopolis des Vorkriegs-Europas an, die Oswald Spengler mit solch finsterer Vorahnung betrachtete, so hatte Deutschland hiervon fünf: Leipzig mit 505 000, Dresden mit 512 000, München mit 533 000, Hamburg mit 827 000 und Berlin mit 2 005 000. Davon einmal abgesehen, konnte die Masse der Großstadtbewohner selbst unter Aufbietung aller Phantasie nicht als ein Industrieproletariat bezeichnet werden. Von je 10 000 Einwohnern aller Großstädte, von denen wir die meisten heutzutage als Städte mittlerer Größenordnung einstufen würden, waren nur 2414,5 in der Industrie, im Bergbau und dem Bauhandwerk beschäftigt.[6]

Im industriellen Sektor der Großstädte umfaßten lediglich die folgenden beruflichen Kategorien mehr als 300 000 Personen und kommen daher eigentlich nur für ein Industrieproletariat in Frage:

Metallverarbeitung	332 000
Maschinen- und Werkzeugbau	359 000
Bekleidungsindustrie	483 000
Baugewerbe	419 000
	1 593 000[7]

5 *SDR*, N. F., Band 211, Abteilung X, S. 126.
6 *SDR*, N. F., Bd. 220/221, Abt. VIII, S. 97 (Gewerbeabteilung B).
7 *SDR*, N. F., Bd. 211, Abt. X, S. 140.

Betrug das Verhältnis von Lohnempfängern zur Gesamtzahl der Personen in dem Berufszweig 76 Prozent, so wie es für Deutschland als Ganzes der Fall war, würde dies insgesamt 1 211 000 Personen ergeben. Diese konnten größtenteils als die arbeitenden Mitglieder der städtischen Industriearbeiterschaft betrachtet werden. Sie machen nur 10,7 Prozent aller Industriearbeiter aus (11 300 000). Hätte jeder eine Frau und zwei Kinder, so können wir schließen, daß sie zusammen mit ihren Familienangehörigen 3 633 000 Personen ergeben. Mit weniger als 4 Millionen ergibt diese Schätzung ein Industrieproletariat, das weniger als 6 Prozent (5,8) der Gesamtbevölkerung stellte.

Die Angaben über die Beschäftigungslage in Großfirmen lassen sogar eine noch niedrigere Schätzung zu; über den Daumen gepeilt kommt eine halb so große Zahl wie die vorhergehende heraus. Großunternehmen waren zu jener Zeit laut Definition der Zählung solche, die mehr als 1000 Personen Beschäftigung boten. In dieser Zahl waren nicht nur Lohnempfänger, sondern auch die Anteilseigner und das administrative und geistliche Personal enthalten. Es ist unmöglich festzustellen, wie viele dieser Riesenfirmen ihren Sitz in Großstädten hatten, wenngleich dies wahrscheinlich bei den meisten der Fall war. 1907 verdienten 1 378 000 in solchen Einrichtungen ihren Lebensunterhalt. Die überwiegende Mehrheit dieser Personen setzte sich aus drei industriellen Kategorien zusammen:

Bergbau, Hüttenwesen etc.	600 000
Maschinen- und Werkzeugbau	326 000
Textilindustrie	112 000
Gesamt	1 038 000[8]

Waren 76 Prozent hiervon Lohnempfänger, so wären es insgesamt 789 000. Bei der Anwendung der strengsten Definition vom modernen Industrieproletariat ergibt sich gleichzeitig auch die niedrigste Zahl. Damit ist noch längst nicht alles zu diesem Thema gesagt. Der Zensus zitierte Angaben, wonach die drei obigen industriellen Kategorien einen schnell wachsenden Sektor darstellten, der sich von 563 000 im Jahre 1895 bis zum Jahr der nächsten

8 *SDR*, N. F., Bd. 220/221, Abt. VIII, S. 65.

Volkszählung nahezu verdoppelte. Hierauf werden wir noch zurückkommen.
Wenn sich aber die Industriearbeiter in dem mächtigsten Industriestaat Europas nicht in den Großstädten befanden, wo waren sie dann anzutreffen? Die deutsche Industrie war, insgesamt gesehen, vor dem Ersten Weltkrieg immer noch in starkem Maße eine kleinstädtische Angelegenheit, dies selbst nach den damaligen Maßstäben. Sämtliche in der Industrie beschäftigten Personen – nicht nur die Arbeiter allein – verteilten sich wie folgt:

Ländliche Gebiete	2 879 000
Kleine und mittelgroße Städte	5 569 000
Großstädte	2 807 000[9]

Schon für sich genommen erklärt dieser Umstand weitgehend die provinzielle und kleinstädtische Atmosphäre der deutschen Arbeiterpolitik vor dem Ersten Weltkrieg.
Die Zensusangaben deuten darauf hin, daß auch dieser Prozeß nicht sehr weit vorangeschritten war. Von den beinahe 8,6 Mio. Industriearbeitern wurden nur knapp 5 Mio. als Facharbeiter und 3,5 Mio. als ungelernte eingestuft. Eine Unterteilung nach Geschlecht ergab ungefähr 7 Mio. Männer und 1,6 Mio. Frauen.[10]
Männliche Facharbeiter überwogen in der Metallverarbeitung, im Maschinenbau, der Holzverarbeitung, der Bekleidungsindustrie, der Lebensmittelindustrie, im Bau-, Druck- und damit verbundenen Gewerben. Dies waren die Berufe, in denen laut Umfrage eine beträchtliche handwerkliche Ausbildung erforderlich war. Ungelernte männliche Arbeitskräfte überwogen im Bergbau und im Hüttenwesen, im Bereich Steine und Erden, in der Chemie, bei Beleuchtungsmaterialien und der Papierindustrie. Diese gehörten zu den wichtigsten Industrien, die von großen Firmen geleitet wurden und sich für die damalige Zeit durch ein hohes Maß an Arbeitsteilung auszeichneten. Folglich zeichnete der Prozeß der Proletarisierung sich hier deutlich ab. Letztendlich führten Frauen in beinahe allen Industriezweigen ungelernte Tätigkeiten aus. Außerdem gab es starke Konzentrationen von mehr als 100 000

9 *SDR*, N. F., Bd. 211, Abt. X, S. 140.
10 *Statistisches Jahrbuch*, Bd. 35 (1914), S. 15; *SDR*, N. F., Bd. 211, Abt. X, S. 178.

Frauen (gelernte und ungelernte) in Unternehmen, die Stoffe, Bekleidung und Nahrungsmittel herstellten.[11]

Es bietet sich an, diesen Teil der Erörterung mit einem kurzen Überblick über das statistische Material zur wirtschaftlichen und politischen Organisation unter den 8,5 Mio. Industriearbeitern zu beschließen. Wir wollen ein genaueres Augenmerk auf die Gewerkschaften richten, da diese einen entscheidenden Einfluß auf das tägliche Leben der Arbeiter besaßen. Die Freien Gewerkschaften, in nicht immer freundschaftlicher Verbindung mit der SPD, waren die bei weitem größten und mächtigsten. Allerdings hatten sie Konkurrenten, die versuchten, die Arbeiter unter religiösen und politischen Vorzeichen und im Interesse der Arbeitgeber zu beeinflussen.

Die christlichen Gewerkschaften waren vorwiegend katholisch; die Hirsch-Duncker'schen *Deutschen Gewerkschaftsvereine* hatten Verbindungen zur liberalen Partei. Gelbe Gewerkschaften, die bedeutende lokale Erfolge erzielten, nannten sich gewöhnlich Gewerkvereine, während die sozialistischen und katholischen Organisationen sich als Gewerkschaften bezeichneten. (Im Bergbau hat das Wort ›Gewerkschaft‹ eine besondere Bedeutung, welche die früheren korporativen Traditionen widerspiegelt.) Da die Mitgliederzahl sowohl im Laufe eines Jahres als auch über mehrere Jahre hin beträchtlich fluktuierte und außerdem die Berichte über die Mitgliedschaft von den Organisationen selbst stammen, ist bei der Betrachtung der Mitgliederzahlen einige Skepsis angebracht. Trotz alledem sagen sie uns einiges über den Organisationsgrad unter den Arbeitern. Tabelle 3 gibt die Mitgliederzahlen für einige ausgewählte Jahre an.

Die Mitgliederzahlen zeigen ein rapides Anwachsen der Freien Gewerkschaften zwischen 1907 und 1912, wonach es eine leichte Abnahme gab. Sie offenbaren jedoch ein Abfallen des in den Freien Gewerkschaften organisierten Anteils an Arbeitern: Er fiel in dieser Zeit von 3/4 bis auf etwas über 2/3. Die Hauptnutznießer waren die Gewerkschaften, die in irgendeiner Weise mit den Arbeitgeberinteressen verbunden waren. Der Hinweis erscheint notwendig, daß 1913 im Höchstfall einer von drei Arbeitern einer Gewerkschaft mit zumindest vom Namen her marxistischer Färbung ange-

11 *SDR*, N. F., Bd. 211, Abt. X, S. 251-253.

Tabelle 3

Mitgliederzahlen in den Gewerkschaften: 1907, 1912 und 1913 (in Tausend)

Jahr	Freie Gewerkschaften	Christliche Gewerkschaften	Deutsche Gewerkvereine (H. D.)	Unabhängige Vereinigungen	Gelbe Gewerkschaften	Protestant. Vereinigungen	Gesamtzahl	% Anteil der freien Gewerkschaften an der Gesamtzahl
1907	1873	285	109	127	59		2453	76
1912	2583	351	109	303	231	156	3733	69
1913	2525	342	107	318	280	154	3726	68

Quelle: *25. Sonderheft zum Reichs-Arbeitsblatt: Jahrbuch der Berufsverbände im Deutschen Reiche*, S. 79.

hörte. Etwas weniger als die Hälfte der Lohnempfänger in der Industrie war überhaupt ohne jegliche Gewerkschaftszugehörigkeit. Noch immer stand ein großes Reservoir an organisierten Lohnempfängern hinter der best-organisierten Arbeiterklasse Europas. 1912 waren rund 2 Millionen Lohnempfänger im Besitz von Lohnverträgen, weniger als 1/4 aller Industriearbeiter. Lohnverträge an sich ließen zu jener Zeit allerdings nicht unmittelbar auf die Gewerkschaftsstärke schließen. Die Gewerkschaften konnten, wie etwa bei den Bergarbeitern, durchaus höchst einflußreich sein und einen wesentlichen Teil der Arbeitskräfte erfassen; dennoch weigerten die Arbeitgeber sich weiterhin, Verträge auf kollektiver Basis auszuhandeln. Die Stärke der Freien Gewerkschaften blieb auf kleinere Unternehmen beschränkt, wo die Arbeitsbedingungen immer noch denen in einem Handwerksbetrieb ähnelten. Diese Situation war im übrigen weitverbreitet. Vor dem Krieg hatten die Freien Gewerkschaften in der Schwer-, Eisen- und Stahlindustrie und in der Chemie kaum Fuß gefaßt.[12] Mit anderen Worten, es lag noch vor den Marxisten, sich einen festen Stand im Kern des modernen Industrieproletariats zu erobern.

Die Sozialdemokratische Partei beanspruchte für sich, der Hauptsprecher der Arbeiterinteressen zu sein, und sie war natürlich der wichtigste Träger marxistischen Gedankenguts. Im Hinblick auf die Gesamtheit der Lohnabhängigen blieb ihre Mitgliederschaft trotz schnellen Zuwachses sehr klein. 1907 behauptete sie, eine Mitgliederzahl von 530 466 vorweisen zu können. Das würde heißen, daß einer von 16 Arbeitern der SPD angehörte, vorausgesetzt, alle Mitglieder wären Arbeiter gewesen; aber ganz offensichtlich war dies nicht der Fall. Viele waren Intellektuelle. Bis zum Jahr 1913 hatte sich die Mitgliederzahl der SPD fast bis auf 1 Mio. verdoppelt, genau gesagt betrug sie 982 850.[13]

Das Vermögen der SPD, Stimmen zu gewinnen, stellte ein viel aussagekräftigeres Indiz für den Einfluß der Partei dar. Man beachte, daß im Jahre 1890 Engels genauso ungeduldig wie jeder Wahlhelfer heutzutage auf die Wahlergebnisse wartete und deshalb August

12 Hedwig Wachenheim, *Die deutsche Arbeiterbewegung 1844 bis 1914*, 2. Aufl., Opladen 1971, S. 565, 2. Anmerkung.

13 William Maehl, *The Triumph of Nationalism in the German Socialist Party on the Eve of the First World War*, in: *Journal of Modern History*, Bd. XXIV (1952), S. 24, Tabelle 6.

Bebel detaillierte Anweisungen darüber gab, wie die Ergebnisse und Wahlbezirke geordnet und kurz und billig zu telegraphieren seien.[14] Das Jahr der Volkszählung (1907) sollte ein Jahr schwerer Wahlrückschläge für die SPD sein. In diesem Jahr erhielt sie 3 259 000 Stimmen, knapp 29 Prozent aller abgegebenen Stimmen. 1912 hatten 4 250 000 die SPD gewählt, beinahe 35 Prozent aller abgegebenen Stimmen – ungefähr die Hälfte der Industriearbeiter.[15] Wenn man jedoch nach den Angaben der Gewerkschaft geht, die ca. 1,2 Mio. Arbeiter als in nichtsozialistischen oder antisozialistischen Gewerkschaften organisiert anzeigt (von denen einige vielleicht trotzdem sozialistisch gewählt haben), gibt es Grund zu der Vermutung, daß ein Viertel der SPD-Wähler nicht aus den Reihen der industriellen Arbeiterklasse kam. Wie immer die Situation auch wirklich gewesen sein mag, diese Zahlen demonstrieren erneut, daß die Geschichte der SPD alles andere als die Geschichte der deutschen Arbeiter ist.

Summiert man das statistische Material, stellt sich heraus, daß, je mehr man nach einem modernen Industrieproletariat fahndet und je sorgfältiger man den Begriff definiert, es um so kleiner wird. Die deutsche Industrie beschränkte sich vor dem Ersten Weltkrieg vorwiegend auf die Provinz und die kleineren Städte. In vielen Gebieten lebte die Welt des Handwerkers Seite an Seite mit der Fabrik und selbst in ihr noch fort. Dennoch ist dieses Problem damit nicht erschöpft. Das Zahlenmaterial enthält ausreichende Hinweise, daß das Vorrücken der Industrie einschneidende Veränderungen und eben auch ein modernes Industrieproletariat schuf. War es auch eher ein Kind als ein bedrohlicher Riese, so war es dafür ein rapide wachsendes Kind. Nur Doktrinäre konnten sicher sein, wie dieses Kind handeln würde, wenn es einmal erwachsen wäre. Schätzt man

14 Engels behielt allerdings seinen Sinn für Humor und teilte Bebel seine Befürchtung mit, daß die SPD *zu* viele Sitze im Reichstag erhalten könne. Andere Parteien, so fuhr er fort, können sich eine bestimmte Anzahl von Idioten und ebenso idiotischen Dingen erlauben, ohne daß sich jemand darum schert. (»Kein Hahn kräht danach.«) Wir sollen jedoch nichts als Genies und Helden haben. Siehe *August Bebels Briefwechsel mit Friedrich Engels*, herausgegeben von Werner Blumenberg, Den Haag 1965, S. 379-380. Elf Jahre zuvor hatte Engels Bebel geschrieben, daß er als Einziges von der SPD wolle, daß sie ihn in Ruhe lasse, so daß er seine theoretischen Arbeiten vollenden könne. Siehe: *Ebenda*, S. 75.

15 Maehl, *Nationalism in the German Socialist Party*, S. 23, Tab. 2.

alle Argumente sorgfältig ab, so überwiegt letzten Endes doch der Skeptizismus hinsichtlich der Existenz einer ernstzunehmenden, potentiell revolutionären Stimmung, die in Form eines vorindustriellen oder modernen industriellen Proletariats hätte vorhanden sein können. Ich habe nicht die Absicht, einen statistischen Jongleurakt zu vollführen, um einen vermutlich bedeutsamen historischen Akteur von der Bühne verschwinden zu lassen. Man wird in den Bergwerken und an den Hochöfen des Ruhrgebiets nach diesem Akteur weitersuchen müssen, wo, wenn es dies überhaupt je gab, solch ein kollektives Erscheinen sichtbar sein müßte. Wir müssen an dieser Stelle jedoch noch einmal betonen, daß wir uns die Aufgabe gestellt haben herauszufinden, welche Art von Arbeiter in welcher Situation Zorn verspürte – nicht was sie gemäß irgendeiner Theorie fühlen sollten. Allen Entscheidungen der Arbeiter lag in jedem Fall ihre Situation als Lohnabhängige zugrunde.

3. Löhne und das Verständnis der Arbeiter vom Lohnverhältnis

Die verfügbaren Daten über Reallöhne deuten an, daß sich die materielle Situation der Arbeiter im Zuge des schnellen industriellen Wachstums nach 1871 verbesserte. Mehrere, sehr unterschiedlich gewichtete Untersuchungen vermitteln übereinstimmend diesen Eindruck. Tabelle 4 zeigt ihre Berechnungen über die Reallöhne mehrerer ausgewählter Jahre.

Tabelle 4 Index für Reallöhne 1871-1913

	Bry 1913 = 100	Desai 1895 = 100	Kuczynski 1895 = 100	Phelps Brown-Hopkins 1895 = 100
1871	74	66	82	72
1880	70	79	79	77
1895	89	100	100	100
1900	98	111	110	108
1905	98	114	108	104
1910	99	119	110	106
1913	100	125	112	109

Quelle: Dieter Groh, *Negative Integration und revolutionärer Attentismus: Die deutsche Sozialdemokratie am Vorabend des Ersten Weltkrieges*, Frankfurt/M., Berlin, Wien 1973, S. 40, 85.

Die Variationsbreite der Schätzungen gebietet jedoch Vorsicht. Es ist zudem wichtig, auch an das zu denken, was Durchschnittslöhne nicht enthüllen: nämlich auf Arbeitslosigkeit zurückzuführende Schwankungen und die Auswirkung zusätzlicher Einkünfte der Frau oder der Kinder – oder auch das Fehlen dieses Zusatzeinkommens – auf die materielle Situation eines Haushalts. Möglicherweise schlagen sogar die Abweichungen von einem Industriezweig zum anderen und innerhalb einer einzelnen Sparte, die auf den Ausbildungsstand der Arbeiter oder auf andere Ursachen zurückzuführen sind, am meisten zu Buche. Arbeiterhaushalte lebten nicht von durchschnittlichen Reallöhnen. Sie lebten von den Löhnen, die sie unter den jeweiligen zeitlichen und örtlichen Bedingungen tatsächlich verdienen konnten. Trotz allem bleibt der übereinstimmend festgestellte allgemeine Lohnanstieg, der zwischen 26 Punkten in der niedrigsten und 59 Punkten in der höchsten Schätzung liegt, für die Periode von 1871-1913 im ganzen gesehen beeindruckend. Die hieraus sicher ableitbare Arbeitshypothese für unsere Diskussion lautet, daß die materielle Situation für die meisten Industriearbeiter eher besser denn schlechter wurde.

Wie sahen, so müssen wir fragen, dann die Vorstellungen der Arbeiter selbst von einem angemessenen Lohnniveau aus? Selbstverständlich waren sich in diesem Punkt nicht alle Arbeiter einig. Es ist jedoch nicht schwierig, bestimmte immer wieder auftauchende Vorstellungen von wünschens- und nicht wünschenswerten Formen der Bezahlung festzustellen, nämlich die Vorstellung davon, was ein gerechter und ausreichender Lohn war und was nicht, und schließlich auch von solchen Formen von Ungleichheit, die als akzeptabel oder sogar gerecht und wünschenswert galten. Dahinter standen für die Industriearbeiter eigene Formen der Argumentation. In einigen Punkten fielen ihre Vorstellungen von Gerechtigkeit mit denen ihrer Arbeitgeber zusammen; in anderen gerieten beide in Konflikt.

Das Wichtigste, was von Anfang an klar sein sollte, ist, daß für die Arbeiter Löhne eine Manifestation ihrer Abhängigkeit von anderen Personen und folglich eine Einschränkung ihrer Autonomie darstellten. Die Frage, wieviel sie verdienten und ob sie überhaupt etwas verdienen konnten, war für sie von lebenswichtiger Bedeutung. Das ist auch der Grund, weshalb erstens Arbeitsbeschaffung und zweitens das Behalten des Arbeitsplatzes solche Probleme waren. Es gab hier Unterschiede, die sowohl mit ihrer Ausbildung als auch ihrem Lebenszyklus zusammenhingen. Gelegenheitsarbeiter, besonders beim Bau, zogen viel herum. Sie konnten schwerlich einen dauerhaften Arbeitsplatz erwarten, und ein Arbeiter stolperte oft durch eine Zufallsbekanntschaft in einen solchen Job. Sie rechneten durchaus mit vorübergehender Arbeitslosigkeit. Trotz allem – die Erfahrung konnte oft schmerzhaft sein. Ältere Arbeiter aller Ausbildungsstufen sahen sich, sobald Kraft und Fähigkeiten nachließen, mit dem Schreckgespenst der Arbeitslosigkeit konfrontiert. Lohnabhängigkeit ist auch der Grund, weshalb ein Streik wegen weniger Pfennige pro Stunde sich so leicht zu einem Ereignis entwickeln konnte, das mächtige Leidenschaften weckte. Diese wenigen Pfennige pro Stunde, multipliziert mit der Anzahl von Arbeitsstunden innerhalb eines Jahres, konnten den Ausschlag über Armut oder Respektabilität geben.[16] Ebenso konnte dies für den Unternehmer im Grenzbereich von Gewinn und Verlust für sein wirtschaftliches Überleben entscheidend sein.

Man kann zwischen den Gefühlen der Arbeiter über ihren Lohn und die Art und Weise, in der diese Beträge kalkuliert und ausgezahlt wurden, unterscheiden. In einer der frühen Fragebogenaktionen, in denen die Arbeiter mit eigenen Worten wertvolle Information über ihre Einstellungen liefern, äußerten 2/3 starke Feindseligkeit gegen den Stücklohn. *Akkordarbeit ist Mordarbeit,* ist ein gängiger Slogan in ihren Antworten. Die ausschlaggebenden Gründe, die sie vorbrachten, waren, daß diese Methode sie zu hart antrieb und ein Gefühl von oft unerträglicher Hetze und Spannung bewirkte. Gleichzeitig waren alle möglichen kleinlichen Rivalitäten und Streitereien die Folge, besonders, wenn es um den Zugang zu Rohmaterial ging, das sich gut zum Endprodukt verarbeiten ließ. Dieses Gefühl war allerdings nicht bei allen vorhanden. Eine beträchtliche Minderheit meinte, daß der Stücklohn ihnen einen größeren Verdienst ermöglichte und sie unbelastet durch die Unzu-

16 August Springer, *Der Andere das bist Du: Lebensgeschichte eines reichen armen Mannes,* Tübingen 1954, Kap. 5, besonders S. 60. Zur Bedeutung der Abhängigkeit siehe auch Adolf Levenstein, *Die Arbeiterfrage. Mit besonderer Berücksichtigung der sozialpsychologischen Seite des modernen Großbetriebes und der psycho-physischen Einwirkungen auf die Arbeiter,* München 1912, besonders S. 133, 140, 147, 154.

länglichkeiten oder schlicht die Faulheit ihrer Arbeitskollegen seien. Obwohl die Befunde nicht für eine Verallgemeinerung ausreichen, vermute ich aufgrund meiner Durchsicht der Literatur, daß ungelernte Arbeiter, die in der Regel täglich ausgezahlt wurden, eher den Stücklohn vorzogen, da sie auf diese Weise mehr verdienen konnten.[17] Der Unterschied in den Einstellungen zum Stücklohn und zur Bezahlung nach Zeit spiegelt einen tieferen Konflikt zwischen einer Sehnsucht nach Sicherheit und offenen Möglichkeiten wider, welche die ganze kapitalistische Gesellschaft durchdringt, ein wesentlicher Teil der Arbeiterklasse eingeschlossen.

Sehr oft wußten Arbeiter beim Herannahen des Zahltages nicht, was sie eigentlich verdient hatten, weil das System des Stücklohns und der Abzüge für Ausschußware für sie zu kompliziert war. Das jedenfalls behauptet die Gewerkschaftsliteratur. Es ist allerdings auch möglich, daß sie die Abzüge nur zu gut verstanden, sie jedoch ablehnten und Unverständnis vorgaben.[18] Für unsere Zwecke ist der Unterschied relativ unbedeutend, da die Abzüge in beiden Fällen unfair erschienen. Überdies hatten die Arbeiter weder einzeln noch als Gemeinschaft irgendein Mitspracherecht bei der Festsetzung der Tarife. Übereinkommen dieser Art waren in den großen Eisen- und Stahlwerken an der Ruhr üblich, existierten aber auch in anderen Gegenden. In solchen Fabriken gab es wenig oder keine Diskussion über Löhne, wenn ein Arbeiter eingestellt wurde. Die Arbeitgeber verkündeten schlichtweg, was sie zahlen würden und teilten die Grundlage der unterschiedlichen Tarife mit. Das geschah oft durch einen Anschlag am Schwarzen Brett. Lohnkürzungen – oder was die Arbeiter dafür hielten, weil die Aushänge oft ziemlich komplex und bestimmt und die Arbeiter verständlicherweise mißtrauisch waren – wurden in der gleichen Art angekün-

17 Siehe: *Ebenda*, S. 19-44. Karl Fischer drückt in seiner Autobiographie *Denkwürdigkeiten und Erinnerungen eines Arbeiters*, Leipzig 1903, häufig Unmut darüber aus, daß er gezwungen war, für den Tarif eines Tagelöhners zu arbeiten, wenn er mit seinen Vorgesetzten in Schwierigkeiten geriet oder es wenig Arbeit gab.

18 Schon Eric Hobsbawm stellte fest: »Die Weigerung zu verstehen ist eine Form von Klassenkampf.« Zitiert von Daniel Field, *Rebels in the Name of the Tsar*, Boston 1936, S. 33, aus: Eric Hobsbawm, *Peasants and Politics*, in: *Journal of Peasant Studies*, Bd. 1, No. 1 (Oktober 1975), S. 13.

digt. Einem Arbeiter, dem diese Vereinbarung mißfiel, standen in der Praxis zwei Möglichkeiten offen: er konnte kündigen oder die Arbeit von vornherein ablehnen.[19]

Zu dieser Frage ist unbedingt zu bemerken, daß hierzu durchaus nicht alle Arbeiter einer Meinung waren. Nur die politisch und bewußtseinsmäßig »fortgeschrittenen« Arbeiter erhoben konkrete Einwände. Andere, wahrscheinlich jene, deren Erfahrung von Autorität im ostdeutschen Bauernleben erst kurze Zeit zurücklag, akzeptierten die Vereinbarungen widerspruchslos. Das entmutigte natürlich die Gewerkschaftsorganisatoren, die sich erst nach dem Ersten Weltkrieg in der Lage sahen, das Recht kollektiver Verhandlungen in den großen Eisen- und Stahlwerken an der Ruhr zu erkämpfen.[20] Mit anderen Worten, viele Arbeiter mußten über ihre Rechte belehrt werden, und es bedurfte einer günstigen Gelegenheit, um diese auch wirklich in die Tat umsetzen zu können, bevor sie an diese Rechte glaubten und sie zu ihren eigenen Normen von Gerechtigkeit und Ungerechtigkeit erhoben.

Eine deutlichere Demonstration davon, daß das Gefühl für Unrecht erst erworben werden muß, ist kaum vorstellbar: eine erlernte und historisch determinierte, nicht aber eine automatische und instinktive menschliche Reaktion. Gleichzeitig dürfen wir die elementarere und vielleicht sogar biologische Substanz nicht aus den Augen verlieren. Es besteht keine Veranlassung zu der Annahme, daß die autokratische Behandlung durch die Arbeitgeber schmerzlos für die Arbeiter war. Was die Arbeiter lernen mußten, war nicht, Schmerzen zu empfinden, sondern aufzuhören, diesen Schmerz als einen unvermeidlichen Bestandteil ihrer Existenz anzusehen.

Ihre Vorstellungen von gerechter und ungerechter Entlohnung sind gleichfalls einleuchtend, während sie die für diese geschichtliche Periode charakteristischen Doppeldeutigkeiten und Wider-

19 *Die Schwereisenindustrie im deutschen Zollgebiet, ihre Entwicklung und ihre Arbeiter,* herausgegeben von der Deutschen Metallarbeitergewerkschaft, Stuttgart 1912, S. 327-329, mit wörtlich zitierten Beispielen; siehe auch S. 633-634.

20 Die Autoren von *Die Schwereisenindustrie,* S. 329, bemerken wehmütig, daß der Gießereikapitalist so lange Herr im eigenen Hause spielen können wird, wie die Ideen der modernen Arbeiterbewegung nicht Zugang zu den Gießereiarbeitern gefunden haben.

sprüche reflektieren. Wurde ein deutscher Arbeiter in dieser Zeit danach gefragt, was einen ausreichenden Lohn ausmachte, würde er vermutlich so antworten: der Lohn sei ausreichend, wenn er als hauptsächlicher Brotverdiener sich und seine Familie so versorgen könne, daß sie nicht hungrig seien, nicht frierten und ihrem Status angemessene Kleidung besäßen. Hiermit meinte er Kleidung, die nicht zerlumpt oder schmutzig war, aber auch nicht *vornehm* oder zu elegant, wie sie hoch gestellten Personen gebühre. (Diese Punkte tauchen immer wieder in autobiographischen Berichten auf.) Dies war ein Zeitalter, wie wir später ausführlicher sehen werden, in dem sich gerade die ersten schwachen Anzeichen einer Gesellschaft des Massenkonsums zu zeigen begannen. Es war ein Zeitalter, das noch durch scharfe soziale Unterschiede gekennzeichnet war, die durchaus nicht alle auf Ablehnung stießen. In diesem Begriff von einem ausreichenden Lohn war die Vorstellung von einem gesicherten Arbeitsplatz und natürlich die versteckt drohende Angst vor Arbeitslosigkeit impliziert. Ziemlich überraschend – es sei denn, mir ist in dieser Fülle von Material etwas entgangen – ist das Fehlen starker Anzeichen von Angst vor *technologischer* Arbeitslosigkeit. Das Äußerste, was einem in dieser Hinsicht begegnet, sind sehr allgemeine Aussagen von Elitearbeitern oder sozialdemokratischen Wortführern: Die Früchte der Technologie sollten dem ganzen Volk gehören und nicht den reichen Kapitalisten allein. Die Arbeiter hatten im großen und ganzen eine klare Vorstellung von einem ausreichenden Minimallohn. Sie definierten ihn negativ, als eine Bezahlung, die es ihnen ermöglichte, die üblichen persönlichen Unglücksfälle einer Arbeiterexistenz zu vermeiden.

Obwohl es einen festen Glauben an, oder besser, ein starkes Verlangen nach einem Mindestlohn gab, waren die Arbeiter keinesfalls Gleichmacher. Sie stellten eine eindeutige Verbindung zwischen Mühe und Belohnung her. Vielleicht wäre es genauer zu sagen, daß sie eine Verbindung zwischen dem, was der Arbeiter von sich selbst in eine Aufgabe investierte, und der Bezahlung, die er für gerecht erachtete, wahrnahmen und akzeptierten, auch wenn es gut möglich war, daß es ihnen schwer fiel, dieses Verhältnis in eine unzweideutige mathematische Formel umzusetzen. Ein Arbeiter sollte ihrer Meinung nach höher bezahlt werden, wenn seine Arbeit größere Anstrengung oder ein größeres Maß an Fertigkeiten erforderte oder den Arbeiter einer größeren Gefahr aussetzte. Ebenso verlangte ein höheres Dienstalter nach höherer Bezahlung. Insgesamt gesehen laufen all diese Betrachtungen auf die Vorstellung hinaus, daß das, was der Arbeiter von sich selbst langfristig in eine Arbeit investierte, seine gerechte Belohnung erhalten müsse. In diesem Sinn war den Arbeitern ein Glauben an die Arbeitswerttheorie in Fleisch und Blut übergegangen. Nicht Ungleichheit als solche erboste sie, sondern Ungleichheit, die keinen offensichtlichen Bezug zu diesen Kriterien aufwies und daher willkürlich und unfair erschien. Es war diese sichtbare Art von Ungleichheit, die wirklich verletzte, so heißt es bei einer Reihe von Zeugen.[21]

Das in den Stahlwalzwerken übliche System von vier bis fünf Lohngruppen gab, dem zitierten Bericht der Gewerkschaftsautoren über die Eisen- und Stahlindustrie zufolge, dieser Ungleichheit einen greifbaren Ausdruck. Die Arbeiter in den Stahlwerken empfanden dieses System als ungerecht, da die unteren Gruppen bei geringerer Entlohnung mehr Arbeit verrichten mußten und ihre Tätigkeit zudem härter war. Andererseits bemerkten die gewerkschaftlichen Beobachter, daß es nicht leicht gewesen wäre, dieses System zu beseitigen, da ein Großteil der Gießereiarbeiter kein anderes Interesse bekundete, als eine Lohnstufe höher zu steigen. In den Augen des Arbeiters würde dies eine Situation darstellen, deren potentieller Nutzen für ihn die Ungerechtigkeiten des gesamten Systems überwiegen würde. Eine derartige Situation war wohl recht weit verbreitet.

In mancher Hinsicht scheint die Einsicht der Arbeiter recht scharf

21 Paul Göhre, *Drei Monate Fabrikarbeiter und Handwerksbursche*, Leipzig 1891, S. 49, 115-116; *Die Schwereisenindustrie* . . ., a. a. O., S. 305, 331-333. Das in Stahlwalzwerken übliche System von vier bis fünf Lohnstufen unterstreicht solche Ungleichheit; so hören wir von den Gewerkschaftsautoren des schon zitierten Berichts über die Eisen- und Stahlindustrie. Die Arbeiter in den Stahlwerken empfanden das System als ungerecht, da die in den niedrigeren Stufen Beschäftigten mehr und härtere Arbeit leisteten. Auf der anderen Seite konstatierten die Gewerkschaftsbeobachter, daß es nicht leicht möglich gewesen wäre, ein solches System zu beseitigen, weil eine große Anzahl von Gießereiarbeitern eben nur an ihrer Beförderung in eine höhere Lohnklasse interessiert waren. Daher würde dies als eine Situation erscheinen, wo in den Augen des Arbeiters die potentiellen Gewinne für ihn als Einzelnen die Ungerechtigkeit des Systems als Ganzem überwiegen. Wahrscheinlich waren solche Situationen weit verbreitet.

gewesen zu sein. Daher gab es zeitweilige Einwände gegen den *Lohndrücker.* Häufiger waren Beschwerden über Arbeiter »ausländischer« Herkunft (die nur allzu oft einfach aus einer Gegend Deutschlands stammten, in der ein anderer Dialekt gesprochen wurde), die von den Unternehmern importiert waren, um für niedrigere Löhne zu arbeiten. In anderen Dingen mag ihr Durchblick für uns heutzutage auf den ersten Blick alles andere als klar erscheinen. Frauen konstituierten einen substantiellen Teil der Arbeitskräfte und waren bei Kriegsausbruch in der Lage, die Männer in erstaunlich großen Zahlen zu ersetzen. Die Idee, daß Frauen dieselbe Bezahlung wie Männer für die gleiche Arbeit verdienten, wurde 1916, wenn auch nur verbal, von Spitzenfunktionären der Metallarbeitergewerkschaft unterstützt.[22] Unter gewöhnlichen Bedingungen gingen Frauen vor dem Krieg nicht in die Industrie, außer für eine Übergangstätigkeit bis zur Heirat oder Geburt des ersten Kindes. Von der Arbeiterfrau wurde erwartet, daß sie zu Hause eine hart arbeitende Helferin war, besonders geschätzt wegen ihrer Fähigkeit, das Haushaltsgeld zu verwalten. Die weitgehende Übereinstimmung dieser Erwartungshaltung mit der Realität erklärt möglicherweise das begrenzte Interesse an Frauenrechten und ihre mangelnde Unterstützung bei den Massen der Arbeiter. Die Agitation wurde wohl eben deshalb hauptsächlich von einer kleinen Handvoll Frauen getragen.[23]

Die Einstellungen gegenüber Lohndrückern, Ausländern und Frauen stehen natürlich in Einklang mit zwei Voraussetzungen: erstens, daß immer nur eine begrenzte Anzahl von Arbeitsplätzen zur Verfügung stehen kann, und zweitens, daß Arbeiter individuell und kollektiv keine Kontrolle über diese Zahl besaßen. Bei genauer

22 Siehe dazu den Bericht über weibliche Arbeitskräfte in der Schwerindustrie im Jahr 1915-16 in: *Der Deutsche Metallarbeiter-Verband im Jahre 1916. Jahr- und Handbuch für Verbandsmitglieder*, Stuttgart 1914, besonders S. 21, wo die Gewerkschaft ihre unerschütterliche Unterstützung folgenden Prinzips verkündete: »Für die gleiche Arbeitsleistung den gleichen Lohn.« Eng verknüpft mit diesem verdienstvollen Standpunkt war die realistische Befürchtung, daß niedrige Bezahlung von Frauen die Lohntarife für Männer drücken könnte.

23 Als ein Beispiel für einen anschaulichen Bericht dieser Situation, wie sie von einer Frau proletarischer Herkunft empfunden wurde, siehe die späteren Teile der anonymen *Jugendgeschichte einer Arbeiterin von ihr selbst erzählt*, mit einer Einführung von August Bebel, München 1909, besonders die Seiten 77 ff.

Abwägung legt diese Argumentation eine Logik und einen Realismus an den Tag, um die sie manch ein Soziologe heute beneiden könnte.
Deshalb bekannten sich die Arbeiter bezüglich der ewig umstrittenen Frage nach einer Rechtfertigung für menschliche Ungleichheit zu einem sehr modernen Standpunkt: Diese Ungleichheiten sollten sich auf individuelle Leistung gründen, auf nachweisliche Qualitäten und nicht auf Herkunft oder ererbten Status. Der Glauben an dieses Erklärungsmuster stand allerdings auf wackeligen Beinen. Die Arbeiter wollten sichere Mindestlöhne und zeigten wenig Sympathie für das Gesetz von Angebot und Nachfrage, demzufolge die Löhne eines Arbeiters durch seinen Beitrag zur Leistungsfähigkeit des Unternehmers bestimmt wurde, der Nachfrage des Marktes Genüge zu tun. Ganz sicherlich waren sie sich darüber im klaren, daß, wenn das Geschäft ihres Arbeitgebers schlecht ging, sie diejenigen sein würden, die am meisten darunter zu leiden hätten. Sie zeigten indes selbst noch im frühen 20. Jahrhundert kaum mehr Begeisterung für *Concurrenz*, die Tugenden des freien Wettbewerbs und persönliche Leistung, als ihre Vorgänger während der Revolution von 1848. Was das betrifft, dachten auch die Kapitalisten nicht anders, und vor 1914 lernten viele deutsche Arbeiter dieselbe Lektion wie diese: daß Organisation und politischer Druck viel ausrichten konnten, um die unangenehmen Zumutungen einer angeblich auf Verdienst allein begründeten Gesellschaft zu mildern.

4. Elite und Arbeitermassen

Nach einer relativ kurzen Beschäftigung mit den Autobiographien und soziologischen Untersuchungen des Lebens der deutschen Arbeiterklasse vor dem Kriege wird ein Forscher die Existenz einer intellektuellen Elite innerhalb der Arbeiterklasse bemerken und auch die etwas gönnerhafte Haltung dieser ›Oberschicht‹ zu dem, was sie als die Massen der Arbeiter betrachtet. Heutzutage ist dies oft der Fall bei untergeordneten und unterdrückten Gruppen, deren Führer sich oft unschlüssig sind, ob die Massen der Last gewachsen sind, die die Vorsehung der Geschichte vermeintlich aufgebürdet hat. In Deutschland bestand der Unterschied zu jener

Zeit vorwiegend zwischen einer sehr ›artikulationsfähigen‹ oberen Schicht von Arbeitern und einer weit größeren Schicht von ›Unartikulierten‹, die sich möglicherweise mit Absicht jeglicher Äußerung enthielten. Ein großer Teil der Information, die über die letztgenannte Gruppe erhältlich ist, beziehen wir von den sogenannten ›Artikulationsfähigen‹.[24]

Um möglichst viel über die Mentalität dieser zweiten, der ›unartikulierten‹ Gruppe zu erfahren, ist es notwendig, eine möglichst klare Vorstellung von den Vorurteilen und Vorlieben der ›Artikulationsfähigen‹ zu haben. Sonst riskiert der Forscher nämlich, die halb ausgegorenen Interpretationen von professionellen »guten« Informanten zu schlucken, die darauf bedacht sind, den Sozialwissenschaftler in die verborgenen Geheimnisse und Antriebsgesetze einzuweihen, die ihren Teil der Gesellschaft regieren. Dieses Risiko ist Anthropologen und Soziologen aus praktischer Erfahrung wohl bekannt. Trotzdem sagen die Beziehungen dieser Gruppe zum Rest der Arbeiterschaft indirekt eine Menge über das Wesen der industriellen Arbeiterklasse als ganzer aus.

Eine gute Einführung zu dieser Elite gibt uns August Springer in seinen Erinnerungen an seinen ersten Kontakt mit den Sozialisten, den er als junger Mann zur Zeit seiner Arbeit in einer Schuhfabrik in einer kleinen bayrischen Stadt hatte. Dort traf er einen Mann mit bitteren Zügen und tiefliegenden Augen und von großer Wortkargheit, der, wenn er sprach, seine Zuhörer völlig in seinen Bann zog. Wenn andere Arbeiter kindisch auftraten und ihr Geschwätz ohne Sinn und Verstand war, weigerte sich der Sozialist, dies mitzumachen. Dem jungen Springer erschien er sehr männlich und von scharfer und klarer Urteilskraft, offensichtlich ein Beispiel für seine eigene Zukunft, wenn Springer auch nie Sozialist wurde. Andere Arbeiter fürchteten den Sozialisten, weil er ihre Albernheit mit einem scharfen Einwurf oder einer gezielten Frage zu entlarven pflegte und die Hohlheit ihrer Sprüche und Phrasen durchleuchtete.

Zu einem späteren Zeitpunkt beschreibt Springer, wie intellektuell wachsame Arbeiter immer die gegenseitige Gesellschaft suchten.

24 Meines Wissens existieren keine direkten Studien, die mit Elliot Liebows *Tally's Corner*, William Foote Whytes *Street Corner Society* oder Lee Rainwaters *Behind Ghetto Walls* vergleichbar wären.

Einmal fanden sie einander auf einer großen Versammlung, ein anderes Mal im Wartezimmer eines Arztes. Dann würden andere Arbeiter sie voller Verwunderung oder mit ironischem Lächeln ansehen, wenn sie Angehörige der intellektuellen Elite wie G. Hauptmann, Emile Zola, Heine, Schiller und viele andere diskutierten. Obwohl man sicher sein kann, daß gewöhnliche Arbeiter sich in der Gegenwart dieser Elite häufig unwohl und verärgert fühlten, betont Springer, daß zumindest die überzeugten Sozialdemokraten in dieser Elite sehr geduldig mit ihren mehr rückständigen Kameraden zu sein versuchten. Der Marxismus in seiner populären Version lieferte sowohl eine Erklärung dieser Rückständigkeit als auch einen Weg, mit ihr fertig zu werden. Wie vom sympathisierenden, jedoch nicht überzeugten Springer beschrieben, unterstützte der Marxismus den festen Glauben daran, daß die automatische Rekrutierung von mehr und mehr Anhängern für die Partei durch unpersönliche ökonomische Prozesse geschehe. Die Mechanisierung würde dem gelernten Arbeiter zeigen, daß er nicht länger unersetzbar war. Die Krisen würden immer ernster werden und offenlegen, wie der Kapitalismus Menschen zerstörte. Sobald der Arbeiter diese Prozesse in seinem Innersten erfaßt hätte, würde er für die Erhaltung seiner eigenen Menschlichkeit kämpfen. Daher mußte man geduldig mit den Arbeitskollegen sein, die nach kleinen Vorteilen strebten und die versuchten zu entkommen, wo keine Flucht möglich war, wo tatsächlich kein Loch war, durch das man hätte kriechen und der Position eines Lohnarbeiters entkommen können.[25]

Mit einer Spur von Neid auf die Sozialdemokraten gesteht Springer, daß er es zuweilen furchtbar schwierig gefunden habe, seine Arbeiterkollegen wirklich zu mögen. Sein eigenes Weltbild trug den unverwischbaren Stempel des Protestantismus, und er fragte sich, ob seine Unfähigkeit zu lieben, etwas radikal Bösem in seiner eigenen Natur entsprang. Er erkannte jedoch recht klar einige der historischen und gesellschaftlichen Ursachen für die Sturheit und intellektuelle Trägheit der Masse der deutschen Arbeiter in den Provinzstädten, wo er ja selbst arbeitete: den bäuerlichen und

25 August Springer, *Der Andere das bist Du* . . ., a. a. O. Die hierin beschriebenen Ereignisse fanden wahrscheinlich um die Jahrhundertwende statt, da der Autor bei Ausbruch des Ersten Weltkriegs, in dem er diente, schon einige Zeit politisch aktiv gewesen war.

kleinbürgerlichen Hintergrund vieler sowie auch die Bedingungen des Fabriklebens mit seiner langen Arbeitszeit und niedrigen Löhnen. Diese ließen wenig Zeit und Energie für irgendwelche anderen Interessen, als sich eben durchzuschlagen.[26]

Wenn einige der überzeugten Sozialisten es schafften, mit ihren rückständigen Arbeitskollegen geduldig zu sein, so konnte man durchaus nicht von allen Mitgliedern der intellektuellen Arbeiterelite das gleiche behaupten. Beweise hierfür kommen von einer merkwürdigen, aber wertvollen Informationsquelle über Meinungen der Arbeiterklasse, einer Fundgrube soziologischer Daten, die bislang kaum Gegenstand von Forschung war: Adolf Levenstein, *Die Arbeiterfrage*, 1912 veröffentlicht. Levenstein war Werkmeister gewesen und hatte über viele Jahre hin enge Verbindungen zu einer Reihe von sozialdemokratischen Arbeitern aufrechterhalten.[27] Anscheinend kam er selbst auf die Idee, eine Meinungsumfrage (so würden wir heute sagen) durchzuführen, in der nicht zielgerichtete Fragen gestellt wurden. Er bat ihm bekannte Arbeiter, die Fragebögen zu verteilen. *Die Arbeiterfrage* enthält die Ergebnisse aus 5040 Fragebögen von Bergarbeitern, Textilarbeitern und Metallarbeitern. Der überwiegende Teil des Buches besteht aus wörtlichen Auszügen von Antworten, samt ihrer orthographischen Fehler, umgangssprachlichen Bemerkungen und gelegentlichen Passagen hochgestochener Prosa. Hier werden die verschiedensten Einstellungen ausgelotet, und uns ist fast, als hörten wir *einige* Arbeiter selber sprechen. Es sind die ›Artikulationsfähigen‹, die das Gespräch dominieren, obwohl es auch gelegentlich enthüllende und quälende Bemerkungen von anderen gibt.

Bevor wir näher auf den Inhalt der Berichte eingehen, ist es lohnenswert, die Aufmerksamkeit auf einige der Schwierigkeiten zu richten, die Levenstein beim Sammeln seines Materials hatte. Seine ausführliche Beschreibung dieser Schwierigkeiten ist wertvoller als die technischen Anmerkungen zu den statistisch relevanten Maßnahmen manch einer modernen Studie. Diese Schwierigkeiten spiegeln nämlich nicht nur den Unterschied zwischen intellektueller Elite und der Masse der Arbeiter wider, sondern werfen auch Licht auf die Art dieses Unterschiedes.

26 *Ebenda*, S. 134-135, 149.
27 Wachenheim, *Arbeiterbewegung* . . ., a. a. O., S. 520.

Levenstein unterteilte die Befragten in vier Typen, von denen für uns im Moment nur eine interessant ist. Anders als die anderen drei Typen, die in ihren Antworten weit ausholten und manchmal lange Briefe dazu schrieben, beantworteten jene in der *Massenschicht* die meisten Fragen mit einem einfachen Ja oder Nein oder mit einer gelegentlichen spöttischen Antwort (z. B. die Antwort auf die Frage: »Was würden Sie sich anschaffen, wenn Sie mehr Geld hätten?« – »Vier Frauen!«). Am Ende seiner Charakterisierung der Massenschicht meint Levenstein voller Resignation, daß man diese besser den Typus der toten Seelen nennen sollte, Leute, die jeglichem Ausdruck menschlichen Lebens apathisch gegenüberstehen und die man genauso gut in einen Käfig sperren und füttern könnte.[28] Das zeugt von Elitedenken und Rachegefühlen, und keiner der von ihm befragten Arbeiter geht in seinen Äußerungen ganz so weit wie Levenstein selbst. Weit über 3000 der Befragten, 64 Prozent oder fast ²/₃, stuft er in diese Massenschicht ein.
An und für sich beweist das nur, daß viele Arbeiter keine Fragebögen ausfüllen wollten, selbst wenn sie von einem Arbeitskollegen gefragt wurden (der es offenbar zu mehr gebracht hatte als sie). Das für Arbeiter normale Mißtrauen gegen unangebrachte Neugier könnte das Ergebnis erklären.[29] Es gibt jedoch gute Gründe für die Vermutung, daß mehr dahinter steckt als bloßer Argwohn. Jeder, der auch nur flüchtigen Kontakt mit ungebildeten Menschen gehabt hat, weiß, daß viele in der Tat beträchtliche Schwierigkeiten haben, ihre Gefühle in Worte zu fassen (obwohl eine Minderheit durchaus eine auffällige natürliche Redegewandtheit an den Tag legt). Jeder gute Sozialwissenschaftler kennt wenigstens einige der Gründe: Mangel an Gelegenheit oder, noch schlimmer, Lebensbedingungen, die den Menschen im Grunde verdummen. Alfred Weber, einer derjenigen, die für die vom *Verein für Sozialpolitik* organisierten Untersuchungen über das Leben der Arbeiterklasse verantwortlich waren, bestätigte 1912, daß der an seine Maschine gekettete Mensch die Kraft zur Beschwerde verloren hatte.[30] Nun

28 Levenstein, *Arbeiterfrage* . . ., a. a. O., S. 7.

29 Eine Frage bezog sich auf den Alkoholkonsum. Als einige Arbeiter das sahen, schlugen sie mit der Faust auf den Tisch und schrien, daß der Branntwein ihnen auch noch entzogen werden solle. *Ebenda*, S. 7.

30 Alfred Weber, *Das Berufsschicksal der Industriearbeiter,* in: *Archiv für Sozialwissenschaft und Sozialpolitik*, Bd. XXXIV, No. 2 (März 1912), S. 394.

ist auch ein solcher Mensch – in der Gegenwart von Fremden oder auf Papier, wie wir nicht vergessen dürfen – kaum jemand, der seine Fähigkeit zu fühlen verloren hat, wenn es auch ein beachtliches Maß an Resignation gibt, ein gewisses Dämpfen von Gefühlen, die ansonsten schmerzhaft wären. Genau das legt das Schema der Antworten in der Levenstein-Untersuchung nahe. Die Angehörigen seiner Massenschicht beantworten einfache Fragen über die Form der Bezahlung (Stücklohn gegen Stundenlohn) ziemlich oft; sie schweigen fast gänzlich, wenn er versucht, etwas über das Hoffen und Streben der Arbeiter herauszubekommen. Daher stellt sich die Frage, ob es möglich ist, die Information über die Gefühle der ›Artikulationsfähigen‹ als stellvertretend für die der ›Unartikulierten‹ zu betrachten. Berücksichtigt man die zurückgeschraubten Hoffnungen und das wahrscheinlich weitaus geringere Maß an Selbstvertrauen und Selbstachtung, so glaube ich, daß dies zulässig ist, da ihre Situation sich ja ähnlich gestaltet. Da die ›Unartikulierten‹ schließlich auch Gefühle besitzen, ist es eine vernünftige Schlußfolgerung, daß die ›Artikulationsfähigen‹ in vielen Fällen die latenten und vielleicht nicht so latenten Empfindungen der übrigen ausdrücken. Im Laufe dieses Kapitels werde ich zu diesem Zweck auf solches Material zurückgreifen. Nur sollte man vorher klugerweise die Einstellungen der Elite kurz betrachten.

Wenigstens einige Mitglieder dieser Elite waren, vom Standpunkt eines Außenseiters betrachtet, snobistisch bis zur offenen Verachtung. Ein Berliner Metallarbeiter, der weit herumgekommen war, äußerte sich folgendermaßen über seine Arbeitskollegen: »Und ich hasse diese gewohnheitsmäßigen, gedankenlosen, zwischen Arbeit und Vergnügen hin- und hertändelnden Menschen. Ich habe zum größten Teile den Glauben an deren Wollen und Willen verloren, den evolutionären, noch weniger den revolutionären Kampf zu führen.«[31] Vielleicht sollte dieser Kritiker es noch mit Staunen erleben, daß die Berliner Metallarbeiter dort nach dem Krieg den Kern der revolutionären Bewegung bildeten. Dieses Gefühl taucht allerdings häufig auf. Etliche beschweren sich über die Lethargie, die Ignoranz und den unersättlichen Egoismus der Massen und drücken ihre Zweifel darüber aus, daß diese jemals ihre Situation verstehen lernen. Nur allzu wahrscheinlich waren diese Mitglieder

31 Levenstein, *Arbeiterfrage* . . ., a. a. O., S. 108.

der intellektuellen Arbeiterelite frustrierte Partei- oder Gewerkschaftsaktivisten.[32]

Paul Göhre, der protestantische Pastor, der selbst als Arbeiter in einer Chemnitzer Maschinenwerkzeugfabrik tätig war und uns eine der ersten auf praktischer Erfahrung basierenden Studien des Arbeiterlebens hinterlassen hat, berichtet von der gleichen Situation. Seine Beschreibung ist wohlwollender, was die Masse der Arbeiter angeht, und zeigt einige der Gründe für ihr Verhalten auf. Er hat sie als Menschen ohne eigene politische und gesellschaftliche Überzeugungen beschrieben, die keine Anstrengung unternahmen, sich das Recht auf solche Überzeugungen zu verdienen, sich aber dennoch für Sozialdemokraten hielten. Solche Leute warfen selten einen Blick in eine sozialdemokratische Zeitung und gingen kaum zu einer SPD-Versammlung. Aber sie schwörten auf das Programm. Innerhalb dieser Gruppe stellte er zwei allgemeine Typen fest. Einer, der seiner Meinung nach viel Mitleid verdiente, war zu unterdrückt und zu sehr mit Sorgen belastet, um sich mit der SPD-Politik auseinanderzusetzen. Die anderen waren zu unfähig, gedankenlos oder faul; hier überwogen junge Leute zwischen 16 und 20. Die Gründe hierfür sah er in ihrer Vergnügungssucht und der Problemlosigkeit, mit der sie diese Neigungen befriedigen konnten. Sie verbrachten ihre Zeit in Tanzsälen oder damit, ihre Freundinnen auszuführen. Politisches Interesse erwachte eher nach der Heirat und angesichts der Notwendigkeit, sich mit dem Leben ernsthaft auseinanderzusetzen.[33] Dies macht deutlich, daß viele gewöhnliche Arbeiter sich in einer Situation befanden, in der Selbstbeherrschung sich nicht auszahlte. Außerdem waren die Umstände für solche Leute ohnehin schon so frustrierend, daß sie ihre Situation nicht noch von sich aus verschlimmern wollten. Anzeichen hierfür gab es bei den Lehrlingen vor 1848. Wie viele andere reagierten auch sie, indem sie in Form von kurzfristigen Vernügungen soviel wie möglich aus dem Leben herauszuholen versuchten. Höchstwahrscheinlich rührt die etwas selbstgefällige Feindseligkeit der Arbeiterelite gegen die Massen, die »zwischen Arbeit und Vergnügen hin und her trödelten«, von ihren eigenen Bemühungen, eben diese Impulse zu kontrollieren.

32 *Ebenda*, S. 218-219, 297, 317.

33 Paul Göhre, *Drei Monate Fabrikarbeiter*, Leipzig 1891, S. 135-136.

Derartige Frustration und Wut sind jedoch nicht die einzige Reaktion. Ein Bergarbeiter, der von Levenstein als ungewöhnlich intelligent eingeschätzt wurde, bemerkte, daß die Partei und die Gewerkschaftsbewegung ihn gelehrt hatten, seine Situation zu verstehen und ihm durch dieses Verständnis einen ehrlichen Haß auf Gottes Welt und die besitzende Klasse eingeflößt hatten. »Und wer ehrlich hassen kann, kann auch hoffen. Sonst hätte ich mich schon von beiden Bewegungen losgesagt aus Verachtung vor meinen Klassengenossen.«[34]

Schließlich begegnet man hier und da einem sensiblen Menschen, vielleicht jemandem mit unterdrückten künstlerischen Neigungen, der die rohen und ungehobelten Manieren seiner Kollegen beleidigend und verletzend empfindet.

5. Die öffentliche Verantwortung für Not

Abgesehen von diesem Unterschied zwischen Elite und Masse zerfielen die Industriearbeiter in viele kleine Gruppierungen. Religiöse Differenzen waren in einigen Gegenden recht ausgeprägt, besonders im Rheinland, aber auch in manchen Teilen von Bayern. Oft gab es eine Trennungslinie zwischen Arbeitern, die in einer Klein- oder Großstadt geboren waren und zwischen Umsiedlern in die Stadt, wobei die letzteren meist in die weniger erstrebenswerten Arbeitsbereiche drängten.[35] Berufliche Unterschiede haben wir schon ausführlich erörtert. Selbst eine sehr moderne Fabrik hatte in Deutschland vor dem Krieg mit Wahrscheinlichkeit eine Arbeiterschaft mit zahllosen Abstufungen in Rang und Status, jeder durch eine bestimmte Kleidung symbolisiert.[36] Doch ungeachtet dieser Unterscheidungen gab es zahlreiche Fälle von Mißgeschick und Unglück, denen alle Lohnabhängigen unterworfen waren. Dieses überall lauernde Unglück tritt beim Lesen von biographi-

34 Levenstein, *Arbeiterfrage* . . ., a. a. O., S. 287, 174.

35 Springer, *Der Andere das bist Du*, a. a. O., S. 14-15, 21. Siehe auch Alfred Weber, *Berufsschicksal* . . ., a. a. O., S. 381.

36 Marie Bernays, *Berufswahl und Berufsschicksal*, in: *Archiv für Sozialwissenschaft und Sozialpolitik*, Bd. XXXV, No. 1 (Juli 1912), Teil I, S. 162-163. Zu einem früheren Beispiel siehe Springer, *Der Andere das bist Du*, a. a. O., S. 35 f.

schen Berichten offen zu Tage. Sicher, nicht alle Arbeiter waren gleichermaßen gefährdet. Möglicherweise war die Mehrzahl von ihnen nie in wirklich schwere Not geraten. Trotzdem kennzeichnet dieses Elend die Lohnempfänger in der Industrie genauer als jeder andere Einzelfaktor. Wenn man überhaupt zu Recht von einer industriellen Arbeiterklasse sprechen kann, die sich von anderen Klassen unterscheidet, so liegt hierin die eigentliche Berechtigung.

Im Vergleich zu der Situation um 1848 hatte sich in den Jahren vor 1914, die voller Veränderungen waren, ein spürbarer Anstieg der »Spezialisierung von Armut« vollzogen, der in etwa der wachsenden Arbeitsteilung entsprach. Bei den neuen Industriearbeitern finden wir kaum ein Echo der Beschwerden über den Druck auf den kleinen Produzenten – 1848 war dies noch ein vorrangiges Thema in den Klagen der Handwerksgesellen. 1914 glaubte man viel eher an die Möglichkeit, etwas gegen Armut und Unglück *ausrichten* zu können. Die Vorstellung, daran etwas durch Kooperation über Klassengrenzen hinaus zu ändern, war keinesfalls verschwunden. Die patriotischen und religiösen Gewerkschaften sowie auch weitgehend die eigentliche Praxis der SPD und SPD-nahen Gewerkschaften liefern zu diesem Punkt viel Material. Allerdings gab es eine neue Unnachgiebigkeit gegen Landbesitzer und Unternehmer. Die Arbeiter würden etwas für sich selbst und gegen die übrige Gesellschaft tun müssen. Wenn es jetzt auch mehr Ursachen für und Mittel gegen das Elend gab und diese einer angestiegenen Arbeitsteilung entsprachen, so schienen sich deren

37 Einige Beispiele für das Berichten traumatischer Erlebnisse ohne Emotion und ohne Erklärung finden sich in August Bebel, *Aus meinem Leben*, Stuttgart 1910, S. 1-20; der anonymen Autobiographie einer Frau, *Die Jugendgeschichte einer Arbeiterin*, a. a. O., Bd. I, S. 1-20. Moritz Th. W. Bromme erzählt in seiner *Lebensgeschichte eines modernen Fabrikarbeiters*, Jena 1910, S. 65 ff., wie die Inhaftierung seines Vaters die Familie auf eine proletarische Ebene hinunterzwang. Es gibt eine Erklärung, diese ist jedoch eine so verwickelte und persönliche Geschichte von einer unbedeutenden Unterschlagung, daß sie kaum nachvollziehbar ist. Ein interessanter Kontrast taucht in F. L. Fischer, *Arbeiterschicksale*, a. a. O., S. 44-45, auf. Da ersucht ein Bergarbeiter, der aus Krankheitsgründen gezwungen ist, sich zur Ruhe zu setzen, zweimal erfolgreich um eine Pension (das zweite Mal beim Kaiser). Wie wir jedoch in Kap. 7 sehen werden, stellten die Situation und Traditionen der Bergarbeiter einen Sonderfall dar.

Auswirkungen für die Menschen nicht sehr geändert zu haben. Angst vor dem Verlust der Arbeitsfähigkeit und ihren endlosen, in Hunger und Auflösung der Selbstachtung mündenden Konsequenzen bestand 1913, soweit ich feststellen kann, nicht viel weniger als drei oder vier Generationen davor.

Vom Standpunkt der Arbeiter aus schienen im wesentlichen zwei Formen von Not zu bestehen. Unglücksfälle und mehr oder weniger »normales« Leiden. Die vorwiegende Form des Elends bestand im Verlust der Fähigkeit des Ernährers, den Lebensunterhalt zu verdienen. So, wie sich die Situation den Arbeitern darstellte, waren drei Gründe für ihr Elend verantwortlich: Unfall, Krankheit oder, sehr schleichend, ernster Alkoholismus. Trat eines dieser Dinge ein, mußten andere Haushaltsmitglieder einspringen und in jeder ihnen möglichen Weise hinzuverdienen. Krankheit und Unfälle erscheinen in der Hauptsache als Ereignisse, die sich einfach so einstellen. Gewöhnlich gibt es da wenig zu erklären; sie werden mit ihren unmittelbaren Ursachen lediglich konstatiert.[37] Im Hintergrund jedoch erscheint eine öffentliche Institution, die den Schock abdämpfte. Schon im Bericht von Karl Fischer, der 1842 geboren wurde und als ungelernter oder kurz angelernter Arbeiter von einer Tätigkeit zur anderen wanderte und den Übergang vom Handwerk zur Fabrik miterlebte, war es einem gewöhnlichen Arbeiter möglich, sich beim örtlichen Krankenhaus zu melden und offenbar kostenlos oder für eine nominelle, seinen Mitteln angemessene Gebühr gute und menschliche Behandlung zu erhalten. Den biographischen Berichten nach zu urteilen wußten die Arbeiter von dieser Möglichkeit und hielten sie für selbstverständlich. Trotzdem schuf kostenlose Krankenhausversorgung, was den Verlust der Arbeitsfähigkeit betraf, keine Abhilfe. Wenn der Arbeiter (oder gelegentlich die Arbeiterin) seine/ihre Arbeitsfähigkeit nicht sehr schnell zurückgewann, konnte die Finanzkraft der Familie so geschwächt werden, daß sie dem Hungertod nahe kam. Es gibt keine Hinweise, daß die Arbeiter sich lange mit derlei Gedanken aufhielten. Nur allzu wahrscheinlich hielten die alltäglichen Schwierigkeiten der Sicherstellung ihres Lebensunterhaltes sie davon ab, darüber nachzusinnen. Dennoch muß jeder Arbeiter andere gekannt haben, denen es so ergangen war, so daß die Möglichkeit einer Katastrophe ständig im Hintergrund lauerte.

Die Einstellungen zum Alkohol waren unterschiedlich. Bisweilen mochten Familienangehörige die Enttäuschungen und Schmerzen erkennen, die den Hausvorstand zum exzessiven Alkoholkonsum trieben, und trotz eigenen Leidens Versöhnlichkeit zeigen. In anderen Fällen verübelte die Ehefrau es ihrem Mann, wenn er bitter benötigtes Geld nahm, um es in der Kneipe auszugeben. Dann spielten sich vor den Augen verängstigter Kinder Szenen voller Gewalttätigkeit ab. In solchen Fällen war die Erklärung einfach eine moralische: Die Frau bezichtigt ihren Mann unmoralischen Verhaltens, das sie und ihre Kinder verletzt. Ein gewisses Maß an starkem Trinken wurde hingenommen, und viele Arbeiter behaupteten, daß die Arbeit so anstrengend war, daß sie nicht ohne einen tüchtigen Schuß Alkohol auszuhalten sei. Springer berichtet von einem interessanten ethischen Dualismus in der Beurteilung des Alkohols durch die Arbeiter. Einige der besten Arbeiter, die er kannte, waren sehr starke Trinker, zweifellos nur, weil es ihnen Spaß machte. Sie behielten ihr Prestige als Arbeiter, büßten jedoch gesellschaftliches Ansehen ein. Die Gewerkschaften betrieben eine nachdrückliche Propaganda gegen den Alkoholismus, wobei sie den Arbeitern erzählten, daß, wenn sie ehrbare und respektable Behandlung von ihren Vorgesetzten wollten, sie nicht wie betrunkene Schweine auftreten könnten.[38] Folglich war die Praxis, selbst wenn starkes Trinken hingenommen wurde, mit einem Gefühl von Unbehagen und mit einem sozialen Stigma behaftet. Der Grund ist offensichtlich. Starkes Trinken, was immer auch der Grund sein mochte, konnte leicht der erste Schritt auf dem Weg ins Unglück für den einzelnen und seine Angehörigen bedeuten. Auf diesem Gebiet treten Frauen in ihrer traditionellen Rolle als die wichtigsten Hüter der Moral auf.

Der Verlust des Arbeitsplatzes mochte ein schwerer Schlag sein, wurde aber nur zur Katastrophe, wenn es sich längere Zeit als unmöglich erwies, eine andere Arbeit zu finden. Einige der traurigsten und rührendsten Teile der Arbeiterbiographien sind Beschreibungen ewig erfolgloser Arbeitssuche.[39] In diesem Punkt bestand zweifellos ein großer Unterschied zwischen den ungelernten und den angelernten oder Facharbeitern. Ein ungelernter Arbeiter, besonders beim Bau, der eine der höchsten Beschäftigungszahlen

38 Springer, *Der Andere das bist Du*, a. a. O., S. 107.
39 *Jugendgeschichte einer Arbeiterin*, a. a. O., S. 21, 30-31, 37-42.

hatte, rechnete bei jeder Arbeit damit, daß sie wohl vorübergehend sein würde. Bei dieser Art von Arbeit zählte der Verdienst am meisten. Er würde darüber entscheiden, ob man einen Überschuß zur Verfügung hatte, um billige Kleidung zu kaufen und irgendwie durchzukommen.[40] Gelernte und ungelernte Arbeiter waren aber auch an eine bestimmte Art von Arbeit gebunden. Sie gingen von einer Fabrik zur anderen und führten in jeder so ziemlich die gleiche Tätigkeit aus. Eine Produktionsverkürzung in ihrem jeweiligen Industriezweig konnte daher verhängnisvoll sein. Es gibt jedoch Hinweise, daß diese Möglichkeit keine große Rolle in den üblichen Erwartungen der Fabrikarbeiter vor dem Kriege spielte. Auf dem letzten Kongreß der Sozialdemokraten in der Vorkriegszeit (1913) führte ein Sprecher mit Schaudern eine offizielle Statistik an, die eine Arbeitslosenquote von 0,66 Prozent für ganz Deutschland anzeigte und Münchens Baugewerbe mit einer Arbeitslosenquote von 8,8% als ein Beispiel dafür, wie schlecht die Situation werden könnte. Amerikanern, die sich an die Schätzung erinnern, nach welcher einer von fünf Arbeitern auf der Höhe der Großen Depression der 30er Jahre arbeitslos war, erscheinen diese Zahlen sehr klein, obwohl man sich vor Differenzen beim Messen von Dingen hüten muß, die in jedem Fall schwer meßbar sind.[41]

Von den »normalen« Sorgen scheint die Angst vor dem Alter alle anderen überschattet zu haben. Die Arbeiter in den großen Fabriken, dem Kern des kapitalistischen Systems, erreichten die Spitze ihrer Verdienste im Alter von ungefähr 40 Jahren. Danach fiel ihre Lohnkurve meistens jäh ab. Mit 40 waren sie zu alt, um das Tempo mitzuhalten, das nicht so sehr rohe Kraft erforderte als die Fähigkeit, sich unter monotonen, aber endlos anstrengenden Bedingungen zu konzentrieren. Wie schon Alfred Weber betont hat,

40 Karl Fischer, *Denkwürdigkeiten* . . ., a. a. O., S. 134 und passim.

41 Siehe Sozialdemokratische Partei Deutschlands, *Protokoll über die Verhandlungen des Parteitages der SPD.* Abgehalten in Jena vom 14. bis 20. September 1913, Berlin 1913, Bericht von Joh. Timm über Maßnahmen gegen Arbeitslosigkeit, S. 390, 386. Seine Angaben für Deutschland als Ganzes waren ziemlich überholt, da sie auf der Umfrage zur Vollbeschäftigung von 1895 beruhte. Andererseits wurde der Zensus 1907 nicht vor 1913-14 veröffentlicht. Das Fehlen von Arbeitslosenstatistiken auf dem neuesten Stand ist an sich schon bedeutsam und kann nicht als Beweis für das Nichtexistieren des Problems gesehen werden.

unterschieden sich die Aufstiegschancen von Fabrikarbeitern stark von denen in anderen Berufen. Ein Fabrikbesitzer oder -verwalter war üblicherweise mit 40 gerade dabei, den Höhepunkt seiner Karriere zu erklimmen. In diesem Alter erreichte ein Bürokrat gerade die höchste ihm offenstehende Position. Selbst ein Handwerker konnte vielen weiteren Jahren produktiver Arbeit und Sozialprestige entgegensehen. Der Fabrikarbeiter hingegen, dessen Bedürfnisse gerade zu der Zeit aller Wahrscheinlichkeit nach am größten wurden und dem um die 20 Jahre weitere harte Arbeit bevorstanden, war dann verbraucht und würde über kurz oder lang zum alten Eisen geworfen werden.[42] Vom ersten Arbeitstag an war der Arbeiter sich dessen bewußt, obwohl viele dieses Gefühl in einer unbekümmerten Art unterdrückt haben müssen. »Vorwärts zu kommen« beschränkte sich für einen Arbeiter nur auf einen kurzen, alles verzehrenden Rausch in seiner Jugend. Am Zenit des Lebens stellten sich kurze Rationen ein, die vielleicht sogar im Zusammenbruch enden würden.[43]

Obwohl die Kontraste für die mittelmäßig ausgebildeten Fabrikarbeiter am schärfsten waren, trafen sie doch für alle zu, und gewiß nicht weniger stark für Berufsgruppen mit ernsten Gesundheitsrisiken wie z. B. im Bergbau. Alfred Weber sah in der beruflichen Laufbahn der Arbeiter den Hauptgrund für einen tiefen Pessimismus und die Entfremdung von der existierenden Gesellschaftsordnung. Diesen Pessimismus gab es sicherlich, und er scheint durch fast alle Äußerungen der Arbeiter im Levensteinschen Material durch. Es war jedoch ein Pessimismus in Anbetracht ihres eigenen

42 Im Leben eines Arbeiters konnte das Erscheinen von Nachkommen und zusätzlich zu stopfenden Mündern ein traumatisches Erlebnis sein, besonders für die Mutter, wenn der Vater nur ein mittelmäßiger Verdiener war. Die Autobiographie von Moritz Bromme, *Lebensgeschichte* . . ., a. a. O., ist besonders aufschlußreich, was die Belastungen der persönlichen Beziehungen in solch armseligen Verhältnissen anbelangt, wenngleich seine individuelle Situation wahrscheinlich extrem war. Für Männer und Frauen war Heirat seiner Meinung nach beinahe ein Unglück (S. 206). Seine im Grunde gütige Frau äußert einmal heftigen Ärger über die Kinder, weil sie soviel Zeit, Energie und Geld kosten (S. 240-41). Eines Tages, nachdem sie in der Zeitung gelesen hatte, daß ein Kind gestorben war, platzte sie heraus: »Diese Leute sind wirklich gut raus, sie haben Glück! Ihr Kind ist schon tot!« Siehe auch die Seiten 224-25 zu ähnlichen Reaktionen.

43 Alfred Weber, *Berufsschicksal*, a. a. O., S. 388.

Schicksals und wurde teilweise durch eine Mischung von Hoffnung auf eine bessere Welt in der Zukunft aufgewogen. Diese Hoffnungen konnten eine neue Gesellschaftsordnung oder ein Fortkommen ihrer Kinder im herrschenden System zum Gegenstand haben.[44]
Wenn es tiefsitzende Ängste hinsichtlich der Zukunft gab, dann gab es Unmengen von Ängsten in der Gegenwart. Biographische Darstellungen sind voll mit Berichten über Armut und Perioden des Hungers und unzureichender Unterkunft – ganze Familien wurden in einem Raum zusammengepfercht, bisweilen sogar ohne Heizung. Zweifellos waren dies besonders in den großen Städten schmerzhafte und weitverbreitete Erfahrungen. Waren sie auch schwer zu ertragen, so bildeten sie an sich nicht die Quelle von Unmut oder moralischer Entrüstung. Solange nicht irgendeine Form des geistigen Erwachens eintrat, beispielsweise durch die Konfrontation mit sozialistischer Propaganda, stellten diese Erfahrungen sich denen, die darunter litten, zweifelsohne als Teil der natürlichen Ordnung aller Dinge dar. Sie mußten ebenso ertragen werden wie schlechtes Wetter. Wenn man irgend etwas daran ändern konnte, lag die Lösung allenfalls in der Suche nach einer besseren Arbeit. Besonders von den jüngeren Familienmitgliedern wurden übermenschliche Anstrengungen erwartet, um die Notlage der Familie zu erleichtern, vorausgesetzt, sie befanden sich in oder fast in einem Alter, in dem sie arbeiten gehen konnten.[45] Doch selbst wenn diese Erlebnisse keine spezifische Quelle von Widerstand sind, ist zu vermuten, daß sie zu einer allgemeinen, unterschwelligen Unzufriedenheit mit dem Platz der Arbeiter in der Gesellschaftsordnung beitrugen, ein Thema, dem wir uns in einem anderen Kontext noch einmal zuwenden werden.

44 Levenstein fand eine Mehrheit von ca. drei zu einem Arbeiter in der Textilindustrie und weniger als 2 zu 1 bei den Metallarbeitern, die Hoffnung für die Zukunft auszudrücken wagten. Aber in beiden Fällen war die Zahl derjenigen, die die Frage nicht beantworteten, sehr groß. Siehe *Arbeiterfrage*, a. a. O., S. 311, 322. Zum gesellschaftlichen Aufstieg von Facharbeiterkindern, eine Chance, die man für sehr realistisch hielt, siehe Bernays, *Berufswahl und Berufsschicksal*, Teil II, S. 910.

45 Beispiele siehe in der anonymen *Jugendgeschichte einer Arbeiterin*, a. a. O. Die frühen Teile sind besonders informativ über den Alltag proletarischer Frauen.

6. Beziehungen zu Vorgesetzten und anderen Arbeitern

Das Verhältnis zwischen Arbeitern und ihren Vorgesetzten am Arbeitsplatz steht auf einem anderen Blatt. Ihre Ablehnung von Ungerechtigkeit konnte oft aufbrechen – aus zwei eng zusammenhängenden Gründen. Aus ihrer praktischen Arbeitserfahrung heraus entwickelten die Arbeiter bestimmte Auffassungen darüber, wie ihre Arbeit gut auszuführen sei, d. h. was gute und schlechte Materialien waren (es gibt viele Beschwerden darüber, Material benutzen zu müssen, das sich schlecht verarbeiten ließ), wie sie zu kombinieren seien, von der Zeiteinteilung der Arbeitsgänge und ähnlichen Dingen. Diese Reaktionen traten genauso bei ungelernten Arbeitern auf, die ganz bestimmt den Unterschied zwischen dem Hacken von harter Erde und Stein und dem Graben in sandigem Boden kannten.[46] Damals wie heute waren diese ungeschriebenen Arbeitsvorschriften vermutlich eine Mischung aus gefühlsmäßigen Grundsätzen für eine effiziente und effektive Arbeitsweise, Vorschriften, um die Arbeiter gegen gestiegene Anforderungen des Arbeitgebers zu schützen[47], Gewohnheiten, die die angemessene Entlohnung für jede Arbeit regelten. Arbeitsvorschriften waren (und sind) Teil des impliziten Gesellschaftsvertrags, der die Beziehung zwischen Gleichen und Höhergestellten am Arbeitsplatz regelt.

In den meisten deutschen Fabriken waren die Arbeitsvorschriften zu dieser Zeit theoretisch alleiniges Vorrecht der Werksleitung. Sehr zum Unwillen der Arbeiter, die keinerlei Mitspracherecht bei ihrer Formulierung hatten, aber sich ihnen in völligem Gehorsam ergeben sollten. Die eigentliche Praxis milderte diesen Antagonis-

46 Zum Thema sozialer Beziehungen am Arbeitsplatz siehe Springer, *Der Andere das bist Du*, a. a. O., S. 105-109; *Jugendgeschichte einer Arbeiterin*, a. a. O., S. 34-37, 46-48 (über sexuelle Ausbeutung durch Höhergestellte); F. L. Fischer, *Arbeiterschicksale*, a. a. O., S. 45-54, 76-86 (über Bergarbeiter); Göhre, *Drei Monate Fabrikarbeiter*, a. a. O., S. 45-54, 76-86, 102 (über eine Maschinenwerkzeugfabrik). Das Material findet sich verstreut auch in anderen Quellen, besonders der Autobiographie von Karl Fischer (nicht zu verwechseln mit F. L. Fischer) und den Untersuchungen von Adolf Levenstein, auf die wir später noch ausführlicher zurückgreifen werden.

47 Eine Beschränkung der Produktion durch allgemeine Absprache wird von Fischer, *Denkwürdigkeiten* ... a. a. O., S. 264, erwähnt.

mus oft. Was die Vorschriften besagten und was dann wirklich geschah, konnten zwei ganz verschiedene Paar Schuhe sein. Die Persönlichkeit des Direktors war oft ein entscheidender Faktor. In der Fabrik, in der Paul Göhre arbeitete, war der Direktor äußerst streng – fast militärisch, aber auch menschlich und verständnisvoll und sehr gerecht. Außerdem setzte der Vorarbeiter die Vorschriften in einer so milden und geschickten Art durch, daß ihre Härte nicht als schmerzhaft empfunden wurde. Als der Direktor neue Arbeitsvorschriften für Produktionsmethoden, Arbeitszeiten oder Zahlungsweisen einführte, hielt sich die Mehrheit der Arbeiter ängstlich und unsicher zurück, bis sich alles herumgesprochen hatte und die »öffentliche Meinung« gebildet schien. Diese Meinungsmacher waren ein paar respektierte Sozialdemokraten, obwohl politische Propaganda innerhalb der Fabriktore strikt verboten war. (In einem Fall hatte der Direktor gesagt: »Die Sozialdemokratie ist mir ganz egal; draußen könnt ihr euch so rot anstreichen, wie ihr wollt, hier drin nicht; hier kommandiere ich; wer es dennoch thut, fliegt hinaus.«

Selbst wenn mehrere Arbeiter die »öffentliche Meinung« nicht mochten und selbst wenn sie ihren Interessen zuwiderlief, stellte sie eine Macht dar, die von anderen Arbeitern respektiert und gegen die selten Einspruch erhoben wurde.[48]

Wie schon im ersten Kapitel betont wurde, ist der implizite Gesellschaftsvertrag (normalerweise) Gegenstand ständigen Probierens und neuer Verhandlungen, und nicht alle Beteiligten mögen alle seiner Bedingungen als gleichermaßen bindend betrachten. Untergeordnete Gruppen fühlen am ehesten Unmut und moralische Entrüstung, wenn die Machthaber Änderungen zu eigenen Gunsten durchzubringen versuchen und zur selben Zeit gemessen an den Arbeitsvorschriften der Untergebenen inkompetent erscheinen.

Das Wichtige in diesen Erwägungen ist, daß am Arbeitsplatz Unmut und moralische Entrüstung recht spontan aufkommen können, d. h. ohne »Agitatoren von außen«. Am Arbeitsplatz gibt es sichtbare und menschliche Wesen, die aufgrund individuellen Ver-

48 Göhre, *Drei Monate Fabrikarbeiter*, a. a. O., S. 75, 76, 102. Siehe auch S. 80 f., wo Göhre bemerkt, daß Facharbeiter nichts ausrichten konnten, wenn sie ihre Helfer anbrüllten und ihnen Befehle erteilten.

haltens für Unrecht verantwortlich sind. Sie sind ungerecht, weil sie den Gesellschaftsvertrag verletzen, der aus der Natur der Arbeit selbst erwächst. Dieser Aspekt unterscheidet solche Situationen von der eher allgemeinen Notlage in Form von Hunger und schlechter Unterkunft, die wir eben erörtert haben.[49] Der spontane Charakter dieser Prozesse in einem Zeitalter, in dem kollektives Verhandeln noch nicht zur Regel geworden war, und die Wut, die daraus entspringen kann, erscheinen in der pathetischen Autobiographie Karl Fischers so anschaulich, daß es sich lohnt, hier einige Episoden zu erzählen.

Karl Fischer kommt dem modernen Leser vermutlich als ein Mensch vor, der irgendwie ungewöhnlich unempfindlich gegen Gefühle moralischer Entrüstung ist. Die Tatsache, daß sein Vater von Zeit zu Zeit Geld aus seiner Spardose stahl, als er (Karl) ein Junge war, ist nur eine von vielen aus seinem Leben, die er in einer emotionslosen, sachlichen Art berichtet.[50] Als schüchternes, geschlagenes Kind eines tyrannischen Vaters – so stolpert er durch den größten Teil seines Lebens von einem niederschmetternden Erlebnis zum nächsten. Zu guter Letzt jedoch offenbarte er, daß er seine Behandlung durchaus als ungerecht empfand, als ein Aufsehen ihn nicht entsprechend seiner wirklichen Arbeitszeit bezahlte. Er hatte das gleiche Gefühl, als der Aufseher und die anderen Arbeiter versuchten, sich gegen ihn zusammenzurotten und ihn loszuwerden – zu der Zeit wurde er zu alt für seine Arbeit –; er geriet schließlich in Wut und brüllte sie alle nieder.[51]

Ein anderes Mal, als er erfuhr, daß der Werksdirektor seinen Teil der Arbeit gut ausführt, schoß Fischers Respekt für ihn plötzlich in die Höhe.[52] Wendet man sich seinem Verhältnis zu anderen Vor-

49 Dennoch ist es merkwürdig, keine Beschwerden über ausbeuterische Vermieter zu finden. Eine ähnliche Situation finden wir vorwiegend in einer früheren Periode. Die Beschwerden eines Lehrlings, der im Haushalt seines Meisters lebt und gezwungen ist, unzählige häusliche Dienste zu verrichten, die nichts mit seiner Ausbildung zu tun haben.

50 Fischer, *Denkwürdigkeiten*, a. a. O., S. 76-77.

51 *Ebenda*, S. 277, 281 f.

52 *Ebenda*, S. 268. Siehe hierzu auch S. 355, wo der Direktor als eine Figur aus weiter Ferne erscheint, die alberne Fragen stellt, bei der Arbeit und der Möglichkeit, das Tageseinkommen zu verdienen, im Wege steht. Beide Bilder des Direktors dokumentieren die gleichen Gründe für Respekt oder dessen Fehlen.

gesetzten zu, entdeckt man überraschend, daß Fischer zusammen mit den anderen Arbeitern keinen ernsthaften Widerspruch dagegen einlegte, daß der Ingenieur ihren Stücklohn senkte. Sie konnten alle immer noch genug verdienen, indem sie hart arbeiteten. Aber als der Buchhalter die Lohnhöhe festsetzte, war die Reaktion ganz anders, da dieser nur einmal im Jahr zur Inventur hereinkam und, in Fischers Worten, so viel von der Arbeit verstand wie eine Kuh vom Sonntag. Überdies waren Menschen für den Buchhalter doch nur eine höchst unwichtige »Nebensache«, wenigstens sah Karl Fischer das so.

Soweit zeigt Fischer in allen Episoden kein Zeichen von allgemeiner Feindseligkeit gegen seine Vorgesetzten oder »Bosse«. Alles, was er berichtet, ist eine Reihe von persönlichen Fällen schlechter Behandlung. Letzten Endes jedoch stellt der Effekt sich als Summe all dieser Begebenheiten heraus. Gegen Ende der Autobiographie finden wir ihn, wie er voller Verzweiflung zu Gott betet. Gott sagt ihm, er solle die Gußform, die er gerade machte, dem Meister vor die Füße werfen und brüllen: »Ich will 100 Mark im Monat verdienen. Hier ist keine Ordnung!« – ein aufschlußreiches Cliché, das gewöhnlich konservative Implikationen besitzt. Hierfür wurde ihm die Kündigung mit einer Frist von vierzehn Tagen ausgesprochen. Aber er fühlte sich wesentlich besser. Die Bemerkung: »Hier ist keine Ordnung!« zeigt seine Gefühle von Schmach über das, was seiner Meinung nach Vorschriften waren, die dem ordnungsgemäßen Betrieb nicht entsprachen. Obwohl seine Wut kurz danach noch maßloser und dramatischer wurde, erschöpfte sie sich im wesentlichen darin.

Nachdem er die Nachricht seiner Entlassung erhalten hatte, hatte er Phantasien davon, wie er dem Ingenieur und dem Direktor die Meinung sagen würde, und sogar, wie er die Fabrik übernehmen würde. Schließlich, nachdem er drei Stunden an der Tür des Direktors gewartet hatte, schaffte er es, hineinzukommen und den Direktor zu fragen, warum er gefeuert worden sei. Er erhielt eine barsche Antwort und ihm wurde die Tür gewiesen. Vor der Tür, so berichtet er: ». . . da sprach ich mit Donnerstimme das Urteil . . . Du willst Leuten kündigen, die hier so lange gearbeitet haben, die Du gar nicht kennst. Wer hat Dich denn zum Direktor gemacht! Wer Dich zum Direktor gemacht hat, der hats zu verantworten!« Einige Maurer in der Nähe, die zufällig Fischers Geschimpfe mit-

bekamen, schlugen ihre Werkzeuge im Takt seiner Worte aufeinander.[53] Auf diesem Höhepunkt endet die Erzählung.
Karl Fischers Beschreibung ist besonders brauchbar, weil darin keine Spur marxistischer Doktrin steckt oder überhaupt irgendwelcher anderer intellektueller Einflüsse kritischer oder subversiver Art, die seine Wahrnehmungen beeinflußt haben könnten. In diesem Sinne war sie völlig spontan. Bei Fischers Eselsgeduld gegenüber seiner Lebenssituation enthüllt die Biographie die Kräfte, mit denen die Marxisten zu ringen hatten und die sie für sich einspannen konnten. Es muß Tausende von Karl Fischers gegeben haben, nicht nur während des Übergangs zum Fabriksystem, sondern auch später. Wie oft zuvor (mindestens bis zurück in die 1840er Jahre) und oft danach war das Wesentliche an Fischers Aufschrei, selbst in Momenten, in denen er der Raserei nahe war, ein Schrei nach menschlicher Behandlung. Nach einer eingehenderen Untersuchung anderer Aspekte der Arbeiterkultur und der Kräfte, die ihr Gestalt gegeben haben, werden wir klarer erkennen können, was dies eigentlich zu bedeuten hat und was die politischen Konsequenzen waren.

7. Einige Quellen der Arbeiterkultur

Bei der Betrachtung aller Kräfte, die diese Kultur geformt haben, legen Standardbeschreibungen das Schwergewicht auf drei Faktoren: den Wechsel von der patriarchalischen Herrschaft der Werkstatt und kleinen Fabrik zur unpersönlichen und bürokratischen Welt des Großunternehmens, die Tyrannei der Maschine und die Abhängigkeit des Arbeiters vom Lohnsystem. Dies sind sozusagen die Quellen des Arbeiterelends, so wie sie eher durch die distanzierte Sehweise des Wirtschaftshistorikers als durch die Augen des Arbeiters selbst gesehen werden. Die Wahrnehmungen dieser Prozesse durch die Arbeiter sind, soweit wir über sie Bescheid wissen, ähnlich genug, um es offensichtlich zu machen, daß sowohl Arbeiter wie auch Historiker über dieselbe Sache reden. Bei allem, was hierüber hinausgeht, gibt es viel mehr Vielfalt, als man je ahnen könnte, und einige unerwartete Reaktionen. Es *fand* eine Transfor-

53 *Ebenda*, Bd. 2., S. 375-78, 388-90.

mation von einer patriarchalischen zu einer bürokratischen Form der Betriebsleitung *statt.* Diese Wandlung wurde, während sie sich vollzog, zum mindesten von den intelligenteren Arbeitern erkannt. Viele Arbeiter sahen die Transformation jedoch nicht als etwas, das ihnen schaden würde. Interviewer in der Daimler Autofabrik und in großen Textilwerken entdeckten, daß viele der Angestellten ganz bewußt in diese Werke gegangen waren, da ihre vorherige Arbeitsstelle ihnen unangenehm und »zu klein« erschien, zweifellos in dem Sinn, daß sie als beengend empfunden wurde.[54] Als August Springer in einer neuen Art von Fabrik zu arbeiten begann, fand er, daß der Eigentümer in seiner unpersönlichen Art sich überhaupt nicht um die politischen Meinungen seiner Arbeiter kümmerte, solange sie ihre Arbeit verrichteten. Das hatte zur Folge, daß das Werk eine Zufluchtsstätte für Sozialdemokraten wurde.[55]

Was die Auswirkungen der neuen Maschinen betrifft, so brachten Levensteins Nachforschungen eine große Mehrheit »artikulationsfähiger« Arbeiter zutage, die sich in der Tat von ihnen versklavt und ausgepumpt fühlten. Es gab jedoch auch eine Minderheit, denen das rhythmische Funktionieren ihrer Maschine regelrecht Spaß machte. Einige meinten, daß die Maschine sie von ihrer Plackerei in einer Weise befreite, die ihnen angenehme Tagträume erlaubte.[56] Die Unterlagen zeigen auch die Notwendigkeit großer Skepsis hinsichtlich der geläufigen Vorstellung, daß die Einführung der Maschine den Arbeiter dazu zwang, sich auf einen winzigen Handgriff im Prozeß der Produktion zu konzentrieren, und dies so sehr, daß er jegliches Empfinden für den Sinn seiner Arbeit oder die Identifikation mit dem Endprodukt verlor. Was Maschinen häufig forderten, war konzentrierte Aufmerksamkeit, Stunde für Stunde und Tag für Tag. Die Sicherheitsausrüstung und -vorschriften wa-

54 Bernays, *Berufswahl und Berufsschicksal,* a. a. O., Teil I, S. 162.

55 Springer, *Der Andere das bist Du,* a. a. O., S. 103. Wie schon gesagt, begegnete Paul Göhre einer sehr ähnlichen Situation.

56 Levenstein, *Arbeiterfrage* . . ., a. a. O., S. 45-49, 68, 75, 104-106; Bernays, *Berufswahl und Berufsschicksal,* a. a. O., Teil I, S. 161-162, berichtet, daß die Arbeiter ihren Maschinen die peinlichste Aufmerksamkeit zukommen ließen, »damit sie sich nicht verletzt fühlten«. In Textilfabriken fühlten die Frauen sich für ein kleines »Königreich« an ihrem regulären Arbeitsplatz mit seiner Maschine verantwortlich. »Die Leute wollen wissen, wo sie hingehören«, war ein Kommentar, dem man häufig als Erklärung begegnete.

ren im Vergleich zu heute wahrscheinlich sehr primitiv. Wie Paul Göhre aufgrund seiner eigenen Erfahrung in einer Fabrik beobachtete, stellte Fabrikarbeit ebenso hohe Anforderungen an einen Menschen wie die anspruchsvollste intellektuelle Arbeit. Die Notwendigkeit, einer gefährlichen Arbeit inmitten von Lärm und schlechter Luft die größte Aufmerksamkeit zu schenken und elf Stunden täglich all seine Körperkraft zu brauchen, konnte fürchterlich auslaugen. Trotz alledem besaßen alle Arbeiter in der von ihm beschriebenen Fabrik ein ausgeprägtes Gefühl dafür, daß sie zusammen arbeiteten, um eine einzige komplizierte Aufgabe zu erfüllen. Jeder war sich bewußt, daß die prompte, akkurate und vernünftige Ausführung seiner Arbeit wichtig für das Gesamtprodukt war. Daher war jeder, der seine Arbeit verpfuschte, das Objekt heftiger Vorwürfe seitens der Kameraden. Da die Arbeiter in den Werkshallen wenig oder gar keinen Kontakt mit anderen Teilen des Betriebes wie z. B. dem Verkauf, den Ingenieuren und technischen Zeichnern hatten, waren die manuellen Arbeiter tatsächlich der Meinung, daß sie die »eigentliche Arbeit« machten, daß sie die Schöpfer der Maschinen waren, die sie bauten, und wirklich die Fabrik repräsentierten.[57] Das Fließband war nicht typisch für das Fabrikleben in Deutschland vor dem Kriege. Die Verhältnisse schufen selbst im modernsten Sektor von Maschinenbau und Metallverarbeitung Einstellungen, die man mit dem Zeitalter des Handwerks verbindet.

Aufschlußreich sind die Informationen, die Levensteins sicher noch unausgereifter Versuch erbringt, eine Unterscheidung zwischen der Wahrnehmung der durch niedrige Löhne hervorgerufenen materiellen Deprivation und einem allgemeineren Elend einzuführen, das auf den angeblichen Verlust von Freiheit und Autonomie zurückgeht. Levenstein stellte die ziemlich komplizierte Frage: »Was drückt Sie mehr, der geringe Lohn oder daß Sie vom Arbeitgeber so abhängig sind, so wenig Aussichten haben, im Leben weiterzukommen, Ihren Kindern gar nichts bieten können?« Ein moderner Leser kann eine Menge Sympathie für jene Arbeiter seiner Massenschicht empfinden, die lakonisch antworteten: »Ales drickt mich.« Höchstwahrscheinlich ist dies eine akkurate Feststellung in dem Sinn, daß die Situation als ganze sie

57 Göhre, *Drei Monate Fabrikarbeiter*, a. a. O., S. 74, 54, 117.

»fertigmachte«. Wenigstens einer der Mitglieder der »Massenschicht« bemühte sich, ausführlicher zu antworten. »Das drig mier Sehr das ich zuwenig ferdienen Kan und ich wil überhaup kein Patrigote Sein.«[58]

Die »artikulationsfähigeren« Arbeiter versuchten, ihre komplizierten Gefühle sehr detailliert auszudrücken. Zwei Themen laufen wie ein roter Faden durch ihre Antworten. Eins ist Bitterkeit angesichts der Aussichtslosigkeit für sie und ihre Kinder, wohl je ihrem Schicksal als Arbeiter zu entkommen. Sie befanden sich in einer ausweglosen Lage. Das jedoch war ein zweitrangiges Thema.[59] Das Hauptthema war Widerstand gegen den Mangel an Unabhängigkeit, das Gefühl, daß es nötig war, Körper und Seele für Geld zu verkaufen, und daß dies dem Arbeitgeber ganz egal war. (In den statistischen Zusammenfassungen der Antworten, die man mit Vorbehalt genießen sollte, war Widerwille gegen Abhängigkeit ebenso häufig wie Einwände gegen niedrigen Lohn. Ein Berliner Plüschweber drückte das so aus; »Früh sieben Uhr beginnt die Fabriksirene zu pfeifen. Es sind die Pfeifen meines Brotherrn, der damit andeuten will, mich zu beeilen. So werde ich herangepfiffen, wie der Herr seinem Hund pfeift. Fünf Minuten später wird das Fabriktor geschlossen, oder der Markenautomat gesperrt, und ich bin im Zuchthaus drin.«[60] Oder, mit den Worten eines anderen Arbeiters: »Wenn ich mehr Achtung kriegen täte. Aber der Fabrikant grüßt mich nicht«, eine Beschwerde, die sich laut Levenstein durch alle möglichen Variationen der Antworten aller Arbeiter zieht.[61] Wieder einmal begegnen wir der dringenden

58 Levenstein, *Arbeiterfrage*, a. a. O., S. 137, Appelle an den Nationalismus waren zu dieser Zeit in Regierungskreisen recht häufig geworden, und dies ist nur eine von etlichen Formen des Widerstands dagegen.

59 Dieser Beleg sollte im Zusammenhang mit dem oben angeführten von Bernays gesehen werden, nämlich über das Gefühl von Facharbeitern, daß die Kinder aus der Klasse der Fabrikarbeiter heraus aufsteigen würden (und in vielen Fällen auch taten). Die von den zwei Untersuchungen berichteten Ansichten sind nicht völlig übereinstimmend, obwohl Bernays an dieser Stelle nur gelernte Arbeiter behandelt hat. Außerdem fordert Levensteins Fragestellung Klagen geradezu heraus. Diese technischen Aspekte sind andererseits wirklich nicht ausschlaggebend. Menschen haben oft widersprüchliche Ansichten. Die Umstände entscheiden dann, welche in Worte oder Taten umgesetzt werden.

60 *Ebenda*, S. 133.

61 *Ebenda*, S. 131.

Bitte eines Arbeiters um menschliche Behandlung, ein Thema, das in ihren Hoffnungen und Ängsten hinsichtlich der Zukunft immer wieder auftaucht.

8. Vorstellungen von der Zukunft

Der ergiebigste Teil der Levenstein-Studie, und zwar seine Untersuchung der Phantasien, Hoffnungen und Ängste der Industriearbeiter hinsichtlich ihrer Zukunft, wirft viel Licht auf das, was sie als schmerzhafte Deprivationen empfinden. Seine Fragen waren hier allgemein und einfach gehalten. Sie gehen nicht weiter, als danach zu fragen, was der Befragte täte, wenn er genug Geld und Zeit hätte, und was seine Hoffnungen und Sehnsüchte seien. Außer dem Hinweis darauf, was den Arbeitern ihrer Meinung nach fehlte, enthüllen die Antworten auch die Grenzen ihrer Vorstellungskraft von einem glücklichen Leben, Grenzen, die durch ihre aktuelle Situation und ihre Vergangenheit bedingt sind. Es ist verführerisch, in vielen der Antworten Beweise für eine historisch verkrüppelte Phantasie zu erblicken. In solch einem Urteil schwingen allerdings Untertöne von Herablassung mit. Es fiele schwer zu beweisen, daß selbst Akademiker in der Regel weniger provinziell in ihrer Vorstellung einer wünschenswerten Zukunft sind.

Jedenfalls setzten sich die Vorstellungen, die diese deutschen Arbeiter von einem glücklichen Leben hatten, aus drei größeren Teilen zusammen. Der erste war einfach eine Vision der Gegenwart ohne ihre schmerzlichen Aspekte. Der zweite war eine Zukunft, die in Form einer idealisierten ländlichen Vergangenheit ausgedrückt wurde oder sonst in einer idealisierten Version modernen Landlebens, wie sie es gesehen oder davon gehört hatten. Dies war ein Gegenbild, eine Umkehrung des Lebens, wie sie es kannten. Und schließlich war da der Stempel sozialistischer Ideen erkennbar. Das Verhältnis dieser Komponenten variierte von Fall zu Fall. In einigen Antworten taucht nur eines dieser drei Elemente auf; in anderen können alle drei verbunden sein – oder durcheinandergewürfelt wie in einem Traum.

Hier ist eine charakteristische Antwort eines 22jährigen Bergarbeiters mit zwei Kindern, der vergleichsweise gut verdient. »Wenn ich von der Schicht komme da wer ich mir satessen und dann etwas in den Wald spazieren ein schnitt Bier sich austrinken und dan ins Bett sich ausruen daß ich wider auf die andre Schicht munter werde. – Ich wer mir ein schönes Haus bauen, damit ich in meinem Eigentum wohne.«[62] Der Gedanke an eine andere Arbeit oder überhaupt nicht zu arbeiten, kommt diesem Bergmann nicht in den Sinn. Was er will, ist sehr einfach – und sehr notwendig und menschlich – genug zu essen, ausreichend Schlaf, den kleinen Luxus eines Glases Bier, und an einem Platz zu leben, den er sein eigen nennen kann. Ein so geordnetes Leben könnte wie gewöhnlich weitergehen – und dies zudem sehr glücklich. Ich möchte vermuten, daß dieser junge Mann für die Mehrheit der deutschen Arbeiter seiner Zeit sprach und, mit Berücksichtigung der Unterschiede in Geschmack und Sprache, sogar für den Großteil der Menschheit aller Zeiten. Es ist auch sehr wahrscheinlich, daß wir in seiner schlichten Aussage die authentische Stimme jener Arbeiter hören, die »zwischen Arbeit und Vergnügen hin und her tändelten« und die etwas eingebildete Arbeiterelite zur Verzweiflung brachten.

Aussagen, die denen dieses Bergarbeiters sehr ähnlich sind, tauchen ab und zu in den Antworten auf, so in der eines 27jährigen Webers, dessen Lohn nur 2/3 von dem des Kumpels beträgt. Er arbeitete 10 1/2 Stunden täglich (gegenüber den 9 Stunden des Bergmannes). Für ihn war es auch unmöglich, korrektes Deutsch zu schreiben: »früh ein bischen länger Schlafen von 8 bis 1 Uhr arbeiten nach dem Mittagstisch ein bischen schlafen bis 4 Uhr und dann spazieren gehen bis zum Abenbrot. – Ich würde mir ein kleines Haus bauen Schweine fittern Gänse Hühner Tauben für meinen Bedarf und einen schönen gemüße Garten anlegen was ich alles recht schön bebauen wollten und daß ich mir könnten immer recht satt Essen könnte.«[63] Obwohl die Freuden eines einfachen ländlichen Lebens in diesem Fall in der Hauptsache gastronomischer Natur sind, wird aus anderen Antworten klar, daß die Anziehungskraft auch eine ästhetische war. Andere Arbeiter schrieben ganz wie erwartet davon, sich Kleidung zu kaufen, um damit menschlicher und achtbarer auszusehen.[64]

62 *Ebenda*, S. 176.
63 *Ebenda*, S. 189.
64 *Ebenda*, S. 180, 195.

Es gibt einen Fall, wo die Hoffnungen, ein kleines Stück Land zu besitzen und mehr für die politische Organisation zu tun, sich sehr widersprüchlich gegenüberstehen. Ein anderer Mann ist durch radikale Ideen geprägt, die mit anderen Einflüssen zu einem wahrscheinlich charakteristischen Mischmasch verschmelzen: »Für Ausbildung sorgen. – 1) Stenografie welche mir im besonderen gefällt! 2) Schreiben und Rechnen! 3) Lesen Wissenschaftliche Bücher! – Ein Revolver mit Zubehör, für den Fall wo wir uns zur Gegenwär sezen müssen. Alles was zu einem Menschlichen Dasein erforderliche.«[65] Wir wollen diese Auswahl mit dem reizvoll kurzen Statement eines weiteren Arbeiters, eines 29jährigen Vaters von zwei Kindern, beschließen: »Meine Frau unterm Arm nehmen und spazieren gehen. – Tät mir eine Fila (Villa) kaufen und schönen Garten.«[66]

Außer diesen Hoffnungen auf Befriedigung von einfachen materiellen Wünschen – genug zu essen, frische Luft, ausreichend Schlaf, ein nettes Haus mit Garten (Ganz ähnlich ist das Ziel eines Arbeiters in einer Autofabrik in Detroit, der ein »nettes kleines modernes Haus« anstrebt.)[67], empfanden viele Arbeiter eine große Sehnsucht danach, ihren Wissensdurst und ihre, wie wir es nennen, kulturellen Bedürfnisse zu befriedigen. Infolge von Levensteins Vorurteilen und seiner Vorgehensweise ist diese Art von Antworten wahrscheinlich stark überrepräsentiert. Eine Menge dieses angeblichen Beweismaterials über Wissensdurst und kulturelle Befriedigung liest sich für mich wie eine Sammlung von guten Vorsätzen zum Neuen Jahr, die zusammengestellt wurden, um Beifall der »Vorgesetzten« zu erheischen. Diese Interpretation wird durch eine unlängst angefertigte Studie der Lesegewohnheiten sozialdemokratischer Arbeiter vor dem Krieg belegt, soweit diese sich durch die Verzeichnisse der Arbeiterleihbüchereien und durch die Verkaufslisten der Bücher nachweisen lassen, die bekanntlich die intellektuelle Elite der Arbeiterklasse ansprach. Bebbels *Die Frau und der Sozialismus* (1879) war das einzige Werk über Politik und Gesellschaft, das nennenswerte Popularität genoß

65 *Ebenda*, S. 190.
66 *Ebenda*, S. 178.
67 Ely Chinoy, *Automobile Workers and the American Dream*, Boston 1965.

und bis 1910 fünfzig Auflagen erlebte. Dieses Buch war auch die Hauptquelle der Vorstellungen vom Sozialismus. Selbst dieses Werk und ähnliche Popularisationen interessierten aber nur eine Elite innerhalb der Elite. Arbeiterbibliotheken wurden nur von einer Minderheit benutzt. 1911 lieh die Bibliothek für die 28 000 Mitglieder der Berliner Holzarbeiter nur 228 Bücher aus dem Bereich der Sozialwissenschaften aus. Da kein Unterschied zwischen dem, was die Arbeiter aus Büchereien ausliehen, und dem, was sie kauften, gewesen zu sein scheint, ist die Behauptung, daß die Arbeiter die anspruchsvollen Bücher kauften und Unterhaltungsliteratur ausliehen, unhaltbar. Es sieht so aus, als ob der Mehrheit der sozialistischen Arbeiter, die ja selbst eine Minorität darstellten, sozialistische Theorien absolut unbekannt waren und sie keinerlei Interesse an der wissenschaftlichen Literatur der Partei zeigten. Noch gibt es Anzeichen für ein mehr als stellenweises Interesse an allgemeineren Werken.[68]

Es hierbei bewenden zu lassen wäre jedoch ungerecht und ungenau. Selbst gute Vorsätze zum Neuen Jahr reflektieren Wünsche, in diesem Fall Wünsche, deren Realisierung die harten Zwänge des Alltags beinahe unmöglich machten. Positiver gesagt, es gibt kein Anzeichen von Anti-Intellektualismus unter den deutschen Industriearbeitern, nicht einmal etwas dem *ouvrierisme* französischer Arbeiter Entsprechendes. Von den Zeiten her, in denen das Handwerk dominierte, hatte es, wenigstens als ein Vorbild, dem es nachzueifern galt, ein starkes Interesse an Geschichte, Literatur, Kunst und Wissenschaft gegeben. Außerdem schafften es wenigstens ein paar Arbeiter durch fast übermenschliche Anstrengungen, sich ein ansehnliches Maß an Vertrautheit mit den bedeutenden Marksteinen des menschlichen Denkens anzueignen. Ein allgemeines Merkmal der Autobiographien, und natürlich ein Zug, der seine Autoren als atypische Arbeiter kennzeichnet, ist der schon in frühem Alter aufkommende unersättliche Hunger nach

68 Hans-Josef Steinberg, *Sozialismus und Deutsche Sozialdemokratie: Zur Ideologie der Partei vor dem ersten Weltkrieg*, Hannover 1967, S. 129-42, besonders S. 130, 137-38, 141. Siehe zu einem etwas freundlicheren Standpunkt die Beobachtungen in Bernays *Berufswahl und Berufsschicksal*, a. a. O., Teil II, S. 911-912, wo sie die Ansicht äußert, daß Facharbeiter sich auf einem höheren kulturellen Niveau befanden als das Kleinbürgertum.

Büchern.[69] Für solche Arbeiter lag es nahe, führende Positionen in der Arbeiterbewegung und einen für ihre Zahl unverhältnismäßig großen Einfluß zu gewinnen. Es gibt verstreute Hinweise auf ein weitverbreitetes Interesse an Musik und Theater sowie auch auf eine Ablehnung der Bourgeoisie wegen ihrer Bemühungen, die ›wahre‹ Kultur zu monopolisieren.[70]

Wenn man die Einstellungen der deutschen Arbeiter vor dem Krieg zur Freizeit wiedergibt, muß man bedenken, daß dies keine Zeit der Massenkultur und der Konsumgüter war. Es gab keine moderne Freizeitmaschinerie in Form von Fernsehen, Filmen und Radio. Ihren Platz nahmen damals Zeitungen und Schundliteratur ein. Ebenso waren für Arbeiter die billigen Kneipen attraktiv, die für die Gesundheit oder die kulturelle Entwicklung der Arbeiter nicht unbedingt besser waren. Es gab auch andere Möglichkeiten, die sich einem modernen Leser als Ausdruck eines »unverdorbenen« Geschmacks darstellen. Die Liebe zur Natur scheint ziemlich echt zu sein. Die wenigen glücklichen Seiten in Karl Fischers Autobiographie beschreiben Sonntagsspaziergänge im Wald oder ein paar Stunden friedlichen Angelns – bis er vom Wildhüter eines adligen Grundbesitzers weggejagt wurde. »Nur mal zu einem Spaziergang in den Wald gehen«, ist ein Satz, der oft mit sehr viel Gefühl weiter ausgeführt wird und als ein zentrales Thema in Levensteins Antwortenkatalog immer wieder auftaucht.[71] Da die meisten deutschen Arbeiter in Kleinstädten lebten und es noch gewöhnt waren, zu Fuß herumzukommen, scheint es einleuchtend, daß viele tatsächlich gelegentlichen Zugang zu Wald und Feld hatten.

Es gibt zwar einige Anzeichen für eine Welt des Massenkonsums, die noch in ferner Zukunft lag, und für die Bedürfnisse, die ihr

69 Springer, *Der Andere das bist Du,* a. a. O., Kap. 4, enthält eine eindrucksvolle Darstellung der Wirkungen auf einen jungen Geist, der nicht durch eine breitgefächerte Bildung in Form der Lektüre eines Buches über die Französische Revolution und besonders eines Buches von Dante geschützt war. Die Folgen waren eine romantische Berauschtheit und ein meist dauerhafter Bruch mit allem in seiner Umgebung, was trivial und kleinbürgerlich schien, und die Herausbildung kritischer Normen für die Einschätzung seiner Umwelt.

70 Carl Severing, *Mein Lebensweg,* Bd. I: *Vom Schlosser zum Minister,* Köln 1950, S. 82, 87.

71 Levenstein, *Arbeiterfrage,* a. a. O., S. 54-81, widmet einen ganzen Abschnitt den Spaziergängen der Arbeiter im Wald und ihren Gedanken dabei.

Nahrung geben konnten. Hier und da verliehen Arbeiter ihrem Verlangen nach einer Uhr, einem Fahrrad, anständiger Kleidung und sogar nach einem Badezimmer Ausdruck. Zumindest einige Arbeiter hatten begonnen, diese Dinge als Rüstzeug für eine ehrbare moralische Existenz zu betrachten.[72]

Schlafen, Essen, Spazierengehen, ein eigenes Heim, selbst Bücherlesen und Konzertbesuche werden in der modernen westlichen Kultur als persönliche und private Handlungen und Interessen angesehen. Was waren dann die Dinge, die die Arbeiter beschäftigten? Wie weit gingen die öffentlichen Interessen der Arbeiter, im Sinne eindeutiger Gefühle darüber, welche Maßnahmen die Gesellschaft, in der sie lebten, ergreifen sollte und welche nicht?

Was begriffen sie als öffentlich, was als Gesellschaft und was waren deren Grenzen? Wurde diese nur durch die Nachbarschaft und die Fabrik verkörpert? Schloß sie ganz Deutschland ein? Die Arbeiter der Welt? Die ganze Menschheit? Und wie ließen sich ihre öffentlichen Interessen mit ihren privaten vereinbaren? Überlagerten ihre privaten Interessen die öffentlichen? Wüßten wir die Antworten auf diese Fragen, könnten wir mit Recht behaupten, daß wir die deutschen Arbeiter verstehen. Aber natürlich kennen wir die Antworten nicht. Alles, was wir besitzen, sind flüchtige Einblicke, so, als ob jemand eine Taschenlampe eilig über ein fremdes Zimmer in einem fremden Haus schweifen läßt. Immerhin sind flüchtige Blicke besser als völlige Dunkelheit, vielleicht genug, um sich mit einiger Sicherheit zurechtzufinden.

An dieser Stelle lohnt es sich, einige der Statistiken heranzuziehen, die Levenstein auf der Basis seiner Fragebögen zusammengestellt hat. Die Ergebnisse sind eindrucksvoll genug, um die vielen Zweifel hinsichtlich der Zuverlässigkeit nicht nur von Fragebögen als Mittel, sondern auch seines ziemlich primitiven Gebrauchs auszulöschen. Was folgt, sind leicht gekürzte Versionen seiner eigenen Zusammenfassungen der Antworten, die er auf Fragen nach den Hoffnungen, Ängsten und Phantasien der Industriearbeiter erhalten hat.

Bei der Interpretation der Tabelle 5 ist es am besten, wenn wir unsere Aufmerksamkeit im wesentlichen auf die Themen beschränken, die zu einer sehr großen und sehr kleinen Anzahl von

72 *Ebenda*, S. 181, 186, 190, 193, 195.

Antworten angeregt haben. In diesen Fällen spiegelt der Fragebogen mit hoher Wahrscheinlichkeit tatsächliche gesellschaftliche Prozesse wider. Die sehr große Zahl privater Belange ist bei näherem Hinsehen offensichtlich. Beachtlich viele hiervon entsprechen so ziemlich dem, was man von einem Angehörigen der intellektu-

Tabelle 5

Hoffnungen und Phantasien der Arbeiter nach Levensteins *Arbeiterfrage*

1) Was täten Sie, wenn Sie jeden Tag genug Zeit für sich hätten?

	Metallarbeiter	Textilarbeiter
der Familie Zeit widmen	416	143
hinaus in die Natur gehen	108	209
für die Partei oder Gewerkschaft agitieren	177	111
sich weiterbilden	489	344
malen	117	87
Verschiedenes	292	183

2) Was für Dinge würden Sie sich kaufen, wenn Sie genügend Geld hätten?

	Bergarbeiter	Textilarbeiter
gute Kleidung	141	199
Bücher	342	86
genug zu essen	65	188
gute Unterkunft	194	151
Grundstück oder Haus mit Grundstück	357	187
Verschiedenes	500	266
keine Antworten auf eine oder beide Fragen	214	76

3) Welche Hoffnungen haben Sie?

	Metallarb.	Bergarb.	Textilarb.
keine	65	253	26
Sieg der Sozialdemokratie	431	438	518
mehr verdienen	550	590	471
Verschiedenes	481	680	
selig sein		123	
Sieg der Tugend			41

4) Welche Wünsche haben sie?

	Metallarb.	Bergarb.	Textilarb.
keine	65	453	26
ein menschliches Dasein	267	198	136
ein besseres Leben für die Kinder	147	236	123
die Rechnung mit den Kapitalisten begleichen	132	87	75
bald sterben		33	
bis zur völligen Sättigung essen		72	
mehr verdienen		440	328
eine bessere Gesellschaft und ein besserer Staat in der Zukunft	202	262	148
Ehefrau muß nicht in der Fabrik arbeiten			48
Alkoholverbot	92		42
Verschiedenes	338	304	40
Glück für alle	118		
Unabhängigkeit	170		
keine Antwort auf eine der Fragen	276	0	187

Quelle: Adolf Levenstein, *Die Arbeiterfrage: Mit besonderer Berücksichtigung der sozial-psychologischen Seite des modernen Großbetriebes und der psychophysischen Einwirkungen auf die Arbeiter*. München 1912, S. 198, 212, 213, 222-223, 232-233, 241-242.

Anmerkung: Die Aufzählung der Antworten unterscheidet sich von Beruf zu Beruf geringfügig. Eine Lücke zeigt das Fehlen der jeweiligen Antwort auf der Liste der jeweiligen Berufsgruppe an. Ebenda, S. 222, 223, 232-233, 241-242.

ellen Elite der Arbeiterklasse erwartet, wenn er mit einem Fremden spricht. Nachdem wir schon mehrmals auf dieses Vorurteil eingegangen sind, bedarf es hier keiner weiteren Ausführungen. Auf der anderen Seite haben die Arbeiter diese Themen selbst gewählt. Die Fragen waren in keiner Weise zielgerichtet. Die Arbeiter wurden nicht gefragt, ob sie es vorzogen, sich in politischer Agitation ausbilden zu lassen. Sie haben ihre eigene Art, ihre Erfahrungen zu kategorisieren. Die große Zahl von verschiedenen Antworten, vermutlich Antworten, die Levenstein irgendwie einzigartig erschienen, oder die jedenfalls nicht glatt in die Denkschemata fielen, die sich aus dem Lesen der anderen ergaben, bezeugt die Mannigfaltigkeit und das diffuse Wesen der Hoffnungen und Sehnsüchte selbst in diesem beschränkten Teil der Arbeiterklasse.

Der erste bemerkenswerte Punkt ist, daß die Arbeiter spontan private Interessen viel häufiger erwähnen als öffentliche und politische Belange. Nicht nur erwähnen sie sie öfter; sie erwähnen eine Menge mehr davon, oder, genauer gesagt, sie benutzen weitaus mehr Kategorien zur Darstellung ihres Privatlebens als des öffentlichen Geschehens. Ihr Privatleben ist ziemlich klar das, was diese Leute am meisten beschäftigte. Ich bezweifle, daß sie in dieser Beziehung in irgendeiner Weise ungewöhnlich waren.[73]

Wenn es um öffentliche Angelegenheiten geht, verleihen viele ihrer Hoffnung auf den Sieg der Sozialdemokratie Ausdruck. In zwei von drei Berufen konstatieren noch mehr Arbeiter, daß sie auf ein höheres Einkommen hoffen. Aus den Antworten ist ersichtlich, daß viele Arbeiter eine klare Unterscheidung zwischen Hoffnungen und Wünschen machten. Von Hoffnungen wurde angenommen, daß sie doch irgendwie realistisch waren. Hinsichtlich ihrer Wünsche oder Phantasien hatten sie das Gefühl, ihnen freien Lauf lassen zu können. Deshalb ist es um so interessanter, daß ein höheres Einkommen und der Sieg der Sozialdemokratie die einzigen Hoffnungen oder Wünsche sind, die spontan in großer Zahl genannt werden – in eben dieser Reihenfolge.[74]

Ein Ergebnis, das der Erläuterung bedarf, ist die kleine Zahl derer, die mit den Kapitalisten eine Rechnung begleichen will. Die Zahl der Leute, die entweder die Hoffnung oder den Wunsch hegen, mehr zu verdienen, ist um ein Mehrfaches größer. Es wäre gefährlich, aus diesen Zahlen zu schließen, daß ein geringes oder gar kein latentes Reservoir an Widerstand gegen die besitzenden Klassen vorhanden war, das in einer Krise hätte explodieren können. Der Ton vieler Antworten läßt das vermuten. An einer Stelle, wo er die

73 Wir werden das jedoch nie mit Gewißheit sagen können. Was würde eine ähnliche, aber präzisere Studie über die Athener des 5. Jahrhunderts wohl über die vielgerühmten Interessen der gewöhnlichen griechischen Bürger am Allgemeinwohl enthüllen?

74 Ein Durchsehen der Antworten im ganzen vermittelt den Eindruck, daß die Bergarbeiter wesentlich pessimistischer hinsichtlich ihrer Zukunft waren als irgendeine andere Berufsgruppe. Es ist nur allzu wahrscheinlich, daß es in diesem Punkt große Abweichungen von einer Arbeit zur anderen und zu unterschiedlichen Zeitpunkten gab. Das zur Verfügung stehende Material ist aber unzureichend, um Mutmaßungen über diese Variationen zu unterstützen.

Antworten kommentiert, bemerkt Levenstein, daß ansonsten ruhige und intelligente Arbeiter in ihrem Briefwechsel mit ihm oft völlig durchdrehten, wenn er ihre Kraftausdrücke und ihren extremen Ausdruck von Haß kritisierte.[75] Wahrscheinlich kamen derlei Entgegnungen von einem kleinen Teil der »artikulationsfähigen« Minderheit, mit der er im Laufe seiner Untersuchung einen ausgedehnten und lebhaften Briefwechsel führte. Selbst wenn diese nur eine Minderheit darstellten, so schien hier ein Nerv zu sein, der durch tägliche Erfahrung wund gescheuert worden war und der, wenn gereizt, eine explosive Reaktion auslösen konnte. Was die Zahlen in der Tat nahelegen, ist, daß eine solche Reaktion in ruhigen Zeiten nur selten spontan an die Oberfläche durchbrach: Die individuellen Sorgen, es im täglichen Leben zu Erfolg zu bringen, machten solche Tendenzen leicht zunichte.

Bemerkenswert ist in diesem Zusammenhang die kleine Zahl derer, die der Partei und den Gewerkschaften mehr Zeit widmen zu können wünschten. Mit Ausnahme eines kleinen Kerns, der voll aufgestauter Wut war, klingen diese Arbeiter nicht rachsüchtig oder drohend, solange die Welt um sie herum routinegemäß weiterlief. Sie richteten ihre Hoffnung auf den eventuellen Sieg einer unbestimmten Größe namens Sozialismus oder auf eine bessere Welt in der Zukunft. Sie hatten jedoch nicht vor, daran selbsttätig viel zu ändern. Das war Sache anderer. Sie waren vollauf damit beschäftigt, überhaupt mit ihrem Geld auszukommen. Was sie wirklich gern gehabt hätten, war eben dieses Geld, Kleidung, genug zu essen und – so könnte man weiterträumen – ein nettes kleines Haus auf dem Lande.

Schmerz und Leid müssen einen Sinn haben. Menschliche Wesen, so zeigen alle großen Religionen in unterschiedlicher Weise, finden es sehr schwierig, die Aussicht zu ertragen, daß das meiste menschliche Leiden nicht zum wie auch immer definierten Glück führt. Für diese deutschen Arbeiter endet die Theodizee anscheinend mit einem netten Plätzchen auf dem Lande. Das wäre das Ende der Ausbeutung des Menschen durch den Menschen.

Oder war das Haus auf dem Land ein Symbol für und eine Reflexion von etwas Tiefergehendem? War es ein grobes, aber konkretes Bild der Sicherheit, die zu einer Welt gehörte, wo Arbeitern

75 Siehe: *Ebenda*, S. 283.

menschliche Behandlung zuteil wurde – einer Welt, die sich immer noch durch krasse Ungleichheiten auszeichnete, aber wo die scharfen Kanten dieser Ungleichheiten abgeschliffen waren durch die Erkenntnis der Vorgesetzten, daß Arbeiter auch Menschen sind? Verdienten sie als solche nicht das Minimum an Respekt und Rücksicht, das von einer Menschheit, an der alle teilhatten, gefordert wurde? Verdienten sie nicht genug materielle Belohnungen für ihre harte Arbeit, um sie in die Lage zu setzen, diese Arbeit ohne Schmerzen vor Hunger und Kälte auszuführen? Konnten sie nicht etwas Nachsicht für einen gelegentlichen Ausbruch von Fröhlichkeit und kindischer Ausgelassenheit erwarten? Sieht man das ganze Material der Fragebögen und Biographien im Zusammenhang, so scheint mir, daß diese schlichte Vorstellung von menschlicher Behandlung diesen allen zugrunde liegt, daß sie die implizite (und oft explizite) Voraussetzung ist, die sie verbindet.

9. Politisches und ökonomisches Handeln

Wenn wir fragen, was deutsche Arbeiter für die Verwirklichung dieses Zieles getan haben, so lautet die schlichte Antwort der Statistiken, daß ungefähr die Hälfte überhaupt nichts unternahm und eine große Mehrheit der übrigen nicht mehr, als einer Organisation Beiträge zu zahlen. Die wichtigsten Organisationen waren natürlich die SPD und die Gewerkschaften. Da es mehrere hervorragende Analysen der Organisierung der Arbeiterklasse gibt, werde ich mich auf einige kurze Beobachtungen beschränken. Daß die SPD sich einem Dilemma gegenübersah, ist nur allzu bekannt, als daß es hier einer weiteren Erörterung bedarf: Sie hatte die Wahl zwischen dem Sozialismus als ihrem formalen, auf lange Sicht hin konzipierten Ziel und der Notwendigkeit, tägliche Erfolge zu erzielen, um eine Anhängerschaft anzuziehen und zu halten. Andererseits muß noch einmal darauf hingewiesen werden, daß das hier diskutierte Material es bisher nicht vermocht hat, die Existenz eines wirklich nennenswerten Proletariats des »klassischen« Typs nachzuweisen, dessen Interessen die Führer dann ignoriert hätten. Angesichts der Unterlagen über die berufliche und geographische Zusammensetzung der industriellen Arbeiterklasse – ihr provinzieller Charakter erinnerte immer noch an die alten handwerklichen Traditionen – sowie auch der Belege, die wir über die Lebenssituation der Arbeiter und über ihre Gefühle dazu zusammentragen konnten, scheint die SPD-Führung mit ihrer vorsichtigen Politik und den gelegentlichen Ausbrüchen rhetorischen Zorns über die besitzenden Klassen recht repräsentativ gehandelt zu haben. Für die Vorkriegsjahre ist es in jeder Hinsicht schwierig, sich vorzustellen, was sie sonst hätte tun können. Eine revolutionäre Politik hätte einer Basis im Volke entbehrt und wäre leicht zerschlagen worden.[76]

Die Führer der SPD vor dem Kriege waren Bürokraten und Politiker. Sie waren jedoch Bürokraten und Politiker mit sehr viel Gespür für das, was im Volk vor sich ging. Die Ansicht, daß es ihnen gleichgültig war oder daß sie unfähig waren, einer riesigen revolutionären Masse eine angemessene Führung zu sein, ist einfach eine polemische Übertreibung. Wie auch heute, so gab es damals eine Masse, die sich dem Zugriff der SPD entzog und sowohl den Gewerkschaften wie den Parteiführern bisweilen Unbehagen bereitete. Innerhalb dieser Masse – sie war keineswegs ein einziger undifferenzierter Block – gab es große Gruppen von Arbeitern, deren Reaktionen und Mangel an Reaktionen von Zeit zu Zeit die starke Hand der Führer der Arbeiterbewegung herausforderten. Das Verhältnis zwischen den Führern und denen, die sie zu führen versuchten, erscheint sozusagen *en miniature* in den autobiographischen Darstellungen der bedeutenden Arbeiterführer. Es ist eine Miniatur wie auf einer Kamee, deren Einzelheiten wesentliche Charakteristika der Interaktion zwischen gewöhnlichen Arbeitern und ihren Führern enthüllen und besonders die Erfahrungen zeigen, welche die Ansichten der Arbeiterführer über ihre wirkliche und ihre potentielle Anhängerschaft geprägt haben. Da diese Beziehung während und unmittelbar nach dem Ersten Weltkrieg von wachsender Bedeutung wurde, ist es sinnvoll, sie an dieser Stelle eingehender zu betrachten.

Gegen Ende des 19. Jahrhunderts gab der Strom ungelernter Arbeiter an die neuen Maschinen in den großen Fabriken, wenigstens

76 Das Material belegt die Einschätzung, die Scheidemann auf dem letzten SPD-Kongreß vor dem Krieg im Laufe einer Debatte über die Taktik eines Massenstreiks gab: »Die Arbeiter wollen auch mal Luft schnappen, sie wollen sich einmal Frau und Kindern widmen und wollen auch mal eine Nachtruhe haben.«

in einigen Gebieten, der deutschen Variante der Industriegewerkschaften im Gegensatz zu den älteren Organisationsformen der einzelnen Zünfte mächtige Impulse. Die Tatsache, daß Unmengen von Arbeitern in den neuen Fabriken zusammenströmten, stellte nicht unbedingt eine Erleichterung hinsichtlich ihrer Organisierbarkeit dar. Oft waren die Fabriken sehr laut, die Maschinen nahmen die ganze Aufmerksamkeit der Arbeiter in Anspruch und ließen keine Gelegenheit für Unterhaltung. Hier war der Arbeiter während seiner Tätigkeit sozial weitaus stärker isoliert als unter den meisten handwerklichen Arbeitsbedingungen. Natürlich war die Situation von einem Berufszweig zum anderen verschieden. Am entgegengesetzten Ende der Skala stand einer lärmenden Textilfabrik die Zigarrenfabrik mit ihren Hunderten von Arbeitern gegenüber, die ruhig ihrer Beschäftigung nachgingen, während ein *Vorleser* der Gruppe laut vorlas. Da der *Vorleser* oft Dinge mit einer erzieherischen oder propagandistischen Tendenz vortrug, nahmen die Zigarrenarbeiter schon früh eine führende Stellung in der Arbeiterbewegung ein.[77]

Wie unterschiedlich die Lage der Arbeiter auch ausgesehen haben mag, ihr einziges Mittel im Kampf mit ihren Arbeitgebern blieb die Tatsache, daß sie sich, sofern sie einheitlich vorgingen, weigern konnten, ihre Arbeitskraft zu verkaufen. (Zu dieser Zeit waren Gewerkschaften und Streiks, wenn auch von zweifelhafter Legalität, als Teil des täglichen Lebens akzeptiert.) Wollten sie wirklich etwas erreichen, so mußten sich dem Streik genügend Arbeiter anschließen, um das Werk zwingen zu können, die Arbeit einzustellen. Und was noch wichtiger war – genügend Arbeiter mußten willens und auch fähig sein, den Streik weiterzuführen, bis die Arbeitgeber ihre Bedingungen annahmen. Das bedeutete wiederum, daß die Gewerkschaften Gelder benötigten, um die Arbeiter für die Dauer des Streiks zu unterstützen. Obwohl dies einfache und offensichtliche Bedingungen sind, lagen sie, wenn es um ihre praktische Anwendung in einzelnen Fällen ging, nicht immer klar auf der Hand und waren besonders für die breite Masse der Arbeiter in der Hitze des Gefechts oder in tiefer Verzweiflung nicht immer

77 Severing, *Mein Lebensweg*, a. a. O., Teil I, S. 30. Man beachte die Anzeichen von Identifikation mit dem Reich, die M. Bromme erwähnt und die im folgenden Teil 10 behandelt werden.

einsichtig. Es ist jedenfalls sicher, daß diese Bedingungen nicht immer leicht erfüllbar waren.
Streiks konnten bei entscheidenden Teilen der Arbeiterschaft, die zur Stillegung der Produktion ausreichten, über einer Vielfalt von Streitfragen ausbrechen. So konnte es beispielsweise um die Nachricht gehen, daß das Werk große Profite mache. Öfter noch brach ein Streik als Reaktion auf einen ganz bestimmten Fall von Ungerechtigkeit gegenüber Einzelpersonen aus. Im Anfangsstadium gab es große Euphorie und Aufregung. Das Ende waren oft Fehlschläge und Ernüchterung.
Carl Severing, der zu jener Zeit in einer Nähmaschinenfabrik mit 3 000 Angestellten arbeitete, gibt einige Beispiele. In einem Fall war die Euphorie so groß, daß der Beschluß zu streiken der Formulierung von Streikforderungen vorausging. Nur ca. 10 Prozent des Werkes war organisiert. In kurzer Zeit brach der Streik geradezu in Panik zusammen, weil die Nichtorganisierten ihre Unterstützung zurückgezogen hatten. Die letzteren waren zuversichtlich gewesen, daß sie genug hätten, um irgendwie zurechtzukommen und durchzuhalten. In ihrem hitzigen Enthusiasmus hatten die organisierten Arbeiter den Beteuerungen geglaubt. Als er dann auf die Probe gestellt wurde, löste sich all dieser Optimismus in Nichts auf.[78] Solche Erfahrungen müssen einem intelligenten jungen Mann wie Severing, der sich der Sache der Arbeiter verpflichtet fühlte, die entscheidende Bedeutung von Organisation gelehrt haben. Zweifellos zog er daraus seine Schlüsse. Als der nächste Streik nahte, war er Gewerkschaftsfunktionär geworden. Sein detaillierter Bericht über jenes Ereignis beschreibt anschaulich, wie und warum er es für nötig befand, den Streik gegen die Forderungen wütender Gewerkschaftsmitglieder abzubrechen. Die realistische Einschätzung der relativen Stärke von Gewerkschaft und Arbeitgeber und der Konsequenzen, welche die Gewerkschaft aus einer Fortführung des Streiks zu ziehen hätte, machten es seines Erachtens notwendig, ein paar Mitglieder zu opfern, selbst wenn ihr Anliegen völlig berechtigt war. Um längerfristiger Ziele willen war er bereit, gegen eine feindselige Menge zu argumentieren und sich mit einer Phase der Unpopularität abzufinden.[79]

78 *Ebenda*, S. 41-47.
79 *Ebenda*, S. 94-100.

Erfahrungen wie diese, die sich in jeder Arbeiterbewegung wiederholen, erzeugten bei vielen ihrer Anführer in Deutschland ein nahezu instinktives Mißtrauen vor Massenenthusiasmus, eine Bereitwilligkeit, Unbeliebtheit auf sich zu nehmen, und eine Verachtung für lärmende Demagogen. *Laßt schwatzen* wurde zum geflügelten Wort bei Gewerkschaftsfunktionären.[80] Sowohl bei den Führern als auch einem führenden Teil der Arbeiter erzeugten solche Erfahrungen auch Vertrauen und Stolz auf Disziplin. Disziplin stand für die Fähigkeit, einen Streik zu tragen, wenn er einmal in Gang gesetzt worden war. Disziplin stand für die Fähigkeit, Leute dazu zu bringen, in eindrucksvollem Umfang zu einer öffentlichen Demonstration zu erscheinen. Schließlich bedeutete Disziplin die Fähigkeit und die Bereitschaft, *nicht* zu streiken oder sogar *nicht* zu demonstrieren, wenn die Umstände ungünstig waren. Um zu entscheiden, ob die Umstände tatsächlich geeignet waren oder nicht, bedurfte es Personen mit Kenntnis der wirtschaftlichen Lage nicht nur in spezifischen Industriezweigen, sondern in ganz Deutschland und in manchen Fällen, wie bei Branchen mit einem wichtigen Exportmarkt, sogar auf internationaler Ebene. Diese Voraussetzungen gaben den Spezialisten und Theoretikern ihre Aufgabe. Um die Masse der Arbeiter zu informieren sowie willens und in der Lage zu halten, zur richtigen Zeit zu handeln, wurden außerdem spezielle Zeitungen und ein ganzer Informations- und Indoktrinationsapparat notwendig. Diese Bemühungen waren nicht einheitlich erfolgreich, und es gab einige murrende Stimmen der Unzufriedenheit auf seiten gewöhnlicher Arbeiter, die das Gefühl hatten, daß die in den Vordergrund gestellten strategischen Überlegungen ihre Interessen ignorierten.[81] Auf der anderen Seite erhielten diese Tendenzen zur Zentralisierung erhebliche Unterstützung durch das Bewußtsein unter den Arbeitern, daß letztendlich ihre Arbeitsplätze vom Gedeihen der deutschen Industrie abhängen. Als Gewerkschaftsfunktionär war Severing darauf bedacht, den guten Namen seiner Firma zu einer Zeit zu schützen, in der die Konkurrenz der Singer Nähmaschinen ernst wurde.[82]

80 *Protokoll, SPD, 1913*, S. 296 ff.

81 Einige Beispiele von Bergarbeitern im Ruhrgebiet werden im nächsten Kapitel zur Sprache kommen.

82 Severing, *Mein Lebensweg*, a. a. O., Teil I, S. 89. Er drückte auch Ärger darüber aus, daß französische Nähmaschinenhersteller potentiellen französi-

Auf diese Trends ist es teilweise zurückzuführen, daß die Führer der deutschen Arbeiterbewegung Züge von Armeegenerälen oder der Vorstände großer bürokratischer Organisationen anzunehmen begannen. Das generelle Mißtrauen gegen Massenenthusiasmus gipfelt natürlich in einer Figur wie Stalin. Man muß es den Führern der deutschen Sozialdemokratie und den Gewerkschaften hoch anrechnen, daß sie nie diesen Weg gegangen sind.

Trotz allem waren die Folgen verhängnisvoll genug. Wie so mancher gute General zögerten die SPD- und Gewerkschaftsführer, ihre Truppen in einer Schlacht aufs Spiel zu setzen, deren Ausgang ungewiß war – und der Ausgang der meisten Schlachten ist zu einem bestimmten Grad unsicher. Nach der Niederlage von 1918 und während des hierauf folgenden Chaos bewegte das Mißtrauen gegen den Enthusiasmus der Massen die Führer dazu, die Hauptgefahr links von ihnen zu sehen, was dazu beitrug, sie gegen Gefahren von rechts blind zu machen. Diese sollten sich kurz über lang als weitaus ernster erweisen. Damit greifen wir unserer Geschichte allerdings voraus. In den Jahren vor Kriegsausbruch scheuten sie sich vor frontalen Angriffen auf den deutschen Militarismus, aus Angst, daß eine solche Attacke Vergeltungsschläge der deutschen Regierung und die Zerstörung all dessen, was sie mit so viel Schweiß und Mühe aufgebaut hatten, provozieren würde. Mit dieser Weigerung der Stärkeren in der Arbeiterbewegung wurde die vage Aussicht auf eine Verhinderung des Krieges durch ein Eingreifen der Arbeiterklasse zerstört.[83]

schen Kunden erzählten, keine deutschen Maschinen zu kaufen, weil sie damit den Siegern von Sedan Geld gäben.

83 Für ihr Versagen, dem deutschen Militarismus frontal zu begegnen, und ihre generell vorsichtige Politik sind die Führer der deutschen Arbeiterklasse und diese selbst seitdem das Objekt scharfer Kritik inner- und außerhalb Deutschlands. Von ihnen etwas zu verlangen, was voraussichtlich einem revolutionären Selbstmord gleichgekommen wäre, ist wohl zuviel verlangt. Sie hätten ohnehin nur ein leuchtendes Beispiel für die Zukunft abgeben können. Es ist auch eine Forderung, die gegen eine mächtige Strömung läuft – wenngleich nicht die einzige –, nämlich die des politischen Realismus und kühler Kalkulation der Möglichkeiten in einer gegebenen Situation. Diese finden wir schon in den Schriften von Marx und Engels. Nach dem Krieg hatte sich die Situation geändert, und ein Teil der Kritik erscheint mir gerechtfertigt.

Wie realistisch aber war eine solche Aussicht in Deutschland? Hätten die Führer der deutschen Arbeiterklasse 1914 anders handeln können? Was wäre wirklich anders geworden? Diese Fragen sind letzten Endes so unbeantwortbar, wie sie verlockend sind. Dennoch ist es möglich, etwas über das Ausmaß herauszufinden, in dem die deutsche Arbeiterklasse sich mit dem Kaiserreich identifizierte, und über einige Gründe für ihre Gefühle und ihr Verhalten.

Für die »artikulationsfähige« Schicht der Arbeiter gab es mehrere wichtige und auch einleuchtende Gründe für ihre Feindseligkeit gegen das Reich. Das Reich repräsentierte die erfolgreiche Einigung Deutschlands durch konservative und reaktionäre Kräfte, nachdem die liberalen und populistischen Anläufe von 1848 erfolglos im Sande verlaufen waren. Die Führer der Arbeiterbewegung hatten auf diesen Sieg mit einer Sympathiebekundung für die Pariser Kommune reagiert, die für die respektablen Kreise der deutschen Gesellschaft – und beileibe nicht nur der deutschen – all das symbolisierte, was an den unteren Klassen furchterregend und revolutionär war.[84] Die Sozialdemokratische Partei war somit als eine Organisation von Staatsfeinden stigmatisiert. Bismarck hatte erfolglos versucht, die Partei mittels der Sozialistengesetze (1878-90) zu zerschlagen. Nach Bismarcks Entlassung blieb die Regierungspolitik im wesentlichen feindselig und voller Argwohn, trotz des kurzen Flirts des neuen Kaisers mit der Arbeiterbewegung. Deshalb erschien der Arbeiterelite die im Kaiserreich verkörperte Art von Nationalismus, und besonders die vom Reich benötigten militärischen Ausgaben, zum größten Teil als eine ungeschminkte und gefährliche Kundgebung der selbstsüchtigen Interessen der herrschenden Klassen.

84 Werner Conze und Dieter Groh, *Die Arbeiterbewegung in der nationalen Bewegung: Die deutsche Sozialdemokratie vor, während und nach der Reichsgründung*, Stuttgart 1966, S. 86-104, berichten über die Unterschiede in der sozialistischen Bewegung während und nach dem Deutsch-Französischen Krieg. Sie betrachten dieses Ereignis und speziell die Kommune als den Punkt, an dem die Arbeiterbewegung sich von der nationalistischen Bewegung abspaltete.

Auf der anderen Seite bedeutete diese Feindschaft nicht, daß es den Führern der deutschen Arbeiterklasse an eigenem patriotischen Gedankengut mangelte, das sie von Zeit zu Zeit hervorkehrte, um Beschuldigungen wie die, die SPD sei eine ihrem Wesen nach staatsgefährdende Bewegung, zu widerlegen.[85] Vom Standpunkt unserer Untersuchung her stellt sich die wichtigere Frage, wie tief die Feindschaft der Führer gegen das Kaiserreich in der Arbeiterklasse selbst verwurzelt war. Eine Beantwortung dieser Frage fällt nicht leicht. Zwei Dinge kann man allerdings mit Sicherheit behaupten. Wie wir gesehen haben, gab es unter den Arbeitern einen erheblichen Widerstand gegen die herrschende Klasse. Das aber war ein Widerstand gegen ihre Innenpolitik, soweit diese das tägliche Leben und die materiellen Interessen der Arbeiter beeinträchtigte. Die Außenpolitik lag außerhalb ihres Interessenbereichs. Zum zweiten war ein großer, wenn auch ständig schrumpfender Teil der Arbeiterklasse recht apolitisch. Karl Fischers einzige Erwähnung des Deutsch-Französischen Krieges, zu dessen Zeit er 30 Jahre alt war, ist eine beiläufige Bemerkung über seinen Vorgesetzten, der Soldat in Frankreich gewesen war und ihm damit etwas voraushatte (*darin war er mir über*). Davor hatte er schon sein völliges Desinteresse und Unverständnis für Politik bekundet. Er las keine Zeitung und ärgerte sich störrisch über den auf ihn ausgeübten Druck, bei einer Reichstagswahl zusammen mit den Beschäftigten wählen zu müssen. Seinen Kommentaren über die anderen Arbeiter, die sich bereitwillig bewirten ließen und wählten, wie der Boß es wollte, nach zu urteilen, war Karl Fischer

85 Philipp Scheidemann sagte 1911: »Für uns ist das Vaterland ... die Heimat, an der wir mit Liebe hängen, uns ist es das Band, das uns umschließt als Glieder einer großen Kulturgemeinschaft. Uns ist es der Boden, auf dem wir Handel und Industrie und Landwirtschaft fördern, Kunst und Wissenschaft pflegen wollen. Wir kennen und lieben unser Vaterland. Aber gerade weil wir nicht nur seine natürlichen Schönheiten kennen, sondern auch seine häßlichen Einrichtungen, deshalb sind wir Sozialdemokraten... Und als solche sind wir eifrig bemüht, unser Vaterland so einzurichten, daß alle Landeskinder nicht nur satt zu essen haben, sondern auch als gleichberechtigte Volksgenossen sich des Vaterlandes und seiner Kultur freuen können. Das ist nationale Politik in unserm Sinne, und wer in diesem Sinne nationale Arbeit mitleisten will, der schließe sich der Sozialdemokratie an.« Zitiert in Ursula Schulz (Hrsg.), *Die deutsche Arbeiterbewegung 1848-1919 in Augenzeugenberichten*, Düsseldorf 1968, S. 358.

überdurchschnittlich apolitisch, selbst für die 1870er Jahre.[86] Trotzdem müssen viele so gewesen sein wie er. Viel müßte passieren, bevor gewöhnliche Arbeiter in der Lage wären, die Gründe für die Gegnerschaft der SPD gegen den Militarismus zu verstehen.

Moritz Bromme, der 1873 geboren wurde und dessen Familie zur Zeit des Sozialistengesetzes zu Hause sozialistische Zeitungen las, vermittelt einige aufschlußreiche Einblicke in die widersinnige Mischung von Ideen, die vor der Jahrhundertwende unter den Arbeitern zirkulierten. In einem Zimmer seines Hauses, das an Untermieter vermietet war, hingen Bilder von Kaiser Wilhelm, General v. Moltke (dem Helden des Deutsch-Französischen Krieges) und von Bismarck. Daneben gab es Bilder von Bebel, Liebknecht, Marx und Lassalle. Er erzählt, welche Angst er anläßlich einer großen, lärmenden Feier hatte, daß die Polizei hereinkommen und alle wegen Gotteslästerung und Majestätsbeleidigung verhaften würde.[87] Später erwähnt er die patriotischen Lieder über den Deutsch-Französischen Krieg, die die Zigarrenarbeiter in den frühen 1880ern bei ihrer Arbeit sangen.[88] Zweifellos besaß nicht nur der *Vorleser* ihre Aufmerksamkeit!

Mit der Etablierung des Kaiserreiches als eines gut gehenden politischen Geschäfts kamen auch eine Reihe von Kräften ins Spiel, welche die Arbeiter an die herrschende Ordnung banden. Das Bildungssystem legte großen Wert auf patriotische Tugenden und zeitigte anscheinend beträchtliche Wirkung, selbst auf die Arbeiter. In seiner Autobiographie erzählt Carl Severing, dessen Eltern Fabrikarbeiter waren, folgende Episode: Als Schüler schenkte er seinem Lieblingslehrer ein Bild der Hohenzollernfamilie und setzte damit durch, daß er die Leitung der Vorbereitungen für diese festliche Gelegenheit übernehmen durfte.[89] August Springer erwähnt die patriotischen Feste und Paraden einschließlich der Sedan-Feier (welcher die SPD das feierliche Begehen des Jahrestages der Kommune entgegenzusetzen versuchte) und dem damit verbundenen Stolz der Bürger und der Freude der jungen Leute zu

86 Siehe seine *Denkwürdigkeiten* ..., a. a. O., S. 307, 291-292.
87 Bromme, *Lebensgeschichte* ..., a. a. O., S. 23, 60, 71-72.
88 *Ebenda*, S. 115.
89 Severing, *Mein Lebensweg*, a. a. O., Teil I, S. 11. Diese Episode trug sich in den späten 1880ern zu.

seiner Jugendzeit. Beim Sinnieren über die allgemeine Stimmungslage während des Kriegsausbruchs kommt er zu dem Schluß, daß der patriotische Geist sowohl auf die Schule als auch auf solche Festivitäten zurückzuführen sei.[90] Kriegsschrecken und Nachrichten von den Affären der Herrscher und des Adels konnten ebenfalls ein Aufwallen von Patriotismus unter den Arbeitern hervorrufen, die von sozialdemokratischen Lehren unberührt waren.[91]

Laut Paul Göhre waren das Vaterland, der Kaiser und die Armen in Chemnitz der Gegenstand sehr warmer Gefühle unter den Arbeitern. Chemnitz war eine Stadt, wo der SPD-Einfluß allgegenwärtig war, in einem Maße, daß ein geläufiger Kommentar lautete: »Hier sind selbst die Maschinen sozialdemokratisch.« Trotzdem hatten viele Arbeiter Kriegsbilder, den grob kolorierten Postkarten nicht unähnlich, in der Nähe ihres Arbeitsplatzes auf ihre Werkzeugkisten geklebt. (Heute wären dies Pin-up-Photos.) Göhre sprach absichtlich mit einer großen Zahl von Arbeitern über militärische Angelegenheiten – darunter auch mit Sozialdemokraten. Seine Darstellung gibt viele Einzelheiten des Gesprächs wieder. Sie zeigen den Stolz der Arbeiter auf die Armee, ihren Gefallen an ihrer Militärzeit und den vorteilhaften Eindruck, den Paraden, Uniformen und Ähnliches auf sie gemacht hatten. Die einzige Person, der er begegnete, die dem Militär feindlich gesinnt war, war ein für seine Begriffe fanatischer Führer der Sozialdemokraten, von dem keine andere Meinung erwartet werden konnte. Ein ausschlaggebender Grund für diese positive Einstellung lag auf der Hand: Für die Arbeiter war der Militärdienst die längste, vollkommenste und herrlichste Abwechslung von der Langeweile des Fabrikdaseins.[92] Die sozialdemokratische Propaganda über die Bruderschaft aller Nationen fiel in Chemnitz auf völlig unfruchtbaren Boden. Hierfür gab es einige ganz besondere Gründe. Die böhmische Grenze war nicht weit, und es gab eine Menge Tschechen unter den Arbeitern. Die einheimischen Deutschen schauten so sehr auf diese herab, daß selbst Tschechen deutscher Herkunft unter diesen Vorurteilen zu leiden hatten.[93]

90 Springer, *Der Andere das bist Du*, a. a. O., S. 14-15, 239-241.
91 *Jugendgeschichte einer Arbeiterin*, a. a. O., S. 57-58.
92 Göhre, *Drei Monate Fabrikarbeiter*, a. a. O., S. 117-122.
93 *Ebenda*, S. 129.

Obwohl die Außeneinflüsse, welche diese Identifikation mit dem Kaiserreich bewirkten, sicherlich wichtig waren, gibt es naheliegende Gründe, daß die wichtigsten Quellen der Identifikation ziemlich spontan innerhalb der eigenen Reihen der Arbeiter entsprangen. Ihre Sehnsüchte liefen auf die Forderung, wie menschliche Wesen behandelt zu werden, hinaus. Für sie war diese Forderung, der wir schon 1848 begegneten, der eigentliche Kern allen politischen und sozialen Kampfes – soweit sie daran überhaupt teilnahmen.

Im einzelnen bedeutete menschliche Behandlung jenes Minimum an Respekt und Achtung, das allen Angehörigen der nationalen Gemeinschaft gebührte. Dies, so fanden sie, waren ihre Vorgesetzten ihnen schuldig. Menschliche Behandlung bedeutete ein Minimum an Sicherheit im Alter: daß der Fabrikarbeiter nicht auf den gesellschaftlichen Müllhaufen geworfen würde, wenn seine Kräfte ihn zu verlassen begannen und seine menschlichen Anforderungen und Verantwortung für seine Familie am stärksten waren. Sie stand ferner für ausreichend hohe Löhne, um die materiellen Bedürfnisse auf dem traditionellen Niveau der Arbeiterklasse zu befriedigen, und vielleicht, wenigstens in hoffnungsvoller Phantasie, für ein Plätzchen auf dem Lande oder, mit mehr Realismus, für eine Hütte und ein Stückchen Garten am Stadtrand. Schließlich bedeutete sie auch politische Gleichheit in einem altmodischen liberalen Sinn. Diese verlangte dann nach einer Beendigung des preußischen Dreiklassenwahlrechts, welches die Vormachtstellung der Junker und der Wirtschaftsinteressen in Preußen und folglich indirekt in ganz Deutschland zu sichern half. Der Gedanke an die Übernahme der Fabriken durch die Arbeiterklasse existierte nicht, wenigstens noch nicht, und sicherlich gab es keine Gedanken an eine Diktatur des Proletariats. Die SPD-Führer erkannten klar, daß die Arbeiter eine Minderheit waren, und bestanden auf demokratischen politischen Vorgehensweisen. Sie behaupteten ganz richtig, daß es ihre Widersacher in der herrschenden Klasse waren, die nur zu geneigt waren, auf autoritäre Maßnahmen zurückzugreifen. Daher gipfelte die Forderung nach menschlicher Behandlung in der Forderung nach Anerkennung in der existierenden Gesellschaftsordnung, nach deren Modifikation mit dem Ziel größerer Gleichheit, aber gewiß nicht ihres revolutionären Umsturzes. Von der Forderung nach Aufnahme in die soziale Ordnung konnte es nur ein kleiner

Schritt zu einer positiven Bereitschaft sein, diese Ordnung zu verteidigen, wenn sich ein fremder Feind drohend am Horizont abzeichnete.[94]

Die Kürze dieses Schrittes und seine verhängnisvollen Folgen waren zu jener Zeit niemandem klar. Ganz sicher nicht den gewöhnlichen Arbeitern und nicht den sozialistischen Führern, die ihn gingen. Sie war nicht einmal denen klar, die sich diesem Schritt mutig und unbarmherzig widersetzten. Sie schätzten die Macht der Forderung nach menschlicher Behandlung falsch ein und bezahlten die Illusion der Unterstützung durch die Massen teuer. Später, als die verheerende Wirkung und die Leiden des Krieges in der deutschen Gesellschaft spürbar waren, sollte es möglich sein, in der Arbeiterklasse starke Unterstützung für die Beendigung des Krieges zu mobilisieren. Das sollte nicht 1914 geschehen. Dennoch ist es unfair, die keineswegs zuverlässige, aus nachträglichen historischen Untersuchungen gewonnene Einsicht dazu zu benutzen, die Akteure in dem Drama von 1914 dafür zu strafen, weil sie nicht erkannten, daß die Sehnsüchte der Unterdrückten nur im Rahmen eines konkreten nationalen Staates befriedigt werden konnten und daß eine Welt unabhängiger Nationalstaaten leicht eine Welt von Kriegen und Kriegsvorbereitungen sein würde. Schließlich haben weder moderne Revolutionäre noch moderne Liberale mehr getan, als das Dilemma als solches schlichtweg einzugestehen – weit weniger haben sie irgendetwas zu seiner Lösung unternommen. In Anbetracht unseres heutigen Wissensstandes wäre es m. E. ebenso ein Fehler zu glauben, daß der Patriotismus der deutschen Arbeiterklasse von 1914 eine völlige Selbstverständlichkeit war, die reibungslose Kulmination schon vorhandener sozialer Trends. Bis zum letzten Moment gab es Gegenströmungen: Massendemonstrationen in Stuttgart, eine Extraausgabe des *Vorwärts* am 25. Juli 1914, die verkündete: »Nieder mit dem Kriege! Hoch die interna-

94 Den »artikulationsfähigen« Arbeitern erschien die von Rußland ausgehende Bedrohung am bedeutendsten. In Rußland sahen sie gleichermaßen eine Bedrohung der deutschen kulturellen Errungenschaften und ein despotisches Regime, das die sozialistische Bewegung zerschlagen würde. In diesen Punkten wichen ihre spontanen Ideen nicht notwendigerweise von der marxistischen Tradition ab, welche die Bemühungen einer sozial fortgeschrittenen Gruppe, sich gegen den Angriff reaktionärer Kräfte zu verteidigen, anerkennt und in der Tat gutheißt.

tionale Völkerverbrüderung!«[95] Die Spannung war groß, nicht nur in den führenden Kreisen der SPD und natürlich der Regierung, sondern auch in weiten Teilen der Öffentlichkeit und bei vielen Arbeitern. Nachdem die sozialdemokratische Fraktion öffentlich mit ihrer Unterstützung der Regierung herausgekommen war, erreichte die Spannung ihren absoluten Höhepunkt. Eine Welle ungeheurer Erleichterung lief schließlich durch große Teile der Nation und ergriff viele gewöhnliche Arbeiter. Der durchdringende Schmerz gespaltener Loyalitäten hatte ein Ende gefunden. Zugleich – wenn auch nur für einen Moment – schienen die Arbeiter die Träume einer vollständigen Aufnahme in die Gesellschaftsordnung verwirklicht zu haben. August Springer äußert sich zu dem raschen Stimmungswechsel. Kurz nach den Massendemonstrationen gegen den Krieg sangen alle Leute in einem Straßenbahnwaggon in einem »roten« Viertel Stuttgarts »Deutschland, Deutschland über alles«. Das Gefühl war weitverbreitet, daß Deutschland moralisch im Recht und seine bloße Existenz bedroht war. Das Auffallendste, das auch in anderen Darstellungen erwähnt wird, war ein beinahe trunkenes Zusammengehörigkeitsgefühl mit allen anderen in einem riesigen sozialen Ganzen: Deutschland. Letztendlich gab es eine große Erleichterung angesichts des scheinbar plötzlichen Verschwindens der täglichen Anforderungen eines stumpfsinnigen Daseins. Solch ein Gefühl der Erleichterung und Zugehörigkeit ähnelt sehr der »Katastropheneuphorie«, die moderne Forscher als das Ergebnis der vorübergehenden Aufhebung sozialer Routinen und Verpflichtungen im Kielwasser von Katastrophen wie Überschwemmungen, Tornados und Hurrikanen beobachtet haben.[96]

95 Schulz (Hrsg.), *Arbeiterbewegung*, S. 373-374.

96 Springer, *Der Andere das bist Du*, a. a. O., S. 239-241. Zu weiteren zeitgenössischen Eindrücken, vorwiegend von führenden Köpfen der SPD, siehe Wachenheim, *Arbeiterbewegung* . . ., a. a. O., S. 593-595. Die Gewissensqual angesichts der Notwendigkeit, entweder Prinzipien und Kameraden oder das eigene Land zu verraten, so wie sie von dem früheren Radikalen Konrad Haenisch beschrieben wird, und die freudige Erleichterung, sich endlich gehenlassen und beim Singen von »Deutschland, Deutschland über alles« einstimmen zu können, waren zweifellos extreme Manifestationen. Es scheint allerdings einleuchtend zu sein, daß die Erregung diese allgemeine Form annahm, sich weit über die örtlichen Kämpfer ausbreitete und dann wesentliche Teile der breiten Masse der Arbeiter überwältigte.

Doch dies war weder das erste noch das letzte Mal in der Geschichte der Menschheit, daß ein exaltiertes Gefühl menschlicher Brüderlichkeit mörderische Konsequenzen hatte.

Siebtes Kapitel
Militanz und Apathie an der Ruhr vor 1914

1. Bedeutung und Charakter des Ruhrgebiets

Spätestens jetzt wird sich der kritische Leser die gleichen Fragen stellen, die auch dem Verfasser gekommen sind. Vielleicht liegt der Grund, daß bisher noch keine potentiell revolutionären Arbeitermassen in Erscheinung getreten sind, ganz einfach darin, daß wir sie nicht in der richtigen Weise aufgespürt haben. Nimmt man das gesamte Deutsche Reich zum Untersuchungsgegenstand, läuft man Gefahr, entscheidende regionale Konzentrationen von Industrie und Industriearbeitern zu übergehen. Diesen Punkt hat die Untersuchung bis zu einem gewissen Maß bereits in den Daten über die Großstädte und die großen Fabriken abgedeckt. Man mag aber immer noch fragen, wo denn das Ruhrgebiet mit seinen hinzuströmenden Massen an Berg- und Hochofenarbeitern bleibt. Ist es verschwunden? Auch mag der mit der deutschen Geschichte vertraute Leser zu Recht fragen, wie es mit der Bedeutung des großen Aufstandes an der Ruhr kurz nach dem Ersten Weltkrieg steht, als die einheimische Rote Armee einige größere Städte eroberte. Dieses wichtige Ereignis wird in den nächsten beiden Kapiteln eine Rolle spielen, doch können wir uns an dieser Stelle mit dem Hinweis begnügen, daß dieser Aufstand kaum mit irgendeinem Begriff von proletarischer Revolution in Einklang zu bringen ist. Zwar werfen Ereignisse ihre Schatten voraus, doch ist es für den Sozialhistoriker so gut wie unmöglich, ihre Spuren in der sozialen Welt des Ruhrgebiets vor 1914 aufzuspüren.

Wenn man im Ruhrgebiet vor 1914 nur nach einem gewaltigen Industrieproletariat sucht, so sieht man sich, dies sei schon vorweggenommen, einer Enttäuschung gegenüber, die auch, soweit ich sehen kann, keine statistische Erfindungsgabe überwinden kann. Prüft man indes die Hinweise auf das eigentliche Verhalten der Arbeiter in diesem Gebiet kritisch, dann können die Ergebnisse zum Problem des Unrechtsempfindens unter den Arbeitern höchst aufschlußreich sein. Um es genauer zu sagen: Dieses Material kann uns eine Menge über die historischen und sozialen Bedingungen sagen, unter denen dieses Unrechtsgefühl an die Oberfläche tritt und effiziente politische Formen annimmt, und – was vielleicht noch spannender ist – über Bedingungen, unter denen diese Erscheinungen ausbleiben.

Innerhalb der allgemeinen Kategorie der Industriearbeiter gab es scharfe Gegensätze. So entwickelten die Bergarbeiter hinsichtlich ihrer besonderen Lage ein ausgeprägtes Gefühl für Unrecht. Weiterhin schufen sie während der Zeit vor 1914 in bemerkenswertem Umfang Formen kollektiven Vorgehens zur Abhilfe ihrer Beschwerden. Ihre Beschwerden blieben dennoch diejenigen von Bergarbeitern. Der Nachweis ist eindeutig zu führen, daß sowohl ihre Auffassungen von Unrecht als auch ihre Fähigkeit zum kollektiven Handeln in den für den deutschen Bergbau eigentümlichen vorindustriellen Praktiken begründet liegen.

Die Eisen- und Stahlarbeiter verhielten sich fast in genau der entgegengesetzten Richtung. Hier blieben Streiks mit irgendwelchen Folgen aus und es gab auch keine unabhängige Organisation. Betriebsgenossenschaften blühten hier mehr als in irgendeinem anderen Teil Deutschlands. Zur Verzweiflung der Arbeiterführer waren die Eisen- und Stahlarbeiter an der Ruhr zu dieser Zeit äußerst fügsam; dabei waren die »objektiven« Gründe für Beschwerden beim Bergbau und in den großen Metallwerken durchaus sehr ähnlich. Was die Unterschiede im Verhalten dieser beiden Arbeitergruppen betrifft, so verhält sich keine von beiden so, wie es einschlägige Theorien oder auch das Allgemeinverständnis erwarten lassen. Ein erster Blick aufs Ruhrgebiet scheint in der Tat gute Gründe für die Annahme zu bieten, daß man hier eine große Konzentration von potentiell radikalen Arbeitern findet, denn das Ruhrgebiet scheint hierfür als der geeignetste Ort in ganz Europa. Deutschland produzierte zwischen 1910 und 1914 im Durchschnitt zweimal soviel Eisen und mehr als das Doppelte an Stahl wie Großbritannien. Das Ruhrgebiet verdrängte um 1900 nicht nur englische Stahlerzeugnisse vom europäischen Markt, es drang selbst auf den Markt in England vor.[1] Das Ruhrgebiet war überdies

1 David S. Landes, *Der entfesselte Prometheus: technologischer Wandel und industrielle Entwicklung in Westeuropa von 1750 bis zur Gegenwart*, Köln 1973, S. 253.
Norman J. G. Pounds, *The Ruhr: A Study in Historical and Economic Geography*, Bloomington 1952, S. 97.

das Hauptzentrum des deutschen Kohlebergbaus. Hier gab es beim Bergbau und in der Metallindustrie riesige Unternehmen. Die Unternehmensleitungen beider Wirtschaftssektoren wurden weithin, und nicht nur bei Arbeitern, als autokratisch und unverantwortlich selbst nach den Maßstäben der damaligen Zeit empfunden. In mehreren Fällen betrieb dasselbe Unternehmen oder ein Verbund mehrerer Unternehmen sowohl Bergbau als auch Metallverarbeitung. Deshalb könnte man gerade hier annehmen, Arbeitermassen in einer Weise zusammengepfercht zu finden, daß sie ihr neues Schicksal als ein gemeinsames begreifen konnten und deshalb nach einer kollektiven und vielleicht revolutionären Lösung strebten. Aber das meiste hiervon würde sich als Trugschluß erweisen. Deshalb wird es angezeigt sein, zumindest mit einer kurzen Skizzierung der Sozialstruktur und des politischen Klimas im Ruhrgebiet zu beginnen.

Die in der Volkszählung von 1907 aufgeführte Berufsstatistik für dieses Gebiet offenbart die wesentlichen Konturen – und einige Überraschungen. Von den Änderungen zwischen 1907 und 1914 erscheint das Ansteigen der Zahl der Bergarbeiter und vor allem der Arbeiter der Schwerindustrie am wichtigsten. Auf einige dieser Wandlungen wird in den nachfolgenden Erörterungen eingegangen. Unglücklicherweise scheint es keine vollständigen Berufsstatistiken für die letzten Jahre vor dem Ersten Weltkrieg zu geben. Doch auch so zeigen die Nachkriegsstatistiken, die in einem späteren Kapitel vorgestellt werden, daß die Änderungen wirklich tiefgreifend waren und daß die Angaben für 1907 ausreichen. Sie sind unten in Tabelle 6 aufgeführt.

Tabelle 6 zeigt, daß die gesamte Industriearbeiterschaft an der Ruhr weniger als die Hälfte (48 Prozent) der erwerbstätigen Bevölkerung ausmachte. Die Industrie verschaffte 58 Prozent der Arbeiterschaft den Lebensunterhalt, doch wenn wir auch Handel und Transportwesen zur Industrie rechnen, dann steigt der Anteil auf 70 Prozent. Noch immer lebten 14 Prozent von der Landwirtschaft, und dies im höchst industrialisierten Gebiet Europas. Die rein industrielle Bourgeoisie hingegen war sehr klein: nur 6 Prozent der erwerbstätigen Bevölkerung waren Eigentümer oder Betriebsleiter und weitere 4 Prozent Verwalter und Büroangestellte unterschiedlicher Art. Innerhalb der Industrie selbst macht der Anteil der Arbeiter insgesamt 83 Prozent aus. Es stimmt also: Sehr

Tabelle 6

Verteilung der erwerbstätigen Personen in den drei wichtigsten Regierungsbezirken des Ruhrgebiets im Jahre 1907

	Zahl (in Tausend)	Prozentsatz an der Gesamtzahl für alle Bereiche	Prozentsatz an der Gesamtzahl für ges. Industrie
Landwirtschaft	373	14	
Handel und Transport	309	14	
Öffentl. Dienste und akademische Berufe	109	4	
Andere (Bedienstete, ohne Beschäftigung etc.)	295	11	
Industrie, Bergbau und Bauwesen			
a) Eigentümer, Direktoren	161	6	11
b) Verwaltung	99	4	7
c) Arbeiter	1258	48	83
Gesamtzahl für Industrie, Bergbau und Bauwesen	1518	58	
Gesamtzahl für alle Bereiche	2605	100	100+

Quelle: Zusammengestellt nach der *Statistik des Deutschen Reiches*, N. F., Bd. 204, *Berufs- und Betriebszählung vom 12. Juni 1907*, Abt. III, S. 507 (Regierungsbezirk Arnsberg); S. 411 (Regierungsbezirk Münster). Diese Regierungsbezirke sind als »Ruhrgebiet« in *Der Grosse Brockhaus*, Bd. 16 (15. Aufl.), S. 191, angegeben. Die geringen Unstimmigkeiten sind Folge des Auf- und Abrundens.

viele rackerten sich ab – und zwar äußerst hart – für einige wenige.

Einige brauchbare Indikatoren für das politische Klima in diesem Ruhrbezirk geben die Wahlergebnisse der Reichstagswahlen in der Zeit von 1898 bis 1912. Die Zentrumspartei, ein Bollwerk katholischer Interessen, und die Sozialdemokratische Partei gewannen zusammen zwischen 65 und 70 Prozent der Stimmen. In der folgenden Tabelle 7 werden ihre Ergebnisse zusammengefaßt für dieselben drei Bezirke aufgeführt, von denen auch die Zahlen der Berufsstatistik für das Jahr 1907 stammen.

Die Tabelle weist einen steten Anstieg der SPD gegenüber dem Hauptrivalen aus, dessen Anteil an den Gesamtstimmen beständig abnimmt. In einer Region, in der fast die Hälfte der Bevölkerung

Tabelle 7
Stimmenabgabe für das Zentrum und die SPD in den drei wichtigsten Regierungsbezirken des Ruhrgebiets: 1898-1912

Jahre	Gesamt-wahl-beteiligung	Zentrum	Prozent	SPD	Pro-zent
1898	711 533	319 887	45	143 149	20
1903	931 807	377 573	41	266 485	29
1907	1 126 502	454 817	40	308 546	27
1912	1 289 403	463 792	36	412 239	32

Quelle: Zusammengestellt nach Kurt Koszyk, *Die Sozialdemokratische Arbeiterbewegung, 1890-1914*. In: Jürgen Reulecke (Hrsg.), *Arbeiterbewegung an Rhein und Ruhr: Beiträge zur Geschichte der Arbeiterbewegung in Rheinland-Westfalen*, Wuppertal 1974, S. 150.

aus Industriearbeitern bestand und wo noch im Handel und Transportwesen weitere Arbeiter für die SPD zugänglich waren, gelang es dieser Arbeiterpartei dennoch nicht, ein Drittel der Stimmen auf sich zu ziehen. Die mögliche Schlußfolgerung ist, daß viele Arbeiter überhaupt nicht wählten.

Innerhalb der SPD zeigen sich wenig Anzeichen für irgendeinen radikalen Druck durch die breite Masse der Mitglieder, deren Zahl sich Anfang 1914 auf 48 190 belief. Da sich der niederrheinische Parteibezirk über einen Raum erstreckt, der größer als die drei Regierungsbezirke ist, die meistens als das Ruhrgebiet betrachtet werden, kann der Arbeiteranteil unter den SPD-Mitgliedern kaum exakt errechnet werden. Offenkundig ist aber ihr Anteil sehr gering gewesen. Freilich gibt es auch einige Anzeichen für linken Druck von unten, beispielsweise als die meisten Delegierten auf dem Jenaer Parteitag von 1913 mit dem linken Flügel bei der Abstimmung über Steuern und Massenstreiks gegen die Parteiführung votierten. Aber bei der weit wichtigeren Abstimmung über die Kriegskredite im August 1914 verhielten sich die vom Ruhrgebiet in den Reichstag gewählten SPD-Abgeordneten ganz anders. Auf der der öffentlichen Abstimmung vorausgehenden Sitzung der SPD-Fraktion stimmten *alle* Abgeordneten aus Rheinland und Westfalen, dem industriellen Schwerpunkt des Deutschen Reiches, für die Unterstützung des Antrags für die Kriegskredite. Gegen

Ende des Jahres 1915 unterstützten die Arbeiter, trotz Lohnkürzungen und zahlreicher Entlassungen, voll und diszipliniert den Krieg, in einem Maße, daß selbst die Unternehmer dieser Region ihr Verhalten als vorbildlich priesen.[2]

Dies soll zur Beschreibung der allgemeinen ökonomischen Struktur und des politischen Klimas genügen. Wenn wir an dieser Stelle abbrechen, kann man indes irregehn, will man die Arbeiter verstehen. Man erhält leicht einen falschen Eindruck vom Stellenwert der Berg- und Gießereiarbeiter unter der Industriearbeiterschaft an der Ruhr. Aufgrund allgemeiner ökonomischer Untersuchungen über das Deutsche Reich und selbst durch spezielle Arbeiten über das Ruhrgebiet ist man leicht geneigt, die Vorstellung fallenzulassen, daß auf diese beiden Sparten zusammen der Hauptteil der Industriearbeiter entfällt, was aber keineswegs der Fall ist. Ihre Bedeutung lag in ihrer strategischen Rolle für die Wirtschaft, nicht in ihrer Zahl, die überraschend klein war. Um es noch einmal zu wiederholen, die Größe des fortgeschrittenen Industrieproletariats ist in Deutschland vor 1914 sehr klein gewesen, wie ein Blick in die Berufsstatistik beweist. Für einen ersten Eindruck sollten wir uns Tabelle 8 ansehen, allerdings mit der Vorwarnung, daß unter Metallarbeitern eine Reihe von Arbeitern außer denen der großen Eisen- und Stahlwerke subsumiert sind.

Alle Berg- und Gießereiarbeiter zusammen, die Kategorie III in der Klassifikation der Volkszählung von 1907, machten nur 31 Prozent der Industriearbeiterschaft aus. Unter den Kategorien V und VI mögen noch weitere Formen von Schwerarbeit mit Metall verborgen sein. Darauf werden wir gleich eingehen.

Besonders in den Kategorien V und VI, aber auch in anderen, nicht in Tabelle 8 wiedergegebenen, gibt es Anzeichen für eine noch recht lebhafte Handwerkerkultur. So bezeichnet zum Beispiel die Unterkategorie Schlosserei (B 34 in den Volkszählungslisten) eine große Vielzahl von Metallfacharbeitern. In den Kategorien der Volkszählung wie im wirklichen Leben kommt das 20. Jahrhundert dem 18. immer noch sehr nahe, dies gilt besonders für das Ruhrgebiet. Wir werden gleich versuchen, einige dieser Gruppen,

2 Jürgen Reulecke, *Der Erste Weltkrieg und die Arbeiterbewegung im rheinisch-westfälischen Industriegebiet*, in: ders. (Hrsg.), *Arbeiterbewegung an Rhein und Ruhr: Beiträge zur Geschichte der Arbeiterbewegung in Rheinland-Westfalen*, Wuppertal 1974, S. 208, 212, 214.

Tabelle 8
Hauptberufe und Zahl der Industriearbeiter im Ruhrgebiet des Jahres 1907 (in Tausend)

Kategorien der Volkszählung	Zahl		Prozentsatz an der Gesamtzahl	
	Untergruppe	Gruppe	Untergruppe	Gruppe
III. Bergbau und Gießereien (gesamt)		389		31
davon B 1. Eisenbergbau	9		1	
B 2. Gießereien	87		7	
B 4. Kohle & anderer Bergbau	292		23	
V. Metallverarbeitung (gesamt)		211		17
davon B 28. Eisengießerei etc.	48		4	
B 34. Verschied. mechanische Arbeiten	61		5	
B 35. Handwerkzeuge, Waffen	19		2	
VI. Maschinen & Instrumente (gesamt)		72		6
davon B 40. Maschinenbauer	62		5	
IX. Textilgewerbe		144		11
XIV. Kleidung		59		5
XVI. Baugewerbe		163		13
Andere (nicht genannte Kategorien)		220		17
Gesamtzahl		1258		100

Quelle: Zusammengestellt nach *Statistik des Deutschen Reichs*, N. F., Bd. 204, *Berufs- und Betriebszählungen vom 12. Juni 1907*, Abt. III, S. 507-512 (Regierungsbezirk Düsseldorf); S. 442-447 (Regierungsbezirk Arnsberg); S. 411-416 (Regierungsbezirk Münster). Römische Zahlen und Subkategorien folgen der Quelle.

die in den Kategorien der Volkszählung zusammengefaßt sind, auszusieben. Doch ist es vorher der Mühe wert festzuhalten, wieviele der Industriearbeiter nicht im eigentlichen Sinn ins Ruhrgebiet gehören. Arbeiter im Textil-, Bekleidungs- und Baugewerbe tauchen im gesamten Deutschen Reich in großen Mengen auf. Sie stellten, einschließlich derer, die unter der Kategorie »Andere« aufgeführt sind, 46 Prozent der Arbeiter an der Ruhr. Unter der

Kategorie »Andere« waren zum Beispiel Töpfer, Lederarbeiter, Sattler, Drucker, Holzarbeiter und dergleichen zusammengefaßt. Sie gehören zu den vergessenen Männern und Frauen der arbeitenden Bevölkerung des Ruhrgebiets. Abgesehen von ihrem Erscheinen in der Volkszählung wäre es schwierig, wenn nicht gar unmöglich, sie gründlich genug zu berücksichtigen. Ihr Glück und Unglück hat nach meiner Kenntnis keinen Eingang gefunden in die Erzählungen vom Kampf der Arbeiter gegen Unterdrückung oder in die Lobpreisung der Kraft und Energie, die durch Kohle, Eisen und Stahl aus dem Erdinneren kommt. Diejenigen, die ihr Schicksal geduldig ertragen, finden nicht den Weg in die Geschichtsbücher, selbst nicht in die unbedeutenden und langweiligen. Mit einigem Bedauern – und nicht gestillter Neugier – wird es notwendig sein, sie für den Rest dieser Untersuchung beiseite zu schieben.

Statt dessen wird der Schwerpunkt bei den Arbeitern liegen, die unter Tage und in Metallfabriken Schwerarbeit verrichten. Auf diesen Leuten beruhte im wesentlichen die industrielle Überlegenheit Deutschlands. Wie Tabelle 8 zeigt, belief sich 1907 die Zahl der Kohlen- und Erzbergleute auf 301 000. Gießereiarbeiter und Eisengießer (Kategorie B 2 und B 28) machten zusammen 135 000 aus. Insgesamt bildeten diese 436 000 Schwerarbeiter nur 35 Prozent aller Arbeiter an der Ruhr und nicht mehr als 17 Prozent der Gesamtzahl der erwerbstätigen Bevölkerung – also kaum einen überwältigenden Teil der Bevölkerung in diesem höchstindustrialisierten Gebiet des europäischen Kontinents. Zahlenmäßig übertrafen die Bergleute die Eisen- und Stahlarbeiter im Verhältnis von mehr als zwei zu eins. Während der sechs Jahre, gerechnet vom Datum der Volkszählung bis zum letzten Friedensjahr 1913, wurden in den Beschäftigungslisten des Ruhrgebiets etwa 91 500 Bergarbeiter mehr geführt, was einen Zuwachs von 30 Prozent bedeutet.[3] Obwohl ich keine vergleichbaren Statistiken für die Eisen- und Stahlarbeiter finden konnte, ist bei ihnen der Anstieg wahrscheinlich ähnlich, wenn nicht gar größer. Aber selbst bei dieser Zuwachsrate würden sie innerhalb der Gesamtzahl der Erwerbstätigen eine Minderheit bleiben.

3 Max Jürgen Koch, *Die Bergarbeiterbewegung im Ruhrgebiet zur Zeit Wilhelms II. (1889-1914)*, Düsseldorf 1954, S. 139.

2. Die Bergarbeiter

Die Bergleute blieben mindestens bis zur Mitte des 19. Jahrhunderts eingebettet in ein System des korporativen Paternalismus, das gerade vor der Revolution von 1848 den bekannten konservativen Soziologen Le Play begeisterte. Während der Unruhen des Jahres 1848 standen die Knappen abseits oder waren der Reform gegenüber sogar feindlich eingestellt. Eine Zusammenstellung der Arbeitskämpfe während des halben Jahrhunderts, das in der Revolution gipfelte, nennt nicht einen einzigen Streik unter den Bergarbeitern. Die unmittelbare Ursache für ihr friedliches Verhalten lag in ihrem Stolz und in dem Ehrgefühl, Angehörige einer korporativen Gemeinschaft mit anerkanntem Status innerhalb der deutschen Sozialordnung zu sein. Andererseits hätten sie sich wohl kaum auf diese Weise wahrnehmen können, hätte es nicht konkrete materielle Vorteile gegeben, die immer noch wirksam und ihnen durch die vorindustrielle Ordnung verliehen waren.

Direkt oder indirekt dem disziplinarischen Paternalismus der sehr statusbewußten *Bergbehörde* unterworfen, waren die Bergleute von gewissen Steuern und Feudalabgaben befreit. Ihre Arbeitsbedingungen standen unter staatlicher Aufsicht. Nach der herrschenden Gesetzgebung mußten die »loyalen und gehorsamen Berg*leute*« (*nicht* »arbeiter«: ein Ausdruck, der von ihnen später als Beleidigung angesehen wurde) ihre Namen in die *Knappschaftsregister* einschreiben lassen und erlangten damit das Recht, aus der gemeinsamen Kasse im Falle von Krankheit oder Unfall bestimmte Beträge zu erhalten. Außerdem gab es Zahlungen an Bergarbeiterwitwen und Waisen. Sowohl die Unternehmensleitung der Grube – zu dieser Zeit war es eigentlich der Staat – als auch die Kumpel selbst zahlten Beiträge zum Fond. Auch hier war – ähnlich den vorindustriellen Zünften – die Mitgliedschaft beschränkt. Gleiches galt für die Wohltätigkeitsleistungen. Die Übertagearbeiter besaßen einen von der *Knappschaftskasse*, der nur Bergleute der ersten und zweiten Klasse angehörten, unabhängigen Fond. Auf diese Weise stellte die *Knappschaft* eine konkrete Manifestation der Besonderheit der Bergarbeitergemeinde und ihres Platzes in der übrigen Sozialordnung dar. Als Träger besonderer Uniformen, die zum Körperschutz bei ihrer gefährlichen und irgendwie unheimlichen Arbeit entworfen worden war, erwartete man von den deutschen Bergleuten durch Gesetz und Brauch, daß sie »dem Bergmannsstand Ehre bringen und das Vertrauen der Vorgesetzten durch gute sittliche Führung, Ordentlichkeit, Fleiß und Gehorsam erstreben.«[4]

Die eher idyllischen Aspekte des korporativen Paternalismus bedürfen näherer kritischer Beleuchtung. Sowohl konservative als auch sozialistische Quellen, auf denen die modernen Beschreibungen beruhen, verfolgten die gleichen Eigeninteressen, wenn sie den korporativen Paternalismus der guten alten Zeit priesen und das folgende Maschinenzeitalter verdammten. Die Bergarbeiter waren vielleicht gar nicht so zufrieden, wie diese Behauptungen nahelegen. Doch gibt es sichere Beweise dafür, daß sie nicht unter den Unruhestiftern zu finden waren. Und das ist für unser Vorhaben von Belang.

Durch die liberalisierte preußische Berggesetzgebung verschlechterte sich ihre Lage in den 1850er Jahren. Die zwischen 1851 und 1865 erlassenen Gesetze entzogen dem Staat zum größten Teil, wenn auch nicht vollständig, die Aufsicht über den Bergwerksbetrieb. Die Grubenbesitzer erhielten nun die Freiheit, die Betriebe nach ihrem eigenen Gutdünken zu führen, und sie ließen sich hauptsächlich durch ihre Profitinteressen leiten. Die Bergleute waren nun nicht mehr zunftähnliche Arbeiter, die zu einer bestimmten Grube gehörten. Mit der Freiheit des Arbeitsplatzwechsels und mit dem Auftreten eines »freien« Arbeitsvertrages zwischen dem einzelnen Unternehmer und dem einzelnen Arbeiter sahen sich die Bergarbeiter mit dem nicht so sanften Segen der Gesetze von Angebot und Nachfrage konfrontiert.[5] Selbst wenn einige Bergleute froh waren, die korporativen »Produktionsfesseln« zerrissen zu sehen, da sie hierdurch in die Lage versetzt wurden, mehr zu verdienen, gibt es doch Grund anzunehmen, daß dies für die meisten Bergarbeiter einen Verlust darstellte.

4 Gaston V. Rimlinger, *The Legitimation of Protest: A Comparative Study in Labor History*, in: *Comparative Studies in Society and History*, Bd. II, Nr. 3 (April 1960), S. 337 f.; Gerhard Adelmann, *Die soziale Betriebsverfassung des Ruhrbergbaus vom Anfang des 19. Jahrhunderts bis zum Ersten Weltkrieg, unter besonderer Berücksichtigung des Industrie- und Handelskammerbezirks Essen; Rheinisches Archiv*, Nr. 56, Bonn 1962, S. 43-46.

5 *Ebenda*, S. 51-62. Der wichtigste Bereich, in dem der Staat Aufsichtsrechte behielt, waren die *Knappschaften*, die zur Grundlage eines Systems der Zwangsversicherung wurden.

Mit dem Verschwinden vorindustrieller Produktionsbeschränkungen und der Durchsetzung kapitalistischer Sozialbeziehungen im Bergbau schnellte die Produktion der Kohlengruben derartig empor, daß dies fast für ein Beispiel klassischer Lehrbücher, die die Vorteile des freien Wettbewerbs nachweisen wollen, herhalten könnte. Der Hinweis ist notwendig, daß der wesentliche Nutzen einiger technischer Wandlungen hauptsächlich darin bestand, die tiefer unter der Erde liegende Kohle abbauen zu können. Die Bergarbeit selbst sollte eine Form von Handarbeit bleiben, was bedeutende soziale Konsequenzen mit sich brachte. Denn der Produktionsanstieg erforderte eine enorme Ausweitung der Belegschaften. Den Anstieg während der zur Debatte stehenden Periode zeigt Tabelle 9.

Tabelle 9
Kohleproduktion und Bergarbeiterzahlen: 1800-1913

Jahr	Produktion in Tonnen	Zahl der Bergleute	Pro-Kopf-Produktion in Tonnen
1800	230 258	1 546	149
1850	1 665 662	12 741	131
1860	4 365 834	29 320	149
1870	11 812 528	51 391	230
1880	22 495 204	80 152	281
1890	35 469 290	127 794	278
1900	59 618 900	226 902	263
1910	86 864 594	345 136	252
1913	110 811 590	394 569	281

Quelle: Zusammengestellt nach Max Jürgen Koch, *Die Bergarbeiterbewegung im Ruhrgebiet zur Zeit Wilhelms II. (1889-1914)*. Düsseldorf 1954, S. 139.

Die Pro-Kopf-Produktion war 1860 nicht höher als 1800. In der Zeit von 1860 bis 1880 verdoppelte sie sich fast, um sich danach kaum mehr zu verändern. Die Zahl der Bergarbeiter des Jahres 1913 dagegen war im Vergleich zu 1850 dreißigmal so groß.
Die Tatsache, daß der Bergbau durch den Anstieg der Zahl der Arbeitskräfte expandierte, hatte entscheidende Konsequenzen für den Charakter der Bergarbeiterschaft und für die Sozialbeziehungen innerhalb der Grube. Die Bergwerksbesitzer begannen nach

dem Deutsch-Französischen Krieg von 1871 in verstärktem Maße Arbeitskräfte aus den ostelbischen Provinzen, aus Polen und anderen Teilen Osteuropas heranzuziehen. Die Zahl der Einwohner im Ruhrgebiet, die in diesen östlichen Gebieten geboren waren, stieg in der Zeit von 1871 bis 1905 von 11 000 auf 254 000, wobei der stärkste Anstieg innerhalb eines Zeitraumes von nur drei Jahren, nämlich zwischen 1898 und 1901, zu verzeichnen war. Diese Arbeiter machten etwa die Hälfte des Zuwachses der unter Tage Beschäftigten aus.[6] Nur 58 Prozent der Ruhrbergarbeiter gaben im Jahre 1906 Deutsch als ihre Muttersprache an.[7]
Doch fluktuieren die Statistiken aufgrund des nationalistischen Drucks sowohl von deutscher als auch nichtdeutscher Seite in diesem Punkt stark.[8] Die Zusammenstellung für den Oberbergamtsbezirk Dortmund weist für das Jahr 1905 aus, daß nur wenig mehr als ein Drittel der Bergarbeiter als Zuwanderer aus dem Osten zu bezeichnen sind. Gleichzeitig aber war ihre Konzentration – zwischen fast zwei Dritteln bis zu knapp 90 Prozent – auf einigen Gruben sehr groß.[9]
Wie auch immer die exakte Verteilung aussieht, so ist doch klar: die Zuwanderung schuf mit Sicherheit Verhältnisse, die moderne Amerikaner als ethnisches Problem bezeichnen würden. Die einheimischen Deutschen warfen all diejenigen Deutschen aus dem Osten, die einen für die Ansässigen mehr oder weniger verständlichen Dialekt sprachen, in einen Topf, indem sie die Zugezogenen als »Polacken« bezeichneten. Der alte Arbeiterstamm trat der Flut der Neuankömmlinge reserviert entgegen; mit ihnen verwandelten sich ihre kleinen und verstreuten Dörfer in überfüllte Städte. Für die einheimischen Bergleute bedeuteten die Zuzügler ein hartes Los. Die Kriminalität stieg ebenso wie die Probleme der Gesundheit und der Unterbringung.[10] Die Eingesessenen reagierten mit Feindseligkeiten, Verachtung und einem Hauch von Angst.[11] Dies

6 Max Jürgen Koch, *Die Bergarbeiterbewegung* . . ., a. a. O., S. 20.

7 *Meyers Lexikon*, Bd. II, 7. Aufl.; siehe den Abschnitt über Bergarbeiter.

8 Hans-Ulrich Wehler, *Die Polen im Ruhrgebiet bis 1918*, in: ders. (Hrsg.), *Moderne deutsche Sozialgeschichte*, Köln 1970, S. 440-443.

9 Max Jürgen Koch, *Die Bergarbeiterbewegung* . . ., a. a. O., S. 20 f.

10 Vgl. Hans-Ulrich Wehler, *Die Polen* . . ., a. a. O., S. 445.

11 Einige Angaben hierzu finden sich in der brauchbaren Lokalstudie von Helmuth Croon und Kurt Utermann, *Zeche und Gemeinde: Untersuchungen über*

alles überrascht kaum; viele der neuen Arbeiter waren kräftige junge Männer, auch wenn später die Zuzügler ihre Familien nachholten. Für sie bedeuteten Lohn und Arbeitszeit in den Gruben, so hart sie auch dem heutigen Leser erscheinen mögen, eine, wie uns berichtet wird, entscheidende Verbesserung gegenüber ihrer vorherigen Situation. Die meisten von ihnen waren von strenger und manchmal brutaler Herrschaft abhängige Bauern gewesen.[12]
Ihre gegenseitige Feindseligkeit und vor allem die durch die Einheimischen gezeigte Haltung des Mißtrauens und der Verachtung gegenüber den Neuankömmlingen, denen angemessene Selbstkontrolle zu fehlen und die Verbrechen und Krankheiten mitzubringen schienen, erinnert an Vorgänge, die sich vor einiger Zeit in den Vereinigten Staaten abspielten, als Schwarze in die Städte des Nordens wanderten, und auch an die noch frühere Reaktion der Engländer auf die vergleichbare irische Einwanderung. Doch ist überraschend und bedeutsam, daß sich vor 1914 die Dinge im Ruhrgebiet grundverschieden abspielten. In den Quellen findet sich nichts, das mit ernsthaften Gewalttätigkeiten und den Rassenunruhen und Religionskämpfen vergleichbar wäre.[13] Doch kann als fast sicher angenommen werden, daß die Immigration die bestehende Kluft in religiöser, politischer und kultureller Hinsicht vertiefte. Irgendwie gelang es also den Bergleuten, diese Kluft zu überbrücken. Wie wir sehen werden, waren sie hin und wieder in der Lage, die Unruhe der Unorganisierten, von denen sich die meisten wahrscheinlich aus Zugewanderten rekrutierten, zu ihrem

den Strukturwandel einer Zechengemeinde im nördlichen Ruhrgebiet, Tübingen 1958, S. 18-20.

12 Dies scheint eine geläufige Einschätzung zu sein: vgl. *ebenda*, S. 20 f.; Max Jürgen Koch, *Die Bergarbeiterbewegung* . . ., a. a. O., S. 23; Hans-Ulrich Wehler, *Die Polen* . . ., a. a. O., S. 438.

13 Das Fehlen rassischer Unterschiede im Ruhrgebiet kann für sich genommen nicht die Hauptursache für diesen Unterschied sein, denn die amerikanische Geschichte weist zahlreiche Beispiele von gewalttätigen Ausbrüchen auf, in denen Weiße gegen Weiße kämpften. Unter den zwölf Episoden, von denen bei Richard Hofstadter und Michael Wallace *(American Violence: A Documentary History, Teil IV, Religious and Ethnic Violence,* New York 1970) die Rede ist, finden sich fünf, die nach meiner Auffassung die gleichen Bestandteile, wie sie an der Ruhr vorkamen, aufweisen. Dabei handelt es sich um die Philadelphia Nativist Riots von 1844, die Pfingstunruhen 1851 in Hoboken sowie die in Louisville 1855, die Orange Riots in New York 1870-71 und die anti-italienischen Unruhen in New Orleans 1871.

eigenen Vorteil zu nutzen, indem sie sie als Druckmittel gegen die Unternehmer einsetzten. Einige dieser Unruheherde aber müssen sie auch neutralisiert haben, denn die Bergleute gewannen wegen ihrer Selbstdisziplin und dem geordneten Verhalten bei größeren Streiks in beträchtlichem Maße öffentliche Sympathie und Zustimmung, gelegentlich sogar von äußerst reaktionären Regierungsbeamten. Soweit mir bekannt, hat noch niemand die relativ erfolgreiche Geschichte der Einwanderung ins Ruhrgebiet in einer Weise untersucht, die vergleichbare Probleme anderswo näher erhellen könnte. Wenn sich auch die Bergarbeiter aufgrund des gemeinsamen ökonomischen Schicksals im großen und ganzen über die Ursachen der gegenseitigen Feindschaft hinwegsetzten, so ist dies wohl kaum automatisch und problemlos geschehen.

Da der Bergbau hauptsächlich durch eine Steigerung der Belegschaftsgröße expandierte, hatte dies wichtige Folgen für die Art und Weise, wie die Sozialbeziehungen am Arbeitsplatz beeinflußt wurden. Die Größe der Grubenbelegschaft stieg von ungefähr einhundert, eine Zahl, die klein genug war, daß sich Bergleute und Aufsichtspersonal gegenseitig persönlich kennen und patriarchalische und paternalistische Beziehungen existieren konnten, auf eintausend und mehr. Mit den neuen Anforderungen an die Bergleute und mit ihrer gestiegenen Zahl waren die paternalistischen Beziehungen nicht mehr effektiv. Um den Erfordernissen des Marktes gerecht zu werden, trachteten die Zecheneigner nach der Einführung rigiderer und bürokratischer Kontrollmaßnahmen und ließen je nach Bedarf Überschichten mit unbezahlten Feierschichten wechseln. All dies schuf Unmut. Allgemeiner ausgedrückt, die Grubenbesitzer fügten den in keiner Weise zerstörten vorindustriellen Sozialbeziehungen neue Eigenschaften einer modernen industriellen Fabrik hinzu. Unter den Bergarbeitern schuf dies freilich eine Stimmung der Wut. Infolge der Unsicherheit und des Gefühls, daß Bestrafungen oft sehr hart und willkürlich, und aufgrund des Unwillens gegenüber dem Verlust an Kontrolle über ihre soziale und physische Umgebung entwickelten sich unter den Bergleuten zornige Gefühle. Anders als bei den Arbeitern in den Eisen- und Stahlwerken, wo eine neue Technologie und neue Sozialbeziehungen wie winterfestes Unkraut aus dem Boden schossen, trugen die Bergleute ihre Vergangenheit mit in das neue Zeitalter. Dies scheint ein grundlegender Unterschied zwischen beiden Arbeitertypen zu sein: Aus der Vergangenheit hatten die Bergarbeiter Lebensansprüche, mit denen die Gegenwart verurteilt werden konnte. Um den konkreten Gehalt dieses Unterschiedes verstehen zu können, muß man sich die Art und Weise, in der die Bergleute ihre täglichen Aufgaben versahen, vor Augen halten.

Im späten 19. und im 20. Jahrhundert bis hin zur großen Rationalisierungsbewegung in den 20er Jahren blieben die Sozialbeziehungen im Bergbau stark von den aus der Handwerksära überlieferten Formen und Traditionen geprägt. Dies lag in der Natur ihrer Arbeit, bei der die Gefahr eine nicht unbedeutende Rolle spielte. Das soziale Geflecht in den Gruben, das eine interessante Mischung aus Kooperation und Konkurrenz darstellte, einschließlich der stark paternalistischen Züge, wird am besten zu erfassen sein, wenn man von unten anfängt, d. h. bei den Bergarbeitern selbst, und sich dann nach und nach die Hierarchie von Autorität und Verantwortlichkeit hinaufarbeitet.

In der zweiten Hälfte des 19. Jahrhunderts, und nach der Umwandlung des Bergbaus durch die Tiefschächte, arbeiteten die Bergleute im allgemeinen in Gruppen von 4 bis 10 Mann, die *Kameradschaften* genannt wurden. Diese Bezeichnung ist schon für sich selbst bezeichnend. Sie arbeiteten unter der Aufsicht eines Vorarbeiters, des *Ortsältesten*, zusammen. *Ort* meint im Bergbau sowohl den Arbeitsplatz als auch den Endpunkt eines Strebs, der mehr oder weniger horizontal vom vertikalen Schacht verlaufenden Kohleschicht. Die Rolle des Ortsältesten ist der des niedrigsten Unteroffiziers in einer militärischen Organisation vergleichbar. Er war für die Arbeit und die Sicherheit seiner Leute verantwortlich. Deshalb mußte er ihr Vertrauen besitzen, und um der reibungslosen Arbeitsbeziehung unter unwägbaren und gefährlichen Bedingungen willen sollten idealerweise alle Mitglieder der gesamten Gruppe Vertrauen zueinander haben.

Der Ortsälteste mußte auch seine Männer beim Lohnabschluß – als *Gedinge* bekannt – vertreten, ein traditioneller Begriff, der die Arbeitsbeziehungen im Bergbau scharf von denen der übrigen Industrie unterscheidet. Das *Gedinge* existierte schon lange vor dem Auftreten von Gewerkschaften. Ich vermute stark, daß hierin der Grund dafür liegt, warum sich die Gewerkschaften im Bergbau vor 1914 fest etablieren konnten, während sie anderswo, etwa in den großen Eisen- und Stahlwerken, hierzu nicht in der Lage waren.

Dort bestimmte, wie schon erwähnt, der Unternehmer einfach die Lohnhöhe in einem einzelnen Betrieb ganz nach seinem eigenen Gutdünken, häufig einfach durch Anschlagen einer Bekanntmachung.

Das *Gedinge* stellte eine Form der Löhnung nach Leistung oder einen Akkord dar. Aber weil die Beschaffenheit der Kohlenflöze nach Dicke, Druckverhältnissen und anderen Eigenschaften stark variieren kann, was von Tag zu Tag und Woche zu Woche die Leichtigkeit und Schwierigkeit der Arbeit im Streb beeinflußte, und da auch andere Bedingungen wie etwa die Temperatur variieren, war es nicht möglich, einheitlich zu entlohnen, konnte man weder die Arbeit selbst noch die Materialien, die für die Arbeit aufgewendet werden mußten, in einer der großen Fabrik vergleichbaren Art einheitlich bezahlen.

Die Bergarbeit war mit den Bedingungen der Fließbandproduktion *nicht* vergleichbar, zumindest nicht beim damaligen technologischen Stand, auch wenn dieser in mancherlei Hinsicht schon fortgeschritten war. Aus diesem Grunde war das *Gedinge* ein Abkommen, das immer wieder geschlossen werden mußte. Die Bergleute, angeführt vom Ortsältesten, hatten ein Interesse daran, die Schwierigkeiten ihrer Arbeit besonders groß darzustellen. Die Beauftragten des Unternehmers am Ort vertraten natürlich ein entgegengesetztes Interesse. Es liegt auf der Hand, daß hierin die Ursache für immer wiederkehrende Spannungen lag. Das Auftreten von Bergwerken im großen Maßstab und die zunehmend komplizierte Verwaltungsstruktur, die die Aktivitäten von tausend und mehr Bergarbeitern, anstelle von einhundert, zu übersehen hatte, verstärkte die Spannungen und muß an den Nerven gezerrt haben. Besonders in der Periode von 1851 bis 1889, dem Höhepunkt relativ unkontrollierten Privateigentums, war es eine für höhere Aufsichtsbeamte durchaus übliche Praxis, ein *Gedinge* zu annullieren, weil die Sätze, auf die man sich geeinigt hatte, zu hoch waren. Falls nötig, korrigierten sie aber auch die Sätze, wenn sie für die Arbeiter zu ungünstig waren.[14] Unter Berücksichtigung all dieser Um-

14 Gerhard Adelmann, *Die soziale Betriebsverfassung* . . ., a. a. O., S. 85. Vgl. auch die Diskussion bei Otto Hue, *Die Bergarbeiter*, Bd. II, Stuttgart 1913, S. 161-168. Allerdings mag Hue, der vom Gewerkschaftsstandpunkt schreibt, die Möglichkeiten der Unternehmer, das *Gedinge* zu ihrem eigenen Vorteil zu manipulieren, etwas überzogen haben.

stände erscheint es unwahrscheinlich, daß sie sich für günstigeren Lohn der Bergleute einsetzten.

Die Beauftragten der Unternehmer wurden *Steiger* genannt, eine Bezeichnung, die mindestens bis ins 15. und 16. Jahrhundert zurückgeht. Das Wort bezieht sich auf den häufigen Gebrauch von Leitern in früheren Zeiten. Um die Mitte des 19. Jahrhunderts wurde die Funktion dieses Beamten in Unter- und Übertageaufgaben geteilt, die nun von verschiedenen Beamtengruppen wahrgenommen wurden. Der für die Untertagearbeit verantwortliche *Grubensteiger* mußte mit den Eigenarten der Grube und den in ihr verrichteten technischen Operationen absolut vertraut sein. Er hatte so etwas wie die allgemeine Aufsicht über die Bergleute, indem er das gesamte Revier abging und mindestens einmal pro Schicht jeden Arbeitsort inspizierte. Zu seinen Aufgaben gehörte auch die Namensverlesung vor und nach der Schicht; seinem Vorgesetzten, dem Schichtmeister, legte er die Anwesenheitsliste zusammen mit den Aufstellungen, die für die Berechnungsdinge notwendig waren, vor. Zumindest theoretisch war er für die Beachtung der Polizeiverordnungen, die sowohl Sicherheitsmaßnahmen wie die allgemeine Sicherheit des Zecheneigentums betrafen, verantwortlich. Da er der wichtigste Beamte des Unternehmers war, konzentrierten sich die Feindseligkeiten der Bergarbeiter auf diesen Vorgesetzten.[15] Doch ist ebenso offensichtlich, daß er so etwas wie eine Vaterfigur, beauftragt mit der besonderen Sorge für die Sicherheit der Bergleute, darstellte. Diese Aufgabe wurde offensichtlich mit gebührendem Ernst wahrgenommen, wofür die zu dieser Zeit beginnende Teilung in der Rolle des *Steigers* spricht: in besondere Beamte für die Beobachtung der Wetterverhältnisse in den Gruben, die wegen der Gefahr möglicher Explosionen wichtig war, andere waren verantwortlich für die Unfallprobleme selbst, wiederum andere für den Gebrauch der Sprengmittel und weitere für die Unterweisung junger Männer in die Bergarbeit.

Wenn die Bergleute tatsächlich Proletarier waren, dann wurde ihre proletarische Existenz in mancherlei Hinsicht gemildert und ande-

15 Bezüglich dieser Zwischenrolle sowohl im Bergbau als auch in der Eisen- und Stahlindustrie vgl. Elaine Glovka Spencer, *Between Capital and Labor: Supervisory Personnel in Ruhr Heavy Industry before 1914*, in: *Journal of Social History*, Bd. 9, Nr. 2, 1975, S. 178-192.

rerseits durch das Überleben von Praktiken aus früheren Jahrhunderten verschärft. Dieses Überleben war keine Form kultureller Trägheit oder mysteriöser historischer Kraft. Vorindustrielle und zunftähnliche Praktiken und Verhaltensweisen überlebten, weil es noch nicht möglich war, die Bergarbeit auf eine Reihe völlig mechanisierter Arbeitsschritte zu reduzieren.[16]
Ich habe bereits die Vermutung geäußert, daß das Überleben dieser vorindustriellen Praktiken und Traditionen, etwa die Gewohnheiten kollektiver Arbeit und gemeinsamen Verdienstes, es den Bergarbeitern erleichterte, sich ihrer neuen proletarischen Existenz anzupassen und gegen sie zu kämpfen. Von der Vergangenheit übernahmen sie bestimmte Werkzeuge, die bei ihren Bestrebungen, wenigstens einige Kontrolle über ihre soziale und physische Umwelt zurückzugewinnen, eingesetzt werden konnten. Für die Industriearbeiter der modernen Welt waren natürlich Lohnerhöhungen der wichtigste Weg zur Erlangung dieser Kontrolle.[17] In einer Welt, in der Güter und Dienstleistungen ge- und verkauft werden, ist im Grunde die Steigerung der Macht auf dem Markt die vernünftigste und natürlichste Strategie, die man sich zu eigen machen kann. Unter den Bergarbeitern war dies ein sehr verbreitetes, wenngleich nicht das einzige Ziel. In ihrem Fall wäre es in der Tat nicht einfach, die These aufrechtzuerhalten, die Löhne seien ihr wichtigstes Anliegen gewesen. Größere Kontrolle über ihre Arbeitssituation und anständige Behandlung durch das Aufsichtspersonal waren für sie ebenso von großem Belang. In diesem Sinne stellten höhere Löhne ein unerläßliches *Mittel* zur Erlangung einer anständigen menschlichen Existenz dar, anständig gemäß den Definitionen, die in dieser Gruppe zur damaligen Zeit vorherrschten.

16 Diese Darstellung des Arbeitslebens und der Situation der Bergleute basiert hauptsächlich auf Carl Jantke (Hrsg.), *Bergmann und Zeche: Die sozialen Arbeitsverhältnisse einer Schachtanlage des nördlichen Ruhrgebiets in der Sicht der Bergleute.* Soziale Forschung und Praxis, Bd. 11, Tübingen 1953. Bes. die Seiten 33-36, 44-45, 81 f., 97-99. Dies stellt eine erstklassige soziologische Feldstudie der Bergarbeiter an der Ruhr auf breitem historischem Hintergrund dar.

17 Mit dem Verschwinden des Marktes als zentralem Mechanismus zur Allokation von Gütern und Dienstleistungen und mit der größeren Bedeutung von politischen Behörden ändert sich diese Strategie. Unter den sozialistischen Regimen haben es die Arbeiter schwerer, sich den von ihnen verlangten »historisch notwendigen« Opfern zu widersetzen.

Bestimmte andere Themen traten auch in der Vorkriegsgeschichte in den Bemühungen der Bergleute, ihre Situation zu verstehen und gegen sie zu kämpfen, hervor. Eines ist das Beharren auf dem Vertrauen in das Wohlwollen der politischen Macht, einem Vertrauen, das nicht nur in den Begriffen der allgemeinen Überlegungen, die in früheren Kapiteln dieses Buches angestellt wurden, zu verstehen ist, sondern auch als Folge des Fortbestehens vorindustrieller sozialer Formen und Traditionen, auf die bereits verwiesen wurde. Bei den Bemühungen der Bergarbeiter, effektive Formen der kollektiven Selbsthilfe – Streik und Gewerkschaften – zu ergründen und zu schaffen, stellten diese Traditionen sowohl ein Handikap als auch einen Vorteil dar. Die hartnäckigen Schritte der Bergleute in dieser Richtung bilden das zweite Kapitel ihrer Vorkriegsgeschichte. Der überraschend hohe Grad der allgemeinen Beteiligung an diesen Bestrebungen und das Beharren der Bergleute auf ihren eigenen, konkreten Beschwerden, waren verblüffende Verhaltensweisen. Sie sollten für den Charakter der gesamten deutschen Arbeiterbewegung wichtige Konsequenzen haben. Ein drittes Thema ist die Reihe von wiederkehrenden Versuchen externer politischer Gruppierungen, hauptsächlich der katholischen Zentrumspartei und der SPD, die Beschwerden der Bergarbeiter für ihre parteipolitischen Zwecke zu nutzen, Versuche, die hin und wieder die internen Differenzen innerhalb der Bergarbeiterschaft vertieften. Zusammengenommen bilden diese drei Themen ein kleineres Epos der Bildung einer modernen Industriearbeiterschaft und ihres Ringens um ein Bewußtsein der neuen Rechte und um die Geltendmachung dieser Rechte als Teil des weitergehenden Kampfes um einen neuen Gesellschaftsvertrag in einer neuen historischen Situation.

Die ersten Unruhen reichen zurück ins Jahr 1867, zwei Jahre nach der Einführung der Preußischen Gesetzgebung, die die gesetzlichen Hindernisse für eine kapitalistische Expansion des Bergbaus weitgehend beseitigte. In jenem Jahr richtete eine kleine Gruppe von Bergleuten[18] aus Essen eine Petition an den König von Preußen, ihren *Obersten Bergherrn*, die eine Reihe von Beschwerden enthielt, die sich mit fast den gleichen Wendungen im nächsten

18 Eine der ersten Klagen unter der neuen liberalen Gesetzgebung war, daß man als Berg»arbeiter« und nicht als Bergleute bezeichnet wurde.

halben Jahrhundert mehrfach wiederholen sollten. Sie betrafen übermäßig lange Arbeitszeit, obligatorische Überschichten und unzureichenden Lohn. Man erwartete vom König die Behebung von Ungerechtigkeit, und obgleich die Klagen modern waren, wurden die Mißstände als ungerecht im Sinne einer Verletzung traditioneller Rechte und des Status' empfunden. Die Antwort der Behörden muß ebenso lehrreich wie enttäuschend gewesen sein: Die Beschwerden der Petition wurden geprüft und als unbegründet zurückgewiesen.[19]

Zum Teil auch wegen der unfreundlichen Antwort der Bergbehörde wandten sich die Bergleute im ersten größeren Streik von 1872 mehr ihren eigenen Möglichkeiten zu. Diesmal nahmen schon von Beginn an weit mehr Leute daran teil. Zwischen fünf- und sechstausend trafen sich in Essen zur Wahl eines »Komitees der vereinigten Bergleute von Essen und Umgebung«, um etwa 20 Bergwerksgesellschaften ihre Forderungen zu überbringen. Auf dem Höhepunkt des Streiks legten 8 000 Arbeiter die Arbeit nieder, ein beträchtlicher Anteil ihrer stark steigenden Zahl; von 51 000 im Jahre 1870 war sie 1875 auf 84 000 gestiegen. (Für 1872 steht keine Angabe zur Verfügung.) Wenn die Statistiken zutreffend sind, dann beteiligte sich jeder dritte Bergmann am Streik. Die Gründe, die sie erregten, waren die gleichen wie die der Petition, hinzu traten gewisse neue Punkte, die immer wieder auftauchen sollten. Gerade die neuen Beschwerden waren enger mit der spezifischen Lebensart der Bergleute verbunden und waren wirksamer als jene der Petition: Die Forderung nach verbilligter Hausbrandkohle stellte einen dieser Punkte dar. Ein anderer hatte mit den Bestimmungen über das Beladen von Kohlewagen zu tun. Die Bergleute sollten in den folgenden Jahrzehnten mit diesen Klagen fortfahren, z. B. mit der Klage, daß sie nicht angemessen bezahlt würden, falls der Wagen nicht mit Kohlen der geforderten Qualität voll beladen oder falls der Inhalt auf dem Weg nach über Tage umgekippt war. Hier stoßen wir noch einmal auf jenen Unmut über das, was den Kumpeln als ungelohnte Arbeit erschien, selbst wenn die Wagen mit Kohle minderer Qualität oder überhaupt ohne Inhalt für die Unternehmer kaum brauchbar waren. Eine weitere Forderung galt der 25prozentigen Lohnerhöhung für die

19 Max Jürgen Koch, *Die Bergarbeiterbewegung* . . ., a. a. O., S. 28, Anm. 1.

Normalschicht, was offensichtlich für die Arbeiter galt, die nicht im *Gedinge* standen. Ungeachtet der großen Teilnehmerzahl löste sich der Streik innerhalb von sechs Wochen auf.[20]

Die Erfolglosigkeit der Petition von 1867 zeigte den Bergleuten offensichtlich die Notwendigkeit des Streiks, und aus seinem Scheitern lernten sie – auch wenn diese Lektion erst langsam begriffen werden sollte –, daß das nächste Mal eine bessere Organisation vonnöten sei. Dies geschah zum Teil durch die tradierten Institutionen. Gegen Ende der 1880er Jahre, als die Anwendung des Sozialistengesetzes milder wurde, erlaubte dies den Arbeitern mit sozialistischer Gesinnung, als Mitglieder der *Knappenvereine*, den Nachfolgern der Knappschaften, in ihrer Agitation aktiver zu werden.[21] Die liberale Gesetzgebung der 1850er und der folgenden Jahre hatte die traditionellen *Knappschaften* in einer von vielen Bergleuten als nachteilig empfundenen Weise in »freiwillige« *Knappenvereine* verwandelt. Ihre Hauptbeschwerde lief darauf hinaus, daß es den Unternehmern mit dem Beginn des »freien Arbeitsvertrages« und der »freiwilligen« Mitgliedschaft in einer neuen Form von Wohltätigkeitsorganisation gelungen sei, die Hauptlast der Zahlung in Form von Beiträgen auf die Arbeiter abzuwälzen. Darüber hinaus benutzten die Unternehmer die *Knappenvereine* als eine Einrichtung zur Disziplinierung und Bindung der Arbeiter, indem sie drohten, denjenigen, die den Arbeitsplatz wechseln oder in den Streik treten, die Leistungen vorzuenthalten.[22] Indem sie ihr Vertretungsrecht in den *Knappenvereinen* benutzten und gegen diese Umwandlungen eintraten, sah sich eine kleine Gruppe von aktiven Arbeitern in der Lage, sich auf *das alte Recht* zu berufen und die aus der Vergangenheit ererbten Institutionen für solide Anfänge eines kollektiven Willens und zur Entwicklung einer effektiven politischen Präsenz einzusetzen.[23]

Diese Agitation war das Vorspiel zum großen Bergarbeiterstreik

20 *Ebenda*, S. 28 f. Auf Seite 139 bringt der Verfasser Statistiken über die Zahl der Bergarbeiter für ausgewählte Jahre zwischen 1792-1913, von denen alle Angaben für die Darstellung der folgenden Streiks genommen sind.

21 *Ebenda*, S. 33-34.

22 Otto Hue, *Die Bergarbeiter*, a. a. O., Bd. II, S. 85, 94, 96.

23 Vgl. Albin Gladen, *Die Streiks der Bergarbeiter im Ruhrgebiet in den Jahren 1889, 1905 und 1912*, in: Reulecke, *Arbeiterbewegung* . . ., a. a. O., S. 118.

von 1889, der zu einem größeren politischen Ereignis wurde. Im Grunde genommen war der Streik eine Reaktion auf die Transformation der Sozialbeziehungen, hervorgerufen durch das Vordringen großer Bergwerksgesellschaften und ihrer neuen Technologie in Verbindung mit den durch zunehmenden Einwanderungsstrom verursachten Wandlungen in der Arbeiterschaft.[24] Nachdem der Streik einmal ausgebrochen war, verschwanden die mit den *Knappenvereinen* in Verbindung stehenden Fragen zugunsten der Forderung nach 15 Prozent Lohnerhöhung, Acht-Stunden-Schicht, Abschaffung der Überschichten und besserem Schutz gegen Gefahren und Beschwernisse durch die neuen Formen des Bergbaus.[25]

Der Streik selbst war eine weitgehend spontane Angelegenheit und vermittelt den Eindruck, als ob ein Großteil der Arbeiterschaft, hauptsächlich Jugendliche und neue Zuwanderer, durch Versuch und Irrtum eine Strategie und ein Bündel taktischer Maßnahmen gegen ihre neue Situation zu finden suchten. Auf diese Weise ergänzten und erweiterten die Aktionen der nicht in die traditionelle Ordnung integrierten Arbeiter die Handlungsmuster der traditionellen Bergleute. Unruhen unter Arbeitern anderer Industrien am benachbarten Niederrhein waren der Funke, der das »Präriefeuer« an der Ruhr entfachte. In der Regel erschien eine ganze Schicht auf der Grube, um sich umzukleiden und zur Arbeit vorzubereiten. Dann sagten ein oder zwei Arbeiter, daß sie nicht arbeiten wollten. Einige stimmten zu, und dann weigerte sich plötzlich die gesamte Schicht einzufahren. In so ordentlicher Weise wie sie erschienen waren, ging sie dann einfach fort. Wenn ein Betriebsleiter sie fragte, warum sie nicht arbeiten wollten, verweigerten sie entweder die Antwort oder sagten, sie wollten »mehr«, was soviel wie höheren Lohn bedeutete.[26] Die Bereitschaft einiger Zechendirektoren zu Konzessionen förderte noch die Ausbreitung des Streiks. Am 10. Mai 1889 befanden sich 81 000 Bergleute im Streik, mehr als 70 Prozent der insgesamt 115 000 Bergarbeiter in diesem Gebiet.[27] Erst zu diesem Zeitpunkt gelang den Streikenden die Bildung einer

24 Gerhard Adelmann, *Die soziale Betriebsverfassung* . . ., a. a. O., S. 109.
25 Max Jürgen Koch, *Die Bergarbeiterbewegung* . . ., a. a. O., S. 35.
26 Gerhard Adelmann, *Die soziale Betriebsverfassung* . . ., a. a. O., S. 101 f.
27 Albin Gladen, *Die Streiks der Bergarbeiter* . . ., a. a. O., S. 126 f.; Max Jürgen Koch, *Die Bergarbeiterbewegung* . . ., a. a. O., S. 139.

zentralen Führung in Form des *Zentralen Streikkomitees*, das von den Delegierten, die seitens der streikenden Arbeiter der einzelnen Gruben bestimmt worden waren, gewählt wurde.
Es bleibt wichtig zu betonen, daß nicht alle Arbeiter in den Ausstand traten. Diejenigen, die sich weigerten, arbeiteten im allgemeinen auf Zechen, in denen eine mehr persönliche und paternalistische Beziehung zwischen Betriebsleitung und Arbeitern bestand und die Arbeiter von alters her Bergleute und schon lange in der Gemeinde ansässig waren. Natürlich waren diejenigen, die sich dem Streik widersetzten, erheblichem Druck durch die militanten Kumpel ausgesetzt. Gleichzeitig gibt es Belege, daß viele Arbeiter aus diesem Druck ihren privaten Nutzen zogen; um in dieser kritischen Situation ganz sicher zu gehen, erfanden sie Zwischenfälle, die diese Pressionen beweisen sollten. Auf diese Weise konnten sie sowohl Solidarität mit den anderen Arbeitern demonstrieren, indem sie zum Streik hinauszogen, und gleichzeitig dafür sorgen, daß sie vor den Arbeitgebern ihren guten Ruf als grundsätzlich loyal gegenüber den Interessen des Betriebs aufrechterhalten konnten.[28]
Mit dem Streik verfolgten die Bergarbeiter spezifische und begrenzte Ziele: Lohnerhöhung und Verbesserung der Arbeitsverhältnisse. Im nachhinein läßt sich leicht behaupten, diese Ziele hätten innerhalb des kapitalistischen Spielraums im wilhelminischen Deutschland gelegen. Doch erschien allen interessierten Beteiligten jener Zeit die Situation nicht in der Weise. Ziele und Mittel der Bergarbeiter waren neu, zumindest im Sinne eines noch nie dagewesenen Rahmens. Die Arbeiter waren offensichtlich versucht, die Bedingungen des herrschenden Gesellschaftsvertrages zu ändern. Wo immer dies gelingen sollte, wären die streitenden Parteien gezwungen, auf unsicherem Grund, ohne allgemein anerkannte Grenze zwischen moralisch bewährtem und sträflichem Verhalten zu agieren. In diesem besonderen Fall waren die betroffenen Parteien die Reichsregierung, die Unternehmer und jene amorphe Kraft, die wir grob gebildete öffentliche Meinung nennen können. Die Bergarbeiter kämpften für die Schaffung eines neuen Begriffs von Gerechtigkeit, einer neuen Definition der Rechte und

28 Gerhard Adelmann, *Die soziale Betriebsverfassung* ..., a. a. O., S. 101 bis 104.

Pflichten von Betriebsleitung und Arbeitern in den Bergwerken, und sie rangen gleichzeitig um die öffentliche Anerkennung dieser neuen Konzeption. Dabei hatte die Reaktion der anderen Parteien wichtige und verschiedenartige Folgen für diesen Versuch der Selbstdefinition.

Das wichtigste Artikulationsinstrument der gebildeten öffentlichen Meinung war die Presse. Hier erreichten die Bergarbeiter einen erstaunlichen Erfolg, da sie Sympathien für ihr Anliegen wecken konnten. Die sympathisierende Öffentlichkeit, die ihnen in weiten Teilen der Presse zuteil wurde, überzeugte die Bergleute von der Rechtmäßigkeit ihrer Sache. Gleichzeitig versuchten die bürgerlichen Zeitungen, die Elemente des Konflikts herunterzuspielen und die Arbeiter zu friedlichen Verhandlungen zu bewegen. Die Reaktionen der Unternehmer hatten widersprüchliche Konsequenzen. Ihre Bereitschaft zu Lohnzugeständnissen am Beginn der Bewegung ermutigte die Bergleute gleichermaßen und trug vielleicht zur Ausbreitung des Streiks bei. Doch sträubten sich die Grubenbesitzer gegen jede Form von Verhandlungen mit Vertretern der Streikenden und sahen darin eine Verletzung des freien Arbeitsvertrages und der essentiellen Prärogativen der Unternehmensleitung. Das brachte viele Bergarbeiter dazu, sich als Rebellen oder zumindest als nicht-akzeptierte Mitglieder der deutschen Gesellschaft zu fühlen.[29] Bezüglich der Regierung hielten die Bergarbeiter oder zumindest ihre Wortführer ihre traditionelle ehrerbietende Haltung gegenüber der Quelle der Gerechtigkeit aufrecht. Am 9. Mai 1889, als schon mehr als die Hälfte der Bergleute sich im Streik befanden, und am Tag, bevor das Zentralkomitee seine Arbeit aufnehmen und den Generalstreik verkünden sollte, beschloß eine Bergarbeiterversammlung in einem Gasthof die Entsendung einer Deputation zum Kaiser. Ob dies ein geschicktes taktisches Manöver oder der Reflex der traditionellen Überzeugung war, die im König einen Helfer ihres Kampfes für »Rechte, die sie von ihren Vätern ererbt« hatten, sah, ist eine Frage, bei der die Quellen nicht übereinstimmen. Vielleicht waren beide Momente zugegen: Die Versammlung endete mit einem »Hoch« auf den Kaiser. Der Vorschlag zog öffentliche Beachtung auf sich, was

29 Albin Gladen, *Die Streiks der Bergarbeiter* ..., a. a. O., S. 123-125; Max Jürgen Koch, *Die Bergarbeiterbewegung* ..., a. a. O., S. 44.

zu der bekannten Audienz beim Kaiser führte; Arbeitern wie Grubenbesitzern machte er Vorhaltungen.[30]
Über kurz oder lang brachten Sympathie und Legitimation, die die Arbeiter errungen hatten, ihnen keine spürbaren Vorteile. Auch wenn sich die Grubenbesitzer durch die öffentliche Meinung und die Regierung desavouiert fühlten, so waren sie es doch, die die materiellen Mittel in den Händen hatten, um bis zum Streikende durchzuhalten. Nach komplizierten und mißtrauensvollen Verhandlungen, an denen die Regierung, Bergwerksbesitzer und Bergleute teilnahmen, ging der Streik aus eigenen Antrieben zu Ende; Anfang Juni war er bereits vorbei.[31] Wie dem auch sei, mit seiner bezeichnenden Mischung alter und neuer Kampfformen hatte der Streik weitrechende Konsequenzen. Er setzte der Periode maximaler Unternehmensautonomie der Zechenleitung ein Ende. Der Staat wurde gezwungen, seine Rolle einer paternalistischen Aufsicht zum Teil wieder aufzunehmen. Das war für sich genommen schon kein unbedeutendes Ergebnis, das die Arbeiter wesentlich durch ihre eigenen Anstrengungen errungen hatten. Wie wir gesehen haben, brach der Streik gegen den Willen der nominellen Arbeiterführer aus. Tatsächlich wurde erst auf dem Höhepunkt des Ausstandes eine temporäre Führung zusammengestellt.
Was indes mehr ins Gewicht fällt: der Streik überzeugte letzten Endes viele Arbeiter von der Wichtigkeit einer Organisation zur Durchsetzung ihrer Ziele. Aus dem Kampf heraus entstand die sozialistische und katholische Gewerkschaft. Wir sollten uns nun bestimmten Aspekten ihrer Geschichte zuwenden, da sie die Situation und die Gefühle des Durchschnittsarbeiters erhellen. Die Katholiken hatten 1889 eine gewisse Anhängerschaft unter der Masse der Bergarbeiter, während die SPD praktisch über keinen Anhang verfügte. Zum Teil hing dies mit dem Sozialistengesetz zusammen, das noch, wenn auch abgeschwächt durchgeführt, bis 1890 in Kraft blieb. Daher hatten die Katholiken, zumindest in den Anfangsstadien, bezüglich der Gewerkschaftsorganisation einen

30 *Ebenda*, S. 37 f. Vgl. auch die Seiten 41-43, auf denen der Verfasser hervorhebt, daß wahrscheinlich die höheren Beamten eher mit den Bergarbeitern sympathisierten als die Beamten vor Ort, die sich mehr mit den Zecheneigentümern und den Zechendirektoren identifizierten.

31 *Ebenda*, S. 40, zu dem Gefühl der Isolierung seitens der Zechenbesitzer vgl. S. 51.

Startvorsprung. Die Gründungsgeschichte der Gewerkschaften ist durch ein Geflecht von Intrigen charakterisiert, von personellem und sektiererischem Hader, der sich von den Tagen der Zwölf Apostel bis zu denen von Mao, Castro und Guevara erstreckt oder wann immer Menschen zur Verbesserung ihres eigenen Schicksals versucht haben, sich zu organisieren. Man braucht dem Leser nicht alle Einzelheiten aufzudrängen. Am 20. Oktober 1889 waren die Sozialisten in der Lage, formell den *Verband zur Wahrung und Förderung der bergmännischen Interessen im Rheinland und Westfalen*, der in die Geschichte als *Der Alte Verband* einging, zu gründen. Die katholischen Bemühungen einer formalen Organisation hatten 1894 Erfolg mit der Gründung des *Gewerkverein christlicher Bergarbeiter für den Oberbergamtsbezirk Dortmund.*[32] Die Katholiken dominierten überwältigend in dem *Gewerkverein*, obwohl er nominell überkonfessionell war. Eine ähnliche Situation herrschte im *Alten Verband.* Indem sie Katholiken und alle möglichen Leute, die sie finden konnten, willkommen hießen, versuchten die SPD-Führer ihre Parteiinteressen voranzutreiben.

Der Anstoß zur Organisierung kam also, wie es sehr oft geschah, von »Außenstehenden«, die ihren eigenen Interessen und ihren eigenen Vorstellungen davon, was die Arbeiter zu tun hätten, Vorschub leisteten. Das Auf und Nieder der Organisationsgeschichte vermittelt uns einen guten Anhaltspunkt darüber, was die Arbeiter wirklich wollten. Die Differenzen unter den Führern über religiöse und politische Fragen erstickten die junge sozialistische Organisation fast schon im Keim, auch wenn sie schließlich die weitaus stärkere der beiden werden sollte. Augenscheinlich hatten die Bergleute wenig Verständnis für religiöse und politische Querelen. Wie der Befund bei dieser und den folgenden Gelegenheiten zeigt, hatte ein großer Teil von ihnen recht tiefsitzende religiöse und politische Überzeugungen. Wirkliche und aufstrebende Führer verletzten oft diese Gefühle auf ihre Kosten. Die Bergarbeiter erwarteten andererseits von einer Gewerkschaft die Verteidigung und Forcierung ihrer gemeinsamen spezifischen Interessen. Wann im-

32 *Ebenda*, S. 48 f., für die Frühgeschichte des *Alten Verbandes.* Zu den Katholiken und dem *Gewerkverein* vgl. Gerhard Adelmann, *Die soziale Betriebsverfassung* . . ., a. a. O., S. 114.

mer die Führer versuchten, andere Ziele zu verfolgen, verweigerten die Bergarbeiter die Gefolgschaft.

Die Führer des *Alten Verbandes* machten am Anfang den Fehler, sozialistische Ziele vorantreiben zu wollen. Diese waren gegen die Katholiken gerichtet, wohingegen sich die Masse der Bergleute als indifferent oder abgeneigt erwies. Die Mitgliederzahl betrug 1890 am Anfang 58 000 und fiel bis 1895 auf 5 000.[33] Die Katholiken, die sich an der Gründung des *Alten Verbandes* beteiligt hatten, zogen sich unmittelbar danach, 1890, zurück, doch reicht dies nicht aus, seinen katastrophalen Niedergang zu erklären. In dieser Anfangsphase fiel die Verbandszeitung in linke Hände und übernahm für kurze Zeit einen mehr und mehr radikalen Tonfall. Auf dem Internationalen Bergarbeiterkongreß im März 1891 in Paris legten die Führer des Verbandes im Namen der deutschen Bergarbeiter einen Kranz am Grab der Communarden nieder.[34] Ungefähr zur gleichen Zeit unterstützten sie einen, wie es scheint, schlecht vorbereiteten Streik, an dem nur wenige Arbeiter – schätzungsweise 20 000 von 139 000 Bergleuten – teilnahmen. Die Katholiken waren gegen den Streik, der schnell zusammenbrach.[35] Abgesehen von ihrer politischen Haltung, die letzten Endes keine Zustimmung unter den Bergleuten erreichen konnte, war diese Erfahrung wohl kaum dazu angetan, die Kumpel davon zu überzeugen, daß gerade diese Organisation viel für sie erreichen konnte.

Die Organisation wäre wohl zugrunde gegangen, wären ihre Führer nicht 1895 Opfer einer politisch motivierten Strafverfolgung, die auf schwachem Beweismaterial beruhte, geworden, ein Ereignis, daß in breiten Teilen der Öffentlichkeit, die nicht mit der Sozialdemokratie in Verbindung standen, Sympathien weckte. Die Strafverfolgung bewirkte eine Welle der Solidarisierung unter den Kumpeln, die 62 000 Mark für die Opfer sammelten. Eine Woche später wählte der *Alte Verband* das Hauptopfer erneut zum ersten Vorsitzenden.[36] Es war derselbe Mann, der den Kranz auf das Grab der Communarden in Paris gelegt hatte. Zeigten die Mitglieder in ihrem Verhalten bei derartig allgemeinen Manifestationen einen Mangel an Interesse, so sahen viele von ihnen hier einen ungerecht-

33 Max Jürgen Koch, *Die Bergarbeiterbewegung* . . ., a. a. O., S. 53, 142.
34 *Ebenda*, S. 53 f.
35 *Ebenda*, S. 55.
36 *Ebenda*, S. 56 f.

fertigten Angriff auf einen der ihren und sie reagierten engagiert mit konkreten persönlichen Opfern.

Als 1895 Otto Hue die Herausgabe der Zeitung übernahm, begann sich die Situation zu bessern. Die Gewerkschaft übernahm unter seiner Führung die Politik der Gewerkschaftsneutralität: politische und religiöse Fragen durften nicht innerhalb der Gewerkschaft diskutiert werden; die Gewerkschaft selbst hatte in diesen Dingen keine Stellung zu beziehen. Die Mitgliederzahl begann zu steigen: im Jahre 1900 war sie wieder bei 36 000 und 1912 bei 114 000 (demgegenüber stieg der konkurrierende katholische *Gewerkverein* von 5 400 im Jahre 1895 auf 78 000).[37] Somit hatte 1912 der *Alte Verband* 29 Prozent der insgesamt 394 000 Bergleute unter seinen Fittichen. Das ist ein sehr bemerkenswerter Prozentsatz, wenngleich er etwas unter dem Gesamtdurchschnitt der in SPD-Gewerkschaften organisierten Industriearbeiter von einem Drittel liegt. Zweifellos empfand ein bedeutender Teil der Bergarbeiter – vermutlich die politisch am meisten »fortgeschrittenen« –, daß es sich lohne, einer zumindest nominell sozialistischen Gewerkschaft anzugehören.

Die allgemeinen politischen Konsequenzen sollten näher betrachtet werden. Otto Hue hatte bis 1894, wie andere führende Sozialdemokraten, die sich für Gewerkschaftsangelegenheiten engagierten, in den Gewerkschaften kaum mehr als eine Rekrutierungsbasis für die SPD gesehen. Wie andere Führer fürchtete auch er, daß die Gewerkschaften zu einer ›*Versumpfung*‹ der Marxistischen Doktrin führen könnten. Nach 1894 änderte er durchgreifend seinen Standpunkt und wurde einer der bekanntesten Führer des konservativen Gewerkschaftsflügels in der SPD und ein scharfer Opponent von Rosa Luxemburg und sogar von Karl Kautsky.[38] Als die Frage des Massenstreiks als politischer Waffe des Proletariats 1905 auf die Tagesordnung kam, war Otto Hue einer derjenigen Gewerkschaftsführer, die gegen die ganze Idee vehement auftraten.[39]

37 *Ebenda*, S. 142.

38 *Ebenda*, S. 57 f.

39 *Ebenda*, S. 104 f. Der Verfasser hebt hervor, daß die Situation der Bergarbeiter in gewisser Hinsicht eine besondere war, da die katholische Gewerkschaft offen gegen das Konzept des Massenstreiks auftrat. Das aber taten im Grunde genommen praktisch auch alle Führer der sozialistischen Gewerkschaften.

Nun war Hue offensichtlich radikaler gewesen und gelangte zu seiner konservativen Position auf der Grundlage eigener Erfahrungen. In seinem Fall waren dies die Erfahrung als Führer einer der drei größten, der SPD nahestehenden Gewerkschaften. (Die anderen beiden waren die Gewerkschaften der Metallarbeiter und der Textilarbeiter.) Darüber hinaus bestand seine Gewerkschaft nicht aus relativ gelernten Arbeitern, die hauptsächlich in kleinen Städten lebten, wie es vorwiegend für die SPD-Gewerkschaften der Fall war; solche Arbeiter waren eine größere Quelle für die antiradikalen und reformistischen Impulse in der SPD.[40]

Diese Überlegungen führen zu dem Schluß, daß der Druck von unten, vom »Proletariat« Hue nach rechts drängte und ihn zwang, alle Beteuerungen, die den Sozialismus unmittelbar auf der Tagesordnung sahen, fallen zu lassen. Sicherlich zwang ihn auch seine eigene Einschätzung der Bedürfnisse und Einstellungen der Bergleute in diese Richtung. Dieser Umstand sollte bei der Einschätzung der revolutionären Neigungen oder des revolutionären Potentials in dem am meisten fortgeschrittenen europäischen Industriestaat dieser Zeit zu denken geben.

Wir sollten uns nun dem Streik von 1905 zuwenden, dem größten und bekanntesten der Bergarbeiterstreiks vor dem Krieg, um zu sehen, was er über die Einstellungen und die Verhaltensweisen der breiten Masse offenbart. Der Verlauf der Ereignisse stützt die These, daß die Lohnfrage für sich genommen nicht zu den wichtigsten Zielen der Bergleute zählte. In dem großen Streik von 1889 war die Lohnfrage erst nach Ausbruch des Ausstandes als Forderung hinzugefügt worden. Nach Koch waren die Löhne 1905 kein Streitpunkt. Ein Grund hierfür mag darin liegen, daß seit einiger Zeit die Lohnziffern schneller als die Lebensmittelpreise gestiegen waren.[41] Statt dessen scheinen die Grundursachen in der Intensifikation langwährender Mißstände, verbunden mit einem System willkürlicher Disziplinierung, zu liegen. Dies hatte wesentlich seinen Grund in der raschen Expansion der Produktion. In dieser

40 Vgl. Carl E. Schorske, *German Social Democracy 1905-1917: The Development of the Great Schism*, New York 1972, S. 108-110, und die Angaben in Kap. 6. Wenn die Masse der Bergarbeiter um die Jahrhundertwende nicht in irgendeinem Sinn proletarisch war, dann wird es besser sein, den Begriff ganz fallen zu lassen, eine semantische Entscheidung, die vieles für sich hat.

41 Max Jürgen Koch, *Die Bergarbeiterbewegung* . . ., a. a. O., S. 79.

Zeit erreichte der Strom der Zuwanderer seinen Höhepunkt. Erboste und in die Enge getriebene Steiger gingen leicht mit den ungelernten und undisziplinierten Arbeitern besonders harsch um. Die Wohnungsknappheit war akut. Die Entscheidung des Kohlensyndikats zur Schließung einiger Zechen bedrohte ungefähr 10 000 der besser gestellten Bergleute, die einen eigenen Kotten und ein wenig Land besaßen.[42]

Obendrein trat das als »Wurmkrankheit« (ancylostomiasis) bekannte Leiden auf. Sie hing mit einem Darmparasit zusammen, der in der Wärme, Feuchtigkeit und im Schmutz der Gruben gedieh und schwächende Anämie, die manchmal mit dem Tod endete, hervorrief. Wenn auch in frühen Stadien heilbar, so erfordert ein Befall doch qualvolle Therapie und Lohnausfall. Im Jahre 1901 registrierte man ungefähr 1 000 Fälle, 1903 waren es mehr als 29 000, danach begann die Epidemie abzuflauen. Der Bergbau war in jeder Hinsicht ein gefährlicher Beruf, und die Unfallrate stieg mit dem Zustrom ungelernter Arbeiter und mit dem rapiden Anstieg der Produktion.[43]

Es erstaunt deshalb nicht, wenn von den Bergleuten berichtet wurde, daß sie vor Ausbruch des Streiks allgemein in erregtem Zustand waren. Zwar traf das Schicksal wahrscheinlich die Zuwanderer am härtesten, doch waren alle Bergleute betroffen oder zumindest der Gefahr ausgesetzt. Es wäre indes unklug, diese Schicksalsschläge überzubetonen. Mit Ausnahme der Wurmkrankheit hatten all diese Bedingungen, wie wir sehen werden, enge Parallelen zu den Eisen- und Stahlarbeitern, die niemals in einen Massenausstand traten. Und so schreckenerregend die Wurmkrankheit auch sicherlich war, man wird in ihr schwerlich die zentrale Ursache für den Streik sehen können, denn die Wurmkrankheit nahm die offensichtliche Form eines Naturunglücks an.

Der Vergleich mit den Eisen- und Stahlarbeitern wird aufschlußreicher, ziehen wir die unmittelbare Ursache des Bergarbeiterstreiks in Betracht. Der Arbeitskampf nahm seinen Anfang, als eine der Stinnes-Gruben durch einen Anschlag einfach die Verlän-

42 Albin Gladen, *Die Streiks der Bergarbeiter* . . ., a. a. O., S. 134.

43 Max Jürgen Koch, *Die Bergarbeiterbewegung* . . ., a. a. O., S. 83-86, und detaillierter in: Bruno Heymann und Karl Freudenberg, *Morbidität und Mortalität der Bergleute im Ruhrgebiet*, Essen 1925, S. 108-113.

gerung der Arbeitszeit wegen der längeren Wege unter Tage bekanntgab. Wie schon im vorhergehenden Kapitel hervorgehoben wurde, änderten auf eben diese Weise die Unternehmensleitungen der großen Eisen- und Stahlwerke an der Ruhr ungestraft von Zeit zu Zeit die Arbeitsordnung. Diese Praxis erfüllte die Eisen- und Stahlarbeiter mit Widerwillen, wurde aber offensichtlich lediglich als Teil eines schlechten Systems betrachtet. Den Bergleuten erschien die Situation in einem ganz anderen Licht. Die erwähnte willkürliche Entscheidung der Betriebsleitung verletzte offensichtlich eine Bestimmung des *Berggesetzes*, wonach eine Änderung der Arbeitsordnung nicht ohne die Konsultation älterer Arbeiter eingeführt werden durfte. Aus diesem Anlaß verweigerten die Bergleute die Arbeit, und ein wilder Streik breitete sich rasch aus.[44] Anders ausgedrückt, die Bergarbeiter streikten, weil sie sahen, daß die Unternehmer ihre legitimen Rechte verletzten. Diesmal verteidigten sie nicht die von ihren Vorfahren ererbten traditionellen Rechte. Statt dessen verteidigten sie im Laufe eines erbitterten Kampfes ein erst jüngst errungenes Recht: Das *Berggesetz* war zu ihren Gunsten 1892 als direkte Antwort auf den Streik von 1889 geändert worden.[45] Wenn auch in gewisser Weise neu errungen, so waren die Rechte, für die die Bergarbeiter 1905 kämpften, doch noch immer mit der Tradition verknüpft. Selbst in der Phase, als die Zechenbesitzer weitestgehend von staatlicher Einmischung frei waren, blieb das *Berggesetz* nicht völlig unwirksam. Die Bergleute glaubten an die rechtmäßige Instanz, der sie ihre Beschwerden vortragen konnten, was sie auch wirklich taten.[46] Das *Berggesetz* ver-

44 Max Jürgen Koch, *Die Bergarbeiterbewegung* ..., a. a. O., S. 88-92.

45 Albin Gladen, *Die Streiks der Bergarbeiter* ..., a. a. O., S. 135. Nach Wolfram Fischer, *Wirtschaft und Gesellschaft im Zeitalter der Industrialisierung. Aufsätze – Studien – Vorträge*. Kritische Studien zur Geschichtswissenschaft, Bd. 1, Göttingen 1972, S. 157, verlangte die *Novelle* von 1892 *Arbeitsordnungen* für alle Zechen. Aber sie spezifizierte nicht, welchen Inhalt die Vorschriften haben sollten. Erst nach 1905 wurde durch eine erneute *Novelle* die Gültigkeit der Vorschriften von der Zustimmung eines gewählten Arbeiterausschusses abhängig gemacht. Der herrschende Gesellschaftsvertrag war ambivalent, was offensichtlich zur Härte des Kampfes beitrug. Im Grunde genommen lautete die Frage, wer sollte die Vorschriften der Arbeitsverrichtung bestimmen: die Betriebsleitung oder die Arbeiter.

46 Vgl. zu einer allgemeinen Betrachtung Gerhard Adelmann, *Die soziale Betriebsverfassung* ..., a. a. O., S. 59, und zu den besonderen Beschwerdeinstan-

lieh den Bergarbeiterbeschwerden die Legitimation – ein Gefühl, daß sie ein Recht zum Handeln hatten und deshalb zu kollektiven Aktionen greifen konnten und sollten –; dies fehlte den Eisen- und Stahlarbeitern jener Zeit vollkommen.[47] Doch war dies nicht nur ein Vorteil. Die Überzeugung, im Recht zu sein, gab den Bergarbeitern den Mut, die öffentliche Meinung und staatliche Stellen anzurufen. Obschon sie dies mit einigem Erfolg taten, wurden sie Gefangene der öffentlichen Meinung und der öffentlichen Autorität. Eine Folge der beachtlichen Unterstützung durch die Presse war es 1889 gewesen, die Bergleute zu friedlichen Verhandlungen, die ihnen keine materiellen Erfolge brachten, zu bewegen. Auf dem Höhepunkt des Streiks 1905 begannen Meldungen zu kursieren, die Regierung erwäge weitere günstige Modifikationen des *Berggesetzes*. In der Folge begann der Streik schnell abzubröckeln. Es läßt sich nicht ausschließen, daß die Bergarbeiter unter den gegebenen Umständen nichts anderes tun konnten; aber hierauf kommt es nicht an. Was mehr ins Gewicht fällt, sind die inhärenten Grenzen einer Protestform, die ihre Legitimation von den in der etablierten Ordnung geltenden Standards erhält.

Noch mehr als 1889 war der Ausbruch des Streiks 1905 ein Resultat der Wut und des Drucks von unten. Die Gewerkschaften, die zur gleichen Zeit in bemerkenswertem Umfang Mitglieder gewannen, ließen einstweilen ihre Differenzen beseite und warnten mit eindringlichen Worten die Arbeiter vor dem Streik.[48] Ihre Strategie wußte die Erregung zur Rekrutierung neuer Mitglieder zu nutzen, während sie eine direkte Konfrontation mit den Unternehmern, die im Augenblick untunlich schien, zu vermeiden trachteten. Das Verhalten der Gewerkschaftsführer erinnert an die großen Generäle der Söldnertruppen des Dreißigjährigen Krieges, die so oft große Armeen als Basis für Macht und Prestige anstrebten, aber Schlachten zu vermeiden suchten, da sie teuer und für eben diese Basis gefährlich waren. Gleichzeitig befanden sich die Gewerk-

zen S. 61, 87. Vgl. auch Wolfram Fischer, *Wirtschaft und Gesellschaft* . . ., a. a. O., S. 158 ff.

47 Die Bedeutung von *Berggesetz* und *Gedinge* als Ursachen der Legitimation und Organisation in sächsischen Bergwerken zeigt sehr deutlich die Autobiographie von Franz Louis Fischer (nicht zu verwechseln mit Karl Fischer), *Arbeiterschicksale*, Berlin 1906, S. 89-96 und S. 104-108.

48 Max Jürgen Koch, *Die Bergarbeiterbewegung* . . ., a. a. O., S. 89.

schaftsführer in einem Dilemma. Falls sie nicht Nutzen aus der Erregung zögen, würde die Bewegung »im Sande verlaufen«, und dies mit weit ernsteren Konsequenzen.[49]
Deshalb setzten sich die Führer hin und erarbeiteten eilends ein Bündel von Forderungen, die den Unternehmern überbracht werden sollten. Wie Koch bemerkt, finden sich in der Liste der vierzehn Punkte all die Probleme, die die Arbeiter während der letzten zwanzig Jahre berührt hatten und die nicht beseitigt worden waren. Da die Forderungen hier sehr deutlich werden, ist es der Mühe wert, sie zumindest komprimiert an dieser Stelle aufzuführen:

1. Acht-Stunden-Schicht einschließlich Ein- und Ausfahrt, mit Sechs-Stunden-Schicht bei besonders nassen und heißen Orten.
2. Keine Sonntags- und Überschichten außer in Notfällen wie Rettungsarbeiten.
3. Beendigung des Systems der Nichtbezahlung von unrein beladenen Wagen (bekannt als System des »Wagennullens«).
4. Geheime Wahl des Wagenkontrolleurs.
5. Festsetzung eines Minimallohnes für alle Arbeiterkategorien.
6. Errichtung eines Arbeiterausschusses zur Vorbringung und Regelung von Unstimmigkeiten mit der Zechenleitung über Lohndifferenzen und anderer Beschwerden und Mißstände.
7. Einführung von Grubenkontrolleuren, die von den Arbeitern gewählt werden.
8. Reform des Knappschaftswesens.
9. Deputatkohle zum Selbstkostenpreis und in ausreichender Menge an die Bergleute und ihre Familien.
10. Beseitigung der vielen und harten Strafen.
11. Monatliche (statt 14tägige) Kündigung in den zecheneigenen Kolonien.
12. Humane Behandlung der Arbeiter. Bestrafung und Entlassung aller Beamten, die Arbeiter mißhandelten oder beschimpften.
13. Keine Maßregelungen für die Beteiligung am Streik.
14. Anerkennung der Gewerkschaften durch die Unternehmer.[50]

49 Zu einigen aufschlußreichen Details, wie sich diese Erwägungen auf lokaler Ebene auswirkten, vgl. Gerhard Adelmann, *Die soziale Betriebsverfassung* . . ., a. a. O., S. 134.

50 Max Jürgen Koch, *Die Bergarbeiterbewegung* . . ., a. a. O., S. 90 f.

Das auffallendste Merkmal dieser Beschwerden ist, daß es sich ausschließlich um Beschwerden der Bergleute handelt, auch wenn einige von ihnen, wie die Forderung nach humaner Behandlung, unter den Industriearbeitern im Deutschland jener Zeit weit verbreitet waren. Zusammengenommen reflektieren sie einmal mehr den Wunsch nach Anerkennung als Mensch mit Würde und Rechten innerhalb der herrschenden gesellschaftlichen Ordnung. Gleichzeitig verkörpern sie den Versuch, innerhalb des Rahmens dieser Ordnung ein bißchen mehr Ellbogenfreiheit, die den Bergarbeitern mehr Kontrolle über ihre Arbeitssituation gibt, herauszuholen.

Die Eigenheiten dieser Situation, die sie als ungerecht empfanden, traten sehr klar hervor: lange und unregelmäßige Arbeitszeit, auf die sie keinen Einfluß hatten; Strafen, die sie in ihren Augen des Lohnes harter Arbeit beraubten (ein weiteres Beispiel für das Gefühl von Ungerechtigkeit, wenn für verausgabte Arbeit kein angemessenes Entgelt erhalten wird); das allgemeine Klima willkürlicher Machtausübung, verbunden mit persönlicher Beschimpfung; das Fehlen eines sicheren Minimums, unter das ihre Löhne nicht fallen durften (noch ein Beispiel für den weit verbreiteten Glauben, man müsse über »genügend« materielle Güter verfügen, um auf sicherer Basis die zugeteilte soziale Rolle leben zu können). Auch wenn die Beschwerden in einen strikten Bergarbeiterkontext gesetzt wurden, so reflektieren sie immer noch erkennbare allgemeine Muster und sind der Widerhall eines potentiell universalen Kodex.

Natürlich erschienen die Forderungen den Unternehmern nicht in dieser Weise. Noch einmal wiesen sie die Forderungen als einen unannehmbaren Verstoß gegen die Prärogativen der Unternehmensführung zurück. Die Ablehnung bedeutete den Ausbruch des Generalstreiks, der am 16. Januar 1905 proklamiert wurde. Mehr als ein Drittel der Bergarbeiter befanden sich bereits im Ausstand, ob organisiert oder nicht, läßt sich heute nicht mehr feststellen.[51]

Die Beteiligung schnellte durch die offizielle Proklamation des Streiks nach der barschen Zurückweisung durch die Zechenherren

51 *Ebenda*, S. 91 f., 107; Albin Gladen, *Die Streiks der Bergarbeiter* ..., a. a. O., S. 136 f.

auf eine in der Bergarbeitergeschichte und – nach meiner begrenzten Kenntnis – in der gesamten Geschichte der Arbeiterbewegung nie gekannte Höhe. Am nächsten Tag traten zwei Drittel der Bergarbeiterschaft in den Streik. Einen Tag später waren es drei Viertel. Die Beteiligung hielt sich während der nächsten drei Wochen auf diesem Niveau oder etwas darunter.[52] Vermutlich stimmte nicht jeder am Streik beteiligte Bergmann mit allen vierzehn Punkten überein. Dennoch ist kaum anzunehmen, daß diese Forderungen von den Führern ohne Kenntnis dessen, was in den Köpfen der Masse der Bergleute vor sich ging, ersonnen wurden oder daß die Arbeiter das Risiko eines Arbeitskampfes aus bloßem Vergnügen oder zur Belustigung auf sich nahmen. Die hohe Beteiligung am Streik, der von neuem zur nationalen *cause célèbre* wurde, zeigt sehr nachdrücklich die Resonanz, die diese Forderungen unter den Bergleuten einschließlich den nicht gewerkschaftlich organisierten hervorrief. Ungefähr drei Fünftel der Bergleute gehörten einer der vier konkurrierenden Gewerkschaften an, während die Beteiligung am Streik für eine Weile drei Viertel erreichte.[53]

Den Unternehmern rangen die Kumpel durch den Streik nicht ein einziges Zugeständnis ab. Andererseits war diese Form kollektiven Vorgehens und der hierdurch hervorgerufenen öffentlichen Sympathie wohl sicher dafür verantwortlich, daß das *Berggesetz* nochmals verändert wurde und in beträchtlichem Maße den Beschwerden der Arbeiter entgegenkam. Berichte, die von der tatsächlichen Beratung des Gesetzes sprachen, trugen zum raschen Abbröckeln des Streiks Anfang Februar 1905 bei. Nach einer entsprechenden Verzögerung wurde die neue Gesetzesregelung am 14. Juli 1905 bekannt gemacht; sie sah vor, daß

1. die An- und Ausfahrt eine Stunde nicht übersteigen durfte*, jede Zeit darüber sollte bezahlt oder Teil des Achtstundentages sein;
2. die Regel des Nichtbezahlens unrein beladener Wagen abgeschafft wurde;

* Anmerkung d. Übersetzers. Im Gegensatz hierzu heißt es in der von B. Moore benutzten Quelle: »Die An- und Ausfahrt durfte insgesamt nur eine 1/2 Stunde dauern«. (Max Jürgen Koch, *Die Bergarbeiterbewegung im Ruhrgebiet zur Zeit Wilhelms II. (1889-1914)*, Düsseldorf 1954, S. 100.)

52 Max Jürgen Koch, *Die Bergarbeiterbewegung* . . ., a. a. O., S. 143.

53 *Ebenda*, S. 107.

3. Einrichtung von Arbeiterausschüssen mit beratender und vermittelnder Funktion eingeführt wurde.[54]

Gegen den Willen der Unternehmer war die Regierung den Forderungen der Arbeiter ein beträchtliches Stück entgegengekommen. Die jahrzehntelange Konfliktursache des »Wagennullens« war beseitigt worden, die Regierung hatte die Prärogativen der Unternehmensleitung bezüglich der Arbeitsdisziplin eingeschränkt und einiges getan, um sicherzustellen, daß die Arbeiter nicht die ganze Last der Extra-Kosten zu tragen hatten, die dadurch entstanden, daß der Mensch immer tiefer in der Erde bohrte, um die neue industrielle Zivilisation aufrechtzuerhalten.

Die Bergarbeiter gaben zu verstehen, daß sie den Erfolg der Mühe wert und die Methoden für mehr oder weniger angemessen hielten, indem sie in die Gewerkschaften strömten. Während des Jahres 1904 gehörten 48 Prozent der Bergleute den drei Gewerkschaften an, dabei entfielen 30 Prozent auf den nominell sozialistischen *Alten Verband*, 16 Prozent auf den katholischen *Christlichen Gewerkverein* – der nominell interkonfessionell war und im Sommer 1905 aus seinen Statuten jene Klausel strich, wonach sich jedes Mitglied als »Gegner der sozialdemokratischen Grundsätze und Bestrebungen«[55] zu bekennen hatte – und 2 Prozent auf den neugegründeten *Polnischen Berufsverein*, der den größten Anstieg in den folgenden Jahren haben sollte. Die Gesamtzahl der Bergarbeiter war 1911 von ungefähr 270 000 auf über 350 000 gestiegen, und 71 Prozent davon waren organisiert, ein Zeichen für die sehr bemerkenswerte Anziehungskraft auf die Unorganisierten. Der *Alte Verband* zeigte indes die geringste Zuwachsrate, da er nur auf 34 Prozent kam. Die katholische Gewerkschaft stieg von 16 auf 24 Prozent, während die polnische von 2 auf 13 Prozent hinaufschoß. Die neuorganisierten Arbeiter strömten offensichtlich weit mehr in die Gewerkschaften mit ethnischem und religiösem Beigeschmack als in die, die lose mit Sozialismus identifiziert wurde.[56]

Hier, auf dem Höhepunkt der Organisationsanstrengungen und der kollektiven Aktion, sollten wir von den Bergleuten Abschied

54 *Ebenda*, S. 100.
55 *Ebenda*, S. 110.
56 Die Prozentzahlen sind nach der Tabelle bei Gerhard Adelmann, *Die soziale Betriebsverfassung* . . ., a. a. O., S. 118, zusammengestellt.

nehmen; der große Streik von 1912 bedeutete einen Umschwung. Er war offenbar der einzige größere Streik in der Vorkriegszeit, bei dem die Lohnfrage im Mittelpunkt der Forderungen stand; der Ausstandsbewegung gelang es nicht, Unterstützung im größeren Rahmen zu gewinnen, und er brach bald zusammen. Der Streik scheint eigentlich hauptsächlich ein diplomatischer Schritt des *Alten Verbandes* gewesen zu sein, um den katholischen *Gewerkverein* zu diskreditieren und seine Mitglieder zu absorbieren. Als Gegenschlag und um nicht ins Kielwasser des *Alten Verbandes* gezogen zu werden, griff die katholische Gewerkschaft auf den Appell an patriotische Gefühle zurück, indem sie darauf hinwies, daß die Gefahr eines Streiks in England zu diesem Augenblick Deutschland die günstige Gelegenheit böte, mehr Marktanteile an sich zu reißen, falls die Produktion fortgesetzt würde. In diesem wie in anderen Fällen koinzidierte der Patriotismus mit den Berufsinteressen der Arbeiter. Dies ist der Stoff, aus dem Gewerkschaftspolitik gemacht wird. Schon nach acht Tagen brachen die Führer den Streik ab. Dieses Verhalten diskreditierte die Gewerkschaftsführer und führte zu einem substantiellen Mitgliederverlust.[57] Allerdings hatten die Gewerkschaften in ganz Deutschland zu dieser Zeit Schwierigkeiten. Nach meiner Ansicht offenbart der Streik, daß die Erfolge der Bergleute bei der Entwicklung kollektiver Aktionsformen dazu übergegangen waren, neue Probleme zu schaffen und einige der alten Zwistigkeiten zu vertiefen. Binnen kurzem allerdings sollte der Krieg Wunden zufügen, die diese Probleme überlagerten, wenn auch nicht auslöschten.

Im Rückblick auf die Geschichte der Versuche der Bergarbeiter, eine kollektive Identität und eine effektive politische Vertretung zu schaffen, treten vier in Wechselbeziehung stehende Faktoren hervor, die das Resultat in entscheidender Weise beeinflußt haben. Erstens: Die Steigerung der Produktion im Kohlebergbau kam vor allen Dingen durch die Erweiterung der Arbeiterschaft zustande. Das war vielleicht der wichtigste Wirkungsfaktor in dieser Situation. Daraus folgte, daß der Bergmann mit seiner Keilhaue als Schlüsselfaktor im Produktionsprozeß bestehen blieb. Dieser Umstand begünstigte zweitens die Konservierung der aus der Vergan-

57 Max Jürgen Koch, *Die Bergarbeiterbewegung* . . ., a. a. O., S. 121-129, 146; Albin Gladen, *Die Streiks der Bergarbeiter* . . ., a. a. O., S. 141-148.

genheit überlieferten Sozialbeziehungen und Traditionen, besonders des *Gedinges* als einer unkomplizierten Form des kollektiven Verdienstes und der *Knappschaften* als einer primitiven Übereinkunft hinsichtlich der Absicherung gegen die Berufsgefahren. Einen dritten Faktor stellte die Regierungsaufsicht über die Vorgänge im Bergbau dar. Auch wenn diese Beaufsichtigung mit dem Erscheinen der liberalen Gesetzgebung drastisch abnahm, so verschwand sie doch nie gänzlich. Das *Berggesetz* bewahrte Grundsätze, an die appelliert werden konnte und die den Protest gegen spezifische Mißstände nicht als Unterhöhlung der guten Ordnung erscheinen ließen. Gleichzeitig erleichterte es kollektiven Protest und half die Zielsetzungen dieses Protestes zu beschränken.
Den vierten Faktor stellte endlich die Einwanderungsflut in den Bergbau dar, die selbst eine Folge der Ausweitung der Produktion durch die Erhöhung der Arbeiterzahl war. In den meisten Darstellungen erscheint die Zuwanderung als etwas, das zur kulturellen und religiösen Spaltung der Bergarbeiterschaft beitrug, und somit als ein Hemmfaktor zur Bildung kollektiver Identität und Aktionen. Unzweifelhaft ist dies zum Teil wahr. Die Rolle der Ungebundenen und Unorganisierten als Quelle wütender Unzufriedenheit zwang die Führer zu militanten Aktionen; dies ist ein in der Geschichtsschreibung der Bergarbeiterkämpfe wiederkehrendes Hauptthema. Die Unorganisierten und vielleicht auch nicht Organisierbaren scheinen hauptsächlich, wenn auch nicht ausschließlich, die neuen Rekruten des Bergbaus gewesen zu sein. Ohne dieses Gärungsmittel militanter Unzufriedenheit ist es unwahrscheinlich, daß die Kämpfe überhaupt stattgefunden hätten. Die aus der Vergangenheit ererbten sozialen Übereinkünfte und Traditionen, die durch die Erfordernisse einer Industrie, die noch nicht fundamental die Technologie der Produktion verändern konnte, verlängert wurden, bestimmte die Formen in den Bemühungen der Bergarbeiter, die Wucht der neuen bürokratischen Disziplinierung zur Steigerung der Produktion für den Markt abzuschwächen. Ohne dieses Feuer der »unverantwortlichen« Elemente, die vom Traditionserbe frei waren, wären die organisierten Arbeiter wohl weit weniger aktiv geworden. Auf diese Weise war es gerade die Verbindung von Konservierung und Zerstörung ihrer gemeinsamen Vergangenheit, die den Arbeitern half und sie zwang, eine neue kollektive Identität zu schaffen.

3. Die Eisen- und Stahlarbeiter

Versucht man, einen flüchtigen Eindruck vom wirklichen Leben der »sich abschuftenden Massen« an den Hochöfen wie in den Eisen- und Walzwerken des Ruhrgebiets von 1914 zu gewinnen, so muß man nicht nur irgendwie mit dem Schleier der Rhetorik, sondern auch mit der durch Zeitumstände und Sorglosigkeit bedingten Vernichtung von Quellenmaterial fertig werden. Nicht einmal die elementare Frage, welchen Umfang die sich abrackernden Massen hatten, läßt sich ohne weiteres beantworten. Die Berufsstatistik von 1907 ergibt, worauf schon an anderer Stelle verwiesen wurde, im ganzen 135 000 Hütten- und Gießereiarbeiter – nicht mehr als 11 Prozent der Industriearbeiter des Ruhrgebiets (1 258 000). Unzweifelhaft waren es 1914 mehr Arbeiter. Eine 1912 erschienene Veröffentlichung des Deutschen Metallarbeiter-Verbandes führt die großen Unternehmen einschließlich der jeweilig beschäftigten Arbeiterzahl auf.[58] Zählt man diese Angaben zusammen, dann erhält man ungefähr 180 000 Arbeiter. Doch gilt es zu berücksichtigen, daß viele dieser Werke auch Niederlassungen außerhalb des Ruhrgebiets betrieben und die hier beschäftigten Arbeiter die Gesamtzahl in einem schwer zu bestimmenden Maß erhöhten. Nimmt man die Angaben der Volkszählung von 1907 mit der Aufstellung der Metallarbeiter unter Hinzurechnung eines gewissen Anstiegs zusammen, so waren es 1914 sicherlich noch nicht einmal 200 000, aber auch nicht weniger als 150 000. Dies ist die für uns einzig mögliche, annähernde Schätzung. Wahrscheinlich sind wir vom Kern der Sache nicht allzu weit entfernt, wenn wir davon ausgehen, daß nur einer von acht Ruhrarbeitern auf einer der neuen Fabrikanlagen beschäftigt war. Aufgrund der verstreuten Quellen scheint der politische Charakter der Eisen- und Stahlar-

58 *Die Schwereisenindustrie im deutschen Zollgebiet, ihre Entwicklung und ihre Arbeiter*, hrsg. vom Vorstand des Deutschen Metallarbeiter-Verbandes, Stuttgart 1912, S. 194-234. Nach meiner Schätzung beschäftigte die Deutsch-Luxemburgische Bergwerks- und Hütten-Aktiengesellschaft (S. 204-205) 5000 Arbeiter und nach einer anderen Schätzung waren es bei den Westfälischen Stahlwerken 10 000. In einigen anderen Fällen, wo in der Gesamtzahl »Beamte und Arbeiter« enthalten waren, habe ich ein Zwölftel abgezogen, was sich mit der allgemeinen Verteilung von »Verwaltungsapparat« und Arbeiter in der Tabelle 6 deckt.

beiter dem der Kohlenbergleute fast genau entgegengesetzt gewesen zu sein. Die Steinkohlenarbeiter waren, wie wir soeben gesehen haben, für gewerkschaftliche Organisationen recht ansprechbar, und, was noch bezeichnender ist, sie zwangen ihren Führern die größten Arbeitskämpfe auf, die die deutsche Vorkriegsgesellschaft erschütterten. Die Eisen- und Stahlarbeiter an der Ruhr taten nichts dergleichen. Sie brachten eine der größten und mächtigsten Gewerkschaften im Vorkriegsdeutschland, den Metallarbeiter-Verband, der zu ihrer Organisierung nahezu unfähig war, schier zur Verzweiflung. Auch wenn die Metallarbeiter nicht notwendigerweise zufrieden waren, so zeigten sie sich doch nach außen als recht fügsam.

Hierin liegt ein Grund, warum in den Quellen so wenig über sie zu finden ist. Die sichtbarsten Spuren, die die Unterschichten in den historischen Berichten hinterlassen haben, resultierten aus den Problemen, die sie den Herrschenden bereitet haben. Hin und wieder findet sich auch ein schwächerer Niederschlag, wenn sie es versäumten, auf die Bemühungen derjenigen innerhalb oder außerhalb der eigenen Reihen zu reagieren, die versuchten, ihnen zu helfen. Von dieser Art sind die Zeugnisse, die für die Stahlarbeiter zur Verfügung stehen. Aus einer Reihe von Gründen legen die Quellen nahe, daß die Stahlarbeiter bis 1914 und auch noch in der Folgezeit in einem Zustand politischer und ökonomischer Apathie oder Hilflosigkeit verharrten. Bevor wir den Gründen ihrer Gleichgültigkeit gegenüber ihrem eigenen Schicksal nachgehen, wird es angezeigt sein, die Belege für ihr Vorhandensein nachzuprüfen.

Das brauchbarste, aber auch beeindruckendste Dokument stellen einige Reisenotizen von Otto Hue, der seine Bergarbeiter kannte, dar, die er 1908 in der *Metallarbeiter-Zeitung*, dem Organ des Metallarbeiter-Verbandes anläßlich seiner Besichtigung eines großen Hochofen- und Walzwerkbezirks veröffentlichte. Er berichtet, daß dort die Hochofen-Magnaten autokratisch über die riesigen Arbeitermassen herrschten. Seine Ausführungen über die Arbeiter selbst verdienen es, trotz oder vielleicht sogar gerade wegen ihrer elitären Zwischentöne, mit seinen eigenen Worten vorgestellt zu werden: »Und die Arbeitermasse lebt in der Anschauung, so müsse es sein, ›weil es immer so gewesen ist‹. Regelmäßig Zwölfstundenschicht im glühend-heißen Betrieb, in Hochkonjunkturen, wenn die Betriebseinrichtungen es erlauben, am Wochenschluß vierundzwanzigstündige Schicht; zu Zeiten der infolge einer maßlosen Produktionsforcierung eingetretenen Absatzkrise (wie jetzt) gelegentlich auch eine bis zwei Feierschichten die Woche. Daß hier eine gemeinnützige Regelung Platz greifen müßte, nicht einmal der Gedanke daran kommt dem gewaltigen Gros der Proletarier, die wir nach Schichtschluß müde die Straßen dahinziehen sehen.« Hue fährt mit einigen Bemerkungen über die miserable Wohnsituation fort und sagt: »Es (diese Masse) vegetiert dahin im dumpfen Ertragen seines Loses, beugt sich devot vor dem ›gnädigen Herrn‹ – und findet nur zu oft Vergessen im miserabelsten Alkohol! Bitter not tut diesen Zehntausenden und aber Zehntausenden die aufrichtende Botschaft von der kulturhebenden Kraft der Arbeitersolidarität, der gewerkschaftlichen Organisation.«[59]

Das sichere und auch selbstgefällige Gefühl moralischer Überlegenheit, von dem diese Bemerkungen erfüllt sind, ist recht charakteristisch für die Sozialdemokraten dieser Zeit. Ich vermute, daß diese Haltung Hue vielleicht gegenüber der rauhen Vitalität, der Fähigkeit, die Vergnügungen des Moments in einer Weise wahrzunehmen, daß sie das Leben erträglich machen, blind gemacht hat. Kräftige Männer, die harte und gefährliche Arbeit verrichten, entfalten oft diese Eigenschaften. Aber außer dem abschätzigen Hinweis auf den Alkohol habe ich hierfür keinen weiteren Beleg. Wenn wir in unserer überheblichen Art weiterhin über Hues Selbstgefälligkeit lächeln, könnten wir die Hauptsache übersehen. Wie ausgelassen diese Arbeiter untereinander auch gewesen sein mögen, so ist dies indes kein Grund, Hues Äußerung über ihre Fügsamkeit und das unterwürfige Verhalten gegenüber ihren Arbeitgebern anzuzweifeln. In dieser Hinsicht berichtete Hue über Tatsachen, die für ihn und das Gewerkschaftspublikum unerfreulich waren und Anlaß zum Nachdenken über ernsthafte Konsequenzen der gewerkschaftlichen Strategie boten. Andererseits führte er diese Fügsamkeit auf eine Vorstellung von Unvermeidlichkeit zurück, die irgendwie durch die Bedingungen, unter denen diese Arbeiter lebten, wach blieb und erhärtet wurde.

59 *Fünfundsiebzig Jahre Industriegewerkschaft 1891 bis 1966: Vom Deutschen Metallarbeiter-Verband zur Industriegewerkschaft Metall*, Frankfurt am Main 1966, S. 134-138. Die zitierten Passagen befinden sich auf S. 134-135.

Doch finden sich zahlreiche andere Indizien, die Hues Behauptung im großen und ganzen bestätigen, ohne daß sie größeren Erklärungswert besäßen. Für eine frühere Zeit genügt der flüchtige Hinweis auf Alfred Krupp (gest. 1887), einen äußerst tyrannischen Patriarchen, der die Loyalität wenigstens eines Teils seiner Facharbeiter zu gewinnen vermochte. Ein recht unterschiedliches Bild zeichnen die Beschreibungen der Gewerkschaften hinsichtlich der Arbeitsbedingungen eineinhalb Jahrzehnte nach seinem Tod. In dieser Zeit sind patriarchalische Verhaltensweisen und korrespondierende Loyalitätserweisungen nicht mehr sichtbar. Alles, was bleibt, ist die Tyrannei des Strebens nach Produktionssteigerung und Profit. Fügt man diese Informationsfragmente zusammen, so können wir mit einiger Sicherheit folgern, daß die Unternehmer sich in den Anfängen der Industrialisierung ein patriarchalisches und paternalistisches Verhalten angeeignet hatten, in dem Bestreben, bei den Arbeitern einen Sinn für Loyalität gegenüber der Industrie und dem Betrieb zu wecken. Mit der industriellen Expansion wurden diese Verhaltensweisen augenscheinlich erschüttert, wenn sie auch keineswegs verschwanden. Noch heute finden sich hiervon Spuren.[60]

Man kann sicher sein, daß die Arbeiter so schnell nichts umwarf, und nach neuzeitlichen Maßstäben konnten sie ein erstaunliches Maß an Beschimpfungen hinnehmen. In den Quellen finden sich hin und wieder Kommentare zum Problem der Unbotmäßigkeit – dies aber sollte sinnvollerweise an späterer Stelle erörtert werden.

60 Vgl. Norman J. G. Pounds, *The Ruhr . . .*, a. a. O., S. 115; und besonders Klaus J. Mattheier, *Werkvereine und wirtschaftsfriedlich-nationale (gelbe) Arbeiterbewegung im Ruhrgebiet*, in: Jürgen Reulecke (Hrsg.), *Arbeiterbewegung an Rhein und Ruhr*, a. a. O., S. 177-178. Vgl. auch *Die Schwereisenindustrie . . .*, a. a. O., S. 470 ff., zum Feindbild, das Krupp und andere große stahlverarbeitende Betriebe gegenüber der Gewerkschaft hatten.
Die Identifikation der deutschen Arbeiter mit dem Betrieb (vergleichbar mit den frühen Arbeitern, die stolz darauf waren, sich selbst ›Kruppianer‹ nennen zu können) wird bei Ronald Dore wiedergegeben, der die japanischen Arbeiter so gut porträtierte in: *British Factory – Japanese Factory: The Origins of National Diversity in Industrial Relations*, Berkeley 1973. Obwohl das Verhalten und der Habitus der Japaner einheimische Wurzeln hat, ist es Dore zufolge wichtig festzuhalten, daß einer der Führer in der japanischen Bewegung des späten 19. Jahrhunderts fordert, die Fabrik nach dem Vorbild einer ›großen Familie‹ zu gestalten, und dabei einen Großteil seiner Inspirationen von Krupp und der National Cash Register Corporation bezogen hat (S. 395).

In diesen Dingen konnten und wollten die Gewerkschaften nicht helfen. Eine Zusammenstellung der Streiks und Arbeitskampftaktiken in dem Band zum 75jährigen Bestehen der Metallarbeiter-Gewerkschaft hüllt sich über das Ruhrgebiet in Schweigen.[61] Bis 1913 zählte die Gewerkschaft über 67 000 Mitglieder in ihrem Verwaltungsbezirk, der das Ruhrgebiet einschloß; doch war dieser Bereich um einiges größer als das Ruhrgebiet selbst. Hiervon arbeiteten rund zehntausend entsprechend der Berufsaufgliederung der Mitglieder in den Eisen- und Stahlwerken.[62] Gemessen an der Minimalschätzung von etwa 150 000 Eisen- und Stahlarbeitern allein im Ruhrgebiet, ist dies nur ein verschwindend kleiner Teil. Auch die Politik der Gewerkschaft bediente sich zu dieser Zeit der gleichen pathetischen Beschimpfungen und Anschuldigungen gegenüber schwächeren Organisationen, wie sie bereits zwischen der Ortsgruppe des sozialistischen Metallarbeiter-Verbandes und seinem katholischen Konkurrenten und dem Hirsch-Duncker'schen Gewerkverein während eines kleineren Streiks vorgebracht wurden. Jede Gewerkschaft mißtraute der anderen und beschuldigte sie, mit den Arbeitgebern geheime Absprachen zu treffen.[63]

Es ist ebenso symptomatisch, wenn ein Großteil der kurzen Blütezeit der gelben Gewerkschaften zwischen 1912 und 1914 in den Gießereien, Chemiewerken und Werkzeugmaschinenfabriken an der Ruhr stattfand. In der Hoffnung, die altüberlieferte Loyalität gegenüber dem Betrieb wiederzubeleben, finanzierten die Industriellen die gelben Gewerkschaften. Auch wenn es nicht leicht ist, genaue Zahlenangaben bezüglich ihrer Mitgliederschaft zu bekommen, so scheinen sie doch wenigstens 20 000 Mitglieder im Jahre 1913 gehabt zu haben, womit sie gegenüber dem Metallarbeiter-Verband einen großen Vorsprung gehabt hätten.[64]

61 Vgl. *Fünfundsiebzig Jahre Industriegewerkschaft* . . ., a. a. O., S. 138-150.

62 *Der Deutsche Metallarbeiter-Verband im Jahre 1913: Jahr- und Handbuch für Verbandsmitglieder*, Stuttgart 1914, Anhang, S. 98, 101.

63 *Ebenda*, Anhang, S. 101-102, S. 111-116.

Die Bezeichnung der katholischen Gewerkschaft war *Christlicher Metallarbeiterverband* und der Name der Hirsch-Duncker'schen Gewerkschaft: *Gewerkverein der deutschen Maschinenbau- und Metallarbeiter*.

64 Klaus J. Mattheier, *Werkvereine* . . ., a. a. O., S. 188-189, gibt insgesamt für 1913 ungefähr 55 000 an, wobei 21 000 auf den Bergbau entfallen. Die meisten der 34 000 Metallarbeiter fanden sich wahrscheinlich in den Gießereien und Werkzeugmaschinenfabriken. Nach dem *11. Sonderheft zum Reichs-Arbeits-*

Natürlich wäre es irreführend, die politische Haltung aller Eisen- und Stahlarbeiter in einem dumpfen, apathischen Grau zu zeichnen, denn es gab noch mehr Spielarten. Aller Wahrscheinlichkeit nach folgten nur ein paar dem Beispiel patriotischer Gesinnung, religiöser Überzeugung und der Loyalität gegenüber dem Betrieb, die die Unternehmer gern als die vorherrschende Einstellung gesehen hätten. Am anderen Ende der Skala standen die Arbeiter der Düsseldorfer Metallindustrie, denen offensichtlich der Ruf voraus-eilte, fest hinter dem Klassenkampf zu stehen.[65] Letztlich ist es aber doch das Verhalten, das zählt. Und in diesem Punkt sind die Zeugnisse einmütig und bestimmt. Vor dem Krieg gab es in den Gießereien, Walzwerken und Werkzeugmaschinenfabriken keine Arbeitskämpfe von größerer Bedeutung.[66] Dies allein genügt, um die Eisen- und Stahlarbeiter scharf von den Bergarbeitern zu unterscheiden.

Bevor wir den Gründen für diese Verschiedenheit nachgehen, ist es ratsam, zu verweilen und sich über bestimmte signifikante Punkte, die aus dem eben Gesagten folgen, klarzuwerden. Beim Kriegsausbruch verfügten die Eisen- und Stahlarbeiter über eine Elite organisierter Arbeiter, die religiösen, nationalen, ökonomischen und politischen Spaltungen entsprechend äußerst fragmentiert waren. Unterhalb dieser Elite gab es – mit graduellen Unterschieden – eine Masse unorganisierter und im allgemeinen passiver Arbeiter.

blatte: Die Verbände der Arbeitgeber, Angestellten und Arbeiter im Jahre 1913, Berlin 1915, 2. Teil, S. 49, hatten die *Werkvereine*, auf die größeren Städte des Ruhrgebiets verteilt, etwa 20 000 Mitglieder. Diese im Text übernommen. Dieselbe Veröffentlichung (1. Teil, S. 36) bringt eine Aufstellung, die die Mitgliedschaft in diesen Gewerkschaften für verschiedene Städte des Ruhrgebiets zeigt und diese mit den Mitgliederzahlen der sozialistischen Gewerkschaft vergleicht. Diese Aufstellung ergibt die weit höhere Gesamtzahl von 39 000 für die gelben Gewerkschaften. Die Diskrepanz kann ich nicht erklären, und ich habe die kleinere Angabe benutzt. Auch wenn sich der Vergleich auf *alle* Industriezweige und nicht nur den Eisen- und Stahlbereich bezieht, so ist er doch von einigem Interesse. Er zeigt ein Kopf-an-Kopf-Rennen der gelben mit den sozialistischen Gewerkschaften, wobei letztere in Essen, Gelsenkirchen, Bochum und Oberhausen gar überholt werden. In Düsseldorf, Elberfeld-Barmen und Dortmund ist die sozialistische Gewerkschaft den gelben zahlenmäßig stark überlegen und hat hier bei 84 000 mehr als doppelt soviel Mitglieder wie die gelben Gewerkschaften.

65 Jürgen Reulecke, *Der Erste Weltkrieg* . . ., a. a. O., S. 209.

66 Klaus J. Mattheier, *Werkvereine* . . ., a. a. O., S. 177.

Eine derartige Situation würde man wohl kaum im Führungssektor des technologischen Wandels im industriellen Zentrum des Staates erwarten, der damals das ökonomisch am meisten fortgeschrittene Land Europas war. Hinzu kommt, daß diese Situation nicht über irgendeine Konzeption von Gewerkschaften als dem institutionellen Mechanismus, der die neuen Industriearbeiter an den Status quo bindet und die industrielle Arbeiterklasse zu einer im Kern konservativen Kraft macht, erklärbar wird. Zumindest in ihrem Verhalten waren die Eisen- und Stahlarbeiter im Ruhrgebiet dem Status quo sehr verhaftet und sehr konservativ, auch ohne Anleitung oder *Dressage* durch die Gewerkschaften. Diese waren offensichtlich zu schwach und zu sehr damit beschäftigt, sich untereinander zu bekämpfen, um dem Kapitalismus einen solchen Dienst zu erweisen. Doch unterschied sich der Konservativismus dieser Arbeiter deutlich von dem, der sich in und durch die Gewerkschaftsorganisationen unter dem liberalen Kapitalismus entwikkelte. Diese zwei Typen gehören zwei verschiedenen historischen Epochen an. Der vorgewerkschaftliche Konservatismus der Stahlarbeiter scheint eine Mischung aus patriarchalischen Überresten, Angst und Apathie gewesen zu sein. Dieses besondere Merkmal des gewerkschaftlichen Konservatismus findet sich kaum noch – oder zumindest nicht in der allgemeinen Situation – in der Art, wie ein Interesse auf den Status quo übertragen wird, der durch geschäftige Aktivitäten und die Hoffnung gestützt wird, ob und wann die Konjunktur etwas besser wird. Diese beiden Formen des Konservatismus sollten unter den Belastungen des Krieges und der Niederlage ganz unterschiedlich reagieren. Im großen und ganzen scheint sich der vorgewerkschaftliche Typus der loyalen Unterwerfung in eine Vielzahl radikaler Strömungen aufgelöst zu haben, während der jüngere Typus, dessen Mitglieder hauptsächlich aus den »vernünftigen« Arbeitern bestand, die während des Krieges eine umfassende Gewerkschaftserfahrung gemacht hatten, mehr und mehr konservativ wurden. Doch kehren wir zur Vorkriegssituation zurück; was im wesentlichen noch der Erklärung bedarf, zeigt sich bereits an der Beobachtung, daß dieser Teil des Proletariats – ein Ausdruck, der hier zutreffender als bei den Bergarbeitern ist –, gemessen an modernen Maßstäben, ein erstaunliches Maß an Demütigung hinnahm. Sie ertrugen dies zum größten Teil mit einem Gleichmut, als sei dies die natürlichste Sache der Welt.

Aus noch näher festzustellenden Gründen gelang es den Eisen- und Stahlarbeitern offenbar nicht, Standards der Ablehnung zu formulieren. Wir haben eine ganze Reihe von Anhaltspunkten dafür, daß diese Standards einfach nicht existierten. Sicherlich gelang es diesen Arbeitern nicht, sie auch nur annähernd zur Grundlage ihres Handelns zu machen, wie es bei den Bergleuten der Fall war.

An diesem Punkt ist es notwendig, so präzise zu sein, wie es der Befund erlaubt. Es läßt sich nicht behaupten, daß die Aktivitäten der Bergleute als solche besonders erfolgreich waren. Noch bedarf es der Behauptung, daß die Stahlarbeiter ihre Situation nicht schlechter einschätzten als die Bergleute, doch vermute ich stark, daß dies der Fall war. Alles, was die Quellen uns zu behaupten gestatten, ist folgendes: Ein Großteil der Bergarbeiter entwickelte aus ihren Lebenserfahrungen heraus eine Reihe von Standards, die die Aussage erlaubten, daß sie bestimmte Mißhandlungen nicht mehr hinnähmen und daß sie sich an kollektiven Aktionen zur Änderung ihrer Situation beteiligen sollten. Und genau das taten sie, zumindest mit einem begrenzten Erfolg. Unter den Eisen- und Stahlarbeitern gab es praktisch überhaupt keine Anzeichen für derlei Verhalten. Statt dessen zeigen die Akten keinerlei Streiks, deuten eher auf das Vorhandensein gelber Gewerkschaften als auf allgemeine Gewerkschaften hin und auf eine Arbeiterschaft, die als äußerst gefügig beschrieben wird. Welche Faktoren erklären diesen Unterschied?

Es mag durchaus Unterschiede im organisatorischen Geschick gegeben haben, das die Gewerkschaften im jeweiligen Fall zur Anwendung brachten. Sollte dies tatsächlich der wesentliche Grund sein, ist die Suche nach einer Erklärung nahezu hoffnungslos. Wenn sich das Geheimnis überhaupt lüften ließe, dann wahr-

67 Die einheimischen Bergleute waren nach einer Regionalstudie mit ihren Traditionen der Welt der Handwerker eng verbunden. Sie waren die ersten, die dafür empfänglich waren, sich von SPD-Werbern, die selbst durch einen handwerklichen Hintergrund gekennzeichnet waren, anwerben zu lassen. Siehe Kurt Koszyk, *Die Sozialdemokratische Arbeiterbewegung, 1890 bis 1914*, in: Jürgen Reulecke (Hrsg.), *Arbeiterbewegung an Rhein und Ruhr*, a. a. O., S. 152-153. Solche Beweise, wie auch immer, suggerieren, daß es die Situation und die Traditionen der Arbeiter waren, die zu solchen Differenzen beitrugen, und nicht die Technik der Organisation.

scheinlich durch die Archivmaterialien der Gewerkschaften, der örtlichen Behörden und der Unternehmen. Die veröffentlichten Quellen, die ich durchsehen konnte, liefern keinerlei Anhaltspunkte in dieser Richtung. Aus allgemeinen Erwägungen heraus scheint dieser Erklärungsansatz nicht sehr vielversprechend. Grundsätzlich waren es die gleichen Einflüsse, die sowohl auf die Bergarbeiter als auch auf die Arbeiter in der metallverarbeitenden Industrie einwirkten: im wesentlichen eine Vielzahl von Gewerkschaften mit unterschiedlichen religiösen und politischen Färbungen und eine Reihe autoritärer Arbeitgeber, wobei in vielen Fällen der Arbeitgeber für beide Arbeitergruppen identisch war. Obwohl es nicht möglich ist, eine Erklärung, die auf verschiedenen Organisationstechniken aufbaut, auszuschließen, scheint dies letztlich kein erfolgversprechender Weg zu sein. Lassen wir diesen Aspekt besser beiseite und untersuchen die Situation der Arbeiter selbst. Es ist durchaus vorstellbar, daß die Arbeiter in den Gießereien und Walzwerken aufgrund bestimmter Merkmale ihrer Arbeitssituation für Agitation empfänglich waren, womit sich ihre Situation auch von der in den Bergwerken unterschied.

In direkten materiellen Fakten wie Arbeitszeit, Lohn, physischer Belastung und Gefahr, welcher die Arbeiter ausgesetzt waren, gab es gewisse Unterschiede. Dennoch scheinen sie für das fast völlige Fehlen von kollektiver Aktion bei den Eisen- und Stahlarbeitern keine ausreichende Erklärung zu bieten. Zu lange Arbeitszeit erscheint als eine der Hauptbeschwerden sowohl bei Bergleuten wie bei Eisen- und Stahlarbeitern.[68] Bezüglich des Lohns lag die Hauptdifferenz zwischen diesen beiden Berufssparten darin, daß es für die Arbeiter in den metallverarbeitenden Betrieben einen wesentlich größeren Lohnspielraum gab als bei den Bergarbeitern.[69] Dieser Unterschied mag durchaus mit dazu beigetragen haben, die Stahlarbeiter untereinander zu spalten. Wir werden auf diesen Punkt noch in einem weitergreifenden Kontext zurückkommen. Der Metallarbeiter-Verband ging sicherlich von dieser Hypothese aus. Gewerkschaftsfunktionäre haben indes angeführt, daß diese Festsetzung viele Beschwerdepunkte schuf, weil sie den Arbeitern

68 *Die Schwereisenindustrie* . . ., a. a. O., S. 631, stellt lapidar in diesem Zusammenhang fest, daß dies das wichtigste Anliegen gewesen sei.

69 Vgl. Max Jürgen Koch, *Die Bergarbeiterbewegung* . . ., a. a. O., S. 141.

als ungerechtfertigt und willkürlich erschien. Man könnte nun annehmen, dieser Punkt habe die Bereitschaft der Arbeiter zur Organisierung erhöht.[70] Ob und auf welcher Seite der durchschnittliche Nettolohn günstiger lag, läßt sich schwerlich feststellen. Da sowohl die Bergarbeiter als auch die Eisen- und Stahlarbeiter ihren Lohn für unangemessen hielten, werden komplizierte Berechnungen wahrscheinlich kaum zu einem Ergebnis führen, das uns in der Erklärung, warum ihr Verhalten so verschieden war, sehr viel weiter brächte.[71] Es verdient auch festgehalten zu werden, daß im Ruhrgebiet, obschon die Arbeitgeber den Ruf genossen, besonders rückständig zu sein, die Löhne der Berg- und Fabrikarbeiter die höchsten von allen wichtigen Industrie- und Bergbauregionen Deutschlands waren.[72]

In bezug auf Gefahren und allgemeine physische Erfordernisse der Arbeit zeigen die Versicherungsstatistiken eine Ziffer tödlicher Unfälle, die im Bergbau fast doppelt so hoch ist wie bei den Fabrikarbeitern und den Arbeitern in den Walzwerken.[73] Auf der anderen Seite ist es ziemlich unwahrscheinlich, daß ein Großteil der einfachen Arbeiter sich mit Statistiken beschäftigte, zumal auch die Arbeit in Eisen- und Stahlwerken gefährlich genug war. Die Untersuchung des Metallarbeiter-Verbandes, die die Bergleute nicht mit einschließt, bezeichnet diesen Industriezweig als den gefährlichsten und physisch am meisten beanspruchendsten von allen: »Nirgendwo bedrohen Tod und Verstümmelung in so großem Ausmaß wie in der Schwereisen- und Stahlindustrie.« Es wird von jährlich 125 Todes- und 943 Invaliditätsfällen während fast eines Vierteljahrhunderts (1886-1909) berichtet.[74] Bei zumindest einem

70 *Die Schwereisenindustrie* . . ., a. a. O., S. 331-33.

71 Der Durchschnittslohn an den Hochöfen im Ruhrgebiet betrug 1910 über 1500 Mark, siehe *Ebenda*, S. 326.
Siehe Max Jürgen Koch, *Die Bergarbeiterbewegung* . . ., a. a. O., S. 150, nach ihm betrug der Durchschnittslohn bei den Bergarbeitern zwischen 1494-1586 Mark jährlich während der Jahre 1908 und 1912 und sank im Jahre 1910 auf 1382 Mark. Diese Zahlen genügen, um festzustellen, daß viele Berg- und Stahlarbeiter etwa den gleichen Lohn verdienten, doch es muß auch sehr viele Eisen- und Stahlarbeiter am unteren Ende der Lohnskala gegeben haben, die weniger als die Bergleute verdienten.

72 Siehe *Ebenda*, S. 79, und *Die Schwereisenindustrie* . . ., a. a. O., S. 326.

73 Max Jürgen Koch, *Die Bergarbeiterbewegung* . . ., a. a. O., S. 145.

74 *Die Schwereisenindustrie* . . ., a. a. O., S. 542 und S. 553.

Großteil der Tätigkeiten im Eisen- und Stahlbereich waren die üblichen physischen Belastungen hart und vielleicht stärker als im Bergbau. Hochofenarbeiter arbeiteten in Zwölfstundenschicht schutzlos der Witterung ausgesetzt, andere waren ständig in Schweiß gebadet, wenn sie die Öfen oder Walzstraßen bedienten.[75] Die Eisen- und Stahlarbeiter sahen sich, gleichgültig welche Tätigkeit, generell harten und ungesunden Arbeitsbedingungen in Hinblick auf Temperaturunterschiede, Lichtverhältnisse, Ventilation, Wasch- und Umkleideeinrichtungen, Eßräume und sanitäre Anlagen ausgesetzt. (Die Toiletten in einer Hauptabteilung der Krupp-Werke ähnelten mittelalterlichen Folterinstrumenten, wo man im Winter zusätzlich Gefahr lief, auf den Brillen festzufrieren.)[76] Da die Belege für all diese Dinge von den in den Fragebögen geäußerten Beschwerden der Arbeiter herrühren, ist es unwahrscheinlich, daß den Arbeitern ihre schlechten Arbeitsbedingungen gleichgültig waren, weil sie daran gewöhnt gewesen wären und nie etwas anderes kennengelernt hätten – selbst wenn stark anzunehmen ist, daß die Gewerkschaft die Aufmerksamkeit der Arbeiter darauf richtete.

Zusammenfassend läßt sich bisher sagen, daß der als Entstehung des Proletariats bekannte historische Prozeß in diesen beiden entscheidenden Wirtschaftssektoren in den für die Arbeiter als allgemein entscheidend angesehenen Bereichen durchaus ähnliche Verhältnisse geschaffen hatte: Arbeitszeit, Löhne und die physischen Erfordernisse des Berufs. In beiden Sektoren war indes die soziale und politische Antwort höchst unterschiedlich. Deshalb wird man woanders nach Erklärungen suchen müssen. Das aber will nicht heißen, daß diese Probleme für die Arbeiter nicht von Wichtigkeit waren. Wie wichtig sie waren, zeigt die gesamte Geschichte der Arbeiterbewegung sehr überzeugend. Der historische Befund zeigt lediglich, daß das, was man heute zu Recht als schlechte materielle Bedingungen betrachtet, für sich genommen nicht ausreicht, eine kollektive Reaktion mit dem Ziel der Veränderung dieser Situation auszulösen. Es muß andere Faktoren gegeben haben, die eine solche Reaktion unter den Kohlebergarbeitern nahelegte und sie unter den Stahlarbeitern hemmte.

75 *Ebenda*, S. XII.
76 *Ebenda*, S. 508-523. Die Krupp-Einrichtungen werden auf S. 523 beschrieben.

Vielversprechende Anhaltspunkte tauchen dann auf, wenn wir die Beziehungen der Arbeiter zueinander und zu ihren Vorgesetzten in den Werken untersuchen. Verglichen mit den Bergleuten stellten die Eisen- und Stahlarbeiter eine mannigfaltige und in sich gespaltene Gruppe dar, was soweit ging, daß sich die Entwicklung irgendeiner Form von Kooperation und gemeinsamer Einstellungen schweren Hindernissen gegenübersah. Wie der Metallarbeiter-Verband berichtet, wußten die Gießereiarbeiter im allgemeinen nichts über die Arbeitsprozesse in anderen Betriebsabteilungen desselben Werkes. Wegen des Absperrungs- und Kontrollsystems verließen sie niemals ihren Arbeitsplatz.[77] Angesichts der komplexen und sich rasch wandelnden Technologie in der Schwereisenindustrie ist es schwer auszumalen, wie sie ihren Arbeitsplatz hätten wechseln können. Für die Bergleute gestaltete sich die Situation ganz anders. Ungeachtet der Unterschiede in der Beschaffenheit des Kohlenflözes konnte wahrscheinlich ein qualifizierter Bergmann überall hingeschickt werden. Im Unterschied hierzu waren die Eisen- und Stahlarbeiter hoch spezialisiert. Eine zeitgenössische Beschreibung der Art und Weise, wie Arbeiter die von den Hochöfen ununterbrochen verbrauchten Materialmassen zubereiteten, enthält neun verschiedene Beschäftigungskategorien, die mit einem »etc.« enden. Eine vergleichbare Liste der Arbeiter in einem Röhrenwalzwerk umfaßt vierzehn Arbeitskategorien, die ebenso mit »etc.« enden.[78] Einige dieser Aufgaben erforderten offensichtlich enorme Kraft und Ausdauer. Andere mochten von normalen Handlangern verrichtet werden.[79]

Somit dividierte die Arbeitsorganisation in der Schwereisenindustrie die Arbeiter aus schlicht technologischen Gründen weit mehr als im Bergbau auseinander. Hierin lag auch der Grund für die größere Bandbreite der Lohnunterschiede. Zahlreiche Gruppen gelernter und ungelernter Arbeiter mußten wahrscheinlich bei der Ausführung spezifischer Arbeiten miteinander kooperieren. Auf diese Weise mögen sehr wohl Gefühle gegenseitiger Loyalität und bescheidene Ansätze zu Solidarität entstanden sein. Indes habe ich

77 *Ebenda,* S. XIII.

78 *Ebenda,* S. 11 und S. 22.

79 Vgl. die allgemeine Beschreibung bei Norman J. G. Pounds, *The Ruhr . . .,* a. a. O., S. 105-120, und in: *Die Schwereisenindustrie . . .,* a. a. O., S. 6-23.

keine Darstellung ausfindig machen können, in der nachgewiesen wurde, daß dies tatsächlich der Fall war. Jene Gefühle hätten in jedem Fall in getrennten Teilen gesonderter Fabriken auftauchen müssen, was ein Zusammengehen auf der Grundlage identischer Erfahrungen erschwerte. Ich bin auf keinerlei Anzeichen für eine dem bergmännischen *Gedinge* vergleichbare Abmachung gestoßen, jener Gruppe von Bergleuten (Kameradschaft), deren Ortsältester in der Regel ein Abkommen über den kollektiven Verdienst mit dem Steiger schloß.

Die Beziehungen zwischen Arbeitern und unmittelbar Vorgesetzten waren offenkundig in beiden Berufssparten notorisch schlecht. Den während der Streiks sich artikulierenden Beschwerden der Bergleute zufolge gab es ein Übermaß an persönlicher Beschimpfung durch Vorgesetzte. Die Eisen- und Stahlarbeiter waren wohl kaum besser dran. In seiner 760 Unternehmen umfassenden Fragebogenaktion erkundigte sich der Metallarbeiter-Verband nach verbalen Beschimpfungen und trug die Ergebnisse peinlich genau zusammen. Auf zwei Seiten werden die den Arbeitern in den verschiedenen Fabriken an der Ruhr entgegengebrachten Attribute fein säuberlich aufgelistet und bieten dem Ausländer somit eine interessante Bereicherung seines Deutsch-Vokabulars. Ein großer Teil der Bezeichnungen macht deutlich, daß die erzürnten Vorarbeiter die Arbeiter als dumme und faule Tiere betrachteten. In derselben Untersuchung wurden Arbeiter gebeten, ihre Behandlung in vier Gruppen einzuteilen: gut, zufriedenstellend, unbefriedigend und schlecht. Auch wenn die Ergebnisse bei einer angemessenen Interpretation Skepsis gebieten, sind sie dennoch der Erwähnung wert:

gute und zufriedenstellende Behandlung	600
unbefriedigende und schlechte Behandlung	717

Mehr als die Hälfte der Arbeiter war also gewillt, ihre Behandlung selbst nach den Maßstäben jener Zeit als nicht zufriedenstellend oder noch schlechter zu bezeichnen. Einige Hinweise auf den Charakter der Beurteilungsmaßstäbe erscheinen in den Antworten auf eine andere Frage, in der die Arbeiter nach dem Vorhandensein oder dem Fehlen von offener physischer Mißhandlung befragt werden. Die Antworten lauten:

keine physische Mißhandlung	907
physische Mißhandlung	256[80]

Selbst wenn wir konzedieren, daß die Fragebögen grob formuliert und der Metallarbeiter-Verband ein offensichtliches Interesse an der Übertreibung der schlechten Behandlung der Arbeiter hatte, so läßt sich doch wiederum schließen, daß diese Arbeiter nach den heutigen Maßstäben beträchtliche Mißhandlungen auf sich nehmen mußten.
Die Werksmeister und kleineren Aufseher der großen Eisen- und Stahlwerke waren im allgemeinen ehemalige Arbeiter, die ihre Arbeiter mit *Du* anredeten. Wie im Französischen, so hat die zweite Person Singular auch im Deutschen eine ambivalente Bedeutung: Sie kann Herzlichkeit, Vertrautheit und Gleichheit *oder* Überheblichkeit bis hin zu Verachtung implizieren. (Der Leser wird sich vielleicht daran erinnern, daß 1848 eine der Forderungen der Arbeiter dahin ging, in der üblichen Höflichkeitsform, d. h. mit *Sie* angeredet zu werden.) Das Moment der Überheblichkeit war deutlich vorherrschend. Werkmeister besaßen das unmittelbare Recht, Arbeiter zu feuern, und zu jener Zeit gab es den Gewerkschaften zufolge für dessen Anwendung *keine* rechtlichen Einschränkungen. Ein Arbeiter konnte aus so gut wie jedem Grund, der dem Werkmeister in den Sinn kam, hinausgeworfen werden. Offensichtlich benutzten viele Werkmeister ihre Macht, um sich auf Kosten der Arbeiter von allen möglichen Arten des Hasses, Neids und der persönlichen Abneigung Luft zu verschaffen.[81]
Die Frage, warum die Arbeiter eine solche Behandlung einfach hinnahmen, liegt nur zu nahe. Die Antwort des Metallarbeiter-Verbandes hierauf ist sehr einfach. Es blieb ihnen gar nichts anderes übrig. Jedermann, der die Situation aus erster Hand kenne, so bemerkte die Veröffentlichung des Verbandes, war sich darüber im

80 *Ebenda,* S. 488-490.
81 *Ebenda,* S. 500 f. Die Quelle erscheint bezüglich ihrer Behauptung, daß es gegen Entlassungen keine gesetzlichen Einschränkungen gegeben habe, deshalb als unstimmig, da sie überdies erwähnt, daß Beschimpfungen von Vorgesetzten nicht einfach Unbotmäßigkeit und gesetzlich abgesicherte Gründe für eine Entlassung darstellen. Schließlich gab es die Gewerbegerichte, vor die derartige Angelegenheiten gebracht werden konnten, wohin die Arbeiter allerdings der Quelle zufolge selten Zuflucht nahmen.

klaren, daß die erste Überlegung, Angst vor Verlust von Arbeit und Brot, die Arbeiter bewegte, ihren Mund zu halten. Jeder Versuch der Selbstverteidigung lief Gefahr, als Unbotmäßigkeit und Verletzung der von der Unternehmensleitung erlassenen Arbeitsordnungen aufgefaßt zu werden. In der Tat wurde dem Arbeiter gesagt, daß er, wenn ihm die Behandlung nicht gefiele, gehen könne, und zwar auf der Stelle; es gäbe genügend andere, die bereit wären, seinen Platz einzunehmen.[82] Dies war ohne Zweifel ein, vielleicht sogar das entscheidende Moment der Situation. Doch kann dies nicht auf alle Arbeiter im gleichen Maße zugetroffen haben. Es ist kaum wahrscheinlich, daß ein starker, gelernter Arbeiter, der eine Schlüsselfunktion innerhalb eines komplizierten technischen Prozesses wahrnahm, ohne weiteres so leicht wie gewöhnliche Handlanger ersetzt werden konnte.

Vom Standpunkt des einzelnen Arbeiters stellte die Aussicht, seine Arbeit zu verlieren, sicherlich die wichtigste Waffe im Arsenal der Techniken des Unternehmers dar, eine gefügige und zuverlässige Arbeiterschaft sicherzustellen. Doch gab es auch andere Techniken. Eine davon waren die gelben Gewerkschaften oder Werkvereine, die schon in einem anderen Zusammenhang besprochen wurden. Der Hinweis erscheint an dieser Stelle wichtig, daß die Unternehmer sich in ihrem Ringen um die Ergebenheit der Arbeiter nicht genügend bedroht fühlten, um vor 1908 von dieser Einrichtung Gebrauch zu machen.[83] Die andere Einrichtung betraf die Pensionen. Ihr wichtigstes Ziel war neben den Maßnahmen zur Wohnungsbeschaffung und zum Kauf preiswerterer Lebensmittel, die Arbeiter an ein bestimmtes Unternehmen zu binden. Hier zeigt sich, daß die Mobilität der Arbeiter die Unternehmer beunruhigte und daß die Freiheit der Arbeiter, ihren Arbeitsplatz zu verlassen, eine letztlich nicht unwesentliche Waffe in den Händen der Arbeiter war.

Pensionskassen waren besonders für die Eisen- und Stahlwerke an

82 *Ebenda*, S. 492.

83 Zu den einzelnen Umständen vgl. Klaus J. Mattheier, *Werkvereine* . . ., a. a. O., S. 180. Derselbe Autor hebt hervor (S. 188), daß sich in den Werkvereinen der Zechen bis 1914 fast 10 Prozent der Arbeiter angeschlossen hatten. Aber dort hatten sie ernsthafte Konkurrenten, die schon einen Großteil der Bergleute organisiert hatten. Bei der Eisen- und Stahlindustrie war dies absolut nicht der Fall.

der Ruhr charakteristisch. Hier fanden sich während der Vorkriegszeit die wichtigsten in Deutschland. Im Sample von ungefähr 122 000 Arbeitern, das der Metallarbeiter-Verband untersuchte, gehörten etwas mehr als 65 Prozent einer Pensionskasse an. In den meisten Fällen war die Mitgliedschaft obligatorisch. Mit der Aufnahme einer Arbeit zahlten die Arbeiter ein Beitrittsgeld und Beiträge während der Zeit ihrer Beschäftigung. Beim Verlassen der Arbeit verloren die Arbeiter ihre Pensionsansprüche. Dem Metallarbeiter-Verband zufolge war es eine übliche Praxis, die Arbeiter nach langer Beschäftigungsdauer hinauszuwerfen, kurz bevor sie pensionsberechtigt wurden. Die Firma Krupp wird als Beispiel für eine derartige Praxis zitiert. Die Gewerkschaft präsentiert auch Zahlen für eines der Krupp-Werke, die deutlich zeigen, wie klein der Beitrag der Firma war, während der der Arbeiter in Form von Beitrittsgeldern, Beiträgen und Geldstrafen weit höher lag.[84]

4. Konsequenzen der unterschiedlichen historischen Erfahrungen

Wenn wir einen Augenblick verharren, dann können wir sehen, daß es für jeden Mißbrauch, den der Metallarbeiter-Verband während der letzten Jahre vor Ausbruch des Weltkrieges beklagt, Parallelen beim Kohlebergbau gibt. Die fundamentalen Beschwerden beider Arbeitergruppen laufen auf folgende hinaus: (1) Fehlen von anständiger und humaner Behandlung und Achtung; (2) bitterer Unmut über Strafgelder und Lohnkürzungen, Abzüge, die sie für ungerecht und willkürlich hielten – schließlich hatten sie Gewaltiges geleistet; (3) Lohnhöhen, auf die sie keinen Einfluß hatten, die willkürlich und ungerecht in der Art waren, wie sie Fertigkeiten und Aufwand belohnten oder nicht belohnten, und die in der Tendenz die Arbeiter in schonungsloser Konkurrenz gegeneinander ausspielten; (4) Mangel an Sicherheit am Arbeitsplatz und die Aussicht, von einem wütenden Aufseher aus purer Gehässigkeit und Bosheit entlassen zu werden. In diesen essentiellen Punkten war ihre Situation vergleichbar. Doch die Bergarbeiter unternahmen zahlreiche Versuche, ihre Situation zu ändern, wenn

84 *Die Schwereisenindustrie* . . ., a. a. O., S. 524-529.

auch mit begrenztem Erfolg, während sich derartige Versuche bei den Eisen- und Stahlarbeitern fast nicht feststellen lassen. Der wesentliche Unterschied zwischen beiden Berufsgruppen bestand darin, daß die Bergleute ihr *Gedinge*, ihre *Knappschaften* und ihr *Berggesetz* hatten, soziale Einrichtungen, die die Bergarbeiter von anderen Arbeitergruppen abhoben und die eine wichtige Rolle bei der Erleichterung von kollektivem Protest spielten. Auch wenn ein Großteil des Drucks hinter diesem Protest von unorganisierten Arbeitern gekommen war, dienten das *Gedinge* und die *Knappschaften* als Modell und Kern für dessen Ausdruck, während das *Berggesetz* ihm die Legitimation verlieh. Alle drei waren das Produkt früherer historischer Erfahrungen, die weiterleben konnten, weil der Bergbau sich durch die Expansion der Arbeiterschaft ausbreitete. Die Eisen- und Stahlarbeiter wurden 1914 offensichtlich mit einer allgemein ähnlichen Situation konfrontiert, doch gelangten sie zu dieser Situation über eine Reihe ganz andersartiger historischer Erfahrungen. Dieser Unterschied liefert wohl die einleuchtendste Lösung des Rätsels ihrer unterschiedlichen Reaktion. Aus oben bereits erwähnten Gründen gibt es leider weniger historische Informationen über die Arbeiter in den gigantischen Metallfabriken als über die Kohlebergarbeiter. Doch reichen sie aus, um den Charakter und die mögliche Auswirkung dieser Erfahrungen zu umreißen.

Im Unterschied zum Kohlebergbau gelang der Eisen- und Stahlindustrie eine Steigerung ihrer Produktion durch eine Reihe größerer technischer Innovationen, die die arg überstrapazierte Bezeichnung »revolutionär« verdienen. Die Eisenindustrie war die erste, der eine solche Steigerung gelingen sollte. Die Ersetzung der Holzkohle durch Koks beim Schmelzen trat im Ruhrgebiet erst ab 1849 auf. Danach folgten die riesigen Hochöfen. In Preußen produzierte ein Hochofen durchschnittlich im Jahr 1850 720 Tonnen, 1871 waren es mehr als 5 000. Beim Eisen blieb das Frischen die Hauptschwierigkeit. Die Puddelöfen erforderten Männer von äußerster Stärke und Ausdauer, die in der Lage waren, die Hitze vier Stunden lang auszuhalten, wenn sie in dem dicken Brei von halbflüssigem Metall rührten und die Klumpen, die zum Schmiedeeisen wurden, herauszogen. Die Versuche, diesen Teil des Arbeitsprozesses zu mechanisieren, scheiterten. Die Lösung kam schließlich mit der Entdeckung von billigem Stahl, der in den meisten Fällen

Schmiedeeisen ersetzte. Diese mit den Namen von Bessemer und Siemens-Martin verbundenen Erfindungen wurden in Deutschland auf breiter Ebene nicht vor 1870 angewandt.[85]
Stahl besitzt gegenüber dem Eisen, das in der Form des Roheisens hart, aber brüchig und in der Form des Schmiedeeisens weich und leicht zu bearbeiten, aber gegenüber Verschleiß sehr empfindlich ist, wichtige technische Vorteile. Stahl vereinigt mit seiner Härte und Elastizität die Vorteile beider. Ursprünglich war er wegen des Arbeitsaufwandes und der Menge an benötigten Brennmaterialien ein sehr kostspieliger Artikel, der in kleinen Mengen für Dinge wie Rasierapparate, Operationsbestecke und ähnliches verkauft und verwendet wurde.[86] Die neuen technischen Fortschritte änderten dies nachhaltig. Eisen blieb im Gebrauch, und seine Produktion dehnte sich bis zum Kriegsausbruch weiter aus. Die Stahlproduktion jedoch stieg von kleineren Anfängen heraus sehr viel schneller, in dem Maße, wie er für Eisenbahnen, Kriegsschiffe und andere Zwecke zunehmend gebraucht wurde. Weiter unten findet sich eine Aufstellung der Produktion von Roheisen und Stahl (Tonnen in Tausend) im gesamten Deutschen Reich für einige ausgewählte Jahre vor dem Ersten Weltkrieg. Während jedes Intervalls verdoppelte sich die Eisenproduktion annähernd, während die des Stahls sich fast verdreifachte.

	Roheisen	Stahl
1880	2 729	624
1890	4 658	1 614
1900	8 521	6 646
1913	19 309	18 935[87]

Der Herstellungsprozeß von Stahl scheint komplizierter als der von Eisen gewesen zu sein und erforderte zudem eine gewaltige Maschinerie. Wir lesen von kippbaren Öfen mit 100-300 Tonnen Kapazität, von Schmiedefeuern, Walzenanlagen, aus denen das fer-

85 David S. Landes, *Der entfesselte Prometheus* . . ., a. a. O., S. 209.
86 *Ebenda*, S. 238.
87 Zum Verhältnis von Schmiedeeisen und Stahl vgl. die Erläuterungen von Landes in: *Ebenda*, S. 245 f., wo er einen Vergleich mit dem fortdauernden Gebrauch von Eisen nach dem Auftreten von Stahl mit der Entwicklung der Klippers nach Einführung des Dampfschiffes vornimmt.

tig bearbeitete Metall in einer Geschwindigkeit von 60 bis 90 km/h schnellte, von »fliegenden Scheren« zum Schneiden und dergleichen mehr. Gegen Ende des 19. Jahrhunderts verfügten die deutschen Stahlwerke über die fortgeschrittenste Ausstattung in Europa.[88]

Diese gewaltigen technologischen Fortschritte hatten verschiedene Konsequenzen, die zu scharfen Unterschieden zwischen der allgemeinen Situation der Bergleute und der Metallarbeiter führte. Die Arbeitsproduktivität stieg in der Schwermetallindustrie in umfangreichem Maße an, während sie im Kohlebergbau, wie bereits hervorgehoben, weitgehend gleich blieb, bevor nicht neue Möglichkeiten des Abbaus tieferliegende Flöze zur Anwendung kamen. Auch wenn ich keine brauchbaren Statistiken als Beleg für diesen Produktivitätsanstieg gefunden habe, so stimmen die Standardquellen doch überein[89], und dies scheint nach dem, was aus der Entwicklung der Technik hervorgeht, nur allzu offensichtlich. Mit nur ungefähr der Hälfte der Arbeiterzahl in den Bergwerken bildeten die Arbeiter in den neuen riesigen Fabrikanlagen 1913 eine weit mannigfaltigere Gruppe. Ein Schmelzer und ein Mann, der bei der Bedienung der »fliegenden Scheren« zur Hand ging, hatten wohl kaum soviel Gemeinsames wie die verschiedenen Grade der Bergarbeiter, und dies erschwerte kollektive Aktionen weit mehr. Schließlich verfügten die Eisen- und Stahlarbeiter – wenn auch diese Unterscheidung, soweit ich zu sehen vermag, nicht unmittelbar auf die technologischen Unterschiede zurückzuführen ist –

88 David S. Landes, *Der entfesselte Prometheus* . . ., a. a. O., S. 248 ff.

89 *Ebenda*, S. 248. Bezüglich des Stahls zitiert Landes einige Statistiken, weist aber auch auf ihre Widersprüche hin. Wolfram Fischer, *Wirtschaft und Gesellschaft* . . ., a. a. O., S. 181, stellt fest, daß die Eisenindustrie des 19. Jahrhunderts eine der höchsten Zuwachsraten in der Arbeitsproduktivität aufwies. Helmut Croon, *Vom Werden des Ruhrgebiets*, in: Först (Hrsg.), *Rheinisch-Westfälische Rückblende*, S. 212, enthält vereinzelte Statistiken, um nachzuweisen, daß die Arbeiterschaft in den Eisen- und Stahlwerken wesentlich langsamer als im Kohlebergbau zunahm. Mir scheint seine Behauptung, daß die Arbeitsbedingungen in den Eisen- und Stahlwerken besser als im Kohlebergbau gewesen seien, aufgrund des oben zitierten Materials höchst zweifelhaft. Andererseits ergibt seine Beobachtung einer geringeren Fluktuation im Eisen- und Stahlbereich einigen Sinn. Der Kohlebergbau war offensichtlich in seinem Verlangen nach Arbeitskräften unersättlich. Es muß viele gegeben haben, die den Bergbau nach einer kurzen Probezeit wieder verließen, sei es gezwungenermaßen oder freiwillig.

nicht über eine kontinuierliche Tradition des Wohlwollens seitens des Staates, an die man sich mit Recht wenden konnte und die ihren Beschwerden den Anstrich von Legitimation verlieh. Ursprünglich mochten einige von ihnen dieses Gefühl gehabt haben, denn bis 1861 waren die Gießereiarbeiter der *Bergbehörde* untergeordnet. In jenem Jahr verloren die Gießereiarbeiter im Rahmen der liberalen Reformierung des Bergbaus und somit vor der Periode des schnellen Wachstums sowohl in der Schwereisenindustrie wie im Bergbau jegliche Protektion, die ihr Sonderstatus vielleicht beinhaltet hatte, als die neue Gesetzgebung sie nicht mehr der Bergbehörde, sondern den normalen Zivilbehörden unterstellte.

Hatte der Abstieg in die Dunkelheit der Grube seine mysteriösen und ängstigenden Seiten, denen gegenüber die lang verwurzelten Traditionen und Bräuche einige Sicherheit boten, so mußte der erste Kontakt mit den Molochen über der Erde für einfache Bauern und Handwerker eine wirklich einschüchternde Erfahrung gewesen sein. Im Unterschied zu den Kohlebergarbeitern kamen die Metallarbeiter aus einem westdeutschen Handwerker- und Arbeitermilieu. Wie die Existenz einer polnischen Vereinigung belegt, gab es auch ein Kontingent osteuropäischer Zuwanderer. Von ihrer Handwerker- und bäuerlichen Vergangenheit her gesehen, konnten die Eisen- und Stahlarbeiter wohl kaum einen gemeinsamen Erfahrungshorizont und gemeinsame Standards, mit denen sie ihre neue Situation beurteilen konnten, mitgebracht haben. Besonders für diejenigen mit Handwerkervergangenheit muß der Übergang zum Hochofen oder zur Walzstraße mit ihrer überwältigenden Technologie eine weit traumatischere Erfahrung gewesen sein, als es die Erfahrungen waren, die Carl Severing als junger *Schlosser* durchmachte. In vielen kleinen Fabriken war um die Jahrhundertwende die Trennungslinie zwischen Handwerker- und Fabrikleben noch verschwommen.

Der einzelne konnte hin und her wechseln, ohne sich des Unterschieds bewußt zu werden. Auch der Bergbau perpetuierte, wie schon des öfteren bemerkt wurde, bestimmte Eigenschaften und Traditionen des Handwerkerlebens. Wer auf eine Zeche ging, fand eine starke Gemeinschaftskultur vor, auf die er sich beziehen konnte, während es für die Eisen- und Stahlarbeiter nichts dergleichen gab.

Rückblickend läßt sich festhalten, daß die Eisen- und Stahlarbeiter keine Tradition einer dem *Gedinge* vergleichbaren Form des Kollektivverdienstes besaßen, nichts, außer einer sehr schwachen Erinnerung an einen paternalistischen Staat, der sich formal im *Berggesetz* niederschlug, kein rudimentäres System von Sozialversicherung wie in der Form der *Knappschaften*, die traditionell auch von den Bergleuten aufgebracht wurden. Die Eisen- und Stahlarbeiter waren sozusagen eine historische Erfindung aus dem Nichts, ohne Bräuche, kollektive Erfahrungen oder Reminiszenzen. Genauer gesagt, ihre mitgebrachten Erfahrungen waren wahrscheinlich voneinander unterschieden und wurden durch die in den 1880er Jahren aus dem Boden schießenden neuen Fabriken hinweggefegt. Dieser Mangel bereitete ihnen bei jeglichen Versuchen der Selbsthilfe einen enormen Nachteil, sei es durch sie selbst oder ihnen durch Außenstehende nahegelegt. Es gab aber auch andere Hindernisse. Da die großen Metallwerke technologisch weiter fortgeschritten als der Bergbau waren, verlangten sie eine differenzierte Arbeiterschaft mit größerem Spielraum in den Lohnraten und unterschiedlicherer Ausbildung. Die in zahlreichen Produktionsschritten beschäftigten Arbeiter erledigten ihre täglichen Aufgaben in verschiedenen Teilen der Fabrik physisch und sozial voneinander getrennt. Das Fehlen geteilter Traditionen und die soziale Fragmentierung am Arbeitsplatz werden schwerlich das Gefühl eines gemeinsamen Schicksals als Grundlage für kollektive Aktionen hervorgebracht haben. Grob gesagt erscheint dies als der zutreffendste Grund dafür, warum die Stahlkocher weit weniger als die Bergleute auf gewerkschaftliche Zusammenschlüsse ansprachen und warum sie sich in sehr viel geringerem Maße aktiv in der Ver-

90 Sie waren Gegenstand der Gewerbeordnung, die wahrscheinlich im allgemeinen für die deutschen Arbeiter in gewisser Weise einen größeren Schutz bedeutete, als dies im liberalen England der Fall war. Der Übergang wird bei Wolfram Fischer, *Wirtschaft und Gesellschaft* ..., a. a. O., S. 152, 173 f. erwähnt.

91 Klaus J. Mattheier, *Werkvereine* ..., a. a. O., S. 176; Das *11. Sonderheft zum Reichs-Arbeitsblatte ... 1913*, a. a. O., Erster Teil, S. 49, erwähnt eine polnische Vereinigung von Gießereiarbeitern mit über 11 000 Mitgliedern. Nach Wilhelm Brepohl, *Industrievolk: Im Wandel von der agraren zur industriellen Daseinsform dargestellt am Ruhrgebiet*, Tübingen 1957, S. 202, haben Lokalstudien gezeigt, daß die meisten Zuwanderer ins Ruhrgebiet entweder eine west- oder ostdeutsche agrarische Vergangenheit hatten.

teidigung ihrer Eigeninteressen erwiesen. Selbst wenn die Kohlebergarbeiter aktiver waren und die größten Streiks in der Geschichte der deutschen Arbeiterbewegung vor 1914 initiierten, so fehlt doch der geringste Hinweis dafür, daß sie die Träger revolutionärer Gefühle waren. Das Anwachsen der Großindustrie im Ruhrgebiet schuf eine starke Industriearbeiterklasse, die man mit einiger Berechtigung als Proletariat bezeichnen darf. Doch war die politisch bewußte Elite dieses Sektors aus verschiedenen politischen Gründen gespalten, während die Masse der Arbeiter, soweit sie sich überhaupt erregte, die Führer zur Verfolgung konkreter Ziele drängte. Diese Ziele würden unterschätzt, wollte man sie nur als »Brot-und-Butter-Probleme« bezeichnen. Denn hinter ihnen stand ein starkes emotionales Gewicht. Das zentrale Anliegen lief auf die Akzeptierung der Arbeiter als anständige menschliche Wesen in einer humaneren Sozialordnung hinaus.

Ob dieses Ziel mit friedlichen oder gewaltsamen Mitteln oder durch eine Verbindung beider zu erreichen war, ist eine ganz andere Frage. Auf jeden Fall war der Drang auf dieses Ziel unter den Arbeitern insgesamt von einem Industriezweig zum anderen in sehr unterschiedlichem Maße ausgeprägt, wie in diesem Kapitel zu zeigen versucht wurde. Selbst dort, wo der Drang stark war, reflektierte er die Situation in einem spezifischen Industriezweig. Bergleute hatten ihre eigenen Beschwerden und unternahmen einiges hiergegen. Auch die Arbeiter der Eisen- und Stahlwerke hatten ihre Klagen, doch waren sie unfähig, viel dagegen zu unternehmen. Würde das geteilte Trauma des Krieges und der Niederlage einen gemeinsamen Erfahrungshorizont bereitstellen, um diese Unterschiede zu überwinden und die Arbeiter zu einer einzigen revolutionären Kraft vereinigen, die ein neues Zeitalter einläuteten? In Deutschland gab es Leute, die diese Möglichkeit stark befürchteten und fieberhaft an ihrer Verhinderung arbeiteten; es gab aber auch solche, die all ihre verfügbaren Energien und Intelligenz aufbrachten, um dies zustande zu bringen. Wie sich zeigen sollte, scheiterten beide. In dem nun folgenden Kapitel werden wir versuchen, die Gründe hierfür zu verstehen.

Achtes Kapitel
Die reformistische Revolution 1918-1920

1. Allgemeiner Hintergrund

Die Belastungen des Ersten Weltkrieges, der Schock der Niederlage, die zum Untergang der Monarchie führte und zeitweise die herrschenden Schichten und Institutionen der deutschen Gesellschaft – Junker, Armeeführung, zivile Bürokratie, Großindustrie – diskreditierte, schufen Voraussetzungen, die es einer diffusen revolutionären Bewegung ermöglichten, im Jahre 1918 an die Oberfläche zu drängen. Der reformistische Flügel der Arbeiterbewegung übernahm auf friedliche Weise am 9. November die Macht, weil sowohl Reformisten als auch Vertreter der alten Regierung einen radikalen Aufstand befürchteten. Die Zahl derer, die bereits zu diesem Zeitpunkt eine revolutionäre Transformation der bestehenden Ordnung befürworteten, war noch sehr gering. Führerin dieser Bewegung war Rosa Luxemburg, die später weltweiten Ruf erlangte, obgleich der Nachweis schwerfiele, daß sie zu dieser Zeit die beherrschende Gestalt war. Eine weit größere Gruppe unter den Radikalen, wie man sie traditionell nannte, war sich nicht sicher über das, was sie tatsächlich anstrebte, und man stimmte im wesentlichen nur darin überein, was man nicht wollte: eine Rückkehr zum Status quo von 1914. Das waren die Unabhängigen Sozialisten (USPD), die sich 1917 von der SPD abgespalten hatten. Dennoch hatte der revolutionäre Radikalismus, der vor dem Krieg im wesentlichen ein Gärungsmittel unter Intellektuellen darstellte, 1918 damit begonnen, eine Massenbasis zu erlangen. Diese wuchs sehr schnell an, einmal aufgrund der von den SPD-Führern vertretenen Politik, dann aber auch aus anderen und grundsätzlicheren Gründen. Ob die SPD die Situation auf andere Weise hätte handhaben können und mit weniger verheerenden Folgen, ist eine schwierige Frage, die erst dann beantwortet werden sollte, nachdem wir uns vor Augen geführt haben, was sich wirklich zutrug. Gemäßigten und reformistischen Elementen unter den Industriearbeitern gelang es, sich den radikalen Impulsen – oder besser, den verschiedenen radikalen Bedrohungen, die zu unterschiedlichen Zeiten und aus verschiedenen Gründen auftraten – zu verschließen oder sie zu bekämpfen. Für diesen Erfolg mußten sie den Preis einer Allianz mit konservativen und antidemokratischen Kräften in Deutschland bezahlen. Dieser Pyrrhus-Sieg der Gemäßigten begründete ein Vermächtnis von Bitterkeit in der Industriearbeiterschaft und eine liberal-kapitalistische Regierung mit sehr wenigen Liberalen. Dieses System unterlag innerhalb von eineinhalb Jahrzehnten Hitler.

Grob gesagt, ist dies der historische Hintergrund, der den Rahmen des verbleibenden historischen Teils dieses Buches bildet. Dieses und das folgende Kapitel werden gewisse Seiten der Rolle der Arbeiter in dieser größten Tragödie der modernen Zivilisation untersuchen.

Der Krieg und seine Folgen führten für die meisten Industriearbeiter in Deutschland, wie auch zweifelsohne im übrigen Europa, zu einem vollkommenen Bruch in den gewohnten Alltagsroutinen. Schon diese Tatsache allein erklärt viel von dem politischen Durcheinander während der unmittelbaren Nachkriegszeit. Eine immense Zahl von Arbeitern wechselte den Beruf. Andere, vor allem Gelegenheitsarbeiter, schlossen sich den Streitkräften an. Frauen und Kinder verrichteten die Arbeit von Männern, schieden allerdings bei Kriegsende wieder aus. Die Arbeitsbedingungen wandelten sich durchgreifend für diejenigen Männer, die im gleichen Beruf blieben. Zusammengenommen sorgten all diese Veränderungen dafür, daß die vertrauten sozialen Beziehungen und Sanktionen, die die Individuen an den Status quo gebunden hatten, erheblichen Belastungen ausgesetzt waren und neu geschaffen werden mußten – oder insgesamt zusammenbrachen.

Die Berufsstatistiken geben einige Hinweise auf die wichtigsten Dimensionen dieser Änderungen. Die folgende Tabelle zeigt sie in geraffter Form.[1]

1 Die Tabellen basieren auf den Berichten der Gewerbeaufsicht (die Betriebe mit mindestens 10 Beschäftigten erfaßten), wie sie im *Statistischen Jahrbuch für das Deutsche Reich*, Bd. 42 (1921/22), S. 96 f., zitiert werden. Der Bericht für 1913 umfaßt ungefähr 7,4 Millionen Arbeiter. Hält man sich vor Augen, daß 1907, dem letzten Jahr der Berufszählung, etwa 8,5 Millionen Arbeiter gezählt wurden, dann wird klar, daß mehr als eine Million Arbeiter im Jahre 1913 nicht von der Gewerbeaufsicht erfaßt worden sind. Es scheint keine Möglichkeit zu geben, diese Lücke in der Überlieferung zu schließen. Vor 1925 wurde keine neue Berufszählung mehr durchgeführt; während des Krieges und sogar noch bis 1922 gab das *Statistische Jahrbuch* lediglich die Zahlen des Jahres 1907 wie-

Tabelle 10 Anzahl der Industriearbeiter nach den

Industrie-Kategorien	1913 (1) Männer	(2) Frauen u. Jugendl. unter 16	(3) Gesamtzahl der Arbeiter	(4) Anteil von (2) an (3) in Prozent
Kriegsindustrie				
III. Bergbau	1134	63	1197	5
V. Metallverarbeitung	521	159	680	23
VI. Maschinenbau	1008	165	1123	14
VII. Chemieindustrie	146	35	181	19
VIII. Öl etc.	70	12	82	15
Gesamtzahl	2879	434	3313	13
Zwischenindustrie				
IV. Steine, Erden	537	111	648	17
X. Papier	115	84	199	42
XI. Leder	92	29	121	24
XII. Holz	383	71	454	16
XVI. Baugewerbe	263	14	277	5
Verschiedene	15	3	18	17
Gesamtzahl	1405	312	1717	18
Zivile Industrie				
IX. Textil	400	556	956	58
XIII. Nahrung	468	246	714	34
XIV. Bekleidung	112	319	431	74
XV. Reinigung	13	43	56	77
XVII. Druckereigewerbe	134	66	200	33
Gesamtzahl	1127	1230	2357	52
Gesamtzahl aller Industriekategorien	5411	1976	7387	27

der. Da die Gewerbeaufsicht mit anderen Aufgaben überlastet und personell unterbesetzt war, sich die Arbeitgeber zudem alles andere als kooperativ verhielten, wenn es darum ging, Zugang zu den Betriebsunterlagen zu erhalten, ist es unwahrscheinlich, daß die Berichte sehr genau waren. Diese Unzulänglichkeiten sollte man zwar nicht unberücksichtigt lassen, der Wert der Angaben aber bleibt ungeschmälert, denn uns interessieren ja v. a. die in Großbetrieben beschäftigten Arbeiter, die gewöhnlich von der Gewerbeaufsicht erfaßt wurden; somit ist kaum davon auszugehen, daß diese Statistiken in einer Weise unkorrekt sind, daß sie die allgemeine Richtung des Wandels nicht wiederzugeben vermögen.

Berichten der Gewerbeaufsicht (in Tausend)

1918				1920			
(1) Männer	(2) Frauen u. Jugendl. unter 16	(3) Gesamtzahl der Arbeiter	(4) Anteil von (2) an (3) in Prozent	(1) Männer	(2) Frauen u. Jugendl. unter 16	(3) Gesamtzahl der Arbeiter	(4) Anteil von (2) an (3) in Prozent
955	180	1135	16	1227	100	1327	8
405	328	734	45	503	196	699	28
1097	654	1751	37	1151	269	1420	19
256	231	488	47	208	52	259	20
54	23	77	30	82	16	98	16
2767	1416	4185	34	3117	633	3803	17
180	84	264	32	343	93	435	21
60	98	158	62	103	84	188	45
51	49	100	49	71	29	101	29
323*	92*	415*	22	353	92	446	21
106	13	119	11	178	11	189	6
12	11	23	48	15	6	21	29
732	347	1079	32	1063	315	1380	23
98	305	403	76	233	400	634	63
258	286	544	53	330	243	573	42
52	242	294	82	93	263	356	74
7	37	44	84	9	33	42	79
70	68	138	49	116	65	181	36
485	938	1423	66	781	1004	1786	56
3984	2701	6687	40	5015	1952	6969	28

* Anstelle der Zahlen für 1918 sind diejenigen von 1919 angegeben, da Zimmermanns Gesamtzahl der männlichen Holzarbeiter einfach die Zahlen von 1913 wiederholt – eine Übertragung, die ich als einen unglücklichen Irrtum betrachte, der einem nur allzu leicht unterlaufen kann.

Tabelle 10a

Änderungen seit 1913 in den Zahlen der Industriearbeiter (in Tausend)

	Industrie-Kategorien	1918 vs. 1913 Zahl der Arbeiter	Prozentuale Änderung	1920 vs. 1913 Zahl der Arbeiter	Prozentuale Änderung
Kriegsindustrie					
III.	Bergbau	− 62	− 5	+130	+11
V.	Metallverarbeitung	+ 54	+ 8	+ 19	+ 3
VI.	Maschinenbau	+578	+ 49	+247	+21
VII.	Chemieindustrie	+307	+170	+ 78	+43
VIII.	Öl etc.	− 5	− 6	+ 16	+20
	Gesamtzahl	+872	+ 26	+490	+15
Zwischenindustrie					
IV.	Steine und Erden	−384	− 59	−213	−33
X.	Papier	− 41	− 21	− 11	− 6
XI.	Leder	− 21	− 17	− 20	−17
XII.	Holz	− 39*	− 9	− 8	− 2
XVI.	Baugewerbe	−158	− 57	− 88	−32
Verschiedene		+ 5	+ 28	+ 3	+17
	Gesamtzahl	−638	− 37	−337	−20
Zivile Industrie					
IX.	Textil	−553	− 58	−322	−34
XIII.	Nahrung	−170	− 24	−141	−20
XIV.	Bekleidung	−137	− 32	− 75	−17
XV.	Reinigung	− 12	− 21	− 14	−25
XVII.	Druckereigewerbe	− 61	− 31	− 19	−10
	Gesamtzahl	−934	− 40	−571	−24
Gesamtzahl aller Industriekategorien		−700	− 9	−418	− 6

Quellen: Für die Jahre 1913, 1919 (wo angegeben) und 1920 *Statistisches Jahrbuch für das Deutsche Reich*, Bd. 42 (1921/22), S. 96-97; zu 1918 vgl. Waldemar Zimmermann, *Die Veränderung der Einkommens- und Lebensverhältnisse der deutschen Arbeiter durch den Krieg*, in: Rudolf Meerwarth u. a., *Die Einwirkungen des Krieges auf die Bevölkerungsbewegungen und Lebenshaltung in Deutschland*, S. 351. In Tabelle 10 umfaßt die Spalte 2 die Differenz zwischen den Spalten 3 und 1.

Bemerkungen: Die Gewerbeaufsicht erfaßte nur Betriebe mit 10 und mehr Beschäftigten.

* Anstelle der Zahlen für 1918 sind diejenigen von 1919 angegeben, da Zimmermanns Gesamtzahl der männlichen Holzarbeiter einfach die Zahlen von 1913 wiederholt – eine Übertragung, die ich als einen unglücklichen Irrtum betrachte, der einem nur allzu leicht unterlaufen kann.

Auf den ersten Blick sollte man meinen, daß der Krieg die Entwicklung zu einem modernen Industrieproletariat stark beschleunigt und auf diese Weise die soziale Grundlage für die »proletarische« Erhebung der Nachkriegszeit geschaffen habe. Die Kriegsindustrie – vom Bergbau bis hin zur Chemieindustrie – ist charakteristisch für eine moderne industrielle Wirtschaftsweise. Die Gesamtzahl der Arbeiter in diesem Industriesektor stieg zwischen 1913 und 1918 um 26 Prozent. Gleichzeitig verlor die Zwischenindustrie 37 Prozent ihrer Arbeiter, und der zivile Sektor büßte 40 Prozent ein. Bei genauerer Betrachtung verliert diese plausible Hypothese das meiste von ihrer Überzeugungskraft, denn selbst in den Rüstungsindustrien fiel die Zahl der männlichen Beschäftigten, da die Zusammensetzung der Arbeiterschaft sich deutlich wandelte. Der Anteil der Frauen und Jugendlichen stieg von 13 Prozent im Jahre 1913 auf 34 Prozent im Jahre 1918. Da 112 000 Männer die Kriegsindustrie verließen, um in den Krieg zu ziehen, strömten 382 000 Frauen und Jugendliche hinzu und verursachten diesen Anstieg in der Zahl der Beschäftigten in diesem Wirtschaftssektor.

Zwischen 1918 und 1920 verließen die meisten von ihnen diesen Arbeitsbereich; sie können somit wohl kaum die Quelle der Radikalisierung gewesen sein. Der Hinweis, daß 1920 der Anteil der Frauen und jugendlichen Arbeiter unter 16 Jahren auf einen ähnlichen Stand wie 1913 in allen drei Sektoren zurückgekehrt war, darf hierbei nicht unerwähnt bleiben. 1913 befanden sich 13 Prozent in der Kriegsindustrie, 18 Prozent in der Zwischen- und 52 Prozent in der zivilen Industrie. 1920 waren die entsprechenden Sätze 17, 23 und 56 Prozent.

Nach dem Krieg, genauer gesagt 1920, hatte der Kriegssektor immer noch einen Nettozuwachs von 15 Prozent in den Beschäftigungszahlen, wobei der Maschinenbau (Gruppe IV) die höchste Zuwachsrate verglichen mit den anderen Berufskategorien zu verzeichnen hatte, da hier 247 000 Arbeiter hinzukamen. Eine Erklärung des Radikalismus mit dem Wachstum desjenigen Sektors, der für einen modernen Industriebereich gerade charakteristisch ist, sollte nicht so ohne weiteres von der Hand gewiesen werden. Wie die übrige Tabelle indes zeigt – und ich habe bereits darauf hingewiesen –, ist das grundlegende Faktum des industriellen Lebens keineswegs nur im Wachstum zu suchen. Statt dessen fand eine ungeregelte Fluktuation in der Art und den Bedingungen der Beschäftigung statt. Dennoch wird es doch eher angezeigt sein festzuhalten, wie einige der wichtigsten Änderungen in besonderen Industriezweigen konkret ausschauten, besonders da die Gesamtzahl der Industriearbeiter und die Teilsummen für die einzelnen Sektoren derartige Änderungen verbergen können.

Folgende Industrien aus dem Kriegssektor gewannen zwischen 1913 und 1918 Arbeiter hinzu (mit Ausnahme der unbedeutenden Gruppe »Verschiedene«).

	Industrie-Kategorien	Zunahme der Zahl der Arbeiter	Prozentualer Zuwachs
V.	Metallverarbeitung	54 000	08
VI.	Maschinenbau	578 000	49
VII.	Chemieindustrie	307 000	170

Insgesamt verzeichneten folgende Industriezweige zwischen 1930 und 1920 Zuwächse (wiederum die Gruppe »Verschiedene« ausgenommen):

	Industrie-Kategorien	Zunahme der Zahl der Arbeiter	Prozentualer Zuwachs
III.	Bergbau	130 000	11
V.	Metallverarbeitung	19 000	03
VI.	Maschinenbau	247 000	21
VII.	Chemieindustrie	78 000	43
VIII.	Öl etc.	16 000	20

Außer dieser Kategorie »Verschiedene« fanden alle Steigerungen im fortgeschrittenen industriellen Sektor statt.[2] Hier sollten sich auch – besonders im Bergbau – die schwerstwiegenden Unruhen

2 Die Zahl der unter »Verschiedene« eingestuften Arbeiter nahm 1920 um 17 Prozent zu. Da aber ihre ursprüngliche Zahl mit 18 000 im Jahre 1913 gering war und ihre verschiedenen Aufgaben für das gesamte Wirtschaftsleben nicht sehr ausschlaggebend waren, habe ich sie an dieser Stelle beiseite gelassen.

und Aufstände in den Jahren 1918-1920 ereignen. Der radikale Vorstoß nahm in der metallverarbeitenden Industrie und im Maschinenbau wie auch im Bergbau weitgehend die Form einer Zurückweisung der Führung der SPD-Gewerkschaften an. Andererseits verhielten sich die Berufskategorien, die die höchsten Verluste erlitten hatten, ziemlich ruhig, zumindest in dem Sinne, daß sie, gleichgültig was auch geschah, wenig oder keinerlei politische Auswirkungen auf die nationale Szenerie hatten und keinerlei erkennbare Spuren in den historischen Detaildarstellungen dieser Zeit zurückließen. Folgende Industriezweige verloren mehr als 100 000 Arbeiter zwischen 1913 und 1918:

	Industrie-Kategorien	Verlust an Arbeitern	Prozentualer Rückgang
IV.	Steine und Erden	384 000	−59
XVI.	Baugewerbe	158 000	−57
XIII.	Nahrung	170 000	−24
XIV.	Bekleidung	137 000	−32
IX.	Textil	553 000	−58

Die Versorgung mit zivilen Gütern muß äußerst knapp gewesen sein, denn zum Ende des Krieges im Jahre 1918 war mehr als die Hälfte aller Arbeiter aus der Haushaltswaren- und Porzellanindustrie und aus dem Bau- und dem Textilgewerbe abgewandert; auch die Nahrungsmittel- und die Bekleidungsindustrie hatten einen deutlichen Rückgang zu verzeichnen. Dies wiederum bedeutete schwere physische Belastungen für viele und einen weitverbreiteten Bruch mit den Alltagsroutinen – der beste Nährboden für soziale Unruhen. In diesem Sektor war der Schaden auch im Jahre 1920 noch nicht behoben, wie es die Industriezweige, die zu diesem Zeitpunkt immer noch einen Verlust von mehr als 100 000 Arbeitern aufzeigten, belegen.

	Industrie-Kategorien	Verlust an Arbeitern	Prozentualer Rückgang
IV.	Steine und Erden	213 000	−33
XIII.	Nahrung	141 000	−20
IX.	Textil	322 000	−34

Es lohnt sich, unser Augenmerk auf die Folgen der Berufsverschiebungen zwischen 1913 und 1920 für die SPD-Gewerkschaften zu richten, da diese Gewerkschaften alles in allem einen bedeutenden Mechanismus der sozialen Integration und Stabilität darstellten. Vor dem Krieg verfügte die SPD über Massengewerkschaften mit mehr als 100 000 Mitgliedern unter den Metallarbeitern, Bergleuten, Holz- und Bauarbeitern.[3] Hinsichtlich der Arbeiterzahl in den Metall- und Holzbetrieben gab es 1920 keine dramatischen Änderungen, ungeachtet der Wandlungen in den Arbeitsbedingungen, auf die wir in Kürze zu sprechen kommen. Natürlich kam es zu großen Fluktuationen im Bergbau, der während des Krieges 62 000 Arbeiter verloren hatte; um das Jahr 1920 war die Zahl der im Bergbau Beschäftigten mit 130 000 höher als 1913. Bau- und Textilindustrie sahen sich während des Krieges schweren Verlusten gegenüber, die nur teilweise in den ersten beiden Nachkriegsjahren ausgeglichen werden konnten. Folglich enthüllen die Beschäftigungszahlen zwei nicht zu übersehende Ursachen für die Belastungen der Gewerkschaftsorganisationen. In Beschäftigungsbereichen wie dem Bergbau, der zwischen 1913 und 1920 einen Zuwachs zu verzeichnen hatte, wurden die Gewerkschaften mit neuen Mitgliedern überschwemmt, die mit gewerkschaftlicher Praxis und Disziplin nicht vertraut waren. In Bereichen wie dem Bau- und dem Textilgewerbe, wo die Gesamtbeschäftigtenzahl abnahm, herrschte die genau entgegengesetzte Situation: die traditionelle Basis der gewerkschaftlichen Mitglieder wurde hier erschüttert. Ein weiterer Aspekt der Tabellen 10 und 10a verdient Beachtung: das deutliche Absinken zur »Normalität« zwischen 1918 und 1920. Wie bereits bemerkt, näherte sich 1920 die Verteilung zwischen erwachsenen Männern und Hilfsarbeitern – nach einem Anstieg zu Kriegszeiten – wieder etwa der von 1913. In Zeiten der Vollbeschäftigung hatte die Rüstungsindustrie 1918 26 Prozent erreicht,

3 1913 gab es darüber hinaus eine große Fabrikarbeitergewerkschaft mit 211 000 Mitgliedern, die sich wahrscheinlich aus unterschiedlichen Berufskategorien zusammensetzten, was sich allerdings aufgrund der vorliegenden Daten nicht im einzelnen nachweisen läßt. Die Gewerkschaft der Transportarbeiter bleibt mit ihren 230 000 Mitgliedern im Jahre 1913 ebenfalls außerhalb der Rechnungen der Gewerbeaufsicht . . . Während der Erhebungen in der Nachkriegszeit spielten die Eisenbahnarbeiter eine wichtige Rolle, mal auf der einen, mal auf der anderen Seite.

der Zwischensektor und der zivile Sektor hatten 37 Prozent bzw. 40 Prozent verloren. Aber bis 1920 sanken die entsprechenden Zahlen auf einen Zuwachs von 15 Prozent für die Rüstungsindustrie und Verluste von 20 Prozent bzw. 24 Prozent für die beiden anderen Sektoren. Eigentlich war diese Periode der Rückkehr zur »Normalität« eine Zeit wiederholter politischer Krisen und schwerer sozialer Unruhen. Gleichzeitig half diese Tendenz, da sie zu älteren strukturellen Verhältnissen zurückführte, den Gemäßigten wahrscheinlich, am Ende die Oberhand zu gewinnen. Der Krieg verursachte nicht nur bezüglich Berufswahlmöglichkeiten Belastungen, sondern ebenso hinsichtlich des Sozialvertrages, der den gerechten Arbeitslohn regelte. Es ist recht aufschlußreich, was mit der Vorstellung über einen Lohnzuschlag für qualifizierte Arbeit geschah. Dieses moralische Postulat trat mit anderen in Konflikt, ebenso wie mit den Imperativen der Kriegswirtschaft. Auch wenn diese Imperative im Grunde solche der herrschenden Klassen waren, so wären sie doch solange in hohem Maße auch von den Arbeitern geteilt worden, bis die von ihnen gebrachten Opfer begannen, ihnen als ungerecht zu erscheinen. In einigen Wirtschaftssektoren – besonders bei den Eisenbahnern, den Bauarbeitern in bestimmten Städten und in verschiedenen bayrischen Industrien – gibt es Belege zur Unterstützung der geläufigen Behauptung, daß sich die Lohnunterschiede zwischen Facharbeitern und ungelernten Arbeitern verringerten. Starkes Ansteigen der Lebenshaltungskosten erzeugte die »Notwendigkeit«, die niedriger bezahlten Arbeiter in diesen Sektoren abzusichern. Diese »Notwendigkeit« spiegelt nicht nur die Sorge der herrschenden Klasse über einen Aufruhr wider, sondern auch die verbreitete Ansicht, daß es außer den nach Fertigkeiten und Leistung gestaffelten Löhnen einen Grund- oder Mindestlohn geben sollte.

Die Nivellierung der Lohnunterschiede war auch eine Folge des Zustroms neuer und weniger qualifizierter Arbeiter; hauptsächlich Frauen und jüngere Arbeiter (siehe auch Tab. 10). Andererseits stiegen in der Rüstungsindustrie, wo der proportionale Zuwachs an Frauen und jungen Arbeitern am höchsten war, die Lohnsätze der ungelernten Arbeiter *weniger* als die ihrer Mitarbeiter. In diesem Wirtschaftssektor führten der Mangel an Facharbeitern – etwa der Mangel an Präzisionsarbeitern in der metallverarbeitenden Industrie oder im Maschinenbau – und die Erfordernisse des Krieges dazu, daß die Löhne hoch blieben.[4] Der Umstand, daß die Woge des »proletarischen« Radikalismus gerade bei diesen hochprivilegierten Arbeitern ihren Ursprung nahm, mag etwas verblüffend sein. Wir werden uns in Kürze etwas näher mit ihrer Situation beschäftigen.

Mit diesen Beobachtungen ist es an der Zeit, einige Fragen über die Bedeutung schlichter materieller Not bei all den Unruhen aufzuwerfen. Zweifellos befanden sich viele Arbeiter gegen Ende des Krieges und während der folgenden chaotischen Jahre in einer ernsten materiellen Notlage. In einigen Gegenden herrschte Hungersnot. Die realen Lohnsätze für ausgewählte Berufe zeigen zwischen 1913 und 1917 Abnahmen von 25 Prozent bis zu 50 Prozent. 1918 und 1919 stellte sich eine überraschende Erholung ein, die einige Reallöhne auf eine höhere Stufe brachte als 1913, wobei allerdings zwischen 1919 und 1923 starke Schwankungen auftraten. Während dieser Zeit kam es zu Einbrüchen in den Lohnsätzen von bis zu 50 Prozent. Die Tabelle deutet auf eine Welt mit sehr instabilen Aussichten – sofern es überhaupt Sinn hatte, irgendwelche Erwartungen zu hegen – und Schicksalen, die aus Gründen, die völlig jenseits der Kontrolle des einzelnen Arbeiters lagen, schnell umschlugen. Auf der anderen Seite blieben die Reallohnsätze für Ungelernte im Beobachtungszeitraum konstanter und zogen in Erholungsphasen stärker als die der Facharbeiter an. Das verwirrende Schlingern des Schicksalsrades wurde in diesem Sinne gedämpft.

Wir besitzen auch Angaben[5] über den durchschnittlichen Tagesverdienst männlicher und weiblicher Arbeiter in den wichtigsten industriellen Kategorien. Setzen wir den durchschnittlichen Tagesverdienst vom März 1914 gleich 100, dann waren die Sätze im September 1918, also kurz vor der Meuterei und dem Aufstand der Arbeiter, die der Niederlage folgten, folgende:

	Männer	Frauen
Rüstungsindustrie	77,4	87,9
Zwischenindustrie	64,2	71,1
Zivil-Industrie	55,5	61,9

4 Gerhard Bry, *Wages in Germany 1871-1945*, Princeton 1960, S. 202 f., 283 f.

5 Sämtliche angeführten Daten zu den Löhnen finden sich: *Ebenda*, S. 210-212.

Ein auffallender Aspekt dieser Zusammenstellung ist die Tatsache, daß die Reallöhne der Arbeiterinnen substantiell weniger als die der Arbeiter sanken. Dieses Faktum ist aus mehreren Gründen bezeichnend. Für die meisten Arbeiter war das Familieneinkommen und nicht nur der Lohn des brotverdienenden Mannes von eigentlicher Bedeutung. Eine Möglichkeit, mit niedrigeren Löhnen und höheren Preisen fertig zu werden, lag darin, für die Ehefrau, den Sohn oder die Tochter eine Beschäftigung zu finden. Wurde der Vater eingezogen, gab es nur einen Weg, die äußerst schwierige Lage zu überstehen: ein anderes Familienmitglied mußte Arbeit bekommen. Leider ist es unmöglich, den Beitrag der Frauen zum Familieneinkommen quantitativ zu bemessen, da wir über keine Informationen darüber verfügen, wieviele Frauen in der Arbeiterschaft Ehefrauen oder Töchter aus Haushalten arbeitender Ehemänner waren.[6] Andererseits zeigt die Zunahme von Hilfsarbeitern, wie sie sich in Tabelle 10 recht deutlich darstellt, daß Arbeiterfamilien während des Krieges diese Lösung in ausgedehntem Maße suchten – oder hierzu gezwungen waren –, sie jedoch so bald wie möglich davon Abstand nahmen, ungeachtet der fortdauernden schweren Notlage.[7]

Trotz außerordentlich langer Arbeitszeit und Löhnen, die nicht mit den Preisen schritthielten – wobei immer einige sehr begünstigte Arbeiter in der Rüstungsindustrie ausgenommen sind – fühlte man materielle Not eher als Verbraucher denn als Arbeiter.

Oder, um die Sache griffiger zu formulieren, die Verhältnisse gestalteten sich in einer Weise, daß sie mehr nach der Arbeit als während Arbeit selbst wehtaten, auch wenn diese selbst bedrükkend war. Wieder ist es schwierig, diesen Punkt mit greifbaren, vollen, quantitativen Kategorien zu umreißen. Doch wir haben

6 Waldemar Zimmermann, *Die Veränderung der Einkommens- und Lebensverhältnisse der deutschen Arbeiter durch den Krieg*, in: Rudolf Meerwarth et al., *Die Einwirkungen des Krieges auf die Bevölkerungsbewegungen und Lebenshaltung in Deutschland*, Stuttgart 1932, S. 468.

7 Wäre dem nicht so, müßte man von einem großen Zustrom an Frauen und Jugendlichen außerhalb der Industriearbeiterschaft ausgehen. Dies erscheint indes wenig wahrscheinlich, da die Bäuerinnen mit der Aufrechterhaltung des Hofes beschäftigt und die Frauen aus dem deutschen Bürgertum kaum geneigt waren, in größerem Rahmen in der Industrie zu arbeiten.

schon Indizien dafür gefunden, daß die Konsumgüterindustrie nach Arbeitskräften hungerte. Darüber hinaus bestand großer Mangel an Rohmaterialien, Nahrungsmittel natürlich eingeschlossen. Folgt man den verstreuten Berichten, einschließlich derjenigen von der Gewerbeaufsicht über das politische Klima unter den Arbeitern, dann funktionierte das Rationierungs-System für eine deutsche, bürokratische Schöpfung auf überraschend fehlerhafte Weise. Man sollte sich jedoch daran erinnern, daß dieses der erste Krieg war, der in derartigem Maße die Mobilisierung der zivilen Wirtschaft und der Zivilbevölkerung erforderte. Arbeiter klagten oft darüber, daß sie ihre Nahrungsmittel vom schwarzen Markt zu ergänzen hatten, wo – wie es schien – die Reichen kaufen konnten, was und soweit sie dies wollten.[8]

Will man in politischen Begriffen das zusammenfassen, was materielle Not bedeutete bzw. *nicht* bedeutete, dann ragen drei Punkte deutlich genug hervor. Die Angaben über Änderungen im Reallohn zeigen, daß Perioden steigender materieller Not nicht direkt mit Perioden des politischen Aufruhrs einhergingen. Zweitens: Jene, die sich im wirtschaftlichen Bereich unten befanden, die Ungelernten, waren im großen und ganzen nicht diejenigen, die am meisten zu leiden hatten. Der radikale Vorstoß der »Masse« – ein problematischer, doch gelegentlich nützlicher Begriff – entstand in seinen privilegiertesten Bereich bei den Berliner Metallarbeitern.

2. Der Kampf zwischen SPD und Radikalen

Was ich bislang als die reformistische Revolution von 1918-1920 bezeichnet habe, war eigentlich ein harter Kampf um die Gunst und die Kontrolle über die industrielle Arbeiterklasse. Die wichtigsten Auseinandersetzungen spielten sich zwischen den gemäßigten und reformistischen Führern der SPD auf der einen und einer heterogenen Reihe von Opponenten auf der anderen Seite ab, die eigentlich nicht mehr teilten als eine gemeinsame Desillusionierung über die SPD-Politik während und kurz nach dem Weltkrieg. Ein

8 Bry, *Wages . . .*, a. a. O., S. 213; Jürgen Reulecke, *Der Erste Weltkrieg und die Arbeiterbewegung im rheinisch-westfälischen Industriegebiet*, in: ders. (Hg.), *Arbeiterbewegung an Rhein und Ruhr*, Wuppertal 1974, S. 221 f.

dritter, aber sehr wichtiger Akteur in diesem tragischen Drama war das Militär mit seinen Offizieren in den Schlüsselpositionen. Der Historiker geht das Risiko einer gewissen Verfälschung ein, wollte er die Ergebnisse festhalten, ohne diese Auseinandersetzungen zu beschreiben, denn auch viele der streitenden Parteien bemerkten die Probleme erst, als sich die Situation weiterentwickelt hatte und unter dem Lärm des Gewehrfeuers, dem Gepolter der LKW's und den Schreien aufgebrachter Menschenmassen Entscheidungen getroffen werden mußten. Auch deshalb ist es angezeigt, einen groben zeitlichen Abriß der wichtigsten Ereignisse zu geben. Nur auf diese Weise läßt sich diesem faszinierenden und tragischem Beispiel einer Eskalation und Polarisierung gerecht werden, zu der es kam, als die Widersacher dazu übergingen, stärkere und wirkungsvollere Waffen gegen ihre Opponenten einzusetzen.[9]

Wenn sich der Leser dieses Risiko ständig vor Augen hält, dann mag es dennoch recht hilfreich sein, sich das klarzumachen, was die Streitenden nicht immer zu sehen vermochten: daß nämlich dieser Kampf die Möglichkeit (und auch den Wunsch), Deutschland mit Mitteln, die innerhalb der liberalen Tradition blieben, in eine humanere Gesellschaft zu verwandeln, überstieg. Die Radikalen waren im großen und ganzen mit der Zeit überzeugt, daß liberale und parlamentarische Methoden und deren Institutionen mit dieser Zielsetzung völlig unvereinbar wären. Liberalismus wiesen viele Radikale sowohl als Mittel wie als Endresultat zurück, zum Teil wohl auch, weil sie gesehen hatten, was passiert war, als gemäßigte Sozialisten den Versuch unternahmen, sich wie Liberale zu verhalten und auch in gleicher Weise zu reden. Andere Radikale fühlten natürlich, daß der Liberalismus vermeidbar und ein von Natur aus inhärenter Teil des kapitalistischen Systems war. Eine Haltung von Mißtrauen und Verachtung begann sich zu entwikkeln. Gemäßigte als auch Radikale fühlten sich erst lange nach den Ereignissen bemüßigt, von sehr unterschiedlichen Positionen aus zu behaupten, die jeweilige Seite habe eigentlich die richtige oder

9 Dieser Vorgang ist keineswegs einzigartig. Thukydides beschreibt seinen mörderischen Verlauf während der Anfänge des Peloponnesischen Krieges in der Stadt Corcyra und reflektiert in einer berühmt gewordenen Passage (Buch II, LXXX-LXXXV, besonders LXXXII-LXXXV) hierüber in einer Weise, die bis in unsere Tage zu den besten Argumenten für eine politische Mäßigung zählt.

jedenfalls die unter den gegebenen Umständen einzig mögliche Politik verfolgt. Auf diese Weise gelang es ihnen, der Situation so etwas wie einen Charakter der Unvermeidbarkeit zuzuschreiben, die den Ereignissen wohl eigentlich nicht innewohnte.
Erst vor kurzem hat eine neue Generation deutscher Historiker damit begonnen, sehr behutsam diesen »Schleier« des Unvermeidlichen zu lüften. Sobald die Ereignisse vor uns liegen, werden wir auf diese »Frage« zurückkommen.
Auch wenn nur eine erzählende Darstellung hoffen lassen kann, die Art und Weise, in der diese Probleme auftraten und sich den Teilnehmern offenbarten, nachzuzeichnen, so kann es doch keine vollständige Darstellung geben. Selbst der naivste Chronist wird von Selektionsprinzipien geleitet. Auf der anderen Seite sind diese Prinzipien wiederum mit den Fragen, deren Antwort man sucht, verbunden. Es ist also an der Zeit und wohl auch recht hilfreich, an dieser Stelle einmal kurz anzugeben, welches die Fragen sind und welche Themengruppe diese Darstellung beherrschen. Erstens, wie konnte es geschehen, daß die sozialistische Führung eine funktionierenden Allianz mit den in Mißkredit gebrachten führenden Gesellschaftsschichten: dem Militär, der administrativen Bürokratie und der Großindustrie einging? Auf welche Voraussetzungen und Wahrnehmungen der augenblicklichen Situation stützte sich die Strategie der Reformisten? Zweitens, was aber war die radikale Herausforderung der reformistischen Strategie und wie paßte diese wiederum in den größeren Zusammenhang der deutschen und internationalen Politik? Und schließlich, welche Art von Unterstützung konnten die Widersacher aufbieten? Wie und warum änderte sich diese Unterstützung im Verlauf des Kampfes?
Der Ausbruch des Krieges hatte nur vorübergehend und oberflächlich die unterschiedlichen politischen Richtungen innerhalb der SPD zusammengebracht. Die meisten sozialistischen Führer hatten den Krieg befürwortet, ebenso wie es für eine gewisse Zeit auch die große Mehrheit der arbeitenden Bevölkerung getan hatte, zumindest im Sinne einer Bereitschaft, Dienstleistungen zu erbringen, und auch, um den Behörden keinen Ärger zu bereiten. Anfangs waren die Diskussionen auf die Führungsebene und auf theologische Fragen, ob Sozialisten mit gutem Gewissen die deutschen Kriegsanstrengungen unterstützen könnten, beschränkt, und auch darauf, ob diese Anstrengungen wirklich nur der Verteidi-

gung des Vaterlandes dienten (was zumindest erlaubt hätte, einige gerechtfertigte Grenzbereinigungen oder sogar eine kleine Annektierung zu Sicherheitszwecken vorzunehmen) oder ob dies etwas völlig anderes sei. Gegen den Krieg eingestellten Führern gelang es, politische Organisationen aufzubauen und ausgeprägte Identifikationsmuster zu schaffen. Die Spartakisten als kleine revolutionäre Gruppe unter der Führung von Rosa Luxemburg und Karl Liebknecht taten dies schon am 1. Januar 1916.[10] Die Spartakisten bestanden auch weiterhin als oppositionelle Bewegungen im Rahmen einer größeren und gemäßigteren Partei, der USPD, fort, die sich zu einem Zeitpunkt am 6. 4. 1917 gründete, als sich Deutschlands Situation ersichtlich zu schwächen begann. Die Trennungslinie zwischen denen, die bereit waren, innerhalb der vorgegebenen Ordnung für eine Änderung zu arbeiten, und denjenigen, die alles »über Bord werfen« wollten, verlief eher mitten durch die USPD und die Spartakisten als zwischen beiden. In Wirklichkeit verlief diese Trennung durch die Köpfe einiger USPD-Mitglieder, die große Schwierigkeiten hatten, sich ihre eigene Meinung in dem Wirrwarr der damaligen Zeit zu bilden. Obwohl die USPD versuchte, nach Beendigung des Krieges eine große politische Partei zu werden, machte sie doch den Fehler, keine klare und effektive politische Identität aufzubauen, vor allem, weil ihre Parteiführer und höchstwahrscheinlich auch ein großer Teil ihrer Anhängerschaft nur in wenig mehr als den Vorbehalten gegenüber der Politik der Mehrheitssozialisten übereinstimmten. Bis zum letzten Kriegsjahr blieben all diese Führer der Opposition Generäle ohne Armee. Als diese Armee (d. h. bedeutende Teile der Arbeiterschaft) offene Ablehnung gegen den Krieg zeigte, erwiesen sich die Generäle unfähig, sie zu befehligen.

Die Arbeiter entwickelten bis zu einem bemerkenswerten Grad ihre eigene Führung, Organisation und Aktionsform. Bereits im ersten Kriegsjahr begann eine Gruppe lokaler Funktionäre des Berliner Metallarbeiter-Verbandes, die später als die Revolutionären Obleute bekannt wurde, mit ihren ersten Organisationsversuchen. Dies waren ortsansässige Gewerkschaftsfunktionäre, die sich gegen die offizielle Gewerkschaftspolitik der ökonomischen und

10 A. J. Ryder, *The German Revolution of 1918: A Study of German Socialism in War and Revolt*, Cambridge 1967, S. 70, 94.

politischen Waffenruhe wandten, eine Politik, die von allen Gewerkschaften befolgt wurde. Vor allem richteten sich ihre Bestrebungen gegen die Dreher-Fraktion der Gewerkschaft, die die hochqualifizierten Arbeiter stellte. Später gewannen sie Kontrolle über fast die gesamte Berliner Kriegsindustrie. Dies war eigentlich der privilegierteste Sektor der deutschen Wirtschaft. Ein wichtiger Führer der Revolutionären Obleute, Richard Müller, betont, daß die Arbeiteraristokratie der hochqualifizierten Arbeiter die treibende Kraft hinter der radikalen Bewegung dieser Zeit darstellte; unter den einfachen Arbeitern fanden sich kaum oder gar keine radikalen Einstellungen. Nach Richard Müller zeigen die letzten Reichstagswahlen 1918 denn auch, daß die Masse der Arbeiter nicht mit den reformistischen und demokratischen Illusionen gebrochen hatte. Wie die Wahlen vom 15. Oktober 1918, weniger als einen Monat vor dem Ausbruch dessen, was ich als Reformisten-Revolution bezeichnet habe, zeigen, traf dies selbst für die Berliner Arbeiter zu.[11] Auf der anderen Seite waren diese hochqualifizierten Arbeiter sehr oft bereit, nicht unbedingt zum eigenen Vorteil, sondern ebenso, um den schwächer dastehenden Arbeitern zu helfen, den Kampf aufzunehmen.[12] Wenn dem so ist, dann deutet dies auf die Möglichkeit eines Schuldgefühls unter den privilegierten Arbeitern der Rüstungsindustrie hin. Aber auch andere Faktoren steckten hinter dem Radikalismus. Selbst wenn sie auf der einen Seite hochqualifizierte und gutbezahlte Arbeiter waren, so blieben sie doch in jeder Hinsicht Proletarier. Sie arbeiteten in großen Fabriken wie AEG, Borsig oder Siemens und waren allesamt durch und durch urbanisiert. In ihrem Fall hatten sich alle Bindungen mit dem Bauern-, Kleinbürger- und Handwerkerdasein gelöst.[13]
Von 1916-1917 konnten die Revolutionären Obleute ihren Einfluß und ihre Beziehungen in lockerer Weise über ganz Deutschland

11 Richard Müller, *Vom Kaiserreich zur Republik, Bd. I: Ein Beitrag zur Geschichte der revolutionären Arbeiterbewegung während des Weltkrieges*, Wien 1924, S. 131 f.
12 *Ebenda.*
13 Fritz Opel, *Der Deutsche Metallarbeiter-Verband während des Ersten Weltkrieges und der Revolution.* Schriftenreihe des Instituts für wissenschaftliche Politik in Marburg/Lahn, Nr. 4, Hannover 1957, S. 54 f. In diesem Punkt differierte ihre Lebenseinstellung vermutlich stark von derjenigen der oben erwähnten Industriearbeiter, die deshalb besonders hart arbeiteten, um sich eine *gut bürgerliche* Lebensweise leisten zu können.

ausweiten. Sie hielten eigentlich nur sehr lose Verbindungen mit den Spartakisten, da sie dem spartakistischen Hang nach einem frühzeitigen revolutionären Putsch mißtrauten. Aus gegenläufigen Gründen wiederum trauten sie der USPD mit ihrer übertriebenen Anlehnung an parlamentarische Methoden nicht. Die Revolutionären Obleute waren keine große Gruppierung; ihr Kern zählte nicht mehr als 50-80 Personen mit gleichen politischen Ansichten, gegenseitigem Vertrauen und strategischen Positionen in den einzelnen Fabriken. Einzelne dieser Kerngruppe nahmen auf der anderen Seite Beziehungen zu Gleichgesinnten auf, die ähnliche Positionen in anderen Fabriken innehatten. Auf diese informelle Weise vermochten sie einen sehr gewichtigen Einfluß auszuüben, da die schlechter werdenden Bedingungen bei weiten Teilen der Arbeiterschaft Kriegsernüchterung hervorriefen.[14]

Selbst wenn sie eine kleinere Strömung innerhalb der Arbeiterklasse als ganzer blieben, so offenbarten die Revolutionären Obleute doch ein wahres Gefühl von angeborenem Arbeiterklassen-Radikalismus. Da dieser indes zuerst bei der Arbeiteraristokratie auftauchte, wollen wir es anderen überlassen, darüber zu debattieren, ob diese Bewegung proletarischer Radikalismus genannt werden kann oder nicht. Sie trat in Erscheinung und gewann die Unterstützung der Massen nur als Konsequenz der Kriegserfahrung. Doch darf man nicht behaupten, diese Form des Radikalismus tauchte nur per Zufall auf oder sei das Resultat einer Einflußnahme von außen auf die Entwicklung zu einer modernen Industriegesellschaft gewesen, sofern man nicht bereit ist zu glauben, daß der Krieg selbst ein Zufall war (genau genommen müßte man annehmen, daß bei der gegebenen politischen und wirtschaftlichen Konstellation der frühen zwanziger Jahre die Aussichten auf Frieden mindestens so berechtigt waren wie diejenigen auf einen weltweiten Konflikt – eine Vorstellung, die ich unmöglich akzeptieren kann). Es war sicherlich ein unfertiger und unsicherer Radikalismus: Die Revolutionären Obleute hatten kaum oder gar keine

14 Peter von Oertzen, *Betriebsräte in der Novemberrevolution: Eine politikwissenschaftliche Untersuchung über Ideengehalt und Struktur der betrieblichen und wirtschaftlichen Arbeiterräte in der deutschen Revolution 1918/19*, Düsseldorf 1963, S. 72-75; Eberhard Kolb, *Die Arbeiterräte in der deutschen Innenpolitik 1918-1919*. Beiträge zur Geschichte des Parlamentarismus und der politischen Parteien, Bd. 23, Düsseldorf 1962, S. 38-41.

Vorstellungen davon, was nach der Machtübernahme zu geschehen habe.[15] Ihre Haupttaktik bestand darin, mit Hilfe von Streiks Druck auf die Regierung auszuüben. Hierin hatten sie zunehmend Erfolg, denn sie waren in der Lage, einen Streik anzuzetteln, sobald irgendein besonderes Ereignis die latente Unzufriedenheit der Leute entfachte.

Der erste wichtige Streik brach am 28. Juni 1916 aus, als Karl Liebknecht des Landesverrats angeklagt wurde. In Berlin traten 55 000 Arbeiter, wie überliefert ist, in den Ausstand, um ihre Solidarität zu bekunden. Im April 1917, als die Regierung die Brotration um eine Viertel kürzte, folgte ein wesentlich größerer Streik. Der bei weitem umfangreichste und wichtigste Ausstand während des Krieges, im Januar 1918, begann aus dem gleichen Anlaß. Dieser nahm in Österreich mit der Einschränkung der schon knappen Mehlration seinen Anfang und breitete sich von dort langsam über ganz Deutschland aus. Am 28. Januar 1918 befanden sich in Berlin ca. 200 000 Arbeiter im Arbeitskampf. Der politische Charakter dieser Bewegung zeigt sich am deutlichsten in der Zusammensetzung des von den Streikenden gewählten Aktionskomitees: elf Revolutionäre Obleute, drei Vertreter der USPD und bezeichnenderweise auch drei Mitglieder der SPD, die offiziell noch immer für die Kriegsfortsetzung eintrat. Diese Zusammensetzung macht deutlich, daß es selbst den radikalen Arbeitern widerstrebte, ihre Beziehungen zu den traditionellen Führern abzubrechen, eine Einstellung, die selbst nach Kriegsende fortdauerte. Der Streik begann charakteristischerweise aufgrund von Beschwerden der Konsumenten, die wesentlich umfassendere Erfahrungen spiegelten als diejenigen am Arbeitsplatz, die sich von einer Tätigkeit zur anderen und von Fabrik zu Fabrik unterschieden, und nahm rasch spezifisch politische Forderungen der augenblicklichen Situation auf. Der Streik weitete sich schnell auf andere deutsche Städte aus: Friedensschluß ohne Annexionen und Kriegsentschädigungen auf der Grundlage des russischen Angebots von Brest-Litowsk waren die Hauptforderungen. Doch nur in Berlin und München dauerte der Streik eine Woche; als die Regierung die Waffenfabriken in Berlin unter Kriegsrecht stellte, war der Ausstand beendet. Somit blieb dieser Streik bis zum Ausbruch der Novemberrevolu-

15 *Ebenda*, S. 41 f.

tion von 1918 die einzige Massenbewegung von nationalem Ausmaß.[16]

Während die Unruhe zunahm und die Aussichten einer Niederlage an die Stelle der Hoffnung auf einen Sieg getreten war, begannen die führenden Stellen, Konzessionen zu machen und nach einem Damm zu suchen, der die Unruhe aufhalten konnte, indem sie sich mit den »verantwortlichen« Führern der Arbeiterklasse zu arrangieren suchten. Schon am 7. April 1917, einen Tag nach der offiziellen Gründung der USPD, verlas Kaiser Wilhelm seine »Osterbotschaft«, die Reformen nach Beendigung des Krieges versprach. Seine Erklärung, daß es »keinen Platz mehr« für das Dreiklassen-Wahlrecht gäbe, gipfelte in dem Versprechen, eine der größten Vorkriegsforderungen der gemäßigten Sozialisten zu erfüllen.[17]

Auf der anderen Seite hatten die Großunternehmer bis Oktober 1918 auf einen militärischen Sieg gehofft, der das autoritäre Regime und somit auch ihre eigene Position gegenüber der organisierten Arbeiterschaft gestärkt hätte. Im Oktober waren die Aussichten auf eine Niederlage offenbar. Die Wirtschaftsführer gaben deshalb – zumindest für den Augenblick – ihre traditionellen Beziehungen zu den Junkern und dem autoritären Staat auf, in der Hoffnung, sich mit der Arbeiterschaft zu arrangieren. Noch zu diesem Zeitpunkt zeigten sie sich nicht bereit, ihre Unterstützung für die gelben Gewerkschaften fallen zu lassen, auch wenn sie gewillt waren, die nominell sozialistischen Gewerkschaften als Vertreter der Arbeiter und damit das Prinzip der Gleichheit von Arbeiterschaft und Betriebsführung anzuerkennen. Präzedenzfälle hatte es bereits unter dem Druck der Regierung während des Krieges gegeben, auch wenn die Macht der Arbeitervertreter gering blieb. Gegen Ende Oktober 1918 wurden die Anzeichen des Zerfalls bedrohlich und bargen die Aussicht, daß die SPD die Kontrolle über ihre Gefolgschaft verlieren könnte.[18] Rasche und weitere Zugeständnisse von Unternehmensseite wären notwendig gewesen, wenn Arbeitgeber und organisierte Arbeiterbewegung das Unvermeidbare hätten aufhalten wollen. Am 2. November 1918 konnten sich beide Parteien auf ein Demobilisationsbüro mit erweiterten Vollmachten

16 F. L. Carsten, *Revolution in Mitteleuropa*, Köln 1973, S. 13 ff.

17 Gerald D. Feldman, *Army, Industry and Labor in Germany, 1914-1918*, Princeton 1966, S. 525-528.

18 Nach von Oertzen, *Betriebsräte* . . ., a. a. O., S. 64.

einigen. Im Grunde erwies sich diese Vereinbarung als wichtiger denn alles andere. Bereits am nächsten Tag brach die Meuterei in Kiel aus und entfachte eine Revolutionsbewegung, die sich über fast ganz Deutschland ausbreitete und unterschiedliche Formen und Radikalität in den einzelnen Landesteilen annahm. Am 12. November 1918, inmitten des Aufruhrs, konnten der Industrielle Hugo Stinnes und der Vorsitzende des Allgemeinen Deutschen Gewerkschaftsbundes Carl Legien ein größeres formales Abkommen schließen. Von industrieller Seite gestand man die Beendigung der finanziellen Unterstützung für die gelben Gewerkschaften zu und akzeptierte die Einführung des Achtstundentages (doch blieben Überstunden zulässig), sowie die allgemeine Einführung von Lohntarifen. Die organisierte Arbeiterschaft erreichte in diesem Stinnes-Legien-Abkommen mehr, als die Arbeiterbewegung in anderen Ländern jemals versucht hatte, selbst wenn man berücksichtigt, daß die Unternehmer sich durch eine zweideutige Sprache und durch geheime Protokolle absicherten sowie jegliche Einmischung der organisierten Arbeiterschaft in die Betriebsabläufe oder auf den Geschäftsgang verhindern konnten.[19]

Die Grundzüge dieser Ereignisse, angefangen von der Proklamation des Kaisers bis hin zum Stinnes-Legien-Abkommen, waren für Deutschland nicht neu. Durch den begrenzten Konstitutionalismus der Stein-Hardenbergschen Reformen von 1848, die partielle Demokratisierung des Jahres 1918 und ihre Erweiterung nach 1945 erlangte Deutschland institutionelle Veränderungen, die in anderen westlichen Ländern Resultat von akuten innenpolitischen oder gar revolutionären Kämpfen waren. In Deutschland dagegen waren sie die Konsequenz einer bürokratischen Reform von oben auf dem Hintergrund einer niedergeschlagenen oder erfolglosen Revolution. Hierin liegt ein wesentlicher Grund für die Schwierigkeit, Reformen durchzuführen oder zu einem anerkannten Teil des institutionellen Lebens in Deutschland werden zu lassen. Das Stinnes-Legien-Abkommen war kein Zeichen für Reife und Stärke der Gewerkschaften, sondern Merkmal ihrer Schwäche in Zeiten von Unruhen und Krisen. Aus diesem Abkommen ist nicht zu schließen, daß Kapital und Arbeit gemeinsam getragene, institutionalisierte Formen der Schlichtung von Konflikten

19 Feldman, *Army, Industry* . . ., a. a. O., S. 525-528.

akzeptiert hätten. Es stellte ein vorübergehendes Umschalten auf Interessensgemeinschaft dar, eher ein diplomatisches Menuett inmitten der Pulverschwaden als eine Allianz, mehr ein Flirt denn eine Heirat.

Die Revolution 1918 begann mit der Meuterei der Matrosen in Kiel. Am 28. Oktober hatten sich die Seeleute der Admiralsorder, in See zu stechen und gegen die Engländer zu kämpfen, widersetzt. Am 3. November hatte sich die Meuterei zum Aufstand entwickelt und begann sich auf die Küsteneinrichtungen und auf andere Städte auszudehnen. Mit seiner Ausweitung bildeten die Aufständischen Arbeiter- und Soldatenräte. Auch wenn die Bezeichnung und die Grundidee zuerst in Rußland auftauchten, waren diese Einrichtungen im Grunde genommen eine deutsche Antwort auf deutsche Verhältnisse.[20] Die meisten waren sehr gemäßigt und hauptsächlich ängstlich darum bemüht, mit den militärischen und zivilen Behörden während einer Übergangsphase, deren späterer politischer Ausgang höchst unsicher war, zusammenzuarbeiten. Doch nicht alle befolgten diesen Weg. Am 7. November marschierte Kurt Eisner an der Spitze von USPD-Demonstranten, die zu den Waffen gegriffen hatten, auf Kasernen zu. Die Besetzer hißten die rote Fahne und marschierten weiter in die Stadt. Am 8. November rief ein provisorischer Arbeiter-, Soldaten- und Bauernrat Bayern zur Republik aus und erklärte Eisner zum Präsidenten. Zu eben dieser Zeit führte die Revolution, gestützt durch einen Streik der Daimler-Arbeiter und anderer Fabriken, auch zum Regierungswechsel in Württemberg. Am 8. November hob die Revolution in Sachsen an und führte am 14. zu dem voreiligen Manifest der Arbeiter- und Soldatenräte von Dresden, Leipzig und Chemnitz, in dem verkündet wurde, der Kapitalismus sei zusammengebrochen und das Proletariat habe die Macht übernommen. Erst am 9. November, später als in anderen Städten, erreichte die Revolutionswelle Berlin. An diesem Tag wurde die Abdankung des Kaisers bekannt gemacht und die Republik von Philipp Scheidemann, einem wichtigen SPD-Führer, der während des Krieges eng mit Regierungskreisen zusammengearbeitet hatte, ausgerufen.[21]

20 Vgl. zu diesem Punkt besonders Kolb, *Die Arbeiterräte* . . ., a. a. O., S. 56-60.

21 Die Folge der geschilderten Ereignisse wurde von mir zusammengestellt nach: Ryder, *German Revolution* . . ., a. a. O., S. 140, 145, 147; Carsten, *Revo-*

Obschon die Proklamation der Republik den SPD-Führer Friedrich Ebert, dem der letzte Reichskanzler formell und friedlich die Regierung übertragen hatte, sehr erboste, gibt es doch gute Gründe für die Annahme, daß sie radikaleren Aktionen zuvorkam. Gegen Ende Oktober oder Anfang November 1918 hatten die Revolutionären Obleute in Berlin ungefähr 120 000 Arbeiter mit Kriegserfahrung zur Verfügung, von denen wahrscheinlich 75 000 bereit waren, auf entsprechendes Kommando in den Streik zu treten. Am 2. November 1918 arbeitete das Exekutivkomitee einen detaillierten Plan zur Übernahme der Stadt aus.[22] Auch wenn Karl Liebknecht kurz nach der Proklamation Scheidemanns Deutschland zur »Freien sozialistischen Republik« ausrufen sollte, hatte die Übertragung der Macht an Ebert jedwede Bewegung in diese Richtung vereitelt.
Die alte Ordnung löste sich vor den Augen aller sehr schnell auf. Mit der trügerischen Vision eines historischen Rückblicks mag man besonderen Nachdruck auf die These legen, daß die revolutionären Kräfte zu diesem Zeitpunkt der Entwicklung noch recht schwach waren. Die Situation indes war klar, und nicht alle Mitglieder der revolutionären Kräfte zeigten sich gemäßigt. Für die Beteiligten, seien es die gemäßigten mit ihren akuten Ängsten oder die Radikalen mit den großen Hoffnungen, hat sich die Revolution sicher nicht so gemäßigt dargestellt. Die Situation erinnert an die Erzählung des Mannes, der im Zoo einen Löwen sieht, dessen Käfig recht zerbrechlich scheint. Bei dem Versuch, den Besucher zu beruhigen, sagt ihm der Wärter, der Löwe sei wirklich nicht gefährlich. »*Sie* wissen, daß der Löwe nicht gefährlich ist«, antwortete der Besucher, »und *ich* weiß es. Aber sind Sie sicher, daß der Löwe dies auch weiß?«

lution . . ., a. a. O., S. 35-38; *Schulthess' Europäischer Geschichtskalender*, N. F., Bd. 34 (1918), Teil I, S. 406 ff., und der »Chronik« von S. 515 der *Illustrierten Geschichte der Deutschen Revolution*, Berlin 1929.

22 Heinz Deckel, *Die Revolutionäre Volkswehr 1918/19: Die deutsche Arbeiterklasse im Kampfe um die Revolutionäre Volkswehr (November 1918 bis Mai 1919)*, Berlin (Ost) 1968, S. 39 f. Nach R. Müller, *Vom Kaiserreich* . . ., a. a. O., Bd. I, S. 139, sollte der Tag der Übernahme der 11. November sein. Allerdings gab es auch, wie er deutlich zeigt, eine Menge Konfusion und Unsicherheit über den Sinn eines derartigen Versuchs angesichts der Tatsache, daß die reformistische Einstellung der Arbeiter in ländlichen Bereichen nicht jener militanten der städtischen Arbeiter entsprach.

Ebert war keineswegs im Begriff, diese Möglichkeit beim Schopfe zu fassen. Die SPD-Führer waren, indem sie sich selbst an die Spitze der Revolution setzten, der Möglichkeit zuvorgekommen, daß die Welle des Radikalismus über der Hauptstadt zusammenschlagen konnte. Wie sich die Dinge im weiteren Verlauf später offenbarten, war dieser Schritt entscheidend, die gesamte Wucht der Bewegung zu brechen. Dennoch blieb die Lage wie am Tag der Proklamation der Republik noch unsicher. Die Kräfte der Mäßigung und des ordentlichen Wandels fühlten sich weit davon entfernt, die Situation im Griff zu haben. In komplexen Verhandlungen über den Charakter der neuen Regierung erklärte sich die SPD bereit, die Macht zu gleichen Teilen mit der USPD zu teilen. Drei Sitze gingen in der hastig gebildeten provisorischen Regierung, dem *Rat der Volksbeauftragten*, an die SPD – die anderen drei an die USPD. In der Zwischenzeit hatte es die Linke vermocht, Boden gutzumachen. Am nächsten Tag sollten Arbeiter- und Soldatenräte in Berliner Fabriken und Kasernen gewählt werden und sich am Nachmittag des 10. im Zirkus Busch einfinden, um eine provisorische Regierung zu wählen. Hiermit bestand zumindest die Möglichkeit, der neuen Regierung Ebert die allgemeine Legitimation zu verweigern.

Was aber statt dessen erfolgte, war ein Kompromiß, der der SPD einen substantiellen Vorteil einbrachte. Die Versammlung im Zirkus Busch bestätigte den Rat der Volksbeauftragten mit den von den beiden Parteien bereits gewählten Mitgliedern. Dies bedeutete einen entscheidenden Sieg für Ebert und die Gemäßigten. Was die Linke außer einer symbolischen Geste der Übermittlung von Bruderschaftsgrüßen an die sowjetische Regierung verbunden mit dem Ausdruck der »Bewunderung für die russischen Arbeiter und Soldaten, die den Pfad für eine Revolution geöffnet hätten, und mit dem Stolz, daß die deutschen Arbeiter und Soldaten ihnen gefolgt seien . . .« durchbrachte, war ein *Vollzugsrat* für die Berliner Arbeiter- und Soldatenräte, der die kontrollierende oder überwachende Macht über die Aktivitäten des Rats der Volksbeauftragten für sich in Anspruch nahm. Von dieser Aufgabe konnte der Vollzugsrat indes niemals Gebrauch machen.[23]

23 Carsten, *Revolution* . . ., a. a. O., S. 33 f., 39; Kolb, *Die Arbeiterräte* . . ., a. a. O., S. 114-137, gehen in Einzelheiten auf den aus der Versammlung im

Eberts wichtiger Sieg im Zirkus Busch war das Resultat einer allgemeinen Unterstützung seitens der Berliner Arbeiter, auch wenn es, wie immer, Momente der Manipulation hinter dieser lokalen Volksabstimmung gab. Müller, einer der Führer der Revolutionären Obleute und Teilnehmer an diesen Ereignissen, liefert uns einen Bericht aus erster Hand, der recht viel über die Stimmung unter den Arbeitern und Soldaten vermittelt. Die Arbeiter in den Fabriken waren, wie er berichtet, begeistert über das Ende des sozialistischen Brudermordes und die Einigkeit von SPD und USPD. In eilig beorderten Fabrikversammlungen zur Wahl von Delegierten für die Versammlung im Zirkus Busch hatten die Revolutionären Obleute keinen Erfolg, als sie die Arbeiter an den Verrat der SPD bezüglich der wirtschaftlichen Interessen der Arbeiter und an deren Mitarbeit in der Regierung des Kaisers erinnerten. In einigen Fabriken wurden SPD-Mitglieder, die tags zuvor wegen ihrer Weigerung zur Beteiligung am Generalstreik ausgeschlossen worden waren, zu Mitgliedern des Arbeiterrates gewählt. Die Führer der Revolutionären Obleute wurden gewahr, daß die Versammlung im Zirkus Busch so gut wie sicher eine Regierung, in der die Sozialisten vom rechten Flügel dominieren würden, unterstützen und daß diese Regierung die Macht der Arbeiterräte brechen und sich in Richtung auf eine Nationalversammlung und eine bürgerlich-demokratische Republik bewegen würde. (Mit dieser Einschätzung der Situation lagen sie natürlich absolut richtig.) Deshalb griffen diese Führer zu einer List: Eine Versammlung sollte einberufen werden, um ein linksgerichtetes »Aktionskomitee« aus nicht definierbaren Kräften zu bilden, die als Gegengewicht zur Regierung dienen und in gewisser Weise eine revolutionäre Gegenaktion darstellen sollten. Die Soldaten in dieser Versammlung, so berichtet Müller – obschon dies kaum nötig scheint –, bemerkten diesen Trick und antworteten mit Tumult, der fast den Abbruch der Versammlung brachte. Die Arbeiter verhielten sich gleichzeitig ruhig. Ironischerweise war es Müller selbst, der die Wahl von Ebert und Genossen vorschlug.[24]

Zirkus Busch resultierenden Kampf zwischen dem *Rat der Volksbeauftragten* und dem *Vollzugsrat* ein. Eine kurze Beschreibung der verschiedenen Räte, die in der hier diskutierten Periode entstanden, ist in der diesem Kapitel folgenden Bemerkung nachzulesen.

24 R. Müller, *Vom Kaiserreich* . . , a. a. O., Bd. II, Kap. 4, bes. S. 34, 36, 40.

Nach seiner Rückkehr von der Zirkus-Busch-Versammlung erhielt Ebert einen Telefonanruf von General Groener, dem Nachfolger Ludendorffs, Hindenburgs rechter Hand, und außerdem desjenigen Offiziers, der während des Krieges extensive Beziehungen zur organisierten Arbeiterschaft gepflegt hatte. General Groener informierte Ebert, daß sich selbst die Oberste Heeresleitung für die neue Regierung zur Verfügung halte. Als Gegenleistung erwarte die Oberste Heeresleitung von der Regierung, daß sie den Bolschewismus bekämpfe und das Offizierskorps bei der Aufrechterhaltung von Ordnung und Disziplin innerhalb der Armee unterstützte.[25] Ebert verbarg seine Antwort vor seinen sozialistischen Regierungskollegen. Zur gleichen Zeit konnte er sich ihrer Unterstützung wie auch der der USPD-Mitglieder und selbst der Emil Barths, des einzigen Vertreters der Revolutionären Obleute, versichern, um die wesentlichen Forderungen General Groeners zu erfüllen.[26] Eberts Entscheidung bedeutete die Fortsetzung der Gewerkschafts- und SPD-Politik während des Krieges. Indem Ebert das Angebot und den Standpunkt der Armee unter diesen neuen Bedingungen annahm, hatte er unter den Reaktionären an Einfluß gewonnen, und dies selbst zu dem konkreten Zeitpunkt, als sein Einfluß auf der Volksversammlung im Zirkus Busch bestätigt worden war. Soweit man überhaupt den Begriff des »in-den-Rücken-Fallens« ernstnehmen kann – ein später bei Hindenburg geläufiger Satz als Ausdruck für die reaktionäre Auffassung, die deutsche Revolution sei einer angeblich ungeschlagenen Armee in den Rücken gefallen und nur durch Hintergehung ehrlicher deutscher Patrioten an die Macht gelangt –, hier ist sie im umgekehrten Sinne anwendbar. Eberts geheime Abmachung mit dem Generalstab erwies sich nicht nur als Tücke für die sozialistische Revolution, die aus noch auszuführenden Gründen nach meiner Ansicht keine realistische Chance hatte, sondern auch für die liberale Revolution.

Um 11 Uhr morgens am Tag nach Eberts Telefonat mit General Groener, am 11. November 1918, wurden die Kampfhandlungen an der Westfront formell eingestellt, und am folgenden Tag wurde das Stinnes-Legien-Abkommen unterzeichnet. Auch wenn keines der beiden Ereignisse angemessene oder überhaupt irgendwelche

25 Carsten, *Revolution* . . ., a. a. O., S. 45.
26 Ryder, *German Revolution* . . ., a. a. O., S. 160-163.

Aufmerksamkeit in den detaillierten Darstellungen dieser Periode erlangt hat – was kurios genug ist –, müssen beide für die traditionellen und gemäßigten Führer der Arbeiterklasse in ihrem Kampf gegen die Linken doch sehr hilfreich gewesen sein. Endlich war Frieden, und danach hatte sich die Masse der Bevölkerung, die Arbeiter eingeschlossen, zutiefst gesehnt. Und das Stinnes-Legien-Abkommen bedeutete, wie schon hervorgehoben wurde, das Erreichen der langerwarteten und allgemeinen Gewerkschaftsziele, selbst wenn das Erreichte mit Vorbehaltsrechten und möglichen Auswegen für die Unternehmer formuliert worden war.

Andererseits gab es etwa zur gleichen Zeit eine Beitrittswelle zu den Gewerkschaften, was sich für die Gemäßigten als sehr ambivalenter Segen erweisen sollte. Unmittelbar vor dem Ausbruch der Revolution betrug die Mitgliederzahl in den der SPD nahestehenden Gewerkschaften 1 453 000. Ende 1918 hatte sich deren Zahl nahezu verdoppelt: 2 866 000. Während der folgenden drei Monate kamen noch einmal annähernd zwei Millionen hinzu. Auch im folgenden Jahr hielt der Zustrom an; Ende 1919 war die enorme Mitgliederzahl von 7 338 000 erreicht. Die meisten waren Neumitglieder und mit der Gewerkschaftsstrategie nicht vertraut[27], und besonders wenig vertraut waren sie mit der gewerkschaftlichen Arbeitskampfstrategie, genau im richtigen Augenblick zuzuschlagen, nämlich dann, wenn die Profitaussichten verheißungsvoll und der Arbeitsmarkt für ein bestimmtes Unternehmen oder einen Industriezweig begrenzt war. Mitte November erwies sich die Stimmung unter den Arbeitern als eine Mischung aus Euphorie und Hoffnung auf weitreichende Veränderungen – war nicht gerade eine »sozialistische« Regierung ans Ruder gekommen? – und aus Verzweiflung aufgrund von Lebensmittelknappheit und Kriegserschöpfung.

Dieses Gemisch ließ für die Bemühungen der gemäßigten SPD-Führerschaft nichts Gutes ahnen. Ihnen war die Aufgabe übertragen, die Produktion so schnell wie möglich anzukurbeln und die soziale Ordnung wiederherzustellen. Beide politischen Ziele zwangen die Arbeiter, den Gürtel enger zu schnallen und weitere Opfer zu bringen. Ebert und seine Verbündeten versuchten das

27 Heinz Josef Varain, *Freie Gewerkschaften, Sozialdemokratie und Staat: Die Politik der Generalkommission unter der Führung Carl Legiens (1890-1920)*, Düsseldorf 1956, S. 132 f.

typische Programm einer »realistischen« post-revolutionären Diktatur durchzusetzen, d. h. die Festigung des durch die Revolution Erreichten, was eigentlich nicht viel mit einer Revolution zu tun hatte. Sie versuchten dies, auch ohne die üblichen Instrumente revolutionärer Diktatur in Händen zu haben: eine schlagkräftige Polizei, eine willige Exekutive und ein Monopol in der Verbreitung von Ideen. Statt dessen vertrauten sie vor allem auf die Reste der Unterdrückungsinstrumente der alten Regierung und vernachlässigten darüber die Aufgabe, verläßliche eigene Instrumente zu schaffen. Ihr Versagen in der Lösung des Armee- und Polizeiproblems – man könnte weitergehen und sagen, ihre diesbezüglich erstaunliche Ignoranz – war der entscheidende Grund ihres allgemeinen Scheiterns. So nimmt es kaum wunder, daß kurz nach der Machtübernahme (es war *keine* Machtergreifung) radikale Wellen, die die allgemeine Enttäuschung widerspiegelten, sprunghaft an Einfluß gewannen, um dann über Eberts Regierung und seine Nachfolger hereinzubrechen. Mit dem Mißlingen der radikalen Anläufe sollten die Wellen in eine träge Strömung der organisierten Ablehnung des Status quo abgleiten: in die Kommunistische Partei Deutschlands.

Die reformistischen SPD-Führer hatten tatsächlich eine Politik – eine Politik in dem Sinne, daß sie die vor ihnen liegende Situation in gleicher Weise einschätzten und über eine Strategie zu ihrer Bewältigung verfügten. Solange nicht ernsthafte Aussichten auf eine weltweite Revolution bestanden, die Leute wie Clemenceau, Lloyd George und Wilson hinwegfegen würde, solange würden die gemeinsamen Absichten dieser Männer unweigerlich der deutschen Politik äußere Grenzen setzen. Diese Grenzen konnten kaum Gelegenheit zu Experimenten mit dem Sozialismus einschließen. Das alles erkannten die SPD- und Gewerkschaftsfunktionäre frühzeitig. Ihre Gegenspieler auf der extremen Linken sahen es nicht.

Unter diesen Umständen überrascht es kaum, daß die Hauptwaffe der Politik von SPD und Gewerkschaftsführung darin lag, die Ordnung wiederherzustellen, die Produktion anzukurbeln, und zwar so schnell wie möglich, und beides unter der Schirmherrschaft des liberalen Kapitalismus oder einer parlamentarischen Regierung.[28] Nach ihrer Meinung war es unmöglich, einen Bankrott –

28 Eine kurze und sarkastische Äußerung zu dieser Politik findet sich bei

und so sahen sie die Grundsituation der deutschen Nachkriegswirtschaft – zu sozialisieren. Für diese Führer war eine wesentliche Rechtfertigung für das Akzeptieren der parlamentarischen Demokratie die Erwartung, daß die SPD bei den Wahlen ein starkes Mandat erhalten würde, welches sie wiederum in die Lage versetzen würde, ihre großen politischen Vorhaben in die Tat umzusetzen. So wie sich die Dinge entwickelten, war diese Einschätzung durchaus falsch. Auch fanden sich tiefergehende Überlegungen, die aus einer Mischung von marxistischer Theorie und humanistischer Überzeugung herrührten.

Solche Überlegungen lagen hinter der Ablehnung von zwei denkbaren revolutionären politischen Strategien seitens der SPD und der Gewerkschaftsführer. Diese schlossen jede Lösung in Richtung einer Kontrolle und Übernahme der Fabriken durch die Arbeiter aus. Neben der Verwirrung und dem Schaden für die gesamte Produktion glaubten sie, daß diese Politik die Produktionsanarchie, welche unter dem Kapitalismus herrscht und den Arbeitern Schaden zufügte – besonders den in weniger begünstigten Industrien beschäftigten Arbeitern, wie es die meisten unter ihnen waren –, unter sozialistischen Bedingungen nur einfach wiederholen würde.[29] Sie hielten darüber hinaus an einer Politik der Diktatur einer Minderheit fest, die der von Lenin vertretenen nicht unähnlich war. Humanitäre und ethische Überzeugungen spielten bei dieser Präferenz sicherlich eine Rolle, wenngleich ihre Bedeutung nur schwer auszumachen ist. Derartige Überzeugungen hatten indes nicht die Unterstützung der deutschen Kriegsbemühungen

Gustav Noske, *Von Kiel bis Kapp: Zur Geschichte der deutschen Revolution*, Berlin 1920, S. 130, 186. Eine ausführlichere Kommentierung enthält die Rede Max Cohens vor dem ersten Kongreß der Arbeiter- und Soldatenräte in: *Allgemeiner Kongress der Arbeiter- und Soldatenräte Deutschlands: Vom 16. bis 21. Dezember 1918 im Abgeordnetenhaus zu Berlin.* Herausgegeben vom Zentralrat der sozialistischen Republik Deutschlands, Berlin [1919], Sp. 209-224. Der Kongreß wurde von der SPD beherrscht – die Gründe hierfür werden uns noch später beschäftigen. Die auf diesem Kongreß von Hilferding hinsichtlich der Etablierung einer sozialistischen Gesellschaft vorgebrachten Vorschläge (Sp. 312-321) gingen am weitesten: die Regierung sollte die Kontrolle über die wirtschaftlichen Schlüsselbereiche behalten – eine Art Neuer Ökonomischer Politik, drei Jahre bevor Lenin in Rußland zu einer solchen Strategie greifen sollte.

29 Vgl. die Rede Hilferdings in: *Allgemeiner Kongress* . . ., a. a. O., Sp. 313.

verhindert. Noch haben sie verhindert, daß brutale und ungesetzliche Maßnahmen zur Niederwerfung des linksstehenden Gegners von ihnen ergriffen wurden. Immerhin kann man sich darüber wundern, wieviel Handlungsspielraum es innerhalb des Rahmens dieser ethischen Verpflichtung und der aktuellen Umstände gab; hierauf werden wir später zurückkommen. Auf alle Fälle war ihr Gefühl der Desillusionierung und des moralischen Schocks angesichts Lenins gewaltsamer Auflösung der russischen verfassunggebenden Versammlung weit mehr als bloße Hypokrisie.[30]

Auch existierten sehr unmittelbare und praktische Gründe dafür, einen zu radikalen Verlauf der Dinge zu verhindern. Hätte man die sofortige Einführung des Sozialismus auf einem dieser Wege versucht – dem spontanen oder durch die Diktatur einer Minderheit –, wäre die Folge sicherlich ein Bürgerkrieg in Deutschland gewesen. Die meisten Soldaten hätten sich unabhängig von ihrem Enthusiasmus, mit dem sie das Ende des Kriegs begrüßt hatten, auf die andere Seite gestellt. Jeglichen Glaube an eine internationale Solidarität der Arbeiterklasse, die die Alliierten von einem Einmarsch abhielte, nahmen sie für schlichtes Wunschdenken.[31] Eigennützige Überlegungen wiesen in die gleiche Richtung wie eher humanitäre. Als Bürokraten und in vielerlei Hinsicht gute deutsche Patrioten wollten die SPD- und Gewerkschaftsführer keine Hungersnot, Unordnung und Massenarbeitslosigkeit, denn je mehr sich derartige Verhältnisse ausbreiteten, desto eher würden sie Anhänger in der Arbeiterschaft an ihre radikalen Rivalen verlieren. Gleichzeitig hätten die Arbeiter die Hauptlast jedweden Leidens zu tragen, was sich wahrscheinlich in einer integrierten Industriegesellschaft wie Deutschland weit intensiver als in einer agrarischen Gesellschaft wie Rußland auswirken würde. Als gerissene Politiker müssen sich diese Führer über eine starke Strömung der Sehnsucht nach Stabilität und nach den Annehmlichkeiten eines gewöhnlichen Alltagsdaseins, nach Beendigung der Anforderungen der ›Politik‹ und der

30 Peter Lösche, *Der Bolschewismus im Urteil der Deutschen Sozialdemokratie 1903-1920*, Berlin 1967, S. 129-137, diskutiert die Reaktion auf dieses entscheidende Ereignis.

Vgl. die Bemerkungen Carl Severings gegenüber einer Delegation radikaler Mitglieder seines Metallarbeiter-Verbandes in *Mein Lebensweg. Bd. I, Vom Schlosser zum Minister*, Köln 1950, S. 232-234, und diejenigen von Max Cohen, *Allgemeiner Kongress* . . . a. a. O., Sp. 220.

Öffentlichkeit, die während des Krieges das Leben auch der Arbeiter in starkem Maße beherrscht hatte, im klaren gewesen sein. Es gab zahlreiche Anzeichen für diese Strömung, auch wenn die historische Überlieferung gewöhnlich die Manifestationen politischer Erregung besonders herausstreicht.[32]

Aus der Sicht von SPD- und Gewerkschaftsführern schmeckte alles, was mit der Wiederherstellung der Ordnung und dem Versuch der Ankurbelung der Wirtschaft in Kollision geriet, nach Volksaufstand oder Bolschewismus. Wir können ziemlich sicher gehen, daß dies auch unter weiten Teilen der Bevölkerung der Fall war, ein Großteil der Industriearbeiter eingeschlossen, denen wenig der Sinn nach immerwährenden politischen Unruhen stand. Auf diesem Hintergrund hatten die Bewegungen für einen radikalen Wandel der gesellschaftlichen Ordnung zu agieren. Die Atmosphäre war in gleichem Maße geeignet, zur Verhärtung und Polarisierung der politischen Positionen beizutragen. Die Geringschätzung und Verachtung der gemäßigten Arbeiter-Bürokraten für die ihrer Meinung nach demagogischen und gefährlichen Forderungen und Aktionen ließen sie bei radikalen Vorschlägen zögernd reagieren. Diejenigen, die die gesellschaftliche Ordnung ändern wollten, hielten dieses »Verzögern« für ein Doppelspiel und einen Mangel an Vertrauen, was in einigen Fällen auch wirklich zutraf. Die Folge war noch größere Hoffnungslosigkeit bei Teilen der extremen Linken und an manchen Punkten ein starker Anstieg ihrer Anziehungskraft und Anhängerschaft. Das wiederum veranlaßte die SPD-Führer und ihre Verbündeten zu noch größeren politischen Anstrengungen.

32 Die leidenschaftlichen Klagen über das Fehlen von revolutionärem Enthusiasmus, mit denen Ernst Däumig, ein Führer der Revolutionären Obleute seine Rede vor dem Kongreß der Arbeiter- und Soldatenräte begann, geben hierfür einen guten Anhaltspunkt. Gegen Ende seiner Rede kam er dann noch einmal auf dieses Thema zu sprechen, wobei er nun die schleierhafte deutsche Gewohnheit zum Gehorsam stärker betonte, die er als Folge historischer Erfahrung und langer Einübung sah. Der Untertanengeist stecke selbst in dieser Revolution den Deutschen noch immer tief in den Knochen: *»Man will eine Obrigkeit haben.«* Dies empfand er gerade bei denjenigen befremdlich, die während des Krieges unglaubliche Heldentaten vollbracht hätten. Doch dessen ungeachtet sei mit Nachdruck festzustellen, daß *»diese Revolution sich selbst verflucht, wenig zutraut«!* Vgl. *Allgemeiner Kongress* . . ., a. a. O., Sp. 227, 234.

Eberts Entscheidung, sich auf das Militär zu verlassen, sollte schon bald auf die Probe gestellt werden. Eine Woche nach seinem geheimen Telefonat mit General Groener, am 17. November 1918, bildete die Regierung die *Republikanische Soldatenwehr* unter dem Kommando von Otto Wels. Ihre wesentliche Aufgabe bestand darin, die herrschende Ordnung aufrechtzuerhalten; die Soldatenwehr zählte etwa 12 000 Mann. Mit Hilfe der Soldatenräte gelang es den radikalen Gruppierungen, die Republikanische Soldatenwehr zu infiltrieren und, obschon die Mehrzahl der Truppen gegenüber der Regierung loyal blieb, ihre Effektivität als Waffe in den Händen der SPD zu neutralisieren.[33] Zwei Tage zuvor, am 15. November 1918, hatten die Spartakisten mit der Organisierung des *Roten Soldatenbundes* begonnen, der, wie berichtet wird, eine Höchstzahl von 12 000 Mann erreichte, die über verschiedene Städte verstreut waren. Obwohl die meisten Einheiten ziemlich klein gewesen sein müssen, wird der Bund doch als in Berlin besonders stark geschildert.[34] Am 6. Dezember 1918 schlug Otto Wels' Republikanische Soldatenwehr eine Demonstration der Spartakisten nieder, was 16 Todesopfer forderte.[35] Unter den Linken herrschte der Verdacht, daß sich dahinter ein konterrevolutionärer Komplott verberge; unter den Reformisten die anhaltende Furcht vor einem radikalen Putsch. Beide Seiten vermuteten ganz richtig und jede betrachtete ihre eigene Aktion als Gegenwehr gegen die jeweils andere. In dieser Situation entschied sich die Regierung, das Militär zu Hilfe zu rufen. Hohe Armeestellen entschlossen sich, die Gelegenheit zu nutzen und Ebert zu einem Diktator auf Zeit zu machen, um endlich die Arbeiter- und Soldatenräte loszuwerden. Die überkommenen Militärakten berichten, daß Ebert um diese Pläne wußte und seine stillschweigende Zustimmung gab. Dies scheint sehr gut möglich, ist indes weiter nicht belegt.[36] Auf alle Fälle war der Schritt der Armee ein herber Schlag ins Wasser. Die Truppen unter dem Befehl von General Lequis

33 Deckel, *Die Revolutionäre Volkswehr* . . ., a. a. O., S. 47 f.

34 *Ebenda*, S. 46.

35 Ryder, *German Revolution* . . ., a. a. O., S. 184 f.

36 Vgl. Erich Matthias (Hg.), *Die Regierung der Volksbeauftragten 1918/19*, Quellen zur Geschichte des Parlamentarismus und der politischen Parteien, Erste Reihe, Bd. 6/1, Düsseldorf 1969, S. 316-318 (Dokument 51), und Bd. 6/2, S. 27-29 (Dokument 69).

marschierten am 10. Dezember, als heimkehrende Helden verkleidet, in Berlin ein. Ebert empfing sie und sagte ihnen, sie seien »ungeschlagen heimgekehrt«.[37] Sobald aber die Truppen mit der Bevölkerung in Berührung kamen, lösten sie sich einfach auf.[38] Diese Episode ist deshalb bezeichnend, weil sie zeigt, daß Eberts Entscheidung, sich auf das Militär zu verlassen, ein Fehlschlag war. Denn sie unterhöhlte die Standardthese der SPD, daß es in dieser Situation nur zwei Möglichkeiten gäbe: radikale Revolution oder das Vertrauen in die Kräfte der alten Regierung. Die unmittelbare Wirkung dieses Vorgangs lag darin, den Reformisten ihre eigene Kraftlosigkeit vor Augen zu führen und den Verdacht derjenigen weitgehend zu bestärken, die links von Ebert standen, einschließlich des gemäßigten Flügels der USPD, der immer noch in Eberts Regierung vertreten war.

Am 12. Dezember 1918 – zwei Tage nach dem Einmarsch von General Lequis in Berlin – gaben Ebert und Genossen eine Verfügung heraus, die die Bildung einer *Volkswehr* vorsah. Diese sollte eine gänzlich neue, aus Freiwilligen rekrutierte Armee darstellen. Die Regierung aber führte niemals diese Verfügung aus, die somit ein Fetzen Papier blieb. Der einzige von ihr hervorgerufene Effekt waren ernsthafte Schwierigkeiten zwischen Regierung und Oberster Heeresleitung. Da sich aber diese Streitigkeiten über andere Ereignisse und Auseinandersetzungen, die das gesamte Problemfeld, dem sich Deutschland dann gegenübersah, erstrecken, müssen wir diese zunächst betrachten.

Mitte Dezember 1918 befand sich Eberts Regierung, die erste Arbeiterregierung in einem fortgeschrittenen Industriestaat, in einer kuriosen Situation. Von der Versammlung im Zirkus Busch hatte

37 Siehe Ryder, *German Revolution* . . ., a. a. O., Photo 7a und S. 162.

38 Weitere Details zu dieser verwickelten Episode bringt Carsten, *The Reichswehr and Politics: 1918-1933*, Oxford 1966, S. 12-16. Nach Gordon A. Craig, *The Politics of the Prussian Army 1640-1945*, Oxford 1955, S. 351, hatte General Lequis am 8. Dezember zehn Divisionen unter seinem Befehl, von denen nach Ablauf einer Woche noch 1000 Mann übrig blieben. Craigs kurze Schilderung dieser Jahre (wenn auch mittlerweile überholt und Ebert sehr zugeneigt) stellt eine geistreiche und nützliche Einführung in die Problematik der Beziehungen zwischen SPD-Führern und Armee dar. Überdies habe ich Harold J. Gordon jr., *The Reichswehr and the German Republik 1919-1926*, Princeton 1957, zu Rate gezogen, doch fand ich die Arbeit in einigen für unsere Untersuchung wichtigen Details irreführend.

sie den Anstrich revolutionärer Legitimität erhalten; durch das Militär besaß sie den Anschein einer Legitimierung durch die alte Ordnung. Diese beiden Quellen waren miteinander unvereinbar und keine reichte aus, um der Regierung zu großer Wirksamkeit zu verhelfen. Immer noch erfreute sich die SPD unter der arbeitenden Bevölkerung in ganz Deutschland eines beträchtlichen Potentials an gutem Willen. Bei den Wahlen, die am 24. November 1918 in Dresden abgehalten wurden, erhielt die SPD fünfzehnmal soviel Stimmen wie die USPD. In Chemnitz, wo alle Einwohner über 18 Jahren wahlberechtigt waren, erlangte die SPD zwölfmal soviel Wählerstimmen wie die USPD.[39] Und bis zu diesem Zeitpunkt waren die Arbeiter der einzige politisch aktive Teil der Bevölkerung. Zur Zeit waren die anderen noch immer benommen und neigten zur Zurückhaltung. Die Reformisten mußten ihre allgemeine Legitimierung stärken, wollten sie als Regierung bestehen. Dies erreichten sie auf dem Allgemeinen Kongreß der Arbeiter- und Soldatenräte Deutschlands – die erste derartige Versammlung nach der hastigen Einberufung der Versammlung im Zirkus Busch, deren Delegierte aber lediglich aus Berlin kamen. Dieser neue gesamtdeutsche Kongreß tagte vom 16. bis 21. Dezember 1918 in der Hauptstadt. Der Kongreß selbst stellte sowohl den Höhepunkt der Rätebewegung als auch seine Abdankung als revolutionäre oder befreiende Kraft dar. Die Zusammensetzung des Kongresses wie auch die dort getroffenen Entscheidungen deuten darauf hin, daß die Stimmung der Arbeiterklasse zu diesem Zeitpunkt noch recht gemäßigt war. Von den 490 Delegierten repräsentierten nur 84 die Soldatenräte, ein Zeichen für den vorangeschrittenen Demobilisierungsgrad. Von den mehr als 400, die die Arbeiterräte vertraten, gehörten weniger als 100 der USPD an. Zu diesem Zeitpunkt zählten sich die Spartakisten immer noch zu ihr. Außerdem gab es noch ungefähr 10 Delegierte, die linken Organisationen in Bremen und Hamburg angehörten. Ungefähr 60% der Delegierten waren Mitglieder der SPD, die somit alle Verhandlungsschritte in fast allen Einzelheiten von Anfang bis Ende kontrollieren konnte. Die Stimmung offenbarte sich schon zu Beginn der Versammlung, als die Zulassung Rosa Luxemburgs und Karl Liebknechts mit

39 Carsten, *Revolution* ..., a. a. O., S. 129 f.

beratender Stimme mit überwältigender Mehrheit abgelehnt wurde.[40]

Es läßt sich nicht belegen, daß der allgemein konservative Tenor dieses Kongresses wirklich genau die öffentliche Meinung auch innerhalb der Arbeiterklasse widerspiegelte (auf welche die Mitgliedschaft hauptsächlich beschränkt war) – etwa so, wie es eine solide durchgeführte Meinungsumfrage mit sorgfältig ausgewählten Samplen vielleicht getan hätte. Die Wahlen wurden recht überstürzt abgehalten und beschränkten sich auf die Bevölkerungsteile, die von den Arbeiter- und Soldatenräten repräsentiert wurden. Auf der anderen Seite läßt sich mit Sicherheit annehmen, daß diese Räte den politisch aktiveren Teil der Arbeiter auf sich zogen und daß sowohl die übrige Arbeiterklasse wie auch andere Teile der Bevölkerung noch konservativer gewesen sind. Auch wenn 63 Delegierte aufgrund ihrer Empfehlungsschreiben von der Kommission nicht zugelassen wurden, war die Kommission doch aus Personen aller drei politischen Gruppierungen zusammengesetzt und hat ihre Entscheidungen entweder einstimmig oder nach geschäftsmäßiger Diskussion und Abstimmung, die sich niemals mit den Parteirichtungen deckten, gefällt.[41]

Nach der Meinung des Kongresses war die für Deutschland wichtigste Frage, ob man unter der Form des liberalen Kapitalismus nach und nach auf den Sozialismus voranschreiten sollte, was die Unterstützung für die Wahlen zur Nationalversammlung, die eine neue Verfassung ausarbeiten sollte, bedeutete, oder ob man die Entwicklung auf der Grundlage der Arbeiter- und Soldatenräte schneller vorantreiben sollte.[42] Über den Ausgang des Kongresses gab es im Grunde genommen keinen wirklichen Zweifel. Die SPD wollte so schnell wie möglich Neuwahlen. Obwohl sie vielleicht gespürt hatte, daß sie Boden an ihre militanten Gegenspieler verlor, vertrat sie explizit die Auffassung, daß sofortige Neuwahlen die beste Möglichkeit für eine sozialdemokratische Mehrheit und somit für eine starke Regierung mit dem Auftrag zur Durchführung durchgreifender Reformen böten. Wir wissen heute, daß dies

40 *Ebenda*, S. 107.

41 *Allgemeiner Kongress* . . ., a. a. O., Sp. 193 ff. und S. 216 (»Abgelegte Mandate«).

42 Die wichtigste Rede von Max Cohen trug den Titel »Nationalversammlung oder Rätesystem«. Vgl. *ebenda*, Sp. 209-224.

eine Fehleinschätzung war ... Die USPD, eher eine Dachorganisation für die verschiedenen Formen und Grade der Unzufriedenheit mit der SPD als eine organisierte und politisch effektive Partei, versuchte nichts anderes als die Wahlen hinauszuzögern, um für die Organisierung und Überzeugung der Wählerschaft Zeit zu gewinnen. Eine große Mehrheit des Kongresses verwarf die vorgeschlagenen Wahltermine (den 16. März und den 16. Februar), um sich endlich auf den 19. Januar – nur vier Wochen nach Ablauf des Kongresses – zu einigen. Ein Vorschlag zur Schaffung eines Zentralrats der Arbeiter- und Soldatenräte mit effektivem Vetorecht gegenüber den Parlamentsbeschlüssen wurde mit überwältigender Mehrheit zurückgewiesen. Im Grunde genommen war die Idee der Arbeiter- und Soldatenräte als Grundlage einer neuen Regierung gestorben. Das Verdikt eines versierten Historikers kann nur lauten: durch Selbstmord. Nachdem man in dieser ›lebensnotwendigen‹ Entscheidung eine Niederlage erlitten hatte, erklärte die USPD, sie werde sich nicht an den Wahlen des Kongresses für einen *Zentralrat*, demjenigen Komitee, das bis zur Formulierung einer Verfassung durch die Nationalversammlung und der Gründung der Weimarer Republik die Regierung darstellen sollte, beteiligen. Die Folge war, daß der Kongreß für die SPD-Liste stimmte. Eine neue, nur aus SPD-Mitgliedern gebildete Regierung übernahm nun die Macht und die Verantwortung für Deutschlands weiteres Schicksal.[43]

Das andere große Problem für den Kongreß war die Reformierung der Armee. Da die Vorkommnisse während und unmittelbar nach dem Kongreß die verbreitete Stimmung erhellen, bedürfen sie näherer Erläuterung. An diesem Knotenpunkt hätte es eine mächtige öffentliche Unterstützung für eine durchgreifende demokratische Reformierung der deutschen Armee geben müssen, Maßnahmen, die das Militär in den Dienst der Republik stellten und nicht in den Händen von reaktionären und anti-demokratischen Gruppen beließen. In den letzten Kriegsstadien und nach dem Kieler Aufstand sahen weite Teile der Bevölkerung im Militär und besonders im Offizierskorps den Grund für alles, was falsch war: die Ursache sowohl der barschen Disziplin gegenüber den Mitgliedern der Armee als auch für die Zivilisten der Grund für die Zerrüttung ihres

43 Carsten, *Revolution* ..., a. a. O., S. 108 f.

Alltagslebens. Die erste und reformistische Phase der deutschen Revolution war mehr ein anti-militaristischer als ein anti-kapitalistischer Aufstand. Zugegebenermaßen wäre es nicht einfach gewesen, diese Gelegenheit zu nutzen, da ein Großteil dieses antimilitaristischen Gefühls eine eingefleischte Reaktion gegen jegliche Form von Hierarchie und Disziplin darstellte. Noch wäre eine bewährte Führerschaft in der Lage gewesen, dieses Gefühl in realistische Ergebnisse umzusetzen. Ebert aber unternahm überhaupt keinen Versuch in dieser Richtung. Statt dessen fiel er genau in dem Augenblick um, als er mit den Einwänden durch Vertreter des Generalstabs gegen die Reform konfrontiert wurde.

Vier Tage vor Eröffnung des Kongresses hatte die Regierung, wie sich der Leser erinnern mag, eine Verfügung erlassen, die mit ihrer Forderung nach Schaffung eines demokratischen »Volksheeres« ein Fetzen Papier bleiben sollte. Gleichzeitig hatten einige radikale Gruppen den Versuch unternommen, rote Garden wie die spartakistische Rote Soldatenliga zur Verteidigung und Beförderung der Revolution aufzustellen. Es setzten auch spontane und politisch kaum umrissene Bewegungen ein. Zu sagen, daß das Problem im öffentlichen Bewußtsein gewesen wäre, würde den Gipfel akademischen *understatements* bedeuten. Am 17. Dezember 1918 platzte eine Gruppe Soldaten, die vorgab, 17 Berliner Regimenter zu repräsentieren, in eine Sitzung des Kongresses, stellte Forderungen und drohte mit der Anwendung von Gewalt, falls nicht sofort etwas geschehen sollte. Es fehlte nicht viel und der Kongreß hätte sich in erzürnter Verwirrung aufgelöst.[44] In der Zwischenzeit arbeitete Walter Lamp'l – ein Hamburger Delegierter – etwas gemäßigtere Reformen aus und fand hierfür beträchtliche Unterstützung. Einige Zeit später mußte Lamp'l gestehen, daß seine Vorschläge nicht als Grundlage für eine sozialistische Armee gedacht waren. »Für uns«, führte er aus, »war der Hauptgrund, die insgesamt nicht ungerechtfertigte Opposition der Linksradikalen loszuwerden.«[45]

Der Kongreß verabschiedete diese gemäßigteren und hastig zusam-

44 *Allgemeiner Kongress* . . ., a. a. O., Sp. 121-126.

45 Eberhard Kolb u. Reinhard Rürup (Hg.), *Der Zentralrat der Deutschen Sozialistischen Republik 19. 12. 1918 - 8. 4. 1919: Vom Ersten zum Zweiten Rätekongress. Quellen zur Geschichte der Rätebewegung in Deutschland 1918-1919*, Leiden 1968, Bd. 1, S. 124.

mengewürfelten Vorschläge wohl hauptsächlich, um radikaleren Forderungen der Straße zuvorzukommen. Dennoch gaben die Hamburger Vorschläge – soweit sie bekannt wurden – der Militärführung ausreichenden Anlaß zum Unmut. Die Einwände des Militärs waren auf keinen Fall nur eigennützige und reaktionäre Drohungen. Wie General Groener bei einer gemeinsamen Sitzung des Rats der Volksbeauftragten und des neugeschaffenen Zentralrats am 20. Dezember 1918 in einer eindringlichen Rede herausstrich, enthielten die Vorschläge Grundsätze, wie etwa die Offizierswahl durch die Mannschaften, die selbst die Bolschewiki ablehnten und die, wie er hinzufügte, mit der notwendigen Disziplin einer *jeden* Armee unvereinbar seien. Wilhelm Dittmann, ein gemäßigter USPD-Parteigenosse und noch immer Mitglied in Eberts Kabinett, entgegnete sofort, daß es den Selbstmord des Zentralrats bedeuten würde, sollte man den Einwänden General Groeners entsprechen. (Eigentlich beinhaltete dies die Rückkehr zum Kongreßmandat, der Quelle der von der Regierung dringend benötigten allgemeinen Legitimierung, auch wenn die Vorschläge offensichtlich unter Druck verabschiedet wurden.) Aber die Sitzung wurde, wie so oft, wenn sich eine kleine, andersdenkende Gruppe zu Wort meldet, geschlossen – mit einem Resultat, das wie das stillschweigende Einverständnis mit General Groeners Einwänden bei der Ablehnung der Durchführung der Hamburger Vorschläge aussah.[46] Dennoch blieb die Lage unsicher genug, um den Gemäßigten Gelegenheit zu geben, sich mit Hoffnungen auf Fortschritt selbst zu täuschen. Auf einer weiteren Sitzung beider Regierungsorgane am 28. Dezember 1918 versicherte Hugo Haase – ebenfalls ein gemäßigter USPD-Führer, der noch in Eberts Kabinett war – auf scharfe Fragen, daß das Kabinett (d. h. der Rat der Volksbeauftragten, dem Ebert vorstand) ohne Frage sowohl die Hamburger Vorschläge als auch Sozialisierungsmaßnahmen durchführen werde.[47] Weder das eine noch das andere trat ein. Die reformistische Politik lief auf ein Regieren durch Verzögerung hinaus. Indem sie diesmal der Frage auswichen, fanden sich die SPD-

46 Vgl. hierzu Matthias (Hg.), *Die Regierung* . . ., a. a. O., Bd. 6/2, S. 11-13 (Dokument 62).

47 Siehe Kolb u. Rürup, *Der Zentralrat* . . ., a. a. O., S. 70-83 (Dokument 11), besonders S. 83.

Führer innerhalb weniger Wochen mit einer weit gefährlicheren Situation konfrontiert – dem Spartakusaufstand. Sie nahmen zu einer weit verhängnisvolleren Lösung Zuflucht – der Gründung von Gruppen bewaffneter Abenteurer – den *Freikorps*.[48]

Während der letzten Tage des Dezembers 1918 flackerte die Revolte in Berlin immer wieder auf. Am 23. Dezember 1918 gelang es einer Gruppe meuternder Marinesoldaten, die Regierung kurz gefangenzunehmen, wobei der eigentliche Anlaß die Forderung nach überfälligem Sold darstellte. Noch einmal bewiesen die regulären Truppen ihre Unfähigkeit in der Aufrechterhaltung der Ordnung. Gegenseitige Verdächtigungen, die während dieser verworrenen Periode immer schlimmer wurden, setzten den fragilen Überbleibseln einer Zusammenarbeit von SPD und USPD ein Ende.[49] Eine Zeitlang waren die Spartakisten überzeugt, Ebert und Scheidemann seien ebenso Konterrevolutionäre wie Ludendorff und Wilhelm II. Ihre Verdächtigungen kamen in ihrem Urteil über das, was die Regierung bezüglich der Wirtschaft, der zivilen Bürokratie und für die Armee zu unternehmen versäumt hatte, zum Ausdruck. Aus spartakistischer Sicht war die einzige Antwort auf die Konterrevolution die Revolution selbst. Und genau dies versuchten sie dann auch, entgegen den Ratschlägen ihrer besten Führer, Rosa Luxemburg und Karl Liebknecht; die Konsequenzen sollten für sie selbst und für Deutschland fatal sein. Über die banale Feststellung hinaus, daß die Spartakisten nur eine kleine Gruppe gewesen seien, zusammengehalten und angezogen durch R. Luxemburg und K. Liebknecht, und daß sie die allgemeine Idee einer politischen Revolution für den einzig gangbaren Weg zu einem genuinen Sozialismus hielten, ist es nahezu unmöglich, sie in wenigen Sätzen genau und angemessen zu beschreiben. Untereinander waren sie sich uneins, ob die Proletarische Revolution in naher Zukunft nun stattfinden werde oder ob sie erst nach einem langwierigen Kampf zu einem späteren Zeitpunkt eintreten könne. Luxemburg und Liebknecht waren weniger zuversichtlich hinsichtlich der unmittelbaren Zukunft als ihre Anhänger, wurden

48 Einige gute Untersuchungen enthält Robert G. L. Waite, *Vanguard of Nazism: The Free Corps Movement in Postwar Germany 1918-1923*, 2. Aufl., New York 1969. Besonders das Kap. 3 geht auf die Organisation und den Charakter der Freikorps ein.

49 Ryder, *German Revolution* . . ., a. a. O., S. 188-191.

indes von ihnen überstimmt. Auch konnten sich die Spartakisten untereinander nicht darüber einigen, wie das Ziel der proletarischen Revolution denn nun zu erreichen sei. Sie hatten die Notwendigkeit einer Massenunterstützung erkannt, waren aber besorgt, die Massen durch eine eigene politische Partei zu organisieren oder taktische Bündnisse mit organisierten politischen Bewegungen, die zumindest einige ihrer Ansichten teilten – wie etwa der linke Flügel der USPD –, einzugehen. Man hegte Bewunderung für Lenins revolutionäre Entschlossenheit und auch für seine Bereitschaft über parlamentarische Illusionen zu reden, während er die russische Nationalversammlung auflöste. Daneben fand sich auch ein gewisser Zug tiefen Mißtrauens gegen Lenins Konzept einer streng disziplinierten Partei als Avantgarde der Revolution. Vielmehr vertraute man der Spontaneität der Massen – ein Gefühl, daß Revolutionen nicht wirklich künstlich geschaffen werden können, sondern nur stattfinden, wenn die Massen ausreichend aus den Ereignissen gelernt haben *und* durch diese Ereignisse hinreichend erzürnt worden sind. Erst dann könnten sie vielleicht eine historisch überholte gesellschaftliche Ordnung über Bord werfen.

Die traditionellen Führer der Arbeiterbewegung empfanden gegenüber den Spartakisten ungefähr das gleiche Gefühl, wie sie es vor dem Krieg gegenüber kritischen Aktivisten in den eigenen Reihen verspürt hatten. Solche Personen konnten die breite Masse zu überhasteten Aktionen aufstacheln, Aktionen, die nur mit einer Niederlage zugunsten der Kapitalisten enden konnte, wobei dann die enttäuschten Massen davonströmten und die Arbeiterbewegung um Jahre zurückgeworfen würde. Aber nun waren die Einsätze viel höher, und der eigentliche Feind der Arbeiter war die Entente, die mit der Blockade Deutschlands den Lebensmittelnachschub stoppen konnte und dies auch tat oder mit ihren Truppen angesichts eines quichote-haften revolutionären Abenteurertums einmarschierte. Auch für die gemäßigten Führer galten die Spartakisten als eine überzeugende Erklärung für das Fehlschlagen ihrer eigenen Politik. Falls die Arbeiter sich weigerten, den Gürtel enger zu schnallen und zur Arbeit zurückzukehren, war es einfacher, die Spartakisten als die Zeitumstände dafür verantwortlich zu machen. Auf diese Weise trug die SPD dazu bei, den Ruf der Spartakisten zu verbessern, während sie gleichzeitig versuchte, sie anzuschwärzen – mit einigem Erfolg bei den Arbeitern selbst, nach der Einschätzung Rosa Luxemburgs.[50] Die Gesamtheit dieser Umstände führte zu der reformistischen Einschätzung der Spartakisten als arger Bedrohung, als einer Gefahr mit dem Einschlag ins Schmutzige, das unbedingt ausgerottet werden müßte. Die bösartige Pressekampagne gegen die Spartakisten ließ in gewisser Hinsicht Nazi-Methoden vorausahnen. Inwieweit der SPD Verantwortung für diese Kampagne zukam, ist nicht mehr eindeutig auszumachen. Andererseits besteht aber kein Zweifel, daß die reformistischen Führer ein Verschwinden der Spartakusbewegung von der politischen Bildfläche begrüßt hätten. Sie mögen sogar einiges unternommen haben, das gewünschte Ergebnis herbeizuführen.[51]

Die Frage, ob der Verlauf der Ereignisse während des Dezembers 1918 und Anfang Januar 1919 wirklich eine revolutionäre Stimmung unter einem substantiellen Teil der Berliner Arbeiter erzeugte, ist ebenso schwierig zu beantworten. Zwei Punkte blieben unstrittig. Viele Spartakisten ritten auf einer Welle von Revolutionseuphorie und glaubten, daß eine solche Stimmung existierte. Selbst zahlreiche Revolutionäre Obleute, die engeren Kontakt zu den Arbeitern hatten und die großen Fabriken beherrschten, teilten diesen Glauben. Zweitens gab es ein bedeutsames Ereignis, welches leicht dazu beitragen konnte, diesen Glauben alles andere als absurd erscheinen zu lassen. Am 5. Januar 1919 versammelte sich die größte Massendemonstration, die Berlin je gesehen hatte, in der Nähe des Brandenburger Tors. Diese immense Zusammenballung war die Antwort auf die Beurlaubung des Berliner Polizeichefs, des USPD-Mitglieds Emil Eichhorn, dem der Ruf vorausging, Sympathien für die extreme Linke zu hegen. Nach aufpeitschenden Reden marschierte die Menge zum Polizeipräsidium und demonstrierte dort stundenlang, bevor sie sich auflöste. Die SPD hatte gerade die vollständige Kontrolle über die Regierung (d. h. den Zentralrat) erlangt und handelte bei der Entlassung von Eichhorn rechtmäßig. Für viele auf der extremen Linken aber sah diese Entscheidung wie ein weiterer und entscheidender Schritt in Rich-

50 Gilbert Badia, *Le Spartakisme: Les dernières années de Rosa Luxemburg et de Karl Liebknecht 1914-1919*, Paris 1967, S. 243.
51 *Ebenda*, S. 238-245, 247 f.

tung Konterrevolution aus. Die Revolutionären Obleute und die USPD entschieden sich für die Unterstützung Eichhorns, und die Spartakisten schlossen sich ihnen an. (Genau an diesem Punkt sollte man sie Kommunisten nennen, da sie einige Tage zuvor die Deutsche Kommunistische Partei gegründet hatten, und zwar auf einer Konferenz, auf der sie ihre Basis zu verbreitern und ihr politisches Programm zu bestimmen versucht hatten.) Es gab also einen zwingenden Grund für die Annahme, daß ein Großteil der Berliner Bevölkerung ziemlich erbost auf die SPD-Führung war und sich bereitfand, resoluten Führern zu folgen. Dieser Aspekt muß hervorgehoben werden, weil man vielfach behauptet hat, die Spartakisten seien gegen die Ratschläge von Rosa Luxemburg und Karl Liebknecht durch ihre eigene Rhetorik geblendet gewesen.

Die Existenz einer revolutionären Stimmung war eines der bestimmenden Elemente in diesem Aufstand. Hinzu kam, daß sich die Führer selbst in einer Situation gefangen sahen, aus der kein Rückzug, der mit dem revolutionären Auftrag vereinbar gewesen wäre, möglich schien. Am selben Tag wie die Demonstration am Brandenburger Tor besetzten kleine bewaffnete radikale Gruppen Zeitungsgebäude, darunter auch das der SPD-Zeitung *Vorwärts*, die den Revolutionären – das war jedenfalls ihre Meinung – während des Krieges gestohlen worden sei. Es ist nicht auszuschließen, daß die Initiative zu dieser Aktion von *agents provocateurs* ausging. Auf jeden Fall überraschte sie das eilig einberufene Revolutionskomitee und schuf eine Situation, in der ein Rückzug unmöglich erschien. Der Aufstand nahm am 6. Januar 1919 seinen Anfang.

An diesem Tag geschahen zwei Dinge, die die deutschen Gehorsamsgewohnheiten gegenüber der Obrigkeit lebhaft erhellen. Die Revolutionäre schickten einen Führer mit 300 bewaffneten Leuten, um das Kriegsministerium zu besetzen. Berlin befand sich im Zustand des Aufruhrs und, obwohl es später weitere Erhebungen geben sollte, die mehr Gefolge zusammenbrachten, kann man sagen, daß dieser Tag und dieses Ereignis einen bedeutsamen Höhepunkt spontaner revolutionärer Leidenschaft in der deutschen Geschichte bedeutete. Einer der Zivilisten in der Gruppe zeigte dem Leutnant, der sie am Kriegsministerium empfing, eine maschinengeschriebene Erklärung, die in heftiger Sprache verkündete, daß das Revolutionskomitee provisorisch die Regierung übernom-

men habe. Der Leutnant machte geltend, das Gebäude nicht übergeben zu können, da die Erklärung nur geschrieben und nicht unterschrieben sei. Der Revolutionär in Zivil fand sich damit einverstanden, das Schriftstück wieder ins Revolutionshauptquartier mitzunehmen, um die richtigen Unterschriften zu holen, danach aber sollte das Gebäude den neuen revolutionären Machthabern übergeben werden. (Bei einer späteren Gerichtsverhandlung bestritt der Leutnant, daß dies eine Kriegslist gewesen sei, und behauptete statt dessen, daß er selbstverständlich bereit gewesen wäre, das Gebäude zu übergeben, falls die Regierung gestürzt worden sei.) Im Revolutionshauptquartier waren nur zwei der für die Unterschriften erforderlichen Führer zugegen. Deshalb unterzeichnete Karl Liebknecht nicht nur mit seinem Namen, sondern auch mit dem eines abwesenden Mitgliedes.
Eine ähnliche Episode ereignete sich vor dem Waffenlager der Republikanischen Bürgerwehr. In diesem Fall bemerkte ein Lagerleiter, daß die Erklärung zwar unterzeichnet wäre, doch keine Stempel trüge. Er sagte seinen Leuten, das Dokument sei, da nicht gestempelt, wahrscheinlich nicht authentisch. Dies überzeugte offensichtlich seine Leute, die dann scharf gegen die Revolutionäre protestierten. Nach einer hitzigen Auseinandersetzung mußten sich diese hastig zurückziehen.[52] Carstens bemerkt ziemlich trokken, daß die guten alten Methoden der Bürokratie die Revolutionäre, die die Wichtigkeit von Stempeln und Unterschriften vergaßen, schlugen. Abgesehen von der in diesem Ereignis liegenden Ironie, enthüllt diese Episode, wie schwer es selbst für dezidierte Revolutionäre – auch in Zeiten zusammenbrechender Macht und revolutionärer Euphorie – sein kann, einen deutlichen Bruch mit der etablierten Autorität zu vollziehen.[53]

52 Einzelheiten zu dieser Auseinandersetzung finden sich bei Ryder, *The German Revolution . . .*, a. a. O., S. 193-207. Das Titelbild dieses Buches stellt die Reproduktion eines Dokuments dar, das am Kriegsministerium gezeigt wird, nachdem es offensichtlich von Liebknecht unterzeichnet worden ist.

53 Gründliche Nachforschungen würden, wie ich vermute, Unterschiede in den revolutionären Verhaltensweisen gegenüber der bestehenden Autorität offenbaren, die auf historisch bestimmte nationale Kulturen zurückführbar sind. Es ist kaum vorstellbar, daß Lenin oder Trotzki ein solches Dokument unterzeichnet hätte oder daß ihre Anhänger von Fragen nach Stempeln und Unterschriften eingeschüchtert worden wären. Ebenso schwer ist ein derartiges Verhalten im Falle Robespierres oder seiner Nachfolger in der französischen

Selbst wenn diesen Episoden ein Hauch von Opera buffa anhängt, waren doch der übrige Aufstand und seine Konsequenzen sehr ernst. Für die Aufständischen lief alles falsch. Die von Spandau und Frankfurt versprochene Hilfe traf nicht ein. Die meuternden Matrosen erklärten ihre Neutralität. Die Massen erhoben sich nicht. Nur einige Hundert aus den Reihen der Demonstranten beteiligten sich am eigentlichen Kampf. Die Massen waren, wie es scheint, wohl zum Streik, nicht aber zum bewaffneten Kampf bereit.[54] Die Arbeiter- und Soldatenräte von Bremen proklamierten andererseits, inspiriert von den Berliner Ereignissen, am 10. Januar 1919 eine kurzlebige sozialistische Republik.[55] Am nächsten Tag verkündeten die Arbeiter- und Soldatenräte in Essen, die sich aus allen drei sozialistischen Parteien (SPD, USPD, KPD) zusammensetzten, bei dem Versuch, die Lage im Ruhrgebiet , wo mehr als 80 000 Bergleute streikten, zu beruhigen, daß die Gruben sozialisiert werden sollten.[56]

Diese Ereignisse, in welch unterschiedlicher Art sie auch zusammenhängen, konnten die Gemäßigten im Zentralrat wohl kaum beruhigt haben. An dem Tag des Aufstandsbeginns hatte Noske die Aufgabe des Polizeipräsidenten von Berlin übernommen. Mitglieder des ersten Freikorps konnten nun ihre Feuertaufe – und den Geschmack von Greueltaten gegen Aufständische – unter den Auspizien der sozialistischen Regierung erleben. Bei der Rückeroberung des *Vorwärts*-Gebäudes (10.-11. Januar) erschossen sie eine Anzahl von Gefangenen und mißhandelten andere äußerst grausam. Einige Tage später nahmen sie Karl Liebknecht und Rosa Luxemburg fest und ermordeten sie auf brutalste Weise. Über die Umstände ihres Todes verfing sich das Militär in offensichtliche Lügen, und eine spätere amtliche Untersuchung wurde zu einer

Revolutionsgeschichte vorzustellen. Weder in Frankreich noch im zaristischen Rußland (und wohl auch in der Sowjetunion) konnte die Bürokratie in einem Umfang Ehrfurcht und Respekt gewinnen, wie dies im Wilhelminischen Deutschland der Fall war.

54 Ryder, *The German Revolution* . . ., a. a. O., S. 201, zitiert R. Müller, *Vom Kaiserreich* . . ., a. a. O., Bd. II, S. 35, 49, 58. Badia, *Le Spartakisme* . . ., a. a. O., widmet Kap. 17 den Ereignissen der »blutigen Woche«, bringt indes keinerlei Hinweise für eine massenhafte Unterstützung der Erhebung.

55 Carsten, *Revolution* . . ., a. a. O., S. 118.

56 von Oertzen, *Betriebsräte* . . ., a. a. O., S. 113.

gleichermaßen durchsichtigen Reinwaschaktion. Eine Welle der Empörung erfaßte einen großen Teil der Arbeiter. Viele Personen, die mit den Zielen der Spartakisten nur geringe Sympathie hegten, fühlten sich durch die Ermordung ihrer Führer geschockt.[57] Wenn es überhaupt eine Möglichkeit der Aussöhnung zwischen rechten und linken Sozialisten vor dem Spartakusaufstand gegeben hatte, dann war sie nun, da Liebknecht und Luxemburg ermordet waren und die SPD sich offen auf verschiedene Generäle und deren dubiose Freiwillige stützte, um im Namen der Republik die Ordnung wiederherzustellen, weitgehend geschwunden.

Diese Wandlung der politischen Atmosphäre wiederum erscheint im nachhinein als wichtigste Konsequenz des Aufstandes – noch bedeutender als das vorübergehende Abwürgen und die ›Enthauptung‹ der beginnenden Revolutionsbewegung. Größere Aufstände sollten folgen und auf gleiche Weise von Noske und seinen Freikorps niedergeschlagen werden. Im Gegensatz zum Spartakusaufstand verdienen diese die Bezeichnung: Massenaufstand von Arbeitern. Der Spartakusaufstand markiert den Beginn einer radikalen Erhebung und nicht sein Ende. Wir werden diese Unruhen im nächsten Kapitel genauer behandeln, da sie ein Licht darauf werfen, wie die normalen Arbeiter ihre unmittelbaren Verhältnisse wahrnahmen und auf sie reagierten, und da sie ihr Gefühl für Gerechtigkeit und Ungerechtigkeit erhellen. Um die Forderungen und Aktionen der Arbeiter in ihrem allgemeinen politischen und sozialen Kontext zu verstehen, ist es zuvor natürlich angezeigt, die wichtigsten politischen Entwicklungen während des Frühjahrs 1920 zu skizzieren. Für einen Großteil der Industriearbeiter war dies ein Kontext wachsender Enttäuschung und Frustration.

Am 19. Januar 1919 – vier Tage nach der Ermordung Rosa Luxemburgs und Karl Liebknechts – fanden Wahlen für die Nationalversammlung statt, die die Weimarer Verfassung ausarbeiten sollte. Das Ergebnis bedeutete einen schweren Schlag für jene SPD-Führer, die eigentlich damit gerechnet hatten, daß ihre Partei durch die Wahl die Vorherrschaft gewinnen würde, um den behutsamen Weg in Richtung Sozialismus unter einem liberalen kapitalistischen System weiterführen zu können. Der Ausgang muß aber auch für diejenigen auf der extremen Linken, die die Masse der Bevölkerung

57 Ryder, *The German Revolution* . . ., a. a. O., S. 203 f.

hinter sich geglaubt hatte, ein herbes Erwachen gewesen sein. Die SPD gewann 42 Sitze, wohingegen die USPD nur 15 erhielt. 40 Sitze aber gingen an die bürgerlichen Parteien.[58] Bis zu diesem Zeitpunkt war die nationale Politik eigentlich ein Kampf zwischen Organisationen und Gruppen, die alle für sich in Anspruch nahmen, für die Industrielle Arbeiterklasse zu handeln, während das Militär als das mächtigste Element der alten Ordnung und der ehemals herrschenden Klasse ›auf dem Sprung‹ war. Die alten Eliten aber waren eher gelähmt als durch die Niederlage und den Aufstand der Volksbewegungen verschwunden. Selbst die Arbeiter- und Soldatenräte hatten zum Teil, weil sie von der SPD kontrolliert wurden, wohl kaum die Absicht, diesen institutionellen Rahmen, der aus der Vergangenheit überliefert war, niederzureißen. Die alten Eliten blieben zwar ruhig, doch während des Durcheinanders und des Bruderkriegs der Linken durchaus intakt. In den Wahlen kamen sie wieder zum Vorschein. Die neue, 35 Millionen zählende Wählerschaft – Frauen zum ersten Mal mit eingeschlossen – gab keiner Partei einen klaren Regierungsauftrag. 5 Millionen gingen erst gar nicht zur Wahlurne. Die allgemeine Lehre für jede Partei war, daß sie *nicht* regieren konnte, zumindest nicht allein. Entweder konnten die politischen Gruppen und Parteien lernen, miteinander auszukommen und einen Minimalkonsens in Politik und Verfahrensweisen zu entwickeln – was nur dann möglich ist, wenn dieser Einsatz keine Frage des politischen Überlebens ist –, oder sie konnten der Versuchung erliegen, ihr Ziel durch illegale, gewaltsame und außerparlamentarische Mittel zu erreichen.

In dieser gespannten Situation ereigneten sich zahlreiche radikale, von der Industriearbeiterschaft getragene Vorstöße in Richtung einer neuen Machtverteilung und eines neuen Rahmens der wirtschaftlichen Institutionen. Obgleich es von Fall zu Fall signifikante Ähnlichkeiten gab, so waren doch diese Unruhen weitgehend Reaktionen auf lokale Verhältnisse oder, genauer gesagt, auf allgemeine Bedingungen, die in verschiedenen Teilen Deutschlands akut wurden und spezifisch lokale Eigenarten aufwiesen. Bei den Unruhen gab es keine zentralisierte Koordination. Falls dies der Grund für ihr Scheitern ist, so ist doch schwer zu sehen, wie zu diesem Zeitpunkt irgendeine Koordination außer einem gewissen

58 Carsten, *Revolution* . . ., a. a. O., S. 129.

Maß gemeinsamer Zielsetzung, die ja auch wirklich bestand, hätte vorhanden sein können.

Variationen des Themas Arbeiterkontrolle – so wie im Beispiel der *Betriebsräte* – spielten eine bedeutsame Rolle. Auch die Rolle der *Arbeiterräte* war strittig, hierbei besonders die der Nachfolger der Arbeiter- und Soldatenräte nach der Demobilisierung der Armee, die spontan nach dem Aufstand in Kiel entstanden waren. In vielen Gebieten zeigte das Wort vom revolutionären Selbstmord, das durch den von der SPD beherrschten Kongreß der Arbeiter- und Soldatenräte Mitte Dezember 1918 geprägt wurde, überhaupt keine Wirkung. Nach der Niederschlagung des Spartakusaufstandes in Berlin im Januar 1919 intervenierten Noske und seine Freikorps in verschiedenen Teilen Deutschlands, wo Arbeiterräte noch immer an der Regierung beteiligt waren oder wo sie an die Macht zu gelangen oder diese auszuweiten versuchten. Gewalttätige Auseinandersetzungen ereigneten sich in den Hafenstädten Hamburg und Bremen[59], in den Industriegebieten in Mitteldeutschland, im Ruhrgebiet und auch in Bayern.[60] Mit der Einnahme Münchens durch Regierungstruppen im Mai 1919 ging es mit der Rätebewegung bergab; sie wurde auf das Problem der internen Machtverteilung innerhalb der Fabrik zurückgedrängt. Dennoch blieb sie für einige Zeit Gegenstand leidenschaftlichen Interesses. Erst am 13. Januar 1920 fand in Berlin eine gewalttätige Demonstration gegen die geplante nationale Betriebsrätegesetzgebung statt, in deren Verlauf 42 Menschen getötet wurden. Die Betriebsrätebewegung fand in der Weimarer Verfassung nur einen schwachen Niederschlag. Ähnlich den Vorschlägen zur Verstaatlichung eines Teils der Industrie sollte sie ein Fetzen Papier bleiben.[61] Im Sommer 1919 hatten die Sozialdemokraten zumindest für einige Zeit alle aktiven Bewegungen, die nach Sozialismus rochen, durch militärische Gewalt zwar an die Kandare genommen, doch keineswegs zerschlagen.

Als die radikale Bedrohung unter Kontrolle schien, befaßten sich

59 Vgl. Richard A. Comfort, *Revolutionary Hamburg: Labor Politics in the Early Weimar Republic*, Stanford 1966, S. 68-72.
60 Siehe Alan Mitchell, *Revolution in Bavaria 1918-1919: The Eisner Regime and the Soviet Republic*, Princeton 1965, S. 207-211, 223-230.
61 Helmut Heiber, *Die Republik von Weimar*, in: *Deutsche Geschichte seit dem Ersten Weltkrieg*, Stuttgart 1971, Bd. 1, S. 40, 42, 58.

die ›respektablen‹ Teile der Öffentlichkeit, die sich um politische Belange kümmerten, mit der Verfassungsform und den noch brennenderen Fragen des Friedensvertrages. Ein Sturm der Entrüstung über die vermeintliche Härte des Vertrages erhob sich in Deutschland, eine Empörung, die sowohl führende Mitglieder der SPD als auch viele Armeeoffiziere teilten. Verantwortliche Stellen erwogen ernsthaft die Möglichkeit, die Unterschrift unter das später so genannte *Diktat* von Versailles zu verweigern. Diese Situation gab rechten Gruppen die Gelegenheit, ihre Schlupfwinkel zu verlassen, in denen sie sich seit den Tagen der Niederlage und der Revolution versteckt hatten, und nun bliesen sie in ihre patriotischen Hörner. Zur gleichen Zeit kamen die mit der Entscheidung betrauten Verantwortlichen zu dem Schluß, daß eine Unterschriftsverweigerung eine noch schlechtere Alternative sei: sie könnte die völlige Besetzung Deutschlands, noch größere ökonomische Belastungen und vielleicht sogar die Zerstückelung des Landes und die Zerstörung der recht jungen und hart erkämpften Einheit bedeuten. Am 22. Juni 1919 nahm die Nationalversammlung die Friedensbedingungen an. Von Anfang an wurde die Republik mit dem Vorwurf belastet, vor dem *Diktat* kapituliert zu haben. Für die durch die Reparationszahlungen erforderten wirtschaftlichen Opfer, für die hohen Steuern und die Inflation konnte die Demokratie insgesamt verantwortlich gemacht werden.

Die frühen Anstrengungen der nationalistischen und militaristischen Kreise zur Diskreditierung und Zerstörung der Republik fanden vorläufig im Kapp-Putsch (13.-17. März 1920), einem kurzlebigen Versuch, die Regierung durch einen Militärcoup zu stürzen, ihren Höhepunkt. Sowohl *Freikorps* als auch *Reichswehreinheiten* waren an dem Putsch beteiligt, und die Reichswehr weigerte sich, die Regierung zu schützen. Die Regierung unter Ebert, der zu dieser Zeit Reichspräsident war, mußte erst nach Dresden und dann nach Stuttgart fliehen. Die gängigen Darstellungen des Putsches betonen die Rolle der Arbeiter bei dessen Niederschlagung: insbesondere ihre Bereitschaft, dem Aufruf der Regierung zum Generalstreik zu folgen. Sicherlich ist dieser Aspekt von großer Bedeutung. Doch muß darauf hingewiesen werden, daß die Beamten in Berlin ebenfalls streikten, ein einzigartiger Vorgang in der deutschen Geschichte, und daß die Reichsbank Auszahlungen ohne verfassungsmäßig autorisierte Unterschriften verweigerte.

(Noch einmal: Stempel, Unterschriften und Legalität! Bald sollten sie es sein, die Hitler die Übernahme seiner Rolle als Kanzler erleichterten.)

Nicht einmal die Armee folgte durchgehend den »Putschisten«. Ohne einen politischen Apparat, der ihnen zu Gebote stand, hingen sie in der Luft und verschwanden schnell.[62]

Für das Anliegen dieser Untersuchung sind zwei aus dem Putsch resultierende Ereignisse von größerer Bedeutung als dieser selbst. Unmittelbar danach erkannte Carl Legien, Vorsitzender des Deutschen Gewerkschaftsbundes und nationalistischer wie gradualistischer Führer *par excellence* (Ludendorff und Hindenburg hatten ihm während des Krieges des öfteren die Ehre erwiesen, und außerdem hatte er den Ausschluß Liebknechts aus der SPD mit der Begründung gefordert, dieser habe die Parteidisziplin gebrochen), wohin die Allianz der Gemäßigten mit dem Militär geführt hatte, und forderte eine sofortige Kurskorrektur. Bei einer dramatischen Konfrontation mit Eberts Kabinett forderte er die Entlassung Noskes und anderer kompromittierter Minister, die Bestrafung aller Kollaborateure mit dem Putsch und, was am wichtigsten ist, die Säuberung aller Polizeitruppen des Reiches und der Länder von anti-republikanischen und dubiosen Elementen.[63] Wäre eine derartige Politik früher vollzogen und auch auf Armee und Bürokratie ausgedehnt worden, hätte die Republik eine Überlebenschance gehabt. Die erbitterte Feindschaft auf seiten der Linken wäre kaum wahrscheinlich gewesen, hätte sie ihre Feinde auf der Rechten unter Kontrolle gehabt. Es ist bezeichnend genug, daß sich ein Mann wie Legien erst unter Krisenbedingungen zumindest partiell dieser Kräftekonstellation bewußt wurde. Wenn eine derartige Politik 1918 noch Aussicht auf Erfolg hatte, so war es 1920 zu spät. Legien erreichte nur, daß Noske geopfert wurde, nicht aber einen grundlegenden Wechsel der Politik. Die Armee fuhr fort, sich zum Staat im Staate zu machen. Wenn überhaupt, dann war es das alte Offizierskorps, das erleichtert war, die äußerst zweifelhaften Freikorps diskreditiert zu sehen.

62 Die Skizzierung der Ereignisse vom Friedensvertrag bis zum Kapp-Putsch folgt der Darstellung von Heiber. *Ebenda*, S. 47 f., 53-61.

63 Ruth Fischer, *Stalin and German Communism: A Study in the Origins of the State Party*, Cambridge, Mass. 1948, S. 124 f.

Auf der Linken hatten USPD und Kommunisten wohl kaum nur deshalb zum Schlag ausgeholt, um die Gemäßigten wieder an die Macht gelangen zu lassen. Dies traf vor allem für das Rheinland und das Ruhrgebiet zu, wo viele Arbeiter angesichts der jüngsten Erfahrungen Grund genug hatten, die geballte Macht der regulären Armee und der Freikorps zu fürchten. Freikorpsverbände hatten 1919 Arbeiter gefangen genommen, sie durch die Stadt geführt und bespuckt, sie *Schweinehunde* genannt und während des Marsches erschossen. In diesem Gebiet bewirkte der Aufruf zum Generalstreik zur Abwehr des Kapp-Putsches, daß sich die Arbeiter bewaffneten. Sie formierten Arbeiterbataillone und nannten sich Rote Ruhrarmee. Noch bevor die Bewegung endgültig zerschlagen wurde (30. März 1920), hatte die Rote Armee einen Umfang von mehreren Divisionen erreicht und die Kontrolle über einige Städte erlangt.
Die Niederlage der Roten Armee markierte das Ende der Arbeiteraufstände und -unruhen, die vor allem ›von unten‹ kamen, nicht nur was die Ursachen, sondern auch was Programmatik und Führung betrifft. Die nachfolgenden Erhebungen, die »Märzaktion« 1921 und die mißlungene Revolte von 1923 waren im wesentlichen kommunistische und russische Versuche, im Trüben zu fischen. Mit dem Ende spontaner Unruhen können wir die allgemeine Schilderung abbrechen und uns den konkreten Aufständen näher zuwenden.

3. Eine Bemerkung zu den Räten 1918 bis 1920

Da während der deutschen Revolution auf nationaler und lokaler Ebene eine Fülle von Räten entstand, mag der uneingeweihte Leser eine kurze Skizze nützlich finden. In ganz Deutschland oder auf nationaler Ebene bestanden drei Räte: (1) der *Rat der Volksbeauftragten*, dessen führendes Mitglied Ebert war; er hatte die Kanzlerwürde von Prinz Max von Baden, dem letzten Kanzler der kaiserlichen Regierung, übernommen. Er entstand am 9. November 1918 und erhielt am 10. November 1918 von der Versammlung im Zirkus Busch revolutionäre Legitimation. Diese Versammlung

64 *Ebenda*, S. 126 f.

von Arbeiter- und Soldatenräten war auf die Stadt Berlin beschränkt. Dem linken Flügel gelang hier die Gründung (2) eines *Vollzugsrats* als Teil des erfolglosen Versuchs, Ebert und Genossen in dem konservativeren *Rat der Volksbeauftragten* matt zu setzen. Am 16. Dezember 1918 trafen sich Delegierte aus ganz Deutschland in Berlin zum *Allgemeinen Kongreß der Arbeiter- und Soldatenräte Deutschlands* (im weiteren Kongreß genannt), der sich selbst als ein revolutionäres Parlament der Arbeiter- und Soldatenräte bezeichnete und dessen Sitzungen bis zum 21. Dezember 1918 dauerten. Hier schuf man am 16. Dezember 1918 einen (3) *Zentralrat*, der am 21. Dezember 1918 die Macht des *Vollzugsrats*, der während der Versammlung im Zirkus Busch geschaffen worden war, an sich zog. Dieser Zentralrat war ein Mittelding zwischen einem Parlament, dem der Rat der Volksbeauftragten irgendwie verantwortlich war, und einem Exekutivorgan aus eigenem Recht. Hier jedoch waren die Mehrheitssozialisten in der SPD absolut führend. Formale Parität zwischen der SPD und der USPD galt nicht länger, und die SPD hatte alle Sitze im *Zentralrat* inne. Offiziell endete die radikale Revolution, als der Kongreß mit überwältigender Mehrheit am 19. Januar 1919 für den Wahlaufruf zur Nationalversammlung stimmte. Die wirklich radikalen Angriffe wurden erst *nach* Abschluß des Kongresses am 21. Dezember 1918, teilweise als Reaktion auf seine Entscheidungen, geführt. Eine zweite und weniger wichtige nationale Versammlung von Arbeiter- und Soldatenräten (oder *Rätekongreß*) tagte am 8. April 1919. Der *Zentralrat* blieb in der Theorie die oberste regierende Autorität, bis er seine Macht am 4. Februar 1919 der Nationalversammlung übergab. In der Zwischenzeit blieb jedoch die eigentliche exekutive Gewalt in den Händen von Ebert und seinen Leuten im *Rat der Volksbeauftragten*, der ebenfalls seine Macht an die Nationalversammlung abtrat. Eine nützliche Quelle für die meisten dieser Informationen ist die Einleitung der Herausgeber des Buches *Der Zentralrat der Deutschen sozialistischen Republik 19. 12. 1918 - 18. 4. 1919*, Kolb und Rürup, und dort besonders die Seiten XI-XIII, XXIX, L, LV, die ich mit Hilfe des Index bei Ryder, *German Revolution of 1918*, und Carstens, *Revolution in Central Europe 1918-1919*, ergänzt habe.
Im wesentlichen gab es zwei Grundarten oder lokale Formen von Räten. Die erste waren die *Arbeiter- und Soldatenräte*, die aus der

Erde schossen und sich Ende 1918 fast über ganz Deutschland verbreiteten. Nicht alle setzten sich aus Arbeitern und Soldaten zusammen. Von lokalen und zeitlichen Umständen abhängig – die Soldatenräte verschwanden mit dem Fortschreiten der Demobilisierung –, erschienen viele einfach als Arbeiter- oder als Soldatenräte. In einigen Teilen Deutschlands gab es sogar den flüchtigen und mißlungenen Versuch, Bauern zur Teilnahme zu bewegen. Die andere Form bestand in den Betriebsräten, die auf Industriearbeiter beschränkt waren und die besonders im Frühling 1919, als Teil der zweiten und radikaleren Phase der Revolution, wichtig wurden. Sie waren wesentlich der Ausdruck einer Bewegung für Arbeiterkontrolle und dezentralisierten Sozialismus.

Neuntes Kapitel
Die radikale Erhebung

1. Allgemeine Gesichtspunkte

Das Scheitern des Spartakusaufstandes brachte ein neues Element in die Situation der Arbeiter: schwere und blutige Unterdrückung der Linken. Erst im Januar 1919, nach Niederschlagung des Aufstands und nachdem Noske und die Freikorps in Aktion getreten waren, erhoben sich die Arbeiter massenweise in den wichtigen Industriegebieten Deutschlands. Die erste Welle der Revolution, die mit dem bewaffneten Aufstand der Matrosen der deutschen Kriegsflotte im November 1918 begonnen hatte, war überwiegend eine »Volks«revolution mit begrenzt liberalen Zielen. Das allgemeine Aufbegehren des Volkes richtete sich fast ausschließlich gegen das Militär, die Monarchie und alles, was nach Verlängerung des Kriegszustandes, Disziplin, Leiden und Opfer roch. Obwohl die Arbeiter eine führende Rolle spielten, wollte nur eine kleine und verstreute Minderheit die »Volks«erhebung zu einer radikalen und proletarischen Revolution machen. Wäre Ebert dem nicht zuvorgekommen, indem er die provisorische Regierung in Berlin übernahm, hätte es bestenfalls einen Staatsstreich, jedoch kaum eine Revolution gegeben. Die lokalen Arbeiter- und Soldatenräte, die spontan nach dem Kieler Aufstand gebildet wurden, hätten zu Organen einer Volksdemokratie werden können oder wenigstens zu einem Mittel, um den institutionellen Halt der herrschenden Klasse – der Junker, der Großindustrie, der höheren Ebenen von Justiz und Bürokratie – zu brechen. Dies gelang indes nicht. Ein naheliegender Grund lag in der Befürchtung der reformistischen Führer der SPD, die Bewegung könnte sich ihrem Einfluß entziehen und zu einer sozialistischen Revolution werden, was aus ihrer Sicht verheerende Folgen für ganz Deutschland, also auch für die Industriearbeiter, gehabt hätte. Ein weiterer Grund dafür, daß aus der Rätebewegung keine demokratische Herrschaft hervorging, liegt in dem Umstand, daß die Bauern im großen und ganzen nichts mit den Räten zu tun haben wollten.

Somit gelang es der Volkserhebung nicht, diejenigen sozialen Veränderungen herbeizuführen, die Teil der Errichtung der liberalen

Demokratien in England, Frankreich und den USA gewesen waren. Die zweite revolutionäre Welle, die nach dem Scheitern des Spartakusaufstandes an Kraft gewann, war in starkem Maße eine Reaktion auf die Versäumnisse der ersten Revolutionswelle – Versäumnisse selbst aus liberaler Sicht.[1] Diese zweite Revolutionswelle war in dem Sinne proletarisch, als sie von Industriearbeitern getragen wurde. Selbst rhetorisch wurde kaum ein Versuch unternommen, sie als Bewegung des ganzen Volkes darzustellen, oder, um es genauer zu sagen: Die Sprecher der zweiten Welle betrachteten oder definierten die Industriearbeiter als die Masse des Volkes – was statistisch gesehen Unsinn war. Die Volkszählung von 1925 gibt den Anteil der Arbeiter an der deutschen Bevölkerung mit nur 29 Prozent an.[2] Selbst im Ruhrgebiet machten die Industriearbeiter etwas weniger als die Mehrheit aus (48 Prozent), und auch unter Hinzunahme verwandter Gruppen aus Handel und Transportwesen hätten sie nur eine leichte Mehrheit gebildet. Doch darauf kommt es kaum an. In diesen Tagen der Euphorie und der Wut konnte weder von den Revolutionären noch von deren Gegnern erwartet werden, viel Zeit auf das sorgfältige Studium von Statistiken zu verwenden.

Streng chronologisch gesehen, hatte die radikale Welle ihre Ursprünge tatsächlich in den Fabrikstreiks während des Krieges, die im vorangehenden Kapitel diskutiert wurden. Sie setzte sich zwar neben der breiteren Volksbewegung fort, die beim Kieler Matrosenaufstand ihren Ausgang nahm und zum Sturz des Kaisers führte, wurde aber in weiten Teilen von ihr überschwemmt. Manchmal flossen die beiden Bewegungen zusammen, doch zumindest einige Führer blieben sich die ganze Zeit hindurch der widersprechenden Zielvorstellungen bewußt. Die reformistische, populare oder demokratische Revolution kam zum Stillstand, als sich der erste Kongreß der Arbeiter- und Soldatenräte vom 16.-21. Dezember 1918 für Wahlen zu einer Nationalversammlung zum frühestmög-

1 Das nächste Kapitel wird die Gründe dieses Mißerfolgs und besonders die reformistische Behauptung prüfen, die Radikalen trügen die Verantwortung für das Scheitern des Liberalismus, um festzustellen, ob die Führer der SPD sich anders hätten verhalten können.

2 *Statistisches Jahrbuch für das Deutsche Reich*, Bd. 46 (1927), Berlin 1927, S. 20-21, Auszug aus der Volkszählung 1925; die Angaben über das Ruhrgebiet sind dem Kap. 7, Tabelle 6, zu entnehmen.

lichen Zeitpunkt entschied und damit einen *Schlußstrich* unter diese Form der Rätebewegung zog. Einige Wochen, nachdem Noske die spartakistische Rebellion zerschlagen hatte, verlor die Volksbewegung schon ihren revolutionären Impetus. Da der radikale Vorstoß Repression statt Revolution bewirkt hatte, erhielt er in der Folgezeit der Jahre 1919 und 1920 eine stark defensive Komponente. Obwohl er eine viel größere Massenbasis erlangte, blieb er defensiv. Die Tatsache allerdings, daß er eine Verteidigung gegen das Wiederaufleben militärischer Macht im Dienste der Großkonzerne *war*, erscheint, wie ich die Anzeichen deute, als Hauptgrund für die Massenunterstützung dessen, was ungenau als radikale Bewegung zu dieser Zeit in Deutschland bezeichnet wird.

Die grundlegenden Ursachen der radikalen Woge waren zusammengefaßt folgende: Der schon vor dem Krieg offenkundige langfristige Wandel in der Struktur der Wirtschaft vergrößerte zunehmend die Last, die auf den Hauptinstitutionen zur Integration der Industriearbeiter in die kapitalistische Ordnung lag. Die Bedeutung von Handwerksbetrieben und kleinen Produktionseinheiten in Provinzstädten, in denen SPD und Gewerkschaften am stärksten verwurzelt waren, war im Abnehmen begriffen, während das Gewicht der großen Fabriken und des großstädtischen Lebens zunahm. Der Krieg gab dieser Entwicklung einen vorübergehenden Schub, was viel Not und einen allgemeinen Bruch traditioneller sozialer Grenzen und familialer Gewohnheiten verursachte. Der Krieg war auch der Grund für das recht plötzliche Auftreten riesiger Zusammenfassungen von Arbeitern in bestimmten Fabrikanlagen und Gebieten. In vielen Teilen Deutschlands machte der Mangel an Wohnraum, Brennstoff, Kleidung und vor allem Nahrungsmitteln – der in einer Weise auftrat, daß er die Regierenden diskreditierte und die Kluft zwischen Reich und Arm hervorhob – die Industriearbeiter reizbar und verärgert. Enttäuschung und mißlungene Umsturzversuche, von denen der Spartakusaufstand nur der dramatischste und wichtigste war, führten zum Einsatz von Truppen, zur Niederwerfung von Revolten. Nach dem Scheitern des Spartakusaufstands verloren viele Arbeiter die Zuversicht in jede Form politischer Aktionen. Sie neigten dazu, auf ihre eigenen Belange zurückzugehen; insbesondere die Bewegung der *Betriebsräte*, eine Mischung aus Arbeiterdemokratie und Arbeiterkontrolle über die Vorgänge in den Fabriken muß kurz detaillierter erörtert werden. Die Proteste schlugen dann, wenn diese Einrichtungen versagten oder deren Scheitern durch Verdächtigungen und Verschleppen von oben Vorschub geleistet wurde, in offene Revolte um.

Wenn das die begründenden Ursachen waren, welche Typen von Arbeitern wurden von den radikalen Bewegungen angezogen? Offensichtlich nicht alle, und es wird das beste sein, mit einigen Bemerkungen über diese These zu beginnen. Mit der wichtigen Ausnahme der Metallarbeiter, die gleich diskutiert wird, erfaßten die radikalen Bewegungen nicht diejenigen Gebiete, in denen die Gewerkschaften tiefe Wurzeln geschlagen hatten. Noch kamen sie wahrscheinlich dort vor, wo die Traditionen der Handwerker noch stark waren, ein bemerkenswerter Unterschied zur Situation von 1848. Schließlich hielten sich auch die Gebiete der Textilfabriken mit ihrer großen Zahl ungelernter und weiblicher Arbeiter fern, obwohl sie gegen die kollaborierende Politik der Gewerkschaften während des Krieges waren und später eine starke kommunistische Minderheit in ihren Reihen entwickelten. Da ein wohlwollender und sehr scharfsichtiger Forscher der Betriebsrätebewegung berichtet, daß sie es versäumten, sich an die Mehrheit der deutschen Arbeiter zu wenden, kann man sicherlich schließen, daß sehr viele Arbeiter sogar der großen städtischen Industrien und Bergwerke radikalen Aufrufen in gleicher Weise widerstanden.[3] Wenn dem so ist, wo fand dann der Radikalismus Anklang? Unterschiedliche Typen von Radikalismus sprachen verschiedene Arten von Arbeitern an. Fangen wir von unten an: Die von der gesellschaftlichen Ordnung Zurückgewiesenen – verschiedentlich als *das Lumpenproletariat, die Unterschicht, die Ausgestoßenen* bezeichnet – lieferten zahlreiche Rekruten für verschiedene Formen des utopischen Aktivismus und Terrorismus. Diese Schicht umfaßte die arbeitslosen und fast nicht beschäftigbaren Arbeiter ebenso wie Gelegenheitsarbeiter. Die Hafenarbeiter in Hamburg, die gelegentlich mit einer gewalttätigen Demonstration in die politische Arena hereinbrachen, um kurz danach wieder in offensichtliche Apathie

3 Peter von Oertzen, *Betriebsräte in der Novemberrevolution: Eine politikwissenschaftliche Untersuchung über Ideengehalt und Struktur der betrieblichen und wirtschaftlichen Arbeiterräte in der deutschen Revolution 1918/19*, Düsseldorf 1963, S. 277 f., 323.

zu versinken, bilden ein gutes Beispiel. Solche Männer waren nur oberflächlich von der Rätebewegung angezogen.[4] Im deutlichen Gegensatz dazu strömten die neuen Arbeiter, die in neue Industrien während und nach dem Krieg stießen, besonders etwa in Chemiefabriken, und die keine Traditionen und Verbindungen hatten, bereitwillig zur Betriebsrätebewegung. Gleiches galt für mehrere andere Sektoren, die vor dem Krieg nicht unter gewerkschaftlicher Kontrolle gestanden hatten und in die die neuen Arbeiter während des Krieges strömten – Eisenbahner und Staatsarbeiter im allgemeinen, auch Handlungsgehilfen.[5] Der Betriebsräteradikalismus erlangte auch unter den Berg- und Hüttenarbeitern eine sehr machtvolle Stütze. Neben allgemeinen harten Arbeitsbedingungen scheint der unmittelbar prädisponierende Faktor die Reaktion der Arbeiter auf das gewesen zu sein, was sie als höchst autoritäre und irrationale Formen der Betriebsleitung wahrnahmen.

Die Metallarbeiter, deren Revolutionäre Obleute eine so wichtige Rolle gespielt haben, bilden das letzte und vielleicht lehrreichste Beispiel. Die Metallarbeiter hatten, mit Ausnahme der Schwereisen- und Stahlindustrie an der Ruhr, eine lange und erfolgreiche Gewerkschaftstradition. Sie waren überdies hochspezialisiert und wurden während des Krieges besonders gut bezahlt. Warum bekamen dann Forderungen nach radikaler gesellschaftlicher Veränderung – mit zugegebenermaßen unbestimmten und fließenden Zielen – solchen starken Halt in ihren Reihen? Ein möglicher Grund ist, daß mit der Verbreitung großer Fabriken der Besitz einer Ausbildung sehr viel weniger Garantie für Sicherheit als früher bedeutete.[6] Vermutlich aber waren andere Faktoren wichtiger.

4 *Ebenda*, S. 276, 292.

5 *Ebenda*, S. 277. Die Durchschlagskraft der Räteidee in den Reihen der Angestellten und Handlungsgehilfen ist besonders bezeichnend, seit dieser Sektor später Massen von Anhänger für den Nationalsozialismus lieferte. Für diese Leute war eher das Drohen eines proletarischen Status als die gegenwärtige Mitgliedschaft im Proletariat von Bedeutung. Offensichtlich konnte die Räteidee in unterschiedlichen Graden sowohl bei denen Anklang finden, die ein solches Schicksal bedrohte, als auch bei denen, die ihm unterlagen. Möglicherweise galt das gleiche für andere, etwa die gerade erwähnten Chemiearbeiter, denn als neuer Typus von Arbeiter muß sein Status unsicher gewesen sein.

6 Zum allgemeinen Wandel der Implikationen von Ausbildung siehe: *Ebenda*, S. 316-318.

Im Metallarbeiter-Verband stellten erfahrene Gewerkschaftsfunktionäre die Vertrauensleute, deren Tätigkeit in den Werkshallen sie in Kontakt mit den gewöhnlichen Arbeitern hielt. Hier wird ein entscheidender Unterschied deutlich, denn in anderen Gewerkschaften wurden die unteren Führer im allgemeinen in die Gewerkschaftsbürokratie gezogen und unterlagen daher einem viel konservativeren sozialen Geflecht, das eine vorsichtige Herangehensweise an alle Probleme bevorzugte. In der Fabrikhalle erschien unter dem kriegsbedingten Streß und während der frühen Nachkriegsbedingungen der Konflikt zwischen Unternehmer und Arbeiter in seiner schärfsten Form. Daher waren diese Männer täglich Erfahrungen ausgesetzt, die sie in eine radikale Richtung wenden konnten.[7]

Einige der allgemein prädisponierenden Faktoren, die von Fall zu Fall stark differieren, sind durch die gesamte Arbeiterklasse hindurch sichtbar, von den untersten Rängen der sozial Ausgeschlossenen bis hinauf zum modernen Proletariat der ungelernten Arbeiter in den großen Städten und großen Fabriken, ja, selbst bis hin zu den hochspezialisierten und gutbezahlten Arbeitern. Der einzige Bereich, in dem sie scheinbar keinen nennenswerten Anklang fanden, waren die kleinen Handwerksbetriebe. Das lag hier wahrscheinlich an einer Situation, wo der Unternehmer weder in seinem sozialen Status noch in seiner ökonomischen Funktion von den Arbeitern an der Werkbank scharf unterschieden war. In dieser Situation nahm der Unternehmer Aufgaben wahr, die den Arbeitern als sowohl unvermeidlich wie notwendig erschienen, ebenso wie – sagen wir – in einer kleinen Klempner- oder Maschinenwerkstatt im modernen Amerika.[8]

Zwei allgemeine Beobachtungen über die zugrunde liegenden oder prädisponierenden Ursachen für den Radikalismus der Arbeiterklasse sollen nun zur Sprache kommen. Jede von ihnen deutet auf die Notwendigkeit zu Behutsamkeit im Urteil über solche Ursachen. Die unterschiedlichen Formen von Radikalismus scheinen allesamt die meiste Zeit über nur unter der Minderheit der deut-

7 Siehe: *Ebenda*, S. 281-290.

8 Dieser Punkt verlangt vollständigere Untersuchung im spezifisch deutschen Kontext. Die Aufmerksamkeit der Forscher richtete sich bislang eher auf die Situationen, in denen der Radikalismus Anklang fand, als dorthin, wo dies nicht der Fall war.

schen Arbeiter verbreitet gewesen zu sein. Das wahre Ausmaß freiwilliger Anhängerschaft der radikalen Bewegungen ist auf der anderen Seite sehr schwer zu beurteilen. Dort, wo wegen der Repression durch Unternehmer oder den Staat öffentliches Bekunden gewagt und gefährlich ist, kann es sehr viel latente Unterstützung für den Radikalismus geben. Die Kehrseite der Medaille liegt in der Tatsache, daß in Zeiten der Erregung und schwacher politischer Autorität wahrscheinlich eine umgekehrte Situation die Oberhand gewinnt, denn da besteht die Gefahr größerer Einschüchterungen durch Militante, um Zauderer auf ihre Linie zu zwingen und den Anschein von Solidarität aufrechtzuerhalten. Auch wenn einige gewöhnliche Arbeiter spontan heroische Risiken auf sich nehmen mögen, so ist es nicht wahrscheinlich, daß die Masse der Arbeiter dieser Richtung mehr zugeneigt ist als jeder andere Teil der Bevölkerung. Gemeine Soldaten in einer Armee unter Beschuß brauchen, selbst wenn sie an deren Sache glauben, das soziale Korsett der militärischen Disziplin. Revolutionäre Einschüchterung spielt eine ähnliche Rolle. Auch wenn Reaktionäre und Konservative diesen Aspekt von Volkserhebungen überbetonen, gibt es keinen Grund, seine Bedeutung unter gewissen Umständen zu bezweifeln. Die Schwierigkeit, das Ausmaß freiwilliger Gefolgschaft gegenüber militanten und radikalen Programmen unter Bedingungen von sowohl Repression wie auch erschütterter Autorität zu beurteilen, kann dort die Vorstellung eines plötzlichen Ausbruchs radikaler Gesinnungen hervorbringen, wo in Wahrheit sehr wenig wirkliche Veränderung gewesen ist.

Man sollte den allgemeinen gesellschaftlichen und wirtschaftlichen Faktoren kein zu großes Gewicht in der Erklärung beimessen. Wie der plötzliche Zustrom zu militanten und radikalen Bewegungen und die ebenso plötzliche Abwendung zeigen, können höchst unmittelbare Umstände die ganze Differenz ausmachen – besonders, wenn das Kriterium für Bedeutung in politischer Wirksamkeit besteht.[9] An diesem Punkt muß der Leser wohl kaum daran erinnert

9 Um Mißverständnisse zu vermeiden, ist es notwendig, darauf hinzuweisen, daß aus dem Akzeptieren dieses Kriteriums nicht folgt, die Geschichte der Sieger zu schreiben. Man kann versuchen herauszufinden, warum die Verlierer scheiterten, und natürlich mit ihnen sympathisieren oder nicht. Politische Wirksamkeit scheint mit ein Bedeutungskriterium zu sein, das die Tatsachen selbst dem Forscher menschlicher Verhältnisse aufdrängen.

werden, daß Elend in irgendeinem objektiven Sinn kaum ausreicht, einen Volksaufstand hervorzurufen. Aber die Entwicklung von Standards zur Verurteilung – eine gesellschaftliche Erklärung von Elend und seine moralische Ablehnung – sind als solche auch nicht notwendig hinreichend. Damit Massenaufstände oder politische Aktion stattfinden, muß ein sich überstürzendes Ereignis in Form einer neuen, plötzlichen und unerträglichen Empörung geschehen. (Die Definition von unerträglich mag ebenfalls historisch variieren.) Eine Unterbrechung der Nahrungsmittelversorgung oder die Tat eines Verantwortlichen von besonders offensiver oder taktloser Ungerechtigkeit oder irgendeine »ungerechtfertigte« Forderung – etwa der Befehl zum Auslaufen, der den Matrosenaufstand in Kiel hervorbrachte – sind Beispiele für Ereignisse dieser Art. In einem solchen Fall kann, wie in einem steilen Alpental, wo der Schnee sich gerade in der richtigen Weise aufgetürmt hat, um einen riesigen explosiven Druck zu erzeugen, manchmal der Wurf eines Schneeballs eine strudelnde blinde Kraft freisetzen, die jedes Hindernis in ihrem Schwung nach unten unter sich begräbt. Diese Situationen sind jedoch eben so selten wie dramatisch, und eine explosive Situation in einem bestimmten geschichtlichen und kulturellen Kontext muß nicht auch in einer anderen Zeit und an einem anderen Ort explosiv sein, wo menschliche Erfahrungen, Erinnerungen, Urteile und Hoffnungen ganz anders sind.

Nach diesen skeptischen Äußerungen über die Ursachen radikaler Unzufriedenheit können wir nun ihre Hauptausdrucksformen im konkreten Verhalten betrachten. Ab Januar 1919 fanden radikale Unzufriedenheitsäußerungen ihren Ausdruck in vier verschiedenen Formen: (1) in wechselhafter, aber zeitweilig starker Wahlunterstützung für die USPD[10]; (2) in starken oppositionellen Bewegungen einfacher Mitglieder gegen die verharschte Gewerkschaftsführung; (3) in geringer Unterstützung für Putschs und weit stärkerer Unterstützung für defensive (aber hoffnungslose) Aktionen gegen Noskes Freikorps; (4) in der Bewegung für Arbeiterdemokratie und Arbeiterkontrolle durch die *Betriebsräte*. Diese Räte hatten praktisch mit den *Arbeiter- und Soldatenräten* nichts ge-

10 Gerald D. Feldman, Eberhard Kolb und Reinhard Rürup, *Die Massenbewegung der Arbeiterschaft in Deutschland am Ende des Ersten Weltkrieges (1917-1920)*, in: *Politische Vierteljahresschrift*, Bd. 13 (August 1972), S. 99 f., 104.

mein, die 1919 bei abnehmender Bedeutung weiterhin existierten. Alles, was sie miteinander verband, war das Wort »Rat« in ihrem Titel und die wenigen Führer, die in beiden Bewegungen aktiv waren. Die Arbeiter- und Soldatenräte waren, wie wir gesehen hatten, volksdemokratische Organe, die das »Volk« als ganzes in einem gegebenen Gebiet repräsentierten oder dies jedenfalls versucht hatten. Die Betriebs- oder Fabrikräte waren explizit Organe der Arbeiter in einer gegebenen Fabrik oder einem Betrieb, womit ihr Klassencharakter weit mehr unterstrichen wurde. Da in dieser Bewegung die Interessen der gewöhnlichen einfachen Arbeiter ihren klarsten Ausdruck finden, wird sich die übrige Diskussion hierauf zu konzentrieren haben.

Die Betriebsrätebewegung war keine reine Bewegung der Arbeiterklasse in dem Sinne, daß alle ihre Ideen von den Arbeitern selbst und nicht von Intellektuellen oder anderen äußeren Quellen kamen. Im übrigen ist es unwahrscheinlich, daß jemals eine gänzlich reine Bewegung existiert haben könnte, denn die Arbeiter waren niemals insgesamt von intellektuellen Strömungen, die aus der übrigen Gesellschaft flossen, isoliert. Die Strategien kamen von außen. Ihre theoretischen Elaborate brauchen uns hier nicht zu beschäftigen. Vom Standpunkt der gegenwärtigen Untersuchung sind die bedeutungsvollen Aspekte folgende: Wenn außerhalb ihrer eigenen Reihen stehende Führer aufgebrachten Arbeitern sagten, daß sie die Kontrolle über den Produktionsprozeß selbst übernehmen müßten, wollten sie irgendwelche Verbesserungen ihrer eigenen Lage erreichen, dann stimmte eine große Anzahl von Arbeitern dem begeistert zu. Ich möchte die Vermutung wagen, daß dies die Bedeutung von Sozialismus für die meisten Arbeiter in den Fabriken war. Etwas konkreter bedeutete das mehr Kontrolle über ihr eigenes Schicksal und größere Achtung vor der Menschenwürde. Das stand dem Anarchismus weit näher als dem marxistischen oder zentralistischen Sozialismus.

Obwohl die Entwicklungen im Ruhrgebiet später detaillierter analysiert werden, liegt es nahe, die Betriebsräte hier zu erörtern, weil die Ruhrbergarbeiter zu derjenigen Gruppe wurden, in der die Bewegung, wenn auch nur kurz, ihren stärksten Rückhalt hatte. In diesem Gebiet kamen im November 1918, zur gleichen Zeit wie die regionalen Arbeiter- und Soldatenräte, doch, wie es scheint, ganz unabhängig von ihnen, eine Anzahl spontaner Arbeiterbewegungen auf. Die meisten brachten die üblichen Beschwerden der Bergarbeiter vor – Proteste gegen die willkürliche Herrschaft der Zechenleitung einschließend –, die im Zuge der Bergarbeiterbewegung vor dem Krieg schon aufgetaucht waren. Die Absicht, gegen diese Willkür mit Hilfe der Betriebsräte etwas zu unternehmen, scheint von außen gekommen zu sein. Auch beruhte sie auf Vereinbarungen während des Krieges. Ein Funktionär des Metallarbeiter-Verbandes, Heinrich Schliestedt, machte einen offiziellen Besuch an der Ruhr und brachte dann beim Berliner Kongreß der Arbeiter- und Soldatenräte im Dezember 1918 eine kurze, aber nachdrückliche Verteidigung des militanten Verhaltens der Bergleute vor. Er ermahnte die versammelten Delegierten, es mit der Einführung des Sozialismus wenigstens in den Bergwerken ernst zu nehmen und dies nicht bis zum *Sankt Nimmerleinstag* aufzuschieben, was dann auch wirklich geschah. Denn für ihn war Sozialismus keine Abstraktion. »Nun noch etwas«, sagte er zum Ende seiner Rede, »es kommt darauf an, daß wir auch in den Betrieben ganz anders zu arbeiten haben wie bisher, und das ist es, was die Nationalversammlung nicht leisten kann. Es kommt nämlich auf die *Verwaltung der Betriebe* an. Das kann nicht mehr so gehen, daß die Unternehmer und ihre Beamten allein die Verwaltung haben, sondern wir müssen die *Arbeiter* daran *beteiligen* ... Die Arbeitsleitung muß also in die Hände der überwachenden Arbeiterausschüsse der Arbeiterräte gelegt werden.«[11]

Die eigentliche Botschaft an die Arbeiter war ungefähr folgende: Wenn du etwas gegen Willkür tun willst, mußt du die Regierung dazu bewegen, die Bergwerke zu übernehmen, *und* du mußt deine eigenen Leute in der Betriebsleitung haben, um den Willkürakten ein Ende zu machen. Dies wurde zur Stoßrichtung hinter den Forderungen der Bergarbeiter. Es war eine neue Version der uralten Forderung nach »anständiger Behandlung«, ein Thema, das in der Rätebewegung explizit betont wurde. Hier nun gingen die Forderungen der Arbeiter über die üblichen, nach Verbesserung ihrer materiellen und gesellschaftlichen Lage, hinaus. Wenn anständige Behandlung noch immer die zentrale Forderung war, glaubten die

11 Peter von Oertzen, *Betriebsräte in der Novemberrevolution* ..., a. a. O., S. 111-113; *Allgemeiner Kongress der Arbeiter- und Soldatenräte Deutschlands: Vom 16. bis 21. Dezember 1918 im Abgeordnetenhause zu Berlin*, Berlin 1919, Spalte 333. Hervorhebung im Original.

stärker politisierten und wachsameren Arbeiter, daß dieses schon lange bestehende Ziel nur durch eine Beteiligung an der Betriebsleitung zu erreichen sei. Beides, Vergesellschaftung und Rätesystem, bildete eine untrennbare Einheit in ihrer Einschätzung und der Abhilfe ihrer Notlage.[12]

Während des Frühlings 1919 erregten diese Forderungen einen machtvollen Widerhall bei den Arbeitern. Die Details der Bewegung, die durch Schüsse der bewaffneten *Freikorps* endete, brauchen hier nicht skizziert zu werden.[13] Aber bestimmte Aspekte sollten doch hervorgehoben werden. Radikaler Putschismus nach Spartakistenart (wie groß jedoch die Rolle war, die die Spartakisten wirklich spielten, bleibt unklar) konnte solange keinen Halt unter den Arbeitern finden, wie die Durchsetzung dieser Forderungen durch die Betriebsräte aussichtsreich erschien. Tatsächlich hörten die Streiks sofort auf, als Verhandlungen mit der Regierung ein solches Ergebnis zu versprechen schienen. Auf der anderen Seite wuchsen Gewalttätigkeit und Massenbeteiligung in dem Maße, wie die Regierung einen schwankenden Kurs steuerte, schließlich streikten annähernd drei Viertel der Bergarbeiterschaft (oder über 300 000) für die Erfüllung dieser Forderungen. Im Zuge einiger Streiks kam es zu blutigen Auseinandersetzungen. Gegen Ende April 1919 flauten die Streiks unter dem Druck militärischer Bedrohung und der Intervention von Carl Severing ab. Sowohl die Vergesellschaftung wie das System der Betriebsräte waren besiegt. Der einzige Erfolg der Arbeiter war die Herabsetzung der Arbeitszeit auf sieben (nicht sechs) Stunden.[14]

12 Peter von Oertzen, *Betriebsräte in der Novemberrevolution* ..., a. a. O., S. 127 f.

13 Für eine vollständige Darstellung siehe Peter von Oertzen, *Die großen Streiks der Ruhrbergarbeiterschaft im Frühjahr 1919*, in: Kolb (Hrsg.), *Vom Kaiserreich zur Weimarer Republik*, S. 185-217. Nachdruck aus: *Vierteljahreshefte für Zeitgeschichte*, Bd. 6 (1958), S. 231-262.

14 Der Streik begann Anfang April 1919 mit den Forderungen nach der Sechs-Stunden-Schicht, Anerkennung des Rätesystems, Entwaffnung der Freikorps, Bewaffnung der Arbeiter und Wiederherstellung der Beziehung zwischen Deutschland und Rußland. (Die letzte Forderung war sehr wahrscheinlich angehängt; die anderen korrespondieren mit der unmittelbaren Situation.) Siehe Peter von Oertzen, *Betriebsräte in der Novemberrevolution* ..., a. a. O., S. 117. Für eine kurze Zusammenfassung siehe Francis L. Carsten, *Revolution in Mitteleuropa 1918-1919*, Köln 1969, S. 122 ff.

In Mitteldeutschland folgte die Rätebewegung im großen und ganzen einem ähnlichen Muster. Inmitten einer verbreiteten politischen Erregung und aus dem Boden sprießender Arbeiter- und Soldatenräte im Jahre 1918 traten auch Betriebsräte, wieder mit sehr konkreten Forderungen, in Erscheinung. In den großen Leuna-Chemiewerken, einer großen Kriegsindustrie, die im wahrsten Sinne des Wortes aus dem Boden geschossen war, stellten die Betriebsräte am 9. November 1918 – dem Tag der Revolution – der Unternehmensleitung fünf Forderungen: 1) Acht-Stunden-Tag; 2) Beseitigung der Überstunden- und Sonntagsarbeit; 3) einheitliche Küche für alle Belegschaftsmitglieder; 4) *anständige Behandlung* seitens der Vorgesetzten; 5) Einstellung der Kriegsproduktion.[15]

Die Leuna-Werke stellen einen klassischen Fall der partiellen Radikalisierung der neuen Arbeiter dar, die massenweise in eine ungewohnte und unangenehme Situation strömten. Intensiver als anderswo, ist dies ein Prozeß, der bis zu einem gewissen Grade in ganz Deutschland stattgefunden haben muß. Im Fall der Leuna-Werke ist es auch möglich, einen wertvollen Einblick in die Konkurrenz unter den Arbeitern zwischen einer reformistischen und einer radikalen Richtung der Einschätzung und Abhilfen in ihrer aktuellen Situation zu erlangen. Einer der ehemaligen Führer der Betriebsrätebewegung berichtet in seinen Memoiren, wie den radikalen Führern die Situation an Ort und Stelle erschien. Von ihrem Standpunkt aus war es die Hauptaufgabe, die neuen Arbeiter vor dem »Verschmelzen« mit den alten organisierten Arbeitern zu bewahren. Eine Möglichkeit, dieses Ergebnis zu erreichen, lag darin, in den Baracken von Bett zu Bett zu ziehen und Abonnenten für die linke Oppositionszeitung zu werben. In wenigen Monaten hatten sie in den Baracken mehr als tausend Abonnenten. Der Zahltag gab eine weitere Gelegenheit zur politischen Agitation. An diesem Tag gingen die Agitatoren umher, um Abonnements verlängern zu lassen, und dann gab es gewöhnlich eine Menge Zeit und Gelegenheit für nützliche politische Diskussion mit den Abonnenten.[16]

15 Peter von Oertzen, *Betriebsräte in der Novemberrevolution* ..., a. a. O., S. 134 f.

16 Wilhelm Koenen, *Wir kämpften für die Rätemacht und den Sozialismus*, in:

Im Bergbau, der auch in Mitteldeutschland bedeutend war, ähnelte die Situation der an der Ruhr: Die Hauptbeschwerde unter den Arbeitern galt hier der Willkür und den ungerechten Verfahrensweisen der Betriebsleitung. In diesem Teil Deutschlands gab es einige Fälle ungesetzlicher oder spontaner Vergesellschaftung durch den Betriebsrat. Von Oertzen stellt vier Hauptforderungen aus der Vielzahl der Aktionen und Erklärungen der Arbeiter im Februar 1919, also nach dem Spartakusaufstand, zusammen. Diese bestanden in 1) einer Form der »Demokratisierung« der innerbetrieblichen Struktur; 2) einem Mitspracherecht über die unmittelbaren Bedingungen der eigenen Arbeit, z. B. bei Sicherheitsvorkehrungen, über die Lohnfestsetzung und bei Entlassungen; 3) dem Einblick in alle wichtigen Unterlagen der Betriebsleitung; 4) einem angemessenen Anteil (nicht weiter spezifiziert) am Betriebsgewinn, verbunden damit ein Ausgleich der großen Vermögens- und Einkommensunterschiede zwischen Unternehmern und Arbeitnehmern. Auf der anderen Seite sollten die Betriebsräte bestimmte Pflichten anerkennen, insbesondere ihre Sorge für die allgemeinen Interessen des Betriebes.[17] Obwohl einige politische Vorreiter der Bewegung auf eine revolutionäre Erhebung und die Diktatur des Proletariats gehofft haben mögen, zeigten weder die Führer der Betriebsrätebewegung noch die Arbeiter selbst irgendeine Bereitschaft in diese Richtung.[18] Dennoch folgten die Ereignisse im wesentlichen dem gleichen Verlauf wie an der Ruhr. Die Regierung und die Eigentümer waren in ihrer Zurückweisung der Forderungen der Arbeiter etwas schärfer, doch gab es Verhandlungen, in denen sie kleinere Konzessionen machten. Die Arbeiter radikalisierten sich. Am 22. Februar 1919 kam es zu einem ausgedehnten und sehr wirksamen Generalstreik. Im März marschierten die Truppen unter General Maercker ein und entwaffneten die Arbeiter nach blutigen Kämpfen und zahlreichen Ausschreitungen auf beiden Seiten.[19] Blickt man auf den Bericht über die Fabrik- und Betriebsrätebewegung zurück, ragen gewisse Punkte mit

Vorwärts und nicht vergessen: Erlebnisberichte aktiver Teilnehmer der Novemberrevolution 1918/1919, Berlin 1958, S. 378-380.

17 Peter von Oertzen, *Betriebsräte in der Novemberrevolution* . . ., a. a. O., S. 139 f.

18 *Ebenda*, S. 147.

19 *Ebenda*, S. 140-144.

wichtigen allgemeinen Implikationen heraus. Die Ursache für die Empörung der Arbeiter war im wesentlichen das Zusammenspiel zweier Dinge: gewisser materieller Entbehrungen und, wie sie es selbst nannten, des Fehlens anständiger Behandlung, was ihr Gefühl für Fairneß verletzte. Nach ihren Vorstellungen bedeutete dies offensichtlich, daß die Arbeiter etwa durch übermäßige Grobheit und den Mangel an höflichen Anredeformen oder ähnlichem nicht wie menschliche Wesen behandelt würden. Noch wichtiger scheint die Bestrafung für Handlungen gewesen zu sein, die der Arbeiter nicht als seine Schuld ansah oder für die er nicht verantwortlich gemacht werden konnte. Viele Arbeiter hatten sich offenbar einen Sinn für die Verpflichtung bewahrt, ihre Arbeit ordentlich und gewissen üblichen Standards gemäß zu leisten, was in der expliziten Erklärung der Verpflichtungen gegenüber dem Unternehmen deutlich wird. Der willkürliche Mißbrauch von Macht durch die Betriebsleitung bildete die Grundlage für die Forderungen der Arbeiter nach Fabrikdemokratie, Zugang zu Informationen über Unternehmensgeschäfte, Mitspracherecht bei Entlassungen etc. Anders formuliert: Sozialismus und Betriebsräte waren die Mittel zur Erlangung einer anständigen Behandlung. Dieser Weg scheint den Arbeitern von oben nahegelegt worden zu sein, den die Arbeiter aber gern akzeptierten, mit der Bereitschaft, dafür hartnäckig und aufopferungsvoll zu kämpfen. Ohne das Zusammenspiel von materiellen Einbußen und moralischen Mißständen hätte diese politische Massenbewegung wohl kaum Fuß fassen können. Doch trotz dieser Mißstände waren die Arbeiter eigentlich nicht revolutionär und schenkten den putschistischen Agitatoren, selbst in einer Zeit, in der allgemeine Euphorie mit Empörung und Verzweiflung wechselte, geringe oder gar keine Aufmerksamkeit. Es bedurfte der Enttäuschung und der Drohung von Gewalt, um diese Arbeiter auf die Barrikaden zu treiben.

In Deutschland gab es 1919, anders als 1917 in Rußland, keine Gelegenheit, durch eigene Erfahrung die inhärenten Grenzen der Arbeiterkontrolle über die Produktion zu entdecken. Das Experiment wurde, kaum daß es begonnen hatte, wieder unterdrückt. Völlige Kontrolle über den Produktionsprozeß kann es in keinem Fall auf der Ebene einzelner Fabriken geben. In einer modernen industriellen Gesellschaft mit ihrem komplexen Austausch von Gütern und Dienstleistungen zwischen Myriaden von Produktions- und Konsumtionseinheiten steht es außer Frage, daß weder die Betriebsleitung noch die Arbeiter einer einzelnen Fabrik autonome Entscheidungen darüber treffen können, was die Fabrik produziert und wie Maschinen, Rohmaterialien und Arbeit verbunden werden, um die Produktion fortzusetzen. Die Entscheidungen einzelner Betriebe müssen miteinander koordiniert werden, was die Russen sehr schnell einsehen mußten, als die Arbeiter mehrerer Betriebe sich entschieden, das zu produzieren, was ihnen gefiel, und nicht, was andere Produzenten und Konsumenten verlangten. Zur Herstellung der Koordination gibt es nur zwei grundlegende Mechanismen: den freien Markt oder die zentralisierte Bürokratie. Diese allgemeinen Erfordernisse von Koordination und Tausch lassen eine bemerkenswerte Breite von Wahlmöglichkeiten für die konkreten Entscheidungen auf der Ebene des individuellen Betriebes oder Unternehmens. Der Spielraum der Wahlmöglichkeiten schließt ein, wieviel an reiner technischer Effizienz eine Gesellschaft als ganze bereit sein mag, zugunsten anderer gesellschaftlicher Ziele aufzugeben, wie etwa für einen kulturell definierten angemessenen Lebensstandard und tadellose Behandlung für die Industriearbeiter. In ihren gelegentlichen Erklärungen über die Notwendigkeit einer Verantwortlichkeit gegenüber dem Unternehmen und darüber hinaus sogar in ihrer Bereitschaft, während der Verhandlung allgemeiner Probleme von militanten Aktionen abzusehen, zeigte ein großer Teil der politisch wachsten deutschen Arbeiter ein instinktives Bewußtsein für die durch allgemeine Erfordernisse gesellschaftlicher Koordination gezogenen Grenzen. Man kann daher die Betriebsrätebewegung nicht als utopisch abtun. Sie gehörte wohl eher zu den möglicherweise befreienden Alternativen in der menschlichen Geschichte, die von stärkeren Mächten unterdrückt wurde.

2. Das Ruhrgebiet vom Krieg zur Revolte

An diesem Punkt ist es hilfreich, auf den Kunstgriff altmodischer Kriminalromane zurückzugreifen und das Ende der Geschichte zu erzählen, um deutlich zu machen, was eine Erklärung verlangt. Der Aufstand an der Ruhr als Reaktion auf den Kapp-Putsch, dem fehlgeschlagenen rechten Umsturzversuch vom 13.-17. März 1920, war höchst kennzeichend, mehr als jeder andere Aufstand der Industriearbeiter, der bislang in einem modernen Industriestaat stattgefunden hat. Innerhalb weniger Tage gelang es den Ruhrarbeitern, eine Rote Armee aufzubauen. Mit dieser Armee wurden Dortmund und Essen und mehrere kleinere Städte im industriellen Zentrum Deutschlands besetzt. Auf dem Höhepunkt ihrer Macht hatte die Rote Armee ungefähr zwischen 80 000 und 120 000 Männer unter Waffen.[20] Selbst wenn diese Zahlen übertrieben sind, so beweisen sie doch, daß dies eine hochgradige Massenerhebung war und kein isolierter Putsch einer kleinen Bande *enragierter* Arbeiter. Alle Anzeichen sprechen dafür, daß dieser Aufstand spontan in dem Sinne war, daß er kein Ergebnis geplanten Vorgehens und sorgfältiger Organisation war. Hier zumindest war eine große Masse moderner Industriearbeiter gründlich bis zum Punkt des gewalttätigen Angriffs auf das herrschende System aufgebracht worden. Wie und warum erreichten sie dieses Stadium? Welche Bedeutung hatten für die einfachen Arbeiter, die an der Rebellion teilnahmen, ihre eigenen Aktionen?

Das sind einige der Fragen, die es zu beantworten gilt. Zwar ist es leicht, eine Verbindung zwischen dem Umstand der Rebellion und der Tatsache zu ziehen, daß das Ruhrgebiet das industrielle Kernland des Kontinents war, doch lösen sich die Glieder in dieser Kausalkette oder verwandeln sich in Rätsel, sobald man sie zum Gegenstand sorgfältiger Untersuchung macht. Auf der Suche nach einer Erklärung könnte die erste Vermutung eines Soziologen dahingehend lauten, daß die Verbindung von Krieg und fortschreitender Industrialisierung die Berufsstruktur des Gebiets in der Weise transformiert habe, daß der Anteil des Proletariats sehr stark gewachsen sei. Eine derartige Interpretation ist sicherlich problematisch, darüber hinaus vermögen die verfügbaren Berufsstatistiken diese Art der Erklärung nicht zu stützen. Denn überraschen-

20 Diese Zahlen sind in einer den Arbeitern fast lächerlich feindlich gesinnten Quelle, die aber dennoch einige brauchbare Daten aus zeitgenössischen Dokumenten wiedergibt, überliefert. Vgl. Hans Spethmann, *Zwölf Jahre Ruhrbergbau aus seiner Geschichte von Kriegsanfang bis zum Franzosenabmarsch, 1914-1925*, Bd. II, S. 143. Erhard Lucas schätzt die Rote Armee während ihres Höhepunkts auf fünfzig- oder sechzigtausend Mann ein, *Märzrevolution 1920*, Bd. II: *Der bewaffnete Arbeiteraufstand im Ruhrgebiet in seiner inneren Struktur und in seinem Verhältnis zu den Klassenkämpfen in den verschiedenen Regionen des Reiches*, Frankfurt/M. 1973, S. 86.

Tabelle 11
Verteilung der erwerbstätigen Personen im Ruhrgebiet (in Tausend)

Hauptberufskategorien	1907 Zahl	1907 %	1925 Zahl	1925 %	Veränderungen im Anteil 1907–1925 %
Landwirtschaft	373	14	201	6	−8
Handel, Transport	309	12	556	16	+4
Öffentl. Dienst, akademische Berufe	109	4	150	4	0
Gesundheit, Sozialeinrichtungen	kA		67	2	kA
Andere (Bedienstete, ohne Beschäftigung)	295	11	407	12	+1
Industrie, Bergbau und Bauwesen					
a. Eigentümer, Direktoren	161	6	171	5	−1
b. Verwaltung	99	4	233	7	+3
c. Arbeiter	1258	48	1672	48	0
Gesamtzahl für Industrie, Bergbau und Bauwesen	1518	58	2076	60	+2
Gesamtzahl der Kategorien	2604	100	3457	100	

Quelle: *Statistik des Deutschen Reichs*, N. F., Bd. 204. *Berufs- und Betriebszählung vom 12. Juni 1907*, Abt. III, S. 507 (Regierungsbezirk Düsseldorf); S. 442 (Regierungsbezirk Arnsberg); S. 411 (Regierungsbezirk Münster). *Statistik des Deutschen Reichs*, N. F., Bd. 404, *Volks-, Berufs-, Betriebszählung 1925*, Heft 16, S. 86 (Regierungsbezirk Düsseldorf); Heft 15, S. 90 (Regierungsbezirk Arnsberg); Heft 15, S. 72 (Regierungsbezirk Münster). Die geringen Unstimmigkeiten sind Folge des Auf- und Abrundens.

derweise deuten diese statt dessen auf eine Stabilität und Kontinuität der Sozialstruktur hin.

Bevor eine Interpretation dieser Zahlen versucht wird, wollen wir sehen, worin sie bestehen und woher sie stammen. Die letzte Zählung vor dem Krieg fand 1907 statt; die nächste wurde nicht vor 1925 durchgeführt. Tabelle 11 zeigt die Verteilung der Arbeiterbevölkerung unter den wirtschaftlichen Hauptkategorien für diese zwei Jahre.

Obschon es einen starken Zuwachs der arbeitenden Bevölkerung von ungefähr 2,6 Millionen auf annähernd 3,5 Millionen in diesem Gebiet gab, blieb die Berufsstruktur sehr stabil. Wie zu erwarten, gab es die größte Veränderung in der Landwirtschaft, die indes nur um 8 Prozent abnahm. Wichtiger für unser Vorhaben ist die Tat-

Tabelle 12
Hauptberufe der Industriearbeiter im Ruhrgebiet (in Tausend)

Industriekategorien	1907 Zahl	1907 %	1925 Zahl	1925 %	Änderungen im Anteil %
Kohlebergbau etc.	293	23	461	28	+ 5
Eisenbergbau etc.	8	1	253	15	+14
Eisen- und Stahlverarbeitung	134	11	166	10	− 1
Maschinen, Instrumente	73	6	126*	8	+ 2
Textil	144	11	147	9	− 2
Kleidung	59	5	82	5	0
Bauwesen	163	13	166	10	− 3
Andere	220	17	271	16	− 1
Summe	1094	87	kA	kA	
Andere Metallfacharbeiter etc. 1907	164	13	kA	kA	
Gesamtsumme	1258	100	1672	100	

Quelle: *Statistik des Deutschen Reichs*, N. F., Bd. 204, *Berufs- und Betriebszählung vom 12. Juni 1907*, Abt. III, S. 507-512 (Regierungsbezirk Arnsberg); S. 411-416 (Regierungsbezirk Münster). *Statistik des Deutschen Reichs*, N. F., Bd. 404, *Volks-, Beruf-, Betriebszählung 1925*, Heft 16, A. 86-90 (Regierungsbezirk Düsseldorf); Heft 15, S. 90-94 (Regierungsbezirk Arnsberg); Heft 15, S. 72-76 (Regierungsbezirk Münster). Die geringen Unstimmigkeiten sind Folge des Auf- und Abrundens.

* In den Berichten von 1925 wurden die Automobilarbeiter in diese Kategorie eingeordnet.

sache, daß es überhaupt keine Veränderung im Anteil der Industriearbeiter gab.

Veränderungen innerhalb der Industriearbeiterklasse werden in Tabelle 12 gezeigt.

Auch hier gab es keine bedeutenden Veränderungen. Die größte, das Ansteigen des Erzbergbaus, spiegelt vermutlich die allgemeinere Zunahme im Abbau *und* der Verarbeitung von Eisen und Stahl – ebenso wie einen Mangel in der Kategorienbildung für die Zählung, denn die Kategorie, die direkt mit »Eisen- und Stahlverarbeitung« bezeichnet ist, zeigt eine geringe Abnahme, was angesichts der allgemeineren Information über die Wichtigkeit von

Eisen- und Stahlindustrie schwer anzunehmen ist. Die Hinzunahme der Automobilindustrie in der Zählung von 1925 war nicht durch einen starken Anstieg des Anteils der Arbeiter in der Produktion von Maschinen und Geräten begleitet. Wiederum vermittelt die Zählung den Eindruck von grundlegender sozialer Stabilität. Es scheint fast, als ob die Statistiken das Wachstum einiger riesiger Gebilde registrierten, in dem die Größe der verschiedenen Teile und deren strukturelle Beziehungen von irgendwelchen mysteriösen und bisher nicht entzifferbaren Prinzipien sozialer Organisation beherrscht würden.

Ist es möglich, daß es sich bei diesem Eindruck um eine Täuschung oder gar eine gefährlich trügerische Täuschung handelt, weil er den sich selbst bestätigenden Mythos, die Menschen könnten möglicherweise ihr eigenes Schicksal nicht kontrollieren, bestärkt? Ist das die moderne Version der Illusion von Unvermeidlichkeit, die an verschiedenen anderen Stellen in diesem Buch diskutiert wurde?

Zwei Gründe sprechen für die Annahme, dies könnte der Fall sein. Einer ist sehr einfach. Bezogen auf die recht großen Abstände zwischen 1907 und 1925 können die Daten natürlich nicht widerspiegeln, welche Veränderungen sich auch immer während und unmittelbar nach dem Krieg vollzogen haben. Aus den bereits behandelten Materialien wissen wir, daß es in ganz Deutschland breite Bewegungen in verschiedene Berufssparten hinein und aus anderen heraus sowie einen allgemeinen Bruch im Leben gewöhnlicher Arbeiter mit wichtigen politischen Konsequenzen gab. Wir werden gleich sehen, was an der Ruhr geschah.

Dennoch trifft der Einwand nicht für den gesamten Sachverhalt zu, denn selbst wenn die Zahlen einige offenkundige Umwälzungen nicht abdecken können, bleibt immer noch das Problem anzugehen, was in diesem Fall tatsächlich wie üblich als »Rückkehr zu Normalität« bezeichnet werden kann. Die starke Ähnlichkeit innerhalb der Teilung der Arbeit 1907 und 1925 kann schwerlich das Ergebnis puren Zufalls sein. Aber wessen »Normalität« war das, und was brachte die Situation dazu, normal zu sein und zu bleiben? Die oberflächlichste Kenntnis der Geschichte reicht für den Hinweis aus, daß hinter dieser »Normalität« ein sehr starkes Element des Zwangs steckte. Die Verteilung der Berufe von 1925 spiegelt den mangelnden Versuch, die politische und wirtschaftli-

che Macht in Deutschland nach dem Krieg neu zu verteilen. Das ist der zweite und triftigere Grund für die Annahme geheimer gesellschaftlicher Mechanismen, die die Teilung der Arbeit kontrollieren.
Diese Überlegungen führen zu der Einsicht, daß auch die Berufsstruktur ganz wie ein eigenständiger kausaler Faktor Erklärung verlangt. Die Struktur von Motivationen und Hindernissen, die Individuen in die ausgeübten Berufe führt und sie dort hält oder nicht halten kann, ist Teil der gesamten politischen Ordnung, und die Karten, die im Spiel des Lebens ausgegeben werden, sind niemals so gemischt gewesen, daß sie jedem Spieler ein Blatt gegeben hätten, das ausschließlich durch Glück bestimmt war. Das meiste, was man über Ursachen auf Basis von Quellen in diesem besonderen Fall sagen kann – und es ist wirklich ein bezeichnender Punkt – ist, daß die Statistiken das Fehlen jeglicher interner Entwicklungslinien in der Wirtschaft an der Ruhr zeigen, die die vorhandene Kräftekonstellation hätten überwinden können und eine größere und machtvollere Reihe grundlegender gesellschaftlicher Veränderungen hätten in Gang setzen können. Kein technologischer oder anderer Wandel schien in dieser Periode den Anteil des Proletariats zu erhöhen. Der automatische Gang der Geschichte, der durch den technischen Fortschritt vorwärtsgetrieben wird und mit dem so viele Marxisten vor dem Krieg gerechnet hatten, schien zumindest zu einem vorübergehenden Ende gekommen zu sein, lange bevor die Gewehre im August 1914 zu dröhnen begonnen hatten. Aber die ökonomische Maschinerie hatte keine eingebauten Charakteristika, die sie zum Explodieren bringen würden, solange sie nur weiterarbeitete oder am Laufen gehalten würde. Die unsichtbare Hand war niemals eine ihrer zentralen bewegenden Kräfte, insbesondere nicht an der Ruhr, und die gepanzerte Faust konnte den gleichen Zweck viel effektiver verfolgen. Das ist nach meiner Lesart die Hauptaussage der Berufsstatistik.
Wenn es während dieser Periode keinen weitreichenden Wandel der Wirtschaft in diesem Gebiet gab, wird es notwendig, einen genaueren Blick auf die Erfahrungen der Arbeiter während des Krieges und besonders in der unmittelbaren Nachkriegszeit zu werfen, um herauszufinden, was sie zum bewaffneten Aufstand bewegte. Obwohl die Streiks der Bergarbeiter die größten Arbeiterunruhen in Deutschlands Vorkriegsgeschichte gewesen waren, galten die

Kämpfe, wie wir gesehen haben, der Überwindung sehr spezifischer Übelstände im Kohlebergbau. Während der gleichen Vorkriegsjahre rührten sich die Arbeiter in den großen Eisen- und Stahlbetrieben kaum. Bis 1914 war das gesamte Ruhrgebiet alles andere als eine Brutstätte revolutionären Aufruhrs. Was also hatte die Situation verändert? Und mehr noch, wie tief ging diese Veränderung? Wurde die Masse der Arbeiter *jemals* revolutionär?

Das Chaos, die Verwirrung, das Auf und Ab des individuellen Geschicks, das das Schicksal der deutschen Arbeiterklasse im allgemeinen während des Krieges kennzeichnete, schien an der Ruhr besonders heftig gewesen zu sein.[21] In diesem Zusammenhang muß daran erinnert werden, daß der Erste Weltkrieg auch der erste Krieg in der menschlichen Erfahrung war, wo die Möglichkeit der Mobilisierung industrieller Ressourcen entscheidend zählte. Die deutsche Militärführung hoffte ursprünglich auf einen schnellen und entscheidenden Sieg. Als dieser nicht eintrat, entwickelte sie aus dem Stegreif allgemeine Kontrollen. Als die Waffenproduzenten ihre Betriebe auszudehnen versuchten und andere Fabriken auf Kriegsproduktion umstellten, gab es eine ungeheure Umwälzung der Industriearbeiterschaft.

Die Kruppwerke in Essen wuchsen von ungefähr 34 000 Arbeitern im Jahre 1913 auf mehr als 100 000 im Jahre 1918. Ein Betrieb der

21 Die einzige allgemeine Statistik über diese Bewegung, die ich habe finden können, stammt aus einem Bericht der *Gewerbeaufsichtsbeamten* oder amtlichen Fabrikinspektoren über einen der drei Verwaltungsbezirke des Ruhrgebiets, Düsseldorf, für die Jahre 1913-1918. Während dieser Kriegsperiode fiel die Anzahl der männlichen erwachsenen Arbeiter in allen Arbeitskategorien von 423 000 auf 379 000, während die Gesamtzahl der erwachsenen weiblichen Arbeiter von 85 000 auf 181 000 emporschnellte. Im Bergbau und in Hüttenwerken (eine zusammengesetzte Kategorie, die in diesem Bericht nicht getrennt wird) stieg die Gesamtzahl der Arbeiter, weiblich und männlich, von 73 000 auf 98 000. Die Veränderung der Anzahl der Frauen ging in diesem Bereich von Null auf 14 000. Im Textilbereich, der 1913 bei weitem die größte Berufsgruppe im Düsseldorfer Bezirk stellte und wo fünf Frauen auf sechs Männer kamen, gab es bis 1918 auf der anderen Seite eine Abnahme der Gesamtbeschäftigten von 124 000 auf 43 000, mit grob gerechnet zwei Frauen auf jeden männlichen Arbeiter. Siehe *Jahresberichte der Gewerbe-Aufsichtsbeamten und Bergbehörden für die Jahre 1914-1918*, Band I: *Preussen*, S. 950-951. Solche Daten unterstützen den allgemeinen Eindruck, daß die im Text gegebenen Beispiele, wenn auch vermutlich extrem, doch schwerlich einzigartig gewesen sein können.

Schwerindustrie verlor in den ersten paar Monaten des Krieges 41 Prozent seiner Arbeiter an die Streitkräfte. Ein anderes größeres Unternehmen erhielt während des Krieges 28 000 Arbeiter, verlor aber 21 000. Die Umwälzung war in diesem Fall so groß, daß die Anzahl der verlorenen Arbeiter, ungefähr das Zehnfache der niedrigsten Beschäftigungszahl überhaupt (2100) und das doppelte der höchsten Beschäftigungszahl betrug. Mit anderen Worten, die Arbeiter durchliefen einfach diesen Betrieb. Die Gewerbeaufsicht berichtet, daß im Durchschnitt jeder freie Arbeiter nicht länger als ein Jahr in irgendeinem Beruf verbrachte. Um mit der Knappheit der Arbeitskräfte, vor allem der Facharbeiter und ausgebildeten Aufseher, fertig zu werden, griffen die Firmen zu verschiedenen Maßnahmen: dem Einsatz von russischen, polnischen und belgischen Arbeitern aus den besetzten Gebieten, Kriegsgefangenen, deutschen Soldaten, die militärischen Strafen unterlagen, und insbesondere den Diensten von Arbeitsvermittlern, die beträchtliche Beträge kassierten, indem sie zwielichtige Gestalten aushoben (Musterungsschwindler und solche, die dem langen Arm des Gesetzes aus anderen Gründen zu entkommen suchten) und vorausschauenden Unternehmern gegen eine Gebühr vermittelten. Um den Unterschied auszugleichen, zahlten die Unternehmer diesen Arbeitern oft höhere Löhne für genau die gleiche Arbeit, ein Verfahren, das kaum zur Moral der Industriearbeiterschaft beitragen konnte. Frauen und Heranwachsende wurden, wie anderswo auch, in großer Zahl in die Waffenfabriken hineingezogen, während diejenigen Fabriken, die nicht mit Kriegsproduktion beschäftigt waren, vor allem die Textilbetriebe, mit bemerkenswerter Erfindungsgabe ihr Möglichstes taten, Kriegsfabriken zu werden.[22]

Nicht alle Konsequenzen dieser Umschichtung waren rundum für die Arbeiter ungünstig. Wie die Gewerbeaufsicht berichtet, konnte ein Arbeiter, der über seinen Meister aufgebracht war, es sich auf dem bis 1916 äußerst angespannten Arbeitsmarkt leisten, aufzuhören und eine bessere Arbeit bekommen – oder bloß auf der Suche nach höherer Bezahlung weiterziehen –, ungeachtet der Verord-

22 *Ebenda,* S. 952-961. Ich habe keine Hinweise für das gleiche Ausmaß an Fluktuation unter den Kohlebergarbeitern während des Krieges gefunden, obwohl Kriegsgefangene unter Tage dienten und Frauen bei der Arbeit über Tage Männer, wo irgend möglich, ersetzten.

nungen auf dem Papier, die ein solches Verhalten zu verhindern trachteten. Auf der anderen Seite behaupten die Quellen, daß die erfahreneren Arbeiter, von denen im großen und ganzen ein stabilisierender Faktor erwartet werden konnte, sowohl durch das Militär von der Arbeiterschaft abgezogen wurden, vor allem in den frühen Kriegstagen, als auch später von Neulingen überschwemmt wurden. Das geschah zu einer Zeit, in der die Arbeiter unter starken Belastungen standen. Trotz der allgemeinen Reduzierung der Arbeiterzahl bis 1918 muß die Unterbringung ein ernstes Problem gewesen sein, denn Firmen expandierten an einem Ort und andere schrumpften. Die Geldlöhne stiegen zwar, doch fielen die Reallöhne sehr stark. Lebensmittelknappheit wurde während des Winters 1917, als die Aussichten auf einen Sieg sehr zweifelhaft zu werden schienen, akut. In dieser Zeit gab es wegen der Lebensmittelknappheit zahlreiche Streiks an der Ruhr und anderswo in Deutschland, ein schlechtes Omen: revolutionäre Erhebungen beginnen gewöhnlich mit Knappheit von Lebensmitteln und anderen Gebrauchsgütern, auch wenn nicht jede Lebensmittelknappheit Revolutionen oder Volksaufstände hervorruft.[23] Die Arbeitszeit

23 Über die Streiks und die Lebensmittelversorgung im Winter 1917 vgl. Gerald D. Feldman, *Army, Industry, and Labor in Germany, 1914-1918*, Princeton 1966, S. 326. Es gibt einige Anzeichen für den Hinweis, daß es den Kohlebergarbeitern tatsächlich gar nicht so schlecht ging. Ein Vergleich zwischen dem Jahresverdienst in den Kohlebergwerken von Dortmund und dem Existenzminimum in diesem Gebiet verzeichnet für die Zeit zwischen 1902-22 einen ständigen Anstieg des Reallohns. Siehe Bruno Heymann und Karl Freudenberg, *Morbidität und Mortalität der Bergleute im Ruhrgebiet*, Essen 1925, S. 32-33. Ich bezweifle die Genauigkeit der Angaben über die Preise, die die Bergleute in ihrer eigenen Umgebung tatsächlich zu zahlen hatten. Dennoch sind solche Daten nicht einfach von der Hand zu weisen. Darüber hinaus erhielten die Bergleute während des Krieges Sonderrationen. Diese Streiks stellen möglicherweise nur ein weiteres Anzeichen für die größere Neigung der Bergleute zu kollektiven Aktionen bei Notlagen dar. Sie mögen keine Antwort auf eine »objektiv« sich verschlechternde Situation gewesen sein. An anderer Stelle präsentiert Feldman, *Army, Industry* . . ., a. a. O., S. 492-493, 506, einige Informationen zur Lage 1918 in Deutschland insgesamt, die sehr gut zeigen, wie Erinnerungen an die Vergangenheit und Erwartungen für die Zukunft das Verhalten, das als eine Antwort auf derartige »objektive« Bedingungen erwartet werden mochte, ändern können. Im Mai und Juni 1918 begünstigten mehrere Bedingungen ernsthafte Streiks. Die Bemühungen zur Erlangung der gewünschten Wahlrechtsreform in Preußen waren gescheitert. Die Löhne in den Waffenfabriken waren im März und nochmals im Mai gekürzt worden. Den-

war erstaunlich lang. In den ersten Kriegsjahren gab es einige außergewöhnliche Umstände, als die Arbeiter eine Sonntagsschicht einlegten und 24 oder sogar 36 Stunden hintereinander arbeiteten. Solche Großtaten wurden mit der Verschlechterung der Lebensmittelversorgung unmöglich. Selbst noch im Sommer 1918, als sich wegen der Lebensmittelknappheit eine breite Bewegung zur Verringerung der Arbeitszeit unter den Arbeitern in Munitionswerken entwickelte, die Verringerung der Stundenzahl forderte, reduzierten die Schlichtungskomitees die Stundenzahl nur von durchschnittlich 59 Stunden pro Woche auf 53 1/2 bis 54 1/2. Ein Versuch, die übliche 60-Stunden-Woche in großen Stahlbetrieben auf 54 Stunden zu senken, stieß auf den vereinten Widerstand von Unternehmern und Militärs und schlug fehl.[24]

Die Industriellen sowohl der Kohlebergwerke wie in den Eisen- und Stahlwerken waren selbst nach Maßstäben der damaligen Zeit äußerst halsstarrig. Im Kohlebergbau weigerten sie sich, Lohnabkommen mit den Bergarbeitergewerkschaften zu unterzeichnen.[25] Im allgemeinen rechneten die Industriellen auf Unterstützung für ihre konservative Haltung durch die militärischen Machthaber. Aber diese Unterstützung erfolgte nicht immer, da die Militärbeamten Arbeiterunruhen fürchteten, die sich störend auf die dringend benötigten Lieferungen militärischer Güter auswirken würden.[26] In den letzten Stadien des Krieges akzeptierten die Ruhrindustriellen widerwillig *Arbeiterausschüsse* mit recht begrenzten Vollmachten, Beschwerden der Arbeiter vorzubringen. Diese Aus-

noch waren die Gewerkschaften gegen Streik, und die Arbeiter gehorchten. Ein Grund dafür lag in der strengen Art, mit der die Regierung die Streiks im Januar des gleichen Jahres unterdrückt hatte, ein anderer in der Erwartung des Sieges von der letzten Offensive durch Ludendorf. Ab Ende Juni wurde dieser Grund zunehmend unwirksam. Im Juli geschah eine militärische Katastrophe mit verheerenden Folgen für die Moral der Heimatfront, obwohl sich eigentlich zu dieser Zeit die Lebensmittelversorgung tatsächlich verbessert hatte.

24 *Jahresberichte* ..., a. a. O., Bd. I, S. 963.

25 Das erste Lohnabkommen in der Kohleindustrie an der Ruhr wurde, nach Erhard Lucas, *Märzrevolution im Ruhrgebiet*, Bd. I: *Vom Generalstreik gegen den Militärputsch zum bewaffneten Arbeiteraufstand, März-April 1920*, Frankfurt/M. 1970, S. 52, am 25. Oktober 1919 unterzeichnet.

26 Gerald D. Feldman, *Army, Industry* ..., a. a. O., stellt eine exzellente und detaillierte Analyse dieser komplexen und sich verändernden Beziehungen dar. Siehe bes. S. 319, 396, 418 f.

schüsse hatten auch die sehr undankbare Aufgabe, Lebensmittelrationen unter den verschiedenen Arbeiterkategorien aufzuteilen. Bei den einfachen Arbeitern waren diese Zuteilungen häufiger Grund zu Klagen und Murren.[27] Solche Erfahrungen trugen wahrscheinlich zu einer starken Strömung des Mißtrauens gegenüber allem bei, was nach Kollaboration zwischen Arbeitern und Betriebsführung roch, eine Strömung, die in der frühen Nachkriegsperiode deutlich sichtbar ist. In der Zwischenzeit spielten die Gewerkschaften im Kohlebergbau ein doppeltes Spiel, indem sie sowohl als offizieller Arm der Regierung handelten als auch versuchten, ihren Einfluß und ihre Mitgliederschaft unter den Bergleuten zu vermehren. Dies geschah, indem sie die Arbeiterunzufriedenheit ausnutzten und sie sogar zeitweise schürten. Die Gewerkschaftsfunktionäre waren sich offensichtlich darüber im klaren, daß dies notwendig war, um nicht Boden an die linken und oppositionellen Elemente in ihren Reihen zu verlieren.[28] Gleichzeitig begannen unter dem Druck der eben geschilderten Umstände mehr und mehr Arbeiter zu spüren, daß sowohl die Gewerkschaften als auch die Arbeiter-Betriebsausschüsse ihre gerechtfertigten Beschwerden, um es milde auszudrücken, nicht energisch genug durchsetzten. Bei den Kohlebergwerken ließen diese Gefühle die Rebellion der einfachen Arbeiter gegen die Gewerkschaftsführung, die in den ersten Nachkriegsjahren so weit verbreitet war, vorausahnen. Andererseits hatten während des Krieges selbst die Arbeiter an der Ruhr nicht die Führung der Streikbewegung, die Deutschland zum Ende des Krieges erschütterte. Auf die großen Lebensmittelstreiks im April 1917, die sehr schnell politische Züge annahmen, waren später kleinere Ausstände im Ruhrgebiet gefolgt, doch blieben im April selbst Berlin und Leipzig die Streikzentren.[29] Während der noch wichtigeren und stärker politischen Streiks in den Industriegebieten im Januar 1918 gab es im Ruhrgebiet nur kurze, hauptsächlich auf höhere Löhne gerichtete Bergarbeiterstreiks.[30]

Wie sich später zeigen sollte und auch schon vorher geschehen

27 *Jahresberichte* . . ., a. a. O., Bd. I, S. 965-966.
28 Gerald D. Feldman, *Army, Industry* . . ., a. a. O., S. 131-135.
29 *Ebenda*, S. 317.
30 *Ebenda*, S. 451.

war, erreichten die Arbeiter mit teils unterschiedlichen Traditionen und lokalspezifischen Ausprägungen der allgemein gleichen Situation ihren politischen Siedepunkt zu verschiedenen Zeitpunkten. Somit konnten die Behörden mit jedem getrennt verhandeln, indem sie jeweils die Mischung aus Repression und Zugeständnissen anwandten, die Erfolg versprach.

Wenn wir bei der Einschätzung der Lage der Arbeiter bei Kriegsende einen Moment verweilen, dann können wir sehen, daß das Ruhr-Proletariat in bezug auf seine kollektiven Erfahrungen und Beziehungen zur Macht 1918 ein ganz anderes Gebilde als dasjenige war, das in den Krieg gezogen war. Es hatte eine beträchtliche Anzahl von Schlüsselfiguren verloren – die »reifen und vernünftigen Arbeiter«, um die Sprache der Herrschenden zu benutzen –, mit denen bei der Herstellung gesellschaftlicher Stabilität gerechnet werden konnte. Die Mechanismen politischer Integration und der friedlichen Beilegung von Konflikten waren vor dem Krieg gerade erst in ihren Anfängen. Der Krieg hatte ihre Entwicklung beschleunigt, obwohl sie als Improvisationen enormen Belastungen unterlagen. Während den Arbeitern die Art der Zuteilung willkürlich und unberechenbar erschien, war die Lebensmittelversorgung schwer zu gewährleisten. Auf der anderen Seite konnten die vom Krieg Profitierenden auf dem Schwarzmarkt kaufen, was sie wollten. Die Ungerechtigkeiten der herrschenden Ordnung erschienen als lebendige Momente der täglichen Erfahrung in einer neuen Form. Das Arbeitstempo war ermüdend, der Arbeitstag ungewöhnlich lang. Dann kamen im November 1918 der Aufstand in Kiel, Arbeiter- und Soldatenräte, Frieden und Niederlage, eine neue sozialistische Regierung, die plötzliche Möglichkeit kollektiver Verhandlungen ... Es ist nicht schwer, sich vorzustellen, daß die Geduld der Arbeiter sehr gering geworden war, daß Hoffnungen geweckt wurden und daß, im Falle der Enttäuschung dieser Hoffnungen, eine radikale Explosion sehr wahrscheinlich die Folge sein würde.

Es ist in der Tat nur zu leicht, eine Erklärung zu finden. Wir müssen die vielen Gelegenheiten im Gedächtnis behalten, bei denen die Arbeiter sich nicht erhoben, und selbst bei Anlässen, von denen aufgrund der materiellen Bedingungen wie auch der subjektiven Erwartungen angenommen werden könnte, daß sie ein solches Ergebnis zeitigen müßten. Was aber mag die fehlende Zutat sein? Ich glaube, bevor sich eine große Zahl von Arbeitern zur Revolte erhebt, muß ein Ereignis stattfinden, das als Affront gegenüber *allen* Arbeitern erscheint, irgendeine Erfahrung, die einen gleichzeitigen Siedepunkt im allgemeinen Zorn der Individuen und Gruppen, deren Erfahrungen immer noch in vielfacher Hinsicht sehr verschieden sind, schafft. Dann mögen die breiten Massen der Führung derjenigen folgen, die durch *ihre* Erfahrungen am besten gerüstet sind, kollektive Aktionen zu starten – in diesem Falle waren es die Kohlebergarbeiter. Diese Verbindung von Umständen fand nicht vor den Auswirkungen des Kapp-Putschs im Frühjahr 1920 statt.

Für die Jahre zwischen dem Ende des Krieges und dem Ausbruch der Rebellion haben die einzigen Anzeichen, die ich ermitteln konnte, fast stets etwas mit den Bergleuten zu tun. Da sie in dem Gebiet eine führende Gruppe waren und das, was ihnen geschah, weitreichende Rückwirkungen gehabt haben muß, ist diese Einschränkung, wenn auch bedauernswert, so doch nicht allzu schwerwiegend. Ihr bitterer Kampf für die Sozialisierung des Bergbaus und für Betriebsräte wurde schon in anderem Kontext diskutiert. Er endete im April 1919 mit einer Niederlage, obwohl die Bergleute einen Sieg errangen: die Einführung der Sieben-Stunden-Schicht. Daß dieser Sieg nicht von geringer Bedeutung war, wird in einem Bericht angedeutet, der von ungefähr 100 000 Personen ausgeht, die kurz danach ins Ruhrgebiet eingewandert seien. Der Nettozuwachs sei größer als ein Viertel der ursprünglichen Anzahl der Bergleute in den letzten Friedensjahren (393 000) gewesen.[31] Auch wenn ein derartiger Zustrom zu den Bergwerken kaum wahrscheinlich ist, sofern die materiellen Bedingungen so schlecht, wie häufig angenommen, waren, so können die Neuankömmlinge schwerlich eine Quelle von Ruhe und Ordnung gewesen sein.

Auf die Niederlage der großen Streiks im April 1919 folgte eine Reihe kleinerer Ausstände. Im Januar 1920 trat die Bewegung für eine weitere Verkürzung der Arbeitszeit, scheinbar von den gerade erreichten Erfolgen der Eisenbahner beeinflußt, wieder auf. Wieder forderten die Bergleute die Sechs-Stunden-Schicht. Im gleichen

31 Bruno Heymann und Karl Freudenberg, *Morbidität und Mortalität* . . ., a. a. O., S. 28; vgl. Max Jürgen Koch, *Die Bergarbeiterbewegung im Ruhrgebiet zur Zeit Wilhelms II. (1889-1914)*, Düsseldorf 1954, S. 139.

Monat fand in Berlin ein ernster Aufstand als Protest gegen die verdünnte Version der nationalen Betriebsrätegesetze statt. Zweiundvierzig Personen wurden getötet. Die Zentralregierung rief als Antwort auf den Aufstand in mehreren Teilen des Landes den Ausnahmezustand aus. Im Ruhrgebiet ließen es sich die militärischen Machthaber nicht nehmen, den Ausnahmezustand zur Zerschlagung der Bewegung für die Sechs-Stunden-Schicht zu nutzen.[32] Wie sich später herausstellen wird, war die Art dieser Intervention ein entscheidender Faktor zur Herbeiführung der Revolte.

Mit etwas Sorgfalt müßte es möglich sein, weitere Details hinzuzufügen und das Bild der sich entfaltenden Repression, die in der Tragödie des blutigen und niedergeschlagenen Aufstands gipfelte, in noch düstereren Farben zu zeichnen. Aber dies ist nicht unbedingt der Lauf der Geschichte. Oft gibt es entgegengesetzte Trends und unterdrückte Möglichkeiten, welche die Einsicht der Nachgeborenen leicht verwirrt. In diesem Fall gab es genug Anzeichen einer Verbesserung und Konsolidierung der Position der Bergleute, um anzunehmen, daß, wenn der Kapp-Putsch nicht dazwischen gekommen wäre, eine schrittweise Entwicklung zu einem unruhigen Klassenfrieden und die Lösung von Differenzen durch gemeinsame Verhandlungen sehr wohl möglich gewesen wäre.

Die ersten Lohnvereinbarungen mit den Gewerkschaften in der Geschichte der Bergbauindustrie waren am 25. Oktober 1919 unterzeichnet worden. Der Generalstreik, der für den 2. Februar 1920 in Aussicht genommen worden war, fand nicht wie geplant statt. Während des gleichen Monats wurde eine Vereinbarung über Lohnzulagen und Überstunden unterzeichnet – ein nur begrenzter Erfolg der Bergleute, denn zu der Zeit wollten sie vor allem anderen ihre Zeit in den Bergwerken reduziert haben, aber noch ein gewisser Erfolg.[33]

Wollte man diese Ambiguität der Zeugnisse durch eine genauere Gewichtung des Ausmaßes des materiellen Elends der Bergleute zu lösen versuchen, so würde man das Entscheidende verfehlen. Die Bergleute waren nicht einfach aufgebracht, weil sie hungrig und arm waren, sondern weil sie spürten, daß sie ihre Rechte nicht be-

32 Erhard Lucas, *Märzrevolution im Ruhrgebiet*, Bd. I, a. a. O., S. 50-53.
33 *Ebenda*, S. 51-52, 56.

kamen. Dorfbewohner wie Ulrich Bräker aus Wattwil waren auch oft arm und hungrig, aber sie erzürnten sich nicht in der Art der Bergleute. Die Lage, der sich ein Schweizer Bauer im achtzehnten Jahrhundert gegenübersah, war nicht dergestalt, daß sie ihn dazu führte, Menschen große Schuld an seinem Unglück zu geben. Statt dessen beschuldigt er das Wetter, Gott – natürlich ziemlich indirekt und widerstrebend –, sein Glück, sich selbst und seine Gläubiger.

Für die Kohlebergarbeiter war die Lage völlig anders. Es waren offensichtlich menschliche Urheber, die sie für ihr Unglück verantwortlich machen konnten. Das kulturelle Klima und ihre eigene Erfahrung stellten zumindest einige fertige Wege bereit, um mit der Situation umzugehen. Die Erfahrungen während des Krieges hatten sie dazu gebracht, diese Rechte als Antwort auf externen Druck, der sie geschwächt hatte, nach oben hin neu zu definieren. Die Bergleute nahmen auch neue Wege beim Versuch, diese Rechte zu erlangen, wahr, wie die Betriebsrätebewegung, und das Scheitern beim Erreichen dieser Rechte konnte sie kaum für die herrschende Sozialordnung einnehmen. Tatsächlich wurden auf *beiden* Seiten die ökonomischen Sachverhalte als moralische angesehen – dies machte die Situation so explosiv. Auch die Sozialisten in der Regierung sahen in der Kohle das Herzblut der deutschen Wirtschaft und waren sich darüber klar, daß eine starke Abnahme der Produktion ganz Deutschland mit einer Katastrophe bedrohte; sie hielten die Forderung nach einer Sechs-Stunden-Schicht für völlig unvernünftig. Ihr Gefahreninstinkt für Deutschland als Ganzes machte sie relativ blind für die aus dem Krieg resultierende Erschöpfung sowohl der Bergwerke wie der Bergleute.

Wenn schon in Deutschland die Situation insgesamt gespannt war, dann war sie es im Ruhrgebiet selbst, insbesondere in der folgenden Zeit, noch mehr. Unter dem Belagerungszustand, der im April 1919 leicht gelockert wurde, gab es mit Unterbrechungen Repression und Gefängnis für die politischen Führer, besonders nach dem Berliner Aufstand. Von Lützow, ein bekannter Verschwörer hinter dem Kapp-Putsch, kam im Februar 1920 ins Ruhrgebiet.[34] Die Freikorps waren indes nicht die Hauptkraft bei der Aufrechterhaltung der »Ordnung« im Ruhrgebiet. Bei weitem die größte Kraft

34 *Ebenda*, S. 65, 75.

war die *Einwohnerwehr*: Resultat des Versuchs, lokale Sicherheitskräfte zu schaffen, indem aus allen Klassen Freiwillige ausgehoben und ihnen Waffen gegeben wurden. (Es gab noch eine dritte Sicherheitskraft, die *Sicherheitspolizei* oder *Sipo*, eine gesamtdeutsche Organisation, die auf ähnlichen Prinzipien gegründet war.) Den vielleicht besten Anhaltspunkt für das Klima der politischen Meinungen im Ruhrgebiet gewinnt man aus Carl Severings Opposition gegen die Errichtung der *Einwohnerwehr*. Er hob hervor, daß in vielen Teilen des Ruhrgebiets der Klassenantagonismus so intensiv geworden sei, daß es unmöglich sei, Sicherheitskräfte aus allen Teilen der Bevölkerung aufzustellen. Statt dessen sollten entweder rein bürgerliche oder nur aus Arbeitern bestehende Verteidigungskräfte zustande kommen; das wiederum würde die Feindseligkeiten noch weiter verstärken.[35] Seine Voraussage war nicht ganz richtig. In einigen Städten beteiligten sich die Arbeiter mit einem wesentlichen Anteil an den Sicherheitskräften und kämpften in dem folgenden Aufstand hart gegen andere Arbeiter.[36]

Selbst wenn man in der Lage wäre, alle Möglichkeiten einer friedlichen Entwicklung auszuschließen, ist es offensichtlich, daß intensiver Haß dicht unter der Oberfläche lag. Für die Arbeiter waren Polizei und Militär Gegenstand dieses Hasses, die sichtbare Bekräftigung jener Grundsätze und Verordnungen, die sie als ungerecht und unterdrückend empfanden. Daß der Haß von den Offizieren der Freikorps erwidert wurde, braucht nicht besonders betont zu werden. In ihrem Fall unterliegt es keinem Zweifel, daß sie zur Rettung von Gesetz und Ordnung sowie von Deutschlands Ehre die Republik zerstören wollten.

Ein friedlicher Gang der Ereignisse war auf jeden Fall weit entfernt und der Putsch *fand* statt. Ich will nicht versuchen, eine vollständige Darstellung zu geben, sondern mich auf das konzentrieren,

35 *Ebenda*, Seite 67. Zur Beschreibung der Militär- und Polizeikräfte im Ruhrgebiet vor dem Ausbruch der Revolte vgl. S. 64-68.

36 Nach Spethmann, *Zwölf Jahre Ruhrbergbau* ..., a. a. O., Bd. II, S. 121, 130, war dies in Dortmund und Essen der Fall. Diese Arbeiter kamen, wie zu erwarten, offensichtlich vom rechten Flügel des Meinungsspektrums der Arbeiterklasse, von SPD und christlichen Gewerkschaften. Erhard Lucas, *Märzrevolution im Ruhrgebiet*, Bd. I, a. a. O., S. 60, berichtet vom Schrumpfen der SPD und dem Anwachsen der USPD im Ruhrgebiet. 1919 war die USPD zur stärksten Partei in diesem Gebiet geworden.

was sich aus den Gefühlen und dem Verhalten der einfachen Arbeiter lernen läßt.[37] An diesem Punkt wird es sinnvoll sein, die verwirrendsten und signifikantesten Aspekte dieses Verhaltens hervorzuheben. Am 17. März 1920 war der Kapp-Putsch vorüber und Eberts Regierung zurück an die Macht gelangt. Die schwersten Kämpfe und der eigentliche Aufstand fanden jedoch *nach* diesem Datum statt. Warum gingen die Arbeiter im Ruhrgebiet von Aktionen zur Verteidigung der Republik zu einer revolutionären Offensive gegen die Republik über? War dies wirklich eine revolutionäre Offensive, und *läßt* sich in diesem Fall klar zwischen defensiven und offensiven Aspekten unterscheiden?

Die Gründe für die Fortsetzung der Kämpfe können zum Teil in der Art, wie sich die Bewegung der Arbeiter entwickelte, und in den Formen, die sie in ihrer ursprünglichen Antwort auf die Nachricht des Putsches annahm, gefunden werden, zum Teil in den unerfüllten Forderungen zum Zeitpunkt des Scheitern des Putsches, vor allem aber in den schwerwiegenden lokalen Provokationen durch die an der Ruhr stationierten Freikorps. Auf diese und andere Voraussetzungen soll kurz eingegangen werden. Aber es wird gut sein, zunächst den Schluß zu ziehen, der nach meinem Urteil aus diesem Anzeichen gezogen werden muß. Die Masse der Arbeiter war zu keinem Augenblick in einer revolutionären Stimmung. Zwar waren sie sehr aufgebracht, doch hatten sie begrenzte und spezifische Ziele. Sie wollten keine neue Gesellschaftsordnung errichten. Außerhalb ihrer Kontrolle liegende Umstände trieben sie zu revolutionären Aktionen. Wie die Dinge für sie lagen, sahen sie in der Revolution die einzige defensive Bewegung, die ihnen in einer sehr bedrohlichen Situation offenstand.

Sehen wir uns die Details genauer an. Der kurzlebige Kapp-Putsch fand am 13. März in Berlin statt. Eine offizielle Adresse der Kapp-Regierung bestätigte den kommandierenden General des Heeres im Ruhrgebiet, von Watter, auf seinem Posten. General von Watter sollte seine Position als kommandierender General behalten, er, der die Ordnung wiederherstellte und auf Geheiß der Ebert-Regierung den Aufstand niederschlug, als diese ihre Macht wiedererlangte; er arbeitete eng, wenn auch nicht ohne Friktionen, mit Carl

37 Eine allgemeine Untersuchung siehe Johannes Erger, *Der Kapp-Lüttwitz-Putsch: Ein Beitrag zur deutschen Innenpolitik 1919/20*, Düsseldorf 1967.

Severing, dem sozialdemokratischen Führer, zusammen, der von der Republik unumschränkte Gewalt erhalten hatte. Der General gab, als scharfsinniger Opportunist, sofort eine doppeldeutige Erklärung heraus, die jede Treueerklärung gegenüber den Putschisten wie auch der legalen Regierung vermied, jedoch zur Aufrechterhaltung von Gesetz und Ordnung aufrief und alle Beamten aufforderte, auf ihren Posten zu bleiben, und er erklärte, daß er für die allen deutschen Bürgern garantierten Rechte einstehen wolle.[38] Auch wenn dies doppeldeutig formuliert war, so bleibt klar, daß General von Watter sehr stark zu den Putschisten hinneigte. Für die kommandierenden Offiziere der verschiedenen Freikorpseinheiten unter seinem Befehl gab es daran keinen Zweifel. Mit Paraden durch die Städte und in offiziellen Erklärungen traten sie klar für die Unterstützung des Putsches ein. Die *Sicherheitspolizei* und die *Einwohnerwehr* zeigten ihre Unterstützung in weniger offensichtlicher Weise.

Die *Arbeitsgemeinschaft*, eine Dachorganisation von Industriellen und Gewerkschaftsführern in diesem Gebiet, traf sich nicht vor dem nächsten Tag, dem 14. März, um den einzunehmenden Standpunkt zu beraten. Hugo Stinnes präsentierte den Gewerkschaftsführern den Entwurf einer Erklärung, die den Putsch zurückwies und die Rückkehr der verfassungsmäßigen Regierung forderte, da der Putsch zu separatistischen Bewegungen und zur Desintegration Deutschlands führen könne. Hiermit konnten sich die Gewerkschaftsfunktionäre einverstanden erklären, nicht aber mit dem Aufruf an die Arbeiter, bei der Arbeit zu bleiben und die Ordnung aufrechtzuerhalten. Ein solcher Schritt wandte sich direkt gegen den geplanten Generalstreik, die Hauptwaffe der legalen Regierung gegen Kapp und seine Anhänger. Aus diesem Grund gab es keine Übereinstimmung, und das Treffen führte zu keinem Ergebnis.[39] Die Führer der vier Kohlebergarbeitergewerkschaften brach-

38 Erhard Lucas, *Märzrevolution im Ruhrgebiet*, Bd. I, a. a. O., S. 99.

39 *Ebenda*, S. 104-108 und S. 114-115. Johannes Erger, *Der Kapp-Lüttwitz-Putsch* . . ., a. a. O., S. 197, hebt hervor, daß tatsächlich *keine* der sozialistischen Parteien den Streik in Form einer Verteidigung der Verfassung und der legalen Regierung rechtfertigte. Der SPD-*Vorstand* war bereit, die vorhandene legale Regierung fallen zu lassen; sein Aufruf war nicht in der Sprache der Loyalität gegenüber der Revolution von 1918 und der »Verhinderung der Rückkehr von Wilhelm II.«. Erger könnte noch hinzufügen, daß die Politik der

ten am Nachmittag des Putsch-Tages ein Treffen zustande. Doch waren sie unfähig, sich über irgend etwas außer einem harmlosen Aufruf zu einigen, der ihre frühere Opposition gegenüber einer Diktatur von links wiederholte und ihre energische Opposition gegen eine Diktatur von rechts zum Ausdruck brachte. Auf dieser Basis forderten sie die Arbeiter auf, Ruhe zu wahren, Vertrauen in ihre Organisationen zu haben und weitere Instruktionen abzuwarten, sobald die Umstände geklärt seien.[40]

Innerhalb weniger aufregender Stunden hatten die Arbeiter aus dem Putsch gelernt, hatten gesehen, daß die lokalen Sicherheitskräfte zur Unterstützung der Militärdiktatur antraten, deren Konsequenzen für ihr eigenes Leben sie angesichts der eigenen bitteren Erfahrungen gut genug kannten, und sie hatten ihre eigenen Gewerkschaftsführer schwafeln oder angesichts der Krise schweigen sehen. Die herrschende gesellschaftliche Organisation hatte sich gegen sie gewandt; ein wichtiger Teil ihrer eigenen sozialen Organisation hatte sie im Stich gelassen. Zu ihrer eigenen Verteidigung mußten sie von Grund auf neue gesellschaftliche Formen schaffen und sich mit allem, was sich in der Art eigener funktionierender Organisationen auf der Linken befand, behelfen, indem sie hauptsächlich lokale Gewerkschaften und politische Parteiorganisationen ihren eigenen Zwecken unterwarfen. Auf diese Weise nahmen die militanteren Arbeiter die Situation wahr und begannen fast sofort, darauf zu reagieren.

Als am 13., einem Sonntag, die Nachrichten aus Berlin einliefen, regten sie viele Gespräche unter den Bergleuten an. Vermutlich diskutierten sie untereinander darüber, was zu tun sei. Die Nachmittagsarbeit hörte auf einigen wenigen Schächten auf, obwohl im großen und ganzen die Belegschaften nach Spethmann nicht aus eigenem Antrieb ihr Werkzeug niederlegten. Aus Spethmanns Darstellung wird auf der anderen Seite klar, daß die manchmal sehr heftigen Drohungen sich gegen das untere, für die Arbeiter verantwortliche Aufsichtspersonal richtete. Die Arbeiter mochten sehr willig ihr Werkzeug niedergelegt haben, doch hatten sie vor den Steigern Angst und wollten nicht handeln, bevor nicht stärkere

SPD selbst einen wesentlichen Beitrag zu der Aussicht geleistet hatte, das wieder zu verlieren, was sie 1918 erreicht hatte.

40 Erhard Lucas, *Märzrevolution im Ruhrgebiet*, Bd. I, a. a. O., S. 120.

Kräfte dieses Hindernis beseitigt hatten. In einigen Gebieten erzwangen umherziehende Gruppen bewaffneter Männer, die als Fremde galten, Betriebsstillegungen. In einem Fall gibt es einen klaren Beweis dafür, daß Arbeiter andere zur Niederlegung der Arbeit überredet haben: ein großer Teil einer Schicht fuhr in den Schacht, um die Nachmittagsschicht zu bewegen, früher auszufahren. Eine spontane und unkoordinierte Suche nach Waffen begann gleichfalls am selben Tag. Die Tatsache, daß die Arbeiter, in diesem Fall unter der Führung eines unteren Aufsehers (die Stellung und die Aktionen der unteren Aufseher unterschieden sich, wie von ihrer Stellung zwischen zwei Fronten erwartet werden könnte, beträchtlich voneinander), in das Haus des Direktors einbrachen, um nach Waffen zu suchen, enthüllt eine Menge über die gespannte Atmosphäre in diesem Gebiet.[41]

Da es einige wenige Fälle mit dem Anschein revolutionärer Einschüchterung zur Schaffung von Solidarität gab, liegt es nahe, diese Art des Verhaltens in den allgemeinen Kontext eines solchen Situationstyps zu stellen. Mit der gewöhnlichen Arbeit aufzuhören ist eine wichtige negative Antwort auf eine Krise, die durch einen Angriff derjenigen, die die Macht haben, hervorgebracht wurde. Wenn genügend Leute die üblichen Geleise des Lebens verlassen, wird der gesamte Mechanismus, der Autorität und Macht der herrschenden Gruppen aufrechterhält, zum Stillstand gebracht. Aber dieser Schritt ist nur ein negativer und reicht selbst nicht aus. Außerdem ist er in einer industriellen Gesellschaft sehr kostspielig für alle Beteiligten. In einer industriellen Gesellschaft ist es ausnehmend schwierig, zum nächsten Schritt überzugehen: Guerilla-Enklaven zu organisieren, in denen die Aufständischen genügend Lebensmittel und Dienstleistungen produzieren, um eine eigene Wirtschaft aufrechtzuerhalten. Wenn daher die Aufständischen (es ist wichtig, im Gedächtnis zu behalten, daß sie gegen ihre eigenen Intentionen, nur aufgrund des Angriffs der Machthaber, zu Rebellen *werden* konnten) die Lage zu ihrem Vorteil verändern wollen, müssen sie soziale Mechanismen zur aktiven Verteidigung schaffen, und sie werden in der Hoffnung, ihre Unterdrücker zu besiegen oder niederzuhalten, politische Forderungen aufstellen, die die

41 Hans Spethmann, *Zwölf Jahre Ruhrbergbau ...*, Bd. II, a. a. O., S. 102, 103, 106-112.

Basis für eine Beilegung des Konflikts bilden können. Die Schaffung solcher Mechanismen ist natürlich kein einzelner Akt, sondern ein kontinuierlicher Prozeß, der von recht vielen Versuchen und Irrtümern gekennzeichnet ist; gelegentlich greift man auf Wahlen zurück, die bestätigen und für Unterstützung werben sollen, auf revolutionäre Einschüchterung, etc., und dies während der gesamten Dauer des Konflikts. Revolutionäre Einschüchterung – kaum weniger erfreulich, darüber nachzudenken, als über jede andere Form der Einschüchterung – erscheint in diesem Fall als unvermeidliche menschliche Reaktion auf Krisen. Wenn in einem überfüllten Haus Feuer ausbricht, werden die Besitzer, die umhereilen, um das Feuer zu löschen, wahrscheinlich nicht die Regeln höflicher Überzeugung in ihrem Verhalten gegenüber offensichtlichen Zauderern, die die Situation nicht ernst nehmen, einhalten. An der Ruhr entwickelten die Arbeiter drei Formen sozialer Mechanismen zu diesem Zweck: Massen, Massenversammlungen und Aktionskomitees. Letztere waren Zusammenkünfte lokaler linker Parteiführer. Manchmal kamen sie hinter verschlossenen Türen zusammen, um gemeinsame politische Maßnahmen und Parolen zu ersinnen – falls sie sich überhaupt einigen konnten. Massen waren die spontanste und lockerste Organisationsform von allen, das deutlichste Beispiel kollektiven Verhaltens, das nach der Definition einiger Sozialpsychologen eine Form von Gruppenverhalten darstellt, die in den Lücken zwischen organisiertem institutionellem Verhalten und *gegen* vorhandene Institutionen entsteht. Arbeitermassen versuchten in diesem Fall, unmittelbare Aktionen zu starten, was unter diesen Umständen auch sehr angemessen war. Im allgemeinen hatten sie zwei Ziele: Bewaffnung der Arbeiter und Entlassung von politischen Gefangenen – begrenzte, konkrete, aber dennoch sehr nützliche Ziele. Für die Entlassung der Gefangenen traten sie nicht nur aus Sympathie und Solidarität ein, auch wenn dies eine Rolle spielte; politische Gefangene würden in den kommenden Ereignissen wahrscheinlich nützliche Aktivisten und wertvolle Führer sein, was einige auch tatsächlich wurden. Daß es zur Androhung von Gewalt und zu einigen akuten Ausschreitungen kam, überrascht wohl kaum, wohl aber das geringe Ausmaß an Gewalt in diesem Stadium. Es gibt keine Hinweise auf Plünderungen oder Racheakte an verhaßten Klassenfeinden. Einige der Demonstrationen zogen in der Tat nicht nur Arbeiter, sondern auch einige Gefolgsleute aus Mittelklasse-Parteien an.[42] Später, nachdem beide Seiten Blut geleckt hatten, änderte sich die Situation beträchtlich.

Massenversammlungen waren organisiertere Angelegenheiten. Solche Zusammenkünfte müssen im voraus angekündigt werden, und die Leute müssen dorthin gehen. Zu betonen, daß sie explizit dem Zweck dienten, den Leuten die Gelegenheit zum Dampfablassen zu geben und ein Gefühl von Solidarität zu genießen, reicht nicht aus. Sie schufen für den einfachen Arbeiter die Möglichkeit, die Umrisse der allgemeinen politischen Linie zu bestimmen, ihre Führer zu wählen oder ihnen zumindest ein Mandat zu erteilen. Die bei der Versammlung Anwesenden taten das durch Applaus oder Auszischen – positive oder negative Akklamation für den Redner. Die Redner waren gewöhnlich örtliche Sprecher für die SPD, die USPD oder die Kommunisten (KPD), die zu jener Zeit ein kleines, aber wachsendes Gebilde darstellten, das mit internen und noch ernsteren Querelen als in der USPD beschäftigt war. Arbeiter, die keine Massenversammlung besuchten, entzogen sich im Grunde genommen das Wahlrecht. Vermutlich war das die große Mehrheit. Es wäre ein Fehler, sie als apathisch einzustufen; sehr viele mögen richtig empfunden haben, daß die Situation nach Handlungen, nicht nach Reden verlangte. Wo die Arbeiter diese Gelegenheiten für politische Äußerung schufen und nutzten, war die Hauptbotschaft an die Führer, daß sie wenig oder gar keine Geduld oder Verständnis für die Prinzipien hatten, die die politischen Parteien spalteten, noch auch für die verschiedenen, von den politischen Führern angebotenen Einschätzungen und Abhilfen der gegenwärtigen Situation. Einheit in der Krise und im Interesse des Kampfes gegen die Reaktion war das, was die Arbeiter verlangten. Überall im Ruhrgebiet reagierten sie enthusiastisch auf einen Drei-Parteien-Appell, der (nach zahlreichen Verhandlungen hinter verschlossenen Türen mit dem SPD-Führer, der später bekannte, einen Irrtum begangen zu haben) die Forderung nach »Erringung

42 Das war nach Lucas in Hagen der Fall, *Märzrevolution im Ruhrgebiet*, Bd. I, a. a. O., S. 154. Für weitere Beispiele von Massenverhalten siehe S. 156-161. Gerhard Colm berichtet jedoch, *Beitrag zur Geschichte und Soziologie des Ruhraufstandes vom März-April 1920*, Essen 1921, S. 25-26, von einem Zusammenstoß zwischen Arbeitern und Polizei auf der Suche nach Waffen, der achtzehn Menschenleben kostete.

der politischen Macht, durch die Diktatur des Proletariats bis zum Siege des Sozialismus, auf der Grundlage des Rätesystems«[43] enthielt. Als die KPD-Sektion Essen sowohl die SPD als auch diese recht dubiose Einheit anzugreifen versuchte, gaben ihr die Arbeiter eine sehr kühle Antwort. Zusätzlich zur Parteieneinheit stimmten die Arbeiter im allgemeinen der Taktik des Generalstreiks vom 15. März zu. Aber sie gingen nicht über die Einheit der Parteien und den Generalstreik hinaus. Da sie es ablehnten, die SPD zu verurteilen, ist nicht anzunehmen, daß die Phrasen über Sozialismus und Diktatur des Proletariats große Bedeutung für sie hatten. In den meisten Städten liefen die Hauptforderungen, die bei diesen Versammlungen aufgestellt wurden, auf die Befreiung der politischen Gefangenen und das Zugeständnis eines erheblichen Arbeiteranteils in den örtlichen Sicherheitskräften hinaus.[44] Der Umstand, daß die Arbeiter sogar dachten, in den Sicherheitskräften akzeptiert zu werden, deutet darauf hin, daß sie die Situation nicht als eine revolutionäre betrachteten. In einer Revolution stürmt man die Polizeistation; man meldet sich nicht freiwillig für die Polizeikräfte.

Unter den einfachen Arbeitern gab es offensichtlich geteilte Meinungen darüber, ob Waffen mit Gewalt genommen werden sollten oder ob man sich der Polizei anschließen sollte, wie es auch unter den Führern in den Aktionskomitees eine geteilte Meinung zwischen denen gab, die zu einem bewaffneten Aufstand rieten, und denen, die eine solche Aktion für hoffnungslos hielten. In einer derartigen Situation können die Personen, die konkrete Aktionen machen, selbst wenn sie in der Minderheit sind, den weiteren Verlauf der Ereignisse bestimmen. Innerhalb weniger Tage war es den Arbeitern gelungen, sich eine ansehnliche Menge Waffen zu verschaffen, und zwar von der Polizei, von Teilen der *Einwohnerwehr,* die aus Arbeitern bestanden oder überredet worden waren, ihre Waffen abzugeben (wie im Fall einer *Einwohnerwehr*-Einheit, die hauptsächlich aus Bauern bestand) sowie von Privatpersonen und paramilitärischen Vereinen. Das Vorhandensein sovieler Waffen in den Händen von Arbeitern beunruhigte Severing und mag den militärischen Machthabern den Vorwand für die geplanten

43 Erhard Lucas, *Märzrevolution im Ruhrgebiet,* Bd. I, a. a. O., S. 127.
44 Gerhard Colm, *Beitrag zur Geschichte . . .,* a. a. O., S. 26.

Aktionen geliefert haben. Auf jeden Fall wurde die Atmosphäre immer gespannter, und die kleinste Störung oder Unruhe konnte eine Explosion auslösen.
Am Montag dem 15. März war der erste volle Arbeitstag nach der Proklamation des Putsches. In Erwiderung auf den Generalstreik stoppte die Arbeit an der Ruhr außer für die lebenswichtigen Dienstleistungen[45], wie es fast überall im restlichen Deutschland geschah. Das war auch der Tag, an dem der offene Konflikt im Ruhrgebiet ausbrach.
Die Arbeiter planten für Montag den 15. März eine Versammlung, auf der die Führer Waffen verteilen und eine Sicherheitstruppe einrichten sollten. Statt dessen marschierte eine kleine Abteilung der Freikorps aufgrund eines Berichts, daß es dort Aufruhr und Pläne zur Errichtung einer revolutionären *Räterepublik* gäbe, in die nahegelegene Stadt Wetter ein; dieser Bericht wurde beim Erscheinen der Truppen vom örtlichen Bürgermeister dementiert. Die Meldung vom Einmarsch der Freikorps in Wetter veranlaßte Massen von Arbeitern, zum Schauplatz zu eilen. Als die Freikorps in Wetter eintrafen, fragten das örtliche Aktionskomitee und der Bürgermeister den führenden Offizier, in wessen Auftrag er käme und was seine Haltung zum Putsch in Berlin sei. Der Offizier, ein gewisser Hauptmann Hasenclever, warf mit seiner Antwort Pulver ins Feuer: Er käme im Auftrag des Generals von Watter, um die Ordnung wiederherzustellen, und stehe »auf dem Boden des Generals von Lüttwitz«, einem der Hauptverschwörer, der im Februar ins Ruhrgebiet gekommen war. Während dieser Unterredung hatten sich die Arbeiter unter die Truppen gemischt und ungefähr zwanzig oder dreißig Mann überredet, die Seite zu wechseln. Darüber hinaus hatten sie von einem Maschinengewehr Besitz ergriffen. Hasenclevers Antwort, die sich rasch über das ganze Ruhrgebiet verbreitete, versetzte die Arbeiter in Erregung und bestätigte ihre schlimmsten Befürchtungen. Die Kämpfe brachen fast unmittelbar danach aus. Die Arbeiter waren der kleinen Freikorpseinheit offensichtlich zahlenmäßig überlegen und hatten den Vorteil des hochgelegenen Geländes rund um den Bahnhof. Die kleine Truppeneinheit verteidigte sich, wurde aber besiegt. Den 64 Toten einschließlich des Hauptmanns Hasenclever standen nur sie-

45 *Ebenda*, S. 25.

ben Tote auf seiten der Arbeiter gegenüber. Durch den Sieg in diesem und den folgenden Gefechten vergrößerten die Arbeiter rasch ihr Waffenarsenal.[46] Auf diese Weise entstand die Rote Armee.

In ihrer Struktur und ihren Operationen glich die Rote Armee den revolutionären Guerillaorganisationen, die in vielen ländlichen Teilen der Welt zwanzig bis dreißig Jahre später aufkamen.

Doch sind die Unterschiede, die mit ihrem Entstehen aus der industriellen Arbeiterklasse in einem modernen industriellen Staat zusammenhängen, wichtiger und trugen zu ihrer raschen Niederlage bei. Eine Vielzahl örtlicher Einheiten bildete die Zellen der Armee. Oft waren es Bezirke politischer Parteien. In einigen wenigen Fällen bildeten ganze Bergwerksbelegschaften Kompanien. Männerwohnheime trugen auch zu den Einheiten bei. Örtliche Kommandeure entschieden im allgemeinen, wer das Kommando der Einheit an der Front übernehmen sollte. Es entstand kein voll wirksames Generalkommando. In Hagen gab es eine »Zentralleitung«, die offenbar aus lokalen KPD-, USPD- und überraschenderweise auch SPD-Führern gebildet worden war. Auch existierte ein Hauptquartier im Auto des Lehrers Stemmer, der versuchte, den Befehl für laufende militärische Operationen zu übernehmen. Stemmer und die »Zentralleitung« in Hagen arbeiteten annehmbar gut zusammen. Aber sie konnten keinen wirksamen Einfluß auf die westlichen Gebiete des Aufstandes nehmen, in denen eine einheimische Führung auf anderer politischer Basis entstanden war: hauptsächlich aus KPD-Leuten und Syndikalisten. Selbst in der Hitze des Kampfes blieb die proletarische Einheit ein Mythos; die Realität war immer noch sektiererischer politischer Kampf. Die Versorgung mit Waffen kam, wie bei Guerillaarmeen üblich, vom Feind, das heißt, von den Militär- und Polizeieinheiten. Unter den Waffen, die die Rote Armee in ihren Besitz brachte, befanden sich einige Kanonen, Minenwerfer und sogar zwei Flugzeuge. Im Gegensatz zur Waffenversorgung warf die Lebensmittelversorgung, wie in einem Industriegebiet zu erwarten war, ernste Probleme auf: der Unterschied zwischen Beschlagnahmung und Plünderung war nicht leicht festzustellen. Die Unfähigkeit zur Lösung dieses Problems entfremdete bald die unterstützungsbereite Bevölkerung

46 Meine Darstellung folgt Colm. *Ebenda*, S. 27-34.

und schuf, wie wir in Kürze sehen werden, ein demoralisierendes Chaos.[47] Zusammenfassend läßt sich wohl sagen, daß nur locker geteilte politische Leidenschaften kaum ausreichen, um eine dauerhaft wirksame militärische Organisation zu schaffen, eine Beobachtung, der sowohl George Washington als auch Leo Trotzki angesichts ihrer eigenen praktischen Erfahrungen sicher beigepflichtet hätten.

Was die Arbeiter mit ihrer Macht taten, sobald sie einen Ort oder eine Stadt, wenn auch nur kurze Zeit, übernommen hatten, und was sie nicht taten, wirft ein erhellendes Licht auf den Charakter des Aufstands. Die radikalste Herrschaft fand sich an den Orten, wo die Gewerkschaftsorganisation am jüngsten oder wo unternehmerfreundliche Gewerkschaften vorherrschend waren. Die einfachen Arbeiter spielten jedoch im großen und ganzen eine sehr geringe Rolle. Sie überließen den Partei- und Gewerkschaftsfunktionären die Kontrolle der Städte. Umgekehrt etablierten sie *Vollzugsräte.* Ursprünglich zumindest hatte die KPD allgemein gefordert, daß Arbeiterräte zur Übernahme der Stadtverwaltungen gewählt werden sollten. Solche Wahlen fanden zum Teil deshalb nicht statt, weil sie zuviel Zeit gekostet hätten. Offensichtlich war die übliche deutsche Vorstellung, daß es *immer* irgendeine Art legaler Regierung geben muß, auch unter den Arbeitern tief verwurzelt. Ein entgegengesetzter Grund lag jedoch in einigen Städten wie etwa Dortmund vor: dort fürchteten die Radikalen, Wahlen könnten keine genügend radikale politische Führung hervorbringen, weil alle Arbeiter, einschließlich der in den christlichen Gewerkschaften organisierten, an der Wahl teilnehmen würden. Aus diesen verschiedenen Gründen bestanden die meisten Exekutivkomitees aus Partei- und Gewerkschaftssekretären, Schriftführern und ähnlichen Funktionsträgern. Wie es scheint, gab es nur einen Fall radikaler Opposition gegen diese im wesentlichen traditionelle Führerschaft, und selbst hier scheint sich die Opposition auf zwei Kommunisten beschränkt zu haben, die spürten, daß das Exeku-

47 *Ebenda*, S. 60-66. Leider bietet jener Teil, der der instruktivste dieser nützlichen soziologischen Studie eines Schülers von Max Weber hätte sein können, eine Untersuchung, warum Männer sich der Roten Armee anschlossen, hauptsächlich eine Wiederaufwärmung von Simmelschen und le Bonschen Spekulationen. Mehr Daten, die mir zu spät zugänglich waren, um sie zu benutzen, finden sich in Erhard Lucas, *Märzrevolution 1920*, Bd. II.

tivkomitee die Rote Armee nicht mit genügend Energie und Mitteln unterstützte.[48]

Nach der Übernahme einer Stadt erklärte das Exekutivkomitee immer, daß es die oberste Gewalt übernommen hätte. Tatsächlich begnügte es sich selbst im allgemeinen mit der Ausübung einer bescheidenen Überwachung der vorher bestehenden Verwaltung. So wiederholte sich die frühere Erfahrung der Arbeiter- und Soldatenräte. An mehreren Orten versetzten die Exekutivkomitees solche Beamte, die die örtlichen Arbeiter besonders mißbilligten, »in den Ruhestand«. In einigen Fällen bestand die erste Handlung des Komitees in der Entlassung der örtlichen Polizei aus ihren Pflichten, nur um sie kurz danach wieder zurückzurufen und zu bitten, ihren Dienst wegen der Gefühle der Arbeiter ohne Uniform zu tun. In vielen Fällen, in denen die Exekutivkomitees versuchten, die Leitung der städtischen Dienstleistungen (Sicherheit, Sozialfürsorge, Lebensmittelversorgung, Transportwesen etc.) selbst zu übernehmen, hielten sie sich mit Einzelheiten auf und verloren den Überblick über die größeren Zusammenhänge. Im großen und ganzen jedoch erreichten die Exekutivkomitees mit den früheren Verwaltungskräften einen *modus vivendi.* Ein wesentlicher Grund hierfür lag nach Colm darin, daß die Exekutivkomitees entweder nicht an den möglichen Erfolg der »zweiten Revolution« glaubten oder nicht einmal die Bewegung als eine revolutionäre interpretierten. Obwohl es Ausnahmen gab[49], ist der auffallendste Aspekt bei all diesen Entwicklungen das Fehlen eines wirksamen Drucks von unten, der die Exekutivkomitees in eine radikalere Richtung gedrängt hätte – woraus eine Menge über das Verhalten der einfachen Arbeiter und den Grad des »Klassenbewußtseins« auf dem Höhepunkt heftiger Auseinandersetzungen erhellt.

Am 16. März 1920, dem Tag nach dem Generalstreik, riefen die Bergwerksbesitzer und die Gewerkschaften zur Rückkehr an die Arbeit auf. Am 17. blies die Regierung in Berlin nach dem Zusammenbruch des Putsches den Streik ab. Die Eroberung von Essen

48 Siehe Gerhard Colm, *Beitrag zur Geschichte* . . ., a. a. O., S. 84-89.

49 *Ebenda*, S. 96-97. Duisburg war die wichtigste Ausnahme, wo das Hauptergebnis offensichtlich in einem strengen Gebrauch von Beschlagnahmungen bestand und einem Versuch, die Führer der gemäßigten Arbeiter einzusperren. Diese Handlungen schufen viele bittere Auseinandersetzungen. Siehe *Ebenda*, S. 99-103.

durch die Arbeiter fand aber am 19. statt.[50] Zu dieser Zeit waren die putschistischen Militärkräfte aus dem Industriegebiet an der Ruhr vertrieben worden und die Ebert-Regierung wiedereingesetzt. In dieser Lage blies auch die »Zentralleitung« der Roten Armee den Generalstreik ab. Die Hauptkämpfe setzten sich jedoch bis zum 23. März 1920 fort, als Verhandlungen zwischen Severing und der Armee begannen, von denen später ausführlicher die Rede sein wird.

Wir fragten schon früher, warum der Aufstand weiterging, nachdem die Ebert-Regierung wiedereingesetzt worden war. Demonstriert nicht seine Fortsetzung den wesentlich revolutionären Charakter des ganzen Unternehmens?[51] Hatte nicht der Kapp-Putsch den Schleier der Illusion gelüftet, der die mörderische Politik der Kollaboration zwischen SPD und militärischer Reaktion drapierte – eine Politik, für die Noske, der in dem Putsch aufs tiefste bloßgestellt worden war, nicht mehr als ein ausführendes Werkzeug war – und schließlich das Herzland des deutschen Proletariats in eine letzte verzweifelte revolutionäre Welle getrieben?

Wir verfügen nun schon über genug Material zum Verhalten der Arbeiter, um einige Zweifel gegenüber derartigen Interpretationen zu hegen. Sobald die Rote Armee entstanden war und mit ihren Operationen begann, nahm sie eine eigene Triebkraft und Zielsetzung an. Von bewaffneten Arbeitern kann kaum erwartet werden, daß sie ihre Waffen fallen lassen und einem Aufruf zur Rückkehr an die Arbeit gehorchen. An einigen Orten, insbesondere Düsseldorf, gaben harte und provozierende Handlungen durch Polizei und Militär denjenigen die Oberhand, die den Streik fortsetzen wollten. Bei Krupp in Essen debattierte man unter den Betriebsräten scharf über die Fortsetzung des Streiks. Bezeichnenderweise hatten alle Gründe, die von Sprechern (USPD, KPD) des linken Flügels vorgetragen wurden, mit lokalen und konkreten Sachver-

50 Siehe Erhard Lucas, *Märzrevolution im Ruhrgebiet*, Bd. I, a. a. O., S. 248; über Essen siehe *Ebenda*, S. 283-289 und Gerhard Colm, *Beitrag zur Geschichte . . .*, a. a. O., S. 40.

51 *Illustrierte Geschichte der Deutschen Revolution*, Berlin 1929, S. 499-504. Dies ist eine frühe kollektiv verfaßte kommunistische Arbeit, schon sehr gespreizt in ihrer Darstellungsweise, aber mit vielen Bezügen zu Originaldokumenten.

halten zu tun. Zum Sozialismus äußerten sie nichts. Ihre Liste der unerfüllten Forderungen schloß folgende Punkte ein: Umbildung der *Einwohnerwehr* oder der örtlichen Sicherheitskräfte durch Aufnahme von mehr Arbeitern (d. h. Beteiligung an der Polizei, statt sie zu stürzen); Freilassung von politischen Gefangenen; Unterstützung der Hinterbliebenen der durch die *Sicherheitspolizei* zwei Tage vorher getöteten Demonstranten; die Genehmigung für das Wiedererscheinen der USPD-Zeitung, die für zehn Tage verboten worden war. Zum letzten Punkt gab ein Sprecher der Gewerkschaft bekannt, daß ein Telegramm an Severing mit der Bitte um Aufhebung des Verbots geschickt worden sei. Was noch bezeichnender ist, der Betriebsrat entschied sich für eine Rückkehr an die Arbeit, falls das Verbot aufgehoben würde.[52]

In Essen und Umgebung nahmen die Arbeiter die Arbeit wieder auf, obwohl die Einheiten der Roten Armee noch in der Nähe waren und die Nachricht von der Eroberung Dortmunds schon eingetroffen war. In anderen Städten, wie zum Beispiel Hagen, Hörde und Barmen, in denen die Arbeiter Militär und Polizeikräfte vertrieben hatten, rief das örtliche Aktionskomitee zur Rückkehr an die Arbeit auf, weil dies eine Sache von Leben und Tod für das Proletariat sei, ein weiterer Beweis für die Schwierigkeiten, denen sich eine auf städtischem Hintergrund agierende militärische Opposition gegenübersieht. Der einzige Ort, wo der Aufruf nicht beachtet wurde, war Elberfeld. Die Arbeiter bestanden darauf, so lange der Arbeit fern zu bleiben, bis ein geziemendes Begräbnis für die in den jüngsten Schlachten Gefallenen stattgefunden hätte. Lucas nennt diese Episode eine der seltenen Handlungen von »Ungehorsamer Solidarität« in der Geschichte der deutschen Arbeiterbewegung. In anderen Städten jedoch kehrten die Arbeiter *ohne* jegliche Aufforderung seitens der Aktionskomitees einfach zur Arbeit zurück.[53] In diesem Unterschied zwischen den Arbeitern, die unter Waffen blieben, und solchen, die an ihre Arbeitsplätze zurückkehrten, erschien noch eine andere Trennung, die sich später,

52 Erhard Lucas, *Märzrevolution im Ruhrgebiet*, Bd. I, a. a. O., S. 249-250.

53 *Ebenda*, S. 250-255. Im Licht der konkreten Beispiele, die er gibt und die hier zitiert wurden, kann Lucas' Behauptung (S. 248), daß vermutlich die Mehrheit der Arbeiter im Ruhrgebiet, auf jeden Fall mehr als die in linken Gruppen organisierten, den Aufruf, den Streik zu beenden, nicht beachteten, schwer akzeptiert werden.

als die sich auflösende Rote Armee die Städte des Verrats anklagte und zum Plündern im großen Maßstab überging, noch als weit ernsthafter erweisen sollte.
Der Aufstand erreichte am 20. März, als die entscheidende erste militärische Phase abgeschlossen war, seinen Höhepunkt.[54] Von diesem Tag an konnte Watter militärische Verstärkung aus Württemberg und Bayern heranschaffen.[55] Die internen Schwächen des Aufstandes kamen nun an die Oberfläche: die Drohung schweren Hungers im westfälischen Teil des Ruhrgebietes, unzureichende Versorgung mit Lebensmitteln, Kleidung und Munition für die roten Kräfte und das Ausbleiben jedweder Arbeitererhebung im restlichen Deutschland sowie das Fehlen von Unterstützung durch die Parteiführer in Berlin.[56] Aufgrund dieser Konstellation begannen am 23. März Verhandlungen zwischen den Aufständischen und Vertretern der Zentralregierung in Berlin. Severings Taktik bei diesen Verhandlungen lag in der Absonderung der Gewerkschaftler, der Anhänger der Zentrumspartei, der Demokraten und der SPD von der Arbeiterarmee. Im Grunde genommen war diese Taktik erfolgreich, was einen weiteren guten Beleg für die Meinungsströmungen in diesem Gebiet darstellt.
Severings Erfolg hatte eine weitere Radikalisierung zur Folge, denn die Gemäßigten wurden von der Roten Armee abgezogen.[57] Ein anderer Grund für die Radikalisierung lag darin, daß von Watter »Waffenstillstandsbedingungen« hinzufügte, die in der kurzen Zeit, die sein Ultimatum erlaubte, unmöglich zu erfüllen waren und die die Rote Armee sehr aufbrachten. An genau diesem Punkt fühlten sich die Mitglieder der Roten Armee von ihren Heimatstädten vollständig verraten. Aus Mangel an Geld und Versorgungsgütern und bedroht von Watters Truppen, wandten sie sich aus Verzweiflung der Plünderung zu und nannten das Revolution. Selbst kommunistische Führer verurteilten dieses anarchistische Verhalten. Die Situation verfiel soweit, daß von einem kommunistischen Führer in Dortmund berichtet wird, er habe telefonisch

54 Gerhard Colm, *Beitrag zur Geschichte* . . ., a. a. O., S. 111.
55 Erhard Lucas, *Märzrevolution im Ruhrgebiet*, Bd. I, a. a. O., S. 272.
56 Gerhard Colm, *Beitrag zur Geschichte* . . ., a. a. O., S. 113.
57 Carl Severing, *Mein Lebensweg*, Bd. I: *Vom Schlosser zum Minister*, Köln 1950, S. 262 f., 266.

um den Einsatz von Reichswehrtruppen ersucht, weil er die bewaffneten Banden in der Stadt nicht mehr kontrollieren konnte.[58]

Am 3. April 1920 schließlich marschierten, wie Severing in seinen Memoiren schreibt, die Reichswehrtruppen ein und stellten die Ordnung »relativ leicht und ohne ernste Verluste an Menschenleben« wieder her. Die *Illustrierte Geschichte* zeichnet ein anderes Bild von Brutalität und Racheakten, buchstäblich das Bild eines weißen Terrors. Rachsüchtige Truppen schleppten Arbeiter aus ihren Häusern und erschossen sie Seite an Seite mit Frauen und Kindern. Sie berichtet vom Fall der Niedermetzelung von 65 Kanalarbeitern und von einem Massengrab mit mehr als 90 Opfern. Viele Arbeiter flohen in die von Alliierten besetzten Gebiete. Zur Rückkehr durch Amnestieversprechungen überredet, wurden sie von Regierungstruppen aus den Zügen heraus verhaftet und in Gefängnislager geworfen. Viele erhielten lange Gefängnisstrafen. Die Rechten, die den Aufstand durch ihren Putsch provoziert hatten, kamen auf der anderen Seite sehr milde davon. Von den 540 Offizieren, die eine führende Rolle beim Kapp-Putsch spielten, wurde nur einer – zu fünf Jahren Gefängnis – verurteilt.[59] In dieser blutigen Tragödie endete die größte Annäherung an eine spontane proletarische Revolution, die je in einem modernen Industriestaat stattfand.

Hätte sie gelingen können? Was ist eine Revolution? Wir können die Angelegenheit klarer beurteilen, wenn wir die zweite Frage zuerst beantworten. Immer wieder zeigte sich, daß die Masse der Arbeiter nicht revolutionär war. Sie wollten die bestehende gesellschaftliche Ordnung nicht stürzen und durch etwas anderes ersetzen, schon gar nicht durch eine Ordnung, in der gewöhnliche Arbeiter die Führung hätten. Sie waren jedoch sehr aufgebracht, fühlten sich in die Ecke gedrängt und kämpften zur Selbstverteidigung. Die Verteidigung schlug ziemlich unerwartet in einen kurzen Angriff um. Selbst zu diesem Zeitpunkt ist klar, daß die Mehrzahl der Arbeiter, die nicht unter Waffen standen, kein Interesse an der Umwandlung des Kampfes in eine Revolution hatte. Der in der Bewegung zutage tretende revolutionäre Bestandteil

58 Gerhard Colm, *Beitrag zur Geschichte* . . ., a. a. O., S. 125-130.
59 *Illustrierte Geschichte der Deutschen Revolution*, a. a. O., S. 505-508.

war etwas, das nur eine Minorität lokaler politischer Führer der gesamten Bewegung aufdrängen wollte.
Selbst wenn man all diese Punkte zugesteht, sind sie aus der Perspektive revolutionärer Konsequenzen nicht wirklich von Bedeutung. Revolutionäre Ziele werden im allgemeinen einer aufgebrachten Menge von Führern aufgedrängt, und dies führt dann zur Zerstörung der alten Ordnung, wenn die übrigen Bedingungen dies möglich machen. Tatsächlich würde ich die Vermutung wagen, daß in allen großen und erfolgreichen Revolutionen die Masse der Anhänger einen Umsturz der gesellschaftlichen Ordnung nicht bewußt gewollt hat. Ich definiere Erfolg hier in dem sehr begrenzten und unangemessenen Sinne von Übernahme und Ausübung der Macht.
Das Ausmaß, in dem aufgebrachte kleine Leute etwas Neues wollen, läuft im allgemeinen auf ihre Wahrnehmung der alten Ordnung hinaus, abzüglich der unangenehmen und unterdrückenden Merkmale, die sie beeinträchtigen. Wir haben das an zahlreichen Punkten bei der Untersuchung der deutschen Geschichte gesehen, und wir werden im Fall der Nazibewegung noch eine weitere Version mit einer anderen sozialen Grundlage sehen. Und das ist keine Revolution. Es ist vorstellbar, daß in einigen Fällen die neue Ordnung vielleicht etwas besser ist, wenn dies auch bei den Nazis sicherlich nicht der Fall war. In dem Maße, wie Mißstände und Unterdrückung strukturelle Folgen der alten Ordnung sind, sind solche Hoffnungen auch utopisch. Der Zusatz ist kaum notwendig, daß moderne Berufsrevolutionäre nicht sehr erfolgreich waren, ihre zugegeben besser begründete Ansicht von der Wirklichkeit den Massenbewegungen durch die Einrichtung revolutionärer Parteien in der Weise aufzudrängen, daß sie die Grenzen eines populären Utopismus transzendierten und dennoch weniger unterdrückende Gesellschaften geschaffen hätten.
Wenn wir vorläufig dahingehend übereinstimmen, daß eine revolutionäre Masse nicht *per se* ein unentbehrlicher Bestandteil einer erfolgreichen Revolution ist, dann bleibt die erste Frage bestehen: Hätte dieser Aufstand in eine erfolgreiche Revolution umschlagen können? Bei dem vorläufigen Stand der Analyse ist fraglos klar, daß die Regierung ohne »zuverlässige« militärische Kräfte gestürzt worden wäre. Daß diese Kräfte nicht wirklich zuverlässig im Sinne einer Loyalität gegenüber dieser besonderen Regierung waren, ist

zu offensichtlich, als daß dies eines ausführlichen Kommentars bedürfte. Spezifischer und konkreter ausgedrückt: Die Aufstände fanden voneinander getrennt statt, und diejenigen in der Hauptstadt wurden entweder abgewehrt (wie im November 1918) oder hatten zu wenig Unterstützung (wie der Versuch der Spartakisten vom Januar 1919). Daher konnte die Regierung die ihr nominell zur Verfügung stehenden Truppen dazu benutzen, die Aufstände, die zum Teil die Folge ihrer eigenen Politik waren, nacheinander niederzuschlagen. Das geschah, wie wir wissen, hauptsächlich im Ruhrgebiet, in Sachsen und in Bayern während des Winters 1918 und des Frühlings 1919. Der bedeutendste und gewalttätigste unter ihnen, also derjenige, den wir gerade in einigen Einzelheiten untersucht haben, war das letzte Aufflackern von Unruhen dieser Art.

Doch auch hier argumentiert man in der bloßen Betonung der zeitlichen Umstände und der Möglichkeit militärischer Unterdrükkung an dem entscheidenden Punkt vorbei. Es reicht nicht aus, mit den Sozialdemokraten zu behaupten, der Aufstand sei zum Bürgerkrieg geworden und selbst bewaffnete Arbeiter seien in einem Bürgerkrieg den regulären Truppen nicht gewachsen. Einmal sind zu einer frühen Phase die regulären Truppen, als sie in Berlin gegen die Arbeiter geschickt wurden, genauso wie in Rußland, nur so dahingeschwunden. Die Tatsache, daß es eine so geartete reguläre Armee *gab*, bedarf einer Erklärung.

Trotz des anfänglichen Schocks über die Niederlage 1918 hatte das alte Regime keineswegs seine ganze Anziehungskraft und Legitimation verloren. Das Vorhandensein einer Armee, die zuerst aus aufgelesenen Freiwilligen bestand, zeigt, daß es eine beachtliche Zahl von Männern gab, die für die Restauration der alten Ordnung kämpfen *wollten*. In der entscheidenden Anfangsphase hatte Ebert nichts getan, um dieses Gebilde zu neutralisieren, sondern sich tatsächlich unmittelbar an die Armee mit der Bitte um Beistand gewandt. Doch die Situation war nicht nur durch Eberts Politik bestimmt, so verhängnisvoll sie sich auch erwies. Die alte Ordnung lag zeitweilig am Boden und war diskreditiert. Sie war indes nicht so vollständig verrottet – oder *morsch* –, wie sie sich 1917 in Rußland darstellte. In Deutschland hatten sich die Bauern, der städtische Mittelstand und sogar große Teile der Industriearbeiter wegen der Niederlage im Krieg gegen ihre Führer gewandt, und dies nicht aus Gründen, die viel mit der herrschenden Politik zu tun hatten. Unter diesen Schichten konnte die Rechte ihre Anhänger finden. Die extreme Linke stellte gerade genügend Bedrohung dar, um ihre Zahl aufzublähen. Die Rechte hatte längst aufgehört, monarchistisch und vornehm zu sein, und sie hatte aus eigenen Interessen eine populistische und egalitäre Färbung angenommen. Mit dieser Verwandlung waren die Nazis auf dem Weg zur Macht.

Teil III
Allgemeine Perspektiven

Zehntes Kapitel
Die deutsche und die Russische Revolution im Vergleich

Mit dem Zusammenbruch und der Unterdrückung des Aufstands an der Ruhr sind wir am Ende unserer Geschichte der deutschen Arbeiterbewegung angelangt, obwohl wir uns auch in den folgenden Kapiteln auf die deutsche Sozialgeschichte beziehen werden. Erst allmählich werden wir uns dann zur »reinen« Theorie vorarbeiten. Ausgehend von der deutschen Geschichte, wollen wir in den beiden folgenden Kapiteln untersuchen, inwieweit sich objektiv die Existenz einer befreienden historischen Alternative nachweisen und die moralische Verantwortung für ihre Unterdrückung einschätzen läßt. Ferner wollen wir der Frage nachgehen, inwiefern sowohl Unterschiede als auch Ähnlichkeiten zwischen befreienden und repressiven Formen moralischen Volkszorns festgestellt werden können. Von da können wir dann zu allgemeineren Fragen des moralischen Relativismus, rationaler und irrationaler Autoritätsformen sowie zu den Möglichkeiten, wie sich ein unvermeidlich erscheinendes Übel kulturell als unerträglicher Mißstand neu definieren läßt, übergehen. Bis jetzt haben wir uns lediglich einige der Ursachen für das Scheitern des bisher wichtigsten Aufstandes, der sich auf die Industriearbeiterschaft eines stark industrialisierten Landes stützte, vor Augen geführt. Doch was bedeutet dieses Scheitern? Bestätigen nicht die russischen Revolutionen von 1905 und 1917 den Gedanken einer proletarischen Revolution, wenn auch in einem Sinn, der sich von dem, was Marx sich ursprünglich darunter vorstellte, erheblich unterscheidet?

Versteht man unter proletarischer Revolution eine solche, die hauptsächlich von Industriearbeitern getragen wird, so fällt die Antwort, den Quellen nach zu schließen, negativ aus. Zweifellos haben in allen drei russischen Revolutionen (1905 sowie im Februar und Oktober 1917) die Industriearbeiter in den großen Städten eine bedeutende, vielleicht sogar eine unerläßliche Rolle gespielt. Darüber hinaus übernahm eine Partei die Macht, die für sich beanspruchte, für die im November 1917 durchaus radikalisierte Mehrheit dieser Arbeiter zu sprechen. Trotzdem gab es wesentlich gewichtigere Gründe für die revolutionäre Transformation. Dazu zählten (1) Bauernrevolten und Landergreifungen in einem Land, dessen Bevölkerung noch zu 80% aus Bauern bestand und den bestehenden Eigentumsverhältnissen feindlich gegenüberstand; (2) die Entfremdung und Bestürzung, die angesichts der zaristischen Unfähigkeit und Schwäche, wie sie sich im Spannungszustand des Krieges offenbarten, im Jahre 1917 fast alle einflußreichen Bevölkerungsschichten erfaßt hatten; und schließlich (3) die durch die Kriegsbelastungen hervorgerufene Auflösung der wichtigsten Repressionsinstrumente: Armee und Polizei. Diese Auflösung war entscheidend. Es war nicht die Macht der revolutionären Explosion, die das zaristische Gebäude zum Einsturz brachte, sondern der Zusammenbruch seiner Verteidiger. Sowohl im Februar (März nach dem neuen Kalender) als auch im Oktober (November) 1917 rannten die Revolutionäre nur noch offene Türen ein, die baufällig in ihren Angeln verrotteten. Das ist auch der Grund, warum während der Revolutionen selbst so wenig Blut vergossen wurde. Das Blutvergießen kam dafür später um so schlimmer, als die »Diktatur des Proletariats« darum kämpfte, sich als minoritäre Elite in den Städten zu etablieren, mit dem Ziel, eine bäuerliche Gesellschaft zu beherrschen und anschließend zu verändern.[1]

All dies unterschied sich natürlich erheblich von dem, was sich in Deutschland abspielte. Anstatt uns nun weiter mit der Frage zu beschäftigen, ob der Begriff der proletarischen Revolution auf die Erfahrungen der Russischen Revolution zutrifft oder nicht, erscheint es mir lohnender, einige der Gründe zu ermitteln, warum die russischen Arbeiter sich gerade so verhielten, wie sie es taten, und ihre Rolle im revolutionären Prozeß genauer zu bestimmen.

Die russische Industriearbeiterklasse entstand in einer historischen

1 In der folgenden Darlegung konnte ich zwei wichtige Bücher, die unmittelbar vor der Drucklegung dieses Buches erschienen, nicht berücksichtigen: John L. H. Keep, *The Russian Revolution: A Study in Mass Mobilization*, New York 1976, und Alexander Rabinowitch, *The Bolsheviks Come to Power: The Revolution of 1917 in Petrograd*, New York 1976. Beim ersten Buch handelt es sich um eine allgemeine analytische Abhandlung, die sowohl die Rolle der Arbeiter als auch der Bauern hervorhebt, beim zweiten um einen detaillierten Bericht über die Ereignisse in Petrograd 1917.

Umgebung, die sich von ihrem deutschen Gegenstück stark unterschied. Die zaristische Bürokratie war ein entscheidendes, vielleicht *das* entscheidende Moment in dieser Umgebung. Ihre Politik hatte einen bestimmenden Einfluß auf Geschwindigkeit und Charakter des russischen Industriewachstums. Daneben war die zaristische Politik in hohem Maße für die Radikalisierung der russischen Industriearbeiter vor 1914 verantwortlich, obwohl auch andere Kräfte eine Rolle spielten, die auf die Dauer möglicherweise zu Ergebnissen geführt hätten, die eher dem Grad an Integration, wie wir ihn in Deutschland vorfinden, entsprochen hätten. Die zaristische Politik hatte ferner entscheidenden Anteil an der Auflösung des russischen Militärs und der Polizei. Nach der Februar-Revolution war die provisorische Regierung nicht gewillt oder nicht in der Lage, den Desintegrationsprozeß aufzuhalten und eine neue gesellschaftliche Basis für sich zu gewinnen.

Sowohl in ihrer sozialen Zusammensetzung als auch in bezug auf ihre Institutionen waren die russischen Industriearbeiter noch eine sehr junge historische Erscheinung, die Konsequenz des raschen industriellen Wachstums Rußlands vor dem Ersten Weltkrieg. Betrachten wir einige Angaben über die Anzahl der Industriearbeiter in verschiedenen Vorkriegsjahren[2]:

1863	358 000
1890	720 000
1897	1 124 000
1900	2 278 000
1914	2 700 000

In deutlichem Gegensatz zu Deutschland war ein sehr großer Teil dieser Arbeiter um 1902 (fast 50 Prozent) in Großfabriken mit 1000 und mehr Arbeitern beschäftigt.[3] Anders als in Deutschland entstanden die Fabriken auch in den größeren Städten. In weniger

2 Woldemar Koch, *Die bol'ševistischen Gewerkschaften: Eine herrschaftssoziologische Studie*, Jena 1932, S. 2-3. Die Zahlen sind lediglich als Näherungswerte zu verstehen, da die Definitionen bezüglich der Kategorie »Arbeiter« variieren. So enthält z. B. die Zahl für das Jahr 1900 zum ersten Mal Bergarbeiter (672 000) sowie die Industriezweige, die der Verbrauchssteuer unterliegen (243 000), während die Zahl für 1914 zu niedrig gegriffen ist, da sie nur auf das Territorium der späteren UdSSR bezogen ist.

3 *Ebenda*, S. 4.

als dreieinhalb Jahrzehnten verdrei- oder vervierfachte sich die Bevölkerung von Riga, Kiew, Odessa und Rostow, während Baku, Tsaritsyn und andere Städte um das Fünf- bis Achtfache wuchsen.[4] Schließlich sollte sich die Konzentration der Arbeiter in der Hauptstadt Petrograd, wo es im Jahre 1917 fast 400 000 Arbeiter gab, als besonders wichtig erweisen. In der Metallindustrie waren 60 Prozent dieser Arbeiter beschäftigt, die um diese Zeit fast ausschließlich Kriegsmaterial herstellte.[5] Die Bevölkerung Petrograds des Jahres 1914 betrug 2 119 000.[6] Um 1914 hatte Moskau eine Bevölkerung von 1 700 000 mit einer Fabrikarbeiterschaft von 159 000 im Jahre 1912.[7] Da weniger als die Hälfte der Gesamtbevölkerung jeder Stadt aus erwachsenen Männern bestand und die meisten Arbeiter Männer waren, sind die jeweiligen Anteile beträchtlich größer, als es auf den ersten Blick den Anschein hat. Wenn die körperlich tätigen Männer – also diejenigen, die zu politischen Demonstrationen erscheinen konnten – in jeder Stadt fast ein Drittel der Bevölkerung ausmachten, dann hätten in Petrograd die Arbeiter unter ihnen eine klare Mehrheit gebildet, während ihr Anteil in Moskau mehr als ein Viertel betragen hätte.

Es wäre jedoch unklug, daraus zu schließen, daß im Gegensatz zu Deutschland die Industrialisierung in Rußland schon aus sich selbst heraus jenes Gemisch an sozialem Zündstoff hervorbrachte, das beim ersten Funken explodieren mußte. Die Vergangenheit hatte allerlei Hemmnisse hinterlassen, die sich beispielsweise in der Furcht vor jenen, die im Besitz von Macht waren – genauer gesagt vor den Kosaken, die durch die Menge galoppierten und mit ihren langen Peitschen knallten – ausdrückten oder sich in Form von Apathie, von der Gesellschaft aufgezwungener Verhaltensmuster der Unterwürfigkeit gegenüber Höherstehenden oder im Glauben an das Wohlwollen des Autokraten manifestierten. Darüber hinaus brachte der Industrialismus selbst die Restriktionen hervor, die uns

4 Teddy J. Uldricks, *The ›Crowd‹ in the Russian Revolution: Towards Reassessing the Nature of Revolutionary Leadership*, in: *Politics and Society*, Bd. 4, Nr. 3, S. 401.

5 Paul H. Avrich, *Russian Factory Committees in 1917*, in: *Jahrbücher für Geschichte Osteuropas*, Bd. 11, Heft 2 (1963), S. 163, Anmerkung 14.

6 Victoria E. Bonnell, *The Politics of Labor in Pre-Revolutionary Russia: Moscow Workers' Organization 1905-1914*, unveröffentl. Diss., Harvard University 1975, S. 34, Anmerkung 3.

7 *Ebenda*, S. 2, 4.

schon an anderer Stelle begegnet sind: völlige Erschöpfung durch die lange Arbeitszeit in lärmerfüllten Fabriken, wo es oft unmöglich war, sich mit anderen Arbeitern zu unterhalten. Schließlich war die Haltung weit verbreitet, individuellen Lösungen und dem mit einem relativ geringen Risiko verbundenen Festhalten am eigenen Arbeitsplatz den Vorzug vor Opfern für kollektive Fernziele zu geben, ganz zu schweigen von den Anfängen einer primär auf materielle Verbesserungen ausgerichteten Gewerkschaftsbewegung (bread and butter trade unionism), worauf wir später noch ausführlicher zu sprechen kommen werden. All diese Hindernisse mußten verschwinden oder von den Arbeitern irgendwie überwunden werden, ehe sie sich in einer revolutionären Weise verhalten konnten.

Der ausschlaggebende Faktor ist jedoch, daß dies tatsächlich geschah und – was noch wichtiger ist – daß es angesichts des Charakters des zaristischen Regimes sogar nahelag, daß so etwas geschehen würde. In der allgemeinen Situation, die sich etwa seit dem Jahre 1900 abzuzeichnen begann, war die Wahrscheinlichkeit sehr groß, daß Rußland sich in Kriege mit fortgeschritteneren Ländern verwickeln würde, auf die es schlecht vorbereitet war. Wenn Rußland auch eine schwache Macht war, viel schwächer als einige seiner Führer realisierten, so war es doch immer noch eine Weltmacht, die in Europa, im Mittleren Osten wie auch in Asien Interessen zu fördern und zu verteidigen hatte. Dennoch deuten nicht alle Elemente jener Situation auf eine unvermeidliche Revolution hin. Sowohl auf dem Land als auch in den Städten waren gewisse kapitalistische Integrationsmechanismen am Werke. Daneben bestanden noch vor-kapitalistische Bindungen, die aus der Vergangenheit stammten, wenngleich diese einem raschen Erosionsprozeß unterlagen. Paradoxerweise liefern uns Lenins Schriften den besten Beweis für diesen Tatbestand. Sein umfangreiches vor-revolutionäres Werk kommt einer ständigen und vielfach von Besorgnis gekennzeichneten Polemik gegen die Kräfte der Integration und die »spontanen« gesellschaftlichen Entwicklungstendenzen gleich, die die Revolution, die er so energisch anstrebte, hemmen oder in ihr Gegenteil verkehren könnten.

Es bedürfte eines eigenen Buches, um all diese widersprüchlichen Tendenzen genau zu analysieren. Ich werde mich hier auf einige Bemerkungen über die Versuche der Arbeiter, sich zu organisieren und ihre eigenen Interessen durchzusetzen, beschränken. Was diesen Punkt betrifft, so könnte man sich kaum einen schärferen Gegensatz zum wilhelminischen Deutschland mit seiner machtvollen Gewerkschafts- und einer ebenso mächtigen sozialdemokratischen Parteibürokratie vorstellen. Wie aus Stephan Borns Erinnerungen hervorgeht, existierte in Deutschland bereits 1848, zumindest für einen kurzen Zeitraum, *de facto* ein beträchtliches Maß an Toleranz gegenüber den Versuchen der Arbeiter, sich zu organisieren und mit dem Unternehmen über Löhne zu verhandeln.[8] Die zaristische Autokratie hatte 1914 dieses Stadium noch nicht erreicht.

Die Vorkriegsgeschichte der russischen Arbeiterbewegung besteht im wesentlichen aus Versuchen der Arbeiter, sich für begrenzte ökonomische und soziale Ziele zu organisieren, periodischen Maßnahmen des Zaren mit dem Ziel, diese Bemühungen zu kontrollieren oder zu unterdrücken, und im großen und ganzen unwirksamen Manövern untereinander zerstrittener radikaler Intellektueller, die die Kontrolle der Arbeiterbewegung zur Verfolgung ihrer eigenen Ziele an sich zu reißen versuchten. Den Beginn des relevanten Teils dieser Geschichte können wir für das Jahr 1896 ansetzen, als sich Rußlands erster großer industrieller Aufschwung seinem Ende näherte. In jenem Jahr verblüfften die Textilarbeiter in St. Petersburg die gebildete Öffentlichkeit in großen Teilen Rußlands und Europas, als sie einen bemerkenswert disziplinierten Streik durchführten, der über zwei Wochen andauerte. Die zerstrittenen Fraktionen der radikalen russischen Intelligentia waren zu jenem Zeitpunkt immer noch damit beschäftigt, nach einem geeigneten Träger und den passenden Mitteln – ob Terror, Bauern, Arbeiter oder irgendeine Kombination zwischen diesen – für weitreichende soziale und institutionelle Veränderungen zu suchen. Unter ihnen war eine Gruppe von Marxisten, die auf die Idee kamen, erst einmal herauszufinden, was die Arbeiter konkret am Fabrikleben auszusetzen hatten, und dann Flugblätter zu verteilen, in denen diese konkreten Mißstände zur Sprache kamen. Allem Anschein nach trugen solche Flugblätter dazu bei, die St. Peters-

8 Siehe oben Kapitel 5, Abschnitt 5, sowie P. H. Noyes, *Organization and Revolution: Working-Class Associations in the German Revolution of 1848-1849*, Princeton 1966, S. 70-72 u. S. 83-90.

burger Textilarbeiter aufzuwiegeln. Die Arbeiter selbst weiteten ihren Streik dagegen aus, indem sie in Gruppen umherzogen und mit Bittschriften, Sprechchören und Steinhageln andere Fabriken ebenfalls zur Schließung zu veranlassen suchten.[9] Dieser Streik scheint den Höhepunkt irgendeiner direkten Verbindung zwischen den Marxisten und den konkreten Mißständen, von denen die Arbeiter betroffen waren, markiert zu haben – eine bestenfalls schwache Verbindung. Gerade ihr Erfolg führte zur Häresie des »Ökonomismus«, d. h. zur Verfolgung begrenzter »Brot-und-Butter«-Forderungen, die Lenin später verdammte.[10] In der Folge zerfiel dann diese Verbindung an den Reibereien zwischen der Intelligenz und den Arbeitern, und die Intelligenz wandte sich ihren eigenen Streitigkeiten zu. Die Menschewiken waren daran interessiert, Arbeiterorganisationen nach westeuropäischem Vorbild zu etablieren, hatten aber unter den zaristischen Bedingungen so gut wie keine Gelegenheit, diese Ideen in die Praxis umzusetzen. Die Bolschewiken blieben solchen Bemühungen gegenüber im allgemeinen mißtrauisch, obschon sie, falls sie eine Möglichkeit sahen, die Kontrolle über Organisationen der Arbeiter zu gewinnen und sie für ihre eigenen Zwecke einzuspannen, nicht zögerten, dies zu versuchen. Bis unmittelbar vor Kriegsausbruch 1914 blieben diese Versuche von geringer Bedeutung. In der Zwischenzeit fielen die Arbeiter wieder in traditionellere Organisationsformen zurück. Eine davon war der zaristische »Polizei-Sozialismus«.[11] Obwohl dieser Polizei-Sozialismus den Arbeitern attraktiv genug erschien, um den Marxisten beträchtliche Sorgen zu bereiten, fand dieser Integrationsversuch ein abruptes Ende, als zaristische Truppen auf Vater Gapons friedlichen Petitionszug schossen, an dem sich Tausende von Arbeitern sowie einige Abenteuerlustige beteiligt hatten; viele von ihnen trugen Ikonen und Porträts des Zaren mit sich und sangen religiöse und patriotische Lieder, als sie in Richtung Winterpalais zogen, um eine Petition zu übergeben, in der der Zar gebeten wurde, den Mißständen bei den Arbeitern abzuhelfen. Es war am Sonntag, den 22. Januar 1905, als mehrere hundert wehrlose Personen von den zaristischen Truppen getötet oder ver-

9 Allan K. Wildman, *The Making of a Workers's Revolution: Russian Social Democracy, 1891-1903*, Chicago 1967, S. 48-50, 61-68 u. 73 f.
10 *Ebenda*, S. 55 f.
11 *Ebenda*, S. 90, 251 (Anm. 58).

wundet wurden. Dieser blutige Sonntag brachte den endgültigen Bruch mit dem naiven, aber vielleicht schon allmählich im Schwinden begriffenen Volksglauben, der im Zaren den väterlichen Schutzherrn erblickte.[12] Danach zerstörten zahllose Arbeiter das Bild des Zaren in ihren Wohnungen und erklärten: »Wir haben keinen Zaren mehr!« Daneben gab es andere Ereignisse, die bei weitaus größeren Teilen der Bevölkerung den Nimbus der patriarchalischen Autorität zerstörten. Der blutige Sonntag ereignete sich etwa drei Wochen nach dem Fall von Port Arthur im russisch-japanischen Krieg. Dieser Krieg, der bewußt als Versuch begonnen worden war, Rußland zu einigen und die überall schwelende Unzufriedenheit durch eine Welle des Patriotismus zu verdecken, versetzte mit seinen Niederlagen das ganze Land von Sibirien bis Polen in Aufruhr.

Auch im Jahre 1905 nahmen die Arbeiter ihre Sache hauptsächlich selbst in die Hand. Am 20. Oktober kam es über die Frage der Pensionsansprüche zu einem Eisenbahnerstreik, der sich schnell über das ganze Land ausbreitete und den Eisenbahnverkehr zum Stillstand brachte. Binnen kurzem nahm dieser Streik politischen Charakter an. Dabei gilt es festzuhalten, daß die Forderungen liberaler, nicht sozialistischer Natur waren: freie Wahlen, eine verfassunggebende Versammlung und Amnestie für politische Gefangene. Bis zum 24. Oktober hatte sich der Eisenbahnerstreik in einen Generalstreik verwandelt, der das gesamte Land lahmlegte. So stellte sich die Revolution von 1905 auf ihrem Höhepunkt dar: eine Welle der Gewalttätigkeit, die der Autokratie beschränkte konstitutionelle Reformen abrang.[13] Wenn die russischen Sozialdemokraten auch in der Lage waren, auf dem revolutionären Tiger zu reiten, nachdem er einmal aus seinem Käfig ausgerissen war, so scheinen sie doch so gut wie keinen Anteil an seiner Befreiung gehabt zu haben. Der Ausbruch der wichtigsten Streiks im Okto-

12 Zu den Anliegen der Marxisten vgl. das Buch von Solomon M. Schwarz, *The Russian Revolution of 1905: The Worker's Movement and the Formation of Bolshevism and Menshevism*, Chicago 1967; einen Bericht über die Ereignisse gibt Valentin Gitermann, *Geschichte Rußlands*, 3 Bde., Zürich 1949, wo die Einstellung der einfachen Leute gegenüber dem Zaren geschildert wird.

13 William Henry Chamberlain, *Die russische Revolution: 1917-1921*, Bd. I, Frankfurt 1958, S. 43 ff. Vgl. auch Gitermann, *Geschichte Rußlands*, a. a. O., Bd. III, S. 407-410.

ber überraschte sie so sehr, daß sie nicht wußten, welchen Rat sie den Arbeitern geben sollten.[14]

Die Arbeiter hatten im Verlauf der Revolution von 1905 Gewerkschaften gebildet. Im März 1906 erhielten sie, als Teil der halbkonstitutionellen und liberalen Reformen, die die Autokratie zugestand, zum ersten Mal in der russischen Geschichte einen legalen Status. Eine kurze Zeit lang, bis 1907, schien sich eine ähnliche Entwicklung abzuzeichnen wie in Deutschland. Menschewiken und Bolschewiken konkurrierten miteinander um die Organisierung der Gewerkschaften, wobei die Menschewiken die Oberhand behielten. Zusammen gelang es ihnen in Moskau, etwa ein Zehntel der Arbeiterschaft zu organisieren.[15] Obgleich sich dieser Prozentsatz im Vergleich zu den deutschen Arbeitern, von denen bis 1914 fast die Hälfte in Gewerkschaften organisiert war – wobei etwa jeder dritte Arbeiter einer zumindest dem Namen nach marxistischen Gewerkschaft angehörte –, ungünstig ausnahm, bedeutete dies jedoch, daß Tausende von russischen Arbeitern zum ersten Mal Erfahrungen mit der Organisierung von Gewerkschaften und kollektiven Verhandlungen mit Unternehmern machten. Auch hier traten die typischen Probleme westlicher Arbeiterbewegungen, wie die Auseinandersetzung um Facharbeiter- und Industriearbeitergewerkschaften oder das Problem des »closed shop«, auf. Während die Menschewiken Organisationen aufbauen wollten, die es den Arbeitern ermöglichen sollten, sich selbst zu bilden und sich schließlich im Laufe eines längeren, nicht genauer bestimmten Zeitraums zu befreien, waren die Bolschewiken mehr an schnellen revolutionären Ergebnissen interessiert. Die Erfolge bolschewistischer Organisationstätigkeit lagen jedoch *nicht*, wie man vielleicht vermuten mag und wie spätere bolschewistische Historiker behauptet haben, in erster Linie im Bereich der Großfabriken mit der

14 Zu Einzelheiten dieses Aspekts, die sich zum Teil auf die persönlichen Erfahrungen des Autors stützen, vgl. Solomon M. Schwarz, *The Russian Revolution* . . . a. a. O., S. 138-143.

15 Neben Bonnell, *The Politics of Labor* . . . a. a. O., der sich hauptsächlich auf Moskau konzentriert, beziehe ich mich hier auf A. El'nitskii, *Istoriia Rabochego Dvizheniia v Rossii* (4. Aufl.), Moskau 1925, der auf Seite 228 f. einige interessante Informationen über die rege Beteiligung der Arbeiter an den Wahlen zur zweiten Duma gibt. Beide Schilderungen stimmen insofern überein, als sie aufzeigen, wie die zaristische Repression reformistische Tendenzen in eine radikale Richtung lenkten.

städtischen Konzentration von Arbeitern, sondern hauptsächlich im handwerklichen Sektor der Moskauer Wirtschaft.[16]
Welche Chancen für eine reformistische Integration auch immer bestanden haben mögen, sie wurden durch den repressiven Wandel der zaristischen Politik in der Zeit zwischen 1907 und 1912 praktisch zunichte gemacht. In jenen Jahren wurde die Handlungsfreiheit der Gewerkschaften wieder weitgehend eingeschränkt. Zusammen mit den darauffolgenden zwei Jahren, in denen sie noch einmal ohne größere Beschränkungen existieren konnten, erfreuten sich die Gewerkschaften damit vor Kriegsausbruch insgesamt also nur vier Jahre relativ uneingeschränkter Bewegungsfreiheit. Die Erwartung, der Reformismus habe sich unter derartigen Bedingungen und in einer so kurzen Zeit durchsetzen können, erschiene daher eher merkwürdig. Während sich nach 1906 viele Arbeiter aus Enttäuschung über revolutionäre Experimente den Gewerkschaften zuwandten, trat ab 1912 der umgekehrte Fall ein: Die Erfahrung zeigte, daß sowohl das zaristische Regime als auch die Unternehmer den Arbeitern unversöhnlich gegenüberstanden. Es ist daher nicht sehr verwunderlich, daß die Bolschewiken während dieser zweiten Phase die Menschewiken aus der Führung der Gewerkschaften hinausdrängten.[17] Statt eine Entwicklung hin zum Gradualismus einzuleiten, scheint die Erfahrung mit dem Zaris-

16 Bonnell, *Politics of Labor* ... a. a. O., S. iv, vi, vii zum allgemeinen Hintergrund; zur Unterstützung für die Bolschewiken vgl. die Seiten xiv und xv, 84; weitere Einzelheiten über gewerkschaftliche Aktivitäten auf den Seiten 85 bis 100.

17 Bonnell, *The Politics of Labor* ... a. a. O., Kap. 4-6. Ein allgemeinerer Versuch, die Stimmung der Arbeiter an der Basis zu beschreiben, findet sich bei Leopold Haimson, *The Problems of Social Stability in Urban Russia, 1905-1917, Teil 1*, in: *Slavic Review*, Bd. XXIII, Nr. 4 (Dezember 1964), S. 619-642, und *Teil 2*, Bd. XXIV, Nr. 1 (März 1965), S. 1-22. Haimson weist darauf hin, daß das zahlenmäßig kleine, bereits ziemlich gut an die städtischen Verhältnisse angepaßte Proletariat, das sich bis 1914 gebildet hatte, ständig von Migrationswellen aus den ländlichen Gebieten überschwemmt wurde. Auf diese Weise wurde der bei vielen Bauern verwurzelte rebellische Geist (»buntarstvo«) übertragen. Andererseits wirkte meines Erachtens die ständige Wanderungsbewegung zwischen Stadt und Land als ökonomisches Sicherheitsventil für die sozial deklassierten an beiden Orten. Ihre politische Wirkung läßt sich daher nur schwer einschätzen. Aber vermutlich machten es sowohl der elementare Hang zur Rebellion als auch die hohe Mobilität gleichermaßen schwierig, diese Arbeiter zu organisieren. Wie wir uns erinnern, waren an der Ruhr die »Polacken« oder die ländlichen Zuwanderer, die in die Bergbaugebiete kamen, kulturell

mus, mit seinem ständigen Wechsel von Legalisierung und Legalitätsentzug und der gemeinsamen Abwehrhaltung von Regierung und Unternehmern, viel eher ein Musterbeispiel für das Entstehen einer Rebellion zu sein. Ließ die deutsche Regierung entgegen ihrem eigentlichen Willen das Aufkommen großer Mittlerorganisationen zu, die ein beträchtliches Eigeninteresse an der Erhaltung des Status quo entwickelten, so hatte das zaristische Regime unter anderen Bedingungen gerade verhindert, daß derartige Organisationen mehr als nur ein Scheindasein führten. Dieser Unterschied war zwar sehr bedeutsam, doch war er, für sich alleine genommen, keineswegs die Hauptursache der Revolution.

Wie aus einer Analyse der Ereignisabfolge zu ersehen ist, war die Unzufriedenheit der Arbeiter, d. h. ihre Unzufriedenheit über die Mißstände in den Fabriken, nicht der primäre Grund für den Zusammenbruch des Zarismus im Jahre 1917. Während 1905 die Regierung in der Lage gewesen war, den Aufruhr ohne Schwierigkeiten niederzuschlagen, weil sie in der Armee noch einen verläßlichen Rückhalt besaß, war diese entscheidende Stütze vom dritten Winter des Ersten Weltkrieges an im Begriff auseinanderzubrechen.[18] Hintergrund dieses Zerfallsprozesses waren die blutigen Niederlagen, die einer Armee aus Bauern von einem technologisch überlegenen Feind zugefügt wurden. Sobald die traditionellen Bande der Loyalität und des Nationalismus einmal rissen, hatten die Bauern kein großes Interesse mehr daran, einem Regime zu dienen, das die Interessen der Großgrundbesitzer repräsentierte, deren Land von vielen Bauern begehrt wurde. Ein zweiter, damit eng verbundener Faktor war die Überforderung des unzulänglichen Transportsystems. Dies bedeutete, daß Waffen, sofern es welche gab, nicht an die Front gelangen konnten und, was für die Erhaltung des sozialen Friedens wichtiger ist, Nahrungsmittel und

zwar unangepaßt, doch politisch verhielten sie sich zunächst ruhig. Als unorganisierte und nur schwer zu berechnende Masse erwiesen sie sich später jedoch als ein mächtiger Antrieb für die verstärkte gewerkschaftliche Militanz. Man kann wohl davon ausgehen, daß es in Rußland von etwa 1900 an zu einem ähnlichen, hier allerdings noch wesentlich deutlicheren Stimmungsumschwung kam.

18 Zu den Schwächen, von denen die Armee erfaßt wurde, siehe E. N. Burdzhalov, *Vtoraiia Russkaiia Revoliutsiia,* Bd. II, Moskau 1971, S. 90 f. Die Brotrationen waren reduziert und Fastentage eingeführt worden; die Disziplin wurde zusehends schlechter.

andere notwendige Dinge die Großstädte nicht erreichten. Der wichtigste Repressionsapparat war eben zu dem Zeitpunkt dabei zusammenzubrechen, als die Unzufriedenheit unter den Verbrauchern wuchs, was eine für jede etablierte Ordnung verhängnisvolle Kombination ergibt.

Zu Beginn des Jahres 1917 betraf die Versorgungskrise das gesamte Land. Die Lieferungen nach Petrograd betrugen im Januar kaum die Hälfte der festgelegten Normen.[19] Dennoch kam die Erhebung, die zum Sturz des alten Regimes führte, für alle überraschend, nicht zuletzt für die an diesem Sturz Beteiligten. Eine Demonstration am 10. Februar hatte sich aufgrund der konfusen Aufrufe von seiten der untereinander zerstrittenen Sozialdemokraten und aufgrund der Tatsache, daß am vorhergehenden Tag die Karnevalswoche begonnen hatte, als völliger Fehlschlag erwiesen.[20] Doch angesichts des Brotmangels und der eisigen Kälte war die Situation äußerst gespannt. In den langen Schlangen von Frauen, Kindern und alten Männern wurde viel darüber gemurrt, warum es kein Brot zu kaufen gab, wer die Schuld am Leid des Volkes trüge und wer vom Krieg profitierte (komy nuzhna voina). Die Petrograder Polizei schrieb, die Brotschlangen hätten die gleiche Wirkung wie revolutionäre Versammlungen mit Tausenden von revolutionären Flugblättern. Die gewohnten Alltagsroutinen, die eine Gesellschaft in normalen Zeiten zusammenhalten, zerbrachen an den schweren Mißständen, unter denen die Verbraucher zu leiden hatten, und die Verbraucher gaben den Behörden die Schuld, den Gesellschaftsvertrag gebrochen zu haben. Die Straße hatte sich in eine revolutionäre Versammlung verwandelt. Die Frauen waren besonders hart betroffen, da ihre Männer an der Front standen und sie daher mit der Arbeit, den Kindern und dem Problem der Lebensmittelknappheit allein fertig werden mußten.[21]

Die Revolution selbst brach am 23. Februar (8. März) 1917, dem Internationalen Frauen-Tag, aus. Das Hauptgebiet des Aufstandes waren zunächst nicht die großen Putilov-Metallwerke, sondern das Gebiet der Textilindustrie um Vyborg, wo viele Frauen beschäftigt waren. Am Tag zuvor waren jedoch bei einer Aussperrung in den

19 *Ebenda*, Bd. I (1967), S. 81 f.

20 *Ebenda*, S. 107 f. Eine weitere Demonstration am 14. war zwar größer, aber nicht viel erfolgreicher.

21 *Ebenda*, S. 116-119.

Putilover Werken über zwanzigtausend Arbeiter auf die Straße gesetzt worden, was schwerlich dazu beitrug, die Lage zu beruhigen.[22] Zu diesem Zeitpunkt war immer noch ein großer, wenn auch nicht der größte Teil der berittenen Polizei bereit, mit Säbel und Peitsche in die Menge zu reiten. Ein anderer Teil dagegen verhielt sich zögernd und wich zurück, wenn es zu Konfrontationen mit einer Menschenmenge kam, die von Frauen angeführt wurde. Das wiederum gab den Massen Hoffnung und Mut. Dennoch waren die Ordnungskräfte in der Lage, die Aufstände vom 10. und 14. Februar niederzuschlagen.[23] Am 26. Februar eröffneten die zaristischen Truppen noch einmal das Feuer auf die Arbeiter, als diese versuchten, das Zentrum der Stadt zu erreichen. Viele Arbeiter dachten damals, der Aufstand sei am Ende: eine unbewaffnete Demonstration könne nichts gegen eine Regierung ausrichten, die bereit sei, zu solch drastischen Maßnahmen zu greifen. Die Soldaten verhielten sich an diesem Tag weitgehend diszipliniert, lehnten es ab, sich mit der Menge zu verbrüdern, und eröffneten statt dessen das Feuer auf sie – zur allgemeinen Befriedigung der Behörden.[24]

Die Stimmung, die in der Petrograder Garnison herrschte, sollte sich für den gesamten Aufstand als ausschlaggebend erweisen. Obwohl sie durch zuverlässige Einheiten verstärkt worden war, bestand diese Garnison vorwiegend aus Reservisten. Unter ihnen befand sich ein hoher Anteil örtlicher Arbeiter, die gerade erst eingezogen worden waren, und evakuierter Schwadroniere: Männer, die an der Front verwundet worden waren und in die Kasernen zurückkehrten. Diese Männer kannten das Leben in den Schützengräben und wollten nicht mehr dorthin zurück.[25]

Die Nachricht, daß die Armee auf die Demonstranten geschossen habe, rief bei etlichen Soldaten in der Garnison Entsetzen hervor. Am selben Tag, an dem die Truppen das Feuer eröffneten, schloß sich eine kleine Gruppe von ihnen der Revolution an. Die Soldaten, die ihnen nachsetzen sollten, lehnten es im letzten Moment ab, auf sie zu schießen. Am Tag darauf, dem 27. Februar, folgten die

22 *Ebenda*, S. 116, 119 f. Vgl. Gitermann, *Geschichte Rußlands*, a. a. O., Teil III, S. 477, der den Putilovern größeres Gewicht beimißt.

23 Burdzhalov, *Vtoraiia Russkaiia Revoliutsiia*, a. a. O., Bd. I, S. 107, 129 f.

24 *Ebenda*, S. 172 f.

25 *Ebenda*, S. 104.

Arbeiter einer Strategie, wie sie von den bolschewistischen Führern, die verzweifelt versuchten, die Führung der Bewegung in ihre Hand zu nehmen, propagiert worden war; sie standen vor den Kasernentoren und versuchten, mit den Wachposten zu reden und die Barriere zwischen Soldaten und den Volksmassen zu überwinden.[26] Wahrscheinlich spielten die Auseinandersetzungen und Diskussionen, die sich unter den Soldaten selbst ergaben, über die wir aber leider kaum Informationen besitzen, eine wesentlich größere Rolle. Die Konfliktsituation, in der sich die Soldaten befanden, liegt jedenfalls auf der Hand: Sie mußten entweder auf die eigenen Landsleute schießen, und zwar ganz massiv, oder aber ihre Gehorsamspflicht verletzen – wovor sie, wie ihr Verhalten in der Folge zeigen sollte, ziemlich große Skrupel hatten.
Um 6 Uhr fanden sich am Morgen des 27. Februars 400 Soldaten einer Wacheinheit auf dem Paradeplatz ein und salutierten ihrem Offizier auf übliche Weise. Dann übertönten sie, entsprechend einer vorherigen Abmachung, die Stimme des Offiziers mit Hurra-Rufen, als dieser versuchte, den Befehl des Zaren zur Unterdrükkung des Aufstandes zu verlesen. Als nächstes zogen sie zu den anderen Kasernen, wo sie ihre Kameraden dazu aufriefen, sich ihnen anzuschließen. Diese zögerten zunächst, strömten dann aber in Scharen aus ihren Kasernen. Die Straßen waren bald voll von Soldaten, die völlig desorganisiert herumliefen. Sobald ein versprengter Offizier auftauchte und sich auf die Seite der Revolution stellte, folgte ihm gleich eine ganze Gruppe voll Begeisterung; so kam es zu massenhaften Desertionen. Am Abend des 26. waren 600 desertiert, am nächsten Morgen waren es bereits 10 200, am Nachmittag 25 700 und am Abend des 27. zählte man 66 700. Die Hauptaktion, die Soldaten und Arbeiter vereint unternahmen, bestand in der Befreiung von gut 7600 politischen Gefangenen.[27] Diese Aktion lieferte ihrerseits der revolutionären Bewegung neue Führungskräfte. Schließlich strömten die Soldaten spontan zum Tauride-Palast, wo sich die Duma, das Symbol fortbestehender Legalität, befand. Um sich gegen den Bruch ihres Treueeides abzusichern, suchten sie den Segen einer fortdauernden Autorität. Die Bolschewiki versuchten, sich dieser Flucht in die Legalität

26 *Ebenda*, S. 177 f., 184.

27 *Ebenda*, S. 185-187, zur Gefangenenbefreiung vgl. S. 190 und zu den Desertionen S. 193.

entgegenzustellen, die mittlerweile die verschiedensten Bevölkerungsschichten erfaßte, und am Finnland-Bahnhof ein Revolutionszentrum einzurichten. Dieses Vorhaben erwies sich als undurchführbar. Doch mit der Aufstellung von Militärwachen an Schlüsselpunkten in der Stadt war die Revolution selbst gesichert.
Ich bin auf diese Aspekte des Februaraufstands so ausführlich eingegangen, weil sie einige wichtige Aufschlüsse über revolutionäre Prozesse im allgemeinen geben. Der Gehorsamszerfall unter den Soldaten war die entscheidende Seite der Erhebung. Solange der Zerfallsprozeß nicht auf den Repressionsapparat übergreift, solange besitzt die revolutionäre Bewegung keine Chance.[28] Am Fall der Petrograder Garnison können wir abermals die entscheidende Rolle, die gesellschaftliche Unterstützung im Zusammenhang mit Ungehorsam spielt, wie auch einige der klassischen Hindernisse beim Bruch mit legitimer Autorität erkennen. Auf der Seite der Revolutionäre spielte zweifellos die Unzufriedenheit unter den Industriearbeitern eine gewisse Rolle. Aber es war schwer, die Arbeiter auf das erforderliche Maß an revolutionärer Begeisterung zu bringen und sie in eine revolutionäre Bewegung zu verwandeln – die, wie wir in einem Fall gesehen haben, allein gegen eine entschlossen vorgehende Armee machtlos ist –, bis dann schließlich die Fabriken selbst geschlossen wurden. So schlecht die Arbeitsbedingungen zweifelsohne waren, zeitigten sie doch nicht diese Wirkung, solange die Arbeiter noch in den sozialen Kontext einer normal arbeitenden Fabrik eingebunden waren. Auf der anderen Seite war es Agitatoren möglich, in Fabriken, die geschlossen worden waren, wo die Arbeiter aber alle an einem Ort versammelt waren, Erfolge zu erzielen. Wir können mit einiger Sicherheit davon ausgehen, daß die friedlicher gesinnten und »verantwortungsbewußteren« Arbeiter – von denen es ja einige gegeben haben muß, wenn auch weit weniger als in Deutschland – von ihren aufrührerischen Kollegen überrollt und bis zu einem gewissen Grad bedrängt oder gar genötigt wurden, sich der revolutionären Menge anzuschließen.[29] Mehr als die spezielle Unzufriedenheit unter den

28 Vgl. zu diesem Punkt Katharine Chorley, *Armies and the Art of Revolution*, 2. Aufl., Boston 1973.
29 Burdzhalov, *Vtoraiia Russkaiia Revoliutsiia*, a. a. O., Bd. I, S. 122 f., gibt einen lebhaften Bericht über die Diskussionen innerhalb der Fabriken.

Arbeitern war der völlige Zusammenbruch der gewohnten Alltagsroutinen als Folge der Lebensmittelknappheit, die ihrerseits auf den Zusammenbruch des Transportwesens zurückzuführen ist, derjenige Faktor, der eine spezifisch revolutionäre Atmosphäre schuf. In diesem Zusammenhang tritt die Rolle der Frauen, die in der ersten Phase den Aufstand anführten und quasi die Kräfte der Repression entwaffneten, eindrucksvoll in den Vordergrund – und dies nicht zum ersten Male bei einer revolutionären Erhebung.[30]

Was nach der Februar-Revolution folgte, war sozusagen nur noch der Epilog, wenigstens aus der Sicht eines Vergleichs mit Deutschland. Anders als hier war es aus den bereits dargelegten Gründen nicht zur Herausbildung einer gemäßigten Arbeiterbewegung gekommen, der man die Macht übertragen konnte. Die Bauern erwiesen sich als die Triebkraft und nicht als Bremsklotz des revolutionären Prozesses, und die russische kapitalistische Bourgeoisie war viel schwächer als ihr deutsches Gegenstück. So konnte der Radikalisierungsprozeß das Netz der gesellschaftlichen Beziehungen immer weiter zerstören, bis eine entschlossene Partei fähig und bereit war, die Macht zu übernehmen und die ungeheure Aufgabe des revolutionären Wiederaufbaus in Angriff zu nehmen. Weitere Fabriken sollten infolge noch schlimmerer Versorgungsmängel schließen. Die Armee löste sich in einen mehr oder weniger hilflosen Haufen auf.

Zwei Aspekte der nachfolgenden Entwicklung verdienen jedoch unsere Aufmerksamkeit. Welche Forderungen erhoben die Arbeiter selbst im Verlauf dieses Prozesses? Das Ende der zaristischen Kontrollmechanismen bietet uns eine einzigartige Gelegenheit, etwas Einsicht in die Mentalität des durchschnittlichen Arbeiters und seine Wahrnehmung dessen, was sich um ihn herum ereignete, zu gewinnen. Die andere Frage von allgemeinem Interesse ist die nach der Rolle, die revolutionäre Planung und Organisation bei der Machtergreifung durch die Bolschewisten spielten. Die Revolution im Februar (März) war, wie mittlerweile selbst sowjetische Fachleute anerkennen, eine spontane und ungeplante Angelegen-

30 Zur Rolle der Frauen in der Französischen Revolution siehe Olwen H. Hufton, *Women in Revolution 1789-1796*, in: *Past & Present*, Nr. 53 (November 1971), S. 90-108.

heit. Inwiefern war die darauf folgende Revolution in dieser Beziehung verschieden? Könnte es am Ende sein, daß alles, was bisher im Osten und Westen über die Bedeutung einer revolutionären Partei bzw. Organisation geschrieben wurde und sich dabei auf den archetypischen Charakter dieses Ereignisses bezog, in erster Linie der sozialen Mythenbildung diente?

Die besten Informationen darüber, was die Arbeiter selbst wollten, ergeben sich aus den Erklärungen der Komitees, die sich in den einzelnen Fabriken unmittelbar nach der Februar-Revolution bildeten. Es scheint, daß die Arbeiter diese Komitees zum größten Teil selbst organisierten, obwohl Menschewiken und sozialrevolutionäre Agitatoren daran beteiligt waren. Bolschewiken wirkten zunächst so gut wie keine mit. Ausgehend von Petrograd breiteten sich die Fabrik-Komitees unmittelbar nach der Februar-Revolution sehr rasch in alle Industriezentren des europäischen Teils Rußlands aus.[31] Auch wenn sie zweifellos von den politisch Bewußtesten unter ihnen dominiert wurden – die Umstände führten bald zu einer Vormachtstellung der Bolschewiki –, waren die Komitees eng mit den Arbeitern verbunden und drückten, besonders am Anfang, deren spontane Wünsche und Gefühle aus. Erfreulicherweise gibt uns der französische Historiker Marc Ferro eine nützliche Zusammenfassung einer großen Zahl ihrer Bitten und Mitteilungen, die aus allen Landesteilen zusammenströmten.

Fast alle Forderungen, die mit dem Ende des Zarismus auftauchten, hatten mit Löhnen und Arbeitsbedingungen zu tun. Die bei weitem populärste Forderung war die nach dem Acht-Stunden-Tag. Es gab eine weitverbreitete Opposition gegen Akkordarbeit. Statt dessen verlangten die Arbeiter eine Bezahlung pro Arbeitstag, die einmal in der Woche ausbezahlt werden sollte, sowie die Zahlung von zwei Wochenlöhnen im Falle der Entlassung. Ihre Forderungen waren alles andere als egalitär. Sie hatten sehr genaue Vorstellungen über die Bezahlung, die sich nach den unterschiedlichen Fertigkeiten richtete. Ebenso wie die deutschen Arbeiter forderten sie einen festgesetzten Mindestlohn als Sockelbetrag. Bitten um Lohnerhöhungen trafen ab Ende März ein, doch waren sie hauptsächlich eine Folge der Inflation. In gewisser Weise waren die russischen Arbeiter den deutschen voraus, so z. B. bei der Forde-

31 Avrich, *Russian Factory Committees* . . ., a. a. O., S. 161-165.

rung nach Abschaffung der Kinderarbeit und der Aufhebung der geschlechtlichen Diskriminierung.
Was die Verhältnisse am Arbeitsplatz betraf, so gab es die entsprechende Forderung wie in Deutschland nach menschenwürdiger Behandlung: Die Arbeiter wollten von der Unternehmensleitung anständig behandelt werden. An manchen Orten wurden Einwände gegen willkürliche Lohnkürzungen in Form von Strafen laut. Andere Forderungen wiederum waren sehr einfach und konkret: Die Direktionen sollten heißes Wasser für Mahlzeiten bereitstellen, Kantinen und Toiletten einrichten und Werkzeuge zur Verfügung stellen, statt die Arbeiter ihr eigenes Werkzeug mitbringen zu lassen.[32]
Was politische Fragen betrifft, so hatten die Arbeiter zunächst keinen klaren Standpunkt und waren über die Frage der Fortsetzung des Krieges gespalten. Ihre Unterstützung für die neue provisorische Regierung war allenfalls zurückhaltend. Die Arbeiter betrachteten den Sturz von Nikolaus II. als Lösung des Problems der allgemeinen Regierungsform, die zu irgendeiner Form von Republik überleiten sollte. Obwohl viele Arbeiter eilends eine konstituierende Versammlung einberufen wollten, sahen sie die Aufgabe dieser Einrichtung nicht darin, die allgemeine Form der neuen politischen Ordnung festzulegen. Sie sollte vielmehr nur die Regeln und Institutionen festsetzen, unter denen die politische Ordnung zu funktionieren hätte.[33] Wie Marc Ferro feststellt, zielten die Forderungen im allgemeinen darauf ab, die Arbeitsbedingungen zu verbessern, nicht sie zu verändern. Hier sehen wir erneut, daß die Vorstellungen der Arbeiter von einer besseren Gesellschaft – eine Vorstellung, die keinesfalls auf Arbeiter beschränkt ist – mit der bestehenden Ordnung identisch ist, deren unangenehmste Züge gemildert oder beseitigt werden sollen. Aber in der für die erste Phase einer Revolution typischen Euphorie, wenn plötzlich alles möglich erscheint und der Schein von Unveränderbarkeit auf einmal verschwunden ist, waren die russischen Arbeiter kaum in der Stimmung zu warten. Ihre Forderungen waren begrenzt und konkret. Doch sie mußten erfüllt werden, und zwar schnell und voll-

32 Sämtliche Angaben wurden Marc Ferro, *The Russian Revolution of February 1917*, Engelwood Cliffs 1972, entnommen.
33 *Ebenda*, S. 117-119.

ständig.[34] Unter den herrschenden Umständen von Chaos und Zerstörung waren Enttäuschung und eine weitere Radikalisierung nur mehr als wahrscheinlich.

Die Fabrikkomitees stellten aber noch eine weitere Forderung, die an diesem Punkt der Geschichte und besonders im Zusammenhang einer revolutionären Erhebung über den Rahmen der etablierten Ordnung tatsächlich hinausging. Schon bald nach dem Aufstand forderten Fabrikkomitees in Petrograd ihre Anerkennung durch die Führung der Unternehmen und das Recht, Einstellungen und Entlassungen von Arbeitern sowie andere Bereiche der internen Fabrikdisziplin zu überwachen. Das Hauptmotiv der Arbeiter scheint besonders am Anfang die Sicherung des Arbeitsplatzes gewesen zu sein: Sie wollten den Betrieb der Fabriken aufrechterhalten und die Kontrolle über Einstellungen und Entlassungen ausüben, um ihre eigenen Arbeitsplätze zu schützen.[35] Heutzutage wird in amerikanischen Unternehmen die Kontrolle über Disziplin und Personalfragen von Management und Gewerkschaften gemeinsam ausgeübt. Es ist zwar eine heikle Angelegenheit, doch eine, die inzwischen im Rahmen einer kapitalistischen Wirtschaft durchaus gelöst werden kann. Im revolutionären Rußland von 1917 war die Situation dagegen ganz anders. Die Führung eines Unternehmens betrachtete derlei Forderungen als einen völlig unzumutbaren Eingriff in ihre Privilegien. Auf seiten der Arbeiter bestand nicht zu Unrecht der Verdacht, die Unternehmer hegten konterrevolutionäre Absichten.

Die Angst der Arbeiter vor weiteren Fabrikschließungen war keineswegs aus der Luft gegriffen. Vom Ausbruch des Aufstandes im Februar bis zum Juni schlossen 568 Betriebe und machten damit 100 000 Arbeiter arbeitslos. Bis zur bolschewistischen Revolution kam es insgesamt zu 800 solcher Schließungen.[36] Arbeiterkomitees und Betriebsleitungen gaben sich gegenseitig die Schuld an dieser Situation, die im Grunde genommen ein Resultat des anhaltenden Krieges war. In der Zwischenzeit versuchte jede Seite, die Vorteile einer Macht für sich zu gewinnen, die eigentlich schon gar nicht mehr existierte. In einigen Fällen warfen Fabrikkomitees Arbeitge-

34 *Ebenda*, S. 121.
35 *Ebenda*, S. 116 f.; Avrich, *Russian Factory Committees* . . ., a. a. O., S. 162 bis 164.
36 *Ebenda*, S. 170.

ber und technische Direktoren kurzerhand hinaus und schafften sie in Schubkarren vom Werksgelände. Dann versuchten sie, die Fabriken selbst wieder in Gang zu setzen, indem sie Delegierte auf die Suche nach Brennstoff, Rohstoffen und finanzieller Hilfe zu befreundeten Komitees in anderen Unternehmen schickten. Obwohl sich einige Komitees damit brüsteten, das bestehende Produktionsniveau aufrechtzuerhalten und in manchen Fällen sogar gesteigert zu haben, wurde insgesamt die Anarchie, die als Folge des Kriegs und des darniederliegenden Transportsystems im Produktionsbereich herrschte, dadurch noch weiter verstärkt.[37] Von ihren unzureichenden technischen und administrativen Kenntnissen einmal abgesehen, hätten die einzelnen Fabrikkomitees die Produktion auch gar nicht organisieren können, denn es gab keine Möglichkeit, die Aktivitäten der einzelnen Fabriken untereinander zu koordinieren, da weder effektive Anreize von seiten des Marktes noch zentralisierte bürokratische Kontrollmechanismen vorhanden waren. Diese Form der Arbeiterkontrolle konnte nur Chaos erzeugen. Aber dieses Chaos und die Zerschlagung der Überreste des kapitalistischen Systems waren genau das, was Lenin nach seiner Rückkehr nach Rußland im April 1917 voranzutreiben suchte. In dem Maße, wie sich die Lage verschlimmerte, war die bolschewistische Partei der große Gewinner, nicht nur hinsichtlich ihrer steigenden Mitgliederzahl, sondern auch was die Kontrolle über die Fabrikkomitees anlangte. Lenin sah in ihnen schließlich »die Organe des Umsturzes«, zu der es spätestens im September oder Oktober kommen sollte.[38]

Auf diese Weise trug das an und für sich defensive Verhalten der Arbeiter dazu bei, ein revolutionäres Klima zu schaffen, obwohl ihre Stimmung im März allgemein noch weit davon entfernt war, eine zweite, sozialistische Revolution zu unterstützen. Das alles war in Deutschland zwar auch der Fall gewesen, allerdings unter völlig anderen politischen Kräfteverhältnissen. In der Zwischenzeit waren die Bolschewiken die einzige Partei, die sich offen zu einer sozialistischen Revolution bekannte. Schon vor Oktober verfügten sie über großen Einfluß unter den Arbeitern. Mit Stolz verwiesen sie auf die Disziplin ihrer Organisation sowie auf ihre Fähigkeit,

37 *Ebenda*, S. 171 f.
38 *Ebenda*, S. 173 f.

eine Revolution anzuführen, sobald die Situation dazu günstig wäre. Die Lage war günstig, und, wie wir wissen, führte sie zum Erfolg. Doch wie wichtig waren die organisatorischen Fähigkeiten, derer sich die Bolschewiken rühmten, für den Erfolg wirklich? Betrachtet man den Ablauf der Ereignisse genauer, so kann man nicht umhin, daraus zu schließen, daß diese Fähigkeiten eine bloß minimale Rolle spielten, vorausgesetzt, sie haben überhaupt eine gespielt. Selbst Lenins persönliche Rolle war im Endeffekt darauf beschränkt, einer eher zögernden Führungsgruppe, die in entscheidenden Punkten von seiner Strategie abwich, die Entscheidung, einen revolutionären Aufstand zu initiieren, aufzuzwingen. Während einer wichtigen Etappe des Aufstandes hatte er den Kontakt zu denen, die die Revolution führten, völlig verloren. Kurzum, die organisatorische Waffe war zu diesem Zeitpunkt weitgehend ein Mythos.

Soweit sich dies nachprüfen läßt, gab es in den Großstädten einen allgemeinen Meinungstrend zugunsten der Bolschewiken. Bis zum Sommer 1917 hatten sie die Menschewiken als führende Partei überholt.[39] Im September gewannen die Bolschewiki die Mehrheit im Petrograder Sowjet, dessen Vorsitzender kurz darauf Trotzki wurde.[40] In Moskau brachten die Wahlen zu den Stadtteilräten zwischen Juli und Oktober einen überraschenden Anstieg von 11 auf 51 Prozent, während die Menschewiken von 12 auf 4 Prozent zurückfielen.[41]

Ende Juli, also noch bevor der Machtzuwachs der Bolschewiken deutlich geworden war, hatte Lenin entschieden, daß die bolschewistische Partei die Macht gewaltsam erobern müsse. Zu jenem Zeitpunkt lehnte er die Sowjets als Organe der proletarischen Machtübernahme noch ab, und zwar hauptsächlich, weil der Petrograder Sowjet vor kurzem Strafmaßnahmen gegen die Bolschewiken wegen eines vorzeitigen und, wie es scheint, spontanen Aufstands zu Beginn jenes Monats befürwortet hatte.[42] Von da an,

39 Robert V. Daniels, *Red October: The Bolshevik Revolution of 1917*, New York 1967, S. 34.

40 Leonard Schapiro, *The Origin of the Communist Autocracy: Political Opposition in the Soviet State – First Phase 1917-1922*, London 1955, S. 54.

41 Chamberlin, *Die russische Revolution*, Bd. I, a. a. O., S. 257.

42 Schapiro, The Origin ... a. a. O., S. 48 f.; vgl. zu der verfrühten Aktion S. 41 f.

bis zum erfolgreichen Aufstand vom 7. Oktober (November), nahm Lenin den Sowjets gegenüber eine Haltung feindseliger Ungeduld ein und argumentierte wiederholt, es sei die Aufgabe der Bolschewiken, als Avantgarde des Proletariats die Macht zu übernehmen. Einmal mit der Tatsache einer erfolgreichen proletarischen Machtübernahme konfrontiert, würden die Sowjets – so Lenin – diese Avantgarde sicher bereitwillig unterstützen und mit ihr zusammenarbeiten. Vielleicht war es ein Glück für die Sache der Bolschewisten, daß Trotzki, der während des Aufstandes weit stärker an den konkreten Entscheidungen beteiligt war, eine andere Politik verfolgte, derzufolge der Aufstand als Verteidigung der Sowjets gegen reaktionäre Pläne erscheinen sollte.[43] Obwohl die Differenzen zwischen solch herausragenden Führungspersönlichkeiten wie Lenin und Trotzki kaum die Vorstellung von einer moralischen und disziplinierten revolutionären Organisation bestätigen, scheinen sie in diesem Fall doch dazu beigetragen zu haben, daß die Bolschewiken ihr Ziel erreichten. Für andere Auseinandersetzungen innerhalb der Führungsspitze traf dies nicht zu.

Seine Kampagne zugunsten eines aktiven Aufstandes leitete Lenin von seinem Versteck in Helsingfors mit Briefen an das Zentralkomitee ein, die am 15. (28) September in Petrograd eintrafen. Im Zentralkomitee lösten diese Briefe Überraschung und Bestürzung aus.[44] Obschon es Lenin noch rechtzeitig verstand, genügend Mitglieder des Komitees zur Verabschiedung von Resolutionen zu bewegen, die einen Aufstand unterstützten, blieben diese Resolutionen auf dem Papier. Das Treffen, das – wie aus vielen Berichten hervorgeht – endgültig über den Aufstand entschied, fand am

43 *Ebenda*, S. 52 f.; Daniels, *Red October* ... a. a. O., S. 101-103. Weder Lenin noch Trotzki hielten sich strikt an ihre Linie. Später erweckte Lenin den Slogan »Alle Macht den Räten« als Wahlspruch für den unmittelbaren Aufstand zu neuem Leben. Vgl. Schapiro, *The Origin* ... a. a. O., S. 58 f. Trotzkis Position ist etwas schwieriger zu bestimmen. Im Gegensatz zu Lenin wollte er ganz offensichtlich den (revolutionären) Aufstand so lange hinausschieben, bis der Kongreß der Sowjets sich konstituieren konnte. Später, im Laufe seines Kampfes gegen Stalin, versuchte er, sich als Leninist hinzustellen, indem er behauptete, sein Vorschlag, den Kongreß der Sowjets abzuwarten, sei lediglich ein Deckmantel gewesen, um die Feinde der Partei irrezuführen. Siehe Daniels, *Red October* ..., a. a. O., S. 104.

44 Daniels, *Red October* ..., a. a. O., S. 53 f.

10. (23.) Oktober statt, nachdem Lenin nach Petrograd zurückgekehrt war und dort ein neues Versteck gefunden hatte. Wie dem spärlichen Protokoll des Treffens zu entnehmen ist, hatte Lenin noch einen langen Kampf durchzustehen, bis er seine Genossen schließlich dazu brachte, das Prinzip einer in allernächster Zukunft durchzuführenden Insurrektion zu übernehmen. Am Ende setzte er sich mit einem Stimmenverhältnis von 10 zu 2 durch. Lenin war darüber verärgert, daß die Opposition von Kamenev und Sinowjew bald darauf an die Öffentlichkeit drang und zum Gegenstand einer polemischen Auseinandersetzung in der Presse wurde. Nach Trotzkis Darstellung wurde jedenfalls in der Sitzung vom 10. Oktober »kein praktischer Plan für einen Aufstand, nicht einmal ansatzweise«, ausgearbeitet.[45] Es war schon eine seltsame Verschwörung, in der die Verschwörer sich weder untereinander einigen noch ihre Geheimnisse für sich behalten noch gar ihre Absichten in konkrete Pläne umsetzen konnten.

Am 15. (28.) und 16. (29.) Oktober kam es zu einem weiteren ergebnislosen Treffen der bolschewistischen Führung, auf die wir, abgesehen von der Tatsache, daß die Berichte, die über die revolutionäre Moral und den Stand der Vorbereitungen in den verschiedenen Teilen Petrograds vorlagen, alles andere als ermutigend waren, nicht im einzelnen eingehen wollen.[46] Bis zum 17. (30.) Oktober hatten die Bolschewiki noch keine ernsthaften Vorbereitungen für einen Aufstand getroffen. In dieser Beziehung war es Lenin offensichtlich nicht gelungen, sein Ziel zu erreichen. Trotzki besuchte ihn noch einmal am 18. (31.) Oktober. Danach erhielt er den Berichten zufolge keinen Besuch mehr. Eine ganze Woche lang verbrachte er abgeschieden in seiner Wohnung, fernab vom Zentrum der Stadt und den Ereignissen.[47] Als er wieder in der Öffentlichkeit erschien, um das Kommando zu übernehmen, befand

45 *Ebenda,* S. 74-79. Hier findet sich der größte Teil des Sitzungsprotokolls (vgl. zum öffentlichen Bekanntwerden auch S. 97-99); eine kürzere Darstellung, einschließlich der Presseveröffentlichungen enthält Schapiro, *The Origin* . . ., a. a. O., S. 59-61.

46 Vgl. Daniels, *Red October* . . ., a. a. O., S. 92-96; zu Einzelheiten der Berichte siehe Schapiro, *The Origin* . . ., a. a. O., S. 55.

47 Vgl. Daniels, *Red October* . . ., a. a. O., S. 98 und S. 106. Der Verfasser überstrapaziert die historischen Belege vielleicht ein wenig, wenn er behauptet, Lenin sei in eine tiefe Depression verfallen.

sich die Revolution bereits auf dem Höhepunkt, und die Bolschewiken hatten schon den größten Teil der Stadt unter ihre Kontrolle gebracht.[48] Erst danach, in den frühen Stunden des 25. Oktobers (7. Novembers), ging der Aufstand in die Offensive über.[49] Angesichts eines so zaghaften und konfusen, um nicht zu sagen stümperhaften Vorgehens ist es eigentlich verwunderlich, wie der Aufstand überhaupt jemals zustande kam, geschweige denn zum Erfolg führte. Eine detaillierte Bestandsaufnahme der Ereignisse, wie sie sich am ausführlichsten bei Daniels findet, gibt meines Erachtens darauf die Antwort. Der Aufstand entwickelte sich aus einer Abwehrmaßnahme gegen einen Präventivschlag Kerenskis und der provisorischen Regierung, die, selbst wenn sie es nicht aus anderen Quellen erfuhren, sogar in den Zeitungen von der Aussicht eines bevorstehenden bolschewistischen Staatsstreichs lesen konnten. Der Aufstand konnte hauptsächlich deshalb zum Erfolg führen, weil die provisorische Regierung über keinen effektiven Gewaltapparat mehr verfügte. Zweifellos hatte es ein gewisses Maß an Vorbereitung gegeben. Trotzki hatte Waffen für die Roten Garden beschafft, die sich aus Arbeitern mit einem absoluten Mindestmaß an militärischer Ausbildung zusammensetzten, und es war ihm auch gelungen, gestützt auf die Legalität der Sowjets und unter gezielter Anspielung auf die Angst, die Truppen könnten wieder an die Front geschickt werden, die Neutralität der Petrograder Garnison zu sichern.[50] Doch zumindest im Vergleich mit dem Februar-Aufstand war das alles relativ einfach. Die Seeleute, die ebenfalls eine Rolle spielen sollten, brauchten kaum überredet zu werden. Weitaus wichtiger als die Stärke oder die Organisation der Bolschewiken war demnach die Schwäche der provisorischen Regierung. Diese Schwäche war einerseits eine Folge der Unfähigkeit bzw. Uneinigkeit, den Krieg zu beenden, die Landfrage zu lösen

48 Es ist aufschlußreich, daß Lenin zweimal um Erlaubnis bitten mußte, seine Wohnung verlassen und sich den Führern im Smolny-Institut anschließen zu dürfen. Als ihm dies zum wiederholten Male verweigert wurde, machte er sich in Begleitung eines Leibwächters einfach auf eigene Faust auf und nahm die Straßenbahn bzw. ging zu Fuß. Abgesehen von einer möglichen Gefahr für Lenins Leben, befürchteten die führenden Männer in Smolny womöglich, er würde ihren Plan, den Kongreß der Sowjets abzuwarten, zunichte machen; vgl. Daniels, *Red October* . . ., a. a. O., S. 157 f., 161 f.

49 *Ebenda*, S. 156, 161.

50 *Ebenda*, S. 111, 128-131.

und die Städte mit Nachschub zu versorgen, andererseits solch spektakulärer Ereignisse wie der gescheiterte Putschversuch rechter Militärs unter General Kornilov, der die letzten Sympathien, die die Regierung in gemäßigten Kreisen noch besessen hatte, verspielte.

Man muß sich in diesem Zusammenhang vor Augen halten, daß sich der Aufstand nicht in Form von Arbeitermassen abspielte, die – bewaffnet oder unbewaffnet – zusammenströmten und die strategisch wichtigen Punkte der Regierung angriffen. Vielmehr wurden lediglich vor einer Reihe öffentlicher Gebäude die Wachposten ausgewechselt, wobei es gewöhnlich zu Wortgefechten kam und sich hier und da einmal, eher zum Schein, etwas Widerstand regte.[51] Vom Sturm auf das Winterpalais einmal abgesehen, scheint es nur noch eine Episode aktiver Kampfhandlungen gegeben zu haben.[52] Zum Zeitpunkt der Erstürmung des Winterpalais, der letzten Bastion der provisorischen Regierung, befand sich der übrige Teil der Stadt bereits in den Händen der Bolschewiken, womit die Sache eigentlich schon entschieden war. Selbst dieser Angriff kostete nur wenige Opfer, und sein Ausgang ist in Wirklichkeit damit zu erklären, daß die Verteidiger eine Sache aufgaben, die mittlerweile völlig hoffnungslos geworden war.

Lenins Beitrag, das gilt es hervorzuheben, bestand zuallererst darin, den allgemeinen Plan eines revolutionären Aufstandes durchzusetzen. Dann, am Tag des Aufstandes, als er das Hauptquartier der Revolutionäre in Smolny erreichte, zwang er die Bewegung in die Offensive und sorgte dafür, daß sie zu Ende geführt und Wachposten an den verbliebenen strategischen Punkten ausgewechselt wurden. Bei all dem handelte es sich wohl in gewissem Sinn um revolutionäre Strategie und Taktik, wenn auch kaum in der Art und Weise, wie es von Historikern und Revolutionstheoretikern, Anhängern und Gegnern des Kommunismus, oft dargestellt wird. Im Laufe der Jahre mag Lenin die theoretischen Grundlagen revolutionärer Organisation ausgearbeitet haben,

51 *Ebenda*, S. 162-164, 177. N. N. Sukhanov, *Zapiski o Revoliutsii*, VII, S. 224, beschreibt in seinen zu Recht mit großem Lob bedachten Notizen und Eindrücken, wie wenig es zu Straßenkämpfen oder Massenaktionen tatsächlich kam. Seiner Ansicht nach blieb für die Arbeiter und Soldaten fast nichts mehr zu tun übrig.

52 Chamberlin, *Die russische Revolution* . . ., a. a. O., Bd. I, S. 282 ff.

doch es blieb nachfolgenden Generationen von Revolutionären überlassen, seine Ideen in der Praxis zu erproben und – weiter als sich Lenin das wahrscheinlich jemals hätte vorstellen können – zu verändern. Wenn die Bedeutung einer revolutionären Partei in Rußland zu dieser Zeit so zweifelhaft erscheint, ist es um so zweifelhafter, im Fehlen einer gut organisierten revolutionären Partei in Deutschland im Jahre 1918 einen der Hauptgründe für das Scheitern der Revolution zu erblicken.

Zusammenfassend läßt sich sagen, daß die Industriearbeiter in Rußland in der Tat eine für den Sieg der revolutionären Kräfte entscheidende städtische Ausgangsbasis bildeten, auch wenn sie an vielen Orten lediglich eine Minderheit der städtischen Gesamtbevölkerung darstellten. (So kam es in Moskau, wo ihr Anteil nur etwa ein Viertel aller Einwohner umfaßte, während des bolschewistischen Aufstandes zu blutigen Kämpfen.) Wären die städtischen Gegner der Revolution in der Lage gewesen, sich zusammenzuschließen, hätten sie die Revolution in den Städten möglicherweise niederschlagen können. Aber an irgendeinem Punkt hätten sie sich mit der Revolution der Bauern auseinandersetzen müssen. Dasselbe gilt für den umgekehrten Fall. Spätere Revolutionserfahrungen in China, Vietnam und Kuba haben gezeigt, daß eine Revolution, die ihre soziale Basis hauptsächlich auf dem Land hat, so lange keine gesamtgesellschaftlich verbindliche revolutionäre Politik betreiben kann, wie sie nicht in der Lage ist, die Kontrolle über die Städte zu gewinnen, was wohl eher mit einer Armee zu erreichen ist als mit einer revolutionären Partei. Nicht der Zustand der Arbeiterklasse, sondern der Zustand der Armee, d. h. konkurrierender Armeen, hat das Schicksal von Revolutionen im 20. Jahrhundert entschieden.

Elftes Kapitel
Die Unterdrückung historischer Alternativen: Deutschland 1918-1920

1. Allgemeine Überlegungen

An verschiedenen Stellen dieses Buches wurde bereits angedeutet, daß bestimmte historische Ereignisse nicht notwendig hätten so verlaufen müssen, wie dies tatsächlich geschah: daß die Geschichte oft unterdrückte Möglichkeiten und Alternativen in sich birgt, die von der trügerischen Gewißheit rückblickender Betrachtung verdeckt oder einfach unterschlagen werden. Daneben fanden sich gelegentliche Hinweise auf die Grenzen deterministischer Auffassungen in der Soziologie wie in allen anderen Disziplinen, die sich mit menschlichen Belangen im weitesten Sinne beschäftigen. Wir sind in unserer Erörterung jetzt an einen Punkt gelangt, wo es an der Zeit ist, direkt auf diese Fragen einzugehen. Da die Vorstellung von unterdrückten historischen Alternativen, die die Frage der moralischen Verantwortung für die versäumten Möglichkeiten, eine weniger grausame und repressive Gesellschaftsordnung aufzubauen, impliziert, diese Fragestellungen relativ gut in sich zusammenfaßt, werden wir uns weiterhin an ihr orientieren. Damit diese Vorstellung mehr ist als nur ein rhetorisches Mittel, um entsprechende moralische Gefühle zu wecken (z. B. die Verdammung aller bestehenden sozialen Institutionen bzw. die romantische Verherrlichung des gewaltsamen Kampfes gegen jegliche Autorität), ist es notwendig, an einzelnen historischen Situationen aufzuzeigen, was konkret möglich war und warum. Dies beinhaltet, daß man in der gleichen Weise Beweismaterial zusammentragen, Thesen aufstellen und überprüfen muß wie bei der Erklärung anderer Formen menschlichen Verhaltens auch.

Unser Vorhaben erfordert daher den Versuch, einen Teil der Geschichte zu analysieren, um auf diese Weise zu erklären, warum etwas gerade *nicht* geschah, und die Bedeutung der Ursachen dafür einzuschätzen. Diesem Gebiet wollen wir uns jetzt zuwenden: einem Bereich also, von dem es heißt, daß viele Wege hinführen, aber nur wenige hinaus. Denjenigen, die dem ganzen Unternehmen von Grund auf skeptisch gegenüberstehen, gibt es, was eine allgemeine Rechtfertigung betrifft, wenig entgegenzuhalten. Es hat wenig Sinn, mit jemandem über den logischen und ontologischen Status eines Kamels zu debattieren, der an der Existenz dieses Tieres ernsthafte Zweifel hegt; es ist dann besser, dem Skeptiker ein echtes Kamel zu zeigen. In unserem Fall ist das jedoch unmöglich. Man kann für das Vorhandensein einer unterdrückten historischen Entwicklungsmöglichkeit keine unwiderlegbaren Beweise anführen. Auf der anderen Seite ist es aber ebenso unmöglich zu belegen, daß eine gegebene Situation gerade so ablaufen mußte und nicht anders. Dazwischen bleibt ein großer Spielraum für ernsthafte Diskussionen, deren Ausgang für das wirkliche Leben sehr ernste Folgen hat.

Der Unwille des Historikers, sich auf eine Diskussion darüber einzulassen, warum etwas nicht geschah, ist nur allzu verständlich. Schließlich sind Historiker nicht ganz zu Unrecht der Meinung, sie hätten schon genug damit zu tun, das zu erklären, was sich nun einmal in Wirklichkeit zutrug. Aber jede Erklärung eines tatsächlichen Geschehens enthält zumindest auch eine Erklärung dafür, warum sich etwas anderes nicht ereignete. Wenn es Revolutionären nicht gelang, die Macht zu erobern, so muß es für ihr Scheitern Gründe geben sowie Beweismaterial, das diese Gründe abstützt. Deshalb sind Historiker meines Erachtens in jedem Fall gezwungen – gleichgültig, ob sie dies wollen oder nicht –, sich in irgendeiner Weise auf die Vorstellung unterdrückter historischer Möglichkeiten zu beziehen. Diese Überlegung allein scheint mir ausreichend, dem Vorhaben wissenschaftliche Respektabilität zu verleihen, obwohl ich nicht beabsichtige, die Last einfach auf andere abzuladen.

Eine andere sinnvolle Überlegung ergibt sich aus einer Betrachtung der Arbeitsgewohnheiten und Praktiken des Historikers. Sofern es unterdrückte historische Alternativen überhaupt gibt, sind sie offensichtlich in unterschiedlichem Maß vorhanden. Obschon sich dies tiefgründig philosophisch und verwirrend anhören mag, glaube ich nicht, daß dem tatsächlich so ist. Um den Fall anzusprechen, auf den wir gleich näher eingehen werden, so würde wohl nicht einmal der energischste Gegner historischer Zwangsläufigkeiten auf die Idee kommen zu behaupten, daß die deutsche Gesellschaft des Jahres 1918 wieder zu mittelalterlichen Zuständen, zu Rittertum und Leibeigenschaft hätte zurückkehren können. Aber die Möglichkeit eines Durchbruchs zu einer Form des Sozialismus oder eines liberalen Kapitalismus, die stabiler und humaner gewesen wäre als die Aufeinanderfolge von Weimarer Republik und Naziregime, ist nicht von vornherein auszuschließen. Die vorliegenden Fakten begrenzen ganz offensichtlich den Spielraum möglicher Alternativen. Es muß sich daher, wenn man von unterdrückten Alternativen spricht, um konkrete und für gegebene Situationen jeweils spezifische Alternativen handeln. Eine Hauptaufgabe empirischer Forschung sollte darin bestehen, den Grad der Offenheit, der in einer bestimmten Situation faktisch gegeben *war*, zu bestimmen, d. h. genauer gesagt: die Umstände, die die Handlungsmöglichkeiten derer, deren Verhalten den Verlauf der Ereignisse maßgeblich beeinflußte, beschränken.

An dieser Stelle gilt es, die Bedeutung des Begriffs der »Determiniertheit« zu klären, der in diesem Zusammenhang unweigerlich auftaucht. Dabei geht es weniger um Fragen der Grammatik oder des alltäglichen Sprachgebrauchs als vielmehr um die Notwendigkeit einer – wenn auch kurzen – Standortbestimmung in der bekannten und äußerst heiklen Kontroverse zwischen Determinismus auf der einen und moralischer bzw. politischer Verantwortung auf der anderen Seite. Vereinfacht formuliert, geht es um die Frage, inwiefern ein geschichtlicher Akteur, ein einzelner oder, wie im Fall der deutschen Arbeiter, eine ganze Gruppe – für seine Handlungen politisch verantwortlich gemacht werden kann, wenn es gleichzeitig richtig ist, daß diese Handlungen ganz bestimmten Ursachen unterliegen. Das Theorem vom Ursachenzusammenhang muß vollständig und in sich schlüssig sein. Die Begriffe Determinismus und Verantwortlichkeit können nicht beliebig miteinander verbunden werden, nur um eine vorgefaßte Meinung abzustützen. Wie Max Weber in seiner Auseinandersetzung mit dem marxistischen Determinismus feststellte, handelt es sich hier nicht um ein Taxi, in das man beliebig ein- und aussteigen kann. So gesehen scheinen moralische Verantwortung und Determinismus einander auszuschließen.[1]

1 Robert Paul Wolff, *The Autonomy of Reason: A Commentary on Kant's Groundwork of the Metaphysic of Morals*, New York 1973, stellt in den letzten beiden Kapiteln dieses Dilemma in einem unversöhnlichen Licht dar und ge-

Wenden wir uns als erstes der deterministischen Auffassung zu. Soweit ich zu sehen vermag, läßt sich die These, wonach im Universum alles bestimmten Ursachen oder Ursachenketten unterliegt, nicht belegen, denn ein derartiger Beweis würde Allwissenheit voraussetzen. Für die Arbeit des Wissenschaftlers ist eine solche Annahme eigentlich gar nicht notwendig. Für ihn reicht allein schon die Vermutung, daß zwischen den Gegenständen, die er untersuchen möchte, ein gewisser Zusammenhang bestehen könnte, um herausfinden zu wollen, ob ein solcher Zusammenhang tatsächlich existiert und wie er möglicherweise beschaffen ist. Genauso wichtig ist es, sich zu vergegenwärtigen, daß es unter Umständen gar keinen oder nur einen schwachen Zusammenhang gibt. (Erinnern wir uns z. B. an die äußerst heiklen Kontroversen über die Rolle von Rasse und angeborener Intelligenz.) Schließlich lassen sich für nahezu jede Erklärung »Beweise« finden. Die Theorie selbst bietet keinen Ausweg aus diesem Dilemma, da der produktiven menschlichen Phantasie bei der Erfindung neuer Theorien relativ wenig Grenzen gesetzt sind. Demzufolge spielt die allgemeine Konzeption des Determinismus im eigentlichen Forschungsprozeß, wenn überhaupt, nur eine recht untergeordnete Rolle. Als solche scheint sie für die von uns beabsichtigte Art der Untersuchung kein Hindernis darzustellen.
Um am Begriff der moralischen und politischen Verantwortlichkeit festzuhalten, erscheint es andererseits aber auch nicht notwendig, das Prinzip des Determinismus bzw., wie ich es eher nennen würde, eines universellen Bedingungsgefüges völlig aufzugeben. Auch hier geht es meines Erachtens primär um Probleme sachlicher Natur, auch wenn ich mit dieser Ansicht bereits auf heftige Kritik gestoßen bin. Die Vorstellung eines universellen Ursachenzusammenhangs schließt nicht aus, daß manche Ursachen wichtiger als andere sein mögen und daß die relative Bedeutung von Ursachen sich ändern kann. Es ist einigermaßen offensichtlich, daß die Ergebnisse menschlicher Intelligenz und des menschlichen Strebens ständig dem Strom historischer Ursachenzusammenhänge zugeflossen sind und ihre Richtung verändert haben, und zwar soweit sich dies zurückverfolgen läßt. Die Geschichte der Technolo-

langt dabei zu der Ansicht, daß Kants berühmte Schlußfolgerung unhaltbar ist.

gie und/oder der Ideen liefert uns ausreichende sachliche Beweise für diese verbreitete Ansicht. Obwohl wir den Prozeß nur unzureichend verstehen, gibt es ganz offensichtlich Gründe dafür, weshalb bestimmte Ideen in den Strom einfließen und andere nicht. Diese sollte der Forscher indes herauszufinden versuchen und nicht bereits von vornherein als gegeben annehmen. Die Vorstellung von der moralischen oder politischen Verantwortlichkeit bedeutet demzufolge nur, daß menschliche Anstrengung und Intelligenz die geschichtliche Entwicklung des Menschen unterschiedlich beeinflussen können. Wie dieser Einfluß im einzelnen aussieht, muß jeweils herausgefunden werden. Eine solche Verantwortung kann, um das Problem etwas anders zu formulieren, sowohl Ursachen als auch Folgen haben. Die Aufgabe besteht im konkreten Fall darin, beide näher zu bestimmen.

Obwohl kaum anzunehmen ist, daß unser Versuch, das allgemeine Prinzip der persönlichen bzw. Gruppenverantwortung mit der Vorstellung eines fest vorgegebenen Ursachenzusammenhangs zu verknüpfen, allgemein auf Zustimmung stoßen wird, muß er für die Absichten unserer Arbeit vorläufig genügen. Er muß, soll der Begriff der moralischen Verantwortlichkeit überhaupt einen Sinn ergeben, zudem in Rechnung stellen, daß die Menschen ausschließlich für diejenigen Folgen ihrer Handlungen verantwortlich sind, die sie unter den gegebenen Umständen ihrer Zeit hätten vorhersehen können. Moralische Verantwortlichkeit muß demnach historisch spezifisch festgemacht werden und eine Einschätzung des Wissens- und Urteilsstandes, über den spezifische historische Akteure verfügten, einschließen. Letzteres wird mit Sicherheit ein zentraler Punkt unserer nachfolgenden Untersuchung sein.

Diese Überlegungen führen uns wieder zum Gedanken unterdrückter historischer Möglichkeiten und zu der zentralen Frage zurück, die sich logischerweise stellt: Von wem geht diese Unterdrückung aus und warum?[2]

2 Dieses Thema zieht sich durch das ganze, zu Recht mit großem Lob bedachte Buch von E. P. Thompson, *The Making of the English Working Class*, London 1963, bei dem es sich meines Wissens um das einzige bedeutendere Werk eines modernen Historikers handelt, das zugleich reiches Faktenmaterial enthält und die Idee historischer Alternativen ernst nimmt. Obwohl dieses Thema explizit gemacht wurde, ist es nicht systematisch entfaltet. Das kann allerdings kaum als Kritik aufgefaßt werden, da andere wertvolle Eigenschaften dieses Buches si-

Im restlichen Teil dieses Kapitels werde ich der These nachgehen, derzufolge in Deutschland unmittelbar nach dem Ersten Weltkrieg Bedingungen vorhanden waren, die einen liberalen Durchbruch in den Bereich des Möglichen rückten, der eine stabilere Regierung hervorgebracht hätte als diejenige, die nach eineinhalb Jahrzehnten Adolf Hitler den Weg freimachen sollte. Es handelt sich dabei um eine These, die, wenn auch nicht systematisch entwickelt, in der neueren Geschichtsforschung vorgebracht wird, die sich kritisch mit der Standardrechtfertigung der SPD auseinandersetzt: im Jahre 1918 habe nur die Wahl zwischen einer unterdrückerischen revolutionären Diktatur des Proletariats oder einem Bündnis mit der alten Ordnung bestanden. Obschon eine kritische Analyse dieser These eine ganze Reihe sinnvoller Fragen aufwirft, mit denen sich ein Großteil des Materials einordnen läßt, liegt es nicht in der Absicht dieser Untersuchung, diese – noch irgendeine andere – These zu Fall zu bringen.

Statt dessen lassen sich zwei positive Ziele nennen. Zum einen geht es darum, nach der Art von Argumenten zu suchen, die die These, die liberale Alternative habe tatsächlich bestanden, eventuell stützen könnten. Dabei wird es sich jedoch nicht um eine Übung in abstrakter Logik handeln. Wir werden daneben auch das relevante Faktenmaterial in die Überprüfung einbeziehen, obwohl dies natürlich kaum in erschöpfender Weise geschehen kann. Ein Kenner der deutschen Geschichte wird wahrscheinlich sehr schnell wichtige Aspekte entdecken, die ich übersehen oder falsch interpretiert habe. Dies wäre im übrigen nur zu gut, denn es würde bestätigen, daß konkretes Datenmaterial für die Diskussion von Relevanz ist. Im Verlauf der Untersuchung dieser Argumente wird es dann vielleicht möglich – und damit ist das zweite Ziel angesprochen –, ein neues Licht zu werfen auf die Möglichkeiten und Grenzen des Versuchs der deutschen Industriearbeiter, an diesem historischen Wendepunkt eine gerechtere und humanere Gesellschaft zu errichten.

Die Wahl einer liberalen Alternative anstelle einer sozialistischen beruht auf der Ansicht, daß eine liberale nicht nur den tatsächlich vorhandenen Möglichkeiten zu jenem Zeitpunkt entsprach, son-

cherlich verlorengegangen wären, hätte sich der Autor noch zusätzlich diese Mühe gemacht.

dern, als institutioneller Rahmen, auch eher die Gewähr dafür geboten hätte, die soziale Ordnung, die soeben mit dem Zusammenbruch des Kaiserreichs eingestürzt war, durch eine weniger repressive zu ersetzen. Es gibt keinen Grund zu verheimlichen, daß meine allgemeine politische Einstellung in dieselbe Richtung tendiert, und zwar aus denselben allgemeinen Gründen. Geht man jedoch von einer sozialistischen Alternative aus, so ändert das nichts an der Vorgehensweise. Die Fragen, die zu stellen sind, bleiben grundsätzlich die gleichen. Dazu gehören: (1) Welche konkreten Maßnahmen würde eine solche Politik unter den gegebenen Umständen beinhalten? (2) Welche Hindernisse standen ihrer Verwirklichung entgegen? Waren sie real oder nur imaginär? Wie läßt sich dies letztlich entscheiden? (3) An welche, in der bestehenden sozialen Ordnung vorhandenen Ansatzpunkte könnte eine derartige Politik anknüpfen? Was wissen wir über das Funktionieren bzw. Nichtfunktionieren der institutionellen Ordnung und über die Lage und Einstellung verschiedener Teile der Bevölkerung in dieser Zeit, das es uns erlauben würde, haltbare Schlußfolgerungen hinsichtlich dieser Politik zu ziehen? (4) Sollte es genügend Beweismaterial geben, daß diese Politik in der Tat möglich war, warum kam es dann nicht zu ihrer Realisierung? Hat von den Machthabenden keiner daran gedacht? Und, wenn dem so ist, welche Gründe lassen sich für dieses offensichtliche Versagen anführen? Wenn diejenigen, die von den Hebeln der Macht entfernt waren, an eine solche Politik glaubten, warum war ihre Position so schwach?

Es besteht natürlich ein gewisses Risiko, daß das Beweismaterial in Übereinstimmung mit den eigenen vorgefaßten Meinungen zurechtgestutzt wird – ein Risiko, das sich übrigens in jeder Form von Untersuchung findet. In unserem konkreten Fall wird das wesentliche Risiko wahrscheinlich darin bestehen, daß wir radikale und revolutionäre Bewegungen an bestimmten Punkten als unbedeutend und leicht beherrschbar erscheinen lassen und an wiederum anderen als sehr machtvoll. Doch zum Glück sind die politisch vorgefaßten Meinungen und Vorlieben von Forschern verschieden. Ihre Schlußfolgerungen können anhand des Beweismaterials überprüft werden. Die sachliche Komponente bei der Beantwortung der oben genannten Fragen ist groß genug, um beizeiten von sich aus ein großes Maß an Übereinstimmung herzustellen. Historiker können, und tun dies auch bereits, in vielen Dingen mehr Übereinstimmung erzielen als lediglich über Daten und reine Ergebnisse. Schließlich war die Situation in Deutschland zwischen 1918 und 1920 so, wie sie war, unabhängig davon, wie ein liberaler, ein sozialistischer oder ein reaktionärer Historiker sie sich wünscht.

Diese einleitenden Betrachtungen reichen, wie ich hoffe, aus, um die wissenschaftliche Legitimität der Aufgabe, die wir jetzt in Angriff nehmen wollen, zu begründen. Ein weiteres Eingehen auf diese Fragen würde Gefahr laufen, in bloße polemische Spekulation auszuarten. Ohnehin werden einige davon im Laufe der Interpretation konkreter Ereignisse wieder auftauchen, wo es dann leichter fallen wird, ihre Bedeutung zu klären. Um mögliche Mißverständnisse zu vermeiden, ist es notwendig, an dieser Stelle noch eine Einschränkung, was die Art unseres Vorhabens betrifft, klar hervorzuheben. Es geht nicht darum, einen ganz bestimmten Sachverhalt zu belegen. Jeder, der sich ernsthaft für die deutsche Geschichte während dieser Zeit interessiert, würde sehr wahrscheinlich detailliertes Beweismaterial verlangen, das sich meiner Kenntnis entzieht und dessen Darstellung den Rahmen dieser Arbeit überschreiten würde. Es handelt sich vielmehr um einen Versuch, die Art der Argumentation zu untersuchen, die man auf der Grundlage des leicht zugänglichen Materials, das zum größten Teil in den vorhergehenden Kapiteln bereits eingeführt wurde, aufbauen *könnte*: d. h. herauszuarbeiten, inwieweit sich eine solche Argumentation als tragfähig erweist bzw. wo sie möglicherweise zusammenbrechen könnte, um auf diese Weise Genaueres über die in einem historisch entscheidenden Fall allgemeiner moralischer Empörung gegebenen politischen Grenzen und Möglichkeiten in Erfahrung zu bringen. Ein so gearteter Versuch erfordert einen Argumentationsaufbau, der die Möglichkeit einer Widerlegung unter Zuhilfenahme der Fakten zuläßt. Da eine strenge Beweisführung allemal unmöglich ist, bleibt zu hoffen, daß sich das maßvollere Ziel als erreichbar und nützlich erweisen wird.

2. Eine unterlassene Entscheidung von weitreichender Bedeutung: die SPD und die Armee

Die erste Aufgabe einer jeden Regierung, besonders wenn sie ganz neu im Amt ist, besteht darin, die Regierungsgeschäfte zu führen. Im November 1918 startete die Regierung Ebert den Versuch, die moralische Autorität der SPD einzusetzen, um die Kluft zwischen zwei miteinander unvereinbaren Quellen der Legitimität, nämlich der zerfallenden Autorität des kaiserlichen Regimes und einer Woge des öffentlichen Protests, zu überbrücken. Selbst unter relativ günstigen Umständen wäre dies keine leichte Aufgabe. Als vollends unlösbar müßte sie sich jedoch erweisen, wenn die Regierung nicht über eine verläßliche Form der Gewaltausübung verfügt. Konnte das militärische Problem, das zu jener Zeit vielmehr ein Polizeiproblem war, nicht in einer für die Etablierung eines liberalen Regimes letztendlich günstigen Weise gelöst werden, bestand keine Aussicht darauf, die anderen Probleme einer Lösung zuzuführen. Eine Regierung, die nicht über Gehorsam gebieten kann, ist keine Regierung und verschwindet sehr schnell von der Bildfläche. Eine Regierung, die nicht überlegt, wie sie Gewalt erlangen und von ihr Gebrauch machen kann, begibt sich der Möglichkeit, ihre eigene Politik selbst zu bestimmen.

Es wurde oft darauf hingewiesen, daß die Regierung Ebert so gut wie nichts unternahm, um Bürokratie und Gerichtswesen zu reformieren oder zu kontrollieren. In beiden Bereichen übten antirepublikanische und reaktionäre Gesinnungen auch weiterhin einen starken Einfluß auf die jeweilige Politik aus. Die Beschwichtigungstaktik der SPD im Namen von Recht und Ordnung sowie der Wiederaufbau der Wirtschaft standen damals allgemein im Vordergrund des Interesses.[3] Insofern stellte die Militärpolitik keine Ausnahme dar. Wollte man jedoch eine durchsetzungsfähigere Politik betreiben, so hätte sie zunächst bei der Armee ansetzen und zum Erfolg führen müssen, bevor überhaupt irgend etwas anderes gelingen konnte. Die zivile Bürokratie zwar bekämpfen, das Offizierskorps aber intakt lassen wäre die sicherste Formel für den

3 Vgl. zum wirtschaftlichen Wiederaufbau besonders die Abschnitte 3, 4 und 5 (IL-LXXII) in der Einleitung von Erich Matthias (Hrsg.) zur Dokumentensammlung *Die Regierung der Volksbeauftragten 1918/19*, Quellen zur Geschichte des Parlamentarismus und der politischen Parteien, Düsseldorf 1969.

Erfolg konterrevolutionärer Verschwörungen. Wäre die Armee dagegen völlig unter Kontrolle, müßten es sich andere Kräfte zweimal überlegen, ehe sie Anweisungen der Regierung in unzulässiger Weise verzögerten, insbesondere wenn es starke Aussichten dafür gäbe, daß die neue Regierung auf eine breite Unterstützung im Volk bauen kann, wie es Anfang November 1918 der Fall war. Falls die SPD-Führung wirklich nicht mehr hätte tun können, um die Kontrolle über die Armee zu erlangen, als sie tatsächlich unternahm – und das war im Grunde genommen gar nichts –, so gab es auch nichts, was sie sonst hätte erreichen können.

Vom Standpunkt der reformistischen Führung aus war ein Bündnis mit dem Generalstab aus zwei Gründen notwendig. Zum einen bestand die Gefahr von links. Moderne Historiker neigen dazu, diese Gefahr zu bagatellisieren. Im achten Kapitel, in dem es um den Kampf zwischen Reformisten und Radikalen ging, habe ich jedoch zu belegen versucht, daß die Gefahr eines Staatsstreiches real bestand und daß demgegenüber die alte Armee als Ordnungsmacht völlig ineffektiv war. Die Versuche, die Armee einzusetzen, mögen in der Tat die Situation noch verschlimmert haben. Ein Befehl, der in der Praxis nicht befolgt wird, ist schwerlich ein richtiger Befehl. Der andere Grund bestand in der Notwendigkeit einer geordneten Demokratisierung. Der letztere dieser beiden Imperative, die sich angeblich unmittelbar aus der damaligen Situation ergaben, bedarf der genaueren Betrachtung.

Wiederum vom Standpunkt der Zielsetzungen der SPD aus gesehen, war eine möglichst geordnete Demobilisierung gewiß äußerst wünschenswert. Die Masse der Soldaten hatte genug vom Krieg und wollte nur noch nach Hause. Es war eine der wichtigsten Forderungen der Stunde, die Männer nach Hause zu bringen. Keine Regierung, die behauptete, das Volk auf ihrer Seite zu haben, konnte sich dieser dringenden Forderung widersetzen. Zur gleichen Zeit standen die deutschen Truppen noch überwiegend auf fremdem Boden. (Was sie dort überhaupt zu suchen hatten, war, soweit ich feststellen konnte, keine Frage, die in den Gesprächen zwischen SPD und Generalstab eine Rolle spielte.) An den Ostgrenzen sowie jenseits davon kam es auch weiterhin noch eine Zeitlang zu sporadischen Gefechten. Die technischen Probleme einer Rückführung erschienen sicher enorm. Zudem mußten sich die Konsequenzen, die sich beim Scheitern einer raschen und befriedigenden Lösung möglicherweise ergeben hätten, wie ein Abgleiten in die Anarchie und eine Katastrophe für das ganze deutsche Volk ausnehmen. Der Generalstab konnte also gewichtige und durchaus realistische Argumente geltend machen. Millionen von Männern mußten von der Front heimgeholt werden. Man benötigte Züge für ihren Transport. Sodann brauchte man allerlei Vorräte, um sie mit Lebensmitteln versorgen zu können. Schließlich mußten sie in einer ordnungsmäßigen Weise entwaffnet werden, da sonst die Gefahr bestand, daß die Massen hungriger Soldaten auf eigene Faust durchs Land ziehen und plündern würden, ähnlich jener wilden Horde von Soldaten, die im Dreißigjährigen Krieg in Stadt und Land Verwüstungen angerichtet hatten. Aus all diesen Gründen, so argumentierte der Generalstab weiter, sei es notwendig, eine zentralistische Kontrolle über den Militärapparat sowie die Autorität im ganzen Lande aufrechtzuerhalten. Um ihrer Aufgabe nachkommen zu können, benötige die Armee die Aufrechterhaltung der Disziplin in ihren eigenen Reihen, und dies bedeutete: keine Einmischung von Soldatenräten und keine Experimente mit der Wahl der Offiziere durch die Soldaten.

Solche Argumente[4] müssen Ebert und einige seiner Genossen, die in ihrem Innersten solide deutsche Staatsbürger und um das Wohl ihres Landes besorgt waren, sehr beeindruckt haben. Darin bestand natürlich ein Teil des Problems. Doch wie begründet waren diese Argumente wirklich? Gab es eine Möglichkeit, die Soldaten in einer mehr oder weniger geordneten Weise zurückzuholen, ohne daß sich die SPD dabei in einem solchen Maße auf den Generalstab verlassen hätte? Erfahrungen in Österreich deuten darauf hin, daß eine solche Möglichkeit durchaus bestand.

Dort fand die gesamte Demobilisierung, von der man annahm, sie würde ungefähr zwei Jahre in Anspruch nehmen, in ca. drei Wochen statt. Dabei handelte es sich um einen spontan und eher

4 Ich habe sie aus dem Gedächtnis rekonstruiert, nachdem ich mir anhand der folgenden Veröffentlichungen einen Überblick über die militärischen Aspekte verschaffte: *Ebenda* sowie Eberhard Kolb und Reinhard Rürup (Hrsg.), *Der Zentralrat der Deutschen Sozialistischen Republik 19. 12. 1918 - 8. 4. 1919: Vom Ersten zum Zweiten Rätekongreß*. Quellen zur Geschichte der Rätebewegung in Deutschland 1918-1919 . . ., Bd. I, Leiden 1968. Einige der wichtigsten Einblicke, die aus der Beschäftigung mit diesen Werken resultierten, sind in Kap. 8 dieses Buches zu finden.

ungeordnet verlaufenden Prozeß, bei dem die Oberste Heeresleitung nur eine sehr geringe Rolle spielte, was teilweise damit zusammenhing, daß die österreichischen Truppen sich zum Zeitpunkt des Waffenstillstands bereits in einem weiter fortgeschrittenen Stadium der Demobilisierung und Zersetzung befanden als die deutschen. Es gab in Österreich zwar Befürchtungen, daß es zumindest in den Lebensmittelgeschäften zu Plünderungen kommen würde, doch, abgesehen von einigen lokalen Fällen, erwiesen sie sich als gegenstandslos. Der Eifer der Eisenbahnverwaltung und der Arbeiter sorgte dafür, daß die Züge fuhren. Nach der Schilderung eines Augenzeugen ließen die Soldaten Front und Offiziere kurzerhand im Stich, stürmten die Züge und drangen durch die eingeschlagenen Fenster ins Innere. Viele stiegen sogar auf die Dächer; ein Großteil von ihnen wurde heruntergeschleudert und getötet, als die Züge durch Tunnel fuhren. In den meisten Orten war die lokale Organisation gerade noch funktionsfähig genug, um die Soldaten zu entwaffnen und sie mit Lebensmitteln und Kleidung zu versorgen, was die Fälle von Plünderungen äußerst gering hielt. Nicht einmal in den Kriegsgefangenenlagern kam es zu größeren Unruhen. Als die Wärter nach Hause zogen, leerten sich die Lager ganz von alleine.[5]

Sicher, Österreich war nicht Deutschland. Man kann Carstens' Behauptung vielleicht bestreiten, daß »kaum bezweifelt werden [kann], daß die deutschen Heere sicher aus Frankreich und Belgien zurückmarschiert wären, selbst wenn das nicht durch die militärischen Instanzen kontrolliert worden wäre«. Man müßte dann allerdings auf Aspekte der deutschen Situation verweisen, die eine Lösung nach österreichischem Vorbild ausschlossen.[6] Wie die

5 Francis L. Carsten, *Revolution in Mitteleuropa 1918-1919*, Köln 1973, S. 22.

6 Carstens Feststellung findet sich auf S. 22. Er anerkennt allerdings, daß die Lage an der Ostfront verschieden war. Ende 1918 lieferte diese Tatsache eine willkommene Begründung dafür, den Appell an Freiwillige zu forcieren. Die Einzelheiten einer gemeinsamen Sitzung des Exekutivkomitees und des Rats der Volksbeauftragten sind in diesem Punkt besonders aufschlußreich. Vgl. Eberhard Kolb und Reinhard Rürup (Hrsg.), *Der Zentralrat . . .*, a. a. O., Dokument Nr. 28 vom 3. Januar 1919, bes. S. 193, wo Robert Leinert erklärt: »Wir sollten uns nicht von einem so niederen Volk wie den Polen herumstoßen lassen und der Zerstörung der großen Leistungen zusehen, die die Arbeiter vollbracht haben und die im großartigen Sieg der Revolution gipfeln.« Polni-

Dinge liegen, ist die österreichische Erfahrung als ein starkes Indiz für die These zu werten, daß eine andere Lösung, und zwar nicht notwendig eine revolutionäre, in Deutschland möglich gewesen wäre.

Unsere bisherige Diskussion zusammenfassend läßt sich sagen, daß es zahlreiche Hinweise gibt, die ausreichen, um die These, Ebert und seine Gefolgsleute hätten keine andere Wahl gehabt, als sich zum Zwecke einer geordneten Demobilisierung und zur Aufrechterhaltung eines Minimums an innerer Ordnung auf das alte Offizierkorps zu stützen, ernsthaft in Zweifel zu ziehen.[7] Es fällt nicht schwer, das subjektive *Empfinden* dieser Männer und die Gründe dafür zu verstehen und sogar ein beträchtliches Maß an Sympathie für sie wie für ihre Gegner aufzubringen. Etwas ganz anderes ist es jedoch zu behaupten, die Umstände hätten kein anderes Verhalten zugelassen. Wenn wir eine derartige Behauptung auf der Basis des skizzierten Beweismaterials ablehnen, haben wir allen Grund, uns die Frage zu stellen, welche Art von Politik möglicherweise eine gewisse Aussicht auf Erfolg gehabt hätte.

3. War eine andere Politik möglich?

Für die reformistische Führung war das Problem der öffentlichen Ordnung und des Machterhalts insofern entscheidend, als sie bei einem Scheitern in dieser Frage ohnehin nichts mehr zuwege bringen konnte. Tatsächlich war sie schon beinahe gescheitert, bevor es ihr schließlich gelang, in Form der *Freikorps* ein Repressionsinstrument auf die Beine zu stellen. Dennoch waren das Problem der inneren Ordnung und das Verhältnis zur Armee keineswegs die einzigen strittigen Fragen, die Ebert und seine Kollegen zu ent-

sche Truppen fielen daraufhin in den schlesischen Bergbaugebieten ein. Doch zu einem früheren Zeitpunkt war die Frage der Ostgrenze nicht akut.

7 Ein kurioser Aspekt der ganzen Situation besteht darin, daß anscheinend keiner der verantwortlichen Führer an die Möglichkeit dachte, eine nationale Polizeitruppe aufzustellen, anstatt auf die Armee zurückzugreifen. Ein solcher Vorschlag wäre natürlich voll auf den Widerstand der partikularistischen Traditionen der deutschen Einzelstaaten, besonders Bayerns, gestoßen. Auf der anderen Seite zögerte die Regierung 1919 und 1920 nicht, mit ihrer geballten militärischen Macht zu intervenieren, um die radikalen Bewegungen in den einzelnen Staaten niederzuschlagen.

scheiden hatten. Damit verbunden war eine ganze Reihe anderer Fragen, die gemeinsam auf eine Entscheidung über die Form der Gesellschaft, die die SPD unter den gegebenen Bedingungen anstrebte, und die Art, wie sie diese zu verwirklichen suchte, hinausliefen. Daher hätte eine entschlossenere Politik gegenüber dem alten Offizierskorps ein ganz anderes politisches und ökonomisches Vorgehen erforderlich gemacht, d. h. eine Strategie, die sich von derjenigen, die tatsächlich verfolgt wurde, erheblich unterschieden hätte.

Wir wollen deshalb der Frage nachgehen, welche allgemeine Strategie sowohl den gegebenen Umständen entsprochen hätte als auch mit liberalen (anstelle von revolutionären) Zielsetzungen und Prinzipien vereinbar gewesen wäre. Die Bezeichnung »liberal« soll hier lediglich die Bedeutung des Rechts auf freie Meinungsäußerung sowie des Schutzes vor staatlichen Übergriffen hervorheben. In einer gewissen Hinsicht erscheint die Unterscheidung zwischen »liberal« und »revolutionär« hinfällig, da Revolutionäre jeglicher Couleur im allgemeinen behaupten, der Liberalismus habe sich in der Praxis als Betrug herausgestellt und sei historisch mittlerweile überholt; schließlich sei ihre Revolution der einzige Weg, um die Ziele, die Liberale erreichen zu wollen vorgeben, zu erreichen. Es besteht kein Grund, hier weiter auf diese Diskussion einzugehen. Ich möchte den Leser daran erinnern, daß die historischen Erfahrungen nach 1918, die die heutige Debatte im wesentlichen bestimmen, noch nicht im Horizont derer lagen, die damals von dieser Auseinandersetzung ernsthaft betroffen waren. Das Problem, das uns hier beschäftigt, steht zwar damit in Verbindung, ist aber dennoch verschieden: nämlich, ob ein »dritter Weg« irgendwo zwischen einem *de-facto*-Bündnis mit der alten Ordnung und einer revolutionären Diktatur tatsächlich bestand. Eine Möglichkeit, um diesem Problem auf die Spur zu kommen, besteht in der Klärung, wie eine solche Politik in der Praxis ausgesehen hätte. Erst dann wird es möglich, sowohl die Umstände in der damaligen Situation auszumachen, die die Umsetzung einer solchen Politik möglicherweise begünstigt hätten, als auch die Hindernisse, die sich ihr entgegengestellt hätten.

Um sich ohne allzu großes Vertrauen auf die Armee und andere Stützen der alten Ordnung etablieren zu können, hätten die gemäßigten SPD-Politiker ein Wirtschaftsprogramm gebraucht, das in einem den Radikalen links von ihr das Wasser abgegraben und dennoch eine gewisse Unterstützung von seiten der Gemäßigten auf der Rechten auf sich gezogen hätte. Dies bedeutete, daß die Räder der Wirtschaft wieder angekurbelt werden mußten (und noch einiges mehr), und dies in einer Situation, die von Kriegsniederlage und allgemeiner Unordnung gekennzeichnet war und in der die Alliierten ebenso im Hintergrund lauerten und viele den entscheidenden Schlüssel für die Zukunft in ihren Händen hielten wie eine revolutionäre Regierung in Rußland, die zu jenem Zeitpunkt eine immense Anziehungskraft ausübte. Man muß vorausschicken, daß die Hindernisse für eine solche Politik enorm waren und daß wohl keine noch so fähige, einfallsreiche und tatkräftige Regierung in der Lage gewesen wäre, sie zu meistern.

Bei der Verfolgung dieser allgemeinen Strategie hätte die Regierung meines Erachtens folgende Maßnahmen ergreifen müssen. So wäre zunächst ein massiver Eingriff im Bereich der Armee und der Bürokratie nötig gewesen, um durch die Besetzung der Schlüsselpositionen mit eigenen Leuten die Politik dieser Institutionen zu kontrollieren. In der Armee hätte dies zum einen bedeutet, sich auf die Soldatenräte zu stützen und Einfluß in ihnen zu gewinnen, und zum anderen, mit weitreichenden Vollmachten ausgestattete Vertreter in die Oberste Heeresleitung zu entsenden.[8] Eine solche Intervention allein könnte, auch wenn sie absolut notwendig wäre, natürlich höchstens ein provisorischer Notbehelf sein. Was das betrifft, so fand im Bereich der administrativen Bürokratie ein, wenn-

8 Eine Episode bei den Verhandlungen am 9. November 1918 zwischen den Führern der SPD und der Regierung des letzten Reichskanzlers, Max von Baden, über die Übergabe der Macht an die SPD zeigt sehr deutlich, wie wenig Neigung auf seiten der reformistischen Führer bestand, auf diese Frage zu dringen. An einem Punkt sagte Philipp Scheidemann, eine der Bedingungen der Übergabe müsse sein, daß die Stelle des Kriegsministers an einen Sozialdemokraten übergehe. Scheuch, Max von Badens Kriegsminister, lehnte dies sofort ab und sagte, er müsse in seinem Amt bleiben, um sich um die Abwicklung der Waffenstillstandsverhandlungen kümmern zu können. Damit war die Sache erledigt. Weder Ebert noch Scheidemann insistierten auf ihrem Standpunkt. Nach einer überlieferten Version dankte Ebert dem Kriegsminister sogar für seine Bereitschaft, seinen Dienst fortzuführen. Vgl. Erich Matthias (Hrsg.), *Die Regierung . . .*, a. a. O., Bd. I, S. 6, 12 (Dokumente 1 a und 1 c). Obwohl die überlieferten Aufzeichnungen unvollständig sind, besteht über den Tenor der Unterredung kein Zweifel.

gleich schwacher und ineffektiver Eingriff statt.[9] Es gibt gute Gründe, die dafür sprechen, daß die Ordnungskräfte, in diesem Fall mehr die Polizei als das Militär, auf der Grundlage traditioneller Formen von Disziplin hätten reorganisiert werden müssen, d. h. ohne Wahl der Offiziere, jedoch mit neuen Mitteln zur Sicherung der Loyalität gegenüber der Regierung und ihren allgemeinen Richtlinien. Man hätte ferner Wege finden müssen, um die Bürger vor Übergriffen der Staatsmacht zu schützen, die unter kaiserlicher Herrschaft an der Tagesordnung waren. *Einige* liberale Regierungen haben diese Probleme relativ erfolgreich gelöst, allerdings, das muß man hinzusagen, nicht unter den Bedingungen, mit denen die Reformisten in den Jahren 1918 und 1919 konfrontiert waren. Ein Versuch in dieser Richtung hätte sicherlich von vornherein den Aufbau neuer Organisationsstrukturen erfordert, während gleichzeitig die alten abgebaut werden mußten. Man wird zugeben müssen, daß es sich dabei um eine ungeheure Aufgabe handelte. Doch auf der anderen Seite geht aus den Quellen auch klar hervor, daß die SPD in dieser Sache herzlich wenig unternahm, sie in Wirklichkeit das Problem eigentlich gar nicht erkannte und daß ihre Unfähigkeit zu entschlossenem Handeln wesentlich zum Mißtrauen und zur Desillusionierung der Industriearbeiter beitrug. Wenn dieses Versagen den Radikalismus unter den Industriearbeitern auch nicht hervorrief, so verstärkte es diese Tendenz doch bis zu einem Punkt, an dem die SPD sie nur noch mit Gewalt unter Kontrolle halten konnte.

Bezüglich der Wirtschafts- und Sozialpolitik wäre es Aufgabe der Regierung gewesen, die Kontrolle über verschiedene wirtschaftliche Schlüsselsektoren in die Hand zu nehmen – allen voran den Bergbau, wo allein schon das Versprechen, daß dies geschehen würde, genügte, um die Bergarbeiter in einer Zeit, da die Radikalisierung einen Höhepunkt erreicht hatte, zu beschwichtigen – und den Arbeitern vermehrten Einfluß auf die Arbeitsbedingungen in den Gruben und in den Betrieben zu gewähren. Nach meinem Da-

9 Vgl. zu den Einzelheiten dazu die Darstellung von Matthias in der Einleitung zu *Ebenda*, a. a. O., Bd. I, S. LXVII-LXXII.
Dieser Eingriff hatte die Folge, die traditionellen Bürokraten gegen die Einmischung durch Arbeiter- und Soldatenräte abzuschirmen. Wie es scheint, stieß diese Politik rundum auf stillschweigendes Einverständnis, einschließlich bei Vertretern der USPD.

fürhalten hätte dagegen keine Notwendigkeit bestanden, die Arbeiter im Sinne eines Systems umfassender Arbeiterkontrolle an den grundlegenden Entscheidungen im Bereich der Investitions- und Absatzpolitik zu beteiligen. Zum einen hätte die Regierung, die vermutlich auf Druck von unten reagiert hätte, auf diesem Gebiet einige Hebel in der Hand behalten können, und zum andern hätten die Arbeiter über ihren Einfluß auf die Arbeitsbedingungen indirekt natürlich auch diese Entscheidungen beeinflußt. Es gibt eine ganze Reihe von Hinweisen dafür, daß eine Politik, wie sie hier nur in allergröbsten Umrissen skizziert wurde, die Basis für eine radikale Lösung erheblich untergraben hätte.[10]

Zur Zeit, als die Sozialdemokraten die Macht halb akzeptierten und halb übernahmen, gab es verschiedene Faktoren, die eine derartige Politik begünstigten oder doch zumindest mehr Handlungsspielraum einräumten, als dies Ebert und seine Parteigenossen ausnutzten. Der spontane Aufstand, der sich von Kiel ausbreitete, und der Ruf der Armee nach einem Waffenstillstand kamen für die Anhänger der alten Ordnung völlig überraschend. Die Armeeoffiziere beklagten sich bitter über die Rückgratlosigkeit der Mittelschichten; noch bis weit in das Jahr 1919 waren derlei Klagen vernehmbar. Wäre eine Politik wie die eben skizzierte von Anfang an konsequent verfolgt worden, hätte sie wohl kaum die Gefahr eines konterrevolutionären Rechtsputsches provoziert. Die Armee selbst war zu jedem Zeitpunkt, wie die bereits erwähnten Vorkommnisse gezeigt haben, ein Papiertiger: Die Soldaten hätten sich geweigert, konterrevolutionäre Befehle zu befolgen.[11] Ohne effek-

10 Diejenigen, die von der Wünschbarkeit radikaler oder revolutionärer Lösungen der Probleme in einer kapitalistischen Gesellschaft fest überzeugt sind, werden in derartigen Überlegungen eine üble Anregung vorsätzlicher Manipulation erkennen. Dem lassen sich zwei Dinge entgegenhalten. Erstens setzen alle Formen sozialen Verhaltens, einschließlich Revolutionen, eine gewisse Manipulation voraus, und das Argument, daß Revolutionen ein besseres Endergebnis hervorbringen, ist alles andere als erwiesen. Zweitens, und das ist in diesem Fall wichtiger, geht es in unserer Diskussion lediglich um die Frage, ob eine linksliberale Politik hätte zum Erfolg führen *können*. Ob man eine solche Politik bewundert oder verabscheut, spielt bei einer Untersuchung dieser Art eigentlich keine Rolle.

11 Dies wußte auch die Oberste Heeresleitung. Schon vor der Abdankung des Kaisers war sie zu der Überzeugung gelangt, daß nicht einmal mehr die Truppen an der Front hinter dem Kaiser standen und für einen Einsatz zur Unter-

tive Unterstützung durch die Armee hätte sich aber keine Konterrevolution Erfolg versprechen können. Mit ihrer Politik *schufen* Ebert und Genossen in den Freikorps und Teilen der alten Armee erst das notwendige Instrument für eine Konterrevolution nach altem, präfaschistischem Muster (d. h. ohne Massenunterstützung) und servierten es der Rechten auf einem silbernen Tablett. Wenigstens manche altgediente Gewerkschaftsführer wie Carl Legien erkannten dies zur Zeit des Kapp-Putsches, als es bereits viel zu spät war.

So war die alte Ordnung zeitweise außer Kraft gesetzt. Die »respektablen« Kreise der Gesellschaft versuchten zum größten Teil, möglichst nicht in Erscheinung zu treten und einfach wie bisher weiterzumachen. Auf diese Weise gelang es ihnen, sich sozusagen über die Runden zu bringen und sicher zu überleben. Die Mittelschichten scheinen etwa bis zu den Wahlen zur Nationalversammlung im Januar 1919 vom Schauplatz des politischen Geschehens verschwunden zu sein, während die Arbeiter und ihre Streitigkeiten ins Zentrum der historischen Bühne vordringen. Dabei handelte es sich teilweise jedoch um eine optische Täuschung, die jetzt durch neuere Forschungsergebnisse korrigiert wird. In weiten Kreisen des Mittelstandes herrschte die Meinung vor, daß einschneidende strukturelle Veränderungen im Bereich der Wirtschafts- und Sozialordnung unumgänglich seien und in ihrer allgemeinen Tendenz auf eine Machtausweitung der Unterschichten hinauslaufen würden. Obschon ein Teil des Mittelstandes eine derartige Aussicht fürchten mußte, gab es daneben einen namhaften Sektor, dem sie wünschenswert erschien. In den ersten Wochen nach der Proklamation der Republik erklärte eine Reihe führender Persönlichkeiten der Bourgeoisie, in der Hauptsache Akademiker und Intellektuelle, darunter aber auch Vertreter der Großindustrie wie Hjalmar Schacht, die vom Eintreten des neuen Regimes für Privateigentum, Schutz der Legalität und bürgerlichen Freiheitsrechten beeindruckt waren, öffentlich ihre Zustimmung für die neue Ordnung und hielten sogar Verstaatlichungsmaßnahmen im Bereich des monopolisierten Sektors der Industrie für ange-

drückung innerer Unruhen in Frage kämen. Vgl. dazu Erich Matthias (Hrsg.), *Die Regierung* . . ., a. a. O., Bd. I, S. 13 (Dokument 1 c). Ganz offensichtlich war die Oberste Heeresleitung noch mehr auf die Sozialdemokraten angewiesen als die Sozialdemokraten auf sie.

bracht.[12] Sicher sind solche Erklärungen bis zu einem gewissen Grad als Ausdruck der Verwirrung und der Euphorie zu werten, wie sie oft in den Frühphasen revolutionärer Umwälzungen auftreten. Dessen ungeachtet sind sie aber auch ein Teil der allgemeinen Umbruchsstimmung in einer derartigen Situation, die sich eine entschlossene und wache politische Führung zunutze machen kann, um wichtige politische Entscheidungen zu fällen. Insofern liefert dieser Sachverhalt einen weiteren Hinweis dafür, daß die Reformisten um Ebert mehr Handlungsspielraum zur Verfügung hatten, als sie in Wirklichkeit ausnutzten bzw. auszunutzen gewillt waren.

Eine konsequente Politik entsprechend den oben aufgezeigten Leitlinien hätte unter Umständen genügend Unterstützung von seiten der Mittelschichten angezogen, um eine reelle Chance zu erhalten. Was den Aufbau eines neuen Militär- und Polizeiapparates betrifft, so hätten sie nichts zu verlieren, dagegen einiges zu gewinnen gehabt. Ein solcher Schritt hätte die Ausschaltung der Junker bedeutet. Auch wenn die Ehrfurcht der deutschen Mittelschichten vor der Aristokratie zu groß war, um diese historisch im Grunde genommen der Bourgeoisie zufallende Aufgabe selbst auszuführen, hätten sie wohl kaum etwas dagegen gehabt – und an diesem Punkt auch nicht haben können –, wenn die Arbeiter sie an ihrer Stelle übernommen hätten. Solange die Grenzen für Sozialisierungsmaßnahmen in der Industrie klar gezogen blieben, was freilich nicht leicht glaubhaft zu machen gewesen wäre nach allem, was Sozialisten lange Zeit von sich gegeben hatten, hätte es wahrscheinlich in einigen Kreisen der Mittelschicht eine widerwillige Duldung und in anderen sogar eine beträchtliche Unterstützung für die neue Regierung gegeben. Einflußreiche Teile aus dem Bereich der Leichtgüterindustrie sowie des Exporthandels waren, wie wir gesehen haben, durchaus geneigt, aus ihrer Ablehnung der autokratischen Züge des alten Kaiserreichs heraus die neue Regierung zu unterstützen, während die Großindustrie aus Furcht vor radikaleren Strömungen zu einem Arrangement bereit war. Bestimmt hätte dies später zu schweren Kämpfen geführt. Aber dazu

12 Vgl. dazu *ebenda*, Bd. I, S. CXXV, und zu weiteren Einzelheiten Lothar Albertin, *Liberalismus und Demokratie am Anfang der Weimarer Republik*. Beiträge zur Geschichte des Parlamentarismus und der politischen Parteien, Bd. 45, Düsseldorf 1972, S. 25-32 und S. 54-59.

kam es ohnehin, und eine Regierung, die von Anfang an eine energische Politik vertreten hätte, wäre später viel eher in der Lage gewesen, mit ihnen fertig zu werden.

In der Hauptsache hätte die Unterstützung jedoch von den Industriearbeitern ausgehen müssen. Es besteht kein Zweifel daran, daß sie eine weiter links stehende Politik von seiten der Regierung willkommen geheißen hätten. Der im Grunde gemäßigt verlaufene Kongreß der Arbeiter- und Soldatenräte, der vom 16. bis 21. September 1918 in Berlin stattfand, verabschiedete Forderungen zu militärischen und ökonomischen Fragen, die sich eindeutig links von den hier als machbar unterstellten befanden.[13] Ebert ließ diese Beschlußfassungen im Zuge seiner Hinhaltetaktik ins Leere laufen. Man darf wohl annehmen, daß selbst eher gemäßigte Arbeiter ihren Glauben an einen reformistischen Weg zum Sozialismus verloren. Wie in den beiden vorangegangenen Kapiteln deutlich gemacht wurde, verspielte die Regierung mit ihrer Politik ihr eigentliches Kapital – nämlich ihr moralisches Ansehen – bei den Industriearbeitern.

Angesichts einer Strategie, die weniger konservativ als die von Ebert und seinen Parteifreunden verfolgte gewesen wäre, hätte der revolutionäre Radikalismus wohl nie die Resonanz gefunden, auf die er in Wirklichkeit stieß. Ohne die Gefahr einer zunehmenden Radikalisierung hätte die extreme Rechte aber den wichtigsten Rechtfertigungsgrund für ihr Dasein verloren. Aus Fairneß gegenüber den Gemäßigten muß man allerdings darauf verweisen, daß sie den linken Radikalismus nicht aus der Taufe hoben: vielmehr brachte der Krieg die sozialen Bedingungen hervor, in denen er gedeihen konnte. Gewisse Anhaltspunkte sprechen dafür, daß er unmittelbar vor der Machtübernahme durch die Regierung bereits eine reale Bedrohung darstellte – eine Frage, die allerdings umstritten ist. Dagegen steht außer Zweifel, daß der wirklich machtvolle Vorstoß der Radikalen, der sich auf eine breite Massenbasis stützen konnte, erst einsetzte, *nachdem* die Regierung schon etwa zwei Monate lang an der Macht war. Seinen Höhepunkt erreichte er erst mit dem bewaffneten Aufstand an der Ruhr im Frühjahr 1920. Für

13 *Allgemeiner Kongreß der Arbeiter- und Soldatenräte Deutschlands: Vom 16. bis 21. Dezember 1918 im Abgeordnetenhause in Berlin*, Berlin 1919, S. 181 f.

diesen Anstieg der Bewegung zeichnete in erster Linie die Regierungspolitik verantwortlich; d. h. genauer gesagt war es das Fehlen einer klaren Politik, vor allem das Fehlen einer unabhängigen Militärpolitik, das an der Verursachung des radikalen Aufstandes so entscheidenden Anteil hatte.

Wir wollen uns nun den Hindernissen und Schwierigkeiten zuwenden, mit denen jede derartige Politik aufgrund der damals herrschenden Umstände notwendig konfrontiert worden wäre. Hätten die Alliierten Schritte zur Aufstellung einer regulären Armee, selbst wenn diese unter strikter demokratischer Kontrolle gestanden hätte, vor der Unterzeichnung eines Friedensvertrages toleriert? Hätte sie etwa das geringste Maß an Verstaatlichung zugelassen angesichts einer Situation, in der der Kommunismus sich noch nicht von seiner scheußlichsten Seite gezeigt hatte und auf die Massen eine gewaltige Anziehungskraft ausübte? Schon diese Fragen reichen aus, um einige der Haupthindernisse anzudeuten. Selbst wenn die innenpolitischen Bedingungen in Deutschland überaus günstig gewesen wären, was jedoch nicht der Fall war, hätte eine stärker linksorientierte Politik leicht aus solchen Gründen scheitern können.

Aber auch wenn die internationalen Probleme sich als lösbar erwiesen hätten, so bleibt immer noch die Frage, ob eine neue deutsche Regierung es mit der oben skizzierten Politik vermocht hätte, den Rest des Landes mitzuziehen. Die Industriearbeiter waren immer noch eine Minderheit unter der arbeitenden Bevölkerung, und die Regierung hätte kaum auf ihre ungeteilte Unterstützung bauen können. Um überleben und eine effektive Politik betreiben zu können, hätte sie Bündnispartner auf der Rechten suchen und gleichzeitig die extreme Rechte in Schach halten müssen. Zur Durchsetzung ihrer Anordnungen auf gesamtstaatlicher Ebene wäre, angesichts der föderalistischen und partikularistischen Traditionen, die ihre Wurzeln in lokalen Wirtschaftsinteressen hatten, höchste Eile vonnöten gewesen. (Die separatistische Bewegung in Bayern könnte man mit einigem Recht als eine verfrühte und schlecht geführte nationale Befreiungsbewegung ansehen, die den Interessen der Bauern zu wenig Aufmerksamkeit schenkte.) Vor allem hätte eine solche Regierung aber keine Skrupel haben dürfen, die Nationalversammlung hin und wieder vor *vollendete Tatsachen* zu stellen, denn das wäre bei einer Politik, die die strikte

Kontrolle der Armee und eine partielle Sozialisierung der Wirtschaft zum Ziel hatte, wohl kaum zu umgehen gewesen.
Ohnehin kann man die tatsächliche Relevanz einer derartigen liberalen und legalistischen Skrupelhaftigkeit ernsthaft in Zweifel ziehen. Dabei kommt es nicht etwa darauf an, geheime Intentionen zu beurteilen oder die hintersten Winkel in Eberts Gehirn zu durchforsten. Wichtig ist vor allem, daß man zur Kenntnis nimmt, was tatsächlich geschah. Im Endeffekt konfrontierte nämlich sowohl die Entscheidung, sich auf die Armee und später auf die Freikorps zu stützen, als auch die Aufschiebung der Sozialisierung die Nationalversammlung mit *vollendeten Tatsachen*. Noske hegte keinerlei Bedenken, im Namen der liberalen Demokratie auf rebellische Arbeiter schießen zu lassen. Alle Verstöße gegen die (wohl kaum jemals zu verwirklichende) Idealvorstellung des Liberalismus, nach der sämtliche sozialen Konflikte durch Diskussion und rationale Überzeugung zu lösen wären, gingen auf das Konto der Rechten. Die reformistischen Führer kamen nicht auf den Gedanken, daß es, um der Demokratie und der verfassungsmäßigen Regierung (auch wenn sie nur als notwendiges Vorspiel zum Sozialismus betrachtet wurden) überhaupt eine Überlebenschance einzuräumen, unter Umständen notwendig werden könnte, etwas gegen die Macht der Gruppen und Institutionen zu unternehmen, die durch ihr Verhalten längst bewiesen hatten, daß sie überzeugte und ausgesprochen schlagkräftige Feinde dieser Prinzipien waren. Dies erscheint selbst bei Leuten, die nur dem Namen nach Marxisten sind, recht merkwürdig.

4. Warum wurde eine derartige Politik nicht versucht?

Unsere Analyse hat verschiedene Gründe zutage gefördert, die den Schluß nahelegen, daß die Situation, in der Ebert die Macht übernahm, keineswegs von einer derartigen Zwangsläufigkeit bestimmt war, wie es oft dargestellt wird. Um zu einer stabileren Demokratie zu gelangen, hätte die Regierung sofort darangehen müssen, die Kontrolle über die Streitkräfte, die administrative Bürokratie und das Justizwesen in die Hand zu nehmen und sie in Instrumente zu verwandeln, die sich gegenüber der Republik loyal verhielten. Ferner wäre eine Wirtschaftspolitik notwendig gewesen, die ein gewisses Maß an staatlicher Kontrolle über bestimmte Zweige der Schwerindustrie einschloß und den Arbeitern einige Konzessionen auf Betriebsebene einräumte. Um all dies zu erreichen, hätte die Regierung bereit sein müssen, der Nationalversammlung mit einer Reihe von Entscheidungen zuvorzukommen, die das Fundament für eine liberale und demokratische Form des Kapitalismus gelegt hätten. Es ist möglich, daß eine solche Politik keinen Erfolg gehabt hätte. Für unsere Überlegungen ist dies jedoch ziemlich irrelevant. Der springende Punkt ist, daß sie gar nicht versucht wurde. Warum nicht? Die Suche nach einer befriedigenden Antwort führt uns nicht nur in die deutsche Geschichte zurück, sondern berührt die Prinzipien historischer Analyse im allgemeinen.

Eine naheliegende Antwort würde darauf hinauslaufen, daß die führenden Männer der neuen Regierung, um die entsprechenden Maßnahmen durchzuführen, praktisch nicht länger hätten sozialdemokratische Funktionäre sein dürfen. Dies ist ein wichtiger Einwand, und es lohnt sich, ihm nachzugehen.

Die Politik der Militärreform und einer begrenzten Verstaatlichung der Industrie, wie sie hier als mögliche Alternative zur Ebertschen Regierungspolitik vorgeschlagen wurde, unterschied sich nicht sehr von dem, was die USPD intendierte.[14] Dies ist in zweierlei Hinsicht von Bedeutung. Es zeigt zum einen, daß die im vorhergehenden Abschnitt erörterten Vorstellungen durchaus zum gängigen Gedankengut gehörten und, historisch gesehen, für die damalige Zeit keineswegs »verfrüht« waren. Zum anderen wissen wir ja, wie es dem gemäßigten Flügel der USPD erging, wie wenig Unterstützung er, und zwar nicht nur bei den Arbeitern, sondern insgesamt fand. Erweist sich angesichts dieser Sachlage die Hypothese, nach der die Führung der SPD sich eine solche Politik hätte zu eigen machen können, sowohl aus soziologischer wie auch aus historischer Sicht nicht als reichlich naiv?

Mußte nicht die SPD aufgrund ihrer eigenen Struktur und Dynamik und aufgrund ihrer Stellung in der deutschen Gesellschaft immer wieder Führer vom Schlage Eberts und Genossen hervorbringen? Ist es realistisch, von ihnen anzunehmen, sie hätten an

14 Vgl. Dittmanns Bericht an den Kongreß der Arbeiter- und Soldatenräte am 16. Dezember 1918, in: *Ebenda*, S. 19-24, die Spalten 37-48, wo Dittmann, der hier als Mitglied der Regierung Ebert sprach, die Vorschläge für eine Reform des Militärs und für Verstaatlichungen ernsthaft in Erwägung zog.

eine Politik, die von der ihren grundlegend verschieden gewesen wäre, überhaupt *denken* können? Ist nicht das, was sie taten, als eine Konsequenz der historischen Tendenzen innerhalb der deutschen Arbeiterklasse völlig erklärbar: der gewerkschaftlichen und politischen Organisationen, die vor dem Krieg aufkamen, sowie der Erfahrungen, die ihre Führer in jenen Jahren machten und von denen sie nachhaltig geprägt wurden? Eberts Regierung, so bemerkte ein scharfsichtiger Beobachter, versuchte Deutschland wie eine große Gewerkschaft zu regieren.

So gesehen erscheint die ganze Geschichte wie eine Bestätigung des Sprichwortes, wonach nichts so sehr zum Scheitern verurteilt ist wie der Erfolg. Das Versagen der linken Opposition und der Anstoß zur Radikalisierung finden gleichermaßen ihre historische und soziologische Begründung. Doch die Gesamtproblematik umfaßt mehr als die Geschichte der Arbeiterklasse. War nicht ihr Versagen – wenn wir es so nennen wollen – an diesem Punkt der deutschen Geschichte eine strukturelle Folge nicht nur der historischen Erfahrung und Entwicklung der verschiedenen Teile der Industriearbeiterschaft, sondern der deutschen Gesellschaft insgesamt: der zurückgebliebenen politischen Entwicklung der Mittelschichten, des Versagens des Liberalismus, des Überlebens von Bürokratie und Aristokratie, eines ganzen Komplexes von Kräften, die Krieg und Niederlage hervorgebracht hatten?

Spätestens hier tauchen die ersten Zweifel an dieser Art der Argumentation auf, denn offensichtlich kann man unmöglich bei der deutschen Geschichte als solcher stehenbleiben. Besonders an diesem Punkt der Geschichte erweist es sich als notwendig, die deutsche Situation in ihrem internationalen Zusammenhang zu betrachten. Aber dieser internationale Zusammenhang war nicht nur im Jahre 1918 von Bedeutung. Er spielte eine entscheidende Rolle in der Bismarckschen Politik, beim Versagen des Liberalismus und in allen anderen Aspekten der deutschen Geschichte, die eben genannt wurden. Bei dieser Art der Argumentation wird es fast nötig, die gesamte Weltgeschichte einzubeziehen, nur um das Verhalten einiger mittelmäßiger Führer der Arbeiterklasse zu erklären. Webers ironische Bemerkung, daß der Determinismus kein Taxi sei, kommt uns hier wieder ins Gedächtnis. Diese Art eines alles überspannenden historischen Determinismus bietet keine Anhaltspunkte mehr, um unterschiedliche Formen und Grade von Ursachenzusammenhängen beurteilen zu können. Indem wir alles erklären, verstehen wir schließlich gar nichts mehr.

Weit sinnvoller ist es, davon auszugehen, daß nicht alle Glieder einer historischen Ursachenkette in gleicher Weise tragfest sind. Da jedes einzelne Glied in Wirklichkeit ein Widerstreit zwischen gegensätzlichen Kräften ist, wäre es sogar besser, die Metapher des Kettengliedes fallen zu lassen und durch eine brauchbarere zu ersetzen. Eine Serie von Umschaltpunkten mit einer Ansammlung von Kräften, die in verschiedene Richtungen streben, würde ein genaueres Bild der wirklichen Situation vermitteln. Die relative Stärke dieser Kräfte variiert zudem von einer Situation zur anderen. Die Menschen reagieren auf ihre jeweilige Umgebung, aber die Art und Weise, in der sie reagieren, wirkt sich unterschiedlich aus, und mitunter ist dieser Unterschied sehr beträchtlich. In dieser Sicht können politischer Wille und politische Intelligenz das Ergebnis in höchst unterschiedlicher Weise beeinflussen, selbst wenn das Ausmaß dieser Hebelfunktion seinerseits wiederum von einer Reihe eigener Ursachen abhängt. Ein genaues Verständnis dieser Ursachen kann daher zu einer verbesserten Wirksamkeit des politischen Willens und der politischen Intelligenz führen, während ein ungenaues Verständnis ihre Wirkungslosigkeit perpetuieren und noch weiter verstärken wird.

Wohin hat dieser kurze Abstecher auf die Ebene einer allgemeineren soziologischen Erklärung für das Scheitern einer liberalen Alternative nun geführt? Wenn es auch keinen Grund gibt, vom Konzept unterdrückter historischer Alternativen abzugehen, so stellt sich doch immer noch die Frage, wer in unserem konkreten Fall diese Alternative unterdrückte und warum. Eine plausible Antwort in diesem Stadium der Diskussion könnte lauten: Es waren Ebert und seine engen Vertrauten, da sie charakteristische Produkte der SPD jener Zeit waren. Die Sozialdemokratie hatte 1918 sowohl eine Wahl wie eine Chance. Sie hat sie weder erkannt noch wahrgenommen, weil ihre historische Erfahrung sie dazu unfähig gemacht hatte.

Diese Schlußfolgerung ist keineswegs neu, obwohl sie gewöhnlich eher mit der Alternative des revolutionären Sozialismus in Zusammenhang gebracht wird als mit der liberalen Variante. Sie ist aber auch nicht sehr befriedigend. Sie legt notwendigerweise stark das Gewicht auf diejenigen Faktoren, die die Integration der SPD in das gesellschaftliche System bewirkten. Dabei muß man sich jedoch vor Augen halten, daß diese Kräfte lediglich während einer kurzen Zeitspanne, nämlich zwischen 1890 und 1914, relativ frei wirken konnten. Davor war die Partei, wenngleich sie toleriert wurde, verboten. Aber auch nach ihrer Legalisierung stieß sie vielfach noch auf Argwohn und Ablehnung. Es scheint hier nicht angebracht, diese widersprüchlichen Tendenzen gegeneinander abzuwägen, zumal sie bereits des öfteren im Mittelpunkt des wissenschaftlichen Interesses standen.[15] Es genügt an dieser Stelle anzumerken, daß aus soziologischer Sicht die Herausbildung einer starken, mit politischem Scharfsinn ausgestatteten Führungsschicht, deren Politik mit der von uns beschriebenen im wesentlichen übereinstimmen würde, keineswegs ausgeschlossen erscheint. Die Dominanz von Führern vom Schlage Eberts und seinesgleichen scheint nicht ganz und gar unvermeidlich. Es wäre zumindest denkbar, daß unter irgendwelchen Umständen die deutsche Arbeiterklasse kritischere Führer an die Spitze gebracht hätte, auch wenn, wie wir unumwunden zugeben möchten, ein Mann wie Ebert in jedem Fall ein mächtiger Gegenspieler gewesen wäre.

Diese Überlegungen deuten darauf hin, daß wir noch einmal die Auseinandersetzungen innerhalb der Arbeiterklasse in den Blick nehmen sollten. Vielleicht entwickelten diese Auseinandersetzungen eine eigene Dynamik, die ihren Ausgang in entscheidender Weise bestimmte. Ist die Antwort (oder wenigstens ein bedeutender Teil davon) irgendwo in diesem Umkreis zu suchen, dann

15 Die jüngste und grundlegendste Studie ist die von Dieter Groh, *Negative Integration und revolutionärer Attentismus: Die deutsche Sozialdemokratie am Vorabend des Ersten Weltkrieges*, Frankfurt/M. 1973, die allerdings kein sehr reichhaltiges Material über die Masse der einfachen Arbeiter enthält.

Arbeiten, die näher an unser Problem herankommen, sind u. a. Vernon L. Lidtke, *The Outlawed Party, Social Democracy in Germany, 1878-1890*, Princeton 1966; Günther Roth, *The Social Democrats in Imperial Germany: A Study in Working-Class Isolation and National Integration*, Totowa 1963; Gerhard A. Ritter, *Die Arbeiterbewegung im Wilhelminischen Reich: Die Sozialdemokratische Partei und die Freien Gewerkschaften 1890-1900*, Berlin 1963; und Hedwig Wachenheim, *Die deutsche Arbeiterbewegung 1844-1914*, Opladen 1971.

Als ein Meisterwerk analytischer Geschichtsschreibung ist Carl E. Schorskes, *German Social Democracy 1905-1917: The Development of the Great Schism*, New York 1972, so äußerst vortrefflich, daß es mir Unbehagen bereitet, zu etwas anderen Schlußfolgerungen gelangt zu sein.

bedeutete das eine Verlagerung in der Art des Bedingungsgefüges und der Methoden, die zur Erklärung des Problems herangezogen wurden. Als ein erster Schritt in diese Richtung wäre es sinnvoll, die Auseinandersetzungen innerhalb der deutschen Arbeiterklasse in einem wesentlich breiteren Kontext anzusiedeln.

In den akutesten Phasen der langen Reihe von Konflikten, die Teil der Etablierung der bürgerlichen Gesellschaft waren – der Aufstand in den Niederlanden, die Puritanische Revolution, die Französische Revolution –, besorgten radikale Bewegungen mit einer Massengefolgschaft durch die Schädigung der Institutionen und Repräsentanten der alten Ordnung zu einem großen Teil die Drecksarbeit, die liberale Regierungen erst möglich machte. Die Ermordung des Königs in der Puritanischen bzw. Französischen Revolution war lediglich der spektakuläre Höhepunkt dieses komplizierten Prozesses, der, wenn man ihn genau betrachtet, kaum eine Grundlage für die leuchtenden Mythen von Gemäßigten wie Radikalen hergibt. Dazu war er viel zu sehr von Brutalität und Blutvergießen gekennzeichnet. Obschon es auch in der deutschen Revolution von 1918/20 eine Menge Brutalität und Blutvergießen gab, brachte der Massenansturm von unten – der jetzt von Industriearbeitern getragen wurde anstatt von Gesellen, Handwerkern und Bauern – nichts damit Vergleichbares hervor.

Dies überrascht um so mehr, als es, zumindest unserer vorhergehenden Analyse nach zu urteilen, gar nicht viel Drecksarbeit zu leisten gab. Der Schock der Niederlage hätte möglicherweise schon ausgereicht. Unter dem Eindruck des Desasters fand sich ein Großteil der alten Ordnung bereit, sich – wie es in den gehobeneren Kreisen damals hieß – »auf den Boden der Tatsachen zu stellen«, also, mit anderen Worten, einfach klein beizugeben.

Eine Kombination von Gründen, von denen für sich alleine genommen keiner ausreicht und deren zeitliche Abfolge von entscheidender Bedeutung ist, mag den andersartigen Charakter und das unterschiedliche Resultat des radikalen Vorstoßes in der Deutschen Revolution erklären. So war die massenhafte Unterstützung für einen revolutionären Wandel auf einzelne Gebiete beschränkt, und auch dort nahm sie erst richtig zu, als sie quasi provoziert wurde. Abgesehen davon befanden sich diese Gebiete an den falschen Stellen, nämlich nicht in der Hauptstadt (mit Ausnahme einer kurzen Periode am Anfang), sondern an der Ruhr sowie in anderen industriellen Ballungsräumen Deutschlands. Diese Faktoren waren zu einem großen Teil Folge historischer Tendenzen, die in diesem Buch ausführlich besprochen wurden, und es ist nicht anzunehmen, daß irgend jemand sich darüber hätte hinwegsetzen können.

Andere Faktoren waren dagegen eher kontingenter Art, insofern sie stärker von den Handlungen und von der Persönlichkeit einzelner Führer abhingen. Hierbei war ein ganz wichtiger Punkt die relative Leichtigkeit, mit der der Übergang vom Kaiserreich zur Republik vollzogen wurde. Hätten sich die alten Eliten entschieden, von Anfang an entschlossenereren Widerstand zu leisten, dann wären die Streitigkeiten unter der Linken sicherlich weniger vehement ausgefallen. In diesem Zusammenhang sollte hervorgehoben werden, daß die Zersplitterung der Linken, ein für Revolutionen charakteristischer Prozeß, bereits während des Krieges, also geraume Zeit *vor* dem Zusammenbruch des Kaiserreiches, ein fortgeschrittenes Stadium erreicht hatte. Da die Führer der Arbeiterklasse sich aufgrund der Kriegserfahrungen verständlicherweise sehr mißtrauisch gegenüberstanden und sich ihnen auf der Rechten kein wirklich ernstzunehmender Widerstand entgegenstellte, verstärkten sich der Streit und die Polarisierung, bis schließlich die gesamte Linke in verhängnisvoller Weise geschwächt wurde und dabei diejenigen, die zwischen Ebert und den Spartakisten standen, auf der Strecke blieben. Von daher konnte die alte Ordnung in dieser weitgehend fehlgeschlagenen Revolution darauf vertrauen, daß die »verantwortungsbewußten« Gemäßigten *ihre* eigene Drecksarbeit, nämlich die Unterdrückung des Radikalismus, übernehmen würden. Relativ geringe Veränderungen hinsichtlich des Timings und der Taktik in dieser Übergangssituation hätten meines Erachtens ganz andere Folgen zeitigen können. Mit etwas weitergehenden Veränderungen in bezug auf die Führungsspitzen und die Taktiken insgesamt kann man sich unschwer eine Situation ausmalen, in der eher weniger »verantwortungsbewußte« Gemäßigte als Ebert den alten Eliten mit der Drohung, es würden sonst revolutionäre Radikale an die Macht gelangen, weitaus größere Zugeständnisse abgerungen hätten. Wäre dies geschehen, so wären vielleicht nicht nur Deutschland, sondern der ganzen Welt enorme Tragödien erspart geblieben.

Diese Art der Erklärung hält an der Vorstellung von Eberts moralischer Verantwortung fest, stellt sie jedoch in einen Kontext, indem sie weniger als die Konsequenz langfristiger Entwicklungstendenzen in der deutschen Gesellschaft erscheint, sondern vielmehr als das Resultat einer spezifischen politischen Dynamik, die, nachdem sie einmal in Gang gesetzt war, in der Tat eine eigene Antriebskraft entwickelte. Desgleichen teilt diese Erklärung die Schuld zwischen Ebert und seinen Gegenspielern auf. Doch geht es hier weniger um die moralische Verurteilung als um die Genauigkeit der Analyse. Eine Widerlegung könnte beispielsweise in der Form gesehen werden, daß die Beschränkungen, die dem Verhalten der verschiedenen Akteure durch das Erbe der Vergangenheit auferlegt wurden, deutlicher herausgearbeitet und die Schwächen in der Analyse der Polarisierungsdynamik aufgezeigt werden, um auf diese Weise nachzuweisen, daß die von uns angedeuteten Veränderungen in Führung bzw. Taktik nicht realistisch waren. Ein anderes Opfer der Konstellation von Umständen und Handlungen, mit denen wir es soeben zu tun hatten, war die sozialistische Alternative. Ich habe sie hier nicht weiter verfolgt, weil die Kraft, die zum damaligen Zeitpunkt hinter ihr stand, viel schwächer und gleichzeitig diejenigen Kräfte, die zu ihrer Abwehr bereitstanden, viel stärker waren. Ein weiterer Grund liegt darin, daß sich die Alternative eines revolutionären Sozialismus in der Praxis nicht als eine humane Alternative erwiesen hat. Da die liberale Alternative in dieser Hinsicht auch keine allzu ruhmreiche Vergangenheit vorzuweisen hat, ist es angebracht, kurz einige Gründe anzuführen, weshalb ich meine, daß die Unterdrückung der sozialistischen Alternative ebenfalls eine der Tragödien der Deutschen Revolution war. Das schließt allerdings ein Maß an Spekulation mit ein, das noch riskanter und noch weniger durch mögliches Beweismaterial abgesichert ist als alles, worauf wir uns bislang eingelassen haben. Trotzdem ist die Frage zulässig, was in der Welt insgesamt möglicherweise geschehen wäre, wenn sich in Deutschland im Gefolge der Niederlage eine sozialistische Revolution ereignet hätte. Hätte der Sozialismus in Deutschland *und* Rußland die Anstrengungen und Belastungen der sozialistischen Modernisierung in einem Maße reduziert, daß die Schrecken des Stalinismus abgewendet worden wären? Wären die Alliierten willens und in der Lage gewesen, seinen Siegeszug zu stoppen?

Wir werden auch dies nie wissen. Indessen wissen wir, was tatsächlich geschah. In Deutschland wichen die institutionellen Hindernisse, die der parlamentarisch-kapitalistischen Demokratie im Weg standen, nach und nach den stürmischen Angriffen Adolf Hitlers, dem Zweiten Weltkrieg und der sowjetischen Besetzungen der ehemaligen Junkergebiete. Während dieser Zeit hat niemand die Millionen Opfer gefragt, ob das Resultat die Kosten wohl lohnt.

Zwölftes Kapitel
Die repressiven Seiten der moralischen Empörung: das Beispiel der Nazis

1. Problemstellung

Bis hierhin hat sich diese Untersuchung fast ausschließlich auf die befreienden und humanen Seiten der Vorstellungen des Volkes und der Unterschichten von Ungerechtigkeit konzentiert. Diese Gewichtung ist die Folge einer gezielten Auswahl durch die in diesem Buch zentral gestellten Fragen: Unter welchen Umständen haben Menschen ein von Unglück und Unterdrückung gekennzeichnetes Leben akzeptiert und gelegentlich sogar gewählt? Und unter welchen Verhältnissen sind Menschen zur moralischen Ablehnung des Elends gelangt, wobei sie in ihrem Bemühen, Widerstand zu leisten und die gesellschaftliche Ordnung zu ändern, auch für sie neue Verhaltensweisen entwickelten?

Doch müssen wir in diesem Zusammenhang auf einen weiteren historischen Komplex zu sprechen kommen, der uns zwingen wird, das Vorgehen, mit dem wir unsere zentralen Fragen stellen und beantworten wollen, zu vertiefen und zu modifizieren. Die Nazizeit in Deutschland und mehr noch das weltweite Phänomen des Faschismus im 20. Jahrhundert zeigen zweifellos, daß populare Bewegungen zeitweise eine sehr grausame und repressive Komponente zu Tage fördern können und auch tatsächlich mit sich bringen. Der Faschismus hat im Grunde genommen die alte konservative Tradition, die in der Demagogie und in den Massen generell eine Bedrohung der Freiheit und einer humanen sozialen Ordnung sieht, zu neuem Leben erweckt. Dieses Problem zu übersehen hieße, in der Gesamtanalyse fehl zu gehen.

Gegen diese Wiederbelebung einer konservativen Tradition, die zumindest bis auf Platon zurückweist, haben moderne Autoren der Linken eine Verteidigung der popularen Bewegung aufgebaut, die auf einer Vielzahl empirischer und theoretischer Erwägungen beruht. Verschiedene Untersuchungen über populare Bewegungen haben gezeigt, daß die Unterstützung autoritärer Trends im wesentlichen von »respektablen« und konservativen Elementen der modernen Industriegesellschaft herrührten, während die Arbeiter- und Unterschichtenbewegungen im allgemeinen die Form einer rationalen Reaktion auf berechtigte ökonomische Unzufriedenheit annahmen.[1] Auch wenn diese Untersuchungen einige falsche Interpretationen von modernen Massenbewegungen herausgestellt haben, so trugen sie doch nicht zum Verschwinden dieser Problematik bei. Die Tatsache läßt sich nicht leugnen, daß faschistische Bewegungen genügend breite Unterstützung fanden oder schufen, die sie ungeheuer gefährlich machten. Wie wir sehen werden, schloß die breite Basis des Faschismus nur einen kleinen Teil der Industriearbeiter ein; dennoch fand der Faschismus unter all diesen Bewegungen die enthusiastischste und verbreitetste Unterstützung des Volkes. Allein schon aus diesem Grund war sie die gefährlichste Manifestation eines weltweiten Trends.

Ein mehr allgemeines und theoretisches Argument würde, soweit akzeptabel, den Ausschluß der faschistischen Bewegung aus dem Inhalt eines jeden Buches rechtfertigen, das sich mit moralischer Empörung und dem Gefühl für Ungerechtigkeit, seien sie nun popular oder nicht, beschäftigt. Von hier aus gesehen haben faschistische Überzeugung und faschistische Gefühle nichts mit Moral und Gerechtigkeit zu tun. Die sozialen und politischen Ziele des Faschismus sind aggressiv und gewaltsam und somit genau das Gegenteil der befreienden und humanen Ziele der revolutionären Massenbewegungen. Die Tatsache, daß beide Gewalt als Mittel benutzen, ist bedeutungslos, da die von einem Opfer gegen seinen Unterdrücker angewandte Gewalt eine ganz andere ist als diejenige eines Unterdrückers gegen sein Opfer.

Die Welt, in der wir leben, wäre wenigstens moralisch leichter lenkbar, wenn dieses Argument und die Unterscheidung, die es in der Theorie eindeutiger als in der Praxis zieht, vollkommen überzeugen könnten. Unglücklicherweise ist die Gewalt der Unter-

1 Vgl. Michael Paul Rogin, *The Intellectuals and McCarthy: The Radical Specter*, Cambridge (Mass.) 1967; Richard F. Hamilton, *Affluence and the French Worker in the Fourth Republic*, Princeton 1967; Maurice Zeitlin, *Revolutionary Politics and the Cuban Working Class*, Princeton 1967, die brauchbare Belege für die allgemein günstige Einstellung kubanischer Arbeiter gegenüber den bürgerlichen Freiheiten während der 60er Jahre enthalten, während dieser Komplex bei Carmelo Mesa-Lago, *Cuba in the 1970s: Pragmatism and Institutionalization*, Albuquerque 1974, in einem sehr düsteren Licht erscheint.

drückten oftmals zur neuen Gewalt der Unterdrücker geworden, und nicht selten ist der Übergang von der einen zur anderen fließend und schwer erkennbar. Die propagierten Ziele und Zwecke politischer Bewegungen haben genausowenig mit ihrem tatsächlichen Verhalten und mit den wirklichen Konsequenzen zu tun, wie dies bei Individuen der Fall ist. Die Bergpredigt kann ein Schritt in Richtung Inquisition sein, und der Traum von einer Welt ohne Unterdrückung kann die Rechtfertigung für eine terroristische Geheimpolizei abgeben. Obgleich dieser Zusammenhang nicht notwendigerweise unabdingbar ist, ihn abzuleugnen hilft den Menschen nicht, auf ihrer fortwährenden Suche nach einer Welt mit weniger Grausamkeit und Unterdrückung eine Wiederholung derartiger Erfahrungen zu vermeiden. Darüber hinaus ist auch das Gefühl moralischen Zorns über wahrgenommene Ungerechtigkeit häufig eine mächtige Komponente der Massenunterstützung für faschistische Bewegungen gewesen. Schließlich, und dies fällt besonders ins Gewicht, auch wenn dieser Argumentationsstrang nicht überzeugend wäre, so würde er nichts über die Ursachen popularer Bewegungen mit einer starken Komponente von Grausamkeit und Aggression offenbaren.
Einige dieser erschreckenden Möglichkeiten haben wir in Teil I flüchtig erörtert, als wir fragten: Wie und warum werden unterdrückerische Formen der Macht akzeptiert und warum erlegen sich Menschen manchmal selbst Leiden auf und genießen dies scheinbar auch noch? In diesem Kapitel werde ich dieses Thema weiterverfolgen, indem ich die Nationalsozialistische Bewegung als Paradigma benutze, um einige der Ursachen und sozialen Ursprünge dieses Zugs von Grausamkeit in popularen Bewegungen aufzudecken.

2. Wer waren die Nazis?

Die erste Frage, die man bezüglich einer derartigen Bewegung zu stellen hat, lautet: Welche Leute beteiligten sich an ihr? Genauer gesagt, wir wollen soviel wie möglich über die Verhältnisse in ihrem Alltagsleben erfahren, die zu dem für die Nazis so charakteristischen brutalen Haß gegen ihre Umwelt beitrugen. Die unmittelbaren Umstände allein werden ihre Gefühle und ihr Verhalten nicht hinreichend erklären. Es wird darüber hinaus angezeigt sein, größtmögliche Klarheit über die konkreten Formen zu gewinnen, in denen Menschen, die Nazis waren oder wurden, ihre eigene Umgebung wahrnahmen und interpretierten, Wahrnehmungsformen, die sich weitgehend älteren Erfahrungen verdanken. Zu diesen Erfahrungen gehörten die Niederlage und die Wirren von 1918 und der folgenden Jahre, die katastrophale Inflation von 1923, die trügerischen Jahre der Prosperität und dann die Große Depression, die 1929 begann und noch wie eine Epidemie wütete, als Adolf Hitler 1933 die Macht übernahm. Wir werden uns später, nach dem Versuch einer Beschreibung des sozialen Rahmens der Nazi-Bewegung, noch mit diesen Wahrnehmungen beschäftigen.

Für diesen Zweck existieren nun zwei Quellen, die, soweit ich dies sehen kann, bis jetzt noch nicht sorgfältig – zumindest nicht zusammen – untersucht worden sind, und die zusammengenommen sehr viel Wissenswertes über die Nazi-Bewegung und ihre Anziehungskraft auf verschiedene Teile der deutschen Bevölkerung vermitteln. Die eine Quelle ist eine geheime Studie über die soziale Zusammensetzung der Nationalsozialistischen Deutschen Arbeiterpartei (NSDAP), die von der Parteiführung 1935 durchgeführt und nach dem Ende des 2. Weltkrieges zugänglich wurde. Einmal ermöglicht uns dieses Dokument, die *Parteistatistik*[2], ziemlich genau auszumachen, bis zu welchem Grad die NSDAP eine Arbeiterpartei war und inwiefern sie von anderer Seite Unterstützung erhielt, wie zum Beispiel durch jene, die häufig als untere Mittelschicht bezeichnet werden. Die andere Quelle ist eine Berufszählung, die zur gleichen Zeit wie die allgemeine Volkszählung im Juni 1933, d. h. ungefähr 5 Monate nach Hitlers Machtübernahme (30. Januar 1933), durchgeführt wurde. Zumindest bis zu diesem Zeitpunkt schienen die Nazis noch keinen ernsthaften Einfluß auf das zentrale Statistische Amt genommen zu haben, das für die Volkszählungen verantwortlich war und auf eine lange und beachtliche bürokratische Tradition zurückblicken konnte. Die Zählung ist

2 *Parteistatistik, Stand 1: Januar 1935*, hrsg. vom Reichsorganisationsleiter der NSDAP. Die drei Bände waren als Typoskript gedruckt und enthielten den Hinweis, daß sie ohne schriftliche Genehmigung nicht an Personen außerhalb des inneren Stabes des Reichsleiter-Büros ausgehändigt werden durften. Außerdem sollten die Bände an einem sicheren Platz aufbewahrt werden.

sehr umfangreich und detailliert, frei vom Nazi-Jargon und in der Art bisheriger Zählungen durchgeführt. Wo Informationen fehlen, da fehlen sie aus den gleichen Gründen wie bei früheren Zählungen. In der ausführlichen Auflistung der Übersicht über die Frauenberufe werden die Prostituierten nicht genannt, und was noch mehr ins Gewicht fällt, es ist nicht immer möglich, einen Industriekapitän von dem Besitzer eines kleinen Ladens zu unterscheiden. Beide fallen unter die alte Kategorie des »selbständigen Eigentümers«. Trotzdem kann man auf der Grundlage dieser Zählung und der Parteistatistik den Anteil der NSDAP-Mitglieder an mehreren der Hauptberufsgruppen in der deutschen Gesellschaft ungefähr zur Zeit der Nazi-Machtübernahme feststellen. Diese Tatsache zeigt ihrerseits sehr viel über die unterschiedliche Anfälligkeit für die Nazi-Ideologie.[3] Da die NSDAP in sehr starkem Maße eine Männerpartei war – 94,5% der Mitglieder waren Männer[4] – und weil die Zielgruppe ihrer Mitgliederwerbung fast ausschließlich Männer waren, habe ich, soweit möglich, die Zahl der Männer in jeder Berufskategorie festgehalten.

Dieser Punkt ist für die Interpretation der Statistiken sehr wichtig. So ist z. B. die NSDAP häufig als eine Partei charakterisiert worden, die eine besondere Anziehungskraft auf Angestellte, wie sie eine fortgeschrittene Industriegesellschaft hervorbringt, ausübt, was mit ihrer unsicheren Position zusammenhing, denn sie waren als Angestellte bezüglich des Gehalts vom Management genauso abhängig, wie es die Arbeiter in den Betrieben bei Lohnfragen waren. Aber gleichzeitig verrichten die Angestellten eine »saubere«

3 Die Wahlergebnisse bieten ebenfalls wertvolle Informationen. Doch ist ihre Interpretation oft recht schwierig, da sich die Ergebnisse lediglich auf geographische Einheiten beziehen, und soziologische wie politische Schlußfolgerungen auf der Grundlage dessen, was über den sozialen Charakter dieser Einheiten bekannt ist, notwendig sind. Darüber hinaus ist es für die hier diskutierte Problemstellung wichtiger, mehr die Art der Leute, die der Partei beitraten als derjenigen, die ihre Stimme für sie abgaben, zu identifizieren. Aus diesem Grunde habe ich die Wahlergebnisse außer acht gelassen. Zu einer unterschiedlichen Interpretation dieser Angaben vgl. Seymour Martin Lipset, *Political Man: The Social Bases of Politics*, Garden City 1960, S. 131-152, Rudolf Heberle, *Social Movements: An Introduction to Political Sociology*, New York 1951, S. 222-237, und Richard F. Hamilton, *Affluence and the French Worker* ..., a. a. O.

4 *Parteistatistik* ..., a. a. O., Bd. I, S. 41.

Tabelle 13 Ausgewählte Berufsgruppen, die auf der Grundlage der Parteiangaben von 1935 und der offiziellen Berufszählung von 1933 nach dem Umfang der NSDAP-Mitglieder geordnet sind. (in Tausend)

	Zahl der NSDAP-Mitglieder in		Gesamtzahl der Beschäftigten	
	Untergruppen	Berufskategorie	Untergruppe	Berufskategorie
Beruf				
Gruppe 1				
1. Lehrer		84		307
2. Selbständ. kleine Kaufleute		188		(gesch.) 1000
3. Angestellte (insges.)		484		3916
a) techn. u. sonstige	197		1203	
b) kaufmännische	287		2713	
4. Studenten u. Schüler		34		334
5. Beamte		223		1464
6. Selbständige Handwerker		208		1279
7. Bauern		255		2005
8. Freie Berufe		79		716
Gruppe 2				
9. Arbeiter in Industrie u. Handwerk		662		9939
a) gelernte, Metallverarbeit.	155		2232	
b) gelernte (alle übr.)	322			
c) ungelernte	166			
d) Bergbau	22		446	
10. Landarbeiter		94		2530
Gruppe 3				
11. Rentner u. Pensionäre		38		5822
12. Hausfrauen		65		9901

Quellen: Der Nazi-*Parteistatistik*, I, S. 55, 68, 70, 72, lassen sich getrennte Zahlen für die meisten Berufsgruppen entnehmen, obwohl diese Quelle alle Mitglieder innerhalb einer Kategorie (s. Arbeiter) zusammenfügt, wodurch einige soziale Gesichtspunkte verdeckt werden. Die wichtigsten Angaben zur Anzahl der Personen in den verschiedenen Berufskategorien sind der *Statistik des Deutschen Reiches (SDR)* Bd. 453, Heft 2, S. 22-24, 52, entnommen. Über Arbeitslosigkeit siehe *Ebenda* S. 9, 12-13, 15, 25-26. Die Prozentangaben über Arbeitslosigkeit und Anteil der Nazis in den einzelnen Berufssparten sind meine Schätzungen. Anzumerken wäre noch, daß ich für spezifische Berufe die

(Tabelle 13, Fortsetzung)

Anzahl der Männer: Untergruppe	Anzahl der Männer: Berufskategorie	Arbeitslosenquote männl.: Untergruppe	Arbeitslosenquote männl.: Berufskategorie	Arbeitslosenquote Beruf: Untergruppe	Arbeitslosenquote Beruf: Berufskategorie	Anteil der Nazis bei männl.: Untergruppe	Anteil der Nazis bei männl.: Berufskategorie	Anteil der Nazis bei Beruf
	212 (gesch.)						.40	
	750						.25	
	2385		.24		.22		.20	
817		.23		.20		.24		
1568		.24		.21		.18		
	187						.18	
	1336						.17	
								.16
	1805						.14	
	622				.03-.061		.13	
	7962		.42		.39		.08	
2156					.39	.07		
446		.37				.05		
	1672		.15		.12		.06	
	2786						.01	
								.006

SDR, Bde. 458, 459 und 461, benutzt habe, ebenso das *Statistische Jahrbuch für das Deutsche Reich* (1934) und *Der Grosse Brockhaus* (15. Aufl.) für die Definition der Berufsgruppen. Die Quellen, die für jede Gruppe in Tabelle 13 benutzt wurden, werden im folgenden aufgezeigt:

(1) *Lehrer: SDR*, Bd. 453, Heft 2, S. 23, wo ich die Personen nach den Volkszählungskategorien Nr. 356-360 zusammengezählt habe.

(2) *Selbständige kleine Kaufleute: SDR*, Bd. 458, S. 35, wo ich Personen in den Kategorien Wz. 414, 442, 411, 451 zusammengezählt habe, was 1 133 000 Personen ergibt. Um die Eigentümer von großen Warenhäusern etc. auszuschlie-

ßen, habe ich einfach die Gesamtzahl auf 1 000 000 reduziert. Diese Zahl ist vielleicht etwas niedrig, da Bäckereien, Bekleidungsläden etc., welche sowohl Waren produzieren als auch verkaufen, in der Volkszählung an anderer Stelle als selbständige Handwerker auftauchen. (*SDR*, Bd. 453, Heft 2, S. 17.) Da 3/4 der kleinen Kaufleute Männer waren, gehe ich von einer Schätzung von 750 000 aus (vgl. *Ebenda*, S. 52).

(3) *Angestellte: SDR*, Bd. 453, Heft 2, S. 52, wo ich die nicht zur Betriebsleitung gehörenden Angestellten in den Kategorien W.-Abt. 2/3, 4 und 5 zusammengezogen habe. Landwirtschaftliche und Hausangestellte wurden ausgeschlossen.

(4) *Schüler, Studenten: Statistisches Jahrbuch* (1934), S. 529-535, wo ich die Personen zwischen dem 10. und 12. Schuljahr an Gymnasien, aus Mittelschulen und Universitäten zusammengenommen habe.

(5) *Beamte: SDR*, Bd. 453, Heft 2, S. 14-15, 52.

(6) *Selbständige Handwerker: SDR*, Bd. 453, Heft 2, S. 16, 17.

(7) *Bauern:* die Zahl der Bauern in der Gesamtbevölkerung wird von der *Parteistatistik*, Bd. I, S. 53, mit 6 699 000 angegeben, was wohl eine große Übertreibung darstellt, weil höchstwahrscheinlich die arbeitenden Familienmitglieder mit einbezogen wurden; vgl. *SDR*, Bd. 453, Heft 2, S. 52. Eine realistischere Zahl läßt sich für die Bauern, die Land besitzen und/oder bebauen, sofern man die Definition Bauern auf diejenigen bezieht, die zwischen 2 und 100 Hektar Land bebauen, mit 90 Prozent dieser Gruppe schätzen. Vgl. *SDR*, Bd. 459, Heft 1, S. 54, 55. In diesem Bereich verweist ein anderer Volkszählungsband auf eine Gesamtzahl von 2 005 000 *Inhabern*, was Eigentümer, Rentiers oder noch andere Formen von Grundbesitzern sein können. Siehe *SDR*, Bd. 461, Heft 1, S. 12. Wenn wir also als besitzende Bauern 90 Prozent dieser *Inhaber* in Betracht ziehen, dann kommen wir auf eine Gesamtzahl von 1 805 000 – oder 27 Prozent der Nazi-Angabe.

(8) *Freie Berufe:* die deutsche Definition von *freien Berufen* geht weiter als die im Englischen gebräuchliche. Zur Definition habe ich den *Grossen Brockhaus* (15. Aufl.), Bd. 7, S. 100 (»Geistesarbeiter«), und Bd. 6, S. 563 (»Freie Berufe«), bemüht. Auf dieser Grundlage habe ich die Volkszählungskategorien Nr. 167, 171, 271, 361-365, 370, 373, 381, 383-384 (Ingenieure und Techniker, Chemiker, Architekten und Baumeister, Verleger und Schriftsteller, Künstler, Anwälte, Patentanwälte, Rechtsberater, Sänger und Gesangslehrer, Schauspieler, Physiker, Ärzte, Zahnchirurgen, Zahnärzte und Zahntechniker) zusammengefügt, in *SDR*, Bd. 453, Heft 2, S. 22-24.

(9) *Arbeiter: SDR*, Bd. 453, Heft 2, S. 52. Bezüglich der Metallfacharbeiter habe ich in *Ebenda*, S. 22, die Männer der Volkszählungskategorien 141-166 abzüglich der Eigentümer und der Frauen zusammengezählt. Bergarbeiter: *Ebenda*, S. 22, wo keine Frauen erscheinen, auch wenn natürlich einige über Tage beschäftigt wurden.

(10) *Landarbeiter: Ebenda*, S. 52, vgl. auch S. 22, 12, 19.

(11) *Rentner und Pensionäre: SDR*, Bd. 453, Heft 2, S. 5, 6.

(12) *Hausfrauen: Ebenda.*

oder nicht-manuelle Arbeit in einem Büro, die sie dem Management näher bringt und bei ihnen die Neigung fördert, sowohl auf die Industriearbeiter herabzusehen als auch vor ihnen Angst zu haben. Ebenso wie heute stellten Frauen in den 30er Jahren des 20. Jahrhunderts einen Großteil der Angestellten; sie arbeiteten als Stenotypistinnen, Maschinenschreiberinnen etc. Wenn man die Frauen mit einbezieht, dann ist der Anteil der NSDAP-Mitglieder unter den Angestellten so gering, daß dieser Bereich als der am wenigsten nazifizierte Teil unter den nicht-manuellen Berufen zu bezeichnen ist. Auf den ersten Blick scheint dieses Ergebnis überraschend und der vorherrschenden Interpretation des Nationalsozialismus und allgemein des Faschismus als einer Revolte des Kleinbürgertums zu widersprechen. Auf diesen Punkt wird zurückzukommen sein. Hier ist zunächst der Hinweis wichtig, daß dieses Paradoxon verschwindet, sobald man nur die männlichen Angestellten als Ziel der NSDAP-Werbung betrachtet. Dann steht diese Berufsgruppe an 3. Stelle, was den Anteil von Nazi-Mitgliedern betrifft, doch zahlenmäßig ist sie indes die größte in Gruppe 1 der folgenden Tabelle 13, eine Unterscheidung, die in der Tabelle deutlich wird, wo ich die Berufsgruppen nach der jeweiligen Nazimitgliedschaft aufgelistet habe.

Ein aufmerksamer Leser wird sich an diesem Punkt fragen, ob die Ergebnisse vielleicht durch Opportunismus in irgendeiner Weise verzerrt sind. Hatte sich nicht doch die soziale Zusammensetzung der Partei zwei Jahre nach Hitlers Machtübernahme sehr geändert? Glücklicherweise hatten sich die Parteiführer selbst mit dieser Möglichkeit sehr beschäftigt. An verschiedenen Stellen der *Parteistatistik* wird der Ausdruck *Konjunkturritter* zur Charakterisierung von Opportunisten benutzt. Hierin mag sehr wohl der wichtigste Grund für die Partei gelegen haben, diese Daten zusammenzustellen, die es uns erlauben, diesen Einwand als unerheblich abzutun.

Bei den Wahlen vom 14. September 1930 konnten die Nazis erstmals einen derartigen Stimmenzuwachs verzeichnen, daß die Hoffnung nicht unberechtigt schien, auf legalem oder illegalem Weg zur stärksten Partei zu werden. Parteimitglieder, die vor diesem Zeitpunkt der Partei beigetreten waren, taten dies wahrscheinlich nicht aus opportunistischen Gründen. Die Parteistatistik enthält neben den Angaben über ihre Berufsverteilung auch solche über die Mitgliederzahlen insgesamt im Jahre 1935. Ein Vergleich des prozentualen Anteils aller Parteimitglieder der verschiedenen Berufsgruppen des Jahres 1935 mit der entsprechenden Aufteilung der parteigetreuen Anhänger, wie wir die Mitglieder bezeichnen können, die vor 1930 eingetreten waren, zeigt überraschend geringe Unterschiede. Der Anteil der Industrie- und Landarbeiter (die nach den Angaben der NSDAP nicht zu unterscheiden sind) stieg um 4%, der Anteil der Angestellten fiel um 4,6%. Alle anderen Berufskategorien zeigen geringere Änderungen.[5]

Bei der Interpretation von Tabelle 13 muß zunächst berücksichtigt werden, daß die NSDAP als hyper-nationalistische Partei versuchte, sich aus Deutschen aller Bevölkerungsteile zu rekrutieren. In ihrer Propaganda betonte sie nachhaltig die Idee einer »Volksgemeinschaft« und die Abschaffung von Klassengegensätzen. Die Gesamtmitgliederzahl der Partei von 2 493 890 umfaßt 7,7% aller Erwerbspersonen. Davon waren etwas weniger als ²/₃, oder 20 817 033 Männer.[6] Nimmt man die Männer als das Hauptrekrutierungsziel der Nazis, kann man davon ausgehen, daß die Parteimitglieder etwa 12 Prozent der Erwerbspersonen repräsentieren. Wenn sich also die Parteimitglieder gleichmäßig auf alle Berufsgruppen verteilt hätten, dann wäre die »Quote« der Nazis in jeder Gruppe etwa 12 Prozent.

Statt dessen läßt sich Tabelle 13 in drei Berufsarten einteilen. Gruppe 1 enthält im wesentlichen eine Reihe unterer Mittelschichtberufe – ein Begriff, den wir gleich noch genauer zu analysieren haben. In dieser Gruppe lag die Anziehungskraft der

5 Vgl. *Ebenda*, die Tabelle auf S. 70. Da die Zahl der treuen Anhänger der Partei so gering war, daß sie in den meisten Fällen nur Bruchteile eines Prozents hergab, habe ich zum Vergleich mit der Volkszählung die Mitgliedszahlen von 1935 benutzt. Obwohl die Nazi-Tabelle auch Daten zu den weniger unentwegten Parteimitgliedern enthält, die zwischen dem 15. September 1930 und dem 30. Januar 1933 sowie danach der Partei beitraten, können wir diese Angaben getrost beiseite schieben. Denn wenn wir jegliche Differenz, die weniger als 5 Prozent ausmacht, außer acht lassen – ein Verfahren, das angesichts anderer möglicher Fehlerquellen ratsam ist –, dann können wir Tabelle 13 als eine erste annähernde Einschätzung der allgemeinen Anziehungskraft der Nazis auf verschiedene Berufsgruppen benutzen.

6 Die Zahlen der Volkszählung finden sich in *Statistik des Deutschen Reichs (SDR)*, Band 453: Volks-, Berufs- und Betriebszählung vom 16. Juni 1933, Heft 2: Die Erwerbstätigkeit der Reichsbevölkerung, Berlin 1936, S. 6.

NSDAP etwa zwei- bis dreimal so hoch. Gruppe 2 enhält Handarbeiter in Stadt und Land. Hier sank die Anziehungskraft der NSDAP auf Werte zwischen 2/3 und der Hälfte der »Quote«. Die Mitglieder der Gruppe 3 standen im wesentlichen außerhalb des Produktionsprozesses. Für sie war die Anziehungskraft der Nazis minimal. Wir wollen im folgenden diese Gruppen der Reihe nach betrachten.

In Gruppe 1 finden wir einen großen Teil der kleinen Eigentümer, die sich der Schwierigkeit gegenübersahen, auf dem Markt ihre Produkte abzusetzen. Die selbständigen kleinen Kaufleute (Zeile 2) sahen sich der Konkurrenz der Versandhäuser gegenüber. Als Landbesitzer hatten viele Bauern Probleme mit Hypothekenschulden sowie mit der Schwierigkeit, ihre Produkte auf dem Markt verkaufen zu können. Die selbständigen Handwerker wie etwa Schuster, Tischler und Uhrmacher besaßen mit großem Aufwand erlernte Fertigkeiten, nach denen aber der Markt in einer aus den Fugen geratenen Welt kein Verlangen zu haben schien. Zusammengenommen bilden diese Klein-Eigentümer und Träger manueller Fertigkeiten das, was weithin als alter Mittelstand bekannt ist, die historischen Nachfahren einer früheren Phase des Kapitalismus. Die Behauptung wäre zu weit gegriffen, daß sie unter dem fortgeschrittenen Kapitalismus zum Untergang verurteilt wären. Aber im wirtschaftlich von Depressionen geschüttelten Deutschland hatten sie tatsächlich große Schwierigkeiten.

Der neue Mittelstand war eine Folge des Erstarkens der staatlichen Verwaltungsapparate und der Großindustrie. Er wurde im wesentlichen von Angestellten und Verwaltungsbeamten in Wirtschaft und Verwaltung gestellt. Der Beruf mit dem höchsten Anteil an NSDAP-Mitgliedern – die Lehrer – gehört in diese Kategorie. Viele Parteimitglieder waren wahrscheinlich Volksschullehrer. Man kann einen Zusammenhang zwischen einem begrenzten Bildungsgrad, d. h. einer geistigen Ausbildung, die mit einiger Mühe angeeignet wurde und deren Resultate nicht leicht zu verkaufen waren, und der Anziehungskraft der Partei annehmen. Unter den Angestellten war der Anteil der NSDAP-Mitglieder im technischen Bereich höher als im Verkaufssektor und bei Behörden, obwohl die Arbeitslosenquoten fast identisch waren. Gleiches trifft auch für die akademischen Berufe zu. Die Bezeichnung *freie Berufe* schloß sowohl Teile des alten Mittelstands, z. B. Rechtsanwälte und Ärzte, als auch des neuen Mittelstandes, wie Ingenieure und eine Vielzahl technischer Berufe, ein. Hierbei handelte es sich um eine sehr heterogene Gruppe, die durch die Notwendigkeit zusammengebracht wurde, eine Marktlücke und ein gewisses Maß sozialer Anerkennung für ihre gelernten Fähigkeiten zu finden. Die Rate der Mißerfolge bei der Suche nach einem solchen Absatzgebiet variierte nach den Arbeitslosenstatistiken von einem Beruf zum anderen beträchtlich. Bei den Chemikern waren es 16 Prozent, bei Ingenieuren und anderen technischen Berufen der Metallindustrie 33 Prozent, bei Schauspielern 61 Prozent und weniger als 3 Prozent bei den Physikern. Somit muß der gesamte Anteil der NSDAP-Mitglieder 13 Prozent oder annähernd der »Quote« in diesem Sektor, die großen Unterschiede von einem zum anderen Beruf überdecken.

Im großen und ganzen bestätigen die sozialen Charakteristika der Gruppe 1 die bekannte, wenn auch manchmal umstrittene These, daß die NSDAP am stärksten die unteren Mittelschichten anzog. Die Gefühle, die nach diesem Befund die Nazi-Bewegung nährten, waren die des »kleinen Mannes«, der über die Ungerechtigkeiten der sozialen Ordnung erzürnt war, die die Belohnung der Tugenden harter Arbeit und Selbstaufgabe gefährdeten oder verhinderten, wie sie in den persönlichen Anstrengungen im Kaufmannsladen, auf dem Stück Land des Bauern, in den Handfertigkeiten des Handwerkers, in der Tätigkeit des Angestellten, in den Begabungen des Technikers oder Journalisten konkrete Formen annahmen. Hier lag ein mögliches Resultat der Arbeitswerttheorie.

Obwohl es einen ganz klaren Rückgang des Nazi-Anteils in Gruppe 2 gibt, in der hauptsächlich Handarbeiter zusammengefaßt sind, reicht dies nicht zum Beleg der These aus, *Industrie*arbeiter wären trotz der wirklich katastrophalen Arbeitslosenziffern gegen die Anziehungskraft der Nazis immun gewesen. Die NSDAP war bei den Industriearbeitern von einer »Quote« von 12 Prozent (genau 11,7) ausgegangen und konnte mit einer Rekrutierungsrate von 8 Prozent immerhin zwei Drittel des Erhofften erreichen. Auch wenn man die Unzuverlässigkeit der Statistiken und einen unbestimmten Anteil an nominellen Mitgliedern unterstellt, spiegelt ihr Erfolg hier eine wirksame und düstere Leistung. Die Metallfacharbeiter waren, wie sich der Leser vielleicht erinnern wird, eine Hauptquelle der militanten und auch revolutionären Impulse des

Jahres 1918. Obwohl die Zahlen darauf hindeuten, daß sie selbst 1935 nicht in großer Zahl zu den Nazis überwechselten, gelang es den Nazis dennoch, hier mehr als die Hälfte ihrer »Quote« zu erreichen. Die Rate bei den Bergarbeitern, die wir bei den verfügbaren Daten als den Teil bezeichnen können, der dem »reinen« Industrieproletariat am nächsten kommt, weist andererseits den niedrigsten Anteil von allen Handarbeiter-Gruppen auf.

Die Mitglieder der Gruppe 3 teilen die Eigenschaft eines Status am Rande oder außerhalb des Wirtschaftslebens und weitgehend außerhalb der übrigen gesellschaftlichen Institutionen. Er war auch marginal und außerhalb in dem Sinne, daß sich seine Anfälligkeit zu Arbeitslosigkeit von anderen Gruppen unterschied, auch wenn die ökonomische Wirkung für die Rentner in vielen Fällen die gleiche, wenn nicht gar hoffnungsloser, gewesen sein muß. Eine Hausfrau konnte natürlich eine Arbeit annehmen, soweit dies in einer Zeit hoffnungsloser Arbeitslosigkeit möglich war. Auch wenn Rentner wie Hausfrauen einen sozial anerkannten Status besaßen, müssen viele ökonomisch verraten und verkauft gewesen sein. »Objektive« Einschätzungen könnten leicht den Schluß nahelegen, daß auch diese Gruppen von einem recht hoffnungslosen Haß erfüllt waren. Wenn dem so ist, und ich nehme dies stark an, muß es eine ganz andere Form des Hasses als der in Gruppe 1 anzutreffende gewesen sein. Während die Personen aus Gruppe 1 wenigstens ihre »Quote« an Nazimitgliedern aufbrachte, führte diese Form des marginalen Hasses dazu, nur ein Zwölftel der »Quote« unter Rentnern, Pensionären und noch weniger unter Hausfrauen zu erreichen.

Der Unterschied zwischen den Gruppen mag vielleicht eine Folge frustrierter oder unbelohnter Anstrengungen gewesen sein. Bereits des öfteren ist die Aufmerksamkeit auf den Haß gelenkt worden, der durch die Nichtbelohnung harter Arbeit erzeugt werden kann. Mehr oder weniger machten alle Mitglieder der Gruppe 1 diese Art frustrierender Erfahrungen durch. Diejenigen aus Gruppe 3 befanden sich dagegen in sozialen Positionen, die sie von der Arbeitsverpflichtung entbanden. Die Arbeiter der Gruppe 2 dagegen sahen sich wiederum einer anderen Situation gegenüber. Viele von ihnen konnten keine Arbeit *finden*.

Wenn es einen zentralen Erklärungsschlüssel für die faschistische Form des Hasses gibt, auf den diese Daten hindeuten, so scheint er in den unterschiedlichen Formen der moralischen Empörung zu liegen, die durch die Frustration von Menschen, die fähig und bereit sind, harte Arbeit zu leisten, erzeugt werden. Eine starke Arbeitsethik mag vielleicht die notwendige historische Voraussetzung für diese Art grausamer und reaktionärer popularer Bewegungen sein. Diese Spur sollte man weiter verfolgen.[7]

Wie sah der soziale Aufbau der NSDAP selbst aus? Als gut organisierte und äußerst disziplinierte Partei, die die zur Diskussion stehende Art des Hasses und der moralischen Empörung sowohl in sich konzentrierte wie auch anregte, führte sie ein eigenes Dasein. Diesen Gesichtspunkt werde ich nur am Rande berühren, wenn wir seine Auswirkung auf die normalen Mitglieder betrachten. In diesem Kontext sind wir nur daran interessiert, was sich über das Wesen der Menschen aus statistischen Quellen erfahren läßt. Tabelle 14 enthält die Mitgliedschaft, die nach bestimmten bekannten, aber heutzutage dennoch nützlichen sozialen Unterscheidungsmerkmalen kategorisiert worden ist. Eine Unterscheidung ist die zwischen manuellen und nicht-manuellen Arbeitern. Innerhalb der Kategorie der nicht-manuellen Arbeiter gibt es darüber hinaus die grobmaschige Unterscheidung zwischen den Angestellten, die Routineaufgaben erledigen, und den kleinen Ladenbesitzern auf der einen Seite und großen Eigentümern[8], Ärzten, Rechtsanwälten, Verwaltungs- und Regierungsbeamten auf der anderen Seite. Personen dieses Kreises üben normalerweise beträchtliche Kontrolle und Einfluß auf das Leben anderer Leute aus. Um das Ganze zu erleichtern, können wir diese drei Hauptgruppen als Arbeiterklasse, untere Mittelschicht und obere Mittelschicht bezeichnen, auch wenn ich es in der Tabelle vorgezogen habe, den neutraleren

7 Meiner begrenzten Kenntnis zufolge ist diese Vermutung auch für Japan zutreffend. Der italienische Faschismus mag eine Mischung aus frustrierter Arbeitsethik und einem Versuch des Aufdrängens einer Arbeitsethik gewesen sein. In dieser mediterranen Kultur hatte das »die Züge pünktlich fahren zu lassen« einige Seiten dessen, was Marxisten als Disziplinierung der Arbeitskraft betrachten, ein historischer Prozeß, der in Rußland von der Kommunistischen Partei durchgeführt wurde. Hier findet sich ein faszinierendes Feld für eine gründliche Erforschung.

8 Diese sind weder in den Volkszählungsstatistiken noch in denen der NSDAP identifizierbar. Ich habe selbst von einer Schätzung ihres Anteils innerhalb der Partei abgesehen, da wir uns hauptsächlich mit popularen und plebejischen Bewegungen beschäftigen.

Tabelle 14
Soziale Zusammensetzung der NSDAP 1935 (in Tausend)

Berufe	Zahl der Mitglieder: Beruf	Zahl der Mitglieder: Soziale Kategorie	Prozentualer Anteil an der Gesamtmitgliedschaft der NSDAP: Beruf	Prozentualer Anteil an der Gesamtmitgliedschaft der NSDAP: Soziale Kategorie
1. *Manuelle*				
Arbeiter in Industrie und Bergbau	662		26.5	
Landarbeiter	94		3.8	
Bauern (Erbhofbauern & andere)	255		10.2	
Gesamt		1011		40.5
2. *Manuelle, untere Mittelschicht*				
Selbständige Handwerker	208	208	8.3	8.3
3. *Nicht-manuelle, untere Mittelschicht*				
Angestellte	484		19.4	
Selbständige, kleine Kaufleute	188		7.5	
Gesamt		672		26.9
4. *Zwischen unterer und oberer Mittelschicht*				
Beamte	223		8.9	
Lehrer	84		3.3	
Freie Berufe	79		3.2	
Gesamt		387		15.5
5. *Verschiedene*	80	80	3.2	3.2
6. *Ohne Beschäftigung*				
Rentner u. Pensionäre	38		1.5	
Hausfrauen	65		2.6	
Schüler, Studenten	34		1.3	
Gesamt		136		5.5
Gesamtsumme (1-6)	2494	2494	100	100

Quelle: *Parteistatistik*, I, S. 55, 63, 64, 68, 70. Unstimmigkeiten sind Folge des Auf- und Abrundens.

Begriff »soziale Kategorie« zu verwenden, was eine Vielzahl von Kombinationen erlaubt, um die Parteizusammensetzung hinsichtlich der sozialen Klassen einzuschätzen.

Die zur Verfügung stehenden Angaben bereiten keine große Schwierigkeit, die Handarbeiter und einige Hauptkomponenten der unteren Mittelschicht auseinanderzuhalten. Größere Schwierigkeiten bereitet indes die genaue Angabe, welcher Anteil der NSDAP aus der oberen Mittelschicht stammt. Wo sollte man die Lehrer beispielsweise einstufen? Um eine minimale und eine maximale Schätzung der unteren Mittelschichtkomponente in der NSDAP möglich zu machen, habe ich alle möglichen Mitglieder der oberen Mittelschicht in der Mischkategorie Nr. 4 festgehalten. Doch wollen wir zunächst einen allgemeinen Blick auf die Ergebnisse werfen.

In einem groben und vorläufigen Sinne zeigt die soziale Zusammensetzung der NSDAP in Tabelle 14 ein Spiegelbild dessen, was in Tabelle 13 in der Rangordnung der nazifizierten Berufe gezeigt wurde. Die Handarbeiter in den Kategorien 1 und 2 ergeben zusammengenommen 1 219 000, also 48,8 Prozent oder fast die Hälfte der Parteimitglieder. Diejenigen, die offensichtlich zur unteren Mittelschicht gehören (Kategorie 3), bringen es auf etwas mehr als ein Viertel oder 26,9 Prozent. Nach dieser Interpretation bestand die NSDAP hauptsächlich aus Leuten, auf die die Partei eine minimale Anziehungskraft ausübte. Mit anderen Worten, der schwächste Bereich im Anziehungsfeld der Nazis zog aufgrund der besonderen demographischen Struktur der deutschen Gesellschaft, in der es mehr Handarbeiter als Angestellte gab, die meisten Mitglieder an. 1933 kamen Angestellte und Beamte innerhalb der Gesamtzahl der Erwerbstätigen auf 17,1 Prozent, Arbeiter (in diesem Fall Landarbeiter eingeschlossen) auf 46,3 Prozent.[9] In Kürze werde ich eine andere Interpretation anbieten. Klar ist jedoch, daß die Anziehungskraft der Partei erfolgreich die Klassenschranken überschritt und daß diese populare oder populistische Partei hauptsächlich aus »kleinen Leuten« bestand. Über drei Viertel ihrer Mitglieder gehörten zu dieser schwammigen, doch bedeutenden Kategorie.

Sehen wir uns Tabelle 14 etwas genauer an, so wird deutlich, daß

9 *SDR*, Band 453, a. a. O., Heft 2, S. 7.

die Arbeiter in Industrie und Bergbau mit 26,5 Prozent hinsichtlich der NSDAP-Mitgliedschaft und die eindeutigen Teile der unteren Mittelschicht in Kategorie 3 mit 26,9 Prozent zusammen wenig mehr als die Hälfte (53,4 Prozent) der Mitgliedschaft ausmachten. Es ist indes unstrittig, daß Kategorie 3 einen restringierten Begriff von unterer Mittelschicht darstellt. Weitere sind in anderen Kategorien versteckt enthalten. Wie groß man deren Zahl veranschlagt, ist eine Sache der Entscheidung. Den 26,9 Prozent der Kategorie 3 will ich folgende hinzufügen: (1) alle selbständigen Handarbeiter in Kategorie 2 oder 8,3 Prozent; (2) aus Kategorie 4 etwas mehr als die Hälfte oder 8 Prozent; und (3) von jenen ohne Beruf in Kategorie 6 noch 2 Prozent. Zusammengenommen macht dies immer noch weniger als die Hälfte (45,2 Prozent) der NSDAP aus.

Auf diese Weise kommen wir zu der etwas überraschenden Schlußfolgerung, daß der wichtigste organisatorische Ausdruck der Haßgefühle der unteren Mittelschicht wahrscheinlich nicht mehr als die Hälfte seiner Mitglieder aus diesem Bereich anzog. Andererseits stellte sie, gemeinsam mit den Industriearbeitern, die etwas mehr als ein Viertel ausmachten, die größte Gruppe innerhalb der Partei. Diese Erkenntnis hilft uns, die Flexibilität der Nazi-Strategie zu erklären. Hierin liegt allerdings nicht der Hauptgrund. Weder demokratische noch autoritäre politische Bewegungen neigen dazu oder sind in der Lage, konsequent die Ziele jener zu verfolgen, deren Interesse und Hoffnungen sie zu verkörpern behaupten. Statt dessen deutet der Befund darauf hin, daß wir auf der Suche nach dem wesentlichen strukturellen Hintergrund und nach den Konturen des Nationalsozialismus eine bestimmte Form der Untersuchung so weit, wie sich dies vertreten läßt und dennoch Resultate zeitigt, vorangetrieben haben. Keine Scharfsinnigkeit bei der Manipulation der Volkszählungsdaten und der Angaben zur Parteimitgliedschaft vermag aufzuzeigen, was die Leute tatsächlich fühlten und wie sie sich verhielten: ihre Ängste, Wutempfindungen und Erklärungen für die Welt. Es wäre irreführend und im Endeffekt nutzlos, wollte man den deutschen Faschismus in die soziologische Zwangsjacke eines bloßen Hasses der unteren Mittelschicht stecken. Strukturelle Daten vermögen unentbehrliche Informationen darüber zu liefern, welche Leute wahrscheinlich bestimmte Gefühle haben und wieviele dieser Leute zu gewissen Zeiten vorhanden waren und was ihr Platz in einem komplizierten und sich ändernden Netz sozialer Beziehungen war. Aber das allein reicht nicht aus. Um herauszufinden, was Menschen als Ungerechtigkeit empfanden und was sie gegen ihre konkrete Vorstellung von Ungerechtigkeit zu unternehmen versuchten, muß man sich ganz anderem Quellenmaterial zuwenden.

3. Formen und Ursachen der moralischen Empörung der Nazis

Die Tatsache, daß sich in der NSDAP soviele Industrie- oder wenigstens städtische Arbeiter befanden, barg einen unübersehbaren politischen Vorteil. Auch wenn die Anziehungskraft der Partei bei den unteren Mittelschichten am wirksamsten war, verlieh dieser Umstand ihrer Behauptung, für alle Deutschen oder besser: für alle patriotischen Deutschen zu sprechen und zu handeln, den Anstrich von Wahrheit. Ihre Politik der Unterwerfung und Plünderung brachte, nachdem sie an die Macht gelangt war, für die meisten Deutschen tatsächlich einige Vorteile – freilich nur solange, wie sie erfolgreich verlief. Die Aufrüstung beendete die Geißel der Arbeitslosigkeit und brachte der Geschäftswelt Gewinne. Nach dem Krieg fanden sich zahlreiche Deutsche, die bitter bemerkten, Hitler habe nur einen Fehler gemacht: Er verlor den Krieg. Man muß sich aber auch vor Augen halten, daß nationalistische Gefühle in jedem Land irgendeine reale Grundlage haben und daß es angesichts der Wirren in den letzten Jahren der Republik bei allen Deutschen das Gefühl eines gemeinsamen historischen Vermächtnisses gab, ein Gefühl, daß sie im selben Boot säßen, weil sie Einwohner desselben Staates seien.
Aus diesem Grund konnten die Nazis, wenn auch mit sehr unterschiedlichem Erfolg, praktisch alle Bevölkerungsschichten ansprechen. Wo sie Erfolg hatten, konnten sie offensichtlich Resonanz unter Individuen finden, die einen bestimmten gemeinsamen Erfahrungshorizont und bestimmte Denkraster oder zumindest einen Teil früherer Neigungen hatten. Sowohl die Erfahrungen als auch die Art ihrer Interpretation waren selbst historische und soziale Produkte, die wir nun zu untersuchen haben. Für diesen Zweck liefern uns die autobiographischen Berichte von Durchschnittsna-

zis, die von Theodore Abel 1934 zusammengestellt wurden, wertvolle Informationen.[10]

Ein auffallender Zug dieser Autobiographien liegt in der konventionellen Moral und Lebenseinstellung, den diese Individuen als Folge ihrer Erziehung schildern. Harte Arbeit, Ehrlichkeit, loyaler Gehorsam gegenüber der ordnungsgemäß eingesetzten Autorität[11]; Patriotismus und die Tugenden eines guten Familienvaters werden als Rezept zu einem zufriedenen und nützlichen Leben immer wieder herausgestrichen. Die Autobiographien schildern die Eltern in diesen Dingen in idealisierter Weise; das gilt selbst für Arbeiterfamilien, in denen der Vater Sozialdemokrat war. In diesen Fällen mag es natürlich Anzeichen für Differenzen zwischen Vater und Mutter in Religionsfragen geben. Auch wenn wohl das Familienklima streng ist, so ist doch auch Platz für Nachsicht gegenüber jugendlichem Schabernack und Ausgelassenheit. Diese Duldung steht im Einklang mit der strikten Trennung der Geschlechterrollen, und die Betonung männlicher Tugenden ist in den Berichten ebenfalls sehr auffällig.

Diese Moral ist Menschen mit sehr unterschiedlichem beruflichem Hintergrund gemeinsam; sie scheint nicht für irgendeine besondere gesellschaftliche Klasse spezifisch zu sein. Sie ist der Niederschlag mehrerer konvergierender historischer Einflüsse. Zuweilen trifft man auf den Nachklang jenes schlichten moralischen Eifers, der seit 1848 unter den Handwerkern eine deutliche Strömung bildete – jedoch ohne die stark religiösen Beiklänge. In diesem ganzen Komplex von Tugenden lassen sich unschwer die Ideale des frühen Konkurrenzkapitalismus erkennen.

Dieser institutionelle Komplex fand auf der anderen Seite niemals einen starken Halt in Deutschland: *Concurrenz* war, wie wir wissen, gottlos. Doch lassen sich, wie später deutlicher werden wird, Widersprüche festhalten: Vom Individuum wird erwartet, daß es durch eigene Anstrengungen, aber irgendwie nicht in Konkurrenz zu anderen seinen Weg durchs Leben geht. Außerdem lassen sich

10 Vgl. Theodore Abel, *The Nazi Movement: Why Hitler Came to Power*, New York 1965. Für eine statistische Analyse der Abel-Daten vgl. Peter H. Merkl, *Political Violence under the Swastika, 581 Early Nazis*, Princeton 1975, S. 581.

11 *Ebenda*, S. 489-491, 691, behandelt indes 76 von 581, die eine allgemeine Feindseligkeit gegenüber jeglicher Autorität offenbarten.

verschiedene nachweisbare Einflüsse festhalten, die wesentlich jünger sind und sich durch die Indoktrination der oberen Klassen als Patriotismus und Gehorsam auswirken. Das Erziehungssystem, die Armee, die täglichen Erfahrungen der Berührung mit den Mächtigen erfüllten offensichtlich bei einem nicht unerheblichen Teil der unterworfenen Bevölkerung ihre Aufgabe gut. Der gesamte Komplex beruht auf Konventionen und stellt den Niederschlag spezifischer historischer Erfahrungen und eine Verbindung dieser Erfahrungen dar. Er ist eher kleinbürgerlich als bürgerlich (und schwerlich patrizisch: es gibt keinen Sinn in diesem Komplex für die selbstverständliche Entgegennahme von Respektsbezeugungen), mit einer starken Überlagerung sowohl bürokratischer und sogar feudaler Momente. Die bürokratischen Momente zeigen sich, wo man die eigene Bedeutung durch die disziplinierte Erfüllung einer begrenzten Aufgabe herausstellt; die feudalen Momente treten im Gefühl für persönliche Ehre und in diffuser Loyalität gegenüber den Höhergestellten auf. Diese besondere Verbindung ist als solche spezifisch deutsch.[12] Es wäre indes falsch, die streng deutschen Aspekte überzubetonen. Der Faschismus war, wie ich an anderer Stelle geltend gemacht habe, ein weltweites historisches Phänomen, auch wenn er seine destruktivste Form in Deutschland erlangte. Vergleichbare Ursachen, die eine entsprechende Moral und Lebensanschauung einschlossen, waren als herrschende oder untergeordnete Trends in vielen Teilen der Welt vorhanden.[13]
Mit dieser Art von Wahrnehmung und Beurteilung der Welt ausgestattet, einer Art, die in Deutschland nach 1918 ziemlich verbreitet, doch keineswegs allgemein war, unterlagen diese jungen Männer einer Reihe desillusionierender und schmerzlicher Erfahrungen. Für viele Soldaten war die Heimkehr in die revolutionäre

12 Als ausgezeichnete historische Studie über das Zusammenspiel feudaler und bürokratischer Züge vgl. Hans Rosenberg, *Bureaucracy, Aristocracy and Autocracy: The Prussian Experience, 1660-1815*, Cambridge (Mass.) 1958. Rosenberg zeigt, daß Formen blinder und amoralischer Unterwerfung, in denen einige Autoren das Produkt fortgeschrittener industrieller Gesellschaft sehen, in Deutschland lange vor der industriellen Revolution in voller Blüte standen.

13 Vgl. Barrington Moore Jr., *Soziale Ursprünge von Diktatur und Demokratie: Die Rolle der Grundbesitzer und Bauern bei der Entstehung der modernen Welt*, Frankfurt/M. 1974, Kap. 8.

Heimat von 1918 ein harter Schlag, eine Herausforderung, auf die sie in strafender Manier antworteten, wie es hier berichtet wird:

Die Truppen waren gerade mal wieder ins Vaterland zurückgekehrt, da bot sich ihnen ein abscheulicher Anblick. Bartlose Knaben, liederliche Deserteure und Huren rissen unseren Frontkämpfern die Schulterstücke ab und bespuckten ihre grauen Felduniformen. Gleichzeitig murmelten sie etwas von Freiheit, Gleichheit und Brüderlichkeit. Arme, irregeführte Menschen! War dies Freiheit und Brüderlichkeit? Menschen, die niemals eine Feldschlacht sahen, die noch nie das Pfeifen einer Kugel gehört hatten, die offen Männer beschimpften, die während viereinhalb Jahren der Welt unter Waffen getrotzt hatten, die in zahllosen Gefechten ihr Leben riskiert hatten, mit dem einzigen Verlangen, das Land gegen diesen Schrecken zu verteidigen.
Zum ersten Mal fühlte ich in mir einen brennenden Haß gegen diesen Abschaum der Menschheit, der alles Reine und Saubere unter seinen Füßen zertrampelte.[14]

Andere, die auch Nazis werden sollten, bezogen sich auf ähnliche Erfahrungen wie den »Schlag ins Gesicht jedes anständigen Deutschen«, eine Situation, in der »Heldentum zu Feigheit geworden war, Wahrheit zur Lüge, Loyalität mit Heimtücke beantwortet wurde.« Einer, der zu jung zum Kämpfen war, erzählte, daß er als Corpsstudent am Tag der Revolution auf einem Spaziergang in den Straßen Berlins die monarchistische schwarz-weiß-rote Kokarde getragen habe. Zwei Männer kamen ihm entgegen, rissen ihm die Mütze vom Kopf und verteilten Ohrfeigen. »Ich fing an zu weinen«, fuhr er mit seiner Erzählung fort, »nicht so sehr, weil ich meine Kokarde verloren hatte, sondern weil diese Burschen niedrig genug waren, ein Kind anzugreifen. Das bittere Gefühl dieses Augenblicks hinterließ in mir einen bleibenden Eindruck.«[15]
Viele traf es noch mehr, als sie erkannten, daß die traditionellen Tugenden von Sparsamkeit und harter Arbeit – oder zumindest ihre Versuche, diese Tugenden in die Praxis umzusetzen – kein Weg zu Zufriedenheit und wirtschaftlicher Sicherheit im Deutschland der Nachkriegszeit waren. Viele Erzählungen berichten entweder davon, daß es überall in der Welt bergab ginge, oder von quälenden Ängsten beim Gedanken daran. Hieraus entstand die äußerste Empörung darüber, daß andere Leute, insbesondere Juden, ohne den Einsatz harter Arbeit Erfolg zu haben schienen und

14 Theodore Abel, *The Nazi Movement* . . ., a. a. O., S. 24.
15 *Ebenda*, S. 25–27.

dies auf eine Weise taten, die diesen Nazis als parasitär erschien. Hier taucht der verbreitete Verruf des Neidhammelverhaltens, der in einem früheren Kapitel behandelt wurde, in ominöser Weise wieder auf. Gleiches gilt für die Empörung bei Anstrengungen ohne Belohnung. Hier ein charakteristischer Bericht:

Meine vordringlichste Aufgabe war es 1919, mein Geschäft wieder in Gang zu bringen. Dies war um so schwieriger, als während der Kriegsjahre niemand die Zeit gefunden hatte, sich darum zu kümmern.
Nach großer Mühe gelang es mir schließlich, einige Aufträge zu bekommen. Alle meine Hoffnungen wurden jedoch zerstört. Die Inflation setzte meinen Bemühungen ein Ende ... Hunger und Entbehrung herrschten erneut in meinem Haus. Ich verfluchte die Regierung, die solches Elend billigte. Denn zu jener Zeit war ich überzeugt, daß die Inflation in dem Maße, wie sie stattfand, nicht notwendig sei. Doch hatte sie ihrem Zweck gedient: der Mittelstand, der noch immer über einigen Besitz verfügte und der beständig gegen den Marxismus eingetreten war, ohne ihn tatsächlich zu bekämpfen, wurde vollständig beseitigt.
[Dieser Mann fährt in seinem Bericht fort, daß er die Einladung von Freunden, einer der reaktionären Bewegungen jener Zeit beizutreten, ablehnte], denn auch dort wäre ich ein Außenseiter gewesen. Der einzige Ausweg aus unserem Elend lag darin, einen Mann zu finden, dem es gelänge, alle Deutschen, die noch einige Achtung vor Ehre besaßen, zusammenzuführen.[16]

Für viele war die Inflation, die 1923 astronomische Ausmaße erreichte und Geldersparnisse zunichte machte, eine traumatische Erfahrung. Wie sich ein Mann, der von einer Arbeitsstelle zur anderen wanderte, um Beamter zu werden, an die Situation erinnerte, macht folgendes Zitat deutlich:

Zeitweilig gab es den trügerischen Aufschwung der Inflation, den größten Schwindel, der jemals einem anständigen, sparsamen Volk zugemutet wurde. Die Welt war auf den Kopf gestellt. Fleiß wurde bestraft, während Profiteure mächtig kassierten. Kneipen voller Huren schossen überall aus dem Boden. Alle Schleusen der Unanständigkeit wurden weit geöffnet. Die Frontkämpfer und der anständige Teil der Bevölkerung führten einen hoffnungslosen Kampf gegen diesen Verfall. Der Parlamentarismus feierte wahre Orgien. An die 35 Parteien traten auf, um das Volk zu verwirren, ein wahrer Hexen-Sabbath. Ohne jede politische Schule, krank an Körper und Seele, jagte das deutsche Volk gierig den verschiedenen Irrlichtern nach.[17]

Wie viele andere, so nahm auch dieser Mann einen ökonomischen Sachverhalt mit moralischen Maßstäben wahr und reagierte darauf

16 *Ebenda*, S. 122.
17 *Ebenda*, S. 123 f.

mit dem Verdacht einer unmoralischen Konspiration, die eine Quelle der Schande bildete und ausgerottet werden müßte. Hier handelt es sich um eine uralte Antwort auf wirtschaftliches Mißgeschick. Es gab auch eine Reaktion, die Feindseligkeit gegenüber den herrschenden Klassen beinhaltete, nicht immer nur gegen die Neureichen, sondern auch die traditionell herrschenden Klassen wegen ihrer ersichtlichen Abgeschlossenheit, Sicherheit und ihres Widerwillens zu helfen. Mit den antikapitalistischen Gefühlen zusammen gab diese Strömung von Klassenfeindschaft der Nazibewegung vor der Machtergreifung ihren radikalen Schein.
In einer der vollständig wiedergegebenen Autobiographien ruft sich ein Maurerssohn den bitteren Eindruck, den der Kontakt mit den Oberklassen während seiner Schuljahre hinterlassen hatte, ins Gedächtnis zurück:

Zur Schule gingen wir barfuß. Auch wenn unsere Kleider sauber und ganz waren, die Söhne der Mittelstandsfamilien erschienen mit Kragen und Schuhen. Nur allzu oft hatte ich das Gefühl, daß dies ihnen einen Vorteil verlieh, obwohl diese Überlegenheit weder durch Leistungen noch durch Fähigkeiten gerechtfertigt war.[18]

Als er aufgewachsen war,

sah ich nur allzu oft, wie der ehrliche Arbeiter von den Anhängern des Kapitalismus ausgebeutet wurde. Es verbitterte mich, wie der aufgeblähte Bourgeois seinen Mitdeutschen, der bloß ein Arbeiter mit ungekünstelten Gebärden war, mied. Meine eigene Weltanschauung und meine eigenen Lebenserfahrungen führten mich zu der Einsicht, daß der Klassenkampf nicht von dem arbeitenden Teil verschuldet war. Die Mittelschicht schuf dafür die Bedingungen, während es auf der anderen Seite falsche Propheten nur zu leicht hatten, das deutsche Volk auf fatale Weise zu spalten.[19]

Nach einigem Auf und Ab und nach dem vollständigen Verlust des Erbes seiner jungen Frau durch die Inflation ließ sich dieser Mann für die SS werben. Wie er behauptet, habe er dort das gefunden, was er gesucht habe – im Grunde genommen das Wiederaufleben traditioneller Tugenden –, »den Ausdruck von Standfestigkeit, Mannhaftigkeit, Redlichkeit, Schlichtheit, Bescheidenheit«. In den letzten Zeilen der Autobiographie erwähnt er die blutige Säuberung von 1934, das Ende des Nazi-»Radikalismus«, als Hitler der

18 *Ebenda*, S. 247.
19 *Ebenda*, S. 248.

SS befahl, Röhm, den Führer der SA-Braunhemden, und andere mögliche Rivalen zu erschießen. »Wir sahen den 30. Juni 1934 kommen. Die Vorsehung hat das Lebensgefühl wieder auf eine einzige letzte Formel zusammengefaßt: Der Führer ruft, Gewehr bei Fuß. Und alles andere wird unwichtig.«[20]

In ihrer Mischung von Klassenhaß und Absage an die Vernunft, die, als Mannhaftigkeit ausgegeben, im Mord kulminierte, drückt diese Laufbahn die radikalen Komponenten des Nationalsozialismus und des Faschismus im allgemeinen aus. Andere Erzählungen liefern Variationen und Ergänzungen zum selben Thema. Eine andere spricht in mehr geschraubten und stereotypen Kategorien von Junkern, die auf ihrem Rittergut die Arbeiter mit Peitschen behandelten, vom Geschäftsmann, der Coupons schneidet und »diese irdische Existenz für seine ›Verehrte‹ und sein verwöhntes einziges Kind so angenehm wie möglich macht«, von der Verachtung der wirtschaftlich Mächtigen gegenüber den Arbeitern, um mit einem Wortschwall über die Gemeinschaft der Menschen, die solchen Feindseligkeiten ein Ende bereiten sollten, zu enden.[21]

Eine letzte erwähnenswerte Erzählung beschreibt kurz die Enttäuschung eines Angestellten mit der *Deutschnationalen Volkspartei*, einer reaktionären monarchistischen Partei, die ihre Unterstützung von den Junkern und der Großindustrie bezog. Als Lösung des Arbeitslosenproblems bot sie, wie dieser Mann es sah, die allgemeine Verbesserung der ökonomischen Bedingungen an. Diese Politik implizierte nach seiner Meinung

> ... Jahre der Bajonettherrschaft, um der Verzweiflung Herr zu werden, die folgen mußte. Wie anders war doch der kühne Plan, der aus Hitlers warmem, mitfühlendem Herz entsprang. Seine Vorstellung war es nicht, die Staatsmittel dazu zu benutzen, den Industriellen und Grundbesitzern zu helfen, sondern sie sofort dazu auszunutzen, das Elend von Millionen Deutschen zu lindern.[22]

Diese Bemerkung offenbart eine andere Seite der Gefühlsströmungen unter den weniger begünstigten Klassen: einen Wunsch nach den Vorteilen der Revolution ohne deren Kosten an Konflikten und Leiden. Diese Hoffnung teilten die Nazis mit vielen Formen

20 *Ebenda*, S. 259, 262.
21 *Ebenda*, S. 140 f.
22 *Ebenda*, S. 129.

des dirigistischen Liberalismus, angefangen bei Franklin Roosevelt. Doch gibt es einen entscheidenden Unterschied. Selbst die dirigistische Version des Liberalismus nimmt das Fortbestehen von Gruppenkonflikten an, während in der Sicht der Nazis die Lösung von Konflikten innerhalb der Grenzen der »Volksgemeinschaft« als Teil eines verstärkten Kampfes auf internationaler Ebene mit dem Liberalismus und Marxismus erwartet wurde.

An diesem Punkt wird, wie ich hoffe, klar genug, daß die Nazis ihre allgemeine Unterstützung von Leuten bezogen, die sich von der sie umgebenden gesellschaftlichen Ordnung moralisch gekränkt fühlten.[23] Sie fühlten sich selbst als die verfolgten Opfer der liberalen kapitalistischen Republik von Weimar. Wenn überhaupt, so wuchs dieses Gefühl von Verfolgtsein bei gerade denjenigen, die sich der Nazipartei anschlossen. Nach Abel wurden mehrere Hundert Nationalsozialisten zwischen 1930 und 1932 gesteinigt, erschossen oder bei Straßenzusammenstößen mit organisierten linken Gruppen erstochen.[24] Obwohl die Gerichte im allgemeinen sehr nachsichtig gegenüber Nazis und anderen gewalttätigen Gruppen waren, zerstörten die örtlichen Polizeikräfte hin und wieder die Sturmtrupps gründlich.[25] Die physische Verfolgung

23 Merkls statistische Untersuchung folgert, daß für die Mehrheit der von Abel Befragten die Erfahrungen von Kameradschaft in den Schützengräben, die Niederlage, die Revolution, dem Ausgesetztsein fremder Besetzung und die Situation in den Grenzgebieten die entscheidenden Einflußfaktoren für ihre Bindung an den Nazismus gewesen zu sein scheinen. Dem fügt er als ausgeprägten und entscheidenden Faktor die politische Jugendrevolte der jüngeren Generation hinzu, »die der kriegsbegeisterten Bewegung die bleibende Kraft gab, um 1933 zu triumphieren«. Siehe *Political Violence* . . ., a. a. O., S. 711. Für diese jüngere Generation scheint die Kameradschaft im Kampf, versinnbildlicht im Begriff der *Volksgemeinschaft*, in eigenem Recht wichtig gewesen zu sein. Obwohl die Jüngsten dieser Gruppe anscheinend nicht direkt von der Depression berührt waren, verstärkten sie als Jugendliche das, was die ältere Generation direkter erfahren hatte. Zu diesen Aspekten siehe *Ebenda*, S. 413, 423 f., 443.

24 Theodore Abel, *The Nazi Movement* . . ., a. a. O., S. 105.

25 Einige Beispiele aus der Sicht der Nazis finden sich *Ebenda*, S. 95-100. Manchmal erregt der Ton der Erzählungen den Verdacht, daß ihre Autoren ihre Tugenden als alte Kämpfer für Hitler gegenüber anderen betonen, die einen ruhigen Posten gesucht und gefunden haben, ein brennendes Thema zur Zeit der blutigen Säuberung, als die Autobiographien gesammelt worden waren. Daher mag das Thema durch Kampf gestählter Loyalität überbetont worden sein. Daß dieses Syndrom vorhanden war, ist auf der anderen Seite ganz klar.

aber stärkte lediglich die Loyalität gegenüber Hitler und war zugleich deren Ursache.
Einfache Parteimitglieder erlebten und erklärten die Schocks, die sie von seiten einer im Aufruhr befindlichen Gesellschaft empfingen, in sehr vereinfachten moralischen Kategorien. Da die meisten sich selbst als streng moralisch und hart arbeitend betrachteten, *mußten* die Katastrophen und die Drohung von Katastrophe in ihrem eigenen Leben einen bösen äußeren Ursprung haben. Wenn Leistung nicht in der traditionell zu erwartenden Weise zum Erfolg führte, mußte irgend etwas vollkommen falsch und unmoralisch sein. (Andererseits ist den Menschen beigebracht worden, nicht viel Belohnung zu erwarten.) Dieses Etwas war teilweise geheime Absprache und teilweise ein fundamentaler Mangel in der gesamten gesellschaftlichen Ordnung. Einfache Nazis verallgemeinerten tatsächlich. Wenn überhaupt, verallgemeinerten sie zuviel. Es gibt praktisch keine konkrete gesellschaftliche und ökonomische Analyse in ihrer allgemeinen Beurteilung der gesellschaftlichen Ordnung. Statt dessen gab es ein durchdringendes Empfinden von Schlechtem und Verunreinigung. Rottet die Verunreinigung auf eine männlich »altmodische« Art und Weise aus und die Sauberen können danach in einer »Volksgemeinschaft« glücklich leben. Solcherart waren die wesentlichen Elemente in dieser allgemeinen Analyse und Abhilfe für das Leiden.[26]

26 In *Mein Kampf* erklärte Hitler häufig, daß der Kampf auf internationaler Ebene würde fortfahren müssen, nachdem die NSDAP in Deutschland die Macht gewonnen hätte. Aber in den langen Zitaten aus den Abel-Biographien ist von einem kommenden internationalen Kampf sehr wenig die Rede. Mir erscheint das antisemitische Motiv im Vergleich zu Hitlers offizieller Propaganda auch gedämpfter. Abel, *The Nazi Movement . . .*, a. a. O., S. 164 und Anmerkung 14, führt aus, daß 60% der Befragten keinen Hinweis für eine antisemitische Haltung geben, was jedoch zu unterschiedlichen Graden von allen stillschweigend angenommen werden könnte, die sich der NSDAP anschlossen. Merkl, *Political Violence . . .*, a. a. O., S. 499, der die gleichen Autobiographien benutzte, fand nur 25% ohne Anzeichen für Antisemitismus. Ohne Zugang zu den Dokumenten müssen wir die Zuverlässigkeit solcher quantitativer Messungen in Frage stellen, wenn die Resultate ehrenwerter Männer solche riesigen Diskrepanzen offenbaren. Man muß deshalb eine von Merkls anregendsten Entdeckungen mit Vorbehalt behandeln: daß diejenigen, die physische Aggressivität offenbaren, die wenigsten verbalen Vorurteile zeigen (S. 466, 489). Diese umgekehrte Beziehung könne, wie Merkl vorschlägt, eine Äquivalenz zwischen der psychologischen Funktion gewalttätiger Hand-

Die Vorstellung der Nazis von der Volksgemeinschaft[27] war eine Antwort auf sehr unterschiedliche Erfahrungen und Frustrationen. Der Hauptinhalt des Begriffs hat seine Wurzeln in einer idealisierten Erinnerung an das Leben in den Schützengräben, die sich grundlegend von den Enttäuschungen der zivilen Existenz abhoben. Das Leben in den Schützengräben war angeblich von Kameradschaft und gegenseitiger Unterstützung, nicht von Anonymität und individueller Konkurrenz auf Leben und Tod geprägt. Durch eine irgendwie entgegengesetzte Wendung der Erinnerung wurde ein Mann in den Schützengräben für das gehalten, so meinten sie, was er wirklich war. Dort zählte ebenso wie in Konkurrenzsituationen allein die Leistung. Vermeintlich »externe« Qualitäten spielten keine Rolle: Ein Mann war, was er war, unabhängig von Erziehung und sozialem Hintergrund. Und die Bindungen, die sich zwischen Männern bildeten, die im Angesicht der gemeinsamen Gefahr auf ihr Wesentliches entkleidet waren, wurden als irgendwie tiefer und genuiner empfunden. In diesem Sinne war der Begriff der Gemeinschaft eine gleichmachende Waffe gegen Klassenunterschiede – die neuen wie die alten –, die in der Weimarer Republik wühlten und schwelten. Wenn *der Tag* erst gekommen wäre, würde das Leben wie eine beständige Urlaubsreise sein.

Diese Utopie erschien hauptsächlich als reine Männersache, ganz wie es das Leben in den Schützengräben gewesen war. Mit ihren Zwischentönen aus Ritual und Wiedergeburt und Gleichheit im Angesicht einer feindlichen Umgebung zeigte die Volksgemeinschaft, ebenso wie die Nazi-Partei selbst, signifikante Ähnlichkeiten mit den *Männerbünden*, Organisationen männlicher Erwachsener, die Anthropologen in vielen vorgeschichtlichen Gesellschaften entdeckt haben.

Aber es ist kaum notwendig, so weit zurückzugehen, um in der Vorstellung von der Volksgemeinschaft die Widerspiegelung von

lung und dem symbolischen gewalttätigen Sprechen aufzeigen. Wie wir jedoch wissen, sind die Konsequenzen bei anderen Menschen sehr verschieden. Außerdem können gewalttätige Sprache und Phantasien die psychologische Vorbereitung auf zerstörerisches Verhalten sein.

27 Für eine etwas andere Behandlung dieses Themas vgl. *Ebenda,* S. 96-118. Wir stimmen im wesentlichen überein: daß dies ein im großen Maße von den Erfahrungen von Kameradschaft in den Schützengräben abgeleiteter (S. 98) Schlüsselbegriff für Parteimitglieder war (S. 100).

Leiden und Wünschen zu erkennen, die sich in vielen anderen Gesellschaften einschließlich der unseren finden und die tatsächlich fast allgemein menschlich sein mögen. In einer idealisierten und nicht sehr verhüllten Form läuft die Volksgemeinschaft auf eine imaginäre Rückkehr in die Sicherheit der Familie, der Kindheit, wenn nicht sogar des Mutterleibs hinaus. Eine offensichtliche Quelle dieser Phantasie ist die Furcht vor den vereinzelnden und selbstsüchtigen Bestrebungen (feststellbar in Berichten über Konzentrationslager), die eintreten können, wann immer Konsumgüter und Dienstleistungen rar werden und die Individuen beginnen, auf Kosten aller anderen danach zu jagen. Das machtvolle Wiedergeltendmachen der sozialen Bindung ist eine normale und mehr oder weniger natürliche Verteidigung gegen diese Bestrebungen. Weil die kapitalistische Ordnung versucht, Konkurrenz zu betonen und zu institutionalisieren, haben alle ihre Kritiker eine Vorstellung von Gemeinschaft akzentuiert oder versucht, eine neue einzuführen. In der idealen Gemeinschaft wird, so hofft man, aller Zwist, alles Leiden und alle Unsicherheit, die Teil des Lebens jeder uns bekannten Gesellschaft sind, verschwinden, um durch die Kameradschaft herzlicher, vertrauensvoller Beziehungen ersetzt zu werden. Dies ist ein uralter und vermutlich ewiger Menschheitstraum.[28]

Weder die Nazis noch die modernen romantischen Anwälte der Gemeinschaft zeigen viel Bewußtsein davon, daß es in wirklichen Gemeinschaften[29], wie sie in Bauerndörfern oder den meisten schriftlosen Gesellschaften existiert haben, erstickende Sanktionen gegen die Abweichung von den Normen der Gemeinschaft gab. In der Praxis werden diese kleinen Gruppen durch den *coq du paroisse* oder eine kleine Oligarchie beherrscht. Mrs. Grundy in männlicher oder weiblicher Gestalt ist gewöhnlich die eigentliche Macht hinter dem Thron, was auf eine kleine Autokratie hinausläuft, da es kaum Zuflucht vor dem mißbilligenden Auge der Träger der Tradition gibt. Es gibt keinen Platz für solche, die wirklich »ihrer

28 Vgl. Roger Mucchiellis instruktive allgemeine Untersuchung *Le Mythe de la cité idéale*, Paris 1960.

29 Wir können Gemeinschaft als eine relativ autonome Gruppe von Menschen definieren, klein genug, daß alle Individuen einander gut kennen, aber groß genug, um für die meisten wirtschaftlichen Bedürfnisse der Gruppe mit einer einfachen Arbeitsteilung Sorge zu tragen.

eigenen Sache nachgehen wollen«; auch diese allgemein menschliche Tendenz ist, sofern damit die Befriedigung der eigenen Bedürfnisse gemeint ist, wann und wo immer diese auftraten, angesprochen. Das ist natürlich letztlich ebenfalls unmöglich. Aber diejenigen, deren Bestreben die Veränderung der häufig unhaltbaren Barrieren zwischen den Menschen in der modernen Gesellschaft ist, würden gut daran tun, die Möglichkeit zu erwägen, daß im großen und ganzen die Zerstörung von Gemeinschaft die wertvollste Leistung der modernen industriellen Zivilisation ist.

4. »Rechts«- und »Links«-Radikalismus: Ähnlichkeiten und Unterschiede

Mit der Erörterung von Gemeinschaft haben wir schon den Bereich der Ähnlichkeiten und Unterschiede zwischen der Variante des Nazi-Radikalismus und anderen Formen, die gewöhnlich als linke Befreiungsversionen angesehen werden, betreten. In dieser Hinsicht ist die wichtigste Beobachtung und eine, die zu Beginn gemacht werden sollte, die, daß sich der Nationalsozialismus wie andere Spielarten des Faschismus in der Praxis bald als pseudoradikal erwies. Populistische und radikale Elemente in dem ursprünglichen faschistischen Programm fielen entweder fort oder traten in den Hintergrund, als die Bewegung begann, ernstlich politische Verantwortung zu übernehmen. Obwohl die Ursachen von Fall zu Fall variierten, lag die Hauptursache in der Notwendigkeit, sich mit den Industriellen und mit den höheren militärischen Führern auf eine Politik der Eroberung und Expansion zu einigen. Hinter dieser Notwendigkeit verbarg sich wiederum die Unmöglichkeit, die Gesellschaft mit oder ohne revolutionäre Gewalt nach friedlichen und konstruktiven Grundsätzen zu reorganisieren. Dazu war der Faschismus unfähig. Genauer, die Faschisten waren an einer humanen gesellschaftlichen Ordnung gar nicht interessiert. Dies stellte für sie ein verweichlichtes und verächtliches Ziel dar.

Wenn der Faschismus aus strukturellen Gründen unfähig war, zu einer humanen Befreiung beizutragen, wenn die unmenschlichen und repressiven Züge von Anfang an sichtbar und dominant waren, dann mag es so scheinen, als gäbe es überhaupt keinen Anlaß, nach irgendwelchen Vergleichen mit linken Bewegungen zu suchen. Das Problem verschwindet einfach. Aber ist das wirklich richtig? Dies wäre nur zutreffend, wenn nicht auch revolutionäre Bewegungen wie liberale Regierungen brutale repressive Charakteristika entwickelt hätten. Gleichwohl hat es im Laufe der menschlichen Geschichte Fortschritte gegeben, und einige davon sind auf Revolutionen zurückzuführen – es sei denn, man wäre bereit, jede Vorstellung von kausaler Verbindung in der Geschichte, die hinter mathematischer Sicherheit zurückbleibt, aufzugeben. Ungeachtet aller Versuche, sich dieses Problems zu entledigen, bleibt die Ähnlichkeit zwischen repressiven und befreienden Volksbewegungen des sozialen Protests bestehen – zum Unbehagen der Linken, zur ignorant-selbstgefälligen Genugtuung derjenigen in der Mitte des politischen Spektrums und zur finsteren Freude der Rechten.

Als Grundlage für einige kurze vergleichende Beobachtungen können wir die europäischen revolutionären Bewegungen von der Zeit der *Sanskulotten* bis hin zum heutigen Tag betrachten. Das läßt den Puritanismus und die Puritanische Revolution, bei der die Ähnlichkeiten fast noch deutlicher sind, beiseite. Andererseits gibt es genügend Gründe zum Zweifel und zur Zurückhaltung gegenüber den befreienden Absichten oder Folgen des Puritanismus, um Komplizierungen bei der Erörterung dieses Gegenstandes zu vermeiden. Was die emotionale Färbung, den Inhalt und den Ursprung der programmatischen Forderungen betrifft, so gibt es genügend frappierende Ähnlichkeiten, wenn wir mit den *Sanskulotten* beginnen. Wie schon zuvor wird sich die Diskussion auf die verbreiteten Vorstellungen und Ideen der einfachen Leute, soweit sie uns bekannt sind, konzentrieren[30], und nicht auf die offiziellen Doktrinen, die von Berufsdenkern aufgestellt wurden. In den linken Bewegungen war oft die gleiche Wut über unbelohnte Mühe und die gleiche Feindseligkeit gegenüber denjenigen, die die schönen Dinge dieser Erde angeblich ohne Arbeit erhalten, wie unter den Nazis verbreitet. Wie auch der Gedanke, gescheiterte oder nutzlose Anstrengung als Auslöser von Gefühlen strafender moralischer Verurteilung könnte mit Recht dahingehend ausgedehnt

30 Informationen über die Sansculotten enthält die detaillierte Analyse von Albert Soboul, *Französische Revolution und Volksbewegung, die Sansculotten: die Sektion von Paris im Jahre II*, Frankfurt 1978.

werden, daß er auch die Bemühungen mit einschließt, die in die Kontrolle gesellschaftlich mißbilligter Wünsche einfließen. Um George Homans' Worte zu gebrauchen: Ein sich als zwecklos erweisender Aufwand an Selbstkontrolle erscheint leicht als höchst unfair und versetzt Menschen in größte Wut. In Zeiten extremer politischer Spannungen können solche Empfindungen zu einer allgemeinen strafenden Wut über ungerechte Behandlung seitens der Mächtigen geraten, wie es z. B. die Guillotine symbolisiert, in der die Sanskulotten eine wirksame Waffe gegen Spekulanten und Hamsterer wie gegen die Aristokratie allgemein sahen. Linke Bewegungen betrachten, wenn auch aus anderen Gründen als die Nazis, ihre Feinde als moralisch verwerflich und als Quelle gesellschaftlicher Verderbnis, die zerstört werden muß, obwohl es eine etwas stärkere Tendenz auf der Linken geben mag, von der Möglichkeit auszugehen, Gegner durch geeignete Behandlung zu bessern. Dennoch gibt es auf beiden Seiten einen starken Glauben an die Existenz eines unversöhnlichen Kerns von Gegnerschaft, der vor dem endgültigen Sieg und der Einführung einer neuen gesellschaftlichen Ordnung vernichtet werden muß. Auf der Linken wie auf der Rechten ist untereinander das gleiche Kameradschaftsethos und die gleiche Feindschaft gegenüber Privatheit als einer möglichen Quelle von Abweichung und Abtrünnigkeit zu finden. Diese Merkmale sind in kommunistischen Bewegungen besonders hervorstechend, existierten aber ebenso unter den *Sanskulotten*.

Neben einigen auffallenden Ähnlichkeiten beginnen in der Haltung gegenüber den Führern die Unterschiede aufzutreten. Bei einigen linken Bewegungen gibt es wie bei den Nazis die gleiche Forderung nach einer einzigen obersten Autorität, um die Welt zurechtzurücken. Die Grundursache ist in beiden Fällen wahrscheinlich dieselbe: das Gefühl individueller Machtlosigkeit und der Unfähigkeit zur Kontrolle einer als schlecht und grausam erscheinenden Welt. Andererseits weisen Anarchisten diese Haltung gänzlich zurück. Begründete Zweifel sind auch angebracht, ob die Zuneigung und sogar Verehrung für einen Führer, die in linken oppositionellen Bewegungen auftrat, in sich den gleichen Grad an Selbsterniedrigung und Aufgabe von Vernunft trug, der sich bei den Nazis offenbarte.

Im großen und ganzen versucht die Linke durch ein Programm spezifischer Änderungen in den gesellschaftlichen Institutionen und zum geringsten Teil durch einen Appell an irgendeine Form von Eigennutz, besonders in der der Machtergreifung vorausgehenden Phase, zur Mobilisierung beizutragen. Ich würde die Verallgemeinerung wagen, daß sich auf der Linken erst *nach* der Inbesitznahme der Macht die gleiche Art von Selbstbeschämung abspielte, die in der Nazibewegung so hervorstechend ist. Dann wird, wie im Fall von Stalin und Mao, ungeachtet der sehr bedeutsamen Unterschiede, der Führerkult von oben primär als eine Waffe in den internationalen politischen Kontroversen organisiert. Auch in dieser Beziehung hat die Linke ihren Charakter so sehr geändert, daß ihre Beteuerungen, eine befreiende Kraft zu sein, suspekt erscheinen.

Gibt es doch irgendwelche scharfumrissenen qualitativen Differenzen? Ich möchte die folgenden vorschlagen: Die Wut der linken Bewegungen findet ihren Ausdruck in Form von Grundsätzen, die vermeintlich auf die ganze Menschheit anwendbar sind. Bruderschaft, Solidarität, Kameradschaft, Brüderlichkeit, Gleichheit sprechen zumindest potentiell alle anderen Menschen in der gleichen Situation von Unterdrückung an. Damit soll nicht bestritten werden, daß das, was vielen oppositionellen Bewegungen ihre bleibende Macht gibt, in einer beharrlichen Verfolgung ziemlich beschränkter Gruppeninteressen und in sehr beschränkt wahrgenommenen Mißständen besteht. Die deutschen Kohlebergarbeiter lieferten dafür ein brauchbares Beispiel. Und ebensowenig wird die Tatsache geleugnet, daß Gruppeninteressen unter den weniger Begünstigten häufig in sehr krassem Widerspruch zueinander stehen. Der Hinweis auf die Feindseligkeiten vieler Arbeiter gegenüber der Konkurrenz ausländischer Immigranten mag in diesem Fall genügen.

Die weitestgehende Behauptung wäre daher, daß viele spontane Äußerungen der Wut der Unterklasse *tatsächlich* eine offene Form von generell applikablen Prinzipien annehmen – teilweise aus dem Bewußtsein eines gemeinsamen Schicksals heraus und zum Teil aus der Notwendigkeit von Verbündeten. Das Ziel ist eine neue gesellschaftliche Ordnung für die ganze Welt, nicht ein »Neues Deutschland«. Selbst nachdem linke Bewegungen die Macht übernommen haben, kann der universale Appell eine nützliche Waffe in der diplomatischen und selbst in der militärischen Rüstkammer des neuen Regimes sein. Im Fall Chinas und der Sowjetunion lag dies offen auf der Hand, und bis zurück zu Napoleon traf dies zu.

Es gibt aber erkennbare Unterschiede zwischen rechten und linken Volksbewegungen in ihrem Verhältnis zur Ausübung von Zwang und Gewalt oder im strafenden Verhalten allgemein. Dies ist ein sehr schwieriges Terrain, das für eine adäquate Erforschung ein eigenes Buch nötig machen würde. Auf den ersten Blick ist die Behauptung verlockend, die linken Bewegungen unterschieden sich scharf sowohl in ihrem Verhältnis zur Gewalt und in den Zielen von rechten Volksbewegungen wie dem Nazismus. Auf seiten der Linken mag man vorbringen, Gewalt sei kein Selbstzweck, sondern nur etwas Notwendiges zur Erreichung politischer und gesellschaftlicher Ziele. Der Zorn der Linken richtet sich im allgemeinen nicht gegen die Schwachen und Machtlosen. Ihre Zielscheibe sind nicht die Juden und Zigeuner der Nazis noch die hilflosen Schwarzen des aufgebrachten, lynchenden Pöbels im Süden der Vereinigten Staaten. Ihre Methode ist nicht das Pogrom. Statt dessen wählt sich linke Volkswut zur Zielscheibe die Symbole und die Verkörperung der unterdrückenden Macht: Könige, Aristokraten, Regierungsbeamte, Männer mit Macht und Vermögen allgemein.

Der Glaube an diese Erklärungen könnte viel verlockender sein, wären sie wirklich wahr. Sie sind viel zu tröstlich, zumindest für die Linken, als daß sie wahr sein könnten. Im besten Fall stellen sie, wie die Behauptung liberaler Regierungen, zur friedlichen und gerechten Lösung gesellschaftlicher Konflikte fähig zu sein, ein Ideal und eine Tendenz dar, die bei mehr als einer Gelegenheit der Praxis nahekamen. Linke Behauptungen kommen der Wahrheit in der Charakterisierung ihrer Feinde, der faschistischen Bewegungen, am nächsten. Diese *glorifizieren* Gewalt und Zwang, obwohl es notwendig sein wird, in dieser Hinsicht gleich einige Eigenheiten und Differenzierungen einzuführen, und sie offenbaren eine starke Tendenz, schwache Zielscheiben auszuwählen – oder in einfacheren Worten, die Schwachen und Hilflosen zu vernichten.

Aber die kurze Untersuchung der berühmten Episode der Septembermorde während der Französischen Revolution reicht aus, die Illusion zu zerstreuen, solche Behauptungen könnten Teil irgendeiner allgemeinen Charakterisierung von Volkserhebungen sein. Wie dieser Fall zusammen mit vielen anderen Belegen zeigt, können Wogen allgemeiner moralischer Empörung entweder befreiende oder unterdrückende Formen annehmen und je nach Umständen schnell von einer in die andere umschlagen. Wo eine derartige Transformation stattfindet, geht sie nach meiner Kenntnis nur in eine Richtung: auf rachsüchtiges und unterdrückendes Verhalten. Lynchender Pöbel verwandelt sich nicht in revolutionäre Massen, während das Umgekehrte sich häufig ereignet hat. Da die Septembermorde die Aufmerksamkeit hervorragender Historiker erregt haben und einige der wichtigsten Vorgänge erhellen, wird es nützlich sein, sie etwas näher zu betrachten.

In einem sehr weiten Sinn trifft es zu, daß die Zielscheibe des Pöbels bei den Septembermorden eine Reihe von Persönlichkeiten war, die Macht besessen *hatten*. Der Auslöser für den Aufstand war ein Gerücht, wonach der massenhafte Abzug von bewaffneten guten Revolutionären an die Front Paris von den Verteidigern der Revolution entblößen und dadurch die Gelegenheit für eine konterrevolutionäre Erhebung mit den Gefängnissen als Zentrum schaffen sollte. Eine Reihe von Gefängnissen war damals voll mit Personen, die bei der Verteidigung der Tuilerien am 10. August 1792 auf der Verliererseite waren, jenem Ereignis also, bei dem der König der Schweizer Garde den Befehl gab, das Feuer nicht zu eröffnen. Doch bestand die schlichte Tatsache darin, daß der herumziehende Pöbel im Laufe mehrerer Tage mehr als tausend hilfloser Gefangener massakrierte.[31]

Jules Michelet, der um 1850 schrieb und Zugang zu Archiven hatte, von denen einige 1871 zerstört wurden, liefert die brauchbarste und detaillierteste Darstellung, die ich finden konnte. Nur zwei der 48 Sektionen, in denen die »kleinen Leute« von Paris organisiert waren, stimmten tatsächlich für das Massaker.[32] Diese Einschränkung aber hatte keine praktische Auswirkung. Es fanden sich genügend aufgebrachte und erregte Leute zur Ausführung dieser entsetzlichen Taten. Unter ihnen befanden sich die *boutiquiers*, kleine Ladeneigentümer, die wegen des Durcheinanders und der Verwirrung der Zeiten gezwungen waren, ihre Geschäfte zu schließen. Michelets Bemerkung über sie wirft ein interessantes Licht auf

31 Pierre Caron, *Les Massacres de septembre*, Paris 1935, S. 95, gibt auf der Basis noch erhaltener archivalischer Zeugnisse die Zahl der Opfer zwischen 1090 und 1395 an.

32 Jules Michelet, *Histoire de la Révolution française*, 9 Bde., Paris 1868, Bd. V, S. 52.

ihre historische Affinität zu den Nazis, selbst wenn er darin irrt, daß ihr Verhalten ein französisches Charakteristikum sei: »Der Arbeiter erträgt leichter den Hunger als der Krämer den Bankrott. Das hat viele Gründe, doch einer ist besonders zu bedenken: In Frankreich ist der Bankrott kein bloßes Mißgeschick (wie in England oder Amerika), sondern eine Schande. *Faire honneur à ses affaires*, mit seinen Geschäften Ehre einlegen, lautet ein französischer Spruch, den es nur in Frankreich gibt. Und der bankrotte Krämer gerät hier in Rage.«[33]

Den *boutiquiers* schlossen sich alle Arten von Lehrlingen, Fleischerjungen und die schwankende Bevölkerung an, von der es in Paris nur so wimmelte. Sowie ein Gefangener das Tor des Gefängnisses verließ, fiel der Pöbel mit Piken über ihn her.

Hier und da ließ der Pöbel bei der Auswahl der Opfer ad hoc Gerechtigkeit widerfahren, wenn er zum Beispiel manchmal diejenigen aussparte, die wegen Schulden eingesperrt waren oder die ihm aus irgendeinem Grund gefielen.[34] Zweifel sind aber an den Berichten über Handlungen von Verstümmelung und sexueller Gewalttätigkeit an weiblichen Opfern angebracht.[35] Mit diesen unbedeutenden Ausnahmen und Vorbehalten verhielten sich die Massen mit unterschiedsloser Raserei und Brutalität.

Aus Michelets Darstellung wird eine zunehmende Lockerung der Aggressionshemmung deutlich. Als das Gemetzel am 2. September 1792 ausbrach, zeigten die Massen noch einige Anzeichen von Scheu. Barfüßige Mitglieder waren noch nicht dazu bereit, sich mit den Schuhen der toten Adligen zu behelfen. Am nächsten Tag war das Morden zum Vergnügen geworden.[36] Die schlimmste Episode

33 *Ebenda*, S. 63 (Hervorhebung im Original).

34 Dieser Aspekt taucht in der Darstellung von Jean Jaurès auf, *Histoire socialiste de la Révolution française*, 8 Bde., Paris 1922-24, Bd. IV, S. 232-243. Auf S. 234 zeigt Jaurès, daß er nicht beeindruckt war: »Je n'aime pas les plaidoyers hypocrites des contemporains qui s'extasient sur ›l'esprit de justice‹ du peuple parce qu'il a épargné et élargi les prisonniers pour dettes.«

35 Von Jaurès erwähnt, aber siehe Pierre Caron, *Les Massacres de septembre*, a. a. O., S. 61 f., 65. Diese Art des Verhaltens kam jedoch vor und ist nicht Produkt lüsterner Phantasie. Als Beispiel siehe das Material über ein orgiastisches Siegesfest unter den Hochländern von Neuguinea bei Ronald M. Berndt, *Excess and Restraint: Social Control among a New Guinea Mountain People*, Chicago 1962, S. 282-284.

36 Jules Michelet, *Histoire* . . ., a. a. O., Bd. V, S. 88.

ereignete sich am 4. September. Die Massen zogen aus, um das Schloß von Bicêtre anzugreifen, ein riesiges Aufbewahrungslager des alten Regimes für mannigfache gesellschaftlich Ausgestoßene und Unglückliche, einschließlich Wahnsinniger, Waisenkinder, entlassener Lehrlinge und Diener, die auf ein Wort ihres Herrn eingelocht worden waren. Bicêtre glich der Bastille, mit dem Unterschied, daß die Burg diesmal voll war und die Massen kamen, um zu morden statt zu befreien. Nur eine relativ kleine Anzahl kam soweit, denn viele in der Masse hielten auf dem Wege an, um das Schloß der Salpêtrière, eine ähnliche Institution für Frauen einschließlich Prostituierter, anzugreifen. Sie töteten ungefähr 35 Frauen, darunter 30 Prostituierte. Bei Bicêtre stieß die Masse zufällig auf eine Gruppe verlassener und mißhandelter kleiner Jungen und tötete ungefähr dreißig. Kurz davor metzelte eine andere Menge an einem weiteren Gefängnis, den Bernardins[37], Menschen, die zu den Galeeren verurteilt waren, nieder.

Während des Massakers unternahmen die Führer der Revolution keine ernsthaften Anstrengungen, um zu intervenieren oder das Gemetzel zu beenden. Sowohl Danton als auch Robespierre nutzten die Gelegenheit, Parteiinteressen Vorschub zu leisten. Im Urteil einiger moderner Historiker trägt Danton durch kluge Zurückhaltung ein großes Maß an Verantwortung für das Ereignis. Obwohl Marat zu der Zeit in blutrünstigen Worten redete, darf bezweifelt werden, ob er irgendeinen faktischen Einfluß auf die Bewegung hatte oder zu ihr einen wichtigen Beitrag leistete.[38]

Die zeitgenössische revolutionäre Meinung, soweit sie aus Zeitungen und erhaltenen Brieffragmenten überliefert ist, war im allgemeinen günstig oder apologetisch. Scharfe Kritik tauchte während ungefähr drei Wochen nicht auf, obwohl sie schon vorher empfunden worden sein mag. Später, über einen langen Zeitraum im 19. Jahrhundert, erlangte das Beiwort *septembriseur*, das von der konterrevolutionären Propaganda in Umlauf gebracht wurde, eine weite Verbreitung als Ausdruck für die brutale Seite des revolutio-

37 *Ebenda*, S. 108-112. Pierre Caron, *Les Massacres de septembre*, a. a. O., S. 6 f., 148-150, bestätigt Michelet im allgemeinen und fügt den Fall derjenigen, die zu den Galeeren verurteilt waren, hinzu.

38 Zu diesen Aspekten vgl. die Darstellung bei Jaurès, *Histoire socialiste* . . ., a. a. O., Bd. IV, S. 251-255, 262, und Louis R. Gottschalk, *Jean Paul Marat: A Study in Radicalism*, Chicago 1969, S. 124-128.

nären Extremismus.[39] Für empfindsame Menschen von heute ist die schlimmste Seite die Niedermetzelung von Wehrlosen.

Bis zu diesem Punkt haben wir entweder allgemeine Massenbewegungen diskutiert, die weitgehend spontan und führerlos sind oder die im Falle organisierter Bewegungen, wie es auf die Nazis sicherlich zutrifft, über eine Massengefolgschaft verfügen. Es gibt verschiedene andere Situationstypen, bei denen sich das Verhältnis großer Menschenmengen zu Gewalt und Grausamkeit in einer Weise offenbart, die weitere Vergleiche zwischen radikalen und reaktionären Bewegungen möglich machen.[40] Ein wichtiger Typus ist die terroristische Bewegung, die weitverbreitete Unterstützung unter der Bevölkerung genießt. In ihren frühen Stadien gehören Guerilla-Bewegungen in diese Kategorie. Terroristischen wie auch Guerilla-Bewegungen kann natürlich jegliche Unterstützung durch die Bevölkerung fehlen, oder sie können daran scheitern, sie zu erlangen, was als irrelevant für unser Problem beiseite gelassen werden kann. Konkrete zeitgenössische und jüngere, für uns in Betracht kommende Beispiele sind die nationalistischen Banden, die zahlreiche Morde in der Weimarer Republik verursachten und ausführten, die OAS in Algerien und Frankreich, die Irisch-Republikanische Armee, die Palästinensische Befreiungsorganisation und andere.

Diese Form des Terrors bezweckt nicht, zumindest nicht kurzfristig, die Machtergreifung. In diesem Sinne unterscheidet sie sich von der bewaffneten Verschwörung. Der Zweck besteht vielmehr darin, die bestehende Regierung zu verunsichern, ihre Legitimation und die scheinbare Unvermeidlichkeit ihrer Autorität zu unterhöhlen und Mißstände öffentlich zu machen – dies alles durch Terrorakte wie Meuchelmorde und Bombenattentate. Mit diesen extremistischen Taten soll sowohl Verzweiflung als auch Hoffnung bei einem Teil der betroffenen Bevölkerung mobilisiert und geschaffen werden. Ohne dieses Gefühl von Hoffnungslosigkeit bei der betroffenen Bevölkerung, das von aussichtslosen Gefühlen

39 Pierre Caron, *Les Massacres de septembre*, a. a. O., S. 8, 121-153, 167 f.

40 Wie im Falle von rechts und links stellt die Haltung zur gesellschaftlichen Gleichheit ein brauchbares Unterscheidungskriterium für radikale und reaktionäre Bewegungen bereit. Ein Pogrom ist eindeutig reaktionär, weil es eine bestehende Ungleichheit fortzusetzen und zu verstärken sucht oder sogar ihre Opfer aus der menschlichen Gesellschaft völlig auszuschließen trachtet.

für nationale Identität, wirtschaftliche und gesellschaftliche Mißstände oder einer Verbindung beider herrühren kann, ist die terroristische Organisation außerstande, Wurzel zu fassen, und läuft Gefahr, zerschlagen zu werden. Wie im Fall der OAS in Algerien, kann die terroristische Organisation auch manchmal auf einen gewissen Grad stillschweigender Duldung bei den Teilen der Machthaber zählen, die versuchen, sie als Waffe in ihren eigenen Streitigkeiten zu benutzen. Dieser Faktor kann der Gruppe helfen, mehr oder weniger legitimierte Autorität oder zumindest einen gewissen Grad politischen Ansehens zu erlangen, was für die NSDAP in Deutschland zutraf. Als eine der ursprünglich zahlreichen konkurrierenden nationalen Sekten brachte sie es fertig, zur Massenpartei zu werden, um dann die Macht in ganz Deutschland an sich zu reißen. Zum Teil unter Ausnutzung der Differenzen zwischen den arabischen Ländern brachte es die PLO 1974 fertig, daß ihr Sprecher vom Podium der Vereinten Nationen eine Rede hielt – ein Zeichen von zumindest partieller politischer Anerkennung.

Das Podium der Vereinten Nationen ist andererseits kaum mit der deutschen Kanzlerschaft vergleichbar, und, wie das Schicksal der OAS zeigt, kann eine terroristische Organisation verschwinden, wenn ihre Hauptgegner ihre Differenzen auf ihre und der Anhänger Kosten beilegen. Obwohl liberale Regierungen an einem spezifischen Handikap leiden mögen, wenn sie es mit terroristischen Gegnern aufnehmen, weil sie nicht zu wirksamen polizeilichen Maßnahmen greifen können, ohne ihre eigene Legitimation zu unterhöhlen und weitere Mißstände offenzulegen, sind sie nicht notwendig hilflos. Terroristen können sich ihren eigenen Helfern entfremden und sich durch strategische und taktische Fehleinschätzungen die wütende Feindschaft anderer Bevölkerungsteile zuziehen. Regierungen können eine wirksame Mischung von Gewalt und Zugeständnissen einsetzen. Die vereinfachte liberale Formel, allen und jeder gesellschaftlichen Forderung vollkommen nachzugeben, bloß weil sie lautstark vorgetragen wird und irgendwie berechtigt klingt, könnte nicht funktionieren, würde sie jemals versucht. Verzweifelte Gefühle widersetzen sich im allgemeinen der Befriedigung, und es gibt so etwas wie politischen Appetit, der beim Essen wächst. Es kann also so etwas geben wie eine verteidigungswerte Skala gesellschaftlicher Prioritäten, die über breite öffentliche Bejahung verfügt, oder zumindest so etwas wie eine hinlänglich rationale Allokation der beschränkten gesellschaftlichen Ressourcen zur Verfolgung dieser Prinzipien. Wo diese Situation vorherrscht, ist es unwahrscheinlich, daß der Terrorismus mehr als ein minoritäres politisches Problem wird.

Bezeichnend genug war, daß der linke Terrorismus sich gegen Autoritätsgenossen richtete, entweder den lokalen am Ort – was mehr für die moderne Landguerilla kennzeichnend zu sein scheint – oder gegen im Mittelpunkt stehende symbolische Figuren, die von den mehr romantischen Bewegungen mit weit geringerer Unterstützung vorgezogen zu werden schienen.[41] Der Unterschied besteht hier darin, daß die rechten Bewegungen als Opfer prominente Figuren auswählen, die die Opposition gegen ihre Politik symbolisieren, dies *sowohl* bei denen, die an der Macht sind, *als auch* bei potentiellen Führern auf der Linken. So gehören zu den Opfern des rechten Terrors in der Weimarer Republik – um nur die bekanntesten Beispiele zu nennen – einerseits Karl Liebknecht und Rosa Luxemburg und andererseits Walther Rathenau und Matthias Erzberger.

Wie Michael Walzer, der gerade mit Forschungen über den Terrorismus beschäftigt ist, mir jedoch in einer Unterhaltung klarmachte, mag diese Unterscheidung mit dem Auftreten wahlloser Angriffe auf Individuen und Gruppen, die kaum oder gar keine Verbindung zur Politik haben, welche die Ursache der Unzufriedenheit ist, und die sicherlich keine Verantwortung für die Gestaltung oder Durchführung dieser Politik tragen, ihre Gültigkeit einbüßen. In dieser Art der Kriegsführung sind dies die »Zivilisten«, die in weiten Teilen der Öffentlichkeit einfach nur unschul-

41 Jetzt, wo der Vietkong in Vietnam gesiegt hat, ist es nützlich, sich daran zu erinnern, daß er systematischen Terror *benutzte*, sogar wenn die Folgen des amerikanischen Terrors schlimmer waren und zum Vorteil eines korrupten und reaktionären Regimes angewandt wurden. Für eine ausgewogene Analyse, die teilweise auf Beobachtungen aus erster Hand beruht, siehe Douglas Pike, *Viet Cong: The Organization and Techniques of the National Liberation Front of South Vietnam*, Cambridge (Mass.) 1966, bes. S. 244-252, und Robert L. Sansom, *The Economics of Insurgency in the Mekong Delta of Vietnam*, Cambridge (Mass.) 1970, S. 238-245. Sansoms Analyse ist nach meinem Urteil viel überlegener, weil er den Gebrauch von Terror in seinen gesellschaftlichen und wirtschaftlichen Zusammenhang mit dem Verdruß des Volkes stellt. Aber die Tatsachen des Terrors selbst ähneln sich in beiden Darstellungen.

dige Zuschauer darstellen. Den Zeitungsberichten zufolge gab es zahlreiche dieser Fälle in Nordirland, doch sie sind keineswegs auf diesen Teil der Welt beschränkt. Das früheste mir bekannte Beispiel dieser wahllosen Form von Terrorismus ereignete sich 1894. In diesem Jahr legte ein junger anarchistischer Intellektueller, Emile Henry, eine Bombe in ein Café nahe dem Gare Saint-Lazare, wo eine große Menge kleiner Ladenbesitzer, Angestellter und Arbeiter ruhig tranken und der Kapelle zuhörten. Die Explosion richtete viel Schaden an: zwanzig Personen wurden verletzt, eine starb. Auf den Vorwurf, eine unschuldige Person getötet zu haben, antwortete Émile Henry schlicht, »Es gibt keine Unschuldigen.«[42] Henry meinte offensichtlich, daß jeder, der als gewöhnlicher Bürger lebte, Steuern zahlte, einem Beruf nachging etc., in der von ihm so leidenschaftlich gehaßten bürgerlichen Gesellschaft zu deren normalem Funktionieren beitrüge und sich deshalb an ihrer allgemeinen Schuld beteiligte. Das ist natürlich ein Gesichtspunkt, der durch seinen rigiden Determinismus nicht nur jeden möglichen Begriff von abgestufter moralischer Verantwortlichkeit, sondern auch ganz offensichtlich vorhandene Unterschiede im Grad des Einflusses und der Kontrolle über gesellschaftliche und politische Maßnahmen negiert.

Diese Einstellung ist als solche weder neu noch links, sie geht bis auf jenen Ausruf des superpatriotischen Cato von »Carthago delenda est« zurück. Die Redeweise vom »karthagischen Frieden« ist in unsere Sprache zur Kennzeichnung der vorsätzlichen Politik endgültiger Vernichtung eingegangen. Cato war allerdings ein Mitglied der herrschenden Elite. Uns stehen wenig zuverlässige Informationen darüber zu Verfügung, was einfache Sympathisanten mit terroristischen Bewegungen angesichts eines wahllosen Blutbades empfinden. In Peter Merkls Untersuchung über 581 einfache Nazis fand er 155 Autobiographien, die eine realistische oder romantische Billigung von Gewalt mit oder ohne eigener Beteiligung enthielten, und 187 Berichte von tatsächlicher Beteiligung an gewalttätigen Akten.[43] Selbst wenn es nicht möglich ist, die Darstellungen als solche für bare Münze zu nehmen, so reichen sie aus, um eine Menge latenter Gefühlsregungen zu enthüllen, die zu massiven

42 James Joll, *Die Anarchisten*, Berlin 1966, S. 100.
43 Peter H. Merkl, *Political Violence . . .*, a. a. O., S. 542.

destruktiven Ausdrucksformen werden könnten. Auf der anderen Seite ist es eine wohlbekannte Tatsache, daß die Naziführer es für nötig hielten, ihre Maßnahmen und ihre Maschinerie für den Genozid vor der Masse der deutschen Bevölkerung geheim zu halten. Vom Resultat her zählen diese Unterscheidungen jedoch kaum. Man findet nur zu leicht genügend Leute mit der Bereitschaft, entsetzliche Maßnahmen auszuführen, selbst wenn sie keine solchen aggressiven Neigungen zeigten, damit anzufangen. Ist ein terroristisches Regime an der Macht, steht denen, die nicht zur Ausführung dieser Maßnahmen bereit sind, fast gar nichts anderes offen als Selbstmord des Individuums oder sogar einer tapferen Gruppe.

Begeisterung für den Gewaltakt als in gewisser Weise erlösendes und therapeutisches Mittel für das Opfer wie für die zum Opfer gemachte Gesellschaft scheint unter den gewöhnlichen Mitgliedern untergeordneter oder unterdrückter Gruppen kein hervorstechender Zug zu sein.[44] Zum einen ist er oft einfach zu gefährlich. Zweitens kann er Repressalien für die ganze Gruppe zur Folge haben. Wie früher herausgestellt wurde, neigt die Gruppe häufig dazu, sich durch die Bestrafung von Protestierenden selbst zu schützen. Sicherlich funktionieren diese Sanktionen nicht immer. Gelegentlich ermordeten Sklaven im amerikanischen Süden ihre Herren. Den Sklavenhaltern scheinen Haltung und Motivation dieser individuellen Handlungen unerklärlich gewesen zu sein.[45] Individuelle Handlungen dieser Art sind, was immer ihr Motiv sein mag, nicht zu vergleichen mit einem kulturellen und moralischen Klima, das die Tugenden von Gewalt und Aktionen gegen die gesellschaftliche Ordnung betont. Dieses Klima, das in Experimenten mit der Idee des motivlosen Mordes seine extreme Manifestation findet, tritt im wesentlichen als Planspiel von Intellektuellen auf, die von der Regelmäßigkeit, Monotonie und der Spießigkeit der bürgerlichen Gesellschaft abgestoßen und gelangweilt

44 Gewalt als Therapie zieht sich als Motiv durch die Schriften von George Sorel, und in jüngerer Zeit taucht das auch bei Frantz Fanon, *Die Verdammten dieser Erde*, Reinbek 1971, mit dem bestätigenden Vorwort von Jean Paul Sartre auf.

45 Siehe Eugene D. Genovese, *Roll, Jordan, Roll: The World the Slaves Made*, New York 1974, S. 361-363.

werden.[46] In den letzten Jahren wurde dies, neben der Beschäftigung mit schweren Katastrophen, zu einem Hauptthema der Massenunterhaltung in den Vereinigten Staaten. Als eine Stimmung hat es keinen besonderen politischen Gehalt und kann nach rechts oder nach links ausschlagen. Mussolinis Laufbahn vom militanten Linken zum faschistischen Führer illustriert den Umschlag vom einen zum anderen ausgezeichnet.

Aber auch hier sind sorgfältige Unterscheidungen vonnöten. Die Verdrossenheit über Regelmäßigkeit und Spießertum der bürgerlichen Gesellschaft war kein allgemeines Charakteristikum der einfachen Nationalsozialisten. Das Beweismaterial von Abel belegt, daß die NSDAP eine gegenläufige Umwälzung zur Restauration der traditionellen bürgerlichen Tugenden darstellte, denn harte Arbeit und allgemeine Triebkontrolle sollten wieder ihre verdiente Belohnung in dem neuen kollektiven Kontext der Volksgemeinschaft empfangen. Die Nazipropaganda und die Nazikunst waren auch durch und durch »gesund«, betulich und beruhigend. Dieses Streben nach Wiederherstellung traditioneller Tugenden unterscheidet die Nazibewegung scharf von der Studentenrebellion und von den Aufwallungen der Jugendkultur während der sechziger Jahre. Revolutionäre sozialistische Bewegungen in den zurückgebliebenen Ländern betonen gleichfalls die Tugenden harter Arbeit in kollektivem Zusammenhang und versuchen, »morbide« gesellschaftliche Interessen und die Befangenheit im eigenen Ich auszumerzen. Sie trachten nach Kunstformen, die genauso »gesund«, beruhigend und banal sind wie die der Nazis. In dieser Hinsicht ist die Unterscheidung zwischen revolutionärem Sozialismus und Faschismus auf den ersten Blick nicht so schlagend. Beide sind sehr »gradlinig« und konventionell, moralisch wie kulturell. Wieder beruht der Unterschied auf dem Kontext, innerhalb dessen die allgemeine Kontrolle der Triebregungen und die Konzentration der Aggressionen zu gemeinsamen Zielen stattfinden. Sozialistische Bewegungen haben enorme Anstrengungen unternommen, ihre gesellschaftlichen und politischen Institutionen zu überholen, um soziale Ungleichheit und die institutionellen Quellen von Ag-

46 Als ein Zeugnis für das anhaltende menschliche Interesse an Sadismus und seinem künstlerischen Ausdruck siehe Mario Praz, *The Romantic Agony*, London 1970.

gression zu mindern. Indem sie dies taten, haben sich einige auf massive Grausamkeiten eingelassen. Ob dies im Endeffekt auf eine mögliche historische Transformation zu menschlicheren gesellschaftlichen Einrichtungen hinauslaufen wird, ist mir keineswegs so klar wie den Revolutionären und ihren Sympathisanten.

Dennoch haben sie den Versuch unternommen und sind noch damit beschäftigt. Deshalb sind Zweck und gesellschaftliche Funktion des Wiederauflebens generalisierter Triebkontrolle und Selbstdisziplin auf der Linken sehr unterschieden von der Rechten. Versuche, eine Grenze zu ziehen, fallen allem Anschein nach regelmäßig auf gewisse Aspekte der Intentionen, Hoffnungen und zukünftigen Möglichkeiten zurück. Jedoch *könnte* das Argument insofern eine sichere Grundlage finden, als es institutionelle Fähigkeiten, Tendenzen und historische Richtungen eher betont als Programme, Doktrinen und individuelle Hoffnungen. Die Behauptung, der Faschismus hätte unmöglich eine menschliche Richtung einnehmen können und seine Gewalt habe rein destruktiv sein müssen, scheint recht haltbar. Den Anspruch, linke Formen der Destruktion seien Teil eines schöpferischen historischen Prozesses, kann nur die Zukunft verifizieren. Die historischen Erfahrungen des zwanzigsten Jahrhunderts sind weit davon entfernt, ermutigend zu wirken.

Zwei andere allgemeine Situationstypen verlangen in diesen einleitenden Streiflichtern über Einstellungen und Verhalten des Volkes zu Macht und Gewalt, besonders gegenüber relativ Schwachen und Hilflosen, unser Augenmerk. Die erste ist eine Situation des allgemeinen Zusammenbruchs politischer und gesellschaftlicher Autorität, ein *Sauve-qui-peut*, wie er von Teilen Südvietnams kurz vor der Eroberung Saigons durch die nordvietnamesischen Truppen berichtet wird. Der zweite Typus besteht in der vorsätzlichen und temporären Aufhebung einiger Momente der Regierungsgewalt wie bei der offiziellen Ermutigung zu einem Pogrom oder bei dem berüchtigten Abschlachten französischer Protestanten in den Massakern am Sankt-Bartholomäus-Tag.[47] Er bringt ähnliche und vielleicht schlimmere Resultate hervor. Es scheint zwei Grund-

47 Darüber und über ähnliche Ereignisse siehe die Analyse von Natalie Zemon Davis, *The Rites of Violence: Religious Riot in Sixteenth-Century France*, in: *Past and Present*, Nr. 59 (Mai 1973), S. 51-91.

merkmale zu geben: Eines besteht in der Befreiung und vielleicht Intensivierung aller in einer Bevölkerung aufgestauten Aggressionen, indem die Tabuisierung ihres Auslebens aufgehoben und sie durch den Überfluß an gesellschaftlich gebilligter Aggression ersetzt wird. Ihr Ausmaß wird seinerseits Ergebnis sehr spezifischer historischer Bedingungen in Verbindung mit dem Erbe der jüngsten Geschichte sein. Es gibt keinen Grund anzunehmen, daß das Ergebnis immer gleichermaßen schrecklich sein wird. Andererseits wird diese Art von »Befreiung« wohl schwerlich unter sehr günstigen Umständen stattfinden. Das zweite Merkmal ist der harte Kampf um knappe Güter und sogar um das Leben selbst, der mit dem zeitweisen Zurücktreten oder Verfall einer, besonders beliebten, Autorität auftreten kann. Gerade diese Art von Kampf kann die meisten zivilisierten Menschen fast sofort in Wilde verwandeln. Die Leute werfen den äußeren Anstrich, die Beherrschung und die Hemmungen, die von dem Leben in organisierten Gesellschaften erfordert und aufrechterhalten werden, ab, um einander um eines kleinen, aber entscheidenden Vorteils willen zu zerreißen, vorausgesetzt, die Situation wird nicht als völlig hoffnungslos wahrgenommen. Diese Situation ist dort am schlimmsten, wo es keinen normalen und zuverlässigen Weg der Allokation gibt (das zuzuteilen, was die Leute wollen) – wie etwa auf der Flucht –, oder auch bei unzureichender Versorgung. Sind die Opfer in der Lage, ihr eigenes Allokationssystem aus dem Stegreif zu lösen, dann mag es sehr viel weniger Rachsucht, Konkurrenz und auch Gemetzel geben.

Ein halb anarchischer Zustand scheint keine Charakteristika aufzuweisen, die ihn mit irgendeinem Teil des traditionellen politischen Spektrums vergleichbar machen würden. Bezogen auf diese Art des Zusammenbruchs bringen Begriffe wie *links*, *gemäßigt*, *konservativ* und *reaktionär* nicht viel Klarheit. Obwohl bislang selten, kann diese Situation unter jeder Regierungsform auftreten.[48]

48 Das höchste, was man sagen könnte, ist, daß eine den Gesetzen verpflichtete liberale Regierung am wenigsten dazu neigen wird, sie durch die Aufhebung des Aggressionstabus für die eigenen Zwecke auszunutzen. Aber wie viele liberale Regierungen bleiben den Gesetzen verpflichtet, wenn sie sich einer Krise gegenübersehen, in der der allgemeine gesellschaftliche Zusammenbruch droht?

Am entgegengesetzten Ende der Skala des *sauve-qui-peut* einer nahen Anarchie findet sich der instrumentelle Terror eines Regimes, das eine wankende Autorität zu etablieren oder zu konsolidieren sucht. Die Alltagssprache unterscheidet zwischen rotem und weißem Terror, mit der Implikation, daß weißer Terror das Produkt konterrevolutionärer Versuche einer monarchistischen Restauration sei. Dies trifft nicht zu, denn ein Fall des blutigsten weißen Terrors ereignete sich bei der Unterdrückung der Pariser Kommune und den Anfängen der Dritten Republik.[49] Der Schluß liegt sehr nahe, daß die Mehrheit der französischen Bürger – zu jener Zeit noch Kleinbesitzer in Stadt und Land – das Gemetzel von Herzen billigte.

Ausmaß und Art der Massenunterstützung für roten und weißen Terror ist auf der anderen Seite schwerlich das wichtigste Merkmal. Noch macht es viel Sinn, die Zahl der Opfer von rotem und weißem Terror zu zählen, um zu entscheiden, welcher von beiden schlimmer gewesen ist. Diese Art der moralischen Arithmetik ist engstirnig. Es muß etwas mit einem Menschen nicht stimmen, wenn er Genugtuung darüber empfindet, die Gesamtsumme auf beiden Seiten zu errechnen, ohne sich darum zu kümmern, was hinter ihnen steht. Darüber hinaus sagen diese Zahlen nichts über die Natur der Gefühle des Volkes aus. Solche Empfindungen erklären nur einen Teil der eigentlichen Motivation hinter dem offiziellen roten wie weißen Terror. Dann setzt Bürokratismus, in der einen oder anderen Form, mit der ihm eigenen Erfassung durch Karteien und Kategorisierung von Opfern ein. Frühere Formen von Verfolgungen mögen ohne Karteien ausgekommen sein, dennoch haben sie mit Kategorien gearbeitet. Das erschreckende Moment hier ist die menschliche Fähigkeit zum Gehorsam gegenüber Befehlen, die für gerecht und angemessen gehalten werden. Stanley Milgrams Experimente, auf die schon früher eingegangen wurde, zeigen diese Fähigkeit sehr gut und verraten auch einige der Bedingungen, unter denen sie versagt.

Gegen Ende seines Buches macht Milgram eine kritische Anmer-

49 Siehe Frank Jellinek, *The Paris Commune of 1871*, New York 1937, S. 338-387. Zu neueren Diskussionen siehe Henri Lefebvre, *La proclamation de la Commune: 26 mars 1871. Trente journées qui ont fait la France*, Paris 1965, bes. Teil 4, S. 173-233.

kung zu dieser Fähigkeit zum Gehorsam: »Dies ist ein verhängnisvoller Fehler, den die Natur in uns ersonnen hat und der längerfristig unserer Spezies nur eine bescheidene Überlebenschance gibt.« Jedoch weist er später in einer Anmerkung zu Recht darauf hin, daß die Abschaffung von Autorität, wie sie von den Anarchisten vorgeschlagen wird, keineswegs eine Lösung darstellt.[50] Aber die Wahl besteht nicht zwischen Anarchie und irrationalem Gehorsam, sondern zwischen mehr oder weniger rationalen Formen von Herrschaft. Es ist nicht falsch, einer Autorität zu gehorchen, die menschliche Ziele verfolgt und die besondere Kompetenz oder Fertigkeit zur Verfolgung dieser Ziele besitzt. Es gibt genügend Schwierigkeiten für die Menschheit, es ohne unnötig apokalyptische Dilemmata zu schaffen. Letztlich ist die Wahl zwischen Rechts und Links weniger bedeutungsvoll als die zwischen mehr oder weniger rationalen Formen von Herrschaft.

50 Stanley Milgram, *Das Milgram-Experiment: Zur Gehorsamsbereitschaft gegenüber Autorität*, Reinbek 1974, S. 243 (Anm. 30). Einige Personen mögen geneigt sein, geltend zu machen, daß wir keine Demonstration dieser schrecklichen Fähigkeit brauchten; die jüngste Geschichte habe dafür genügend bereitgestellt. Aber eine Vielzahl mutmaßlich intelligenter Laien und Experten unterschätzten, als sie gefragt wurden, den Grad des Gehorsams zu schätzen, den die Experimente zum Vorschein bringen würden, beträchtlich die Resultate, die die Forscher selbst erstaunten. Zu diesem Punkt siehe Kap. 3.

Dreizehntes Kapitel
Moralischer Relativismus

1. Wertende und deskriptive Seiten

Erst in jüngerer Zeit ist eine leidlich große Zahl gebildeter Menschen zu der Einsicht gelangt, daß es für moralische Autorität keine Quelle außer den Menschen selbst gibt und geben kann. Selbst unter gebildeten Leuten hat sich diese Einsicht nicht vollständig durchgesetzt. Nach dem Verfall der Wirksamkeit göttlicher Sanktionierungen versuchten einflußreiche Denker eine Zeitlang, kollektive Reifikationen durch teleologische Schliche wie Naturrecht, Geschichte und Fortschritt zu ersetzen. Auch diese konnten jedoch keinen objektiven Maßstab für moralische Zustimmung und Verurteilung liefern. Historische und gesellschaftliche Untersuchungen vermögen ergiebige Einblicke darüber zu vermitteln, welche Ausformungen von Moral unter bestimmten Umständen wahrscheinlich und möglich sind. Solche Analysen können uns auch über den Aufwand an menschlichem Leiden in den verschiedenen Arten von Moralität berichten und darüber, wer diese Kosten trägt. Dieses Wissen ist für ein begründetes moralisches Urteil unentbehrlich. Aber es führt nicht zwangsläufig selbst zu einem richtigen moralischen Urteil. Nur zu leicht kann es zu einer Mischung aus dem Ratschlag, mit dem Strom der Geschichte zu schwimmen, und der Rechtfertigung jeder möglichen geschichtlich überlieferten Grausamkeit geraten.

Mit dem Verschwinden traditioneller und dem Mangel neuer Gewißheiten bezweifeln viele intelligente Menschen, ob es je so etwas wie ein richtiges moralisches Urteil gegeben hat oder überhaupt geben könnte. Das ist eine mögliche, wenn auch extreme Form von moralischem Relativismus. Um es etwas genauer zu fassen, es ist ausgeschlossen, begründete moralische Unterscheidungen und Urteile zu treffen, weil es vermutlich undenkbar ist, irgendeine triftige Unterscheidung oder ein unabhängiges Kriterium anzugeben, die es uns ermöglichten, solche Urteile zu fällen. Faschisten haben ihren Moralkodex, Liberale und Radikale jeweils andere, und mehr läßt sich dazu nicht sagen. Das ist die wertende Seite des moralischen Relativismus.

Es gibt auch eine rein deskriptive oder faktische Seite des moralischen Relativismus. Dieser Gesichtspunkt betont nur die ungeheure Bandbreite moralischer Normensysteme, denen Menschen zu verschiedenen Zeiten und an verschiedenen Orten leidenschaftlich gefolgt sind, und erklärt, daß es keine Möglichkeit gibt, diese Vielfalt mit irgendwelchen sinnvollen Verallgemeinerungen zu verknüpfen. Verschiedene moralische Normensysteme stellen unterschiedliche Formen dar, in denen Menschen versucht haben, unter einer Vielzahl von Gegebenheiten, die von Anthropologen, Historikern und anderen Gesellschaftswissenschaftlern beschrieben wurden, zusammenzuleben. Die Zuordnung eines gegebenen Moralkodex zu spezifischen Lebensbedingungen ist alles, wonach eine intelligente Person in dieser deskriptiven Variante des moralischen Relativismus suchen kann.

Soweit ich sehen kann, gibt es keinen logischen Grund dafür, warum die deskriptiven und die wertenden Formen des moralischen Relativismus zusammengehen sollten, auch wenn sie dies gewöhnlich tun.[1] Zum Beispiel wäre die Behauptung denkbar, alle vergangenen und existierenden Moralkodices außer unseren eigenen seien nicht wirklich moralisch. Zum großen Teil ist dies der moralische Chauvinismus und Provinzialismus der einfachen Männer und Frauen, gegen den der moralische Relativismus als Antwort auftrat. Mit seinem historischen Relativismus offenbart der marxistische Standpunkt einen ähnlichen Chauvinismus: Alle vergangenen Moralvorstellungen sind sowohl historisch notwendig für die revolutionäre Moral, die zur Befreiung führen wird, als auch in dieser historisch aufgehoben. Eine Moral, die alle Verbrechen, einschließlich des Stalinismus, rechtfertigt, hat jeden Anspruch verwirkt, ernst genommen zu werden. Im Westen ist jedenfalls diese Verbindung von einem Bewußtsein der Vielfältigkeit moralischer Normensysteme mit dem Festhalten an einer einzelnen Urteilsnorm sehr selten gewesen. Die einflußreicheren Spielarten des moralischen Relativismus haben sowohl die Vielfalt des moralischen Verhaltens unterstrichen als auch die Nutzlosigkeit oder den moralischen Provinzialismus der Bemühungen, von

1 Diese Spannung wird bei wenigstens einem wichtigen Klassiker des moralischen Relativismus deutlich, bei William Graham Summer, *Folkways: A Study of the Sociological Importance of Usages, Manners, Customs, Mores and Morals*, Boston 1906.

außen ein Urteil über diese Unterschiede zu fällen. »Jedem Land seine eigenen Konzentrationslager«, so könnte ein zwar satirischer, aber keineswegs inadäquater Abriß des moralischen Relativismus lauten, der viele, wenn nicht die meisten ernsthaften Arbeiten über menschliches Verhalten während eines großen Teils des zwanzigsten Jahrhunderts beherrscht hat.
Diese Form des moralischen Relativismus hat wie der Marxismus, und bis zu einem gewissen Grade gemeinsam mit ihm, nachhaltig Erfolge auf seiner Seite bei der Befreiung des menschlichen Geistes von gefährlichen Illusionen und Verkrampfungen. Während des zwanzigsten Jahrhunderts vollzog sich eine rasche Auflösung traditioneller moralischer Normen, womit ein heftiges Anwachsen von Konflikten mit stark moralischer Komponente einherging. Geläufige Formen des moralischen Relativismus wecken bei vielen gescheiten Leuten den Eindruck einer irgendwie unangemessenen Haltung in der Behandlung solcher Streitfragen. Einige der Versuche, neue Grundlagen für die moralische Urteilsfindung auszumachen, sind Rückzüge aus der Vernunft. Gelegentlich sind sie es ganz explizit. In dem Maße, wie vertraute Grundlagen der Sicherheit verlorengehen, in dem Maße irren die Menschen weiterhin umher, in der ängstlichen Suche nach dem Recht, sich Herrschaftsformen zu unterwerfen, die gar nicht existieren können.
In jedem einzelnen Fall laufen Moral und Ethik auf die Regeln hinaus, die bestimmte Menschen erdacht haben und die anzunehmen sie einander überredet oder gezwungen haben, um miteinander arbeiten und leben zu können. Durch die rein biologische Ausstattung fürs Überleben schlecht ausgerüstet mit der entscheidenden Ausnahme ihrer Gehirne, sind Menschen derart beschaffen, daß sie irgendwie kooperieren müssen, um am Leben zu bleiben. Überleben ist auf der anderen Seite nicht mehr als die absolut geringste Voraussetzung für die anderen gemeinsamen Ziele, denen moralische Normen dienen. Abgesehen von diesen Zielen und der Wirksamkeit oder Unwirksamkeit, die ein Moralkodex für die Auswahl oder Verfolgung der Ziele haben kann, sehe ich kein Kriterium, mit dem ein Urteil über irgendeine Moral zu fällen wäre.
Dieses Kriterium der Angemessenheit für eine Reihe biologischer Notwendigkeiten und gesellschaftlicher Erfordernisse und ihrer jeweiligen Konflikte könnte jedenfalls eine Methode des Urteilens

hervorbringen, die dem zerfallenden moralischen Absolutismus und den herrschenden Formen des Relativismus überlegen wäre. Dies ist ein Thema, das teilweise auf der Grundlage von Überlegungen, die in diesem Buch behandelt werden, teilweise mit Hilfe von Erwägungen, die noch nicht greifbar sind, untersucht werden sollte. Bevor der wertende Aspekt des moralischen Relativismus weiter diskutiert wird, ist es besser, sich den deskriptiven und faktischen Aspekten zuzuwenden. Obwohl moralische Urteile und in höherem Maße Urteile über die Moral anderer die Quelle heftiger Auseinandersetzungen sind, welche eine sehr bedeutsame Rolle in gesellschaftlichen Verhältnissen spielen – sowohl der Kapitalismus wie der Sozialismus kamen auf der Flutwelle der Auflehnung gegen die vorhandene gesellschaftliche Ordnung in die Welt –, ist die Aufrüttelung moralischen Engagements ein relativ leichtes Unterfangen im Vergleich zu genauer Beschreibung und kausaler Analyse.

Es gibt Myriaden möglicher gemeinsamer Zwecke. Einige von ihnen sind recht trivial in dem Sinne, daß sie wenig mit menschlicher Existenzsicherung, Glück oder Unglück zu tun haben. In solchen Fällen mag das Moment des moralischen Urteils in den Regeln, die Menschen schaffen, ziemlich schwach sein, obwohl es wahrscheinlich in jedem gemeinsamen Bestreben einen Hauch davon gibt. Die Regeln, die Poker, Bridge und andere Spiele beherrschen, haben keinen anderen Zweck, als Vergnügen durch Geschick und Glück zu verschaffen. Die Regeln könnten anders lauten; neue Spiele und Veränderungen von alten sind wechselweise eingeführt worden. Dennoch gibt es eine bemerkenswerte moralische Empörung gegen jene, die beim Kartenspiel betrügen oder die Regeln irgendeines Spiels bewußt verletzen. Am anderen Ende der Skala gibt es moralische Normen, die für das Überleben einer Gruppe oder für die Verfolgung von Zielen, die die Gruppe für noch wichtiger als das Überleben halten mag, wesentlich sind oder für wesentlich gehalten werden. Diese kollektiven Zwecke sind selbst ethische Ziele wie Ehre, Unabhängigkeit, das Seelenheil. In dieser Hinsicht gibt es offensichtlich eine große Zahl von Unterschieden.

Hier stoßen wir auf den zentralen faktischen Sachverhalt im moralischen Relativismus. Welche beobachtbare Übereinstimmung besteht, wenn überhaupt, über die Grundsätze der sozialen Gerechtigkeit? In dem Maße, in dem Verschiedenheit herrscht – wie sie sicherlich besteht –, was sind ihre Gründe? Anstelle vorbereitender Bemerkungen ist es notwendig zu betonen, daß kein einzelner Gelehrter, tatsächlich nicht einmal mehrere Gelehrte, die zusammenarbeiten, all die verschiedenen moralischen Normensysteme kennen können, die Menschen der einen oder anderen Zeit für sich entwickelt haben. Daher werden sicher einige Ausnahmen ans Licht kommen, mit denen sich jede allgemeine Aussage über die menschliche Bestimmung von Gerechtigkeit widerlegen läßt – mit Ausnahme allenfalls der banalsten Feststellungen. In irgendeiner abgelegenen Ecke der Welt mag ein Anthropologe noch auf Formen von Moral stoßen, die zum gemeinsamen Selbstmord führen.[2] Solche Entdeckungen als bloße Kuriositäten abzutun, wäre ein schwerer Irrtum, da derartig extreme Abweichungen häufig viel über das Wesen ähnlicher, aber verbreiteterer Arten von Moral verraten. Es erfordert kein umfassendes Wissen, um zu erkennen, daß ein Moralkodex, der für eine Reihe historischer Gegebenheiten geeignet sein mag, selbstmörderisch oder zumindest total ungeeignet für eine spätere Reihe von Umständen werden kann. Don Quixote steht als Paradigma für diese Art der Transformation. Deshalb kann jeder Generalisierungsversuch allenfalls auf die Feststellung häufig wiederkehrender Tendenzen hinauslaufen.

Solche Tendenzen entspringen wahrscheinlich eher den geteilten unangenehmen Erfahrungen der unteren Schichten in vielen Formen der menschlichen Gesellschaft als aus den Erfahrungen der herrschenden Schicht, denn die herrschende Schicht besitzt mehr Raum und Möglichkeit, innerhalb derer sie den Verlauf ihres Lebens verändern kann.[3]

Auf der Suche nach wiederkehrenden Tendenzen ist es, wie im ersten Kapitel ausgeführt, das beste, mit der Suche nach einigen allgemeinen Problemen zu beginnen, die alle menschlichen Gesellschaften lösen müssen, um ihren Fortbestand zu sichern. Zu diesen Sachverhalten gehören Autorität und die Produktion und Verteilung von Gütern und Dienstleistungen. Für unseren Zweck kön-

2 Zu solch einem Fall siehe Jules Henry, *Jungle People*, S. 59, 108-110.

3 Natürlich gibt es auch wiederkehrende Erscheinungen darunter: Kunst, Liebesaffären und zeremoniale Formen zum Ausdruck von Solidarität und Aggression.

nen wir diese Aufzählung als ein einziges Problem betrachten: das der Arbeitsteilung oder, etwas genauer, der Koordination verschiedener Tätigkeiten, die jedes Individuum verfolgt, um diese Zusammenfassung von Individuen zu einer Gesellschaft zu formen. Ohne eine solche Koordination gibt es keine Gesellschaft. Die Teilung der Arbeit schließt gewöhnlich das Herausziehen eines wirtschaftlichen Mehrprodukts durch herrschende Gruppen oder Individuen für die Schaffung bestimmter Güter und Dienstleistungen ein, obwohl in schriftlosen Gesellschaften das Mehrprodukt ziemlich klein und das Moment von Herrschaft gering gewesen sein mag. Welche Einrichtungen auch immer existieren mögen, hinter ihnen stehen starke moralische Sanktionen. Auf der einen Seite wird der Grad, in dem diese Sanktionen von der ihnen unterworfenen Bevölkerung akzeptiert werden, beträchtlich variieren. Darüber hinaus sind zumindest einige ins einzelne gehende Aspekte der Arbeitsteilung von fortgesetzter und sogar täglicher Neuverhandlung abhängig, weil die Menschen untereinander entscheiden, wie sie an ihre tägliche Arbeit gehen. Dies ist ein informeller Gesellschaftsvertrag auf seiner niedrigsten Stufenleiter. Hinter diesem Vertrag stehen gleichfalls moralische Sanktionen, wenn auch nicht so machtvolle und deutliche wie die, die das allgemeine Muster einer gesellschaftlichen Arbeitsteilung beherrschen.

Das erste Kapitel lenkte die Aufmerksamkeit auf mehrere wiederkehrende Merkmale bei der Analyse dieser Sachverhalte, die ich hier nicht wiederholen will. Wenn Menschen nur eine Art von Gesellschaft und einen Moralkodex hätten ausbilden können, wäre die Gattung rasch ausgestorben. Verschiedenheit ist ein wesentliches Moment bei der Anpassung an unterschiedliche und sich wandelnde Umstände. Wieder ist ein Grund für die Verschiedenheit biologisch bedingt: durch die menschliche Fähigkeit, Schmerz und Leiden zu *ertragen*. Es ist überflüssig, Menschen Schmerzenempfinden beizubringen. Aber es ist möglich – und für ein modernes empfindsames Produkt der westlichen Kultur scheint dies hin und wieder erstaunlich leicht –, Menschen anzuleiten, Schmerz und dem eigenen Leiden zu widerstehen und beides sogar zu ignorieren. Menschen werden tatsächlich mit allem fertig, obwohl es unzweifelhaft große individuelle Unterschiede in dieser Fähigkeit gibt. Es gibt hierfür im wesentlichen zwei Gründe. Entweder können sie sich keine andere Art des Lebens vorstellen, oder wenn sie sich eine *vorstellen*, können sie nichts dahingehend unternehmen. Im allgemeinen wirken beide Gründe zusammen. Es gibt zwei Hauptgründe für gesellschaftliche und moralische Verschiedenheit und Veränderung. Der eine ist die Wahl zwischen reziproken oder räuberischen Lösungen der Frage der Arbeitsteilung, die freiwillig getroffen oder den Leuten aufgezwungen wird. Diese Wahl findet in allen historischen Perioden statt, während sie in jeder Periode geringfügig unterschiedliche Formen annimmt. Die andere Ursache entspringt der historisch entwickelten Fähigkeit, die Probleme von Knappheit, Plackerei und Mangel zu lösen. Sie ist daher mit der Wahl zwischen reziproken und räuberischen Lösungen eng verbunden.

Diese Fähigkeit hat zwei wesentliche Komponenten. Eine liegt in der Technologie oder den Werkzeugen zur Kontrolle der natürlichen Umgebung sowie in dem Wissen darüber, wie diese Werkzeuge zu handhaben sind. Bezüglich dieser Komponente liefert die menschliche Geschichte deutliche Beweise des Fortschritts, wenn auch sicherlich keines ununterbrochenen Fortschritts. Die Belege dafür reichen in der überlieferten Geschichte bis zu jener entlegenen Vergangenheit zurück, auf die uns archäologische Berichte führen. Ob der Fortschritt weitergehen kann oder wird, ist natürlich eine andere Frage, auf die wir keine sichere Antwort geben können. Die andere Komponente ist sozial und kulturell. Sie besteht aus den gesellschaftlichen Einrichtungen und dem Gesamtwissen, mit dem Menschen von technologischen Veränderungen Gebrauch machen, indem sie deren Nutzen unter sich verteilen. Die Zeugnisse hierfür sind dann arg dürftig, wenn wir mit Fortschritt auf diesem Gebiet eine Verringerung des gesellschaftlich produzierten Elends meinen. Nach allem, was wir über einige versprengte und isolierte primitive Stämme wissen, besaßen Menschen die Fähigkeit, sich selbst mit ausreichend Nahrung und Obdach zu versorgen, um in gewissen günstigen Umgebungen zu leben ohne die Geißeln des Krieges, des Hungers, der Krankheit und der Unterdrückung, schon zu einem relativ frühen Stadium der technologischen Entwicklung, ungefähr zu der Zeit, als sie gelernt hatten, wie das Feuer zu beherrschen und einige einfache Geräte zum Jagen und Sammeln herzustellen sind. Wenn wir eine annehmbare Gesellschaft als eine ohne diese Geißeln definieren, dann hat die Menschheit die Fähigkeit, anständige Gesellschaften zu schaffen, allenfalls am Beginn ihrer Geschichte erreicht. Aber abgesehen von einigen wenigen isolierten Teilen des Globus haben die Menschen nicht in dieser Weise gehandelt. Die Konkurrenz mit anderen Gesellschaften hielt sie durch die Förderung und Sanktionierung räuberischer und aggressiver Qualitäten, die, wenn nicht instinktiv, so doch erschreckend leicht entstehen, davon ab. Es gibt auch zeitgenössische anthropologische Zeugnisse dafür, daß menschliche Wesen nicht besonders glücklich damit gewesen sein mögen, was ich als eine annehmbare Gesellschaft bezeichnet habe. Neben zeitweiligen Klagen über ihr Schicksal, die wir vielleicht zum unvermeidlichen Grollen über *jeden* Grad oder jede Form der Frustration zählen sollten, gibt es Hinweise dafür, daß diese Leute sehr leicht von den Früchten der Zivilisation verlockt *werden* und diese sich bei Gelegenheit durch Methoden, die von harter Arbeit weit entfernt sind, verschaffen – wie etwa durch Diebstahl.[4] Deshalb haben sowohl die Zwänge, die durch die Konkurrenz mit anderen menschlichen Gesellschaften geschaffen wurden, als auch die Verlockungen der »höheren« Zivilisation die menschlichen Gesellschaften für lange Zeit von reziproken Formen gesellschaftlicher Organisation weg und zu räuberischen hingedrängt. Das ist fast immer der Fall gewesen, den gestiegenen menschlichen Fähigkeiten, der Kontrolle und des Verständnisses ihrer physikalischen und gesellschaftlichen Umgebung zum Trotz.

2. Rationale und räuberische Macht

Zu den räuberischen Lösungen werden wir in Kürze kommen. Zunächst soll ein Moment der reziproken Beziehungen näher betrachtet werden: rationale Autorität, um sie von Herrschaft oder räuberischer Macht zu unterscheiden. Dazu gibt es um so mehr Grund, als es in letzter Zeit eine merkliche Tendenz gegeben hat, die jede Form von Autorität für irgendwie irrational und illegitim hielt. In jeder komplexen Gesellschaft mit komplizierter Arbeitsteilung, in der nicht jeder absolut alles tun kann – mit anderen Worten, jede Gesellschaft, die für sich beansprucht, zivilisiert zu sein –, sind zahlreiche Formen von Autorität unvermeidbar. Und

4 Colin M. Turnbull, *Wayward Servants*, S. 40, 42 f.

es ist besser, wenn eine solche Autorität eher rational als irrational und unterdrückend ist. Rationale Autorität ist gerecht, selbst wenn sie manchmal schmerzlich ist. Aber wie läßt sich erkennen, ob Autorität wirklich rational *ist*?

Die Behauptung, rein rationale Autorität habe niemals existiert, ist recht plausibel. Dennoch gibt es genug rationale Elemente in solchen geläufigen Formen von Autorität wie der eines begabten Arztes, eines Piloten, des Befehlshabers einer revolutionären Armee, und, richtig, um uns zu ermöglichen, die grundlegenden Merkmale aufzuspüren, sogar der eines erfahrenen Verwalters eines weit ausgedehnten Industrieunternehmens. Rationale Autorität ist eine Möglichkeit zur Förderung individueller oder gemeinsamer Zwecke, indem besonderen Personen das Recht und in einigen Fällen sogar die Pflicht übertragen wird, bestimmte Aufgaben wahrzunehmen und im Zuge dieser Aktivitäten anderen Leuten Befehle zu erteilen. Die individuellen und kollektiven Ziele aber müssen selbst rational sein, damit eine solche Autorität auch rational ist.

Als rational werde ich jede Art von Handeln definieren, für das es zu einem gegebenen Stand des Wissens gute Gründe für die Annahme gibt, daß es menschliches Leiden vermindern wird oder zum menschlichen Glück beiträgt, ohne andere Menschen unglücklich zu machen. Letztere Bedingung ist notwendig, um räuberische Formen von Macht auszuschließen, die häufig vom Standpunkt der von ihr Profitierenden sehr rational, aber aus der Sicht der Opfer alles andere als rational sind. Einer hervorragenden intellektuellen Tradition zufolge ist es unmöglich, den Terminus *rational* auf letzte menschliche Zwecke zu beziehen. Aus dieser Perspektive kann man von Rationalität nur in Verbindung mit Meinungen und Methoden sprechen. Ich glaube nicht, daß es notwendig ist, in diese Debatte einzutreten, obwohl es einige unnötige Mißverständnisse vermeiden mag. Über technische Rationalität gibt es im Moment wenig zu diskutieren, wenngleich ich Nachdruck darauf legen möchte, daß sie menschliche und psychologische Kosten in ihre Rechnung einbeziehen sollte. Wie bei den Werten und Absichten machte es *keinen* Sinn, die nackten Formen des Leidens wie Hunger, Krankheit, Verwundung – oder, was hinzuzurechnen wäre, irgendeine Form von Not und Mangel – als Selbstzweck zu betrachten. Bei einigen Formen rationaler

Autorität ist die Gewandtheit der Ausführung einer schwierigen Aufgabe das wichtigste Kennzeichen, während anderen Leuten Befehle zu geben nur nebensächlich ist. Das gilt für den Arzt und den Piloten, und der Zusatz ist wichtig, daß, wo anderer Leute Leben auf dem Spiel steht, moralische Regeln dieser Form von Autorität das Recht verleihen, prompten Gehorsam zu erwarten. Diese Form der rationalen Autorität ist auf genau definierte Handlungen und soziale Verhältnisse begrenzt, selbst wenn es in der Praxis, am deutlichsten im Fall der medizinischen Autorität, eine Tendenz gibt, in andere Gebiete überzugreifen. Es gibt andere Formen rationaler Autorität, wo das Hauptelement einfach darin besteht, anderen Leuten zu sagen, was zu tun ist. Der Kontrollturm auf einem belebten Flugplatz ist ein gutes Beispiel für diese Spielart. In solchen Situationen ist der Zweck der übertragenen Autorität, die Handlungen einer großen Anzahl von Personen zu koordinieren, so daß jeder seine Ziele mit einem Minimum an Risiko und Unbequemlichkeit erreichen kann. Es spielt keine Rolle, wer die Inhaber der Autorität sind. In Fällen, wo wenig oder keine Geschicklichkeit notwendig ist, mag die Autorität auf Maschinen übertragen werden. In einer zunehmend bevölkerten Welt werden wir diese Art der Autorität mehr und mehr zu gewärtigen haben – wohl kaum erfreuliche Aussichten. Aber hier besteht nicht der Anspruch, rationale Autorität sei immer erfreulich – nur daß sie weniger unerfreulich ist als Unordnung oder irrationale Macht.

Nach meiner Meinung ist das Argument unzulässig, rationale Autorität müsse immer frei gewählt sein, denn von Zeit zu Zeit kann es Situationen geben, wo promptes Gehorchen absolut unentbehrlich ist und wo einige Individuen aus Unkenntnis, momentaner Geistesabwesenheit oder einfach aus bloßer Rechthaberei widerstrebend oder nur schwerfällig Folge leisten werden. Wenn der Kapitän eines Passagierschiffes im Sturm anordnen muß, die Luken geschlossen zu halten, und das Betreten des Promenadendecks für verboten erklärt, kann von ihm nicht erwartet werden, einige Stunden damit zu verbringen, einige beharrlich eigensinnige Passagiere davon zu überzeugen, daß dieser Befehl notwendig ist. Er hat andere Dinge zu tun. Dies ist zugestanden eine Notsituation, wenn auch für unser Beweisziel nicht die unwichtigste. Diese Art von Situationen ist andererseits nicht an Ausnahmezustände gebunden. In jeder großen Gesellschaft, die nicht vollkommen ist, gibt es auf jeden Fall zumindest einige Erwachsene, die auf Vernunft nicht hören wollen oder können und die darauf bestehen, im Bett zu rauchen oder ihren Abfall in die Gosse zu werfen, und die Bestimmungen gegen solche Praktiken als Manifestationen von Tyrannei auffassen. Um den Sachverhalt noch allgemeiner zu fassen, nicht jede rationale Form von Autorität wird wohl jedem zusagen. Es muß ein Moment von Zwang geben. Für diejenigen, die ihm unterworfen sind, muß es deshalb Wege geben zu erkennen, was rationale Autorität ist. Sonst schlägt rationale Autorität in Beherrschung um. Dies ist ein fortwährendes Problem, dessen Charakter sich mit der Entwicklung der menschlichen Fähigkeit, vorhandene Streitfragen zu lösen und neue aufzuwerfen, ständig ändert. Rationale Autorität ist eine Sache unter lose verbundenen Jägergruppen, eine andere in einer seßhaften ländlichen Gesellschaft und völlig verschieden in einer fortgeschrittenen Industriegesellschaft. Wenn auch rationale Autorität nicht völlig frei gewählt werden kann, das Element freiwilliger, vernünftiger und wohlerwogener Unterwerfung muß in dieser Form der Autorität deutlich vorherrschend sein.

Wie kann nun die Grundlage oder das Kriterium ausschauen, nach dem ein reifer und intelligenter Mensch sich entscheidet, den Anordnungen oder Vorschlägen einer anderen Person zu folgen? Wenn die Elemente von Anspannung, Gefahr und die Notwendigkeit von Eile nicht gegeben sind, kann und sollte rationale Autorität an bestimmten Punkten eher die Form von Diskussion und Überzeugung annehmen als die des Befehlens. In jeder Situation schließen die rationalen Erwägungen hinter Unterordnung und Gehorsam Urteile ein über (1) die gesellschaftliche Relevanz der auszuführenden Handlung – etwa die Gewährleistung medizinischer Versorgung oder die Bereitstellung aller Arten von Gütern und Dienstleistungen vom Autoreifen bis hin zur Sicherheitsnadel; (2) die besten Wege zur Ausführung dieser Tätigkeiten; und (3) vor allem, die Fähigkeit bestimmter Individuen, gewisse erforderliche Rollen bei der Ausführung zu übernehmen.

Hier rücken einige der Haupthindernisse für die Ausweitung rationaler Herrschaft deutlich ins Blickfeld. Je komplexer eine Gesellschaft, je differenzierter die verrichteten Tätigkeiten, desto weniger wahrscheinlich ist es, daß jeder erwachsene Bürger genügend

Kenntnis erhalten kann, um über diese Sachverhalte ein einschlägiges Urteil zu fällen. Die Mitglieder einer jeden Berufsgruppe tendieren dahin, ihren eigenen Beitrag als unentbehrlich zu betrachten und steigende Forderungen dafür auf Kosten aller anderen zu stellen. Das ist keine ungewohnte Situation. Aber in der Mitte der siebziger Jahre dieses Jahrhunderts war dies in den scheinbar offenen Gesellschaften recht kennzeichnend. Dies war auch in scheinbar mobilisierten und autoritären Gesellschaften wie in China unter der Oberfläche ziemlich offensichtlich. Ich gebe nicht vor, zu wissen, wie dieses Hindernis, wenn überhaupt, überwunden werden kann. Wachsende Muße mag vielleicht die Grundlage für ein breiteres Verständnis schaffen, wie die Gesellschaft funktioniert – und warum sie so oft hierin versagt. Mit wachsender Spezialisierung ist die Delegation von Autorität nach oben in pseudodemokratischen Formen wie z. B. dem kommunistischen demokratischen Zentralismus (oder, wie man hofft, in unverfälschteren Varianten) ebenso unvermeidlich.
Eine letzte Beobachtung. Die negativen Wirkungen vermehrten Wissens und steter Spezialisierung werden oft, obwohl sie eigentlich hinreichend real sind, in einer Weise übertrieben, hinter der sich wichtigere gesellschaftliche Fragen verbergen. Heutzutage ist das für eine informierte und menschliche Sozialpolitik notwendige Wissen sowohl in qualitativer als auch in quantitativer Hinsicht bei weitem besser *und* zugänglicher als zu Zeiten eines Colbert. Unfähige und unmoralische Autorität ist nicht bloß eine Frage der Unkenntnis.
Es ist nun an der Zeit, einen näheren Blick auf das Schlüsselelement in rationaler Herrschaft zu werfen: Urteile auf der Grundlage von Kompetenz. Der Charakter solcher Urteile wird sich mit dem Stand der Technik und des gesellschaftlichen Wissens im allgemeinen historisch mit Sicherheit ändern. Gleichzeitig ändert sich der Charakter der zu meisternden Probleme mit der Zeit. Man kann solche Handlungen wie Tänze, damit der Regen kommt und das Getreide wächst, nicht als irrational bezeichnen, wenn sie zu einer Zeit aufgeführt werden, in der es die Wissenschaften der Meteorologie und der Landwirtschaft noch gar nicht gibt. Für jenen Zweck waren sie nutzlos, wohl aber recht hilfreich für die Moral. All dies ist ganz offensichtlich. Das wirkliche Problem bei der Errichtung rationaler Formen von Herrschaft liegt darin, Wege zu finden, die

Kompetenz der mit Macht ausgestatteten Personen auf wirksame und gerechte Weise zu überprüfen. Im großen und ganzen steht dem einfachen Bürger nur das Urteil aufgrund von Resultaten offen. Flugzeuge, die abstürzen, und Ärzte, deren Patienten sterben, und Waschmaschinen, die zwei Tage nach dem Ablauf der Garantie defekt werden, sind offenkundig minderwertiger als Güter und Dienstleistungen, die diese Merkmale nicht aufweisen. Sicherlich, die Verbindungsglieder zwischen Ergebnissen und Ursachen sind oft zahlreich, komplex und verborgen. Im übrigen ändern sie sich ständig. Doch sind diese Verbindungen auf keinen Fall vollkommen rätselhaft. Mit der allgemeinen und völlig gerechtfertigten Zerstörung mystischer und schamanistischer Kunstgriffe in der Herrschaft moderner Gesellschaften wird die Art, wie die Dinge laufen oder nicht laufen, für die zugänglich, die Tatkraft, Scharfsinn und eine Portion Neugier besitzen. Ihre Schlußfolgerungen werden dann an andere weitergegeben und, im Zuge der Auseinandersetzung mit anderen Interpretationen, Teil der einflußreichen öffentlichen Meinung. Dieser Prozeß funktioniert selbst in offenen Gesellschaften sehr unzureichend. Aber nur in offenen Gesellschaften können die Kreditive und die Qualifikation der Autorität überhaupt überprüft werden. Hieraus folgt, daß rationale Herrschaft nur in offenen und informierten Gesellschaften denkbar ist – soweit sie überhaupt möglich ist.

Einige Bemerkungen über Eliten sollen diese kurze Erörterung rationaler Herrschaft abschließen. Es gibt gerechtfertigte und ungerechtfertigte Formen des Elitetums. Sie hängen von den Kriterien ab, auf denen die Unterschiede beruhen. Eine Elite, die auf Wissen und Fertigkeiten beruht, die nützlich für die Gesellschaft und schwierig zu erlernen und auszuüben sind, ist bis zu dem Punkt, wo die Unterschiede als Anreiz zum Erwerb dieser Fertigkeiten dienen, vollkommen gerechtfertigt. Dieser Punkt ist indes sehr schwer zu definieren. Es gibt keinen Grund, Leute für den Zufall angeborener Talente, die sie ohne Belohnung entwickeln und nutzen würden, überzubewerten. Die psychologischen Belohnungen des gesellschaftlichen Ansehens und der Ehre sind vermutlich sogar für diesen Zweck wirksamer als strikt materielle.

Ungerechtfertigtes Elitetum liegt überall da vor, wo gesellschaftlich schädliche Handlungen Anerkennung erhalten oder wo die Anerkennung auf falschen oder unangemessenen Kriterien fußt.

Intellektueller Snobismus, der auf bloß abstrusem Wissen beruht, ist eine Form. Das gleiche gilt für den Beifall, der einem beliebten Entertainer oder einer Sportgröße, die bloß den Vorurteilen der Öffentlichkeit Vorschub leistet, gezollt wird. Der intellektuelle Snob hat für beide Formen nur Verachtung, doch besitzt auch er kein größeres Recht auf Auszeichnung. Alle Kriterien für Vortrefflichkeit ändern sich mit der Zeit und mit den Erfordernissen der sie umgebenden gesellschaftlichen Ordnung. Der chinesische Gelehrte von Rang mag nützlich für Aufrechterhaltung von Friede und Ordnung gewesen sein. In der Mitte des neunzehnten Jahrhunderts waren er und die Gesellschaft, zu der er gehörte, historisch überholt. Klassische literarische Bildung, verbunden mit politischem Scharfsinn von ziemlich begrenzter und traditioneller Art, war zu Beginn eines industriellen Zeitalters unzureichend, als räuberische Kräfte begierig daran gingen, aus China soviel wie möglich herauszupressen. Man kann das Prestige und die Autorität von Priestern und Zauberern nicht für irrational halten – obwohl sie in vielen Fällen sehr wohl gesellschaftlich schädlich gewesen sein mögen –, bevor nicht das Wissen darüber aufkam, daß die Rituale Hokuspokus waren. Wird heute an solche Dinge geglaubt und sucht man sich die sonderbarsten und exotischsten Formen aus, die sich finden lassen, so bedeutet dies für die Leute wieder etwas anderes. Wenn Begriffe wie kulturelle und moralische Pathologie mehr sind als ethnozentristische Bezeichnungen – und ich bin zu der Überzeugung gekommen, sie sind mehr –, dann beziehen sie sich auf diesen absichtlichen Verzicht auf menschliche Vernunft.

In dem Maß, wie menschliches Wissen und die Macht rationalen Urteils und Unterscheidens mit der Zeit – auf keinen Fall immer gleichmäßig – fortgeschritten sind, in dem Maße ist auch die Komplexität der Arbeitsteilung und der Probleme, denen menschliche Vernunft gewachsen sein mußte, gestiegen. Es nimmt kaum wunder, wenn rationale Herrschaft wenig mehr als ein kümmerliches Wachstum entfaltete. Obwohl sie die einzige gerechte Form von Herrschaft ist, denn sie beruht auf dem Tausch gleicher Güter und Dienstleistungen, gibt es natürlich viele andere Formen von Herrschaft. Hier möchte ich nur über die räuberische Herrschaft sprechen.

Es gibt drei grundlegende Möglichkeiten, mit denen Menschen

das, was sie an Gütern und Dienstleistungen zu erhalten wünschen, bekommen können. Dienstleistungen können hier die Befriedigung psychischer Notwendigkeiten und Bedürfnisse einschließen. Erstens können Menschen die begehrten Güter individuell oder kollektiv selbst produzieren. Natürlich können Menschen Bewunderung oder Auszeichnung nicht selbst »herstellen«. Andere Menschen müssen dies gewähren, was allerdings aus rationalen Gründen in einer Vielzahl kollektiver Unternehmungen möglich ist. Die anderen beiden Formen, das Gewünschte zu erhalten, sind Diebstahl oder der Zwang auf andere Leute, sie herzustellen. Wenn eine dieser beiden Formen für eine Reihe von Menschen zur regulären Lebensweise wird, folgt Bevormundung und räuberische Macht daraus. Genau genommen existiert räuberische Macht nur in der dritten Situation, in der jemand andere Leute zwingt, Güter und Dienstleistungen zu beschaffen, und in der die Opfer diese Beziehung zumindest als teilweise legitim und moralisch billigen. Stehlen ist *per definitionem* nicht legitim, und ohne Legitimation gibt es keine Autorität, sondern nur Unterdrückung.

Neben der Unterdrückung hat räuberische Macht an vielen Orten in den Zivilisationen der ganzen Welt eine wichtige Rolle gespielt und ist in schriftlosen Gesellschaften keineswegs selten. Augenscheinlich funktioniert sie. Ebenso offensichtlich spielt instrumentelle Vernunft eine große Rolle, um sie zum Funktionieren zu bringen. Der räuberische Herrscher, der nicht mehr die effektivsten Methoden zur Kontrolle seiner Untertanen anwendet, wird früher oder später aufhören, irgendwelche Untertanen zu haben und somit Herrscher wie Räuber zu sein. Diese Beobachtung war für Thukydides, als er seinen Melian-Dialog schrieb, sonnenklar, auch wenn es ungefähr zweitausend Jahre später Machiavelli für nötig hielt, dies den Menschen ins Gedächtnis zu rufen.

In jedem einzelnen Fall heißt es, sorgfältig vorzugehen, will man bestimmen, in welchem Ausmaß eine Elite wirklich räuberisch war oder ist. Das Herausziehen eines Surplus an sich belegt nicht die Existenz einer räuberischen Herrschaft. Es ist angezeigt, sich weiterhin daran zu erinnern, daß in der menschlichen Geschichte Armut und Gesetzlosigkeit oft die Grundlage bildeten, von der gesellschaftliche Evolution ausging[5] – mit mancher Wiederholung

5 Über deren Ursprünge wissen wir fast gar nichts. Einige der einfachsten pri-

vergangener Erfahrung. So ist eine wirklich räuberische Elite eine solche, die der unterworfenen Bevölkerung sehr wenige Dienste erweist und zu ihrem eigenen Vorteil einen so großen Surplus entzieht, daß Armut in großem Ausmaß entsteht, die nicht existieren würde, wäre die unterworfene Bevölkerung sich selbst überlassen. Plantagensklaverei ist hierfür ein recht deutliches Beispiel. In anderen Fällen kann eine Reihe tatkräftiger und gelegentlich sogar grausamer Führer allmählich eine Insel des relativen Friedens und der Ordnung inmitten eines Meeres von allgemeinem Elend schaffen. Ein gewisses Maß an Rationalität läßt sich bei derartigen Errungenschaften nicht absprechen. Laut Überlieferung war dies auch die Geschichte des französischen Absolutismus in gewissen Phasen seiner Entwicklung zu einem System, in dem zu Zeiten Ludwigs des Vierzehnten dann räuberische Züge vorherrschten.

Diese Überlegungen laufen auf den Schluß hinaus, daß es eine Unterscheidung zwischen rationaler und räuberischer Herrschaft gibt, selbst wenn die Unterscheidung nicht so leicht zu treffen ist, wie die Kritik von Untergrundkämpfern am gegebenen Herrschaftssystem uns manchmal glauben machen will. Diese Unterscheidung scheint mir zwingend genug, um Behauptungen wie die, politische Präferenzen könnten nicht mehr als bloße Meinungssache, subjektive Laune oder persönliche Wertungen sein, zurückzuweisen. Nimmt man einfach das Ausmaß von Elend, das sie verursachen können, dann *gibt* es eine bessere und schlechtere Moral, bessere oder schlechtere gesellschaftliche Systeme und kollektive Zwecke. Ob sie jemand rational und räuberisch nennt, macht daher keinen Unterschied.

Anders ausgedrückt, es gibt so etwas wie sinnvolle moralische Kritik. Reiner moralischer Relativismus stellt, solange menschliches Leiden nicht gleichgültig ist, eine unhaltbare Position dar. Den Opfern kann dies, abgesehen von einem gewissen Bereich der

mitiven Gesellschaften leiden weder unter materieller Not noch unter sozialer Unordnung. Viele andere dagegen leiden unter dem einen oder dem anderen oder unter beidem – und zwar oft schon, bevor die Weißen bei ihnen eindrangen. Soweit ich sehe, läßt sich nicht entscheiden, welche dieser beiden Extremlagen am Anfang der Menschheitsgeschichte vorherrschte. Die aufgezeichnete Geschichte zeigt indessen, daß Hunger und soziale Unordnung oft weit verbreitet waren.

Konditionierung, nicht gleichgültig sein. Moralische Kritik ist auch politisch sehr bedeutsam, obwohl sie Grenzen hat, auf die ich gleich hinweisen will. In jeder wichtigeren gesellschaftlichen und politischen Transformation hat die alte Ordnung, wie de Maistre beobachtete, seit etwa zweitausend Jahren eine moralische Niederlage und eine Erosion ihrer Legitimationsgrundlage lange vor den politischen Veränderungen erlitten. Das galt für den Sieg des Christentums über die Heiden ebenso wie für die großen revolutionären Bewegungen, von dem Aufstand in den Niederlanden, der Puritanischen Revolution, der Französischen Revolution, dem Amerikanischen Bürgerkrieg, der Russischen bis hin zur Chinesischen Revolution. In jedem Einzelfall stellte die alte Ordnung, bevor sie gestürzt wurde, für einflußreiche Teile der Bevölkerung keinen moralischen Sinn mehr dar. Wirtschaftlicher und gesellschaftlicher Wandel mögen dazu geführt haben, daß die alte Ordnung keinen moralischen Sinn mehr abgab. Aber ohne die gleichzeitige Entwicklung neuer Standards der Verurteilung und neuer Ziele für die Zukunft wäre das Ergebnis wirtschaftlicher und anderer Transformationen weit anders ausgefallen und sehr wahrscheinlich in reines Chaos gemündet. In jedem Fall nahm die neue Moralität auch für sich in Anspruch, die Empfindungen und Wünsche des größeren Teils der Menschheit auszudrücken. Bei all diesen Veränderungen hat es mehr als einen Beigeschmack von Heuchelei, wenn die neuen Moralsysteme dazu dienen, die Auferlegung ihrer eigenen und keineswegs immer völlig neuen Formen von Grausamkeit und Leiden zu rechtfertigen. Dennoch hat sich die Welt bewegt ...

Stützen diese Erwägungen den Schluß, daß räuberische Moral- und Gesellschaftssysteme in einem objektiven Sinne als pathologisch gelten können? Trotz der Ablehnung des moralischen Relativismus mag die Antwort auf diese Frage ambivalent bleiben. In einigen politischen Situationen, in denen eine genaue Diagnose auf Pathologie möglich sein mag, ist die Diagnose weder notwendig noch hilfreich. In anderen Situationen können moralische Urteile – gleichgültig, ob der Befund auf Pathologie hinausläuft oder nicht – vollkommen unangemessen sein, da sie unangemessene Fragen nach dem Wesen und den Ursachen der Situation implizieren. Bevor wir uns diesem Problem nähern, ist es ratsam, kurz die Bedeutung von Pathologie zu klären.

Der Begriff der Pathologie setzt einen empirisch und objektiv bestimmbaren Zustand von Gesundheit voraus. Damit dies einen Sinn ergibt, muß der Zustand von Gesundheit dem zur Untersuchung vorliegenden Organismus angemessen sein. Ein Pferd, dem Flügel fehlen, befindet sich nicht in einem pathologischen Zustand. Bei einem Vogel, dem sie fehlen, trifft dies aber zu. Pathologie ist ein Vorgang oder eine Bedingung, die für einen besonderen Organismus schädlich ist. Die Gründe für den Prozeß mögen innerhalb des Organismus liegen oder wie im Fall einer durch einen Schlag verursachten Wunde von außen herrühren. Einige Pathologien mit immanenten Ursachen, wie etwa das Altern, können für den einzelnen Organismus normal sein. Menschliche Gesellschaften sind keine biologischen Organismen. Trotzdem leiden sie an inneren und äußeren Prozessen, die schädlich und zerstörerisch sind. Inwiefern sich historische Prozesse des Verfalls in einer Weise, die sie für eine bestimmte Diagnose zugänglich machen, wiederholen können, ist natürlich hochproblematisch. Andererseits ist ziemlich sicher, daß Verfall früher oder später eintritt. Außerdem ist Verfall nicht die einzige Form eines schädlichen Prozesses, dem menschliche Gesellschaften unterworfen sind. Aus diesen Gründen scheint der Begriff der Pathologie zunächst recht vielversprechend, vielleicht sogar notwendig. Möglicherweise benutzen wir ihn nicht, weil er etwas Unangenehmes über unsere eigene Gesellschaft verraten könnte.

Weitergehende Überlegungen führen schon bald zu wichtigen Einsichten, die die Brauchbarkeit des Begriffs für die Gesellschaftsanalyse einschränken. Eine Hauptschwierigkeit besteht darin, den ursprünglichen Zustand von Gesundheit zu bestimmen. Wenn ein Raubtier an einer Krankheit leidet, die es daran hindert, sich in räuberischer Manier zu verhalten, würde man den Schluß ziehen, daß es an einer Pathologie leidet. Würde nicht das gleiche Argument auf eine räuberische Gesellschaft passen? Müßten wir nicht, solange es ihr gelänge, räuberisch zu sein, zugeben, daß sie vollkommen gesund sei? Schließlich gab es zahlreiche kriegerische Gesellschaften, die zu räuberischen Zwecken organisiert waren.

Diesem Einwand ließe sich unter Zuhilfenahme empirischer Argumente begegnen, und darauf wurde bereits hingewiesen, daß räuberische Gesellschaften sehr viel Elend verursacht haben. Sollten wir nicht schon aus diesem Grund davon ausgehen, daß sie als solche eine Form von Pathologie darstellen? Nehmen wir für einen Augenblick an, dies Argument sei logisch und tatsächlich korrekt, auch wenn ich gleich einige Gründe für seine Zurückweisung geben werde. Welchen Unterschied würde es machen? Nehmen wir an, jemand hätte versucht, Hitler und den Nazis klarzumachen, daß ihre Moral pathologisch ist – was auch zahlreiche Kritiken am Nationalsozialismus entweder explizit oder implizit behaupten. Welche Konsequenzen hätte man erwarten können? Die Nazi-Führer könnten möglicherweise gerade daran interessiert gewesen sein, zu erfahren, daß ihre Spielart der kriegerischen Ethik einem inneren Zerfall ausgesetzt wäre, gegen den ein Sozialwissenschaftler einschlägige administrative Maßnahmen empfehlen könnte. Einschließlich der Geheimstudie über die eigenen Mitglieder, die im vorangehenden Kapitel zitiert wurde, deutet vieles darauf hin, daß solche Ängste sehr stark waren. Doch hätte man nur gemeines Gelächter und beleidigende Attribute empfangen, hätte man ihnen zu erklären versucht, daß die Nazimoral als ganze pathologisch sei.

Weist jemand die Verringerung von Elend und Leiden als Ziel zurück, so gibt es keine externe Autorität, auf die man sich wirksam berufen könnte, um Personen, Gruppen oder den Staat zu bewegen, von gefährlichen Handlungen Abstand zu nehmen. Weder Gott noch die angeblichen Mächte der Geschichte, noch irgendeine mutmaßliche vernünftige Ordnung des Universums vermögen als wirksame Argumente oder Sanktionen zu dienen. Selbst wenn es möglich wäre, mit mathematischer Sicherheit zu zeigen, daß eine gewisse Form räuberischer Moral und Gesellschaft zur Ausrottung der gesamten Menschheit führe, könnte ein grausamer und romantischer Egoist immer noch mit Verachtung seine Finger schnipsen und den Marsch nach Armageddon anführen, in dem festen Glauben, die Menschheit habe nichts Besseres als Zerstörung verdient. Gewalt und nur Gewalt kann solchem Irrsinn Einhalt gebieten. Und die Anwendung von Gewalt selbst für gänzlich defensive oder »gesellschaftlich konstruktive« Ziele gibt der Errichtung räuberischer Institutionen und Verfassungen einen mächtigen Impuls.

Bei einer weniger apokalyptischen Betrachtung ist der Hinweis notwendig, daß die Verlockung für Gruppen und Individuen, von räuberischen gesellschaftlichen Einrichtungen Gebrauch zu machen und räuberische Moralsysteme zu deren Rechtfertigung zu benutzen, stark und wiederkehrend ist. Die Verlockung scheint solange mächtig zu sein, wie es keine allgemein befriedigende Lösung des Problems der Arbeitsteilung in und zwischen menschlichen Gesellschaften gibt. Selbst wenn eine solche Lösung gefunden wäre, gäbe es gute Gründe anzunehmen, daß sie nicht von Dauer sein könnte, weil verschiedene Teile der Welt sich wahrscheinlich dennoch auf verschiedene Art und in unterschiedlichem Ausmaß ändern.

Wenn man die Verlockung räuberischer gesellschaftlicher Einrichtungen und die daraus folgende Notwendigkeit der Verteidigung hingegen als durchgehende Bestandteile der menschlichen Szenerie akzeptiert, wird es schwierig, die Vorstellung von räuberischer Moral als allgemein pathologisch ernst zu nehmen.[6] Wo eine gewisse Art des Verhaltens nahezu unvermeidlich ist, kann sie moralisch glaubwürdig nicht verdammt werden. Jedoch reicht es nicht aus, geltend zu machen, die Menschheit sei für ihre eigene Moral und ihr eigenes Schicksal verantwortlich und daß das Ziel rationaler Herrschaft bewußt bestätigt und gewählt werden muß. Die Menschen müssen auch diejenigen Grundbedingungen schaffen, die rationale Herrschaft durchführbar machen und räuberische Formen der Herrschaft eher in einen pathologischen als in den normalen Zustand der Dinge verwandeln.

Es bleibt zweifelhaft, ob dieser Wandel auf globaler Ebene in absehbarer Zukunft eintreten kann und wird. Nationale Souveränität und alle Formen des kollektiven Egoismus müßten tatsächlich ein Ende haben. Es gibt sogar triftigere Gründe, wollen wir nicht zuviel Energie darauf verschwenden, über diesen Stand der Dinge zu lamentieren. Die Wehklage schlägt sehr leicht in eine Form von Selbstgefälligkeit um, die die Aufmerksamkeit von anderen wichtigen Problemen ablenkt. Man braucht nicht die Zielvorstellung zu haben, *alle* Formen gesellschaftlich produzierten Leidens oder gar alle Formen räuberischer Herrschaft abzuschaffen. Ärzte geben

6 Vielleicht sollte man von der »Pathologie des Normalen« sprechen. Doch das scheint mir nur Pose zu sein. Für sich erklärt der Satz gar nichts. Auch die Formel vom gerechten Krieg kann das Dilemma nicht lösen. Je leichter die Formel sich anwenden läßt, desto mißtrauischer sollten wir ihre Rationalisierungsfunktion im Auge behalten. Daß dennoch Unterscheidungen möglich bleiben, liegt auf der Hand.

den Versuch zu heilen und verschiedenen Arten von Krankheit vorzubeugen nicht auf, nur weil sie keine Pillen für Unsterblichkeit verschreiben können.

3. Distributionsprinzipien

Aus den oben erwähnten Gründen habe ich eine Erörterung von popularen Einstellungen gegenüber der Verteilung des Sozialprodukts aufgeschoben, bis andere wichtige Überlegungen behandelt waren. Anschauungen darüber, wer was und warum bekommen soll, sind der wichtigste Aspekt in den popularen Vorstellungen von Gerechtigkeit. Wenn sich keine populären Prinzipien ermitteln lassen, nach denen sich Kontroversen in mehr als einer Gesellschaft schlichten lassen, wäre dies eine Rechtfertigung für die extremste Form des moralischen Relativismus. Auch in seiner signifikantesten Variante leugnet der moralische Relativismus nicht die Möglichkeit, Wiederholungen und sogar Übereinstimmungen zu entdecken. Er bestreitet einfach, daß irgendeine Übereinstimmung oder Wiederholung, die existiert oder existieren mag, als mögliche Grundlage für die Beilegung von Kontroversen dienen kann. Menschen streiten nicht, wie Homans z. B. geltend gemacht hat, um Prinzipien sozialer Gerechtigkeit. Worum sie kämpfen, ist die Anwendung dieser Prinzipien.

Den besten Einstieg bietet der Versuch, die wichtigsten Mittel, mit denen verschiedene Menschen tatsächlich versucht haben, mit dem Problem der Verteilung von Gütern und Dienstleistungen fertig zu werden, in einer Art Rangordnung aufzuführen. So wie ich die Befunde auslege, gibt es Abweichungen und demzufolge die Möglichkeit von Meinungsverschiedenheit und Konflikt sowohl hinsichtlich der anzuwendenden Prinzipien als auch in manchen Fällen darüber, was die Prinzipien im konkreten Fall bedeuten sollen. Aber diese Verschiedenartigkeit bedeutet nicht notwendig, daß es keine bevorzugten Lösungen gibt oder überhaupt keine Lösung möglich ist.

Eine Lösung, die von Zeit zu Zeit in anthropologischen Befunden, aber auch anderswo auftaucht, besteht in dem Versuch, der ganzen Problematik ihre Bedeutung zu nehmen und sie zu entschärfen.

»Mach' dir keine Sorgen, nörgel' nicht, besteh' nicht drauf zu kriegen, was du brauchst; du kommst auch noch dran. Dann bekommst du, was du willst oder jedenfalls, was du brauchst.« Solcherart scheint die moralische Botschaft zu sein, die einige Gruppen ihren Mitgliedern einzuprägen suchen. Wo die Versorgung mit Gütern, wie bei Jägerstämmen, unsicher bleibt, ist dies eine naheliegende Lösung, desgleichen unter Gruppen wie den frühen Christen, die versuchten, sowohl dem moralischen und gesellschaftlichen Druck durch die sie umgebende Gesellschaft zu entrinnen als auch sich von ihr abzusondern. Diese Lösung ist hinter der berühmten Ermahnung aus dem Neuen Testament verborgen, sich mit den unirdischen Formen des Lebens zu trösten, die sich »weder abmühen noch spinnen«. Wie andere Prinzipien ist auch dieses nur für eine begrenzte Zahl von Verhältnissen angemessen.

Eng verbunden mit der Absicht, die ganze Frage herunterzuspielen, ist das Gleichheitsprinzip bei der Verteilung von Gütern und Dienstleistungen. Seine wiederkehrende Anziehungskraft braucht nicht besonders hervorgehoben zu werden. Die Anwendung dieses Prinzips bedeutet für diejenigen, die jetzt nichts haben, daß sie etwas bekommen werden, was zur Erklärung der Anziehungskraft der dahinterstehenden moralischen Leidenschaft, wenn auch unzureichend, genügt. Das Gleichheitsprinzip ist dort, wo es mit einer Vorstellung in dem Sinne verknüpft ist, daß alle Menschen an sich unschätzbare gemeinsame Qualitäten und ein gemeinsames Schicksal teilen, mehr als bloß demagogisches Beschwichtigungsmittel gegen Neid. Das Prinzip weist zwei verschiedene Vorteile auf, die Existenz einer Gruppe aufrechtzuerhalten. Es ist eine taugliche Form der Sozialversicherung gegen Mißgeschick, das einzelne Mitglieder der Gruppe treffen mag. Hinsichtlich seiner Anwendung ist es weitgehend frei von Doppelsinnigkeit. Unter dem Gleichheitsgrundsatz kann es keine Diskussion darüber geben, wieviel eine Person verdient oder warum. Die Anteile sind gleich, und damit hat sich's. Mögliche Streitigkeiten betreffen, vorausgesetzt, es gibt eine wirkliche Übereinstimmung über das Prinzip selbst, Güter oder Dienstleistungen, die ihrer Natur nach schwer oder überhaupt nicht gleich geteilt werden können. Welches Theater kann für alle Zuschauer gleich gute Plätze haben?

Bis jetzt hat sich noch keine Gesellschaft, die ausreichend komplex zum Gebrauch der Schrift ist – und freilich auch sehr wenige andere Gesellschaften – entschieden, die Verteilung nach dem Gleichheitsprinzip zu organisieren oder der ganzen Frage geringe Bedeutung beizumessen. Für sich genommen beweist diese Tatsache nicht, daß solche Lösungen unmöglich sind, sie beweist allerdings das Vorhandensein starker Hindernisse, was hier aber nicht näher ausgeführt werden muß. Nimmt man die Schrift als groben empirischen Index für die Existenz von Zivilisation, können wir sagen, daß alle zivilisierten Gesellschaften und sehr viele andere sich um ein oder mehrere Prinzipien von sozialer Ungleichheit organisiert haben, die sich in der Art und Weise der Verteilung von Gütern und Dienstleistungen kundtun. Für die Absichten der jetzigen Erörterung lassen sich diese Systeme auf zwei entgegengesetzte Typen reduzieren. Dort, wo gesellschaftliche Mobilität vorhanden ist, hängt die Verteilung von Gütern und Dienstleistungen (einschließlich Achtung und Würde) in irgendeiner Weise von der tatsächlichen Leistung eines Individuums während seiner Lebenszeit ab. Anerkannte Leistungen sind solche, denen man in gewisser Weise einen Beitrag zum Gemeinwohl zuschreibt. Unrechtmäßige Leistungen werden für gesellschaftlich schädlich gehalten. In jedem Fall ist es die Leistung, die zählt. Welche Leistungen zu belohnen und welche zu bestrafen sind und in welcher Art und mit welchem Aufwand, ist eine offensichtliche Quelle möglichen Widerspruchs und Konflikts. Eine solche Gesellschaft ist inhärent instabil. Aber die Betonung der Leistung bedeutet, daß die Dinge getan werden. Was getan wird, kann von räuberischen bis hin zu gerechten Zielen variieren. Der entgegengesetzte Typus ist dort gegeben, wo die Prinzipien der Verteilung vom angeborenen gesellschaftlichen Status abhängen. In gewissem Sinne stellen sie geronnene Leistung oder die der vorhergehenden Generationen dar. Dennoch spielen Verwandtschaft und Abstammung eine entscheidende Rolle bei den Auswirkungen der Verteilungsprinzipien, und der Maßstab der Konsumtion ist nicht bloß das Individuum. Auch aus diesem Grund kommt mehr als bloß Leistung ins Spiel: Die Verteilung findet in Einklang mit unterstellten allgemeinen menschlichen Qualitäten statt, die angeblich kennzeichnend für bestimmte Kasten oder Stände in der gesellschaftlichen Ordnung sind, jede mit ihrer eigenen Funktion und Form der sozialen Auszeichnung oder, in vielen Fällen, der sozialen Schmach. Eine

Annäherung an diesen Typus ist nur in einer statischen Gesellschaft in einer statischen Umgebung möglich.
Betrachten wir die Ursachen von Mißhelligkeiten und Konflikten näher, dann können wir leicht die Verbindung zwischen dem Entstehen der modernen Industrie und den gigantischen Kämpfen zwischen Prinzipien der Allokation erkennen, die einerseits primär auf ererbtem Status und andererseits auf Leistung beruhen. Die Erosion herkömmlicher Systeme der Ungleichheit, die sich auf Status und sozialer Anerkennung gründen, deren Zustimmungsgrad durch die unterworfene Bevölkerung von Fall zu Fall erheblich variierte und der mit ziemlicher Sicherheit niemals so groß war, wie es die Quellen sagen, die in der Regel die Interessen der herrschenden Schichten widerspiegeln, erlaubten einer Vielzahl von, Gruppenegoismen, offen zutage zu treten. Formen von Gruppenegoismus und die Verfolgung selbstsüchtiger Interessen befinden sich in jeder großen und halbwegs komplexen Gesellschaft nicht weit unter der Oberfläche – von einfachen und kleineren Gesellschaften einmal ganz abgesehen. Aber was besagt die Verfolgung selbstsüchtiger Interessen wirklich? Die meisten Abhandlungen bezeichnen hiermit bloß das Verhalten von Opponenten und Konkurrenten. Ist es mithin nicht mehr als eine Bezeichnung, ein gefühlsmäßiger Ausdruck ohne nachweisbaren empirischen Gehalt? Folgende Gründe lassen sich, soweit ich sehen kann, für die Behauptung, diesen Worten komme eine genuine sachliche Komponente zu, vorbringen. Sie stehen in wichtiger Beziehung zu der ganzen Frage des moralischen Relativismus.
In jedem konkreten Fall läßt sich für einen genügend unvoreingenommenen Beobachter der relative Beitrag irgendeines spezifischen kollektiven Unternehmens zum Wohlergehen der gesellschaftlichen Ordnung – wiederum hinsichtlich der unmittelbaren und konkreten Umstände – abschätzen; dies gilt vom Sammeln der Küchenabfälle über die Bereitstellung der medizinischen Versorgung bis hin zur Vorsorge für gemeinsame Verteidigung. Diese Maßstäbe und Bewertungen müssen nicht sehr genau sein. Grobe Einschätzungen in bezug auf Klassenordnung und dergleichen reichen aus. Noch ist für die Gültigkeit des Arguments die allgemeine Zustimmung zu diesen Urteilen vonnöten. Will man das Argument ernst nehmen, ist es tatsächlich besser, die Existenz von lebhaften und leidenschaftlichen Debatten über diese Gegenstände anzuneh-

men. Wir müssen allerdings unterstellen, daß diese Debatten intelligent geführt werden können und ein vernünftiger Schluß aus der Diskussion gezogen wird oder zumindest, daß so etwas denkbar ist. Ohne die Möglichkeit einiger objektiver Beurteilungsmuster gibt es eigentlich keinen Weg, irgendeine Form kollektiven Verhaltens als selbstsüchtig oder unsozial abzustempeln.

Die bloße Erwähnung dieser Voraussetzungen zeigt hinreichend, wie weit die modernen Gesellschaften davon entfernt sind, sie zu erfüllen, seien sie nun kommunistisch, kapitalistisch oder irgend etwas anderes. Diejenigen, die davon ausgehen, daß diese Vorbedingungen unter allen denkbaren Umständen unmöglich angetroffen werden können oder daß die Frage nach der gesellschaftlichen Verteilung ihrem Wesen nach mit rationalen Mitteln nicht zu lösen ist, haben einleuchtende Gründe. Die folgenden Punkte enthalten nach meiner Ansicht die geeignetste Antwort. Wenn schon gesellschaftliche Allokation irgendwie stattfinden muß, dann besser auf soweit wie möglich rationalem Boden. Sonst können menschliche Beziehungen niemals etwas anderes als ein durch das Recht des Stärkeren teilweise unter Kontrolle gehaltenes Chaos sein, das sich auf Gewalt und Betrug gründet. *Ein wenig* Rationalität ist offenbar möglich, und mehr davon ist besser als weniger. Kollektive Handlungen lassen sich in der Weise voneinander unterscheiden, daß man festhält, wieviel sie gemessen an ihren scheinbaren Vorzügen verursachen. Nahrungsmittel müssen nicht giftig sein (was sie gelegentlich sind), und Postämter müssen nicht große Mengen von Postsendungen »verlieren«, solange nicht klar gezeigt werden kann, daß die Austragung von Postsendungen und die Produktion giftfreier Nahrungsmittel gesellschaftlich nicht-akzeptable Kosten für die Gesamtbevölkerung erfordern würden. Perfekte Leistung in irgendeinem kollektiven Unternehmen würde wahrscheinlich unerschwingliche Kosten mit sich bringen.[7] Das ist *a priori* kein Grund, irgendeine Situation, so wie sie ist, zu akzeptieren. Die Bedeutung von gesellschaftlicher Rationalität verändert sich schließlich, ungeachtet eines gemeinsamen Kerns, mit der Zeit durch die Wandlung der historischen Verhältnisse.

7 Dabei ist eine sehr klare Antwort auf die Frage zu geben: Unerschwinglich für wen, und aus welchen Gründen? Sonst kommt es zu einem Rückfall in den Kampf zwischen verschiedenen Gruppenegoismen.

Diese Überlegungen implizieren, daß die Gesellschaft fähige und wirklich begabte Individuen braucht, die die Bedeutung und die Anwendungsgebiete von Rationalität ohne Hinderung durch offizielle oder nicht-offizielle Tabus zu ergründen vermögen. Vernünftigkeit in menschlichen Beziehungen sah sich schon immer ungeheuren Hindernissen gegenüber. Dabei ist die Schwierigkeit der Entscheidung, worauf Rationalität hinausläuft und was sie mit sich bringt, nicht notwendig die wichtigste. Für sich genommen, ist die fehlende Übereinstimmung in dieser grundlegenden Frage nach keine tödliche Bedrohung für das menschliche Unternehmen. Sie mag im Gegenteil ein Zeichen von Lebenskraft sein und Wachstum wie Entdeckung einleiten. Aber sie würde zur tödlichen Bedrohung, wenn die Menschen ganz allgemein zu der Einsicht gelangten, Rationalität selbst sei eine Täuschung, und sie die Suche völlig aufgäben.

Welchen Standpunkt man auch immer zum Problem des objektiven Urteils einnehmen mag, soviel ist gewiß: Das Prinzip einer leistungsgerechten Verteilung von Gütern und Dienstleistungen unter den Mitgliedern einer Gesellschaft ruft weit mehr Verlegenheiten hervor als die Prinzipien der Gleichheit, die Verteilung in Übereinstimmung mit traditionellem Status und Vorstellungen von sozialer Auszeichnung oder auch die bloße Vermeidung und das Verschweigen des gesamten Problems.

Wie auch immer die Prinzipien der Ungleichheit lauten, irgendeine Verbindung zwischen Leistung und Anteil am Sozialprodukt wird, selbst wenn es ziemlich heruntergespielt wird, wahrscheinlich Bestandteil der eigentlichen Praxis sein. Wie das historische Material besonders am Fall der deutschen Bergarbeiter zeigt, schafft der Übergang vom Rang eines Standes mit korporativen Traditionen, der die Wohltaten eines ansehnlichen paternalistischen Schutzes und beträchtliches gesellschaftliches Ansehen genießt, zu einem Status, der auf individueller Leistung gründet, alle möglichen Arten von Belastungen. Einige profitieren unter den neuen Umständen, und andere ziehen den Kürzeren. Es bedarf einiger Zeit und neuer gemeinsamer Erfahrungen, um eine neue Identität in Form von Gewerkschaften und politischen Bewegungen zu schaffen. Solche gesellschaftlichen Einrichtungen stellen eine widerwillige Anpassung an das Leistungsprinzip dar, einen Versuch, sich das Leistungsprinzip unter Vorbehalten anzueignen, die Arbeiter gegen die Bestrebungen der Eigentümer und Direktoren zu schützen und die neue Situation zu ihrem Vorteil zu wenden. In früheren Stadien der Industrialisierung sind die Unternehmer oft zu der Einsicht unfähig, daß die Arbeiterschaft über das Leistungsprinzip lernt. Sie ziehen fügsame Arbeiter vor, die die Bedeutung harter Arbeit zum Zweck gesellschaftlicher Auszeichnung akzeptieren und die die säkularen wie materiellen Belohnungen herunterspielen – mit anderen Worten, gewisse Arten vorindustrieller Statusgruppen. Mit Ausnahme des Sozialismus, wo die Ethik der revolutionären Gestaltung ähnliche Verhaltensweisen aufdrängt, ist diese Art der Arbeiterschaft immer seltener zu finden. Sowohl Kapitalismus wie Sozialismus stellen Versuche dar, die akzeptierte gesellschaftliche Definition der Beziehung zwischen kollektiver und individueller Leistung und den Anteilen am Sozialprodukt zu ändern.

Gibt es irgendeinen bedeutungsvollen Kern der Übereinstimmung hinter den verschiedenen gesellschaftlichen Definitionen eines gerechten oder anständigen Systems der Verteilung? Bei der Erörterung dieser Frage ist es wichtig anzuerkennen, daß *jedes* Verteilungsprinzip *einige* Zeit zum Nachteil *einiger* Leute funktionieren wird. In jeder Gesellschaft müssen Menschen dazu erzogen werden, sich mit derartigen Folgen abzufinden. Dies zu tun ist ganz klar und vielleicht beängstigend leicht möglich.

Auch ist es recht offenkundig, daß wahrscheinlich kein einzelnes Prinzip eine angemessene Einrichtung für alle denkbaren Situationen darstellt. Auf der anderen Seite ist weiterhin unstrittig, daß verschiedene Prinzipien für unterschiedliche Situationstypen anwendbar sind: anwendbar in dem Sinne, daß ihre Wirkung das gesellschaftlich produzierte Elend minimiert. Das Problem der Verteilung herunterzuspielen, Schritte in Richtung einer gleichen Verteilung zu fördern oder eine Verteilung gemäß des ererbten gesellschaftlichen Status zu bevorzugen, dies alles dient dazu, ein Gefühl von Sicherheit zu schaffen und die gesellschaftlichen Rivalitäten zu dämpfen. Verteilung gemäß dem vererbten gesellschaftlichen Status erfordert ein hohes Maß an gesellschaftlicher Einübung und zumindest eine geregelte und verläßliche Versorgung mit Nahrungsmitteln und Wohnung, wenn sie dieses Ergebnis zeitigen soll. Verteilungskriterien, die sich nach der Leistung richten, sind auf der anderen Seite eine Möglichkeit, etwas zustande zu bringen, vor allem neue Dinge in einer sich ändernden gesellschaftlichen Ordnung. Sie ist auch der einzige Weg, über den Individuen ihre eigene Situation verbessern können. Wie Marx hervorhob, hängt jedes Verteilungssystem stark davon ab, was die Mitglieder einer Gesellschaft (und nicht notwendig alle Mitglieder) produzieren wollen.

Was Menschen aufbringt, ist mithin die Veränderung der gesellschaftlichen Prinzipien, an die sie gewöhnt waren, oder die Anwendung von Prinzipien, die für eine bestimmte Art von Handlungen und eine Reihe von Umständen nicht geeignet sind. Die Geschichte der Industrialisierung und Modernisierung ist voll von diesen moralischen Konflikten. Das Prinzip der Belohnung gemäß dem Verdienst, wie er durch den Preis auf dem Markt gemessen wird, widersprach dem Prinzip der Belohnung nach dem ererbten gesellschaftlichen Status. Der Triumph des neuen Prinzips war ein Triumph der Bourgeoisie und ihrer Art, die menschlichen Angelegenheiten zu regeln. Politisch bedeutende moralische Empörung rührt also von der Anwendung eines neuen Prinzips her, das zum Nachteil einer beträchtlichen Anzahl von Leuten wirkt, und dies ganz besonders, wenn das neue Prinzip sie der Ergebnisse harter Arbeit beraubt. Nicht objektives Leiden gibt den Hauptgrund für moralische Empörung ab, sondern offensichtliche gesellschaftliche Ursachen. Die Ursachen als menschlich wahrzunehmen ist ein notwendiger erster Schritt, um gegen menschliches Elend und Ungerechtigkeit etwas zu unternehmen.

4. Ausbeutung

Alle obigen Fragen tauchen in Verbindung mit dem berunruhigenden Begriff der Ausbeutung auf. In dem Ausmaß, wie dem Terminus eine objektive Bedeutung zukommen kann, bezeichnet er nicht-reziproke gesellschaftliche Beziehungen. Einige Leute erhalten durch Beziehungen mehr, als ihr Beitrag es zuläßt, während andere weniger erhalten. Daher setzt dieser Begriff die Möglichkeit einer objektiven Einschätzung des Wertes gesellschaftlicher Handlungen und des Beitrags jeder Gruppe voraus. Vermutlich erhalten die Arbeiter Löhne, die sich nicht mit ihrem Beitrag zum produktiven Prozeß decken, während die Fabrikbesitzer mehr erhalten, als ihr Beitrag rechtfertigt. Priester ängstigen die Bevölkerung, um sie dazu zu bringen, den Zehnten zu zahlen, ohne angemessene Leistungen zu erbringen. Die Liste ließe sich nach Belieben erweitern.

Das Fehlen von Reziprozität kann sich auf gesellschaftliche Beziehungen in den institutionellen Bereichen der Herrschaft und der gesellschaftlichen Koordination, Produktion und Distribution beziehen, oder, was häufiger geschieht, auf alle drei. Wird die Existenz von Ausbeutung behauptet, so müssen alle wichtigen Tauschbeziehungen in Betracht gezogen werden. Der Nachweis, daß eine herrschende Klasse oder Kaste mehr materielle Güter konsumiert als sie produziert, reicht hierbei nicht aus. Darüber hinaus muß man belegen, daß die anderen Dienste, die sie bereitstellt, wie etwa die Koordination verschiedener ökonomischer und nicht-ökonomischer Tätigkeiten der Gesellschaft, die Errichtung des Justizwesens, die vorsorgliche Verteidigung gegen gemeinsame Feinde, Leistungen sind, die in der Bereitstellung angemessener Vorsorge versagen, oder daß deren gesellschaftliche Funktionen aus irgendeinem Grund weniger wertvoll als früher geworden sind.

Alle diese Urteile hängen in ihrer Gültigkeit von der Möglichkeit ab, objektive Kriterien für die Einschätzung gesellschaftlicher Leistung aufzustellen. Dabei bedarf es nicht der Diskussion über die Schwierigkeiten bei der Aufstellung solcher Kriterien, da der Erklärungswert des Ausbeutungsbegriffs andere und ernstere Begrenzungen aufweist, die mich dazu geführt haben, in diesem Buch sehr wenig Gebrauch von diesem Begriff zu machen. Diese Einschränkungen werden bald zutage treten. Doch bleibt der Hinweis wichtig, daß das schiere Faktum menschlicher Meinungsverschiedenheiten über den Wert bestimmter Tätigkeiten und darüber hinaus der Wert der Leute, die diese Aufgaben ausführen, nicht schon für sich den Begriff Ausbeutung als unparteiischen wissenschaftlichen Terminus disqualifizieren. Unparteiisch bedeutet übrigens nicht neutral; ein unparteiisches Urteil kann irgend jemand oder etwas verdammen. Wird die geringe Bewertung des Werts der eigenen Arbeit und des allgemeinen gesellschaftlichen Beitrags akzeptiert, so ist dies im allgemeinen bei Gruppen mit niedrigem Status weitgehend das Ergebnis gesellschaftlicher Bedingungen. Diese können daher selbst Ergebnis von Ausbeutung sein, und es ist die Ausbeutung selbst, die für viele Unterschiede in den gesellschaftlichen Bewertungen verantwortlich ist. Der Umstand, daß sehr viele Schwarze und Frauen niedrigere Lohnsätze für die gleiche Arbeit, wie sie von weißen Männern verrichtet wird, als selbstverständlich hingenommen haben, belegt nur schwerlich die Behauptung, Ausbeutung sei ein rein willkürlicher und subjektiver Begriff.

Andererseits gibt es Bereiche, für die gesellschaftliche Entscheidungen zwar unvermeidlich sind, für die es aber unmöglich ist, Kriterien anzugeben, die eindeutige Entscheidungen liefern. Wie ernst ist die Bedrohung durch ausländische Feinde in irgendeinem konkreten Fall? Sehr wenige menschliche Gesellschaften haben sich den Luxus leisten können, diese Frage zu vernachlässigen. Die meisten von ihnen müssen abwägen, welcher Wert militärischen Tugenden und den für einen militärischen Konflikt vorgesehenen Mitteln beizumessen ist. Da eine Unterschätzung sich als gefährlicher denn eine Überbewertung erweist, stellt die unvermeidliche Suche nach einem Sicherheitsspielraum ein langes Kapitel der menschlichen Geschichte dar.

Grob gesehen koinzidieren die Grenzen der Sicherheit mit den Grenzen durchführbarer gesellschaftlicher Kontrolle, wie sie für eine bestimmte Gesellschaft zu einem bestimmten historischen Zeitpunkt existieren. Die Fähigkeit menschlicher Gesellschaften, die Ursachen menschlichen Elends zu erkennen und etwas dagegen zu unternehmen, ändert sich mit der Zeit und trägt dazu bei, Veränderungen in den Prinzipien gesellschaftlicher Ungleichheit oder der Bewertung verschiedener gesellschaftlicher Aufgaben und Funktionen zu erreichen. In diesem Sinne ist Ausbeutung eine historische Kategorie und eine wiederkehrende historische Entdekkung. Sie entsteht an dem Punkt, wo Menschen fähig und willens werden, gewisse Dinge in ihrer eigenen Gesellschaft zu hinterfragen: Ist eine bestimmte gesellschaftliche Tätigkeit – wie etwa die von Priestern, Soldaten, Landwirten, Künstlern etc. – unerläßlich? Und für wen und warum? Was mag geschehen, wenn wir diese Tätigkeit ändern oder einstellen? Welche materiellen Mittel sind dafür aufzubringen, und wer sollte sie bekommen? Jede Gesellschaft entwickelt kollektive Antworten auf diese Fragen, gleichgültig ob ihre Mitglieder jemals aufhören, über sie nachzudenken oder nicht. Die Behauptung, eindeutige Antworten seien immer möglich, wäre vermessener Optimismus, und die Hoffnung, das Vorhandensein klarer Antworten setze als solche der Gewalt, der Grausamkeit und der Ungerechtigkeit ein Ende, wäre noch absurder. Ohne bessere Einsichten, ohne die Wahrnehmung von Ausbeutung wäre es andererseits nicht möglich, sich in diese Richtung zu bewegen.

Überdies sagt das Vorhandensein oder Fehlen von Ausbeutung, so wie sie von einigen zugegeben unparteilichen Beobachtern festgehalten wird, noch nicht sehr viel über die Gefühle und das Verhalten der Menschen aus. Es bleibt immer noch notwendig herauszufinden, wie die Leute selbst ihre Situation beurteilen. Eine gesellschaftliche Institution als »ausbeuterisch« zu bezeichnen teilt uns sehr wenig darüber mit, wie die betroffenen Leute reagieren werden. Hier liegt der wesentliche Grund, warum ich in diesem Buch einen häufigen Gebrauch des Begriffs vermieden habe. Wir kennen zu viele wirksame gesellschaftliche und psychologische Mechanismen, die Menschen nicht nur davon abhalten können, moralische Empörung angesichts ihrer Situation zu äußern, sondern auch manchmal sogar zu empfinden. Es gibt keine Garantie, daß Ausbeutung oder einfach schlichtes menschliches Elend irgendwie ihr eigenes Gegengift absondern werden.

Menschen müssen ihre eigenen moralischen Standards der Verurteilung und ihre eigenen Formen kollektiver Aktion entwickeln, um solche Situationen zu ändern. Wie schon bemerkt gibt es in der Ordnung des Universums oder in der Geschichte nichts, was einen Erfolg in dem Bemühen garantierte, und auch keinen Beleg dafür, daß derlei Anstrengungen stattfinden werden. Zu Ansätzen ist es indes wiederholt gekommen. Im nächsten Kapitel werden wir versuchen, die wichtigsten Faktoren zu ermitteln, die solchen Ansätzen förderlich sind.

Vierzehntes Kapitel
Unvermeidlichkeit und das Gefühl für Ungerechtigkeit

1. Einleitende Beobachtungen

Da wir uns dem Ende einer langen Reise nähern, würde ich gerne mit dem Leser zu den Ausgangspunkten zurückkehren, die uns veranlaßt haben, die Reise gemeinsam zu unternehmen. Was ist moralische Empörung? Unter welchen Bedingungen tritt sie auf? Wann und warum tritt sie auf? Ist sie etwas allen Menschen Eigentümliches? Falls ja, was bedeutet *eigentümlich* dann wirklich? Ist nicht das scheinbare Fehlen eines Gefühls von Ungerechtigkeit nicht gar signifikanter als sein Auftreten? Obwohl im Buch diesen Fragen nachgegangen wurde, gibt sein Verfasser nicht vor, eine endgültige Antwort gegeben zu haben, wenn endgültig jene Art von Antwort bedeutet, die jeden überzeugen und zufriedenstellen will. Noch beabsichtige ich hier, eine gewöhnliche Zusammenfassung dessen zu liefern, was in größerer Breite das Buch hindurch behandelt worden ist. Statt dessen schlage ich vor, noch einmal zu untersuchen, wie das Gefühl für Ungerechtigkeit tatsächlich in Erscheinung tritt, wobei ich mich auf das gemeinsam erarbeitete Material beziehe und auf Überlegungen, die ich vielleicht selbst beisteuern kann.

Wir wollen mit der Frage beginnen, ob es vielleicht einige gemeinsame Motive gibt, die im Verhalten der hinduistischen Unberührbaren und der Stahlarbeiter an der Ruhr vor 1914, in der Unfähigkeit Ulrich Bräkers zur Empörung über seinen Meister, der ihn als Söldner in die Armee Friedrichs des Großen verkaufte, in der Ehrfurcht der Spartakisten vor Stempeln und Unterschriften, in den selbstzugefügten Foltern der Asketen und in den Reaktionen von Menschen, über die die Nazis das Trauma der Konzentrationslager verhängten, offenkundig werden. In unterschiedlichem Ausmaß und auf je andere Weise sehen all diese Menschen ihre Leiden als unvermeidlich an. Einigen Opfern erschien solches Leiden in starkem Maße unumgänglich und berechtigt. Menschen neigen offenbar dazu, dem, was unvermeidlich scheint oder ist, Legitimität zuzusprechen, gleichgültig, wie schmerzhaft es sein mag, könnte sich doch sonst der Schmerz als unerträglich erweisen. Die Überwindung dieses Gefühls der Unvermeidlichkeit ist wesentlich für die Entwicklung einer politisch wirksamen moralischen Empörung. Soll dergleichen geschehen, müssen die Menschen ihre Lage als Folge menschlicher Ungerechtigkeit wahrnehmen und definieren: Eine Situation, die sie nicht ertragen müssen, können und wollen. Derlei Wahrnehmung – sei es nun ein neuartiges Erwachen oder der Inhalt geheiligter Tradition – ist an und für sich allerdings keine Garantie dafür, daß politische und gesellschaftliche Veränderungen statthaben. Doch ohne eine bedeutende Woge moralischen Zorns treten solche Veränderungen nicht auf.[1]

Die Annahme einer direkten Reaktion auf Schmerz und Zorn über die Wunden, die von der physischen und gesellschaftlichen Umgebung zugefügt werden, als Anfang aller menschlichen Versuche, irgend etwas gegen das zu tun, was schmerzt, ist durchaus verlockend. Zweifellos tritt Schmerz auf, und er ist ein unerläßlicher Ansporn zum Handeln. Es mag sogar eine fast automatische Reaktion der Empörung geben, die unabhängig von jeglicher kultureller Konditionierung und von den gesellschaftlichen Wertmustern, die das Individuum erworben hat, ist. Mußte irgend jemand Thersites erzählen, daß es kein Spaß war, für Agamemnon Soldat zu spielen? Homer hielt es nicht für nötig zu erklären, wie er zu derartigen Empfindungen kam. Die Reaktion eines armen Infanteristen, der auf einen Feldzug geschickt wurde, an dem er kein Interesse hatte, war einem Griechen vor dreitausend Jahren vermutlich ebenso verständlich wie uns. Bemerkenswert für Homers Zuhörer und uns ist, daß Thersites die Verwegenheit besaß, vor Agamemnon aufzustehen und seinen Kameraden zu sagen: »Laßt doch heim in den Schiffen uns gehn und diesen vor Troja hier an Ehrengeschen-

1 Selbst Phantasien von Befreiung und Rache können zur Konservierung von Herrschaft beitragen, indem sich die kollektiven Energien in recht harmlose Rhetorik und Rituale auflösen. Für die herrschende Gruppe hat ein solches Phänomen den weiteren Vorteil, Wachsamkeit zu rechtfertigen, die Instrumente der Repression in guter Funktionsordnung und ihre eigenen Anhänger auf Vordermann zu halten. Unter den Führern sowohl der Unterdrücker wie der Unterdrückten mag es ein stillschweigendes Übereinkommen darüber geben, wie das System zu funktionieren habe, daß das die Form ist, die der gesellschaftliche Vertrag annimmt.

ken sich sättigen ...« Solche Kühnheit ist tatsächlich nicht gewöhnlich.

Im Grunde genommen besteht unser Problem in der Feststellung, welche Bedingungen solche Verwegenheit möglich – und erfolgreich – machen. Aber wir können nicht einmal als sicher annehmen, daß jemand, der in der Haut des Thersites oder einer vergleichbaren Person steckt, überhaupt Empörung *empfinden* wird, und noch weniger, daß er in seinem Sinne darüber sprechen wird. Die Vorstellung, daß es so etwas wie einen unbezähmbaren Geist der Auflehnung in allen Menschen gibt, ist, wie ich befürchte, ein reiner Mythos. Wie die Darstellungen aus den Konzentrationslagern zeigen, ist es möglich, jede Form solchen Geistes und sogar den Überlebenswillen zu zerstören. Zugegeben ist dies ein außergewöhnlicher Fall, und keineswegs alle Häftlinge reagierten in dieser Weise. Jedoch reicht dieser Befund für den Nachweis aus, daß jeder Ansatz zum Zorn und selbst die Fähigkeit, Schmerz zu empfinden, sich über einen weiten Spielraum bis hin zur völligen Selbstaufgabe ändern können.

Mit ziemlicher Sicherheit läßt sich allenfalls behaupten, daß das Leiden in Form von Hunger, körperlicher Mißhandlung oder Beraubung der Früchte harter Arbeit tatsächlich objektiv schmerzhaft für Menschen ist. Sie suchen das Leid nicht um des Leides willen. Selbst Asketen legen sich Leiden um anderer Ziele willen auf, denen der Erlösung, der Befreiung von gesellschaftlichen Verpflichtungen oder der Erkenntnis des Universums. Bei der objektiven Natur des Leidens gelangt unsere Untersuchung an einen Punkt, der als sichere Grundlage für die weiteren Überlegungen herhalten kann. Wenn keine Kultur Leiden zum Selbstzweck erhebt und alle Kulturen gewisse Formen des Leidens als schmerzhaft betrachten, dann sind wir berechtigt, das Fehlen von Schmerzempfinden als Resultat einer bestimmten Form moralischer und psychologischer Anästhesie zu betrachten. Von hier aus gewinnt die Behauptung, es gebe keinen unbezähmbaren Geist der Revolte, eine andere Bedeutung. Sie besagt, daß unter gewissen zu spezifizierenden soziologischen und psychologischen Bedingungen die Anästhesie verheerend wirksam sein kann.

Auf welche Weise verändert die Einführung einer historischen Perspektive unser Verständnis der gesellschaftlichen Anästhesie? Eine historische Sehweise stellt die Bedeutung sich verbessernder Fähigkeiten in der Kontrolle der natürlichen und gesellschaftlichen Umgebung, die mit der offensichtlich endlosen Kette neuer, durch diese Verbesserungen hervorgerufenen Ursachen für menschliches Leiden und den damit in Beziehung stehenden Veränderungen der Prinzipien gesellschaftlicher Ungleichheit einhergehen, in das Zentrum unseres Blickfeldes. Wir werden auf diese Probleme zurückzukommen haben. In dieser Perspektive wird die Frage aufgeworfen, ob wir berechtigt sind, von historisch notwendigen Formen der Anästhesie zu sprechen. Diese könnten mit Aspekten menschlichen Leidens in Verbindung stehen, für deren Kontrolle oder Beseitigung die menschliche Gesellschaft überhaupt noch keine angemessenen Mittel entwickelt hat. Die Beherrschung von Krankheiten scheint das plausibelste Beispiel zu sein. Bei historisch notwendigen Formen des Leidens gibt es für die Menschen nichts anderes, als den Schmerz zu ertragen oder sich in Formen kultureller Anästhesie wie Magie und Religion zu flüchten. Auf jeder gegebenen Stufe der menschlichen Entwicklung wird es immer auch historisch unnötige – oder historisch zwecklose – Formen des Leidens geben, d. h. solche, die Menschen beseitigen könnten, die zu beseitigen ihnen aber mißlingt, was vermutlich von dem Widerspruch zu althergebrachten Interessen herrührt. Folglich haben wir in jedem konkreten Fall zu fragen: historisch notwendig für wen und warum?

Die Verwendung des Begriffs der historischen Notwendigkeit birgt gefährliche Fallen, von denen einige in früheren Kapiteln aufgedeckt wurden. Andere sollten in einem geeigneteren Kontext behandelt werden. Indem man fragt, für wen diese Notwendigkeit gilt und wer aus ihrer Anwendung welchen Nutzen zieht, kann man diese Fallgrube umgehen und am Kern der anti-utopischen Wahrheit festhalten: Nicht alles ist zu jeder Zeit möglich.

Das mag zur vorläufigen Skizzierung der theoretischen Erklärungsfallen genügen. Die jetzige Aufgabe liegt darin, zu bestimmen, wie Menschen sich der Anästhesie bewußt werden, wie sie das Gefühl der Unvermeidlichkeit überwinden und wie ein Gefühl von Ungerechtigkeit dessen Stelle einnehmen kann. Die Situation der hinduistischen Unberührbaren, ein Maximum an Billigung des Sklavenstatus, verbunden mit einem Minimum an Einfluß, mag dazu dienen, den Ausgangspunkt, an dem wir hauptsächlich interessiert sind, zu illustrieren. In gemilderter Form sind die gleichen

Empfindungen und gesellschaftlichen Beziehungen im Fall von Ulrich Bräker, den Stahlarbeitern an der Ruhr und zahlreichen anderen sehr offenkundig. Bei näherer Betrachtung und Reflexion erscheinen sie nicht mehr als bizarr. Statt dessen geben sie Beispiele für Reaktionen auf eine der ältesten und gewöhnlichsten menschlichen Erfahrungen, verallgemeinert gesprochen, auf patriarchalische Herrschaft. In dieser prototypischen Erfahrung *möchte* der junge Mensch den Vater zufriedenstellen, selbst wenn auch Haß vorhanden sein mag. Es gibt einen Tausch von Abhängigkeit, Gefälligkeiten und kindlicher Zuneigung. Im täglichen Leben läßt sich das Wesen dieser Beziehung im Verhalten eines Hundes gegenüber seinem Herrn ablesen.

Ich weiß nicht, ob Hunde bei der Mißhandlung durch ihren Herrn ein rudimentäres Gefühl von Ungerechtigkeit entwickeln können. Möglicherweise haben experimentelle Psychologen in dieser Richtung Beweise geliefert. Ganz offensichtlich können Menschen dieses Gefühl entwickeln und tun das auch. In diesem Prozeß der Entwicklung und Emanzipation lassen sich drei unterscheidbare, aber miteinander in Beziehung stehende Prozesse festhalten. Für die einzelne menschliche Persönlichkeit ist es notwendig, gewisse Formen der Abhängigkeit von anderen zu überwinden und die Kontrolle über die Triebe zu erlangen oder zu verstärken. In dem Maße, wie diese Abhängigkeit und der Mangel an Kontrolle wirklich existieren und nicht nur eine Rationalisierung für die Macht der herrschenden Schicht darstellen, ist dies wahrscheinlich ein Aspekt der psychologischen Anpassung an die Tatsache der Unterwerfung und der Machtlosigkeit. In Wirklichkeit müssen die Menschen erwachsen werden.

Auf der Ebene gesellschaftlicher Organisation müssen sie auch die Abhängigkeit überwinden. Hier wird die historische Komponente aufgrund der Art und Weise, wie ökonomische und politische Formen (in Europa z. B.: Stadtstaat, Feudalismus, Absolutismus, Kapitalismus, Staatssozialismus) aufeinander folgten, deutlicher. Als Teil des Prozesses der Überwindung von Abhängigkeit mag es zur Entwicklung neuer Formen von Solidarität und neuer Netze der Zusammenarbeit kommen, wenn sich die untergeordnete Gruppe aus atomisierten Einheiten zusammensetzte. Wenn sie andererseits schon eine zusammenhängende Einheit mit einem hohen Grad interner Zusammenarbeit und mit Gefühlen von Solidarität war, mag diese Solidarität eine Umorientierung erfordern. Statt mit der herrschenden Gruppe zu kooperieren und sie zu unterstützen, wird es notwendig sein, Mittel und Wege zu finden, um sich gegen diese Gruppe zu wenden. Anstelle einer Solidarität der heroischen Haltung, die die Gruppe gefährdet, werden Wege gefunden werden müssen, um effektiven Widerstand zu leisten. Schließlich wird auf der Ebene kultureller Normen und geteilter Vorstellungen die Überwindung der Illusion, der gegenwärtige Stand der Dinge sei gerecht, beständig und unvermeidlich, unerläßlich sein. Auch auf diesem Gebiet ist die historische Komponente entscheidend. Was zu einem Zeitpunkt eine Illusion ist, wird zu einem früheren Zeitpunkt keine Illusion gewesen sein. Wirtschaftliche und gesellschaftliche Trends müssen sich bis zu einem Punkt entwickeln, an dem sich die Entfaltungsmöglichkeiten ändern und das, was Realität war, zur Illusion wird. Für Historiker ist es bei weitem leichter, im nachhinein[2] die Illusion überzeugend zu erläutern, als es für soziale Propheten ist, das Ereignis überzeugend anzukündigen, bevor es geschieht. Es ist noch schwerer, genau zu sagen, wessen Argumentation die richtige ist.

Die Überwindung der Illusion der Unabwendbarkeit ist nicht an dramatische politische Revolutionen gebunden. Sie war Teil der Transformation, die wir Modernisierung und Industrialisierung nennen, einer Transformation, die sich seit der Entstehung der Handelsstädte in der späten Phase des europäischen Feudalismus vollzog. Es gab einen früheren Bruch in anderer Form, der vor den Vorsokratikern begann und ungefähr zur Zeit Alexanders des Großen allmählich aufhörte. Obwohl Fachleute der Geschichte anderer Gesellschaften und Kulturen sicher die Behauptung in Frage stellen werden, ist die Überwindung der Illusion von Unvermeidlichkeit, soweit ich das beurteilen kann, bis in jüngere Zeiten hinein primär ein Prozeß innerhalb der westlichen Kultur gewesen. Hinter diesem Prozeß stehen, wie wir in der historischen Rückschau klarer erkennen können, Veränderungen in der Fähigkeit einer Gesellschaft zur Lösung der traditionellen Probleme von Hunger und Krankheit – dadurch neue Probleme erzeugend – und

2 Wer konnte sicher gewesen sein, daß Frankreich unter Ludwig XVI., als es die amerikanische Revolution unterstützte, dem Zusammenbruch viel näher war als Frankreich beim Tod von Ludwig XIV.?

damit verbundene Veränderungen der Prinzipien der gesellschaftlichen Ungleichheit. Jetzt, wo der Prozeß als ganzer ins Blickfeld gerückt ist, wird es nützlich sein, zurückzugehen und auf die psychologischen, soziologischen und kulturellen Gesichtspunkte hinzuweisen.

2. Individuelle Persönlichkeit

Wenn wir bei dem einzelnen Menschen beginnen, ist leicht zu sehen, daß es sehr schwer ist, sich nicht unterlegen zu fühlen, wenn man unterlegen *ist*, und fast alle gesellschaftlichen Zwänge bewirken, daß man sich dies ständig vor Augen hält. Der Fall der Unberührbaren ist nur ein extremes Beispiel dafür, wie diese Zwänge wirken. Ein sicherer, aber niedriger Status ist viel leichter zu ertragen als überhaupt keiner. Bei einem niedrigen Status kann der einzelne auf sicherer Grundlage Gehorsam und Loyalität üben, wenn die Beziehung nur den Anschein von Gerechtigkeit und Zuneigung hat.

Sowohl die Freudsche Psychologie als auch die Konditionierungstheorien, die auf Pawlow zurückgehen, werfen ein erhellendes Licht darauf, wie Unterwerfung und Abhängigkeit entstehen und aufrechterhalten werden, und auch darauf, wie bestehende Bindungen aufgelöst werden können. Sie machen deutlich, warum die Erkenntnis, daß lange bestehende Autorität nicht notwendig wohlwollend ist, so furchtbar schwer ist. Sie ist die Quelle von Furcht, Gewissensdruck und Gratifikation ebenso wie von Bestrafung und Frustrationen. Nach einigen Erkenntnissen der experimentellen Psychologie sind willkürliche Gratifikationen weit mehr als verdiente Gratifikationen wirksame Lernprovokationen, und daher wahrscheinlich auch Anreize für die Prägung von Verhaltensweisen oder selbst Gefühlen. Vielleicht geben deshalb die Unterworfenen so oft den überkommenen Formen der Autorität, die ihnen als grob, unberechenbar, aber schützend für alle ihre Belange erscheinen, den Vorzug vor den modernen bürokratischen Formen mit ihrer maschinenartigen Logik, die nur auf einen engen Ausschnitt des Lebens zur Anwendung gelangen. Populären Vorstellungen zufolge ist die patriarchalische Gerechtigkeit, deren unberechenbarer Charakter eine ständige Andeutung von möglichen

Hintertürchen und selbst die Aussicht auf krasse Rechtsbeugung enthält, der vollkommenen Gerechtigkeit vorzuziehen. Das letztere ist, wie Nemesis, irgendwie schrecklich. Rationale Autorität wird vom armen Mann wohl kaum bevorzugt.
Erklärtermaßen enthält schon der Begriff der Autorität einen Anflug von Frustration für jene, die ihr unterworfen sind. Wie sonst könnte es Autorität geben, und wie sollte der Untertan von ihrer Existenz Kenntnis erhalten? Die Idee der Freiheit als vollkommen freie Annahme des Vernunftgesetzes durch den vernünftigen Menschen mag gute Philosophie sein. Sie läuft aber der allgemeinen Beobachtung ebenso zuwider wie das, was Psychologie und Soziologie den Verfasser gelehrt haben. Wo Frustration auftritt, da gibt es auch die Möglichkeit von Zorn. Die Liste der Variationen in Ausmaß und Form des Zorns ist andererseits sehr lang. Die Bemerkung, jede Einstellung zur Autorität sei ambivalent, ist deshalb nicht sehr hilfreich. In einer Gesellschaft, in der das System der Autorität seit Menschengedenken unverändert wirksam war und die hinreichend isoliert ist, um den Untergebenen keine Möglichkeit zu liefern, etwas anderes kennenzulernen, scheint es möglich, sehr viele Frustrationen aufzuerlegen, ohne daß viel Ärger entsteht. Wieder rücken die Unberührbaren ins Gedächtnis. Möglicherweise ist der Zorn in selbstzerstörerischer Weise nach innen gerichtet, obwohl mir das zweifelhaft erscheint: Die Persönlichkeiten sind auf keinen Fall *in der Art* pathologisch, wie es Definitionen des Terminus nahelegen. Der entgegengesetzte Situationstyp liegt im Fall von Eroberung und Sklaverei vor. In diesen Fällen bringen die Unterdrückten in Form der Erinnerung an ihre eigene Vergangenheit Wertstandards in die neue Situation ein. Selbst Plantagensklaverei war, worauf schon verwiesen wurde, keine totale Institution wie das Konzentrationslager.[3] Die Sklaven konnten eine eigene Sub-Gesellschaft und Subkultur schaffen und aufrechterhalten. Die Beziehungen zwischen Herren und Sklaven stellten vermutlich gerade deshalb ein Potential für Zorn bereit. Der Grund hierfür lag nicht in der Entbehrung und Entwürdigung, zumindest nicht in diesen allein, da diese den Widerstandswillen töten können. In ihrer Mischung von Wut und Abhängigkeit –

3 Übrigens ist das Konzentrationslager auch keine totale Institution. Der Begriff ist eine Übertreibung, aber für gewisse begrenzte Zwecke nützlich.

sehr wahrscheinlich auch Zorn über die Abhängigkeit – konnte die Beziehung oft äußerst ambivalent sein und je nach den aktuellen Umständen und Erwartungen sehr rasch von Wut in Abhängigkeit und gar Zuneigung übergehen.

Sambo gab es wirklich und ebenso den Sklaven, der die Kehle seines Herrn in der Nacht durchschnitt. Sie könnten dieselbe Person sein. Was war Fassade, und was war wirklich? In dem Maße, wie Verhalten als Reaktion auf die Eingebungen, Schmeicheleien und Drohungen oder Belohnungen anderer Leute eintritt, ist jedes und tatsächlich das gesamte Verhalten Fassade. Und es fällt sehr schwer, ständig eine Maske zu tragen oder eine Rolle zu spielen, ohne den mit der Rolle verbundenen Charakter anzunehmen. Von Unterdrückern, die oft zunächst ganz gewöhnliche Menschen sind, wissen wir, daß sie durch die Umstände verändert und geprägt werden. Es ist schwer zu glauben, daß sich nicht die gleichen Prozesse bei den Unterdrückten abspielen.[4]

Damit Furchtlosigkeit eintritt und wirksam wird – sollen sie mehr als gelegentliches Aufflackern hoffnungslosen Zorns sein –, sind wichtige Veränderungen des menschlichen Charakters, wie er von Armut und Unterdrückung geschaffen ist, notwendig. Grob gesagt, scheinen dieselben Veränderungen notwendig zu sein (1) für wirksamen politischen Widerstand, (2) für die Anpassung an die neue Disziplin der Maschinerie und (3) für die individuellen Versuche, sich ein oder zwei Sprossen auf der gesellschaftlichen Stufenleiter heraufzuwinden. Sie laufen auf eine Stärkung des Ich auf Kosten des Es hinaus, die Zähmung natürlicher Impulse und das Aufschieben sofortiger Belohnung im Interesse einer besseren Zukunft.

Viel von dem verbreiteten Gerede über die Persönlichkeitsstruktur der Armen und Unterdrückten hat sicherlich eine Spur von Heuchelei. Es ziemt sich kaum für diejenigen, die am meisten von der gesellschaftlichen Ordnung profitieren, den Armen Verzicht und Selbstdisziplin zu predigen. Außerdem gibt es viele Hinweise, die

4 Eine gute Erörterung, die den Handlungsspielraum sowohl bei Herren als auch bei Sklaven zeigt, siehe bei John W. Blassingame, *The Slave Community: Plantation Life in the Antebellum South*, New York 1972, insbesondere Kapitel 11. Variation ist ein wiederkehrendes Thema das ganze Buch von Eugene D. Genovese, *Roll, Jordan, Roll: The World the Slaves Made*, New York 1974, hindurch.

zeigen, daß geradeso, wie die Opfer der gesellschaftlichen Ordnung Pfuscher bei der Arbeit sein werden, wenn andere Leute sich die Früchte ihrer Arbeit aneignen, sie bei selbstgewählten Aufgaben, die ihnen persönlichen Vorteil versprechen, in sehr selbstdisziplinierter Weise arbeiten werden. Sklaven, die knausern und sparen, um sich freizukaufen, sind ein Beispiel. Ebenso die kollektivierten Bauern unter dem russischen Sozialismus, die sehr gleichgültige Produzenten auf den Kollektivbetrieben sind, weil der Staat den größten Teil des Gewinns an sich nimmt. Auf ihren eigenen kleinen Parzellen investieren sie andererseits überreichlich Energie, und bekanntlich war dieser private Sektor der Wirtschaft lange unentbehrlich für die Versorgung mit Nahrungsmitteln unter dem Sozialismus. Gleichermaßen gibt es viele Belege, die die außergewöhnliche psychische Stärke und Anpassungsfähigkeit zahlreicher typischer Individuen der Unterklasse angesichts von überwältigendem Unglück zeigen, selbst wenn sie es für unmöglich halten, ihr Leben so zu organisieren, daß Unglücksfälle vermeidbar sind.[5] Dieses Indiz belegt ebenfalls, daß Lebenssituationen und Lebensaussichten in hohem Grade das Verhalten determinieren – bei den Opfern der gesellschaftlichen Ordnung geradeso wie bei deren Nutznießern. Für die Opfer kann der Aufschub der Befriedigung eine unrealistische Politik sein, doch ist dies ein komplizierter Sachverhalt, der eine leidenschaftslosere Untersuchung erforderlich macht. In unserer eigenen Gesellschaft zum Beispiel wird oft behauptet, daß besonders hart zu arbeiten oder ein guter Junge oder ein gutes Mädchen zu sein unrealistisch sei, weil die Berufsstruktur recht wenige Aufgaben in sich birgt, die lohnend sind. Überdies behalte unsere Gesellschaft die meisten der lohnenden Aufgaben über eine Reihe von formalen und informellen Einrichtungen den Personen aus privilegierten Familien vor.[6] Andererseits »schafft« es eine nicht gerade kleine Anzahl von Personen tatsächlich, durch Leistung und Selbstdisziplin in verantwortungsvollere Positionen zu gelangen. Ist die »realistische« Anpassung an die Bevorzugung unmittelbarer Entlohnung für harte Arbeit daher nicht

5 Siehe Oscar Lewis, *La Vida: A Puerto Rican Family in the Culture of Poverty*, New York 1966, für wertvolles Rohmaterial zu diesem Punkt.

6 Zu einigen Daten hierfür vgl. *Work in America*, Report of a Special Task Force to the Secretary of Health, Education, and Welfare, Cambridge (Mass.) 1973.

mehr als eine *self-fulfilling prophecy*, eine Rationalisierung für das Versagen innerhalb des herrschenden Systems? Auch dies ist ein Teil der Wahrheit. Um dessen Bedeutung abzuschätzen, müßte man einfach herausfinden, welcher Teil der unteren Klassen tatsächlich sein Äußerstes unternahm, um nach oben zu gelangen, und bei diesem Versuch scheiterte; hierbei wären auch die Gründe für das Scheitern von Belang. Nach meiner begrenzten Kenntnis existieren verläßliche Studien dieser Art noch nicht.

Unterdessen ragt ein signifikanter Gesichtspunkt als recht gut begründet heraus. Für Schwarze ist das Widerstreben, hart für Weiße zu arbeiten, ein historisches Vermächtnis. Ohne Zweifel war dies für sie und viele andere untergeordnete und unterdrückte Schichten eine realistische Anpassung.[7] Dies Vermächtnis in durchgreifendem Maße zu überwinden, um wirksame und grundsätzlich zwangfreie Anreize zu schaffen, ist eine Aufgabe, die weder der Kapitalismus noch die russische Variante des Sozialismus gelöst hat. Die chinesische Behauptung, sie gelöst zu haben – ausgehend von einer Situation, in der eine traditionelle Arbeitsethik existiert –, bedarf eingehender und unparteiischer Untersuchung.[8]

Kehren wir zum Ausgangspunkt zurück: In einer hierarchischen Gesellschaft ist Abhängigkeit das wichtigste Faktum im Leben der Unterschichten, und die menschliche Persönlichkeit paßt sich dieser Tatsache an. Diese weitgehende Ähnlichkeit der Situationen hilft zu erklären, warum die gleichen Ermahnungen zu Enthaltsamkeit von den Vergnügungen dieser Welt und die gleichen Auf-

7 Aber auf keinen Fall alle. Sowohl die chinesischen wie die japanischen Landarbeiter hatten lange den Ruf, sehr harte Arbeiter zu sein, während die meisten indischen Landarbeiter als gleichgültige Landwirte beschrieben werden. Obwohl ich versucht habe, in meinen *Sozialen Ursprüngen* einige dieser Unterschiede zu erklären, bleibt die ganze Frage der kulturellen Verteilung und der historischen Ursprünge der Arbeitsethik, soweit ich sehen kann, weitgehend offen. Es ist keineswegs klar, ob Max Webers berühmter Beitrag *Die protestantische Ethik*, Tübingen 1973, einen wichtigen Durchbruch oder eine Sackgasse bildet.

8 Bis 1975 trat ein wichtiger Punkt hervor. Die energische Kampagne zur Schaffung einer Reihe neuer sozialistischer Einstellungen, der Große Sprung nach vorne und die Große Proletarische Kulturrevolution, führte auch zu Perioden beträchtlicher Verschlechterungen der materiellen Lage sowohl der Arbeiter wie der Bauern. Diese Tatsachen werden in der sehr wohlwollenden, aber redlichen Studie von Charles Hoffmann, *The Chinese Worker*, Albany 1974, S. 158-168, deutlich herausgearbeitet.

forderungen zur Selbstkontrolle ebenso oft von denen kommen, die versuchen, den Unterdrückten zu helfen und deren Leben zu ändern, wie von denen, die von deren Arbeit profitieren. Von Paulus bis hin zu Lenin ähneln sich die Themen und Ermahnungen beträchtlich. Die dünkelhafte und prüde Haltung der Elite der deutschen Arbeiterklasse vor dem Ersten Weltkrieg gegenüber den übrigen Arbeitern ist aus dem gleichen Stoff gemacht. Sie war eine Antwort auf das gleiche Problem: auf den Versuch, denjenigen eine neue Moral beizubringen, denen die kurzfristigen Belohnungen halfen, ihr hartes Dasein auszuhalten.[9] Offensichtlich bedarf es für die rationale Beherrschung von Trieben und Wünschen wesentlich mehr als bloß bourgeoiser Predigten. Ihre eigenen Triebe unter Kontrolle zu bekommen ist Teil des Weges, auf dem Menschen lernen, unterdrückender Autorität zu widerstehen und gegen die physischen wie die moralischen Seiten einer grausamen und erniedrigenden Umgebung zu kämpfen. Es ist ein Teil des Lernprozesses, der moralischen Autorität der Unterdrücker zu widerstehen, sich selbst zu sagen, daß die Bestrafungen der Unterdrükker unverdient sind. Die Entwicklung neuer Wertmuster und deren Internalisierung durch die Unterdrückten sind Teil des ganzen Prozesses. Wie jeder Revolutionär erkennt, müssen die Opfer »ihren Sinn stählen«. Die Tragödien ereignen sich, wenn die revolutionären Führer das »Stählen des Sinnes« benutzen, um Opfer von der eigenen Gefolgschaft zu verlangen.

Wie wir im dritten Kapitel gesehen haben, können uns Psychologen erklären, wie sich «der Sinn stählen« läßt, obwohl wahrscheinlich wenige Psychologen diese Sprache gebrauchen würden. Auf keinen Fall bestimmt dies freilich Richtung und Ergebnisse einer politischen Bewegung. Es ist bloß eine notwendige Zutat für politische Trends, von den revolutionärsten bis zu den repressivsten (und kann dazu beitragen, die ersteren in die letzteren zu verwandeln) einschließlich der Bewegungen zur Selbsthilfe und zum so-

9 Im großen und ganzen waren die studentischen Rebellen der sechziger Jahre die ersten revolutionären Hedonisten. Unter Umständen bezeichnet diese Veränderung einen neuen historischen Anfang, der bis jetzt nicht möglich war, ein Thema, was später wiederaufgenommen und vertieft werden mag. Doch scheint Skepsis angebracht. Die Studentenrevolte war wohl kaum eine Bewegung *der* Unterdrückten und in ihren Auswirkungen auch keine *für* die Unterdrückten.

zialen Aufstieg. Man möge sich ins Gedächtnis rufen, daß die Fesseln in Sokrates' Seele, sein eigener schützender Geist, auf den er sich in seiner *Verteidigung* bezieht, ihm sowohl befahl, den moralischen Normen und Urteilen der Athener zu widerstehen und sie in Frage zu stellen, als auch den angebotenen Schirlingstrank mit dem Ausdruck der Liebe für die Stadt Athen und mit loyalem Gehorsam gegen ihre Gesetze anzunehmen.[10] Um zu verstehen, wohin neu zentrierte und vielleicht sogar neu geschaffene psychische Energien sich wenden werden oder, anders ausgedrückt, wie sie die Maßstäbe der Verurteilung formen, ist es notwendig, über das hinauszublicken, was in der menschlichen Persönlichkeit stattfindet, und sehr oft über das hinaus, was unter den Armen und Unterdrückten geschieht.

Wieder einmal ist die historische Perspektive hilfreich und heilsam. Auf keinen Fall entspringt alle Armut der Unterdrückung. Armut ist letzten Endes der Ausgangspunkt, an dem die Menschheit ihren Anfang genommen hat. Wenn wir Armut sehr grob als unzureichende und unregelmäßige Versorgung mit Nahrungsmitteln definieren, verbunden mit unangemessenem Obdach zum Schutz gegen schweres körperliches Unbehagen, liegt diese Startlinie für die Masse der Bevölkerung selbst in den meisten der ökonomisch fortgeschrittenen Länder kaum zwei Jahrhunderte hinter uns. Ob die materiellen Ressourcen ausreichen, diese Art der Armut in einer Welt mit mehr als 2 Milliarden Einwohnern abzuschaffen, ist eine Frage, deren Beantwortung ich nicht versuchen will. Es reicht aus, uns daran zu erinnern, daß Umfang und Wahrnehmungen dieses Sachverhalts sich in einer kurzen Zeitspanne bis zur Unkenntlichkeit verändert haben, in einer Weise, die eine Menge neuer, von dem leidenden einzelnen zu ertragender Zwänge mit sich gebracht haben muß. Erst in relativ jüngster Zeit war es sowohl möglich als auch notwendig, daß neue Standards der Verurteilung und neue Prinzipien der gesellschaftlichen Organisation sich durchsetzten. Ob sie sich tatsächlich durchsetzen, ist eine andere Frage, zumal recht intelligente und gut informierte Menschen in leidenschaftliche Meinungsverschiedenheiten gerade darüber geraten, worin diese Standards und Prinzipien bestehen sollten.

10 Zum letzten Aspekt siehe den *Kriton*.

3. Gesellschaftliche Aspekte

Wir wollen nun einen Blick auf die gesellschaftlichen und ökonomischen Faktoren richten, aus denen heraus eine gesellschaftliche Ordnung, die der unterworfenen Bevölkerung mehr oder weniger unvermeidlich erscheint, ihre Aura verlieren kann. Mit dem erneuten Blick auf die verschiedenen Variablen und Prozesse lautet die Aufgabe zu verstehen, wie Standards der Verurteilung entstehen und durch welche Art der gesellschaftlichen Organisation die Menschen sie zur Wirkung bringen. Ich werde mich fast ausschließlich auf städtische Bevölkerungen konzentrieren und nur gelegentlich zum Vergleich ländliche Erfahrungen heranziehen.

Der erste wesentliche Bestandteil des gesamten Prozesses ist ein sehr rascher Fortschritt in der Fähigkeit einer Gesellschaft, ausreichend Güter und Dienstleistungen zu produzieren, um es möglich erscheinen zu lassen, das Problem der Armut, wie es traditionell definiert worden ist, zu »lösen«. Man könnte weiter gehen und vorbringen, daß der Fortschritt groß genug sein muß, um Armut als *Problem* erscheinen zu lassen und nicht als Teil der natürlichen Ordnung des Universums. Eine solche Transformation hat sich, wie nochmals betont werden muß, nur einmal in diesem Maßstab in der menschlichen Geschichte ereignet, und das ist noch nicht lange her.

Man kann sich einen Fortschritt in der Fähigkeit einer Gesellschaft, Güter und Dienstleistungen zu produzieren und auszutauschen, in der Weise vorstellen, daß alle Bevölkerungsteile gleiche Gewinne machen und daher keinerlei Zwänge für institutionelle Veränderungen entstehen. Vielleicht könnte dies irgendwann in der Zukunft einmal geschehen. Aber noch ist es nirgendwo vorgekommen, und es ist sehr unwahrscheinlich, da solcher Fortschritt fast immer bedeutende Änderungen in der Arbeitsteilung und somit auch im Herrschaftssystem wie in den Verfahrensweisen der Verteilung von Gütern und Dienstleistungen unter der Bevölkerung hervorbringt. Hierin liegt ein Grund, weshalb Marxisten in den Veränderungen der ökonomischen Struktur langfristig die Grundursache für andere gesellschaftliche Veränderungen einschließlich moralischer Standards sehen.

Die marxistische Position weist eine weitere Berechtigung auf. Veränderungen von Ideen und Idealen werden solange nicht möglich sein, wie es keine Veränderungen in der Fähigkeit einer Gesellschaft gibt, das Ausmaß gesellschaftlich notwendigen Elends auf der Grundlage von Produktivitätssteigerung zu reduzieren. Ohne dieses Wachstum des wirtschaftlichen Potentials können Ideen von Befreiung nicht mehr sein als intellektuelle Träume und Spielzeug für bestimmte Leute. Das gleiche muß nicht notwendig für repressive Vorstellungen über mögliche Steigerungen von Unterwerfung und Gehorsam gelten, wenn auch die fortschreitende Technologie diesbezüglich neue anwendbare und fürchterliche Möglichkeiten eröffnet hat.

Trotzdem ist die marxistische Position ernster Kritik ausgesetzt, wenn sie, wie Marx selbst gelegentlich[11], behauptet, daß ökonomische Veränderungen notwendig bewußtseinsmäßige und gesellschaftliche Veränderungen *verursachen*. Dies mag manchmal so sein oder auch nicht, die Ursächlichkeit kann auch in der entgegengesetzten Richtung verlaufen. Ökonomische Institutionen sind oft militärischen, politischen und sogar religiösen Erwägungen angepaßt worden. Ideensysteme und kulturelle Bedeutungen evozieren auch eine selbständige Dynamik des Wandels, die sehr bedeutende Folgen für die ökonomischen Institutionen haben kann. Wenn Veränderungen der ökonomischen Einrichtungen eine notwendige Bedingung für erfolgreichen Wandel von Meinungen, Recht, Moral und religiösen Überlieferungen abgeben, so ist dies nicht das gleiche wie die Behauptung, ökonomische Veränderungen seien immer die Ursache. Allgemeine Behauptungen vom Primat ökonomischen Wandels müssen, selbst wenn sie durch die probate Umgehungsklausel »auf längere Sicht« eingeschränkt werden, energisch zurückgewiesen werden.

Auch wenn man zugesteht, daß Ideen nicht ohne ökonomische (und andere) Veränderungen wirksam werden können, so muß man doch auch festhalten, daß ohne starke moralische Empfindun-

11 Vgl. Marx' berühmte Äußerungen in *Das Elend der Philosophie*, in: *MEW* Bd. 4, Berlin (Ost), S. 130: »Mit der Erwerbung neuer Produktivkräfte verändern die Menschen ihre Produktionsweise, und mit der Veränderung der Produktionsweise, der Art, ihren Lebensunterhalt zu gewinnen, verändern sie alle ihre gesellschaftlichen Verhältnisse ... Aber dieselben Menschen, welche die sozialen Verhältnisse gemäß ihrer materiellen Produktivität gestalten, gestalten auch die Prinzipien, die Ideen, die Kategorien gemäß ihren gesellschaftlichen Verhältnissen.«

gen und Entrüstung Menschen nicht gegen die gesellschaftliche Ordnung handeln werden. In diesem Sinne werden moralische Überzeugungen gemeinsam mit Veränderungen in der ökonomischen Struktur zu einem ebenso wichtigen Moment der Veränderung gesellschaftlicher Ordnung. Die Geschichte jeder größeren politischen Auseinandersetzung spiegelt den Widerstreit von Leidenschaften, Überzeugungen und Glaubenssystemen. Das ist deutlich, soweit die historische Überlieferung reicht, bis hin zu den hebräischen Propheten, zu den Kämpfen des Echnaton und noch weiter zurück bis in Zeiten, da die Überlieferung zu verblassen beginnt. Überzeugungen sind vermutlich für eine Gesellschaft auch notwendig, um den gewohnten Linien entsprechend zu funktionieren; dies nachzuweisen fällt allerdings schwerer. Menschen können fortfahren, sich in einer recht zynischen und oberflächlichen Weise gemäß den vertrauten Gewohnheiten zu verhalten; es genügen ein paar Fingerzeige ihrer Zeitgenossen, die darauf hinweisen, was von ihnen erwartet wird. Andererseits sind ihre Reaktionen in einer Krise oder in einer neuartigen Situation unvorhersagbar, und an diesem Punkt treten Zusammenbruch und Chaos ein.[12]

Aus den schon erwähnten Gründen ist es sehr unwahrscheinlich, daß die Vorteile einer Entwicklung der Produktionskapazität allen Sektoren der Gesellschaft in gleicher Weise zugute kommen. Eine

12 In bezug auf die Wichtigkeit moralischer Überzeugungen nehme ich Max Webers Position ein. Ein strikter Behaviorist könnte einwenden, daß wir über die Empfindungen anderer Leute nichts wissen; alles, was wir beobachten können, ist ihr Verhalten. Es ist notwendig zuzugeben, daß wir anderer Leute Empfindungen nicht beobachten können, außer ihrem Verhalten, wie es sich in Rede, Gestik, Gesichtsausdruck und vielem anderen darstellt. Die Verwendung von Introspektion zur Erklärung, wie Menschen auf Grundlage solcher Anzeichen empfinden, birgt Risiken. Aber das Risiko sollte nicht um der Einheit der wissenschaftlichen Methoden willen überbetont werden. Menschliche Reaktionsweisen ähneln sich für Beobachter, die nicht gesellschaftlich taub, dumm oder blind sind, in ausreichendem Maß, um sie zu befähigen, anzugeben, wann die beobachteten Personen zornig, traurig oder glücklich sind. In jedem Fall bestehen die meisten geschichtlichen Zeugnisse aus Berichten über das, was Leute sagten und taten. Daher können die Puristen ihre Korrelationen, Folgerungen und Schlüsse auf streng behavioristische Daten begrenzen, und alle Beziehungen zu Empfindungen, wann immer sie wollen, tilgen. Die Streichungen werden wahrscheinlich nicht mehr anrichten, als jede bedeutende historische oder politische These auszudünnen.

Entwicklung der Produktionskapazität ist nicht dasselbe wie ein Wandel der Fähigkeit einer Gesellschaft, ihre eigenen Probleme zu lösen – oder noch einmal genauer: zu bewirken, daß lang anhaltende Ursachen des menschlichen Leidens zu Problemen *werden*. Das stellt nur einen unerläßlichen Beitrag zu diesen Fähigkeiten dar. Für die Sehnsucht, von diesem Potential Gebrauch zu machen, oder danach, daß Standards der Verurteilung entstehen und sich festsetzten, müssen andere Dinge passieren, was auch oft geschieht.

Der nächste Bestandteil, der, wie häufig beobachtet wurde, ebenso unerläßlich scheint, ist ein deutliches Anwachsen des Leidens in den Unterschichten. Damit sich Standards der Verurteilung festsetzen, muß das Leiden so schnell wachsen, daß die Leute nicht ausreichend Zeit haben, sich daran zu gewöhnen. Es wird notwendig sein, diesen Aspekt später zu vertiefen. Es ist wichtig, daß die offensichtlichen Gründe des Leidens neu und ungewohnt sowie auf Handlungen leicht identifizierbarer konkreter Personen zurückführbar sind. Daß solche Urteile oft falsch waren, braucht nicht hervorgehoben zu werden. Die Konsequenzen sind es, die für die Absichten dieser Untersuchung von Bedeutung sind.

Bei dieser Form des Leidens ist die Zersetzung der gesellschaftlichen Organisation in ihren politischen Folgen vermutlich wichtiger als einfache materielle Entbehrung, so schmerzvoll die letztere zweifellos ist. Für den einzelnen bedeutet diese Zersetzung den Zusammenbruch oder zumindest das partielle Kollabieren von vertrauten Alltagsroutinen. Handwerker und Händler verlieren ihre Kunden; neue Formen »unfairer« Konkurrenz entstehen; andere beginnen zu hamstern; es wird schwer, sich Lebensmittel zu verschaffen oder sie zu bezahlen, falls sie sich überhaupt beschaffen lassen. Mißernten in einer hierfür noch anfälligen Ökonomie können die Zersetzung arg beschleunigen.

Für sich genommen, kann Zersetzung nichts anderes als Apathie, Verwirrung und Verzweiflung verursachen. Wenn eine Bevölkerung zur Gefügigkeit neigt, kann dies sie gefügig für neue und unterdrückende Formen von Herrschaft machen. Wie wir gesehen haben, geschah dies im Fall der Nazis, und etwas Ähnliches spielte offensichtlich bei der Unterwerfung der deutschen Eisen- und Stahlarbeiter unter ihr Schicksal eine Rolle. Die Zerstörung gesellschaftlicher Einrichtungen, die die traditionelle Moral und Erwartung stützen, bedeutet nicht, daß geeignetere automatisch an ihre Stelle treten. In Wirklichkeit kann die vollständige Zerstörung bestehender Institutionen und Kooperationsgewohnheiten Widerstand unmöglich oder gar undenkbar machen, indem die Grundlage, von der sie ihren Ausgang nehmen könnte, zerstört wird. Zu Veränderungen, die menschliches Leiden verringern, müssen andere Dinge geschehen. Die Zersetzung muß sich auf die herrschenden Klassen ausdehnen und sie in einer solchen Weise spalten, daß zwischen Elementen der herrschenden wie der unterdrückten Klassen Bündnisse geschlossen werden können. Ein Grund für den geringen Erfolg der Revolution von 1848 in Deutschland lag darin, daß diese Neuzusammensetzung nicht stattfand. Damit die Standards der Verurteilung Gestalt annehmen, müssen zur gleichen Zeit einige Elemente der herrschenden Klassen den Unterklassen als parasitär erscheinen, als solche, die keinen Beitrag zu den Tätigkeiten der gesellschaftlichen Ordnung leisten und daher den impliziten Gesellschaftsvertrag verletzen. In dieser Verbindung wäre es erhellend, die historische Entwicklung von Einstellungen des Volkes gegenüber Leistung sorgfältiger zu untersuchen – die Intensität der Arbeit eher als die Arbeit selbst –, um zu sehen, ob nicht bis in die jüngste Zeit hinein auf diese Bewertung ein stetig wachsender Wert gelegt worden ist.

Wenn die Gründe des Elends den Leidenden als Resultat der Handlungen von identifizierbaren Vorgesetzten, wie Arbeitgebern oder hohen Beamten, erscheint, dann treten diese Handlungen in den frühen Epochen wahrscheinlich auch als Verletzungen gültiger Rechte und Normen, also wiederum als Verletzung des herrschenden Gesellschaftsvertrages auf. Petitionen auf Entschädigung, an die jeweils höhere Autorität gerichtet, sind daher eine charakteristische erste Antwort. Die oberste Regierungsgewalt erscheint als gütige Vaterfigur, die nur von Ungerechtigkeit zu hören braucht, um Abhilfe zu schaffen. Diese Reaktion war in Deutschland weit verbreitet, ist aber keinesfalls auf dieses Land oder ein kulturelles Milieu beschränkt.[13] In anderen Situationen können aus der Verlet-

13 In Kap. 10, S. 477 f. sahen wir bei der starken Unterstützung von Vater Gapons Marsch die Stärke naiver monarchistischer Vorstellungen im Jahre 1905, um den Zaren zu bitten, die Leiden der Arbeiter zu mildern. Der Blutige Sonntag versetzte solchen Vorstellungen, als die Truppen des Zaren ihre Antwort gaben, einen schweren Schlag.

zung der Verhaltens- und Belohnungsnormen, die Menschen im Zuge antagonistischer Kooperation am Arbeitsplatz immer hervorbringen, blinde Wutausbrüche entstehen. Der Ausruf des armen Karl Fischer: »Es gibt hier keine Ordnung!« kommt als trauriges lebendiges Beispiel ins Gedächtnis. Für solche Menschen ist die Welt aus den Fugen geraten – es ist ein Schrei gegen substantielle Unredlichkeit.

Für eine große Zahl von Menschen gerät die Welt nicht in dem Sinne aus den Fugen, daß sie jeden normal geachteten und einigermaßen sicheren Status in ihr verlieren, selbst wenn ihre Dienstleistungen in Form seelenloser körperlicher Arbeitskraft notwendig bleiben. Obwohl diese Romantisierung der Sicherheit der unteren Klassen in vormodernen Zeiten vermieden werden muß, gibt es keinen Grund zu zweifeln, daß dieser Prozeß der Atomisierung und Degradierung in sehr großem Maßstab stattgefunden hat. Obwohl der Prozeß einiges zusätzliches Rohmaterial für städtischen Aufruhr hergeben mag, scheinen seine Folgen für die gesellschaftliche Ordnung selbst nicht sehr bedeutsam zu sein. Streiks können durch disziplinierte Truppen ziemlich leicht unter Kontrolle gebracht werden. Allerdings würde ich die Verallgemeinerung wagen, daß die Entstehung starker Randgruppen bzw. eines Proletariats die politisch am wenigsten wirksame Form des menschlichen Elends hervorbringt, zugleich aber auch die schmerzhafteste. Das bloße Vorhandensein dieser Art eines vorindustriellen Proletariats kann die höheren Klassen sicherlich ängstigen und hat dies in ganz Europa im frühen Stadium der Industrialisierung auch getan. De Tocqueville enthüllt in seinen *Erinnerungen* den Schrecken und das Entsetzen, den weite Teile der oberen Klassen zur Zeit des Aufstands in Paris 1848 angesichts dieser ›Erscheinung aus den Tiefen‹ empfunden haben müssen. Dieser Aufstand hatte andererseits keinen Erfolg und General Cavaignac, vielleicht der erste in einer unheilvollen Linie von neuzeitlichen Rettern der Zivilisation, trat einige Monate später brutal die letzten Funken aus. Nach 1848 war die Gefahr vorüber. Die Russische Revolution sollte aus einer ganz anderen Kräftekonstellation entstehen: aus dem Verdruß der landlosen Bauern und Industriearbeiter der großen Fabriken in wenigen Schlüsselstädten.

Sowie sich eine kritische Masse potentiell unzufriedener Menschen durch die Herausbildung institutioneller Kräfte in großem Maßstab geformt hat, ist das Stadium für das Auftreten von »Agitatoren von außen« erreicht. Die entscheidende Bedeutung ihrer Rolle muß gesehen werden, denn gesellschaftliche Kritiker neigen dazu, sie aus Angst, Wasser auf die Mühlen des Konservativismus und der Reaktion zu gießen, herunterzuspielen. Seit der Zeit der Apostel und vielleicht noch früher gab es keine soziale Bewegung ohne ihre Armee von Predigern und Militanten, die die frohen Botschaften der Rettung von Schmerzen und Übeln dieser Welt verbreiteten. Es ist immer eine aktivistische Minderheit, die neue Maßstäbe der Verurteilung befürwortet und verkündet. Sie sind ein unerläßlicher, wenn auch nicht hinreichender Grund für größere gesellschaftliche Transformationen, für die friedfertigen und gemäßigten ebenso wie für die gewalttätigen und revolutionären. Im allgemeinen sind sie ziemlich jung und nicht mit gesellschaftlichen Bindungen und Verpflichtungen belastet. Das ist ein weiteres Indiz für die Bedeutung eines gesellschaftlichen und kulturellen Spielraums, der in Kürze erörtert wird. Sehr häufig sind sie Außenseiter in der Gegend, wo sie tätig sind. Ihre Aufgabe liegt darin, latenten Unmut aufzuspüren und zu artikulieren, die herrschende Mythologie infrage zu stellen und eine Auseinandersetzung mit den herrschenden Kräften zu organisieren. Die Agitatoren von außerhalb leisten die schwere Aufgabe, das alte Gefühl der Unvermeidlichkeit zu unterminieren. Sie sind auch die fliegenden Händler für neue Unvermeidlichkeit. Bei menschlichen Angelegenheiten erfordert es eine ungeheure Anstrengung, das unvermeidlich Neue oder Alte zu schaffen, und niemand weiß genau, wie das Neue aussehen wird, solange es nicht geschehen ist. Aber dann ist es im allgemeinen zu spät.[14]

Die Gebrechlichkeit jeglichen kollektiven Bewußtseins und der gesellschaftlichen Organisation hinter den engen Banden von Nachbarschaft und Beruf im Paris von 1848 mag zum Scheitern des

14 Für Führer und Geführte kann Militanz auch eine unterbrochene Flucht vor Langeweile und gewohnten Verpflichtungen sein. Hinsichtlich einiger scharfer Beobachtungen zu diesem Aspekt des Streiks in Frankreich im späten 19. Jahrhundert siehe Michelle Perrot, *Les ouvriers en grève: France 1871–1890*, Paris 1974, Bd. II, S. 547-568. Mit ihrer Politik von Brot und Spielen erkannten die römischen Herrscher schon vor langem die Wichtigkeit, über die Wege der Flucht vor Langeweile selbst Kontrolle auszuüben. Gibt es eine negative Korrelation zwischen öffentlichen Festen und öffentlichen Unruhen?

Aufstandes beigetragen haben.[15] Mag es gewesen sein, wie es will, hervorgehoben werden muß, daß die neuen Formen kollektiven Handelns, die in einem städtischen Kontext emporkamen, revolutionäre Parteien und Gewerkschaften, eine starke Tendenz zum Arrangement mit dem *Status quo* entfalteten.

Ein deutlicher Grund für diese weitverbreitete Wendung zu gradualistischen und reformistischen Strategien ist die Erfahrung der Niederlage bei revolutionären Aufständen. Gradualismus, Reformismus und die Techniken der gesetzmäßigen Opposition erwachsen nicht aus einem inhärenten Reifungsprozeß oder gar aus Situationen, wo alles in so reichlichem Maße vorhanden ist, daß Kämpfen aufhört, attraktiv oder der Mühe wert zu sein. Ein Wachstum des aufzuteilenden Sozialprodukts kann tatsächlich ein nützlicher Bestandteil für den Landesfrieden sein. Aber der historische Befund zeigt, daß sogar in England und mehr noch auf dem Kontinent Unterdrückung den Weg für Verhandlungen und Unterhandlungen bereitete. Für die schwankenden Kämpfer war Gradualismus *per se* keine Tugend, wie er es für die herrschenden Klassen wurde; er war eine Tugend, die ihnen durch die Notwendigkeit aufgezwungen wurde.

Mit diesen Beobachtungen will ich nicht andeuten, daß es bereits in diesem frühen Stadium der Entwicklung machtvolle revolutionäre Impulse bei den städtischen Unterschichten gab, die erstickt und kanalisiert worden wären. Sowohl liberale als auch marxistische Modelle von der charakteristischen Entwicklung der Arbeiterklasse scheinen mir irreführend zu sein, weil sie zu schematisch sind und daran scheitern, die wichtigsten Variablen mit einzubeziehen. In der liberalen Sehweise führt das Trauma der Industrialisierung in seiner frühen Phase dazu, mehr oder weniger irrationale Forderungen hervorzubringen. Im Laufe der Zeit und durch steigende Produktivität lernen die Arbeiter die Tugend kollektiver Verhandlungen und die Taktik demokratischer Interessengruppen und werden daher friedlich in das System des liberalen Kapitalismus integriert. Es folgt die Übertragung der Ideologie. Nach dem marxistischen Schema gehen die Arbeiter im allgemeinen von ei-

15 Nach Peter H. Amann, *Revolution and Mass Democracy: the Paris Club Movement in 1848*, Princeton 1975, war der Hauptversuch zur Organisation ein trauriger Fehlschlag.

nem trägen Zustand aus und sind höchstens zu gelegentlichen Akten instinktiver Revolte fähig. Durch die Erfahrung der Industrialisierung mit der Zusammenfassung in riesigen Fabriken, die ihnen ein gemeinsames Schicksal auferlegen, erwerben sie ein revolutionäres Klassenbewußtsein. Diese Form des Bewußtseins läuft auf die Erkenntnis ihrer entscheidenden Rolle im gesamten historischen Prozeß heraus, wie er von Marx wahrgenommen und entworfen wurde, und auf die Bereitschaft, im entscheidenden historischen Moment gemäß dieser Erkenntnis zu handeln. Obwohl nach Lenins Variante das Bewußtsein nicht von selbst entstehen wird, sondern den Arbeitern von außen durch die Intellektuellen, die zu Berufsrevolutionären geworden sind, vermittelt werden muß, war die Erfahrung des Fabriklebens unter dem Kapitalismus eine notwendige Vorbedingung, damit die Massen diese *prise de conscience* durchmachten.[16]

Das deutsche Geschehen machte es notwendig, sowohl die leninistische Interpretation als auch eine, die auf eine unabhängige Fähigkeit unter den Industriearbeitern zu allgemeinen Lösungen für die Probleme der industriellen Gesellschaft abzielt, zurückzuweisen. In dem Maß, wie es möglich ist, Massenreaktionen und -verhaltensweisen auf den Grund zu kommen, gibt es sehr wenige Hinweise für den Wunsch, die Gesellschaft in Ordnung zu bringen. Es kann zu Zeiten eine beträchtliche Konzentration von Ärger geben. Aber dieser Ärger wird sich nicht notwendig, und in Deutschland geschah dies auch tatsächlich nicht, in den Wunsch

16 Der Hinweis mag angebracht sein, daß ich bei Beginn dieser Untersuchung fühlte, daß beide Herangehensweisen zu intellektuell waren. Besonders im Leninismus hatten lange Zeit sowohl die herablassende Haltung gegenüber der Fähigkeit der Arbeiter, eine eigene Lösung für ihre Probleme zu finden, als auch das selbstgefällige arrogante Vertrauen in die Begabung der Intellektuellen – nur der bolschewistischen, versteht sich –, eine richtige Antwort auf alles zu finden, einen eigentümlich abstoßenden Eindruck auf mich gemacht. Durch die Arbeit von E. P. Thompson beeinflußt, hatte ich bis zu einem gewissen Grade erwartet, Hinweise dafür zu finden, daß die Industriearbeiter dazu fähig wären, durch eigene Erfahrungen eine selbständige Diagnose und die Mittel gegen das Unglück, das sie heimsuchte, zu entwickeln. Diese Diagnose und die Mittel, so glaubte ich, könnten sich als wesentlich sensibler und praktikabler erweisen, als die Intellektuellen zuzugeben bereit sind, nur daß die Arbeiter niemals genug Macht erlangt hatten, um sie zu erproben. Hier, so schien mir, könnte eine der unterdrückten geschichtlichen Alternativen liegen.

verwandeln, die Welt umzukrempeln, nicht einmal in der Form einfacher egalitärer Vorstellungen oder in Gestalt des Wunsches, Reiche und Arme mögen ihre Plätze tauschen. Sicherlich wandelte er sich nicht in eine massive Unterstützung für den Sozialismus, selbst nicht auf der Höhe des Aufstandes von 1920 an der Ruhr. Was die gewöhnlichen Teilnehmer betrifft, war der Aufstand im Ruhrgebiet hauptsächlich ein defensiver Spasmus gegen die Bedrohung eines raschen Wiederauflebens rechter Kräfte. Diese strikt defensive Richtung ist die Hauptkomponente in der popularen Unterstützung für andere revolutionäre Bewegungen gewesen. In der Russischen Revolution waren die Forderungen der Arbeiter, die nach dem zaristischen Zusammenbruch an die Oberfläche traten, im wesentlichen defensiv: Sie waren nicht für eine neue Gesellschaftsordnung, selbst wenn sie dazu beitrugen, diese zuwege zu bringen. Und in China mußten die Kommunisten zur Mobilisierung bäuerlicher Unterstützung ihre revolutionären Ziele abschwächen und das Gewicht auf die konkreten bäuerlichen Beschwerden legen. Dabei handelte es sich um Einwände gegen »schlechte« Grundbesitzer, also solche, die die patriarchalischen Verhaltensmuster aufgaben und Abgaben verlangten, welche die traditionellen Normen überschritten. Kommunisten behaupten wahrscheinlich im allgemeinen, daß die radikaleren Forderungen unter dem Gewicht der traditionellen dörflichen Strukturen, die von den wohlhabenderen Bauern beherrscht werden, unterdrückt wären. Das ist indes höchst zweifelhaft. In jedem Fall ist es Unsinn, in modernen revolutionären Systemen solche zu erblicken, die den spontanen Gefühlen der Masse der unterdrückten Bevölkerung Ausdruck verleihen. Selbstverständlich war in Rußland wie in China die überwiegende Masse der Bevölkerung Bauern. Die wirklich revolutionären Veränderungen, die Kollektivierung der Landwirtschaft, kamen gegen den Willen dieser Massen zustande. In dieser Hinsicht gibt es nur einen graduellen, keinen qualitativen Unterschied zwischen Rußland und China.[17]

Die nachweisbaren spontanen allgemeinen Vorstellungen über die Neuordnung der deutschen Gesellschaft tauchten hauptsächlich

17 Siehe dazu die ausgezeichnete Untersuchung von Thomas Paul Bernstein, *Leadership and Mobilization in the Collectivization of Agriculture in China and Russia: A Comparison*, Diss., Columbia University 1970.

unter den Handwerkern von 1848 auf. Im Proletariat dieser Zeit scheint es nichts dergleichen gegeben zu haben: sie waren nicht vernehmlich. Unter den Arbeitern im späten neunzehnten Jahrhundert und bis zum Ersten Weltkrieg waren die Gründe, die sie für ihre Verärgerung angaben, und die erstrebten Gegenmittel sehr spezifisch auf ihre eigenen Umstände innerhalb besonderer Industriezweige bezogen. Dieser industriespezifische Charakterzug und einige der allgemeinen Gründe dafür erscheinen sehr klar in den gegensätzlichen Reaktionen von Kohlebergleuten und Stahlarbeitern auf die Erfahrungen der Industrialisierung. Die Erfahrungen ähnelten sich im allgemeinen, die Reaktionen aber waren sehr verschieden und abhängig von der sozialen Organisation am Arbeitsplatz und von den Traditionen in bezug auf die Beschaffenheit der Autorität. Die Bergarbeiter hatten ihr *Gedinge* und ihr *Berggesetz* und wurden sehr aktiv. In Ermangelung kooperativer Beziehungen und Normen, wie sie durch die Zusammenarbeit im *Gedinge* entstanden, und durch das Fehlen einer Grundlage traditioneller Legitimation für ihre Beschwerden, akzeptierten die Eisen- und Stahlarbeiter unterwürfig die Autorität der Unternehmer. Die Maßstäbe der Verurteilung, die Arbeiter spontan entwickeln, und die Mittel, die sie benutzen, sie zur Wirkung zu bringen, reflektieren, so legen es diese Belege nahe, die Struktur der Zusammenarbeit oder deren Mangel am Arbeitsplatz, gemeinsam mit Legitimationsmustern, die ebenfalls der Erfahrung entstammen, aber beträchtlich von Faktoren beeinflußt sind, die außerhalb des eigentlichen Milieus der Arbeiter wirken.

In einer vorläufigen Zusammenfassung läßt sich sagen, daß die spontanen Vorstellungen unter vorindustriellen Arbeitern, Fabrikarbeitern und modernen revolutionären Bauern hauptsächlich rückwärts gewandt waren. Es waren Versuche zur Wiederbelebung einer sozialen Bindung, die verletzt worden war; am häufigsten waren es Bestrebungen, gewissen konkreten Übelständen in ihrem besonderen Beruf abzuhelfen.

Die ungeheure Verschiedenheit in den Formen des durch die moderne Industrie geschaffenen Alltagslebens bildete gewiß ein Haupthindernis für kollektive Aktionen durch Industriearbeiter, ein Hindernis, das nur selten und kurz während Perioden heftiger Krisen überwunden wurde, wie etwa bei einer Niederlage im Krieg, die die täglichen Routinen einer ganzen Bevölkerung unterbrechen. Vorstellungen von Gerechtigkeit und Ungerechtigkeit erscheinen als Verallgemeinerungen täglicher Erfahrung ohne jene Merkmale, die für alle Menschen schmerzlich sein würden, die nicht ständig dazu konditioniert werden, sich damit abzufinden. Es ist schwer zu sehen, wie Menschen, die den Großteil ihrer Zeit und Kraft ihrer Arbeit widmen müssen – und in dieser Beziehung hat die industrielle Gesellschaft sich gewandelt und verspricht, dies weiter zu tun –, neue Ideen entwickeln könnten. Von daher wird auch die stark defensive Komponente in den Aufständen und Revolutionen gut nachvollziehbar. Gleichzeitig mahnen diese Überlegungen zur notwendigen Vorsicht, von der Schaffung oder Entdeckung neuer Standards der Verurteilung innerhalb oder durch die Massen zu sprechen – ganz zu schweigen von einer Revolution steigender Erwartungen. Was hier offenbar wird, ist das Hervortreten latenter Standards an die Oberfläche. Einige davon sind in einer spezifisch historischen Erfahrung und einer Reihe von Institutionen tief verankert. Andere scheinen eher universell menschliche Reaktionen zu sein, die mit der Hoffnung auftauchen, ein lange übliches Unterdrückungssystem möge in Stücke gehen. Diese latenten Standards sind neu nur in dem Sinne, daß die Menschen sich ihrer neu bewußt wurden.

Unter anderen Bedingungen jedoch kann Erfahrung zu neuen Reaktionen führen, die wirklich auf neue Standards der Verurteilung hinauslaufen. Mit der Zeit durchlief eine beträchtliche Anzahl der deutschen Arbeiter die Stadien des Appells an die paternalistische Autorität, der Organisierung zur Verteidigung und Förderung der eigenen Interessen in Gewerkschaften, der Teilnahme an revolutionären Bewegungen. Das Schlüsselmoment ist hier ganz klar Enttäuschung: Sowie eine Strategie zur Erlangung der erhofften Resultate fehlschlug, wurde sie von den Arbeitern geändert. Während dessen wandelte sich der Kontext, innerhalb dessen sie ihre Strategie anzuwenden hatten, selbstverständlich auch. Auch fanden Veränderungen in den Standards, die aus gestiegener Befriedigung resultierten, statt. Die französischen Arbeiter im neunzehnten Jahrhundert hatten keine Vorstellung von einem bezahlten Jahresurlaub. Für sie lag eine solche Aussicht außerhalb ihrer Einbildungskraft.[18] Heutzutage würde die plötzliche Abschaffung des

18 Michelle Perrot, *Les ouvriers en grève* . . ., a. a. O., Bd. I, S. 293.

Urlaubs durch die Arbeitgeber als der Gipfel willkürlicher Ungerechtigkeit erscheinen. Und welche Gruppe von Arbeitern in der modernen kapitalistischen Industrie würde sich mit dem langen Arbeitstag, mit despotischer Disziplin, mit dem Fehlen von Verfahren, Übelstände auszudrücken und beizulegen, mit dem Fehlen von Arbeitslosenunterstützung und anderen Formen der sozialen Sicherheit, wie dies vor dem Ersten Weltkrieg üblich war, abfinden?

Vorstellungen einer neuen gesellschaftlichen Ordnung entstanden hauptsächlich unter andersdenkenden Intellektuellen. In diesem Sinne belegt das historische Material, wie ich es lese, voll die leninistische These, daß die Industriearbeiter selbst nichts hervorbringen außer bloßem Tradeunionismus. Doch stützt dies nicht die Folgerung, daß eine sich auf Arbeiter stützende Kaderpartei eine Revolution oder eine Befreiung hervorbringen kann. Deutsche Intellektuelle gründeten tatsächlich eine revolutionäre Partei. Danach transformierte sie der Druck der Arbeiter in eine reformistische Partei. Dies geschah, wie weiter oben ausgeführt, zum Teil deshalb, weil nichts anderes möglich schien. Aber es vollzog sich auch, weil es keinen Druck, zumindest nicht vor 1914, von seiten des fortgeschrittenen Teils des industriellen Proletariats gab, sie revolutionär zu gestalten. Der Industrialismus tötete jene Art von revolutionärem Impetus, der 1848 existiert hatte, ab. Die Bergarbeiter und besonders ihr unorganisierter Teil, waren militant genug, doch hatten sie wesentlich begrenzte und sehr konkrete Forderungen. Die Stahlarbeiter blieben untätig. Sicher läßt sich der reformistische Charakter anderer Gewerkschaften oft auf den Überhang zünftlerischer Traditionen und Praktiken und auf die konservative Kleinstadtatmosphäre zurückführen, die für die deutsche Industrie besonders dort, wo die Gewerkschaften Fuß faßten, sehr bezeichnend war. Trotzdem bildet die Situation im Ruhrgebiet einen entscheidenden Beleg gegen die These, es habe ein bedeutendes Reservoir revolutionärer Unzufriedenheit gegeben, das nur der Erschließung durch die richtigen Führer harrte.

Nach dem Krieg gab es Massenaufstände in den höher industrialisierten Teilen Deutschlands, auch in Bayern, die an der Oberfläche tatsächlich wie eine breite Unterstützung für den revolutionären Sozialismus aussahen. Sicher gab es genügend vernehmliche Wortführer, Feinde und Führer dieser Bewegungen, die erklärten, derlei sei der Fall, indes löst sich der Schein bei näherer Betrachtung auf. Aufstände in größerem Rahmen nahmen nicht vor Januar 1919 ihren Anfang und waren weitgehend eine defensive Antwort auf gerechtfertigte Befürchtungen, die alten schlechten Zeiten oder gar schlimmere könnten wiederkehren – eine Rückkehr zum alten Regime unter dem Schutz der SPD-Führer in einer *de-facto*-Koalition mit dem Militär und der Unterstützung durch den rechten Flügel der Wirtschaftskreise. In diesem Sinne hatte die Erfahrung des Krieges tatsächlich eine ausdrückliche Nichtbereitschaft zur Rückkehr zum Alten, wenn nicht gar den deutlichen Wunsch nach einer neuen Gesellschaft hervorgebracht. Die Verurteilungsmuster hatten sich verändert, aber die Veränderung wurde vor allem negativ ausgedrückt: Die Arbeiter wußten weit eher, was sie *nicht* wollten als was sie *wollten*. Das Verlangen der einfachen Arbeiter war, abgesehen von begrenzten Sozialisierungsforderungen, soweit feststellbar in seinem Charakter wesentlich defensiv (wie die nach der Entwaffnung der Freikorps), oder betrafen ansonsten unmittelbare und lokale Mißstände.

Blicken wir auf den Prozeß als ganzen, so können wir sehen, daß die Arbeiter die nötigen Ideen und organisatorischen Hilfestellungen von Intellektuellen in Anspruch nahmen und sie für ihre eigenen Zwecke umwandelten. Sobald die Gewerkschaften nicht für Ziele der Arbeiter eintraten, wurden sie geschwächt und verschwanden. In einem Prozeß der Interaktion von Arbeitern und Intellektuellen wurden die Vorstellungen der Intellektuellen über die Veränderung der gesellschaftlichen Ordnung als ganzer transformiert. Arbeiter wurden im Zuge der vertikalen Mobilität in den Gewerkschaften und in der Sozialdemokratischen Partei zu Intellektuellen neuen Typs, zu hauptsächlich pragmatischen und bürokratischen Politikern. Diese wiederum entwickelten in der Tat ein Phantasiebild von Gesellschaft, das beträchtlich breiter als das der Arbeiter an der Werkbank war. Zur gleichen Zeit verursachte dieser Prozeß der Organisierung eine Spaltung zwischen den organisierten und den unorganisierten Arbeitern, wobei die letzteren eine ständige Gefahr für die erstgenannten darstellten. Alles in allem trat in diesem Prozeß ein ausgeprägtes Element unverblümten Gruppenegoismus hervor. Die Interessen gewisser Arbeiter innerhalb der Masse der in einem spezifischen Gewerbe oder Beruf Tätigen bestimmten tendenziell den politischen Ton. Die politische Strategie spiegelte nicht die Interessen aller Arbeiter in der Branche, auf jeden Fall nicht aller Industriearbeiter und noch sicherer nicht die der Gesellschaft insgesamt.

Die Erklärung, die Arbeiter hätten die Ideen der Intellektuellen übernommen und modifiziert, beinhaltet nicht, daß ihre Rolle unterschätzt würde. Die Existenz von SPD und selbst Gewerkschaften ist ohne den Beitrag der Intellektuellen kaum vorstellbar. Diese Organisationen besaßen einen weit über die zahlenden Mitglieder hinausgehenden Einfluß auf das Leben der Arbeiterklasse. Intellektuelle hatten einen nachdrücklichen Einfluß auf die Verurteilungsmuster, die sich innerhalb der Arbeiterklasse entwickelten, und auf die Art und Weise, wie diese Standards wirksam wurden, selbst wenn er sich von dem erhofften und zeitweilig von den revolutionären Intellektuellen behaupteten Einfluß abhob. Es waren die Intellektuellen, die den Arbeitern die Ansicht vermittelten, ihre eigenen Probleme zu lösen, und sie schlugen dic wichtigsten Schritte hierzu vor. Wenn die Arbeiter einige dieser Vorschläge zurückwiesen und sich im großen und ganzen abgeneigt zeigten, um der Ideale willen, die sie nicht aus ihren eigenen Erfahrungen hervorgebracht hatten, revolutionäres Kanonenfutter zu werden, wer möchte sie dafür schelten?

Auch bedeutet die Tatsache, daß Fabrikarbeiter bis jetzt wenig Neigung und vielleicht sogar kaum Fähigkeit für die Entwicklung weitreichender Antworten auf die die Menschheit quälenden Probleme offenbart haben, durchaus nicht, daß Antworten oder wichtige Beiträge zu Antworten niemals aus dieser Ecke kommen können. Das Bildungsniveau steigt in dem Maße, wie die Arbeiter anderen Strömungen in der modernen Kultur ausgesetzt sind. Die Arbeiter werden vielleicht zu einer den Bauern des 19. Jahrhunderts[19] in Westeuropa vergleichbaren konservativen Kraft, die sich ängstlich an die begrenzten Ergebnisse klammert, die sie unter großem Aufwand errungen haben – voller Furcht vor den sie gefährdenden Kräften in der modernen Welt. Solange der Kapitalismus einigermaßen gut funktioniert, könnte dies der dominierende Trend sein. Als Reaktion auf neue und ernsthafte Belastungen und ausgestattet mit einem erweiterten kulturellen Horizont, könnten die Industriearbeiter eine Woge popularer Erfindungsgabe erzeu-

19 Diese Beobachtung schulde ich meinem Studenten Mark Gould.

gen, die in einer völlig neuen Diagnose und in neuen Mitteln gegen gesellschaftliche Mißstände kulminiert.
Während der letzten paar Jahrhunderte haben Arbeiter und Bürger im allgemeinen drei Hebel geschaffen, um die gewünschten Veränderungen durchzusetzen: die Gewerkschaft, »revolutionäre« politische Parteien und die revolutionäre Masse oder den Mob. Der Widerspruch zwischen Gewerkschaften und »revolutionären« politischen Parteien ist Gegenstand zahlreicher Diskussionen gewesen. Gibt es nicht in gleichem Maße einen inhärenten Widerspruch zwischen dem Wesen einer revolutionären Partei und dem einer revolutionären Masse?
Das Wesen einer revolutionären Partei liegt darin, bewußte Vorhut und Stratege für eine ihr folgende Masse zu sein, die zumindest als potentiell revolutionär gilt. In einer Gesellschaft mit angemessener Freiheit zur Bildung einer oppositionellen politischen Organisation muß die Vorhut, wie jedermann weiß, sich mit den herrschenden Gruppen arrangieren, wobei sie wahrscheinlich viel von ihrer Bindung an die Revolution verlieren wird. Wie die russische Erfahrung vor 1917 lehrt, existiert die gleiche Tendenz, wenn auch in geringerem Maße, selbst in einer autokratischen Gesellschaft. Lenin brauchte eine ungeheure Menge an Energie und Druckerschwärze, um die russischen Sozialisten auf revolutionärem Kurs zu halten.
Eine revolutionäre Masse ist von einer revolutionären Partei sehr verschieden. Während eine Partei sehr straff organisiert und diszipliniert ist, ist die revolutionäre Masse nur lose organisiert. Massen sind im allgemeinen Formen kollektiven menschlichen Verhaltens, die außerhalb der normalen institutionellen Strukturen, der üblichen Bindungen des politischen Gehorsams, der Arbeitsverpflichtungen usw. entstehen. Sie sind wie Ferien von der normalen Gesellschaft. Wie Ferien und jede Form von Euphorie (oder gegenwärtigem Unglück) können sie nicht von Dauer sein. Sehr bald machen sich die Imperative des gewöhnlichen Lebens, Lebensmittel zu beschaffen, zumindest einige Güter und Dienstleistungen auszutauschen, wieder geltend. In allen urbanen Gesellschaften ist es ausgeschlossen, daß sich jedes Individuum ohne die Hilfe von anderen um seine eigenen Bedürfnisse sorgt. Aus diesem Grunde machen sich die Imperative der Kooperation sehr schnell geltend, und die Ferien gehen zu Ende. In der Zwischenzeit treten vielleicht

bedeutende Veränderungen ein: eine gestürzte Regierung, an deren Stelle eine neue tritt. Als eine Form kollektiven Verhaltens außerhalb der normalen Routinen bildet die Masse ein sehr wichtiges anpassungsfähiges Mittel dafür, daß einige dieser Bräuche sich ändern.[20] Wenn die revolutionäre Masse während der kurzen Phase ihres Bestehens nicht entscheidende Änderungen erfolgreich bewirkt, mag eine entscheidende Gelegenheit für einen revolutionären Durchbruch vorübergehen und für lange Zeit, wenn überhaupt, nicht wieder auftreten.

Ein wesentlicher Zweck der revolutionären Partei liegt natürlich in ihrer Funktion der strategischen Avantgarde, die die Masse im richtigen Augenblick der Krise zu strategisch wichtigen Zielen führt. Aber gerade dann treten höchst wahrscheinlich die inhärenten strukturellen Widersprüche zwischen Partei und Masse an die Oberfläche. Als eine Form kollektiven Verhaltens außerhalb der herrschenden Institutionen wird sich die Masse sehr wahrscheinlich ihre eigenen Führer wählen. Untersuchungen belegen, daß das kollektive Verhalten in Massen sehr rational sein kann.[21] Massen geben ihre eigenen Führer auf, sammeln ihre eigenen Informationen, entscheiden über ihre eigenen Aktionen in einer Weise, die man als direkte Demokratie bezeichnen könnte. Während ihres Bestehens zeigt die Masse einen hohen Grad an Autonomie. Ein

20 Es gibt natürlich andere Arten von Massen, die auch die Form von Ferien von der gewohnheitsmäßigen alltäglichen Existenz annehmen und die dazu dienen, die bestehende gesellschaftliche Ordnung zu stützen. Religiöse und patriotische Feste sind die deutlichsten Beispiele. Nach meiner Meinung ist es irreführend, mit Durkheim Nachdruck auf die Funktion solcher Feste, d. h. die wiederholte Versicherung der Grundwerte der Gesellschaft zu legen, wenn man nicht erklärt, worauf diese erneute Versicherung hinausläuft. Religiöse und politische Feste bedingen oft eine Neuformulierung und Ausklammerung dieser Werte, weil die Masse der Bevölkerung nicht ihnen entsprechend leben kann, selbst wenn sie vielleicht weiter an sie glauben möchte. Sinnbildliche Darstellung und Rhetorik versichern den Zuschauern wieder, daß die Götter und Zwecke ihrer Väter noch vorhanden sind. Aber sie bewegen sich in einem abgetrennten und heiligen Bereich des Daseins, der den Angelegenheiten des täglichen Lebens keine unangemessenen Schranken zu setzen braucht. Solche kollektiven Übungen im Selbstbetrug sind offensichtlich notwendig, Gesellschaften am Leben zu erhalten ebenso, wie sie zu ändern.

21 Siehe dazu Ralph H. Turner, *Collective Behavior*, in: Robert E. L. Faris (Hrsg.), *Handbook of Modern Sociology*, Chicago 1964, S. 382-425, bes. S. 390-392 und S. 418-423.

Führer von außen mit einem klaren Gefühl für die Empfindungen der Zuhörer kann eine Masse überreden und beeinflussen, ihr neue Ziele vorschlagen und ähnliches. (Es ist vielleicht viel schwerer, eine zornige Masse zu überreden, sichere, aber unwichtige Ziele nicht anzugreifen, besonders, wenn das Ziel symbolischen Wert hat.) Auf der anderen Seite muß ein derartig mächtiger Führer im allgemeinen die meisten Empfindungen der Masse teilen und ist für sie somit ebenso Gefangener wie Führer. Je länger die revolutionäre Partei unter legalen Bedingungen agieren konnte, desto wahrscheinlicher sind Differenzen in bezug auf Strategie und Temperament zwischen den Führern der Masse und der Partei. Wenn die Partei bürokratisch wird, entweder in der Opposition oder als Führer einer postrevolutionären Regierung, wird sie wohl Massenaufstände fürchten.

Dergleichen widerfuhr den Bolschewiken unter Stalin. Es geschah auch in China, mit dem entscheidenden Unterschied, daß Mao in der Kulturrevolution zu Massenaufständen seine Zuflucht nahm, um seinen Weg gegen die Partei durchzusetzen.

Für diejenigen, die an einen untrüglichen, gesunden, »revolutionären Instinkt« unter den Massen glauben können, verschwindet das Problem natürlich. Die revolutionäre Partei wird am Tag des Revolutionsausbruchs, wenn nicht schon früher, überflüssig. Ein derartiger Glaube ist schwerlich mehr gerechtfertigt als die arrogante elitäre These, daß die revolutionäre Partei ihrem Wesen nach als Avantgarde der historisch unvermeidlichen Revolution unfehlbar sei. Sowohl Parteien als auch Massen unterliegen ihren strukturellen Formen nach verzerrten Wahrnehmungen der gesellschaftlichen Realität, auch wenn die Ursachen nicht in jedem Fall identisch sind.

Weiterhin gibt es keine Garantie dafür, daß eine revolutionäre Masse in einem geschichtlichen Stadium genau im richtigen Augenblick in Erscheinung tritt – vorausgesetzt, es ist möglich, genau anzugeben, wann dieser Moment einsetzt. Befürworter wie Gegner revolutionärer Veränderungen ebenso wie die erklärtermaßen Neutralen haben eine Menge Zeit, Energie und Tinte für die Analyse verschwendet, wie und warum gerade eine revolutionäre Stimmung unter den Massen entsteht. Die Antworten gehen von steigenden Erwartungen über relative Deprivation bis hin zu gewissen Prozessen, die in der Struktur der kapitalistischen Gesellschaft wirksam sein sollen. Sicherlich ist nicht die ganze Arbeit umsonst gewesen. Nach meinem Dafürhalten hat es jedoch keine angemessene Darstellung über den kurzen und fragilen Charakter revolutionärer Aufstände gegeben, vor allem nicht in städtischen Bevölkerungen, noch über die Vielzahl der Umstände, die zusammenkommen müssen, damit sie möglich werden. Selbst wenn alle »objektiven« Umstände günstig sind, mag die Erhebung schon wegen der Erinnerungen des Volkes an eine kürzliche Niederlage nicht stattfinden. Es liegt in der Eigenart städtischer Aufstände, daß sie dann ausbrechen, wenn weder Freund noch Feind mit ihnen rechnet. Dergleichen geschah 1848, bei der Februar-Revolution in Rußland (1917), ganz zu schweigen von den »Maiereignissen« 1968 in Frankreich. Im Gegenteil, allgemein erwartete Unruhen mögen nicht stattfinden, wie etwa 1830 in England, wo man allgemein eine Wiederholung des Umsturzes in Frankreich befürchtete. Der Widerspruch zwischen Planung und Durchführung einer Revolution bleibt wahrscheinlich so lange bestehen, wie die Revolution selbst der Hauptweg bleibt, die gesellschaftlichen Institutionen wieder mit gesellschaftlichen Inhalten in Einklang zu bringen. Um irgendeine gesellschaftliche und moralische Wandlung in Gang zu setzen, scheint es eine Vorbedingung zu geben, die allem bisher Besprochenen unterliegt: der gesellschaftliche und kulturelle Spielraum innerhalb der herrschenden Ordnung.[22] Eine Gesellschaft mit sozialem und kulturellem Spielraum stellt mehr oder weniger geschützte Enklaven bereit, innerhalb deren unzu-

22 Weil alternative Wege zum gleichen Ziel häufig denkbar sind und weil Erfahrung so oft funktionale Äquivalente für als notwendig angenommene gesellschaftliche Einrichtungen gezeigt hat, mache ich von dem Terminus Vorbedingung nur mit Bedenken Gebrauch. Zu dieser Frage empfehle ich nachdrücklich den scharfsinnigen und bahnbrechenden Aufsatz von Albert O. Hirschman, *Abwendung und Widerspruch: Reaktionen auf Leistungsabfall bei Unternehmungen, Organisationen und Staaten*, Tübingen 1974. Hier scheint auf der anderen Seite der Terminus angemessen, weil er nicht einem besonderen Abschnitt der historischen Entwicklung den Status der Notwendigkeit zuweist und einen recht weiten Bereich historischer Erfahrung umfaßt. Im Vergleich zu der theokratischen Gesellschaft des antiken Nahen Ostens boten die griechischen Gemeinwesen, die sich auf der Grundlage von Landwirtschaft, Piratentum, Handel und Krieg entwickelten, umfassenden gesellschaftlichen und kulturellen Freiraum. Diese Tatsache »erklärt« nicht die griechische Polis und ihre geistigen Errungenschaften, doch ist sie schwerlich ohne sie denkbar.

friedenen oder unterdrückten Gruppen etwas Raum gegeben ist, um andere gesellschaftliche Institutionen, kulturelle Traditionen und Erklärungen der vorgefundenen Welt zu entwickeln. Gesellschaftlicher und kultureller Freiraum schließen die Möglichkeit ein, beim Erbauen der Zukunft zu experimentieren. In der militärischen und ländlichen Gesellschaft des Mittelalters stellte die Stadt diese Art von Freiraum bereit. Die Nutzung des gesellschaftlichen Freiraums bedeutet nicht nur, mit alternativen Lebensstilen zu spielen. Sollen institutionelle Veränderungen stattfinden, müssen die, die den Freiraum bewohnen, willentlich oder unwillentlich ausreichende Kräfte für eine Herausforderung der herrschenden Vormachtstellung ansammeln. Dieser Aspekt ist nicht nur in den schon berücksichtigten Fällen offenkundig genug, sondern auch bei so unterschiedlichen Beispielen wie dem Sieg des Christentums oder bei der Durchsetzung von Guerilla- und Revolutionsbewegungen. Nicht alle Herausforderungen bedingen Gewalt, zumindest nicht über den gesamten Zeitraum.
Früher oder später wird indes die Verteilung der Macht entscheidend. Wie Gaetano Mosca klargemacht hat[23], ist das entscheidende Merkmal für den Sieg neuer Gesellschaftsformen nicht ihre Fähigkeit, wütenden Nachstellungen zu widerstehen, sondern der relativ lockere und unsystematische Charakter der Verfolgung, der ihnen gegenübertritt. Inkonsequente Verfolgung schafft Märtyrer und Mythen, die eher dazu dienen, die Bewegung zu befördern als sie zu unterdrücken. Wenn die Verfolgung durchgreifend gewesen ist und die Unterstützung des Volkes genoß, wie Mosca im Fall der Japanischen Christenverfolgung im siebzehnten Jahrhundert klarmacht, war sie erfolgreich in der Herausforderung, die Autorität auszulöschen. Die Auffassung, Gewalt könne niemals eine Idee zerstören, ist nichts anderes als ein tröstlicher Mythos. Revolutionäre haben, bevor sie an die Macht kamen, diesen Mythos häufig verkündet. Danach haben sie den Mythos in ihren Bestrebungen, ein System vorfabrizierter Tugend zu errichten, aufgegeben – ein Bestreben das ebensoviel Grausamkeit forderte oder mehr als diejenige, unter der die Revolutionäre selbst gelitten hatten.[24] In dieser

23 Gaetano Mosca, *The Ruling Class*, New York 1939, S. 190-192.
24 In Maos China gibt es keine offiziellen oder genauen Darstellungen, die Auskunft über die Zahl der Toten geben, die auf Hunger oder politisch beding-

Verbindung wird die Unterscheidung zwischen totalitären Gesellschaften und nichttotalitären bedeutungsvoll. Der Begriff ›totalitär‹ entstand nicht als Teil der amerikanischen selbstgenügsamen Mythologie des Kalten Krieges. Sicherlich greift diese Unterscheidung nicht überall. Doch läßt sich eine totalitäre Gesellschaft als eine solche definieren, in der eine kleine herrschende Elite die Mittel der Zwangsgewalt und Überzeugung kontrolliert und im Namen einiger Ideale Politik und Propaganda benutzt, um Abweichung auszumerzen und den gesellschaftlichen und kulturellen Freiraum auf ein absolutes Minimum zu reduzieren.[25] In einer totalitären Gesellschaft gibt es buchstäblich keinen Raum, um hinsichtlich der Zukunft zu experimentieren oder – was das anbelangt – mit der Vergangenheit. Der Charakter sowohl der Vergangenheit als auch der Gegenwart wird durch sich ständig ändernde Dekrete bestimmt, die dennoch ein bleibendes Tabu gegenüber einem nichtoffiziellen Experimentieren aufrechterhalten. Wir müssen jedoch untersuchen, ob solche Gesellschaften, die auf der ständigen Mobilisierung der betroffenen Bevölkerung beruhen, diese Mobilisierung überhaupt über die Lebenszeit der Führer mit wirklicher Erfahrung mit revolutionären Kämpfen, die sie geformt haben, aufrechterhalten können.

tes Leiden in Städten, Arbeitslagern etc. zurückzuführen sind, obwohl alle Welt weiß, daß Gewalt solche wohlbekannten Ereignisse wie den Großen Sprung nach vorne (1958-1960) und die Kulturrevolution (1965-1968) begleitet hat. Zu unverbürgbaren und unterschiedlichen Schätzungen durch ausländische Forscher vgl. Ezar F. Vogel, *Canton under Communism: Programs and Politics in a Provincial Capital*, 1949-1968. Cambridge (Mass.) 1969, S. 254, über das Verhungern in einem armen Landstrich während der Kulturrevolution; Jürgen Domes, *Die Ära Mao Tse-tung: Innenpolitik in der Volksrepublik China*, Stuttgart, Berlin, Köln, Mainz 1971, wo er auf eine große Zahl von Toten als Folge des Großen Sprungs nach vorne verweist. Über die Not in China während einer Hungersnot 1952 siehe auch Thomas Paul Bernstein, *Leadership and Mobilization . . .*, a. a. O., S. 293, sowie Bao Ruo-Wang (Jean Pasqualini) und Rudolph Chelminski (Hrsg.), *Gefangener bei Mao*, Frankfurt/M. 1977, wo nach persönlichen Eindrücken eines Arbeitslagerinsassen einige Todesfälle aus erster Hand bezeugt werden.

25 Siehe dazu Robert Jay Lifton, *Thought Reform and the Psychology of Totalism: A Study of »Brainwashing« in China*, New York 1961, besonders Teil 3 über die Auswirkungen auf chinesische Intellektuelle. Liftons allgemeine Analyse (Teil 4) expliziert die wesentlichen psychischen Prozesse und deren Grenzen, die, wie er annimmt, fast sicher auf jede Bevölkerung anwendbar seien.

4. Das Problem der nationalen Identität

Es bleibt ein letzter Aspekt der Beziehung zwischen gesellschaftlichen Strukturen und der Bildung von Verurteilungsmustern: die Rolle des Nationalismus. Wegen ihrer vielgestaltigen Natur habe ich sie bewußt bis zuletzt aufbewahrt, in der Hoffnung, daß die Klärung anderer Seiten des Prozesses uns ihrem Verständnis näherbringen. In der Neuzeit hat der Nationalismus den weitestverbreiteten und durchdringendsten Standard hervorgebracht, durch den Menschen ihre Umgebung verurteilen oder anerkennen.

Betrachten wir zunächst den negativen Aspekt, einen Nationalismus, der eine oder mehrere andere Nationen verdammt, dann fällt sofort auf, daß er ein hervorstechendes Merkmal von reaktionären wie revolutionären Bewegungen sein kann. Nationalismus war eine wichtige Komponente des monarchistischen Konservativismus im Preußen des 19. Jahrhunderts und in der Neuzeit in einer sehr viel bösartigeren Form des Nationalsozialismus wie auch anderen Formen des Faschismus. Jedoch hat der Nationalismus, wie früher schon in der Französischen Revolution, auch große emotionale Leidenschaft hinter den revolutionären Kämpfen in China, Nord-Vietnam und überhaupt den nationalen Befreiungsbewegungen in ökonomisch zurückgebliebenen Gebieten hervorgebracht. Offensichtlich ist der Nationalstaat ein Gefäß, in das sich sehr verschiedene Inhalte gießen lassen. Wir wissen auch, daß ungeachtet der Erklärung der Sozialdemokratischen Partei zu einer vaterlandslosen und subversiven Organisation – eine Erklärung, die formal 1890 beendet wurde, aber danach eine einflußreiche Voraussetzung für solide Politik blieb – die deutschen Arbeiter 1914 der Führung dieser Partei durch ihre Beteiligung an dem Schlachtfest des Ersten Weltkrieges folgten. Schließlich konnte man beobachten, daß nationalistische und separatistische Bewegungen in den letzten fünfzig Jahren viele Erfolge feierten und daß die Anzahl und die Leidenschaft ihrer Befürworter vermutlich weit größer ist, als es bei einer Bewegung der Fall ist, die auf dem revolutionären Bewußtsein der Arbeiterklasse beruht. Die sich hier einstellenden verwirrenden und wichtigen Tatsachen verlangen nach einer Erklärung. Nationalismus als alleinige Erklärung reicht nicht aus, führt dies doch zu Zirkelschlüssen oder Schlimmerem: einer Zuflucht zur Magie des Wortes. Wir müssen verstehen, warum diese Gefühle so durchdringend sind.

Wenn auch jede unterdrückte oder leidende Gruppe danach trachtet, mit ihrem Schicksal fertigzuwerden, suchen ihre Mitglieder und genauer ihre Führer und Sprecher nach einer Erklärung für dieses Schicksal. Der *Homo sapiens* könnte als das erklärende Säugetier bezeichnet werden. Auf der Suche nach dieser Erklärung definiert sich die Gruppe in Beziehung auf ihre Feinde. Daher ist der fremde Feind Teil der Selbstdefinition der Gruppe und Bestandteil der Erklärung, wer und was die Ursachen für ihr Leiden sind. Andererseits wird der Charakter dieser Erklärung von den Umständen des täglichen Lebens abhängen, wie sie durch den Niederschlag vergangener Erfahrungen, die die Kultur oder Tradition der Gruppe bilden, interpretiert werden.

Für die Unterschichten werden die verfügbaren Materialien, mit denen eine Erklärung und Selbstdefinition erdacht wird, wahrscheinlich einige Elemente von den höheren Klassen enthalten. Nicht alle dieser Ideen sind natürlich akzeptierbar, und je härter die Herrschaft der Mächtigen ist, desto weniger mögen die Traditionen der herrschenden Klasse »von unten« akzeptiert werden. Dennoch wird es kurz vor einem revolutionären Bruch und vielleicht sogar danach immer einigen Einfluß von oben geben. Wenn unter gewöhnlichen Umständen, also ohne Krisenerscheinungen, die herrschenden Schichten nationalistisch sind und patriotische Phrasen benutzen, um aus den unteren Klassen mehr Arbeit herauszupressen, werden die letzteren wahrscheinlich mißtrauisch werden. Zu einem beträchtlichen Teil war das in Deutschland vor 1914 der Fall. Ein Großteil der Fabrikarbeiter, die auf die Untersuchung von Levenstein zwischen 1907 und 1911 reagierten, brachte etwas zum Ausdruck, das nach spontanem Ressentiment gegenüber den patriotischen Appellen der Unternehmer klang. Wenn ich nicht einige Einzelheiten trotz häufigen Lesens übersehen habe, finden sich keine mit gegenteiliger Ansicht. Das ist andererseits nur ein Teil des Befundes. Die Arbeiter, die Levenstein auswählte, waren relativ »fortschrittlich«; sie hatten fast den Punkt erreicht, wo sie sich selbst als Opposition zu den Kapitalisten definierten. Die Äußerungen der SPD aus dieser Zeit sind voller Sorge über die Masse der Arbeiter, die diesen Stand der Selbstdefinition noch nicht erreicht hatten. Sie enthalten ein ganzes

Bündel von Klagen über chauvinistische Strömungen unter ihren Anhängern. Auf dieser Grundlage scheint die Folgerung sicher, daß es in Deutschland vor dem Ersten Weltkrieg einen großen Teil von Arbeitern gab, der die in der übrigen Gesellschaft kursierende Selbstdefinition akzeptierte.
Bei diesen Beobachtungen sollte man unterbrechen und die allgemeinen Vorteile des Nationalismus für eine volkstümliche Erklärungsgrundlage des Leidens untersuchen. Vor allem ist er einfach verstehbar, was der Marxismus sicher nicht ist. Der Nationalismus schiebt die Schuld für alles, was in der eigenen Gesellschaft schmerzlich ist, direkt auf eine leicht zu bestimmende Gruppe: die Außenseiter, den äußeren Feind. Nuancen und komplizierte kausale Zwischenglieder sind hier nicht nötig; Klassenbewußtsein widerspricht auf der anderen Seite vielen offensichtlichen Tatsachen der täglichen Erfahrung. Es ist schwer, die Machthaber im eigenen Lande in die gleiche emotionale und intellektuelle Kategorie zu werfen wie ausländische, wenn die täglichen Nachrichten Belege für den Konflikt zwischen »unseren« Führern und denen anderer Staaten liefern. Es ist auch nicht leicht, einen Stahlarbeiter glauben zu machen, er habe mit Brauereiarbeitern sehr viel gemein, wenn die Bierpreise steigen. (In Deutschland war dies eine dornige Frage, weil Arbeiterversammlungen oft in Kneipen abgehalten wurden.) Der äußere Feind ist auch eine relativ sichere Zielscheibe für die tagtägliche symbolische Aggression. Rückvergeltung ist in diesem Falle sehr viel unwahrscheinlicher als bei einem Angriff auf die lokalen Machthaber. Aus diesem Grund ist es auch wahrscheinlicher, daß der Angriff vielfältige gesellschaftliche Unterstützung anzieht. Um zusammenzufassen: Der Nationalismus verbirgt Uneinigkeiten und schwache Punkte in den eigenen Reihen – konservativen *oder* radikalen – und kann eine heterogene Ansammlung von Verbündeten anziehen, die durch ein ausgesprochenes Manifest der eigenen Interessen abgestoßen würden.
Die Anziehungskraft des Nationalismus ist in den Staaten am größten, die kürzlich im Krieg eine Niederlage erfuhren, besonders dann, wenn eine Besetzung durch den Feind der Niederlage folgte. Jedoch ist er auch in anderen Situationen recht brauchbar. Jede Selbstwahrnehmung einer Gruppe definiert sich aus ihren Beziehungen zu anderen Gruppen. Sie formuliert ihre Identität aus diesen Beziehungen, aus etwas, das über und gegen andere Grup-

pen besteht. Diese Identität hat in dem Maße fließende und unsichere Grenzen, wie auch die täglichen sozialen Beziehungen fluktuieren und ungewiß sind. Für den einzelnen ist diese Fluktuation und Unsicherheit häufig eine Quelle von Spannung und sogar Furcht; in komplexen modernen Gesellschaften mag dies besonders ausgeprägt sein. Wird der Neuankömmling in der Nachbarschaft oder am Arbeitsplatz ein Verbündeter oder eine Bedrohung sein? Bis zu welchem Ausmaß und in welchen Situationen? Werden er oder sie für oder gegen uns sein, oder deutlicher, wer sind wir hier eigentlich? Daher ist der Nationalismus als eine Form von Selbstdefinition nur eine Facette eines viel umfassenderen sozialen Prozesses. Er ist ein Versuch, die Selbstdefinition mit den Grenzen der größten Einheiten ständigen friedlichen Sozialverhaltens, die Menschen bislang hervorgebracht haben, in Übereinstimmung zu bringen.

Wie andere soziale Identitäten hat die nationale ihre fließenden und unsicheren Grenzen. Um fortzubestehen, müssen konkrete Individuen diese Identität unter ständig wechselnden historischen Umständen schaffen und neu ersinnen. Wenn wir erneut die Situation der deutschen Industriearbeiter unmittelbar vor Ausbruch des Ersten Weltkriegs betrachten, können wir sehen, wie dieser Prozeß funktioniert, und wir vermögen auch einige Punkte zu erkennen, die die Erörterung noch nicht mit genügendem Nachdruck herausgestellt hat.

Mit dem Wissen des Nachkommenden, diesem heimtückischen und unentrinnbaren Feind exakter Analyse, lassen sich unschwer die Kräfte aufzählen, die die deutschen Arbeiter in die übrige Gesellschaft integrierten. Es gab die gemeinsame Sprache und viele Momente von gemeinsamer nationaler Erfahrung und einen starken Einfluß des Erziehungssystems wie des obligatorischen Militärdienstes. Es gab Formen von Sozialversicherung, die durch den Staat bereitgestellt wurden, obwohl die Sozialdemokraten die Unzulänglichkeiten der Gesetzgebung im Bewußtsein der Öffentlichkeit zu halten trachteten. In dem Umstand, daß die Unternehmer gedeihen mußten, um Arbeitsplätze bereitzustellen, gab es einen offensichtlichen Grad geteilter Interessen. Etwa 1890 waren die schlimmsten Hindernisse gegen politische und ökonomische Aktionen der Arbeiter gefallen. Trotz gelegentlicher Drohungen eines Umschwungs hegte man die Erwartung, daß die vorsichtige Anwendung von Taktiken, deren Vorzüge die Erfahrung gelehrt hatte, in der Zukunft weiterhin funktionieren würde. Dies zumindest erzählten viele Führer den Arbeitern.

Um das, was den deutschen Arbeitern und den Industriearbeitern allgemein widerfuhr, in einem Vergleich zu illustrieren, wird es gut sein, die Situation im Frankreich des späten 19. Jahrhunderts zu streifen. Dort fanden sich zwei wesentliche Unterschiede gegenüber der Lage in Deutschland. Das Vermächtnis der Revolution erleichterte den Arbeitern in Frankreich offensichtlich die Identifikation mit der Dritten Republik, vor allem zu Beginn. (Die Desillusionierung über die bürgerliche Republik setzte später ein, als die Arbeiter der Unnachgiebigkeit der vom Staat unterstützten Unternehmer begegneten.[26]) Dies war vom wilhelminischen Deutschland sehr verschieden, einem Staat, der aus der Niederlage des Volksaufstandes von 1848 und gegen den Willen eines bedeutenden Teils der Bevölkerung geschaffen worden war. In Frankreich gab es zweitens viele große Bereiche von ausländischen Einwanderern, wo die ausländischen Arbeiter mit einheimischen Franzosen um Arbeit konkurrierten. Im Ruhrgebiet fanden sich auch, wie wir gesehen haben, zahlreiche ausländische Arbeiter. Aber hier dämpfte der unersättliche Appetit des Kohlebergbaus offensichtlich den Antagonismus. In Frankreich wurde indes der Antagonismus virulent. Als Reaktion auf die Bedrohung der Arbeitsplätze zog sich eine starke Strömung von Fremdenhaß und Chauvinismus durch die französischen Industriearbeiter. Vergebens versuchten die französischen Sozialisten, internationalistische Gefühle zu wecken und die Symbolik der revolutionären Vergangenheit Frankreichs als bürgerliche zu ignorieren. Die einfachen französischen Arbeiter hatten im großen und ganzen nichts dergleichen. Statt dessen mobilisierten sie ihre eigenen Hilfsmittel der französischen nationalen Geschichte, um ihr Recht, auf einem *begrenzten* nationalen Markt zu arbeiten, zu verteidigen. Diese Verteidigung ging über eine bloß symbolische weit hinaus. Es hat zahlreiche gewalttätige Affronts gegen Ausländer gegeben. Die Arbeiter hatten 1884, in einer Zeit depressiver wirtschaftlicher Verhältnisse, damit begonnen, Ausländer als die Ursache aller sie plagenden Sorgen zu betrachten.[27] Auf

26 Michelle Perrot, *Les ouvriers en grève* . . ., Bd. I, S. 196 f.
27 *Ebenda*, S. 170-174, 178-179.

diese Weise wurde der Nationalismus zur grundlegenden Diagnose und zum Mittel des Volkes gegen seine traurige Lage, eine spontane Diagnose, die gegen den Willen der nominellen Führer der Arbeiterklasse entstand.

In dieser Weise üben verschiedene nationale Erfahrungen und die wirtschaftliche Lage, der sich die gewöhnlichen Arbeiter gegenübersehen, einen machtvollen Einfluß darauf aus, wie Arbeiter ihre eigene Situation wahrnehmen. Der Versuch, den Nationalismus in streng ökonomischen Kategorien zu erklären, wäre irreführend und fruchtlos. Wie schon angedeutet, erklärt der Hegelsche Begriff des Kampfes um Identität in und durch sich widersprechende Kräfte die Tatsachen weit besser als eine Analyse, die sich auf die wirtschaftliche Lage beschränkt.

Es deutet einiges auf eine wichtige psychologische Komponente in diesem Spiel widerstreitender Kräfte hin: Entlastung und Sicherheit durch die Zugehörigkeit zu einer Gruppe mit einem guten Anliegen. Die Mitgliedschaft in einer Gruppe kann das Individuum vor der Sorge bewahren, sich einen bedeutungsvollen Platz in der Welt zu gestalten, besonders wenn die realistischen Chancen dafür gering sind. Außerdem gibt es den Reiz, einen Feind zu haben, gegen den man zugleich Verachtung, Furcht und Respekt empfinden kann. Hat Brüderlichkeit jemals ohne die Bedrohung durch wirkliche oder eingebildete Feinde existiert?[28] Was die deutsche Situation anbelangt, so sind die integrierenden Kräfte bereits ausreichend diskutiert worden, um zu erklären, warum die SPD-Führer für die Kriegskredite stimmten und warum die Arbeiter

28 Die Pygmäen, wie sie von Colin Turnbull, *Wayward Servants: The Two Worlds of the African Pygmies*, Garden City 1965, beschrieben sind, fallen als mögliches Gegenbeispiel ein. Sie haben keine menschlichen Feinde und im Regenwald eine sichere Umgebung, die sie mit Ehrfurcht behandeln. Kooperative soziale Beziehungen sind für ihre Form des Jagens notwendig und durchdringen vieles in ihrem Leben. Aber, wie Turnbull wiederholt betont, lösen sich die Gruppen ständig auf und es bilden sich neue. Diesen Prozeß von Spaltung und Zusammenschließung betrachtet er als wesentlich für den Fortbestand ihrer Lebensart. Die ständige Spaltung hat eine wirtschaftliche Voraussetzung. Andernfalls würden die Gruppen zu groß werden, um sich durch die Jagd selbst versorgen zu können. Es ist auch ein Weg, die explosive Entwicklung persönlicher Antagonismen zu vermeiden und ihr auszuweichen. Diese Gesellschaft ist nur aufgrund der Größe des bewohnten Territoriums möglich. Hier stoßen wir erneut auf die Bedeutung des sozialen Raumes.

1914 unter den Klängen einer martialischen Musik zu den Fahnen strömten? Wir haben bisher nichts darüber gesagt, daß die herrschenden Klassen die Hebel der Macht kontrollierten und schwere Sanktionen gegen einfache Arbeiter verhängen konnten, die mit blendenden Belohnungen für die »sensible« Kooperation der Führer einhergingen; außerdem sind die Macht einer erregten öffentlichen Meinung und die patriotischen Gefühle, die sich durch andere Klassen zogen, noch nicht zur Sprache gekommen. Die Führer der Arbeiterklasse standen 1914 vor der Wahl, mit dem nationalistischen Strom zu schwimmen oder die Zerstörung einer Organisation zu riskieren, der sie ihren Status schuldeten und für die sie ihre Energie und Intelligenz von Kindheit an aufgebracht hatten. Die einfachen Arbeiter hatten die Wahl, ins Gefängnis zu gehen oder zu den Fahnen zu eilen. Für beide Gruppen beinhaltete die Entscheidung, dem patriotischen Aufbruch zu widerstehen, Schande und Beschimpfung von seiten national gesinnter Deutscher; der entgegengesetzte Entschluß bedeutete die Aufnahme in eine euphorische, wenn auch flüchtige Bruderschaft. Das soziale System, dem die Arbeiter angehörten – und hier beginnen die Integrationsfaktoren, die gerade aufgezählt wurden, Erklärungswert zu erlangen –, insbesondere die Partei und die Gewerkschaften, war weder stark noch umfassend genug, um dem einzelnen, der den Fahnenschwingern aus dem Weg gehen wollte, wirksame soziale Unterstützung zu gewähren. Die Grenzen der Gemeinschaft innerhalb der Arbeiterklasse waren fließend und durchlässig, durchdrungen von der Suche nach Werten, die aus den mit anderen Klassen geteilten Interessen entsprangen. Ein individueller Akt heroischer Herausforderung bedrohte die Gruppe als ganze und alle, die dazugehörten (wie in den Konzentrationslagern und Gefängnissen). Nur während der Kriegs- und Nachkriegszeit, als die Vorteile der Mitgliedschaft in der SPD oder der Gewerkschaft problematisch erschienen und die Aussichten des Widerstands größer und der Zorn, der ihn anspornen konnte, machtvoller wurden, konnte eine kämpferische Haltung größere Verbreitung finden.

Vereinfacht formuliert: Unvermittelte Einschüchterung ist dem Anschein nach einer der entscheidenden Faktoren für die Teilnahme der deutschen Arbeiter am Nationalismus gewesen. Sie ist ein bedeutender Aspekt für die Bildung jedweder Form von Gruppenloyalität und -identität. Zweifellos variierte ihr Stellenwert von

Fall zu Fall. Ihre Bedeutung neigt dazu, dem Auge des Forschers in Fällen zu entgehen, wo man starke moralische Zustimmung empfindet, sie tritt indes dort stärker hervor, wo man eine starke moralische Abneigung empfindet. Ungeachtet dessen ist Einschüchterung ein entscheidender Punkt für die Bildung von Loyalitäten, wo der Konflikt ernsthaft, das Wagnis der Gefolgschaft groß ist, d. h. in jedem bedeutenden Kampf. Für die individuellen Opfer ist Einschüchterung für eine gute Sache nicht notwendig angenehmer als für eine schlechte. Tatsächlich kann der Rebell die schlechteste beider Welten haben, indem er die Hiebe der Machthaber und die Vorwürfe von Mit-Rebellen einstecken muß. Kein Wunder, daß so wenige diese Rolle freiwillig wählten.

5. Kulturelle Definitionen des Unvermeidlichen

An diesem Punkt wird der Leser bemerkt haben, daß die Diskussion ihre begrifflichen Deiche überflutet hat, insofern es notwendig war, während der Analyse der Aspekte Personalität und soziale Struktur auf kulturelle Bestimmungen des Unvermeidlichen Bezug zu nehmen. Hier möchte ich einige der Verschiebungen in der allgemeinen Vorstellung des Unvermeidlichen skizzieren.

In der modernen Welt und unabhängig von jeglicher Bedeutung, die er in spezialisierten philosophischen und theologischen Diskursen haben mag, kennzeichnet der Begriff »unvermeidlich« im allgemeinen etwas Schmerzliches oder Unangenehmes wie Tod und Steuern, gegen die Menschen vermutlich wenig oder nichts ausrichten können. Man findet sich mit dem Unvermeidlichen so gut es geht ab, Achseln zuckend, zähneknirschend oder, indem man sich gegen ein tragisches Ereignis wappnet. Wird etwas, wie gelegentliche Schlechtwetterperioden, als unvermeidlich definiert, mag es sinnvoll sein, zumindest begrenzte Vorbereitungen und einige Vorsichtsmaßregeln zu treffen. Gleichzeitig schließt die Definition jeden ernsthaften oder erfolgversprechenden Kampf aus. Die Vorstellung der Unvermeidlichkeit impliziert den Gedanken, daß das Universum zumindest teilweise von blinden Kräften des Schicksals regiert wird, die letztlich dem menschlichen Willen und Handeln nicht zugänglich sind.

Dieser Versuch, einen unvoreingenommenen Blick auf unsere eigene kulturelle Definition des Unvermeidbaren zu werfen, bringt zwei Probleme mit sich, auf die hier eingegangen werden soll. Erstens ist es ziemlich offensichtlich, daß der Begriff des Unvermeidbaren verschiedene Dinge aus unterschiedlichen Gründen zu verschiedenen Zeitpunkten der Geschichte einbezog. Was aber waren die Gründe, bestimmte Formen des Leidens als unvermeidlich zu bezeichnen, und wie haben sich diese Gründe und Methoden der Definition gewandelt? Die zweite Frage ist fundamentaler. Kennen alle menschlichen Kulturen die Kategorie des Unvermeidlichen, auch wenn sie sie auf unterschiedliche Dinge anwenden – je nach ihrer Fähigkeit, ihre natürliche und soziale Umwelt zu handhaben? Oder bildet der Begriff des Unvermeidlichen selbst mit seinem Beigeschmack von Gesetz und Ordnung einen größeren historischen Durchbruch, eine kulturelle Entdeckung?

Versuchen wir, die zweite Frage zu beantworten, so sollten Hunger und Krankheit als konkrete Beispiele des Leidens gewählt werden. Modern erzogene Abendländer, die über säkulare Erklärungen und Heilmittel gegen diese Mißgeschicke und Katastrophen verfügen, lehnen es ab, sie als unvermeidlich zu betrachten. Frühe menschliche Kulturen, soweit wir berechtigte Folgerungen über sie aus dem anthropologischen Befund ziehen können – etwas, das in diesem Zusammenhang, wenn auch keineswegs in allen Fällen, ziemlich sicher erscheint – waren viel weniger geneigt, solche Prinzipien zu gebrauchen, aus dem einfachen Grund, weil sie weit weniger vergleichbares Wissen und Mittel zu ihrer Verfügung hatten. An einfachen säkularen Erklärungen mangelte es natürlich nicht vollständig. Schriftlose Menschen wußten zum Beispiel, daß Getreide ohne Saat nicht gedeiht, daß Tiere, die sie zur Nahrungsversorgung jagten, im allgemeinen an bestimmten Plätzen zu finden sind und selten oder nie an anderen. Solche Leute sind oft äußerst scharfsinnig bei der Beobachtung der natürlichen Umwelt und ihrer Bedeutung. Sie wissen, ein gebrochener Zweig bedeutet, daß jagbare Tiere oder ein gefährliches Tier den Weg jüngst gekreuzt hat, und sind in der Lage, eine Reihe konkreter Folgerungen zu ziehen, die dem schriftkundigen Menschen entgehen. Dies ist für sie auch unabdingbar. Aber die Mittel für die Anwendung säkularer Vernunft selbst in ihrer eigenen vertrauten Umwelt sind im allgemeinen dürftig.

Wo diese versagen, nehmen sie, wie moderne Menschen, zu Magie, Beschwörung und Religion Zuflucht. Krankheit ist die Folge von Hexerei, Mißernte mag von der Unfähigkeit des Herrschers abhängen. Deshalb mag es, wie Frazer betont hat, notwendig und berechtigt sein, den Herrscher zu töten. Unter diesen Umständen gibt es Grund zu bezweifeln, daß solche Leute überhaupt irgendeinen Begriff des Unvermeidlichen besaßen. Sofern es ein magisches Heilmittel gegen jegliche Form des Unglücks gibt, ist schwer einzusehen, wie ein allgemeiner Begriff wie Unvermeidbarkeit entstehen könnte. Auch wenn es zumindest rudimentäre Vorstellungen von Ursache und Wirkung geben mag, würde die Welt als Gegenstand einer Reihe von *ad-hoc*-Kontrollen erscheinen. Versagt eine von ihnen, dann gibt es immer die Entschuldigung, daß irgendetwas bei dem Versuch der Anwendung von Magie falsch lief oder irgend jemand eine mächtigere Gegenmagie benutzte.

Somit scheint der Begriff des Unvermeidlichen selbst das Produkt einer langen historischen Entwicklung zu sein. Während es zu einem späteren Zeitpunkt Belege für eine säkulare und allgemein nachvollziehbare Ursache gibt, hatten Mythos und Religion früher, wie Alfred North Whitehead in *Science and the Modern World* betonte, einen unentbehrlichen Beitrag geleistet. Von ihnen stammte die Idee des Abschätzens überwältigender Kräfte über lange Zeitperioden, obwohl der unberechenbare Aspekt nie ganz verschwand. Zu Whiteheads Ableitung des Kausalitätsbegriffs aus der hebräischen Religion und der griechischen Mythologie könnte man hinzufügen, daß ein Begriff von Kausalität kulturelle Definitionen des Unvermeidbaren sowohl verstärkt wie auch untergräbt: Wenn man Ursachen erfahren kann, ergibt sich die Möglichkeit, Tendenzen und Ereignisse zu verändern und zu beherrschen. Mythen und Religionen scheinen auch die Verbindung zwischen den Vorstellungen von Kausalität, Unvermeidlichkeit und moralischen Urteilen verstärkt zu haben. Auch hier blieb, wie im Falle von Kausalität und Unvermeidlichkeit, ein Element von Spannung zurück, insofern moralische Verurteilung die Möglichkeit in sich schloß, daß ein handelnder Mensch anders gehandelt haben könnte und daher irgendwie der Kausalitätskette entgangen wäre. Diese Verwirrungen sind ohne Zweifel heute sämtlich verschwunden, und die Vorstellung der Unvermeidlichkeit trägt immer noch einen moralischen Beigeschmack. Auf sehr unterschiedliche Weise übernehmen sowohl Konservative wie Revolutionäre diese Vorstellung zur Stützung ihrer eigenen Hoffnungen für die Zukunft.

In vorindustriellen Gesellschaften ist der sittliche Aspekt immer entscheidend gewesen. Gewöhnliches Leiden von chronischer Qualität, die Art, in der Menschen sich Anpassung beibringen, weil es unvermeidlich scheint, nimmt in solchen Gesellschaften wahrscheinlich die Gestalt eines Schicksals an, das für das Individuum gerecht und angebracht ist. Zumindest wird die herrschende Schicht versuchen, das chronische Leiden in dieser Weise erscheinen zu lassen. In einer stratifizierten Gesellschaft erklären und rechtfertigen die Prinzipien gesellschaftlicher Ungleichheit die im allgemeinen von Priestern systematisiert werden, die überwiegenden und alltäglichen Formen des Leidens. Da diese Prinzipien auch die Grundkategorien des impliziten und expliziten Gesellschaftsvertrags ausmachen, wird es gewisse Formen des Leidens geben, die sowohl die herrschenden Schichten als auch die Unterschichten als ungerecht und ungehörig definieren. Selbst in Fällen, wo Gewalt und Betrug eine wesentliche Rolle bei der Bestimmung der wechselseitigen Rollen von Herrschenden und Beherrschten gespielt haben, wie in der Plantagensklaverei, besteht die starke Tendenz, daß der Gesellschaftsvertrag in der konkreten Praxis wieder auftaucht. In diesen Situationen herrscht daher eine starke moralische Komponente bei der Erklärung des Leidens. Wie die Geschichte der Eisen- und Stahlarbeiter des Ruhrgebiets vor 1914 nahelegt, muß Menschen vielleicht gesagt werden, was ihre Rechte sind. Aus dieser Perspektive wird die moralische Empörung zu einer historisch angeeigneten Eigenschaft, die in schweren politischen Kämpfen erworben wurde. Solche Kämpfe sind das wichtigste politische Ereignis der Neuzeit gewesen. Aus diesem Grunde lohnt es sich, noch einmal die Einzelheiten zurückzustellen, um die wesentlichen Grundzüge zu verstehen.

Im Europa und Asien des 18. Jahrhunderts nahm soziale Ungleichheit die Form von Ständen oder Rängen an, die nach der Wertschätzung oder gesellschaftlichen Ehrerbietung, die man der sozialen Funktion der Menschen zollte, geordnet waren. Natürlich zeigten sich hier zahlreiche Unterschiede. Gewöhnlich waren Krieger und Priester die einzigen, die in einer unzweifelhaften Art und Weise abgegrenzt waren. Die übrigen gaben hauptsächlich eine Restkategorie oder Gruppen von Residualkategorien ab, auch wenn die Rangordnung nach unten wieder dezidierter sein mochte als bei den Ausgestoßenen in Japan. Nur Indien kannte den Versuch von Priestern, die ganze Gesellschaft in Kasten zu teilen.

Die Praxis stimmte dabei mit dieser Theorie nicht überein. Überall in Europa und Asien war die Rangordnung entweder praktisch oder theoretisch vererbbar, wobei ein gewisser Grad an Mobilität überall möglich blieb. In China stand die Zugehörigkeit zum Stand der Mandarine theoretisch allen offen und wurde durch das Bestehen von Prüfungen erreicht. Praktisch aber machten die ökonomischen Hindernisse der Erziehung den Mandarinenstand zu einem erblichen Status. In Europa wurde der einzelne als Mitglied der Kirche *geboren*, aber der eine *wurde* Bischof, der andere nur Gemeindepfarrer. Auch dort begrenzten die ökonomischen Barrieren der Erziehung den Zugang zu höheren Rängen. Jeder Stand hatte seinen vorgeschriebenen Lebensstil, der durch die Regeln der Etikette, die Kleidung und durch andere Mittel seinen Ausdruck fand. Der Zweck wirtschaftlichen Handelns war ein sittlicher: jeden Stand zu befähigen, dem ihm angemessenen Stil gemäß zu leben. Von den unteren Rängen erwartete man, daß sie die höheren mit den für diesen Lebensstil erforderlichen Mitteln versorgten, während sie gleichzeitig genügend für ihr eigenes Auskommen zurückbehielten, um somit ihre eigene soziale Ehre aufrechtzuerhalten. Ob dies häufig gelang, bleibt zweifelhaft, und die Definition dessen, was Bauern als überwiegende Mehrheit der Bevölkerung besitzen sollten, war zumindest recht vieldeutig.

Für jeden Stand oder Rang brachte der vorgeschriebene Lebensstil einen klaren und angemessenen Moralkodex, oftmals gar eine bestimmte Art von Persönlichkeit mit sich. Der Krieger sollte tapfer und in der Regel großzügig sein, der Priester fromm, der Handwerker fleißig. Natürlich gab es in der Praxis sowohl von der idealen Persönlichkeit als auch von der idealen Sittlichkeit bei jedem Stand zahlreiche Abweichungen. Andererseits existierten auch harte gesellschaftliche Sanktionen, um Individuen davon abzuhalten, einen ihrem Status weder nach oben noch nach unten unangemessenen Lebensstil zu führen. Sittlichkeit wurde explizit gesellschaftlich definiert, und auch wenn dieses System auf keinen Fall vollkommen unflexibel war, so war es doch von einem Anstrich der Dauerhaftigkeit und Unvermeidlichkeit begleitet. Moralische Empörung entstand im wesentlichen durch Verletzungen des Gesellschaftsvertrages und richtete sich besonders gegen Personen, die nicht in Einklang mit den Anforderungen ihres Standes lebten. Aber hier und da, vor allem bei den europäischen häretischen Bewegungen, die auf wirkliche oder vorgebliche Erinnerungen an Gleichheit unter den frühen Christen Bezug nahmen, waren Zweifel über die Vertragsbedingungen selbst in Umlauf. Wo immer es möglich wurde, Reichtum auf eine neue Art zu erlangen, folgte die Unterminierung der alten Prinzipien gesellschaftlicher Ungleichheit und der alten Ansichten von Unvermeidlichkeit. Die älteren Eliten eigneten sich Reichtum natürlich auf die unterschiedlichsten Weisen an. Aber wo, wie zuerst beim Handel, neue Methoden möglich wurden, befähigten sie Aufsteiger, die älteren Übereinkünfte kurzzuschließen. Die Neureichen konnten einfach die notwendigen Sporteln für eine Lebensweise kaufen, die die Privilegien der herrschenden Schicht gewesen waren. Als die Modernisierung an Dynamik gewann und sich zur Industriellen Revolution entwickelte, lösten sich die alten Prinzipien an gewissen Punkten inmitten des Qualms und Feuers der Revolution auf. Die Prinzipien und die Praxis von Ungleichheit, die zu einer Zeit notwendig und unvermeidlich erschienen, wurden anfangs unter Intellektuellen, später in weiten Teilen des Volkes, zur Quelle von Gespött. In einer berühmten Passage fing Alexis de Tocqueville die Bedeutung dieser Metamorphose des Unvermeidlichen in einer Reihe von Schmähungen ein:

> Nur ein großes Genie vermag einen Fürsten zu retten, der es unternimmt, seinen Untertanen nach langer Bedrückung Erleichterung zu gewähren. Das Übel, das man als unvermeidlich in Geduld ertrug, erscheint unerträglich, sobald man auf den Gedanken kommt, sich ihm zu entziehen. Alles was man alsdann an Mißbräuchen beseitigt, scheint das noch Übrige nur um so deutlicher zu zeigen und läßt es schmerzlich empfinden: Das Übel ist geringer geworden, aber die Empfindlichkeit ist lebhafter.[29]

Die aufsteigenden Handels- und Industrieführer in den Städten bewirkten nicht die revolutionären Wogen, die, beginnend mit der Erhebung in den Niederlanden, die überkommenen Vorstellungen von Unvermeidlichkeit zerstörten. Die wirtschaftlich aktiven Teile

29 Alexis de Tocqueville, *Der alte Staat und die Revolution*, Hamburg 1969, S. 153 f.

der Bourgeoisie waren mit dem Geldverdienen, oft in parasitärer Weise an den Schwachstellen des alten Regimes, zu beschäftigt, um eine Revolution zu »machen«, vor der sich im Grunde genommen häufig viele von ihnen fürchteten. Im großen und ganzen waren sie es ganz zufrieden, anderen Leuten das Kämpfen und Denken für sich zu überlassen. Nachdem die Rauchschwaden sich gelegt hatten, standen sie als die eigentlichen Nutznießer der durch diese Revolutionen vollzogenen politischen Veränderungen da. Darüber hinaus waren auch die Interessen von Handel und Manufakturen die Hauptfaktoren der ökonomischen Veränderungen, ohne die eine Umsetzung der neuen Ideen in die Praxis unmöglich gewesen wäre.

Die neuen Prinzipien waren egalitär nur in dem Sinne, daß sie sich gegen die alten Formen der Privilegien richteten. Sowohl der Intention nach als auch in ihren Konsequenzen waren sie immer noch Prinzipien sozialer Ungleichheit. Die Belohnungen der Gesellschaft sollten dem »Verdienst« gemäß verteilt werden, d. h. im wesentlichen nach dem Verdienst, wie er durch den Erfolg auf dem Markt demonstriert wurde. Kein Individuum und keine Gruppe sollten mehr in der Lage sein, auf eine sichere ökonomische Absicherung zu zählen, die der Funktion, die sie in und für die gesellschaftliche Ordnung wahrnahmen, entsprachen. Theoretisch war das Rennen für die Flinken bereits gelaufen, während wenige sich übermäßig damit befaßten, die Startlinie zu begradigen.

Im 19. Jahrhundert verbreiteten sich die neuen Prinzipien ungleichmäßig von West- nach Osteuropa und trafen auf den Widerstand der alten Eliten wie auch denjenigen, die viel weiter unten in der gesellschaftlichen Ordnung aus ihren Nischen getrieben wurden. Die wirtschaftlichen und moralischen Veränderungen schufen gemeinsam neue Klassen und neue Konflikte darüber, welche Gewichte jeder in die Waagschale der Gerechtigkeit zu werfen vermochte – eine Göttin, die in der Form der *Konkurrenz* oder des automatischen Funktionierens des Marktes oft blinder als je zuvor erschien.

In Deutschland schufen die Industriearbeiter, wie schon erwähnt, keine neuen Prinzipien gesellschaftlicher Gleichheit oder Ungleichheit, um gegen das Neue anzugehen. Es waren Intellektuelle, die den Industriearbeitern Diagnosen über ihre mißliche Lage übermittelten und Gegenmaßnahmen vorschlugen. Marx war nur

einer unter ihnen, und seine Vorstellungen machten lange Zeit gegenüber konkurrierenden Ideen nur langsame Fortschritte. Sosehr sein Name schließlich auch für die deutschen Arbeiter im späten neunzehnten Jahrhundert die intellektuelle Szenerie beherrschte, die konkrete Politik und die Strategie der deutschen Arbeiterbewegung waren schwerlich sein Werk allein.
In dem berühmten Grundsatz ›Jedem (jetzt vermutlich auch jeder) nach seinen (ihren) Bedürfnissen und jedem (und wieder jeder) nach seinen (ihren) Fähigkeiten‹ nimmt der Marxismus noch Rücksicht auf menschliche Ungleichheiten. Doch ist dies ein Prinzip, das den Markt als Mittel, menschlichen Wert zu messen, vollständig zurückweist. Bis jetzt hat selbstverständlich noch keine Gesellschaft dieses Ziel erreicht, und es gibt hinsichtlich seiner Durchführbarkeit Gründe genug zu fortgesetzter Skepsis.
Auf der Suche nach mehr unmittelbaren Vorteilen machten die europäischen Arbeiterbewegungen und nicht nur die deutsche unter dem Druck ihrer Anhänger in ihrer praktischen Politik kurz vor Erreichen dieses Ziels halt, wenn sie es auch in ihren Reden über die Zukunft nicht ganz aufgaben. Doch übernahmen sie in ihrem konkreten Vorgehen zumindest einen Teil dieser Zielvorstellungen, da sie die Verbindung zwischen Verdienst und Markt als Bestimmungsfaktor für menschlichen Wert ablehnten. Die eigene Erfahrung der Arbeiter war bei dieser Zurückweisung vermutlich eine wichtigere Komponente als das, was Marx zu sagen hatte, wenn wohl auch der Marxismus das, was die Arbeiter aus anderen Gründen glauben wollten, mit Vertrauen und Begeisterung beseelt haben mag. Die Konservativen haben diese Verbindung aus ihren eigenen und durchaus anders gelagerten Gründen ebenfalls zurückgewiesen. Sie erwiesen sich jedoch im allgemeinen als seltene und nicht vertrauenswürdige Verbündete für die Arbeiter. Mit Hilfe von ein paar andersdenkenden Intellektuellen entwickelten die Arbeiter ihre eigenen Organisationen zur kollektiven Verteidigung gegen die entfesselten Marktmechanismen.
Die allgemeine Richtung der Druckmittel, wie sie von der Arbeiterbewegung geschaffen wurden, richteten sich immer noch gegen eine durch den Markt organisierte Gesellschaft, d. h. gegen die kapitalistische Gesellschaft. Schon vor dem Ersten Weltkrieg offenbarte der Markt unterdessen Symptome, die andeuteten, daß er womöglich nicht das zufriedenstellendste allgemeingültige Mittel

für die Organisation der menschlichen Gesellschaft war. Selbst auf seinem Höhepunkt hatte er in der Praxis kaum allgemeine Zustimmung bei denen gewonnen, denen die Aufgabe zukam, darauf zu achten, daß die Regierungen tatsächlich funktionierten und an der Macht blieben. Nach dem Krieg gestalteten sich die Schwierigkeiten intensiver statt geringer, und der Druck, den Gesellschaftsvertrag in der Theorie wie in der Praxis abzuändern, nahm zu. Dieser Druck nährte sich aus zahlreichen Quellen und kam nicht nur von der industriellen Arbeiterklasse; er lief in einem Punkt zusammen: Die Gesellschaft hatte eine ausdrückliche Verantwortlichkeit für die Wohlfahrt des einzelnen. Konkreter: Es gab eine Verpflichtung der Gesellschaft, Wege zum Schutz des einzelnen gegen die verheerende Wirkung der unsichtbaren Hand des Schicksals, die durch den Markt wirksam war, zu ersinnen.

Die Wege, auf denen unterschiedliche Gesellschaften versuchten, den neuen Imperativen zu genügen, die Klassen und Gruppen, die sie versucht haben zu schützen, und diejenigen, denen die Kosten der Protektion auferlegt wurden, haben sich, seit die Frage akut wurde, während des letzten halben Jahrhunderts durchgreifend gewandelt. Die liberale kapitalistische Demokratie, Faschismus, Kommunismus, die nationalen Befreiungsbewegungen in den zurückgebliebenen Ländern waren allesamt Antworten auf diese Frage. Bei den inneren und äußeren Konflikten waren sie Versuche, die Grundsätze eines neuen Gesellschaftsvertrages festzusetzen, was sich mit der Freisetzung ungeheurer neuer Produktivkräfte als notwendig erwies. Mittlerweile hat die Menschheit diese Kräfte in einem für menschliche Geschichte unvergleichlichen Ausmaß zur Destruktion benutzt. Indem der Staat für die menschliche Wohlfahrt verantwortlich gemacht wird, scheinen wir zum Königsmord im Ernstfall zurückgekehrt zu sein. Grob gesagt ist dies revolutionäre Gewalt. Aber die neuen und alten Könige halten sich an keinen Vertrag mit ihren Untertanen. Sie töten ihre eigenen Untertanen und die der anderen; gelegentlich sich gegenseitig. Und all das tun sie im Namen eines »öffentlichen Interesses«, einer »Wohlfahrt«, über die es keine Übereinstimmung gibt und die droht, sich in ein Schreckgespenst zu verwandeln. Man kann nur hoffen, daß das Schreckgespenst selbst vielleicht Teil einer universellen Illusion von einer ewigen Gegenwart ist.

6. Die Zeit und das Gefühl von Ungerechtigkeit

Diese Skizze der Veränderung kultureller Definitionen des Unvermeidlichen offenbart, wie ich hoffe, wichtige Aspekte dessen, was im Laufe der Zeit mit dem Gefühl für *gerecht* und *ungerecht* geschehen ist, und sie zeigt, was Menschen glauben, gegen Ungerechtigkeit tun zu sollen und zu können. Sie beansprucht nicht, alle wichtigen Aspekte abzudecken. Ihre Struktur läßt zwei sehr wichtige Fragen offen. Die eine Frage betrifft den Umstand, daß anscheinend der Lauf der Zeit selbst einigen menschlichen Übereinkünften den Nimbus von Gerechtigkeit und Autorität verleiht.

Zahlreiche Institutionen haben zu vielen Zeiten und an zahlreichen Orten ihre Bestätigung aus der Annahme bezogen, daß sie die Sanktion der Ahnen besaßen und seit undenklichen Zeiten existiert haben oder zumindest so lange, wie sich die ältesten Einwohner an sie erinnern können. Eine ironische Formulierung desselben Tatsachenkomplexes besagt, daß die Zeit alle Verbrechen auslöscht. Die Zeit selbst aber unternimmt nichts; Menschen tun etwas. Was tun sie und warum?

Bei der zweiten Frage geht die Zeit so in die rationalen moralischen Urteile ein, daß sie diese unlösbar erscheinen läßt. In diesem Sinne ist die Wirkung der Zeit der in der ersten Frage entgegengesetzt, weil es *zukünftige* Zeit ist. Ein Dilemma, dem alle ernsthaften Revolutionäre gegenüberstehen, liegt in der Frage, wieviele Opfer, wenn überhaupt, den lebenden Menschen gerechtfertigt im Interesse derjenigen, die noch nicht geboren sind, auferlegt werden dürfen. In dieser Form ist das nur die extreme Version einer Wahl, die alle Menschen zwangsläufig treffen, weil die bloße Fortsetzung unserer bisherigen Lebensweise den zukünftigen Generationen einige Opfer auferlegt.

Die Illusion, daß der bloße Lauf der Zeit Formen des menschlichen Verhaltens rechtfertigen kann, stellt nach meiner Meinung das komplexere Problem dar. Ist dies wirklich nur eine Illusion? Was zumindest einige Leute in der Vergangenheit zufriedengestellt hat, wird sie wahrscheinlich letzten Endes wieder befriedigen. Die Empfänger von Tribut haben schwerlich etwas dagegen, ihn in regelmäßigen Abständen zu erhalten. Und Menschen vergessen tatsächlich die ursprüngliche Basis, auf der Tribut eingetrieben wurde. Stabilität und Vorhersagbarkeit in den menschlichen Beziehungen haben für die Benachteiligten einige Vorteile. Wenn es einen Versuch gibt, den Tribut zu erhöhen, die Verpflichtungen der *corvée* noch zu vermehren, können die dem Unterworfenen einwenden, daß dies Bräuche verletze, die seit undenklichen Zeiten festgelegt sind. Schließlich, wenn die Untertanen keine anderen Erfahrungen haben, die andere Standards vermitteln könnten oder Standards der Verurteilung bereitstellen, d. h. wenn die Beziehung geschlossen und abgesondert ist, auf welcher Grundlage sollte man dann von ihnen erwarten, daß sie sie ändern?

Sowohl die Freudsche als auch die Neo-Pawlowsche Psychologie werfen beträchtliches Licht auf die Mechanismen, durch die der bloße Lauf der Zeit unter stabilen gesellschaftlichen Bedingungen anscheinend die vorherrschenden sozialen Beziehungen rechtfertigt. Eltern erziehen ihre Kinder in einer Weise, daß sie die Werte und moralischen Urteile der vorangehenden Generation in einem wesentlichen Ausmaß auch zu denen der nächsten Generation machen. Das Über-Ich ist die Internalisierung der Vergangenheit. Die Reihe von Belohnungen und Sanktionen, die Menschen einander im gesellschaftlichen Leben auferlegen, kann dazu erziehen, die bestehenden gesellschaftlichen Beziehungen sowohl anzuerkennen als auch in einer Weise hochzuschätzen, daß Menschen, sind sie einmal konditioniert, eine starke Neigung haben werden, diese Beziehungen fortzusetzen.

Die Vorstellung eines gerechten Preises kommt in diesem Zusammenhang in Erinnerung. Man fällt heute noch ähnliche moralische Urteile über Preise. Die heutigen Vorstellungen des Volkes sind vielleicht von denen des Mittelalters nicht sehr verschieden, doch wissen wir darüber nur wenig. Was meinen die Leute, wenn sie z. B. sagen, daß Fleisch »zuviel« kostet? Sicherlich beinhaltet diese Bedeutung weitgehend, daß Fleisch mehr als gewohnt kostet. Der gerechte Preis ist tatsächlich der übliche Preis, wie ihn die Leute gewöhnt sind, und sie statten diesen besonderen gesellschaftlichen Tausch mit der Aura von Legitimation aus. Eine moderne Marktwirtschaft, in der Preisveränderungen beständig Fluktuationen in Angebot und Nachfrage widerspiegeln, stürzt das Tauschsystem, an das die Leute gewöhnt sind und das sie als gerecht zu betrachten geneigt sind, unaufhörlich um. Das ist ein Hauptgrund, warum die Verbreitung von Marktbeziehungen in traditionellen Wirtschafts-

systemen im allgemeinen einen Entrüstungsschrei über seine unmoralischen Wirkungen hervorgebracht hat.
Die Wirkungen *sind* unmoralisch im Sinne der im vorausgegangenen Kapitel erörterten Beurteilungsmuster, wenn sie einen Tausch bewirken und aufrechterhalten, durch den eine Reihe von Leuten ständig riesige Gewinne macht, während andere schwere Verluste erleiden. Derlei geschah sehr häufig, als der Kapitalismus sich über die Welt ausbreitete, und dies lieferte den modernen Sozialisten eines ihrer schlagendsten Argumente. Aber liegt die Schwierigkeit in der Institution des Marktes, oder ist es etwas Tiefergehendes? Sowohl der Übergang zum Industrialismus als auch eine dynamische Industriegesellschaft bringen steten und schnellen Wandel mit sich, gleichgültig ob die gesellschaftliche Koordination vor allem über den Markt oder über eine zentralisierte bürokratische Kontrolle, wie im Sozialismus, stattfindet. Das Ergebnis der letzteren kann schwerlich beeindrucken, auch wenn die traumatischen Seiten in China weit geringer waren als in der Sowjetunion. Dennoch ist die Erwartung naiv, daß erbarmungslose und pflichtbewußte Bürokraten übermäßig skrupelhaft hinsichtlich der Opfer dessen sind, was sie für Fortschritt halten. Solange sich die menschliche Gesellschaft im Wandel befindet, ist es wahrscheinlich, daß es sehr viel Leiden an empfundener und wirklicher Ungerechtigkeit gibt – und zwingende Gründe, gegen diese Ungerechtigkeiten zu protestieren.
Diese Überlegungen führen uns zu der Frage nach der Zukunft und den zukünftigen Leiden. Einigen revolutionären Theorien gesellschaftlicher Veränderung zufolge verbindet der Begriff der historischen Notwendigkeit vergangene und zukünftige Leiden.[30] Die schmerzlichen Kämpfe einer jeden historischen Etappe sind ein notwendiger Teil des menschlichen Fortschritts zu dem nächsthöheren Stadium. Sklaverei, Leibeigenschaft, die Disziplinierung der Arbeitskraft unter dem Frühkapitalismus sind ihrerseits historisch notwendige Vorbedingungen für den Grad an Leidensfreiheit

30 Innerhalb der marxistischen Tradition stellen dies kontroverse Streitfragen dar, die ich nicht zu entwirren versuchen will. Das vorliegende Problem ist keines der Geistesgeschichte. Ebensowenig ist eine theoretische Position zu analysieren. Wer die Position vertreten hat oder ob irgend jemand diesen Gesichtspunkt gerade in dieser Weise ausgedrückt hat, sind daher folgenlose Umstände, so wichtig sie in anderen Zusammenhängen sein mögen.

gewesen, den die liberale kapitalistische Gesellschaft erreicht hat. Die Leiden der zeitgenössischen revolutionären Kämpfe und die der Zukunft sind gleichermaßen notwendig. Sie schließen nicht nur Opfer in den Reihen der Revolutionäre, sondern auch die Opfer der siegreichen Revolution selbst ein. Dies wirft die brennendste aller Fragen auf. Mit welchem Recht kann ein revolutionärer Diktator das Leben der gegenwärtigen Generation zugunsten zukünftiger Wohltaten ausrotten und zerstören? Doch wird es je weniger Leiden geben, wenn die Verantwortlichkeit für Entscheidungen (und die Leiden, die sie verursachen) in Myriaden individueller Entscheidungen zerstreut ist, die durch den Markt stattfinden?

Es ist sehr unwahrscheinlich, daß es Lösungen für solche Probleme gibt, die alles Leiden auslöschen. Das ist kein Grund, mit der Suche nach Wegen zur Linderung von Schmerz und Leid, einschließlich neuer Wege des Denkens, aufzuhören. Es muß noch einmal wiederholt werden, die Medizin gibt die Suche nach Wegen, bestimmte Krankheiten zu verhindern oder zu heilen, nicht deshalb auf, weil es keine Aussicht auf Unsterblichkeit gibt. Zweifel an vollkommenen Lösungen kann auch der Beginn von Einsicht in den Sozialwissenschaften sein, solange sie kein Vorwand für einen engen selbstgefälligen Empirismus sind, der sich selbst auf Trivialitäten beschränkt.

Um uns der radikalen Tradition zuerst zuzuwenden, so haben wir schon gesehen, daß die Verwendung des Begriffs der historischen Notwendigkeit eine deterministische Sehweise mit sich bringt, die ebenso unhaltbar wie überflüssig ist, weil sie Allwissenheit impliziert. Die Geschichte des 20. Jahrhunderts hat mehr als genügend tragische Beweise für das Leiden geliefert, das Allwissenheitsansprüche nach sich ziehen können. In einer mehr oder weniger vernünftig organisierten Gesellschaft kann keine Person oder Gruppe die Macht oder Autorität besitzen, einer unterworfenen Bevölkerung riesige Opfer zugunsten unsicherer zukünftiger Vorteile aufzuerlegen, an denen die Opfer keinen Anteil haben werden. Je unsicherer und zeitlich entfernter die Vorteile sind, desto schwächer ist die Rechtfertigung für ihre Zumutung.

Auf der anderen Seite ist es notwendig, die Aufmerksamkeit auf die ungeheuren Inkonsistenzen und Hindernisse in den Argumenten für ein dezentralisiertes Vorgehen mit einem Maximum an Teilhabe des Volkes bei der Lösung wichtiger politischer Fragen zu lenken. Diese Argumente gehen, wie hervorgehoben werden sollte, von Prämissen aus, die sich von reaktionären über liberale bis hin zu neo-anarchistischen erstrecken. Ihnen gemein ist Feindschaft *sowohl* gegen die Bürokratie *als auch* gegen den Markt. Viele wirtschaftliche und gesellschaftliche Probleme sind auf einer kleinen territorialen Grundlage unlösbar, weil das, was Menschen in dem einen Gebiet tun, nachteilige Auswirkungen auf die Einwohner anderer Gebiete haben kann. Bewässerungsanlagen und industrielle Verunreinigung sind mittlerweile bekannte Beispiele. Es ist vollkommen vernünftig, auf Opfern zu bestehen und sie gar zu erzwingen, sofern es gute Gründe gibt, große und breit verteilte Vorteile in unmittelbarer Zukunft anzunehmen. Alle Arten der menschlichen Gesellschaft haben derlei bei großen und kleinen Angelegenheiten getan und werden es noch tun. Es ist keine Tyrannei, jemanden in Gegenwart von Benzindünsten daran zu hindern, ein Streichholz anzuzünden. Der Haken ist, daß wir nicht fähig waren, geeignete Wege vorzuschlagen, um im großen Umfang mit ernsteren Gefahren fertig zu werden. Noch ist es immer möglich, den Grundsatz anzuwenden, daß Personen, die von vorgeschlagenen Veränderungen am meisten betroffen sind, auch diejenigen sein sollten, die das meiste darüber zu bestimmen haben. Von der althergebrachten Befangenheit aufgrund materieller Interessen einmal abgesehen – und je geringer der Einsatz ist, desto zäher und erbitterter werden sich die Menschen daran klammern –, gibt es einen Vorzug in der radikalen Beweisführung, daß jede vermeintlich freie Entscheidung von allen möglichen Irrationalitäten und eingebauten Formen überflüssigen Leidens bestimmt wird, die in der herrschenden Ordnung existieren. Das wirkliche Problem liegt in der Unsicherheit, nicht doch etwas Schlechteres zu erreichen. Bei dem Versuch, eine theoretische Einsicht in solche Angelegenheiten zu bekommen und zu erkennen, wie die verschiedenen Teile der menschlichen Gesellschaft zusammenhängen, ist es angezeigt, alle deterministischen Voraussetzungen darüber, was diese Verbindungen sein sollen, fallen zu lassen. In diesem Punkt scheint mir eine skeptische Zurückhaltung gegenüber ökonomischem Determinismus, idealistischem Determinismus in Wertbegriffen, funktionalen Beziehungen, historischer Notwendigkeit und allem, was dazu gehört, die angemessenste Haltung zu sein. Der Verzicht auf alle deterministischen Vorstellungen und der Versuch, hauptsächlich in Begriffen von widersprüchlichen Kräften zu denken, die spezifische Situationen hervorbringen, könnte von Nutzen sein. Vor noch nicht allzu langer Zeit galt der Flug zum Mond und der Blick auf die Rückseite des Mondes als geläufige Metapher für das inhärent Unmögliche, für etwas, das durch deterministische Prinzipien ausgeschlossen ist. Die Erfahrung hat es anders gelehrt. Bei gesellschaftlichen Dingen müssen wir, sobald wir behaupten, etwas sei machbar oder nicht machbar, wahrscheinlich oder unwahrscheinlich, so sorgfältig wie möglich die jeweils relevanten Kräfte, die Möglichkeiten für ein vernünftiges Eingreifen und die Kosten an menschlichem Leiden angeben. Diese geistige Befreiung vom Unvermeidlichen ist vielleicht einer der wichtigsten nächsten Schritte, den wir machen müssen.

7. Die Enteignung moralischer Empörung

Obwohl ich nicht die Absicht habe, diese Diskussion zu beenden, indem ich ein weiteres Klagelied über die Abnahme von Spontaneität in der zeitgenössischen Gesellschaft hinzufüge, scheint es tatsächlich wichtige strukturelle Veränderungen zu geben, die die moralischen Empfindungen und ihren Ausdruck beeinflußt haben. Wir können sie vielleicht in Analogie zur Enteignung der Produktionsmittel die Enteignung moralischer Empörung nennen, die sowohl in den kapitalistischen Ländern als auch in den sozialistischen stattgefunden hat. Sicherlich ist dieses Phänomen weder völlig neuartig noch auf die modernen Industriegesellschaften beschränkt. Über die Jahrhunderte hinweg hat die katholische Kirche in der Enteignung von Schuld bedeutenden Erfolg gehabt. Dies war ihr möglich, indem sie Schuldgefühle erzeugte und dann die bürokratischen Mechanismen zur Linderung bereitstellte. Ein Nationalökonom könnte es so ausdrücken: Die katholische Kirche brachte es fertig, eine hohe Nachfrage zu schaffen und fast das gesamte Angebot bereitzuhalten.

Aber Schuld ist nicht dasselbe wie moralische Entrüstung, selbst wenn beide gelegentlich eine enge Verbindung offenbaren. Des weiteren hat sich mit der Entwicklung zur Massenproduktion, dem allgemeinen Markt in den kapitalistischen Gesellschaften, der staatlichen Kontrolle der Wirtschaft in den sozialistischen und den

riesigen machtvollen Bürokratien in beiden Systemen der gesamte Kontext verändert, in dem moralische Empörung entstehen und ihren Ausdruck finden kann. Diesen Elementen muß in der heutigen Situation ein quantitativer Aspekt hinzugefügt werden. Je mehr Menschen es gibt, desto weniger zählen die Empfindungen einer einzelnen Person, auch wenn es vielleicht ein größeres gesellschaftliches Potential infolge einer komplexeren Arbeitsteilung gibt. In der Folge wurde, wie ich vermute, eine synthetische und indirekte Qualität der moralischen Empörung geschaffen. Heutzutage ist ehrliche moralische Empörung vielleicht weit seltener oder schwerer offen auszudrücken als einige Generationen zuvor, zum Teil deshalb, weil jedem einzelnen Individuum ihre Manifestation ziemlich nutzlos erscheinen mag. Statt dessen schalten die Meinungsmacher verschiedener Couleur den moralischen Strom an oder ab, so gut sie es mit weiterreichenden Erwägungen in Einklang bringen können, oder sie spüren die veränderlichen Strömungen des öffentlichen Empfindens als Kräfte auf, die sie benutzen können, um ihre intellektuellen und kommerziellen Erzeugnisse in Richtung auf größeren Einfluß und Gewinn zu bewegen. Die Umwälzungen der späten sechziger und siebziger Jahre waren sowohl in China als auch im Westen Bestrebungen, Widerstandsreaktionen wieder auf den Ehrenplatz zu stellen, Bestrebungen, die der herrschende gesellschaftliche Apparat größtenteils absorbieren oder ablenken konnte.
Die durch das Wachstum der modernen Bürokratie und Industrie bewirkten Umgestaltungen haben ohne Zweifel überall die individuelle Freiheit zur Äußerung moralischer Neigungen und Abneigungen gemindert. Für den einigermaßen wohlhabenden Teil innerhalb der westlichen Gesellschaften gibt es vielleicht sogar ein beträchtliches Anwachsen der Freiheit moralischer Entscheidungen und eine wesentliche Abnahme der Belastungen durch Angst beim Treffen dieser Entscheidungen. Beim Sortieren des täglichen Posteingangs kann man entscheiden, ob man moralische Empörung über politische Gefangene in Chile oder der Sowjetunion, über die Schwarzen oder spanisch-sprechenden Opfer der rassistischen Ungerechtigkeit in den amerikanischen Städten, über die traurige Lage der Farmarbeiter in Kalifornien oder die Walfische im Pazifischen Ozean äußern will oder nicht. Man kann sogar sehr schön das Ausmaß seiner eigenen Entrüstung an der Höhe der

Schecks messen. Es ist auch möglich, eine genehme Richtung aus dem politischen Spektrum zu wählen, indem man eine Organisation unter mehreren anderen als Adressaten des Schecks heraussucht. Das System teilt den gesellschaftlichen Vorrat an moralischer Empörung in genau derselben Weise zu, wie der Markt das Angebot an Fruchtsaft oder eingemachten Kartoffeln zuteilt. Diejenigen, die das Produkt am meisten brauchen, können es nicht bekommen, weil ihnen die Ausdrucksmittel für den Marktmechanismus fehlen, und neue Anbieter können Mühe haben, in einen überfüllten Markt einzubrechen. Aber diese Hindernisse können in Verbindung mit einer solchen Ware wie moralischer Empörung verstärkt werden. Die Gründe für den Ausdruck solcher Empfindungen kommen und gehen unaufhörlich, ganz wie der Markt flüchtig und unpersönlich einigen Produzenten Ressourcen, Wachstum und Ruhm zuteilt und anderen einen langsamen vernichtenden Untergang.

Für die Arbeiter ist, wie an vielen Stellen in diesem Buch offenbar wurde, die Enteignung und Rationalisierung moralischer Empörung ein Hauptteil der kapitalistischen Erfahrung gewesen. In der frühen Industrialisierungsphase Westeuropas nahm der Protest der Arbeiter zwei Hauptformen an. Eine bestand in dem kurzen Aufflackern in Form eines Streiks gegen eine offensichtliche Ungerechtigkeit durch den Arbeitgeber: die plötzliche Ankündigung einer Lohnkürzung oder die Entlassung eines Arbeitskollegen. Die andere bestand in der Teilnahme an unvollkommen organisierten Bewegungen zur gesellschaftlichen Veränderung gemeinsam mit Gesellen, Handwerkern, einigen Kleineigentümern und zeitweilig gar mit Bauern. Diese reichten von den Chartisten in England bis zu den Volkserhebungen 1848 auf dem Kontinent. Danach kam die organisierte Revolution, als die Arbeiter größere Selbstdisziplin erwarben, die Methoden der Gewerkschaftsorganisation und die sorgfältig terminierten Streiks, die eine Lohnerhöhung abwerfen sollten. In seiner vergleichenden Untersuchung der Geschichte der Arbeiterbewegung hat Peter Stearns hervorgehoben, daß um so mehr aus der Arbeitssituation resultierende Beschwerden auftraten, je mehr sich die Arbeiter mit organisatorischen Sachzwängen abfanden.[31]

31 Peter N. Stearns, *Lives of Labor: Work in a Maturing Industrial Society*,

Im Sozialismus sind natürlich all diese Dinge ganz anders geregelt, auch wenn sich viele Ergebnisse als ähnlich herausstellen. Statt in ihrer Versorgung mit moralischer Empörung und dem davon gemachten Gebrauch von den Launen des Marktes abhängig zu sein, plant eine sozialistische Gesellschaft die Produktion und Allokation dieser Ware in fast derselben Weise, wie sie über die Produktion und Verteilung von Stahl und Elektrizität entscheidet. (Da sozialistische Gesellschaften nicht in großem Umfang relativ überflüssige und verschwenderische Gegenstände wie Fruchtsäfte und eingemachte Kartoffeln produzieren, ziehen andere Beispiele mehr.) Auf diese Weise sei es möglich, so sagen uns einige Fachleute, mit einiger Genauigkeit die Prioritäten der Gesellschaft in bezug auf moralische Empörung zu bestimmen und festzulegen, in welchem Maße die Bürger gegenüber jedem Angriff auf die sozialistische Moral, die, wie sie uns weismachen, ein höheres Stadium der historischen Entwicklung als die bürgerliche Moral darstelle, empört sein sollen. Sobald die Planer sich auf eine der jeweiligen politischen, gesellschaftlichen und ökonomischen Struktur angemessene Liste von Feinden geeinigt haben, können sie die Hebel ziehen, die die gewaltige Maschinerie eines sozialistischen Staates in Bewegung setzen.

Volksorganisationen, Lautsprecher, Zeitungen, Geheimpolizei und Gerichte kommen in Gang, und die Kampagne nimmt ihren Lauf. Eine leidlich intelligente Person, insbesondere das Erziehungsprodukt der chinesischen Zivilisation, die über Jahrhunderte die Schattierungen moralischer Empörung in einem ränkevollen und bürokratischen Protokoll[32] unterstrichen hat, wird sofort wissen, wie gerade Gesichtsausdruck und Stimmfall anzupassen sind,

New York 1975, S. 300, 310, 322-323, 349. Über Perrots *Les ouvriers en grève* sind zahlreiche Berichte und scharfsinnige Beobachtungen verstreut bezüglich des Gegensatzes zwischen den altmodischen »spontanen« Streiks – die oft eine Menge geheimer informeller Planung und Diskussion unter den Arbeitern im voraus einschlossen – und den modernen, sorgfältig instrumentalisierten Streiks und öffentlichen Demonstrationen. Siehe besonders Bd. I, S. 120-124, Bd. II, S. 419, 425, 553-590. In Deutschland trug der Widerstand der Arbeiter gegenüber »organisatorischen Erfordernissen«, die die Arbeiterelite anderen auferlegte, zu der explosiven Situation von 1918 und danach bei.

32 Eine aufschlußreiche Untersuchung dieses Zusammenhangs während der Zeit der T-ang Dynastie enthält *Mirror to the Son of Heaven: Wei Cheng at the Court of Tang T-ai-tsung* von Howard J. Wechsler.

um das korrekte Maß von Empörung zu jedem Grad der offiziellen Prioritäten auszudrücken, der alle möglichen Spielarten des abscheulichen Verhaltens des Volksfeindes klassifiziert. Von einem armen Bauern oder Arbeiter kann nicht erwartet werden, dies ebenso angemessen zu vollziehen. Was allerdings noch schlimmer ist, ein Bauer oder Arbeiter mag vielleicht Mühe haben zu verstehen, warum der diesjährige Volksfeind sich auf Helden des Vorjahres bezieht, und warum man so rasch eine neue ermüdende Kampagne machen muß, wenn die letzte, wie allerorts behauptet, erfolgreich war. Aber da der Sozialismus ein Arbeiter- und Bauernstaat ist, der dem Volk gehört, finden sich viele Leute, die diese Dinge den Arbeitern und Bauern und eigentlich jedem, der es hören will, erklären. Außerdem muß sich fast jeder die Mühe machen zuzuhören. Wehe den Personen, die sich hartnäckig weigern, auf das richtige Geschrei zu hören, oder versuchen, im Sozialismus von sich reden zu machen, denn ein sozialistischer Staat ist sehr effizient bei seiner Allokation menschlicher wie auch materieller Ressourcen. Er schickt diejenigen Leute, die Frieden und Ruhe und eigene Gedanken dem bloßen Zuhören und dem passenden Geschrei vorziehen, in Lager, um sie durch Arbeit zu erziehen.

All dies gleicht einem sehr wirksamen Weg, mit dem Bedürfnis nach moralischer Wut und Empörung fertigzuwerden. Zumindest für die sympathisierenden Ausländer, die die Parade begeisterter Demonstranten, die über den großen Platz der Hauptstadt marschieren und ihre eigens für diesen Zweck sorgfältig formulierten Sprüche tragen, betrachten – und die niemals die Arbeitslager zur Umerziehung sehen –, scheint das alles viel wirksamer, gerechter und moralisch begeisternder als die Marktmechanismen und politischen Kämpfe oder Pseudokämpfe unter dem liberalen Kapitalismus zu sein. Aber ist es in der Tat wirksamer und gerechter in dem Sinne, daß moralische Wut auf eine Art und Weise zentriert wird, die für die ganze Gesellschaft wirksamer und für die beteiligten Individuen befriedigender ist?[33] Die sozialistische Gesellschaft könnte vielleicht, trotz ihrer offensichtlich erstickenden Neben-

33 Diese zwei Kriterien sind wahrscheinlich in keiner Gesellschaft ganz vereinbar. Aber jede Gesellschaft, in der sie vollkommen unvereinbar sind, steuert vermutlich auf Schwierigkeiten zu.

wirkungen, einen Zug davon haben, falls diejenigen, die ihre moralischen Prioritäten aufstellen, in einer so rationalen und informierten Weise wie nur möglich verführen, indem sie sorgfältig und wohlwollend auf die Beschwerden ihrer Bürger hörten. Aber desgleichen geschieht wohl kaum. Die moralischen Prioritäten[34] werden periodisch von dem ›weisesten Mann der Welt‹ aufgestellt und spiegeln hauptsächlich das Denken des ›weisesten Mannes der Welt‹ wider. Er trifft seine Entscheidungen in seiner Eigenschaft als Vorsitzender eines ›Komitees der nächstfolgend weisesten Männer‹. Die ›nächstfolgend weisesten Männer‹ sind loyale Berater und Gehilfen des ›weisesten Mannes‹, aber auch seine Rivalen und potentiellen Nachfolger. Die Politik, die der Öffentlichkeit als ein Ergebnis rationaler Diskussion dargestellt wird, ist im Grunde genommen weitgehend das Produkt des Systems von Rivalitäten, Feindschaften und erstickenden Cliquenbeziehungen unter diesen Personen an der Spitze des Systems und deren institutionellen Zuträgern weiter unten in den konkurrierenden bürokratischen Hierarchien. Stirbt der ›weiseste Mann der Welt‹, was augenscheinlich von Zeit zu Zeit geschieht, wird die Rivalität um so intensiver. Die Entscheidungen darüber, was hergestellt werden und worüber man sich erbosen soll, sind ebensosehr Waffen in byzantinistischen bürokratischen Intrigen wie sie Anpassung an die Erfordernisse einer breiter angelegten Situation sind.
Die Bedeutung bürokratischer und persönlicher Rivalitäten nähern sich in sozialistischen und liberalen kapitalistischen Systemen einander an. Spricht man unter diesen Bedingungen von der Enteignung der moralischen Empörung, dann wird natürlich nicht die ganze Geschichte der Umgestaltung, die sich in der Neuzeit ereignet hat, umrissen. Aber dieser Ansatz enthüllt vielleicht signifikante historische Trends und Unterscheidungsmerkmale. Auf jeden Fall ist die heutige Situation kaum noch vergleichbar mit derjenigen, als Ulrich Bräker nicht einmal über seinen adligen Herrn, der ihn an die Armee Friedrichs des Großen verkaufte, in Zorn geraten konnte, oder als der arme Karl Fischer schließlich seine Meinung über den Fabrikbesitzer, der auf Arbeiter schoß, die er nicht einmal kannte, herausbrüllte. Beide Männer wußten nicht, was sie mit ihrem Gefühl der Empörung und Ungerechtigkeit an-

34 Ökonomische Prioritäten sind auch moralische Prioritäten.

fangen sollten. Doch sie wußten dies nicht oder sie konnten dies vermutlich nicht wissen aus historischen Gründen, die sich in ihren eigenen beiden Fällen scharf unterschieden und die wiederum von den heute herrschenden sehr verschieden sind. Dennoch mag der Historiker bei dem Versuch, sowohl Nostalgie in bezug auf die Vergangenheit als auch billigen Optimismus hinsichtlich der Zukunft zu vermeiden, mit einem beunruhigten Erstaunen darüber innehalten, daß unterschiedliche geschichtliche Ursachen so ähnliche Formen menschlicher Hilflosigkeit und menschlichen Unglücks hervorbringen können.

Fünfzehntes Kapitel
Schlußwort: Reziprozität als Tatsache, Ideologie und Ideal

Ohne den Begriff der Reziprozität oder besser, der gegenseitigen Verpflichtung – ein Terminus, der *keine* Gleichheit der Lasten oder Verpflichtungen impliziert –, wird es unmöglich, die menschliche Gesellschaft anders denn als eine unablässige Folge von Gewalt und Betrug zu interpretieren. So groß die Bedeutung dieser beiden Zwillingskräfte während der uns bekannten menschlichen Geschichte auch gewesen ist, so wäre eine derartige Interpretation dennoch eine offenkundige Übertreibung.

Wenn vollkommene Reziprozität existierte, würde die menschliche Gesellschaft durch ein Geflecht aufeinander bezogener Verpflichtungen zusammengehalten, deren Leistungen im Rahmen allgemein akzeptierter Kriterien gleichwertig wären. Die Machthaber würden bestimmte Aufgaben der gesellschaftlichen Koordination erfüllen und Schutz für die Untertanen gewährleisten, indem sie Dienste verrichteten, deren Wert den Verpflichtungen der Untertanen zu Loyalität, Gehorsam, Steuern, Militärdienst etc. entspräche. Die Arbeitsteilung und die Allokation von Gütern und Dienstleistungen innerhalb der Gesellschaft würden ebenfalls durch einen Austausch von Gütern und Dienstleistungen geschehen, deren Werte äquivalent wären. Abgesehen von der offensichtlichen Schwierigkeit, sich auf ein Kriterium zur Bewertung aller möglichen Beiträge zu einigen – eine Schwierigkeit, die nach meinem Urteil etwas überbewertet worden ist (für die Menschen liegt *die* Schwierigkeit nicht darin, zu sehen, wann sie in sehr üblem Maße getäuscht worden sind) –, gibt es ein weiteres Hindernis: Wir verfügen über eine Vielzahl von Belegen, daß Menschen eine solche Gesellschaft nicht wollen. Genauer gesagt, für sich selbst und ihre unmittelbaren Kollegen wünschen sie oft eine Situation, die besser ist als diejenige, die Reziprozität hervorbrächte. Andere lernen natürlich, sich mit beträchtlich weniger zu begnügen.

Worauf ich hier insistieren will, ist der Umstand, daß Reziprozität und gesellschaftliche Kooperation allgemein nicht notwendig aus irgendeiner angeborenen Neigung der menschlichen Natur fließen.

Früher haben wir angeführt, daß moralische Regeln, deren Verletzung fast instinktiv scheinende Empörung erzeugt, sich nicht notwendig als Frustration angeborener menschlicher Neigungen durch ungerechte oder unterdrückende gesellschaftliche Einrichtungen einstellen. Die Regeln sind eher Folgen der menschlichen Natur in einer schmerzlich eingeengten gesellschaftlichen Situation; oder, leicht zynisch formuliert: sie sind die Folge eines Versuchs, das beste aus einer schlechten Situation zu machen, gemischt mit beträchtlichem Zorn gegen solche Personen, deren offensichtlicher Mangel an Selbstkontrolle die Situation noch schlimmer zu machen droht.

Reziprozität und Kooperation entstehen nicht spontan, allenfalls könnte dies auf der begrenzten Ebene kleiner Gruppen mit ziemlich regelmäßigem persönlichen Kontakt geschehen. Ansonsten gibt es eine beständige Tendenz, daß selbstsüchtige individuelle oder Gruppeninteressen durchbrechen. Nach der mehr oder weniger offiziellen Ideologie glaubte man, daß mittelalterliche Handwerkszünfte der Stadt dienten; der Zweck ihrer Regeln läge in der Sicherung der Qualität des Produkts. In der Praxis wurden die Regeln jedoch benutzt und verdreht, um selbstsüchtige Interessen der Zunftmitglieder gegen die Interessen der Stadt als ganzer und natürlich anderer Zünfte zu verfolgen. Ähnliche Tendenzen lassen sich in Bürokratien finden, in denen Unterabteilungen gegen die Interessen der Bürokratie als ganzer kämpfen, in militärischen und kirchlichen Organisationen, bei regionalen Interessen in einem größeren Gemeinwesen und unzähligen mehr. Spaltungstendenzen bestehen in allen Gesellschaften und Kulturen jeglicher Größe.[1] Was immer es an gesellschaftlicher Kooperation oder Koordination oder dergleichen gibt (wovon Reziprozität nur eine Form ist), es unterliegt ständiger Bedrohung durch solche Tendenzen. Wo Kooperation besteht, muß sie geschaffen und ständig erneuert werden. Bestimmte und identifizierbare Menschen müssen diesen Akt der Schöpfung und Neuschöpfung vollbringen. Das gilt selbst für einen so unpersönlichen Mechanismus wie den modernen kapitalistischen Konkurrenzmarkt.

1 Es ist deshalb romantischer Unsinn, wenn man sie auf die Entfremdung zwischen den Menschen zurückführt, die angeblich vom modernen Kapitalismus oder allgemein von der Industriegesellschaft hervorgerufen wird.

Die Annahme, der Grundsatz der Reziprozität stelle als quasi automatische Tendenz ein auf gerechtem Tausch basierendes gesellschaftliches Gleichgewicht wieder her, wäre eine große Idealisierung dessen, was tatsächlich geschieht. In der Praxis sind Verletzungen der Reziprozität auf allen »Stufen« der Zivilisation üblich. Von einigen Gesellschaften können wir wohl behaupten, daß die gesellschaftlichen Institutionen zu schwach sind, um Reziprozität zu gewährleisten; es gibt keine wirksamen Sanktionen. Noch geschieht überhaupt etwas, sobald ein Individuum es ablehnt, seinen entsprechenden Part zu spielen, oder ein geschädigtes Individuum mag fruchtlos herumtoben, insbesondere, wenn jene Person einen höheren Status besitzt. In solchen Fällen können Reziprozitätsmuster tatsächlich einen Konflikt auslösen, weil sie unerwiderte Erwartungen hervorrufen.[2] In Gesellschaften mit höher entwickelten Autoritätssystemen, aber keineswegs nur in diesen, herrscht langfristig das Recht des Stärkeren in der Praxis, und die geschädigte Partei muß ihre Empörung schlucken.[3] Für unsere Zwecke ist dennoch von Belang, daß sich Anzeichen von Empörung tatsächlich in breitem Rahmen einstellen.

Zwang, Betrug und Gewalt spielen eine überwältigende Rolle in diesem gesamten Prozeß. Die Bürger der Römischen Republik setzten sich nicht hin und schrieben einen Gesellschaftsvertrag, wie die Einwohner Italiens zusammenleben sollten. Sie unterwarfen die anderen Stämme der Halbinsel und zwangen sie zum Gehorsam. Noch war es irgendeine spontan entwickelte Reziprozität, die Frauen und Kinder in dampfende, dröhnende Walzwerke des 19. Jahrhunderts schickte oder die von nun an Männer unter brennender Sonne oder im tiefen sonnenlosen Schacht einer Grube zur Arbeit zwang, damit Männer und Frauen vielleicht eine Kaffeepause oder einen tüchtigen Schluck Bier aus der Dose genießen.

Andererseits rechtfertigen Könige, Staatsmänner, Statthalter, In-

2 Morton H. Fried, *Evolution of Political Society*, a. a. O., S. 72-75, untersucht eine Reihe von Reaktionen, wie sie in der anthropologischen Literatur beschrieben werden.

3 Leopold Pospisil, *Kapauku Papuans and their Law*, a. a. O., S. 178, 180, 183 f., gibt konkrete Beispiele aus einer Gesellschaft, in der Herrschaft nur wenig organisiert ist, aber eine Reihe anerkannter Regeln über das Eigentum besteht.

dustriekapitäne und andere, die neue Formen von Herrschaft und Arbeitsteilung schaffen, im allgemeinen ihr Handeln durch ein Vokabular der Reziprozität. Könige nennen ihre Untertanen »mein« Volk oder »unser« Volk. Welcher Herrscher hat je bestritten, daß er die Verpflichtung hat, seinem Volk zu dienen und es zu beschützen? Der Imperialismus findet seine Rechtfertigung in Machtzwängen und -erfordernissen, die eine »effizientere« Arbeitsteilung zwischen den Metropolen und den abhängigen Gebieten erfordern. Im allgemeinen sprechen Herrscher und herrschende Gruppen in Begriffen der Reziprozität (auch wenn sie diesen Ausdruck nicht verwenden mögen), um *ihren* Beitrag zu den von ihnen geführten gesellschaftlichen Einheiten zu betonen und die darin enthaltenen Tugenden und Notwendigkeiten harmonischer gesellschaftlicher Beziehungen zu preisen. Auf diese Weise gerinnt die Vorstellung der Reziprozität leicht zu einer Form von Mystifikation, zu einer ideologischen Hülle für Ausbeutung.[4] Schon das bloße Faktum ihrer Verwendung als ideologische Worthülse stellt einen signifikanten Beleg für ihre zentrale Rolle im universellen Kode dar. Wie schon ein Sprichwort sagt: Heuchelei ist der Preis der Tugend. Die rhetorische und ideologische Verwendung des Begriffs der Reziprozität zeugt von seiner weitverbreiteten Anziehungskraft, von seiner möglichen Rolle als grundlegender Idee hinter den Vorstellungen des Volkes von Gerechtigkeit und Ungerechtigkeit, Fairneß und Unfairneß.

Zu unterschiedlichen Zeiten und an verschiedenen Orten lief die Kritik des Volkes an der Macht darauf hinaus, daß die Macht ihren Verpflichtungen zur Sorge für ihre Untertanen nicht nachkam, daß sie also dort unterdrückt und ausgeplündert hat, wo sie pflegen und schützen sollte. Und der klassische Einwand gegen die Arbeitsteilung und die Allokation der gesellschaftlichen Ressourcen und Produkte beinhaltete, daß »verbrecherische Urteile« die Mächtigen in die Lage versetzten, die Arbeit in der Hitze des Tages zu meiden, während sie für sich selbst das beste von den Früchten der Erde beanspruchten. Mit einem Wort, sie beuten aus, weil sie

4 Wie schon an anderer Stelle ausgeführt, halte ich »Ausbeutung« für einen objektiven Begriff, mit dem man jede Beziehung beschreiben kann, in der ein oder mehrere Teilnehmer systematisch und ständig größere Vorteile genießen als andere.

nehmen ohne zu geben. Hiermit will ich nicht sagen, daß die verbreiteten Vorstellungen von Reziprozität als genauer Äquivalenz, die nach Art eines Manchester-Ökonomen gleichmäßig vergolten wird, wirken. In vielen schriftlosen Gesellschaften ist gerade das Gegenteil der Fall: Die Verpflichtung zur Erbringung eines Äquivalents wird oft durch etwas, das modernen Abendländern als unverdientes Mitleid gegenüber menschlichen Schwächen erscheint, abgeschwächt. Die Vorstellung der Quantität kann vage sein, die der Zeit ungenau, und bis zu einem gewissen Maß kann die Absicht an die Stelle der Handlung treten.[5] Andere Tauschformen sind genau und ausführlich – wie etwa das Feilschen beim Brautpreis oder bei der Mitgift – bis hin zu peinlicher Genauigkeit. Dies ist indes eine Exaktheit durch Ritual und die genaue Abhebung eines individuellen Status gegenüber einem anderen. Hierbei handelt es sich um eine Genauigkeit, die dem diplomatischen Protokoll des 18. Jahrhunderts näher steht als den Kalkulationen eines Kontors. Hinter all diesen Spielarten läßt sich dennoch ein allgemeines Grundmuster, eine Vorstellung darüber, wie Sozialbeziehungen sein sollten, feststellen. In diesen Vorstellungen werden keinesfalls Hierarchie und Autorität dort ausgeschlossen, wo außergewöhnliche Qualitäten und Defizienzen die Quelle ungeheurer Bewunderung und Ehrfurcht sein können. Gleichzeitig herrscht *idealiter* die Erwartung, daß Dienstleistungen und Gefälligkeiten, Vertrauen und Zuneigung im Verlauf gegenseitiger Tauschbeziehungen im groben Rahmen ausgeglichen werden.

Unter angemessenen Umständen können und haben diese Vorstellungen eine gefährliche Schneide. Der König hat in seiner Schutzverpflichtung versagt, die Beziehung zwischen diesem Souverän und seinen Untertanen ist zerbrochen, der implizite Gesellschaftsvertrag ist zeitweise außer Kraft gesetzt. So unterschiedliche Nationen und Kulturen wie England und China haben diese Erfahrung gemacht. Diese Komponente spielte auch eine, wenngleich geringere, Rolle in der Französischen Revolution. Der Zorn über das Versagen der Macht, ihren Verpflichtungen zu genügen, ihr

5 Siehe Eileen J. Krige und J. O. Krige, *The Realm of a Rain Queen: A Study of the Pattern of Lovedu Society*, a. a. O., S. 56, 182, 184, 288, 293, 297; und Raymond Firth, *Primitive Polynesian Economy*, a. a. O., S. 300-304, 306, 313, 338-344.

Wort zu halten und Vertrauen gegenüber den Untertanen zu hegen, kann zu den mächtigsten menschlichen Gefühlsregungen gehören und Throne stürzen.
Zur gleichen Zeit sind dem subversiven Ausmaß, bis zu dem diese traditionelle Form der Kritik gehen kann, inhärente Grenzen gesetzt. Grundsätzlich akzeptiert sie die Existenz von Hierarchie und Autorität, während sie versucht, sie mit dem idealisierten Verhaltensmuster in Deckung zu bringen. Verpflichtungen werden akzeptiert, doch sollten sie ihrer Natur nach reziprok sein: Zu den Verpflichtungen der Untertanen sollte es entsprechende Verpflichtungen für die Herrschenden geben, und das ganze sollte zum Wohl des Gemeinwesens beitragen. Dies scheint die gewöhnlichere und verbreitetere Form zu sein, die die Vorstellung von Reziprozität angenommen hat.
Die wirklich umstürzlerische Form der Kritik beginnt, sobald das Volk fragt, ob eine bestimmte soziale Funktion überhaupt ausgeübt werden muß, ob die menschliche Gesellschaft nicht ohne Könige, Priester, Kapitalisten oder selbst revolutionäre Bürokraten auskommen könnte. Diese Form der Kritik hat in der menschlichen Geschichte einen sehr langen Stammbaum, obschon sie, soweit ich dies ausfindig machen konnte, nicht in schriftlosen Gesellschaften auftritt.[6] Man könnte behaupten, daß mit dieser Form der Kritik eine »reine« Form der Reziprozität – und daher des weltumfassenden Kodes – zu ihrem Recht kommt, weil nur frei akzeptierte gegenseitige Verpflichtungen die einzige Grundlage für die menschliche Gesellschaft sein können, sind erst einmal alle Formen von Herrschaft beseitigt. Dies ist natürlich auch »reine« Spekulation. Bis jetzt sind in der menschlichen Geschichte Herrschaftsformen einfach aufeinander gefolgt; neue haben sehr wirksam die historisch überholten ersetzt. Ob es einen qualitativen Sprung in eine ganz andere Zukunft geben wird, ist eine Frage, die eine empirische Untersuchung wie die vorliegende zu diesem Zeitpunkt getrost beiseite lassen kann.

6 Vielleicht stieße man auf Spuren dieses Ausblicks, wenn man mündlich tradierte Mythologien genauer untersuchte.

Literatur

Abel, Theodore, *The Nazi Movement: Why Hitler Came to Power*, 1938, Neuaufl. New York 1965.

Abraham, Karl, *Der Strukturwandel im Handwerk in der ersten Hälfte des 19. Jahrhunderts und seine Bedeutung für die Berufserziehung*, Köln 1955.

Adelmann, Gerhard, *Die soziale Betriebsverfassung des Ruhrbergbaus vom Anfang des 19. Jahrhunderts bis zum Ersten Weltkrieg, unter besonderer Berücksichtigung des Industrie- und Handelskammerbezirks Essen, Rheinisches Archiv*, Nr. 56, Bonn 1962.

Adler, Hans Günther, *Theresienstadt 1941-1945: Das Antlitz einer Zwangsgemeinschaft*. Geschichte – Soziologie – Psychologie, 2. Aufl., Tübingen 1960.

Adorno, Th. W., u. a., *Studien zum autoritären Charakter*, Frankfurt/M. 1973.

Albertin, Lothar, *Liberalismus und Demokratie am Anfang der Weimarer Republik*, Beiträge zur Geschichte des Parlamentarismus und der politischen Parteien, Bd. 45, Düsseldorf 1972.

Allgemeiner Kongreß der Arbeiter- und Soldatenräte Deutschlands: Vom 16. bis 21. Dezember 1918 im Abgeordnetenhause zu Berlin. Stenographische Berichte. Herausgegeben vom Zentralrat der sozialistischen Republik Deutschlands, Berlin (1919).

Amann, Peter H., *Revolution and Mass Democracy: The Paris Club Movement in 1848*, Princeton 1975.

Aronfreed, Justin, *Conduct and Conscience. The Socialization of Internalized Control over Behavior*, New York 1968.

Asch, S. E., *Effects of Group Pressure Upon the Modification and Distortion of Judgments*, in: Harold Guetzkow (Hrsg.), *Groups, Leadership and Men: Research in Judgment*, Pittsburgh 1951, S. 177-190.

Ashton, Patricia Teague, *Cross-Cultural Piagetian Research: An Experimental Perspective*, in: *Harvard Educational Review*, Bd. 45, Nr. 4 (November 1975), S. 475-506.

Avrich, Paul H., *Russian Factory Committees in 1917*, in: *Jahrbücher für Geschichte Osteuropas*, Band 11, Heft 2 (1963), S. 161-182.

Badia, Gilbert, *Le Spartakisme: Les dernières années de Rosa Luxemburg et de Karl Liebknecht 1914-1919*, Paris 1967.

Banfield, Thomas Charles, *Industry of the Rhine: Series II, Manufactures*, London 1848.

Bao Ruo-Wang (Jean Pasqualini) und Chelminski, Rudolph (Hrsg.), *Gefangener bei Mao*, Frankfurt/M. 1977.

Barkun, Michael, *Law without Sanctions: Order in Primitive Societies and the World Community*, New Haven 1968.

Basham, A. L., *The Wonder That Was India: A Survey of the Culture of the Indian Sub-continent before the Coming of the Muslims*, 1954, Neuaufl. New York 1959.

Bebel, August, *Die Frau und der Sozialismus*, Zürich 1879.

ders., *Aus meinem Leben*, 3 Bde., Stuttgart 1910-1914.
August Bebels Briefwechsel mit Friedrich Engels, hrsg. v. Werner Blumenberg, Den Haag 1965.
Bernays, Marie, *Berufswahl und Berufsschicksal*, Teil 1, in: *Archiv für Sozialwissenschaft und Sozialpolitik*, Bd. XXXV, Nr. 1 (Juli 1912), S. 123-176; Teil 2, ebenda, Bd. XXXVI, Nr. 3 (Mai 1913), S. 884-915.
Berndt, Ronald M., *Excess and Restraint: Social Control among a New Guinea Mountain People*, Chicago 1962.
Bernstein, Thomas Paul, *Leadership and Mobilization in the Collectivization of Agriculture in China and Russia: A Comparison*. Diss. Columbia University 1970, University Microfilms, Ann Arbor 1971.
Beschlüsse des allgemeinen deutschen Arbeiterkongresses zu Frankfurt am Main, gefaßt in den Monaten Juli, August und September 1848. Nachdruck als Anhang I in: Biermann, *Karl Georg Winkelblech (Karl Marlo)*, S. 441-456.
Bettelheim, Bruno, *Aufstand gegen die Masse. Die Chance des Individuums in der modernen Gesellschaft*, München 1964.
Biermann, Wilhelm Eduard, *Karl Georg Winkelblech (Karl Marlo): Sein Leben und sein Werk*, 2 Bde., Leipzig 1909.
Blassingame, John W., *The Slave Community: Plantation Life in the Antebellum South*, New York 1972.
Bol'shaia Sovetskaia Entsiklopediia, 51 Bde., 2. Ausgabe, Moskau 1949-58.
Bonnell, Victoria E., *The Politics of Labor in Pre-Revolutionary Russia: Moscow Workers' Organizations 1905-1914*, unveröffentl. Diss., Harvard University 1975.
Born, Stephan, *Erinnerungen eines Achtundvierziger*, Leipzig 1898 und Berlin (DDR) 1978.
Bräker, Ulrich, *Der Arme Mann im Tockenburg*, Stuttgart 1965. Ursprünglich unter dem Titel: *Lebensgeschichte und natürliche Ebentheuer des Armen Mannes im Tockenburg*, Zürich 1789.
Braun, Rudolf, *Industrialisierung und Volksleben: Die Veränderungen der Lebensformen in einem ländlichen Industriegebiet vor 1800*, Erlenbach–Zürich 1960.
Brepohl, Wilhelm, *Industrievolk: Im Wandel von der agraren zur industriellen Daseinsform dargestellt am Ruhrgebiet*, Tübingen 1957.
Briggs, George W., *The Chamars*, London 1920.
Bromme, Moritz Th. W., *Lebensgeschichte eines modernen Fabrikarbeiters*, hrsg. von Paul Göhre, Jena 1910.
Broszat, Martin, *Der Staat Hitlers*, in: *Deutsche Geschichte seit dem Ersten Weltkrieg*, Bd. 1, Stuttgart 1971, S. 501-844.
Bry, Gerhard, *Wages in Germany 1871-1945*, Princeton 1960.
Burdzhalov, E. N., *Vtoraiia Russkaiia Revoliutsiia*, Bd. I: *Vosstanie v Petrograde*, Moskau 1967; Bd. II: *Moskva – Front – Periferiia*, Moskau 1971.
Cahn, Edmond, *Justice*, in: *International Encyclopedia of the Social Sciences*, Bd. 8, New York 1968, S. 341-347.
Caron, Pierre, *Les Massacres de septembre*, Paris 1935.

Carsten, Francis L., *Die Reichswehr und Politik: 1918-1933*, Köln 1964.
ders., *Revolution in Mitteleuropa 1918-1919*, Köln 1973.
Chagnon, Napoleon A., *Yąnomamö: The Fierce People*, New York 1968.
Chamberlin, William Henry, *Die russische Revolution: 1917-1921*, 2 Bde., Frankfurt/M. 1958.
Chesneaux, Jean, *Les Traditions égalitaires et utopiques en Orient*, in: *Diogène*, Nr. 62 (April-Juni 1968), S. 87-115.
Chinoy, Ely, *Automobile Workers and the American Dream*, 1955, Nachdruck Boston 1965.
Cohen, Elie A., *Human Behavior in the Concentration Camp*, übersetzt aus dem Holländischen von M. H. Braaksma, New York 1953.
Cole, Michael, und Bruner, Jerome S., *Cultural Differences and Inferences about Psychological Processes*, in: *American Psychologist*, Bd. 26, Nr. 10 (Oktober 1971), S. 867-876.
Coles, Robert, *Children of Crisis: A Study of Courage and Fear*, Boston 1967.
Colm, Gerhard, *Beitrag zur Geschichte und Soziologie des Ruhraufstandes vom März-April 1920*, Essen 1921.
Comfort, Richard A., *Revolutionary Hamburg: Labor Politics in the Early Weimar Republic*, Stanford 1966.
Conze, Werner, *Vom ›Pöbel‹ zum ›Proletariat‹: Sozialgeschichtliche Voraussetzungen für den Sozialismus in Deutschland*, in: Wehler (Hrsg.), *Moderne deutsche Sozialgeschichte*, S. 111-136.
Conze, Werner, und Groh, Dieter, *Die Arbeiterbewegung in der nationalen Bewegung: Die deutsche Sozialdemokratie vor, während und nach der Reichsgründung*, Stuttgart 1966.
Craig, Gordon A., *Die preußisch-deutsche Armee 1640-1945*, Düsseldorf 1960.
Croon, Helmut, *Vom Werden des Ruhrgebiets*, in: Först (Hrsg.), *Rheinisch-Westfälische Rückblende*, S. 175-220.
Croon, Helmut, und Utermann, Kurt, *Zeche und Gemeinde: Untersuchungen über den Strukturwandel einer Zechengemeinde im nördlichen Ruhrgebiet*, Tübingen 1958.
Daniels, Robert V., *Red October: The Bolshevik Revolution of 1917*, New York 1967.
Davis, Natalie Zemon, *The Rites of Violence: Religious Riot in Sixteenth-Century France*, in: *Past and Present*, Nr. 59 (Mai 1973), S. 51-91.
Dentan, Robert Knox, *The Semai: A Nonviolent People of Malaya*, New York 1968.
Der Deutsche Metallarbeiter-Verband im Jahre 1913: Jahr- und Handbuch für Verbandsmitglieder. Zusammengestellt vom Vorstand des Deutschen Metallarbeiter-Verbandes, Stuttgart 1914.
Der Deutsche Metallarbeiter-Verband im Jahre 1916: Jahr- und Handbuch für Verbandsmitglieder. Zusammengestellt vom Vorstand des Deutschen Metallarbeiter-Verbandes, Stuttgart 1917.
Deutsche Geschichte seit dem Ersten Weltkrieg. Veröffentlichung des Instituts für Zeitgeschichte, 3 Bde., Stuttgart 1971-1973.

Dieterici, F. W. C. (Hrsg.), *Mittheilungen des statistischen Bureau's in Berlin*, Bd. I (1848), Bd. II (1849), Berlin 1849.
Dohna, Herrmann Graf zu, *Über das Los der freien Arbeiter*, in: Jantke und Hilger (Hrsg.), *Die Eigentumslosen*, S. 244-255. Originalquelle: *Die freien Arbeiter im Preußischen Staate* (Leipzig 1847), S. 34-75.
Domes, Jürgen, *Die Ära Mao Tse-tung: Innenpolitik in der Volksrepublik China*, Stuttgart, Berlin, Köln, Mainz 1978.
Dore, Ronald, *British Factory – Japanese Factory: The Origins of National Diversity in Industrial Relations*, Berkeley 1973.
Douglas, Mary, *Purity and Danger: An Analysis of Concepts of Pollution and Taboo*, New York 1966.
Drekmeier, Charles, *Kingship and Community in Early India*, Stanford 1962.
Droz, Jacques, und Ayçoberry, Pierre, *Structures sociales et courants idéologiques dans l'Allemagne prérévolutionnaire 1835-1847*, in: *Annali* des Instituto Giancomo Feltrinelli, Bd. VI (1963), S. 164-236.
Elkins, Stanley M., *Slavery: A Problem in American Institutional and Intellectual Life*, New York 1963.
El'nitskii, A., *Istoriia Rabochego Dvizheniia v Rossii*, 4. Ausg., Moskau 1925.
Encyclopedia of Religion and Ethics, hrsg. v. James Hastings, 12 Bde., New York 1908-1927.
Entwurf einer allgemeinen Handwerker- und Gewerbe-Ordnung für Deutschland. Berathen und beschlossen von dem deutschen Handwerker- und Gewerbe-Congress zu Frankfurt am Main in den Monaten Juli und August 1848. (Frankfurt am Main 1848).
Erger, Johannes, *Der Kapp-Lüttwitz-Putsch: Ein Beitrag zur deutschen Innenpolitik 1919/20*, Düsseldorf 1967.
Erikson, Erik H., *Kindheit und Gesellschaft*, (4. Aufl.), Stuttgart 1971.
ders., *Der junge Mann Luther: eine psychoanalytische und historische Studie*, Frankfurt/M. 1975.
Fanon, Frantz, *Die Verdammten dieser Erde*. Vorwort von Jean Paul Sartre, Reinbek 1971.
Feldman, Gerald D., *Army, Industry, and Labor in Germany, 1914-1918*, Princeton 1966.
Feldman, Gerald D., Kolb, Eberhard, und Rürup, Reinhard, *Die Massenbewegung der Arbeiterschaft in Deutschland am Ende des Ersten Weltkrieges (1917-1920)*, in: *Politische Vierteljahresschrift*, Bd. 13 (August 1972), S. 84-105.
Ferro, Marc, *The Russian Revolution of February 1917*. Aus dem Französischen übersetzt von J. L. Richards, Englewood Cliffs 1972.
Field, Daniel, *Rebels in the Name of the Tsar*, Boston 1976.
Firth, Raymond, *Primitive Economics of the New Zealand Maori*, London 1929.
ders., *Primitive Polynesian Economy*, 2. Auflage, London 1965.
Fischer, Franz Louis, *Arbeiterschicksale*, Berlin 1906.
Fischer, Karl, *Denkwürdigkeiten und Erinnerungen eines Arbeiters*, Leipzig 1903.

Fischer, Ruth, *Stalin and German Communism: A Study in the Origins of State Party*, Cambridge (Mass.) 1948.

Fischer, Wolfram, *Handwerksrecht und Handwerkswirtschaft um 1800: Studien zur Sozial- und Wirtschaftsverfassung vor der industriellen Revolution*, Berlin 1955.

ders., *Soziale Unterschichten im Zeitalter der Frühindustrialisierung*, in: *International Review of Social History*, Bd. VIII (1963), S. 415-435.

ders., *Wirtschaft und Gesellschaft im Zeitalter der Industrialisierung. Aufsätze – Studien – Vorträge*. Kritische Studien zur Geschichtswissenschaft, 1. Göttingen 1972.

Först, Walter (Hrsg.), *Rheinisch-Westfälische Rückblende*, Köln 1967.

Freud, Anna, *Das Ich und die Abwehrmechanismen*, London 1946.

Fried, Morton H., *The Evolution of Political Society: An Essay in Political Anthropology*, New York 1967.

Friedländer, Ludwig, *Sittengeschichte Roms*, 2. Aufl., Köln 1957.

Fünfundsiebzig Jahre Industriegewerkschaft 1891 bis 1966: Vom Deutschen Metallarbeiter-Verband zur Industriegewerkschaft Metall, Frankfurt am Main 1966.

Genovese, Eugene D., *Roll, Jordan, Roll: The World the Slaves Made*, New York 1974.

Ghurye, G. S., *Caste, Class and Occupation*, 4. Aufl., Bombay 1961.

Gitermann, Valentin, *Geschichte Rußlands*, 3 Bde., Zürich 1949.

Gladen, Albin, *Die Streiks der Bergarbeiter im Ruhrgebiet in den Jahren 1889, 1905 und 1912*, in: Reulecke, *Arbeiterbewegung*, S. 111-148.

Gluckman, Max, *The Ideas in Barotse Jurisprudence*, New Haven 1965.

Göhre, Paul, *Drei Monate Fabrikarbeiter und Handwerksbursche: Eine praktische Studie*, 2. Aufl., Leipzig 1891.

Goffman, Erving, *Asyle. Über die soziale Situation psychiatrischer Patienten und anderer Insassen*, Frankfurt/M. 1972.

Gordon, Harold J., jr., *Die Reichswehr und die Weimarer Republik 1919-1926*, Frankfurt/M. 1959.

Goslin, David A. (Hrsg.), *Handbook of Socialization Theory and Research*, Chicago 1969.

Gottschalk, Louis R., *Jean Paul Marat: A Study in Radicalism*, 1927, neu aufgelegt Chicago 1967.

Goubert, Pierre, *Louis XIV et vingt millions de Français*, Paris 1966.

Groh, Dieter, *Negative Integration und revolutionärer Attentismus: Die deutsche Sozialdemokratie am Vorabend des Ersten Weltkrieges*. Frankfurt am Main 1973.

Der Große Brockhaus: Wissenschafts-Lexikon, 20 Bde., 15. Aufl., Leipzig 1928-1935.

Guetzkow, Harold (Hrsg.), *Groups, Leadership and Men: Research in Judgment*, Pittsburgh 1951.

Haimson, Leopold H., *The Problems of Social Stability in Urban Russia*, 1905 bis 1917, Teil 1 in: *Slavic Review*, Bd. XXIII, Nr. 4 (Dez. 1965), S. 1-22.

Hamilton, Richard F., *Affluence and the French Worker in the Fourth Republic*, Princeton 1967.

ders., *The Bases of National Socialism: The Electoral Support for Hitler: 1924-1932.*
Handwörterbuch der Staatswissenschaften, hrsg. v. Ludwig Elster u. a. 8 Bde., 4. rev. Auflage, Jena 1923-28.
Harper, Edward B., *Social Consequences of an ›Unsuccessful‹ Low Caste System in India: An Interdisciplinary Symposium* (Comparative Studies in Society and History, Supplement III), Den Haag 1968, S. 37-65.
Hazari, *Untouchable: The Autobiography of an Indian Outcaste*, New York 1969.
Heberle, Rudolf, *Social Movements: An Introduction to Political Sociology*, New York 1951.
Heiber, Helmut, *Die Republik von Weimar*, in: *Deutsche Geschichte seit dem Ersten Weltkrieg*, Bd. I, Stuttgart 1971, S. 13-211.
Henry, Jules, *Jungle People: A Kaingáng Tribe of the Highlands of Brazil*, New York 1941 u. 1964.
Heymann, Bruno, und Freudenberg, Karl, *Morbidität und Mortalität der Bergleute im Ruhrgebiet*, Essen 1925.
Hirschmann, Albert O., *Abwendung u. Widerspruch: Reaktion auf Leistungsabfall bei Unternehmungen, Organisationen und Staaten*, Tübingen 1974.
Hitler, Adolf, *Mein Kampf*, 2 Bde. in einem, München 1935.
Hobsbawm, Eric J., *Peasants and Politics*, in: *Journal of Peasant Studies*, Bd. I, Nr. 1 (Oktober 1973), S. 1-22.
ders., *Sozialrebellen. Archaische Sozialbewegungen im 19. und 20. Jahrhundert*, Neuwied 1971.
Hoffmann, Charles, *The Chinese Worker*, Albany 1974.
Hofstadter, Richard, und Wallace, Michael, *American Violence: A Documentary History*, New York 1970.
Holmberg, Allan R., *Nomads of the Long Bow: The Siriono of Eastern Bolivia*, 1950, 2. Aufl., New York 1969.
Homans, George Caspar, *Elementarformen sozialen Verhaltens*, Köln, Opladen 1972, rev. Aufl., New York 1974.
Hue, Otto, *Die Bergarbeiter*, 2 Bde., Stuttgart 1910-1913.
Hufton, Olwen, *Women in Revolution 1789-1796*, in: *Past & Present*, Nr. 53 (November 1971), S. 90-108.
Illustrierte Geschichte der Deutschen Revolution, Berlin 1929.
Isaacs, Harold R., *India's Ex-Untouchables*, New York (1965).
Jahresberichte der Gewerbe-Aufsichtsbeamten und Bergbehörden für die Jahre 1914-1918, Band I: Preußen. Reichsministerium des Innern, Amtliche Ausgabe, Berlin 1919.
Jantke, Carl (Hrsg.), *Bergmann und Zeche: Die sozialen Arbeitsverhältnisse einer Schachtanlage des nördlichen Ruhrgebiets in der Sicht der Bergleute.* Soziale Forschung und Praxis, Bd. 11, Tübingen 1953.
Jantke, Carl, und Hilger, Dietrich (Hrsg.), *Die Eigentumslosen: Der deutsche Pauperismus und die Emanzipationskrise in Darstellungen und Deutungen der zeitgenössischen Literatur*, München 1965.
Jaurès, Jean, *Histoire socialiste de la Révolution Française.* 8 Bde., A. Mathiez, Paris 1922-24.

Jellinek, Frank, *The Paris Commune of 1871*, New York 1937.
Joll, James, *Die Anarchisten*, Berlin 1966.
Jugendgeschichte einer Arbeiterin: Von ihr selbst erzählt. Einführung von August Bebel, München 1909.
Keep, John L. H., *The Russian Revolution: A Study in Mass Mobilization*, New York 1976.
Keniston, Kenneth, *The Uncommitted: Alienated Youth in American Society*, New York 1965.
ders., *Young Radicals: Notes on Committed* Youth, New York 1968.
Koch, Max Jürgen, *Die Bergarbeiterbewegung im Ruhrgebiet zur Zeit Wilhelms II. (1889-1914)*, Düsseldorf 1954.
Koch, Woldemar, *Die bol'sevistischen Gewerkschaften: Eine herrschaftssoziologische Studie*, Jena 1932.
Koenen, Wilhelm, *Wir kämpften für die Rätemacht und den Sozialismus*, in: *Vorwärts und nicht Vergessen:* Erlebnisberichte aktiver Teilnehmer der Novemberrevolution 1918/1919, Berlin 1958, S. 378-380.
Kogon, Eugen, *Der SS-Staat: Das System der deutschen Konzentrationslager*, 1946, rev. Aufl. Frankfurt am Main 1965.
Kohlberg, Lawrence, *Stage and Sequence: The Cognitive-Developmental Approach to Sozialization*, in: Goslin (Hrsg.), *Handbook of Socialization Theory and Research*, S. 347-480.
Kolb, Eberhard, *Die Arbeiterräte in der deutschen Innenpolitik 1918-1919.* Beiträge zur Geschichte des Parlamentarismus und der politischen Parteien, Bd. 23, Düsseldorf 1962.
Kolb, Eberhard (Hrsg.), *Vom Kaiserreich zur Weimarer Republik*, Köln 1972.
Kolb, Eberhard, und Rürup, Reinhard (Hrsg.), *Der Zentralrat der Deutschen Sozialistischen Republik 19. 12. 1918-8. 4. 1919: Vom Ersten zum Zweiten Rätekongreß.* Quellen zur Geschichte der Rätebewegung in Deutschland 1918-1919 . . ., Bd. I, Leiden 1968.
Kolenda, Pauline Mahar, *Toward a Model of the Hindu Jajmani System*, in: *Human Organizations*, Bd. XXII, Nr. 1 (Frühjahr 1963), S. 11-31.
Koszyk, Kurt, *Die Sozialdemokratische Arbeiterbewegung, 1890 bis 1914*, in: Reulecke (Hrsg.), *Arbeiterbewegung an Rhein und Ruhr*, Wuppertal 1974, S. 149-172.
Krige, Eileen J. und Krige, J. O., *The Realm of a Rain Queen: A Study of the Pattern of Lovedu Society*, London 1943.
Landes, David S., *Der entfesselte Prometheus: technologischer Wandel und industrielle Entwicklung in Westeuropa von 1750 bis zur Gegenwart*, Köln 1973.
Landtmann, Gunnar, *The Origin of the Inequality of the Social Classes*, London 1938.
Lane, Robert E., *Political Ideology: Why the American Common Man Believes What He Does*, New York 1962.
Langer, William L. (Hrsg.), *An Encyclopedia of World History: Ancient, Medieval, and Modern, Chronologically Arranged*, 3. rev. Aufl., Boston 1956.

Lefebvre, Henri, *La proclamation de la Commune: 26 mars 1871. Trente journées qui ont fait la France*, Paris 1965.

Le Play, Pierre Guillaume Frederic, *Les Ouvriers européens. Études sur les travaux. La vie domestique et la condition morale des populations ouvrières de l'Europe*. 6 Bde., 2. Aufl., Paris 1877-79.

Levenstein, Adolf, *Die Arbeiterfrage: Mit besonderer Berücksichtigung der sozialpsychologischen Seite des modernen Großbetriebes und der psychophysischen Einwirkungen auf die Arbeiter*, München 1912.

Lewis, Oscar, *La Vida: A Puerto Rican Family in the Culture of Poverty*, New York 1966.

Lex, Barbara W., *Voodoo Death: New Thoughts on an Old Explanation*, in: *American Anthropologist*, Bd. 76, Nr. 4 (Dezember 1974), S. 818-823.

Lidtke, Vernon L., *The Outlawed Party: Social Democracy in Germany, 1878-1890*, Princeton 1966.

Liebow, Elliot, *Tally's Corner: A Study of Negro Streetcorner Men*, Boston 1967.

Lifton, Robert Jay, *Thought Reform and the Psychology of Totalism: A Study of »Brainwashing« in China*, New York 1961.

Lindzey, Gardner, und Aronson, Elliott, *Handbook of Social Psychology*, 5 Bd., 2. Aufl., Reading (Mass.) 1968-1969.

Lipset, Seymour Martin, *Political Man: The Social Bases of Politics*, Garden City 1960.

Lösche, Peter, *Der Bolschewismus im Urteil der Deutschen Sozialdemokratie 1903-1920*, Berlin 1967.

Lottin, Alain, *Vie et mentalité d'un Lillois sous Louis XIV*, Lille 1968.

Lucas, Erhard, *Märzrevolution im Ruhrgebiet*, Bd. I: *Vom Generalstreik gegen den Militärputsch zum bewaffneten Arbeiteraufstand, März-April 1920*, Frankfurt 1970.

ders., *Märzrevolution 1920*, Bd. II: *Der bewaffnete Arbeiteraufstand im Ruhrgebiet in seiner inneren Struktur und in seinem Verhältnis zu den Klassenkämpfen in den verschiedenen Regionen des Reiches*, Frankfurt am Main 1973.

Maehl, William, *The Triumph of Nationalism in the German Socialist Party on the Eve of the First World War*, in: *Journal of Modern History*, Bd. XXIV, Nr. 1 (März 1952) S. 15-41.

Mantell, David Mark, *True Americanism: Green Berets and War Resisters. A Study of Commitment*, New York 1974.

Maquet, J. J., *The Premise of Inequality in Ruanda: A study of Political Relations in a Central African Kingdom*, London 1961.

Marx, Karl, *Das Elend der Philosophie*, in: *Marx-Engels-Werke*, Bd. 4, Berlin (Ost).

Mathiesen, Thomas, *The Defences of the Weak: A Sociological Study of a Norwegian Correctional Institution*, London 1965.

Mathiez, Albert, *La vie chère et al mouvement social sous la Terreur*, Paris 1927.

Mattheier, Klaus J., *Werkvereine und wirtschaftsfriedlich-nationale (gelbe) Arbeiterbewegung im Ruhrgebiet*, in: Reulecke (Hrsg.), *Arbeiterbewegung an Rhein und Ruhr*, Wuppertal 1974, S. 173-204.

Matthias, Erich (Hrsg.), *Die Regierung der Volksbeauftragten 1918/19*. Quellen zur Geschichte des Parlamentarismus und der politischen Parteien. Erste Ausgaben, Bd. 6/1 und Bd. 6/2, Düsseldorf 1969.

McGuire, William J., *The Nature of Attitudes and Attitude Change*, in: Lindzey und Aronson, *Handbook of Social Psychology*, Bd. III, S. 136 bis 314.

Meerwarth, Rudolf, Günther, Adolf, und Zimmermann, Waldemar, *Die Einwirkungen des Krieges auf Bevölkerungsbewegungen und Lebenshaltung in Deutschland*, Stuttgart 1932.

Melzack, Ronald, *The Puzzle of Pain*, New York 1973.

Merkl, Peter H., *Political Violence under the Swastika: 581 Early Nazis*, Princeton 1975.

Mesa-Lago, Carmelo, *Cuba in the 1970s: Pragmatism and Institutionalization*, Albuquerque 1974.

Meyers Lexikon, 12 Bde., 7. Aufl., Leipzig 1924-30.

Michelet, Jules, *Historie de la Révolution française*, 9 Bde., rev. Aufl. Paris 1868.

Milgram, Stanley, *Das Milgram-Experiment: Zur Gehorsamsbereitschaft gegenüber Autorität*, Reinbek 1974.

Mitchell, Allan, *Revolution in Bayern 1918/1919: Die Eisner-Regierung und die Räterepublik*, München 1967.

Mitscherlich, Alexander, *Auf dem Weg zur vaterlosen Gesellschaft. Ideen zur Sozialpsychologie*, München 1963.

Moore, Barrington, Jr., *Soziale Ursprünge von Diktatur und Demokratie: Die Rolle der Grundbesitzer und Bauern bei der Entstehung der modernen Welt*, Frankfurt/M. 1974.

Mosca, Gaetano, *The Ruling Class*, übers. von Hannah D. Kahn, New York 1939.

Mucchielli, Roger, *Le Mythe de la cité idéale*, Paris 1960.

Müller, Richard, *Der Bürgerkrieg in Deutschland: Geburtswehen der Republik*, Berlin 1925.

ders., *Vom Kaiserreich zur Republik*, Bd. I: *Ein Beitrag zur Geschichte der revolutionären Arbeiterbewegung während des Weltkrieges*, Wien 1924; Bd. II: *Die Novemberrevolution*, Wien 1925.

Nagel, Peter, *Die Motivierung der Askese in der Alten Kirche und der Ursprung des Mönchtums*, Berlin (Ost) 1966.

Noske, Gustav, *Von Kiel bis Kapp: Zur Geschichte der deutschen Revolution*, Berlin 1920.

Noyes, P. H., *Organization and Revolution: Working-Class Associations in the German Revolutions of 1848-1849*, Princeton 1966.

Obermann, Karl, *Die deutschen Arbeiter in der Revolution von 1848*, 2. rev. Aufl., Berlin 1953.

Oeckel, Heinz, *Die Revolutionäre Volkswehr 1918/19: Die deutsche Arbeiterklasse im Kampfe um die Revolutionäre Volkswehr (November 1918 bis Mai 1919)*, Berlin (Ost) 1968.

Oertzen, Peter von, *Betriebsräte in der Novemberrevolution: Eine politikwissenschaftliche Untersuchung über Ideengehalt und Struktur der betrieblichen und wirtschaftlichen Arbeiterräte in der deutschen Revolution 1918/19*, Düsseldorf 1963.

ders., *Die großen Streiks der Ruhrbergarbeiterschaft im Frühjahr 1919*, in: Kolb (Hrsg.), *Vom Kaiserreich zur Weimarer Republik*, S. 185-217. Nachdruck aus Vierteljahreshefte für Zeitgeschichte, Bd. 6 (1958), S. 231-262.
O'Malley, L. S. S., *Popular Hinduism: The Religion of the Masses*, Cambridge 1935.
Oman, John C., *The Mystics, Ascetics, and Saints of India: A Study of Sadhuism with an Account of the Yogis, Sanyosis, Bairagis, and Other Strange Hindu Sectarians*, London 1903.
Opel, Fritz, *Der Deutsche Metallarbeiter-Verband während des Ersten Weltkrieges und der Revolution. Schriftenreihe des Instituts für wissenschaftliche Politik in Marburg/Lahn*, Nr. 4, Hannover 1957.
Parteistatistik, Stand 1: Januar 1935. Hrsg. vom Reichsorganisationsleiter der NSDAP, 3 Bde., München 1935.
Peck, Robert F., Havighurst, Robert J. u. a., *The Psychology of Character Development*, New York 1960.
Perrot, Michelle, *Les ouvriers en grève: France 1871-1890*, 2 Bde., Paris 1974.
Pike, Douglas, *Viet Cong: The Organization and Techniques of the National Liberation Front of South Vietnam*, Cambridge (Mass.) 1966.
Pospisil, Leopold, *Kapauku Papuan Political Economy*, Anthropologische Veröffentlichung der Yale University, Nr. 67, New Haven 1963.
ders., *Kapauku Papuans and their Law*, Anthropologische Veröffentlichung der Yale University, Nr. 54, New Haven 1958.
Pounds, Norman J. G., *The Ruhr: A Study in Historical and Economic Geography*, Bloomington 1952.
Praz, Mario, *The Romantic Agony*. Übersetzung aus dem Italienischen von Angus Davidson, 2. Aufl., London 1970.
Protokoll über die Verhandlungen des Parteitages der Sozialdemokratischen Partei Deutschlands. Abgehalten in Jena vom 14. bis 20. September 1913, Berlin 1913.
Rabinowitch, Alexander, *The Bolsheviks Come to Power: The Revolution of 1917 in Petrograd*, New York 1976.
Radin, Paul, *Primitive Religion: Its Nature and Origin*, 1937, Neuaufl. New York 1957.
Rainwater, Lee, *Behind Ghetto Walls: Family Life in a Federal Slum*, Chicago 1970.
Ranulf, Svend, *Moral Indignation and Middle Class Psychology*, 1938, Neuaufl. New York 1964.
Rawls, John, *Eine Theorie der Gerechtigkeit*, Frankfurt/M. 1975.
Redl, Fritz, und Wineman, David, *Kinder, die hassen: Auflösung und Zusammenbruch der Selbstkontrolle*, München 1979.
Reulecke, Jürgen (Hrsg.), *Arbeiterbewegung an Rhein und Ruhr: Beiträge zur Geschichte der Arbeiterbewegung in Rheinland-Westfalen*, Wuppertal 1974.
ders., *Der Erste Weltkrieg und die Arbeiterbewegung im rheinisch-westfälischen Industriegebiet*, in: ders. (Hrsg.), *Arbeiterbewegung an Rhein und Ruhr*, Wuppertal 1974, S. 205-239.

Rimlinger, Gaston V., *The Legitimation of Protest: A Comparative Study in Labor History*, in: *Comparative Studies in Society and History*, Bd. II, Nr. 3 (April 1960), S. 329-343.

Ritter, Gerhard A., *Die Arbeiterbewegung im Wilhelminischen Reich: Die Sozialdemokratische Partei und die Freien Gewerkschaften 1890-1900*. Studien zur Europäischen Geschichte aus dem Friedrich-Meinecke-Institut der Freien Universität Berlin, Bd. III, 2. Aufl., Berlin 1963.

Rogin, Michael Paul, *The Intellectuals and McCarthy: The Radical Specter*, Cambridge (Mass.) 1967.

Rohrscheidt, Kurt von, *Vom Zunftzwang zur Gewerbefreiheit*, Berlin 1898.

Rosenberg, Hans, *Bureaucracy, Aristocracy and Autocracy: The Prussian Experience, 1660-1815*, Cambridge (Mass.) 1958.

Roth, Guenther, *The Social Democrats in Imperial Germany: A Study in Working-Class Isolation and National Integration*, Totowa 1963.

Ryder, A. J., *The German Revolution of 1918: A Study of German Socialism in War and Revolt*, Cambridge 1967.

Sahlins, Marshall, *Stone Age Economics*, 1972, Neuaufl. Chicago 1974.

Sansom, Robert L., *The Economics of Insurgency in the Mekong Delta of Vietnam*, Cambridge (Mass.) 1970.

Sass, Friedrich, *Berlin in seiner neuesten Zeit und Entwicklung*, Leipzig 1846.

Schapiro, Leonard, *The Origin of the Communist Autocracy: Political Opposition in the Soviet State – First Phase 1917-1922*. London 1955.

Schein, Edgar H., Schneier, Inge, und Barker, Curtis, *Coercive Persuasion: A Socio-Psychological Analysis of the »Brainwashing« of American Civilian Prisoners by the Chinese Communists*, New York 1961.

Schorske, Carl E., *German Social Democracy 1905-1917: The Development of the Great Schism*, Neuaufl. New York 1972.

Schulthess' Europäischer Geschichtskalender, Neue Folge, Div. Bde., Nördlingen und München 1885-1936 ff.

Schulz, Ursula (Hrsg.), *Die Deutsche Arbeiterbewegung 1848-1919 in Augenzeugenberichten*, Düsseldorf 1968.

Schurz, Carl, *Lebenserinnerungen*, 2 Bde., Berlin 1906-1907.

Schwarz, Solomon M., *The Russian Revolution of 1905: The Workers' Movement and the Formation of Bolshevism and Menshevism*, Übersetzung von Gertrude Vakar, Chicago 1967.

Die Schwereisenindustrie im deutschen Zollgebiet, ihre Entwicklung und ihre Arbeiter. Zusammengestellt und herausgegeben vom Vorstand des Deutschen Metallarbeiter-Verbandes, Stuttgart 1912.

Scott, John Finley, *Internalization of Norms: A Sociological Theory of Moral Commitment*, Englewood Cliffs 1971.

Sears, David O., *Political Behavior*, in: Lindzey und Aronson, *Handbook of Social Psychology*, V, S. 315-458.

Seidmann, Peter, *Der Mensch im Widerstand: Studien zur anthropologischen Psychologie*, Bern 1974.

Severing, Carl, *Mein Lebensweg*, Bd. I: *Vom Schlosser zum Minister*; Bd. II: *Im auf und ab der Republik*, Köln 1950.

Shih, Vincent Y. C., *Some Chinese Rebel Ideologies*, in: *T'oung Pao*, Bd. 44 (1956), S. 150-226.
Silverberg, James (Hrsg.), *Social Mobility in the Caste System in India: An Interdisciplinary Symposium.* Comparative Studies in Society and History, Supplement III, Den Haag 1968.
Soboul, Albert, *Französische Revolution und Volksbewegung, die Sansculotten: die Sektion von Paris im Jahre II*, Frankfurt/M. 1978.
Solomon, Richard H., *Mao's Revolution and the Chinese Political Culture*, Berkeley 1971.
11. Sonderheft zum Reichs-Arbeitsblatte: Die Verbände der Arbeitgeber, Angestellten und Arbeiter im Jahre 1913. Bearbeitet im Kaiserlichen Statistischen Amte, Abteilung für Arbeiterstatistik, Berlin 1915.
Spencer, Elaine Glovka, *Between Capital and Labor: Supervisory Personnel in Ruhr Heavy Industry before 1914*, in: *Journal of Social History*, Bd. 9, Nr. 2 (Winter 1975), S. 178-192.
Spencer, Robert F., *The North Alaskan Eskimo: A Study in Ecology and Society*, Smithsonian Institution, Bureau of American Ethnology, Bulletin 171, Washington, D. C. 1959.
Spethmann, Hans, *Zwölf Jahre Ruhrbergbau aus seiner Geschichte von Kriegsanfang bis zum Franzosenmarsch, 1914-1925*, 5 Bde., Berlin 1928-31.
Springer, August, *Der Andere das bist Du: Lebensgeschichte eines reichen armen Mannes*, Tübingen 1954.
Stadelmann, Rudolf, und Fischer, Wolfram, *Die Bildungswelt des deutschen Handwerkers um 1800: Studien zur Soziologie des Kleinbürgers im Zeitalter Goethes*, Berlin 1955.
Statistik des Deutschen Reichs, Neue Folge, Band 204: Berufs- und Betriebszählung vom 12. Juni 1907. Abteilung III: Bevölkerung Preußens nach Haupt- und Nebenberuf. Berlin 1909.
– Band 211: Berufs- und Betriebszählung vom 12. Juni 1907. Abteilung X: Die berufliche und soziale Gliederung des deutschen Volkes, Berlin 1913.
– Band 217: Berufs- und Betriebszählung vom 12. Juni 1907. Gewerbliche Betriebsstatistik, Heft 1, Abteilung V: Großstädte. Berlin 1909.
– Band 220/221: Berufs- und Betriebszählung vom 12. Juni 1907. Gewerbliche Betriebsstatistik. Abteilung VIII: Gliederung und Verteilung der Gewerbebetriebe im Deutschen Reiche. Berlin 1914.
– Band 404: Volks-, Berufs- und Betriebszählung 1925. Die berufliche und soziale Gliederung der Bevölkerung in den Ländern und Landesteilen. Heft 15: Provinz Westfalen und Heft 16: Rheinprovinz. Berlin 1929.
– Band 453: Volks-, Berufs- und Betriebszählung vom 16. Juni 1933. Gliederung der Bevölkerung des Deutschen Reichs. Heft 2: Die Erwerbstätigkeit der Reichsbevölkerung, Berlin 1936.
– Band 458: Volks-, Berufs- und Betriebszählung vom 16. Juni 1933. Berufszählung: Die berufliche und sociale Gliederung des Deutschen Volkes. Textliche Darstellung der Ergebnisse. Berlin 1937.
– Band 459: Volks- Berufs- und Betriebszählung vom 16. Juni 1933. Heft 1: Landwirtschaftliche Betriebszählung. Einführung, Zahl und Fläche der Betriebe, Besitzverhältnisse. Berlin 1936.

– Band 461: Volks-, Berufs- und Betriebszählung vom 16. Juni 1933. Heft 1: Landwirtschaftliche Betriebszählung. Das Personal der land- und forstwirtschaftlichen Betriebe. Berlin 1937.
Statistisches Jahrbuch für das Deutsche Reich, Bd. 35 (1914). Berlin 1914.
– Bd. 42 (1921/22), Berlin 1922.
– Bd. 46 (1927), Berlin 1927.
– Bd. 53 (1934), Berlin 1934.
Stearns, Peter N., *Lives of Labor: Work in a Maturing Industrial Society*, New York 1975.
Steinberg, Hans-Josef, *Sozialismus und Deutsche Sozialdemokratie: Zur Ideologie der Partei vor dem Ersten Weltkrieg*, Hannover 1967.
Strauss, Rudolph, *Die Lage und die Bewegung der Chemnitzer Arbeiter in der ersten Hälfte des 19. Jahrhunderts*, Berlin 1960.
Sukhanov, N. N., *Zapiski o Revoliutsii*, 7 Bde., Berlin–Moskau 1922-1923.
Sumner, William Graham, *Folkways: A Study of the Sociological Importance of Usages, Manner, Customs, Mores and Morals*, Boston 1906.
Sykes, Gresham M., *The Society of Captives: A Study of a Maximum Security Prison*, 1958, Neuaufl. Princeton 1971.
Thompson, E. P., The Making of the English Working Class, London 1963.
ders., *Die ›sittliche Ökonomie‹ der englischen Unterschichten im 18. Jahrhundert*, in: Detlev Puls (Hrsg.), *Wahrnehmungsformen und Protestverhalten. Studien zur Lage der Unterschichten im 18. und 19. Jahrhundert*, Frankfurt/M. 1979, S. 13-80.
Tilly, Charles, Louise und Richard, *The Rebellious Century 1830-1930*, Cambridge (Mass.) 1975.
Tocqueville, Alexis de, *Der alte Staat und die Revolution*, Hamburg 1969.
Turnbull, Colin M., *The Mountain People*, New York 1972.
ders., *Wayward Servants: The Two Worlds of the African Pygmies*, Garden City 1965.
Turner, Ralph H., *Collective Behavior*, in: Robert E. L. Faris (Hrsg.), *Handbook of Modern Sociology* (Chicago 1964), S. 382-425.
Uldricks, Teddy J., *The ›Crowd‹ in the Russian Revolution: Towards Reassessing the Nature of Revolutionary Leadership*, in: *Politics and Society*, Bd. 4, Nr. 3 (1974), S. 397-413.
Valentin, Veit, *Frankfurt am Main und die Revolution von 1848/49*, Stuttgart 1908.
ders., *Geschichte der deutschen Revolution von 1848/49*, 2 Bde., Berlin 1930-31.
Varain, Heinz Josef, *Freie Gewerkschaften, Sozialdemokratie und Staat: Die Politik der Generalkommission unter der Führung Carl Legiens (1890-1920)*, Düsseldorf 1956.
Verhandlungen des ersten deutschen Handwerker- und Gewerbe-Congresses gehalten zu Frankfurt a. M. vom 14. Juli bis 18. August 1848, hrsg. von G. Schirges, Protokollführer, Darmstadt 1848.
Vogel, Ezar F., *Canton under Communism: Programs and Politics in a Provincial Capital, 1949-1968*, Cambridge (Mass.) 1969.
Vorwärts und nicht Vergessen: Erlebnisberichte aktiver Teilnehmer der

Novemberrevolution 1918/1919. Institut für Marxismus-Leninismus beim Zentralkomitee der Sozialistischen Einheitspartei Deutschlands, Berlin 1958.
Wachenheim, Hedwig, *Die deutsche Arbeiterbewegung 1844-1914*, 2. Aufl. Opladen 1971.
Waite, Robert G. L., *Vanguard of Nazism: The Free Corps Movement in Postwar Germany 1918-1923*, 2. Aufl., New York 1969.
Walker, Mack, *German Home Towns: Community, State and General Estate 1648-1871*, Ithaca 1971.
ders., *Germany and the Emigration 1816-1885*, Cambridge (Mass.) 1964.
Walter, Eugene Victor, *Terror and Resistance: A Study of Political Violence*, New York 1969.
Weber, Alfred, *Das Berufsschicksal der Industriearbeiter: Ein Vortrag*, in: *Archiv für Sozialwissenschaft und Sozialpolitik*, Bd. XXXIV, Nr. 2 (März 1912), S. 377-405.
Weber, Max, *Die protestantische Ethik*, Tübingen 1973.
Wechsler, Howard J., *Mirror to the Son of Heaven: Wei Cheng at the Court of T'ang T'ai-tsung*, New Haven 1974.
Wehler, Hans-Ulrich (Hrsg.), *Moderne deutsche Sozialgeschichte*, 3. Aufl., Köln 1970.
ders., *Die Polen im Ruhrgebiet bis 1918*, in: ders. (Hrsg.), *Moderne deutsche Sozialgeschichte*, S. 437-455.
Weiss, Walter, *Effects of the Mass Media on Communication*, in: Lindzey und Aronson (Hrsg.), *Handbook of Social Psychology*, V, S. 77-195.
Weissberg, Alexander, *Conspiracy of Silence*, übers. von Edward Fitzgerald, London 1952.
Westermarck, Edward, *The Origin and Development of the Moral Ideas*, 2 Bde., 2. Aufl., London 1917.
Whyte, William Foote, *Street Corner Society: The Social Structure of an Italian Slum*, Chicago 1943.
Wildman, Allan K., *The Making of a Workers' Revolution: Russian Social Democracy, 1891-1903*, Chicago 1967.
Wilkinson, Paul, *Political Terrorism*, New York 1974.
Winkler, Heinrich August, *Mittelstand, Demokratie und Nationalsozialismus*, Köln 1972.
Wolfenstein, E. Victor, *The Revolutionary Personality: Lenin, Trotsky, Gandhi*, Princeton 1967.
Wolff, Robert Paul, *The Autonomy of Reason: A Commentary on Kant's Groundwork of the Metaphysic of Morals*, New York 1973.
Wolff, Wilhelm, *Gesammelte Schriften*, Berlin 1909.
Work in America, Report of a Special Task Force to the Secretary of Health, Education, and Welfare. Vorwort von Elliot L. Richardson, Cambridge (Mass.) 1973.
Yuchtman, Ephraim, *Reward Distribution and Work-Role Attractiveness in the Kibbutz – Reflections on Equity Theory*, in: *American Sociological Review*, Bd. 37, Nr. 5 (Oktober 1972), S. 581-595.
Zeitlin, Maurice, *Revolutionary Politics and the Cuban Working Class*, Princeton 1967.

Zimmer, Heinrich, *Philosophie und Religion Indiens*, Zürich 1961.
Zimmermann, Waldemar, *Die Veränderung der Einkommens- und Lebensverhältnisse der deutschen Arbeiter durch den Krieg*, in: Meerwarth u. a., *Die Einwirkung des Krieges auf die Bevölkerungsbewegung, Einkommen und Lebenshaltung in Deutschland*, S. 281-474.

Register

Namenverzeichnis

Sachverzeichnis